Reliure serrée

LES BATAILLES DE LA VIE

LA
GRANDE MARNIÈRE

I

Dans un de ces charmants chemins creux de Normandie, serpentant entre les levées, plantées de grands arbres, qui entourent les fermes d'un rempart de verdure impénétrable au vent et au soleil, par une belle matinée d'été, une amazone, montée sur une jument de forme assez médiocre, s'avançait au pas, les rênes abandonnées, rêveuse, respirant l'air tiède, embaumé du parfum des trèfles en fleurs. Avec son chapeau de feutre noir entouré d'un voile de gaze blanche, son costume de drap gris fer à longue jupe, elle avait fière tournure. On

eût dit une de ces aventureuses grandes dames qui, au temps de Stof-
flet et de Cathelineau, suivaient hardiment l'armée royaliste, dans
les traînes du Bocage, et éclairaient de leur sourire la sombre épopée
vendéenne.

Élégante et svelte, elle se laissait aller gracieusement au mouvement de sa monture, fouettant distraitement de sa cravache les tiges
vertes des genêts. Un lévrier d'Écosse au poil rude et rougeâtre
l'accompagnait, réglant son allure souple sur la marche lassée du
cheval, et levant, de temps en temps, vers sa maîtresse, sa tête poin-
tue, éclairée par deux yeux noirs qui brillaient sous des sourcils en
broussailles. L'herbe courte et grasse, qui poussait sous la voûte
sombre des hêtres, étendait devant la promeneuse un tapis moelleux
comme du velours. Dans les herbages, les vaches appesanties tendaient vers la fraîcheur du chemin leurs mufles tourmentés par les
mouches. Pas un souffle de vent n'agitait les feuilles. Sous les feux
du soleil l'air vibrait embrasé, et une torpeur lourde pesait sur la
terre.

La tête penchée sur la poitrine, absorbée, l'amazone allait, indifférente au charme de ce chemin plein d'ombre et de silence.

Soudainement, son cheval fit un écart, pointa les oreilles, et faillit
se renverser, soufflant bruyamment, tandis que le lévrier, s'élançant en
avant, aboyait avec fureur et montrait à un homme qui venait de sauter
dans le chemin creux une double rangée de dents aiguës et grinçantes.

L'amazone, tirée brutalement de sa méditation, rassembla les rênes,
ramena son cheval et, s'assurant sur sa selle, adressa à l'auteur de
tout ce trouble un regard plus étonné que mécontent.

— Je vous demande bien pardon madame, dit celui-ci d'une voix
pleine et sonore... Je me suis très maladroitement élancé en travers
de votre route... Je ne vous entendais pas arriver... Il y a plus d'une
heure que je tourne dans ces herbages sans pouvoir en sortir... Toutes
les barrières des cours sont cadenassées, et les haies sont trop hautes
pour qu'on puisse les franchir... Enfin j'ai trouvé ce petit chemin
caché sous les arbres, et, en y prenant pied, j'ai failli vous faire
jeter à terre...

HÉLAS ! MONSIEUR, DIT-IL, VOILA UNE TRISTE CONSTATATION A FAIRE
POUR VOUS ! (PAGE 1006)

L'amazone sourit un peu, et son visage aux traits nobles et délicats prit une expression enjouée et charmante :

— Rassurez-vous, monsieur : vous n'êtes pas très coupable, et je ne tombe pas de cheval si facilement que vous paraissez le croire...

Et comme son lévrier continuait à gronder en menaçant :

— Allons, Fox, la paix ! dit-elle.

Le chien se retourna et, se mâtant sur ses pattes de derrière, posa son museau fin sur la main de sa maîtresse. Celle-ci, tout en caressant le lévrier, examinait son interlocuteur. C'était un homme d'une trentaine d'années, de haute taille, au visage énergique, encadré d'une épaisse barbe brune. Sa lèvre rasée et son teint basané lui donnaient l'air d'un marin. Il était vêtu d'un costume complet de drap chiné, coiffé d'un chapeau de feutre mou, et à la main il tenait une canne en bois de fer, mieux faite pour la bataille que pour la promenade.

— Vous n'êtes pas de ce pays? demanda alors l'amazone.

— Je suis ici seulement depuis hier, dit l'étranger, sans répondre à la question qui lui était posée... J'ai eu la fantaisie d'aller me promener ce matin dans la campagne, et je me suis égaré... J'ai pourtant l'habitude de m'orienter. Mais ces diables de petits chemins qui n'aboutissent à rien forment un labyrinthe inextricable...

— Où désirez-vous aller?

— A la Neuville...

— Très bien ! Vous lui tournez le dos... Si vous voulez me suivre pendant quelques instants, je vous mettrai dans une route où vous ne risquerez plus de vous perdre...

— Bien volontiers, madame... Mais j'espère que vous ne vous éloignerez pas de la direction que vous suiviez...

L'amazone secoua gravement la tête, et dit :

— Cela ne me détourne point d'un seul pas...

L'étranger fit un signe d'acquiescement, et, séparé de la jeune femme par le lévrier, qui ne revenait pas de son antipathie et trottait en grondant sourdement, il suivit la fraîche et verte percée, ne parlant pas, mais admirant la beauté rayonnante de son guide. Par moments, des branches basses, pendant des troncs d'arbres, barraient

le chemin, et l'amazone était obligée de courber la tête pour les
éviter. Dans ce mouvement, sous son feutre, apparaissait sa nuque
blanche sur laquelle frisaient des mèches folles, et son pur profil
se détachait sur le fond sombre de la verdure. Elle se penchait
souple et se redressait avec une grâce élégante et simple, ne
paraissant pas se douter qu'elle était admirée, et, soit par fierté, soit
par insouciance, ne tenant aucun compte du compagnon que le hasard
lui avait donné. Au repos, son visage exprimait une gravité mélancolique, comme si elle vivait sous l'empire d'une habituelle tristesse.
Quels chagrins pouvait avoir cette jeune et belle personne créée pour
être servie, choyée et adorée ? La destinée injuste lui avait-elle donné
le malheur, à elle faite pour la joie ? Elle semblait riche. Sa peine
devait donc être toute morale.

Arrivé à ce point de ses inductions, l'étranger se demanda si sa
compagne était une jeune femme ou une jeune fille. Sa haute taille, ses
épaules rondes, dont l'harmonieuse ampleur était accentuée par la
finesse de sa ceinture, étaient d'une femme. Mais la suavité veloutée
de ses joues, la fraîche pureté de ses yeux trahissaient la jeune fille.
Le lobe rosé de ses oreilles n'était point percé, et ni au cou ni aux
poignets elle ne portait de bijou.

Cependant il y avait près d'un quart d'heure qu'ils marchaient
dans le chemin creux, quand ils arrivèrent à une lande couverte de
bruyères en fleurs, sur lesquelles voltigeaient des papillons d'un
jaune soufre. Au bord d'une plaine, où poussait une herbe maigre
et brûlée par le soleil, des moutons paissaient sous la garde d'un
chien noir qui se mit à courir en apercevant le lévrier, et à japper
gaiement. Ils étaient sans doute camarades, car ils partirent tous
les deux dans une galopade folle, le lévrier, léger et rapide comme
une flèche, enlaçant le chien noir dans les anneaux de sa course circulaire et vertigineuse. L'amazone fit entendre un sifflement aigu,
le lévrier s'arrêta net sur ses jarrets frémissants, regarda sa
maîtresse, et, accompagné du chien noir, revint avec soumission.

— Où est donc le Roussot ? murmura l'amazone entre ses dents ;
ses moutons et son chien sont-ils seuls ici, ce matin ?

Comme elle achevait de prononcer ces paroles, des éclats de rire stridents partirent d'un petit bouquet de bouleaux, et, au bord d'une mare entourée de paquets de linge qu'elle était occupée à laver, agenouillée dans une caisse de bois garnie de paille, apparut une belle fille, les bras nus couverts encore de mousse irisée, lutinée par un jeune drôle aux cheveux roux, vêtu d'un sarreau de toile grise, son grand chapeau de paille lui tombant sur le dos. Il avait pris la laveuse par les épaules, et, la tenant renversée, il chatouillait son cou rond et frais avec des brins de folle avoine. Elle se débattait, amusée et fâchée à la fois, criant au travers d'un rire nerveux :

— Veux-tu finir, mauvais Roussot !... Attends, tout à l'heure, je vais te caresser avec mon battoir.

Mais le berger ne lâchait pas prise, au contraire : il serrait plus étroitement la jeune fille dans ses bras noueux et étrangement velus Ses yeux sournois brillaient, ses lèvres se retroussaient avec un rictus féroce, découvrant des dents croisées comme celles d'un loup. Il ne parlait pas, mais de sa bouche sortait un grognement sauvage. Il avait achevé de renverser la laveuse dans les joncs et il la poussait du côté de l'eau. Elle ne riait plus, et commençait à avoir peur. Mais ses cris n'arrêtaient pas le Roussot, qui ricanait toujours comme un insensé, et maintenant posait ses lèvres sur les épaules de la fille, avec une brutalité telle qu'on n'aurait pu dire s'il voulait la mordre ou l'embrasser.

Étonnés devant ce tableau, l'amazone et l'étranger s'étaient arrêtés. Tous deux avaient éprouvé le même sentiment d'inquiétude vague en assistant aux ébats semi-câlins, semi-violents des deux jeunes gens.

— Voilà un mauvais jeu, dit l'étranger... Et, élevant la voix : Finiras-tu, garnement, ou faut-il que j'aille te secouer les oreilles ?

A ces paroles, la laveuse se redressa un peu, mais le berger ne parut pas avoir entendu. L'étranger, gagné par la colère, s'apprêtait à l'interpeller plus rudement encore, lorsque l'amazone, se retournant sur sa selle, lui dit :

— Ce garçon est à moitié sourd et muet... C'est un idiot qu'on emploie par charité... Laissez-moi faire...

Elle enleva son cheval, lui fit sauter le fossé qui séparait la route de la lande, arriva en quelques foulées au bord de la mare et touchant le berger de sa cravache, elle lui fit impérieusement signe de s'éloigner. Le Roussot poussa un cri inarticulé, éclata d'un rire stupide, puis, prenant sa course à travers les bruyères et les joncs marins, il rejoignit son troupeau, siffla son chien, et ramassant un fouet qu'il avait laissé là, se mit à le faire claquer de toutes ses forces, s'amusant à éveiller l'écho de la colline.

La laveuse s'était rajustée, et, rouge des efforts qu'elle avait faits en luttant, et peut-être aussi de confusion de s'être laissé ainsi surprendre, charmante dans son désordre et tentante comme un beau fruit sauvage, elle se leva en disant :

— Merci, mademoiselle...

— Vous avez tort, Rose, fit l'amazone, de laisser le Roussot se familiariser ainsi avec vous... Qui sait ce qui peut se passer dans cette cervelle malade ?

— Oh ! il n'est pas méchant, dit la belle Rose, il est seulement un peu taquin, et il est venu pour m'aguicher. Mais je ne le crains pas, da, et j'aurais bien su m'en débarrasser toute seule... Je ne vous en remercie pas moins...

Et posant une camisole sur la planche qui était devant elle, elle se mit à la battre à grands coups, en chantant d'une voix claire :

> Tapez ferme, la lavandière,
> Tapez ferme et rincez itou.
> A la mare l'iau n'est pas chère,
> A c'matin il a plu beaucoup !
>   Tapez ! tapez !

Et elle rythmait sa chanson du claquement sourd de son battoir sur le linge mouillé, ne pensant déjà plus à son aventure, gaie et insouciante comme une alouette des champs, tandis qu'au bord de la lande, découpant sa silhouette grise sur l'azur du ciel, l'idiot, faisant claquer son fouet, riait toujours de son mauvais rire.

L'amazone et l'étranger avaient repris leur marche : ils approchaient d'un petit bois dont l'entrée était défendue par une large barrière peinte en blanc. Ils le tournèrent et, soudain, arrivés au bord du plateau, la vallée de la Thelle s'ouvrit devant eux.

Sur la hauteur à droite s'élevait un château de style Louis XIII, entouré d'un beau parc, s'arrondissant jusqu'à la rivière qu. coulait, dans le fond, brillante entre les saules de ses rives, serpentait au milieu des prés d'un vert émeraude et, après avoir passé sous un joli pont de pierre, se perdait derrière les murs des vergers. Abritée par la colline contre les vents du Nord, la Neuville s'étalait coquette et blanche, dressant fièrement, au-dessus des toits des maisons, la flèche dentelée de son église et les hautes cheminées de ses fabriques. Un chemin en lacets descendait vers la ville, laissant à gauche de profondes et hautes hêtraies dont les troncs gris et les feuillages noirs donnaient un aspect sévère au paysage. A mi-côte, un monticule blanc, semblable à une énorme taupinière, émergeait de la jutaie. Tout autour de la ville la campagne était cultivée, et les blés jaunes, les avoines d'un beau ton vert-de-gris, les trèfles violets ondulaient jusqu'aux enclos des faubourgs. Un ciel bleu s'étendait sur cet admirable panorama, que le soleil dorait de sa lumière, et une impression de tranquillité douce se dégageait de ce lieu plaisant, où il semblait que le bonheur devait habiter.

Les deux spectateurs de ce merveilleux tableau restèrent un instant dans une contemplation muette, laissant errer autour d'eux leurs regards ravis. Un vent léger montait de la rivière, leur apportant les fraîches senteurs des foins coupés, et ils s'oubliaient, enveloppés dans une paix délicieuse, où tous les soucis cachés, toutes les agitations intérieures, se fondaient amortis et calmés.

L'étranger secoua le premier cette enivrante torpeur. Il frappa le sol du pied, comme un exilé qui se retrouve dans le pays natal et qui en reprend possession, puis, avec un accent joyeux :

— Je me reconnais maintenant... Voici la Neuville... A droite, dans les arbres, c'est le château de Clairefont, et, là-bas, ce tertre surmonté de charpentes, c'est la Grande Marnière...

L'amazone ne répondit pas. Elle regardait au loin, dans la direction de cette excroissance de terre que son compagnon venait de désigner, et ses traits s'étaient assombris. Elle semblait scruter, avec inquiétude, cette butte blanche qui tachait la colline, comme si ses flancs crayeux eussent contenu quelque mystérieux danger. Que recélait-elle qui pût ainsi alarmer la jeune fille ? Elle s'étageait silencieuse, inerte, vide de travailleurs, et les hautes poutres qui la couronnaient se dressaient comme les bois d'un échafaud. L'amazone poussa un soupir et, répondant plutôt à sa préoccupation intime qu'à la demande de l'étranger, elle répéta d'une voix étouffée :

— C'est la Grande Marnière... Puis, agitant la tête, pour dissiper son trouble, elle ajouta : Voici votre chemin, monsieur ; en descendant tout droit, vous arriverez à l'entrée des barrières de la ville...

— Je vous remercie, mademoiselle, dit l'étranger, en admirant à loisir sa charmante compagne qui maintenant lui faisait face. Il marcha un peu, parut se consulter, puis, s'inclinant :

— Voulez-vous me faire l'honneur de me dire à qui je dois être reconnaissant de tant d'obligeance ?

La jeune fille laissa tomber sur son compagnon un limpide regard, et répondit simplement :

— Je suis mademoiselle de Clairefont.

A ce nom, le jeune homme recula instinctivement, une rougeur monta à son front, qu'il détourna. Étonnée, sa compagne le fixa avec attention et, comme entraînée par un mouvement irrésistible :

— Et vous, monsieur, dit-elle, qui êtes-vous ?

Les traits de l'étranger se contractèrent. Il hésita un instant, puis, relevant la tête, il dit d'une voix sourde :

— Moi, je suis Pascal Carvajan.

A cette réponse, le visage de mademoiselle de Clairefont prit une expression de souveraine hauteur, ses yeux devinrent froids et durs, un sourire de dédain passa sur ses lèvres, et, coupant l'air de sa cravache, comme pour établir, entre le jeune homme et elle, une nette et infranchissable séparation, elle siffla son chien, mit son cheval au trot et s'éloigna sans tourner la tête.

Il la suivit du regard, cloué à sa place, oubliant le dédain de la jeune fille pour ne se souvenir que de sa beauté. Elle s'en allait fière et méprisante, après être restée auprès de lui, pendant une demi-heure, dans une sorte d'intimité charmante, et peut-être il ne pourrait plus jamais approcher d'elle. Il voyait à chaque pas la distance grandir ; déjà il ne distinguait plus nettement sa silhouette élégante, au milieu de la poussière soulevée par les pas du cheval. La traîne de la longue robe grise et le voile blanc du chapeau flottaient, le lévrier gambadait sur le bas côté de la route. Soudain, au tournant de la barrière qui coupait l'entrée du petit bois, l'amazone, le chien, tout disparut, et le chemin demeura vide.

Pascal Carvajan resta un instant immobile, puis, frappant les cailloux avec sa canne en bois de fer :

— Quelle fierté ! murmura-t-il. Quand elle a su qui j'étais, elle ne m'a même pas fait l'aumône du regard qu'elle jetterait au mendiant qui passe... Comme elle m'a bien fait comprendre que je n'existais pas pour elle ! Allons ! la destinée nous a voulus ennemis, et, en toutes circonstances, elle nous place en face les uns des autres. Clairefont ou Carvajan. Entre nous, c'est la guerre... C'est dommage ! Elle est bien belle !

Il tira sa montre, et vit qu'il n'était encore que onze heures. Marchant lentement, il prit pour descendre un petit raidillon qui courait entre deux bordures de genêts. A mi-côte, un peu encaissé dans un creux de la colline, ce raccourci était exposé en plein au soleil. Une chaleur violente, absorbée par les ajoncs tordus et desséchés, bourdonnait comme à la bouche d'une fournaise. Pascal chercha des yeux un abri. A la lisière d'un maigre bouquet de bouleaux il aperçut un toit rouge, et, au-dessus de la porte, la branche de houx, enseigne des cabarets rustiques. Il se dirigea de ce côté et parvint, après avoir traversé une cailloutière, à un assez mauvais chemin d'exploitation, au bord duquel s'élevait une maison aux murs nouvellement crépis, aux volets peints fraîchement en vert. Les auvents étaient décorés de trois boules en pyramide et de deux queues de billards croisées. Autour, en grandes lettres : *Vins, café, liqueurs. Repas de sociétés.* Sur l'enseigne deux hommes étaient représentés, assis devant une

LA GRANDE MARNIÈRE

ÉTONNÉS, L'AMAZONE ET L'ÉTRANGER S'ÉTAIENT ARRÊTÉS (PAGE 1012)

table et trinquant, pendant que d'une bouteille un jet de liquide mousseux sortait avec violence. Au-dessous, en lettres jaunes : *Au rendez-vous des bons enfants. Pourtois, débitant.* Derrière le cabaret un jardinet s'étendait, divisé en tonnelles. L'allée du milieu servait de jeu de quilles, et, au fond, se dressait une balançoire.

C'était là que le dimanche, pendant l'été, la population ouvrière de la Neuville se réunissait. Au premier étage un violon et un piston faisaient danser la jeunesse, et, par les fenêtres ouvertes, la voix enrouée de l'avertisseur retentissait, au milieu des éclats joyeux, criant : En place pour la poule ! Et le bruit des lourds souliers marquant la mesure roulait comme un tonnerre sur la tête des consommateurs attablés au rez-de-chaussée.

En quelques années, Pourtois, gros homme apoplectique, abruti par la boisson, mais tenu en bride par sa femme, brune commère à la main leste et à l'œil vif, avait donné une si grande vogue à son établissement, que les cafetiers de la ville se plaignaient amèrement de la concurrence. Situé hors barrière, il n'avait pas d'octroi à payer, et vendait ses redoutables liquides moins cher que ses rivaux. Et puis son jardin offrait aux buveurs l'abri verdoyant de ses berceaux couverts de pampres et de liserons, et les jeunes gens de la société ne dédaignaient point d'y venir déjeuner en partie fine.

Au moment de l'assemblée, Pourtois faisait dresser, dans une prairie voisine de sa maison, une tente de toile, pouvant contenir deux ou trois cents personnes, et y donnait un bal. L'entrée était libre, mais les consommations se payaient en conséquence. Depuis deux ans, des influences politiques avaient même amené la municipalité de la Neuville à honorer cette réunion suburbaine de sa présence. Pourtois, agent électoral à ménager, avait tenu à mettre le comble à son triomphe en obtenant cette consécration officielle. Et, dans l'intérêt de leur popularité, les représentants de l'autorité n'avaient pas cru devoir la lui refuser.

Du reste, hormis pour son établissement, il était sans ambition. On avait voulu le nommer conseiller municipal : il s'y était refusé. On citait de lui, à cette occasion, une réponse qui lui avait été certainement soufflée par sa femme : « J'ai assez à faire de débiter mon vin, je n'ai pas le temps de débiter des paroles. Je ne me présenterai pas, mais je ferai passer les amis. » Et il les avait fait passer, comme il l'avait dit. Aussi son cabaret était-il devenu une sorte de lieu de réunion obligatoire laïque, mais nullement gratuit, où se débitaient autant de dangereuses paroles que de liquides frelatés. A ce jeu-là le gros homme se trouvait en passe de faire fortune. Mais il n'en devenait pas plus fier et ne dédaignait point, lorsqu'un charretier s'arrêtait à sa porte pour boire un petit verre ou une chopine, de lui tenir tête, surtout si sa femme n'était pas au comptoir. Car il filait doux devant la bourgeoise, et les mauvaises langues affirmaient que, dans les premiers temps, quand il s'était rebiffé, faisant valoir ses droits de maître, elle l'avait battu.

Pascal, du haut de la côte, avisant le cabaret, allongea le pas, comme un bon cheval qui flaire l'eau fraîche et le picotin de la halte. Il ne reconnaissait pas le bouchon de Pourtois, étroit, bas, aux murs salpêtrés, à la toiture de chaume rongée par la mousse, dans cette grande et pimpante maison dont les murs blancs, les volets verts et le toit rouge éclataient au soleil. L'enseigne seule, et la branche de houx, un peu vulgaire pour un cabaret qui pouvait sans forfanterie s'intituler café, avaient survécu.

La colline elle-même avait changé d'aspect. Autrefois, toute cette pente était inculte, et la lande couvrait les flancs crayeux du vallon jusqu'au mur du parc de Clairefont. Il avait bien souvent parcouru les genêts au-dessous de la Grande Marnière, alors inexplorée, tendant des lacets pour prendre des grives au mois d'octobre. Et tout ce pays était si complètement transformé qu'il ne retrouvait plus rien de ce qui le faisait si charmant dans son souvenir. Il le voyait coupé de routes, semé de maisons, ayant perdu sa sauvagerie, ouvert et accessible à tous. Il fut curieux de savoir si l'hôte serait plus reconnaissable que le gîte. Et, poussant la porte aux carreaux dépolis, il entra.

Une ombre fraîche régnait dans la salle, et les yeux du jeune homme, habitués à l'éclat violent du jour, eurent de la peine à percer cette obscurité. Cependant, au bout d'un instant, il distingua autour d'une table trois hommes assis, et, au comptoir très élevé, très vaste, couvert de flacons rangés en bon ordre, une femme sèche et brune, au visage gravé de petite vérole, à la mâchoire carrée, au front bombé sous des cheveux plats. Deux des trois hommes jouaient aux dominos, et, très actionnés à leur jeu, n'avaient pas entendu entrer Pascal. Le troisième leva la tête pour voir si la dame se trouvait à son poste, puis, tirant une épaisse bouffée de sa pipe, se remit à suivre la partie.

C'était une espèce de poussah, soufflé comme un ballon en baudruche, dont les yeux disparaissaient, refoulés par la graisse, et qui n'avait pas un poil sur sa peau luisante. Il était vêtu d'un pantalon gris et d'un gilet à manches de couleur marron. Aux pieds il avait des pantoufles en tapisserie, dont le sujet représentait un jeu de cartes déployé en éventail. Pascal reconnut à son volume le phénoménal Pourtois.

— C'est à vous à jouer, Fleury, dit le cafetier, d'une voix aiguë qui stupéfiait, sortant de sa formidable poitrine.

Fleury, greffier du juge de paix de la Neuville, était un homme de quarante ans, d'une laideur malsaine et répugnante. Ses lèvres étaient habituellement couvertes d'aphtes, qui saignaient et qu'il pansait avec des applications de papier, pour les dérober au contact de l'air. Ces bobos, recouverts de leur taie blanche, faisaient sa bouche plus ignoble, et en accentuaient la torsion hideuse et hypocrite. Ses yeux gris et vitreux ne montraient presque pas de blanc, et leur pupille avait une inquiétante mobilité. Ses cheveux mal coupés étaient pleins d'épis, qui se hérissaient dans tous les sens, achevant de donner à sa figure une expression effrayante. On le voyait toujours décemment habillé de noir. Pour l'instant, il était en bras de chemise, et avait ôté sa cravate.

Son adversaire était un homme d'une cinquantaine d'années, taillé en force, très rouge de visage, et le poil grisonnant. De petites boucles en or pendaient au lobe de ses oreilles. Une paire de guêtres en cuir fauve lui montait jusqu'aux genoux ; il était vêtu d'une blouse de roulier brodée de fil blanc aux épaules, au cou et aux poignets.

Sur une chaise, près de lui, il avait posé une casquette de drap bleu à oreillettes, qu'il portait été comme hiver. Ses mains étaient presque aussi épaisses que longues, et faites pour assommer un bœuf. Il riait d'un rire violent qui lui rendait les joues violettes et finissait par un étranglement. On l'appelait le père Tondeur. Était-ce son nom véritable, ou un sobriquet venant de son habituelle façon de traiter les gens avec qui il faisait des affaires ? Jamais Pascal, depuis son enfance, ne l'avait entendu nommer autrement. Il se souvenait de l'avoir vu autrefois venir bien souvent chez son père. Quand il s'en allait, il disait toujours : Entendu. Ce qui prouvait le bon accord qui existait entre lui et Carvajan. Tondeur était marchand de bois, et occupait deux cents bûcherons, d'un bout de l'année à l'autre, dans les coupes qu'il soumissionnait aux adjudications du gouvernement ou des particuliers.

Pascal s'assit à une table écartée. Un silence profond régnait dans la salle, troublé seulement par les bourdonnements des mouches qui voletaient au plafond en noirs essaims, et par le claquement sec des dominos sur le marbre. De temps à autre, cependant, Tondeur et Fleury poussaient de sourdes exclamations, et laissaient échapper des lambeaux de phrases, agrémentées de plaisanteries en usage parmi les joueurs :

— Blanc partout... preuve d'innocence.

— Et du six... *ième* décimal...

— Pour le coup, je pose le gros...

— Et domino !... Sept et trois dix et sept dix-sept... qui ajoutés à quatre-vingt-trois font cent... Père Tondeur, vous avez votre compte...

— A-t-il une chance, ce Fleury ! Il n'y en a que pour lui...

— En faisons-nous encore une ?

— Non ! il faut que je monte aux coupes surveiller un peu le travail de mes ouvriers...

— Restez donc ! Par cette chaleur-là, vous allez attraper un coup de sang.....

— Eh ! le coup de cent... c'est vous qui l'attraperez si je reste !

Les trois hommes partirent d'un gros rire, et Fleury, dans l'ombre de la salle, commençait à remuer les dominos, quand le bruit d'une voiture s'arrêtant devant l'auberge attira l'attention générale. L'énorme Pourtois se souleva même sur sa chaise et ébaucha un mouvement de curiosité. Mais il n'eut pas à se déranger : la porte s'ouvrit, poussée par une main vigoureuse, et un jeune homme de très haute taille, vêtu d'un costume de chasse en velours marron, guêtré jusqu'aux genoux, le visage animé, entra brusquement.

— Il y a du monde, dit-il d'une voix forte, en jetant un regard autour de lui, tant mieux ! Tenez, père Pourtois, allez jusqu'à ma charrette : vous y trouverez une mauvaise bête, qui est à vous, et que vous avez tort de laisser vagabonder dans nos bois... Pour cette fois, je vous la ramène... Mais à la prochaine occasion, aussi vrai qu'il y a un Dieu, je lui casse les reins ! Du reste, je le lui ait dit...

— Comment ? monsieur le comte... Comment ! une bête à moi ? interrogea le cabaretier très étonné, en ôtant sa casquette avec déférence... Une bête... à qui vous avez dit...

— Eh ! allez jusqu'à la voiture, interrompit le jeune homme avec impatience. Alors vous comprendrez...

Fleury, d'un pied leste, y était déjà. Sa figure sardonique s'éclaira, ses petits yeux pétillèrent de malicieuse gaieté, sa bouche se fendit dans un éclat de rire, qui montra ses dents noires comme des clous de girofle, et frappant ses mains l'une contre l'autre :

— Eh ! c'est Chassevent ! Les quatre pattes liées, ni plus ni moins qu'un veau qu'on mène à la foire !... Ah ! la bonne tête qu'il a, sur sa paille !... C'est bon pour faire mûrir les nèfles, la paille, mon vieux ; mais c'est mauvais pour coucher les chrétiens !

Un grondement de loup pris au piège partit de la voiture, et, se raidissant sur ses coudes et sur ses genoux, un homme vêtu d'une blouse rapiécée, la tête couverte d'un foulard brun et rouge, un pantalon bardé de cuir aux jambes, et les pieds chaussés de souliers de roulier, leva, au-dessus des ridelles de la charrette, un visage maigre, à la bouche sinistre, aux yeux obliques et aux cheveux grisonnants

— Tu veux descendre, vieux drôle ! dit le jeune comte ; et, à bout de bras, enlevant son prisonnier comme un paquet, il fit deux pas, et le déposa, hurlant, sur une des tables de l'auberge.

— Quel poignet ! s'écria le père Tondeur avec admiration.

— Mais quel regrettable emploi de la force ! pontifia en douceur Fleury, dont l'accès de gaieté avait été calmé par de soudaines réflexions... Pourtois, prenez donc les ciseaux de votre femme et coupez ces cordes... Oh ! monsieur Robert, reprit-il, l'air câlin, est-ce digne d'un homme dans votre position de traiter ainsi un pauvre diable ?

Pourtois, de ses grosses mains, avait déjà délié Chassevent qui, se sentant libre, sauta sur ses pieds, se frotta les épaules, et, avisant un verre resté plein sur un plateau, le but avec avidité...

— Ça lui a donné soif, au mâtin ! dit Tondeur. Mais qu'est-ce qu'il a donc fait, monsieur le comte ?

— Il a tendu des collets dans la Vente aux Sergents : c'est la dixième fois depuis un mois... On ne pouvait pas le pincer... Mais je me doutais que c'était lui, et j'ai été faire une ronde, ce matin, après la rentrée du garde... J'ai trouvé mon gaillard en train de poser ses fiches... Les collets sont dans ma poche...

Il tira un paquet de fils de laiton, et, le jetant au visage du braconnier pâle et muet :

— Tiens, coquin, voilà tes instruments de travail... Mais tu sais ce que je t'ai dit ?... Avec toi plus de procès-verbaux... On t'envoie devant le tribunal, tu attrapes huit jours de prison, pendant lesquels on te nourrit mieux que tu ne l'es chez toi ! Ta fille est obligée de te payer ton tabac... C'est tout profit !... Ce matin, je t'ai pris, ficelé et laissé au pied d'un arbre, pendant trois heures... C'est bon pour cette fois... Mais si tu y reviens...

La figure tannée de Chassevent se plissa de petites rides, qui coururent sur sa peau, comme les vagues légères d'une eau effleurée par le vent. Il ne leva pas ses yeux faux, mais il laissa échapper un sifflement narquois qui fit monter le rouge au front du jeune comte.

— Ah ! canaille !... dit-il, et il levait déjà sa main puissante, lorsque Fleury l'arrêta, en lui montrant, d'un coup d'œil, Pascal assis dans un coin obscur de la salle :

— Monsieur Robert... je vous en prie... devant un étranger...
Allons! il faut mépriser ces bravades... Chassevent est dans son tort...
Sa conduite est très blâmable... Mais votre façon de procéder est tout
à fait illégale. On n'a pas le droit d'attenter, de sa propre autorité, à
la liberté individuelle... Il y a des agents de la force publique... pour
ces besognes-là... Ce n'est pas le greffier du juge de paix qui parle
en ce moment.., c'est l'homme privé... qui, vous le savez, vous est
tout dévoué... et déplore des violences qui font tort à votre caractère.

— Le tort que je me fais ne regarde que moi, interrompit le jeune
homme, avec un ton hautain. Les gendarmes de la brigade s'occupent
de tout, excepté de courir après les coquins, et quant à vous, Fleury,
vous êtes un brave garçon, mais ne vous mêlez pas de mes affaires.

— Il ne faut refuser le loyal concours de personne, murmura le
greffier, en baissant la tête avec un air d'humilité désolée.

— Est-ce que vous partirez d'ici sans rien prendre, monsieur
Robert? s'éria Pourtois, plein d'obséquiosité... Qu'est-ce qu'on pourrait donc bien vous offrir?

— Rien, je vous remercie, dit le jeune homme. Il fouilla dans la
poche de son gilet, et, jetant une pièce de monnaie sur la table:

— Tenez, voilà pour votre garçon d'écurie qui a gardé mon cheval.

Et gagnant la porte, sans ajouter une parole, sans faire un salut,
il monta dans sa voiture et s'éloigna au grand trot.

A peine Chassevent l'eut-il vu disparaître dans un tourbillon de
poussière, qu'il retrouva la parole. Toutes les invectives qui lui bouillonnaient au bord des lèvres, depuis un instant, sortirent comme un
torrent; il fit, d'un coup de poing, sauter sur le marbre de la table
les dominos abandonnés:

— Ah! mauvais chien! hurla-t-il, bavant de colère, ah! grand
lâche! ah! tu me paieras ça! Pour quelques malheureux lièvres, il
m'a attaché... oui, comme il l'a raconté... à un baliveau! Mais il
m'a pris en traître, vous savez, car je ne le crains pas...

— Ne fais pas le malin, dit Tondeur : il t'aplatirait d'une seule
calotte...

— Oh! malheur de malheur! La prochaine fois, j'irai avec mon

DEUX DES TROIS HOMMES JOUAIENT AU DOMINOS (PAGE 1020)

fusil... Et aussi sûr que nous sommes là, je lui fais son affaire!

— Allons! allons! Chassevent, vous n'êtes pas aussi rageur que vous voulez le faire croire, interrompit Fleury, et vous dites des bêtises dans ce moment-ci...

— Jamais je ne lui pardonnerai ce qu'il m'a fait, reprit le braconnier d'un air sombre... Quand on le saura, tout le pays va se ficher de moi... Ah! ces gens de Clairefont! Quand donc leur aurons-nous réglé leur compte?

Il lança un horrible juron et, jetant à Fleury un regard sinistre:

— Oui, que M. Carvajan se charge du père... Et moi je me charge du fils...

A cette association répugnante faite par Chassevent, à ce rapprochement odieux de son père et du vagabond, Pascal se leva avec violence, et, le visage enflammé par la colère:

— Je vous défends, misérable drôle, s'écria-t-il, de prononcer le nom de M. Carvajan...

— Parce que? demanda Chassevent, d'un ton à la fois goguenard et menaçant.

— Parce que c'est mon père.

Ces mots produisirent un changement immédiat dans l'attitude des trois hommes. Pourtois avança respectueusement une chaise, Fleury chiquenauda sa redingote crasseuse, et redressa sa cravate fripée, Chassevent porta la main au foulard qui lui servait de coiffure. La femme Pourtois elle-même, du haut de son comptoir, daigna sourire entre ses deux tirelires en métal blanc.

— Ah! vous êtes le fils à M. Carvajan? dit le braconnier avec volubilité... C'est une autre affaire... M. Carvajan, voyez-vous, c'est notre homme, et il n'y a pas de danger que nous cherchions à le contrarier... Je ne lui ai, moi, tant seulement jamais pris un lapin dans ses bois de la Moncelle... Et pourtant il y en a, bon sang! que c'en est grisl... M. Carvajan!... On peut dire que je lui suis dévoué. S'il voulait avoir ma fille chez lui comme servante... il l'aurait, quoiqu'elle soit fiérote... Mais elle en a bien le droit: elle est assez gentille! C'est moi qui lui ai distribué, à M. Carvajan, sa liste aux élec-

tions municipales, et ces messieurs savent que le jour où il a été
nommé maire, je me suis piqué le nez, ah! mais à fond... comme ça
se doit en l'honneur d'un ami!... Ah! je l'aime, M. Carvajan, autant
que j'abomine les gens d'en face... Mais il ne les chérit pas non plus...
et c'est lui qui nous en débarrassera...

Il montra le poing à la colline sur laquelle se dressait, entre les
arbres, le château de Clairefont, et, s'excitant lui-même au souvenir
de sa récente aventure :

— Ah! brigand, va! M'attacher, comme un corbeau crevé, exposé
dans un champ au bout d'une perche!... Mais tu me le paieras, ou
que ce que je bois me serve de poison!

Et il avala d'un trait un verre de bière que Pourtois venait de
verser pour Pascal.

— Dites donc, Chassevent, s'écria le cabaretier mécontent,
faudrait nous flanquer un peu la paix avec vos histoires... Nous
aimerions mieux écouter monsieur, que nous revoyons dans le pays
avec bien de la satisfaction... Je vous ai connu tout petit, monsieur
Pascal, et quand vous vous promeniez avec votre bonne chère dame de
mère, je vous ai bien souvent reçu dans mon établissement... Oh! il est
changé depuis les temps!... Mais vous aussi... Et vous voilà bel homme,
da... vous qui étiez un peu maigriot, soit dit sans vous offenser

— Vous ne m'offensez pas, répondit Pascal, les yeux baissés,
et comme absorbé par une profonde méditation... Tout est bien
changé, en effet... hommes et choses...

— Et tout changera bien davantage avant peu, dit Fleury d'une
voix coupante... Nous avons la guerre ici, monsieur Carvajan, entre
votre père et le marquis de Clairefont... Il y a trente ans que les
hostilités sont engagées, et nous approchons du dénouement. Les
gens d'en haut sont bien perdus, allez. Ils n'ont pas de chance d'en
réchapper, car c'est votre père qui les tient. Vous êtes arrivé pour
assister à la victoire... Soyez le bienvenu, monsieur Pascal...

Le greffier tendit au jeune homme une main crochue comme une
griffe, que celui-ci ne vit pas sans doute, car il la laissa retomber sans
la serrer.

Immobile, debout, il songeait. Dans son souvenir la récente aventure repassait. Il voyait une belle jeune fille à cheval, marchant lentement sous la voûte fraîche des arbres, escortée par un grand lévrier. Un inconnu sautait dans le chemin creux devant elle, et lui demandait sa route. Gravement, avec une fière complaisance, elle lui servait de guide. Au moment de la quitter, respectueusement, il la priait de lui dire son nom, et c'était mademoiselle de Clairefont, la fille de celui que l'on citait comme l'ennemi de son père. Il semblait alors à Pascal qu'une ombre descendait sur la jeune fille et qu'il la voyait vêtue de noir, le front penché sous de lourds ennuis, son beau visage creusé par le chagrin. Elle marchait en silence, les yeux rougis et fixés vers la terre, toute seule, comme abandonnée. Le chemin vert et fleuri avait perdu sa splendeur d'été. Les arbres dépouillés de leurs feuilles frissonnaient, noirs et froids, sous le vent d'hiver, et de ce tableau se dégageait une impression de malheur. Comment se trouvait-elle ainsi seule ? Où était le père ? Qu'était devenu le frère, ce violent et rude jeune homme qu'il n'avait qu'entrevu ? Comment la solitude morne s'était-elle faite autour de cette adorable enfant, et pourquoi pleurait-elle ? Ainsi que l'avaient annoncé ces misérables qui l'entouraient, le vieux Carvajan était-il l'auteur de ce deuil et de cette tristesse ?

Le cœur de Pascal se serra. Il se demanda avec trouble quel intérêt soudain il prenait à cette jeune fille, qu'il ne connaissait pas la veille. Il sentit une violente angoisse à la pensée qu'elle allait souffrir, et souffrir par un Carvajan. Devait-il donc, lui qui portait ce nom redouté, être maudit par elle ? Lorsque, entraîné par une irrésistible sympathie, il aurait voulu se courber à ses pieds, protester de son dévoûment, accomplir des tâches surhumaines pour se faire remarquer et pour plaire, il se découvrait irrémédiablement voué à son aversion et à son mépris.

Le vieux marquis de Clairefont, l'athlétique et violent Robert disparurent de sa mémoire : il n'y eut plus qu'elle, incarnation unique de la famille, elle seule menacée, et dont on annonçait joyeusement la ruine, elle, victime livrée à tous ces confédérés qui célébraient

leur prochaine victoire, et le félicitaient, lui, Pascal, qui déjà eût voulu
es écraser, d'être arrivé pour assister à la curée.

Il releva le front avec le sentiment qu'on le regardait. Il vit en effet
les yeux de ceux qui l'entouraient fixés sur lui avec surprise. Depuis
quelques minutes, à la suite de ces paroles triomphantes lancées par
Fleury, il se montrait absorbé, muet, la tête penchée sur la poitrine. Il
passa la main sur son front, et, avide de savoir plus complètement ce
qui se tramait contre Clairefont :

— Je vous remercie de votre bienvenue, dit-il en s'efforçant
de montrer un visage souriant. Mais laissez-moi vous dire que j'arrive
d'un pays où les intérêts qui vous mettent en mouvement paraîtraient
bien mesquins. J'ai parcouru les provinces les plus sauvages de l'Amérique, j'y ai vu des domaines de cent mille hectares, où pâturent des
troupeaux innombrables, gardés par des escouades de bergers à
cheval. En repassant au bout d'un an dans des contrées que j'avais
connues désertes, j'y ai découvert des villages poussés comme
par enchantement ; j'ai traversé à cheval des montagnes où l'argent
est le caillou du chemin ; j'ai longé des lacs de pétrole contenant
de quoi éclairer l'Europe entière pendant dix années sans tarir. J'ai
foulé des champs où la terre végétale a cinq mètres d'épaisseur, et où
la paille du blé est haute à cacher un homme debout. J'ai assisté à la
marche prodigieuse et ininterrompue du progrès, transformant tout
un monde. Je reviens, au bout de dix ans d'absence, et je vous trouve
ici occupés de la même intrigue, échauffés de la même haine, dévorés
du même désir. Allons, on voit que tout est définitivement réglé,
mesuré et établi, dans notre France, et que vous avez du temps
à perdre. J'assisterai à votre amusette, puisque vous m'y conviez ;
mais je suis un peu blasé, je vous en préviens : je ne vous promets
pas que j'y prendrai de l'intérêt.

Il partit d'un éclat de rire qui sonna faux à l'oreille de Fleury. Le
greffier conçut un peu d'inquiétude. Il dévisagea ce fils qui traitait avec
tant de dédain une affaire qui tenait si fort au cœur de son père. Il
crut nécessaire de lui faire toucher du doigt le fond de l'opération,
pour qu'il en parlât avec moins de détachement :

— Il n'est pas question ici de lacs de pétrole, ni de mines d'argent, ni même de terres pouvant se passer d'engrais, dit-il avec une aigre ironie ; nous ne sommes pas dans le pays des prodiges, mais en France, où les gains considérables et faciles se font rares, et où une belle spéculation mérite qu'on s'en occupe et qu'on la tire de longueur. Or, il s'agit de la Grande Marnière, et cette colline de cent hectares, aride, couverte de bruyères et d'herbes blanches, contient, dans son sous-sol, des millions... Exploitée par le marquis de Clairefont, ce rêveur, elle a été une source de ruine. Aux mains de votre père et de ceux qui sont avec lui, elle sera une source de prospérité. Tout le pays, voyez-vous, est intéressé à ce que le domaine de Clairefont change de maître, et vous ne serez pas bien malheureux, monsieur Pascal, d'habiter le château qui est là-haut. Si délabré qu'il soit, il a meilleure façon que la petite maison de la rue du Marché.

Machinalement, le jeune homme se dirigea vers la porte de la salle, l'ouvrit, et soudain le parc de Clairefont, s'étageant sur le flanc du coteau, jusqu'au pied de la longue terrasse qui borde la façade du château, s'offrit à ses yeux. Les taillis étaient calmes, profonds et silencieux. Au loin, le coucou faisait entendre son chant mélancolique. Au delà de ces futaies ombreuses, derrière ces murailles, se trouvait la jeune fille qu'il rêvait déjà de défendre. Un bien grand espace s'étendait entre elle et lui : toute la largeur de ce vallon stérile, qui recélait dans ses flancs les trésors annoncés par Fleury. Mais plus infranchissable encore était la séparation tracée par cette fine cravache, qui avait coupé l'air avec un sifflement, quand il avait prononcé son nom, ce nom redouté de Carvajan, qui retentissait aux oreilles inquiètes comme un présage de ruine.

— Beau parc ! murmura derrière lui la voix enrouée de Chassevent... Et jolie habitation... Ma fille y travaille.... Elle m'en parle...

— J'y compte deux mille pieds d'arbres à abattre, si on veut jouer du haut bois, ajouta Tondeur, avec une grosse gaieté, et encore sans abîmer les ombrages !...

— Nous en tâterons, n'est-ce pas, père sournois ? dit l'énorme

Pourtois... On a besoin de madriers pour le chemin de fer... Ce
sera justement le coup !...

— Et il y a derrière l'auberge vingt arpents, que nous savons
comment irriguer, et qui feraient de bien jolis herbages, répliqua le
marchand de bois. Bah ! vivons d'espoir !

Puis, tortillant autour de son poignet la lanière de cuir de sa trique :

— Allons, assez flâné ! Au revoir, les enfants... Monsieur Carvajan,
à l'avantage...

Il donna de lourdes tapes dans les mains de ses amis, tira son chapeau à Pascal, et, d'un pas pesant, il se dirigea vers le plateau.

Le jeune homme le suivit du regard, pensant que, peut-être, en
traversant les bois, en longeant le parc, le vieux Tondeur aurait
l'occasion de rencontrer la charmante amazone. Puis, ses idées
prenant un autre cours, il songea avec inquiétude que les habitants
de Clairefont vivaient entourés d'ennemis secrets et acharnés.
N'avait-il pas, quelques instants auparavant, entendu Fleury parler
familièrement au comte Robert ? Pourtois n'était-il pas souriant et
obséquieux devant le jeune châtelain ? Et Tondeur, en relations
d'affaires continuelles avec le marquis, ne circulait-il pas toute
l'année sur le domaine, comptant les vieux hêtres et les grands
chênes, et mesurant d'avance sa part de la conquête commune ?
Jusqu'à l'horrible Chassevent, dont la fille allait en journée au château, et servait d'espionne à la bande noire dont Carvajan était le
chef.

Ainsi, d'instants en instants, à mesure que les agents de son père
parlaient, il voyait tous les ressorts du piège tendu apparaître. Il
voulut tout savoir, et, avisant Fleury qui faisait des grâces à la
réfléchie et silencieuse madame Pourtois, il prit la résolution de
pénétrer jusqu'au fond de cet esprit trouble. Sortant de sa poche un
étui à cigares en argent, il l'ouvrit et le tendit au greffier.

— On voit que vous revenez d'Amérique, dit celui-ci, en regardant
les havanes avec une lente admiration.

Il en choisit un, en mâchonna grossièrement le bout entre ses
dents, et le fumant à grosses bouffées :

— Si vous retournez à la Neuville, nous ferons route ensemble.

— Avec plaisir.

Ils sortirent de l'auberge, reconduits jusqu'au seuil par le colossal Pourtois. Arrivé sur la route, jetant un dernier regard sur la haute terrasse où il lui semblait voir confusément passer une élégante promeneuse, Pascal prit familièrement le bras de Fleury, et, avec l'abandon d'un homme qui se sent en confiance :

— Maintenant que nous sommes seuls, dit-il, parlez-moi de ces Clairefont.

— Oh ! mon cher monsieur, ils s'enfoncent de jour en jour plus complètement... A l'heure qu'il est, il n'y a plus que la tête qui passe... Et sous peu tout y sera... Le marquis est un vieux fou qui, depuis vingt-cinq ans, s'est donné, pour se ruiner, plus de mal que bien d'autres pour s'enrichir... Tant qu'il n'a fait qu'inventer des charrues à double soc automatique, avec lesquelles on ne pouvait pas labourer, et des batteuses rotatives, qui mettaient le grain en marmelade, ça a encore été... Mais il s'est un beau jour fourré en tête de fabriquer de la chaux hydraulique, et alors il a pratiqué des sondages aux quatre coins de son domaine, il a construit une usine, puis il a hypothéqué ses terres pour subvenir aux frais de l'entreprise... Il eût mieux valu pour lui se jeter dans le puits de la Grande Marnière qui a cent vingt mètres de profondeur !... Le bonhomme était pour conduire cette affaire-là comme moi pour ramer des pois... Il aurait fallu un malin pour mener la chose à bien... Et justement ce malin-là avait intérêt à ce qu'elle tournât de travers...

L'ignoble Fleury cligna ses yeux louches, et fit entendre un petit ricanement :

— Monsieur Pascal, votre père est un homme auquel on ne résiste pas, et il vaudrait mieux être mal avec le diable qu'avec lui... Le marquis sait à quoi s'en tenir aujourd'hui, et il doit amèrement regretter les noirceurs qu'il a faites autrefois à M. Carvajan.

Pascal jeta à son compagnon un regard interrogateur.

— Oh ! vous n'étiez pas né... C'est de l'histoire ancienne... Mais votre père connaît la règle des intérêts composés... Et avec lui tout se paie...

IL MONTRA LE POING A LA COLLINE (PAGE 1027)

— Mais si l'affaire est mauvaise, dit Pascal, pourquoi tant se démener pour s'en emparer ?...

— Parce que, bien exploitée, elle deviendra excellente... La chaux de la Grande Marnière peut rivaliser avec les meilleurs produits de Belgique, elle est supérieure à celle de Senonches... Toute la colline qui va de Clairefont à Lisors contient des gisements d'une richesse admirable... Il y a des millions enterrés là-haut, et nous saurons les faire sortir... Nous obtiendrons l'autorisation de fouiller les communaux, moyennant une redevance modique, et pendant plus de cent ans on trouvera de la marne à volonté... C'est la fortune pour tous ceux qui font partie du syndicat dirigé par M. Carvajan... Oui, la fortune rapide et sûre !

Fleury montra un visage rayonnant. Il tendit ses mains comme pour saisir les richesses qu'il entrevoyait dans l'avenir.

— C'est la ruine du marquis, dit Pascal...

— Oh ! complète, reprit avec âpreté le greffier... Il a dû cesser son exploitation. Toutes ses terres sont engagées. Il est sous le coup d'une expropriation au profit de votre père, qui a avancé, par l'intermédiaire de diverses personnes, des sommes importantes. Rasé, rincé, le marquis ! Il est dans la nasse, le vieil aristocrate !

— M. de Clairefont n'a-t-il donc auprès de lui personne qui puisse l'aider de ses conseils, lui prêter l'appui de son activité ?

— Sera-ce son fils, ce beau et violent garçon, que vous venez de voir, il n'y a qu'un instant, traitant les hommes comme ses chiens, quand ils ont fait une faute ? Où prendrait-il de la raison pour éclairer son père, quant il n'en a pas pour se conduire lui-même ? S'agira-t-il de tirer un coup de fusil sur un sanglier, de conduire un cheval difficile, de manger et de boire pendant toute une soirée, ou de lutiner avec une jolie fille ? Alors vous le trouverez toujours prêt et dispos. Mais ne lui demandez pas de s'appliquer à quelque travail de tête ; il ne saurait s'y astreindre. Il tomberait d'un coup de sang, s'il ne vivait pas au grand air. Voilà le seul homme qu'il y ait dans la maison, car je ne compte pas le baron de Croix-Mesnil, qui ne vient que par intervalles pour faire sa cour à mademoiselle Antoinette.

A ces mots, Pascal s'arrêta, comme s'il eût vu un gouffre s'ouvrir à ses pieds. Une pâleur subite s'était étendue sur son visage, et ce fut d'une voix changée qu'il balbutia :

— Son fiancé, celui-là ?

— Oui, un bon jeune homme, capitaine de dragons en garnison à Évreux, qui croque le marmot depuis deux ans, sans se décourager, mais qui prendra certainement la poudre d'escampette quand il verra le beau-père en déconfiture...

Pascal se sentit renaître. Une horrible espérance rentra dans son cœur à la pensée qu'Antoinette pouvait être délaissée. Il vit son intérêt d'accord avec celui de son père. Il n'avait rien à attendre que de la ruine du marquis. Antoinette sans fortune se rapprochait de lui. Pascal frémit en se surprenant à souhaiter que ce désastre s'accomplît.

Il se dit :

— Quelle âme de boue ai-je donc ? Suis-je aussi infâme que ce Fleury qui me donne froidement tous ces détails, et escompte le malheur de cette famille ? Allons ! vais-je entrer dans leur horrible syndicat ? Chercherai-je à obtenir cette adorable jeune fille à force d'infamie ?

Il releva la tête, frappa fortement le sol du pied et, le cœur gonflé d'une audacieuse espérance, il répondit à la question que sa conscience venait de lui poser :

— Non. Ce sera à force dévoûment !

Celui qui avait osé se faire de Carvajan un ennemi si acharné et si dangereux était maintenant un vieillard au front ridé, aux cheveux blancs comme la neige, aux épaules voûtées et à la démarche chancelante. On l'avait autrefois appelé le beau Clairefont, et le point de départ de cette haine implacable, à laquelle il était en butte, avait été une aventure d'amour.

Au jour de sa naissance, en 1816, la Restauration était dans toute sa force et tout son éclat. Son père, riche de la fortune de sa femme, charmante Anglaise épousée pendant l'émigration, avait racheté le château patrimonial, et s'était constitué un domaine qui lui rapportait chaque année cent vingt mille livres. La faveur de Louis XVIII, dont il avait fait le whist pendant ving-cinq ans, de Coblentz à Vérone et de Hartwel à Paris, en suivant toutes les étapes de l'exil, lui avait valu d'être nommé gentilhomme de la chambre et commandeur de Saint-Louis. Bien des fidèles qui s'étaient prodigués à la gueule des canons républicains en Vendée n'obtinrent pas autant, pour leur héroïsme, que M. de Clairefont pour ses robbers.

A treize ans, le comte Honoré eut un premier chagrin : il perdit sa mère. Il fût demeuré facilement inconsolable, mais son père ne lui en laissa pas le loisir. Le marquis ne favorisait point les douleurs improductives. Il engagea son héritier à sécher ses larmes, et, pour le distraire, le fit admettre auprès du roi Charles X, en qualité de page. Honoré plut par sa gracieuse vivacité. La duchesse de Berry le prit en amitié, et daigna passer sa belle main dans les cheveux blonds de l'enfant. Le fils paraissait donc promis à la même heureuse fortune que le père : il apprenait déjà le whist, lorsque la Révolution, qui se plaît à brouiller les cartes des hommes et des rois, conduisit Charles X tout courant jusqu'à Cherbourg, et le fit embarquer pour l'Angleterre. Le marquis, dont toute la carrière s'était faite en exil, ne crut pas devoir se dérober à des tristesses qu'il savait devoir être, à un moment donné, si brillamment compensées. Il suivit son souverain à Goritz et commença à initier son fils à l'art, qui lui était familier, de courtiser le malheur.

Cette nouvelle émigration, adoucie par la jouissance d'une fortune considérable, dura plus longtemps que ne l'avait prévu le marquis. La branche cadette, plantée comme une bouture sur le trône, prit solidement racine, et Honoré de Clairefont, arrivé enfant sur la terre étrangère, y grandit et devint un homme. A mesure qu'il avançait en âge, des dissemblances curieuses se remarquaient entre son caractère et celui du marquis.

Autant le compagnon du comte de Provence était léger, sceptique, tout brillant des grâces un peu vicieuses du dix-huitième siècle, autant le page du comte d'Artois se montrait généreux, enthousiaste, et entraîné par le courant utilitaire des temps nouveaux. Son père, qui était d'une aristocratique ignorance, le voyant étudier, se moquait d'une application qu'il trouvait déplorablement populacière.

— A quoi vous destinez-vous donc, mon cher? disait-il à Honoré. Voulez-vous être industriel ou marchand ? Il n'est qu'une science qui convienne à un homme de votre rang : c'est celle de bien vivre, et je crains que ce ne soit la seule qui vous manque. Je m'attriste à vous voir les goûts d'un croquant... Vous vous ferez du tort dans le monde, et vous nuirez à votre avancement... Il faut que vous ayez pris ces idées du côté de votre mère, qui a eu des drapiers dans sa famille, au temps de ce faquin de Cromwell... Car, pour les Clairefont, ils n'ont jamais rien appris, si ce n'est à tirer l'épée et à dépenser noblement leurs revenus... Pour le reste, ils le savaient assez de naissance.

Ces sarcasmes ne convertissaient pas Honoré, qui se délassait, dans l'étude des sciences, de la vie fastidieuse qu'il menait à la cour triste et maussade du roi découronné. Il s'était pris de passion pour la physique et la chimie. Il avait rencontré un très savant professeur, retiré de l'Université d'Iéna, l'avait habilement attiré par ses prévenances, et passait avec lui, dans un cabinet aménagé en façon de laboratoire, des heures délicieuses. Son père, un matin qu'une explosion très forte s'était produite pendant une expérience, lui avait demandé railleusement ce qu'il fabriquait avec tant de tapage, et comme Honoré, qui redoutait beaucoup le marquis, demeurait muet :

— Si c'est l'élixir de longue vie, que mon ami le comte de Saint-Germain prétendait autrefois posséder, vous ferez bien, mon cher, de m'en donner une petite bouteille, car je ne suis pas dispos depuis quelque temps.

Le jeune comte s'inquiéta, prévint le médecin ordinaire de son père, mais tous les soins demeurèrent sans effet : le marquis mourut. Son seul mal était qu'il avait quatre-vingts ans.

A peine majeur, Honoré se trouva donc riche, libre, et passablement las de vivre en pays étranger. Fort peu soucieux de faire laide figure à Louis-Philippe, et de bouder, lui sixième, dans les salons d'un pauvre prince presque en enfance, il rentra en France et courut revoir Clairefont. L'air du pays lui causa une ivresse singulière, et il se sentit vraiment jeune, vraiment vivant, ce qui était assez nouveau pour lui. Il eut une montée de sève inattendue, pensa moins à ses alambics, délaissa son laboratoire, et eut fantaisie d'aller passer l'hiver à Paris.

Le marquis était mort un peu trop tôt. S'il eût vu Honoré souper, jouer, et le reste, il eût emporté la conviction consolante que le nom de Clairefont n'était point tombé à un grimaud. Le jeune homme fut du Jockey-Club, alors à son origine ; il fit courir, eut un pied dans les coulisses de l'Opéra, et, son revenu ne lui suffisant pas, entama gaillardement le capital.

Il allait passer tous les étés deux ou trois mois à Clairefont, à l'époque des chasses, et stupéfiait La Neuville par le luxe de ses équipages et la splendeur de ses réceptions. Les bruits les plus extraordinaires circulaient sur les fêtes que donnait à ses amis le jeune seigneur du pays. On racontait qu'il s'était bu, dans un seul dîner, quatre-vingts bouteilles de vin de Champagne, et que des femmes habillées en hommes prenaient part aux battues du château. L'une d'elles avait même logé une charge de plomb dans les mollets d'un traqueur, en tirant un chevreuil. Et le blessé avait été gratifié de deux mille francs pour sa peine ; une petite fortune ! Tous les paysans en rêvaient, et, maintenant, s'aventuraient imprudemment les jours de chasse, pour tâcher d'avoir même aubaine.

Honoré était un beau garçon, de moyenne taille, blond, avec des yeux bleus très doux. Quand il traversait la petite ville, conduisant son tilbury, et faisant, au trot sonore de ses deux chevaux, vibrer les carreaux des maisons, plus d'une femme risquait un œil à la fenêtre. Bien des cœurs battaient pour lui en secret. Mais qu'espérer d'un élégant qui passait pour avoir à Paris des bonnes fortunes miraculeuses, et retenir, par les mêmes chaînes de fleurs, les comédiennes célèbres et les fières grandes dames ? Cependant un événement préparait, qui devait avoir un grand retentissement dans le pays, et exercer sur la destinée du marquis une influence considérable.

Dans la rue du Marché, auprès de la fontaine publique, dont le rejaillissement continuel piquait la pierre des murs d'une moisissure verdâtre, s'élevait une étroite maison basse, à pignon aigu et penchant, aux fenêtres à guillotine garnies de carreaux verts, bossués, au centre, d'un cul de bouteille. Au-dessus de la porte, sur un tableau noir, étaient écrits ces mots : *Gâtelier, marchand de fourrages, sons, recoupes et avoines.* La petite boutique, au rez-de-chaussée, était encombrée de sacs de grains, et, dans un vaste casier, appliqué à la muraille, des bocaux d'échantillons rarement remués rancissaient sous la poussière. Cet humide et triste réduit, où le soleil n'entrait jamais, parut cependant lumineux au marquis. C'était un jour de marché ; sa voiture avait été arrêtée par un encombrement ; il laissa tomber un regard distrait sur cet intérieur sombre, et resta ébloui. Assise auprès de la fenêtre relevée, travaillant à un ouvrage de broderie, une jeune fille, blonde comme une madone de Raphaël, le teint blanc, la bouche rêveuse et tendre, des yeux bleus ombragés par de longs cils châtains, lui apparut pleine de la grâce délicate et charmante d'une fleur qui languit sans air et sans soleil.

Les charrettes qui barraient la rue s'étaient éloignées, les paysans qui débattaient le prix d'une vente, à grand renfort de cris et de tapes dans la main, avaient gagné le cabaret voisin, le passage était libre, les chevaux du marquis, ne voyant plus d'obstacle, piaffaient d'impatience, et cependant il restait là, les yeux fixés sur cette fenêtre où rayonnait cette exquise beauté, oubliant où il était, se souciant peu d'être observé, méprisant les commentaires des bourgeois de la ville, tout à son admiration, et pris d'un ardent désir de descendre, pour se rapprocher de celle qui venait de le troubler si profondément. Une aigre sonnette, mise en mouvement par l'huisserie, l'arracha désagréablement à son extase. Il jeta un regard chagrin sur la rue sale, sur la maison vieille et noire, se demandant par quelle ironie de la destinée cette perle se trouvait dans ce bourbier. Il ressentit alors une sorte de commotion magnétique. Un homme venait de paraître sur le seuil, s'était appuyé au chambranle de la porte, et, de là, faisait peser sur le marquis le regard provocant de ses prunelles jaunes. M. de Clairefont, du haut de son siège, dévisagea cet audacieux. Il le vit petit, maigre, avec une figure chafouine éclairée par des yeux d'une vivacité extraordinaire. Il était vêtu comme un ouvrier, d'une veste de ratine grise et d'un pantalon de velours vert usé aux genoux. Au même moment, la jeune fille leva la tête, et aperçut Honoré arrêté devant la boutique. Elle rougit, se détourna, affecta un air indifférent, et, quittant sa chaise, elle s'enfonça dans les profondeurs obscures de la boutique. Le marquis l'entendit qui disait d'une voix douce et chantante:

— Carvajan, au lieu de regarder dans la rue, terminez donc vos expéditions...

UNE JEUNE FILLE LUI APPARUT PLEINE DE GRACE DÉLICATE (PAGE 1040)

Le commis secoua son front basané comme pour en chasser de pénibles pensées, tourna une fois encore vers le jeune homme son visage sombre et menaçant, puis, lentement, il laissa aller la porte qui retomba avec un bruit de carreaux ébranlés. Honoré toucha ses chevaux, et, se tournant vers son domestique qui était assis impassible, les bras croisés, sur le siège de derrière :

— Quelle est donc cette jolie fille ? dit-il en affectant un air insouciant.

— C'est la demoiselle au père Gâtelier, monsieur le marquis. Oh ! elle est bien connue dans le pays : elle s'appelle Édile... Mais elle est plus habituellement nommée la belle grainetière...

— Sage ?

— Oh ! monsieur le marquis, tout à fait honnête... Le père a du bien, et elle pourra, si elle a de l'ambition, épouser au moins un huissier...

— Et ce gars à museau de renard qui était sur le pas de la porte ?

— C'est Carvajan, le garçon de magasin... Un finaud et un robuste ouvrier, qui fait marcher la maison, car le père Gâtelier est plus souvent au cabaret qu'à ses affaires...

M. de Clairefont fit un signe de tête indiquant qu'il savait tout ce qu'il lui plaisait d'apprendre, et le laquais bien stylé reprit son solennel mutisme.

Honoré, les jours suivants, repassa par la rue du Marché. Il inventa des prétextes pour s'en aller en ville. Il descendait à pied par la côte raide qui conduit de Clairefont à la Neuville, et les bourgeois le rencontraient flânant, sa canne sous le bras, d'un air absorbé. C'étaient des commérages sans fin. Pour quel motif le marquis se promenait-il dans ces rues pavées de cailloux féroces qui brisaient les pieds, quand il avait les allées moelleuses de son parc ? Pour qui venait-il ainsi ?

Carvajan le savait bien, lui qui, du haut d'une lucarne, guettait les marches et les contremarches du jeune homme. Il avait, dès le premier jour, eu l'instinct qu'il en voulait à Édile. Et une haine subite, farouche, implacable, s'était allumée dans son cœur. Il s'était senti menacé à la fois dans son intérêt, qui était de succéder à son patron,

et dans son bonheur, qui eût été d'épouser cette charmante fille. Et ce
plan, soigneusement élaboré depuis dix ans qu'il était entré chez le
père Gâtelier, Carvajan le voyait compromis par le caprice d'un grand
seigneur

Il pâlissait de rage en entendant sur le pavé, pendant les heures
mortes où tous les habitants étaient enfermés chez eux, accablés par
la chaleur, le pas net et audacieux du marquis. Il couvait des vengeances
terribles, et, dans son grenier, la tête penchée sur la rue, il ne quittait pas
des yeux son ennemi, songeant qu'un moellon, croulant du haut pignon
de la vieille maison, pourrait terminer providentiellement l'aventure.
Et, de ses doigts crispés, il labourait inconsciemment la muraille. Un
jour, un fragment de plâtre, en tombant sur l'épaule du marquis, lui
fit lever la tête, et, dans l'ombre de la lucarne, il découvrit une figure
éclairée par deux yeux de tigre en embuscade. Honoré comprit le danger, et, depuis, il passa sur l'autre trottoir. Il avait reconnu l'homme
qui s'était posé, le premier jour, devant lui comme un adversaire.

Il s'informa, et apprit que le commis de Gâtelier était le fils d'un
bas officier espagnol entré en France à la suite du roi Joseph, en
1813, et nommé Juan Carvajal. Le Joséphin s'était fixé à la Neuville
et y avait vécu pauvrement en faisant des écritures. Carvajal Juan
s'était, dans la prononciation familière des bourgeois du pays, con-
tracté en Carvajan, et le nom ainsi déformé était devenu d'usage courant. Mais si, de son père, le commis avait hérité un nom francisé,
il n'en avait pas été de même pour le tempérament et le caractère.
Intelligent, et relativement instruit, de par son origine, il se montrait
passionné et vindicatif. Il était homme à attendre patiemment pour
frapper son ennemi et, l'instant venu, à l'égorger voluptueusement
et sans merci.

Entré chez Gâtelier à seize ans, Carvajan avait promptement découvert dans le commerce des grains un puissant moyen d'action sur
les populations des campagnes. Ambitieux, il ne bornait pas ses
désirs à l'édification d'une fortune : il rêvait de se créer une situation
importante dans le pays. Avec une grande finesse, il s'était rendu
compte de l'évolution sociale qui se faisait en France. Il avait prévu

l'avènement de la bourgeoisie. Il voulait être bourgeois, devenir riche, et tenir tout l'arrondissement dans sa main. Le marquis Honoré se heurtait donc à un adversaire redoutable, et ne s'en doutait guère.

L'assemblée de la Neuville, qui a lieu le jour de la Saint-Firmin, tomba, cette année-là, le dimanche 25 septembre. C'est, dans cette petite ville, une occasion non seulement de se donner du plaisir, mais encore de traiter des affaires. Les gros propriétaires et les fermiers du canton viennent à la foire, qui dure quatre jours, et s'y livrent à un important commerce de chevaux, de bestiaux et de céréales. Le père Gâtelier, de tout temps, avait fait ses approvisionnements de l'hiver à la Saint-Firmin. Il voyait là les cultivateurs et, devant une table du café du Commerce, il passait ses marchés à coups de petits verres. Pendant ces trois jours, le grainetier ne dégrisait pas et, phénomène particulier, plus il était ivre, et moins il était accommodant. A mesure que sa bouche s'ouvrait, sa bourse se fermait. Aussi on disait en manière de plaisanterie : Quand le père Gâtelier est arrosé, son vendeur est à sec. Le troisième jour, le bonhomme était rond comme une futaille, et ses achats étaient terminés. On le rapportait alors chez lui, et il pouvait cuver en paix toutes les tasses de café et toutes les topettes d'eau-de-vie qu'il avait absorbées.

Pendant que les vieux faisaient leurs affaires, les jeunes s'occupaient de leur plaisir. Et le bal ne désemplissait pas. C'était alors sous une tente dressée devant la mairie que les danseurs prenaient leurs ébats. Toute la bourgeoisie de la Neuville y venait, et les grands propriétaires voisins y paraissaient, par une familière condescendance pour leurs fermiers, dont les femmes et les filles rêvaient de cette fête pendant toute l'année. Il était de tradition d'y danser au moins une fois, et Carvajan pensait en frémissant que le jeune marquis allait pouvoir s'approcher d'Édile, l'inviter, lui parler, sans qu'il pût, lui, d'aucune façon intervenir.

A sa grande surprise, le samedi, premier jour de la fête, Honoré ne parut pas au bal. Il se montra sur la place, causa avec ses fermiers, fut empressé auprès de leurs filles, dépensa de l'argent à toutes les boutiques établies en plein vent, distribua ses acquisitions aux enfants qui se pressaient autour de lui, trouva un mot charmant pour tous, un sourire aimable pour toutes, et se retira en prétextant une violente migraine. Édile rit, dansa, se divertit, affectant une liberté d'esprit si grande que Jean, délivré de ses appréhensions, ne se contraignit plus. Il en vint à croire que le caprice du marquis n'avait eu qu'une durée éphémère, et que quelque autre fantaisie le lui avait fait oublier. Il reprit de la confiance et se railla lui-même; n'avait-il pas cru son avenir compromis, son bonheur perdu? Il montra une gaieté inaccoutumée.

Le dimanche, il se livra aux jeux d'adresse préparés pour les jeunes gens, avec l'ardeur passionnée qui lui était naturelle, et gagna plusieurs prix. Le marquis n'avait pas paru de la journée: on le disait malade. Carvajan fut, pendant quelques heures, complètement heureux, le cœur élargi, les nerfs vibrants, la voix éclatante. Il dansa. infatigable, et conduisant la fête. A minuit, au moment où le bal était dans toute son animation. il chercha Édile pour l'inviter et ne la rencontra pas. Il la demanda à tous les amis du père Gâtelier. Nul ne l'avait vue. Les jambes de Carvajan devinrent tremblantes, sa vue se troubla, une horrible palpitation l'étouffa. Il eut le pressentiment qu'il avait été joué, et que l'absence du marquis n'était qu'une feinte. Il courut au café du Commerce et trouva son patron incapable d'assembler deux idées, hors d'état de faire deux pas. Il se précipita vers la rue du Marché, espérant qu'Édile, fatiguée, était rentrée à la maison. Il regarda de loin la façade et la vit toute noire; aucune lumière dans la chambre de la jeune fille. Il entra, monta l'escalier, qui sonna lugubre sous ses pieds, frappa à la porte, et n'obtint aucune réponse. Il demeura un instant dans ce silence, égaré, entendant son cœur battre à coups précipités et sourds. Puis, écrasé par son impuissance, il se laissa tomber sur les marches et pleura de rage autant que de chagrin.

Il resta ainsi longtemps, écoutant au loin la rumeur de la fête, les fanfares amorties de l'orchestre, roulant de terribles projets de vengeance. Puis une idée se fit jour dans son cerveau obscurci par la

colère. Édile était peut-être à Clairefont : peut-être était-il temps
encore de l'arracher au marquis. Il redescendit avec rapidité, et prit
à toute course le chemin escarpé du plateau. Il ne mit pas plus d'un
quart d'heure à gravir la rude montée et arriva comme un fou à la
grille, qu'il trouva ouverte. Une voiture attelée de deux vigoureux
postiers stationnait devant le château. Il entendit la portière se fermer
avec un claquement qui lui répondit au cœur, et, comme le cocher allait
rendre la main à ses chevaux, il se précipita. Dans l'intérieur obscur
de la voiture, deux formes confuses s'offrirent à lui : celles d'un
homme et d'une femme. Il poussa un rugissement et, saisissant la
poignée de la portière, il l'ouvrit en criant :

— Édile !

Une exclamation étouffée lui répondit ; au même moment une
main nerveuse le prit au collet et le jeta en arrière, pendant qu'une
voix impérieuse disait :

— Marchez donc !

Carvajan comprit que tout allait être fini, que deux tours de roue
devaient suffire à mettre entre celle qu'il aimait et lui un abîme infranchissable. Il fit un suprême effort, s'élança à la tête des chevaux en
hurlant :

— Édile, descendez !... Il en est temps encore... Je ne vous laisserai
pas partir.

Les postiers, cabrés, secouaient avec impatience les gourmettes
d'acier de leurs mors. La même voix, agitée par un commencement
de colère, reprit :

— Finissons-en ! S'il ne s'éloigne pas, coupez-lui la figure avec
votre fouet !

Le bras du cocher se leva : un sifflement se fit entendre, et Carvajan, la joue ensanglantée, la poitrine meurtrie par le timon de la
voiture, roula sur le pavé.

Quand il revint à lui, la cour était sombre et silencieuse, et, comme
deux étoiles, s'éloignant sur la route de Paris, brillaient les lanternes
de la voiture qui emportait Édile et son séducteur. Carvajan se releva,
et, le cœur serré, les yeux secs, il redescendit à la Neuville, rentra à

la rue du Marché, où le père Gâtelier venait d'être rapporté. Il alla à son maître, le secoua pour le réveiller, lui cria dans les oreilles que sa fille était partie, qu'elle s'était fait enlever par M. de Clairefont.

— Enlevée ! m'entendez-vous ? hurla-t-il, en enfonçant ses doigts dans le bras du vieil ivrogne. Enlevée par ce misérable...

— Ah ! ah ! enlevée, hoqueta Gâtelier, dans le cerveau duquel traînaient encore des lambeaux d'idées commerciales... Enlevée... Mais tu sais, Carvajan, le transport, comme dans toutes nos livraisons, à la charge du preneur !

Le garçon de magasin laissa tomber le malheureux, qui se rendormit d'un lourd sommeil, et, montant dans son grenier, il se jeta sur son lit, dévoré de honte et de colère.

Le départ d'Édile, qui semblait devoir bouleverser tous les plans de Carvajan, n'eut cependant pour lui que des conséquences heureuses. Il y a des êtres privilégiés pour qui tout tourne à bien, même le malheur. Le père Gâtelier, abandonné par sa fille, ne trouva à ses chagrins d'autre remède qu'un accroissement de son ivrognerie. Il ne quitta plus le café du Commerce, et, depuis le matin jusqu'au soir, on put le voir, les yeux flambants, la langue pâteuse, encombrant des soucoupes de ses tasses à café la table qui lui était réservée. Complètement abruti, il ne s'occupait plus du tout de son commerce, ne parlait jamais de sa fille, et avait abandonné à Carvajan la direction de sa maison. En trois ans elle prit une importance qu'elle n'avait jamais eue quand c'était Gâtelier qui traitait les affaires à coups de petits verres.

Carvajan, froid, méthodique, actif et exact, se mit à parcourir le canton, à visiter les fermiers, à avancer de l'argent à ceux qui étaient embarrassés, prenant pour gage les récoltes sur pied. Il jeta ainsi les premières bases d'une banque agricole, dont il devait plus tard tirer, au point de vue financier et politique, un sérieux parti. Au commencement de la quatrième année, le père Gâtelier mourut.

Tous ceux avec qui il avait trinqué suivirent son convoi : il y eut foule. Sa fille, arrivée le matin même de l'inhumation, descendit rue du Marché. Elle parut aux côtés de Carvajan à l'église, vêtue de noir, cachée sous un voile de crêpe qui empêchait de voir son visage. Après la cérémonie, elle rentra rue du Marché, et partit le soir, après être restée enfermée avec Carvajan pendant toute la journée. Le lendemain, le peintre en bâtiment de la Neuville fut appelé, reçut l'ordre de gratter l'ancienne enseigne de la maison et, au lieu du nom de Gâtelier, d'y mettre celui de Carvajan. C'est ainsi que la ville apprit que le commis devenait patron et prenait la suite des affaires de son maître.

Quelle convention avait été passée par Édile ? Quel accord avait été conclu entre elle et celui qui l'avait tant aimée ? Nul ne le sut jamais. Elle s'éloigna pour ne plus reparaître. Le bruit se répandit vaguement qu'elle habitait Paris. Des Neuvillois qui se disaient au courant des choses de la capitale racontèrent que le marquis, promptement las de la belle grainetière, l'avait galamment quittée en achetant pour elle un important magasin de lingerie. Édile enfin avait épousé un bureaucrate et vivait heureuse. Telle avait été la bourgeoise conclusion de son roman d'amour. Carvajan se montra triste et pâle pendant quelque temps. Personne n'osa le questionner, quoique la curiosité fût grandement éveillée. Mais ce petit homme sec et anguleux avait une façon de dévisager les importuns qui coupait court à toutes les familiarités.

A compter de ce jour, Carvajan ne vécut plus que pour son ambition et sa haine. Il n'était pas distrait de l'une par l'autre. Elles avaient le même objet, et marchaient de conserve. L'ambition visait à renverser et remplacer le marquis de Clairefont qui avait dans le pays la plus haute influence et la plus grande fortune. La haine se tenait pour satisfaite si ce double résultat était atteint. Un homme, qui dans la vie poursuit ardemment une idée unique, est invincible. Carvajan, doué d'une volonté impérieuse, d'une patience inaltérable, devait subordonner tous les actes de son existence à la lente et sûre préparation de sa vengeance.

Il savait que le résultat entrevu se ferait peut-être attendre pendant de longues années. Mais, impassible, il était résigné à poursuivre sa sape souterraine, jusqu'au jour où un dernier coup amène-

IL S'ÉLANÇA A LA TÊTE DES CHEVAUX (PAGE 1046)

rait l'écroulement final. L'éloignement du marquis n'avait point
amorti la violence de ses sentiments. Il n'avait qu'à lever la tête pour
se souvenir. Il voyait sur la colline le mur blanc de Clairefont. C'était
là qu'il était arrivé, après une course haletante, pendant la nuit de la
Saint-Firmin, pour reprendre Édile. Dupé si complètement, lui, Carvajan, par ce bambin de marquis ! Après dix ans, il en pâlissait encore
de colère et d'humiliation.

Il suivit de loin l'existence d'Honoré et vit avec une joie farouche
la fortune du gentilhomme s'amoindrir, à mesure que la sienne
augmentait. M. de Clairefont, promptement las de son existence
joyeuse, était revenu à ses fantaisies scientifiques, et avait comman-
dité différentes affaires industrielles qui ne réussirent pas. Son esprit
était plus vif que juste, plus ardent que pratique. Il s'entichait d'une
idée, la suivait, la caressait, et, après beaucoup de temps et d'argent perdus, l'abandonnait pour s'éprendre d'une autre. Carvajan,
exactement renseigné sur ces coûteuses tentatives, riait amèrement
en disant :

— Vous verrez que je n'aurai pas besoin de m'en mêler et qu'il se
ruinera tout seul.

Un jour, une nouvelle, qui fit frémir Carvajan d'une sombre joie,
se répandit dans le pays. Le marquis était rentré dans son domaine.
On avait vu arriver à la gare une voiture armoriée, et du train était
descendu un voyageur, ombre effacée du brillant seigneur qui faisait
battre les cœurs de toutes les femmes de la Neuville. Carvajan
voulut s'assurer par ses yeux de la présence de son ennemi. Il grimpa
la côte de Clairefont, et, de la route, vit les fenêtres du château
ouvertes. Il resta longtemps arrêté au bord de la terrasse, plongé
dans d'orageuses pensées, et, comme le soir venait, il aperçut dans
les parterres Honoré qui marchait lentement. Il eut de la peine à le
reconnaître, tant il était changé. La taille autrefois si svelte avait
épaissi, la figure fine et charmante s'était empâtée, et les cheveux
devenaient rares. C'était encore un gentilhomme de noble et belle
tournure ; mais ce n'était plus ce joli garçon avec ses grâces de
demoiselle qui le rendaient si séduisant. Carvajan le suivit de ses yeux

perçants, et quand il l'eut vu disparaître au tournant d'une allée :

— Oh ! oh ! dit-il en tendant vers le promeneur un bras menaçant, tu as l'imprudence de revenir à ma portée... Eh bien ! à nous deux !

Et à pas lents il reprit le chemin de la petite maison triste et noire dans laquelle, solitairement, il attisait sa haine.

Le marquis était destiné à étonner les gens de la Neuville. Autant il avait mené autrefois une existence bruyante et folle, autant il mena une vie retirée et laborieuse. Il s'occupait avec assiduité d'améliorer ses terre et d'exploiter ses bois. Il paraissait avoir sur toutes choses des idées particulières, car il transformait en herbages la plus grande partie des réserves du château, et montait une laiterie modèle. Au milieu des futaies de Clairefont il installait une scierie, et commençait à pratiquer d'importants abatis. On le voyait inspecter ses travaux, et il ne paraissait jamais plus heureux qu'au milieu des ouvriers. Il appliquait aux procédés de sciage toutes sortes de perfectionnements de son invention, ne craignant pas de mettre la main à l'ouvrage quand les appareils ne fonctionnaient pas. Il passait le reste de son temps dans une tourelle remplie d'instruments de physique et où il avait fait construire un fourneau pour les expériences de chimie. Il vivait éclairé par le jour coloré qui traversait les vitraux anciens des larges fenêtres, comme une sorte de docteur Faust. Un domestique s'étant un jour cruellement brûlé les mains avec une fiole d'acide, il avait donné la tâche de ranger le laboratoire à un seul valet de confiance, qui l'avait suivi dans tous ses voyages et lui était fort dévoué.

Des récits extraordinaires couraient sur ce cabinet devenu mystérieux. On disait que le marquis défendait qu'on y pénétrât, parce qu'il s'y livrait à des expériences magiques. Quelquefois, le soir, les vitres de la tourelle s'illuminaient de fantastiques clartés, et, de loin, les passants voyaient avec terreur flamber ces lueurs dans la nuit.

Il avait sans doute trouvé un secret pour engraisser ses champs et fertiliser ses prairies, car, depuis qu'il s'occupait de culture, ses récoltes étaient incomparables. Ses fermiers disaient avec envie :

— Notre maître a de beaux blés et de riches fourrages, mais il

sait à combien ils lui reviennent... Ses engrais ne sont pas connus,
mais ils coûtent gros, et peut-être bien qu'ils ne sont pas catho-
liques... Marchez !

Carvajan, qui ne croyait pas aux diableries, comprit promptement
le parti qu'il pouvait tirer de la conduite nouvelle du marquis. Dans
les tournées incessantes qu'il faisait en cabriolet, aux quatre coins de
l'arrondissement, il disait aux cultivateurs :

— Eh bien ! mes bonnes gens, vous avez un concurrent inattendu.
M. Honoré fait de l'élevage et envoie du lait au marché. Il a les
moyens de travailler en grand... Vous n'avez qu'à bien vous tenir :
les prix vont certainement baisser... Car cet homme, n'est-ce pas, il
n'a pas besoin de ça, et il vendra au-dessous du cours...

Sourdement, il excitait le mécontentement. Et déjà il s'était fait
un allié de Tondeur, le marchand de bois, qui ne pouvait voir avec
tranquillité M. de Clairefont scier lui-même ses chênes séculaires, et
les envoyer directement aux grands chantiers de la marine, pour
les constructions de la flotte et les travaux des ports.

Le cheval de bataille de ce madré compère était la machine à
vapeur que le marquis employait. Sur ce chapitre-là, au cabaret, il ne
tarissait pas :

— Comment, nous autres, malheureux, nous n'avons que
nos bras pour vivre, et voilà ce richard qui supprime le travail en
se servant d'outils qui marchent tout seuls !... Les journées des
scieurs, qui se payaient trois francs, ne valent plus que quarante
sous... Dame ! je trouve des hommes tant que j'en veux... Il y a plus
d'ouvriers que d'ouvrage...

L'usine à vapeur, avec des scies de l'invention d'Honoré, coûtait
cher, loin de rapporter. En abaissant le prix des salaires, le marchand de bois atteignit ce double résultat de faire un tort moral considérable au marquis et de gagner beaucoup d'argent.

Cependant, malgré tout ce que Carvajan et sa clique pouvaient
dire, la popularité du châtelain était encore solide, et l'œuvre de des-
truction entamée ne devait pas s'accomplir en un jour. En 1847,
aux élections pour le conseil général, M. de Clairefont s'étant

porté, soutenu par les comités royalistes, réunit une .orte majorité et battit haut la main Zéphyre Dumontier, le grand meunier de la vallée, qui représentait le parti républicain.

La campagne électorale avait été très chaude, et Carvajan s'était si rudement démené en faveur de l'adversaire d'Honoré, que la fille du meunier en avait été toute saisie. Ce que le jeune homme faisait par haine, elle crut qu'il le faisait par amour. Carvajan était trop pratique pour ne pas profiter des avantages que l'imagination de la demoiselle lui donnait. Et, six mois plus tard, il l'épousait avec cent mille francs de dot.

L'année suivante, le marquis se maria à son tour. Il fit, tout à l'opposé de son père qui avait fait un mariage d'argent, un mariage d'amour. Il épousa la fille cadette du baron de Saint-Maurice, son voisin de campagne, vieux gentilhomme de grandes manières et de petite fortune, très entiché de sa noblesse, et qui avait transmis ses idées aristocratiques à sa fille aînée, mademoiselle Isabelle. La nouvelle marquise, simple et douce nature, donna à son mari deux enfants, Robert et Antoinette, et fut, pendant sa trop courte existence, l'ange du foyer de famille. En partant à trente-cinq ans, elle emporta avec elle toute la sagesse de la maison, et laissa Honoré livré à sa manie inventive, devenue plus aiguë et plus coûteuse avec l'âge.

Robert avait treize ans et Antoinette dix quand ils perdirent leur mère. Ils ne trouvèrent, pour la remplacer, qu'un père absorbé par des utopies scientifiques, et une vieille demoiselle, leur tante, masculinisée par le célibat et en arrière de cinquante ans sur les idées courantes. Mademoiselle Isabelle avait abandonné le petit château de Saint-Maurice et était venue s'installer à Clairefont. Et pendant que son beau-frère passait sa vie à faire des découvertes admirables en théorie, mais ruineuses dans la pratique, elle mettait sa jeune nièce à cheval, faisait le coup de fusil dans le parc avec son neveu, étonnant les gens par son ton décidé, ses théories tranchantes et sa verve gauloise. C'était, au demeurant, la plus honnête femme du monde, et, d'ailleurs, si laide, qu'on n'aurait pu concevoir auprès d'elle l'ombre d'une mauvaise pensée. Ignorante, à dire que Henri IV était fils de Henri III, et d'une sensibilité brusque qui tenait du grognard. Elle avait presque de la barbe, et, si quelqu'un se fût oublié à l'appeler madame au lieu de mademoiselle, eût été capable de lui frotter les oreilles. Jamais tant de barbarismes ne tombèrent d'une bouche humaine. Elle disait couramment :

— Mon neveu monte à cheval comme un « bucentaure ».

Le marquis avait essayé de lui raconter l'éducation d'Achille, les leçons du centaure Chiron, et de lui faire saisir la différence qu'il y avait entre un homme-cheval et la galère des doges de Venise. Elle lui avait répondu tout net :

— Mon cher, laissez-moi tranquille avec vos « brouillaminis » ; chacun parle à sa manière, et je ne suis pas sûre que la vôtre soit la bonne. L'essentiel est qu'on m'entende et, jusqu'à présent, votre fils et votre fille ont compris ce que je voulais leur dire. Pour le surplus, bonsoir ! Nos pères n'en savaient pas si long, et de leur temps les choses allaient au mieux. Tandis qu'aujourd'hui c'est un vrai « capharnaüm » !...

La tante Isabelle avait eu sur le caractère de son neveu Robert une influence fatale. Elle avait choyé le jeune comte, dès son enfance, avec une rude tendresse, lui donnant à penser que le monde avait été créé pour l'agrément spécial des Clairefont et des Saint-Maurice, et que les êtres vivants quelconques, qui apparaissaient à sa surface, étaient les humbles serviteurs de ces deux nobles familles.

Robert, beau et aimable garçon, haut en couleur, doué d'une étonnante paresse d'esprit et d'une prodigieuse activité de corps, fit honneur à l'éducation que lui avait donnée sa tante Isabelle, et se révéla le plus ardent chasseur, le plus solide buveur, le plus hardi coureur de filles du département. Quelque chose de la mâle et brutale grandeur des mœurs féodales était en lui. Et la vieille demoiselle de Saint-Maurice disait avec orgueil à son beau-frère, quand il se plaignait de l'inapplication de Robert et de sa turbulence :

— Oui, vous êtes tout ébaubi de ses allures... Vous êtes un Clairefont d'aujourd'hui, vous, et lui c'est un Clairefont d'autrefois !

Quant à Antoinette, en dépit des enseignements tumultueux de la tante Isabelle, elle était devenue une très ravissante, très simple et très moderne personne. Elle ne se montrait point du tout marquise dans ses manières, qui étaient douces et calmes, autant que celles de son frère étaient vives et bruyantes. Elle avait trouvé moyen de s'instruire, en lisant beaucoup, sans pourtant négliger les exercices du corps qui passionnaient la vieille tante de Saint-Maurice.

Elle était de haute taille et merveilleusement faite. Son visage arrondi, au teint frais, était éclairé par des yeux noirs brillants et profonds, ses lèvres fines montraient en s'ouvrant des dents petites et blanches. Elle avait des mains et des pieds exquis. L'expression habituelle de sa figure était gaie et bienveillante. On la sentait bonne et bien portante. C'était comme un beau fruit velouté, sain et savoureux.

Elle avait une adoration pour son père, qu'elle gâtait ainsi qu'un véritable enfant. Seule, dans la maison, elle prêtait attention à ses théories scientifiques. Elle s'appliquait pour les comprendre, n'y parvenait pas toujours, et les admirait de confiance. Elle lui copiait ses modèles, les mettait au net et les rehaussait de teintes à l'aquarelle. M. de Clairefont était alors au comble du bonheur, et cette touchante admiration qu'il lisait dans les regards de sa fille était pour lui le plus doux des triomphes.

C'était du reste le seul. Nul inventeur plus malheureux dans ses essais n'avait existé. Le marquis, dont le cerveau fécond multipliait les découvertes, n'avait jamais pu obtenir un résultat utile. C'était toujours dans le domaine de l'agriculture qu'il cherchait des applications audacieuses et fructueuses. Audacieuses, elles l'étaient, d'aucuns même disaient folles, mais, fructueuses, elles ne l'avaient pû être, si ce n'est pour les marchands qui vendaient les machines, les matériaux, les produits chimiques, et autres éléments constitutifs très coûteux de ces opérations.

La tante Isabelle s'exprimait librement sur la monomanie raisonnante de son beau-frère. Elle lui disait :

— Vous n'êtes qu'une moitié de toqué... Vous n'avez pas assez de folie pour qu'on ait le droit de vous enfermer, et pas assez de raison pour qu'on puisse vous laisser libre... Avec toutes vos « machinations », vous mangerez votre bien, et, quand tout sera dissipé, ce n'est ni moi ni vous qui en apporterons d'autre! Autrefois, avec une bonne lettre de cachet on vous aurait calmé... Mais aujourd'hui... va te promener... Tout s'en va en « aune de boudin ».

Le marquis riait de ces boutades lancées par la vieille virago d'une voix forte, et se bornait à répondre :

— Ma sœur, un de ces matins, je trouverai ce que je cherche, et vous serez bien étonnée de me voir faire une fortune qui sera jalousée par les plus grands industriels. Car je conquerrai d'un seul coup la richesse et la renommée.

— Alors, on dira : Clairefont, marchand de ceci, ou fabricant de cela... Belle gloire, en effet! Vous aviez encore, lorsque vous avez épousé ma sœur, quatre-vingt mille francs de rentes. C'était une admirable aisance... Il fallait vous en tenir là, et pondre sur vos œufs pour doter vos enfants... Mais vous préférez doter la science. Et vous vous laissez duper par des intrigants qui vous vendent très cher des riens qui ne valent pas quatre sous... Vous ne vous préoccupez jamais de l'avenir... Cependant vous avez des ennemis, et vous connaissez le proverbe : « Qui compte sans son autre... »

— Sans son hôte, ma chère sœur, rectifiait doucement Honoré, et, secouant sa tête déjà blanche, il remontait dans sa tourelle, où il se plongeait avec une délicieuse quiétude dans les problèmes qui faisaient sa joie, en attendant qu'ils fissent sa fortune.

En dépit des soucis que la diminution progressive de la situation financière du marquis pouvait causer à son entourage, les habitants de Clairefont étaient heureux. Il n'en allait pas de même dans la maison de Carvajan, malgré l'accroissement notoire de son influence et l'augmentation cachée de sa richesse.

Depuis dix ans, la petite maison de la rue du Marché était restée telle que le père Gâtelier l'habitait. Le ménage Carvajan s'y était installé, et y avait vécu dans le travail. La fille de M. Dumontier, tombée du haut de ses illusions, et comprenant que son mari ne l'avait épousée que pour son bien, avait pleuré des larmes amères. La maternité avait été sa seule joie, et elle s'y était abandonnée avec

ELLE LUI COPIAIT SES MODÈLES (PAGE 1055)

une ardeur passionnée. Le petit Pascal fut toute sa vie : son présent et son avenir. Elle oublia ses tristesses en le voyant sourire, et elle se plia à la rude économie de Carvajan en pensant que son fils, un jour, serait plus riche.

Pascal grandit dans cette vieille maison, basse, étroite et noire, tremblant devant son père, ce terrible homme, au teint basané, au nez tranchant et aigu, aux yeux orange, ronds et brillants comme des louis d'or. Derrière cette silhouette menaçante apparaissait la pâle et triste figure de sa mère, dont le doux regard réchauffait son cœur, et dont les tendres paroles éclairaient son esprit.

Ils vivaient, elle et lui, dans une chambre aux boiseries foncées, dont l'unique fenêtre conservait de vieux carreaux verdâtres, et sur l'appui de laquelle, dans une grande caisse, poussaient des giroflées et des œillets. Pascal jouait devant cette fenêtre, seul coin lumineux et gai de ce logis sombre. Et la mère avait ainsi à la fois sous les yeux son enfant et ses fleurs.

Carvajan ne paraissait qu'à l'heure des repas. Quand il ne courait pas les routes, il se confinait dans son cabinet, situé au rez-de-chaussée, et dans lequel, les jours de marché, les cultivateurs gênés, en quête d'un emprunt, apportaient à leurs gros souliers un échantillon des boues de toutes les communes du canton. Le lourd marteau de la porte, poussé par des mains impatientes, retentissait sourdement dans le vestibule, et le pas traînant de la servante allant ouvrir glissait sur les dalles.

Quelquefois un bruit de discussion violente montait jusqu'au premier étage, promptement arrêté par la voix âpre et coupante de Carvajan. Les portes claquaient en se refermant. Pascal curieux avançait alors la tête au dehors, par la fenêtre, entre deux tiges fleuries, et voyait le long de la rue du Marché s'éloigner le visiteur, la tête basse, les épaules pliées, comme écrasé. Quelquefois, arrivé au coin de la place, l'homme se retournait, montrait une figure irritée et un poing menaçant. Un jour, un paysan, devant la maison même, avait crié :

— T'as mes vaques, t'as ma terre. Te faut-il core ma peau, mauvais usurier?

L'enfant avait sept ans : il était resté songeur, sentant que c'était une injure qu'on avait adressée à son père, mais n'en comprenant pas la signification. Il avait conservé ce mot profondément gravé dans sa mémoire, le tournant et le retournant, pour tâcher d'en découvrir le sens et la valeur. Dans son imagination hantée il était arrivé à se faire de l'usurier une image effrayante. Il se le figurait sous la forme d'un de ces géants noirs et féroces des contes de fées qui terrorisent les innocents et les faibles. Il en rêvait la nuit, et voyait ce monstre terrible avec le visage de son père. Un jour il n'y tint plus, et, après avoir hésité longtemps, il se hasarda à dire à sa mère :

— Qu'est-ce que c'est donc qu'un usurier?

Sous le regard clair de l'enfant, la pauvre femme pâlit. Elle resta un instant silencieuse, puis elle répondit :

— A propos de quoi me demandes-tu ça?

Pascal raconta la scène à laquelle il avait assisté. Madame Carvajan baissa un instant sa tête pensive, puis :

— Ne répète jamais ce mot-là, mon chéri... Ceux qui ne sont pas heureux sont facilement injustes, vois-tu... Cet homme s'en allait probablement d'ici sans avoir obtenu ce qu'il espérait, et il s'en prenait de sa déconvenue à ton père... Mais sois-en sûr, si Carvajan est quelquefois dur en affaires, c'est un homme scrupuleusement honnête... Enfin, c'est ton père : tu dois le respecter et l'aimer...

En faisant cette affirmation, sa voix tremblait un peu, et elle avait les larmes aux yeux.

Cette scène s'était gravée dans la mémoire de Pascal. Plus tard il en comprit la redoutable signification.

La lutte sans merci engagée par son père contre le marquis de Clairefont lui avait échappé pendant toute sa jeunesse. L'âme murée de Carvajan gardait bien ses secrets. Il n'avait jamais confié à personne ses espoirs de vengeance. Il travaillait sourdement à les réaliser. On ignorait le but vers lequel il tendait, à travers les années, avec une patience d'araignée qui tisse sa toile mortelle. On voyait les moyens dont il usait et c'était assez pour faire peur.

Pascal, envoyé par son père au collège d'Évreux, y avait commencé ses études. Puis, la fortune de Carvajan augmentant chaque jour, l'instruction reçue en province avait paru insuffisante, et jusqu'à vingt ans l'héritier présomptif avait vécu à Paris.

Il avait passé tous ses examens, fait son droit, et n'était rentré à la Neuville qu'avec le titre de licencié. Il était un homme alors, et son esprit savait comprendre ce que ses yeux voyaient. Rien ne lui parut changé dans la maison de la rue du Marché. Elle était toujours noire et basse, les mêmes allées et venues y laissaient leurs traces de boue et leurs grondements de discussions. Tout avait vieilli : le prêteur et les emprunteurs ; mais le commerce de l'argent se faisait comme par le passé. Les visages grimaçaient de colère, et les bouches se crispaient pour lancer un mot qu'elles retenaient maintenant, car Carvajan était un homme à ménager. Et ce mot était le mot du passé, qui serait celui de toute la vie : usurier !

La manière de vivre de Carvajan n'avait point varié. Il avait pour tout domestique une servante, travaillant comme un cheval. Madame Carvajan s'enfermait, silencieuse et triste, dans sa chambre, comme avant le départ de Pascal. Elle avait des cheveux gris : c'était tout le changement. Elle eut, en reprenant possession de son fils, un moment de vive joie. Mais cette joie fut courte. Il parut certain, dès les premiers jours, que l'entente ne s'établirait pas facilement entre Pascal et son père. Et pour qui connaissait Carvajan, cette situation était grosse d'orages.

Au bout de vingt-quatre heures, concédées par lui aux épanchements maternels, le chef de la famille fit appeler son héritier dans le cabinet du rez-de-chaussée. Pascal l'y trouva se promenant d'un pas tranquille.

— Mon garçon, dit le père en s'arrêtant brusquement, te voilà revenu dans ma maison et je suis heureux de t'y voir. Tu as fait de bonnes études, et tout porte à croire que tu n'es pas une bête. Je pense donc que tu as l'intention de t'occuper. Tu es avocat de ton métier, et nous avons ici un tribunal... Ceux qui y plaident sont des ânes... Tu n'auras donc pas de peine à t'y montrer supérieur. Je suis en mesure de te former rapidement une belle clientèle... Es-tu disposé à entrer dans cette voie?

Et comme le jeune homme inclinait la tête sans répondre.

— Oui ? Tu vas donc réclamer ton inscription au barreau de la Neuville, et, pour commencer, tu m'étudieras ces quelques affaires.

Il prit sur son bureau une pile de dossiers, en chargea les bras de son fils, et lui donnant une tape amicale sur l'épaule :

— Tu peux m'être très utile, si tu veux comprendre les choses, et je te ferai gagner de l'argent...

Pascal s'enferma pendant toute la journée et se plongea dans les paperasses. Il fut promptement édifié. Ce que son père appelait « les choses », c'était l'art d'exploiter son semblable avec une habileté surprenante. Tout se passait sur les marges du Code. Et, pour les cas difficiles, il y avait des intermédiaires qui endossaient la responsabilité et laissaient à Carvajan les bénéfices. Dans aucune de ces affaires le banquier n'était en nom. Toujours on lui avait cédé la créance, et il n'était que tiers porteur. Toute la pratique du système des hommes de paille défila sous les yeux stupéfaits de Pascal. Il jugea dans cette seule journée, et irrévocablement, son père. Il resta la tête penchée sur le fatras judiciaire, qui venait de lui révéler si lamentablement la vérité, et rêva. Tout le passé brusquement évoqué reparut devant lui. Il se rappela les malheureux qui sortaient de la petite maison, avec des airs de victimes égorgées. Il entendit de nouveau les discussions où éclataient des mots violents, il revit les figures convulsées, les poings levés vers le toit paternel, et, à son oreille, le mot infâme retentit encore : Usurier! Était-il donc le fils d'un tel homme, lui qui sentait dans son cœur bouillonner tous les sentiments généreux, lui qui aimait le bien, le vrai et le beau? Allait-il donc devenir son complice ? Allait-il le couvrir publiquement de son autorité, le défendre de sa parole et apporter l'aide de son savoir à l'œuvre basse de la spoliation des faibles? Non! jamais!

Il se leva et, tout pâle à la pensée d'oser refuser la tâche que son père lui avait confiée, il ouvrit la fenêtre et rafraîchit dans l'air du soir son front brûlant de fièvre.

La nuit tombait sur la Neuville, le silence s'étendait sur les rues désertes. Le ciel s'empourprait des derniers rayons du soleil descendu à l'horizon. Une cloche d'église se mit à tinter dans l'éloignement, faible et mélancolique, et il sembla au jeune homme que c'était le glas de son innocence qu'elle sonnait. Il se dit que tout était fini pour lui dans la vie, qu'il n'y trouverait plus jamais un seul instant de bonheur. Et, glacé jusqu'au fond du cœur, il pleura amèrement.

La voix de la servante le tira de son engourdissement :

— Monsieur Pascal, on vous attend pour dîner...

Il frémit à la pensée d'aborder son père. Il le fallait, cependant : il se trouvait, par son honnêteté, acculé à une situation sans issue. Il descendit dans la salle où ses parents étaient déjà réunis devant la table, sur laquelle fumait la soupe. Son air abattu frappa sa mère : elle dirigea vers lui des regards inquiets. Carvajan se frotta les mains, avec un bruit sec, et riant :

— Voilà un garçon qui a la mine d'avoir travaillé... C'est bien !.., Dînons !...

Le repas fut silencieux. Pascal mangeait, absorbé, roulant des arguments défensifs dans sa tête. Madame Carvajan baissait tristement le front avec la prescience d'un orage. Carvajan dévorait. Quand le dîner fut terminé, il dit à sa femme avec un accent qui n'admettait pas de réplique :

— Ma bonne, tu peux monter chez toi. Nous avons à causer, Pascal et moi...

Il emmena le jeune homme dans son cabinet, s'assit devant son bureau, et là, le regard aigu, la voix tranchante :

— Eh bien?

Pas de préambule, pas de précaution, pas d'hésitation : il allait droit au fait, tout de suite. Et il fallait répondre sans tergiverser à ce terrible « eh bien? » qui contenait tant de tempêtes. Pascal prit son grand courage : il s'affermit sur ses jambes tremblantes, et, la bouche sèche, la voix changée :

— Eh bien! mon père, à vous dire vrai, ces affaires me paraissent déplorables. Je les ai étudiées à fond... Il n'y aurait que fâcheuse opinion à récolter en en poursuivant l'exécution rigoureuse, et si je me permettais de vous donner un conseil, ce serait de transiger pour éviter des débats publics...

Carvajan ne répondit pas. Les lignes de son visage se durcirent, il fit entendre un sifflement ironique, et, se levant tranquillement :

— Mais, mon garçon, j'ai avancé des fonds, moi... Il faut que je rentre dans mes débours... Je ne crains pas la lumière... Je me vois dans la nécessité, à chaque instant, d'exproprier des débiteurs qui ne s'acquittent pas... Ces brutes de paysans ont la rage d'emprunter plus qu'ils ne peuvent rendre... Ceux qui n'ont pas de terre me donnent leurs récoltes en garantie... Mais, mon cher, c'est le crédit agricole, ça... Sans moi ils n'auraient pas de quoi payer leurs propriétaires... Crois-tu que je vais leur faire cadeau de mon argent? Eh! sacrebleu, après tout, je ne suis pas un philanthrope : je suis un homme d'affaires... Il me faut à l'échéance des espèces ou des grains... Mais tu me laisses parler là, avec tes airs d'innocent. Tu comprends la question aussi bien que moi!... Vois-tu : il ne faut pas juger les choses en théorie... avec des idées d'école... Il faut voir la pratique... Veux-tu que je te montre le fond du sac?... Eh bien! ces gaillards-là, sur qui tu t'apitoies, ils me roulent... Et ces marchés qui t'effrayent, en fin de compte... j'y perds!

Il lança ces mots avec un accent de conviction si admirable que son fils ne trouva pas une parole à répondre... On le roulait! C'était lui, Carvajan, qui était la victime, et ses débiteurs le spoliaient! Le banquier fit quelques pas, puis, se posant de face et regardant son fils jusqu'au fond des yeux :

— En résumé, il n'y a qu'un mot qui serve. Veux-tu te charger de mes affaires?

Pascal hésita pendant une seconde, puis le rouge lui monta au visage, et, nettement, il répondit :

— Non.

— Ah! ah! fit sur deux tons Carvajan, tu es un gaillard qui ne mâches pas les paroles... Mais comptes-tu que je vais te nourrir ici à ne rien faire?

— Je m'occuperai, mon père, ne craignez rien... Et je vous supplie
de ne pas me contraindre.

— En ai-je manifesté l'intention? fit rudement Carvajan... Crois-tu
que j'aie besoin de toi? J'aurais été heureux de t'associer à mes
opérations, et de te faire profiter de mon expérience. Tu fais
le dédaigneux et prétends te suffire avec tes propres forces. Il
est possible que j'aie engendré un aigle... Mais, jusqu'à preuve
contraire, je pense que tu n'es qu'un oison... Bonsoir, mon garçon : tu
poses pour l'homme à préjugés. Nous verrons ce que cela te rapportera
dans la vie...

Il ouvrit la porte, fit signe à son fils de sortir, et, sans rien
ajouter, s'enferma dans son cabinet. Resté seul, il marcha pendant
quelque temps en silence, la figure gonflée par l'agitation. Enfin il
s'arrêta et, frappant sur son bureau avec violence :

— Comme il m'a carrément rompu en visière! s'écria-t-il. Un
marmot de vingt ans qui se permet de critiquer son père! Eh!
sacrebleu! je l'ai laissé libre... C'est la première fois que je supporte
la résistance... Ma parole d'honneur, je crois qu'il m'a interloqué!...

Il agita la tête, resta pensif un instant, puis, avec un demi-sourire :

— C'est égal, il sait ce qu'il veut : c'est un Carvajan!

C'était un Carvajan, mais de la bonne espèce, avec toute l'énergique
résolution, toute l'ardeur enflammée de sa race, appuyées sur un
fond de scrupuleuse honnêteté. Il tint parole et se fit inscrire au
barreau.

Il exerçait à peine depuis un an que sa réputation était faite, et
qu'on l'envoyait plaider à la cour de Rouen, contre les vieux routiers
de la basoche normande. Il parlait avec une clarté et une élégance
remarquables, et, s'échauffant aussitôt qu'il en trouvait l'occasion,
il atteignait souvent à la véritable éloquence. Les magistrats
l'écoutaient avec étonnement, sans distraction et sans sommeil. Et
cette attention qu'il savait leur imposer profitait à ses causes.

L'éclat inattendu que jeta Pascal produisit sur son père un double
résultat : il fut flatté et il enragea. Il se rendit compte de l'influence
que le jeune homme devait rapidement acquérir, et il comprit qu'il lui

SON FILS LA SOIGNAIT AVEC UN DÉVOUEMENT PASSIONNÉ (PAGE 1068)

échappait définitivement. Pascal médiocre, que lui importait ? Il l'eût gardé chez lui, avec une dédaigneuse indifférence, lui donnant la pâtée et la niche. Mais Pascal supérieur, n'était-ce pas exaspérant de ne pouvoir s'en servir ?

Quel instrument dans les mains d'un habile homme, et comme on serait promptement maître de l'arrondissement ! La seule chose qui lui manquât, à lui, c'était le don de la parole. Il concevait, il n'énonçait pas. La destinée lui donnait un fils qui pouvait être la voix de son intelligence, elle ajoutait cet appoint inespéré à toutes les faveurs qu'elle lui avait déjà faites. Et il se trouvait que cette voix était indocile, ne voulait point répéter les arguments qu'on lui soufflait, que cette esclave se mettait en révolte.

Il ne s'agissait plus pour Carvajan de faire étudier à Pascal des dossiers d'affaires véreuses. Son ambition avait grandi avec le talent de l'avocat. Il fallait combattre le marquis sur le terrain politique, s'emparer de l'opinion, la retourner, et assurer son élection à lui, Carvajan, qui, une fois lancé dans le plein courant des intrigues, saurait bien arriver vite et haut.

Mais comment prendrait-il de l'ascendant sur son fils ? Il ne lui avait jamais témoigné de tendresse, il l'avait laissé grandir, sans essayer de pénétrer dans son cœur. Et maintenant il était trop tard. Un dernier moyen d'action lui restait cependant, très sûr et très puissant : l'affection que Pascal avait pour sa mère.

La pauvre femme était, depuis quelques années, fort souffrante. Elle allait s'affaiblissant, sans faire entendre une plainte. Le retour de son enfant avait été pour elle une joie profonde. La maison vieille et sombre s'était éclairée et rajeunie. Carvajan lui-même paraissait moins bourru et plus souriant. Il avait de subites effusions qu'on ne lui connaissait pas. Il restait dans la salle, le soir, après le dîner, et causait avec une verve narquoise. Visiblement il voulait plaire. Le loup-garou s'apprivoisait lui-même. Et la mère et le fils, tout en bénéficiant de cet état nouveau, se demandaient avec trouble quelle arrière-pensée cette amabilité servait à dissimuler. Un matin, Carvajan entra dès l'aube dans la chambre de sa femme, s'informa de sa santé,

lui donna une petite tape amicale sur la joue, et, s'asseyant sur le
pied du lit :

— Veux-tu que nous causions, ma bonne ? J'ai besoin de ton concours pour une négociation délicate. Si tu fais ce que je vais te
demander, je t'en saurai un gré infini... Et il suffira que tu le veuilles
pour que cela soit.

— De quoi s'agit-il donc ? demanda la mère qui pâlit et ressentit
un violent pincement au cœur.

— De ton garçon...

— Que lui est-il arrivé ?

— Rien, rassure-toi... Il n'est pas question du présent, mais de
l'avenir... Je m'en préoccupe pour lui... C'est un sujet remarquable,
et tu as bien travaillé, en me le donnant... Il peut prétendre à tout...
Mais il faut préparer les choses de loin quand on veut réussir, et c'est
là ce qui m'amène... Vous bavardez beaucoup tous les deux... Tu
devrais lui donner des conseils sérieux, au lieu de l'entretenir de
fadaises... Il y a une grande place à prendre dans le pays pour qui
saura tirer parti des idées nouvelles... Les républicains se démènent...
C'est avec eux qu'il faut se mettre. Entreprends donc Pascal sur ce
sujet-là... Et tu me diras ce qu'il en pense. Sois adroite... et si tu
réussis, tu n'auras pas à le regretter... C'est moi qui te le déclare...

Ayant ainsi dévoilé ses idées secrètes, il changea de conversation,
cajola sa femme pour la disposer à bien faire ce qu'il lui demandait,
puis sortit. Il attendit quelques jours, surveillant les physionomies de
la mère et du fils, guettant leurs mouvements pour surprendre quelques signes d'intelligence. Il ne découvrit rien. Ils étaient l'un et
l'autre comme tous les jours. Au bout d'une semaine, pendant laquelle
cet homme, habitué à dissimuler et à attendre, fut dévoré d'impatience,
il se décida à interroger. La réponse ne fut point telle qu'il l'espérait.
Pascal n'avait aucune ambition politique et répugnait à se jeter dans
les agitations.

Carvajan écouta ce que sa femme lui disait, en proie à une rage
violente qui lui coupait la respiration. Il lui sembla que, dans sa tête
devenue dure comme de la pierre, son cerveau était comprimé. Il

sentit ses idées tourbillonner avec une vertigineuse rapidité. Il resta un moment à regarder machinalement ses mains qui tremblaient. Puis, poussant une terrible exclamation, il éclata :

— Est-ce que vous croyez que vous allez vous moquer de moi plus longtemps ? Toi et ton fils vous m'obéirez, ou vous sortirez d'ici. Je suis le seul maître : personne ne m'a jamais résisté, et ce morveux me tiendrait tête ! Je le mettrai au pas... Entends-tu, madame Carvajan ?... Je lui couperai la crête, à ton coq. Et nous verrons s'il chantera aussi haut... Ah ! tonnerre ! Un bambin, du nez duquel il sortirait du lait si on le pressait. Et qui veut jouer avec papa ! Malheur à lui !... Je le chasserai de la maison... et tout le pays saura qu'il m'a manqué !

Il parla ainsi pendant longtemps, répandant sa colère en paroles violentes. Il terrifia sa malheureuse femme qui, prise de fièvre, dut se mettre au lit. Le lendemain son état parut grave, et, au bout de la semaine, elle était à toute extrémité.

Son fils ne quittait pas sa chambre et la soignait avec un dévoûment passionné, écoutant, plein d'horreur, les divagations du délire pendant lequel sa mère répétait toutes les menaces de Carvajan. Un soir, elle reprit connaissance, et posant une main glacée sur le front de Pascal qui s'était agenouillé près de son lit :

— Nous allons nous séparer, mon cher petit, murmura-t-elle. Ah ! c'est une grande douleur pour moi... Je t'aime tant !... Nous avons eu des chagrins, dans ces derniers temps... Il faut ne point t'en souvenir... Ne fais jamais de peine à ceux qui sont autour de toi... La plus grande satisfaction sur la terre, vois-tu, c'est d'être bon...

Elle eut une faiblesse, et pâlit, comme pour mourir. Elle revint cependant à elle, et fit demander son mari. Elle lui parla, sans que son fils retiré auprès de la fenêtre, où fleurissaient toujours les plantes préférées, pût entendre ce qu'elle disait. Carvajan, le visage sombre, écoutait, muet. Enfin elle fit un signe impérieux auquel il répondit en faisant oui, de la tête. Les traits de la mourante s'illuminèrent de joie. Elle se laissa aller en arrière avec soulagement, comme si elle avait été débarrassée d'un poids écrasant. Elle appela Pascal, et lui dit :

— Embrasse ton père devant moi...

Le jeune homme, bouleversé par la douleur, se jeta avec effusion dans les bras de son père, et lui donna deux chauds baisers que celui-ci rendit d'une lèvre glacée. Sa sécheresse de cœur lui faisait la bouche plus froide que celle de la mourante. Puis madame Carvajan ordonna à son fils de se retirer et resta seule avec le notaire. Le soir, sa fin parut tout à fait proche. Elle rompit le silence qu'elle avait gardé jusque-là, et murmura à l'oreille de Pascal :

— J'ai laissé à ton père tout ce dont la loi me permettait de disposer... Je sais que tu es en état de faire ta fortune toi-même... Et puis c'était le seul moyen de t'assurer la paix... Carvajan est un homme terrible... Ne te heurte jamais à lui... L'abandon de ton héritage sera le prix de ta liberté... Pardonne-moi de t'avoir dépouillé... Sois bon dans la vie... Il faut être bon...

Ce fut en prononçant ces douces paroles qu'elle mourut. Pascal lui ferma les yeux, se pencha pour l'embrasser, et, grave :

— Sois tranquille, mère, ma part d'héritage, ce sera ta bonté...

Et comme si, au seuil de l'éternité où elle entrait, la morte eût entendu cette promesse suprême, son front pâli rayonna, et ses traits resplendirent d'une céleste beauté.

Le lendemain des obsèques, Jean Carvajan appela son fils dans le cabinet témoin de leur premier désaccord, et, la voix sèche :

— Mon garçon, le malheur qui vient de nous atteindre, dit-il, va modifier certainement notre existence. Je désirerais, avant de prendre une résolution, connaître tes projets.

— Mes projets sont fort simples, mon père : si vous n'y voyez pas d'inconvénient, je quitterai la Neuville...

— Tu es libre, répondit Carvajan, dont le front se plissa au souvenir cuisant de ses espérances déçues.

— C'est bien... Alors je partirai demain.

— Quand tu voudras revenir... ma maison te sera ouverte.

— Je vous remercie.

Pas une parole de plus ne fut échangée entre eux.

Le lendemain Pascal s'éloigna, laissant dans la petite maison de la rue du marché Carvajan seul avec sa haine.

III

En quittant Pascal sur le plateau qui domine la vallée de la Neuville, mademoiselle de Clairefont avait pressé l'allure de son cheval. Elle était désireuse de s'éloigner de cet homme qui, au premier abord, lui avait été sympathique et dans lequel, avec ennui, elle venait de découvrir un Carvajan. Elle eût voulu le chasser de sa pensée comme elle venait de l'éloigner de sa personne, mais, malgré elle, le visage de son compagnon de route, avec son large front, ses yeux clairs et sa bouche sérieuse lui apparaissait obstinément. Elle se disait : il a pourtant la physionomie d'un homme loyal et sincère, et voilà qu'il est le fils d'un scélérat. Elle fit cette concession étrange : Peut-être est-il très bon néanmoins, et très honnête... Mais, s'élevant aussitôt contre cette indulgence inexplicable : En somme, ce n'est pas probable. Bon chien chasse de race. D'ailleurs il a eu l'air penaud et confus quand il a su qui j'étais... Et il a baissé la tête... D'où vient-il, celui-là, pour nous faire du mal ?

Un Carvajan, pour Antoinette, ne pouvait avoir d'autre but dans la vie que de faire du mal à des Clairefont. Hélas ! du mal, en restait-il à leur faire ? Quel coup nouveau pouvait-on porter a cette famille qui, dans sa décadence progressive, était arrivée à une pauvrere

voisine de la gêne ? Et, avec une profonde mélancolie, la jeune fille,
qui n'avait que vingt-trois ans, se reportait dans le passé et marquait
les étapes de la ruine lente mais assurée.

Elle revoyait le château luxueux, brillant, animé, comme lorsqu'elle était toute petite. Puis, à mesure qu'elle grandissait, le train
de maison diminuait, les chevaux se faisaient moins nombreux dans
les écuries, les domestiques plus rares ; le mobilier, usé, restait dans
les appartements sans être remplacé. Le nid enfin devenait moins
douillet, moins chaud, moins coquet, et elle s'en apercevait, mais,
avec la première insouciance de la jeunesse, n'y attachait pas d'importance, jusqu'au jour, où, la raison venant à éclairer son esprit
plus mûr, elle avait compris que la misère, arrivée aux portes de
Clairefont, frappait hardiment pour entrer, et que l'allié le plus sûr
qu'elle eût était le marquis lui-même.

On ne pouvait plus rien cacher alors à ses yeux clairvoyants, et
souvent, sur la table du large vestibule, elle surprenait les papiers
timbrés, déposés le matin même. Elle lisait les glaciales et lugubres
formules du grimoire judiciaire, commandement à « mon dit sieur de
Clairefont » d'avoir à payer la somme de..., faute de quoi la saisie et
la vente. Toujours on payait. Un suprême effort était tenté, on
retournait toutes les bourses, on fouillait tous les fonds de tiroir, et,
comme une grappe épuisée que l'on presse pour en extraire la dernière goutte, les vieux restes de l'opulence passée grattés jusque dans
les dorures des murailles, fournissaient la ressource exigée. C'était
touchant et navrant à la fois.

L'existence matérielle seule n'avait pas à souffrir de cette diminution
continuelle de la fortune patrimoniale. On vivait sur ce qui restait de
la terre. La basse-cour fournissait de la volaille, le potager des
légumes, et la ferme de la farine, des moutons et des bœufs. On se
chauffait avec les arbres du parc, on nourrissait les chevaux avec le
foin des pelouses : mais l'argent était toujours rare. Et mademoiselle
de Clairefont faisait ses robes elle-même.

Le marquis, occupé de quelque problème, semblait ne pas se douter
de ce dénuement. A vrai dire, il n'en souffrait pas. A compter du

jour où Antoinette s'était aperçue des embarras dans lesquels son père avait jeté la famille, tout ce qui avait pu être tenté pour épargner à l'inventeur les tourments d'une situation difficile avait été réalisé par la jeune fille. Elle avait établi autour de lui un blocus de tendresse, et s'était ingéniée à conserver pour elle-même tous les soucis. Elle se montrait maternelle pour ce vieil enfant toujours souriant à son rêve et continuellement enflammé par l'espoir de faire une découverte qui rendrait aux siens le centuple de ce qu'il leur avait pris.

Sur un seul point il avait été impossible de lui donner complètement le change. Depuis deux ans Antoinette était fiancée à M. de Croix-Mesnil, et de saison en saison elle remettait le mariage. Le jeune baron était un charmant officier, d'une belle tournure, d'un esprit aimable, et dont le père, magistrat éminent, pouvait aspirer aux plus hautes fonctions de l'ordre judiciaire. Cette union décidée à une époque où le marquis était encore en possession apparente de son domaine, avait paru près de se conclure. Mademoiselle de Clairefont avait accueilli favorablement la demande. Le baron se montrait très empressé auprès de sa fiancée. Les notaires des deux familles avaient eu quelques conférences desquelles il résultait que le futur époux possédait, du chef de sa mère, quarante mille livres de rente en biens-fonds, et la future épouse, trois cent mille francs du même chef, son frère lui ayant fait abandon de sa part. Tout était décidé, prêt, les bans allaient être publiés, quand brusquement mademoiselle de Clairefont avait changé et, arguant de la mort d'une parente éloignée, avait demandé qu'on ajournât la cérémonie.

La tante Isabelle, chargée d'annoncer au fiancé les résolutions nouvelles d'Antoinette, s'était acquittée de sa mission avec son habituelle rudesse de vieux grognard, mélangée cependant d'une pointe d'attendrissement inusité. En manière de consolation, elle avait dit à de Croix-Mesnil :

— Mon cher ami, voyez-vous, ma nièce s'est fourré dans la tête qu'elle ne vous épouserait pas ce trimestre-ci... Il faut en prendre votre parti comme un brave... Après tout, ce qui est « déchiré »... n'est pas perdu...

ANTOINETTE TENDIT LA MAIN AU TROISIÈME CONVIVE (PAGE 1078)

Et comme le fiancé, avec une tendre insistance, se plaignait du retard apporté à son bonheur :

— Ne regrettez rien, s'écria-t-elle, avec une émotion qui la fit redoubler de barbarismes. C'est la perfection que cette enfant-là !... Si vous saviez ! Mais vous ne pouvez pas savoir. Enfin, croyez-moi, c'est un ange... Oui, un ange « immatriculé » !

Le baron montra une désolation d'homme du monde, se plaignit dans une juste mesure, et demanda la permission de continuer à faire sa cour, comme par le passé. Ce qui lui fut accordé. Le marquis, lui, manifesta un véritable chagrin de cette semi-rupture, il interrogea sa fille avec insistance, et ne put tirer d'elle aucun éclaircissement. Il la trouva calme, souriante, et répondant à toutes ses questions par ces seules paroles :

— Je suis heureuse auprès de vous... Je veux attendre...

— Mais, ma chère, reprit le vieillard, je serai plus tranquille quand je te saurai mariée... C'est un gros souci pour moi que ton établissement... Que deviendrais-tu si je venais à te manquer ?

Antoinette et la tante Isabelle échangèrent un regard, un fin sourire glissa sur les lèvres de la jeune fille, qui, prenant la tête blanche du vieil enfant dans ses mains et la caressant doucement :

— N'ayez point de préoccupation, dit-elle d'une voix attendrie, ce mariage se fera un jour ou l'autre... Ne me pressez jamais.

Elle changea de ton vivement, et, avec une gaieté mutine :

— D'ailleurs, vous savez que j'ai mauvais caractère... étant un peu du côté des Saint-Maurice, et qu'on ne me force point à faire ce que je ne veux pas !

Le marquis se dit :

— Elle me cache quelque chose, et sa tante est au courant de l'affaire... Tout s'éclaircira un de ces matins.

Si l'inventeur, au lieu de poursuivre, dans le vague de sa pensée, le vol de ses chimères, avait tenu ses comptes, il aurait pu rapprocher de la résolution prise par mademoiselle de Clairefont une échéance de deux cent mille francs, engloutis dans le puits de la Grande Marnière, et il aurait compris pourquoi sa fille ne voulait plus se marier.

Mais il n'y eut que l'huissier de Carvajan et la tante Isabelle qui eurent connaissance du généreux sacrifice fait par Antoinette pour empêcher qu'on ne vendît une partie du domaine. La vieille Saint-Maurice, qui avait des idées particulières sur toutes choses, trouva moyen de tirer l'ajournement imposé à de Croix-Mesnil une conclusion consolante pour sa nièce :

— Vois-tu, ma chère, en fin de compte... tu as peut-être eu raison de ne pas épouser à la légère ce jeune dragon. Il ne doit pas t'aimer autant que tu mérites de l'être. Il a été trop calme et trop convenable, en voyant qu'on lui laissait le bec dans l'eau, indéfiniment... Il aurait dû pousser des cris « fanatiques ». Eh bien ! tu l'as vu ? Doux, sucré... une vraie carafe d'orgeat ! Je ne sais pas en quoi on fait les amoureux et les soldats aujourd'hui !

Le marquis, dont les idées ne se fixaient pas longtemps sur le même sujet, avait repris le cours de ses travaux. Mais un soupçon était resté au fond de son cœur, comme un point douloureux, et, périodiquement, il disait :

— Eh bien ! ma fille, et de Croix-Mesnil ? Quand l'épouses-tu ?

— J'y pense, mon père, répondait Antoinette, avec un tranquille sourire.

Le baron venait tous les deux ou trois mois passer quelques jours au château, chassait avec Robert, se promenait à cheval avec sa fiancée, et repartait sans que rien fût décidé. Dans le pays, on glosait beaucoup sur son compte, on l'appelait ironiquement le fiancé de la semaine des quatre jeudis.

Certains chuchotaient :

— S'il n'épouse pas, c'est qu'apparemment il peut faire autrement. Du reste, c'est de tradition dans la famille. On sait qu'autrefois la tante Isabelle a fait ses farces !

Jour de Dieu ! Si mademoiselle de Saint-Maurice avait eu vent de ces propos, quelle algarade, et comme elle eût riposté par des soufflets ! Mais les Clairefont vivaient loin de tout, et la calomnie mourait sur le seuil de leur château morose et silencieux.

Depuis un assez long temps Antoinette, emportée au courant de

ses souvenirs, était arrêtée devant les talus blancs de la Grande
Marnière. Elle avait tout oublié ; sa singulière rencontre, l'heure qui
la pressait ; et, laissant flotter les rênes sur le cou de son cheval,
elle restait immobile. A ses pieds les charpentes des puits d'extraction pourrissaient inutiles, les hangars s'ouvraient, vides d'ouvriers,
les wagons restaient immobiles entre les rails conduisant aux fours à
chaux éteints. Toute cette exploitation, poussée pendant des années
fiévreusement, avait cessé. Les immenses travaux commencés
n'avaient pas été achevés. Et les amoncellements de calcaire impro-
ductif représentaient la fortune de la noble maison, les espérances
de bonheur de la jeune fille, la sécurité des vieux jours du père
de la famille. Tout le passé, le présent et l'avenir, compromis
sans rémission. Et pourtant que de fois Antoinette avait entendu le
marquis s'écrier, en montrant la colline : Ici est la fortune de la
maison !

Il avait fait faire des expériences qui toutes avaient été concluantes :
la chaux de Clairefont pouvait défier toute concurrence. Pendant
plusieurs années la vente avait été considérable. Mais le marquis,
pour perfectionner son outillage, s'était mis à inventer des machines.
Il avait expérimenté des moyens de calcination nouveaux. Et dans
ses tentatives il avait gaspillé le bénéfice de son entreprise. Toujours
le manque de suite dans les idées. La folle du logis s'égarant à la
recherche du mieux, quand le bien existait, facile et sûr ; le génie
diabolique de l'inventeur sans cesse en quête d'un progrès à réaliser.
Alors, au lieu de la réussite pure et simple, par le droit et ordinaire
chemin, l'insuccès par des voies détournées et ardues. Et la ruine
succédant à la fortune.

Cependant, malgré l'amer désenchantement que lui causaient tant
d'échecs successifs, au fond de l'esprit de la jeune fille une dernière
espérance fleurissait encore. Elle avait en son père une foi superstitieuse. Elle pensait : Il finira par trouver, comme il le dit si
souvent ; et ce jour-là, comme dans un prodigieux conte de fées, les
blocs crayeux de la colline se changeront en or.

La cloche qui annonçait le déjeuner sonnant dans le lointain tira

Antoinette de ses rêves. Elle donna un coup de cravache à sa monture, partit au galop, et vivement arriva à la grille. Elle secoua sa tête pensive, prit un air riant, traversa la cour immense, entre les pavés de laquelle l'herbe poussait haute, sauta toute seule à terre, ouvrit la porte d'une écurie, et, débridant sa bête, la laissa aller vers la stalle garnie de paille fraîche, puis, retroussant sa longue jupe sur son bras, elle se dirigea, suivie de son chien, vers la salle à manger.

Dans la vaste pièce dallée de marbre rouge et blanc, au plafond décoré de caissons dans lesquels étaient peintes les armes de la famille, aux murs garnis de dressoirs sculptés, dont les tablettes portaient les pièces massives d'une antique argenterie, derniers vestiges du luxe disparu, autour d'une table trop large, quatre personnes assises déjeunaient, servies par un vieux domestique.

A la gauche de M. de Clairefont une place restait vide, celle de la retardataire ; à sa droite, mademoiselle de Saint-Maurice, avec sa taille de grenadier, sa figure écarlate de vieille fille couperosée ; en face, le jeune comte Robert, et un personnage long et blême, très chauve, sans un poil de barbe, abritant derrière des lunettes à branches d'or ses yeux au regard indécis.

— Ah ! voilà ma fille, dit avec satisfaction le marquis... Ma chère, je commençais à être inquiet... J'ai fait sonner trois fois la grosse cloche pour t'avertir... Tu étais donc partie bien loin ?

— J'étais allée jusqu'à la Saucelle, mon père, répondit Antoinette en embrassant le vieillard... Les enfants du fermier sont malades et je voulais avoir de leurs nouvelles... Bonjour, ma bonne tante...

— Bonjour, fraîcheur... Viens que je te respire... Tu sens la rosée et les fleurs...

— C'est de vous, tante, qu'il faut dire cela : vous êtes radieuse, ce matin.

— Bon ! bon ! flatteuse, répliqua d'une voix forte mademoiselle de Saint-Maurice... Je suis radieuse à la façon d'un coucher de soleil !

Et elle épanouit dans un large sourire son visage embrasé.

Antoinette fit le tour de la table, donna en passant une petite tape amicale sur la joue de son frère et, tendant la main au troisième convive qui s'était levé cérémonieusement :

— Enchantée de vous voir, monsieur Malézeau, dit-elle... Je vous prie de m'excuser, je ne savais pas que j'aurais le plaisir de vous trouver ici en rentrant... L'étude est toujours à sa place ? Madame Malézeau se porte bien ?

— Choses et gens, Mademoiselle..., tout à votre service, Mademoiselle, croyez-le bien..., répondit le notaire qui, par un tic invétéré, ponctuait chacun des fragments de ses phrases d'un « Monsieur », « Madame » ou « Mademoiselle », du plus bizarre effet.

— Allons ! tout est pour le mieux ! conclut la jeune fille. Et, s'asseyant gaiement auprès de son père :

— N'allez rien chercher pour moi, Bernard, dit-elle au vieux serviteur, je prendrai le déjeuner où il en est... Je meurs de faim ce matin...

Elle se mit à manger avec une charmante vivacité de mouvements, un entrain juvénile et robuste qui faisaient plaisir à voir. Son frère la regarda un instant, puis, affectant un air solennel :

— Mademoiselle ma sœur, deux mots maintenant. Tu nous dis que tu reviens de la Saucelle, c'est fort bien. Je t'ai, en effet, vue passer sur le plateau... Mais ce que tu ne nous dis pas, c'est que tu n'étais pas seule...

A ces mots Antoinette devint fort rouge, et leva brusquement la tête...

— Allons, Robert, que signifie cette plaisanterie? s'écria la tante Isabelle. Prétends-tu nous faire accroire que ta sœur se promène sur les routes avec des gens que tu ne connais pas ?

— Ma foi, il dit vrai, cependant, interrompit mademoiselle de Clairefont. Je me suis promenée ce matin pendant plus d'une demi-heure avec un inconnu.

— Quelque mendiant qui t'a suivie jusqu'au château?

— Non pas ! C'est tout le contraire d'un mendiant...

— Tu m'intrigues... Est-ce donc un millionnaire? demanda le marquis en souriant.

— Si j'en crois ce qu'on raconte, il pourrait bien l'être, en effet, un jour...

— Eh! là. Vous verrez tout à l'heure que ce sera quelque brigand, qui aura demandé à Antoinette la bourse ou la vie.

— Tante, vous brûlez presque. Car, à cela près qu'il ne m'a demandé ni la bourse ni la vie... c'était le fils de M. Carvajan en personne.

Il y eut un silence. Jamais, depuis vingt ans, le nom de Carvajan n'avait été prononcé sous ce toit, sans qu'il fût l'avant-coureur de quelque malheur.

Le marquis baissa son front devenu sombre, et, à voix basse :

— J'avais oublié que Carvajan eût un fils...

Il jeta sur Robert et sur Antoinette un regard troublé, comme s'il eût craint que la haine du père, transmise au descendant comme un héritage, ne vînt peser sur ses enfants aussi lourde qu'elle avait pesé sur lui. Et, avec une sourde inquiétude :

— Mais comment cette rencontre s'est-elle faite? Ce jeune homme t'a-t-il parlé?

— Oui! mon père, pour me demander son chemin, et très respectueusement.

— Je l'en félicite! murmura Robert, dont les yeux lancèrent un éclair. Car, s'il en avait été autrement...

— J'ignorais qui il était, et je ne songeais guère à m'en informer... Un passant m'avait demandé sa route, qui était la mienne, et je l'avais invité à me suivre... Nous avons cheminé tous deux en silence, et c'est seulement au moment de nous séparer, et en me remerciant, qu'il m'a dit son nom...

— Comment est-il? interrogea la tante de Saint-Maurice. Est-ce un homme comme il faut, ou un « pétras »... A-t-il la mâchoire de loup de monsieur son père ?

— Il a l'apparence d'un garçon bien élevé, et, quant à sa figure, elle n'est pas déplaisante à voir... Mais, tante, ajouta ironiquement Antoinette, si vous êtes curieuse d'avoir des détails sur l'héritier de la maison Carvajan, M. Malézeau pourra sans doute vous en donner de complets...

— Moi, Mademoiselle? balbutia le notaire, en portant les mains a sa maigre poitrine avec un geste de protestation...

— Le maire de la Neuville n'est-il pas votre client comme moi? dit malicieusement M. de Clairefont.

— Oh! c'est bien différent, Monsieur le marquis, s'écria Malézeau, dont les yeux papillotèrent derrière ses lunettes d'or; avec M. Carvajan j'ai des relations d'affaires, Monsieur le marquis, mais avec vous, Monsieur le marquis, et votre aimable famille, Monsieur le marquis, oh! les liens du plus respectueux dévoûment...

— Enfin, Malézeau, vous dînez chez le maire? interrompit vivement Robert avec un sourire narquois.

— Rarement, Monsieur le comte, le plus rarement possible! dit le notaire, qui parut être au supplice... Vous savez ce que sont les villes de province, Monsieur le comte? Un officier ministériel est tenu à beaucoup de ménagements, Monsieur le comte, sous peine de ne pouvoir exercer sa profession, Monsieur le comte. Les temps sont durs... M. Carvajan, avec sa banque, fait beaucoup d'affaires, Monsieur le comte... C'est une grosse ressource pour une étude comme la mienne... Mais aucune intimité, entre lui et moi, croyez-le bien!...

— Allons! ne faites pas le jésuite, Malézeau! s'écria avec brusquerie la tante Isabelle, dont la lèvre moustachue se plissa dédaigneusement... Vous a-t-on jamais reproché vos accointances avec le personnage? Sommes-nous gens à exciter qui que ce soit contre lui? Avons-nous jamais riposté à ses mauvais procédés autrement que par le dédain?

— Ce n'est peut-être pas, Mademoiselle, ce qui a été fait de mieux, Mademoiselle, murmura le notaire, en jetant autour de lui un regard inquiet... Un peu de résistance aurait pu lui donner à réfléchir, Mademoiselle. Vous lui avez laissé la tâche trop facile... Il ne faut jamais dédaigner son ennemi...

— Voudriez-vous qu'on fît à un tel croquant l'honneur de compter avec lui? reprit avec fougue la tante de Saint-Maurice. Il faut un régime absurde, comme celui que nous subissons, pour que de pareilles espèces puissent compter... Voilà ce Carvajan qui est maire, à

LE MARQUIS SEMBLAIT SUIVRE UNE VISION ATTRAYANTE (PAGE 1087)

présent !... Autrefois, on n'en aurait même pas voulu comme garde champêtre... Quant à son fils...

— Oh ! son fils, Mademoiselle... son fils n'a pas eu beaucoup à se louer de lui... Et s'il a quitté le pays, Mademoiselle, c'est parce qu'il ne voyait pas du même œil que son père...

— Je lui en fais mon compliment, interrompit Robert.

— Il a beaucoup voyagé, Monsieur le comte, il a eu la bonne fortune ou le talent, comme vous voudrez, de se faire bien venir d'un puissant financier dont il est devenu le représentant, Monsieur le comte. On lui a donné à liquider des affaires délicates en Amérique, et il s'en est tiré à son honneur... On le dit, Monsieur le comte, doué d'un remarquable talent de parole, Monsieur le comte. Il a appris, sur le tard, l'anglais et l'espagnol, et il a plaidé, paraît-il, en Australie et au Pérou, des procès devant les juridictions anglaises et péruviennes, Monsieur le comte, avec un succès prodigieux. Il a beaucoup vu, beaucoup appris, et s'est fait en courant, Monsieur le comte, contrairement au proverbe qui dit : « Pierre qui roule n'amasse pas de mousse », une très jolie fortune..., Monsieur le comte. Il est, en somme absolument indépendant, et si vous voulez mon opinion, je ne crois pas, Monsieur le comte, qu'il reste longtemps à la Neuville, Monsieur le comte. Il ne s'entendra pas plus, aujourd'hui, avec M. Carvajan qu'il ne s'est entendu autrefois...

— Il sera donc comme tout le monde... Car ce diable d'homme n'a épargné personne, dit le marquis.

Il resta un instant pensif, puis, avec une grande tristesse :

— C'est un fait singulier que ce Carvajan, qui a pressuré le pays tout entier, soit respecté, et que moi, qui n'ai jamais rendu que des services..., je sois honni...

— On ne respecte pas M. Carvajan, dit Malézeau, on le craint, Monsieur le marquis, ce qui est bien différent. Il a une main dans toutes les caisses ; et ceux qui pourraient tenter, Monsieur le marquis, de lui résister, Monsieur le marquis, savent qu'il leur en coûterait cher...

M. de Clairefont ne répondit pas : il était tombé dans une grave méditation. La sombre figure de Carvajan, appuyé à la petite porte du magasin de Gâtelier, s'était dressée au fond de son souvenir. Il lisait la jalousie, la haine, dans ses regards. Et toutes les désastreuses conséquences de cet antagonisme commencé ce jour-là lui apparaissaient une à une. Quelle lente et constante progression! La désaffection de son entourage, l'hostilité constante des paysans, le mauvais vouloir des fonctionnaires, et tout le monde le fuyant comme un pestiféré. Il avait été mis, lui, l'ancien maître du pays, hors la loi par ce parvenu. Et l'œuvre de rancune, commencée il y avait vingt ans, était presque consommée. De sa fortune, de son influence, il ne restait plus que de misérables vestiges. Et l'auteur de ce désastre, debout sur les décombres de l'édifice sapé par lui, triomphait, ricanant et cynique. Oui, il en coûtait cher à ceux qui tentaient de lui résister. Nul ne le savait mieux qu'Honoré. Et, avec angoisse, le vieillard se demandait ce que son implacable ennemi pourrait bien essayer de lui prendre maintenant.

Allait-il l'attaquer dans son honneur? Sur ce point-là, cependant, il se croyait invulnérable. On pouvait contribuer à hâter sa ruine par des manœuvres cachées, mais parvenir à souiller son nom, cela lui paraissait impossible. Qu'importait donc? Ne se relèverait-il pas? Une seule découverte, conduite à un résultat pratique, suffirait, et il venait d'inventer un fourneau qui, employé dans les usines, devait faire réaliser des économies immenses. Ce serait pour lui une source de revenus incalculables. Le monde entier deviendrait son tributaire, et il récolterait enfin, après avoir semé pendant toute sa vie. Ils seraient bien étonnés, ceux qui le considéraient comme un insensé. Sa belle-sœur de Saint-Maurice, la première, qui ne croyait pas à ses créations. Et Carvajan, qui avec sa finasserie de paysan, avait osé entamer la lutte, que deviendraient ses moyens misérables et ses embûches mesquines? Ses filets ne seraient pas assez solides pour retenir la proie qu'il avait convoitée. Il serait écrasé, anéanti, balayé en un instant. On pourrait faire la différence entre le tripoteur aux idées étroites et vulgaires et le savant aux conceptions puissantes et fécondes.

Peu à peu, s'animant à la pensée de cette réussite tant de fois rêvée le marquis redevint souriant, son front s'éclaircit, il se frotta vivement les mains, et, poussant une exclamation joyeuse :

— Nous verrons bien! Allez ! mes amis... le petit bonhomme vit encore!

Voyant ceux qui l'entouraient le regarder avec surprise, il rentra en lui-même, reprit, anneau par anneau, la chaîne des idées qu l'avait amené, d'un point de départ navrant, à une conclusion victorieuse. Il comprit qu'il avançait sur le succès, et que, pour l'instant, il avait beaucoup à craindre et peu à espérer. Il se leva, et, s'appuyant sur le bras de sa fille :

— Allons prendre le café dehors.

Ils descendirent les marches du perron, et s'arrêtèrent au bord de la balustrade de pierre, sous un berceau de verdure. Le ciel était d'un bleu tendre. Une faible brise agitait le feuillage et rafraîchissait l'air. Une sensation de béatitude exquise emplissait le cœur et engourdissait la pensée. L'horizon était voilé d'une brume légère, dans laquelle les lointains se fondaient, doucement estompés. Des bruits confus montaient de la vallée, animant la solitude des taillis profonds, qui moutonnaient comme une mer sombre au bas de la terrasse. Ils restèrent tous les cinq, pendant un instant, absorbés par l'espace, n'ayant plus le sentiment de leur être, perdus dans l'immensité qui s'ouvrait devant eux.

Le vieux Bernard, en apportant sur un plateau des tasses en saxe ancien et une cafetière en argent ciselé, aux armes de France, souvenir princier donné au père du marquis, les tira de leur extase. Antoinette se leva lentement, et commença, de ses doigts légers, à remuer les pièces de porcelaine et d'argenterie, avec cette grâce souriante et coquette des femmes qui donne une saveur plus vive aux friandises apportées par elles.

— Un peu de café, monsieur Malézeau ?

Et le sucre, adroitement soulevé avec la pince, sonnait au fond de la tasse, d'où s'échappait une vapeur brûlante et parfumée. La tante Isabelle avait, elle, le département de la cave à liqueurs, et c'était d'un air de gendarme qu'elle présentait ses carafons.

— Un verre de kummel, monsieur Malézeau ?.

— Je vous suis très obligé, Mademoiselle, mais je prendrai, si vous le permettez, Mademoiselle, de la fine champagne... Vieille habitude, Mademoiselle. Mais tous vos produits nouveaux ne sont pas de mon goût...

— A votre guise ! On ne vous invite pas à déjeuner pour vous faire violence... Toi, Robert, je ne t'offre rien... Tu as besoin de te modérer...

Elle adressa à son neveu un regard significatif, mais le jeune homme enleva lestement le carafon des mains de mademoiselle de Saint-Maurice, et, s'éloignant de quelques pas :

— Comment, tante, vous voulez me sevrer ? dit-il, mais j'ai passé l'âge !

— Au moins, mauvais sujet, rien qu'un verre !

— Un tout petit !

Et le jeune comte, versant à même sa tasse, l'emplit jusqu'au bord.

Dans sa large existence de gentilhomme campagnard, Robert avait pris des habitudes et des appétits violents auxquels il lui était maintenant difficile de résister. Sa nature athlétique lui permettait les excès qui suivent toujours les repas de chasse, lorsque, las d'avoir couru les bois et les champs, on prolonge la soirée entre hommes, les coudes sur la table, en fumant.

Il était connu pour un des plus solides buveurs de la province, et en tirait vanité. Il avait soutenu, dans l'excitation du plaisir, des gageures absurdes, comme, par exemple, de boire plusieurs tasses de ce qu'on appelle le café aux quatre couleurs, mélange affreux de cognac, de chartreuse, de kirsch et d'absinthe, fait pour affoler le plus solide cerveau.

Sa tête et son estomac résistaient à ces dangereuses épreuves. Et il éprouvait une fierté stupide quand on lui disait : Vous, Clairefont, qui êtes un si beau gobelet... C'était sa gloire, à ce grand garçon, de tenir tête sans fléchir aux plus rudes ivrognes du département.

Il avait commencé à boire par ostentation, et, peu à peu, l'habitude aidant, il avait fini par y prendre du plaisir. Il ne dédaignait pas, le dimanche, de descendre chez Pourtois. Là il jouait aux quilles, et s'attablait avec les jeunes gens de la ville. On ne le traitait pas, lui, comme on avait traité son père au temps de sa jeunesse, avec une crainte respectueuse. Mais quelle différence aussi entre ce Clairefont gigantesque, haut en couleur, un peu débraillé, très bruyant, prêtant à la familiarité, et le Clairefont petit, mince, correct, froid, d'une politesse exquise, qui savait si bien tenir les gens à distance ! C'était le jour et la nuit. Et on se demandait par quel miracle de la nature ce fils était né de ce père.

Dans les premiers temps, l'intempérance de Robert avait inquiété le marquis. Il était descendu des nuages de ses conceptions scientifiques, et avait traité très gravement cette question fort terrestre. Il adressa de vifs reproches à son fils. Mais il se heurta à la tante de Saint-Maurice qui arrivait à la rescousse.

La vieille Bradamante trouva des arguments pour pallier les torts de son neveu. Quoi ! tant de bruit pour quelques rasades ! Les ancêtres s'en entonnaient bien d'autres ! Et on se souvenait de ce Clairefont qui, sous Louis XIII, avait renchéri sur Bassompierre en vidant, lui, ses deux bottes à chaudron pleines de vin de Sicile. Les roués de la Régence s'en privaient-ils, dans les fêtes du Palais-Royal ? Et toute une suite historique de bons vivants, tenant en mains le hanap, le gobelet ou le verre, défilait devant les yeux du marquis, protestant contre sa bégueulerie, et proclamant la souveraineté aristocratique de la bombance. Il était jeune après tout, ce garçon. Quand il s'amuserait un peu avec ses amis, où serait le mal ? Il fallait bien lui laisser jeter son premier feu...

— Qu'il le jette ! Au moins, disait Honoré, qu'il ne le noie pas !

— Eh ! mon cher, votre fils n'est pas un être chétif et délicat comme vous, s'écriait la tante Isabelle, c'est un « Goliathre » !

Le marquis morigéna Robert, qui promit d'être plus sobre. Mais c'était plus fort que lui. Aussitôt qu'il se trouvait avec quelques chasseurs devant de vieilles bouteilles, il s'animait, parlait, criait, et les sages résolutions s'effaçaient de son souvenir.

Ce qu'il y avait de plus grave dans son cas, c'est que, doux comme un mouton dans le courant habituel de la vie, il devenait, quand il avait une pointe d'ivresse, méchant comme un loup. Il tapait dur, et les gens prudents se mettaient hors de la portée de son bras.

Il avait eu, l'année précédente, une fâcheuse affaire. Après un dîner d'ouverture où les exploits des tireurs avaient été copieusement célébrés, il avait à moitié assommé un garçon d'écurie qui, par erreur, avait attelé à son break le cheval d'un autre invité. L'homme était resté six semaines sur le flanc. Le comte, dégrisé, s'était montré au désespoir, et avait pris vis-à-vis de lui-même l'engagement formel de fuir les réunions dangereuses.

Depuis un an il se tenait parole et la tante Isabele, fière de la sagesse de son neveu autant qu'elle avait été indulgente pour sa folie, l'aidait par ses objurgations à persévérer dans sa louable conduite.

Cette vieille fille, idolâtre de l'unique rejeton mâle de la noble maison, eût mis le monde à l'envers pour l'amour de Robert. Elle le regardait frappant à petits coups avec sa cuiller sur le sucre qui s'obstinait à ne pas fondre dans l'eau-de-vie, et admirait sa robuste prestance. Il avait les épaules larges et la taille fine, de petites mains au bout de ses bras d'acier, et une figure énergique, rougie par le grand air, éclairée par des yeux bleus. Ses cheveux et ses sourcils étaient châtain très foncé, et ses moustaches d'un blond très pâle, ce qui donnait à sa figure une singulière douceur.

Sa sœur formait avec lui un contraste complet. En elle tout était finesse et grâce. Les deux races dont ils étaient issus se trouvaient incarnées en eux d'une façon bien tranchée. L'un était un Saint-Maurice gigantesque, aux appétits matériels et violents. L'autre était une Clairefont délicate, rêveuse et un peu chimérique. C'est pourquoi elle aimait tant son père.

Depuis un instant le notaire piétinait avec une impatience visible. Le sable criait sous ses pieds, et il allait de la tonnelle à la balustrade de la terrasse, agité, nerveux, comme s'il sentait le désir de brusquer une situation difficile, et cependant n'en avait pas la hardiesse.

Le marquis, les yeux dans le vide, semblait suivre une vision attrayante. Il souriait, et, distraitement, ses doigts battaient une marche sur la table de pierre à laquelle il s'était accoudé. Quels souvenirs heureux ou quelle radieuse espérance captivaient ainsi la pensée du vieillard ? Dans quelles sphères éthérées, dans quel domaine du bleu avait-il été transporté par un rêve ?

Il fit soudain un geste brusque, frappa sur son genou du plat de sa main, et les joues colorées par une rougeur joyeuse :

— Mon four à courants circulaires donnera quatre-vingts pour cent d'économie sur le chauffage actuel, s'écria-t-il d'une voix triomphante, et il brûlera tous les résidus, toutes les substances inutilisées jusqu'ici... Ah ! ah ! Malézeau, vous m'en direz des nouvelles... Il y a là une mine d'or !

La figure de mademoiselle de Saint-Maurice se rembrunit, elle croisa ses bras, et, marchant avec une désinvolture de gendarme :

— Mon frère, c'est la dixième fois, depuis quelque temps, que vous découvrez le Pérou !

— Oh ! cette fois, c'est la bonne, répliqua vivement l'inventeur. La découverte que j'ai faite répond à un besoin impérieux. Toutes les usines souffrent du prix sans cesse grandissant du combustible. Avec mon système, le charbon devient, sinon inutile, au moins facile à remplacer. On peut brûler des copeaux, de la paille mouillée, des débris de betteraves, des cannes à sucre... Vous comprenez l'importance du procédé... Les grèves, dans les bassins houillers, seront inefficaces, et ne mettront plus en danger l'industrie universelle. Aussitôt mes brevets pris, j'aurai des traités avec les grandes usines du monde. C'est un revenu formidable, vous dis-je, et assuré... Je suis tellement certain du succès que je risquerais mon nom, s'il le fallait, dans cette entreprise.

— Mon frère, un gentilhomme n'a pas le droit de disposer de son nom, interrompit rudement la vieille fille.

— C'est vrai, dit gravement le marquis. Ce nom est à tous ceux qui l'ont porté avant moi, et je dois le transmettre intact à ceux qui me suivront... Mais croyez, tante, qu'il ne serait pas diminué si j'y attachais l'honneur d'une si belle conquête industrielle.

— Vous savez depuis longtemps ce que je pense de vos recherches.

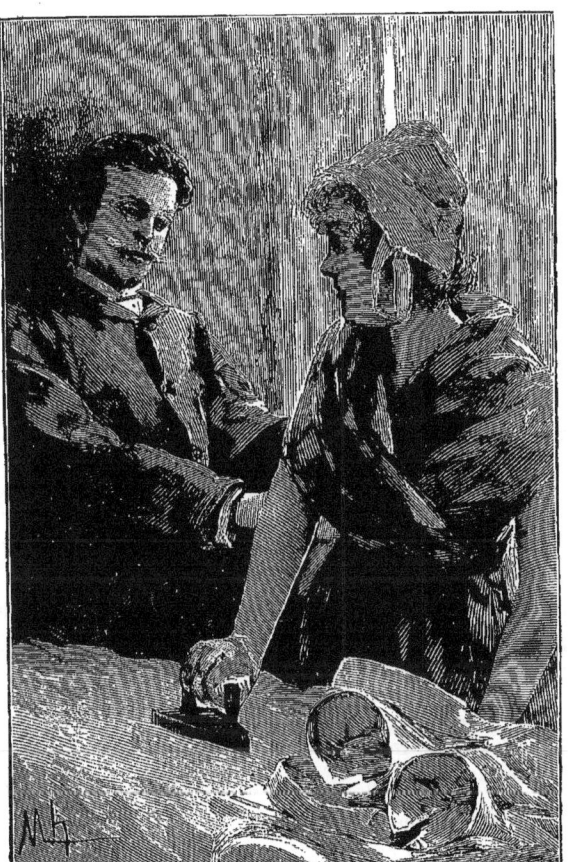

IL PRIT LA BELLE PAR LA TAILLE (PAGE 1094)

Un homme tel que vous n'a rien à gagner et a tout à perdre dans ces besognes d'ouvrier.

— Mais, interrompit le marquis en souriant, le roi Louis XVI faisait de la serrurerie.

— Aussi vous voyez comme cela lui a réussi! s'écria triomphalement mademoiselle de Saint-Maurice.

— Vous ne pensez pas, au moins, que je mourrai sur l'échafaud ?

— Non, mais vous mourrez sur la paille !

Antoinette s'était approchée : elle prit la tante Isabelle par le cou :

— Allons, soyez bonne, murmura-t-elle tout bas... ménagez mon père.

— Ta ta ta ! Te voilà bien, toi enjôleuse, dit la vieille fille, dont la barbe se hérissa. Tu es pour moitié dans les folies de monsieur ton père !... Au lieu de le critiquer, tu l'encourages... Et j'en suis pour ce que je dis : Nous le verrons sur le fumier, comme « Jacob »... Au reste, mon cher, faites ce que vous voudrez... Voilà M. Malézeau qui a sans doute à vous parler de vos affaires... Écoutez-le et tâchez de profiter de ses avis.

Au mot « affaires », Robert avait fait un pas dans la direction du perron. Le marquis jeta à son notaire un regard plein d'une tranquillité souriante, et, s'appuyant sur le bras de sa fille avec une caressante paresse :

— Eh bien ! mon cher Malézeau, je suis à vous... Désirez-vous que nous rentrions ?

— Monsieur le marquis, je le préférerais ; j'ai certains relevés de comptes à vous soumettre, Monsieur le marquis... Et je crois que la plus sérieuse attention...

— Allons dans mon cabinet, dit M. de Clairefont... Je vous montrerai le modèle de mon four, Malézeau... Vous verrez comme c'est simple d'application... Mais il fallait trouver l'idée... Une idée, ce n'est rien et c'est tout, tante Isabelle.

— Bon ! bon ! ce ne sont pas les idées qui vous manquent, à vous... grogna la vieille fille. Seulement vous les avez généralement biscornues, comme si vous aviez été nourri par une chèvre.

Elle s'approcha du notaire qui suivait M. et mademoiselle de Clairefont.

— Est-ce que c'est grave, Malézeau? demanda-t-elle avec une agitation intérieure qui faisait trembler sa grosse voix. Il y a longtemps qu'on ne vous a vu, et, pour que vous veniez sans avoir été appelé, il faut que ce soit grave.

Le notaire baissa la tête en signe d'assentiment, ses yeux dépareillés tournèrent désespérément sous les verres de ses lunettes, et il ouvrit les bras, plein d'accablement...

Mademoiselle de Saint-Maurice frémit. Depuis plusieurs années, elle était habituée aux remontrances que l'homme d'affaires adressait à son noble client. Et chaque fois que Malézeau avait fait une apparition à Clairefont, la fortune patrimoniale s'était amoindrie de quelques pièces de terre ou de quelques coins de bois. Aujourd'hui tout était hypothéqué; le domaine croulait sous le fardeau des échéances auxquelles il fallait faire face. Un poids de plus, et il s'abîmait dans la ruine finale.

— Au nom du ciel, ne lui avancez plus rien, dit la tante Isabelle, il est féru de son idée nouvelle, il va vous demander de l'argent... Résistez à ses prières. C'est une affaire de conscience, Malézeau. Voyez-vous ! Honoré est un vieil enfant « prodige »... Ah ! s'il voulait renoncer à ses idées, comme nous tuerions volontiers le veau gras !

— Comptez sur moi, Mademoiselle, je suis décidé à être très carré, Mademoiselle, vous en aurez la preuve.

Le marquis, arrivé sur le perron, se retourna. Devant lui. la vallée inondée de pure lumière s'étendait calme et riante. Dans la verdure des prairies, la rivière coulait brillante, entre deux bordures de saules trapus et rabougris. Les toits d'ardoises et de tuiles des maisons, éclairés par le soleil, étincelaient au milieu du noir feuillage des arbres. L'air était si limpide que, sur le haut clocher de l'église, le coq de fonte dorée qui couronnait la flèche se distinguait nettement. Le tintement de la cloche d'une fabrique arrivait grêle, appelant les ouvriers au travail, et le bruit bourdonnant du jeu des écoliers attendant l'heure de la classe montait jusqu'au haut de la colline. Le vieillard s'arrêta un instant, appuyé à la rampe de fer, les yeux fixés sur ce paisible tableau. Le souffle pur de la brise ardemment aspiré emplit sa poitrine. Des larmes lui vinrent aux yeux, et, à voix basse, il murmura :

— Le repos et l'insouciance devant cette belle nature... La joie calme de la vie au milieu des miens... C'était là peut-être la sagesse et le vrai bonheur ! Mais chacun a sa destinée, et ne doit point s'y dérober.

Il secoua la tête, et, voyant que le notaire s'était attardé à causer avec mademoiselle de Saint-Maurice :

— Malézeau, quand vous voudrez, mon ami...

Et il entra dans le salon. Robert, à grands pas, se dirigea vers l'aile gauche, où un escalier, pratiqué dans une des tours à toit aigu qui flanquent le corps de logis, conduisait à son appartement. Il sifflait gaiement un air de chasse en suivant un long couloir qui desservait les communs. Il passa devant la cuisine immense, avec sa cheminée garnie de bancs circulaires, au fond de laquelle dormait une broche longue à pouvoir y rôtir un veau tout entier. Une seule femme s'agitait dans la salle, faite pour les festins de Gargantua ou les noces de Gamache, et qui servait à préparer les modestes repas des quatre habitants du château. Le jeune homme jeta un amical bonjour à la servante, et, tournant sur sa droite, il s'apprêtait à monter les degrés de pierre, quand un bruit d'éclats de rire, interrompus par des coups sourds appliqués régulièrement, attira son attention.

Il fit quelques pas, et, s'arrêtant devant une porte entre-bâillée, il vit auprès d'une fenêtre, sur laquelle s'était juché le berger aux cheveux rouges, Rose Chassevent qui repassait. Elle frappait son fer sur une plaque de laine roussie par de nombreuse brûlures, et, tout en causant avec son sauvage compagnon, poussait vivement son travail. Bras nus, sa guimpe entr'ouverte, le teint animé, elle était ravissante, la fille du braconnier. Assis sur ses talons ses genoux soutenant son menton, le Roussot, fixant Rose avec une admirative convoitise, semblait un loup tapi, prêt à bondir sur la victime que sa voracité lui désigne. Il poussait de temps en temps de rauques exclamations, ne se décidant à prononcer un mot que quand il y était absolument

forcé, comme si son mutisme eût été causé plutôt par la paresse que
par l'infirmité. Rose avait cessé de rire : elle lui parlait maintenant
avec une pointe d'accent normand qui donnait une saveur piquante à
ses paroles :

— Non, vois-tu, le Roussot, tu n'es pas assez soigné sur ta personne... Regarde : tu as un pantalon en lambeaux et une chemise
toute grise de poussière. De plus, tu sens l'odeur de tes moutons, et
ce n'est pas plaisant pour une fille.

Le berger poussa un grognement, ses petits yeux de pie étincelèrent
et, semblant faire un effort extraordinaire, il articula :

— Beau pour la fête !

— Ah ! ah ! cachottier, tu préparais une surprise ! s'écria l'ouvrière
en poussant gaiement son fer brûlant. Eh bien ! sois seulement présentable, et je danserai avec toi, je te le promets... comme avec les
autres.

Le Roussot resta silencieux, ses lèvres se crispèrent, méchantes.
Son visage eut pendant quelques secondes une expression de bestialité effrayante. Puis il se mit à rire par saccades, comme s'il avait le
hoquet.

— Allons, mon fils, tu es content, dit Rose. Mais ce n'est pas une
raison pour rester là en espalier toute la journée. Tu feras bien d'aller
à tes bêtes, car si on te surprenait ici...

Elle n'eut pas le temps d'achever. Robert venait de paraître. Le
berger poussa un sifflement aigu, et, détendant ses jambes comme
deux ressorts, avec une adresse de singe il sauta par la fenêtre et
prit sa course du côté des écuries.

— Eh bien ! je t'y pince à causer avec ton amoureux, dit le comte
en s'asseyant sur le bout de la planche à repasser... Tu n'as guère de
raison de te montrer fière, puisque tu es si aimable pour le plus laid
des gars de la ferme.

— Oui-da, monsieur Robert, dit Rose avec coquetterie, venez-vous
à la lingerie pour me faire une scène ?

Ma foi non... Je montais quand je t'ai entendue causer avec ce
drôle... Mais je ne t'aurai pas dérangée pour rien...

Il allongea le bras et, prenant la belle par la taille, il mit, sur son moi très blanc, un rapide baiser.

— Ce n'est pas là ce que je vous demandais, dit l'ouvrière, en rajustant sa guimpe. Quand on embrasse la fille, il ne faut pas être si dur pour le père... Qu'est-ce qu'on m'a dit que vous aviez encore fait au bonhomme Chassevent ?

Le jeune homme fronça les sourcils :

— Oh ! tu sais, si tu veux que nous restions bons amis, ne parlons pas de ta vieille canaille de père...

— Et moi je ne veux pas que vous me parliez si vous devez le traiter de la sorte ! s'écria Rose, dont les joues s'empourprèrent.

— Allons, ne fais pas la méchante, dit le comte en s'approchant de la gentille repasseuse. Il prit son bras et le caressa doucement. Elle continuait à faire la moue, les yeux baissés, mais un commencement de sourire au coin de la lèvre. Ses cheveux blonds frisés se retroussaient sur sa nuque robuste, et, par l'échancrure de son col, la naissance de ses épaules apparaissait veloutée comme un fruit mûr.

— Si vous vouliez pourtant, comme tout pourrait bien s'arranger ! dit Rose, en levant subitement ses yeux, qui se fixèrent, très doux, sur ceux de Robert. Le père a la passion du bois et la rage du gibier... Eh bien ! prenez-le comme garde... Il ne vous collettera plus vos lièvres, et vous avez assez de lapins pour qu'il se nourrisse sans vous faire de tort... La masure de la Saucelle est sans locataire... J'irais y habiter avec lui... Ce serait plus commode pour moi venir en journée ici... Et ça me causerait tant de plaisir !...

Le comte approcha ses lèvres des joues de Rose qui ne se défendit plus, et, effleurant sa petite bouche de sa longue moustache :

— Tu n'es pas trop bête, dit-il... Et tout ça pourrait se faire aisément, comme tu dis, si ce vieux diable de Chassevent n'était pas le plus déterminé coquin qu'il y ait à dix lieues à la ronde. Ma chasse serait bien gardée avec lui, qui est le compère de tous les braconniers du canton !... Non, mon enfant, je ne logerai pas ton père, si ce n'est en prison... Et ce sera autant de gagné pour toi. Pendant ce

temps-là il ne te prendra pas ton argent et ne te donnera pas de
calottes.

— Ah! c'est comme ça! dit Rose furieuse. en s'arrachant des
bras du jeune homme. Eh bien! moi je vous défends de m'approcher...
Et si vous touchez seulement à un pli de ma robe... je préviendrai
mademoiselle Antoinette... Ah! mais!

— Bravo! la vertu t'embellit, ma mignonne... Il faut y persévérer,
dit gaiement Robert... Tiens, regarde ton galant à cheveux rouges
qui t'observe là-bas.

Ramené par une âpre et jalouse curiosité, le Roussot rôdait dans
la cour, guettant de ses yeux perçants la fenêtre de la lingerie. Il était
fort éveillé, et sa mine rusée eût donné beaucoup à penser aux gens
qui le considéraient comme un innocent. En se voyant observé, il se
détourna, prit un air abruti et se mit à faire claquer son fouet à tour
de bras, comme il en avait l'habitude pour se distraire.

— Le Roussot, reprit Rose avec aigreur, est un pauvre garçon, qui
ne ferait pas de mal à une mouche, et que je prends en grande pitié!
C'est mal à vous, monsieur Robert, de vous moquer de lui... Il a été
recueilli chez votre père après avoir été trouvé exposé sur le revers
de la route... Je l'ai vu grandir, et c'est vraiment mon camarade
d'enfance... Il ne dirait pas du mal du père, lui, marchez!

— Allons! la paix! dit Robert, en pinçant l'oreille hâlée de la
jolie fille entre deux doigts, et la tirant doucement... Nous tâcherons de faire quelque chose pour te plaire, sans nous attirer de
dommage.

Le visage de l'ouvrière s'éclaira, ses lèvres s'arrondirent dans un
sourire, et, avec une coquetterie câline, apportant sa joue au jeune
homme:

— Oh! vous êtes si gentil quand vous voulez!...

Il la prit par les épaules et l'embrassa vivement. Elle se dégagea
avec un cri et un peu pâle:

— Ah! vous m'avez fait mal... Ne me serrez pas tant... Vous êtes
si fort!... Vous m'étoufferiez sans le vouloir.

Au même moment une voix sonore se fit entendre, disant:

— Et ce serait grand dommage !

Comme Robert se retournait mécontent, la tête de Tondeur, rouge et souriante, parut à la hauteur de la fenêtre :

— Votre serviteur, monsieur Robert et la compagnie, dit le joyeux compère. Mâtin ! vous vous chauffez d'un fameux bois !

Et, clignant de l'œil, il partit d'un gros rire qui le rendit violet.

— Qu'est-ce qui vous amène ici ? demanda rudement le comte.

— Pardié, monsieur Robert, quelque chose qui vous touche plus que moi : en visitant les coupes tout à l'heure, j'ai découvert un nid d'émouchets... Et je suis venu dare-dare vous en prévenir.

— Et je vous en remercie, dit Robert en changeant d'attitude... Le temps de prendre mon fusil et je suis à vous.

— N'oubliez pas toujours ce que vous m'avez promis ! s'écria Rose, en remuant ses fers à grand bruit sur son fourneau de fonte.

— Nous verrons ça ! Attendez-moi, Tondeur.

Et, leste, le jeune comte gagna l'escalier.

— Qu'est-ce qu'il t'a promis, Roson ? fit le marchand de bois, en appuyant ses grosses pattes velues sur l'appui de la fenêtre. Est-ce de t'épouser ?

— Vieille bête ! dit la belle fille. Tenez, voilà M. Malézeau qui sort. Allez lui demander s'il a reçu la commande du contrat !

Accompagné par le marquis, le notaire traversait la cour. M. de Clairefont parlait avec animation, et Malézeau l'écoutait en pliant l'échine, comme décidé à supporter l'avalanche des raisonnements, sans se départir d'une résolution prise. L'inventeur, la tête en feu, le geste exubérant, poursuivait, sans se laisser démonter par l'attitude peu encourageante de son homme d'affaires :

— Oui, pour cinquante mille francs j'aurais tous les brevets nécessaires, et je pourrais divulguer ma découverte, lancer mon four, et réaliser des bénéfices énormes... Entendez-vous, Malézeau ?

— J'entends, et je comprends... Monsieur le marquis, c'est fort clair, Monsieur le marquis... Mais où les prendrez-vous, ces cinquante mille francs puisque, si vous n'en payez pas cent soixante trois mille, la semaine prochaine, vous êtes sous le coup d'une expropriation,

IL L'EMMENA A TRAVERS LA VILLE (PAGE 1103)

Monsieur le marquis, et pouvez être expulsé de cette demeure, Monsieur le marquis...?

— Où je les prendrai?... Mais dans votre caisse, mon ami. Vous ne me ferez pas un tel tort pour une si faible somme... Cinquante mille francs! Et c'est la fortune... Allons, prêtez-les-moi!

— Je n'ai pas d'argent personnel, Monsieur le marquis, et quant à l'argent de mes clients, la délicatesse, Monsieur le marquis, autant que la loi, m'interdit d'en disposer... Croyez-moi, renoncez à la réalisation immédiate de vos projets, et réunissez toutes vos forces pour sortir de la situation où vous vous trouvez... Elle est très grave...

— Eh! j'en sortirai, j'en réponds, mais ce ne sera pas en faisant des économies... C'est mon invention qui nous sauvera tous... Il me faut cinquante mille francs... Sur seconde hypothèque... hein?

— Vous ne les trouverez pas, Monsieur le marquis. Votre crédit est épuisé dans le pays, et si je n'avais pas traité pour vous, jusqu'ici, il y a beau temps que vous ne trouveriez plus un centime, Monsieur le marquis...

— Eh bien! j'attends ce soir mon futur gendre... Je lui demanderai cet argent... Il me comprendra, lui...

Malézeau parut hésiter un instant, puis, réunissant tout son courage :

— C'est-à-dire qu'il partira, Monsieur le marquis, pour ne plus jamais revenir, Monsieur le marquis... Allez-vous lui fournir vous-même un prétexte, Monsieur le marquis, pour rompre un mariage qui traîne depuis si longtemps?...

— Que dites-vous là, Malézeau? Supposeriez-vous que M. de Croix-Mesnil fût disposé à ne pas tenir ses engagements? S'il en est ainsi, je ne regretterai pas que ma fille ait tant hésité à l'épouser... D'ailleurs, quand je serai en mesure de la doter princièrement, les maris ne lui manqueront pas... Allons, puisque je vous trouve intraitable, je vais retourner toutes mes poches et tâcher de me suffire à moi-même... Vous, occupez-vous seulement d'obtenir du temps pour que je sois tranquille... Voyez mes créanciers...

— Monsieur le marquis, il n'y en a qu'un.

— Ah! fit M. de Clairefont, dont l'animation se glaça brusquement.
Il ajouta avec une douloureuse anxiété :

— Et ce créancier unique ?

Le notaire baissa la tête avec découragement, et laissa tomber ce
terrible nom :

— Carvajan.

— Il a donc désintéressé tous les autres ?

— Oui, Monsieur le marquis, il a racheté en sous main toutes vos
créances, Monsieur le marquis, il veut que vous n'ayez affaire qu'à lui...

Toutes les illusions de l'inventeur se dissipèrent en un instant. Sa
fausse sécurité disparut ; il entrevit l'abîme ouvert devant lui, et vers
lequel il marchait d'un pas si précipité. Pendant qu'il se complaisait
dans ses songes, son ennemi poussait son œuvre de ruine.

Le marquis ressentit une impression de froid au cœur, ses oreilles
tintèrent, il vit tout sombre, comme si le ciel s'était subitement
couvert.

La voix de son fils le rappela à lui-même. Le jeune homme sortait,
son fusil sur l'épaule, accompagné de sa sœur, insouciants, joyeux,
l'un et l'autre. Antoinette marchait, abritant sa tête charmante sous
une ombrelle rouge.

— Père, cria-t-elle de loin, venez-vous avec nous? M. Tondeur
nous emmène jusqu'aux coupes.

— Non, mon enfant. Il faut que je rentre travailler.

Il les suivit tous les deux d'un regard attendri : lui, souple et
vigoureux avec sa carrure athlétique ; elle, grande et svelte, avec sa
taille élégante. Ses enfants, son bien le plus précieux, son unique
amour. Les laisserait-il exposés à la vengeance de Carvajan? Ne
saurait-il pas disputer à son ennemi leur présent et leur avenir?

Une flamme lui monta au cerveau : il se sentit une force nouvelle.
Il se jugea capable de réaliser des prodiges. Pour son malheur, il
chercha le salut dans ses hasardeuses spéculations. Il se livra de
nouveau à sa chimère. Et quand il avait encore, avec de l'ordre et
de la patience, le moyen de sortir de ses embarras financiers, il se
prépara à descendre plus avant dans le gouffre où croulait sa fortune.

— Obtenez seulement de Carvajan qu'il me donne du temps, dit-il au notaire. et je réponds de tout.

Il jeta un regard profond sur son château, et, d'un voix prophétique :

— Vous voyez ces tours, ces toits? Eh bien! avant peu j'aurai de quoi les faire dorer, si la fantaisie m'en vient!

Il se mit à rire en agitant sa tête blanche, et, faisant un geste d'adieu à Malézeau, qui se demandait avec trouble si ce n'était pas un fou qu'il avait devant lui, il remonta dans son laboratoire.

IV

Ce n'avait pas été sans une émotion profonde que Pascal avait revu la Neuville. Parti étant presque un enfant, il revenait un homme. Dans les longues méditations de sa vie solitaire à l'étranger, il avait beaucoup discuté avec lui-même les causes qui avaient amené son départ, et pas une fois il ne s'était senti troublé par un regret. Il avait fait ce qu'il devait faire. Conduit par les circonstances à juger son père, il s'était enfui, comme pour se punir de son manque de respect, et s'était jeté à corps perdu dans le travail.

Peu à peu il avait senti en lui un grand apaisement. L'éloignement avait étendu des voiles propices entre son souvenir et la terrible figure de Carvajan. Il en était venu à ne la plus voir qu'effacée et adoucie.

Pendant ces années d'absence, seul dans l'immensité peuplée, et, pour lui, cependant déserte, des pays étrangers, il s'était désespérément attaché à la patrie lointaine, à la famille délaissée. Il avait écrit à son père, régulièrement, pour le tenir au courant de ses entreprises, de ses travaux, de ses espérances. Carvajan lui avait envoyé, avec une exactitude de commerçant, des réponses courtes, substantielles et froides, véritables lettres d'affaires, se terminant à peine par une phrase tendre. Des conseils toujours, hardis et pra-

tiques, donnés avec un instinct merveilleux des situations, mais
jamais un mot qui fût une allusion au passé, ou une ouverture pour
l'avenir, jamais, dans un moment d'isolement et de tristesse, il
n'avait fait entendre à son fils le cri d'appel de la vieillesse qui
cherche un appui : Reviens ! La ténacité rude et orgueilleuse de
Carvajan se retrouvait tout entière dans sa manière d'être avec Pascal.
celui-ci avait voulu partir, s'était soustrait à l'autorité paternelle :
il devait et pouvait user sans limite de sa liberté.

Cependant le jour où, las de courir le monde, ayant terminé les
travaux engagés, le jeune homme s'était décidé à annoncer son retour,
il avait reçu de son père un billet bref, mais dans lequel éclatait
une satisfaction inattendue. Pascal en éprouva une vive émotion. Il
n'était point blasé sur ces manifestations de l'affection paternelle.
il la sentait vibrer sans fausse honte. Le vieillard était heureux de
revoir son fils. Et un pâle éclair de joie réchauffait son cœur sec et
glacé.

Pascal partit avec un double ravissement, à la pensée de rentrer
au pays et d'y trouver son père plus accessible et plus doux. A lui
habitué à parcourir les grands espaces, à voyager lentement, dans
des pays sauvages, la traversée rapide d'Amérique en France parut
longue, le trajet en chemin de fer sembla interminable. Il fut pris
d'une sorte de fièvre d'impatience. Il se donna à peine le temps de
rendre des comptes à ses administrateurs de Paris, et, le soir même,
il arrivait à la Neuville.

Le cœur lui battait fort en descendant de wagon ; il suivit le quai
de débarquement, en proie à un trouble qu'il ne pouvait surmonter.
Ses yeux, obscurcis par des larmes qu'il ne retenait pas, découvrirent
devant la gare un petit homme qui attendait seul, droit et raide. Un
double cri se fit entendre.

— Pascal !

— Mon père !

Et, poussés par une force invincible, ils tombèrent dans les bras
l'un de l'autre. Le maire de la Neuville se remit promptement de son
émotion, donna des ordres brefs aux facteurs du chemin de fer, pour

qu'on apportât les bagages à la rue du Marché, et, prenant son fils
par-dessous le bras, il l'emmena à travers la ville, répondant distraitement aux saluts, hâtant le pas pour distancer les importuns, et ne
tarissant pas de questions sur les affaires conduites par Pascal,
insistant sur les résultats, et glissant sur les moyens.

Ils dînèrent tous deux et passèrent la soirée en tête-à-tête. Il regardait le jeune homme, l'écoutait parler avec une surprise joyeuse, et
sa voix grave lui faisait vibrer quelque chose dans la poitrine. Il
l'admirait, il le trouvait capable, brillant, supérieur. Quand Pascal
lui avoua qu'il revenait avec six cent mille francs, part réalisée de
ses bénéfices dans les entreprises menées à bien, le banquier poussa
un cri de joie. Puis un nuage obscurcit son front, sa parole se glaça,
et son geste s'alourdit. Une réflexion venait de se faire jour dans son
cerveau : Riche, mon fils peut se passer de moi. Je n'aurai aucune
action sur lui.

Or Carvajan était essentiellement dominateur. Et, pour qu'il s'intéressât à quelqu'un, il fallait qu'il l'eût en sa dépendance. Cependant,
cette impression fâcheuse s'effaça. Pascal avait recommencé à parler,
et sa voix pénétrante et profonde agissait de nouveau. Le banquier
se dit :

— Quelle impression singulière produit-il sur moi ? Il a dans la
parole une puissance irrésistible. Quand on l'écoute, il est difficile
de ne pas se laisser gagner à son opinion. Et moi-même... Allons !
c'est le premier effet, et cela passera !

Le voyageur était las : il se retira de bonne heure. Son père le conduisit lui-même au premier étage, par les couloirs obscurs et l'escalier
étroit de la petite maison, et s'arrêta devant une porte que Pascal
reconnut pour celle de la chambre de sa mère.

Il demeura immobile, hésitant, repris par tous ses souvenirs.
Carvajan ouvrit, et l'appartement, tel qu'il était autrefois, s'offrit aux
regards du jeune homme. Tout était resté dans le même ordre,
comme si, pendant tant d'années, personne n'eût pénétré dans cette
pièce rendue sacrée par la mort. Les menus objets familiers étaient
rangés sur la table et semblaient attendre. Le métier à tapisserie,

couvert d'une toile grise, se dressait au coin de la cheminée, auprès du fauteuil préféré. La sensation que Pascal éprouva fut si vive qu'il se demanda s'il avait rêvé, si le temps passé au loin s'était vraiment écoulé et s'il n'allait pas entendre la voix de la morte. Dans l'ombre sonore de la vaste pièce, ce fut la voix de Carvajan qui parla sèche et banale :

— Je t'ai mis ici... J'ai pensé que tu y serais mieux que dans la chambre de garçon.

Mieux! Ainsi, c'était seulement du confort que Carvajan se préoccupait en ouvrant à ce fils la chambre de sa mère! Il n'avait pas prévu l'attendrissement qui s'emparerait de Pascal. Il ne devinait pas que trois mots venus du cœur, à cette heure de trouble profond, lui auraient rendu pour toujours son enfant confiant et soumis. Ces mots, il ne les trouva pas, et, serrant la main de son nouvel hôte, comme fait un compagnon de voyage au seuil banal d'une chambre d'auberge, il se retira.

De grand matin, Pascal fut sur pied. Mais son père l'avait devancé : il était sorti pour ses affaires. Le jeune homme en éprouva un secret soulagement. Livré à lui-même, il voulut visiter en détail la maison où s'était passée son enfance.

Il ouvrit la fenêtre et vit la rue étroite et noire, avec la même fontaine coulant sur les dalles, les mêmes boutiques avec les mêmes gens au comptoir. Le mouvement de la ville était resté tel qu'au moment de son départ. Dans l'éloignement, il entendait les modulations d'une flûte jouée par le conducteur des chèvres qui traversaient le quartier à huit heures, chaque matin. Quand il était enfant, sa mère l'appelait pour voir passer les bêtes, et, pendant quinze jours, étant malade, on lui avait fait boire de leur lait. Il entendait maintenant le tintement de la clochette du bouc qui portait sur son dos la boîte aux tasses. Au coin de la rue, soudain, le troupeau s'avança. C'était toujours l'homme d'autrefois, et l'air de flûte n'avait pas varié. Les chèvres défilèrent, faisant claquer leurs pieds fins sur le pavé, secouant leurs têtes barbues ; au tournant de la place, elles disparurent ; modulations et tintement se perdirent dans l'espace. Et le silence s'était fait, que

TOUS LES CONVIVES BUVAIENT A SON HEUREUX RETOUR (PAGE 1118)

Pascal écoutait encore, les yeux vagues, le cœur gonflé, comme s'il venait de voir s'éloigner sa jeunesse.

Lentement il descendit. Dans l'escalier, il se croisa avec la servante et, la regardant par hasard, il fut étonné de sa beauté. C'était une fille de vingt ans, brune au teint blanc et aux yeux bleus, qui le salua d'u sourire. Elle était mise avec coquetterie et montait de l'eau dans un grand broc de cuivre.

— Peut-être que vous cherchez votre père, monsieur Pascal? dit-elle. Dès patron-minette, il est parti pour sa ferme de la Moncelle... Il ne rentrera que pour l'heure de midi... Si vous voulez faire un petit tour, vous avez le temps, et vous gagnerez de l'appétit...

— Merci, c'est ce que je me propose, en effet...

— Alors, Monsieur, à vous revoir...

Il sortit ; l'air était vif et les martinets poussaient des cris aigus en se poursuivant dans le ciel. Il gagna les hauteurs de Couvrechamps, se jeta dans les chemins boisés, se perdit dans les prés, respirant les senteurs puissantes de la terre natale, étourdi par le soleil, enivré par la brise parfumée, et conduit irrésistiblement par sa destinée sur le passage de cette belle amazone qui suivait, solitaire et rêveuse, le chemin creux de Clairefont.

Et lui, libre, insouciant la veille encore, n'ayant d'autre désir que celui d'oublier le passé et de s'accommoder du présent, de vivre calme en fermant les yeux aux choses mauvaises, il était en un instant, dès le premier jour, jeté au milieu d'orages plus violents que tous ceux jusqu'ici affrontés. Une puissance inconnue s'emparait de lui, le subjuguait, le faisait sa chose. Et voilà qu'il se trouvait une seconde fois aux prises avec son père, et plus terriblement que jamais.

On le lui avait bien dit : il arrivait au milieu de la bataille. Clairefont contre Carvajan. Le duel, engagé depuis trente ans, en était aux dernières passes, et il fallait que l'un des deux combattants tombât.

Il connaissait maintenant complètement l'histoire de son père et du marquis. Fleury, en descendant de la Grande Marnière, lui avait

tout conté. Il avait pu, à l'aide de ses propres souvenirs, combler les
lacunes du récit. Et bien des détails qui avaient frappé obscurément
son esprit d'enfant devenaient maintenant lumineux. Il voyait Carvajan
et Clairefont aux prises, nouveaux Montaigu et Capulet, dans une
guerre implacable. Les moyens mis en œuvre étaient différents,
comme l'époque, le pays et les mœurs. On était à La Neuville et non
à Vérone, en 1880, et non en 1300. Les armes n'étaient plus l'épée
et la dague, mais le terrible argent. On ne faisait point couler le sang
qui éclabousse au grand jour, mais l'encre qui salit dans l'ombre.
Ce n'était pas une hostilité franche, déclarée, active et bruyante,
mais une lutte sourde, patiente et hypocrite, plus dangereuse que
l'autre, et plus acharnée.

Il se rendait un compte exact des forces en présence et les voyait
disproportionnées. D'un côté, le marquis, pauvre homme à l'âme
tendre et à l'esprit troublé, ne sachant ni calculer ni prévoir,
ballotté au hasard de ses utopies, sacrifiant le positif au chimérique,
et, de l'autre, Carvajan, ce cœur de pierre, ce cerveau froid et lucide,
ne se décidant jamais qu'à coup sûr, et ne reculant plus, une fois
engagé. C'était le combat d'un nain et d'un géant. La victoire était
décidée d'avance.

Et Pascal savait par quels moyens les confédérés se préparaient à
l'obtenir. Il était au centre même de l'attaque, lui qui s'intéressait
secrètement à la défense. Il les voyait tous manœuvrer comme une
bande de fourmis qui s'acharnent sur une bête morte et la dépouillent
de sa chair jusqu'à ce que les os soient nets et blancs. Il savait ce
qu'ils tenaient déjà. Tondeur avait acheté la scierie des bois de la
Saucelle, cette fameuse scierie à vapeur qui avait tant fait baisser le
salaire des bûcherons. Dumontier, le beau-frère de Carvajan, avait
prêté cent vingt mille francs, avec hypothèque sur les admirables
prairies que traverse la Thelle. Fleury, l'âme damnée de Carvajan, le
Père Joseph de ce Richelieu, n'avait pas avancé de fonds, mais avait
sa part faite pour les bons offices qu'il rendait continuellement, comme
greffier de la justice de paix, faisant fonction de commissaire-priseur
dans les ventes auxquelles aboutissaient presque toutes les affaires

d'argent entreprises par le banquier. Pourtois convoitait l'entourage de son auberge et aspirait à voir les travaux reprendre à la Grande Marnière ; car, depuis que les fours à chaux étaient éteints et que les ouvriers avaient été congédiés, il ne faisait plus de recettes, et les tables de sa salle étaient vides.

Quant à Carvajan, il lui fallait la terre, l'argent, l'honneur et le bonheur d'Honoré de Clairefont. Les désastres les plus effroyables lui paraissaient à peine suffisants. Il voulait voir, abattu à ses pieds, cet homme qui l'avait humilié, et marcher sur lui. A cette exquise jouissance morale, il ne lui déplaisait pas d'ajouter, car il était toujours pratique, même dans la vengeance, la satisfaction matérielle de réaliser une spéculation admirable. Possesseur du domaine de Clairefont, il était maître du pays, dominait l'opinion, entrait au Conseil général, se faisait nommer député, et, exploitant la Grande Marnière avec les développements qu'il saurait donner à l'affaire, il créait une puissance industrielle qui devait assurer à son fondateur un avenir sans bornes.

Pascal savait à quoi s'en tenir sur l'ambition de son père. L'ex-garçon de magasin avait un orgueil silencieux et sauvage qui lui faisait juger toutes les grandeurs réservées à sa haute capacité. Les obstacles ne le gênaient point : il les tournait ou les renversait. Il était de ces hommes qui, partis de rien, arrivent à tout, et ne s'arrêtent jamais, faute de moyens. Il osait et, quand il avait échoué une fois, recommençait jusqu'à ce qu'il eût réussi.

Depuis que Pascal était revenu, le banquier se montrait agité. Il avait modifié ses habitudes, s'arrêtait pour parler aux gens dans la rue, et ne tarissait pas sur la joie qu'il éprouvait de posséder son fils. La maison de la rue du Marché prit un autre aspect. Les fenêtres, ordinairement closes, s'ouvrirent, et le logis perdit son air de mystère et de défiance. Bien plus, Carvajan se mit sur le pied de recevoir.

— Je ne veux pas que mon garçon s'ennuie chez moi, dit-il à ceux qui firent paraître un peu de surprise. Il est jeune, il a besoin de distraction. Pour un vieux loup comme moi, la maison est assez agréable ; mais pour lui, elle a besoin d'être égayée : je veux qu'il y vienne

des dames... Eh ! eh ! Pascal a trente ans : il faut qu'il songe au
mariage...

Cette idée de marier son fils s'était emparée de lui subitement. Il
en parlait volontiers. Et il s'occupait de la mettre à exécution.

Il avait fait des grâces inusitées aux Leglorieux, les riches meuniers du
Capendu. Madame et mademoiselle Leglorieux, invitées à dîner chez
le maire de la Neuville, étaient devenues rouges de plaisir. Elles
avaient pris le train pour Rouen et s'étaient enfermées pendant deux
heures avec mademoiselle Siméon, la couturière de la rue Beau-
voisine, la première faiseuse de la ville. La « demoiselle » de madame
Leglorieux était une grande et belle personne de vingt ans, type
accompli de la race normande, blanche de peau, ayant des cheveux
magnifiques, de grands pieds et de fortes mains. Elle était fille unique,
et Fleury, qui connaissait, à peu de choses près, toutes les fortunes du
pays, disait : Elle aura un fameux sac !

Madame Leglorieux, frémissante d'espérance, avait ouvert du premier coup son cœur à son héritière :

— Ma chère, ce doit être un mariage qui se prépare... C'est la
première fois que M. Carvajan invite des dames chez lui... Jamais il
n'a reçu que des messieurs... Oh ! Félicie, y penses-tu ! Il a des
millions cet homme-là... Et son fils est si bien !... On dit que, comme
avocat, il a un talent immense... bien plus que Me Bonnet...! S'il
voulait se fixer à Rouen, il serait capable de devenir bâtonnier... Et tu
dînerais à la Préfecture !

Mademoiselle Félicie ne répondait pas, mais ses yeux devenaient
humides, et, sur chaque joue, elle avait un rond rouge.

Cependant Pascal, aussitôt que son père lui laissait un instant de
liberté, se dirigeait du côté de Clairefont. Il put aller rôder ainsi deux
fois, vers le soir, sur le plateau, du côté du chemin où il avait rencontré Antoinette.

Il se mettait en embuscade derrière la haie, assis dans le trèfle en
fleurs, chaud des derniers rayons du soleil, et il attendait. Mais la
charmante fille s'était faite invisible.

Il s'enhardit jusqu'à s'avancer auprès de la grille. Le grand lévrier d'Écosse, couché paresseusement sur la terre d'un massif, dans la quelle il avait creusé un trou pour trouver un peu de fraîcheur, leva son museau effilé et poussa quelques aboiements agacés. Le jeune homme se cacha le long du mur du parc, craignant d'être vu, et, dans le silence, il entendit la voix harmonieuse d'Antoinette qui disait :

— Tais-toi, Fox. C'est quelque mendiant... Vas-tu maintenant montrer les dents aux pauvres gens ?

Et la voix rude de la tante de Saint-Maurice ajouta :

— Un de ces jours alors, il nous les montrera à nous-mêmes.

Ces mots tombèrent lourdement sur le cœur de Pascal. Plus que la distance, plus que le mur de pierre, ils le séparaient de mademoiselle de Clairefont. La ruine, n'était-ce pas Carvajan qui la consommait ?

Il s'éloigna lentement. Le soir venait, une brume légère descendait sur le bois, et, au travers des futaies de Clairefont, le soleil se couchait, jetant des lueurs sanglantes. Le jeune homme suivit le bord de la lande où il avait vu Rose battre son linge en chantant. Il aperçut le troupeau de moutons du Roussot qui broutait les pousses maigres, sous la conduite du chien noir. Le berger était couché sur sa limousine, auprès de son parc ouvert pour la nuit, et, mélancoliquement, soufflait dans une tige de sureau creusé. Il tirait de cette flûte primitive un son aigu et plaintif, qui se perdait dans l'air, semblable au cri gémissant d'un oiseau blessé.

Pascal fut découvert par l'idiot qui, se levant d'un bond, poussa deux cris stridents auxquels son chien obéit en courant sur le flanc du troupeau dispersé. Prenant son fouet, le Roussot se mit à sauter dans la bruyère avec des gestes furieux, comme si, en approchant de ses bêtes, le passant eût commis un grave méfait. Et pendant longtemps Pascal entendit sur la colline le claquement sonore du fouet alternant avec les cris du berger.

Il rentra triste jusqu'au fond de l'âme. Il n'y avait que huit jours qu'il était de retour à la Neuville. Carvajan, tout de suite, remarqua le changement qui se produisait dans l'humeur de son fils. Il l'observa d'abord silencieusement, puis il lui dit :

— Qu'est-ce que tu as? Est-ce que quelque chose ou quelqu'un te déplaît ici? On le changera, mon cher. Je veux que tu sois satisfait...

Pascal regarda son père. Il le jugea sincère. Il se dit:

— En vieillissant, il s'est humanisé. Qui sait s'il ne ferait pas vraiment beaucoup pour me plaire?

Il eut la pensée de profiter des bonnes dispositions où il le voyait, et de tout lui avouer. Il était temps encore peut-être de détourner le coup suspendu sur Clairefont. Si la rentrée de l'enfant, pendant si longtemps errant à travers le monde, pouvait être le signal d'une pacification heureuse? Oh! de quelle tendresse il paierait son père, si, par condescendance pour lui, il consentait à épargner ses ennemis vaincus! Il se figurait Antoinette débarrassée de ses soucis, libre de sourire. Et ce serait à lui que la jeune fille devrait la sécurité de la vie pour son père, et le calme du cœur pour elle. Un grand attendrissement s'empara de Pascal. Sans retard, il voulut tenter l'épreuve.

— Mon père, depuis que je suis rentré chez vous, dit-il, j'admire comme tout a changé. Je vous ai retrouvé le premier de la ville... Vous avez une grande situation, et je comprends qu'elle n'est pas encore ce qu'elle peut être...

Carvajan baissa la tête en signe d'affirmation. Un rire muet passa sur son visage basané.

— Je vois cependant un point noir à l'horizon: c'est l'état d'hostilité dans lequel vous vivez avec les habitants de Clairefont... Croyez-vous qu'il soit digne de vous de prolonger une lutte qui jette du trouble dans le pays? Car, vraiment, tous ceux qui ne sont pas pour vous sont pour eux... Et c'est une véritable discorde que vous entretenez.

Le banquier baissa le nez, comme lorsqu'il ne voulait pas s'expliquer et, avec une sourde ironie:

— Je ne l'entretiendrai pas longtemps, maintenant.

Pascal ne se laissa pas prendre à l'ambiguïté de la réponse. Il savait ce que parler voulait dire, même pour Carvajan.

— J'entends, en effet, répéter partout que le marquis Honoré est à bout de ressources, et c'est justement là ce qui m'encourage à vous parler aussi nettement, quoique je sache fort bien que le sujet n'est pas pour vous plaire… Voilà des gens qui, à force de maladresses, d'excentricités, de folies, je ne vous chicanerai pas sur les causes, sont arrivés à la ruine complète. Eh bien! mon père, pour le mal qu'ils vous ont fait, que pouvez-vous leur souhaiter de plus ?

La physionomie de Carvajan prit une expression de gaieté terrible. Il hocha la tête, et, levant ses yeux jaunes qui rayonnaient de haine :

— Enfant! dit-il, avec une dédaigneuse pitié. Tu ne sais pas de quoi tu parles !

Il y eut dans ces quelques mots tant d'amère et de profonde ironie, ce fut si bien le cri de la vengeance insatiable, que Pascal en demeura glacé. Il avait espéré mener le vieillard à faire un retour sur lui-même, provoquer une discussion de laquelle sortirait quelque expédient favorable. Il trouvait son père froid comme un marbre, répondant à ses attaques avec la bienveillance câline d'un homme qui cause avec un gamin. Cependant il ne se tint pas pour battu : il revint à la charge :

— Il n'en est pas moins certain que le marquis de Clairefont est actuellement un pauvre adversaire pour un combattant tel que vous…

— Hé ! hé ! fit railleusement Carvajan, il ne faut jamais mépriser son ennemi. Si depuis trente ans le marquis avait répété ces paroles, chaque soir, avant de se coucher, en guise de prière, il n'en serait peut-être pas où il en est.

— Mais il est vieux…

— Tiens! il a mon âge !

— Auprès de lui sont des femmes dignes d'intérêt…

A ces mots Carvajan se dressa sur ses pieds ; il lança à son fils un regard aigu, et, d'une voix métallique, sa vraie voix, qui fit vibrer les nerfs de Pascal :

— Des femmes? Qui te l'a dit? Tu les as peut-être vues? Ah! ah! nous voilà gentils, si cette engeance se mêle de nos affaires ! Des femmes! Est-ce qu'il n'y en a pas toujours dans le jeu du marquis ? Il fallait s'attendre à ce que les cotillons entreraient en danse. Eh bien! garçon, est-ce à la vieille demoiselle de Saint-Maurice que tu t'intéresses, ou à la belle Antoinette?

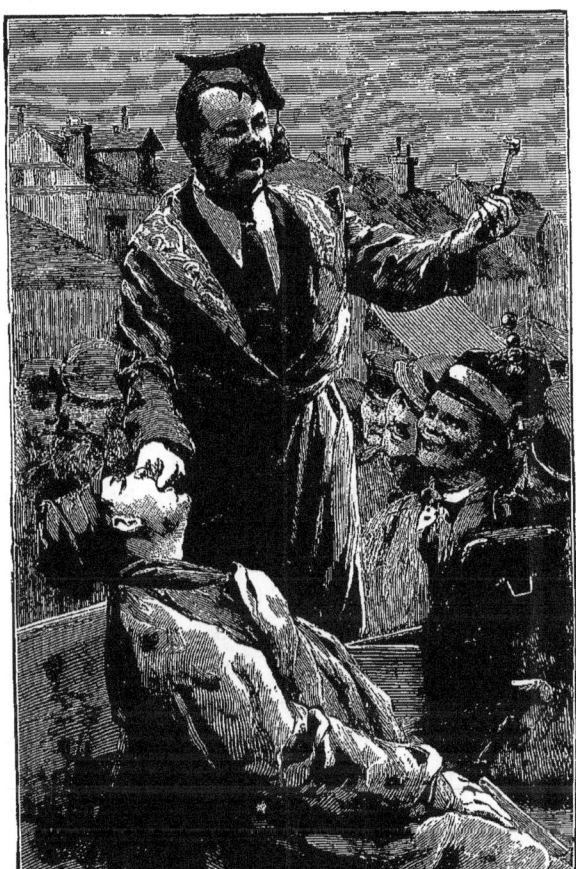

UN DENTISTE APPELAIT LES BADAUDS (PAGE 1127)

Le nom de la jeune fille, jeté avec cette âpre familiarité, sonna douloureusement à l'oreille du jeune homme. Il lui sembla que l'accent avec lequel son père le prononçait était avilissant. Il voulut couper court aux commentaires, mais il n'en eut pas le temps.

— Qui t'a parlé de ces femmes? continua le vieillard avec une animation qui allait grandissante. Les aurais-tu rencontrées, par hasard? Tu cours la campagne depuis que tu es revenu, et elles sont continuellement par les chemins comme des aventurières... Ah! elles t'ont peut-être bien parlé! Elles ne sont pas honteuses... Et puis, le fils Carvajan... Bonne affaire!

Le banquier eut un rire atroce.

— Mon père, dit Pascal, je vous en supplie...

— Laisse donc! Est-ce que je ne les connais pas?... A l'heure qu'il est, elles sont capables de tout, pour de l'argent... Mais il faut se défier; ce sont des gaillardes... la jeune surtout, avec ses airs candides... et son capitaine de cavalerie qui ne l'épouse pas! Ah! ah! va mon petit! C'est du vilain monde... Ne t'en occupe pas. Tu te ferais rouler... Il faut la poigne du vieux Carvajan pour en venir à bout, et encore ce n'a pas été sans peine! Si tu crains le tapage que fera l'écroulement de cette vieille bicoque lézardée, craquelée, vermoulue, qui s'appelle la maison de Clairefont, va faire un tour à Paris... Tu es jeune : il faut t'amuser. Mais, crois-moi, n'essaye jamais de changer de place les quilles de ton père... Certes, je t'aime bien... Mais tu pourrais tout de même recevoir la boule dans les jambes!

Pascal voulut faire un dernier effort, parler encore. Mais sa belle voix profonde n'exerçait plus aucune séduction. Dès qu'il s'agissait de sa haine, le vieillard avait une arme de diamant sur laquelle tous les coups, même les mieux portés, s'émoussaient.

— D'ailleurs, ajouta-t-il avec une fausse bonhomie- toute la sensiblerie est inutile... Il n'y a pas auprès du marquis que des femmes... Il y a aussi un grand gaillard de vingt-huit ans, fort comme un bœuf et qui, du reste, jusqu'ici n'a employé sa force qu'à faire des sottises... Mais s'il veut travailler, il en a le droit... Nous savons, toi et moi, comment on fait... J'ai commencé par balayer la boutique du père Gâtelier... Et toi, mauvaise tête, tu as fait le tour du monde... Qui est-ce qui empêche ce beau fils de reconstruire l'édifice de la fortune paternelle? Hé! hé! nous le jugeons peut-être mal, ce garçon ! Qui sait s'il n'a pas une autre vocation que celle d'assommer les garçons d'écurie et de rosser les braconniers, entre deux petits verres de cognac?... Je serais ravi qu'il eût des capacités cachées, et qu'un beau matin il prouvât qu'il peut être bon à quelque chose...

Carvajan fit une courte pause, son visage devint dur et sombre ; puis avec un geste net et tranchant comme un coup de couperet :

— Mais s'il est à fois, comme tous les siens, incapable et malfaisant, il faut qu'il tombe et disparaisse. Dans notre société moderne, telle qu'elle est organisée, il n'y a plus de place pour les vicieux et les fainéants.

Ainsi, pour se couvrir aux yeux de son fils, le maire de la Neuville prétendait donner une portée sociale à son œuvre de rancune. Ce n'était plus Carvajan écrasant Clairefont. C'était la démocratie laborieuse triomphant de la noblesse inactive, et, à grands coups de serpe, taillant dans les pousses parasites dont l'enlacement étouffait le pays.

Si rudement repoussé, Pascal voulut donner le change à son père et prit un air fort détaché. Ce qu'il en avait dit, après tout, c'était par un excès de scrupule. La famille de Clairefont lui était fort indifférente, il ne connaissait pas ces gens-là et n'avait aucune envie de les connaître. Carvajan le laissa parler et ne souffla plus mot. Il se promettait de faire surveiller Pascal par quelqu'un de ses affidés, rôdeur de brouissailles, habile à suivre une piste. Mais le jeune homme faisait en même temps un raisonnement semblable et prenait la résolution de ne plus aller, pendant quelque temps, se promener sur la colline.

Tous deux restèrent donc en présence, s'observant sourdement comme des adversaires, déjà séparés par des arrière-pensées, doutant l'un de l'autre. Carvajan craignant d'avoir une seconde fois à lutter contre ce qu'il appelait la pruderie de son fils, Pascal perdant en un

instant toutes ses illusions et voyant reparaître avec un grand
serrement de cœur le tyran qui lui avait fait, une fois déjà, fuir la
maison natale.

Le dîner auquel le Maire avait convié les notables de la Neuville
pour fêter le retour de l'enfant prodigue eut lieu avec beaucoup
d'apparat. Il n'est rien de tel que les avares pour se mettre excep-
tionnellement en dépense. Les somptuosités du menu causèrent de
l'émerveillement dans un pays où les repas de cérémonie durent quatre
heures et peuvent faire concurrence aux légendaires noces de
Gamache.

Le sous-préfet était présent. Il n'avait point osé se dérober à l'invitation qui lui avait été envoyée. Le service fut fait par des maîtres
d'hôtel venus de Rouen, et dont la tenue imposa tellement à Dumontier aîné, le beau-frère de Carvajan, qu'il ne put, malgré les coups
d'œil furibonds de sa femme, s'empêcher de leur dire, chaque fois
qu'ils lui changèrent son assiette : Merci, Monsieur.

Commencé froidement dans cette salle à manger sombre, démeublée
pour la circonstance, car on se trouva vingt-deux à table, le dîner
s'anima peu à peu, et lorsque, avec le rôti qui avait été précédé de
plusieurs entrées, on commença à verser les vins de Bourgogne, les
langues se délièrent et la conversation devint très bruyante.

Fleury, qui n'était séparé du fils de la maison que par mademoiselle
Leglorieux, entreprit de faire briller le jeune homme et le poussa sur
l'Amérique. Mais il le trouva rebelle à toutes ses tentatives. Taciturne
et absorbé, Pascal parut décidé à ne pas se livrer. Le milieu dans
lequel il était lui fit horreur. La perspective de vivre avec ces gens,
dont les manières, le langage, les idées, le choquaient si violemment,
lui sembla effroyable. Carvajan, froid et sévère, sobre de gestes et de
paroles, avait la distinction fière et menaçante d'un prince, comparé
à ceux qui l'entouraient. Toute cette gaieté triviale et basse, qui
montait comme une boueuse marée, écœura Pascal et le plongea dans
une profonde tristesse.

La jeune mademoiselle Leglorieux se tortillait auprès de lui,
épanouie et rouge comme une pivoine, s'étudiant à être élégante,

buvant, le petit doigt en l'air, choisissant ses mots et tombant dans une afféterie ridicule. Tondeur, sanglé dans un habit noir qui le mettait au supplice, était devenu violet et accompagnait chacune des plaisanteries de l'ignoble Fleury d'un rire étouffé d'asthmatique. Madame Leglorieux versait dans l'oreille de Carvajan des confidences très détaillées sur les talents de sa fille et sur la fortune qu'elle avait à attendre de deux grands-oncles, riches fermiers du pays de Bray.

— Oui, Monsieur le maire, je peux le dire, Félicie sera un parti de première classe, et tel qu'on n'en pourra pas trouver un pareil dans le canton... Dieu merci, son père et moi, nous nous portons bien... Mais elle n'en aura pas moins trois cent mille francs en se mariant... Ah ! mais !... Et vous savez comment on l'appelle à la Neuville ? La demoiselle aux héritages ! C'est qu'elle en aura, voyez-vous... sans compter le nôtre... le plus tard possible, comme de juste !

Elle se mit à rire, et les tire-bouchons de cheveux noirs, qui lui pendaient de chaque côté du visage, voltigèrent évaporés. Carvajan la regardait en écoutant d'un air tranquille.

Pascal, qui tendait l'oreille, eut la fantaisie de comparer la mère à la fille. Et, avec stupéfaction, il constata une désolante ressemblance : même taille, même carnation, mêmes traits. Il voyait là, dans madame Leglorieux, Félicie telle qu'elle serait à quarante ans, épaissie, couperosée, éraillée, abêtie par les grasses et lourdes mollesses de la vie de province. Et c'était une telle femme qu'on lui destinait !

Il raisonna froidement. Qu'y avait-il là de surprenant ? N'était-ce pas normal, et devait-il espérer une autre union ? La jeune fille n'était-elle pas de son monde, de son pays, et pouvait-on trouver mieux en cherchant ? Fils de paysan enrichi, était-il réservé à un mariage de grand seigneur ? N'avait-il pas, entraîné par son imagination, porté ses regards plus haut qu'il ne lui était permis ?

Il oublia tout ce qui l'entourait, le bruit croissant des conversations et des rires, l'animation plus ardente des convives ; il se figura qu'il était seul dans un coin de parc silencieux et ombragé. Une silhouette de jeune fille passa devant ses yeux, douce, effacée, enveloppée d'un nuage léger, comme dans un songe. Et c'était elle qu'il aimait, elle seule. Il se sentait prêt à tout tenter pour l'obtenir. Rien ne lasserait sa patience, rien n'affaiblirait son courage. Il finirait par user les résistances, par désarmer les colères, et il serait heureux !

Il frissonna à cette pensée. Quelle douceur ce serait de sentir la main fine de cette adorable créature se poser sur son bras tremblant ! Et quelle ivresse de marcher dans la vie à ses côtés ! Ne voir qu'elle ne penser qu'à elle, se fondre éperdument en elle, et n'avoir plus ni désir ni espoir qui ne fût pas elle. Être son époux, ne la quitter jamais que pour revenir plus vite et plus tendrement à ses pieds, maître avide de se faire esclave. La voir s'épanouir dans la maternité triomphante, et avoir de cette femme adorée des enfants, blonds, roses, joyeux, impérieux et câlins comme elle, et se sentir le cœur à peine assez grand pour contenir tout l'amour que ces êtres divins sauraient inspirer ! Afin que ces anges pussent vivre sans chagrin et sans souffrance, il faudrait un paradis, quelque lieu béni plein de lumière tiède, d'air embaumé et de soleil radieux. Les arbres se pencheraient pour caresser de leurs branches fleuries les fronts délicats. Les oiseaux chanteraient des chansons choisies pour charmer les oreilles attentives. Le sable se ferait plus moelleux pour ne pas blesser les petits pieds mutins et joueurs. Rien de ce qui existait dans la nature ne serait assez pur, assez beau, assez bon pour Antoinette et les chérubins qui naîtraient d'elle.

Une acclamation violente, retentissant autour de Pascal, l'arracha à sa délicieuse rêverie. Tous les convives de son père s'étaient levés et, choquant leurs verres, buvaient à son heureux retour. Mademoiselle Leglorieux, agitant ses frisures, lança à Carvajan un regard victorieux semblant lui dire :

— Vous l'avez ramené. A nous de le garder !...

Fleury, après s'être courbé devant le sous-préfet avec une basse obséquiosité, pour s'excuser de la liberté grande, entamait un speech préparé à l'avance et qu'il affectait d'ânonner, pour lui donner un air d'improvisation. Il y faisait des allusions mal déguisées à la lutte engagée entre Clairefont et Carvajan, insinuant que le maire de la

Neuville avait été depuis de longues années le défenseur des libertés communales menacées par les derniers représentants de l'ancienne oppression féodale...

— Un jour viendra, qui n'est pas loin peut-être, dit-il en terminant, où, admirable prix de cette résistance triomphante, la prospérité s'étendra sur tout le pays... Et c'est à M. Carvajan, au maire de la Neuville, que ce résultat merveilleux sera dû... Je n'en veux pas dire davantage... D'ailleurs, vous m'avez compris... Joignez-vous donc à moi, et buvons à la santé de notre excellent ami.

— A sa santé !

— Marchez ! il est d'un bon bois ! Je m'y connais, clama Tondeur.

Fleury avait dit vrai. Ils comprenaient tous. Et les visages enflammés, les yeux brillants, exprimaient bien la convoitise éveillée. Tous ils étaient prêts pour la curée. Car c'était de la Grande Marnière, toujours, qu'il s'agissait. La source de richesse jaillirait de la colline, et chacun des associés à l'œuvre de ruine y puiserait largement.

Le silence se fit : Carvajan répondait. Il était debout, grave, et de ses lèvres les paroles tombaient froides et mesurées. Il se défendait modestement de l'honneur qu'on voulait lui faire, en attribuant à sa faible initiative les avantages précieux que l'avenir promettait. Il avait eu d'utiles collaborateurs... D'ailleurs, il était satisfait d'avoir obtenu l'approbation générale ; car le but qu'il avait eu devant les yeux, c'était uniquement l'intérêt de ceux qui se trouvaient autour de lui...

Il mit la main sur son cœur, avec une onction d'apôtre prêt à s'immoler pour l'humanité. Transportés, ses convives applaudirent de plus belle.

Pascal avait assisté à cette scène avec une stupeur pleine de doute. Il se demanda s'il rêvait, ou si, jusqu'alors, de fausses apparences ne l'avaient pas abusé.

Mais la figure de singe de Fleury, contractée par un sourire silencieux, frappa son regard. Il se rappela les confidences que le greffier lui avait faites. Tout ce qu'il venait de voir était donc une odieuse comédie ; tout ce qu'il avait entendu était un éhonté mensonge.

Le dégoût lui souleva le cœur. Il se souvint de la vie libre, large et franche, qu'il menait quelques semaines auparavant. Les vastes plaines de l'Amérique s'ouvrirent de nouveau devant lui, comme pour l'appeler dans leurs solitudes verdoyantes et calmes. Une sensation de repos frais et sain l'enveloppa de ses douceurs caressantes. Il lui sembla que le vent parfumé des savanes passait sur son front et calmait les orages de sa pensée. Pourquoi était-il revenu? Que faisait-il dans cette fange? Il retrouva en lui-même sa force des anciens jours, alors que rien au monde ne lui eût fait accepter la complicité dans une infamie.

Un enthousiasme subit gonfla son cœur, il se sentit maître de sa conscience, supérieur à tout ce qui l'entourait, sûr d'échapper à l'avilissement qu'on songeait à lui faire partager. Il se jura à lui-même de tout quitter, famille, foyer, patrie, et d'aller ensevelir ses rêves dans les pays d'où l'on ne revient pas. L'avenir lui apparut comme un abîme obscur. Et sans hésitation, sans faiblesse, il se décida à engloutir sa vie.

On se leva de table. Le cabinet de Carvajan, cette salle de torture, dont les murailles avaient été frappées par tant de soupirs, et de gémissements, était brillamment éclairé. Le bureau du maître, débarrassé de ses paperasses, avait été rangé dans un coin. Des fauteuils et des chaises entouraient la cheminée. Un piano occupait l'entre-deux des croisées. Le logis maussade et sombre s'emplissait de lumière et de bruit. Dans la rue, des badauds émerveillés regardaient ce spectacle inattendu, les fenêtres de Carvajan étincelantes, et écoutaient les accords d'une valse tapotée par mademoiselle Félicie. Des invités sonnaient avec mystère, comme s'ils craignaient de se tromper. C'était bien là, pourtant. Le maire de la Neuville restait chez lui, et tous les notables arrivaient les uns après les autres, la mine échauffée et le regard curieux.

Dans un angle, Pascal, assis sur une chaise, écoutait d'une oreille distraite les propos de son oncle Dumontier. La fenêtre était ouverte, et, par les fenêtres, des vols de petits papillons de nuit entraient et se mettaient à tourner autour des bougies, brûlant leurs ailes à la flamme. Et, les regardant, Pascal se disait qu'il en avait été ainsi du

LE JEUNE HOMME CHERCHA ANTOINETTE (PAGE 1134)

pauvre marquis, et que, maintenant, il n'avait plus assez de force pour échapper à l'embrasement définitif. Le nom de Clairefont prononcé tout près de lui attira l'attention du jeune homme. Dans l'embrasure, au coin du piano, il aperçut son père qui causait avec M. Malézeau.

— Vous savez, monsieur Carvajan, je ne suis pas homme à vous donner un conseil à la légère, disait le notaire ; eh bien, n'usez pas de rigueur envers M. de Clairefont, donnez-lui quelques facilités...

— Qu'entendez-vous par là ? demanda le banquier.

— Monsieur, ne le poussez pas l'épée dans les reins, comme vous le faites depuis un an ; laissez-le respirer, ou, en un mot, accordez-lui du temps...

— Le puis-je ? Ce n'est pas moi qui ai prêté. Je ne suis que tiers porteur, et si je fais de la générosité avec le marquis, pendant ce temps-là mon gage peut se déprécier. Je peux arriver à perdre...

— Vous ne le pensez pas !

— Il faut toujours le penser.

— Qui sait si, au contraire, avec un peu de répit, M. de Clairefont ne parviendrait pas à s'acquitter d'une partie de sa dette ?..

A ces mots, Carvajan, qui s'était montré, depuis le commencement de l'entretien, froid et rouge, devint souriant et patelin. Il prit Malézeau par le bras, s'appuyant familièrement sur lui, le caressant du regard et l'enlaçant du geste.

— Est-ce qu'il y a du nouveau ? Contez-moi donc cela ! Est-ce que le baron de Croix-Mesnil se décide à épouser ?... L'eau va-t-elle revenir au moulin ?...

Déjà le notaire se repentait d'avoir éveillé l'attention de Carvajan. Il se sentit trop avancé et voulut battre en retraite. Mais le banquier n'était pas homme à lâcher prise facilement. Insinuant et impérieux tout ensemble, priant et commandant à la fois :

— Allons Malézeau, il faut être sincère... Le marquis vous a mis au courant de sa nouvelle découverte ? Peut-être vous a-t-il montré le fameux fourneau ?

— Comment savez-vous ?..

— Est-ce que ce n'est pas mon métier de tout savoir? s'écria Carvajan avec impatience... Voilà six semaines qu'on me fatigue les oreilles avec cette histoire. On dit que c'est très surprenant, qu'au moyen d'un nouveau système de grilles, le marquis arriverait à brûler des copeaux mouillés, et à développer une chaleur extraordinaire... Est-ce vrai?

Le notaire, très troublé, gardait le silence. Le maire le secoua vivement et, les yeux étincelants, la voix rude :

— Eh! répondez donc carrément! Le silence est un aveu aussi bien que les paroles! Avez-vous vu l'appareil? Est-ce certain? Un ingénieur que j'ai consulté prétend que ce serait une application merveilleuse pour certaines industries...

L'animation de Carvajan était si vive, cet homme, ordinairement maître de lui, montrait son ardent désir de savoir avec tant d'abandon que Malézeau espéra tirer parti de la situation en faveur de son client. Peut-être, en donnant à entendre que les résultats de l'invention du marquis seraient considérables, arriverait-il à intimider le banquier, et à l'amener à composition. Il lui jeta par-dessus ses lunettes d'or le regard papillotant de ses yeux louches, et, s'expliquant avec une lenteur calculée :

— J'ai vu en effet le brûleur dont il s'agit... Il est fort curieux... Le marquis a eu la bonté de l'allumer devant moi...

— Le modèle est-il important? Enfin, est-ce un joujou, ou peut-on se fier raisonnablement à l'épreuve qui en est faite?

— C'est un modèle très sérieux que M. de Clairefont a adapté au fourneau de son laboratoire... Il s'en sert pour ses travaux de chimie... Je suis convaincu qu'il fonctionnera aussi bien en grand qu'en petit... Voyez-vous, j'entrevois dans un avenir très prochain M. de Clairefont remis à flot... Si vous voulez mon opinion sur lui, c'est un homme remarquable, et il y aura peut-être plus à gagner en se mettant avec lui que contre lui.

— Oh! oh! fit Carvajan, en soulageant par un sifflement sa poitrine oppressée. Vraiment! c'est un homme si remarquable que cela, ce brave marquis! Eh bien! j'en suis charmé pour lui!... Parmi toutes ses découvertes, qu'il en fasse donc une qui me plaira plus que toutes les autres : celle de l'argent qu'il me doit, et que je voudrais bien toucher !... Vous êtes encore un particulier un peu bizarre, vous, Malézeau, de venir me débiter froidement de pareilles calembredaines... Un homme remarquable !... Eh bien ! c'est moi qui vous le dis, et vous savez que je ne menace jamais en vain, si cet homme remarquable n'est pas en mesure de faire face à l'échéance qui tombe à la fin de ce mois, c'est-à-dire trois jours après la Saint-Firmin, je le fais exproprier, lui et sa noble famille, de son noble château... Cela aussi vrai que je me nomme Carvajan.

Il s'était excité encore en parlant, et son visage basané avait pris une teinte livide, ses yeux flambaient de haine, et ses mains étaient agitées d'un tremblement. Il fit une pause, dévisagea le notaire, et, d'une voix railleuse :

— Si le brûleur est une merveille, Malézeau, c'est moi qui l'exploiterai, mon bon... Et soyez tranquille, j'en tirerai meilleur parti que votre vieil utopiste de marquis...

Comme le notaire ouvrait la bouche pour tenter un suprême effort en faveur de son client :

— Ça suffit, dit Carvajan d'un ton tranchant. Jusqu'à la fin du mois ni plus, ni moins ! Vous pouvez le lui dire... Et qu'il se souvienne... car, moi, je n'oublie pas !

Il leva son doigt à la hauteur de sa joue et montra avec un amer sourire, une petite ligne blanche qui tranchait sur le brun de son visage, trace toujours visible du coup de fouet reçu trente ans auparavant dans la nuit de la Saint-Firmin.

Sans ajouter une parole, il quitta le notaire, traversa les groupes de ses invités et rejoignit le sous-préfet, profondément enfoncé dans une conversation administrative avec l'agent voyer. Alors Pascal, dans le désordre de ses pensées, pesant les griefs de son père et ceux du marquis, en vint, plein d'angoisse, à les trouver égaux. Oui, les torts de M. de Clairefont avaient été graves, et les rancunes de Carvajan étaient légitimes. Hélas ! entre ces deux hommes l'abîme n'en était que plus profond. Jamais une volonté humaine n'arriverait à le

combler. Et, victimes de cette inimitié implacable, les enfants, qui
étaient innocents et auraient pu s'aimer, se voyaient condamnés à la
discorde et à la haine. Tout ce bruit qui l'entourait lui fit horreur.
Il put sortir sans être remarqué, et gagner la rue redevenue
déserte.

L'air était calme et doux. Dans le ciel transparent, les étoiles
brillaient. Il s'assit sur un banc de pierre, auprès de la fontaine qui
coulait avec un léger murmure ; tout se taisait, et, dans cette solitude
de la ville endormie, ne trouvant que tristesse dans son passé, n'attendant que tristesse de son avenir, maudissant le marquis, rougissant de son père, résolu à chasser de son cœur le souvenir d'Antoinette, Pascal désespéré laissa tomber sa tête entre ses mains, et se
mit à pleurer.

V

L'assemblée de la Neuville, cette année-là, fut particulièrement brillante. La récolte s'annonçait bien, les branches des pommiers pliaient sous les fruits, les pluies du printemps avaient rendu les foins savoureux et abondants. Le marché aux bestiaux avait vu ses cours très soutenus, et les génisses se payaient couramment vingt-cinq pistoles. Un vent de gaieté passait sur la ville, une animation inusitée mettait en branle ses habitants lourdauds et casaniers. Les rues étaient encombrées, les boutiques s'ouvraient hospitalières, les paysans, d'un pas traînant, le nez en l'air, la blouse neuve, d'un bleu noir, ballonnant sur le dos, s'en allaient le long des trottoirs, suivis de leur femme et de leurs filles, en bonnet de fête à grandes aiguilles d'or.

A l'entrée du faubourg, devant l'auberge du Cygne d'argent, un cercle de cabriolets et de tapissières, les brancards en l'air, s'élargissait d'heure en heure, pendant que, dans une petite prairie, attachés à des piquets, les chevaux, leurs harnais sur le dos, le mors défait et pendant, broutaient l'herbe, se fouettant les flancs de leur queue pour chasser les mouches. A chaque instant, une charette ou un bog sonnant la ferraille, arrivait, couvert de poussière, conduit par un fermier, la casquette sur l'oreille, le cigare mâchonné à la bouche. Et c'étaient des appels et des exclamations.

— Tiens ! c'est maître Levasseur... Comment va en hui ?...

— Hé, Jean-Louis ! ohé !

— Ah ! bon sang, vieux malin ! T'as bien fait de vendre tes pommes l'année dernière... La razière ne sera pas chère.

— Prenons-nous un café ? Lebourgeois, veille à ma jument... Un double d'avoine, et à boire dans une demi-heure...

L'aubergiste, sa femme et son garçon d'écurie, affairés, allaient de la salle à la cave et de la cave à la grange. Des cris terribles partaient du rez-de-chaussée, comme si on s'égorgeait, et c'était simplement une vente de bestiaux qui se traitait entre amis. Dans l'air, une violente odeur de friture se répandait avec des nuages de fumée bleue s'échappant de la cuisine, et, sur la fenêtre, dans une manne, des douzaines de douillons dorés, sortant du four, achevaient de refroidir. Derrière la toile d'une baraque, les détonations d'un tir se faisaient entendre ; un jeu de chevaux de bois jetait à l'écho les aigres harmonies de son orgue poussif, et, sur le haut d'une voiture à capote derrière laquelle était installé un valet armé d'une trompe de chasse, un dentiste, brandissant un sabre, appelait les badauds, expliquant, avec une faconde populacière, qu'à l'aide de « cet engin meurtrier » il extrayait les molaires les plus récalcitrantes, sans difficulté et sans douleur.

— Un dentiste de la ville, pour vous éblouir, vous parlerait de pied-de-biche, vous offrirait le davier, vous conseillerait la clef de Garengeot, criait-il d'une voix enrouée... Ignorance et imposture ! Pour l'opérateur, l'outil n'est rien... La main est tout ! Avec son instrument perfectionné, il pourrait vous « fraxer » l'alvéole et vous briser l'os dentaire. Et moi, Messieurs, avec un sabre, avec un clou, avec une épingle... le temps de le dire... et, pour cinquante centimes, je vous aurai soulagé !...

Et la trompe du valet rugissait sa fanfare, pendant qu'un paysan, rouge et suant d'émotion, montrait au tourmenteur sa mâchoire aux dents gâtées par le cidre.

Des camelots vendant des peignes, des brosses, des miroirs de poche en plomb, des bonnets de linge pour les femmes, des éponges et des étrilles pour les chevaux, avaient étalé leurs marchandises sur le revers gazonné d'un fossé. Dans une voiture longue, étroite et basse, tout un assortiment de faïences et de verreries, depuis les plats communs en terre de pipe jusqu'aux services à fleurs qui ornent si gaiement les vaisseliers, depuis le verre massif qui roule sur les tables de cabaret jusqu'au verre à pied gravé, sur lequel un renard saute au travers des pampres et des grappes. Un ferrailleur vendait sur le bord de la route des marmites en fonte, des fers à repasser, des marteaux, des scies et des merlins. Et, entourés d'une corde, piétinant dans la poussière, bêlant de faim, des moutons attendaient qu'on vînt les emmener.

Sous les tilleuls de la promenade, un maquignon faisait courir son cheval, tapant avec un fouet sur le feutre dur de son chapeau, pour actionner l'animal qui se cabrait et pointait aux mains du palefrenier chargé de le produire.

Un soleil ardent couvrait la fête de ses rayons de feu. La terre brûlait les pieds, pas un souffle de vent ne balayait les odeurs fortes des bêtes, et, de la grande place aux barrières, une foule bruyante circulait, se partageant entre les affaires et les plaisirs.

Aux abords de la mairie, la compagnie des pompiers, en tenue, était massée, et dans la grande salle de l'école, ornée de drapeaux tricolores, une distribution de prix, clôturant un congrès pomologique, avait lieu sous la présidence du sous-préfet.

Carvajan avait lu un discours chaudement applaudi, et, aux accords violents de la fanfare de la ville, la cérémonie prenait fin. Un commandement bref retentit. Les pompiers se mirent en ligne, et le clairon sonna aux champs sur le passage des autorités.

Le cortège, marchant lentement, se débandait peu à peu. Les gros fermiers, rougeauds, s'arrêtaient pour attendre un compère, et, par petits groupes, stationnaient sur la place. Le sous-préfet, au coin de la rue du Marché, s'adressant à Carvajan qui marchait à ses côtés :

— Vous verra-t-on ce soir à la fête, Monsieur le maire?

LE PRÊTRE PRIT LA MAIN DE LA JEUNE FILLE (PAGE 1144)

— Mais, sans doute, Monsieur le préfet. D'abord c'est mon devoir, et ensuite c'est un usage à la Neuville d'aller faire un tour d'une heure au bal...

— Eh bien, donc, je viendrai, dit le sous-préfet, puisque vous pensez que c'est utile...

— Vous ferez plus en une heure, là, pour vos élections, qu'en trois semaines de tournées. Vous trouverez tous les gros bonnets de la campagne. Et soignez les pompiers, Monsieur le préfet... Ils sont influents. On ne sait pas tout ce qu'on peut obtenir par les pompiers!...

— Je vois que vous connaissez à fond la question, dit gaiement le fonctionnaire. D'ailleurs, à marcher avec vous, il n'y a jamais qu'à gagner.

Carvajan changea de visage, soupçonnant une raillerie. Il regarda le sous-préfet, le vit gracieux et souriant. Il se dit : A quoi vais-je penser! Qui lui donnerait l'audace de s'attaquer à moi? Ne sait-il pas que, si je voulais le battre en brèche, je pourrais le faire facilement sauter?

Une sombre joie passa sur son front. Il était bien le maître, dans cette ville où on l'avait connu garçon de magasin, presque domestique. Nul ne devait lui résister. Et ses ennemis verseraient avant peu des larmes de sang. Il se retourna vers ceux qui le suivaient, et dit avec le ton d'un maître :

— Messieurs, nous nous retrouverons ce soir au banquet municipal...

Puis il prit la petite rue et se dirigea vers sa maison. Il était midi, et, devant l'église, il donna dans la sortie de la grand'messe. Les femmes et les filles s'en allaient, causant, avec un bourdonnement de ruche. Elles étaient vêtues de leurs robes de cérémonie, coiffées de chapeaux à fleurs ou de bonnets couverts de rubans, et portaient gravement leur paroissien. En passant près du maire, elles chuchotaient plus bas. L'impression de terreur que Carvajan jetait autour de lui se retrouvait même chez ces femmes qui, cependant, n'avaient rien à craindre. Il sourit. Il ne lui déplaisait pas de se sentir redouté : il voyait là une preuve de son pouvoir. Découvrant des figures de connaissance, il distribua d'un air grave quelques coups de chapeau. Et, suivi par les volées retentissantes des cloches, il hâta le pas.

Quand il eut dépassé la fontaine, au moment de lever le marteau de la porte, il s'arrêta. De loin, à l'autre bout de la rue, il venait d'apercevoir Pascal qui s'avançait lentement. Tout, dans la démarche du jeune homme, révélait la préoccupation et l'ennui. Depuis qu'il était rentré à la Neuville, son teint bistré avait pâli, et ses joues semblaient amaigries. Rien de tout cela n'avait échappé à Carvajan, et, regardant son fils venir d'un pas traînant, il se demandait si c'était le même garçon alerte et vigoureux qu'il avait vu arriver quelques jours auparavant.

Ils se trouvèrent face à face devant la maison. Pascal ne put réprimer un tressaillement en voyant son père. Il s'efforça de lui montrer une figure calme. Mais ses traits contractés ne se détendirent pas, et il resta troublé et soucieux.

— Tu viens de la fête? demanda Carvajan, en examinant son fils avec attention.

— Oui, mon père, dit Pascal qui semblait sortir d'un rêve.

— As-tu faim?

— Ma foi, oui...

Ils se mirent à table. Carvajan pensait : Il ne s'est seulement pas aperçu qu'il y avait fête aujourd'hui à la Neuville. Il est allé encore du côté de Clairefont. La poussière crayeuse qui couvre ses souliers est celle de la Grande Marnière. Quel projet roule-t-il dans sa tête? Il se défie de moi, c'est évident. Chaque fois que je l'interroge, il ne me répond pas un seul mot qui ne soit un mensonge. Il craint même de me regarder, tant il a peur que je ne devine ses pensées dans ses yeux.

Pascal, en effet, assis de l'autre côté de la table, le nez dans son assiette, mangeait distraitement. Décidé à quitter le pays, il n'avait pu résister au désir de parcourir une fois encore la colline de Clairefont. Il était sorti aussitôt qu'il avait vu son père se diriger vers la mairie, et, par le sentier qui traversait la Grande Marnière, il avait gagné le plateau.

Il ne voulut pas, comme les autres jours, se cacher aux alentours du parc. Il craignit d'être rencontré. Une chaleur lui montait à la gorge, à la pensée de se trouver face à face une seconde fois avec Antoinette. De quel front oserait-il l'attendre? Et quelle opinion aurait-elle de lui, si elle le surprenait aux abords du château, guettant comme un rôdeur.

Il pensa que la jeune fille irait certainement à la messe, et, dès neuf heures, il entra dans la petite église du village. Assis sur un banc de bois enveloppé d'ombre, il était presque impossible à reconnaître. Il demeura là, très patiemment, regardant les ornements de l'autel, les tableaux de la nef, les vitraux du chœur, et découvrant dans chacun d'eux une trace de la générosité pieuse des châtelains de Clairefont : inscriptions sur les murailles, chiffres peints dans les verrières, tout parlait d'eux et racontait l'histoire intime de leur vie.

Sur une plaque de marbre blanc, auprès d'un confessionnal, ces mots inscrits en lettres d'or sautèrent aux yeux de Pascal : « Le Seigneur m'a conservé ma fille bien-aimée. Que son saint nom soit béni ! » et au-dessous, cette date : 1872, et ce nom : Honoré de Clairefont. C'était quelque ex-voto, placé là par le marquis à la suite d'une grave maladie d'Antoinette.

Et, dans l'obscurité mystérieuse de l'église, la pensée de Pascal s'exalta, il eut une sorte d'hallucination. Il lui sembla qu'il était emporté vers le château par une force qui paralysait sa volonté. Il entra, se dirigea vers la chambre de la jeune fille, et sur son lit, pâle, les traits creusés, il la vit près de mourir.

C'était bien elle, encore toute petite, mais déjà charmante. Un vieillard que le jeune homme ne connaissait pas, mais dans lequel il devina le marquis, était assis au chevet de la malade. De grosses larmes roulaient dans ses yeux, pendant qu'il pressait une main effilée et blanche. Ses lèvres se mirent à remuer comme pour une prière, et Pascal comprit qu'il demandait du fond de l'âme à Dieu de sauver son enfant.

Et comme si la volonté divine se fût instantanément manifestée, le visage d'Antoinette se colora, ses yeux s'ouvrirent, animés et bril-

lants. Et elle fut soudain transfigurée. Ce n'était plus la petite malade,
que le jeune homme avait maintenant devant lui, c'était la belle
jeune fille qu'il avait rencontrée dans le chemin creux, celle qu'il
adorait et redoutait à la fois, et pour laquelle, sans hésiter, il eût
donné sa vie.

Il fit un effort pour chasser cette vision, pour reprendre possession
de lui-même. Il força ses yeux à fixer un objet réel, et sa vue tomba
de nouveau sur la plaque de marbre blanc, et il en répéta l'inscription,
comme s'il adressait à Dieu des actions de grâces pour avoir sauvé
Antoinette. N'était-ce donc pas afin qu'il la vît et l'aimât, que la mort
avait été écartée d'elle? Mais s'il devait l'aimer, alors pourquoi devait-
elle le haïr? Il se leva, et lentement gagna les rangées de chaises qui
s'ouvraient, vides, en face de l'autel. Au milieu de la première, un prie-
Dieu de bois noir, garni d'un coussin de velours bleu, attira son
attention. Il s'approcha, certain que c'était là qu'Antoinette priait. Il
se courba à la place où elle s'agenouillait elle-même, et, voyant que
la tablette du prie-Dieu formait un coffre, il l'ouvrit, et, près d'une
bourse de quêteuse, il aperçut le livre de messe. Il le prit d'une main
tremblante. Il était petit, couvert en maroquin blanc, et à fermoir
d'argent. Sur la garde de moire se trouvait inscrite une date : celle
de la première communion. Le reste était virginal et immaculé,
comme l'âme d'Antoinette. Pascal ne put résister au désir de parcourir
ce livre, espérant y surprendre quelque trace des pensées de la jeune
fille. Des images de piété marquaient seules les pages. Une sainte
Antoinette portait cette dédicace : « A ma chère sœur, Robert de Clairefont. » Et devant ces tendres et naïfs souvenirs, Pascal se sentit pris
d'un profond attendrissement. Il se reprocha sa curiosité, comme une
action mauvaise : il lui sembla qu'il commettait une odieuse profanation. Il referma le livre, et, le front appuyé sur ce muet confident de-
déceptions et des espérances, il pria.

Peu à peu, le calme revint dans son cœur. Il se sentit plus maître
de lui, plus sûr de bien faire. Il se releva, et, avisant la bourse préparée
dans laquelle, sans doute, mademoiselle de Clairefont devait, le jour
même, recueillir les offrandes des fidèles, il y glissa son aumône,

puis, refermant le prie-Dieu, il regagna sa place dans le coin obscur de l'église.

La cloche commençait à sonner; le sacristain parut dans le chœur, allumant les cierges, et la nef sombre s'étoila de flammes tremblantes. De lourds piétinements se traînèrent sur les dalles, des chaises remuées grincèrent dans le vide sonore de la voûte, et peu à peu les arrivants se groupèrent. Comme le prêtre sortait de la sacristie, un bruit de pas léger effleurarnt la pierre fit tressaillir Pascal. Il se tourna avidement vers le porche, et là, avec un affreux serrement de cœur, il aperçut Antoinette qui entrait, suivie de mademoiselle de Saint-Maurice, et accompagnée d'un jeune homme de haute taille, de tournure militaire, dans lequel l'émotion qu'il ressentit lui fit connaître M. de Croix-Mesnil. Ses yeux se troublèrent, les vitraux lui parurent flamboyer, ses oreilles s'emplirent de bourdonnements. Il lui sembla que l'église vacillait sur ses fondations Il fit un violent effort, et de nouveau il vit et entendit

Le prêtre était à l'autel, et le murmure de sa psalmodie arrivait distinct dans le silence. Les deux femmes et leur compagnon s'étaient confondus dans la foule. Le jeune homme se leva, et, appuyé à un pilier, il chercha Antoinette. Il l'aperçut de loin, la tête baissée, recueillie, entre sa tante et son fiancé. Ainsi c'était à cela que, pour Pascal, le rêve caressé avec tant d'amour avait abouti : à voir mademoiselle de Clairefont aux côtés de l'homme qu'on désignait comme son futur époux. Toutes les agitations, toutes les ruses, toutes les espérances, toutes les craintes auxquelles il s'était passionnément livré n'avaient troublé que lui. Celle qui y avait été mêlée, dans sa pensée, n'en avait rien soupçonné. Calme et froide, comme la veille, elle continuait sa vie, sans se douter des orages qu'elle avait soulevés.

Il se demanda avec amertume ce qu'il faisait là. Avec la certitude du néant de ses illusions, il retrouva toute son énergie. Il se leva, sortit sans tourner la tête, et, reprenant le chemin qui l'avait amené, il regagna la ville. C'était là l'heureuse promenade dont il revenait quand il avait rencontré son père.

Assis en face l'un de l'autre, les deux hommes continuaient leur déjeuner silencieux. Au dehors, sous la fenêtre, passaient en bandes les arrivants sans cesse plus nombreux. Des détonations éclataient au loin, et les cris d'appel, les plaisanteries, les chansons, se mêlaient dans un joyeux vacarme. Toute la ville était en liesse, tout le canton était répandu dans les rues, chacun se préparait à boire, à rire et à danser.

A Clairefont et dans la petite maison de la rue du Marché seulement, la préoccupation et la tristesse régnaient. Vainqueurs et vaincus se montraient également soucieux : le marquis, parce que le fiancé d'Antoinette était arrivé la veille pour passer quelques jours au château ; Carvajan, parce qu'il voyait devant lui, sombre et inquiet, le fils qu'il avait rêvé de s'attacher par les liens d'un bonheur tranquille.

Le bon Honoré, subitement arraché à son égoïste abstraction, avait été obligé de revenir aux cuisantes réalités de la vie. La présence de M. de Croix-Mesnil lui avait replacé devant les yeux les difficultés de la situation financière, les inexplicables hésitations d'Antoinette remettant, de mois en mois, son mariage.

Le maire de la Neuville, au moment de triompher, se demandait avec angoisse si quelque obstacle allait se dresser, contre lequel toute son énergique volonté viendrait se briser. L'abattement de Pascal lui causait une sourde inquiétude qu'il n'était pas homme à supporter longtemps. Il résolut de questionner hardiment son fils et d'avoir avec lui une explication décisive. Il se promit de saisir le premier prétexte favorable, et alors, s'il le fallait, de découvrir ses plans, d'initier le jeune homme aux secrets de son ambition, de lui montrer le vaste avenir qui s'ouvrait, et, s'il ne pouvait le garder par l'affection, au moins de le retenir par l'intérêt. Il ne se doutait point, au moment où il prenait cette résolution, que quelques heures plus tard, un des incidents de ce jour de fête, qui devait être si fécond en grandes conséquences, allait lui fournir l'occasion souhaitée.

Dès le matin, les habitants de Clairefont avaient été réveillés par l'explosion des boîtes traditionnelles, annonçant l'ouverture de la fête. Sur la façade du château, une fenêtre s'était ouverte, et Antoinette, en peignoir blanc, avait paru. Elle s'était accoudée à l'appui, sérieuse et pensive. Son visage un peu pâle, ses yeux rougis. attestaient les préoccupations d'une nuit d'insomnie. Et ces préoccupations n'avaient pas cessé avec le jour; car la jeune fille, immobile, restait indifférente au charme de cette belle matinée d'été.

Dans les parterres, les oiseaux se poursuivaient avec des cris joyeux se posant sur les fleurs qui pliaient sous leur poids léger, laissant de leurs calices couler des gouttes de rosée, brillantes comme des diamants. La brise, passant dans les feuilles des arbres, les faisait frissonner avec un doux bruit. Et, des corbeilles de roses, un parfum pénétrant montait dans l'air tiède.

Antoinette songeait. Un pli creusait son front charmant, et son regard fixé dans le vide avait la langueur des larmes récemment versées. La porte de sa chambre, en s'ouvrant, l'arracha à sa douloureuse méditation. Elle se retourna et, reconnaissant la tante Isabelle, son mélancolique visage s'éclaira d'un sourire

Vêtue d'une robe de chambre en cretonne à grandes palmes, ses cheveux gris ébouriffés sur la tête, rouge comme une braise dès le matin. malgré une application copieuse de poudre d'amidon qui marbrait ses joues couperosées, la vieille demoiselle entra d'un air de mystère, et. allant à sa nièce, elle lui donna deux rudes baisers. Puis s'adossant à la cheminée, dans une posture masculine :

— J'ai entendu ta fenêtre s'ouvrir, et j'arrive... J'ai passé une nuit effroyable... je n'ai pas cessé d'avoir le cauchemar... Je ne sais pas si tu crois aux rêves ?... Moi, j'y crois... Ma mère les expliquait d'une façon admirable, et toujours ses prédictions se réalisait. Or, j'ai rêvé coq rouge... C'est signe de malheur et de mort... J'ai vu pendant mon sommeil un énorme coq rouge qui avait la figure de l'horrible Carvajan, et qui battait des ailes en criant... Je me suis réveillée en sursaut... toute en sueur... Tu m'en vois encore troublée et j'en ai ma « suffocante ».

La tante Isabelle aspira l'air avec la violence et le bruit d'un soufflet de forge :

— Tu sais, poursuivit-elle, dans quelle situation nous nous trouvons ici... Il est arrivé, hier soir, un commandement d'avoir à payer cent

IL SERRA LA MAIN QU'ELLE LUI TENDIT (PAGE 1154)

soixante mille francs et des centimes... J'ai naturellement fait disparaître le papier, et je n'ai pas osé en parler à ton père... Il va pourtant
falloir que nous avisions, car cet état-là ne peut pas durer... Du reste,
nous sommes sur nos fins, et je ne sais diable pas comment nous
ferons honneur à l'échéance... Cent soixante mille francs ne se trouvent
pas dans le pied d'un mulet, et, pour ma part, je déclare que je n'en
ai pas le premier sou. Il ne me reste que Saint-Maurice... C'est une
bicoque à peu près logeable, et deux mille cinq cents francs de rente...
Un toit pour vous loger, aux jours de misère qui ne viendront que
trop vite, et du pain, pour que vous ne mouriez pas de faim... Çà,
vois-tu, ma fille, la tête sous le couperet de la guillotine, je ne l'abandonnerai pas, car c'est la dernière ressource, maintenant que ton
père a si déplorablement tout dissipé et perdu.

Antoinette fit un geste de prière, et vint s'asseoir près de sa tante,
lui montrant son doux visage pâli par les soucis.

— Tante, je vous en prie, n'accusez pas mon père... Ce qu'il a fait,
c'était pour le bien. Il a poursuivi des chimères, il s'est livré à des
espérances folles, mais il n'avait qu'un but, nous enrichir et augmenter
notre luxe... Il est, lui, sans besoins, vous le savez, et le petit château
de Saint-Maurice lui paraîtra un palais, si nous y sommes tous à
ses côtés.

— Eh! je sais bien qu'il a un cœur d'or... Mais il ne peut pas payer
avec, malheureusement! Et les créanciers que nous avons à nos
trousses ne nous laisseront pas de répit... Malézeau a vu Carvajan et
l'a trouvé dur et âpre comme à son habitude... Nous devons nous
attendre à tout! Ma fille, c'est à se damner!.. Si nous ne trouvons
pas, d'ici à la fin de la semaine, un expédient pour gagner du temps,
il va falloir sauter le pas... Nous verrons l'huissier dans les salons de
Clairefont, et on nous mettra à la porte de la maison des ancêtres...
Qu'est-ce que M. de Croix-Mesnil va penser de çà?

— Ce n'est pas de lui que je m'inquiète, tante, dit Antoinette avec
un sourire. Je le connais... Il m'épouserait aussi volontiers pauvre que
riche... Et si je l'aimais...

— Tu ne l'aimes donc pas? s'écria mademoiselle de Saint-Maurice d'une voix terrible. Comment ! voilà près de deux ans qu'il te fait la cour !...

— Je le juge charmant, tante, reprit la jeune fille avec une douce mélancolie, mais il n'est pas l'homme qu'il faut épouser, lorsqu'on doit n'avoir pour tout bonheur que la tendresse de celui auprès duquel on est destiné à vivre. Vous le savez bien, et vous me l'avez dit un jour vous-même... Il est correct et un peu froid, capable de toutes les délicatesses, et accessible à tous les nobles sentiments. Mais il n'aura jamais les grandes initiatives des esprits d'élite, et les ardents dévoûments des âmes passionnées. Accepter de devenir sa femme, pour le voir risquer d'être entraîné dans notre ruine, avec la certitude qu'il n'aura ni l'énergie ni le talent de triompher des difficultés qui nous entourent ?... Non, tante, ce ne serait pas généreux, ce ne serait pas digne, et je ne dois pas y consentir.

— Le fait est, le pauvre garçon, que s'il avait à se « débarbouiller » avec Carvajan, il ferait triste mine ! Ah ! si j'avais, comme dans les contes de fées, le pouvoir de lui donner du génie... mais un vrai génie sérieux et pratique, pas comme celui de ton père ! Avec quel plaisir je le verrais s'attaquer à ce vieux « schismatique » de maire !... Oh ! rendre à ce scélérat tout le mal qu'il nous a fait, le combattre avec ses propres armes, triompher de lui, et rire tout notre content !... Non, vois-tu, je ne sais pas ce que je donnerais pour ça !

La tante Isabelle agita sa tête avec violence, fit quelques pas dans la chambre, puis, s'asseyant en face de sa nièce :

— Pourquoi ton frère n'est-il pas aussi délié d'esprit qu'il est vigoureux de corps ?... C'est lui qui se serait attaqué au maire, et qui lui aurait fait toucher les épaules !... Mais il n'entend rien aux affaires. Il est comme ton père et comme moi... Et je vois bien que c'est encore toi, ma fille, qui es la plus forte tête de la famille... N'importe ! Singulier temps que celui où un Carvajan peut tourmenter un Clairefont, et où il n'y a pas d'autre aide, d'autre secours à attendre que de soi-même... Autrefois, on serait allé trouver le roi, et en un tour de main l'affaire aurait été arrangée... Aujourd'hui, rien !... Si la balance penche, c'est du côté de ces drôles, et toutes les grâces sont

pour eux... Plus ils sont scélérats, plus ils sont sûrs d'être favorisés.
Ma pauvre enfant, tu le vois, nous n'avons pour nous aucune chance,
et il faut nous résigner.

— C'est ce qu'il y aura de plus facile, tante ; et nous ne chan-
gerons guère d'existence. Comment vivons-nous depuis deux ans ici ?
De la façon la plus misérable. Nous sommes, tous les quatre, perdus
dans ce château froid et silencieux. Nous nous y cherchons tristement.
Or, la pauvreté est cent fois plus pénible dans une demeure faite
pour le luxe que dans une modeste maison. C'est à Clairefont
que je suis née, que j'ai grandi, et que j'ai souffert. Mille liens
m'attachent à cette terre. Mais je les romprai sans regrets si nous
devons trouver ailleurs le repos et la sécurité de la vie. Que
mon père soit calme et libre, que sa vieillesse soit à l'abri des agitations et des soucis, que nous sortions des difficultés de l'heure
présente, avec notre nom intact, et, je vous le jure, je n'aurai pas
une larme pour le passé brillant, je n'aurai que des actions de grâces
pour le présent humble et heureux.

— Et tu resteras fille ?

— Et je resterai fille, ma foi oui, tante, comme vous. Nous finirons,
toutes les deux, par avoir le même âge, nous nous créerons des
manies, nous jouerons aux cartes, nous mettrons de petits bonnets
à rubans très jeunes, nous ferons des confitures. Papa nous racon-
tera ses inventions, qu'il n'aura pas le moyen de réaliser, et nous les
admirerons sans arrière-pensée, puisqu'elles ne coûteront plus rien...
Et, comme nous trouverons toujours bien à Saint-Maurice de quoi
nourrir un cheval, quand il fera beau et que nous aurons été très
sages, nous courrons les bois en voiture avec Robert... Allons, riez,
tante! Il se rencontrera encore de bons jours pour nous... Avec de la
philosophie on s'accommode de tout dans la vie. Et quand on est avec
ceux qu'on aime, de quoi peut-on se plaindre ?

La vieille fille se dressa en pied, elle ouvrit ses longs bras, et,
saisissant sa nièce par les épaules, elle la serra avec force sur sa
poitrine osseuse.

— Chère enfant du bon Dieu! s'écria-t-elle avec attendrissement, oui, partout où tu seras, il y aura du bonheur. Tu es notre lumière, notre rayon... Sans toi, qu'est-ce que nous deviendrions? Va, tu as raison, n'épouse pas ton dragon... Avec nous tu seras pauvre, mais, au moins, tu resteras libre... Avec lui tu serais un peu plus riche, mais tu ne t'appartiendrais plus! Et ce serait un désastre! Je suis une abominable égoïste, je ne pense qu'à moi quand je t'encourage dans tes idées d'indépendance... Mais, me blâme qui voudra : tu es ma vivante excuse.

Elle tenait entre ses vastes mains la tête de la jeune fille et la contemplait avec adoration. Dans le désordre de ses cheveux, avec son teint rosé, ses yeux bleus, sa bouche tendre et son air de candeur fière, Antoinette rappelait ces charmantes figures de Greuze, pleines à la fois de grâce pudique et de coquette innocence. Ses bras nus sortaient des manches de son peignoir, et, au bas de la jupe tuyautée, dans une petite mule de satin, apparaissait le bout d'un pied mignon qui s'agitait léger, comme un oiseau prêt à s'envoler.

— Ne vous adressez pas de reproches, tante, dit Antoinette, en se détournant un peu, vous n'aurez pas influé sur ma volonté... Ma décision est prise, depuis longtemps déjà, et je n'attends qu'une occasion pour la faire connaître à M. de Croix-Mesnil... C'est un galant homme, ne craignez rien, il comprendra mes raisons, et restera notre ami. Quant à mon père, le mieux est de ne lui rien dire. Aujourd'hui surtout! Laissons passer la fête. Et demain, s'il y a lieu, nous tiendrons conseil de famille.

— Espérons que rien de fâcheux n'aggravera la situation, dit la tante de Saint-Maurice. J'ai de mauvais pressentiments... Et rarement ils m'ont trompée...

Mademoiselle de Clairefont agita lentement sa tête pensive.

— Nous prierons le bon Dieu de nous épargner un surcroît de tristesse. Il ne peut vouloir nous accabler. Mais si c'est son dessein...

— Alors, je souhaite que ce soit moi seule qu'il frappe, s'écria la vieille fille, avec une ardeur de dévoûment qui fit monter des flammes à son visage, et que vous, mes chers enfants, vous soyez épargnés.

Une bouffée d'air plus vif apporta aux deux femmes le son de la cloche de l'église qui tintait dans l'éloignement.

— Voici le premier coup de la messe, dit la tante Isabelle, et je n'ai pas encore commencé à me coiffer... Je me sauve... A tout à l'heure...

Et, gagnant la porte du couloir en deux enjambées, elle disparut comme un tourbillon.

La tante de Saint-Maurice n'était jamais longue à se « mistifriser », comme elle disait. Et du château à l'église, on ne comptait pas cinq minutes de marche. Le curé n'avait pas fini de faire solennellement le tour de la nef en donnant la bénédiction, que mademoiselle de Clairefont, suivie de sa tante et de M. de Croix-Mesnil, avait gagné sa place et s'était mise à prier. Rien ne vint la distraire, tout se passa avec la régularité habituelle. Le fils du bedeau, qui servait la messe, se moucha avec un éclat irrespectueux pendant l'élévation, et reçut de son père, qui chantait au lutrin, un coup d'œil furibond, avant-coureur de terribles taloches. Mademoiselle Bihorel, la sœur du curé, frappa de petits coups secs, sur son prie-Dieu, avec son paroissien, pour indiquer aux enfants de l'école le moment de se lever ou de s'asseoir. Le profond soupir que poussa Pascal en découvrant M. de Croix-Mesnil ne parvint pas jusqu'aux chastes oreilles d'Antoinette, et le bruit des pas de celui qui l'adorait n'éveilla aucun écho dans sa pensée. Elle demeura calme et recueillie jusqu'au moment où sa tante, lui poussant légèrement le coude, murmura ces paroles : « Prépare-toi pour la quête... » La jeune fille ferma son livre, leva la tablette de son prie-Dieu, et prit l'escarcelle de velours, sur laquelle, fanées, se distinguaient les armes de Clairefont.

Le bedeau, sa canne de baleine à pomme d'argent à la main, s'approcha d'elle avec une profonde révérence. Antoinette, sortant de son banc, s'avança vers le chœur. Tout en marchant, il lui semblait que la bourse qu'elle tenait à la main n'était pas vide, et qu'un léger bruissement métallique s'y faisait entendre. Étonnée, elle desserra les cordons de soie, et, avec une surprise qui lui fit monter le rouge au visage, elle vit, sur le fond de chagrin noir, briller cinq pièces d'or.

Très troublée, elle parvint devant l'autel, s'inclina, puis commença à quêter. Les centimes et les sous tombaient dans l'escarcelle, recouvrant les fous mystérieux, et, inconsciente, la jeune fille continuait à parcourir les bancs, murmurant machinalement les paroles habituelles : Pour les pauvres, s'il vous plaît... Et, tout en marchant, elle pensait : Qui donc est venu ce matin dans l'église et a généreusement fait cette charité anonyme ? Elle jeta vivement les yeux autour d'elle, sondant du regard les coins obscurs. Mais elle ne découvrit que les figures familières des paysans des environs. Pascal était déjà loin.

Antoinette, jusqu'à la fin de la messe, se montra distraite. Son livre resta inutile dans ses mains, elle ne songea pas à lire ses prières. Elle resta les yeux fixés sur un grand vitrail donné par son arrière-grand-père et représentant la lutte de Jacob avec l'ange. Le fils d'Isaac serrait dans ses bras vigoureux son céleste adversaire qui lui échappait d'un coup d'aile. Au bas, le peintre avait tracé cette inscription en caractères gothiques : « Ainsi l'homme attaché à la terre s'efforce de conquérir le ciel. »

Et il semblait à mademoiselle de Clairefont que le visage de Jacob, qu'elle n'avait jamais regardé attentivement, offrait une singulière ressemblance avec celui d'une personne qui ne lui était pas étrangère. Elle connaissait cette figure énergique, encadrée d'une barbe brune, ces yeux perçants. Mais elle ne pouvait y mettre un nom. Elle cherchait dans sa mémoire et ne trouvait pas. Le prêtre avait déjà quitté l'autel. Tous les assistants s'étaient levés, se hâtant vers la sortie, qu'Antoinette demeurait encore immobile et absorbée.

— Allons, ma chérie, il faut nous en aller, dit la tante Isabelle. Mon cher baron, veuillez nous attendre devant le porche. Nous avons à rendre des comptes à notre cher curé.

M. de Croix-Mesnil s'inclina silencieusement et gagna la porte, pendant que les deux femmes se dirigeaient vers la sacristie. Le curé de Clairefont, prêtre doux et simple, avait baptisé Antoinette et lui avait fait faire sa première communion. Les deux femmes le trouvèrent ôtant ses vêtements sacerdotaux. S'arrachant aux mains de sa sœur, qui lui dégrafait son surplis, il s'élança au-devant d'elles.

— Au nom du ciel, mon cher abbé, ne vous dérangez pas, s'écria la tante de Saint-Maurice, nous ne faisons qu'entrer et sortir... Antoinette vous apporte sa collecte, et nous nous sauvons... Excusez-nous...

Mademoiselle Bihorel, ouvrant la bourse de velours, en versait déjà le contenu sur la table de bois, et l'or, l'argent et le cuivre se répandaient pêle-mêle ; elle poussa un cri de surprise :

— Voyez, mon frère...

Le prêtre sourit, et prenant les mains de la jeune fille :

— Vous avez été prodigue... Je reconnais là votre cœur... Mais c'est trop, mon enfant, et je devrais vous gronder plutôt que vous remercier.

A ces mots, les joues d'Antoinette s'empourprèrent, elle essaya de se détourner, mais les regards de la tante de Saint-Maurice se fixèrent sur elle, avec une telle expression d'étonnement qu'il lui fut impossible de se taire.

— Je ne mérite aucun remercîment, Monsieur le curé, dit-elle vivement. Cet argent ne vient pas de moi : je l'ai trouvé dans ma bourse avant de commencer la quête.

Cette fois, l'étonnement de la tante Isabelle devint de la stupéfaction. Elle resta un instant muette, puis, poussant un soupir qui ressemblait à un hennissement, le visage incendié par l'émotion qu'elle éprouvait :

— Voilà qui est un peu fort, s'écria-t-elle. Comment cela a-t il pu se faire ? J'ai envoyé Bernard, moi-même, hier soir, porter la bourse dans ton prie-Dieu. Se serait-on permis, par hasard, de fouiller ?...

— Mais, tante, interrompit la jeune fille, avec une vivacité enjouée, en tous cas ce n'est pas un voleur, puisqu'au lieu de me dérober quelque chose, on m'a laissé de l'argent pour les pauvres. D'ailleurs a-t-on eu besoin de fouiller comme vous dites ? Bernard n'a-t-il pas pu, tout simplement, poser la bourse sur mon prie-Dieu ? Enfin, je vous prie, de quelle importance est cette affaire, pour qu'autour vous meniez si grand bruit ?

Elle avait des larmes dans les yeux. La tante Isabelle craignit de lui avoir fait de la peine, et, voulant la calmer, elle dit en riant :

UNE FOULE BRUYANTE ET ANIMÉE SE PRESSAIT (PAGE 1160)

— Allons! tu verras que c'est le baron qui se sera levé au petit jour pour aller « en catimini » te préparer la surprise de son offrande.

— Tante, vous savez bien que cela ne peut être; M. de Croix-Mesnil n'est pas matinal, d'abord, et, ensuite, il ne savait pas que je devais quêter...

— Je ne vois personne dans le pays à qui faire honneur d'une telle libéralité, dit mademoiselle Bihorel, songeuse.

— Et aucun étranger à ma connaissance n'est venu visiter l'église, ajouta le curé. Il s'arrêta brusquement, son visage s'éclaira, et, frappant ses mains l'une contre l'autre :

— A moins que ce ne soit le jeune homme que j'ai vu ce matin en faisant le tour de l'église, pour la bénédiction.

— Quel jeune homme? s'écria mademoiselle de Saint-Maurice, dont les sourcils se froncèrent.

— Un jeune homme brun, avec de la barbe, qui se tenait près des fonts baptismaux dans un coin sombre, à droite de l'entrée.

Comme par enchantement, le visage de Pascal fut évoqué par Antoinette. Il lui apparut, c'était lui, elle le reconnaissait maintenant, qui ressemblait au fils du patriarche luttant avec l'ange. Comme l'avait écrit le peintre, voulait-il donc gagner le ciel? Et que pouvait être le ciel pour un Carvajan, sinon l'amour d'une Clairefont? C'était lui, à n'en pas douter, qui s'était glissé jusqu'à son prie-Dieu, qui l'avait ouvert et qui y avait laissé cette preuve de son indiscrète curiosité.

Il lui sembla étrangement hardi. La voix de son orgueil s'éleva avec colère contre l'audacieux. Que voulait-il? Qu'espérait-il? Parce qu'il s'était trouvé face à face avec elle sur un chemin banal, pensait-il s'imposer à sa pensée? Prétendait-il la forcer à la reconnaissance par son offensante générosité?

Cependant une voix plus douce, celle de sa raison, répondait : Qu'y a-t-il là dont tu puisses te plaindre? Il a fait la charité par tes mains, et en se cachant. Il eût pu rester dans l'église, attendre ton passage, et ouvertement te donner son aumône. Il a craint de te déplaire. Il n'a pas osé affronter ton regard. Il a été timide et respectueux. Vas-tu le lui reprocher?

Et c'était justement ce mystère qui la froissait. Elle se trouvait engagée ainsi, malgré elle, dans une sorte de complicité avec le fils de l'ennemi de son père. En la voyant, il pourrait sourire, comme s'il y avait entre elle et lui un commencement d'entente secrète. Elle eût voulu le nommer, crier que c'était lui qui avait eu la hardiesse de violer la cachette de son prie-Dieu, et lui rejeter cet argent dont elle ne voulait pas.

Elle n'osa point devant ce prêtre et devant sa sœur. Il lui sembla qu'un tel aveu serait une humiliation pour la maison de Clairefont tout entière. Et bourrelée, assombrie, elle demeura silencieuse.

— Maintenant que tu as rendu tes comptes, ma fille, sauvons-nous, dit la tante de Saint-Maurice; il y a belle lurette que le baron bat la semelle à la porte... Allons le relever de faction... Au revoir, mon cher abbé... Et vous, petite, bonjour.

La petite Bihorel, qui avait la cinquantaine, fit une révérence de dévote et conduisit les deux dames du château jusqu'à la porte de la sacristie. A peine la tante et la nièce furent-elles seules dans l'église, que mademoiselle de Saint-Maurice, regardant Antoinette avec des yeux pétillants de curiosité :

— Ah çà, ma belle, je suppose que tu as reconnu ton donateur au portrait que le curé a tracé de lui? C'est assurément le jeune sire de Carvajan en personne.

— Tante! murmura la jeune fille avec ennui.

— Eh bien! quoi donc? Le fils de ce vieux coquin, pris de remords peut-être, rend un peu de l'argent volé par son père, et se sert de ta main pour faire cette restitution agréable aux hommes et à Dieu. C'est fort moral, et du dernier galant!... Tu vas voir que nous aurons, sans nous en douter, un allié dans la maison du monstre.

— Je vous en prie, tante, ne plaisantez pas sur un pareil sujet! dit mademoiselle de Clairefont d'une voix troublée.

— Qu'est-ce donc? Je ne comprends pas ton émotion, s'écria la vieille fille avec étonnement.

— C'est que tout cela m'humilie et me blesse... C'est que je ne peux pas admettre qu'un étranger s'introduise ainsi de force dans ma vie. Je ne connais pas cet homme, il m'est odieux par avance, et je ne veux rien savoir de lui, si ce n'est qu'il est le fils de son père, et que je dois par conséquent, sinon le mépriser, au moins le haïr, D'ailleurs, qui vous dit que ce n'est pas par bravade qu'il est venu apporter cet argent ? N'y a-t-il pas là une cruelle raillerie ? Ne nous sait-il pas appauvries au point de ne plus pouvoir faire nos charités, comme par le passé, et ne prétend-il pas nous faire comprendre que, sans un Carvajan, nous serions contraintes de laisser vide la main que nous tendent les malheureux ?

— Eh là ! comme tu t'animes ! Le sujet, à vrai dire, n'en vaut pas la peine. Voilà un gaillard qui, pour cent francs, aura trouvé moyen de faire parler de lui. Et les oreilles ont dû lui « clocher » ! S'il a fait un calcul, il n'est déjà pas si bête !... Mais avant de laisser de côté le personnage, un dernier mot : je ne le crois pas un diable si noir que tu te l'imagines. Il a eu autrefois des démêlés avec son père. Il est vrai que le voilà rentré dans la maison. Mais est-ce une raison pour qu'il soit d'accord avec le vieux scélérat ? Moi, mon rêve serait de les voir se dévorer l'un l'autre... Carvajan contre Carvajan... A corsaire, corsaire « ennemi ». Serait-ce amusant !

— Vous ne jouirez pas de ce spectacle, tante, dit Antoinette avec une dédaigneuse amertume. Le moment venu, soyez sûre qu'ils se trouveront unis pour nous accabler... Quoi qu'il en soit, ne parlons plus jamais de ce qui vient de se passer.

Elles sortirent de l'église, M. de Croix-Mesnil, très occupé à déchiffrer une épitaphe sur la pierre qui servait de seuil, se tourna vers elles en souriant. C'était un très joli garçon de trente ans, aux yeux noirs et à la moustache blonde, d'une charmante distinction de manières, et d'une exquise aménité de caractère. Il avait donné des preuves de brillante valeur pendant la guerre, sous les ordres du général de Charette. On le citait comme un de ces hommes doux qui vont au danger sans fracas, et qui, d'une voix tranquille, donnent des ordres mortels.

— Je fais appel à tous mes souvenirs classiques pour arriver à comprendre cette inscription latine... Il y est question, si je ne me trompe, d'un abbé de Clairefont, qui a été enterré là, voulant que le pied des fidèles, en entrant dans le temple, foulât sa dépouille terrestre... *Calcabunt fidelium pedes...*

— Parfaitement, dit la tante de Saint-Maurice... C'est Foulque de Clairefont, prieur de Jumiège. Si cela peut vous être agréable, le marquis vous contera son histoire... Il commença par être mousquetaire, fut un grand sacripant, devint un modèle de piété, et finit comme un saint... C'est la gloire religieuse de la maison... Son portrait est dans l'oratoire.

— Voici mon père et Robert qui viennent à notre rencontre, interrompit Antoinette.

Le marquis, marchant lentement, appuyé sur le bras de son fils, s'avançait le long de l'avenue de tilleuls qui conduit du village à la grille du château. Robert, quittant pour un jour les habits de chasse qu'il portait habituellement, était vêtu d'un costume de drap bleu qui faisait valoir la robuste élégance de sa taille. Il causait gaiement avec son père, et, de la main gauche, tenait en laisse le lévrier d'Antoinette. En apercevant sa sœur, il lâcha le chien qui, partant comme un trait, avec des jappements caressants, se roula aux pieds de la jeune fille.

— Pourquoi donc avais-tu attaché cette pauvre bête ? dit mademoiselle de Clairefont qui avait hâté le pas, en arrivant à portée de la voix.

— Parce qu'elle avait déjà pris sa course et s'apprêtait à aller te retrouver à l'église... Or, je ne crois pas que la messe soit dite pour les chiens.

— Ah ! c'est vrai, fit Antoinette en souriant. Quand M. de Croix-Mesnil est ici, Fox ne veut pas me quitter...

— Il est jaloux, parbleu ! s'écria Robert avec une grosse gaieté.

— Il n'y a pas de quoi, pourtant, répliqua doucement le baron, et, des deux rivaux, le mieux traité par mademoiselle n'est certainement pas l'homme...

— Allons, Croix-Mesnil, tout finira par s'arranger, mon cher enfant, dit le marquis. Rentrons au château et, après le déjeuner, je vous montrerai mon nouveau fourneau... Vous verrez, c'est une merveille !... Quand on a inventé un appareil aussi simple et destiné à être aussi fécond en résultats extraordinaires, il ne faut douter de rien... La Grande Marnière va reprendre prochainement son activité, et, cette fois, avec de tels progrès dans la fabrication de la chaux, que c'est la fortune certaine... Vous verrez ! vous verrez !

Et il se frotta gaiement les mains, en trottinant du côté du château. Antoinette et la tante de Saint-Maurice échangèrent un rapide regard. Le cœur de la jeune fille se serra en entendant l'inventeur parler avec confiance de travail et de richesse, quand il était à la veille de l'expropriation et de la ruine.

Tout à sa fantaisie, le vieil enfant s'amusait de son jouet, quand la catastrophe, qui le menaçait depuis si longtemps, était devenue imminente. Combien la chute si inattendue allait lui paraître profonde et douloureuse ! De quelle façon lui faire connaître sa situation exacte ? Quels moyens employer pour lui porter un coup si cruel ? Et, surtout, comment le rappeler à la raison, le guérir à jamais de sa folie, et obtenir de lui qu'il renonçât aux rêves qui étaient le principe même de sa vie, l'élément unique de son bonheur ?

— Il faudra que nous allions ce soir à la fête, mes enfants, reprit M. de Clairefont... Nous laisserons tomber la chaleur du jour, et, après le dîner, nous descendrons tranquillement faire un petit tour d'une heure...

Le visage d'Antoinette se rembrunit.

— Croyez-vous que notre abstention serait mal interprétée, mon père ? dit-elle avec contrainte. Ces assemblées sont vraiment sans intérêt pour nous... Qu'irions-nous y faire ?

— Mais nous conformer à un usage... Moins que qui que ce soit, nous avons le droit de ne pas respecter les traditions.

— Sans doute, mais ce sera bien fatigant pour vous d'être au milieu d'une cohue, au travers de ce tumulte et de cette poussière, reprit Antoinette, qui frémissait à la pensée qu'un mot malveillant, une allusion indiscrète, pût révéler brutalement la vérité au vieillard.

`— Oh ! moi, ma fille, je ne tiens pas à sortir de Clairefont, et votre présence à vous autres jeunes gens suffira largement.

— Eh bien, donc, nous irons, dit la jeune fille avec empressement, et nous vous représenterons. De la sorte, vous pourrez être en repos... Et nul n'y trouvera à redire.

— Voilà qui va bien, mademoiselle la Sagesse, dit Honoré en souriant, et je suis heureux de te satisfaire... Je profiterai de la circonstance pour commencer une analyse chimique que je remets depuis quelque temps, dans la crainte de m'attirer des reproches.

— Eh ! mon cher, s'écria aigrement la tante Isabelle, la dernière fois vous avez, avec les vapeurs qui sortaient de votre cabinet, noirci tous les cadres de la galerie... Et mon linge a senti mauvais pendant plus de quinze jours.

— C'est vrai, avoua le savant avec humilité ; dans ma préoccupation, j'avais oublié d'ouvrir les fenêtres, et j'ai gâté quelques dorures... Mais je ferai bien attention cette fois.

Ils entraient dans la cour d'honneur. Le vieux Bernard, les apercevant, sonna cérémonieusement la cloche pour annoncer le déjeuner, et, s'approchant de son maître, avec un profond salut :

— Monsieur le marquis est servi...

— Allons, Antoinette, donne-moi ton bras.

Et, appuyé sur sa fille, comme il en avait l'habitude, avec plus de nonchalance câline que de réelle faiblesse, le vieillard, d'un pas traînant, se dirigea vers la salle à manger.

C'était le moment où Carvajan et Pascal, assis, tous deux, sans se parler, au rez-de-chaussée de la petite maison du Marché, agitaient de graves résolutions. L'un se proposant de resserrer les liens qui retenaient son fils près de lui ; l'autre, de se dégager complètement des projets de son père et de s'éloigner.

La fête, interrompue, pour une heure, par le repas, avait fait trêve à ses rumeurs. Un soleil de plomb pesait sur la campagne, et, dans les arbres de la promenade, les oiseaux se taisaient, engourdis. A mi-pente du coteau de Clairefont, cependant, des clameurs s'élevaient à intervalles réguliers. Elles partaient de la grande salle de Pourtois, où, tous les ans, les compagnons charpentiers se réunissaient à déjeuner aux frais de Tondeur. Au dessert, qui se prolongeait fort avant dans la journée, il était d'usage de chanter des chansons, et chacun gaiement « y allant de la sienne », comme disait le marchand de bois, au milieu de la fumée des pipes et de la vapeur de l'alcool, le vacarme des refrains repris par l'assemblée entière montait dans un crescendo formidable. Puis, le lourd silence régnait pour quelques instants, la voix du soliste se perdant dans l'espace. Et le chœur des braillards reprenait, jetant à l'écho de la vallée les joyeux accents de la chanson gaillarde, ou les langoureuses modulations de la complainte senti-mentale.

Auprès d'une fenêtre, dans le petit salon du château, Antoinette, travaillant à un ouvrage de broderie, prêtait l'oreille à ces lointaines vociférations. Elle surveillait le sommeil de son père qui, étendu sur un canapé, faisait la sieste. Le long de la terrasse, Robert et Croix-Mesnil marchaient en causant, pendant que mademoiselle de Saint-Maurice, armée de longs ciseaux, achevait dans les corbeilles un abatis de roses fanées. Brusquement, le jeune comte s'arrêta, et, jetant à son compagnon un regard décidé :

— Mon cher, à votre place, moi, je lui parlerais carrément. Il n'est rien de mauvais comme les situations fausses... Tout dépend d'elle... Vous savez combien nous vous aimons ici... S'il avait suffi que nous ré-pondissions : oui, vous seriez depuis longtemps le mari d'Antoinette... Mais cette jeune personne a son libre arbitre, et on ne lui fait pas facilement faire le contraire de ce qu'elle a résolu... Elle est bonne comme un ange, mais elle est entêtée comme un diable... Qui s'en douterait à la voir ?...

Ils passaient devant la fenêtre, auprès de laquelle brodait la jeune fille. Ils s'arrêtèrent à la regarder. Elle penchait la tête, et, ne soupçonnant pas qu'on l'observait, laissait son visage exprimer librement sa profonde tristesse. Un mélancolique sourire glissa sur sa bouche, ses paupières baissées battirent, retenant difficilement une larme.   ouvrage tomba de ses doigts, et elle resta renversée sur le

ALLONGEANT LE BRAS, ROBERT PRIT LA CHAISE (PAGE 1171)

dossier de sa chaise, songeant avec un air d'accablement. Son chien, couché à ses pieds, comme s'il eût compris l'agitation intérieure qui la bouleversait, leva sur elle des yeux humains, et lui poussa la main de son museau effilé. Elle, regardant le lévrier, lui prit la tête entre ses bras, et, cessant de se contenir, fondit en larmes. Le chien posa ses pattes sur les épaules de sa maîtresse, ses yeux brillèrent ainsi que des diamants noirs, et il poussa un sourd gémissement. Le marquis s'agita sur son canapé, près de se réveiller.

— Tais-toi, Fox, murmura la jeune fille, en lui montrant le vieillard. Laisse-le dormir... pendant qu'il est encore tranquille...

— Mon Dieu, elle pleure... Voyez-la, Robert, dit le baron avec émotion. Qu'est-ce que cela veut dire? Que se passe-t-il donc? Il faut absolument que je l'interroge, dussé-je encourir son mécontentement.

Il s'approcha de la fenêtre, au bas de laquelle son visage arrivait à peine, et s'apprêtait à parler quand Antoinette, avec un fin regard, le doigt sur les lèvres, lui fit signe de se taire. D'un mouvement de tête alors, il lui montra le parc, lui demandant d'y venir. Elle se leva silencieusement, et, légère comme un sylphe, après avoir jeté un dernier regard sur son père qui dormait toujours, souriant à quelque rêve heureux, elle sortit.

Le baron lui offrit son bras qu'elle prit, et, lentement, ils descendirent dans le parc.

Le soleil déclinait à l'horizon, et, sous les grands hêtres, l'ombre était tiède et parfumée de senteurs de mousse. Les cigales criaient sans répit dans les gazons brûlés, et les fleurs des massifs tendaient vers le couchant leurs tiges avides de la rosée du soir. Un banc de pierre, encore chaud du brûlant midi, s'offrit aux deux jeunes gens. D'un commun accord ils s'assirent. Antoinette comprit qu'elle ne pouvait plus reculer devant les questions que son fiancé avait si discrètement retardées. Elle leva vers lui ses yeux encore humides, le vit troublé, inquiet, et, avec un élan de cœur, elle lui tendit la main. Il la serra, et, regardant la jeune fille avec tendresse :

— Me la donnez-vous pour que je la garde ? dit-il doucement.

Elle ne répondit qu'en secouant tristement la tête.

— Voyons, chère Antoinette, reprit-il, depuis plusieurs mois, je vois que vous avez beaucoup changé à mon égard. Vous m'accueillez avec contrainte, vous me traitez avec froideur... J'en ai beaucoup souffert sans vous le dire... Je n'ai pas une nature expansive. Vous ne m'entendrez pas, comme certaines gens que j'envie, me répandre en protestations chaleureuses... Je sais bien que j'y perds, que je dois paraître glacé, et que je puis passer pour indifférent... Mais mes sentiments, pour être contenus, n'en sont pas moins vifs, et soyez certaine que je suis de ceux dont le cœur ne change jamais...

Sa voix tremblait en parlant, et une flamme était montée à ses joues. Il poursuivit :

— Lorsque j'ai obtenu de M. de Clairefont et de vous l'espoir que je deviendrais votre mari, j'en ai été profondément heureux... Je vous aimais, je vous connaissais bonne et tendre : je vous avais vue auprès de votre père... Je savais que celui dont vous seriez la femme mériterait qu'on l'enviât entre tous. Cependant, quand vous avez ajourné la réalisation de notre projet, quelque chagrin que j'en dusse ressentir, j'ai obéi à votre volonté. Il m'a semblé alors que je ne pouvais vous prouver mieux mon amour que par ma patience et ma fidélité. Aujourd'hui, je me demande si je n'ai pas fait un mauvais calcul. Peut-être l'explosion d'un violent désespoir, les ardentes récriminations d'un amour-propre blessé eussent-elles pu vous émouvoir davantage et vous amener à céder... Je n'ai pas cru devoir fausser mon caractère, j'ai souffert en silence, au risque de me faire juger peu épris, et j'ai l'amer regret de penser que, peu à peu, j'ai laissé s'effacer et se perdre vos bonnes dispositions pour moi...

— Non, ne le croyez pas, dit mademoiselle de Clairefont avec force. Ne m'accusez pas plus d'oubli que je ne vous ai accusé de froideur... Les circonstances seules, fatales, désolantes, ont tout fait...

Elle s'arrêta un instant, comme si elle hésitait à parler, puis, prenant sa résolution, elle continua d'une voix étouffée :

— En un jour, la situation dans laquelle je me trouvais a été si gravement changée, que je ne devais plus consentir à vous épouser. Vous dire la vérité, c'eût été vous mettre dans l'obligation de passer

outre, ou de vous retirer d'une façon qui pouvait vous paraître humiliante. Par délicatesse, je ne l'ai pas voulu... Nous avons joué tous les
deux le même rôle, nous avons eu une abnégation pareille, une
dignité égale, et nous en avons été bien mal récompensés l'un et
l'autre, puisque je vois que vous souffrez, et que je ne puis rien pour
vous consoler.

— Quoi! rien? dit le jeune homme avec douleur. Mais qu'y a-t-il
donc de si grave, que ni vous ni moi ne puissions y remédier?...

Il fit un geste de désespoir.

— Ah! le vrai, le seul motif, c'est que vous ne m'aimez pas! Si
votre cœur m'appartenait, vous n'auriez pas tant consulté votre raison.

— J'ai pour vous une affection profonde, et qui sera inaltérable,
dit Antoinette.

— Une affection de sœur... Ce n'est pas celle que j'attendais de vous.

— Une affection qui me faisait vous tendre la main avec confiance
et joie.

— Mais qui n'a pas été la plus forte, cependant, et m'a sacrifié...

— A une affection plus ancienne, plus impérieuse, celle que j'ai
pour mon père.

— Eh! ne l'aimiez-vous pas assez déjà? s'écria le jeune homme
avec jalousie.

— La tendresse d'un enfant pour son père ne doit pas connaître de
limites, répondit la jeune fille avec exaltation. Mais, pour que vous
montriez tant d'insistance, il faut que vous n'ayez rien remarqué,
rien compris de ce qui se passe ici? Vous n'avez donc pas vu, depuis
deux ans, la ruine s'étendre plus profonde et plus irréparable chaque
jour dans notre maison? La lugubre comédie qui se joue depuis tant
de mois, sous les yeux de mon père, vous a donc échappé? A force
de sacrifices, nous avons fait face à tous les besoins. Mais, aujourd'hui,
c'est fini. Les derniers restes de notre fortune ne nous appartiennent
pas : on peut demain nous expulser d'ici... Nous nous y attendons,
car celui qui nous poursuit se montrera inflexible... Cet effondrement,
mon père ne le soupçonne pas encore. Il eût été inutile de lui montrer
le résultat de ses fautes, puisqu'il était incapable d'y remédier... C'est

un vieil enfant que nous avons gâté, exagérément peut-être, mais qui mourrait si nous n'étions pas là pour le faire vivre dans une atmosphère de bonheur factice... Vous le voyez, j'ai charge d'âme... Pouvais-je consentir à vous faire partager ma servitude ?

— C'est pourtant ce que j'aurais voulu, et ce que je veux encore. Vous êtes pauvre, eh bien, je suis riche pour deux... J'aimerai votre père autant que vous l'aimez vous-même... Il aura un fils de plus pour le choyer et le servir... Avec ce que je possède, nous rétablirons ses affaires, et nous relèverons votre fortune ébranlée.

— Jamais ! s'écria mademoiselle de Clairefont. Ah ! voilà ce que je craindrais par-dessus tout ! Vous ne connaissez pas l'égoïsme inconscient de l'inventeur !... Convaincu de l'excellence de sa découverte, il n'hésite pas à sacrifier tout à un avenir chimérique... Mon père a jeté de l'or dans ses creusets, et qu'a-t-on retrouvé ? Des cendres ! Vous entraîner avec nous ? Je me le reprocherais comme un crime. Nous avons le droit de nous faire tout le tort possible à nous-mêmes ; mais permettre qu'un étranger devienne victime de nos erreurs, cela, je n'y consentirai pas !

— En me repoussant, vous me faites bien plus de mal, vous le savez... Mais si vous ne songez pas à moi, au moins songez un peu à vous... Qu'allez-vous devenir ?

Antoinette demeura un instant pensive. Elle parut réfléchir une fois encore à la grave détermination qu'elle devait prendre. Libre de se décider, elle avait entre les mains le sort de sa vie entière. D'un côté, le célibat, et l'existence à jamais désenchantée. De l'autre, le mariage, et toutes les promesses de l'avenir. Elle n'hésita pas, et, montrant à M. de Croix-Mesnil un visage rayonnant d'une paisible sérénité :

— Je vais devenir une vieille fille...

Et comme le jeune homme ouvrait la bouche pour supplier encore :

— Plus un mot, je vous prie... Soyez généreux, n'augmentez pas mes peines, en me découvrant plus complètement les vôtres. Je garderai de vous le plus tendre souvenir... Mais vous, maintenant, votre devoir est de m'oublier... Je vous rends votre parole... Partez demain et allez tout dire à votre père... Il approuvera, j'en suis sûre, mes scrupules, et vous encouragera à l'obéissance que je vous demande.

— Et qu'il m'est impossible devous promettre... N'exigez pas de moi plus que je ne puis raisonnablement faire... Avez-vous pu penser que je consentirais à m'éloigner et à ne plus vous revoir ?

— Je ne l'ai pas pensé, et j'ai même espéré que votre amitié me dédommagerait de tout ce que je perds en renonçant à être votre femme.

— Je suis à vous tout entier, vous le savez bien. Je vous sais un gré infini d'avoir été avec moi franche et loyale. Mais ne prenons l'un et l'autre aucune résolution définitive. Réservons l'avenir... Qui sait si la situation ne changera pas et si nous ne pourrons pas revenir à ces projets qui m'étaient si chers ? Ne dites plus : jamais ; dites : actuellement. Laissez-moi un espoir, si faible qu'il soit... Je m'y attacherai, et il m'aidera à supporter tout ce que votre résolution a de douloureux pour moi.

Elle se leva sans répondre, et, prenant le bras qu'il lui offrait, lentement elle revint vers la terrasse.

Le soir descendait, et une buée légère s'étendait sur la vallée. La fête était alors dans toute son animation, et les accords violents d'une musique de saltimbanques, dominant les rumeurs de la foule, montaient jusqu'à la colline. Des détonations éclataient d'instants en en instants, et la lueur des coups de feu rayait le ciel assombri. La cloche de la loterie en plein vent tintait à coups pressés, appelant les curieux. Et une poussière blanche s'élevait par tourbillons du côté du champ de foire, sous le passage désordonné des bestiaux qu'on emmenait.

— Tous ces gens-là s'amusent, dit mademoiselle de Clairefont, en montrant à son compagnon le faubourg de la Neuville, noir de monde...

— En tout cas ils en ont l'air...

— Il faut que nous fassions comme eux, car nul ne doit se douter que nous sommes tristes.

Le marquis venait à leur rencontre, avec la tante Isabelle.

— Eh bien, mes enfants, dit le vieillard, n'y aura-t-il plus de difficultés et êtes-vous tombés d'accord ?

— Oui, mon père, répondit Antoinette d'une voix tranquille. Tout est arrangé. Ne gardez aucun souci.

Elle adressa à M. de Croix-Mesnil un tendre sourire, et, lui serrant la main, elle s'efforça de lui faire partager sa bienveillance et sa résignation.

VI

Il était huit heures, et dans la salle de danse construite par Pourtois, une foule animée et bruyante se pressait. Sur une longueur de cinquante mètres, et sur une largeur égale, le gazon avait été couvert d'un plancher par les soins de Tondeur. Des poutres soutenant une immense couverture en toile goudronnée se dressaient, supportant des écussons en carton peint, décorés à leur centre du chiffre R. F. et ornés de drapeaux. Cinq lustres en fer-blanc, garnis de lampes à réflecteurs, répandaient une violente clarté. Des banquettes couvertes de housses en calicot rouge entouraient ce vaste espace. A l'un des bouts, sur une étroite estrade, se tenaient les musiciens, attendant qu'un geste de Pourtois leur donnât le signal des danses. A l'autre, séparée du reste de la salle par une balustrade, une tribune, faisant face à l'entrée, avait été réservée pour les autorités. Trois fauteuils de velours entourés de chaises étaient rangés sous un buste en plâtre de la République, logé dans une niche faite de branchages verts. Des portes ouvertes dans la partie gauche de la tente mettaient la salle en communication avec le jardin du cabaret, éclairé par des lanternes vénitiennes dont la chaleur faisait crépiter les bois des tonnelles.

La maison, les bosquets, tout était plein, un cercle de buveurs

RETIRE-TOI... RÉPÉTA-T-ELLE, JE LE VEUX ! (PAGE 1181)

entourait chacune des tables, la fumée des cigares et des pipes montait dans la clarté des illuminations, et le vacarme commencé dès le matin, continuait, avec un peu plus d'enrouement des braillards, et un peu plus d'abrutissement des ivrognes.

Par moments, des disputes éclataient, avec des vociférations, comme si on allait s'égorger; alors, la petite madame Pourtois paraissait, sèche et raide dans sa robe de fête. En trois phrases, elle mettait les mutins à la raison :

— Si vous voulez faire du tapage, il faut sortir... Nous manquons de tables... De la tenue, ou dehors ! Ici il n'y a que des gens comme il faut !...

Et les plus enragés obéissaient à cette parole tranchante et décidée. D'autant plus que, derrière madame Pourtois, se profilait, dans la demi-obscurité du jardin, la carrure athlétique d'Anastase, son cousin, le couvreur de la Neuville, qui venait chez ses parents, dans les grandes circonstances, donner un coup de main, et cueillait un ivrogne sur sa chaise aussi facilement qu'une pomme sur une branche.

Pourtois, saucissonné dans un habit noir, et luisant d'émotion et de chaleur, allait de la porte d'entrée aux groupes déjà installés sur les banquettes, plaçant les dames, souriant aux « demoiselles », et poussant les pères du côté du cabaret. Sa voix aiguë dominait le tumulte et, surexcité, le gros homme s'épongeait le front avec la serviette que, par habitude, il avait gardée à la main.

Au pied de la tribune officielle, il rangeait les gros bonnets de l'arrondissement, les riches fermiers de la plaine, et les forts meuniers de la vallée. De bons rires pesants et satisfaits s'élevaient à chaque arrivée, les hommes se donnant des poignées de main à se démancher l'épaule, et les femmes minaudant avec une affectation de grande distinction. Les jeunes filles se jetaient au cou les unes des autres, pâlissant de dépit si leur toilette était écrasée par l'élégance supérieure d'une rivale. Elles s'étaient réunies en un petit cercle et, là caquetaient à qui mieux mieux sur le compte de nouveaux arrivants. Des méchancetés noires étaient échangées par ces innocentes

— Ah ! ma chère, que je suis contente de vous rencontrer ...!
Regardez mademoiselle Delarue. Est-elle fagotée ce soir ! Et sa mère,
qui est habillée avec un vieux rideau !...

— Ne m'en parlez pas... On dit que le fils Levasseur, qui devait
l'épouser, a repris sa parole... Du reste, les Delarue sont très bas en
ce moment : ils ont vendu la moitié de leur troupeau...

— Ah ! voici Véronique Auclair ! Voyez donc ses pieds !... On ne
se chausse pas avec des souliers blancs quand on a des pieds comme
ceux-là !

— Quel beau pendant de cou vous avez là !... Est-ce qu'il est ancien ?

— Oui, c'est mon père qui l'a découvert à Rouen, près du Gros-
Horloge, chez un marchand de curiosités.

— Vous savez que Pourpied, le notaire de Saint-Frambert, va
« manquer ». Voilà un malheur pour cette pauvre Clémence !...

— Ah! elle faisait trop sa chipie depuis qu'elle avait épousé un
notaire... Elle ne nous reconnaissait plus quand elle était en voiture !..

— Est-ce que monsieur et madame la comtesse d'Édennemare
paraîtront au bal ?

— Oh ! non. Ils ne sortent pas cette année... à cause de la maladie
de la grand'mère... Mais le jeune vicomte Paul m'a dit hier qu'il viendrait pour moi... Quel bon danseur, ma chère !...

— Ce qu'il a fait le mieux danser jusqu'ici, ce sont les écus de son
papa !...

— Les Leglorieux sont arrivés... Les voyez-vous assis là-bas, à
gauche ?... La grande Félicie va se donner le torticolis à agiter sa tête
de jument...

— Vous savez qu'il est question pour elle » du jeune homme » à
M. Carvajan ?...

— Laissez donc !... Elle n'est pas assez riche... Le maire de la
Neuville a des mille et des cents... Il voudra une demoiselle de Paris!. .
Eh! justement, le voici avec son fils.

Pourtois s'était élancé au-devant de son patron, bousculant tout le
monde, et lui faisant les honneurs avec un empressement courtisa-
nesque. Il avait voulu le conduire à la tribune des autorités. Mais le

banquier, plus sombre que de coutume, avait écarté le gros homme et, prenant le bras de Pascal, qui marchait derrière lui, il avait affecté de se confondre dans la masse des assistants.

— Tout à l'heure, Pourtois. C'est bon, mon ami, ne vous occupez pas de moi... Je désire faire un tour avec mon fils... Il sera toujours temps d'être en représentation officielle...

Et il avait laissé le poussah tout décontenancé. Il se proposait de bien affirmer, sous les yeux de Pascal, l'importance qu'il possédait maintenant. Il prétendait lui faire compter les courbettes et les génuflexions auxquelles condescendaient les gens les plus considérables du pays. Il voulait enfin se manifester à lui dans toute la redoutable grandeur de son omnipotence.

— Il faut, mon cher enfant, que tu refasses connaissance avec tous ceux que tu as perdus de vue depuis dix ans. Il ne convient pas que tu te tiennes à l'écart avec l'air d'un sauvage. Montre, je t'en prie, un gracieux visage à tous ces anciens amis, qui se souviennent de ta mère et qui te parleront d'elle...

Le cœur de Pascal se serra à ces mots, et le pâle visage de la morte passa devant ses yeux. Elle, la pauvre femme reléguée au fond de cette sombre maison, où elle avait langui étiolée et mélancolique, comme une fleur sans jour et sans air, elle, des amis qui avaient gardé son souvenir? Dérision amère, ou plutôt audace incroyable! Carvajan avait-il donc si bien oublié le passé, qu'il pût, sans crainte d'évoquer dans l'esprit de son fils des pensées dangereuses, parler de cette martyre? Des amis, ces hommes et ces femmes qui s'agitaient autour de lui, endimanchés, prétentieux, lourds, grotesques, choquant toutes les délicatesses de son esprit cultivé? Quel lien pourrait jamais exister entre lui et ces gens-là?

En passant, son père les lui présentait et, avec complaisance, énumérait les qualités et les titres de chacun, soupesant les fortunes et évaluant les influences. Toutes les mains se tendaient vers le maire et si, dans les yeux de quelques-uns, Pascal devinait une secrète contrainte, l'empressement apparent de l'accueil trahissait plus complètement la dépendance dans laquelle le tyran de la Neuville tenait tous ses sujets.

Accentuant sa rudesse et sa froideur, Carvajan le prenait de plus haut avec les riches et les importants. Il éprouvait un plaisir raffiné à faire peser sa lourde main sur les chefs des plus considérables familles terriennes de la contrée. Et, malgré lui, le jeune homme ne pouvait se défendre d'admirer l'orgueil de ce parvenu qui, parti de si bas, dominait maintenant tous ceux qui le dédaignaient autrefois. On l'entourait, on le flattait, on le pâtelinait.

— Cher monsieur Carvajan !... Quel aimable jeune homme que monsieur votre fils !... Est-ce que nous n'aurons pas le bonheur de vous posséder un de ces jours ?... Vous savez que, chez nous, vous êtes chez vous.

Le banquier ne s'arrêtait dans aucun groupe, continuant gravement sa marche triomphale, avec l'air d'un souverain qui passe en revue les dignitaires de sa cour et s'offre à l'adoration universelle. Cependant, arrivé devant les Dumontier et les Leglorieux, il fit une pause et manifesta quelque amabilité. Son cortège l'avait entouré et, dans ce coin de la salle de danse, on se bousculait, tandis que partout ailleurs on circulait à l'aise. Carvajan, ayant jeté sur ses courtisans un regard hautain, se tourna vers Pascal.

— Il me semble que nous sommes un peu serrés, dit-il. Et pour la première fois de la soirée, sa lèvre eut un pli qui pouvait passer pour un sourire.

— N'est-ce pas ainsi partout où vous êtes, mon cher Carvajan ? s'écria avec adulation le père Leglorieux.

— Parbleu ! si tous ses futurs électeurs étaient ici, ce seroit bien autre chose, ajouta le beau-frère Dumontier.

— Il faudrait alors, pour les contenir, la place de la mairie... Et encore !... insinua Fleury qui arrivait. Mesdames, Messieurs, votre serviteur bien humble... Pourtois... une chaise pour M. le maire... Vous êtes là comme un extatique à le considérer, et vous ne pensez seulement pas à le faire asseoir.

Le poussah s'élança avec une vélocité extraordinaire et revint portant un siège.

Fleury, rasé de frais, ses cheveux bourrus enduits d'une pommade qui les faisait briller comme des fils de fer, sa chemise déjà fripée et sa cravate blanche roulée en corde, parut plus repoussant encore dans sa toilette de cérémonie. Il souriait de ce sourire affreux qui découvrait ses dents noires, et s'efforçait d'attirer l'attention de Pascal, immobile et silencieux.

— Eh, eh! il va falloir, en fait d'électeurs, penser aux élections qui approchent, reprit Dumontier aîné. Le renouvellement du Conseil général tombe cette année, et je suppose que nous allons nous entendre pour ne pas nous laisser rouler comme nous l'avons encore été il y a sept ans.

— Sauf votre respect, monsieur Dumontier, dit Pourtois qui se hasarda à prendre la parole... si M. le maire veut se porter, cette fois je réponds de l'affaire... J'ai Clairefont, Couvrechamps, la Saucelle et Pierreval dans la main... sans parler des faubourgs de la Neuville. Tondeur apportera les voix des gens de la forêt... Quant à la vallée, c'est votre affaire à vous et à M. Leglorieux... Tenons-nous bien, et nous aurons une belle majorité... C'est moi qui vous le dis... Et on sait que je m'y connais... Le vieux hibou de là-haut n'a plus qu'à dénicher!

La voix de crécelle du poussah monta de deux tons, et passa à l'aigu sur cette affirmation insolente...

— Et la députation viendra après, ajouta Fleury. Toute chose en son temps...

La figure basanée de Carvajan devint d'un rouge sombre. Ses yeux brillèrent sous ses sourcils grisonnants. Il eut une courte palpitation. Mais il était trop maître de lui pour laisser percer sa joie. Il fit un geste insouciant, et d'une voix sèche :

— Nous verrons bien. Le moment est mal choisi pour former de tels projets... D'ailleurs, il faut s'attendre à de l'opposition.

Du regard, il montra le coin opposé de la salle dans lequel, comme d'instinct, s'étaient isolés les représentants de l'aristocratie provinciale. Madame de Saint-André venait d'arriver avec son fils et ses trois filles. Le vieux marquis de Couvrechamps, qui avait commandé les mobiles pendant la guerre et s'était montré si énergique au combat de Buchy, était entouré de plusieurs de ses anciens soldats devenus des pères de famille, mais qui, rentrés dans le calme et la sécurité, avaient plaisir à se souvenir des jours de misère et de danger. Le petit vicomte d'Édennemare s'empressait auprès de la jeune madame Tourette, dont le mari, agent de change à Paris, avait récemment acheté la magnifique terre de la Barellerie, à deux lieues de la Neuville. La baronne douairière de Sainte-Croix était le centre d'un petit cercle qu'elle tenait sous le charme de sa conversation.

Entre ces deux groupes, celui où triomphait Carvajan et celui que formaient les grands propriétaires de l'arrondissement, éclatait un violent contraste. D'un côté, on avait fait toilette comme pour une noce. De l'autre, on avait affecté de s'habiller avec simplicité. Les uns montraient que l'assemblée étant l'unique occasion de s'amuser qui se présentât à eux, ils avaient voulu y paraître dans leurs plus brillants atours. Les autres prouvaient qu'ils n'étaient venus que pour jeter un coup d'œil, et, comme disait madame de Saint-André, honorer la fête de leur présence.

Cependant, l'espace vide qui s'étendait entre ces deux camps était fréquemment traversé, par quelque gros fermier qui allait offrir ses hommages à son propriétaire. Le vieux marquis de Couvrechamps tendait à ses tenanciers, qu'il tutoyait tous, les ayant vus naître, une main fluette qu'ils prenaient avec précaution du bout de leurs gros doigts. Et les dos énormes se courbaient devant le gentilhomme universellement aimé et respecté.

Pascal, indifférent à tout ce qui se passait autour de lui, sourd aux flatteries des partisans de son père, aveugle à leurs sourires, s'était adossé à un des mâts qui soutenaient la tente, et, dirigeant son regard sur la faction rivale, y avait inutilement cherché celle qui était son unique préoccupation. Il attira promptement l'attention de la douairière de Sainte-Croix qui, se penchant vers le jeune et élégant M. Tourette :

— Qui est donc ce beau garçon que je vois là-bas dans la cohue des caudataires du sieur Carvajan ?...

— Mais, baronne. c'est son fils...

— Tiens! il n'en a pas trop l'air... Il est vraiment bien!

— Et, de plus, c'est un homme d'un réel mérite, reprit l'agent de change. Il s'est employé récemment à aplanir les difficultés qui s'élevaient entre le Nicaragua et la Compagnie du canal de Panama... Il paraît qu'il s'en est tiré avec beaucoup d'habileté. Il avait auparavant mené à bien des négociations financières et industrielles au Chili et au Pérou, débrouillé des affaires très compliquées. On a été enchanté de ses services et, quoiqu'on les ait payés très cher, je sais qu'on lui a, en plus, gardé de la reconnaissance.

— Il paraît s'assommer supérieurement.

— Il fait tout avec supériorité.

Un mouvement se produisit dans l'assistance, et les têtes se tournèrent du côté de l'entrée. Escorté de son secrétaire général, le sous-préfet arrivait. Pourtois s'était élancé au-devant de lui. Il le conduisit, avec des révérences, jusqu'à Carvajan, dont le prestige s'augmenta de la déférence que lui marquait le fonctionnaire.

Le maire parut en ce moment le véritable roi de la fête. C'était lui qui dominait tout et qui pouvait imposer sa volonté à tous. Il eut une minute d'enivrement et, jouissant de son triomphe, il recommença sa promenade autour de la salle, pour faire les honneurs au sous-préfet. La musique, sur l'ordre de Pourtois, s'était mise à jouer et, par toutes les ouvertures donnant sur les jardins, des curieux apparaissaient, regardant, sans quitter leur verre, ce tableau animé.

Carvajan était à la moitié de son parcours, lorsque la portière de toile rayée bleu et blanc, qui donnait accès dans la salle, se souleva, et, donnant le bras à sa sœur, Robert de Clairefont entra. Derrière les jeunes gens, à vingt pas en arrière, venaient la tante de Saint-Maurice et M. de Croix-Mesnil.

Comme si le hasard eût voulu accuser bien nettement l'antagonisme, en face de Carvajan entouré de tous ceux qui, par passion ou par intérêt, étaient disposés à le soutenir, les enfants du marquis s'avançaient seuls.

Pascal, avec une horrible anxiété, les vit, lancés les uns contre les autres, ainsi que des combattants prêts à en venir aux mains. Son cœur cessa de battre dans sa poitrine, et toute sa vie fut, pendant quelques secondes, concentrée dans ses regards. Il souhaita que la

ELLE NOUA AUTOUR DE SA TÊTE L'ÉCHARPE (PAGE 1188)

salle entière s'abîmât, il rêva un cataclysme soudain qui pût empêcher cette horrible situation d'aller jusqu'au dénouement. Il pensa à s'élancer sur son père, qu'il apercevait, ricanant avec un air de bravade, à le saisir, à l'entraîner bien loin. Tout lui parut préférable à ce qui se préparait.

Après un léger temps d'arrêt, les antagonistes avaient repris leur mouvement. Robert, le front haut, ne déviait pas d'une ligne dans sa marche. Il allait droit à Carvajan et, sur son visage énergique, il était facile de lire la résolution de ne point reculer d'un pas. Antoinette, devenue soudainement pâle, pressait le bras de son frère, essayant de le détourner de la direction du groupe officiel. Mais l'athlétique Robert, sans même faire un effort, entraînait la jeune fille. Carvajan, baissant son front, noir de haine, pareil à un taureau qui fonce sur son adversaire, avançait toujours.

— Robert, je t'en prie ! murmura Antoinette.

— Laisse, dit le jeune comte les dents serrées. Il nous cédera la place ou je lui passe sur le corps.

Et, fixant sur leur ennemi des yeux étincelants, il marcha droit sur lui.

Déjà, au milieu d'un silence effrayant, ce choc, dont on ne pouvait prévoir les conséquences, allait se produire, quand, bien innocemment, le sous-préfet sauva la situation. Apercevant mademoiselle de Clairefont qui était arrivée tout près de lui, il fit un geste d'admiration et, s'écartant du maire, il s'inclina avec politesse. Antoinette, étouffée par une horrible angoisse, respira en voyant l'espace libre. Elle ne put se défendre d'adresser un reconnaissant sourire au fonctionnaire... Et, passant à côté de Carvajan, tremblant de colère contenue, elle gagna à pas pressés le coin où tous les amis de son père étaient réunis. Carvajan s'était retourné, les suivant encore du regard. Il entendit un profond soupir auprès de lui et, levant les yeux, il découvrit Pascal, blême de l'horrible émotion qu'il venait d'éprouver.

— Qui est donc cette charmante personne ? demanda alors le sous-préfet à son guide, en ajustant son lorgnon pour mieux voir.

— C'est mademoiselle de Clairefont, dit Carvajan avec une sombre ironie... Et vous venez, Monsieur le préfet, de lui faire un accueil flatteur auquel elle ne s'attendait guère.

— Bah ! reprit gaiement le fonctionnaire... c'est une jolie femme... Je combattrai le père sur le terrain politique... mais, en attendant, je réclame le droit d'admirer la fille.

— Pas de trop près, cependant, si vous ne voulez pas avoir maille à partir avec le jeune sanglier qui l'accompagne... Tenez, voyez ce qu'il fait...

Arrivé au milieu du petit cercle aristocratique, Robert s'était inquiété de faire asseoir sa tante et sa sœur. Sur les banquettes, déjà, on se trouvait à l'étroit. Dans un angle avoisinant la tribune officielle, la douairière de Sainte-Croix s'était installée et, avec de grandes protestations d'amitié, s'efforçait de retenir auprès d'elle mademoiselle de Clairefont et la tante de Saint-Maurice. M. de Croix-Mesnil parlait d'aller chercher deux chaises dans le jardin, lorsque Robert, avisant les sièges d'apparat destinés aux notabilités de la Neuville, dit à voix haute :

— Mais voilà bien notre affaire... Des femmes assises sur de la paille, pendant que le Conseil municipal se carrerait sur du velours ? Ce serait invraisemblable !

Et, allongeant le bras par-dessus la balustrade, il prit les deux chaises qui entouraient le fauteuil d'honneur. Un rire étouffé courut dans le groupe à cet acte audacieux. Pourtois, stupéfait, regardait alternativement le maire et le jeune comte, hésitant entre le désir de complaire à Carvajan et la crainte de mécontenter Robert. Les confédérés, silencieux, attendaient, se demandant si leur chef allait se laisser ainsi braver ouvertement. D'un coup d'œil impérieux, le maire commanda à ses partisans l'immobilité et le silence. Et, se tournant vers le sous-préfet, il dit assez haut pour être entendu :

— Il convient, je crois, de donner l'exemple de la modération et de la patience... Car, si nous répondions aux provocations de M. de Clairefont, il pourrait se produire des conflits qui attristeraient... Tenons donc les actes de ce jeune homme pour non avenus...

Il ajouta, d'une voix plus basse :

— Du reste, de fâcheuses habitudes d'intempérance l'ont rendu un peu fou, et il n'est pas toujours maître de lui-même...

— Cette tribune vide, quand on se presse partout, est d'un mauvais effet, ajouta le fonctionnaire... Faites-la donc occuper par des dames.

— Vous avez raison...

Fleury et Pourtois s'étaient déjà élancés et, triomphantes, les dames Dumontier et Leglorieux s'avançaient vers la tribune.

— Voilà qui va bien, fit ironiquement la douairière de Sainte-Croix, et les choses sont dans leur ordre...

— Si nous allions faire notre cour à madame Dumontier ? proposa le beau d'Édennemare...

— Le grand-père Dumontier a assez fait la nôtre, quand il était domestique chez ma mère, répliqua aigrement madame de Saint-André.

— Comme disait la maréchale Lefebvre, sous le premier Empire : « Maintenant, c'est nous qui sont les princesses !... »

— Ces bourgeoises de la Neuville sont horribles ! s'écria Robert... Et s'adressant aux jeunes gens qui l'entouraient : Si vous voulez, tout à l'heure, pour leur faire pièce, nous irons inviter les petites paysannes et nous mènerons le bal avec elles !...

— Il y en a d'assez gentilles pour que ce ne soit pas un sacrifice, dit le jeune Tourette, en lorgnant Rose Chassevent qui entrait, suivie du Roussot.

Dans ses habits du dimanche, l'ouvrière s'avançait avec une grâce libre et souriante. Elle était vêtue d'une robe de cretonne à petits bouquets, ouverte devant et garnie d'un petit fichu de mousseline noué au corsage avec des rubans bleus. Ses manches courtes laissaient voir son avant-bras potelé, recouvert d'une haute mitaine. Elle était coiffée avec ses beaux cheveux blonds, sans un bijou et sans une fleur. Elle portait à la main une écharpe dont elle avait enveloppé sa tête pour venir.

Le berger, ébloui par l'éclat de la lumière, comme un hibou par le jour, marchait derrière elle, ne la quittant pas. Il était tout battant neuf, ainsi qu'il l'avait annoncé à la jeune fille. et sa blouse d'alpaga grisâtre était attachée par une agrafe en argent. Il avait essayé de se peigner, et ses cheveux rouges, habituellement incultes, séparés sur le front, donnaient à son visage, criblé de taches de rousseur, une expression à la fois grotesque et effrayante.

— Quel est ce monstre qui emboîte le pas à cette charmante enfant? demanda le vicomte d'Édennemare.

— Le berger de Clairefont, un innocent qui a été élevé à la ferme, répondit Robert.

— Singulier page qu'elle s'est donné là!

Rose, apercevant Antoinette, s'était approchée d'elle et, l'air riant, elle écoutait les compliments que la jeune fille lui adressait sur sa mise.

— Mais, Mademoiselle, c'est une robe à vous que j'ai sur le corps... Ne la reconnaissez-vous point? Vous me l'avez donnée au printemps... J'ai changé la façon, comme de juste, car une fille de ma condition ne porte pas des effets tournés comme ceux de ses maîtres... Elle me fait honneur, vous voyez... et elle a encore bon air!

— C'est toi qui l'embellis, ma petite, dit mademoiselle de Clairefont avec un sourire indulgent. Allons, va, et amuse-toi bien, mais ne danse pas trop tard... car tu sais que j'ai besoin de toi demain matin.

— Oh! soyez tranquille, Mademoiselle, je ne me ferai pas plus espérer que d'habitude.

— Et tâche de ne pas garder toute la soirée ton chien de berger cousu à ta jupe, s'écria la tante de Saint-Maurice... C'est un épouvantail à danseurs, que ce garçon-là!...

— Oh! Mademoiselle, je vais le confier au père Chassevent.

— Qui va le faire boire... Alors, dans une heure, il ne saura plus reconnaître sa main droite de sa main gauche.

— Bah! dit la fille avec un sourire... Et puis, pourvu qu'il me laisse tranquille!... Je lui ai cependant promis de danser une fois avec lui... Chose promise, chose due!...

Elle s'éloigna en balançant sa jupe, suivie du regard par tous les hommes que captivait le charme puissant de sa jeunesse épanouie.

Il était huit heures, et la tribune officielle s'était complétée par l'arrivée du receveur de l'enregistrement, du juge de paix et de sa femme, présidente de l'Œuvre des crèches laïques. Le capitaine de gendarmerie, en grand uniforme, venait de faire un tour dans le cabaret, d'où les cris alarmants d'une effroyable dispute s'étaient subitement élevés. L'air devenait plus lourd, de fortes odeurs de vin chaud passaient, apportées du jardin par le vent du soir, et le bruit des conversations plus animées montait, dominant par instants les flonflons de l'orchestre.

Au milieu de ce mouvement, de cette chaleur et de ce tumulte, Antoinette restait silencieuse et préoccupée. A deux reprises déjà, M. de Croix-Mesnil, lui ayant adressé la parole, avait à peine reçu une réponse distraite. La jeune fille paraissait indifférente à ce qui l'entourait et, les yeux baissés, elle songeait.

Dès son entrée, le premier visage qui lui était apparu avait été celui de Pascal. Au moment où Carvajan et Robert, décidés l'un et l'autre à ne pas se céder le pas, avaient failli si gravement se heurter, elle avait vu pâlir le jeune homme. Elle comprit qu'il partageait son horrible anxiété. Cette communauté de souffrance l'avait vivement impressionnée. Avait-elle en lui un compagnon de malheur ? Et devait-elle, sous peine d'être injuste, l'affranchir de l'exécration à laquelle elle avait voué tout ce qui portait le nom de Carvajan ?

Elle avait levé les yeux timidement de son côté. Il était debout, les bras croisés, sombre, au milieu de cette fête, lui, le fils du vainqueur, autant qu'elle, la fille du vaincu. Que se passait-il donc dans cette âme ?

Comme s'il eût senti peser sur lui l'attention de mademoiselle de Clairefont, Pascal releva la tête, et leurs regards se rencontrèrent. Ce fut lui qui se détourna aussitôt, après une inclinaison si respectueuse qu'elle ressemblait à un prosternement. Puis, à pas lents, il s'éloigna et disparut, semblant dire à la jeune fille : Vous me haïssez, mais je vous vénère ; ma présence peut vous causer une gêne ou un déplaisir ; aussi, je me tiens à l'écart. Que pouvait-il faire de mieux, n'ayant pas le droit d'approcher, que de lui témoigner de loin sa fervente adoration ? Il y avait plus de tendresse dans cet effacement volontaire que dans les protestations les plus passionnées.

Un coup de coude que lui donna sa tante ramena la jeune fille au sentiment des choses réelles. Un brouhaha s'était élevé dans la salle. Des couples passaient affairés, se croisaient, et engageaient des colloques animés. Dans la tribune des autorités, Carvajan, debout auprès de madame Leglorieux très actionnée, fouillait du regard les rangs tumultueux de la foule, et Félicie, rouge jusqu'au milieu de la poitrine, piétinait avec impatience.

— Où ce diable de garçon peut-il être passé? murmura le maire avec irritation. Il était là, il n'y a pas cinq minutes...

— Même, il n'avait pas l'air de s'amuser, ajouta d'un air dépité l'héritière des Leglorieux.

— Il trouvait sans doute qu'on tardait à danser, souffla Fleury. Une seconde, et je vous le ramène...

Se faufilant au milieu des danseurs, le greffier s'élança au dehors.

— On va se placer pour le premier quadrille, dit à sa nièce mademoiselle de Saint-Maurice. Je pense qu'il est convenable que tu y figures...

— Voulez-vous, Mademoiselle, me faire l'honneur de m'accepter pour cavalier, demanda l'élégant M. Tourette.

— Je vous remercie, Monsieur, dit Antoinette; mais ce sera la seule fois que je danserai, et j'ai promis à M. de Croix-Mesnil.

— C'est en effet son droit! déclara l'agent de change... Je vais inviter une des demoiselles de Saint-André, car je ne puis décemment danser avec ma femme.

— Je vous remercie, chère Antoinette, de la faveur que vous me faites, dit M. de Croix-Mesnil avec émotion. Mais n'êtes-vous si gracieuse et si bonne que pour vous faire regretter plus amèrement?

Mademoiselle de Clairefont posa en souriant un doigt sur ses lèvres et, prenant le bras du jeune homme, elle se tint debout devant sa tante, entre mademoiselle de Saint-André et l'agent de change, d'un côté, et, de l'autre, entre le vicomte d'Édennemare et madame Tourette.

Dans la longueur de la salle, face à face, les danseurs formaient deux lignes qui devaient se rencontrer, au milieu, pour les changements de cavalier, et qui confondaient ainsi, dans une fraternisation de quelques minutes, les castes et les conditions. C'était une tradition et, de la sorte, il arrivait que le propriétaire dansait en face de son fermier, et que la dame du château faisait vis-à-vis à la fille de ferme.

Une fois ce quadrille d'ouverture terminé, les danses avaient un libre cours, chacun s'amusait à sa guise, et le bal prenait une animation violente qui, grâce à des libations répétées, tournait souvent à la bacchanale. Les belles filles de la ville et de la campagne, grisées par le vin chaud, excitées par la musique, affolées par la danse, sautaient comme des Érygones dans une vigne et se pâmaient aux bras de leurs cavaliers. Les bosquets du jardin de Pourtois retentissaient alors d'éclats de rire aigus, de cris perçants, et, dans la douceur de la nuit, à la clarté pâle des étoiles complaisantes, bien des baisers s'échangeaient qui, plus tard, étaient amèrement regrettés.

Ce dénouement diabolique de la fête était bien connu, et vers neuf ou dix heures, quand la poussée du plaisir devenait plus ardente et plus rude, les dames des environs et les bourgeoises de la ville partaient avec leurs filles, laissant la jeunesse villageoise et citadine s'ébattre avec une furie impossible à modérer.

Pour l'instant, les danseurs se montraient sérieux, compassés et comme recueillis, les hommes causaient à voix basse, attendant le signal, les femmes donnaient, du plat de la main, de petits coups à leur jupe, se rengorgeant avec des allures coquettes de jeunes pigeons. Les pieds s'agitaient déjà avec des frémissements d'attente. En face d'Antoinette, qui, par l'effet du hasard, se trouvait placée au centre de la ligne, une place demeurait encore vide.

Robert, resté debout auprès de la tante Isabelle, regardait vaguement autour de lui, cherchant qui allait faire vis-à-vis à sa sœur, lorsque Pascal, donnant le bras à mademoiselle Leglorieux triomphante, parut, soucieux, s'acquittant de sa tâche comme d'une corvée. Fleury le guidait à travers la foule. Arrivé à la place vide, le greffier se tourna vers la tribune et parut consulter Carvajan du regard.

ELLE BATTIT L'AIR DE SES BRAS ET SE RENVERSA EN ARRIÈRE
(PAGE 1195)

Celui-ci debout, dominant l'assistance, fit un geste impérieux comme pour dire : C'est bien là que je veux qu'il soit. Alors, démasquant Pascal, Fleury se retira, et le jeune homme, dont les genoux tremblèrent, et dont les yeux devinrent troubles, aperçut devant lui mademoiselle de Clairefont.

Au même moment, une main se posa sur le bras de M. de Croix-Mesnil, en même temps que la voix de Robert disait tout haut :

— Revenez vous asseoir, mon cher ami ; ma sœur ne dansera pas !

M. de Croix-Mesnil étonné regarda son ami et, ne comprenant pas :

— Que se passe-t-il, donc ? demanda-t-il au milieu d'un silence de mort.

— Il se passe, reprit le jeune homme, que le danseur qui vient de se placer en face de vous est le fils de M. Carvajan !...

— Ah ! dit avec beaucoup de calme M. de Croix-Mesnil, cela est fâcheux, en effet.

Il jeta à Pascal devenu livide un froid coup d'œil, et, s'inclinant devant Antoinette, comme pour lui demander pardon de l'avoir involontairement exposée à un contact outrageant :

— Excusez-moi, Mademoiselle.

Et il la reconduisit à sa place. Pas un murmure ne s'éleva. Personne n'osa prendre parti pour ou contre. Entre la force physique de Robert et la puissance morale de Carvajan, chacun trembla. Les visages se détournèrent, une stupeur lourde pesa sur tous les assistants. Le maire, debout toujours, regardait cet étrange spectacle, doutant de sa réalité. Un tel affront public, à lui, riposte foudroyante à son audacieuse provocation ! Ces Clairefont se redressant intraitables lorsqu'il croyait les tenir à sa merci ! Il frémit de rage, et ses yeux aux pupilles jaunes étincelèrent comme ceux d'un tigre dans la nuit. Il se tourna vers son entourage, pour lui arracher un blâme. Il ne rencontra que des figures contraintes et mornes. Il se reporta vers son fils. Il le vit palpitant, égaré, pris d'une envie furieuse de se venger, et le cœur glacé à l'idée que celui sur lequel il devrait se ruer serait le frère ou le fiancé d'Antoinette.

Mademoiselle Leglorieux fournit un dénouement à la situation. Ses veux s'écarquillèrent, elle passa du blanc au rouge, puis du rouge au blanc, poussa un cri, et, s'élançant dans les bras de sa mère qui s'avançait inquiète, elle se livra à une attaque de nerfs qui la dispensa de manifester plus nettement son opinion.

Au même moment, l'orchestre, partant avec éclat, attaqua les premières mesures du quadrille, et les deux lignes des danseurs, heureux de se soustraire à cette impression pénible, firent en avant-deux au milieu d'un nuage de poussière. Antoinette, ramenée auprès de sa tante, n'eut pas le temps de se reconnaître; elle fut entourée par ses amis, et un concert d'exclamations, de commentaires, s'éleva bruyant, comme le bourdonnement d'une ruche en rumeur.

Les hommes, graves et silencieux, s'étaient rangés aux côtés de Robert et de M. de Croix-Mesnil. Dans la tribune officielle l'émoi n'était pas moindre. Le maire venait d'en descendre, et, sans écouter les lamentations de madame Leglorieux, s'était élancé vers Pascal.

Le jeune homme était resté presque à la même place, immobile, un peu en arrière des danseurs, et regardait sans voir la longue ligne qui s'avançait et reculait en cadence. Les accords des instruments lui emplissaient les oreilles d'un bruit éclatant qui l'étourdissait. Et, dans son esprit confus, la même idée passait persistante : On t'a insulté à cause d'elle et devant elle. Ses poings se crispaient alors avec colère, et il sentait en lui la résolution bien ferme de ne pas rester sous le coup de l'outrage. Il fallait qu'il s'en prît à quelqu'un. Mais à qui ? A Robert ? C'était lui l'insulteur, c'était lui qui avait provoqué cet éclat public. Et cependant, c'était à l'autre, à celui qui avait froidement acquiescé, qu'il en voulait. Et il était dévoré de l'âpre désir d'aller à ce jeune homme correct et tranquille, de le frapper, et de jouer sa vie contre la sienne.

M. de Croix-Mesnil avait Antoinette à son bras au moment de l'insulte, et son sourire était plus insolent encore que les paroles de Robert. Et puis, n'était-il pas le fiancé de la jeune fille ? Ah ! c'était bien là le vrai motif qui faisait bouillonner si furieusement la pensée de Pascal, et qui lui mettait au front cette pâleur. La jalousie encore plus que la colère le torturait. Sous les yeux de mademoiselle de Clairefont, il voulait se montrer intraitable et terrible. La pensée qu'elle pouvait le mépriser lui donnait le courage d'affronter mille morts.

Il sentit qu'on lui prenait le bras et qu'on essayait de l'emmener. Il leva les yeux et reconnut son père.

— Ne reste pas là, dit Carvajan... Viens avec moi...

Il résista, et, la voix tremblante :

— Laissez-moi, dit-il... Tout n'est pas fini... Je ne dois pas m'éloigner de cette place.

— Que prétends-tu faire ?

— Me croyez-vous homme à supporter une pareille injure sans en demander réparation ?

— Tu es fou !

— Me conseillez-vous donc de me dérober, et de passer aux yeux de tous ceux qui sont ici pour un lâche ?

La figure de Carvajan se contracta et devint effrayante ; il serra plus fortement le bras de son fils :

— Tu veux te battre avec ces gens-là ! Tu es fou, te dis-je... Laisse-moi le soin de te venger : ce sera plus sûr et plus prompt.

— Plus prompt et plus sûr ?... s'écria le jeune homme avec un geste terrible... C'est ce que vous allez voir !

Le quadrille finissait, et, dans un pêle-mêle bruyant, les cavaliers reconduisaient leurs danseuses. Pascal, en quelques pas rapides, se dirigea vers le groupe au centre duquel se tenaient Robert et monsieur de Croix-Mesnil, et s'approchant du fiancé de mademoiselle de Clairefont jusqu'à lui toucher l'épaule avec sa poitrine, le regard provocant et la main inquiète :

— Monsieur, j'ai quelques mots à vous dire. Voudriez-vous me faire la faveur de m'accompagner à deux pas d'ici ?...

Le baron s'inclina et déjà il s'apprêtait à suivre le fils de Carvajan, lorsque Robert, se plaçant devant eux, leur barra le passage.

— Doucement, dit-il d'un ton railleur : il me paraît qu'il y a confusion. Ce n'est pas à vous, mon cher ami, que monsieur doit avoir affaire, mais à moi. Vous n'avez fait que déférer à mon désir : c'est moi qui ai dit...

— Je n'ai pas entendu vos paroles, interrompit Pascal avec force, et je ne veux pas en tenir compte... Monsieur seul m'a offensé... C'est lui seul que je rends responsable.

— Il y aurait cependant un moyen d'arranger les choses, s'écria le jeune comte. Et, reculant d'un pas, il se préparait à quelque violence, quand sa sœur, pâle et frémissante, se dressa entre lui et son adversaire.

— Robert, retire-toi, dit-elle doucement, je t'en prie...

— Mais... fit-il en essayant de résister.

Deux larmes jaillirent des yeux de la jeune fille, aussitôt séchées par le feu de ses joues, et, la main tendue dans un geste d'autorité souveraine :

— Retire-toi... répéta-t-elle. Je le veux !

Et comme le jeune homme, dominé, lui obéissait, se tournant alors vers Pascal :

— Vous avez raison, Monsieur, et réparation vous est due. C'est à cause de moi que vous avez été offensé... C'est à moi de m'en excuser... Veuillez donc me pardonner.

Le fils de Carvajan la vit s'incliner devant lui. Il essaya de parler, ses lèvres remuèrent sans articuler aucun son et, chancelant, plus écrasé par la fière humilité d'Antoinette qu'il ne l'avait été par l'insolence de Robert, à pas lents, il s'éloigna.

— Où vas-tu ? lui dit son père l'arrêtant à la porte du bal. Rappelletoi ce que tu disais à l'instant. Veux-tu avoir l'air de fuir ?

— Ah ! que m'importe ? s'écria le jeune homme en continuant à marcher du côté de l'obscurité, comme s'il eût voulu y cacher son désespoir.

— Ne veux-tu pas te venger ? reprit Carvajan, en arrivant sur la route. Dis un mot, et je mets tous ceux qui t'ont bravé à ta merci.

— Jamais !

— Que prétends-tu donc faire ?

— M'éloigner. Quitter pour toujours, cette fois, ce pays où je ne trouve que des soucis et des amertumes... M'en aller loin des luttes, des débats, des embûches et des perfidies... Oublier tout, jusqu'au nom que vous m'avez rendu si lourd à porter.

— Pascal !

— Mon père, vous avez semé la haine... Il ne faut donc pas que je m'étonne si on nous insulte et si on nous menace... Mais je ne pourrais pas vivre ainsi. Je préfère partir.

— On dira que tu as eu peur...

— Soit !

— Alors tu veux m'abandonner?

— Vous n'avez pas besoin de moi, mon père : vous l'avez bien prouvé.

— C'est donc moi qui m'attacherai à toi, dit Carvajan en passant son bras sous celui de son fils... Tu veux rentrer, rentrons. Demain, quand tu seras plus calme, nous raisonnerons.

Et, tournant le dos à la fête, les deux hommes se dirigèrent vers la Neuville.

Dans la salle de danse, l'émotion causée par l'intervention de mademoiselle de Clairefont n'était pas encore calmée. La tante de Saint-Maurice, d'abord pétrifiée, avait fini par reprendre ses esprits et, la figure fulgurante :

— Ah çà, mais qu'est-ce que tout cela signifie? gronda-t-elle... Deviens-tu folle, ma fille? Tu fais des politesses à ce jeune « maltôtier », quand il méritait une bonne leçon pour son impertinence...

— Non! tante, non, c'est nous qui avons eu tous les torts... Il fallait ne pas venir ici, où nous savions que nous n'avions rien que de mauvais à attendre... Il fallait surtout ne pas provoquer ce jeune homme...

— Mais tu n'as donc pas vu le vieux sacripant de père, riant d'avance de la bonne plaisanterie qu'il faisait, en t'exposant à te trouver nez à nez avec son fils ?

Antoinette hocha la tête avec tristesse.

— Ne nous attaquons pas à cet homme : nous ne serions pas les plus forts... Cédons le terrain, c'est ce que nous avons de mieux à faire.

Elle s'appuya fortement sur le bras de Croix-Mesnil. Elle paraissait épuisée. La tante Isabelle suivit avec Robert. Arrivée à la voiture qui les attendait sous la garde du vieux Bernard, mademoiselle de Claire-

font voulut faire monter son frère. Mais il refusa, déclarant qu'il ne se
sentait pas en humeur de rentrer.

— Que vas-tu faire? demanda Antoinette, pleine d'inquiétude.

— Ce que je fais tous les ans à la fête : m'amuser, en dépit de
ce rabat-joie de Carvajan.

— Promets-moi que tu ne vas pas reprendre la querelle! Oh! viens
avec nous : tu m'inquiètes ; il me semble qu'il va t'arriver malheur...

Robert eut un geste d'impatience.

— Petite fille, je trouve que tu te mêles beaucoup trop de ce qui ne
te regarde pas. Rentre te coucher, et aie un sommeil sans rêves.
C'est ce qu'il y a de plus sain pour une enfant de ton âge. Quant à la
açon dont doit agir un garçon tel que moi, elle est toute tracée, et
les exhortations n'y changeront rien... Bonsoir...

Il prit la jeune fille par la taille, l'enleva comme une plume, l'embrassa, et la posa sur les coussins de la voiture.

— Robert, sois prudent! s'écria la vieille Saint-Maurice, toujours en
éveil quand il s'agissait de son Benjamin.

— Ne craignez rien, tante dit-il avec un gros rire ; si on veut me
manger, on ne m'avalera toujours pas d'une seule bouchée...

Il ferma la portière et cria au cocher :

— Allez !

Et, sifflant entre ses dents, il se dirigea vers la salle de danse en traversant le jardin du cabaret. Là, les gens du pays s'en donnaient sans
contrainte et sans vergogne. Dans la nuit tiède, traversée par le vol
rapide des chauves-souris qui effleuraient de l'aile les lanternes vénitiennes éclatantes au milieu de la verdure, au bruit amorti des instruments, les buveurs criaient à plein gosier, et tapaient à tour de bras.

Le vieux Chassevent, grimpé sur un tonneau, chantait d'une voix
enrouée une chanson grivoise. C'était la quatrième de la soirée, et,
entre temps, il allait, de table en table, boire un petit verre d'eau-de-
vie ou une chope de bière. Il ne paraissait pas ivre, mais sa gaieté
devenait plus furieuse, ses gestes plus heurtés, et sa chanson plus
ordurière.

Dans un coin, le gendarme préposé à la surveillance de l'ordre, car ies paysans, quand ils étaient ivres, se battaient souvent à se tuer, assis sur un tabouret, écoutait le braconnier en riant.

Robert s'arrêta un instant et prêta l'oreille aux « zon zon, digue dingue daine » rapportés de quelque geôle par le vagabond. Tous les auditeurs, avec un entrain frénétique, l'accompagnaient en frappant sur les tables, et c'était pendant quelques secondes un charivari à ne plus entendre Dieu tonner. Puis le silence se faisait, et la voix du sauvage amuseur de cette réunion d'ivrognes s'élevait de nouveau, rogommeuse, lançant avec une vibration satisfaite le mot grossier, qui éclatait plus ignoble dans cette nuit étoilée.

Tout ce que la Neuville et les environs comptaient de filles légères se trouvait là, et c'étaient autour du cou des hommes des enguirlandements de bras tendrement abandonnés. Pourtois, ayant mis son bal en train, et fait les honneurs de la salle aux autorités, revenait avec une vivacité intéressée aux consommateurs qui assuraient sa recette, et, lâchant la bride à la gaieté, comme il lâchait la bonde à ses tonneaux, disait de sa voix perçante :

— Donnez-vous-en, les enfants, donnez-vous-en ! Une fois la fête finie, en voilà pour jusqu'à l'année prochaine ! Aujourd'hui c'est le jour où on ouvre la bouche et où je ferme les yeux !

Et le cousin Anastase, le couvreur de la Neuville, prenant les paroles du cabaretier à la lettre, venait d'attraper derrière un bosquet la silencieuse et brune madame Pourtois et de l'embrasser ferme, sans qu'elle fît la moindre résistance.

Robert continua sa route, et il arrivait à la porte de la salle de danse, quand, d'une tonnelle dont les lanternes vénitiennes avaient été éteintes, il s'entendit appeler. Éclairés seulement par la flamme d'un immense bol de punch, MM. d'Édennemare, de Saint-André et quelques-uns des habituels compagnons de chasse du jeune comte étaient assis autour d'une petite table.

— Toutes ces dames sont parties. N'allez pas dans la salle : on y étouffe.

— J'ai encore quelque chose à y faire...

— Si c'est le maire et monsieur son fils que vous cherchez, ils viennent de sortir.

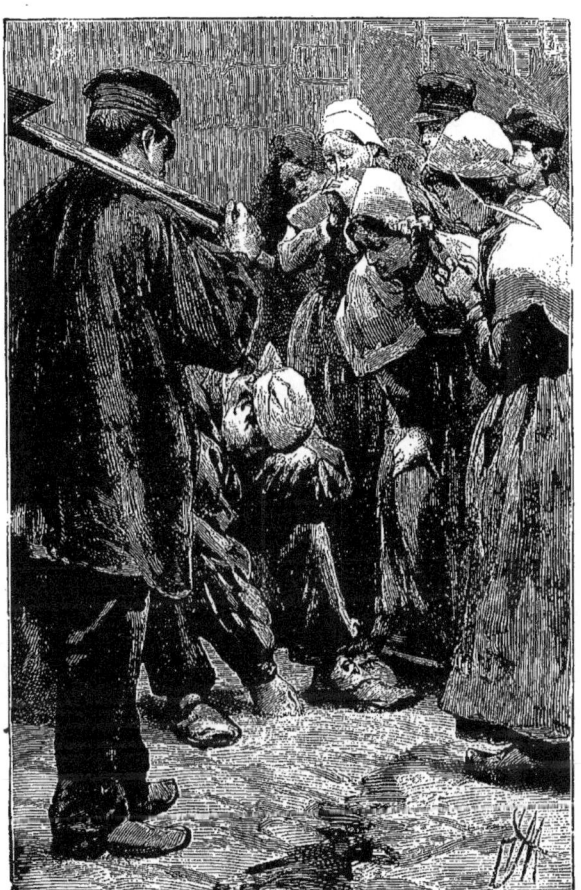

CHASSEVENT ASSIS SUR UNE BORNE, SE LAMENTAIT (PAGE 1200)

·— N'importe ! je veux me montrer, pour que toute la canaille qui marche avec Carvajan sache bien que je ne suis pas disposé à reculer d'une semelle.

— Eh ! mon cher, on le sait de reste !... Venez donc vous asseoir !

Robert était déjà entré. L'aspect du bal avait changé depuis quelques instants. Le départ de la Société, comme on appelait les châtelains des environs, avait fait cesser toute contrainte, et maintenant, entre soi, on s'amusait librement. Les couples avaient abandonné leur raideur gourmée, les bras empoignaient fortement les tailles, et l'orchestre lui-même, gagné par l'entrain général, accélérait le rythme et jouait avec plus d'éclat, comme si un défi avait été jeté à qui l'emporterait, du souffle des musiciens ou du jarret des danseurs.

Le jeune comte chercha vainement Carvajan et Pascal. Ainsi que ses amis le lui avaient dit, le père et le fils avaient quitté la place. Le sous-préfet, jugeant qu'il avait assez fait pour sa popularité, avait regagné également la Neuville, sous la conduite du commissaire central et du capitaine de gendarmerie. Robert fit un tour dans la salle, circulant au milieu des groupes, et prenant plaisir à affronter les regards. L'ascendant que la famille de Clairefont exerçait encore, malgré sa décadence notoire, faisait courber les fronts sur le passage du jeune homme. Et pendant que Carvajan n'était pas là, on se dépêchait de sourire à son adversaire.

Pouvait-on, en somme, savoir ce qui arriverait ? Le marquis s'était, bien des fois, depuis quelques années, trouvé, prétendait-on, à la veille de la ruine définitive. Et, au demeurant, on le voyait toujours debout. Il fallait se ménager une porte de sortie, pour le cas où ce diable d'homme, qui avait la vie si dure, trouverait encore moyen de se tirer des griffes du banquier.

D'ailleurs, Fleury et Tondeur, les fidèles serviteurs de Carvajan, donnaient l'exemple de la platitude, et, auprès de Robert, se confondaient en politesses. Ce fut dans l'enivrement de ce triomphe menteur que les amis du jeune comte le retrouvèrent, en rentrant pour donner suite à leur projet de faire sauter un peu leurs gentilles fermières.

Une ronde, sorte de bourrée locale, vive et courante comme une farandole, tirait à sa fin. Et, parmi les plus enragés danseurs, le Roussot se distinguait par l'ardeur farouche avec laquelle il bondissait. Il avait obtenu de Rose qu'elle dansât avec lui, et, la main haute, la taille souple, ployant sur ses jarrets d'acier, le berger enlevait la belle fille avec une vigueur incomparable. Il tournait, sautait, sans règle, les joues pâles, les yeux brillants, les dents serrées, avec une contraction de tous ses muscles qui le rendait presque effrayant dans l'enivrement de ce plaisir tout nouveau pour lui.

Rose, grisée par la rapidité des mouvements de son cavalier, étourdie par les sons enragés de la musique, se laissait entraîner, à demi pâmée, la tête renversée sur l'épaule du Roussot qui l'emportait, superbe et terrible. Tondeur, grimpé sur un tabouret, le visage rougi par de copieuses rasades, criait de toutes ses forces en tapant sur son feutre avec le manche de la trique dont il ne se séparait jamais, stimulant par ses exclamations cette furie joyeuse.

— Hardi, les garçons ! tenez bon, mes enfants !... ferme ! oh ! oh ! oh ! oh ! hardi !

Et la respiration sortait rauque des poitrines, les pieds retombaient plus lourds sur les planches, la rapidité de la ronde diminuait peu à peu.

Les instruments se turent et, poussant un soupir de soulagement, les couples s'arrêtèrent et se répandirent de tous côtés sur les banquettes, comme des naufragés qui abordent la terre ferme. Seul, le berger, soutenant Rose à bout de bras, allait toujours, passionné et infatigable.

— Est-il enragé, le mâtin ! s'écria Tondeur en sautant à bas de son piédestal. Il ne veut pas s'arrêter... Il irait comme cela jusqu'à demain.

Mais, au même moment, Robert saisit Rose au passage, l'enleva des bras de son danseur, et la déposa presque défaillante sur une chaise. Le berger s'était arrêté et revenait vers Rose, avec un grondement inarticulé...

—Il n'est pas content ! s'écria Tondeur en riant jusqu'à s'étrangler... Vous allez voir qu'il va réclamer.

Le jeune comte fronça le sourcil : il dit au Roussot sourdement :

— En voilà assez! Allons! houste! A tes moutons!

Le gars ne paraissait pas disposé à obéir, et restait obstinément planté devant la belle fille. Robert, comme s'il faisait sauter d'une chiquenaude une chenille rampant sur le calice d'une fleur, d'un revers de main envoya l'entêté pirouetter dans le jardin.

— Ah! soupira Rose, en ouvrant les yeux, j'ai cru que j'allais perdre le souffle.

— Un peu de punch, dit gaiement le jeune comte, et il n'y paraîtra plus.

— Je vous remercie bien, fit Rose, je n'aime pas les choses fortes... J'ai reçu trop de claques du père Chassevent quand il avait bu.. D'ailleurs, il va falloir que je rentre...

— Est-ce que tu as assez de la danse...?

— Ma foi, il fait trop chaud.

L'orchestre entamait un quadrille, et déjà les couples se formaient. Robert, abandonnant ses amis, sortit avec Rose, et la conduisit sous la tonnelle obscure. Au milieu de la ripaille générale, ils étaient bien seuls. Nul ne faisait attention à eux. Ces ivrognes n'avaient plus d'yeux que pour leur verre, et d'oreilles que pour Chassevent qui continuait à chanter. Les jeunes gens restèrent ainsi quelques minutes sans parler, écoutant les vociférations qui suivaient la terminaison de chaque couplet. Robert s'était approché très près de Rose, et, peu à peu, de son bras, lui avait entouré la taille. Elle ne se défendait pas. Elle semblait rêveuse, elle habituellement vive et gaie comme un oiseau. Elle frissonna, et nouant autour de sa tête l'écharpe qui lui avait servi de coiffure pour venir :

— Je me refroidis ici...

— Tu as le cou nu. Ce n'est pas prudent...

Il prit dans la poche de sa jaquette un joli foulard bleu à bordure rouge, et, le lui tendant :

— Tiens, voilà une cravate

Elle fit un mouvement de joie en froissant la soie souple et douce.

— Vous êtes gentil, dit-elle. Mais ne restons pas dans cette odeur de boisson et dans ce tapage.

— Eh bien, marchons, dit Robert; et, se levant, il la fit passer devant lui pour sortir du jardin. Derrière eux, agile et silencieux, le Roussot s'était glissé.

A cent pas du cabaret, ils s'arrêtèrent au bord du sentier qui montait vers la Grande Marnière. La maison de Pourtois, les bosquets et la salle de danse, flambaient au travers des arbres, mais la clameur, qui était la voix de cette foule en liesse, se perdait dans les airs, déjà affaiblie par la distance. Dans l'obscurité transparente de la nuit, des formes apparaissaient confuses, puis plus précises à mesure qu'elles approchaient. C'étaient des gens de la Saucelle ou de Couvrechamps qui, ayant à se lever de bonne heure, malgré la fête, rentraient avant la fin de la danse. Une voix goguenarde dit :

— On ne te dévalisera pas en chemin, la Rose, puisque te voilà sous la garde d'un hardi cavalier.

— Notre monsieur veut bien me conduire jusqu'à la traverse de Clairefont, mes bonnes gens, répliqua la fille... Y a-t-il grand mal à ça?

— Non, au contraire... Mais ne t'arrête pas, car il y a du bien beau gazon au bord de la route...

Robert se mit à rire. Rose, mécontente, s'écarta de lui.

— Vous voyez : on me raille à cause de vous; il vaut mieux que je m'en aille toute seule.

Il la prit par le bras, et, très doucement, la bouche contre l'oreille de la belle :

— Reste donc, Rosette. Nous allons causer du père Chassevent et de la petite maison que tu désires.

Et, abandonnant le grand chemin, ils prirent le sentier qui montait vers le plateau à travers les escarpements déserts de la colline. Le Roussot les suivait toujours, d'un pas souple et félin, sans qu'une pierre roulante et sans qu'une branche froissée révélât sa présence. Ils marchaient lentement, et le passage était si étroit qu'ils étaient forcés de se serrer très près l'un de l'autre. La lune n'était pas encore levée, et les étoiles se faisaient complaisantes, car elles éclairaient bien faiblement les ténèbres. Rose et Robert allaient doucement,

enlacés maintenant, et respirant l'odeur exquise de la bruyère en
fleurs que la fraîcheur de la nuit faisait s'exhaler. De temps en temps,
scandant leurs paroles, comme un doux frémissement d'ailes, un
bruit de baisers s'envolait, et, dans l'ombre, jaloux écho de cette
caressante harmonie, s'élevait une plainte sourde comme celle d'une
bête blessée qui grince et menace.

Ils montaient, sans se presser, jouissant de cette heure délicieuse,
dans le calme profond qui s'étendait autour d'eux. Le bruit de la fête
ne leur parvenait plus que comme un vague murmure, et, enivrés par
cette poésie puissante qui se dégageait de la terre embaumée et du
ciel resplendissant, ils se serraient dans une étreinte plus amoureuse.
Et, plus gémissante, plus irritée, plus jalouse, murmurait dans les
ténèbres la voix de leur surveillant mystérieux.

Le sentier n'était pas long, et on ne mettait d'ordinaire pas plus
d'un quart d'heure à le gravir; cependant, sous les pieds de Robert et
de Rose, peut-être se fit-il plus sinueux, plus difficile et plus capricieux, car, bien longtemps après y être entrés, ils s'y trouvaient
encore. Le clocher de Clairefont avait laissé tomber plusieurs fois
dans le silence le tintement grave de son horloge. A l'aube, le ciel
commençait à pâlir, et il devait être bien près de trois heures du matin
quand les deux jeunes gens débouchèrent auprès de la Grande Marnière,
à l'angle des taillis de Couvrechamps.

— Laissez-moi aller, dit Rose doucement : il est grand temps que
je rentre...

— Où te reverrai-je?

— Vous saurez bien me trouver, répondit la belle, avec une malicieuse gaieté, si la fantaisie vous prend de venir me parler encore...
Ce n'est pas bien sûr, car vous êtes changeant...

— Tu ne dis pas ce que tu penses !...

— Que si !

Il la prit par la taille, et, l'enlevant de terre, il l'embrassa à pleines
lèvres.

— Laissez-moi un peu de bouche pour demain, dit-elle gaiement.

Il la reposa sur la route, et comme s'il se décidait à grand'peine à la quitter :

— Pourquoi ne veux-tu pas que je te mène jusqu'à ta porte ?

— Tiens ! pour qu'on vous voie avec moi, et que tout le pays en jase... Non-da ! Allez-vous-en de votre côté ; moi, je m'en retourne du mien... Bonsoir, ou plutôt bonjour !

Ils se séparèrent et s'en furent, l'un vers Couvrechamps, l'autre vers Clairefont. Au tournant du chemin, Robert s'arrêta, mais la nuit était encore très profonde, et il n'aperçut plus la belle fille. Alors il hâta le pas, et bientôt il arriva à la petite porte du parc.

Rose s'était éloignée vivement. Elle suivait la longue allée bordée de sapins, pensant en souriant aux promesses que le jeune comte lui avait signées avec des baisers. Elle tressaillit tout à coup : il lui avait semblé entendre marcher derrière elle, dans la ligne noire des arbres. Elle n'était pas peureuse, mais son cœur battit plus vite, et une petite sueur lui monta aux tempes. Elle hâta sa marche, prêtant l'oreille aux bruits vagues de la nuit. Un craquement sec, comme celui d'une branche morte foulée par un pied humain, frappa de nouveau son oreille.

Elle était alors le long des talus blancs, en face des charpentes abandonnées qui surmontaient les puits d'extraction. Devant ses yeux troublés, ce lieu familier prit une apparence fantastique et se peupla de redoutables spectres. Les arbres lui parurent se pencher plus sombres et plus touffus sur sa tête. Elle voulut courir. Au même moment, un être effrayant bondit sur elle, la saisit dans ses bras, et, avec un ricanement de démoniaque, l'emporta dans le fourré. Elle eut la force de crier deux fois avec un accent déchirant : « Robert ! Robert ! » Une main se posa, brutale, sur ses lèvres et, épouvantée, elle s'évanouit.

Au même moment, deux hommes suivaient le raccourci où Rose et Robert avaient promené si longtemps leur causerie amoureuse. L'un buttait fréquemment contre les pierres, l'autre s'efforçait d'empêcher son compagnon de tomber.

— Je ne sais pas, sacrédié, pourquoi les cailloux sont si hauts ce soir, dit la voix enrouée de Chassevent.

— Eh! mon homme, c'est que vous ne levez pas le pied aussi haut que d'habitude, reprit la voix perçante de Pourtois...

— Je ne me suis pourtant pas fatigué à danser...

— Non! mais vous vous êtes joliment rincé le gosier.

— Tu me le reproches, ingrat? Crois-tu que si je n'avais pas tant braillé pour amuser tes pratiques, j'aurais eu une pareille pépie et toi une pareille recette?

— D'accord, mon vieux père... Aussi, pour vous marquer mon bon vouloir, je vous ai accompagné un bout de chemin afin d'être sûr que vous ne vous jetteriez pas dans quelque trou de marne.

— Bon! grogna l'ivrogne, si ce n'est que par précaution que tu te déranges, et point par amitié, tu peux rentrer chez toi... D'autant que ta femme est restée seule avec Anastase... N'y mets pas d'entêtement... car je n'ai pas besoin de toi... Plus je suis pochard et plus j'y vois clair.

En dépit de la lourdeur de ses jambes, il marchait droit, devançant le cabaretier qui soufflait derrière lui comme un phoque. Ils arrivèrent à la route de Couvrechamps, et là Pourtois dit :

— Respirons une seconde, puis je vous tire ma révérence et je rentre chez moi.

Ils s'assirent sur le revers du fossé, et, par une habitude de braconnier, Chassevent se masqua d'une cépée. Il prit sa pipe dans sa poche, la chargea, et commençait à fumer, quand un pas rapide sur la route attira son attention. Vivement il aplatit son compagnon dans la bruyère, et, sondant l'obscurité de ses yeux faits à voir la nuit, il resta aux aguets.

— C'est le jeune bourgeois de Clairefont, dit-il à voix basse. D'où diable vient-il par là? Il a flâné avant de rentrer... Quelque cotillon qu'il aura suivi... Qui sait? peut-être la petite... Il tourne autour d'elle depuis longtemps... Alors faudrait voir à ne pas me gêner dans mon industrie... Joli temps, du reste, pour poser une batterie de collets... Si j'y allais?... J'ai sur moi les intruments...

ROBERT SE VIT ENTOURÉ D'HOMMES AUX VISAGES FURIEUX
(PAGE 1210)

Il fouille sous sa blouse et en retira un paquet de fils de laiton.

— Minute ! je n'en suis plus, dit Pourtois, qui se releva... Je ne veux pas faire la connaissance du président de la correctionnelle... Cassez-vous le cou si vous voulez, vieux, moi, je m'en vas.

Le poussah n'eût pas le temps de faire un pas. Au loin, un cri déchirant qui le glaça retentit, puis deux fois ce nom répété avec une indicible expression d'épouvante : « Robert ! Robert ! »

— Qu'est-ce que c'est que ça ? fit Chassevent en saisissant avec force le bras du cabaretier.

— On dirait quelqu'un qu'on égorge ! balbutia Pourtois, dont les dents claquaient.

— Sacrédié ! il faut courir voir... A deux hommes, nous ne laisserons pas tuer un malheureux sans aller à son aide.

- Chassevent, n'y allons pas ! supplia le poussah. C'est du côté de la Grande Marnière !

— Eh ! quand ça serait du côté du diable, j'y vais, répliqua le braconnier, dont l'ivresse parut complètement dissipée.

Il prit son élan, et Pourtois, terrifié, aimant encore mieux le suivre que de rester seul, s'engagea derrière lui à travers les genêts. Chassevent, avec l'instinct du chasseur, piquait droit dans la direction où le cri s'était fait entendre, et, de ses gros souliers ferrés, il arpentait les herbes, sans tituber. Il fit ainsi une centaine de mètres, ayant toujours le cabaretier à la remorque, tournant avec une adresse miraculeuse les trous et les fondrières dont le terrain était semé. Puis, il s'arrêta pour écouter, retenant sa respiration haletante. Devant eux, dans un fond, des gémissements se faisaient encore entendre. Sans dire un mot, le braconnier repartit, étouffant autant qu'il le pouvait le bruit de sa course. Mais il avait été entendu, car une forme confuse s'était levée vivement, comme un grand fauve qui détale, et s'éloignait rapide, bondissant sur la déclivité du vallon.

— Il va nous échapper... Aoh ! tiens bon, Pourtois !... cria Chassevent, excitant son compagnon, comme s'il appuyait ses chiens...

Le fugitif, en reconnaissant la voix du vagabond, s'était brusquement arrêté. Il parut se courber, comme s'il posait à terre un fardeau

dont il voulait se décharger, et, libre de ses mouvements, reprenant
sa course avec une agilité plus grande, il gagna le plateau et
disparut.

— Il nous échappe ! cria Chassevent, mais il a jeté bas un paquet...
Il faut voir ce que c'est...

En quelques secondes, ils arrivèrent au bord d'une excavation ancienne, dans laquelle la bruyère avait poussé. Au fond, gisait une
forme blanche.

— On dirait une femme ! s'écria avec une horrible émotion Pourtois,
qui ruisselait de sueur.

— Je descends ! dit Chassevent. Et, s'accrochant aux racines, se
cramponnant aux pierres, il parvint jusqu'en bas. Il se mit à genoux,
approcha son visage, puis, se rejetant en arrière avec un cri rauque :

— C'est ma fille !

A ces mots effrayants, Pourtois trouva des ailes. Moitié sautant,
moitié glissant, il rejoignit son camarade, saisit Rose inanimée dans
ses bras, lui souleva la tête, et, ne perdant pas sa présence d'esprit :

— De la lumière, cria-t-il.

Instantanément, le braconnier sortit de sa poche un rat de cave,
des allumettes, et on vit clair. Dans ce trou noir, c'était un spectacle
effrayant que celui de ces deux hommes penchés sur cette femme, à la
lueur rougeâtre de ce lumignon. Rose, livide, les lèvres noires, les
yeux éteints, avait autour du cou son écharpe serrée comme une corde.
Pourtois, avec difficulté, la dénoua... Un horrible soupir s'échappa
de la bouche de l'enfant, ses yeux clignèrent avec une affreuse expression d'angoisse, puis se fermèrent ; elle battit l'air de ses bras et se
renversa en arrière.

— Grand Dieu !... Mais elle est morte ! gémit le cabaretier...

— Oh ! hurla Chassevent... Ma fille !... ma petite Rose... Mais qui
a fait le coup ?

Il se frappa le front, puis, avec une expression de haine indicible :

— Ça ne peut être que ce gredin de Clairefont ! Il était là... c'est
lui. Ah ! canaille !

— Qu'est-ce que vous dites ? Vous devenez fou ! s'écria Pourtois.

Vous savez bien que nous avons vu rentrer M. Robert avant d'entendre crier !...

— C'est lui ! c'est lui ! reprit Chassevent, avec une fureur croissante. Oh ! mais ma fille... il me la paiera ! Il saura ce que coûte une enfant bonne et douce comme elle était !

— Eh ! avant tout, voyons donc s'il n'y a pas moyen de la ranimer. Ma maison est à deux pas... Allons-y...

Ils soulevèrent la pauvre fille, dont les mains devenaient froides, et, dans la demi-clarté du jour naissant, ils descendirent vers le cabaret.

VII

Il était sept heures du matin, et Carvajan, fidèle à ses habitudes matineuses, marchait déjà depuis longtemps dans son cabinet comme un ours en cage. Le silence s'étendait encore sur la ville, engourdie par le sommeil d'un lendemain de fête. Le soleil montait éclatant dans le ciel. Enfilant obliquement la rue étroite et haute, un de ses rayons dorait la fenêtre du vieux logis et traçait sur le plancher une raie lumineuse. Dans la traînée blonde qui perçait le rideau, des atomes poudreux dansaient comme des sylphes ailés. Et, malgré cette clarté joyeuse et chaude, Carvajan, sombre, le front lourd, tournait et retournait dans son esprit des pensées amères.

Ainsi, au moment où il croyait toucher au but et n'avoir plus qu'à étendre la main pour recevoir le prix de trente ans de luttes, il se produisait des à-coups violents qui le ramenaient en arrière. Tenir dans sa main ses adversaires, n'avoir qu'à serrer pour les écraser et sentir cependant encore la pointe de leurs dents enfoncées dans une morsure suprême.

Au moment où il rêvait de s'attacher victorieusement Pascal, en lui montrant le pays courbé comme un seul courtisan aux pieds de son dominateur, le triomphe se changeait en humiliation, et celui-là même qu'il voulait gagner par l'enivrement de l'orgueil avait à subir le plus cruel des affronts.

On l'avait bafoué, lui, le tyran de la Neuville. Cette même fête de la Saint-Firmin, pour la seconde fois, à trente ans d'intervalle, mettait aux prises Clairefont et Carvajan. Et comme si une tradition fatale lançait les enfants l'un contre l'autre, après les pères, c'était maintenant Robert qui insultait Pascal. Il fallait donc une bonne fois en finir avec cette engeance, et porter les coups décisifs.

Entre Honoré et le commis de Gâtelier jadis, la partie n'avait pas été égale. Aujourd'hui, la situation était retournée. Carvajan était le maître. Il avait dans sa caisse un dossier bien en règle, contenant billets protestés, jugements, ordonnance de saisie, le tout exécutoire, faute de paiement immédiat d'une première somme de cent soixante mille francs, représentant capital et intérêts. Il fallait que le marquis payât ou se résignât à sortir de chez lui. Ah! ah! on verrait donc enfin ce Clairefont sur la route, avec ses paquets, comme un mendiant!

Dans la solitude de son cabinet, Carvajan se mit à rire. Il alla à une armoire, l'ouvrit, et, au fond, apparut le coffre-fort qui avait tant de fois fait rêver de richesses fabuleuses les habitants de la Neuville.

Le banquier prit une toute petite clef dans son gousset, débrouilla les combinaisons de la serrure et la porte de fer tourna lourdement sur ses gonds huilés. L'intérieur de la caisse ne contenait point les sommes considérables dont l'imagination populaire se plaisait à la garnir. Quelques rouleaux d'or seulement, un carnet de chèques, et des liasses de papier de différentes couleurs. Carvajan en choisit une, sur laquelle était écrit en grosses lettres le nom de Clairefont, et se mit à la feuilleter lentement.

Son visage, à mesure qu'il avançait dans sa revue, s'éclairait d'une joie terrible. Ses doigts maniaient le papier avec un bruit sec, ils le froissaient, le tourmentaient, le griffaient comme si c'eût été la chair même du marquis. Et, tournant les pages de son grimoire judiciaire, le banquier semblait un bourreau qui polit ses instruments de torture et cherche à les rendre plus aigus, pour augmenter les douleurs de la victime.

Un coup léger frappé à la porte l'interrompit dans cette voluptueuse occupation. Il jeta un coup d'œil inquiet du côté de l'entrée, et, fermant vivement son coffre, il s'approcha de son bureau et dit :

— Entrez !

— C'est moi, patron, excusez si je vous dérange, fit la voix de Fleury, dont la tête monstrueuse se montra dans l'entre-bâillement de la porte. Le greffier entra, et, du premier coup d'œil, Carvajan le vit si extraordinaire, que, sans lui laisser le loisir de placer une parole, il s'écria :

— Que se passe-t-il ?

— Des choses très graves... J'ai été, il y a une demi-heure, réveillé par Chassevent et Pourtois... qui m'ont appris... Je ne me suis donné que le temps de passer mes habits, et de courir chez vous... car il m'a semblé que vous deviez être, comme toujours, le premier informé...

— De quoi ? interrompit brusquement le banquier, auquel les réticences de Fleury causèrent une émotion affreuse. Il craignit que son fils et Robert de Clairefont ne se fussent battus secrètement dès le matin... Parlerez-vous, à la fin, tête de mulet ?

— Eh bien, la petite Rose Chassevent a été tuée cette nuit dans la Grande Marnière !...

— Tuée ! Comment ? fit le maire en redevenant subitement très calme. Quelque accident ?

— Un crime ! dit Fleury d'une voix étouffée. Son père et Pourtois l'ont trouvée étranglée au fond d'un ravin, après avoir poursuivi pendant quelques instants le meurtrier...

— Poursuivi !... Il l'emportait donc ?

— Il courait à travers les genêts de la colline, la tenant sur son épaule, autant que Chassevent et le gros ont pu voir, car il faisait encore nuit.

— Et il leur a échappé ? C'est donc un gaillard d'une force exceptionnelle ?

Les regards de Fleury et de Carvajan se rencontrèrent et, dans les yeux du maire, le greffier découvrit des pensées si terribles qu'il pâlit un peu et plia les épaules en frissonnant.

— Ah, ah! fit Carvajan avec une voix effrayante, il faut tirer cette affaire-là au clair, et rondement... Le commissaire est-il prévenu? Il doit y avoir des constatations légales à faire... Fleury, mon garçon, voilà une singulière aventure!... Elle était gentille, cette Rose... C'est quelque galant qui a fait le coup.

— C'est ce que dit Chassevent...

— Ah! il le dit! le vieux drôle... Où est-il? Je veux lui parler.

— Je l'ai laissé dans la rue... Je désirais vous voir avant de le faire entrer.

Carvajan était déjà dans le vestibule. De l'autre côté de la porte, un murmure se faisait entendre, dominé, de temps en temps, par de violents éclats de voix. Vivement, le maire ouvrit. Au milieu d'un cercle de voisins échangeant avec agitation des commentaires, Chassevent, assis sur une borne, plus ivre encore que pendant la nuit, se lamentait et menaçait tour à tour :

— Ma pauvre fille! hurlait-il, en clignant ses yeux sans larmes, une si jolie petite... qui faisait tant pour son père! Ils me l'ont tuée, les brigands!... Et si gaie... et si aimable!... Ah! les canailles!... Ils m'en voulaient, allez! On sait comment ils m'ont traité! Tout ça, rapport à mon amitié pour notre cher bon monsieur le maire, que Dieu conserve!... Ah! y a de la politique dans l'affaire... Oui! Ah! les gredins!... Mais ça ne se passera pas comme ça... On n'a pas le droit d'enlever à un pauvre homme la consolation de ses vieux ans!

Vainement Pourtois, troublé au milieu de tous ces curieux, pressé de questions auxquelles il n'osait pas répondre, essayait de faire taire l'ivrogne. Celui-ci braillait comme un porc qu'on égorge, et se roulait sur sa borne avec des contorsions d'épileptique. En voyant paraître Carvajan, il devint subitement beaucoup plus calme et, se courbant comme s'il allait se prosterner sur le pavé :

— Ah! voilà notre défenseur!... Ah! Monsieur le maire, prenez pitié d'un pauvre vieux qui n'espère qu'en vous pour obtenir justice...

L'IDIOT ÉTAIT COUCHÉ A PLAT VENTRE (PAGE 1224)

Ah! saint nom du bon Dieu! Qué malheur! Une enfant qui était si bien portante hier soir! Qu'elle dansait comme une reine!

Et il recommença à crier en se tordant les bras.

— Allons, Chassevent, taisez-vous!... Il est inutile d'ameuter le quartier, dit Carvajan avec sévérité... Pourtois, conduisez-le dans mon bureau. Quant à vous, bonnes gens... rentrez chez vous... Et ne prenez pas au mot ce malheureux que le chagrin rend fou... Les juges sauront découvrir la vérité.

Et, laissant ses administrés sous l'influence de ces paroles pleines d'une modération calculée, il rejoignit vivement Chassevent et Pourtois.

Dans son cabinet, adossé à la cheminée, le regard froid et le ton tranchant, il dit au braconnier :

— Qui accuses-tu?... Car, si je te comprends bien, tu accuses quelqu'un.

Et comme le vieux vaurien ouvrait la bouche pour parler.

— Fais attention à ce que tu vas répondre!... Tu te trouves devant un magistrat...

— Ah! je me trouverais devant Notre-Seigneur lui-même, que ça serait tout de même... Le jeune homme du château a passé près de nous une minute seulement avant l'affaire...

— Chassevent, tu sais bien qu'il n'allait pas de ce côté-là! interrompit Pourtois avec désolation.

— Qui prouve qu'il n'a pas fait un détour l'instant d'après?... s'écria avec violence le braconnier. D'ailleurs, tu ne l'as pas vu : tu étais couché sur le dos... Tu es si gros qu'on aurait pu t'apercevoir de la route...

— Vous craigniez donc d'être découverts? demanda Carvajan. Qu'est-ce que vous faisiez?

— Rien du tout, dit le vagabond d'un air menaçant. Mais chacun sa manière... Moi, la nuit, j'aime pas les rencontres... Y a tant de mauvaises gens!

— Ainsi, tu donnes à entendre que ce pourrait bien être M. Robert... Carvajan n'osa pas aller plus loin. Ses joues pâles se marbrèrent

de rouge. Et. faisant peser sur le braconnier un regard fauve, comme
s'il craignait qu'il ne se rétractât :

— Mesure bien l'importance d'une pareille déclaration...

— Eh! croyez-vous que je vais mettre tant de mitaines? D'ailleurs,
il n'a pas été vu que par nous... Les Tubœuf de Couvrechamps lui
ont parlé au coin du raidillon de la Grande Marnière en quittant la
fête... Il était alors avec l'enfant... Ah! bon sang! quelle infamie!...
Une pauvre gentille créature comme elle!... Ah!... Qui n'avait
jamais fait de mal à personne, bien au contraire! Ah, ah!

— Ne crie plus, dit froidement Carvajan; il n'y a pas d'étrangers
pour t'entendre, et, à nous, tu nous fends inutilement la tête.

Le braconnier se tut et regarda avec humilité celui qui lisait si
clairement dans sa conscience.

— Sais-tu, reprit le maire, que si c'est le fils de Clairefont qui a
fait le coup, dans un de ces mouvements de violence dont il n'est
que trop coutumier, tu pourrais bien, en te portant partie civile,
attraper une vingtaine de mille francs de dommages-intérêts...

A ces mots, les yeux de Chassevent parurent près de lui sortir de la
tête. Toute son ivresse se dissipa, comme si on lui avait administré
un philtre souverain. Il devint aussi froid que la pierre.

— Vous croyez, Monsieur le maire, demanda-t-il doucereusement,
qu'avec un bon procès, on pourrait leur tirer une grosse somme?

— Mais j'en suis convaincu...

— Vingt mille francs! Ah! si vous vouliez me conseiller dans cette
affaire-là, je serais joliment certain de m'en tirer avec le pain de mes
vieux jours assuré... mon bon cher monsieur le maire...

— C'est mon devoir de le faire. On sait que j'ai toujours défendu
le faible contre le fort...

— Alors ils sont cuits! s'écria le vagabond avec une joie furieuse.
Il esquissa un geste de triomphe; un peu plus, il dansait.

— Mais, Chassevent, interjeta Pourtois consterné, vous savez bien
que la petite appelait : Robert! Robert! Donc, ce n'était pas lui qui
la tenait

— Elle criait : Robert! comme on crie : à l'assassin! interrompit

Chassevent avec furie. De quoi te mêles-tu, gros soufflé? Est-ce que tu peux être pris au sérieux? Tu étais si troublé que tu ne savais plus ni ce que tu entendais, ni ce que tu voyais... Vingt mille francs! Pour sûr que c'est ce gredin d'enjôleur et de suborneur!... Et qui ça serait-il, si ce n'était lui? Qui serait assez fort pour traverser, à toute course, le vallon de la Grande Marnière, avec une femme sur le dos?... Vingt mille francs! Je te dis que c'est lui!... Et si quelqu'un prétendait le contraire, il aurait un fameux compte à régler avec moi!

Le braconnier montra à son compagnon une figure tellement sinistre, que celui-ci, avec un profond soupir, se résigna au silence. Carvajan se tourna alors vers Pourtois.

— Hé, hé! mon homme, dit-il, voilà qui va avancer nos affaires plus que toutes les sottises du marquis... Comment la famille de Clairefont resterait-elle dans le pays, après un scandale pareil?... Je crois bien qu'avant trois mois madame Pourtois aura les vingt arpents de prairie qui sont derrière l'auberge... Il faudra lui dire de venir causer avec moi... Nous avons de petits arrangements à prendre... Elle me comprendra... Ce n'est point une sotte... heureusement! car on ne fait rien avec les sots!

Le coup d'œil qui accompagna ces mots fut si menaçant que Pourtois se sentit gelé jusqu'au fond de l'âme. La peau rose et luisante de son visage se ternit et devint d'un gris cendré. Ses petits yeux s'enfoncèrent plus avant dans la graisse qui bouffissait ses joues. Et, avec un air d'accablement affreux, le poussah laissa tomber ses bras le long de son corps phénoménal. Fleury, au même moment, arrivait essoufflé.

— Tout est en l'air, dit-il; j'ai mis le feu sous le ventre de la police... Ah çà, mes braves, il faut regagner l'auberge, et vivement... Il y a des pièces à conviction... Diable! que personne n'y touche!...

Déjà Chassevent, poussant devant lui Pourtois, gagnait la porte de la maison, avec l'empressement d'un avare qui craint pour son trésor. Dans la rue déserte, il s'arrêta, et là, serrant la main de son compagnon à la lui briser.

— Mon gros, tu sais, pas de bêtises! Si à l'avenir tu as le malheur de me contredire, je te saigne comme un poulet ! Maintenant que nous sommes d'accord, haut le pied et du train !

Ils repartirent en courant dans la direction du faubourg.

Resté seul avec Fleury, Carvajan demeura quelques instants silencieux, marchant la tête penchée sur sa poitrine. Puis, s'arrêtant brusquement :

— Je n'aurais jamais souhaité une plus belle vengeance ! Cet insolent s'est attaqué à moi. Ah, ah ! il a insulté mon fils !... Eh bien ! moi, je l'enverrai en cour d'assises... Tout y passera, chez ces Clairefont, la fortune et l'honneur. Il ne leur restera rien... Et je les verrai à genoux devant ma porte... me demandant grâce !...

— Qu'est-ce que Pourtois et Chassevent vous ont raconté ? demanda Fleury.

— Toute la scène du meurtre, pardieu, à laquelle ils ont assisté de loin... Oh ! Chassevent jurera sur la tombe de sa fille que c'est le petit de Clairefont qui a tué Rose... Il espère tirer vingt mille francs du cadavre...

— Vingt mille francs ! s'écria Fleury avec un horrible rire. Eh ! pour une telle somme, si on avait voulu, il l'aurait tuée lui-même !

Cette lugubre plaisanterie trouva Carvajan glacé. Il regarda sévèrement le greffier, et, d'une voix sèche :

— Je suis très sérieux, dit-il. Et je désire qu'on le soit autour de moi... J'ai la conviction que M. de Clairefont, qui, sans doute, était ivre, ce qui, du reste, serait à sa décharge, a commis le crime... Si je le croyais innocent, je me désintéresserais de l'affaire.

— J'en suis sûr ! s'écria Fleury se pliant sans discuter à la volonté de son patron. Et comme je partage votre manière de voir, je vais, dans l'intérêt des innocents, veiller à ce que l'opinion ne s'égare pas.

Il salua très bas, grimaça hideusement, et sortit.

C'était la dernière matinée de l'assemblée, et, ayant cuvé le vin de la fête, les cultivateurs essayaient de conclure encore quelques marchés.

Habituellement, cette réunion finale se traînait morne et lassée. Le feu des transactions était amorti, et chacun n'avait plus qu'une idée : rentrer chez soi.

Cependant, par exception, une singulière activité se remarquait sur la place. Des groupes nombreux se formaient, et les conversations plus animees s'échangeaient entre les allants et venants. Était-ce le cours des farines, ou le prix des moutons qui servaient de fond aux colloques? Non! le nom de Chassevent et celui de Clairefont reve- naient, constamment prononcés, et, au travers des exclamations, les affirmations passionnées et les dénégations ardentes s'échangeaient.

Comme une contagion mortelle, le bruit sinistre répandu par Fleury gagnait déjà toute la ville, et bientôt, grossi, défiguré, allait circuler dans le canton, s'étendre dans le département, et empoisonner tous les esprits. Rien ne pouvait être plus fatal que ce rassemblement de gens, venus de dix lieues à la ronde, qui devaient bientôt repartir emportant, chez eux une conviction habilement faite par les émissaires de Carvajan.

Tondeur, au café du Commerce, devant vingt personnes, venait de répéter les paroles qu'il avait entendues près de la fenêtre de la repas- serie, à Clairefont, lorsque Robert embrassait Rose : Ne me serrez pas si fort, vous pourriez m'étouffer sans le vouloir. Et, dans la fumée des pipes, au bruit des verres remués, le marchand de bois se lamentait hypocritement. Quel malheur! Un si bon et si aimable garçon! Car il n'avait pas agi par méchanceté, bien sûr... Tondeur s'en portait garant, lui qui le connaissait bien... Mais cette jeunesse... c'était si fort!... Sans le vouloir, n'est-ce pas? Il avait eu la main plus lourde qu'il ne pensait... Ah! il lui avait vu déraciner des baliveaux, comme on cueillerait une violette!... En batifolant, la petite avait fait des giries... Le père, qui cherchait sa fille, était arrivé avec Pourtois... Pour ne pas être surpris, le jeune homme avait voulu empêcher la belle d'appeler... Ah! c'était un vrai malheur... Mais pour un crime... oh! non!

Et les ergoteurs, trouvant que le marchand de bois se montrait trop commode, de répliquer, avec un commencement de parti pris: Comment! pas un crime? Quoi donc, alors? La fille était-elle morte? Oui ou non? Tondeur, avec confusion, se voyait forcé d'en convenir... Cependant il reprenait sa défense, accumulant à plaisir les mauvais arguments : Après tout, on accusait M. Robert... Mais avait-on la preuve absolue qu'il était l'auteur de l'accident? Il s'entêtait à ne pas dire : crime.

Si on avait la preuve? reprenaient ses contradicteurs, s'échauffant au feu de la discussion. Eh bien! et le foulard de soie marqué aux initiales R. C. que la fille avait au cou, et qu'on ne lui avait pas vu à la danse. Et les affirmations des Tubœuf?... Et tout enfin? Car la culpabilité crevait les yeux! Il fallait être décidé à ne rien voir pour oser le nier. C'est-à-dire qu'on se demandait comment M. de Clairefont n'était pas encore arrêté... Ah! s'il avait été un homme du commun, on l'aurait déjà vu traverser la ville entre deux gendarmes!

Au même instant une rumeur sourde courut sur la place, attirant aux fenêtres tous les consommateurs du café. Dans son tilbury, Robert, assis à côté de M. de Croix-Mesnil, qu'il conduisait à la gare, venait de déboucher de la rue du Marché. Devant l'encombrement il avait dû ralentir l'allure de son cheval, et, au milieu de la foule tumultueuse, il passait calme et souriant, causant librement avec le baron. Derrière lui, houle vivante, la masse des badauds et des paysans roulait, et des cris de haine partaient, comme, au début d'une émeute, les coups de feu isolés des impatients.

Robert étonné se retourna, regardant tous ces gens qui le suivaient. Il entendit :

— Il part, vous voyez bien! Il s'en va !

Il ne comprit pas. Rien de ce qui s'était passé pendant la nuit n'avait transpiré à Clairefont. Le château était comme une forteresse bloquée, dont la garnison ne reçoit plus de nouvelles. Les rares domestiques ne sortaient pas dans le village ; les fermes étaient loin ; seule, Rose venait du dehors. Et la pauvre petite ne devait plus égayer de sa chanson les murs froids et silencieux de la vieille demeure. Antoinette. qui, la veille, lui avait si bien recommandé d'être exacte, ne l'avait pas vue arriver, et s'était dit en souriant :

— Allons, malgré ses belles promesses, elle aura dansé tard, et elle fait la grasse matinée.

A la gare, Robert, sans remarquer l'attention dont il était l'objet de la part des gendarmes qui se promenaient devant la porte d'entrée, sauta à bas de son siège, descendit la valise de M. de Croix-Mesnil, et, donnant son cheval à garder à un employé, entra dans la salle d'attente. Les gendarmes alors se promenèrent sur le quai, et parurent se tenir prêts à tenir le jeune comte, s'il avait formé le dessein de s'éloigner.

Mais il était bien loin de se douter de ce qui se passait. Il parlait avec animation et ne s'apercevait point de la surveillance active qui s'exerçait autour de lui. Lorsque le train fut arrivé, il donna une dernière poignée de main au baron, et, fermant lui-même la portière du compartiment, il traversa la gare et remonta en voiture. Il se sentit le cœur serré, comme il ne l'avait jamais eu en voyant partir son ami. Il s'arrêta au bas du pont, et attendit là le passage du wagon. Par la fenêtre, il distingua une main qui s'agitait, une figure qui souriait, puis, à un détour de la voie, dans un tourbillon de vapeur blanche, tout disparut. Et, au pas, il se remit en route, se demandant pourquoi il était si triste

Mais les impressions que ressentait Robert étaient fugitives. Sa rude nature réagissait promptement. Il mit son cheval au trot, et se proposa de ne point passer par les quartiers du centre, pour éviter les encombrements qui l'avaient arrêté à l'arrivée. Il suivit la promenade, plantée de superbes platanes, qui entoure la Neuville. Il allait sortir du faubourg, quand, en arrivant au bas de la montée de Clairefont, il tomba dans un groupe d'ouvriers des fabriques qui, à la porte d'un cabaret, écoutaient Chassevent, ivre à rouler maintenant, et qui, pour la centième fois, d'une voix pâteuse et avec des additions mélodramatiques, racontait la mort de sa fille.

A la vue de Robert, un murmure d'horreur partit du groupe qui se massa dans une attitude hostile. Encouragé par les menaçantes dispositions de son entourage, le vagabond s'avança en titubant, et, essayant de prendre le cheval au mors :

— Le voilà, l'assassin ! Le voilà ! Vengeance !

D'une main incertaine il avait réussi à saisir la bride, mais un maître cinglon qu'il reçut sur les doigts la lui fit lâcher. Il recula en hurlant,

— RECONNAISSEZ-VOUS AVOIR DONNÉ LA MORT A ROSE
CHASSEVENT (PAGE 1229)

et, heurté par le brancard, il aurait infailliblement passé sous la roue de la voiture, si, d'une main vigoureuse, le comte, du haut de son siège, ne l'avait cueilli et lancé jusqu'à la porte du cabaret.

— Ah ! après la fille, le père ! brailla le braconnier. A moi, mes amis ! Emparons-nous de lui, livrons-le à la justice !...

En un instant, Robert se vit entouré d'hommes aux visages furieux et aux bras levés. Devant le cabaret, quelques femmes rassemblées poussaient des cris perçants, et déjà, par la rue du Marché, du renfort arrivait aux assaillants. Chassevent, revenu à la charge, bavant de colère et d'ivresse, essayait d'escalader le siège. Le comte ne perdit pas son sang-froid ; il tira sur les guides et fit cabrer son cheval ; puis, prenant son fouet, il en asséna, avec le manche, un tel coup au vagabond, que, malgré son épaisse casquette et le foulard qui lui entourait la tête, il roula, à moitié assommé, dans la poussière du chemin. Au même moment, Fleury, comme un diable sortant d'une boîte à surprises, parut près de la voiture.

— Qu'est-ce que vous faites là ? cria-t-il aux ouvriers d'une voix forte... Ramassez cet homme, et attendez-moi...

Puis, s'élançant vers Robert à qui il serra le bras avec énergie :

— Imprudent ! ne bravez pas l'indignation populaire !... Partez... sans un instant de retard ! Je viens de Clairefont. Je voulais vous prévenir... Mais votre tante et votre sœur, maintenant, savent tout... Elles vous convaincront...

— De quoi s'agit-il ? demanda le comte, commençant à perdre son calme... Ai-je affaire à des fous ?

Le greffier jeta au jeune homme un coup d'œil sévère, et, avec une gravité triste :

— La petite Rose a été tuée cette nuit... On vous accuse... Ne discutez pas... Mettez-vous d'abord à l'abri. Partez ! C'est le plus sûr...

— Mais c'est une infamie ! cria Robert.

— Rentrez chez vous, au nom du ciel ! dit Fleury en montrant du doigt le flot des arrivants qui grossissait de seconde en seconde.

Et, donnant une forte claque sur le flanc du cheval, qui partit comme un trait, il força le comte à s'éloigner.

Sans plus se soucier de l'agitation qui grandissait dans le faubourg, le greffier gagna rapidement la maison de la rue du Marché. Il était onze heures. Depuis le matin, le temps avait été mis à profit par les émissaires de Carvajan. Le réseau, qui enlaçait Robert de Clairefont dans ses mailles perfides, devenait plus fort d'instants en instants. Et plus le malheureux qui y était captif allait se débattre, plus les fils devaient se resserrer.

Pascal, après une nuit de trouble et d'insomnie employée à repasser amèrement les incidents douloureux qui avaient accompagné son retour à la Neuville, s'était décidé à régler définitivement avec son père la question de son départ. Il ne pouvait plus supporter l'idée de vivre dans ce pays où tout serait pour lui sujet de froissement et de chagrin. Il voulait s'éloigner, regagner des contrées où l'écho même des discordes qu'il fuyait n'arriverait pas jusqu'à lui et où il aurait le droit de garder dans sa mémoire, comme dans un sanctuaire consacré à un culte mystérieux, l'image souriante et adoucie de celle qu'il adorait.

Il sortit de sa chambre à l'heure du déjeuner, et s'apprêtait à descendre, lorsque, sur le palier, croisant la servante qui venait de l'étage supérieur, celle-ci lui dit avec un geste désolé :

— Ah! monsieur Pascal, vous ne savez pas la nouvelle? Le jeune homme du château qui a tué la Rose au père Chassevent!...

Et comme il restait immobile, se demandant si cette fille ne devenait pas folle.

— Oui, mon bon cher monsieur. Le greffier du juge de paix est à c't'heure dans le cabinet de Monsieur à qui il rapporte les bruits de la ville, car on en parle, da! Et tout est sens dessus dessous!

Il sembla à Pascal que la cage de l'escalier était un gouffre noir, au fond duquel Carvajan ricanait, triomphant et diabolique. Il eut un vertige, et se retint à la muraille pour ne pas tomber. Dans cette riposte terrible, suivant à si courte distance l'affront subi, il reconnut la main de son père. Oui, si Robert était accusé, l'accusation avait dû venir de Carvajan. Il eut froid au cœur. Une rapide vision lui montra Antoinette auprès du marquis mourant de désespoir. Il se souvint des

funèbres pressentiments qu'il avait eus, le premier jour, à la porte du
cabaret de Pourtois, au pied de la terrasse de Clairefont. Le présage
de malheur se réalisait. Mais n'avait-il pas rêvé aussi que c'était lui qui
défendait la jeune fille abandonnée, et qui l'arrachait à son mauvais
destin ?

Sur le seuil de cette chambre qui avait été celle de sa mère, il crut
entendre encore la voix de la mourante murmurant ces suprêmes
paroles : « Sois bon dans la vie. Il faut être bon... » Il se retourna
avec un effroi superstitieux comme s'il se fût attendu à voir apparaître
derrière lui la chère ombre. Il se vit seul, et, inclinant son front,
comme devant un ordre souverain, il murmura : Sois tranquille, douce
regrettée, tu seras obéie !

Il avait retrouvé toute sa présence d'esprit, tout son courage. Il se
sentait prêt à accomplir des tâches héroïques pour vaincre des répugnances insurmontables.

Il oublia en un instant les résolutions qu'il venait de prendre. Ses
idées suivirent un autre cours. Il n'était plus réduit à l'écœurante
inaction qui le faisait paraître complice de tout ce qui s'exécutait de
mal contre la famille de Clairefont. Il n'était plus condamné à l'impuissance. Il allait pouvoir se mêler à la lutte, et intervenir. Toute la nuit
il s'était promis de partir, et, en une seconde, il décidait de rester. Il
ne vit là rien que de naturel. L'incohérence n'est-elle pas la règle
même de l'amour ? Il se composa, pour entrer chez son père, un
visage souriant. A sa vue, Fleury, qui parlait avec animation, s'arrêta
court, prit, un air embarrassé et loucha furieusement de ses yeux
troubles.

— Eh bien ! dit avec éclat Carvajan, en allant à son fils, les voilà
dans une belle passe, ces gens si fiers, qui ne veulent pas s'exposer à
se trouver en face de nous !

— On vient de tout m'apprendre, interrompit Pascal.

— Eh bien ! qu'en dis-tu ?

— Qu'en dit le parquet ? riposta le jeune homme.

— Le parquet est extraordinairement mou ! Il est pris entre la certitude qui résulte des preuves matérielles du crime et le doute qui est

la conséquence d'un passé honorable... Tous ces magistrats, au fond,
sont des réactionnaires, et ils font des façons pour arrêter le fils d'un
marquis, voilà tout. Ils ont télégraphié à Rouen, au procureur général,
qui télégraphiera sans doute à son tour au garde des sceaux... Et, pendant ce temps, ici, la population fermente ; et sans Fleury qui s'est
trouvé la fort à point, tout à l'heure, le prévenu était écharpé par les
ouvriers... On parle pour demain d'une manifestation... Moi, je viens
de le dire au commissaire et au capitaine de gendarmerie : si on
n'arrête pas dès ce soir ce gaillard-là, je ne réponds pas de l'ordre à
la Neuville !...

— Le mieux qu'il y aurait à faire pour M. Robert, ce serait de
partir pendant qu'il en est temps encore, dit doucereusement Fleury..
Une fois à l'abri, tout le monde serait tranquille... C'est ce que j'ai
essayé de faire comprendre aux dames de Clairefont... Mais, aux premiers mots, mademoiselle Antoinette s'est dressée toute pâle, et, avec
des regards meutriers comme des coups de pistolet, elle a crié :
« Jamais ! Partir, ce serait avouer qu'il est coupable... Nous savons
d'où part cette calomnie... Nous la réduirons à néant ! » Elle désignait
clairement M. le maire et peut-être aussi un peu moi-même... Mais je
ne me suis pas laissé démonter. J'ai insisté, j'ai donné à entendre
que les mauvais gars de la Neuville, très surexcités, pourraient se
porter sur Clairefont... Alors la vieille Saint-Maurice a bondi, et,
rouge comme une braise, en jurant comme un troupier : « Qu'ils y
viennent ! Il ne manque pas de fusils au râtelier... Ils verront que les
femmes de la maison valent des hommes... Il y a là-haut, dans les
greniers, le pierrier qui servait autrefois pour les feux d'artifice... Je
le descendrai dans le vestibule, et si on touche seulement à la serrure
de notre porte... je mitraille toute cette canaille ! » Et elle sacrait, la
vieille, que c'en était fabuleux ! Allez donc faire entendre raison à des
esprits détraqués ! Quant au marquis, il était enfermé dans sa tour,
comme un hibou, à tourner les pages de quelque grimoire, ou à
empester l'air de la contrée avec des drogues chimiques... Impossible
de le voir... Celui-là, tout hébété qu'il est, aurait peut-être mieux
compris la situation que cette vieille échappée de la chouannerie.

— Mais elle paraît la comprendre parfaitement, dit Pascal avec tranquillité, et elle soutient envers et contre tous l'innocence de son neveu... Comme l'a fort bien dit mademoiselle de Clairefont, fuir, c'est avouer, et le comte Robert est sans doute décidé à se défendre... Il a peut-être des preuves à fournir... Un bon alibi serait décisif... Qui sait s'il ne le produira pas?

— Je l'en défie! cria Carvajan, à qui l'opposition de son fils fit perdre tout son calme.

— Mon père, vous n'en savez rien...

— Vas-tu le défendre?

— Et vous, allez-vous l'accuser?

Ils se trouvaient face à face, parlant aussi ferme l'un que l'autre: Pascal, absolument maître de lui, et voulant savoir exactement quelle était la part de son père dans le travail d'investissement qui s'étendait autour de Robert; Carvajan, le cerveau enflammé par une colère subite, et prêt à étaler sa haine au grand jour.

— Non! certes! intervint Fleury d'un ton conciliant, votre père n'accuse pas. D'ailleurs, à quoi bon? M. le maire, comme toujours, n'a souci que de la chose publique... Devant vous, nous parlons en toute liberté, pesant le pour et le contre... Croyez que si M. Carvajan pouvait étouffer cette affaire-là, il le ferait, et promptement... Il est l'ennemi de M. de Clairefont... Il le combat sur le terrain politique et financier... Mais profiter d'un malheur pareil?... Devrais-je avoir besoin de vous dire qu'il n'y a même pas pensé?... Et pourtant, ne serait-ce pas légitime? Ses adversaires ont-ils jamais reculé devant les pires manœuvres? Vous en avez eu la preuve hier soir... Si nous pouvions établir l'innocence de ce malheureux jeune homme, nous le ferions... Mais, malheureusement, il n'y a pas de doute à conserver... C'est la dernière étape, voyez-vous, de cette famille qui depuis trente ans va sans cesse en descendant... Quand j'ai eu l'honneur de vous rencontrer ici, pour la première fois, vous veniez d'être témoin, justement, d'un des actes de violence habituels à ce malheureux... Je vous ai dit alors, ne croyant pas être si bon prophète, que vous arriviez pour assister aux suprêmes phases de la lutte engagée entre M. de

Clairefont et votre père... Eh bien, la lutte est finie... Elle se termine dans la boue et dans le sang.

— Et nous n'en sommes pas cause ! reprit rudement Carvajan, à qui la mielleuse dissertation de Fleury avait irrité les nerfs... Au diable ! Qu'ils se débrouillent !... Je ne suis pas tenu de les aimer, et si j'étais dans leur cas, vous verriez s'ils me ménageraient !

Il prit son chapeau, et jetant un regard significatif au greffier :

— Je vais jusqu'à la mairie; vous viendrez m'y retrouver tout à l'heure.

— Je vous accompagnerai, mon père, dit Pascal, si je ne vous dérange pas... Je suis curieux de voir la physionomie de la ville.

— Ah, ah ! mon gaillard, tu mords à la chose ? Viens, si ça t'amuse... Et puis, qui sait ? tu es du métier, tu pourras peut-être donner un bon conseil.

— Si j'en trouve l'occasion, répondit froidement Pascal. soyez sûr que je n'y manquerai pas.

Et, derrière son père et le greffier, il sortit.

A Clairefont, après le premier affolement, la réflexion était venue. Réunis dans le petit salon, la tante de Saint-Maurice, Robert et Antoinette, avaient tenu conseil. Les affirmations de Fleury et les manifestations de la rue, certes, étaient significatives. Le vieux Bernard, envoyé à la ferme, avait rapporté la confirmation de l'attentat. Rose était morte, et on accusait Robert de l'avoir tuée. Entre les imprécations de la tante Isabelle et le calme effrayant d'Antoinette, Robert passa par les sentiments les plus opposés. Tantôt il se disait que l'accusation portée contre lui tomberait d'elle-même et qu'elle n'aurait pas de conséquence. Il riait alors nerveusement et se promettait de tirer de ceux qui avaient dirigé contre lui l'action de la justice une vengeance exemplaire.

Tantôt, cherchant à rassembler les preuves qu'il pourrait fournir de son innocence, il constatait avec stupeur que tout concourait à lui donner l'apparence de la culpabilité. Il était rentré au matin par la petite porte du parc sans être vu de qui que ce fût. Il avait passé tout le temps qui s'était écoulé entre son départ de chez Pourtois et son arrivée à Clairefont, dans le sentier de la Grande Marnière. On l'avait rencontré, on lui avait parlé, cela était certain, indéniable.

Et, au souvenir de ces moments doucement écoulés, dans cette nuit tiède et resplendissante, auprès de cette charmante fille au gai sourire, un cruel déchirement se faisait en lui.

N'avait-il pas été involontairement la cause du malheur, en gardant si tard Rose qui voulait s'éloigner? Il ne l'avait retenue qu'à force d'instances. Il se le rappelait bien : elle disait : « Laissez-moi m'en aller !... Votre sœur m'attend demain matin, vous me ferez gronder... Si vous avez encore tant de choses à me conter, vous viendrez au bas de la fenêtre de la repasserie, et, pendant que je travaillerai, nous causerons. »

Les routes étaient alors pleines de monde ; elle serait rentrée à Couvrechamps, en compagnie, et, au lieu de dormir froide et muette, elle chanterait encore, alerte et joyeuse.

Des larmes lui vinrent aux yeux, et ce garçon si énergique et si robuste se mit à sangloter comme un enfant.

Épouvantées, les deux femmes le regardaient. Pour qu'il se laissât aller à une telle faiblesse, il fallait qu'il fût tenaillé par de terribles inquiétudes. Une pudeur secrète arrêtait les questions sur les lèvres d'Antoinette. Qu'y avait-il entre son frère et Rose? Quelque intrigue ébauchée à la fête et interrompue par le coup de folie d'un jaloux. Il eût fallu, pour préciser les faits et arriver peut-être à découvrir la vérité, interroger Robert, l'amener à s'expliquer. Il ne donnait que des détails vagues, quand la minutie eût été indispensable. Mais la tante Isabelle n'était-elle point là pour tirer tout au clair? Avec elle, qui n'hésiterait pas à demander, le jeune homme ne se gênerait pas pour répondre, et on saurait alors quels moyens de défense on devait employer.

Il était impossible que l'erreur ne fût pas promptement reconnue. La justice voyait clair et n'aurait pas de parti. L'opinion publique, que Fleury disait si furieusement déchaînée contre Robert, avait été égarée. Il n'était pas difficile de deviner par qui. La main de Carvajan se reconnaissait dans cette œuvre de haine. Provoqué, il avait riposté.

LE MARQUIS S'ÉLANÇA VERS SON BRULEUR (PAGE 1235)

Et on était payé pour savoir avec quelle dangereuse ténacité il poursuivait ses entreprises.

A l'indignation des premiers moments, lorsque la tante de Saint-Maurice s'écriait superbement : « Mais il est impossible qu'on soupçonne un Clairefont ! », avait succédé une terreur vague faite d'ignorance : celle des enfants qui s'éloignent de l'ombre peuplée par leur imagination de fantômes effrayants. En somme, on ne savait rien de ce qui se passait ni de ce qu'on pouvait craindre ; mais ce mystère-là était plus formidable que ne l'eût été la connaissance de ce qu'il fallait redouter. Sur les faits s'étendait une obscurité dans laquelle les malheureux se débattaient impuissants.

Leur préoccupation principale était de faire le silence autour du marquis. Ils ne pouvaient supporter la pensée que le père fût instruit de l'accusation portée contre son fils. A tout prix ils étaient résolus à l'empêcher de la connaître. La tranquillité du vieillard devait avant tout être sauvegardée. Depuis trente ans, la famille avait subi son despotisme, et s'était pliée à ses caprices les plus déraisonnables. Tout faire pour ne point tourmenter le marquis avait été le mot d'ordre à Clairefont. Les enfants et la tante de Saint-Maurice s'étaient conformés à cette règle : Antoinette et Robert avec un tendre respect, la vieille fille avec des accès de mauvaise humeur réprimés à grand'peine. On avait tout accepté, même les menaces de ruine. Plutôt mourir que de révéler la menace du déshonneur. Le premier mot de la tante Isabelle avait été :

— Emmenons le marquis à Saint-Maurice !

Mais Antoinette, toujours sage, au milieu même du désespoir, avait répondu aussitôt :

Il ne saurait nulle part être mieux qu'à Clairefont. Dans son appartement séparé, il est à mille lieues du monde. Ce sera à nous de veiller à ce qu'on ne pénètre pas jusqu'à lui... Il ne lit aucun journal. Il ne sort jamais... Il restera, quoi qu'il arrive, dans une quiétude complète. S'il faut absolument lui dire quelque chose, eh bien, nous choisirons au moins le moment, et nous serons juges de l'étendue de l'aveu.

Et tous trois, réunis dans le petit salon du rez-de-chaussée, les fenêtres ouvertes sur la terrasse, ils attendaient, dans une anxiété plus intolérable que le mal lui-même, l'oreille ouverte aux mille bruits du dehors, les yeux fixés sur la montée de Clairefont qui cheminait poudreuse et nue dans la verdure de la colline. C'était par cette route, qu'ils interrogeaient, que pouvait leur venir le danger. Et dans les yeux de la tante de Saint-Maurice éclatait le désir mal contenu de la résistance.

Les heures passaient, raffermissant leur courage. Le temps gagné n'était-il pas une preuve de l'inanité de leurs appréhensions ? Si la justice avait une action à exercer attendrait-elle si longtemps pour se mettre en mouvement? Ils ignoraient tout de la législation moderne. Ils ne soupçonnaient pas les hésitations du ministère public, les manœuvres de Carvajan, et la surveillance encore discrète de la police. Ainsi que la bête prise au piège et qui ne trouve pas d'issue, ils restaient immobiles, repliés sur eux-mêmes, dans d'affreuses alternatives de crainte et d'espérance.

Vers quatre heures, tous es jours, quand la chaleur était tombée, le marquis avait l'habitude de descendre et de faire un tour dans le parc avec sa fille. Antoinette, pour rien au monde n'eût manqué cette promenade. Elle se préparait à l'avance, et quand le savant quittait son cabinet, il trouvait sa gentille compagne qui l'attendait. Dans la fièvre où ils étaient tous, ils oublièrent le vieillard. Il put arriver jusqu'au milieu du salon sans être entendu, et, posant sa main sur l'épaule d'Antoinette :

— Eh bien ! il faut donc que je vienne aujourd'hui chercher mon Antigone? dit-il en souriant.

Ils s'étaient levés et restaient immobiles et tremblants. L'apparition du père de famille avait accentué l'horreur de la situation. Ce fut Robert qui retrouva le premier sa présence d'esprit :

— Ah! mon père, vous êtes en avance, aujourd'hui. Mais cela se trouve à merveille : nous sortirons tous ensemble. Je veux vous donner le bras à la place de ma sœur... Elle vous cédera bien à moi pour cette fois seulement.

Il y eut dans l'accent du jeune homme une tristesse si pénétrante que des larmes emplirent les yeux d'Antoinette. Elle se figura
son frère faisant dans ce beau parc, où avait grandi leur enfance,
sa dernière promenade, aux côtés du père qui ne se doutait de rien.
Elle eut peur de ne pouvoir se contenir, et, sans parler, acquiesça
d'un signe de tête. Le vieillard, appuyé sur le bras de Robert, descendait déjà les degrés du perron, parlant, comme toujours, des travaux
qui avaient occupé sa journée. La tante Isabelle, restée en arrière,
poussa un mugissement, et se tamponnant les yeux avec son mouchoir :

— Antoinette, je ne peux pas vivre avec un poids pareil sur le
cœur, cria-t-elle. Non ! c'est plus fort que moi : je sens que je ne sur-
vivrai pas à un si rude coup ! Robert ! mon neveu, le dernier des Clairefont, et des Saint-Maurice, arrêté comme un simple voleur de
fagots !... Eh ! quand il aurait serré un peu trop fort cette donzelle...
Le beau malheur !

Antoinette pâlit, et jetant à la vieille Saint-Maurice un regard
brûlant :

— Tante ! vous pouvez donc admettre ?...

— Que sais-je ? Le marquis, son père, en a fait bien d'autres ; seulement, dans ce temps-là les filles se défendaient moins, ou n'en
mouraient pas !

— Mais il nous a engagé sa parole qu'il n'était pour rien dans ce
malheur !

— C'est vrai ! Ah ! je deviens folle ! Tu sais combien je l'aime, ce
cher enfant ! C'est très mal ! Mais j'aurais donné tout le reste de la
famille pour lui !... J'en suis bien punie, car je souffre horriblement.
Vois-tu, pour qu'une vieille endurcie comme moi se laisse aller, il
faut qu'elle ait bien du chagrin... Mon pauvre Robert !... mon cher
petit ! ah !

Et, prise d'un violent accès de désespoir, la tante Isabelle éclata
en sanglots. Antoinette s'était agenouillée devant elle, la pressait dans
ses bras, s'efforçait de la consoler.

— Non ! criait la vieille fille, non ! Si on l'emmène, je l'accompagnerai, j'irai avec lui en prison.

— Mais, tante, c'est impossible!

— Comment cela? dit mademoiselle de Saint-Maurice avec un calme soudain. Sous la Terreur, mes grands-parents, on me l'a bien souvent raconté, étaient tous ensemble à la Force...

— Mais nous ne sommes plus sous la Terreur, répondit Antoinette, qui ne put s'empêcher de sourire.

— Vraiment! Et comment appelles-tu un temps où des abominations, comme celle qui nous arrive, peuvent se produire? Ah! c'est la fin de tout!

— Allons, tante, il faut aller rejoindre mon père... Tâchez qu'il ne s'aperçoive pas que vous avez pleuré.

— Sois tranquille, j'aurai de la fermeté.

Elles se dirigeaient vers la terrasse, quand la porte du salon, en s'ouvrant, les arrêta. Sur le seuil, le vieux Bernard se montrait, effaré.

— Qu'y a-t-il? dit Antoinette éperdue.

— C'est M. Jousselin, Mademoiselle, balbutia le brave serviteur, le commissaire de la ville... M. Jousselin!

Ainsi, cette heure tant redoutée, mais qu'on espérait en secret ne devoir jamais venir, était irrémédiablement arrivée.

— Faites-le entrer... Mais non, on pourrait le voir du jardin...

Les deux femmes échangèrent un regard chargé d'épouvante et, marchant comme dans un rêve, gagnèrent le vestibule. Un gros homme vêtu de noir y piétinait nerveusement. En les voyant, il ôta son chapeau, et, avec une grande déférence, s'adressant à Antoinette :

— Mademoiselle, je désirerais parler à monsieur votre frère...

— Il se promène en ce moment dans le parc avec mon père, Monsieur. Faut-il que je l'appelle?

— Je vous en serais reconnaissant...

Un lourd silence se fit. Le fonctionnaire, devant cette jeune fille si belle et si troublée, hésitait à parler. Les deux femmes avaient sur les lèvres une question qu'elles n'osaient point faire.

La tante de Saint-Maurice ne put supporter l'incertitude.

— Venez-vous pour nous le prendre, Monsieur? demanda-t-elle d'un air terrible.

— Madame... mes fonctions m'imposent un devoir pénible..

La vieille fille toléra le : « Madame », qu'en toute autre circonstance, elle eût vertement relevé.

— Mon cher monsieur, reprit-elle avec agitation, vous êtes, si je ne me trompe, le fils de Jousselin. qui fut autrefois le régisseur de mon père à Saint-Maurice. Oui? Vous avez donc avec nous des liens de famille. Vous ne voudriez pas réduire de braves gens au désespoir?... Mon neveu n'est pas coupable. Ai-je besoin de vous le dire?... Que faut-il faire pour qu'il reste en liberté? Si c'est une question d'argent, on s'arrangera...

Le commissaire fit un geste de dénégation étonnée.

— Il faut que M. de Clairefont me suive, dit-il doucement, car il eut vraiment pitié de ces femmes. Je mettrai à exécuter mes ordres tous les ménagements possibles...

— Ah! Monsieur, c'est pour mon père que je vous supplie! s'écria Antoinette... Jusqu'à la constatation de l'innocence de mon frère, qu'il puisse ne se douter de rien...

— Mademoiselle, vous voyez que je suis entré seul... les agents de la force publique sont restés au dehors... Que monsieur votre frère me donne sa parole de me suivre sans résistance, et nous sortirons tous les deux sans bruit et sans scandale... Je crois, en agissant ainsi, vous prouver que je n'ai pas oublié ce que ma famille a pu devoir à la vôtre.

Mademoiselle de Clairefont inclina la tête.

— Je vous remercie, Monsieur, et je m'engage pour mon frère... Je vais le prévenir... Restez, tante... vous pourrez ici lui parler sans danger, avant qu'il s'éloigne.

Se promenant sur la terrasse, le vieillard et son fils passèrent au pied de la fenêtre. Ils causaient : le marquis tout à la joie enfantine d'expliquer l'expérience qui lui occupait l'esprit, Robert s'efforçant d'arrêter les larmes qui de son cœur montaient brûlantes à ses yeux. Il lui semblait qu'il allait quitter pour toujours tout ce qui l'entourait, et, avec un attendrissement inconnu, il regardait la maison, les arbres, les fleurs, le ciel, qui ne lui avaient jamais paru si beaux. Des sentiments qu'il n'avait pas encore si vivement éprouvés s'éveillaient dans son cœur ; il regrettait ses folies, condamnait son existence inactive, maudissait les chagrins qu'il avait causés à son père. Il eût voulu tout cacher, et, en lui-même, jugeant que son malheur était la conséquence de sa conduite, il l'acceptait comme une expiation. De loin il vit venir sa sœur. L'altération de ses traits le frappa. Il ne lui laissa pas le temps de parler.

— Est-ce que tu viens me remplacer ? demanda-t-il, plein d'angoisse.

Elle baissa la tête tristement :

— Il y a au salon quelqu'un qui te demande.

— Quelque partie à arranger, dit le vieillard avec indulgence. Allons ! mon cher, ne te fais pas attendre.

Les deux jeunes gens frémirent à cette redoutable méprise.

Robert prit le marquis dans ses bras et posa sur les cheveux blancs du vieillard ses lèvres tremblantes, puis, tendant la main à sa sœur, sans oser l'embrasser :

— Adieu, fit-il brusquement, et il s'éloigna.

Derrière lui le père et la fille continuèrent leur promenade, sans parler, cette fois, comme si, dans l'air qui les entourait, quelque mystérieux effluve de la douleur d'Antoinette se fût répandu, apportant au cœur du marquis une soudaine tristesse.

Arraché à grand'peine aux protestations éplorées de la tante Isabelle, sous la conduite de Jousselin, Robert s'en allait dans la direction de Couvrechamps. Les gendarmes avaient pris les devants. Deux agents en bourgeois suivaient à cinquante pas. Et, chemin faisant, le commissaire, sous couleur de causer, interrogeait adroitement son prisonnier. Robert, surexcité et, d'ailleurs, n'ayant rien à cacher, racontait tout, ses coquetteries de longue date avec Rose, la soirée de la Saint-Firmin, la sortie du bal, la promenade dans le sentier de la Grande Marnière, la rencontre des Tubœuf, et la séparation sur le chemin de Clairefont. Ils étaient arrivés à la place même.

— Tenez ! c'était là... Je me suis arrêté une minute à la regarder se perdre dans l'obscurité, puis j'ai continué ma route... Si j'étais resté quelques minutes de plus, elle vivrait encore.

Une plainte stridente, lugubre, prolongée, comme un gémissement de bête à l'agonie, partant de la colline, lui coupa la parole. Dans la lande, les moutons du Roussot, ainsi que chaque jour, broutaient l'herbe rare. Mais le sauvage berger n'apparaissait pas, accompagnant, suivant sa coutume, le passant de ses cris modulés et de ses claquements de fouet. Il s'était fait invisible, et Robert le chercha vainement des yeux. Une plainte nouvelle s'éleva, lamentable, dans le silence de ce lieu solitaire, et alors, derrière un énorme grès, les deux hommes découvrirent l'idiot couché à plat ventre sur sa limousine, la tête dans ses mains, aveugle et sourd à tout ce qui n'était pas sa douleur.

— Pauvre diable ! dit Robert. Rose était bonne pour lui... Elle ne le repoussait pas, comme tous les gens de la ferme... Aussi il avait de l'adoration pour elle... C'est la joie de son existence qui s'en est allée !

Ils passèrent, et, derrière eux, les poursuivant à de longs intervalles, la voix pleurait, douloureuse et obstinée. Bientôt ils quittèrent le grand chemin, et se jetèrent sur la gauche. Au bout d'une percée verte, Couvrechamps leur apparut.

Une animation singulière emplissait le village. A l'entrée, auprès des premières maisons, des gamins semblaient attendre, qui crièrent vivement : Les voilà ! et s'enfuirent au galop, comme pris d'épouvante. Aux abords de la place, un grand rassemblement s'était formé. De la Neuville on avait fait la partie de venir voir passer le fils du marquis entre deux gendarmes. Il y eut un murmure de déception quand on aperçut, par l'allée de tilleuls en fleurs, Robert s'avançant libre, sous la conduite de Jousselin.

— Voilà ce que c'est que l'égalité ! grogna le sabotier de la Saucelle, démocrate farouche, dont mademoiselle de Clairefont avait, l'année précédente, soigné la fille qui se mourait de la fièvre typhoïde... A un autre on aurait mis les poucettes !

— Ils le relâcheront, marchez ! ajouta une voix dans la cohue.

— Est-ce que la « louai » est faite pour eux !

— Ah ! ah ! enlevons-le !

Les ouvriers des fabriques et les tâcherons de la scierie jetèrent des

— QUOI ! TU ME REFUSES ? DIT LE MARQUIS AVEC STUPEUR (PAGE 1245)

cris de mort, une poussée violente fit onduler la foule, des clameurs, perçantes de femmes, enlevant leurs enfants pour les empêcher d'être foulés aux pieds, s'élevèrent, et, par un mouvement instinctif, Jousselin prit le bras de son prisonnier, moins pour le retenir que pour le protéger. Rapidement, les gendarmes qui entouraient la misérable maison de Chassevent se portèrent à l'aide, et, devant les chevaux qui piaffaient avec un grand bruit d'acier entre-choqué, au milieu d'un flot de poussière, les plus ardents reculèrent.

— Je vous demande pardon, dit alors Robert avec un grand sang-froid au commissaire, de vous avoir causé de l'embarras... Après tout le bien que ma famille a fait dans ce pays, je m'attendais à plus de sympathie... Ah ! parfait ! tout s'explique ! ajouta-t-il avec un amer sourire.

Il venait, devant la porte de la maison, au milieu d'un groupe, de reconnaître Carvajan causant avec Tondeur. En arrière, presque caché, Pascal, tremblant d'émotion, se tenait adossé à la barrière d'un enclos. Un grand silence s'était fait. Robert continua à marcher, les yeux fixés sur le maire, la tête haute, un peu pâle, mais résolu. Le jeune homme, en cet instant, au milieu de cette foule menaçante, parut grandir. Une femme dit :

— Il fait belle figure, tout de même !

Et cette naïve approbation soulagea le cœur oppressé de Robert. Il eut la réconfortante certitude qu'il faisait bravement face au danger, et qu'on s'en apercevait. Une flamme d'orgueil lui monta au visage, et sans forfanterie, comme il était sans faiblesse, il regarda autour de lui.

Dans le petit jardin qui bordait la façade en pisé, se tenaient le juge d'instruction, écoutant un personnage inconnu qui parlait avec animation, et en qui Robert devina un inspecteur de la sûreté, et le docteur Margueron, qui, sans doute, avait fait les constatations légales.

La porte de la maison de Chassevent était ouverte, et, dans l'obscurité du logis, éclairé par une seule fenêtre, à laquelle avait grimpé un rosier blanc chargé de fleurs, une lueur de flambeau funéraire jaunissait.

Un soupir gonfla la poitrine du jeune homme : c'était là que, silencieuse et glacée, la pauvre Rose dormait son dernier sommeil. Il n'eut pas de terreur à la pensée de se trouver en face d'elle. Il n'éprouva qu'une pitié tendre et attristée. Qu'avait-il à redouter de la douce morte ? La vue de son visage pouvait lui arracher des larmes, mais ne devait pas lui inspirer d'horreur. Si, la soulevant sur sa couche mortuaire, un miracle lui avait rendu la vie, la première parole prononcée par elle eût été pour attester l'innocence de Robert.

Et pensant au véritable meurtrier, à celui qui restait inconnu, qui se cachait peut-être dans cette foule grouillante, donnant, qui sait ? le signal des cris de haine, Robert serrait les poings avec colère. Ah ! qu'il le tînt jamais à sa merci, celui-là, et il lui paierait d'un seul coup la dette de la pauvre victime et la sienne. Quelque voleur, sans doute, qui échappait momentanément, grâce à l'erreur dans laquelle l'active animosité de Carvajan avait fait tomber l'opinion publique et le pouvoir judiciaire. Mais des explications loyales et franches devaient dissiper aisément tous les doutes, rétablir les faits, diriger les recherches dans un autre sens, et amener sa disculpation à lui et la découverte du vrai coupable.

Un mouvement se produisit dans le jardinet. Le juge, rejoint par son greffier tenant sous le bras un large portefeuille, venait de pénétrer dans la maison. Jousselin toucha le bras de Robert, et simplement :

— Il faut que nous entrions, fit-il. D'un ton plus bas il ajouta : On va vous confronter avec la victime... Le bonhomme n'osait dire ouvertement à son prisonnier : Prenez garde, surveillez vos regards, vos gestes, vos paroles... Mais, par ce seul mot : confronter, il l'avertissait du péril, et le défendait contre une émotion qui eût pu être prise pour de l'effroi.

— Je suis prêt, répondit Robert, et, passant le premier, il franchit le seuil.

Sur son lit, éclairée par un flambeau, blanche avec des ombres violettes aux tempes, entourée de ses cheveux blonds encore entremêlés de fleurs de bruyère, Rose, étendue, semblait dormir. La mort n'avait pas altéré sa beauté, et son visage aux traits délicats était épanoui par un dernier sourire. Sur une table, dans un plat de cuivre rempli d'eau bénite, la branche de buis, rapportée de la dernière fête des Rameaux par la jeune fille, avait été plongée pieusement. Tout à côté se voyaient l'écharpe dont Rose s'était couvert la tête pendant la soirée, et le foulard de soie que Robert lui avait donné pour s'envelopper le cou. Un clair rayon de soleil, entrant par l'étroite fenêtre, jouait avec le cuivre du plat, irisait l'eau, et faisait paraître rougeâtre le tissu de laine de l'écharpe.

Robert, recueilli comme dans un lieu saint, se tenait près de l'entrée, attendant. Carvajan s'était glissé à sa suite, plus troublé et plus anxieux que lui.

— Monsieur de Clairefont, dit le juge d'une voix maussade, approchez du lit... Vous reconnaissez cette fille?

— Oui, Monsieur, répondit le jeune homme avec une tranquille fermeté.

Le magistrat fit signe à son greffier d'écrire, et, se tournant vers l'homme en qui Robert avait deviné un policier :

— Montrez les traces du meurtre.

L'agent découvrit la poitrine de la morte, et, sur le cou rond et charmant, que Robert ne put regarder sans un horrible serrement de cœur, apparut une ligne violacée. Alors, le juge, s'adressant à M. Margueron :

— Veuillez, docteur, nous donner communication du résultat de votre examen.

Sans doute, le brave médecin de campagne se trouvait pour la première fois de sa vie à semblable épreuve, car il frémit, fit un geste effaré, voulut parler, mais ne put d'abord y parvenir, tant sa gorge était contractée par l'émotion. Il se remit au bout d'une seconde, et alors, comme un flot trop longtemps contenu, il se répandit en explications, semées de termes médicaux, desquelles il résultait qu'appelé à faire l'examen du corps de la fille qui se trouvait sous ses yeux, il avait constaté à la base du pharynx et au point de jonction avec la trachée une violente ecchymose qui avait pour cause une pression à l'aide d'une grosse corde ou d'un mouchoir; cette pression avait duré

environ cinq à six minutes, c'est-à-dire le temps de causer la mort par
l'asphyxie. Nulle autre trace de violence n'avait été relevée par lui.
D'après ce qui avait été porté à sa connaissance par le bruit public,
il pensait que le meurtrier, en se sauvant pour échapper à la poursuite du père et du cabaretier Pourtois, s'était efforcé d'étouffer les
cris de la victime et que, dans la précipitation de sa fuite, le bâillon
qu'il lui avait mis sur la bouche avait dû glisser le long du menton
jusqu'au cou, et, alors, la pression déréglée faite par l'homme qui
fuyait avait amené l'étranglement.

Entraîné par la chaleur croissante de son débit, le docteur s'était mis
à mimer la scène. Et c'était à la fois grotesque et sinistre de voir ce
gros homme grisonnant, jouant cette terrible comédie, au pied
même du lit de la morte, devant celui qui était accusé de l'avoir
assassinée.

— Nous vous remercions, dit alors le juge, désireux de couper
court à l'exubérance du praticien, et s'adressant à Robert :

— Reconnaissez-vous avoir donné la mort à Rose Chassevent dans
la nuit du 25 au 26 septembre?

— Non, Monsieur.

— Vous ne voulez fournir aucun renseignement sur ce qui s'est
passé entre vous et la victime?

— J'ai dit à M. le commissaire tout ce que je sais. Mais je ne puis
vraiment pas m'accuser de ce dont je suis innocent.

— C'est bien ! Je suis obligé de vous garder à ma disposition.

— Faites, Monsieur, si c'est votre devoir, dit gravement Robert.

Alors, dans l'obscurité grandissante de la chambre, s'approchant
du lit sur lequel reposait Rose, il s'inclina pieusement, et, à genoux
sur le carreau, il fit une courte prière. S'étant relevé, il s'approcha de
la fenêtre, détacha du rosier blanc, rougi par les rayons du soleil
couchant, la plus belle de ses fleurs, et, l'ayant trempée dans l'eau
bénite, la posa parfumée sur le front pâle de la morte.

— Adieu donc, pauvre fille ! murmura-t-il avec un accent de
tristesse profonde. Puis, se tournant vers le juge :

— Monsieur, je suis à vos ordres.

Chacun se taisait, pris par la touchante simplicité de cette scène. Seule, la voix de Carvajan se fit entendre :

— On a toujours été un peu théâtral dans la famille... Mais qui veut trop prouver ne prouve rien.

Robert haussa dédaigneusement les épaules, et, sans faire même à son ennemi l'honneur de le regarder, il suivit le commissaire hors de la maison.

Le soir même, il était conduit à Rouen et écroué à la prison de Bonne-Nouvelle.

Ainsi que l'avait fait pressentir la tante Isabelle, il lui aurait été impossible de ne pas suivre son Benjamin. Après une soirée passée à se ronger les poings dans des accès de fureur contenue et une nuit pendant laquelle elle parut près de devenir folle, la vieille fille avait sauté en chemin de fer. Antoinette, restée seule avec son père, dut, pour expliquer l'absence de son frère et de sa tante, forger de toutes pièces une histoire.

Mademoiselle de Saint-Maurice avait eu des difficultés avec son fermier et elle était partie pour quelques jours avec Robert. Pour quelques jours ! Le marquis n'avait point remarqué le sourire navrant dont Antoinette avait accompagné ce mensonge. Il n'était point exigeant, le bon Honoré, et, pourvu qu'on ne le tourmentât pas au sujet de ses inventions, il passait volontiers condamnation sur le reste. Il se suffisait, d'ailleurs, admirablement à lui-même

Il s'était replongé plus passionnément dans l'étude de son procédé de chauffage. Le perfectionnement était le vice du marquis. Une invention n'était intéressante pour lui qu'à l'état d'énigme. Une fois trouvée, elle cessait de lui plaire. Son esprit inquiet se mettait en quête d'un autre résultat. Et rarement il s'en tenait à ce qu'il avait réalisé. Il lui fallait toujours le mieux, ce destructeur du bien.

C'était ainsi qu'il avait pu rendre improductives les affaires les meilleures, et stériliser la Grande Marnière, cette mine d'or qu'un commis intelligent et honnête eût suffi à administrer de façon à enrichir son maître et tout le pays. Depuis trois jours, il ne parlait plus, même à table. On le voyait absorbé, l'œil fixe, la pensée visiblement absente. Robert, quand il était encore là, avait dit plaisamment :

— Ah ! mon père est remonté dans son laboratoire !

Le marquis n'avait même pas entendu ; il poursuivait son rêve et s'efforçait d'enchaîner sa chimère. Que de millions de lieues il avait fait ainsi dans le vague, chevauchant son dada fantastique pour n'atteindre que l'impossible ! Cependant il avait par instants de soudaines explosions de joie. Il se frottait les mains avec force, et, la figure radieuse, il s'écriait ·

— Ah, ah ! cette fois, je crois que je le tiens bien !

Et, sans explications préalables, pour sa satisfaction personnelle il entamait une courte dissertation sur le procédé qu'il voulait appliquer. Ses auditeurs, régulièrement, opinaient du bonnet lorsqu'il les provoquait à l'approbation par des : hein ? n'est-ce pas ? qu'en dites-vous ? ah, ah ! qu'ils ne pouvaient pas laisser tomber dans le silence sans risquer de faire subir au vieillard le cruel serrement de cœur du doute.

Antoinette bénit la fatale manie qui, en cette circonstance, absorbait si heureusement son père. Il ne parut pas s'apercevoir de l'absence de la tante de Saint-Maurice, qui pour la première fois, depuis trente ans, ne dînait pas à la table commune. Quant à Robert, il faisait des déplacements de chasse fréquents et prolongés.

Après le repas, qui fut court et silencieux, le marquis et sa fille se trouvèrent en tête-à-tête dans l'immense salon qui, éclairé par deux lampes, leur parut tout noir. Les rafales d'un vent violent ébranlaient les futaies séculaires du parc, et pleuraient, lugubres, dans les hautes cheminées du château. Et la jeune fille écoutait ces plaintes se demandant si ce n'était pas les âmes des morts de Clairemont qui, tournoyant dans la nuit, gémissaient sur le malheur de la famille.

SUR LE PAS DE LA PORTE, IL SE RENCONTRA AVEC MADEMOISELLE
DE CLAIREFONT (PAGE 1260)

Puis sa pensée s'en allait à la suite de son frère, et elle se le figurait dans une cellule sombre et nue, attendant qu'on décidât de son sort. Où était la tante Isabelle ? Qu'avait-elle pu faire ? On n'entrait sans doute pas facilement dans une prison. Peut-être ne verrait-elle même pas Robert. Alors, comme un vieux chien fidèle, que son maître a laissé à la porte, elle resterait regardant les murailles, heureuse encore de se dire : Il est là, l'enfant que j'aime, je suis dans l'air qu'il respire, ces pierres seules le séparent de moi... Oh ! la triste soirée ! Et comme les heures sonnaient lentes et lugubres ! Seule, sans amis, sans conseils, avec ce vieillard qui dodelinait de la tête au fond de son fauteuil, tout à sa folie, quand le malheur donnait l'assaut à sa maison, et entrait terrible, implacable, par toutes les brèches ! Oh ! que de pensées navrantes, que de pleurs refoulés !

— Ah, ah ! dit le marquis, avec un rire qui glaça Antoinette, cette fois, c'est tout à fait ça ! Vois-tu, ma fille, la grille du haut, dans mon fourneau, est à surface plane, et la disposition est vicieuse. Elle cause le stationnement des résidus qui entravent le courant d'air. Il faut que la grille soit infléchie : alors tout descend normalement, et l'incandescence est continue. Voilà ! c'est très simple ! Qu'en dis-tu ?

C'est parfait, mon père !

— Tu me dis : c'est parfait, bien mollement ! Tiens, au lieu de rester dans ce salon où nous sommes perdus comme deux abandonnés, montons chez moi... Je te montrerai mon modèle, et te ferai toucher le perfectionnement du doigt... C'est la fortune, fillette ! oui, c'est la fortune !

Se soumettant au caprice du vieillard, Antoinette prit une lampe, et tous deux montèrent au premier étage de la tour.

Dans la vaste salle dont la voûte ogivale est soutenue par des piliers de pierre à fines nervures, le marquis s'était aménagé à la fois une bibliothèque, un cabinet et un laboratoire. Tout le côté donnant sur le parc était garni de rayons qu'encombraient les livres innombrables et poudreux ; un escalier mobile, roulant le long de la muraille, mettait le savant à même de prendre l'ouvrage dont il avait besoin. Un admirable bureau était placé devant la large fenêtre cintrée ornée de vitraux, et, près d'un pilier, une table à dessiner se dressait, chargée de plans et d'épures. Un tapis épais couvrait les dalles de granit, dans toute cette partie de la tour, meublée confortablement de fauteuils profonds, propres à la méditation et, disait Robert, au sommeil

L'autre côté, donnant sur la cour d'honneur, était réservé au laboratoire. Un immense fourneau de briques, à large manteau, au-dessus duquel se voyait un soufflet terminé par une chaîne, semblable à celui d'une forge, avait reçu l'adjonction d'un petit four en fonte, surmonté d'un tuyau qui se perdait dans la grande cheminée. C'était le fameux brûleur du marquis. Sur les tables, des cornues, des fioles de toutes formes, et, dans un coin, auprès d'une vasque de pierre, dans laquelle l'eau coulait à volonté, un serpentin au cou de cuivre en zigzag. Dans ce pandémonium, où avaient pris naissance les idées funestes qui, en trente ans, avaient consommé la ruine de la maison, le marquis se trouvait complètement heureux.

Il poussa un soupir de satisfaction et regarda sa fille avec plus de tendresse.

— Il y avait quelque temps, ma chérie, que tu n'étais venue ici, dit-il... Tu vois, j'ai là bien des dessins qui réclament tes soins... Puisque nous sommes, pour quelques jours, en garçons, tu devrais l'installer avec moi... Tu verrais comme nous passerions de bonnes journées !...

Et le vieil enfant souriait, uniquement préoccupé de son idée fixe.

— Oui, mon père... dit Antoinette du bout des lèvres.

Alors le marquis enchanté s'élança vers son brûleur, tira les caisses roulantes, pleines de charbon, qui occupaient tout le dessous du fourneau, et commença, à grand renfort de copeaux et de papier, à allumer lui-même son appareil. Il avait retroussé ses manches jusqu'aux coudes et se salissait épouvantablement. Il y eut bientôt dans le laboratoire une fumée telle qu'il fallut ouvrir les fenêtres. Et, moitié parlant, moitié toussant, à demi asphyxié, l'inventeur expliquait. Il allait de l'appareil, qu'il déclarait défectueux, aux dessins nombreux sur lesquels il l'avait rectifié...

— Vois-tu, ma fille, les copeaux mouillés brûlent maintenant:

c'était la mise en train qui était difficile... Le tirage est insuffisant, mais, avec une cheminée d'usine, ça irait tout seul... Des copeaux mouillés!... Hein? Et quelle chaleur! Toute la valeur de l'invention est là... En Amérique, dans les plantations, ils pourront chauffer avec des détritus de cannes à sucre! Qu'en dis-tu?

Antoinette ne disait rien. Attirée par la lumière, une énorme chauve-souris était entrée dans le laboratoire et, toute noire, ses ailes étendues, elle tournoyait. Par deux fois l'horrible bête, dans son vol sinistre, effleura la jeune fille, qui, fascinée, ne pouvait la quitter des yeux. Il lui semblait la voir grandir peu à peu et s'étendre, resserrant les cercles qu'elle traçait. Sa tête, devenue énorme, avait des regards de feu, et un rictus diabolique qui rappelait le visage de Carvajan. Elle passa encore une fois, les griffes étendues, comme un vampire, et, terrifiée, Antoinette se dit : Si elle me touche, c'est que nous n'avons plus rien à espérer et que nous sommes irrémédiablement perdus.

Une rougeur lui monta au visage, elle saisit le long tisonnier que son père venait de poser, et, au moment où la bête hideuse s'avançait menaçante, elle frappa. Brisée par la tige de fer, la chauve-souris tomba sur la grille du brûleur, et Antoinette avec une joyeuse surprise, la vit disparaître dans les flammes.

Elle respira plus librement; elle pensa : Je suis indigne de me laisser abattre. Il faut lutter, vaincre, en tout cas se défendre... Est-ce possible que des gens comme nous soient si bas, qu'ils n'aient plus le moyen de se relever?

Puis l'horreur de la situation s'imposa de nouveau à son esprit, et elle se reprit à désespérer. Son frère! Qui sauverait le pauvre garçon accusé si bassement, et autour duquel s'étendait le réseau dangereux des calomnies? Si elle pouvait essayer de faire face aux difficultés de leur situation financière, comment irait-elle au secours de ce sang de son sang? Elle avait l'ignorance de la pureté. Les lois criminelles n'étaient point faites pour son innocence. Elles lui faisaient l'effet d'une monstrueuse énigme. Le péril qui menaçait Robert lui semblait formidable et incompréhensible.

Et la tristesse s'étendait en elle, sombre, profonde, ainsi qu'une nuit intérieure. Son père continuait à parler et elle ne l'écoutait pas. Les paroles du vieillard tombaient dans le vide, comme du robinet l'eau gouttant sonore et inutile dans la vasque de pierre. A la pensée de la jeune fille revenait, obsédante et désolante, la préoccupation du salut de Robert, et du payement de l'échéance prochaine.

Elle songea un moment à interrompre le marquis au milieu de ses amusements scientifiques, et à lui poser nettement la question d'argent qu'il fallait résoudre. Au moment de parler, un dernier reste de pitié pour le vieil enfant qu'il fallait arracher à son aveugle sécurité arrêta les mots décisifs. Elle se tut, pensant : Il sera assez tôt demain, qu'il ait encore au moins cette soirée heureuse, et cette nuit tranquille. Et comme un vol de spectres nocturnes, les pensées sinistres recommencèrent à enserrer son esprit dans leur cercle douloureux.

A onze heures, le père et la fille quittèrent le laboratoire et descendirent dans leurs appartements. Le marquis, heureux d'avoir pu, pendant deux heures, développer ses idées, sans se préoccuper de savoir s'il avait seulement été entendu, embrassa Antoinette, et la quitta en lui disant :

— Je suis tout ragaillardi ! Tu ne t'imagines pas comme ta présence me fait du bien... Quand je te vois au milieu de mes appareils, je crois que tout ce que j'ai entrepris doit réussir... Tu reviendras, n'est-ce pas ? Tu y as intérêt, sais-tu... C'est la fortune !...

La fortune ! toujours le mot magique, le rêve de tout savant : la pierre philosophale découverte; l'or coulant d'un creuset ou jaillissant d'un appareil. Et l'inventeur, confiant et ravi, alla se coucher avec ce rayon dans la cervelle.

La nuit parut longue à Antoinette. Elle resta les yeux ouverts dans l'obscurité, écoutant l'ouragan qui se déchaînait au dehors et faisait trembler le château sur sa base. Ces souffles irrités, passant et repassant en violents tourbillons, lui rappelaient la mer, et, dans la fièvre de son insomnie, il lui semblait être sur un navire battu par la tempête. Des haleines furieuses grinçaient dans les mâts et dans les cordages, et la poussée croissante et décroissante de eur bruit tumultueux donnait à la jeune fille la sensation de la montée énorme et de la descente profonde des vagues.

Elle se trouvait, au milieu d'une obscurité traversée seulement par de rouges éclairs, emportée sur un océan couleur d'encre. Elle était tout étourdie par le balancement horrible des flots, et souffrait cruellement. L'orage grandissait sans cesse, emplissant ses oreilles de sifflements stridents, et, dans le trouble de ses pensées, elle se figurait allant délivrer son frère abandonné sur un étroit et stérile rocher.

Elle se tournait vers celui qui commandait le fantastique vaisseau et, à la lueur de la foudre, elle lui voyait le visage de Pascal. Il la regardait avec douceur, comme pour lui dire : Tu sais bien que je t'adore ; tu n'as qu'un mot à prononcer, qu'un signe à faire, et c'est moi-même qui te conduirai vers ton frère, qui assurerai son salut. Rien ne me coûtera pour te plaire. Tes larmes me désolent, je souffre de ton chagrin. Ne t'entête pas dans ton orgueil, sois raisonnable et bonne. Et ton malheur, en un instant, va se réparer.

Mais elle, implacable, détournait la tête, refusait de faire entendre la prière si doucement implorée. Et, dans le chaos mouvant des flots exaspérés, le navire s'éloignait, abandonnant à son sort le pauvre Robert qui appelait à grands cris. La nuit se faisait plus sinistre, la clameur du vent plus effroyable, et les vagues énormes, devenues couleur de sang, roulaient dans leurs plis des cadavres.

Antoinette, terrifiée, voulut s'arracher à cet horrible cauchemar. Elle se raisonna, se dit : Mais non, je suis dans ma chambre, près de mon père, je rêve tout éveillée. Elle tâta les draps de son lit pour se convaincre. Mais toujours l'hallucination revenait. Elle dut allumer un flambeau, et, brisée de fatigue, les cheveux collés au front par une sueur glacée, elle retrouva un peu de calme. Enfin le jour parut, pâle, et la délivra de cette angoisse.

Le premier regard qu'elle jeta au dehors lui montra les ravages que l'ouragan avait faits dans les massifs du parc et sur les toits du château. La terrasse était semée de débris d'ardoises et de fragments de briques, les allées couvertes de branches brisées.

Le marquis, chez lequel la jeune fille entra, dès le matin, était frais

comme une rose, ayant dormi d'un sommeil d'enfant, sans trouble
et sans rêve. Comme il montait dans son cabinet, vers dix heures, une
lettre apportée par un clerc de Malézeau fut remise à Antoinette qui
courut s'enfermer pour la lire. Elle contenait un billet envoyé de
Rouen par la tante de Saint-Maurice, et apporté par un exprès, ainsi
qu'une suppliante recommandation du notaire d'avoir à ne pas oublier
l'échéance du lendemain.

La tante Isabelle faisait savoir à sa nièce, qu'arrivée à sept heures,
elle s'était fait conduire, sans retard, par un ami influent, chez le procureur général, à qui elle avait demandé la mise en liberté de son
neveu. Mais, malgré une bonne volonté évidente, le magistrat n'avait
pu faire droit à sa requête. L'affaire, racontée par les gazettes du
département, avec force détails inexacts, suivant l'usage de ces
« canailles de journalistes », faisait déjà un tapage effrayant dans la
ville. Il était impossible de voir Robert, qui se trouvait, lui avait-on
dit, « au secret ».

Elle s'était logée dans le quartier Saint-Sever, chez un carrossier
qui lui louait une chambre meublée, et elle ne savait plus à quel saint
se vouer. La vieille fille, au travers de ses tourments, n'oubliait pas
les affaires et prévenait sa nièce que tous les papiers relatifs à l'échéance
étaient serrés dans la commode de sa chambre, sous ses mouchoirs.

En lisant ce billet griffonné à cinq heures du matin, d'une grosse
écriture, sur du papier commun, et avec autant de fautes d'orthographe que de mots, Antoinette pleura. Cet aveu d'impuissance fait
par la pauvre tante dissipa les suprêmes hésitations, détruisit les
dernières espérances de la jeune fille. Elle découvrit la réalité
navrante, et eut la certitude que tout était perdu. Elle résolut de
faire ce que la situation lui commandait, et, sans prendre la peine
d'essuyer ses yeux humides de larmes, elle monta chez son père.

Assis devant son bureau, l'inventeur écrivait des notes en marge
d'un plan. Il s'arrêta en voyant entrer sa fille, et, repoussant en arrière
le chaperon de velours qui lui couvrait la tête et le faisait ressembler
à un vieil alchimiste :

— Ah, ah! tu prends intérêt à ce que je t'ai montré hier, dit-il gaiement, puisque te voilà ici de si bon matin... Sois la bienvenue, mon enfant. Tiens, assieds-toi là, près de moi...

Et comme Antoinette frémissante lui obéissait silencieusement.

— Mais qu'est-ce que je vois? s'écria-t-il, tes yeux sont rouges, comme si tu avais du chagrin... Ah çà! qu'y a-t-il? j'exige que tu me parles franchement...

— Hélas! mon père... je n'ai plus le loisir de me taire... Sans quoi je vous aurais, peut-être plus tendrement que prudemment, épargné encore de cruelles inquiétudes.

— C'est encore Malézeau qui aura fait des siennes!... interrompit le marquis avec ennui... Ne peut-il arranger ces affaires, sans nous en rompre la tête?... J'ai de bien autres et plus graves préoccupations... Le temps qu'il me fait perdre est précieux...

— Le temps, mon père, vous n'en pouvez plus disposer, dit mademoiselle de Clairefont... Vous êtes arrivé à l'extrême limite... et l'impatience de vos créanciers ne peut plus être calmée.

Le marquis prit un air à la fois étonné et mécontent.

— Ne leur a-t-on pas fait entendre que j'étais à la veille de réaliser des bénéfices importants avec mon invention nouvelle? Si je ne m'étais pas ingénié à y apporter un dernier perfectionnement, mes brevets seraient pris, et la grande industrie serait ma tributaire... Car tu as vu, fillette, hier soir. Tu ne peux pas nier. C'est certain, évident, palpable!... Et dans quelques jours...

— Vous n'avez plus devant vous que des heures...

— Eh! ces drôles se fâchent réellement? Il me semble qu'ils ont gagné assez d'argent avec moi, depuis trente ans qu'ils me grugent... Ils pourraient se montrer une dernière fois accommodants...

— Mais, mon père, vous oubliez donc que c'est avec M. Carvajan que vous avez à compter, maintenant, avec lui seul? Ou bien M. Malézeau ne vous a-t-il rien dit, la dernière fois qu'il est venu?

L'inventeur se frappa le front, comme une personne qui retrouve au fond de sa pensée un souvenir très effacé.

— Si, ma fille, je me rappelle quelque chose comme ça... Mais je m'étais beaucoup animé, en lui parlant de mon fourneau qui me satis-

SAISISSANT UN MARTEAU, IL SE PRÉCIPITA VERS LE FOURNEAU
(PAGE 1268)

faisait, quoiqu'il n'eût pas encore subi le perfectionnement décifs...
Et, les talons tournés, je n'ai plus pensé à cette misérable affaire...
Ah ! Carvajan ?... oui, oui... Et qu'est-ce qu'il veut ?

— L'argent que vous lui devez, mon père.

— C'est fort juste. A-t-il présenté son compte ?

— Présenté, protesté, signifié, toutes les formalités qui précèdent
la saisie...

— La saisie ?

— Et l'expropriation, oui, mon père ; c'est là seulement ce qu'il
reste à faire.

— Mais, mon enfant, il me semble qu'on lui a laissé, avec bien de
la négligence, accumuler des frais inutiles... Que n'a-t-on payé tout
de suite ?

Mademoiselle de Clairefont regarda le vieillard avec une compatis-
sante tendresse :

— Ah ! si on avait pu !

Le savant frotta fortement sa tête blanche avec son bonnet de
velours, et, très inquiet subitement :

— Il n'y a donc point de fonds disponibles ?

— Non, mon père ; depuis un an, nous vivons avec une simplicité
plus grande que celle des petits bourgeois de la ville. Vous ne vous en
êtes pas aperçu, car vous êtes indifférent aux recherches du luxe. C'est
grâce à cette économie que nous avons pu subvenir aux dépenses que
vous avez faites pour vos travaux. Vous retourneriez toutes nos
poches que vous ne réuniriez pas mille francs, et nous n'avons rien à
recevoir. Le fermier de Couvrechamps a payé son loyer, celui de La
Saucelle est en avance. Les bois de Clairefont sont coupés à blanc. Il
reste les futaies du parc, qui valent, dit-on, une soixantaine de mille
francs, mais ce serait déshonorer la propriété.

Le marquis ne parut pas avoir entendu les derniers mots ; il suivait
sa pensée :

— Ces soixante mille francs, je comptais les appliquer à la prise de
mes brevets.

Cet aveugle et implacable égoïsme arracha à Antoinette un cri de

douleur. Son père, elle le comprit, se souciait fort peu de la ruine de
la maison. Au milieu du désastre commun, il ne songeait qu'à son
invention, et se montrait prêt à sacrifier à sa manie jusqu'à l'honneur
de son nom. Il s'était levé et errait à pas lents dans son laboratoire,
jetant des regards inquiets et caressants à son brûleur. Un combat
semblait se livrer en lui. Il gesticulait en marchant et parlait tout haut
sans s'en apercevoir.

— Au moment où je touche au résultat certain... pour quelques
misérables milliers de francs... C'est impossible !... Quel coup pour
moi!... Non! on doit pouvoir emprunter encore sur le domaine... S'il
le faut, j'abandonnerai la moitié des brevets... Oui... je sacrifierai
l'Asie, l'Afrique et l'Océanie. Ce sont des millions que je perds... Mais,
au moins, l'Europe et l'Amérique m'appartiendront... Oui, pour
quelques milliers de francs !...

Antoinette, pâle et froide, suivait la lutte inutile engagée par le
savant contre lui-même. Vainement, il amputait son œuvre. Vainement
comme le marin pour alléger son navire, il jetait une partie de la cargaison à la mer. Il était trop tard, et la tourmente, au milieu de
laquelle il se trouvait engagé, devait tout engloutir.

— Hélas! mon père, dit-elle avec fermeté, renoncez à vos rêves...
Vous ne pourrez pas les réaliser... Tout est fini, bien fini... Les dernières ressources sont taries... Croyez qu'il me faut un grand courage
pour vous parler ainsi... Si j'avais pu m'y décider plus tôt, peut-être
ne serions-nous pas arrivés à une ruine si complète.

— Ma fille ! interrompit le marquis d'un ton de reproche.

— Oh! ne doutez pas de mon respect et de mon affection, interrompit mademoiselle de Clairefont... Je vous les prouve mieux en
vous tenant aujourd'hui ce langage, qu'autrefois en gardant le
silence... Vous aviez le droit de disposer d'une fortune qui vous
appartenait, et personne dans la famille ne se permettra de discuter
l'emploi qu'il vous a plu d'en faire.

— Eh! aveugle que tu es! s'écria avec force l'inventeur, je voulais, je veux encore vous enrichir! Tu ne comprends donc rien, tu
n'as donc plus confiance en moi?

— Si, mon père... Mais le résultat a trahi vos efforts... Et non seulement vous n'avez plus d'argent pour continuer, mais vous n'en avez pas pour acquitter vos dettes.

— Qu'importent mes dettes ? J'en doublerais la somme, sans crainte et sans scrupule : je suis sûr de réussir !

— Vous l'avez affirmé déjà bien souvent, mon père.

— Voyons, la situation n'est pas si désespérée que tu le dis ? Je comprends vos inquiétudes... Vous ne savez pas, vous autres, ce que je puis attendre de mon affaire nouvelle... Vous n'avez pas, comme moi, la réalisation devant les yeux !... Oh ! tu ne connais pas les sacrifices dont un créateur est capable pour sauver son œuvre. Tiens ! Cellini, voyant que le bronze en fusion allait manquer dans le moule de son Jupiter, jeta à la fournaise de la vaisselle d'or et d'argent ciselée de sa main... Moi, vois-tu, mon enfant, pour assurer le succès de ma découverte... je ferais tout ! J'y crois tant, que je me vendrais moi-même.

Enflammé par l'enthousiasme, le vieillard montra un visage transfiguré. Il serra sa fille dans ses bras et lui prodigua les noms les plus tendres. Tout ce qu'un enfant capricieux et câlin peut, pour obtenir une faveur, adresser de supplications et faire de cajoleries à sa mère, le vieillard le tenta pour désarmer Antoinette. Il la trouva de glace. Cette fière Clairefont, bonne et généreuse jusqu'à la démence, une fois butée à une résolution, devint implacable.

— La tante Isabelle possède Saint-Maurice, intact, dit le marquis. Ne peut-elle emprunter dessus de quoi nous dégager cette fois ?

— Elle s'y refusera : elle l'a dit bien souvent. Saint-Maurice doit être, dans sa pensée, le dernier asile de la famille.

— L'ingrate ! s'écria l'inventeur avec amertume... Depuis trente ans qu'elle est chez moi, ai-je jamais, avec elle, distingué entre le mien et le sien ? Tout a été commun pendant la prospérité. Tout se sépare au moment du désastre !

— Non ! mon père, vous êtes injuste. La tante Isabelle a déjà payé plus qu'elle ne pouvait, et son désintéressement, sachez-le, a été à la hauteur de son affection.

— Mais toi, ma fille, ma chérie, ma bonne petite Toinon... Tu ne laisseras pas ton père dans un embarras mortel... Car j'en mourrai, vois-tu, si je ne réussis pas ? Tu as de l'argent... Ton frère t'a abandonné sa part... La fortune de ta mère est dans tes mains... Sauve l'avenir de notre maison, relève Clairefont de la ruine !.. Tiens ! sois mon associée ! Je te fais millionnaire... M'entends-tu ? Réponds-moi donc ! Est-ce que tu ne comprends pas ? Millionnaire ! Oui ! en un an ! Ah ! ah ! ah ! c'est beau ! Cela vaut la peine de risquer quelque chose... Pas toute ta dot, une partie seulement !

Et, suppliant, les yeux égarés, il tendait les mains vers Antoinette.

Elle frémit de douleur. Ainsi son père en était venu à un tel abaissement moral ! Sa passion, comme un poison qui ronge, avait fini par détruire en lui la délicatesse de l'homme, la dignité du chef de famille. Celui qu'elle avait sous les yeux n'était plus qu'un pauvre maniaque presque en enfance. Il ne méritait pas de reproches, il ne pouvait qu'inspirer la pitié. Sa dot ? Il la lui demandait, gémissant comme un mendiant qui implore une aumône. Il ne soupçonnait pas, dans son ignorance de tous les dévoûments qui s'empressaient héroïques autour de lui, que, cette dot, elle l'avait déjà jetée dans le gouffre, sacrifiant mariage, avenir, bonheur, pour lui épargner une contrariété. Antoinette, le cœur serré, se résigna à mentir pour épargner au vieillard la douleur d'apprendre qu'elle s'était dépouillée pour lui.

— Ce que vous demandez là, mon père, est impossible, reprit-elle avec une voix altérée.

— Quoi ! tu me refuses ? dit le marquis avec stupeur. Tu laisses ton vieux père te supplier inutilement. Voyons, tu n'as pas compris, ou bien je me trompe, tu n'as pas répondu non...

Il la vit muette et immobile, navrée, mais faisant ferme contenance. Il la regarda jusqu'au fond de l'âme, elle détourna la tête. Elle n'eut pas une larme, mais le cercle qui meurtrissait ses yeux devint plus noir, accusant la pâleur de ses joues. Le marquis, stupéfait de trouver sa fille tout à coup si différente d'elle-même, en avait oublié son invention. Il était tout à la constatation de son impuissance sur cette enfant jusque-là esclave docile de ses fantaisies.

— Ainsi, pour une misérable somme d'argent, tu vas laisser se consommer notre ruine, tu vas supporter qu'on vende la demeure où tu es née, où nous avons vécu... où ta mère est morte...

Elle restait de marbre, ne parlant plus, n'opposant aux instances du vieillard que la force d'inertie. Il s'exaspéra. C'était la première fois qu'on lui résistait.

— Sans doute vous étiez d'accord, ta tante, ton frère et toi... C'est là probablement la raison de leur absence?... Ils ont fui. Toi, plus hardie, ou moins sensible, tu es restée pour me tenir tête... Tu me refuses le salut, tu me voles non seulement la fortune, mais la gloire Tu es une fille dénaturée... Tiens! va-t'en! Je ne veux pas supporter ta présence... Sors d'ici!...

Il marchait vers elle, le visage décomposé par une rage sénile, les lèvres tremblantes... Elle ne put résister davantage, elle éclata en sanglots, elle ouvrit les bras, saisit avec force ce père qui approchait menaçant, le couvrit de caresses et de larmes, le supplia, le raisonna, lui parlant tour à tour comme à un enfant gâté et comme à un homme raisonnable.

— Non! vous ne savez pas combien vous êtes à la fois injuste et cruel!... Oh! ne dites plus rien, ne m'éloignez pas de vous... Plus tard, vous en auriez un regret mortel... N'accusez ni ma tante ni mon frère... Ah! Dieu! ils donneraient leur sang pour vous... ainsi que moi!... Nous sommes victimes de la fatalité... Elle s'acharne contre nous... N'essayez pas de comprendre... Nous sommes plus malheureux que vous ne pouvez le supposer... Ne cherchez pas... Et soyez bon! N'accablez pas votre fille qui vous aime, vous vénère, et dont la seule joie en ce monde est votre tendresse!

Elle se mit à genoux, étourdit le vieillard, le réduisit au silence, mais n'arriva pas à le convaincre. Dans sa tête obstinée, il ruminait toujours son projet, et cherchait un moyen détourné de le réaliser. L'idée de faire venir Tondeur et de lui vendre les grands arbres du parc s'imposait à lui. Raser les allées ombreuses, être le bourreau de ces bosquets sévères et profonds, qui couronnaient le penchant de la

colline de leurs voûtes verdoyantes, voilà ce qu'il complotait silencieusement. Planté devant la fenêtre, absorbé en apparence par le
panorama merveilleux qui s'offrait à ses yeux, il n'admirait pas la
splendeur et la variété des points de vue ; il faisait le compte de ce
qu'il pourrait tirer de ses futaies séculaires. Pas une hésitation, pas
un regret à la pensée de mettre la cognée d'une bande noire dans ce
dernier vestige de la grandeur seigneuriale du domaine. Il se demandait avec angoisse si la somme qu'on lui offrirait suffirait à ses
besoins immédiats.

Indépendamment de ses brevets, il rêvait la construction d'un
modèle de son brûleur, tel qu'il devait être pour avoir une valeur
industrielle. Et, emporté par son imagination, il voyait la machine
de fonte terminée et parfaite. Sur la paroi une plaque d'acier portait
cette inscription : Brûleur de Clairefont. Et il souriait, se mirant
dans son œuvre.

Sa fille le regardait, pleine d'angoisse. Elle comprenait bien que
le vieillard lui échappait encore et que rien de ce qu'elle lui avait dit
ne s'était gravé dans ce cerveau malade. A quoi bon lutter, lorsque la
déraison faisait son adversaire invulnérable? A quoi bon se torturer
les nerfs, se déchirer le cœur, puisque son père sortait du combat
calme et insouciant?.

Il marchait maintenant dans son cabinet, les mains dans les
poches, chantonnant entre ses dents. Il ne paraissait pas s'inquiéter
de la présence d'Antoinette. A différentes reprises il passa tout près
du fauteuil dans lequel elle restait accablée. Il finit par s'asseoir
devant son bureau et prit quelques notes rapides, comme s'il avait
fait une observation soudaine, puis il passa dans son laboratoire, et
la jeune fille l'entendit qui fourrageait dans le grand fourneau, remuait ses cornues et tirait la chaîne de son soufflet.

Plus isolée et plus triste au milieu de ce bruit que si elle eût été
dans le parc désert, elle se leva lentement et sortit. Elle alla, sans but
déterminé, dans les vastes corridors, descendit un escalier, et, avec
un tressaillement, se trouva devant la porte de l'appartement de son
frère. Elle entra. Les persiennes fermées faisaient la chambre

obscure. Tout était en place et bien rangé. Les fusils s'étageaient au râtelier, les fouets et les cravaches pendaient, un rayon, filtrant par un trou du volet, tirait une étincelle d'or du pavillon d'une trompe de chasse.

Un bouquet, apporté la veille par Antoinette, se fanait dans un vase, répandant un parfum affaibli et mélancolique. La tristesse des choses abandonnées se dégageait si pénétrante de ce lieu solitaire que la jeune fille se sentit près de défaillir. Il lui sembla qu'elle était dans la chambre d'un mort. Et, le cœur aux lèvres, oppressée, palpitante, elle demeura dans l'ombre silencieuse, longtemps, en proie à un découragement amer.

Elle se figurait Robert dévoré par l'inquiétude et l'impatience, se débattant au travers des embûches préparées par les calomniateurs, cédant peut-être à la colère qui lui montait si promptement au cerveau, et, qui sait? aggravant sa situation par des violences sur lesquelles, sans doute, on comptait. Et nul ne pouvait pénétrer jusqu'à lui. Ce garçon vigoureux, habitué aux fortes senteurs des bois et des plaines, aux durs exercices de la vie agreste, cloîtré entre quatre murailles, gardé à vue et torturé par des interrogatoires auxquels il ne pouvait assurément rien répondre. Quel supplice de tous les instants, quelle épreuve mortelle! Quand le reverrait-on? Reviendrait-il seulement jamais? Que ne devait-on pas redouter d'ennemis qui avaient pu égarer la justice à ce point qu'un innocent, pour les besoins d'une cause infâme, fût chargé du crime d'un autre?

Elle voyait aussi la tante de Saint-Maurice, noyée dans la grande ville, allant sans résultat du Palais de Justice à la prison, et tournant comme un chien perdu autour des murs derrière lesquels vivait misérable l'enfant qu'elle adorait. Ah! la pauvre vieille, comme elle devait souffrir, et, que de barbarismes devaient tomber de sa bouche!

Antoinette voulut lui écrire. Elle alluma une bougie, ne pouvant, superstitieusement, se décider à ouvrir les volets, cette chambre étant destinée a rester close jusqu'à ce que celui qui l'habitait fût revenu. Elle prit le papier, les plumes de son frère, et, soulageant

ANTOINETTE SE MIT A GENOUX PRÈS DE LUI (PAGE 1269)

son cœur ulcéré, elle répandit à la fois sa tristesse et ses larmes.

Ne voulant pas que personne pût, dans le pays, savoir où était allée la tante Saint-Maurice, elle fit porter sa lettre à la boîte du chemin de fer par le vieux Bernard. Plus calme, elle rentra dans sa chambre et passa la journée à griffonner des comptes, à fouiller des dossiers, à relire des exploits d'huissiers.

Le soir réunit le père et la fille dans la salle à manger. Le marquis se montra très froid pour Antoinette. Il boudait. Il ne desserra pas les dents jusqu'à la fin du dîner. Et la jeune fille se félicita presque de ce silence. Le dessert terminé, le marquis se leva, tourna dans l'immense pièce, caressa le lévrier qui, laissé à l'abandon depuis deux jours, regardait sa maîtresse avec des yeux étonnés. Une fenêtre donnant sur la cour d'honneur était ouverte : le vieillard s'en approcha et jeta du pain aux pierrots qui voletaient en criant. Il resta indécis et soucieux pendant quelques minutes. Il coula un coup d'œil du côté d'Antoinette, comme s'il allait lui parler, puis il prit sa résolution, fit un geste de dépit, et, disant sèchement : « Bonsoir, ma fille », sans une main tendue, sans un baiser donné, il remonta dans son laboratoire.

Mademoiselle de Clairefont baissa le front comme si le fardeau de cette injuste rancune lui eût semblé trop lourd ; elle se tourna vers Fox, modula un léger sifflement et, sortant dans la cour, se mit à marcher de long en large, sur le pavé, sans songer à prendre la petite allée qui bordait les plates-bandes de fleurs. Le lévrier, gravement, suivait réglant son pas sur celui de sa maîtresse.

L'ombre descendait silencieuse sur les champs et les bois. Une fraîcheur légère ranimait la vie des plantes brûlées par le soleil, et, avec un tintement de clochettes d'argent, les rainettes chantaient au loin dans les herbes. C'était l'heure où, chaque soir, avec Robert et la tante Isabelle, avant d'aller tenir compagnie à son père, Antoinette faisait un tour de promenade. Dans cette obscurité grandissante, le sentiment de son affreuse situation s'imposa plus cruellement à elle, ses yeux cherchèrent avec angoisse les êtres aimés, elle se vit seule et, accablée, n'eut pas la force de continuer son chemin ; elle se laissa

tomber sur un banc de pierre, et, gémissante, elle murmura : Robert!
oh! Robert!

A ce nom un plaintif et lugubre hurlement répondit. Le lévrier, le
museau levé vers le ciel assombri, regardant la jeune fille comme s'il
eût compris sa pensée et partagé sa peine, semblait aussi pleurer
l'absent. Elle lui parla pour l'apaiser, et, la main perdue dans le poil
rude de sa tête, elle resta à songer. Huit heures sonnèrent à l'église
du village. Frissonnante, Antoinette s'apprêtait à rentrer, lorsque la
petite porte de la grille s'ouvrit, donnant passage à Mᵉ Malézeau. Le
notaire, en apercevant mademoiselle de Clairefont, poussa un soupir
de soulagement.

— Dieu soit loué, Mademoiselle, je vous trouve seule, Mademoiselle... Mon inquiétude était de rencontrer M. le marquis auprès de
vous...

Il s'arrêta, pris d'une suffocation, et, serrant avec attendrissement
les mains de la jeune fille...

— Ma pauvre enfant... Ah! je vous plains de tout mon cœur...
Ma pauvre enfant!

Il ne continua pas, parut craindre de s'être abandonné à trop de
familiarité, et se courbant très respectueusement :

— Pardonnez à ma vieille affection, Mademoiselle... Je m'oublie un
peu, Mademoiselle, mais je vous ai vue naître... C'est là mon excuse.

— En avez-vous besoin? s'écria Antoinette... Ne regrettez pas ces
témoignages de sympathie, mon bon monsieur Malézeau. On ne nous
les prodigue pas, en ce moment, et je suis profondément reconnaissante à ceux qui ne nous délaissent pas et qui osent nous plaindre.

— Ah! Mademoiselle... Mon entier dévoûement... croyez-le bien,
balbutia le brave homme... Aucune puissance, si redoutable qu'elle
soit, ne m'empêchera de remplir mon devoir envers votre famille...
Et je viens me mettre entièrement aux ordres de M. le marquis et aux
vôtres. Si vous saviez quelle peine cela me fait de vous voir malheureuse! Ne pleurez pas, je vous en supplie... Vous me bouleversez, et
j'ai besoin de toute ma tête... Car nous avons de sérieuses résolutions
à prendre.

Antoinette essuya les larmes qui coulaient sur ses joues, et, s'efforçant de retrouver sa fermeté :

— Que se passe-t-il? Dites-moi tout : je ne dois rien ignorer... Mon frère d'abord...

— Oh! Mademoiselle, par quelle fatalité, avant-hier, ne l'avez-vous pas emmené avec vous en quittant la fête?... Quelle imprudence même d'y être allés!...

— Eh! qui pouvait prévoir ce qui s'est passé?

— Grand Dieu! Il fallait tout craindre! Ce Carvajan... Malézeau, instinctivement, baissa la voix, comme s'il eût craint que le vent de la nuit emportât ses paroles jusqu'à la maison de la rue du Marché... Ce Carvajan est un tigre déchaîné!... Il a soulevé l'opinion contre votre frère, c'est lui qui l'a désigné à la justice... Si l'arrestation n'avait pas eu lieu, on ne sait pas ce qui se serait passé. La populace des faubourgs s'ameutait... Oh! le parquet fait son devoir... Les recherches continuent; on a mis la main sur plusieurs drôles fort suspects... Rien n'a pu être relevé contre eux... Tandis que ce malheureux Robert... Ah! le piège a été bien tendu!

— Que faire pour désarmer Carvajan?

— Il y a huit jours je vous aurais répondu : Satisfaites son ambition et sa convoitise. Cédez-lui la Grande Marnière à l'amiable. Mais encore, se serait-il contenté de cette satisfaction matérielle? Cet homme hait votre père et tout ce qui l'entoure... Vous êtes malheureusement à sa discrétion et il ne faut pas compter sur sa générosité.

— Ah! que Clairefont périsse, que la Grande Marnière disparaisse, que les débris de ce que nous possédons soient engloutis dans le désastre, mais que mon frère nous soit rendu!...

— Comptez sur moi, Mademoiselle, pour que rien de ce qui pourra assurer ce résultat, Mademoiselle, ne soit négligé... Mais nous avons du temps devant nous, malheureusement...

— Il faudra donc attendre longtemps?

— Hélas! plusieurs semaines, Mademoiselle. La justice est lente, Mademoiselle...

Mademoiselle de Clairefont poussa une douloureuse exclamation.

— Comment ferons-nous pour maintenir mon père dans l'ignorance de ce qui se passe?

— Ce sera bien difficile...

— Et pourtant, tout lui dire, c'est le tuer! Il ne supportera pas un
pareil coup... L'entretien sérieux que j'ai eu avec lui ce matin l'a
bouleversé... Il souffre... Que voulez-vous? Il n'est pas habitué aux
contrariétés... Nous les avons jusqu'à présent gardées pour nous
seuls. Il pouvait se livrer paisiblement aux travaux qui sont sa joie et
son existence même. Il était si confiant dans ses découvertes! J'espérais toujours... S'il avait enfin trouvé ce qu'il cherche, ne serait-ce
pas un crime de le priver de ce résultat si laborieusement obtenu?

— Ne pensons plus à cela, pour le moment, Mademoiselle... Il
s'agit de savoir ce que vous voulez faire... Vous êtes sous le coup
d'une expropriation par voie de saisie immobilière... Jugement rendu,
signifié, délais obtenus grâce à des oppositions successives, qui
n'ont abouti qu'à vous procurer du temps, en augmentant les frais...
Aujourd'hui, je puis encore user de moyens dilatoires, pour vous
maintenir pendant quelques jours en possession... Nous continuerons
la bataille du papier timbré... Mais il faudra toujours en arriver à la
chute finale. Et ces atermoiements n'auront pour résultat que d'exaspérer Carvajan. D'un autre côté, si nous laissons saisir, nous avons
chance, avant la vente, de voir aboutir l'affaire de votre frère.
Dégagés de tout souci, nous portons tous nos efforts sur sa défense.
Nous prions quelque avocat éminent du barreau de Paris de soutenir
sa cause, et nous pouvons arriver à l'arracher des mains de vos
ennemis. Une fois hors de danger, oh! alors, nous n'avons plus rien
à ménager, et nous tâchons de tirer de nos biens-fonds tout le parti
possible. Nous envoyons des annonces aux notaires du département
et de la capitale, afin de trouver des acquéreurs importants pour le
château et le domaine. Nous nous adressons aux fabricants de chaux
de Senonches, nous leur faisons valoir le péril de la concurrence,
nous les engageons à pousser pour obtenir l'enchère, afin d'unifier
les tarifs. Carvajan, qui devient enragé, pousse de son côté, et,
grâce à cette rivalité, les adjudications sont faites à des prix inespérés.

Si bien qu'une fois la cloche fondue, nous trouvons pour M. le marquis, toutes les dettes payées, un reliquat de deux ou trois cent mille francs, lesquels, habilement placés par mes soins, lui permettent de vivre honorablement à Saint-Maurice. Voilà, ma chère demoiselle, le plan que j'ai conçu et que je venais vous proposer.

Le bon Malézeau, entraîné par la chaleur de son débit, ne bredouillait plus et ne hachait plus son discours de ses habituels Monsieur, Madame, ou Mademoiselle, mais le tic de ses yeux avait redoublé et, derrière ses lunettes d'or, son regard papillotait terrible.

— Oui, c'est là ce qu'il faut faire, dit Antoinette, voilà ce que la raison conseille... Oh! Dieu, à force de tourments et de tristesse, j'en viendrai à quitter cette maison presque sans regrets : j'y aurai trop souffert... Je m'en remets à vous, cher monsieur Malézeau, voyez mon père, raisonnez-le, obtenez de lui qu'il se repose sur vous et sur moi du soin d'arranger ses affaires. Faisons le vide autour de lui, jusqu'à ce que mon frère soit revenu... Après le péril, nous pourrons lui laisser soupçonner nos inquiétudes. Il y aura assez de joie pour les lui faire oublier.

Elle eut un doux et triste sourire :

— Peut-être trouverez-vous l'excès de nos précautions un peu ridicule... Mais mon père y est habitué... Je lui ménage le plaisir et la peine, comme à un enfant; car, voyez-vous, je suis un peu sa mère...

Malézeau regarda la jeune fille avec une admiration attendrie. Il lui prit les mains et les serra avec force :

— Oui, Mademoiselle... C'est bien dit, Mademoiselle...

Il s'interrompit; un mot de plus, il allait pleurer. Ils marchèrent ensemble dans la direction du château. Arrivée au vestibule, Antoinette s'arrêta.

— Je rentre chez moi, dit-elle. Si vous aviez, avant de partir, quelques recommandations nouvelles à m'adresser, faites-moi appeler, je vous prie...

Le notaire se courba devant mademoiselle de Clairefont, comme aux pieds d'une reine, et, montant l'escalier, se dirigea vers le laboratoire.

Enfermée dans sa chambre, Antoinette attendit, l'oreille au guet.
Elle avait de vagues appréhensions. Elle se défiait de la déraison de
son père. Elle craignait qu'il ne fît naître quelques complications soudaines et ne détruisît le fragile échafaudage si soigneusement élevé
afin de lui dérober la vérité. Au bout d'une heure, elle entendit
Malézeau descendre, elle le vit traverser la cour, et s'éloigner. Quelques minutes plus tard le vieux Bernard heurtait à la porte, et remettait un billet écrit à la hâte par le notaire et qui contenait ces seuls
mots : « Ne vous tourmentez pas : M. le marquis sera raisonnable.
Je reviendrai demain à midi. » Forte de ces assurances, la jeune fille
s'apaisa.

Écrasée de fatigue, elle put dormir, et le lendemain, quand elle se
réveilla, le soleil était déjà haut dans le ciel.

Cette nuit, calme et réparatrice pour mademoiselle de Clairefont,
avait été pour Carvajan féconde en agitations. Plus il approchait
du moment où ses espérances devaient se réaliser, plus le banquier
sentait son impatience grandir. Ayant la certitude que le marquis ne
pouvait plus lui échapper, il se surprenait à avoir des mouvements
d'irritation violente. Il était inquiet de tout et redoutait même l'impossible. Pascal était parti la veille pour le Havre, où il avait, prétendait-il, une visite importante à faire, et ne devait rentrer que le lendemain. Fleury était venu prendre des instructions définitives pour
l'importante opération qui se préparait, et, retenu par le maire, qui
parlait avec une animation inaccoutumée, il n'avait pu se retirer que
très avant dans la soirée. Resté seul, Carvajan monta dans sa chambre,
où, presque jusqu'au jour, il se promena comme un tigre en cage.

Pendant cette veille, il revécut tout le passé. Il s'enivra de sa
haine et se fortifia dans sa rancune. Il eut une jouissance exquise à
la pensée que le marquis était enfin à sa discrétion et qu'il allait
l'abreuver d'humiliations. Aux tortures morales de son ennemi il
voulait ajouter la rude épreuve des difficultés matérielles. A ce fier
gentilhomme imposer l'horreur d'une saisie, le mettre aux prises
avec l'huissier et ses clercs, le forcer à assister aux boueuses promenades de ces drôles ; livrer les précieux souvenirs de famille, les

portraits des aïeux, les objets, venant d'un père ou d'une mère, à la
prisée infâme qui souille les reliques sacrées; introduire dans le
château, au nom de la loi, des étrangers ayant le droit de faire main
basse sur tout, d'ouvrir les portes, de fouiller les tiroirs; infliger au
marquis le supplice dégradant de l'inventaire : c'était là sa revanche.

Que n'avait-il le droit d'assister lui-même à ce spectacle, de guider
ses argousins à l'assaut, de les exciter à la curée et, lui, le chapeau
sur la tête, de braver Honoré de Clairefont tremblant d'impuissance
et pâle de douleur? Mais la loi, plus clémente que Carvajan, s'oppo-
sait à ce monstrueux triomphe. Elle soustrayait la victime au contact
direct de son bourreau. Et le banquier était tenu de s'arrêter au seuil
de la maison. Il trouva cette disposition absurde, se coucha en grom-
melant, et rêva que, devenu député, il la faisait modifier pour son
usage personnel.

Le matin il se leva à son heure accoutumée, ouvrit son courrier,
reçut quelques personnes, et, comme neuf heures sonnaient, se dit :
Papillon et Fleury partent pour Clairefont. Au même moment on
heurta à la porte d'entrée, et la grosse voix de Tondeur se fit entendre.

— Le patron est-il là? Il faut que je je lui parle, et vivement !

Carvajan ouvrit lui-même : il pressentit un incident nouveau et
éprouva un terrible bouillonnement intérieur. Il regarda le marchand
de bois avec des yeux dévorants et dit rudement :

— Qu'y a-t-il?

— Il y a que le marquis m'a fait, dès la « piquette » du jour, quérir
pour me proposer une drôle d'affaire... Je n'aurais jamais pensé ça de
lui, par exemple !

— Allez donc, sacré bavard! cria le maire, exaspéré par les développements de Tondeur, au fait !... Quoi ? Qu'est-ce qu'il voulait?

— Me vendre toutes les futaies du parc, ce matin même, pour
soixante mille francs... Il y a pour cent mille de bois, vous savez, ou
que le diable me brûle !... J'ai dit non. Il a baissé à cinquante. J'ai dit
non. Il est devenu tout blanc et m'a déclaré : Il me faut quarante mille
francs ou je ne vends pas.

— Comme vous voudrez, Monsieur le marquis, ai-je dit... Mais

JE VIENS A VOUS, MONSIEUR, EN SUPPLIANTE (PAGE 1282.)

Le Maitre de Forges

moi je ne dois rien faire sans le consentement de M. Carvajan. Lui seul peut autoriser l'opération... Fichtre, si j'allais de l'avant, je me mettrais dans de jolis draps!... Quand tout va être saisi! Alors le le vieux a marché pendant quelques minutes... Il a marmotté entre ses dents : quarante mille francs, et deux mois de répit... c'est le salut! Puis il est venu à moi et a ajouté : Croyez-vous que M. Carvajan consentirait à venir me parler?

— Ça, je n'en sais rien, ai-je répondu, faudrait le lui demander.

— Eh bien! voulez-vous vous en charger?

— Mais, tout de même, Monsieur le marquis, pour vous être agréable.

J'ai pris mes jambes, et, en quinze minutes, j'ai attrapé le bouton de votre porte. Sans vous commander, je boirais bien quelque chose : j'étrangle de soif!..

Le maire ouvrit la porte.

— Claudine, un verre et du vin, cria-t-il, puis, revenant à Tondeur :

— Allons-y!

— Oh! oh! fit le marchand de bois... Vous allez vous regarder de près, le vieux sauvage et vous?

— Il faut bien savoir ce qu'il veut... Papillon et Fleury doivent être en route.

— Je les ai rencontrés à la barrière...

— Nous les rattraperons sur le plateau.

— Bouffre! s'écria Tondeur. Aujourd'hui je vais maigrir de dix livres.

Il se mit à rire, s'étrangla, et fut pris d'une quinte de toux qui le rendit violet.

Carvajan s'en allait déjà à grands pas dans la rue du Marché. Ainsi, c'était le marquis lui-même qui le faisait appeler! Un orgueil immense gonfla sa poitrine. Il l'avait donc amené à demander grâce! Il montait de nouveau à Clairefont, comme trente ans auparavant. Mais quelle différence! Autrefois c'était en pleine nuit, il courait, trébuchant à tous les détours du chemin, le cœur serré par l'angoisse. Maintenant, sous le soleil resplendissant, il marchait d'un pas assuré sur une route aplanie, conscient de sa force, et distinguant nettement le but vers lequel il tendait. Il était prêt à crier aux arbres, aux pierres, aux fossés de la route : Me reconnaissez-vous? Je suis le misérable que vous avez vu passer un soir pleurant et désespéré, poursuivant la femme qu'il aimait, le triste hère que l'on pouvait bafouer, insulter, et frapper impunément. C'est moi qui reviens en vainqueur, et aujourd'hui je rendrai, s'il me plaît, insulte pour insulte et coup pour coup. En trente années la roue a tourné, n'est-il pas vrai? J'étais en bas et me voilà en haut. C'est bien moi !

Il jeta sur le parc de Clairefont et sur la terrasse qui s'étendait blanche à travers les arbres un regard dominateur.

— Non, pensa-t-il, on n'abattra pas ces ombrages qui demain m'appartiendront. Je ne laisserai pas abîmer mon domaine. C'est là que je m'installerai bientôt, jouissant de la joie de vivre où vécut mon ennemi, et d'être heureux à sa place.

Ils arrivaient à la grande allée et longeaient les talus blancs de la Grande Marnière. Cet aride et crayeux monticule déplut à Carvajan. Il se dit : Je ferai planter trois rangées d'arbres verts pour masquer la vue des travaux.

Il était déjà propriétaire, il disposait du terrain, il le modifiait à son gré. Avant d'arriver à la grille, Tondeur et lui rejoignirent Fleury, Papillon et son acolyte.

— Qu'est-ce qui se passe donc? demanda le greffier avec inquiétude. Est-ce qu'il y a des modifications au programme?

— Elles seront avantageuses ou il n'y en aura pas ! déclara Carvajan. Le marquis de Clairefont a désiré me voir... et, par condescendance, je suis venu; car j'aurais pu lui faire répondre de passer à mon bureau... Mais quand on est le plus fort, il faut se montrer accommodant... Entrons!

Il ouvrit lui-même la porte de fer et foula, le premier, les pavés de la cour d'honneur. Il s'avançait tête basse, cherchant la place où il était tombé sous les pieds des chevaux du marquis, la figure coupée d'un sillon sanglant. Il la reconnut : c'était là, près d'un petit massif de rosiers à bordure de réséda; il s'y arrêta, la piétina, comme s'il eût retrouvé une trace à effacer, et, bouleversé par ce souvenir dévorant, il se disposait à entrer dans le vestibule, quand, sur le pas de la porte, il se rencontra face à face avec mademoiselle de Clairefont.

Ils n'échangèrent pas une parole. La jeune fille, impassible, interrogea du regard Fleury et Papillon dont elle attendait la venue. Carvajan ne daigna pas s'expliquer. Son front basané s'était chargé de nuages. Il se sentit en présence du seul adversaire qui lui restât à combattre dans cette maison que sa haine faisait déserte. Il eut un frémissement, sa joie triomphante tomba : il lui sembla que tout n'était pas encore fini entre ces Clairefont et lui. D'un geste, il ordonna à Tondeur de parler.

— M. le marquis, Mademoiselle, m'a demandé ce matin de prier M. Carvajan de venir causer une minute avec lui... M. le maire a bien voulu m'accompagner...

Carvajan chez le marquis! Tout le danger d'un pareil rapprochement apparut instantanément à Antoinette. Qui avait pu souffler une pareille résolution à son père? Quel accord prétendait-il conclure avec le banquier? Quelles révélations celui-ci oserait-il faire? Toute l'œuvre de sublime dissimulation, entreprise par l'entourage du vieillard, pouvait être détruite d'un mot.

— Je vais donc conduire M. Carvajan chez mon père, dit-elle lentement... Quant à vous, messieurs, faites ce que vous avez à faire... Bernard, accompagnez ces messieurs, et tenez-vous à leurs ordres.

Elle monta, suivie de Carvajan et de Tondeur. Pendant qu'elle gravissait les vingt marches de l'escalier, la jeune fille endura des souffrances plus vives que toutes celles qu'elle avait déjà supportées. Elle se vit tenue en suspicion par son père, n'ayant plus d'autorité sur lui, et ne pouvant plus le défendre contre les coups que ses pires ennemis s'apprêtaient à lui porter en plein cœur. Elle fut au supplice. Elle pensa à se tourner vers Carvajan, et à lui dire :

— Voyons, qu'est-ce que vous voulez? Dictez vos conditions... Mais n'entrez pas chez mon père!

La porte du laboratoire, en s'ouvrant, coupa court à ses irrésolutions. Le marquis avait entendu arriver son ennemi et venait au-devant de lui. Il fronça le sourcil en apercevant sa fille. Antoinette, intrépidement, s'avança pour entrer. Mais le vieillard, lui touchant le bras, dit doucement :

— Va, mon enfant... J'ai à causer avec ces messieurs... Si j'ai besoin de toi, je te ferai prévenir.

— Mais, mon père... s'écria la jeune fille, avec un trouble horrible.

Carvajan leva la tête, et, la bouche narquoise, ses yeux jaunes fixés sur M. de Clairefont :

— Si monsieur le marquis est en tutelle, dit-il, je me demande ce que je fais ici !..

— Va, mon enfant, répéta le marquis avec un peu d'impatience.

Alors, craignant de blesser son père en paraissant lui résister, terrifiée à la pensée de ce qui allait se passer, Antoinette se retira.

L'inventeur et le banquier restèrent en présence. Tondeur s'était retiré discrètement dans un coin, semblant se désintéresser de ce qui se ferait et se dirait. Habile émissaire, il avait su introduire Carvajan dans la place. Au maître de profiter de la situation. Une fois l'affaire dans le sac, il serait temps, pour le serviteur, de demander sa part.

— J'ai prié Tondeur de vous amener ici, Monsieur, dit le marquis, afin que nous puissions régler directement des questions d'intérêt qui nous divisent. Vous avez réuni la plus grande partie des créances qui existent contre moi. Je ne discuterai pas les raisons que vous avez eues de centraliser ces effets... Je vais tout droit au fait... Je crois avoir trouvé un moyen de me libérer envers vous... Il me faut, pour atteindre ce résultat, un délai de deux mois et une somme de quarante mille francs... Dans quelles conditions voulez-vous m'accorder l'un et me prêter l'autre?

Le maire regarda avec stupéfaction le marquis. Il se demandait si c'était bien à lui que pareille requête était adressée. Tant de naïveté le trouva méfiant. Il soupçonna un piège. Il ne put croire à un tel aveuglement de son ennemi. On lui demandait un service, on paraissait oublier toutes ses exactions, toutes ses calomnies, tous ses affronts, et enfin ce coup terrible si récent, l'arrestation de Robert, que le pays entier attribuait à son véritable auteur. Il y avait, sous cette mansuétude inexplicable, quelque embûche dans laquelle, une fois pris, Carvajan devait succomber. Il se replia sur lui-même, et réfléchit. Le marquis, voyant le banquier interdit, le supposa hésitant et, pour le décider :

— Ne craignez pas d'exiger beaucoup, dit-il : je vous ferai les avantages que vous voudrez... Je suis tellement sûr de réussir!...

Réussir! Ce seul mot illumina les ténèbres où s'égarait le tyran de La Neuville. Réussir! Le mot typique de l'inventeur. Il se rappela le fourneau dont on lui avait tant parlé. C'était sur l'avenir de sa découverte que le marquis basait un espoir de libération. C'était avec ce fameux brûleur qu'il se proposait de rendre l'activité aux travaux de la Grande Marnière, de payer ses dettes et de refaire sa fortune. La situation devenait claire. Le marquis subordonnait tout à son invention. Pour elle, il oubliait les luttes du passé, les chagrins du présent, il commandait à ses rancunes, et sacrifiait enfin à l'enfant de sa pensée l'enfant de sa chair.

Carvajan redevint lui-même. Il jeta un froid coup d'œil au marquis.

— C'est sans doute votre fourneau qui vous préoccupe si vivement? dit-il... Mais je vous ferai remarquer que je suis ici pour recevoir de l'argent et non pour en prêter, pour liquider une affaire et point pour en entamer une nouvelle... Est-ce là tout ce que vous aviez à me communiquer?

Mais l'inventeur, avec la ténacité et la candeur d'un maniaque, se mit à développer ses projets, à énumérer ses chances de réussite.

Il avait oublié à qui il s'adressait, dans quel moment terrible il parlait, il ne pensait plus qu'à son appareil, et il en décrivait les mérites. Il n'existait plus rien au monde pour lui que son fourneau. Il attira le banquier dans le coin du laboratoire où se trouvait le brûleur, et lui proposa de le faire fonctionner en sa présence. Et il s'animait, débordant à la fois d'enthousiasme et de confiance.

La voix coupante de Carvajan calma subitement le marquis.

— Mais sous quel prétexte voulez-vous que je vous donne de l'ar-

gent pour exploiter votre invention?... Vais-je m'amuser à vous fournir des cartouches pour que vous me fassiez plus commodément la
guerre? Je vois bien votre intérêt dans tout ceci... Mais le mien, où
est-il? Je ne suis pas homme à me payer de mots creux, de théories
humanitaires... Le progrès, l'industrie, très joli tout ça! Mais, moi
d'abord! Rien ne me prouve que vous tirerez bon parti des fonds
que vous me demandez... Et j'ai assez d'argent dehors... Vous
me devez, mon cher monsieur, près de quatre cent mille francs,
dont cent soixante mille à payer ce matin même... Êtes-vous en
mesure?

Le marquis courba le front, puis, très bas :

— Non, Monsieur...

— Alors, serviteur! On ne dérange pas les gens pour leur conter
des calembredaines... Et quand on ne peut pas payer ses dettes,
on ne se donne pas des airs de génie... Ah! ah! le brûleur... Il est
à moi, d'ailleurs, comme tout ce qui est ici. Et je ne sais pas
pourquoi, s'il est bon, je ne l'exploiterais pas moi-même...

— Vous!

Mais oui, moi! Je pense, Monsieur le marquis, que le moment est
arrivé de ne plus finasser... Vous n'espérez pas que vous roulerez un
vieux malin tel que moi!... Et cependant vous l'avez essayé, je le dis à
votre honneur. Je vous croyais moins de défense... Maintenant c'est
fini, n'est-ce pas? Vous ne conservez plus aucune illusion! Il n'y a
qu'à ramasser vos cliques et vos claques et à vous en aller de votre
gentilhommière !...

Le tyran se planta devant M. de Clairefont, et illuminé par une
effroyable joie :

— Vous m'avez, il y a trente ans, fait jeter hors de chez vous.
Aujourd'hui, c'est mon tour... Un huissier est en bas qui instru-
mente...

Il éclata d'un rire injurieux, et, les mains dans les poches de son
pantalon, avec un horrible sans gêne, il marcha de long en large,
s'étalant, comme si déjà il eût été le maître.

Le marquis avait écouté, plein de stupeur, cette violente aprstrophe. Les illusions qu'il conservait encore se dissipèrent en une seconde, comme les nuages se dispersent sous un souffle de tempête. Il revint à la raison, il retrouva sa clairvoyance, il rougit de s'être abaissé à discuter avec Carvajan. Il ne vit plus en lui le prêteur toujours disposé à faire une spéculation avantageuse : il retrouva l'ennemi patient et acharné de sa maison

— Je me suis trompé, dit-il, avec dédain, je croyais posséder encore de quoi tenter votre cupidité.

— Oh! oh! des insolences, fit le banquier froidement, c'est un grand luxe que vos moyens ne vous permettent plus, mon cher monsieur. Quand on est le débiteur des gens, il faut les payer autrement qu'en mauvaises paroles!

— Vous pouvez abuser de ma situation, Monsieur, dit le marquis avec amertume. Je suis dans vos mains, et je dois m'attendre à tout, puisque les miens m'ont les premiers abandonné. Quels égards puis-je espérer d'un étranger, quand ma fille me ferme sa bourse et que mon fils s'éloigne de moi?... Au surplus, brisons là... Nous n'avons plus rien à nous dire.

Carvajan fit un geste de surprise, puis son visage s'illumina d'une diabolique satisfaction.

— Pardon! reprit-il vivement... Je vous vois dans une erreur dont il faut que je vous tire... Vous accusez à tort votre fille et votre fils... Vous avez, sans doute, demandé à mademoiselle de Clairefont de vous sortir d'embarras, et elle s'y est refusée, prétendez-vous? Elle avait de bonnes raisons pour cela. L'argent que vous lui demandiez, il y a beau temps qu'elle l'a donné!... Ah! vous vous plaignez de son ingratitude!... Eh bien! elle s'est ruinée pour vous, et sans bruit, en suppliant qu'on ne vous révélât pas l'emploi qu'elle faisait de sa fortune... Voilà ce que vous appelez vous fermer sa bourse!...

Le marquis ne prononça pas une parole, ne poussa pas un soupir. Une vague de sang lui monta au cerveau; il devint pourpre, puis livide. Il jeta à Carvajan le regard d'une victime à son assassin. Il lui sembla que son cœur était tordu dans sa poitrine. Il fit quelques pas, et, inconscient, oubliant que le bourreau était là, il s'assit dans son

IL MIT LA VOILETTE SOUS LE NEZ DE PASCAL (PAGE 1288)

grand fauteuil et, sur le dossier, roula sa tête avec égarement.

Le maire l'avait suivi, jouissant délicieusement des tortures de son ennemi, le dominant, l'écrasant du poids de sa haine.

— Quant à votre fils, poursuivit-il, s'il n'est pas auprès de vous, ce n'est pas de son plein gré, croyez-le bien. Il a été arrêté hier, et conduit à Rouen entre deux gendarmes !...

D'un bond le marquis se trouva debout : il saisit le banquier à la cravate, et, les yeux flamboyants, la lèvre tremblante, le poussant contre un des piliers de pierre avec une force prodigieuse :

— Misérable ! tu as menti !... Avoue que tu as menti... ou je t'étrangle !

Les deux hommes luttèrent ainsi, pendant quelques secondes. Mais la vigueur factice du marquis ne fut pas de longue durée, et, froissé, secoué par Carvajan qui jurait, il se laissa aller défaillant dans les bras de Tondeur venu à son secours.

— Ah ! tonnerre ! Le vieux brigand ! Il veut recommencer les voies de fait ! cria le maire... Tondeur, vous êtes témoin... Il a porté la main sur un officier municipal... nom de nom ! Je le fais passer en justice, lui aussi !

— Allons ! monsieur Carvajan, faut vous calmer, dit Tondeur, qui prit le vieillard en pitié.. Vous lui avez porté un rude coup.. Et il n'a pas été maître d'un premier mouvement...

— Eh bien ! je le materai, moi ! cria Carvajan... Ah ! ça le chiffonne de voir son fils en cour d'assises ?... Je le ferai aller plus loin, moi, pour lui apprendre le respect qu'on doit aux personnes !

Le vieillard rouvrit les yeux, et, décomposé par la douleur, il répéta avec un accent déchirant :

— En cour d'assises... Mon fils... Mon Robert... Est-ce possible... Qu'a-t-il fait ?

Carvajan s'approcha, et, son visage enflammé touchant presque celui du marquis :

— Il a suivi la tradition paternelle : il a enlevé une fille Seulement, comme elle se défendait, celle-là... il l'a étranglée ! Voilà ce qu'il a fait !

M. de Clairefont se leva, et s'adressant à son ennemi, sur le ton de
la prière :

— Il est impossible qu'il soit coupable... C'est mon fils, Monsieur.
Vous aussi, vous avez un enfant... Songez à ce que je souffre... Un
pauvre garçon, innocent du crime dont on l'accuse... Oh ! je suis à
votre merci. Je ferai ce que vous voudrez... Je reconnais mes torts...
Mais je vous en prie... je sens que vous pouvez tout pour le malheureux Robert... Soyez indulgent !... Sauvez-le !... Rendez-le-moi !...

Carvajan, les bras croisés, avait écouté, impassible.

— Ah ! ah ! tout à l'heure vous m'insultiez... Vous m'implorez
maintenant. Lâcheté et hypocrisie ! Suis-je donc de vos amis, pour
vous rendre service ?

Le vieillard courba sa tête blanche.

— Monsieur Carvajan... je regrette profondément ce que je vous
ai fait...

— Croyez-vous que vous effacerez l'outrage avec quelques paroles ?...
J'en porte encore les traces sur ma joue, après tant d'heures écoulées.

Il prit rudement Honoré par le bras, et, l'attirant près de la fenêtre :

— Tenez, regardez cette place, devant votre perron... C'est là que
vous m'avez fait renverser par vos chevaux et frapper par vos
laquais...

— Eh bien ! s'écria avec exaltation le marquis, descendez avec moi ;
je vais, si vous l'exigez, à cette même place, me mettre à genoux pour
vous demander la grâce de mon fils !

Devant son ennemi vaincu, suppliant et pleurant, le tyran resta un
moment immobile et muet. Il regardait les larmes couler sur les
joues d'Honoré, il se disait : Le voilà écrasé. Il est à mes pieds. Le
rêve dévorant de mes nuits est réalisé : je triomphe, je suis heureux.
Il se répéta : « Je suis heureux » ; mais il sentait qu'il ne l'était pas.
Une amertume persistait en lui, et sa soif de vengeance n'était pas
assouvie. Il tourna sur ses talons, et, s'éloignant :

— Je me soucie bien, dit-il, de vos amendes honorables...Avec vous
et votre fils ce serait toujours à recommencer !.. Je vous tiens : je ne
vous lâche pas !.. C'est vous qui avez commencé la lutte.. Ne vous

étonnez pas si je la pousse à outrance... Rang, fortune, considéra-
tion, vous aviez tout, et moi rien... Prochainement, nous ferons
chacun notre compte.

Le marquis, à cette dure réponse, comprit que tout espoir était
perdu. Il fut pris d'un vertige. Et, regardant avec égarement ce
monstre qui se faisait une joie de ses souffrances :

— Si le ciel est juste, vous serez frappé dans votre fils, s'écria-t-il.
Oui, puisque vous êtes impitoyable pour le mien, le vôtre sera implacable pour vous !... Scélérat, vous avez donné naissance à un honnête
homme. C'est lui qui vous châtiera.

Ces paroles, prononcées par le marquis avec la fièvre de la démence, firent tressaillir Carvajan de crainte et de colère.

— Pourquoi me dites-vous cela ? cria-t-il.

Il vit le vieillard marcher au hasard, le regard trouble et le geste
désordonné.

— Je crois qu'il devient fou ! murmura-t-il à Tondeur...

— Ah ! ah ! ricana le marquis... mes ennemis me vengeront eux-
mêmes... Oui, le fils est un honnête homme... Il a déjà quitté la maison
paternelle... Il aura horreur de ce qu'il verra faire autour de lui...

Il marcha sur Carvajan.

— Hors d'ici, monstre ! Ta besogne est faite... Tu as volé ma fortune, tu as volé mon honneur... Il n'y a plus rien que mon œuvre...
mais tu ne l'auras pas !

Il courut à sa table, prit ses dessins, les déchira et les foula aux
pieds, puis, saisissant un lourd marteau, il se précipita vers le
fourneau, et, à grands coups, avec d'horribles rires, il s'efforça de le
briser. Carvajan, exaspéré, s'avança pour l'arrêter. Alors le vieillard
se retournant les cheveux hérissés, la bouche grimaçante :

— N'approche pas ou je t'assomme !

— Sacrédié. Vous ne me faites pas peur ! cria le banquier.

Et il allait s'élancer pour arracher le brûleur à la rage de destruc-
tion de l'inventeur, lorsque la porte s'ouvrit, et mademoiselle de Clai
refont parut. D'en bas elle avait entendu les vociférations du marquis...

— Mon père ! cria-t-elle.

D'un élan, elle fut près de lui, s'empara du marteau et, enlaçant le vieillard dans ses bras, épouvantée :

— Mon père, qu'y a-t-il?...

Honoré passa la main sur son front, et gémit

— Chasse cet homme... Il me fait du mal... il me tue!..

La jeune fille se tourna vers Carvajan et, doucement :

— Mon père vous prie de vous retirer, Monsieur...

Comme, incertain, il restait immobile, deux éclairs jaillirent des yeux de mademoiselle de Clairefont, et, d'un geste montrant la porte, elle dit ce seul mot :

— Sortez !

Le maire, dominé, s'inclina en silence et, suivi de Tondeur, qui se faisait petit, il s'éloigna.

Alors Antoinette, asseyant son père sur le grand fauteuil, se mit à genoux près de lui, réchauffa ses mains glacées, essuya son front mouillé de sueur et, le voyant inerte, sans regard :

— Mon père... c'est moi... revenez à vous... Mon père... vous me faites peur...

Honoré poussa un soupir douloureux, s'agita et ouvrit les paupières. Il reconnut Antoinette. Ses yeux s'emplirent de larmes et, avec effort, croisant ses doigts comme pour une prière :

— Oh! ma fille... mon ange. Je t'ai accusée, calomniée... pardon ! pardon!

Il se renversa en arrière et perdit connaissance. Au même moment un pas rapide se fit entendre dans l'escalier, et M. de Croix-Mesnil entra.

— Antoinette! cria-t-il, s'avançant les mains tendues.

— Je vous attendais... dit-elle gravement.

— Mon Dieu ! est-ce que j'arrive trop tard?...

— Non! car, hélas, nous avons encore beaucoup à souffrir

Et lui montrant le marquis inanimé :

— Aidez-moi à emporter mon père dans sa chambre...

Tous deux, pieusement, ils soulevèrent entre leurs bras le vieillard qui se plaignait comme un enfant, et, lugubre cortège, descendirent l'escalier de pierre.

IX

Les heures qui suivirent furent affreuses. Croix-Mesnil se multipliait, mais ne pouvait rassurer Antoinette sur l'état de son père. Le docteur Margueron, parti, dès le matin, pour une tournée dans les environs, ne vint qu'à sept heures du soir. Il trouva le marquis très agité avec un côté de la face convulsé. Il prescrivit des sinapismes appliqués aux jambes, et des sangsues à la base du crâne, si la congestion augmentait. Il ne dissimula pas la gravité de la situation, et promit de revenir le lendemain matin.

Installée au chevet de son père avec le baron, la jeune fille passa les instants les plus douloureux de sa vie. Dans l'obscurité de la chambre, elle écoutait la respiration saccadée du malade, entrecoupée par des paroles sans suite. Assise près de la table, éclairée par une lampe, elle regardait l'ami dévoué qui, à la première nouvelle du malheur, n'avait pas hésité à accourir. Ils se taisaient tous deux. Navrée jusqu'au fond de l'âme, le corps anéanti, Antoinette était obsédée par des idées désolantes. Elle ne pouvait même pas concentrer uniquement sa préoccupation sur ce pauvre homme qui gémissait sourdement, en proie à un violent délire. La moitié d'elle-même s'en allait vers son frère dont le danger moins immédiat était cependant plus grand encore. Quel calvaire elle avait à gravir, la pauvre fille, et combien pesante était sa croix ! Tous ses nerfs étaient détendus, elle se sentait sans force. Sa tête lui paraissait lourde et brûlante : elle eût donné beaucoup pour pleurer. Il lui semblait que, si la source de ses larmes s'était ouverte, elle s'y serait rafraîchie et calmée. Mais ses yeux restaient secs, enfoncés sous ses sourcils, comme tirés à l'intérieur par l'effort de la pensée.

A dix heures, le vieux Bernard entra sur la pointe du pied, et demanda si on ne voudrait pas souper. Antoinette secoua négativement la tête. Alors Croix-Mesnil la supplia de descendre avec lui. Elle n'avait pas mangé depuis le matin, il fallait qu'elle conservât des forces pour soigner son père. Elle se laissa arracher la promesse de prendre un potage, mais elle demeura dans la chambre de son malade.

Revenu auprès d'elle, le baron essaya de la soustraire à sa sombre méditation. Ils causèrent tout bas, précaution inutile, car le marquis était hors d'état de rien comprendre, et les mots qui frappaient son oreille n'éveillaient plus aucun écho dans son esprit. Le calme de mademoiselle de Clairefont effraya le jeune homme. Il eût préféré la trouver exaltée. Elle raisonnait sur les événements qui venaient de se produire avec une lucidité et un sang-froid absolus. Elle n'avait plus aucun espoir et voyait la situation désespérée. Elle interrogea elle-même le baron sur l'effet produit par l'arrestation de Robert. Enfermée dans la solitude et le silence de Clairefont, elle ignorait complètement ce qu'on pensait et ce qu'on disait au dehors. Elle savait seulement par le billet de la tante Isabelle que les journaux avaient divulgué l'affaire.

Du reste, c'était ainsi que Croix-Mesnil avait été informé. Un officier lui avait apporté le *Courrier de l'Eure*, et, avec un affreux saisissement, il avait lu le récit du meurtre et appris l'arrestation du prétendu meurtrier. Il avait aussitôt demandé une permission de vingt-quatre heures et était parti en toute hâte. Les autres journaux du département l'avaient renseigné sur les tendances de l'opinion publique.

Deux courants s'établissaient déjà : l'un favorable à Robert, l'autre contraire. Malheureusement. le second était beaucoup plus puissant que le premier. La passion politique, habilement excitée par les partisans de Carvajan, était en jeu. Les journaux radicaux débordaient d'imprécations lancées contre « les gaietés sanguinaires de ces derniers représentants de la féodalité, qui croyaient pouvoir encore disposer, suivant leur monstrueux caprice, de l'honneur et de la vie des prolétaires ». Chassevent, appelé « vénérable vieillard » et « honnête travailleur », était représenté pleurant sa fille, appui de sa vieillesse. Le tout se terminait par un chaleureux appel à la fermeté des magistrats et à la rigueur du jury, car le crime abominable méritait un châtiment exemplaire.

Croix-Mesnil se garda bien de laisser soupçonner à Antoinette ces excitations basses et ces fangeuses colères. Il ne dit pas non plus qu'au moment de quitter Évreux il avait reçu de son père une dépêche le mettant en garde contre l'ardeur irréfléchie d'un premier mouvement, et l'engageant à se tenir à l'écart de la famille de Clairefont. « La rupture n'est pas venue de toi, disait le prudent magistrat, profite de la situation qui t'est faite, et ne te compromets pas. Toutes les preuves matérielles accablent le malheureux Robert. Il n'y a pour lui que des présomptions morales, et bien faibles. » Le capitaine mit la dépêche dans sa poche et partit tout courant. Il avait un de ces cœurs simples qui croient ne pas faire assez quand ils ne font pas trop. Antoinette était malheureuse, son frère accusé, calomnié : ce n'était pas le moment de se tenir à l'écart, comme le lui télégraphiait son père, mais bien de se rapprocher. Et il était venu.

L'un près de l'autre, lui très triste, elle bien pâle, ils parlaient dans la demi-clarté de la lampe baissée, comme pour la veillée d'un mourant. Par instants ils s'arrêtaient pour écouter le vieillard qui, dans son délire, prononçait des phrases menaçantes et riait lugubrement. Et ces paroles douloureuses, marmottées entre les dents serrées, avec un frisson les ramenaient impitoyablement à l'affreuse réalité.

— Carvajan, toujours ! C'est lui qui a accusé Robert, n'est-ce pas ? demanda Croix-Mesnil.

— M. Malézeau le croit... Et comment pourrions-nous en douter

—- VOILA POUR FAIRE DES PAPILLOTTES (PAGE 1302)

après ce qui s'était passé la veille? Il s'est vengé d'une façon foudroyante de l'affront que mon frère lui avait infligé. Hélas! nous avons
travaillé à notre malheur de nos propres mains, et, en beaucoup de
circonstances, nous avons été bien imprudents. Nous devons accuser
nos ennemis, mais, pour être justes, commençons par nous accuser
nous-mêmes.

Et, comme une protestation contre cette franchise et cette humilité, la voix sifflante du marquis, s'élevant dans l'ombre de l'alcôve,
répétait : Carvajan! Ah! ah! misérable!... Fortune, honneur... tout,
tout, excepté mon œuvre!

Alors, pris d'une respectueuse horreur, les deux jeunes gens se
taisaient, et, dans le silence, le tic tac lent et monotone de la pendule marquait la fuite du temps. Trois fois le vieux Bernard revint
montrer à la porte de la chambre sa figure inquiète. Le brave homme
voulait passer la nuit auprès du lit de son maître. Mais Antoinette le
renvoya doucement, lui ordonnant d'aller se coucher, afin d'être dispos le lendemain.

Vers deux heures du matin, elle s'approcha du malade, et l'examina attentivement. Son visage était moins crispé, sa respiration
plus régulière; il paraissait plus calme. Elle eut un court moment de
joie, et soudainement, les larmes que les plus cruelles angoisses
n'avaient pu lui arracher jaillirent de son cœur réchauffé par un
rayon d'espérance. Elle joignit les mains, se laissa tomber à genoux
sur un coussin, et Croix-Ménil entendit qu'elle priait Dieu de lui conserver son père. Il voulut la relever, l'encourager; elle lui dit :

— Laissez, cela me fait du bien... J'étouffais...

Elle lui montra le marquis.

— Voyez... il me semble qu'il est mieux... Son agitation a
cessé... Si nous pouvions le sauver!... Je pensais tout à l'heure qu'il
serait vraiment trop cruel que Robert ne le revît plus, et pût concevoir la pensée que le chagrin a causé sa mort.

— Oui, vous le sauverez, reprit avec émotion le baron, et vous
verrez de nouveau le père et le fils réunis sous vos yeux. Les méchants
ne triomphent pas toujours, et, quoi qu'on en dise, il y a une providence.

— Moi, je le crois, dit simplement Antoinette.

Ils restèrent pendant quelques minutes auprès du lit à regarder le vieillard, puis mademoiselle de Clairefont déclara à son compagnon qu'elle désirait veiller seule.

— Si j'ai besoin d'aide, je vous promets de vous envoyer chercher, ajouta-t-elle.

Après avoir résisté, Croix-Mesnil se décida à obéir. Le silence s'étendit sur le château, et tout parut dormir. Dans la nuit, une hulotte se plaignait, mélancolique, et son chant de mauvais augure ne troublait pas la jeune fille. Elle y trouvait comme un écho de sa tristesse. N'était-ce pas le seul oiseau qui pût tourner autour de cette maison vouée au malheur? Elle resta allongée dans un fauteuil, les yeux fixés sur une facette de la cheminée que la lumière faisait briller, suivant son imagination qui l'emportait bien loin.

Peu à peu elle éprouva une sensation d'allègement, comme si son être eût flotté dans l'espace, balancé par des souffles légers ; elle ne sentait plus sa fatigue, elle était dégagée de sa douleur, elle voguait dans un bleu charmant et infini. Sa bouche exhala un souffle plus régulier : elle s'était endormie. Ce sommeil dura une grande heure, puis, du fond de son repos, il lui sembla qu'une voix l'appelait. Elle se dressa effrayée et courut au lit du malade. A demi soulevé sur son coude, il ouvrait des yeux troubles et vagues. Elle lui parla doucement ; il prit sa main, la serra, comme pour lui indiquer qu'il la reconnaissait, puis, articulant ses mots avec peine :

— Il faudra voir ce jeune homme, ma fille... Il est honnête... C'est lui qui sauvera ton frère...

Elle crut à une hallucination causée par la fièvre, à une conception délirante ; elle embrassa le vieillard pour le calmer, et, entrant dans son idée, comme on fait avec un enfant :

— Oui, mon père, oui, reposez-vous... tout ira bien...

Il agita sa tête blanche, leva ses yeux dans lesquels, en cet instant, vivait la pensée, et, avec un accent qui parut prophétique à Antoinette, il répéta :

— C'est ce jeune homme qui nous sauvera.... Il est honnête... Il faut le voir, ma fille...

Il essaya de diriger ses regards sur elle, mais les muscles de son cou le faisaient souffrir, car sa figure se contracta. Une ombre de démence passa de nouveau sur son visage.

— Il était là tout à l'heure, murmura-t-il, et c'était lui qui le suppliait... Je l'ai bien reconnu... là près des rideaux...

— C'était M. de Croix-Mesnil, mon père...

— Non, fit le malade avec une agitation croissante. Je sais ce que je dis... J'ai ma raison... C'était Pascal Carvajan... C'est lui seul qui peut sauver ton frère... Promets-moi que tu le verras !... Je n'aurai pas de tranquillité avant que tu me l'aies promis...

— Reposez donc, mon père, je vous le promets !

Les traits du marquis se détendirent. Il se laissa aller en arrière avec béatitude, et murmura des paroles que la jeune fille ne comprit pas. Quelques instants après, il dormait paisiblement.

Mademoiselle de Clairefont demeura songeuse. Le souvenir de Pascal, brusquement évoqué, lui était revenu tout entier. Son visage énergique et fier était là, devant elle, et ses lèvres s'ouvraient pour parler : elle ne voulait pas l'écouter, elle savait d'avance ce qu'il allait dire. Et, murmure confus et caressant, ses paroles montaient autour d'elle ainsi qu'une prière. Comment eût-elle pu douter qu'il l'aimât ? Tout le lui prouvait, sa muette admiration, son craintif respect, son délicat effacement. Il tremblait en l'apercevant, il pâlissait quand elle s'éloignait, il eût voulu se mettre à genoux sur son passage, et il avait provoqué Croix-Mesnil parce qu'il le croyait aimé. Oui, il lui appartenait. Il devait haïr tout ce qui n'était pas elle et ne serait pas pour elle ; il avait horreur des intrigues qu'ourdissait son père, il eût donné son sang pour ne pas exciter l'horreur, et n'avait jamais espéré qu'il pût obtenir l'amitié. Oui, il serait un serviteur zélé, un défenseur loyal. Et tout ce qu'elle avait entendu raconter sur Pascal, et qu'elle avait dédaigné, se représentait à son esprit : son habileté comme homme d'affaires, son talent comme avocat, ses luttes contre le despotisme paternel. Et les paroles du marquis résonnaient encore à ses oreilles : C'est lui qui sauvera ton frère !

Par quelle mystérieuse intuition le vieillard avait-il été conduit à désigner Pascal comme le sauveur possible de Robert? Une puissance surnaturelle lui avait-elle montré le jeune homme dans le vague de son rêve? Il prétendait le reconnaître, et il ne l'avait jamais vu. Quelle voix céleste lui avait soufflé son nom à l'oreille? Comment, à l'heure décisive, avec une autorité irrésistible, se soulevait-il sur son lit de souffrance pour donner ce hardi conseil? N'était-il pas du devoir d'Antoinette de le suivre? Elle l'avait promis, et, au fond d'elle-même, une secrète espérance naissait déjà. Le salut viendrait de là peut-être. Par le fils on obtiendrait beaucoup du père. Si la haine de Carvajan, adoucie par cette capitulation de ses ennemis, allait se calmer? S'il consentait seulement à rester neutre, à ne plus déchaîner contre eux toutes les mauvaises passions de ses partisans. Comme l'horizon pourrait promptement s'éclaircir! Robert, lavé de tout soupçon et rendu à la liberté, viendrait près du malade dont il hâterait la guérison.

A cette pensée, une exaltation ardente s'empara de la jeune fille. Eh! quoi! elle délibérait quand le résultat heureux était dans ses mains! Un amer sourire crispa ses lèvres. Au prix de quelle humiliation l'obtiendrait-elle? Il lui faudrait aller au-devant de Pascal, le convaincre, et l'implorer. Lui ayant nettement fait comprendre un jour qu'il n'existait pas pour elle, et que d'une Clairefont un Carvajan n'avait à attendre que le mépris, elle devrait se présenter en suppliante, et pleurer devant lui.

Eh bien! ce serait avec joie. Quel sacrifice lui coûterait pour assurer la délivrance de son frère? D'ailleurs, n'avait-elle pas à expier? N'était-elle pas responsable d'une part de leur malheur commun? Elle s'était montrée dédaigneuse et hautaine : elle accepta le sacrifice de son orgueil, et s'apprêta à l'offrir comme un tribut à leur ennemi. Elle s'adresserait à Carvajan lui-même, s'il le fallait; elle affronterait le monstre, elle lui demanderait pardon de l'avoir chassé, et lui donnerait la joie d'un triomphe complet.

Le jour la trouva dans ces dispositions. Son parti était pris : elle ne devait plus faiblir. Elle cherchait seulement un moyen d'arriver jusqu'à Pascal. Elle s'en rapporta au hasard. Vers sept heures, Croix-Mesnil vint la rejoindre. Le vieillard était plongé maintenant dans une torpeur lourde. Il ne parlait plus, et respirait fortement. Cédant aux supplications de son ami, Antoinette consentit à lui laisser la garde du malade. Elle gagna sa chambre, rafraîchit son visage, et se jeta sur son lit pour quelques instants. A neuf heures, comme elle finissait de s'habiller, le vieux Bernard gratta à la porte et lui annonça que le docteur Margueron était arrivé, amenant avec lui maître Malézeau. La jeune fille les trouva au chevet de son père. Toutes les fenêtres, par ordre du médecin, avaient été ouvertes. L'air et la lumière entraient à flots, et le marquis s'en était montré ranimé. Il avait les yeux ouverts et manifestait quelques symptômes de connaissance. La fièvre était tombée, mais il y avait un peu de paralysie du côté gauche. Le docteur se déclara beaucoup plus rassuré et expliqua à Malézeau que son malade avait eu un transport au cerveau qui semblait en bonne voie de guérison.

— Il ne faut pas le fatiguer, dit-il, et surtout qu'on ne le fasse pas causer... Descendons ; j'écrirai en bas mon ordonnance.

Sur la terrasse, entre le notaire et mademoiselle de Clairefont, le brave homme ne put se retenir de parler de Robert. La veille, dans l'émotion des premiers soins à donner au marquis, il n'avait pu rencontrer le moment favorable pour déclarer quelle saisissante impression il avait emportée de la confrontation.

— Voyez-vous, Mademoiselle, quand je l'ai vu s'agenouiller si simplement devant le lit de la morte et prier, ma conscience s'est soulevée et je me suis dit : Ou ce jeune homme est un déterminé scélérat, ou il est innocent.

— Oh!... il n'est pour rien dans le malheur, s'écria avec feu Malézeau. Il est si loyal ! Il a dit la vérité... Un Clairefont ne ment pas, docteur.

— Il a de terribles ennemis, reprit Margueron. Déjà toutes mes déclarations ont été dénaturées et circulent dans La Neuville, accablantes pour le comte. Mais, devant la justice, je dirai ce que je pense... Et si les jurés ne sont pas circonvenus...

— Est-ce donc possible? demanda Antoinette, épouvantée.

— Cela s'est vu, dit Malézeau.

Mademoiselle de Clairefont laissa partir le docteur et retint le notaire. Elle était résolue à agir. Permettre que Carvajan continuât à
travailler l'opinion publique, c'était peut-être signer la condamnation
de son frère. Elle arrêta Malézeau, le fit asseoir près du perron, et,
à brûle-pourpoint, elle lui dit :

— Comment faudrait-il m'y prendre pour avoir un entretien avec
le fils de M. Carvajan?

Il fut stupéfait. Il pouvait s'attendre à tout, excepté à une pareille
démarche. Il se demanda si Antoinette, exaspérée, n'était pas déter-
minée à faire quelque coup de tête. Mais il la vit calme et réfléchie.
Adroitement il l'interrogea. Elle raconta tout simplement ce qui
s'était passé la nuit précédente, et avoua que l'ordre donné par son
père lui paraissait un commandement du ciel. En l'écoutant,
Malézeau se sentit gagné par une émotion singulière. Peut-être était-
ce là réellement le plan le plus sage : prendre Pascal par les sentiments, et gagner Carvajan par l'intérêt. Peut-être faudrait-il en arriver
à un arrangement amiable, qui empêcherait la vente, et livrerait le
domaine au maire de La Neuville. Mais tout n'était-il pas préférable
à l'horreur d'un procès criminel? Le notaire, au fond de lui-même,
avait la conviction que toutes les dépositions faites contre Robert
avaient été soufflées par Fleury, Tondeur et consorts. Il ne se trompait guère. Un mot dit par Carvajan, et l'affaire changeait de face.
Au lieu d'un renvoi devant la cour d'assises, on pouvait obtenir une
ordonnance de non-lieu.

— Eh bien ! Mademoiselle, dit Malézeau, sortant de ses réflexions,
c'est une tentative à faire, Mademoiselle... Le fils Carvajan est arrivé
ce matin par le chemin de fer... Il est donc à La Neuville. Mais je ne
crois pas que vous soyez tentée de rencontrer le père? Il faut manœuvrer adroitement. Si vous voulez vous en rapporter à moi,
Mademoiselle...

— Je n'espère qu'en vous...

— Eh bien! je vous conduirai chez ma femme, et, pendant ce temps-là, j'irai reconnaître les abords de la maison, et préparer votre entrée.

Après une absence de vingt-quatre heures qui avait beaucoup intrigué son père, Pascal était, en effet, revenu le matin même. Interrogé sur le résultat de son voyage, il avait répondu laconiquement qu'il était allé au Havre pour voir un de ses correspondants. Il n'avait pu, en disant cela, s'empêcher de rougir. Il n'était pas habitué au mensonge. Or, son voyage au Havre s'était borné à un séjour à Rouen, où il savait devoir trouver un de ses camarades d'école, nommé récemment substitut du procureur général. Le magistrat l'avait reçu avec cette amabilité emphatique et gourmée qui est la marque professionnelle ; il avait parlé d'abondance pendant une demi-heure, s'étendant sur ses écrasants travaux, sur les soucis de sa responsabilité, délayant des phrases tièdes et longues. Mais, quand Pascal avait voulu mettre sur le tapis l'affaire de Clairefont, le substitut était devenu froid et soupçonneux. Il n'avait plus parlé que par monosyllabes.

— Grosse affaire... très grosse affaire... Instruction difficile... Prévenu adroit et très fermé.

Et comme le jeune homme le pressait de questions :

— Mais au fait, mon cher, vous êtes de La Neuville : vous devez en savoir plus long que moi.

Et, au lieu de répondre, il avait interrogé. Au bout d'une heure de visite, Pascal s'était retiré très inquiet, avec la conviction que le parquet pousserait l'affaire à outrance. Il avait passé une triste soirée à l'hôtel, ne voulant pas revenir avant le lendemain, de peur de donner des soupçons à son père.

Maintenant, enfermé dans le cabinet du banquier, il s'efforçait de travailler pour user le temps, mais sa pensée rebelle lui échappait et l'emportait bien loin de ses rapports et de ses mémoires. Incapable de rester en place, il allait de la table à la fenêtre, pour regarder au dehors. Le temps s'était mis à l'orage, et des nuées lourdes couraient dans le ciel. Un éclair brilla, suivi d'un coup de tonnerre lointain, et

PASCAL RENCONTRA LE ROUSSEAU (PAGE 1308)

le jour devint jaune, comme si l'air eût été chargé de cendres.

Au même moment, le marteau de la porte retomba avec bruit, poussé par une main impatiente, un chuchotement se fit entendre dans le vestibule, et maître Malézeau entra dans le cabinet avec une mine extraordinaire. Jamais ses yeux n'avaient tant papilloté derrière ses lunettes d'or. Il dit mystérieusement :

— Votre père est bien parti en cabriolet sur la route de Lisors? Vous êtes vraiment seul? Bien! j'ai là une dame qui désirerait vous parler...

A ces mots, tout le sang de Pascal se porta à son cœur, ses jambes fléchirent, il vit la salle tourner autour de lui. Il demanda d'une voix altérée : Qui est-ce? avec la certitude d'entendre répondre : Mademoiselle de Clairefont.

Malézeau ne perdit même pas son temps à remplir cette formalité ; il ouvrit la porte et, s'effaçant pour laisser le passage libre, il dit :

— Entrez, Mademoiselle.

Et, sur le seuil du triste cabinet de son père, Pascal se trouva en face d'Antoinette. Elle était vêtue de noir. Un voile couvrait son visage : elle l'ôta d'un brusque mouvement ; et il la vit pâle, l'air souffrant, les yeux rougis par l'insomnie et le chagrin. Il était bien plus ému qu'elle. Sans savoir ce qu'il faisait, il lui avança un siège. Elle s'assit, et adressa un geste suppliant à Malézeau. Le notaire s'inclina et sortit. Ils restèrent en présence. Ce moment, que Pascal, la veille, eût payé de sa vie, lui causa un embarras insupportable. Une chaleur dévorante lui monta au visage, il sentit des pointes de feu à la racine de chaque cheveu. Il se dit : si je ne parle pas, je deviens grotesque ; si je parle, je risque de dire quelque sottise qui me rendra odieux. Il leva sur la jeune fille des yeux si pleins d'angoisse qu'elle comprit que c'était à elle d'ordonner, et à lui de se soumettre. Elle sourit tristement, et, d'une voix qui pénétra Pascal jusqu'au fond de l'âme :

— Je viens à vous, Monsieur, en suppliante... Et comment oserais-je tenter une telle démarche, si je n'avais pas, pour m'encourager, le souvenir de notre première rencontre?... Le hasard, vous le voyez, savait ce qu'il faisait en vous plaçant en travers de ma route...

Elle eut le courage de le regarder avec coquetterie. Elle voulait vaincre. Et lui, sous le charme, quand elle eut fini de parler, l'écoutait encore. Ainsi c'était elle qui avait évoqué le souvenir de ce chemin creux où, pour la première fois, ils s'étaient trouvés l'un près de l'autre. Tout ce qui avait suivi n'existait pas: elle l'avait volontairement effacé. Il ne restait, pour lui et pour elle, que cette courte promenade par une belle matinée d'été, dans la lumière, la verdure et les fleurs. S'il eût prononcé les mots qui lui montaient aux lèvres, il lui eût dit: Je vous aime. Mais il ne le voulut pas. Elle était venue à lui loyalement, elle restait là, seule, sous la sauvegarde de son honneur, et elle était malheureuse. Il pensa: Je ne lui révélerai jamais combien je l'adore, mais je le lui prouverai en lui dévouant ma vie. Il s'approcha, et, avec un respect religieux:

— Je sais, Mademoiselle, ce qui vous amène, dit-il de cette belle voix profonde qui allait au cœur de Carvajan lui-même, et il semble que j'aie eu le pressentiment que je devais vous voir aujourd'hui, car je suis allé hier à Rouen pour m'informer de votre frère.

Elle poussa un cri de joyeuse surprise, et une teinte rosée s'étendit sur ses joues, en se voyant si promptement et si bien comprise.

— Il était en bonne santé, et très calme, m'a-t-on assuré. Quant à l'affaire en elle-même, les magistrats sont jusqu'ici fort silencieux.

— Peut-être rien n'est-il encore décidé, fit-elle en joignant les mains... Peut-être serait-il temps encore ... Ah! Monsieur, si vous vouliez joindre vos efforts aux nôtres! Je sens que je puis compter sur vous, que votre esprit est juste, et votre cœur généreux. Je vous en prie, parlez pour nous à M. Carvajan!...

Pascal pâlit à cette terrible demande qui assimilait son père à un bourreau dont on veut désarmer la cruauté. Antoinette craignit de l'avoir offensé: elle prit un air caressant.

— Pardonnez-moi, dit-elle, si je vous ai déplu... Mais ce que j'ai à vous demander est si difficile à dire!... Je ne veux pas prononcer une parole qui puisse vous paraître irrespectueuse pour votre père, et, cependant, il faut que je vous fasse comprendre que nous venons demander grâce... Nous sommes à sa discrétion, à la vôtre... Tout ce qui séra exigé nous paraîtra facile, si nous pouvons obtenir un peu d'indulgence pour le pauvre Robert... Tout, vous entendez, Monsieur ? Et c'est parce que nous avons jugé que votre intercession serait plus puissante que nulle autre que je me suis adressée à vous.

Ainsi, c'était à son frère seul qu'elle avait pensé ! Dans le secret de son esprit, aucun penchant ne l'avait entraînée vers Pascal. Son cœur était fermé à ce qui n'était pas Robert, et, pour l'amour de lui seulement, elle avait pris sur elle de vaincre sa fierté, et de supplier. Il chassa toute vaine espérance de tendresse, il glaça sa pensée, il apaisa les bouillonnements de son sang.

— Si vous saviez comme nous sommes durement éprouvés ? poursuivit la jeune fille. A la suite d'une entrevue avec M. Carvajan... Oh ! je ne l'accuse pas !... mon père est tombé malade et nous inspire les plus vives inquiétudes... Tout m'accable à la fois, vous le voyez, et je ne sais de quel côté me tourner pour ne pas voir une menace de malheur. Je suis seule à Clairefont. Et sans un ami dévoué qui est venu à mon aide...

Un soupçon traversa le cœur de Pascal : il changea de visage, ses poings se crispèrent.

— M. de Croix-Mesnil, murmura-t-il sourdement.

— Oui, M. de Croix-Mesnil. De son affection pour nous il n'aura obtenu que des soucis et de la tristesse, le pauvre garçon !...

Ce fut si doux, si tendre, et cependant si indifférent, que Pascal revint à la vie.

— Croyez, Mademoiselle, déclara-t-il, que je suis prêt à tout tenter pour vous satisfaire... Mais je ne puis engager que moi, et c'est de mon père que vous voulez que je vous réponde.

Il sembla à Antoinette que celui qu'elle voulait conquérir lui échappait.

— N'avez-vous pas tout pouvoir sur lui ? reprit-elle avec ardeur. N'ai-je pas vu quelle place vous occupiez dans ses préoccupations ? Oh ! je vous en prie, soyez pour nous un allié bienveillant, prenez

notre cause en mains !... Nous n'avons plus d'espoir qu'en vous...
Robert! Rien ne nous touche que Robert; et nous abandonnerons
tout ce qui n'est pas lui.

— Votre terre, votre château, le reste de votre fortune... n'est-il
pas vrai? dit amèrement le jeune homme.

Elle resta silencieuse. Pour la seconde fois elle avait fait l'offre. Et
ne fallait-il pas en arriver là? Malézeau ne lui avait pas caché que ce
serait le mot décisif pour le banquier. La Grande Marnière, le but
de ses efforts, le rêve de son ambition, la proie montrée à ses alliés.
Mademoiselle de Clairefont sentit qu'elle avançait sur un terrain
brûlant, mais ne devait-elle point, dans ce traité de capitulation suprême, spécifier les conditions?... Elle n'osait plus parler et regardait
Pascal qui marchait dans le cabinet, le front lourd. Il s'arrêta, passa
la main sur ses yeux, laissa échapper un soupir qui ressemblait à un
sanglot, et s'assit près de la fenêtre, paraissant oublier complètement
qu'il n'était pas seul. Il souffrait. Antoinette fut saisie de pitié : elle
alla à lui et, avec un accent qui le fit frissonner :

— Vous ai-je blessé? Je vous en prie, pardonnez-moi!...

Il la regarda d'un air sombre.

— Blessé, moi? dit-il. Comment? Est-ce qu'on blesse un Carvajan
en lui offrant de l'argent?...

Il eut un rire douloureux. Elle resta interdite et glacée.

— Pourquoi serais-je si sensible? poursuivit-il. Ne sait-on pas que
l'intérêt est la règle unique de cette maison où nous sommes?... Le
langage que vous tenez est raisonnable et logique. Après tout, il ne
s'agit que d'une affaire! Vous ne me connaissez pas, vous ne savez
pas si j'ai une conscience et un cœur... D'où vous viendrait ce
soupçon que j'ai souffert de ce qui se passe autour de moi? Qui vous
aurait révélé mes répugnances et mes douleurs? Auriez-vous eu, par
hasard, le pressentiment que je pourrais être fier et désintéressé?
N'en croyez rien : je suis un Carvajan, c'est-à-dire un être avide et
vénal. Le marché que vous proposez est avantageux; nul doute que
je l'accepte. Mettez en jeu mon âpreté au gain. Voilà ce qui est vrai
et ce qui ne vous trompera pas !

Il lui montra un visage bouleversé par la violence de ses sensations. Elle agita lentement la tête :

— Et voilà justement ce que je ne crois pas, dit-elle avec beaucoup de calme. Je suis sûre que vous êtes bon, et qu'une prière et des larmes feront cent fois plus pour notre cause que les plus brillantes promesses... En échange de ce que vous allez faire pour nous, je ne vous offrirai que ma reconnaissance sincère, je ne vous demanderai d'autre engagement que de mettre votre main dans la mienne... Le voulez-vous ?

La petite main, qui avait si insolemment coupé l'air avec une cravache, dans le chemin de Couvrechamps, se tendait maintenant ouverte et caressante. Toucher ces doigts fins et fuselés, c'était se faire esclave. Se dévouer à Antoinette, c'était se déclarer contre Carvajan. Pascal s'y décida résolument. Depuis sa rentrée à La Neuville, il y était prêt !

Il ne conçut aucune espérance d'arriver à être aimé un jour ; il ne se permit aucune illusion sur les sentiments auxquels obéissait la jeune fille. Il la vit contrainte par une implacable nécessité de faire violence à son orgueil. Il la plaignit et voulut abréger l'épreuve. Il prit la main qu'elle avançait, la serra à peine, avec un respect attendri, et, s'inclinant :

— Soyez rassurée, Mademoiselle, dit-il, vous ne serez frappée ni dans vos affections ni dans votre fortune... J'en prends l'engagement, sur mon honneur.

Dans le saisissement de sa joie, Antoinette ne trouva pas un mot à répondre, et la promesse faite tomba si solennelle dans le silence du sombre cabinet de Carvajan que Pascal lui-même en fut épouvanté.

— Songez, cependant, Monsieur, dit-elle enfin, que je ne vous demande point de faire dans notre intérêt quoi que ce soit qui puisse vous nuire...

— Rien ne pourrait me nuire davantage, répondit-il, que de m'associer même indirectement, à une œuvre que réprouverait ma conscience.

Mademoiselle de Clairefont approuva de la tête, et une lueur singulière brilla dans ses yeux. Sa voix parut à Pascal plus moelleuse, plus liante, presque affectueuse.

— N'importe, reprit-elle, j'entends que votre généreuse promesse ne vous engage vis-à-vis de nous que dans une mesure que, seul, vous aurez à fixer.

Puis, comme si elle eût craint que ce dernier cri de fierté eût blessé le jeune homme :

— Mais quoi qu'il résulte de cette entrevue, ajouta-t-elle, soyez sûr que j'en garderai pour vous une complète estime et une vive gratitude.

Elle lui tendait de nouveau la main, et, cette fois, il ne craignit pas de la prendre et de la serrer, comme si le contact de cette chair douce et tiède eût dû l'attacher plus invinciblement à Antoinette.

La porte s'ouvrit, M° Malézeau s'avança, et mademoiselle de Clairefont était déjà au bout de la rue du Marché, que Pascal, sur le seuil de la maison, s'efforçait de la voir encore.

Il rentra lentement, gravit l'escalier, et s'enferma dans sa chambre. A sept heures du soir, Carvajan revint de Lisors. Il était affamé, ayant fait sept lieues en cabriolet. Il demanda le dîner à grands cris, et, tout droit, alla s'asseoir dans la salle à manger. Son fils vint l'y retrouver. Le banquier se montra d'une humeur joyeuse. Il parla avec une grande animation, expliquant l'affaire qu'il avait examinée dans la journée, et qui lui promettait de beaux bénéfices.

— Vois-tu, garçon, c'est une distillerie établie sur la Lieure, qui donne une excellente force motrice... Les braves gens qui l'ont montée n'avaient pas les reins assez solides, et ils sont très près de leurs pièces... Il faut beaucoup de capitaux pour conduire une entreprise pareille... Ces innocents ont des marchés annuels passés avec les cultivateurs du Nord pour la fourniture des betteraves, et ils vendent les pulpes aux fermiers des environs, au lieu de les utiliser à nourrir eux-mêmes des bestiaux... Mais rien que le lait payerait l'achat des matières premières ! Il a fallu que le père Carvajan vînt leur expliquer ça... Dumontier et moi, nous allons leur prêter cent cinquante mille francs... sur première hypothèque... Lisors n'est pas loin... J'irai surveiller l'exploitation de temps en temps. Ah ! j'ai bien dîné... mais je n'avais pas volé ma soupe ! et toi, mon brave, qu'est-ce que tu as fait ?

Pascal eut une violente palpitation. Allait-il raconter hardiment à son père ce qui s'était passé, ou le préparer adroitement à entendre une pareille confidence ! Il n'osa pas parler encore. Il dit évasivement :

— Je suis resté ici toute la journée...

Carvajan dressa l'oreille. Dans l'accent de son fils il avait découvert une sonorité singulière. Il l'observa et lui trouva la contenance embarrassée.

— Eh bien ! allons fumer dans mon cabinet, dit-il en se levant.

Ils passèrent dans la grande pièce sombre, éclairée seulement par une lampe placée sur le bureau du banquier. Et, avec une ivresse délicieuse, Pascal retrouva flottant, affaibli dans l'air, le parfum qu'Antoinette avait laissé, trace subtile de son séjour dans la maison de l'ennemi. Carvajan avait un odorat de sauvage ; il respira avec force, mais ne sonna mot. Il marchait à grands pas, suivant son habitude. Les soupçons qu'il avait formés sur le compte de son fils tendaient à se préciser, et lui causaient une sourde inquiétude : Serait-il de connivence avec les gens de Clairefont ? se demandait-il. Mais comment, par quelle entremise ? Absorbé dans la recherche de ce problème, il allongeait ses enjambées, allant de la fenêtre au bureau, lorsque, sur la console en vieil acajou empire, qui garnissait le trumeau du côté de la rue, un morceau de tissu noir attira son attention. Il s'approcha machinalement, le regarda, reconnut une voilette de femme, et, avec une exclamation, s'en emparant :

— Qui est-ce qui a laissé ça ici ? cria-t-il. Qui donc est venu en mon absence ? Sacrédié ! J'avais bien reniflé, en entrant, une odeur qui n'était pas catholique !...

Il mit la voilette sous le nez de Pascal.

— Tu dois être informé, toi, monsieur le casanier, qui n'es pas sorti de la journée ? Cet objet de toilette n'appartient pas à une des dames de La Neuville... Dieu merci, elles ne se cachent pas le visage !... Est-ce que ?...

La supposition qu'il fit était si énorme qu'il n'osa pas la formuler. Il resta en suspens, les mains tendues, froissant la gaze noire impré-

IL FAUDRA, MONSIEUR, QUE VOUS AYEZ SOUVENT LA BONTÉ
DE VENIR ICI (PAGE 1318)

gnée d'une délicate senteur d'iris, la bouche tordue par la colère.

Pascal ferma les paupières pour ne pas voir son père, qui lui fit horreur, et, affermissant sa résolution :

— Ne cherchez pas, répondit-il, la personne qui est venue est mademoiselle de Clairefont.

— Ah ! ah ! fit railleusement Carvajan... Il faut qu'ils soient bien à quia, là-haut, pour que la fière Antoinette se soit décidée à descendre jusqu'ici... Et tu l'as reçue ?

— Oui, mon père...

— Qu'est-ce qu'elle voulait ?

— Intercéder pour les siens auprès de vous...

— Intercéder ? Vraiment ! La voilà soudainement devenue bien humble !...

Il changea de ton, et, regardant son fils avec sévérité :

— Et pourquoi, dès mon arrivée, ne m'as-tu pas raconté la chose ?...

— Parce que j'espérais, en gagnant un peu de temps, arriver à vous disposer favorablement.

Les deux hommes se dévisagèrent. Il y eut un silence.

— Ah ! tu espérais ?... Vraiment ! Me prends-tu pour un tonton qui va comme on le pousse ? Suis-je homme à changer au gré d'un caprice, et à renoncer à mes projets pour des pleurnicheries ?... La belle a sans doute tâché de t'émouvoir avec des regards mouillés et de t'entortiller avec des phrases câlines !... Ah ! elle connaît son métier de femme, et c'est une sucrée de la première espèce !... Elle nous en a donné un échantillon, le soir de la fête, quand son nicodème de fiancé a refusé de danser en face de toi !... Il faut se méfier de ces gens-là... En paroles, ils vous promettent le bon Dieu ; mais, en actions, ils vous donnent le diable ! Je les connais, moi, et bien, depuis le temps que je les pratique ! Ce qu'ils savent le mieux, c'est mentir ! La demoiselle t'a enjôlé, et elle n'était pas au bout de la rue qu'elle riait de toi... Tu peux m'en croire !

Pascal ne répondit pas. Il s'était promis de subir impassible les sarcasmes et les violences. Pouvait-il acheter trop cher la réalisation des promesses faites à la jeune fille? Carvajan avait repris sa marche de long en large dans son cabinet. Il réfléchissait, et sa physionomie était devenue très grave. Brusquement il s'arrêta, et jetant un coup d'œil à son fils :

— Mais enfin elle n'a pas fait que soupirer, n'est-il pas vrai? Elle a dû parler aussi un peu... Qu'a-t-elle proposé? Quand on demande la la paix... c'est à de certaines conditions... Laissons le côté sentimental de la question, et voyons le côté pratique... Que veut-elle, d'abord?

— Que vous sauviez son frère, et que vous épargniez son père...

— Autrement dit, que je prouve clair comme le jour que le jeune Clairefont est aussi blanc que l'hermine, et que, tenant le vieux dans le creux de la main que voici, je le laisse aller franc et quitte? Mazette! Et que m'offre-t-elle en échange? Sans doute une reconnaissance éternelle?

— Mademoiselle de Clairefont n'a point fixé de conditions...

— Et qui donc les fixera, sacredié? s'écria Carvajan, dont le visage basané devint d'un rouge sombre.

— Vous, mon père, répondit froidement Pascal... N'êtes-vous pas le maître?

Carvajan alla s'adosser à la cheminée.

— Je suis le maître, c'est vrai! dit-il avec une cauteleuse bonhomie... Mais la situation est embarrassante... Et deux avis valent mieux qu'un... Toi, à ma place, qu'est-ce que tu ferais?

— Je ne vous l'ai jamais laissé ignorer, mon père, et, dès le commencement de mon séjour, je vous ai exhorté à la conciliation. La situation de la famille de Clairefont était alors beaucoup moins grave qu'elle ne l'est aujourd'hui, et c'était uniquement dans votre intérêt que je parlais. Je souhaitais vous voir renoncer à une hostilité qui pouvait vous rabaisser dans l'opinion de beaucoup de gens. Je voulais vous voir des idées qui fussent à la hauteur de la position à laquelle vous avez su atteindre. Vous étiez le plus fort : il convenait de vous montrer généreux. C'était là le langage que je vous tenais... Et ceux que vous considériez comme vos ennemis résistaient encore!

Que dois-je vous dire, aujourd'hui qu'ils sont vaincus, désespérés et qu'ils demandent grâce ? Ce n'est pas un avis que je vous donne, c'est une prière que je vous adresse. Soyez humain : ne frappez pas des gens à terre. Détournez-vous de ces Clairefont qui n'existent plus maintenant. N'accablez pas le fils, dont le seul et vrai crime est le nom qu'il porte, et laissez le père mourir en paix dans son domaine morcelé et appauvri.

— Le fils ! s'écria Carvajan avec colère. Oublies-tu qu'il t'a insulté devant toute la ville ?... Le père ! ne sais-tu pas qu'hier matin il a voulu m'assommer ? Des gens à terre ?... Que feraient-ils alors s'ils étaient debout ? Tu ne les connais pas : ce sont des bandits !

Il redevint très calme et, fourrant ses mains dans ses poches :

— Enfin, mon bonhomme, c'est très joli, mais ils me doivent près de quatre cent mille francs !

— Le domaine en vaut le double !...

— Pardienne ! je serais propre sans ça !

— Mon père, reprit Pascal avec une émotion qui faisait trembler sa voix, ne m'ôtez pas tout espoir de vous convaincre... Faites-moi ce sacrifice, et je vous en serai reconnaissant toute ma vie ! En échange, exigez de moi ce que vous voudrez, et j'y consens d'avance. Je serai votre serviteur, je m'attacherai à votre fortune, je ferai triompher votre ambition. Mes jours, mes nuits, tout vous appartiendra. Mais, au nom de ce qu'il y a de plus sacré, ne me refusez pas ce que je vous demande !...

Carvajan marcha sur son fils, et, avec une atroce ironie :

— Qu'est-ce qu'on t'a donc promis, si tu réussissais ?

— Mon père ! cria le jeune homme.

— Es-tu mon fils ou l'homme d'affaires des Clairefont ?

— N'est-ce pas un fils qui veut le nom de son père respecté et honoré

— Respect, honneur, mots bien placés dans ta bouche ! Allons, monsieur l'honnête homme, dis donc hardiment ce que tu penses, aie donc le courage de la trahison !... Crois-tu que j'en suis à m'apercevoir que j'ai un ennemi dans ma propre maison ? Tu rêves de me

tromper !... Tu es encore un peu trop jeune !... Niais, qui se laisse
entraîner par une femme, et qui veut duper son père ! Parle pour elle,
plaide, soupire. Triple sot ! Tu verras comment elle t'en récompen-
sera ! Ah ! j'ai voulu savoir à quoi m'en tenir, et je suis fixé maintenant : tu as marivaudé avec la belle Antoinette, et tu es sa créature...
Va, elle t'apprendra le respect et l'honneur !

— Mon père !

— Ose donc me dire qu'elle ne t'a pas ensorcelé ! Ose donc nier
que tu l'aimes !

Pascal, qui s'était courbé sous la colère paternelle, se redressa, et,
montrant un visage illuminé par la passion :

— Eh bien ! oui, je l'aime ! Et ce sera le malheur de ma vie,
puisque je me vois placé entre vous, que je trouve implacable, et elle,
que je voudrais sacrée. Prenez pitié de moi ! Tous les coups que vous
frapper tomberont sur mon cœur. C'est la fatalité qui a décidé...
Je n'ai pas été au-devant de mademoiselle de Clairefont. Je l'ai rencontrée sans savoir qui elle était... Et quand j'ai pu réfléchir, il était
trop tard... Je vous engage ma parole de ne jamais la revoir, si vous
voulez l'épargner... Je ne connais ni son père ni son frère ... Devant
les yeux je n'ai qu'elle. Elle seule ! Vous ne pouvez la haïr : elle ne
vous a jamais rien fait... Mon père, vous avez aimé, vous aussi, et vous
avez souffert... Au nom du passé, soyez bon aujourd'hui, et ne faites
pas votre fils aussi malheureux que vous l'avez été vous-même !

— Ah ! tu as eu tort d'évoquer ce souvenir, dit Carvajan, car il me
défend la pitié ! Renonce à ton amour : il est un peu moins vieux que
ma haine ! Du plus loin que je me souvienne, je la retrouve, vivace
au fond de mon cœur. C'est en elle que j'ai puisé l'énergie qu'il m'a
fallu pour arriver où je suis. Je n'ai rien fait dans la vie que pour assurer son triomphe, et quand je touche au but, tu viens, pour un caprice, pour une amourette, me demander de renoncer à cette joie si
ardemment rêvée ? Allons donc ! Tu n'es qu'un enfant plein de faiblesse et d'aveuglement. Tu ne sais pas te conduire... Laisse-moi faire
les affaires, en même temps que les miennes, et je t'obtiendrai plus
que tu n'as pu désirer. Tu m'accuses presque d'être un mauvais père...

Je te prouverai mon affection... Cette fille que tu aimes, la veux-tu ?
Je te la donnerai. Tu la verras souple et douce ! Sa fierté ! ah ! ah !
j'ai un procédé, moi, infaillible, pour mettre au pas les jeunes personnes qui s'en font accroire... Aie confiance en moi... Suis mes conseils, ne te mêle de rien, sois simplement spectateur, et ta princesse
est à toi !...

— Jamais ! cria Pascal avec furie. Je mourrais de honte devant elle !

— Ah ! ah ! fit Carvajan. Je crois m'être montré patient, mais tu
commences à m'échauffer les oreilles ! J'apprécie la fantaisie, mais
à la condition qu'elle ne se prolonge pas ! Il n'y a pas de puissance
humaine qui me ferait dire non, quand j'ai pensé oui ! Or, je me suis
fait, il y a trente années, le serment que je mettrais le marquis hors de
son château et que je m'y installerais à sa place !

— Et moi, mon père, j'ai fait tout à l'heure le serment que je vous
en empêcherais !

— Ah ! vraiment ! tu as juré cela ? dit Carvajan avec un calme
effrayant. Eh bien ! tu apprendras à tes dépens qu'il ne faut jamais
prendre d'engagement téméraire... Dans quinze jours, tu m'entends,
le domaine de Clairefont passera en vente, et le marquis sera sur le
grand chemin !

— Non, mon père, car demain vous serez payé !

— Allons donc ! ricana le banquier. Avec quel argent ?

— Avec le mien !

La maison en s'écroulant n'aurait pas produit un plus formidable
effet.

— As-tu bien réfléchi, bégaya Carvajan, à ce que tu viens de dire ?

— Oui, mon père, comme vous à ce que vous voulez faire !

— Tu contrecarreras mes projets ?

— Je ne reculerai devant rien pour empêcher une spoliation
indigne !

— Où prends-tu l'audace de me parler ainsi ?

— Dans l'horreur que vos actes m'inspirent !

A ces mots, Carvajan s'avança menaçant et terrible. Il parut
grandir, son visage fut bouleversé par une colère sauvage. Debout,

tout noir, les doigts crochus comme des griffes, ses yeux jaunes étincelant comme de l'or, on l'eût pris pour le génie du mal.

— Ah! c'est ainsi! cria-t-il. Ah! tu me menaces et tu m'outrages!
Eh bien! ceux que tu veux défendre, je les poursuivrai sans pitié. Ah!
ils ont cru opérer une diversion triomphante en t'attirant à eux? Ils
ont espéré que je m'arrêterais pour ne pas te combattre! Ils
verront ce que je peux quand on me brave! Le beau protecteur qu'ils
ont là!... Tu es bien hardi d'oser te frotter à ton père! Ah! ah! mon
garçon, j'en ai maté de plus forts que toi, et tu connaîtras la poigne de
Carvajan!... Imbécile, qui croit à tout ce que ces Clairefont lui ont
promis!... Mais ce sont des hypocrites!... Ils se servent de toi... Ils
l'ont amorcé avec la fille... Tu n'y as vu que du feu... Ah! elle n'est
pas avare de gentillesses... Demande à l'officier!... Mais elle ne peut
que te mépriser : un homme de rien, le fils de ton père, un monsieur
qui n'est pas « de » quelque chose!... Quand tu auras tiré les marrons
du feu, on te chassera comme un laquais! Voyons, comprends donc
les choses... Pascal... mon ami!... Je ne te trompe pas, moi, je suis
franc et sincère... Tu cours à un camouflet certain... Tu auras manqué
à tous tes devoirs, renié ton père, et tu resteras avec la courte
honte!... Hein! tu m'écoutes?... Réponds-moi... Tu es là, les yeux
fixes... M'entends-tu?... Voyons, veux-tu parler? Tu n'as pas la bouche
cousue... Promets-moi de réfléchir... Ne donne pas des centaines de
mille francs comme ça... Sacredié! C'est difficile à gagner, l'argent...
Ah! ils ne seraient pas longs à te fricoter le tien! Pas cal... Pascal!...

Il s'approcha du jeune homme, le prit dans ses bras, le serra, le
caressa, lui parlant avec tendresse, avec éloquence, variant ses into
nations, ardent à le convaincre et à le séduire. Il le trouva insensible,
muet et sourd, cuirassé par sa volonté. Alors, bavant de colère,
Carvajan cria :

— Hors d'ici, misérable! Je te chasse! Infâme qui vend son père,
qui l'assassine! Oui, tu me tues! Si je ne vois pas ces Clairefont dans
le ruisseau, je meurs : je n'ai vécu que pour cette heure-là, où je les
tiendrai abattus, écrasés, sous mes talons!... Et tu me voles ce bonheur tant attendu!... Va-t'en... Va-t'en donc! Je te ferais du mal!

— Mon père!... supplia Pascal.

— Je te défends de m'appeler ton père... Le suis-je d'abord? J'en doute en voyant comment tu agis.

Le jeune homme demeura muet d'horreur devant cette fureur qui ne reculait devant aucune menace, devant aucun blasphème. Il fit un geste de désespoir et se dirigea vers la porte. Son père y fut en même temps que lui, prêt à un dernier effort :

— Pascal... Eh bien! au moins, transigeons, dit-il, les yeux égarés, mais le cerveau lucide... Ne paie pas... Et je les laisse en repos...

— Non, mon père, je n'ai plus confiance en vous... Vous me tromperiez.

Les cheveux gris de Carvajan se hérissèrent sur son crâne : il voulut frapper son fils : ses bras retombèrent sans force. Il essaya de crier, d'insulter, il ne put que balbutier :

— Si ta mère était là, elle te maudirait!...

— Non, mon père, dit le jeune homme, qui releva la tête avec orgueil.

Et, laissant le vieillard ivre de rage impuissante, il sortit.

Ma fille, nous subissons une rude épreuve (page 1330)

X

Le lendemain, avec une surprise et une satisfaction à peu près
égales, la population de La Neuville apprit que la querelle entre Clairefont et Carvajan allait prendre une face nouvelle, grâce à la rupture
qui venait de se produire entre le maire et son fils. On avait vu d'une
part Fleury, Tondeur et Dumontier accourir dès le matin à la rue du
Marché et, au bout d'un temps très long, sortir affairés, discutant et
gesticulant. D'autre part, Pascal s'était installé provisoirement chez
Mᵉ Malézeau, qui, brûlant bravement ses vaisseaux, se déclarait pour
la famille de Clairefont.

Quelle aubaine pour la petite ville dont la plate existence se traînait
dans la monotonie, et qui, subitement, se trouvait agitée par des émotions violentes ! Les langues marchaient bon train, et les commérages
prenaient des proportions à la fois effrayantes et risibles.

Les Dumontier avaient raconté aux Leglorieux que Pascal, affolé
par Antoinette de Clairefont, avait osé tenir tête à son père, et cette
confidence, embellie par les Leglorieux de quelques broderies de leur
façon, tournait maintenant à la calomnie. On disait couramment que
Pascal, surpris avec la demoiselle du château, avait été chassé par le
banquier indigné. Il avait presque fallu arracher Carvajan des mains

de son fils qui voulait l'étrangler. Aurait-on jamais attendu de tels
excès de ce jeune homme qui paraissait si convenable? Ah ! la démo-
ralisation marchait bien ! Autrefois on n'aurait pas vu ça ! Mais la
punition serait exemplaire, et ces intrigants de Clairefont ne gagne-
raient rien à avoir fomenté la discorde, car le maire, qui les avait ménagés jusque-là, était maintenant décidé à les accabler. Il savait des
choses décisives sur l'affaire du jeune comte, et il les dirait : on pouvait compter au moins sur une condamnation aux travaux forcés à
perpétuité, la faiblesse des juges ne permettant pas d'espérer une
condamnation à mort. Et, le jour même du procès, le domaine de
Clairefont, vendu à l'audience des criées, serait adjugé à Carvajan.

Un autre récit, favorable, celui-là, à Pascal, mais tout aussi gros
d'inexactitudes, était mis en circulation par les partisans du château :

— Ah ! le maire était dans de beaux draps, et il allait sans doute
être révoqué, car il avait fait prêter par des hommes de paille de l'argent à cinquante pour cent à ce pauvre innocent de marquis. De plus,
il connaissait le véritable assassin de Rose Chassevent, et il l'avait fait
passer en pays étranger pour le soustraire à l'action de la justice, et
perdre plus sûrement le malheureux Robert, qui était innocent, mes
amis, comme l'enfant qui vient de naître. Pascal avait tout découvert,
et, indigné, il avait voulu forcer son père à entrer en arrangement
avec le marquis et à dénoncer le vrai coupable. Mais Carvajan avait
résisté : alors le fils était parti, en déclarant qu'il défendrait lui-
même Robert de Clairefont en cour d'assises, et saurait bien empêcher la vente du domaine.

La Neuville, en deux jours, avait perdu sa physionomie habituelle.
Ce n'était plus la petite cité tranquille et somnolente, dont les habitants traînaillaient leurs plaisirs ou leurs affaires, s'efforçant de tuer
le temps qui leur paraissait long. Tout était en mouvement et en rumeur. Les rues, ordinairement désertes, s'emplissaient du matin au
soir de curieux et de bavards, s'informant de porte en porte, discou-
rant, bataillant, qui pour le maire, qui pour le marquis. Et, ce qu'on
ne se rappelait pas avoir vu de mémoire d'homme, des paris s'engageaient sur le résultat de la lutte.

Les femmes se prononçaient pour le marquis. Pascal avait emporté avec lui toutes les sympathies des âmes sensibles. Il aimait ! Était-il rien de plus intéressant ?

Les hommes, plus terre à terre, et connaissant par expérience la terrible puissance du maire, hochaient la tête, augurant mal du résultat pour M. de Clairefont et pour son fils : « On ne résiste pas à Carvajan, chuchotaient-ils de la bouche à l'oreille : quand ses intérêts sont en jeu, il est capable de tout. Et, cette fois, il y a, en plus, son orgueil qui est de la partie. Pascal est un honnête et brave garçon, mais il sera brisé comme un brin d'herbe. Dans quelle diable d'affaire s'embarque-t-il, pour des gens qui ne lui sont de rien ? Feu d'amour, feu de paille ! Un petit tour de six semaines lui aurait fait oublier la belle Antoinette. Et il ne se serait pas brouillé à jamais avec son père ! »

Les oisifs allaient rôder autour de la maison de la rue du Marché pour tâcher de surprendre quelques détails nouveaux. Mais le triste logis restait silencieux, pas un pli de rideau ne bougeait, la porte demeurait close, et Carvajan, enfermé chez lui, ne montrait pas au dehors son visage sombre. Jamais cœur humain n'avait été rongé par une colère plus effroyable Depuis le départ de son fils, le tyran de La Neuville n'avait ni dormi ni mangé. Il avait passé la nuit et le jour à arpenter son cabinet d'un pas furieux, dépensant dans un mouvement acharné toutes les violences qui bouillonnaient en lui. Malézeau lui avait fait savoir qu'il venait de toucher pour son compte, et de mettre à son crédit, le montant des sommes, capital, intérêts et frais, dont était débiteur le marquis de Clairefont.

Ainsi c'était fini, et l'œuvre patiente de trente années se trouvait ruinée en un instant. Le clerc qui apportait la lettre du notaire s'était enfui, épouvanté par l'explosion d'une de ces rages populacières, où les gros mots tombaient des lèvres de l'ancien commis de Gâtelier, comme la fange déborde du ruisseau. La servante, entendant un bruit terrible dans le cabinet de son maître, avait craint pour lui une attaque d'apoplexie, et s'était hasardée à entr'ouvrir la porte. Elle avait aperçu Carvajan blême, écumant, qui frappait ses meubles à

grands coups en les accablant d'injures. Il l'avait vue, et s'était élancée sur elle en criant :

— Tu oses m'espionner! Va-t'en, idiote, ou je t'écrase!

Tremblante comme la feuille, la petite s'était réfugiée dans sa
cuisine et, le soir même, avait raconté l'incident aux commères du
marché.

— Bonne sainte Vierge! quel homme! Il était quasiment fou!...
Il grinçait des dents... J'en ai été toute épouffée... Je ne voudrais
pas être dans la chemise de ses ennemis... Marchez!

En dépit de ces pronostics, à Clairefont, on était relativement
calme. L'état du marquis s'améliorait, et, forte des assurances
données par Pascal, Antoinette s'était reprise à espérer. Elle avait
loyalement avoué sa démarche à Croix-Mesnil, que cette intervention
inattendue du fils de Carvajan avait troublé jusqu'au fond de l'âme.
Par une intuition particulière aux amoureux, il avait pressenti un
mystère et deviné un danger. Quelle influence souveraine, autre que
la beauté de la jeune fille, avait pu faire un allié du lendemain de
cet ennemi de la veille? Une amertume secrète avait empoisonné
la joie que le baron eût dû éprouver. Mais il avait eu le courage de
dissimuler, et, dans son cœur généreux, le désir de voir triompher ses
amis avait presque étouffé la jalousie qu'il ressentait déjà pour Pascal.

Enfin, le lendemain de la rupture entre Carvajan et son fils,
mademoiselle de Saint-Maurice, rappelée par l'inquiétude où la
mettait l'annonce de la maladie de son beau-frère, était revenue
de Rouen, maigrie par les soucis, mais plus écarlate que jamais.
Malézeau avait ramené la vieille fille dans son cabriolet. Tout le
long de la montée de Clairefont, ils avaient eu le temps de causer, et
lorsque la tante Isabelle, sur les piliers de pierre qui soutenaient
la grande grille de la cour d'honneur, avait vu les ignobles affiches
collées par Papillon, elle s'était élancée à bas de la voiture, et, de
sa propre main arrachant les placards, les avait emportés jusqu'au
château.

Puis, en plein salon, les agitant avec un geste de triomphe, elle
s'était écriée :

— Voilà pour me faire des papillotes!

Il avait fallu la calmer. L'excitation du voyage, le plaisir de se retrouver à Clairefont, les explications que Malézeau lui avait fournies, la mettaient hors d'elle. On lui démontra que, pour être meilleure, la situation n'était pas encore satisfaisante, et de l'excès de la joie elle retomba dans l'excès de la désolation. Elle parla de Robert, qu'elle n'avait pas pu arriver à voir, décrivit l'horrible prison dans laquelle il était enfermé, et finit par pleurer. Le notaire dut lui affirmer que prochainement elle aurait par Pascal des nouvelles certaines. Aussitôt le renvoi devant la cour d'assises décidé, le défenseur pourrait communiquer avec son client. Mademoiselle de Saint-Maurice elle-même serait admise à le voir. C'était un temps assez long à passer, mais avec l'espérance d'obtenir un bon résultat. Car le nom seul de Carvajan valait dix fois mieux pour Robert que l'habileté banale d'un avocat de Paris.

Le talent de parole de Pascal n'était plus à prouver. On se souvenait des succès qu'il avait remportés, alors qu'il n'était encore qu'un débutant. Mûri par le travail, fortifié par l'âge, enflammé par la passion qu'il mettait à soutenir la cause du comte, il devait être pour le ministère public un adversaire redoutable ; on n'osait pas dire victorieux.

— J'avais toujours pensé que ce Pascal était un honnête garçon, s'écria mademoiselle de Saint-Maurice d'une voix forte... Ah! s'il me rend mon pauvre Robert... il pourra me demander ce qu'il voudra. Oui, quoi que ce soit, je le lui donnerai.

M. de Croix-Mesnil eut un pâle sourire.

— Ne le lui dites pas trop, Mademoiselle ; qui sait jusqu'où pourrait aller son ambition?

— Elle ne saurait être trop grande après un tel service! répliqua avec exaltation la tante Isabelle. L'honneur et la liberté d'un Clairefont valent tout ce que nous possédons !... N'est-ce pas, Antoinette?

— Oui, tante, dit froidement la jeune fille.

Elle se leva pour rompre l'entretien, et, emmenant Malézeau sur la terrasse, lui posa des questions sur l'heureuse combinaison au moyen de laquelle il avait arrêté les poursuites de Carvajan.

Le notaire déclara avoir trouvé un prêteur dans des conditions très avantageuses. Les affaires industrielles et commerciales étant nulles, les capitalistes cherchaient des placements sûrs. Un remboursement intégral avait procuré une garantie hypothécaire au nouveau créancier, et, moyennant un intérêt annuel de cinq pour cent, on serait désormais tranquille. Aussitôt le procès terminé, la Grande Marnière serait remise en exploitation, avec un ingénieur comme directeur des travaux. Et si le marquis voulait être sage, en quelques années il arriverait à éteindre sa dette. Mais il fallait, par exemple, qu'il renonçât à se montrer homme de génie et se contentât d'être bon père de famille. Antoinette avait écouté Mᵉ Malézeau avec une émotion profonde. Elle lui serra la main, et des larmes roulèrent dans ses yeux. Ils marchèrent pendant un instant sans parler; enfin elle dit :

— Je ne sais comment vous exprimer ma gratitude... Tout ce qui nous arrive d'heureux, c'est à vous que nous le devons... Votre fidèle amitié, la première, a osé entrer en lutte avec notre persécuteur. Elle nous a valu l'aide providentielle de M. Pascal. C'est elle encore qui met fin à des embarras financiers qui ajoutaient cruellement à l'horreur de notre position... Tous les jours de ma vie, je prierai pour vous...

Les yeux de Malézeau tourbillonnèrent derrière ses lunettes, dont les verres s'obscurcirent, comme des carreaux sous la pluie. Il balbutia :

— Mademoiselle... Je suis pénétré... Mademoiselle... vous me remerciez trop pour le peu que j'ai fait... Mademoiselle... Un autre que moi a tout le mérite... Mademoiselle...

Il craignit d'en trop dire, jeta à la jeune fille un regard terrible et se tut.

— Quant à mon père, reprit mademoiselle de Clairefont, j'ai la triste certitude qu'il ne sera plus ni en goût ni en état de reprendre ses occupations. Le ressort de son esprit semble avoir été brisé par ces violentes secousses. Il retrouve des forces, il parle, il écoute, il se souvient, mais il n'y a plus en lui ni énergie ni volonté. C'est un enfant souriant et doux. Vous le verrez... Le docteur Margueron assure qu'il peut vivre très longtemps ainsi.

Ils continuèrent à marcher. Antoinette, du bout de son ombrelle, traçait distraitement des lignes sur le sable. Elle eût voulu parler de Pascal à Malézeau et connaître d'une façon plus complète ce qui s'était passé rue du Marché, à la suite de son entretien avec le jeune homme. Elle était inquiète, troublée, et, pour la première fois de sa vie, ne se sentait pas sûre de sa conscience. N'avait-elle pas allumé la guerre entre ce père et ce fils? N'était-ce pas en spéculant sur les généreux sentiments de Pascal qu'elle l'avait contraint à rompre avec Carvajan? Au fond d'elle-même, une voix s'élevait qui disait: Que t'importe? Pauvre agneau, laisse ces deux loups se dévorer! Ils sont de même race, de même sang. N'est-ce pas la juste revanche de tout ce dont vous avez eu à souffrir, que ce combat qui met vos ennemis aux prises?

Mais Antoinette savait bien que Pascal n'était pas un ennemi. Il était son esclave, il lui appartenait sans réserve, et c'était pour lui obéir, pour lui plaire, uniquement pour elle, qu'il avait trahi la faction paternelle et qu'il s'apprêtait à la combattre. Elle était donc responsable de ce qui se passait. Tout le mal qui arriverait à Pascal, tout le dommage qu'il pourrait souffrir, lui viendrait d'elle. Et, par le fait, une sorte d'engagement tacite la liait au jeune homme. Et elle souffrait, dans son orgueil, à cette pensée.

— Mon père a déjà demandé à voir M. Pascal, dit-elle. Quand viendra-t-il ici?

— Je ne saurais vous dire, Mademoiselle. C'est une étrange nature que celle de ce garçon, Mademoiselle. Il est sauvage... Madame Malézeau n'a pas encore pu obtenir de lui qu'il prît ses repas avec nous, tant qu'il habitera notre maison. Il craint d'être importun, et il aime à s'isoler... Vous ne le verrez pas, ou je me trompe fort, avant qu'il y ait, pour lui, urgente nécessité de se présenter au château.

Antoinette respira avec soulagement. Elle avait craint un envahissement. Elle voyait qu'au contraire il faudrait sans doute aller cher-

LA PLAIDOIRIE DE PASCAL SE DÉROULAIT MÉLODIEUSE (PAGE 1334)

cher son défenseur. Elle fut heureuse de cette réserve, elle se sentit plus libre.

Enfermé au fond de l'appartement que Malézeau avait mis à sa disposition, Pascal vivait depuis deux jours dans un accablement farouche. Il avait horreur de la vie et de toutes les infamies qui l'accompagnent. En proie à une noire misanthropie, il laissait même ses persiennes fermées et passait son temps à fumer, étendu sur un divan, dans une demi-obscurité. Il fit là des réflexions douloureuses. N'avait-il pas été, à sa naissance, marqué d'un signe fatal qui le vouait au malheur? Son passé s'offrait à lui plein de tristesse, son présent lui réservait des épreuves cruelles, et l'avenir était vide d'espérance. Que faisait-il sur terre? Exécré par son père, subi par celle qu'il aimait, comme un mercenaire que l'on dédaigne quand il a triomphé, n'eût-il pas mieux valu pour lui disparaître?

Qu'était l'angoisse de la dernière heure comparée aux tortures qu'il endurait? Après ce court passage de la vie à la mort, le calme, le doux repos, le sommeil, avec un rêve unique et délicieux, dans lequel rayonnerait la virginale figure d'Antoinette. Là, sur ses lèvres, il ne verrait que d'indulgents sourires, car toutes les haines seraient éteintes, et, de lui, elle ne connaîtrait plus que son âme. Elle saurait combien il l'avait tendrement adorée. Et, désarmée enfin, elle l'accepterait pour son fiancé éternel.

Et dans le silence et l'ombre de la chambre, Pascal, énervé, souffrant, gémissait et pleurait. Il faisait des retours sur lui-même et s'accusait de lâcheté. Quoi! songer à déserter la lutte quand celle qu'il aimait comptait sur lui? L'abandonner seule, exposée à de redoutables vengeances? Livrer aux hasards de la conscience des jurés Robert qu'il devinait innocent? Non! c'était impossible. Il fallait d'abord accomplir sa tâche, faire son devoir, et, ayant laissé, par le service rendu, une trace impérissable dans ce cœur qu'il eût voulu emplir de lui, disparaître : fuir ou mourir, à son gré.

Il retrouva un peu de courage, secoua son inaction, et commença sourdement une enquête sur les faits qui allaient amener le comte de Clairefont devant la justice. Dès les premiers pas, il se heurta à une expédition semblable, conduite par les émissaires de son père, dans le but de recueillir des preuves de culpabilité là où il cherchait, lui, des indices d'innocence. Ainsi l'attaque et la défense prenaient déjà leurs précautions, traçaient les lignes de leur siège, et entamaient les travaux d'approche.

Cette ébauche de combat ranima tout à fait Pascal. Il s'alanguissait dans l'inactivité. Aux prises avec des difficultés, il redevint lui-même. Ayant eu affaire à la ruse des Américains du Sud, il était en mesure de jouter avec les Normands. Il acquit la conviction que l'instruction ne s'était pas bornée à rassembler les charges qui pouvaient si facilement être relevées contre Robert, mais avait été consciencieusement poussée dans divers sens.

Plusieurs individus avaient été soupçonnés et interrogés. Un chaudronnier ambulant, dont la présence à Couvrechamps avait été signalée, pendant la nuit du 25, s'était tiré d'affaire grâce à un indiscutable alibi. Le Roussot, qui avait passé une partie de la soirée avec Rose, avait été questionné. Mais on n'avait rien su obtenir du berger. Il s'était présenté, maigriot, chétif, le visage déformé par des tics horribles, qui lui donnaient un air à la fois riant et stupide. On n'avait pu l'arracher à son mutisme qu'en le menaçant, et alors il avait jeté des cris inarticulés, qui étaient d'une bête sauvage plutôt que d'un être humain. Le fermier de La Saucelle, qui se trouvait présent à l'interrogatoire, avait intercédé en faveur de l'idiot. Il avait donné les meilleurs renseignements.

— Excepté de ne point parler et de ne pas entendre très bien, ce qui n'est pas toujours un mal, dit-il avec une malice de paysan, il est bon serviteur... Il se connaît aux moutons, et il ne va jamais au cabaret. Il aimait la Rose... Ah! oui! on peut le dire, car c'est elle qui l'a quasiment élevé... Elle était bonne pour lui... Il la suivait comme un chien... Plutôt que de lui faire du mal, il l'aurait défendue jusqu'à la mort! Oui!... D'ailleurs, il est rentré vers les deux heures... deux heures un quart... Ma femme a entendu ouvrir la porte de la bergerie et m'a dit : Tiens! v'là notre valet qui revient.

Le Roussot alors s'était mis à trembler, son visage avait pris une teinte livide, il avait poussé un hurlement plaintif, comme celui d'un chien qui aboie à la lune, et, battant l'air de ses bras, il avait été pris d'affreuses convulsions.

— Voyez-vous ! dit le fermier, on le ferait mourir, si on le tourmentait... Il est bizarre de cervelle !... Mais pour donner une pichenette à une mouche, n'ayez crainte !

Comment obtenir une déposition d'un être en état de démence, et, si on l'obtenait, quel fonds faire sur elle ? On avait laissé le berger en repos.

En parcourant la Grande Marnière pour se rendre compte du terrain, Pascal rencontra le Roussot et fut frappé du changement qui s'était opéré dans sa physionomie. Il avait les yeux éteints et la bouche crispée. Lui, si vif et si hargneux, restait assis ou couché dans la bruyère, et ne poursuivait plus les passants de ses grognements et de ses gambades. Le jeune homme put l'approcher sans qu'il fît aucun mouvement. Le chien noir eut beau aboyer pour prévenir son maître, celui-ci ne bougea pas. Il paraissait dormir éveillé, ses regards étaient fixes, comme si une vision les retenait, et des pleurs coulaient sur ses joues. Pascal prononça le nom de Rose. L'idiot frissonna, mais ne sortit pas de son étrange extase. Quelle différence entre cette torpeur accablée et la vive ardeur qui l'animait la première fois que Pascal l'avait vu !

C'était le lendemain de son retour à La Neuville, par cette merveilleuse matinée d'été qui avait mis le fils de Carvajan en présence de la fille du marquis. Le Roussot et Rose riaient alors, en folâtrant dans les joncs, au bord de la mare, et la lavandière était presque aussi forte que le berger.

Comme Pascal était libre et insouciant, suivant avec sa belle compagne le grand chemin de Couvrechamps ! Dans l'air, un parfum enivrant flottait, la verdure des arbres éblouissait les yeux, la terre vibrait, élastique sous le pied. C'était un de ces moments où le corps marche dans une atmosphère plus pure, où l'esprit se sent plus actif et plus pénétrant, où l'être entier se dilate, heureux ainsi qu'une plante caressée par le soleil. Un instant après, quel changement ! Il avait

suffi qu'Antoinette prononçât son nom, qu'il ripostât, lui. par le sien.
Le ciel avait paru s'obscurcir, le paysage s'était terni, la terre avait
frissonné comme sous un vent âpre. Le jeune homme avait senti son
cœur se contracter dans sa poitrine. Il semblait que ce double tableau riant, puis sombre, fût le résumé de son histoire, commencée
dans la joie et finie dans la douleur.

Il quitta le Roussot et descendit à travers la colline du côté de l'auberge de Pourtois, comme il avait fait le jour de sa rencontre avec
Antoinette, et poussa la porte du cabaret. La même obscurité froide
régnait dans la salle, et, avec peine, les yeux du jeune homme dis-
tinguèrent les assistants. Fleury et Tondeur n'étaient plus là, jouant
aux cartes ; mais Chassevent, assis à une table, l'air abruti, buvait de
l'eau-de-vie, pendant que la petite et sèche madame Pourtois tricotait
silencieusement dans son comptoir. Le vagabond ne sourcilla pas,
mais la femme du cabaretier devint pâle et s'élança au-devant de
Pascal.

— A ! monsieur Carvajan !... Comment ! c'est vous !... Qu'est-ce
qu'on pourrait bien vous servir ?

— Rien !... Mais est-ce que votre mari n'est pas là ?

— Vous auriez voulu lui parler ? demanda la femme d'un air soupçonneux... Ah ! le pauvre homme ! il est bien malade depuis quelques
jours... M. Margueron dit comme ça qu'il a eu « les sangs tournés ».
Il est au lit. Il ne faut pas qu'il parle... il ne voit personne... C'est depuis le malheur, voyez-vous... Un homme qui n'avait jamais eu d'é-
motions, et qui se trouve obligé de rapporter un cadavre... Ça lui a
donné un coup !

Chassevent, qui s'était tenu penché sur son verre, parut se ranimer :

— Est-ce vrai, monsieur Carvajan, demanda-t-il d'un air sombre,
que c'est vous qui défendrez l'assassin en justice ?

— C'est vrai, dit Pascal.

— Qu'est-ce que vous avez donc contre le pauvre monde, pour que
vous essayiez de lui faire des misères ? Maintenant que ma chère petite mignonne de fille est défunte, comment est-ce que je vas trouver
à vivre, à m'n'âge ? A m'nourrissait, a m'réparait mes vêtements, a

m'soignait en cas de maladie... Ah ! on peut dire que c'était une belle, douce et brave enfant du bon Dieu ! J'ai tout perdu avec elle ! Et vous voulez empêcher qu'on me donne une somme, et, de plus, qu'on coupe la tête au « guerdin » en place publique ? C'est-y digne d'un homme comme vous, qu'êtes capable ?

Pascal voulut pousser un peu le vagabond, espérant lui faire commettre quelque imprudence :

— Si M. de Clairefont a commis le crime, on le condamnera, dit-il avec fermeté. Mais il est innocent, j'en suis sûr, et nul ne le sait mieux que vous, si ce n'est Pourtois, votre compagnon...

— Innocent ! cria Chassevent, eh bien ! que le gros le dise ! Ah ! malheur ! oui, qu'il n'a pas vu comme moi !.... Et que le diable me brûle si...

Madame Pourtois lui coupa adroitement la parole :

— Êtes-vous venu ici, Monsieur, dit-elle aigrement à Pascal, pour tourmenter de braves gens qui ne demandent rien à personne ? Notre maison est un lieu public, c'est vrai ; mais on y donne à boire et à manger, on n'y débite pas de mauvaises paroles... La façon dont vous êtes parti de chez votre père n'est déjà pas si jolie, pour que vous ayez le goût de venir ici nous dire des sottises !...

La cabaretière s'était excitée, et sa physionomie devenait d'une atroce méchanceté, ses petits yeux de vipère étincelaient et sa bouche mince grimaçait comme pour des morsures. Elle allait continuer, lorsqu'une porte s'ouvrit au fond, et Fleury parut :

— Ah! monsieur Carvajan, s'écria-t-il... Je voulais justement aller vous voir.

— Il paraît que la porte de votre mari n'est pas fermée pour tout le monde, dit railleusement Pascal à madame Pourtois, qui s'était réinstallée silencieusement derrière son comptoir.

— Venez! dit le greffier... Et, sans plus se soucier de la cabaretière et du vagabond, il entraîna le jeune homme au dehors.

Ils se retrouvèrent à la place même où Fleury, montrant la terrasse de Clairefont, avait dit avec un accent de triomphe : C'est bien fini!... Ce souvenir lui revint, et, baissant son front soucieux :

— Est-ce donc irrémissible? dit-il. Sommes-nous ennemis? Ah! si vous saviez le mal que vous faites à votre père !... Il a vieilli de dix ans. Vous seriez effrayé des ravages que le chagrin a faits en lui... Et penser que c'est vous qui êtes cause...

— Moi! s'écria Pascal exaspéré par tant d'hypocrisie. Moi? vous osez m'accuser?

Il respira avec force, comme pour calmer les violentes palpitations de son cœur, puis, avec un éclat soudain :

— Supposez-vous que j'aie oublié vos affreuses confidences? Quelle âme de boue me croyiez-vous donc pour avoir osé me les faire? Oui, vous m'avez, avec un cynisme incroyable, dévoilé vos projets, expliqué vos combinaisons, fait toucher du doigt tous les ressorts de votre piège! Et parce que je restais muet, vous avez cru que j'approuvais vos plans, et peut-être même que j'aiderais à les exécuter? N'était-ce pas séduisant, en effet? Cette admirable entreprise était dirigée contre la fortune d'un pauvre homme incapable de se défendre... Il s'agissait de le dépouiller, de le détrousser! Et tout le trafic des prêts au moyen d'hommes de paille, des billets renouvelés avec escompte, augmentation d'intérêts, était mis en œuvre, tout le brigandage de la banque véreuse se donnait carrière... Et moi j'assistais à ces indignités, me demandant déjà comment je pourrais vous empêcher de poursuivre votre besogne. Je me taisais, étouffé par le dégoût, pris entre l'horreur que m'inspiraient vos actes, et la honte d'avoir à les répudier. Ce que j'ai souffert là, vous ne pouvez le comprendre! J'ai pleuré les larmes les plus amères qui aient jamais coulé des yeux d'un homme! J'ai voulu fuir, disparaître, mettre des espaces immenses entre moi et cette iniquité! J'allais partir... A force d'infamies, vous m'avez contraint à rester! La fortune ne vous a plus suffi : il vous a fallu aussi l'honneur de ces malheureux! Vous avez pris le fils dans un de vos traquenards, vous l'avez accusé, livré, accablé! Et moi, témoin de vos manœuvres, j'ai été conduit à me dire que si, m'éloignant, je l'abandonnais, je devenais votre complice. Ma conscience s'est révoltée. Et, las de tant d'ignominies, j'ai été entraîné, pour les faire cesser, à entrer en lutte avec celui dont je porte le nom... Oui ! Carvajan contre Carvajan, comme on dit au palais.

Fleury laissa passer ce flot de paroles brûlantes, et ricanant :

— J'ai été un niais, dit-il. J'aurais dû tenir ma langue... Mais gageons que, si mademoiselle Antoinette était moins jolie, vous seriez moins irrité ?

Pascal devint pâle. Il prit le greffier par le bras, et le secouant rudement :

— Je vous défends de prononcer devant moi le nom de mademoiselle de Clairefont !... Le premier usage que je ferai de l'indépendance que j'ai reconquise sera pour corriger les drôles tels que vous, s'ils se permettent des familiarités que je juge abjectes ! Tenez-vous-le pour dis, et prévenez vos camarades...

— Hé ! là ! ne nous fâchons pas ! reprit mielleusement Fleury, je suis un homme pacifique... Je n'avais point l'intention de vous contrarier... Je n'ai que des idées conciliantes... Voyons ! est-ce que vous laisserez votre père dans le chagrin, sans faire un pas vers lui ? Allons ! il a été vif, sans doute, mais vous, vous l'avez exaspéré... Ne peut-on concilier les choses ?

Pascal s'efforça d'être calme ; il voulut savoir quelle lâcheté on osait espérer de lui.

— Qu'entendez-vous par là ?

Fleury gratta furieusement ses cheveux indisciplinés :

— C'est vous qui êtes le maître de la situation. Il faut donc être modéré... Cédez-nous la Grande Marnière !

— Rendez la liberté à Robert de Clairefont !

— Vous savez bien que, maintenant, c'est impossible.

— Oui ! il est plus facile de faire le mal que de le réparer.

— Ne consentiriez-vous pas à revoir M. Carvajan ?

— A quoi bon ?

— Un accord peut se conclure.

— Jamais sur les bases que vous proposez.

— Donnerez-vous donc ce spectacle désolant d'un fils combattant contre son père ?

— En l'empêchant de commettre des actes que je réprouve, ce

LE JUGEMENT DE ROBERT (PAGE 1134)

sont les intérêts de son honneur que je prends contre lui-même.

— C'est votre dernier mot ?

— Mon père a entendu tout ce que j'avais à lui dire... Maintenant je n'ai plus qu'à agir.

— Prenez garde !

— Oh ! je sais ce que je peux attendre de votre cupidité déçue. Vous ne reculerez pas devant le choix des moyens... Vous n'hésiterez pas à calomnier, à corrompre. La vérité ne s'en fera pas moins jour. Je ne négligerai rien pour qu'il en soit ainsi.

Fleury fit un geste de colère, puis, se tournant vers Pascal :

— La paix ou la guerre ? Une dernière fois, je vous tends la main...

Pascal regarda le greffier avec un écrasant mépris, et haussant les épaules :

— A quoi bon ? je n'ai rien à mettre dedans !

Et sans ajouter une parole, sans se retourner, il poursuivit son chemin.

Cependant les menaces de Fleury n'avaient pas été platoniques. Les témoins étaient travaillés avec une audace éhontée. Les Tubœuf, de Couvrechamps, avaient reçu, à plusieurs reprises, la visite de Tondeur. Celui-ci s'était enquis de leurs besoins et les avait longuement interrogés sur la rencontre qu'ils avaient faite de Robert et de Rose, en rentrant de l'assemblée. Tubœuf, ouvrier maçon, avait à compter avec Tondeur, et il se montrait, depuis la visite du marchand de bois, très animé et très loquace. Le docteur Margueron avait été pratiqué par Dumontier et Leglorieux. Il avait une grande fille et point de fortune. On s'était laissé entraîner jusqu'à lui faire entrevoir un brillant mariage. On ne lui demandait rien, on s'en rapportait à sa sagacité ; mais il était évident que la condamnation de M. de Clairefont devait lui être très profitable. Le médecin avait écouté beaucoup, parlé peu. Et la conviction qu'il avait de l'innocence de Robert s'était accrue de tous les efforts faits pour établir la culpabilité. Le valet d'écurie, que le comte avait autrefois presque assommé, s'était éloigné du pays. Sa trace avait été suivie, et sa présence était signalée à Mortagne, d'où on allait le faire venir pour déposer.

Ainsi les manœuvres de la partie adverse étaient poussées avec une activité extrême. Le bruit courait déjà dans la ville qu'un éminent avocat, connu comme la plus terrible langue du barreau de Paris, devait soutenir les intérêts de Chassevent, qui se portait partie civile. Tous ces récits, rapportés à Clairefont par les Saint-André et les Tourette qui, décidément, avaient pris fait et cause pour leurs amis, jetaient la tante de Saint-Maurice dans des transes horribles. Elle aurait voulu voir Pascal :

— Si encore nous pouvions causer avec lui, savoir ce qu'il pense, ce qu'il espère ! Le métier d'un avocat consiste à rassurer ses clients d'abord, et à gagner leur procès ensuite. Qu'est-ce que c'est que cet avocat invisible ? L'influence morale de son nom, c'est très bien ! Mais, moi, je n'aurai confiance en lui que quand il aura parlé, en ma présence, pendant une heure, sans débrider.

Antoinette, cédant aux instances de sa tante, dut écrire à Mᵉ Malézeau pour le prier d'amener Pascal.

Ce fut une des émotions les plus violentes que le jeune homme eût jamais ressenties, lorsqu'il descendit avec le notaire à la grille de la cour d'honneur. La trace des affiches jaunes se voyait encore sur les piliers. C'était près du massif de l'entrée qu'un soir, rôdant le long du mur du parc, il avait entendu, à son approche, le lévrier gronder et Antoinette parler doucement pour le calmer. Il arriva dans le vestibule, sans savoir comment il avait traversé la cour ; une porte s'ouvrit, et il aperçut dans le salon la tante Isabelle, le marquis et la jeune fille. Un nuage obscurcit ses yeux, le sang siffla dans ses oreilles, il lui sembla qu'il marchait au milieu des flammes. Il distingua la voix de Malézeau qui disait :

— Monsieur Pascal Carvajan, que je vous présente, Monsieur le marquis... Mademoiselle, Monsieur Pascal Carvajan...

Le marquis, pâle sous ses cheveux blancs, sans se lever, agita la main avec un air riant et dit :

— Qu'il soit le bienvenu.

Le jeune homme s'inclina, et s'assit auprès de la cheminée, sur une chaise qu'Antoinette lui avança. Le château ne s'effondra pas sur la

tête de ce Carvajan qui devenait l'hôte de Clairefont. La vieille demeure reconnut en lui un ami : elle se fit souriante et hospitalière. Le
premier quart d'heure de cette visite se passa, pour Pascal, à essayer de
reprendre possession de lui-même, à raffermir sa vue troublée, à apaiser
son cœur palpitant, à rassembler ses idées en déroute. Il se contraignit
à regarder autour de lui.

Dans le salon à boiseries grises finement sculptées le jour entrait
clair, jouant avec les étoffes anciennes des meubles, miroitant dans le
lustre de Venise qui pendait du plafond. Des jardinières garnies de
fleurs occupaient les ouvertures des fenêtres ; en face de la cheminée
un piano était recouvert d'une large draperie d'étoffe brodée. Sur un
grand fauteuil le marquis souriait toujours, et parlait d'une voix vide,
qui donnait la sensation d'un grelot. Autour du vieillard, sa fille,
ayant à ses pieds, pareil à un sphinx, son fidèle et nonchalant lévrier,
la tante Isabelle, rouge comme un cratère en éruption, et Malézeau.

Pascal, avec souci, chercha M. de Croix-Mesnil. Il ne le vit pas.
Peut-être était-il dans le château ; peut-être avait-il été obligé de retourner à Évreux pour reprendre son service. Malézeau parlait, et
mademoiselle de Saint-Maurice lui répondait. Antoinette, grave et
triste, écoutait distraitement. Pascal, par deux fois, sentit les regards
de la jeune fille se poser sur lui. Il n'osa lever les yeux. Il songeait :
Est-ce possible ? Est-ce bien moi qui suis dans ce salon auprès d'elle ?
Après tant de haine et de dédain, ai-je dompté ses répugnances ? Une
fois déjà elle m'a tendu la main, et maintenant voilà qu'elle m'ouvre la
porte de sa maison. Je suis à ses côtés, je la vois, je respire le parfum
qui émane d'elle. Comment tant de bonheur, après tant de tristesse ?

Mais une ombre passa sur son esprit. Était-ce Pascal Carvajan qu'on
recevait, était-ce à Pascal Carvajan que s'adressaient les regards amis
et que s'offraient les mains affectueusement tendues ? N'était-ce pas
uniquement au défenseur de Robert, à l'auxiliaire utile et puissant qui
devait contribuer à sauver l'héritier du nom ? On ne l'admettait pas ;
on le subissait, voilà tout. Et comment le jugeait-on ? Qu'y avait-il derrière cette politesse de gens bien élevés, avec laquelle on lui faisait bon
accueil ? Peut-être un ironique dédain pour le renégat, pour le traître·

Qui sait si, en ce moment même, Antoinette ne pensait pas : « Je me sers de toi, mais je te méprise » ?

Il sentit son cœur s'élargir et s'exalter: il se dit ; Qu'importe? Est-ce pour eux que je me suis résolu à briser tous les liens qui me retenaient, afin de remplir un devoir terrible ? N'est-ce pas pour moi d'abord, pour ma raison, pour ma conscience, pour mon honneur ? Qu'ils pensent donc ce qu'ils voudront !

Il était tout à fait remis, plein de sang-froid et capable d'observer. Il écouta Malézeau qui disait à la tante Saint-Maurice :

— Il y a une session en novembre, Mademoiselle, et je crois bien que l'affaire viendra, Mademoiselle, si elle doit venir, vers la fin du mois... Elle est d'une terrible simplicité, Mademoiselle...

— Et vous nous répondez de ce jeune homme? demanda plus bas la vieille fille.

— Comme de moi-même.

— L'avez-vous regardé? dit le marquis. Il ne ressemble pas du tout à son père. Non ! non ! pas du tout. Il défendra Robert. C'est moi qui en ai eu l'idée... Et vous savez, ma chère, que j'ai de bonnes idées.

La tante Isabelle jeta un regard inquiet au notaire et, entre ses dents, murmura :

— Il me fait frémir !

Elle n'eut pas le temps d'achever. Antoinette s'était levée et marchait vers le perron. Pascal la suivit, entraîné par une force irrésistible. Le lévrier, s'étirant paresseusement, vint flairer le jeune homme, le regarda avec ses yeux mélancoliques semblant dire : Je te devine, je sens que, comme moi, tu es bon, dévoué et fidèle. Et, doucement, il lui lécha la main.

— Étrange animal ! dit mademoiselle de Saint-Maurice, c'est la première fois que je ne le vois pas montrer les dents à un étranger. Il n'a jamais pu souffrir M. de Croix-Mesnil...

Sur le perron, Antoinette s'était arrêtée. Pascal put la regarder à loisir, et s'enivrer de la dangereuse joie de la posséder là, pendant quelques instants, à lui seul. Il admira la blancheur délicate de son teint, la gracieuse courbe de ses épaules, la fière élégance de sa tournure. Elle était très simplement vêtue d'une robe de cachemire gris sans aucun ornement. Elle abritait sa tête sous une ombrelle rouge, et un rayon de soleil indiscret, caressant son cou, donnait aux petites mèches folles, qui frisaient sur sa nuque, un reflet d'or bruni. Elle était si charmante ainsi, que Pascal fut tenté de s'agenouiller comme aux pieds d'une divinité. Il avait tout oublié, ses inquiétudes, ses défiances, ses amertumes ; il ne pensait plus qu'à elle, il ne voyait plus qu'elle. Tout disparaissait dans le rayonnement céleste de sa grâce et de sa beauté. Il planait en plein ciel.

En lui parlant, elle le fit tressaillir ; il revint sur la terre :

— Vous voyez, Monsieur, dit-elle avec une dignité mélancolique, ce qu'est notre maison. Triste reste d'une grandeur bien peu digne d'être jalousée. Mais, telle qu'elle est, nous y sommes chez nous. Et c'est grâce à vous, je le soupçonne : vous avez trouvé un arrangement qui nous a permis de continuer à vivre sous ce toit. Je ne suis pas versée dans les questions d'affaires, mais il me semble qu'un changement si favorable et si rapide dans notre situation n'a pu être opéré que par vous. Puissions-nous être aussi heureux quand il s'agira de Robert !

Pascal osa regarder Antoinette, et l'enveloppant des caresses de sa voix profonde :

— Si, pour avoir du génie, il suffisait de vouloir, je vous répondrais de sauver votre frère. Mais je ne dois promettre que ce qu'un homme peut tenir. Soyez sûre, cependant, que je trouverai des forces inattendues dans la conscience de mon bon droit, et que, plus la cause sera difficile, plus je ferai d'efforts pour la faire triompher.

Mademoiselle de Clairefont baissa le front en signe d'assentiment, et se perdit dans une rêverie profonde. Au bout d'un instant, elle soupira, et ses yeux s'emplirent de larmes. Pascal pâlit et fit un mouvement vers elle ; elle sourit et dit :

— Pardonnez-moi... J'ai tant de chagrin. Je m'oublie..

Elle reprit sa sérénité un peu hautaine :

— Il faudra, Monsieur, que vous ayez la bonté de venir souvent ici

Nous serons certainement calomniés : il faut que vous appreniez à nous connaître, que vous viviez de notre existence, afin de pouvoir nous défendre. C'est un sacrifice que je vous impose, en vous demandant de fréquenter assidûment une maison où vous ne trouverez qu'un vieillard malade et des femmes attristées. J'espère que vous voudrez bien vous y résigner ?

Il s'inclina sans répondre. Il tremblait à la fois de crainte et de joie, ravi de voir les portes du château s'ouvrir devant lui, effrayé en pensant au trouble que cette intimité allait jeter dans son cœur. Ils se dirigèrent vers le salon. En entrant, Pascal entendit mademoiselle de Saint-Maurice qui disait à Malézeau d'une voix furieuse :

— Mais il n'a pas ouvert la bouche ! Jamais un avocat aussi peu bavard ne pourra sauver l'enfant ! Non, vous ne me ferez pas entrer dans la tête qu'un avocat puisse faire acquitter son client, s'il ne parle pas deux heures de suite !

Et le marquis de répondre, avec sa petite voix grelottante et vide :

— C'est moi qui ai eu l'idée !... Ne craignez rien, tante... Elle est de moi... Elle est bonne !

Pascal rejoignit Malézeau, salua le vieillard, la tante Isabelle, et, reconduit par Antoinette jusqu'à la grille, s'éloigna. Il se présenta chaque jour à Clairefont, à partir de cette visite, et, dès le lendemain, rencontra M. de Croix-Mesnil.

Il appréhendait vivement de se trouver en rapport avec le jeune officier. Il revint bien vite de ses préventions. Il vit dans le baron un homme courtois, réservé, un peu froid, dont il apprécia promptement le réel mérite. Il se sentit d'autant plus vivement entraîné vers lui qu'il reconnut, dans celui en qui il redoutait un rival heureux, un compagnon de tristesse. L'indifférence charmante avec laquelle Antoinette traitait M. de Croix-Mesnil parut à Pascal le dernier degré du malheur. Son âme ardente eût préféré de la haine à cette exquise insensibilité. Il comprit que le baron aimait mademoiselle de Clairefont et ne conservait aucun espoir. Le danger de Robert était le dernier lien qui l'attachât à cette maison où il avait rêvé de vivre heureux. Il y souffrait maintenant, et n'y venait que par devoir. Il sut

trouver des paroles louangeuses et délicates à l'adresse du défenseur
de son ami, et se conduisit avec un tact raffiné qui lui conquit
définitivement Pascal.

C'était un curieux spectacle que celui de ces jeunes gens auprès
d'Antoinette. Tous deux passionnément épris et résolus à n'en rien
laisser voir : l'un, aimable, fin, léger, dissimulant ses sentiments avec
une grâce aisée et correcte ; l'autre, sévère, âpre, glacé, avec des
éclats soudains qui illuminaient ses yeux d'une rayonnante inspiration.

Lorsque Pascal lâchait ainsi, involontairement, la bride à sa fougue,
un battement singulier de la paupière, un plissement subit de la lèvre
donnaient au visage de mademoiselle de Clairefont une gravité
recueillie. Elle ne semblait plus entendre ce qui se disait autour d'elle ;
on eût dit qu'elle écoutait une voix intérieure qui lui parlait, impérieuse. Puis, le jeune homme reprenant son ton mesuré, la physionomie d'Antoinette redevenait calme. Ces sensations fugitives n'avaient
peut-être été remarquées que par Malézeau qui, avec ses yeux tour-
billonnant derrière ses lunettes d'or, voyait fort clair.

Pendant qu'à Clairefont la vie se traînait ainsi dans l'attente, rue du
Marché l'agitation ne faisait qu'augmenter. La haine déçue, la
convoitise trompée, avaient jeté Carvajan dans un état de fureur qui
faisait craindre pour sa raison. Dans la ville, une réaction se produisait en faveur des victimes contre le bourreau. L'oppression matérielle qu'exerçait le banquier sur ses tributaires les laissait libres de
leurs impressions morales. S'il pouvait les contraindre à agir dans tel
sens, il ne pouvait les forcer à penser telle chose. Et la majorité se
déclarait décidément en faveur du fils contre le père. Carvajan, sans
sortir de chez lui, avec l'admirable instinct qui le guidait toujours, se
rendait un compte parfaitement exact de l'état des esprits. Il se faisait
en lui une sorte de répercussion de l'opinion publique. Il pesait, il
comparait, et, avec fureur, il était obligé de s'avouer qu'entre ce
jeune homme, qui n'avait jamais fait de mal à personne, et lui, le
tyran de La Neuville, on n'hésitait pas. Lorsque Fleury, pour essayer
de le calmer, lui disait le contraire, il l'interrompait avec violence :

UNE OMBRE SE PROJETA, PASCAL RECONNUT LE ROUSSOT (PAGE 1354)

— Taisez-vous, imbécile, vous ne savez point de quoi vous parlez! C'est Pascal qui nous perd! Vous ne le connaissez pas... Je n'aurais pas dû le laisser revenir. Il retournera comme un gant tous ceux qui l'entendront... Triple brute que j'ai été, de me brouiller avec lui! C'est la passion qui m'a emporté!... La passion ne fait faire que des sottises! Si j'avais raisonné, au lieu de m'emporter, nous aurions eu Clairefont pour prix de la liberté de ce butor, dont la condamnation ne sera pour moi qu'une bien mince satisfaction... Je me suis conduit comme une bête! Vous-même, Fleury, vous n'auriez pas été plus bête que moi!

Et, soulagé par ces injures, il marchait à grands pas dans son cabinet :

— Si je pouvais seulement voir Pascal, peut-être serait-il encore temps d'arranger les choses... Mais il ne veut pas venir ici... Et moi je ne peux pas aller chez Malézeau... J'aurais l'air de capituler!... Ah! au dernier moment, rattraper la victoire, les rouler, quand ils croient nous tenir! Quel triomphe! Mais comment?

Un jour, vers cinq heures, en descendant de Clairefont, Pascal s'entendit appeler. Il s'arrêta et, au coin de la Grande Marnière, il se trouva en présence de son père.

— Puisque tu ne veux pas faire les premiers pas, dit le vieillard, il faut donc que je les fasse. Veux-tu causer cinq minutes avec moi?

Il entraîna son fils dans le fourré, et, s'asseyant à l'abri d'un pli de terrain :

— Tu me rends très malheureux, dit-il sourdement. Je ne peux pas m'habituer à la pensée que tu fais cause commune avec mes ennemis. A mon âge, quand il me reste si peu de temps à vivre, être séparé de mon fils, et dans des conditions si cruelles, c'est au-dessus de mes forces!... Voyons, qu'est-ce qu'il faudrait donc pour mettre fin à cette affreuse dissension?

— Oh! si vous le voulez sincèrement, cela doit être aisé, dit Pascal avec joie.

— Eh bien! reviens chez moi, et renonce à défendre Robert de Clairefont.

— Je reviendrai chez vous si vous le désirez, mon père; mais je ne puis me dérober au devoir que j'ai accepté.

— Mais si tu prends la parole pour ces gens-là, c'est un soufflet que tu me donnes.

— Non, car je puis faire savoir que c'est avec votre consentement que je le fais.

— Es-tu donc si engagé vis-à-vis de ces Clairefont? demanda Carvajan avec une irritation croissante.

— Je suis engagé vis-à-vis de moi-même !

— Pascal ! cria le maire.

Il ne continua pas. Et, se parlant à lui-même :

— Ce garçon a une tête de fer !... Jamais il n'entendra raison... Jamais !... On le berne, pourtant... Mais il est aveuglé par l'amour !...

Il prit son fils par le bras et le secoua :

— Que fais-tu de tes yeux? Tu ne vois donc pas que la demoiselle de là-haut a pour amant le capitaine de dragons ?

— Mon père ! cria Pascal qui blêmit. Oh! tenez, je ne vous écouterai pas davantage.

Il regagna précipitamment la route. Le banquier le suivit parlant toujours :

— Ils ne se marient pas... parce qu'ils peuvent se passer du mariage! Ce n'est pas moi qui ai inventé ceci... Toute la ville l'a répété... Ils doivent bien rire de toi ensemble !...

Pascal poussa un rugissement, et, se retournant, terrible :

— Taisez-vous ! je pourrais, une bonne fois, oublier que vous êtes mon père !

Carvajan s'arrêta :

— Eh bien! je ne dirai plus rien ! Mais ne me quitte pas ainsi. Pascal, seras-tu donc intraitable ?

Il montra à son fils un visage bouleversé par l'angoisse.

Adieu, mon père, dit le jeune homme d'un air sombre. J'oublie ce que vous venez de me forcer à entendre... C'est une dernière preuve de respect que je vous donne.

Le vieillard lui cria :

— Reste encore un instant...

Il devint très rouge, ouvrit la bouche pour parler et se tut; il parut en proie à une horrible agitation. Enfin, d'un ton saccadé :

— Tu ne sais ce que tu fais. Tu attires sur toi des colères, dont je ne pourrai peut-être pas toujours te préserver... Ne passe plus jamais par ici !... Quand tu iras là-haut, prends la grande route.. Adieu !

Il partit, presque en courant, dans la direction de l'auberge de Pourtois. Pascal rentra chez Malézeau. Il pensa : mon père a voulu m'effrayer... Qu'ai-je à craindre ?

Il continua à suivre, pour aller à Clairefont, le sentier de la Grande Marnière. Deux jours plus tard, comme il regagnait La Neuville, vers six heures, arrivé au détour du sentier, il entendit une détonation, et une branche de bouleau, brisée à un pied de sa tête, tomba sur le chemin. D'un bond, le jeune homme se jeta derrière le talus de la route, et, à l'abri, il attendit, regardant au loin. Dans les rougeurs du soleil couchant, une petite fumée blanche monta, mais la lande resta déserte. Celui qui avait tiré ne parut pas. Il s'était enfui au travers des genêts, ou se cachait dans un trou de marne. Pascal demeura là, quelques intants, puis, se courbant pour ne pas être vu, il s'éloigna.

— Il n'y a pas à s'y tromper : c'était Chassevent, se dit-il. Mais comment n'a-t-il pas tiré son second coup ?... Il avait le temps... Peut-être se proposait-il seulement de me faire peur ?... Cependant la balle a passé bien près.

Les recommandations de son père lui revinrent à la mémoire. Évidemment il se doutait des projets du braconnier. Ne pouvant se faire obéir de cette brute, il avait au moins essayé de protéger son fils. Allons ! toute tendresse n'était pas morte en lui.

A Clairefont Pascal garda le silence sur l'incident ; seulement il prit un autre chemin.

La semaine suivante l'arrêt de la chambre des mises en accusation fut rendu, et, avec un gros serrement de cœur, il fallut renoncer à l'espoir bien faible, conservé jusque-là, de voir Robert exonéré de la prévention qui pesait sur lui. Le bruit se répandit dans la ville que le comte de Clairefont venait d'être condamné. Il fallut deux jours pour dissiper cette erreur. Encore n'y réussit-on pas complètement. La tâche de Pascal commençait. Il dut s'installer à Rouen, non pas tant pour étudier le dossier, qu'il connaissait, par avance, aussi bien que le juge d'instruction, que pour se mettre en rapport avec son client. La dernière visite qu'il fit à Clairefont fut triste. Le temps avait changé : une pluie normande tombait lourde et méchante. On eût dit que le ciel se fondait en eau. Un brouillard impénétrable enveloppait La Neuville, et les allées du parc roulaient des flots jaunâtres. A l'idée que Pascal pourrait enfin voir Robert, la tante Isabelle se dressa comme une furie :

— Je vous accompagne ! s'écria-t-elle, le visage flamboyant... Oh ! mon cher enfant, vous n'aurez pas la cruauté de refuser de m'emmener... Je veux être là, pour recueillir toutes fraîches les paroles que mon pauvre petit vous aura dites.

— Mais, Mademoiselle, vous lui parlerez vous-même. Je vous obtiendrai un permis de communiquer.

— Partons, alors !... Pas de retard !... Le temps de faire une valise, et je suis à vous... Ah ! mon cher ami !...

La vieille fille sauta au cou de Pascal et, hors d'elle, courut à sa chambre.

Antoinette sentit une grande tristesse descendre en elle. Quelle solitude morne après cette fiévreuse agitation ! Elle allait rester dans ce grand château en tête à tête avec son père. M. de Croix-Mesnil romprait seul, par ses courtes apparitions, la monotonie de leur existence. La tante Isabelle partait avec Pascal : l'avenir parut vide à la jeune fille. Qui donc tenait tant de place dans sa pensée ? Était-ce mademoiselle de Saint-Maurice, ou l'hôte nouveau de Clairefont? Elle eut un mouvement de colère contre elle-même, elle se jugea faible et, demandant à son orgueil la fermeté qui lui manquait, elle accueillit avec une dignité glacée les adieux du jeune homme.

— Nous ne nous verrons plus avant le jour décisif, dit-il ; promettez-moi que vous serez là. Votre présence apportera une grande force morale à votre frère. Quant à moi...

Il s'arrêta, puis, avec un accent passionné qu'elle ne lui connaissait pas :

— Quant à moi, soyez sûre que devant vous, et pour vous, je ferai l'impossible.

Elle s'inclina sans répondre. Il prit congé du marquis, immuable dans sa souriante sécurité, et, accompagné de la tante Isabelle, il s'éloigna. Restée seule avec le vieillard, il sembla à Antoinette que le jour était plus sombre, la pluie plus maussade, et la bise plus aigre. Elle ne desserra pas les dents jusqu'au soir, écoutant distraitement son père qui parlait pour ne rien dire, comme un vieux moulin qui tourne à vide.

Le surlendemain elle eut une joie très vive. Une lettre de la tante Isabelle lui apporta des nouvelles. La vieille fille avait écrit sous l'influence d'une émotion extraordinaire : elle avait vu Robert. Et, effet évident de sa reconnaissance pour Pascal, qui lui avait ouvert les portes de la cellule, elle s'occupait presque autant du jeune homme que de son neveu. Elle les confondait dans une sorte de communauté attendrie :

« Si tu voyais ce pauvre petit, disait-elle, comme il est changé ! Il a maigri et pâli. Quand nous sommes allés le visiter, il m'a paru que les corridors qu'on nous faisait suivre n'en finissaient pas. Enfin le geôlier s'est arrêté devant une porte percée d'un judas, il a ouvert, et nous avons aperçu l'enfant. Il a poussé, en me voyant, un cri de joie, puis il a reconnu Pascal. Il s'est dressé de toute sa hauteur, et ils sont restés un instant, tous les deux, face à face. Robert ne savait pas encore que notre ami devait le défendre. Saisi, il avait oublié ma présence ; il a crié avec une violence terrible : « Que vient faire ici « le fils de M. Carvajan ? » Alors l'autre a répondu, de cette voix que tu connais, et avec une douceur qui m'a été à l'âme : « Défendre l'honneur et la liberté du fils de M. de Clairefont !... » Ils se sont regardés comme s'ils se fouillaient au fond du cœur, puis, avec un grand soupir, ils sont tombés dans les bras l'un de l'autre. Ils se sont compris en une seconde. Alors l'enfant, sans y mettre de fierté, ne s'est plus retenu, et, entre nous deux, il a pleuré longtemps. Nous lui avons tout raconté, la maladie du marquis et les événements qui ont suivi. Il ne pouvait se lasser de m'embrasser, de serrer les mains à Pascal. Il l'envoie toutes ses tendresses et te charge de donner un bon baiser à son père pour lui... Demain et tous les jours maintenant nous le verrons... »

Antoinette mouilla de larmes cette lettre. Et, dans une rapide vision, Pascal et Robert enlacés lui apparurent. Ils étaient tous deux confiants et joyeux. Quelle égalité dans leur affection, et cependant quelle dissemblance dans leur nature! Pascal, fils de roturier, Robert, descendant des maîtres du pays; l'un, basané, avec ses cheveux courts et son large front, son nez fin, ses yeux gris et sa lèvre rasée, respirait l'énergie et l'intelligence; l'autre, rose, avec les cheveux blonds, le nez large, les yeux bleus, la longue moustache pendante d'un chef franc, incarnait l'audace et la force. Contraste frappant et qui dégageait leur originalité propre. Elle-même, les voyant côte à côte, elle se demandait, du gentilhomme ou du bourgeois, quel était celui qui avait la plus fière tournure. Et, pensive, elle ne répondit pas.

La tante Isabelle écrivait maintenant chaque jour, et elle ne tarissait pas sur le compte de Pascal. Ils s'étaient logés tous les deux chez le carrossier de Saint-Sever, et faisaient ménage ensemble.

« Je ne peux pas me passer de lui, disait mademoiselle de Saint-Maurice, et je crois bien que je lui manquerais. Nous employons nos soirées à causer. Il me raconte ses voyages... Ah! comme je l'avais mal jugé au début, à cause de sa timidité!... Car ce garçon est réservé et doux comme une vraie fille... Il parle, ma chère, pendant des heures entières et il me tient sous le charme... Jamais je n'aurais pensé qu'un homme pût avoir la langue si bien pendue! Et maintenant qu'il est en confiance, il me dit tout... Si tu savais, à cause de nous, ce qu'il a eu à subir!... Mais il m'a expressément recommandé de ne jamais le parler de cela. Et tu vois que je suis discrète. Seulement, il y a un petit détail qu'il faut que tu connaisses, parce qu'il prouve l'inquiétude que cause à nos ennemis l'appui que nous prête Pascal. Quelques jours avant notre départ pour Rouen, Chassevent a tiré sur ce cher garçon, à la tombée de la nuit, dans le vallon de la Grande-

Marnière. Oui! ces gredins ont essayé de supprimer notre avocat!...
Il a échappé : donc il doit triompher. La destinée le veut et je l'ai vu
dans mes rêves. »

Puis, quelques jours plus tard :

« Le grand moment approche, la session est commencée... Pascal
m'a fait, hier matin, visiter le Palais de Justice : une merveille d'ar-
chitecture. Et il m'a conduite à la salle des assises, pour m'habituer.
J'ai été saisie. Que c'est majestueux et terrible, cette cour en robes
rouges ! Il m'a semblé voir un tribunal de l'Inquisition... Au fond de
la salle, un grand Christ regarde le ciel de ses yeux mourants. C'est
vers lui qu'on tendait la main, autrefois, pour jurer. Car maintenant
on ne jure plus devant Dieu, ce qui facilitera bien le mensonge à nos
adversaires... Mais c'est égal, j'ai confiance. Hier nous avons rencontré Fleury, Tondeur et Pourtois. Les deux premiers se sont détournés
avec des airs de jésuites, le dernier nous a jeté un regard suppliant.
Imagine-toi que ce gros homme, en quelques semaines, a tellement
maigri qu'il est méconnaissable. La peau de son visage pend ridée et
molle. Le poussah est maintenant mince comme une « anguille ».
Pascal est convaincu que ce misérable a fait un faux témoignage et
qu'il est dévoré par le remords. »

Enfin une dernière lettre arriva :

« C'est dans trois jours... Comme le temps me paraît long !... Tu
partiras, le matin même, de La Neuville, tu arriveras à dix heures
vingt : ce sera suffisant. Je t'attendrai à la gare de la rue Verte. L'avocat de Paris est ici : Pascal l'a vu ce matin. Le grand homme est allé
chasser à Malaunay, chez des amis. Il parlera entre deux battues. Il
paraît, dit notre cher enfant, que c'est un gaillard qui « plaide sur le
dos de son client » et qui éreinte la partie adverse. Il est rouge jusqu'à
la moelle des os, et, ce qui le rend si méchant, c'est qu'il n'a pas
encore pu arriver à se faire nommer sénateur. Qu'on le nomme donc,
et qu'il nous laisse tranquilles!... A mesure que le moment terrible
approche, Robert devient plus calme. Il a confiance dans la justice et
dans son défenseur. Il a repris un peu sa mine, mais il n'est pas encore
brillant. Tu verras... Mon Dieu ! que je voudrais donc que ce soit fini !»

LA GRANDE MARNIÈRE

DANS UN EFFORT CONVULSIF, IL ÉBRANLA LA CROIX (PAGE 1358)

167ᵉ Livraison   LE MAITRE DE FORGES   167ᵉ Livraison

Le matin de son départ, Antoinette, qui avait caché, jusqu'au dernier moment, à son père la date du procès, dut lui avouer la vérité. Le vieillard n'était pas encore levé. Il se redressa sur ses oreillers. Le sourire qui ne quittait plus ses lèvres disparut, et la pensée revint éclairer son regard. Il dit de sa voix des anciens jours :

— Ma fille, nous subissons une rude épreuve. Va assister ton frère, va tenir ma place et affirmer, par ta présence, la certitude que nous avons qu'un Clairefont n'a pas pu manquer à l'honneur. Porte ma bénédiction à mon fils, et, quoi qu'il arrive, dis-lui que je ne douterai jamais de son innocence.

Le vieillard posa la main sur la tête de sa fille, et doucement

— Va, mon enfant, et du courage.

XI

Il était trois heures, et dans la salle des assises le jour commençait à baisser. Une foule énorme se pressait sur les bancs, s'amassait dans les couloirs, refluait jusque dans les tribunes réservées aux avocats et aux journalistes. Dans un recoin, au premier rang, isolées cependant et à l'abri des regards curieux, Antoinette et la tante Isabelle assistaient, depuis le matin, à l'affreux débat dans lequel était engagé tout ce qu'elles avaient de plus cher au monde : l'honneur et la vie de Robert.

Devant elles s'étendait l'espace vide au milieu duquel se dressait la barre, et, plus loin, la table supportant les pièces à conviction : une écharpe de laine et un mouchoir de soie. Tout au fond, la Cour impassible et effrayante siégeait dans sa sévère gravité. A gauche était le jury, et à droite le banc des accusés où, entre deux gendarmes, se trouvait un Clairefont. Aux pieds de son client, assis au banc de la défense, Pascal, vêtu de la robe noire, avec l'hermine blanche sur l'épaule. Tout l'auditoire était tendu dans une attention passionnée, la lutte se développait vive entre l'accusation et la défense.

L'interrogatoire avait été favorable à Robert qui, conseillé par

Pascal, s'était montré plein de tact et de modération. La déclaration du docteur Margueron avait fait bonne impression. Mais l'audition des témoins avait gravement troublé les jurés. Tondeur et Fleury avaient révélé des faits de violence terrible à la charge du jeune comte ; et Pourtois, avec des hésitations et des tremblements, avait raconté la scène du meurtre. Les Tubœuf et le palefrenier de Mortagne étaient venus à leur tour, et l'atroce Chassevent avait été entendu par le président, en vertu de son pouvoir discrétionnaire.

Le faisceau des accusations, habilement noué, présentait aux yeux un ensemble de preuves difficile à entamer. Cependant Pascal, avec un sang-froid et une précision inébranlables, avait posé des questions aux témoins, discuté leurs dires, et essayé de les mettre en contradiction avec eux-mêmes. Un point qu'il s'attachait à faire ressortir, c'était le bon accord existant entre Rose et Robert. Elle l'avait suivi de son plein gré : il n'y avait pas eu d'effort tenté par lui pour la décider. Et tous de répondre affirmativement, voyant là un commencement de preuve du crime. Ah! oui, elle s'en allait à son bras, et gaiement, la pauvrette. On l'entendait rire dans le chemin. Elle ne se faisait pas prier pour coqueter avec le fils du marquis... Et lui!...

Dans le banc de chêne poli par le passage des criminels, Robert impassible écoutait. Et, au fond de son cœur, une voix s'élevait contre l'iniquité de ce procès. Il pensa : J'ai souvent nié les erreurs judiciaires, disant qu'elles étaient impossibles. Et cependant je me sens accablé, moi innocent, sous un amas de témoignages irréfutables. Et ces gens qui sont en face de moi, si la lumière, à la voix de mon défenseur, ne se fait pas dans leur esprit, vont me condamner en toute conscience.

Cependant il demeura calme, n'opposant aux accusations que la fière fermeté de son attitude. Une seule fois, quand il entendit Chassevent le charger avec rage, il perdit patience, et, brusquement, s'adressant au braconnier :

— Le crime dont vous m'accusez, et que je n'ai pas commis, n'est pas le seul dont la Grande Marnière ait été le théâtre... Il y

a eu une tentative de meurtre récente... Et celle-là, vous n'en
parlez pas.

Chassevent pâlit. Le président engagea Robert à s'expliquer. Mais
lui, redevenu froid :

— Je ne suis pas ici pour accuser, mais pour me défendre. Cet
homme sait bien ce que j'ai voulu dire...

Il fut impossible de lui arracher d'autres paroles. Mais l'accusation avait cédé du terrain. Une ombre troublante s'était étendue
sur elle. Un mystère s'imposait à l'esprit des auditeurs. La plaidoirie de l'avocat de la partie civile rétablit le combat. Élégante,
serrée, perfide, elle enlaça Robert dans un réseau de preuves morales,
laissant au ministère public l'avantage de s'appuyer sur les preuves
matérielles.

Pendant cette attaque terrible, Antoinette et la tante de Saint-
Maurice furent sur des charbons ardents. Ce qu'elles souffrirent
est inexprimable. Elles jugèrent la partie perdue. Jamais Pascal ne
pourrait effacer les traces de cette diatribe affreuse, où le caractère
de Robert était analysé avec une redoutable habileté. Tout le côté
bon et généreux restait dans l'obscurité, et le côté rude, autoritaire,
emporté, s'étalait en pleine lumière. Ainsi dépeint, le comte était
bien l'homme qui avait dû commettre le crime, étouffer Rose dans
un mouvement de brutalité, inconscient peut-être, mais certain.

Le réquisitoire de l'avocat général mit le comble à la terreur des
malheureuses femmes. Ce magistrat à la voix creuse, debout dans sa
robe rouge, leur fit l'effet d'un avant-coureur du bourreau. De son
bras menaçant, il semblait vouloir prendre la tête de Robert. Son
éloquence emphatique leur parut sinistre. Le côté théâtral de l'appareil judiciaire agit sur elles et les plongea dans une prostration
invincible. Elles comprirent cependant, qu'au milieu de son enfilade
de mots sonores, l'avocat général concédait les circonstances atté-
nuantes. C'était le bagne au lieu de l'échafaud, et cette pensée jeta la
tante Isabelle dans une exaspération telle, que sa nièce eut de la
peine à l'empêcher d'intervenir, d'interrompre l'audience, et de faire
un scandale irrémédiable.

— La prison, le pénitencier, jamais ! grinça la vieille fille. Un Clairefont ! Je lui porterais plutôt du poison !

— Écoutez, tante, murmura Antoinette, écoutez, je vous en prie, et voyez comme M. Pascal conserve son calme.

— C'est de l'accablement !

La péroraison de l'organe du ministère public fut un appel à la sévérité du jury, gardien éclairé de l'égalité judiciaire, et une flagellation énergique de l'oisiveté qui conduit au crime. Ses dernières paroles furent suivies d'un silence épouvanté.

Puis le président, d'une voix lente, prononça la phrase d'usage : « Le défenseur a la parole », et, au milieu d'un murmure de curiosité, Pascal se leva.

Il était très pâle, mais jamais résolution plus ardente ne resplendit sur le front d'un homme. Il se tourna vers l'auditoire qu'il parcourut d'un regard profond. Il laissa un instant reposer sur Antoinette ses yeux, comme pour lui demander l'inspiration, et commença à parler. Ce fut d'abord très bas, avec une sorte d'indolence, comme s'il dédaignait de réfuter les arguments de ses adversaires, et, dans cette tonalité sourde, son organe avait une douceur pénétrante qui fit passer dans l'auditoire un frisson de plaisir.

Avant qu'il eût commencé à discuter, la caresse de sa voix agissait. Ainsi qu'un grand instrumentiste, il semblait préluder à son morceau d'éclat par des accords délicats et moelleux. Il était si visiblement maître de lui que l'illustre avocat de Paris fronça le sourcil, et cessa de classer les pièces de son dossier avec une affectation d'indifférence. La Cour s'était redressée sur ses fauteuils profonds. Le jury, en proie à ce trouble intérieur que produisent irrésistiblement les virtuoses, dès la première note ou les premiers coups d'archet, était immobile et saisi.

Dans la vaste salle, assombrie par la première obscurité du soir, pas un tressaillement, pas un souffle.

La plaidoirie de Pascal se déroulait mélodieuse, empruntant à ces demi-ténèbres un charme plus poétique. Et Antoinette, le cœur serré, les nerfs vibrants, écoutait à la fois avec angoisse et ravisse-

ment le défenseur de Robert. La jeune fille le savait bien, c'était pour
l'amour d'elle qu'il parlait. Oui, toute cette séduction s'adressait à
elle. Dans son trouble, elle n'entendait pas ce que disait Pascal. Mais
son regard, qui ne la quittait pas, était plus éloquent encore que sa
parole. Il disait : Je t'adore, tout ce que j'ai fait, tout ce que je ferai,
c'est pour te plaire. Je combats pour toi, pour toi seule, sois sans
inquiétude, puisque c'est la cause que je défends ; je trouverai des
forces surhumaines et je triompherai.

Antoinette sentit une confiance soudaine passer en elle. Elle n'avait
plus peur, elle était dans une espèce d'engourdissement qui ne lui
permettait plus de distinguer le faux du réel. Il lui sembla qu'un
nuage l'enveloppait, et qu'elle perdait la notion des choses qui l'entouraient. Elle se vit enlevée dans des espaces vagues où chantait une
voix divine, et cette voix évoquait son enfance, celle de son frère ; et
le parc de Clairefont apparaissait baigné de soleil. Une pauvre
femme souffrante marchait sur la terrasse : c'était la marquise
portant sur son front la pâleur de la mort. Pauvres orphelins qui
n'avaient pas connu les douceurs de la tendresse maternelle, et qui,
entre leur père, voué tout entier aux travaux scientifiques, et leur
tante, cœur ardent, mais faible, avaient grandi dans une liberté un
peu sauvage! Et toute la vie de la famille, au fond du grand château
silencieux et désert, se déroulait dans sa monotonie patriarcale :
l'affection respectueuse des enfants pour leur père, la soumission à
ses caprices, et, peu à peu, la ruine envahissant la maison, et l'hostilité, faite de la convoitise de tout un pays, grandissant autour de ce
vieillard.

Ce fut un tableau complet, saisissant, que celui de cette lutte
sourde engagée entre les confédérés, qui voulaient s'emparer du
domaine, et le pauvre marquis affolé par sa manie. Tous les dessous
de l'affaire commencèrent à se découvrir, sondés dans leurs plus
intimes profondeurs.

La voix divine chantait toujours. Maintenant elle n'était plus caressante et attendrie : elle avait une sonorité sévère et attristée. Et,
plus touchante, elle allait droit au cœur. Elle montait harmonieuse

et colorée, remplissant les esprits d'une conviction triomphante. Les périodes se faisaient plus pressées, les arguments se serraient, lancés à l'assaut comme des colonnes d'attaque. Et Antoinette écoutait, dominée par une curiosité ardente, enfiévrée, possédée, s'incarnant en celui qui charmait son oreille, vivant de sa vie, s'échauffant de son enthousiasme. Elle était tout entière en lui, elle l'aidait, le soufflait, l'encourageait : elle était prise de cette illusion qu'elle défendait son frère elle-même. Cette parole claire et puissante était l'expression de sa pensée, et, par les lèvres de Pascal, c'était elle qui parlait.

La sensation fut si vive que la jeune fille sortit de son rêve. Ses yeux se rouvrirent. Elle revit la foule, sa tante, la Cour, son frère et Pascal.

Il n'était plus pâle, une animation puissante colorait son visage, et son geste s'étendait large et vigoureux. Il discutait avec une âpre ironie, et toutes les questions, qu'il avait posées pendant l'audition des témoins, lui servaient pour la défense. Il prenait corps à corps ses adversaires et les écrasait avec une force irrésistible. Les faits, échafaudage dangereux élevé contre Robert, s'écroulaient et il n'en restait que des débris. Par une gradation savante, il était arrivé à chercher quel mobile aurait pu déterminer Robert à commettre le crime, et il prouvait qu'il était impossible d'en admettre un qui fût plausible.

Pourquoi aurait-il tué ? Dans quel but ? Pour quelle raison ? Dans quel intérêt ? Toutes les présomptions morales étaient nulles, et ne pouvaient s'imposer un instant à des esprits éclairés. Les preuves matérielles étaient plus que douteuses. Qui avait vu le meurtrier ? Chassevent et Pourtois. Comment l'avaient-ils vu ? De loin, dans l'obscurité, fuyant. Et quelle valeur avait ce témoignage du père, entraîné par une cupidité que trahissait la demande en dommages-intérêts ? Il fallait que le coupable fût M. de Clairefont, qui pouvait payer, et non quelque bandit, écumeur de broussailles, assassin mystérieux qu'on avait mal cherché parce qu'on ne désirait pas le retrouver. Et Pourtois ! Ce témoin tremblant, effaré, méconnaissable, travaillé par des terreurs qui ressemblaient à des remords, qui balbu-

La main d'Antoinette se tendit, il la serra (page 1371)

tiait, s'en rapportait à Chassevent, et, en somme, n'avait vu que ce quele vagabond lui avait ordonné devoir. Et c'était sur les témoignages de telles gens qu'on osait baser une accusation capitale !

Ironique, indigné, sanglant, il reprit la démonstration de cette conspiration contre la famille de Clairefont ; il montra le traquenard dans lequel on avait habilement pris Robert, ne ménageant plus rien, frappant à coups redoublés, faisant siffler les sarcasmes, rapides et meurtriers comme des balles. Et les confédérés, avec épouvante, voyaient tomber toutes leurs positions les unes après les autres, devant la furie de leur adversaire. Il était maintenant maître du terrain ; tout était renversé, déblayé, et il ne restait rien de l'accusation. Fleury, Tondeur et Chassevent échangèrent entre eux des regards terrifiés, Pourtois gémit sur son banc, aplati comme un ballon crevé. La victoire de Pascal était certaine. L'auditoire conquis commençait à onduler dans un besoin de manifester et d'applaudir.

Alors, brusquement, revenant aux suaves et molles douceurs de son début, il développa sa conclusion plus harmonieuse et plus tendre qu'une prière. Les phrases se balançaient flottantes ainsi que des fumées d'encens. Plus de revendications, plus de fureurs : une tendresse et une pitié profonde pour le malheureux enfant qui avait si injustement souffert. L'ombre de la victime planait favorable et suppliante, intercédant elle-même en faveur de l'innocent. Un apaisement délicieux s'était fait dans les esprits. Les noirceurs s'étaient effacées ; tout, à présent, était candide et pur. La voix de Pascal s'éteignit dans le silence, et de la foule un murmure s'éleva, prolongé et haletant comme un sanglot.

Antoinette et la tante Isabelle, pour la première fois depuis le matin, se regardèrent sans contrainte. Elles avaient le visage inondé de larmes, mais, dans leurs yeux, l'espérance avait reparu. Leurs mains se serrèrent tremblantes. Elles n'osaient pas encore parler.

Un brouhaha, s'élevant tout à coup, les arracha à leur joie. L'avocat de la partie civile, irrité, se levait pour répliquer. Sentant la nécessité de frapper des coups décisifs, il en venait hardiment cette fois aux personnalités. Avec un esprit diabolique il s'emparait de ce que Pascal avait dit de la conspiration contre la famille de Clairefont, et se livrait à des allusions féroces. Comment ! c'était Pascal qui dénonçait ces faits ? Mais avaient-ils rien de répréhensible, puisque, disait-on, son père lui-même en était l'instigateur ? Allait-on présenter des opérations financières comme des machinations ténébreuses ? Le désir de convaincre entraînait trop loin le défenseur : il oubliait ce qu'il devait à la justice, ce qu'il se devait à lui-même. Car les raisons qui l'avaient amené à défendre Robert de Clairefont étaient inexplicables, et il y avait là, incontestablement, une manœuvre pour égarer l'opinion des jurés.

Ces quelques phrases froides et aiguës causèrent un malaise dans l'auditoire. Les jurés se regardèrent. Le cœur d'Antoinette se serra : elle comprit combien ces paroles venimeuses devaient toucher cruellement Pascal. Elle eut, en cet instant, la sensation d'un combat mortel. Elle serra le bras de la tante Isabelle à lui faire mal, cherchant à prier et ne pouvant dire que : « Mon Dieu ! mon Dieu ! »

Pascal s'était dressé d'un bond. Il agita sa tête comme un lion blessé, ses yeux lancèrent des éclairs, et, martelant la barre de ses poings fermés :

— Voilà donc où vous en arrivez ! s'écria-t-il. Désespérant d'atteindre celui que je défends, c'est en moi que vous essayez maintenant de le frapper. Vous m'accusez d'avoir oublié le nom que je porte, en m'asseyant à cette place ! Et vous osez interroger ma conscience ! Eh bien ! elle va vous répondre. Oui, j'ai tout abandonné, tout répudié, tout oublié pour apporter ici à Robert de Clairefont le secours de ma parole, et c'est la preuve la plus éclatante que je puisse vous fournir de son innocence. Moi qui le soutiens, moi qui l'encourage, moi, le fils de l'ennemi de son père, s'il avait commis le crime, quel homme serais-je ? Son indignité entraîne la mienne, mon honneur est le garant du sien. Aussi, en cet instant, ce sont toutes les forces de mon être qui se soulèvent pour vous attester qu'il n'est pas coupable !

Ce fut un cri tellement exaspéré, une explosion si violente, que les deux femmes oublièrent tout pour ne plus voir que Pascal debout, superbe d'indignation, resplendissant de fierté. Pendant ces quelques secondes il fut transfiguré. Il jeta sur son adversaire des regards de défi. Il était prêt à continuer la lutte, à mettre à nu son cœur, à aisser saigner sa chair vive, s'il le fallait, pour faire triompher sa cause. Il ne vit plus devant lui que des visages bouleversés par l'émotion. Il devina la partie gagnée, et avec un geste si ample qu'il enveloppa toute la salle :

— Aussi bien, je crois en avoir assez dit. Et ce serait vous faire injure que d'insister davantage !

Ce fut le dernier coup de canon de la bataille.

Le président, d'une voix maussade, récita aux jurés la formule réglementaire, et, voyant l'accusation très compromise, posa, comme un dernier espoir, la question subsidiaire de coups et blessures ayant entraîné la mort sans intention de la donner. C'était presque un abandon de l'affaire. La Cour se retira, les jurés gagnèrent la chambre des délibérations, l'accusé fut emmené, et, avec une vivacité bruyante, les assistants se levèrent, heureux de se dégourdir les jambes.

Le prétoire fut envahi par les avocats, qui entourèrent Pascal, le félicitant avec des exclamations enthousiastes. Le grand confrère de Paris, lui-même, perça la foule des stagiaires et vint complimenter son adversaire. La tante Isabelle, pleine de stupeur, vit les deux hommes se serrer la main en souriant.

— Comment ! il lui parle ! J'aurais cru qu'il allait l'étrangler, après ce qu'il lui a dit !

— Des paroles, tante. Autant en emporte le vent !...

— Oh ! ma chère, l'as-tu entendu, notre Pascal ?... Quel garçon, hein ?... Moi je ne pouvais plus respirer... J'avais ma « suffocante »... Je passais du chaud au froid... Ah ! Dieu ! faut-il avoir du talent pour remuer les gens de cette façon-là ! Les as-tu vus, les jurés ?... Ah ! ma fille, que je suis donc contente !

— Attendez, tante, ce n'est pas fini.

— Allons donc !... Est-ce qu'il y a un doute possible ? Alors tous ces gens-là seraient donc vendus à Carvajan ? Car l'affaire est plus claire que la lumière du ciel.

La vieille demoiselle se leva comme poussée par un ressort. Pascal était devant elle. Il s'était dérobé à l'admiration de ses confrères, et venait chercher sa récompense : un regard, un mot d'Antoinette.

— Eh bien ! mon cher enfant ! s'écria la tante de Saint-Maurice avec exaltation, il est sauvé, n'est-ce pas ?

— Je l'espère, dit le jeune homme. C'est l'avis général... Mais, avec le jury, on ne sait jamais... Attendons patiemment.

— Que le temps me semble long ! murmura Antoinette.

— Il vous semblera court quand vous emmènerez votre frère !

— Oh ! mon Dieu ! sera-ce donc possible ? J'en ai tant désespéré.

— C'est ce que vous allez savoir à l'instant même.

La sonnette du jury tintait. Un grand silence, qui oppressa douloureusement les deux femmes, s'étendit sur la salle. Avec une curiosité impatiente le public se replaça. Pascal avait regagné la barre ; puis, sévère et sombre, reparut la Cour. On avait éclairé, pendant la suspension d'audience, et les visages mornes des magistrats se détachaient sur le ton foncé des boiseries. Les jurés entrèrent, et, debout, tout le monde, avec une grande palpitation, écouta le verdict. La voix grêle et tremblante du chef du jury laissa tomber ces paroles : « Sur mon honneur et ma conscience, devant Dieu et devant les hommes, sur toutes les questions, la réponse du jury est : Non. »

De tous les points de la salle une acclamation s'éleva, émue, joyeuse, saluant l'acquittement. Puis, au milieu du calme rétabli, l'accusé fut ramené à son banc. Comme il se tenait debout, anxieux et tremblant, un mugissement s'éleva, terrible, semblable à celui d'une bête qu'on égorge. C'était mademoiselle de Saint-Maurice qui, pour la première fois de sa vie, se trouvait mal. Les paroles du président, déboutant Chassevent de sa demande, et ordonnant la mise en liberté de Robert, se perdirent dans un tumulte impossible à apaiser. Vingt personnes s'empressaient autour de la vieille fille. La Cour se retira, le prétoire se vida. L'huissier audiencier dit : « Il faut sortir... »

— Tante, allons retrouver Robert ! cria Antoinette.

Ces mots rendirent le sentiment à mademoiselle de Saint-Maurice qui, se dressant sur ses jambes, rajusta son chapeau avec un geste effaré, et balbutia :

— Où est l'enfant ?

Guidée par Pascal, entraînée par sa nièce, elle gagna la porte des témoins; et là, dans une salle d'attente, elle aperçut Robert qui l'attendait. Elle courut à lui, mais il la prévint, et étreignant son avocat :

— Lui d'abord! cria-il. Et ne m'en veuillez pas, vous que j'aime tant!

— Oh! Dieu! dit la tante Isabelle avec transport, il l'a bien mérité!

Le jeune comte saisit sa sœur et sa tante, les réunit sur sa large poitrine, riant et pleurant à la fois, puis, les poussant vers son défenseur :

— Embrassez-le. Je lui dois la vie, car, si j'avais été condamné, j'étais résolu à me tuer.

Antoinette frémissante se vit tout près de Pascal. Elle eut un éblouissement, elle crut qu'elle allait tomber, elle lui prit la main, la serra avec une force convulsive et, avec un trouble délicieux, sentit les lèvres du sauveur de son frère effleurer ses cheveux.

La tante de Saint-Maurice ne se lassait pas de regarder Robert, il lui semblait que depuis un temps infini elle ne l'avait pas vu.

— Tu n'as pas la même figure qu'hier, mon pauvre petit.

— Aujourd'hui, tante, j'ai la figure d'un homme content.

— Mon cher comte, dit Pascal, si vous m'en croyez, vous ne vous éterniserez pas ici. Nous allons faire lever votre écrou; vous partirez par le train de huit heures pour La Neuville. Ces dames, pendant ce temps, enverront une dépêche à M. Malézeau qui préviendra votre père. Il ne faut pas retarder sa joie d'une minute...

— Vous avez raison, comme toujours!... Mais, est-ce que ces braves gens vont nous accompagner? dit-il en montrant les gendarmes qui attendaient à l'écart.

— Il faut qu'ils vous ramènent, comme ils vous ont amené.

— Ils ont été très bien pour moi... Tante, donnez-moi tout ce que vous avez d'argent.

Il vida la bourse de mademoiselle de Saint-Maurice dans la main des soldats stupéfaits, puis se tournant vers Pascal :

— Marchons! j'avoue qu'il me tarde d'avoir l'espace libre devant moi.

A neuf heures, ils arrivèrent en vue de La Neuville. Le train ralentit sa marche sur le pont de la Thelle, et siffla pour entrer en gare. Robert, penché à la portière, regardait dans l'éloignement les réverbères qui piquaient la nuit de points brillants. Il se leva avec agitation, et dit : Dans une demi-heure nous embrasserons mon père !...

Mais, à la gare, une surprise lui était réservée. Sur le quai il trouva Croix-Mesnil qui se promenait. Les deux amis poussèrent un cri, et, avant l'arrêt du train, le comte sauta à terre. Ils n'échangèrent que de rapides paroles. Le baron, les yeux humides, le front rayonnant, salua Antoinette et la tante Isabelle, serra la main de Pascal, et, disant : « Venez, venez vite », il les entraîna tous vers la sortie. Ils traversèrent la salle d'attente et, devant la porte, assis dans la vieille calèche du château, ils aperçurent le marquis.

Il attendait, en compagnie de Malézeau, l'arrivée de son fils. Il avait voulu, lui, le chef de famille, être là pour le recevoir, lui apportant ainsi une sorte de réhabilitation solennelle. Le rude Robert, qui avait subi, avec tant de fermeté, de si terribles épreuves, se trouva sans force devant cette manifestation de la tendresse paternelle, et, pleurant comme un enfant, il tomba dans les bras du vieillard.

— Voilà des gens heureux, Pascal, dit Malézeau; et c'est à vous qu'ils doivent ce bonheur. J'espère qu'ils sauront ne pas l'oublier.

Le jeune homme hocha la tête avec tristesse :

— Soyez tranquille : je ferai en sorte que la reconnaissance leur soit légère.

Et s'approchant de la voiture, en quelques mots très brefs, il prit congé, se refusa aux exigeantes effusions de Robert, qui voulait l'emmener à Clairefont, et s'éloigna avec le notaire. Il regarda se perdre, dans l'obscurité de la promenade, la calèche qui emportait Antoinette, et, poussant un soupir, il murmura :

— C'est fini !

N'était-ce pas en effet fini de son bonheur?

Il marchait côte à côte avec Malézeau, parcourant la ville silencieuse et endormie. Ils passèrent dans la rue du Marché, et virent les fenêtres du cabinet de Carvajan éclairées.

— Votre père veille, dit le notaire.

Des ombres noires se plaquèrent sur les rideaux.

— Il n'est pas seul chez lui, ajouta Pascal. Fleury et Tondeur ont pris le train qui précédait le nôtre En ce moment sans doute ils tiennent conseil. Que veulent-ils encore faire ?

— Rien. J'en jurerais. J'ai rencontré M. Carvajan à sept heures... J'étais allé seul au télégraphe, pour demander si la dépêche, que j'attendais avec une vive impatience, n'était pas arrivée. Votre père, pour le même motif, y était déjà. Nous nous sommes salués en silence. Car nous ne nous parlions plus depuis trois semaines, et nous avons stationné là, anxieusement. L'employé du télégraphe, qui était travaillé par la même curiosité que nous, est allé au bout d'un quart d'heure à son appareil qui sonnait, et nous a crié : Acquitté !... Nous n'en avons pas demandé davantage et nous sommes sortis. Sur la place, votre père s'est arrêté ; il était très pâle : j'ai cru qu'il allait avoir une syncope, je me suis approché ; il m'a pris le bras, s'est appuyé, et, d'une voix sourde :

— J'étais sûr qu'il l'emporterait !... Du jour où il a été contre nous, j'ai jugé tout perdu... C'est que c'est un Carvajan, voyez-vous ! Il a tout de moi, avec l'éducation en plus, et un je ne sais quoi qu'il tient de sa mère...

— Un grand cœur, ai-je dit.

Il a baissé la tête et a murmuré :

— Peut-être est-ce là, en effet, le secret de sa force. Il a des idées que les autres n'ont pas, et il les exprime comme personne. Oh ! je le connais bien... Je leur disais : Pascal nous battra tous. Les imbéciles ! ils ne voulaient pas me croire. Il a dû bien parler ! Le bavard de Paris, qui me coûte de si gros honoraires, n'a pas pesé une once, ni l'avocat général ! Il a tout enfoncé ! Ah ! ah ! c'est un Carvajan !

Votre père a fait un geste d'orgueil, puis il est resté muet jusqu'à sa porte. Arrivé là, il a fait une pause, m'a pris par le bouton de ma redingote :

— Malézeau, voulez-vous que nous nous raccommodions ? Amenez-moi mon fils demain matin... Et voyant que j'allais parler :

LA GRANDE MARNIÈRE

PASCAL TENDIT SES BRAS A ANTOINETTE (PAGE 1373)

Pas un mot... réfléchissez d'abord... Et conseillez bien le garçon...
Adieu.

Et il est rentré chez lui. Vous comprenez bien, après cela, qu'il
n'a pas l'intention de continuer la guerre. D'ailleurs, il ne le pourrait
pas. Mais vous, êtes-vous décidé à vous prêter à son désir?

— Je veux bien voir mon père, dit Pascal, mais je n'irai pas chez
lui. Il m'a chassé...

— Je le lui ferai donc savoir.

Ils étaient devant la porte surmontée des panonceaux. Ils entrèrent.

— Vous allez souper, n'est-ce pas? demanda Malézeau.

— Je vous avouerai que je meurs de faim et que je tombe de
fatigue.

— Allons, ma chère, dit le notaire à sa femme qui descendait
l'escalier quatre à quatre, prodiguant les félicitations d'une voix
émue, voilà un jeune triomphateur qui a moins besoin de compliments que d'un poulet froid... Ouvrez-nous la salle à manger.

Pascal dormit cette nuit-là d'un sommeil de victoire. Il faisait
grand jour quand il se réveilla. Dans le jardin, dénudé par le vent
d'automne, les oiseaux se poursuivaient en criant. Le jeune homme
se leva, et, voyant le ciel tout bleu : Ils sont heureux ce matin à
Clairefont, murmura-t-il, la promenade doit être bonne, au soleil,
sur la terrasse.

Son imagination lui montra sur le sable doré, le long de la balustrade de pierre, une élégante jeune fille qui passait. Elle n'était plus
vêtue de noir, sa robe était claire et gaie ainsi que sa pensée. Un
grand jeune homme marchait à ses côtés, comme il l'avait fait, lui,
presque chaque jour, aux temps de tristesse. Mais le bonheur, rentrant
dans la maison, en avait chassé le défenseur, et celui qui accompagnait la promeneuse était maintenant Robert ou Croix-Mesnil. Pascal
se dit : Ne savais-je pas d'avance qu'il en serait ainsi ? Vais-je me
plaindre ? Non ! non ! qu'ils soient joyeux au prix même de ma joie.
En leur rendant la paix de l'esprit et la sérénité du cœur, j'ai acquitté
la terrible dette de mon père, voilà tout !

Il descendit au jardin et longea les bordures de buis, en écoutant
le murmure du petit jet d'eau, qui chantait dans un bassin au milieu
de la pelouse. Comme onze heures venaient de sonner à l'horloge de
la mairie, une fenêtre du rez-de-chaussée s'ouvrit, et Malézeau parut,
disant : Pascal, venez donc dans mon cabinet.

Le jeune homme entra dans la maison, traversa l'étude, ouvrit une
porte et, au coin de la cheminée du notaire, aperçut son père. Il resta
immobile, regardant le vieillard, qui lui parut très changé. Malézeau
prit des papiers et passa dans l'étude, laissant les deux hommes en
présence.

— Pascal ?... dit Carvajan, et il lui tendit la main.

Froidement, le fils y plaça la sienne. Il fit asseoir son père, et se
tint debout devant lui.

— Veux-tu que tout soit oublié ? demanda le maire après une hésitation. Tu vois, c'est moi qui viens à toi... J'ai eu des torts... Mais
tu me les as fait durement expier.

— Mon père, il ne dépend pas de moi que l'oubli se fasse. Je ne suis
pas seul en cause. Il y a...

— Les gens de là-haut, gronda Carvajan en tendant le poing vers
la colline. Que rêvent-ils encore ? Tu as assuré leur triomphe. Ils l'emportent !... Veulent-ils que j'aille aussi leur faire ma soumission ?

Le vieillard eut un rire terrible.

— Ah ! s'ils ne t'avaient pas eu !...

Il changea de ton. Je suppose qu'ils sauront être reconnaissants !...
Pascal ne put se défendre de rougir.

— Mon père, je n'attends rien de personne.

— Même de la belle Antoinette ? Elle serait fièrement ingrate si,
après ce que tu as fait pour elle, elle ne t'aimait pas !

— Je compte m'éloigner la semaine prochaine, dit Pascal rudement, et je serai longtemps sans revenir à La Neuville.

— Ah ! ah ! Et ils te laisseront partir ?... Au fait, pourquoi te re-
tiendraient-ils ? Ils n'ont plus besoin de toi : tu as sauvé l'héritier du
nom et tu as donné ton argent ! Que pouvaient-ils attendre de plus ?...
Tu serais gênant, mon pauvre garçon, tu rappellerais sans cesse les

services rendus. On t'aimera toujours bien, mais de loin... Ce sera plus commode !...

— Mon père !

— Écoute, veux-tu rester? Je renoncerai pour toi à toutes mes ambitions. On sait ce que tu vaux, maintenant, et aux élections prochaines personne n'osera te tenir tête. Tu seras le maître du pays. Nous dominerons, Pascal !... Comprends-tu ce que je suis disposé à faire pour ton avenir ? Si tu veux... Eh bien ! nous ferons comprendre à ces ingrats ce que pèse un homme tel que toi. Allons, donne-moi la main, de bon gré, cette fois ?

Le jeune homme agita tristement la tête.

— Je vous remercie, mon père, mais ma résolution est prise, et je ne la changerai pas. Il sera bon, pour moi, de me dépayser pendant quelque temps.

— Ainsi, tu ne veux rien accepter de moi ?

Pascal regarda fixement son père.

— M'accorderez-vous ce que je vous demanderai ? Le front de Carvajan se creusa; cependant il répondit :

— Demande.

— Eh bien ! à mon œuvre il manque un couronnement... J'ai fait acquitter Robert de Clairefont, je l'ai arraché des mains de la justice. Mais je n'ai pas lavé complètement la tache qui salit son honneur. Je n'ai pas désigné le vrai coupable. Mon père, aidez-moi à obtenir ce dernier avantage, et j'efface de ma pensée bien des mauvais souvenirs.

Le vieillard demeura absorbé ; il parut oublier qu'il n'était pas seul.

— Même nature, dit-il, même ardeur, même passion : seulement lui n'a pas, ainsi que moi, été inspiré par la rancune. Il se dévoue à son amour, comme je me suis dévoué à ma haine. A quoi bon élever des obstacles ? Il les renversera !...

Puis, sortant de sa méditation :

— Je ne puis pas t'apprendre ce que tu veux savoir : je l'ignore .. Mais Chassevent n'ose plus poser la nuit des collets dans le vallon de Clairefont, et Pourtois, qui y habite, n'est plus que l'ombre de lui-même. La Grande Marnière a un secret... C'est là qu'il faut chercher.

— Je vous remercie, je chercherai.

— Carvajan s'était levé :

— Tu ne partiras pas sans me voir ?

— Non, mon père.

— C'est bien.

Ils se donnèrent la main une seconde fois, et le maire s'éloigna.

Vers trois heures, Robert vint relancer Pascal. On s'étonnait au château qu'il ne se fût pas encore présenté. La tante Isabelle était furieuse.

— Je me suis occupé de vous, dit le jeune homme. Mademoiselle de Saint-Maurice me pardonnera.

Ils partirent pour Clairefont, par un bel après-midi d'automne. Les hêtres du parc avaient pris des tons de rouille qui faisaient paraître plus sombre la verdure des sapins. L'air était doux, et les alouettes en chantant planaient au soleil. Ils suivirent le sentier dans lequel Pascal avait entendu siffler la balle de Chassevent. Le jeune homme montra à son ami la branche du bouleau brisée.

— Il est bien heureux que le coquin n'ait pas tiré avec des chevrotines, dit le comte. Il vous aurait probablement tué... Et moi, où serais-je ?

A cent mètres de là, Robert s'arrêta, et, indiquant dans le fourré une large coulée, piétinée comme par un passage fréquent :

— Tiens ! les grands animaux viennent par ici la nuit, en ce moment ? dit-il.

Pascal se courba et tâcha, dans la terre marneuse du sentier, de découvrir le pied d'un animal. Il ne vit que des traces larges et confuses.

— Oh ! ne cherchez pas. Voyez comme les branches sont brisées haut : ce sont certainement des cerfs... Si vous voulez, nous leur dirons deux mots, un de ces jours.

Pascal ne répondit pas. Il réfléchissait. Ils arrivèrent en silence jusqu'au château, entrèrent au salon qu'ils trouvèrent vide, et descendirent sur la terrasse. Sous un des berceaux toute la famille était réunie.

Dans un grand fauteuil de jonc, le marquis se prélassait paresseusement, pendant qu'Antoinette lui lisait le journal. La tante Isabelle,
plus rouge que jamais, travaillait à son éternel tricot. Pour la première
fois, depuis bien longtemps, les habitants de Clairefont avaient repris
leur douce vie intime. Ils ne se fuyaient plus, essayant de se cacher
leurs angoisses et leurs larmes. Ils n'avaient plus à se montrer que des
visages souriants. Ce fut Fox qui, par ses aboiements joyeux, signala
l'arrivée des deux jeunes gens.

— Ah! enfin! Voilà mon compagnon d'exil, s'écria mademoiselle
de Saint-Maurice. Et, prenant l'avocat par les épaules, elle l'embrassa
sur les deux joues. Ah! mon cher enfant, aujourd'hui, hein! nous
avons un poids de moins sur le cœur?...

Pascal s'était cérémonieusement incliné devant mademoiselle de
Clairefont. Il chercha Croix-Mesnil auprès d'elle. Il ne le vit pas. Le
baron était reparti le matin même pour Évreux. Le marquis trouva des
paroles affectueuses pour remercier le défenseur de son fils. Depuis
trois semaines sa santé avait fait de très grands progrès. Il avait
recouvré la plénitude de ses facultés, mais, de la violente secousse
qu'il avait éprouvée, il lui était resté une indolence invincible. Il ne
s'occupait plus de ses inventions et le laboratoire restait vide. Il
expliqua lui-même à Pascal ce singulier changement et le résuma
gaiement :

— Je ne veux plus travailler du tout, dit-il, c'est, je crois, le meilleur
moyen de refaire ma fortune.

Il prit le bras du jeune homme et se promena lentement avec lui le
long de la terrasse.

— Nous avons, je le sais, des questions d'intérêt à régler ensemble,
dit-il, au bout d'un instant, mais je ne vous ferai pas l'injure de vous
parler d'argent... Malézeau est là pour tout arranger.

Je m'en occuperai très sérieusement avec lui, Monsieur le marquis,
si vous voulez bien m'y autoriser. J'ai lieu de croire que l'exploitation
de la Grande Marnière doit être pour vous d'un très grand profit. Un
directeur actif remettra l'affaire en valeur. Je me charge de trouver
un ingénieur qui se dévouera à l'entreprise.

Le marquis l'écoutait en l'observant du coin de l'œil. Le jeune homme développa ses vues avec une lucidité pratique qui frappa beaucoup M. de Clairefont. Lorsque, las de marcher, le vieillard fut revenu auprès de la tante Isabelle et d'Antoinette, il profita d'un moment où Pascal et Robert s'étaient éloignés, et dit :

— Je viens de causer industrie avec M. Carvajan... Il m'a étonné : c'est vraiment un homme très remarquable.

— Croyez-vous m'en apporter la première nouvelle ? s'écria impétueusement la tante de Saint-Maurice. Je le connais, moi, qui ai vécu avec lui, comme une mère avec son fils. C'est tout bonnement un aigle !... Et vous vous donnez des airs de le découvrir !

Antoinette, penchée sur sa broderie, ne prononça pas une parole, mais ses doigts, en tirant l'aiguille, eurent une étrange agitation. Pascal resta à dîner au château, se montra plein de réserve, et, vers dix heures, prit congé. Robert lui offrit de le reconduire jusqu'à la petite porte du parc, et comme il embrassait sa tante :

— Qu'est-ce que Pascal a donc ce soir ? demanda-t-elle. Il est glacé !... On ne peut pas lui tirer les paroles, n'est-ce pas, Antoinette ?

— Je n'ai pas remarqué, tante...

— Oh ! toi, tu ne vois rien !

La nuit était très noire. Robert réclama à Bernard une lanterne Le vieux serviteur fit un geste d'inquiétude, et dit :

— Si monsieur le comte voulait, je l'accompagnerais. Une fois la nuit close, il ne fait pas bon se promener dehors.

— Pourquoi donc ? interrogea Pascal

— Sauf votre respect, Monsieur, depuis le malheur, les abords de la Grande Marnière sont, comme qui dirait, hantés... Et la nuit il s'y passe des choses qu'il vaut mieux ne pas voir.

— Allons ! vieux fou, dit Robert, des histoires de poltron ou d'ivrogne... Mais, sois tranquille, je ne crains pas les rencontres.

Il prit la lanterne et partit avec Pascal. Ils descendirent, par les pentes du parc, jusqu'au raccourci. Le comte tira les verrous, ouvrit la porte, et se disposait à pousser jusqu'à l'entrée de La Neuville, mais son compagnon l'arrêta.

— Voici la grande route, et je la suivrais les yeux fermés
Après des protestations amicales Robert s'éloigna, et Pascal
se trouva seul. Au lieu de continuer sa marche dans la direction de
La Neuville, il remonta vers le cabaret de Pourtois. La maison
était fermée et silencieuse. Par l'imposte de la porte une faible
lueur filtrait. Pascal gagna le raidillon de la Grande Marnière, et
étouffant le bruit de ses pas, le gravit du côté de Couvrechamps.
Il regardait autour de lui attentivement. Il avait pour toute arme sa
canne en bois de fer. Mais il était fait aux marches nocturnes dans
les plaines et les bois, et son cœur ne battait pas plus vite. Il s'arrêta : il venait de reconnaître la coulée remarquée par Robert. Il fit
une quinzaine de pas, et, apercevant, au bord du sentier, dans la
bruyère, un énorme genévrier, il alla s'y adosser, et, invisible
dans l'ombre épaisse, il attendit.

Au ciel, les étoiles brillaient. La lune, comme un disque de cuivre,
se levait au-dessus des taillis de La Saucelle. Bientôt elle allait répandre sur les champs sa froide clarté. Tout autour, dans ce vallon désert,
une agitation étrange troublait le silence, plantes s'ouvrant aux fraî-
cheurs de la nuit, animaux se glissant légers dans les branches ; la
vie nocturne animait les ténèbres. Pascal pensa à la soirée qu'il venait
de passer à Clairefont.

Pas une fois Antoinette ne lui avait adressé la parole. Elle s'était
montrée telle qu'il l'avait connue avant le service rendu : froide et hautaine. Au moment où il croyait avoir forcé sa confiance et son amitié,
il la voyait indifférente s'éloigner de lui. N'avait-elle donc rien dans
le cœur ? Et cependant, à la cour d'assises, il l'avait, la veille, surprise
pleurant pendant qu'il parlait. Dans ce court instant, il l'avait dominée, possédée. Il était entré jusqu'au fond de cette âme rebelle en souverain maître. Mais l'impression avait été fugitive et il avait été chassé
de sa conquête.

Ah ! qu'un mot dit par elle, un mot de tendre reconnaissance,
lui eût pourtant apporté de soulagement et de joie ! Dans le néant
de ses affections brisées, il eût accueilli ce témoignage affectueux
comme une consolation suprême. Et ce souvenir se fût épanoui

IL EMMENA LE JEUNE HOMME DANS SON CABINET (1862)

dans son cœur désolé, ainsi qu'une fleur poussée sur des ruines.

L'horloge de Clairefont, en sonnant minuit, changea le cours des idées de Pascal. La lune était haute maintenant dans le ciel, et une lumière argentée baignait le vallon. Le jeune homme pensa : Jusqu'à quelle heure dois-je prolonger ma faction ? Je suis là, comme Horatio guettant le spectre du feu roi, sur l'esplanade d'Elseneur. Si mon père ne m'a pas trompé, qui vais-je voir venir ? Et si quelqu'un vient, passera-t-il où je suis ?

Un instinct secret lui disait que son poste était bien choisi. Il s'entêta. Il fut distrait par les gambades de deux lièvres qui jouaient dans le sentier, pendant que, sur les hauteurs de Clairefont, un renard en pleine chasse jappait pour prévenir sa femelle embusquée. Cependant, vers une heure, il commença à perdre patience, et il se disposait à s'éloigner, quitte à revenir la nuit suivante, quand, après avoir dressé les oreilles, les deux lièvres sautèrent brusquement au bois. Dans le haut du sentier un bruit de pas résonnait.

Pascal frissonna, ses dents se serrèrent, et il assura son dur bâton dans sa main. Le bruit se rapprochait, net, comme celui d'une personne qui va sans précautions. Une ombre se projeta sur la blancheur du chemin, et, nu-tête, les habits en désordre, Pascal reconnut le Roussot.

Il s'avançait, les yeux ouverts, fixes, et pourtant sans regards, la démarche raide et automatique, comme entraîné par une force dont il était inconscient. Il passa et entra dans la coulée. Le jeune homme s'y engagea à sa suite, et le berger ne parut pas l'entendre. Il filait droit devant lui, sans hésitation, sans arrêt, régulier comme une machine. Il gagna le bord de l'excavation où Rose avait été trouvée morte par son père et par Pourtois, et là s'arrêta. Son visage prit une expression désespérée, il se tordit les mains et, poussant une horrible plainte, il continua sa route, montant vers Couvrechamps. Pascal le suivait toujours. Ils arrivèrent au cimetière. D'un bond, l'idiot sauta par-dessus le petit mur et, allant à une tombe surmontée d'une simple croix de bois, il s'agenouilla, et se mit à gémir. Il se laissa tomber sur la pierre qu'il baisa avec passion, murmurant d'une voix suppliante : « Pardon,

Rose ! Oh ! Rose !... » Et dans la solitude de ce lieu funèbre, c'était un spectacle, effrayant que celui de cet insensé appelant la morte avec des sanglots de repentir et d'amour.

Le Roussot resta là longtemps à se rouler dans des spasmes, puis il se releva et partit comme il était venu.

Pascal demeura pensif, appuyé à la muraille. Le voile s'était déchiré brusquement. Il connaissait la vérité. Il reconstitua, en un instant, la scène du meurtre. Comment n'avait-il pas deviné ? Il revit, dans son souvenir, le Roussot lutinant Rose avec une gaieté menaçante. Au fond de cet être privé de raison une passion sensuelle s'était allumée, et, avec la bestialité féroce d'un fauve, le berger avait voulu l'assouvir. Dans le paroxysme de sa rage amoureuse, il avait emporté Rose comme une proie, mais l'intervention inattendue de Chassevent et de Pourtois l'avait forcé à fuir. Et la puissance de son étreinte avait été mortelle. Il avait tué celle dont il voulait seulement étouffer les cris. Et maintenant il passait ses jours à penser à elle, et ses nuits à la chercher, à l'appeler, dans l'horreur de son sommeil halluciné.

De la sorte, il allait se trahir lui-même, et fournir les preuves de son crime. Il suffirait de le voir marcher dans la bruyère en gémissant, et se rouler, dans des extases affreuses, sur la dalle de pierre, pour ne plus conserver un doute. Mais ce qu'il venait de faire, le ferait-il le lendemain ? Se livrait-il, chaque nuit, à ce terrible pèlerinage du crime ?

Deux fois encore Pascal revint, et deux fois il assista à la même scène. Le somnambule arrivait, traversait la lande, s'arrêtait à la ravine, et gagnait le cimetière. Il suivait les mêmes étapes dans son effroyable cauchemar. Alors, sans avoir parlé à qui que ce fût de sa découverte, Pascal se rendit chez le commissaire Jousselin, le pria de le suivre chez le procureur de la République, et là il raconta ce qu'il avait vu, demandant qu'on voulût bien l'accompagner pour constater ce fait décisif.

— Je suis tout à votre disposition, dit le magistrat très impressionné. Et je vais prendre les mesures nécessaires pour assurer les résultats de notre expédition. M. de Clairefont aurait donc été la victime d'une déplorable erreur judiciaire ? Nous croyions que vous nous aviez arraché un coupable, ajouta-t-il en souriant, et nous avions admiré votre victoire. Mais, si votre client est innocent, nous allons vous devoir des actions de grâces, car, en France, la magistrature est toujours de bonne foi et ne cherche que la vérité.

— Eh bien ! si vous voulez, nous nous retrouverons ce soir, à la petite porte du parc, à onze heures. M. Jousselin postera ses gens dans l'église, et s'embusquera près du cimetière... Je suis certain que, dans cet état, le berger n'entend ni ne voit, mais il est préférable de se cacher.

— A ce soir.

Pascal, à cinq heures, arriva à Clairefont sans être attendu. Il fut accueilli par les cris de joie de mademoiselle de Saint-Maurice et de Robert. Le marquis lui fit gracieuse mine, comme à l'ordinaire. Antoinette s'enferma dans une gravité un peu sombre. Son caractère, depuis quelque temps, avait changé. Elle, qui, autrefois, était la gaieté de la maison, on la voyait rester des heures entières sans parler. Sa tante lui touchait l'épaule, elle tressaillait et semblait redescendre du pays des songes. Elle était douce et bonne, comme toujours, mais une préoccupation intime la troublait. Croix-Mesnil, qui avait obtenu une permission de huit jours, s'était installé au château et faisait de grands frais avec la jeune fille. Il l'accompagnait dans ses promenades, et s'attachait à la faire causer. De préférence, c'était du procès qu'il parlait. Et, insensiblement, il en venait à s'occuper de Pascal. Il se livrait à des éloges excessifs, comme quelqu'un qui veut provoquer une réplique et serait heureux d'être contredit. Antoinette le regardait alors avec une singulière expression et laissait tomber la conversation.

Ce jour-là, en apercevant Pascal, mademoiselle de Clairefont se tourna vers le baron et, avec une soudaine âpreté, lui dit :

— Tenez ! Voici votre ami...

Il pâlit un peu, mais, très calme, il répondit :

— Je ne m'en défends pas. J'aime tous ceux qui vous sont dévoués.

Antoinette releva la tête, jeta un pénétrant coup d'œil au jeune homme et, vivement :

— Si vous étiez sincère, vous seriez le moins aimant ou le plus généreux des hommes !

Elle passa, allant au-devant du défenseur de son frère, et ne vit pas le nuage de tristesse qui assombrit le front de Croix-Mesnil.

Pendant le dîner et la soirée Pascal fut d'une gaieté inaccoutumée. Lui qui se montrait d'ordinaire grave et réservé, il s'abandonna à toute sa verve et tint les convives sous le charme de son esprit. Il révéla un autre Pascal qu'on ne connaissait pas et qui plut beaucoup. La tante Isabelle buvait les paroles de son favori, et, entre lui et Robert, elle s'épanouissait radieuse. Elle ne put se retenir de dire au marquis, dans un accès d'enthousiasme :

— Est-il assez charmant ? Ah ! ce garçon-là m'a complètement « exorcisée ».

A dix heures et demie, malgré les instances de mademoiselle de Saint-Maurice, Pascal se prépara à partir et demanda à Robert de l'accompagner.

— Seulement, sans lanterne, je vous prie. Si nous faisons quelque faux pas, tant pis : nous nous ramasserons.

Et, par le parc, les deux amis s'éloignèrent. Ils arrivèrent à la petite porte, l'ouvrirent et se trouvèrent sur la route. De l'ombre du mur une forme noire se détacha, et une voix demanda :

— Est-ce vous, monsieur Carvajan ?

— C'est moi, Monsieur le procureur de la République, et M. de Clairefont m'accompagne.

— De quoi s'agit-il donc ? dit Robert, avec un trouble soudain.

— De votre réhabilitation complète, Monsieur, répondit le magistrat. Et croyez que je serai heureux d'avoir à la proclamer.

— Maintenant, ne parlons plus, dit Pascal.

Et, conduisant les deux hommes, il gagna silencieusement le sentier de la Grande Marnière.

Depuis deux heures, Jousselin, à l'affût derrière un petit saule, guettait dans le cimetière de Clairefont. Il avait posté un agent à l'angle du mur, surveillant la route de Couvrechamps. Dans l'église, deux autres se dissimulaient. Tout était silencieux : la plaine et les bois.

La lune, dans son plein, tirait des reflets bleus du clocher d'ardoises de la petite église, et la nuit était si claire qu'on eût pu lire les inscriptions des tombes. Le commissaire, glacé par le froid, car il gelait blanc, n'osait remuer et attendait patiemment. Il commençait cependant à éprouver un peu d'inquiétude. Si le berger allait ne pas venir? La cause de Robert avait toujours été sympathique au brave homme, depuis le jour de la confrontation, et il eût été ravi de voir dissiper les derniers doutes, que des entêtés élevaient sur l'innocence du comte. Il était deux heures du matin, lorsque se fit entendre un sifflement léger, signal convenu avec son agent, pour annoncer que quelqu'un approchait.

Bientôt un bruit de pas retentit sur la route sonore, le lierre, qui couvrait le mur, froissé par un corps pesant, s'agita, et le Roussot parut en pleine lumière. Il avait les yeux ouverts et semblait regarder en dedans.

Il se laissa glisser dans le cimetière, passa raide et tragique dans l'allée bordée de tombes et, s'approchant, comme toutes les nuits, de la pierre qui recouvrait la pauvre Rose, il se mit à appeler sourdement. Par la grille, laissée ouverte à dessein, Pascal, le magistrat et Robert étaient entrés. Derrière l'idiot ils avaient traversé le vallon et maintenant, silencieux, glacés d'horreur, ils assistaient à la lugubre terminaison de cette course nocturne. Couché sur la dalle, la baisant à pleine bouche, le Roussot suppliait, et, de ses yeux étrangement dilatés, des larmes coulaient. Il murmura: « Rose ! Oh ! pardon ! Rose! Pardon ! »... Et, dans un effort convulsif, il ébranla la croix de bois qui s'abattit sur l'herbe.

Les assistants s'étaient approchés, et entouraient le berger : mais il ne s'en apercevait pas et, tout à sa rage passionnée, il criait, délirant. Sur un signe du procureur de la République, Jousselin toucha l'épaule du malheureux.

A ce contact, le Roussot releva la tête, puis se dressa à genoux. Il passa la main sur son visage, comme quelqu'un qui se réveille. Il jeta autour de lui un regard terrifié, ses yeux s'agrandirent, ses traits se convulsèrent, un hurlement s'échappa de ses lèvres, et, d'un bond, passant devant le commissaire de police, il s'élança vers le mur. Mais il vit l'agent qui regardait, à cheval sur le chaperon. Il courut alors autour du cimetière, trouva la grille gardée, eut un trépignement de bête traquée, et, apercevant la porte de l'église restée entr'ouverte, il se précipita.

— A vous! à vous! cria Jousselin à ses hommes, il va nous échapper!...

Un bruit de lutte, des grognements sourds retentirent, puis un des agents sortit, disant :

— Il grimpe dans le clocher!

Et, à la clarté de la lune, l'idiot se montra à une des ogives de la plate-forme. Les pas de l'agent, qui le poursuivait, résonnaient à l'intérieur. Le Roussot gravit les échelons qui conduisaient à la charpente supportant la cloche. Il se dressa, apparition fantastique, la figure grimaçante, les cheveux hérissés, livide d'épouvante.

L'agent parut au-dessous de lui, montant toujours. Le berger regarda le faîte du clocher, et avec une agilité et une force de gorille, grimpa le long des poutres. Il se tint un instant debout sur un étroit rebord, puis il parut pris de vertige, se balança, comme attiré par le vide, poussa un horrible éclat de rire, et, perdant son point d'appui, il fila dans l'espace.

Robert, Pascal et le magistrat n'eurent que le temps de se jeter en arrière. Le corps du Roussot, tournant sur lui-même dans sa chute, décrivit une courbe effrayante, et vint s'abattre, avec un bruit mat, sur la tombe même de Rose, éclaboussant de son sang la pierre encore trempée de ses larmes.

XII

Trois jours plus tard, dans le salon du château, devant la famille rassemblée, Mᵉ Malézeau rendait compte de diverses opérations dont il avait été chargé. Le passif du marquis était complètement liquidé, et un acte d'association, entre Pascal et M. de Clairefont, assurait l'exploitation de la Grande Marnière. Le fils de Carvajan, devenu commanditaire, mettait à la tête de l'établissement un directeur de son choix et constituait le fonds de roulement. Un partage égal des bénéfices éventuels devait avoir lieu entre lui et le marquis, l'un ayant apporté son argent, l'autre ayant donné son établissement.

Robert, pris d'un beau zèle, avait demandé à s'employer dans l'affaire, et Pascal lui avait désigné un poste où il pourrait, au grand air, dépenser utilement sa puissante activité de corps. Chassevent, mandé à l'étude, après avoir gémi sur le malheur qui l'avait privé de sa chère petite fille. avait consenti, moyennant le payement d'une somme de deux mille francs, à quitter le pays. Comme le vagabond se lamentait sur la modicité du prix, le notaire lui avait dit rudement, en le regardant dans le blanc des yeux :

— Deux mille francs donnés par le marquis, et une balle tirée sur M. Pascal, ça fait le compte! Si vous n'êtes pas content, je vous ferai payer par le procureur de la République.

ILS S'EN ALLAIENT DE COMPAGNIE SOUS LE CIEL CLAIR (PAGE 1382)

Le coquin, sans répliquer, était parti pour Louviers, où il avait de la famille. Après avoir donné toutes ces explications, Malézeau avait demandé quelques signatures.

— Vous m'excuserez, Monsieur le marquis, si je mets tant de précipitation à régler toutes ces affaires, mais M. Pascal part demain, et alors...

— Il part? dit la tante de Saint-Maurice avec éclat. Et où va-t-il?

— Je l'ignore, Mademoiselle, dit le notaire dont les yeux papillotèrent. Je ne crois pas cependant que M. Pascal ait l'intention de quitter le continent.

— En vérité? C'est bien heureux! s'écria violemment la tante Isabelle. Il ne manquerait plus qu'il allât encore en Amérique, dans des contrées où la fièvre jaune s'attrape, comme ici la grippe! Mais pourquoi s'en va-t-il? Quelle rage a-t-il de voyager?

— Mon Dieu, Mademoiselle, reprit Malézeau, que voudriez-vous qu'il devînt dans ce pays-ci? Il a rompu toutes relations affectueuses avec son père, il s'est fait des ennemis de tous ceux qui convoitaient un morceau du domaine. La vie lui serait insupportable. Et, quel que soit mon chagrin de le voir s'éloigner, car nous avons pris l'habitude de le traiter comme l'enfant de la maison, madame Malézeau et moi, et il nous manquera singulièrement, je ne puis cependant pas lui déconseiller une résolution que je trouve courageuse et sage.

— Pourquoi courageuse? Pourquoi sage? dit la vieille fille d'un air menaçant.

Le notaire devint froid, et dit :

— M. Pascal a d'autres motifs que je ne puis révéler.

Un silence profond suivit ces paroles. Personne n'était plus à la conversation. Robert et Croix-Mesnil pensaient aux motifs cachés que Pascal pouvait avoir de s'éloigner : le premier, avec la surprise d'un homme qui ne s'est jamais arrêté à observer ce qui se passe autour de lui, le second, avec la pitié mélancolique d'un amoureux qui, sans espérance, constate que son rival souffre autant que lui-même.

Antoinette, assise auprès de la fenêtre, dans la pâle tiédeur d'un soleil de novembre, avait laissé tomber sa broderie sur ses genoux, et les mains inactives, les yeux demi-clos, semblait sommeiller. Elle ne dormait pas, cependant. Son souvenir venait d'évoquer ce Jacob luttant avec l'ange, qui formait le sujet d'un des vitraux de l'église de Clairefont. Elle voyait le pasteur biblique, avec ce teint brun, ce front élevé, cette barbe brune et ces yeux gris, qui le faisaient si étrangement ressembler à Pascal. C'était bien lui, opiniâtre et passionné, qui était resté en servage, pendant quatorze années, pour obtenir de Laban sa fille Rachel. La tâche ne l'avait pas rebuté et il avait fini, triomphant de toutes les résistances, par conquérir celle qu'il désirait. Le fils de Carvajan n'avait-il pas eu le même courage, inspiré par le même amour?

Antoinette le revit dans le chemin creux, l'abordant pour la première fois. Comme il était insouciant et tranquille ! Il revenait des lointains pays vers le toit paternel. Il jouissait délicieusement du plaisir de revoir les plaines et les bois familiers à son enfance. Et, brusquement, il s'était trouvé jeté en pleine lutte, et le premier nom prononcé devant lui avait été celui de l'ennemi de son père. La jeune fille entendait vibrer encore sa propre voix disant : « Je suis mademoiselle de Clairefont ! » Avec quelle fierté ombrageuse il avait riposté : « Moi, je suis Pascal Carvajan ! » Ne semblaient-ils pas deux ennemis arborant leur drapeau et mesurant leurs armes ? Non ! ils ne devaient pas se combattre. Dès le premier regard, tout avait été fini, et, en lui, elle n'avait plus compté qu'un ardent défenseur. A partir de ce jour-là, elle l'avait deviné rôdant autour d'elle dans l'ombre, épiant ses joies et ses chagrins, n'ayant aucun espoir, et cependant s'attachant à elle par les liens mystérieux d'une constante communion d'âme. Puis c'était la scène du bal, avec les provocations de son frère, la frémissante colère de Pascal, son intervention à elle, s'excusant, quand, d'un mot, elle pouvait faire tomber à genoux celui devant qui elle s'humiliait. Et enfin, après de nouvelles angoisses, son arrivée dans la sombre maison de Carvajan. Avec quel accent il lui avait dit : « Vous ne serez frappée ni dans votre fortune ni dans vos affections, je m'y engage sur l'honneur... Elle avait répondu dans un élan de cœur: « Je vous en garderai une éternelle reconnaissance... » Il avait tenu sa promesse lui :

il avait, au prix des plus héroïques sacrifices, réhabilité Robert, et sauvé le domaine. Et elle, qu'avait-elle fait pour lui prouver sa gratitude? Quelques larmes versées, un serrement de mains échangé, telle avait été la récompense qu'elle lui avait accordée. Et sans doute ils étaient quittes. Elle pouvait le laisser partir sans regrets et sans remords. Après avoir tant souffert pour elle, il allait souffrir par elle.

Un éclat de voix de la tante Isabelle arracha mademoiselle de Clairefont à sa rêverie. Robert et Croix-Mesnil avaient conduit Malézeau sur la terrasse, et la vieille fille causait avec son beau-frère.

— Eh bien, mon cher ami, moi, si j'avais trente ans de moins, s'écria-t-elle violemment, je vous garantis que je me serais arrangée de façon à le faire rester !

— Allons, tante, dit le marquis, vous êtes trop impétueuse !

— C'est pour faire compensation avec ceux qui sont trop flegmatiques !

— Je vous ai connu des idées plus exclusives. Vous n'admettiez pas qu'un homme existât en dehors de l'aristocratie...

— Eh ! regardez comme elle s'est conduite avec nous, votre aristocratie ! Il a fallu que ce brave Pascal se déclarât en notre faveur, pour que nos voisins de Sainte-Croix et d'Édennemare nous fissent bonne mine. Avant que ce roturier prît notre défense, tous nos nobles amis nous tournaient le dos... Lui, il a été chevaleresque !... Il n'est pas né... C'est vrai... Mais il est du bois dont nos anciens rois faisaient de grands généraux, de grands ministres, et finalement des ducs et pairs.

— Ma chère sœur, ce n'est pas moi qui vous contredirai. Je croyais être le seul libéral qu'il y eût dans la famille... Nous sommes deux maintenant, à ce que je vois. Seulement ne parlez pas si fort... Vous me fatiguez la tête que je n'ai pas encore bien solide, et vous allez réveiller Antoinette.

— Elle dort !... Est-ce possible ? Quand elle devrait être dans une agitation au moins aussi violente que la mienne ! Et c'est moi qui ai élevé cette fille-là ! Elle était plus émue le jour du procès ! Mais, passé le péril, au diable le sauveur !

— Ma sœur !

— Je dis ce que je pense. Je suis bon cheval de trompette... Je n'ai jamais reculé devant l'obstacle !...

— Tante, vraiment je crois que vous aimez ce garçon plus que nous !

— Et quand bien même ! Ne serait-ce pas juste ? Il ne nous devait rien, et il nous a donné tout !... Au fait, je suis bien sotte de m é- chauffer... On ne me demande pas de conseils... A l'avenir je garderai mes idées pour moi.

Antoinette fit un mouvement et la tante se tut.

— Ces messieurs sont sur la terrasse ? dit la jeune fille. Je suis tout engourdie : je vais marcher un peu.

Elle se leva et descendit lentement les degrés de pierre du perron. Elle entendit derrière elle la tante Isabelle qui disait au marquis :

— Vous en penserez ce que vous voudrez, mais moi cela me passe !... Regardez-la aller, venir, froide et posée !... Ou bien elle est aveugle, de ne pas voir que ce garçon se meurt d'amour pour elle, ou bien elle est de marbre.

Un discret sourire passa sur les lèvres de mademoiselle de Clairefont, sa figure s'éclaira comme un beau paysage doré par un rayon de soleil. Elle rejoignit le groupe des promeneurs et, prenant le bras de Malézeau, insensiblement elle en vint à prononcer le nom de Pascal. Le notaire, comme s'il n'eût attendu qu'un signal pour dévoiler complètement les projets de son ami, se répandit en détails. Le jeune homme comptait se fixer à Paris, où il était sûr d'avance de se créer promptement une importante situation au Palais. Protégé par des sociétés puissantes, il avait une clientèle toute prête. Il refusait actuellement de se présenter à la députation, mais il était certain de passer dans l'arrondissement de La Neuville, quand il lui plairait. Le bon Malézeau prit même un malin plaisir à insinuer que, très certainement, dans le monde des grandes affaires où il se trouverait lancé, Pascal serait à même de faire un très brillant mariage. Mais Antoinette ne manifesta ni chagrin ni satisfaction; elle se montra indifférente, et son visage resta calme. Elle parla même avec une tranquillité qui sembla à Malézeau de la sécheresse, et, ayant voulu trop apprendre, le notaire ne sut rien.

Une heure avant le dîner, Pascal arriva : il était pâle et abattu. Il fit effort pour causer et se montrer aimable, mais il ne put y parvenir. La tristesse, qui était en lui, reparaissait malgré tout. Les yeux de la tante Isabelle se fixèrent sur le jeune homme avec pitié et se reportèrent sur sa nièce avec indignation.

Antoinette, impassible, montra une charmante liberté d'esprit. A plusieurs reprises elle dit à Pascal :

— La Neuville est bien près de Paris. Vous reviendrez nous voir?

Elle parlait avec une gaieté singulière qui mit des larmes dans les yeux du jeune homme. Sentant qu'il allait ne plus pouvoir dominer son émotion, il gagna le perron, et y fut rejoint par M. de Croix-Mesnil. Mademoiselle de Clairefont les suivit du regard avec surprise, et, se levant vivement, elle s'approcha d'une fenêtre.

Le baron et Pascal longèrent lentement la plate-bande de fleurs. M. de Croix-Mesnil, du geste, désigna un banc de pierre adossé à la muraille, et Pascal s'y laissa tomber. Bientôt ils parlèrent avec animation.

Antoinette, prise d'une inquiétude irraisonnée, devint un peu pâle. Elle pensa :

— Que peuvent-ils avoir à se dire?

Au-dessus des deux jeunes gens, la fenêtre de la chambre de Robert s'ouvrait, protégée contre le regard par les persiennes. De là on pouvait tout entendre. Une rougeur ardente monta aux joues de la jeune fille, et ses yeux brillèrent de curiosité. Mais écouter, ne serait-ce pas très mal? Antoinette, entraînée par un violent désir de savoir, déjà s'était élancée hors du salon, et, sans répondre à son frère qui lui criait : « Où vas-tu? » elle se dirigeait vers la tourelle. Légère comme une biche, elle escalada l'escalier et poussa la porte de la chambre. La fenêtre était entre-bâillée. Silencieuse, retenant son souffle, elle pencha son visage vers les minces lames de bois, et, passionnée, écouta les voix qui montaient, distinctes et nettes, de la terrasse.

— Tout ce que vous avez fait pour elle, disait Croix-Mesnil, j'avais rêvé de l'accomplir... Je vous ai ardemment envié, mais pas un instant je ne vous ai haï... Je vous sentais trop nécessaire.

— Hélas! maintenant c'est fini! répondit douloureusement Pascal... Et, de nous deux, celui qui est enviable, c'est vous, puisque vous restez.

— Pourquoi partez-vous? demanda doucement Croix-Mesnil.

— Je pars, reprit Pascal avec une violence soudaine, parce que rester est au-dessus de mes forces, parce que chaque jour augmente ma tendresse et redouble mon désespoir, parce que je ne sais rien de plus horrible que d'avoir rêvé le bonheur et de ne pas l'obtenir, parce que... Eh! à quoi bon vous dire tout cela? Vous devez me comprendre, puisque vous l'aimez comme moi, et que, comme moi, elle ne vous aime pas!

— Elle ne m'aime pas, c'est vrai, répéta le baron. Mais vous...

Il poussa un profond soupir, puis, d'une voix altérée :

— Mais, vous, Pascal, elle vous aime.

— Que dites-vous?

— Je dis ce qui est vrai, ce qui est juste, ce qui est digne! Oh! combien vous êtes heureux d'avoir pu vous dévouer et vous sacrifier pour elle! Son cœur est un trésor, et il vous appartient. Croyez-en un homme aimant, dont la clairvoyance n'a pu être trompée, qui s'est plu à acquérir la certitude de son malheur et qui en a horriblement souffert. Elle vous aime, et elle le doit, et elle est trop noble, trop grande, trop généreuse, pour ne pas vous aimer. Si elle ne vous aimait pas, elle ne serait pas la femme qu'elle est. Allez, réjouissez-vous, et ne partez pas : elle vous aime!

Pascal prit la main de Croix-Mesnil et la serra.

— Votre peine me fait mal, dit-il avec un accent profond.

— Non! ne regrettez rien! Ce qui est devait être. Il eût été bien désolant qu'il en fût autrement. A une âme comme la sienne il fallait un cœur comme le vôtre. Vous seul pouviez la rendre heureuse, et c'est ma seule espérance, c'est l'unique consolation que je veuille emporter. Je l'ai chérie pour elle, et non pour moi-même, et je crois en donner la preuve en vous parlant comme je le fais...

Pascal hocha tristement la tête.

— Entre elle et moi, il y a un abîme. Je m'appelle Carvajan...

— Vous vous appelez : l'homme qu'elle aime, dit Croix-Mesnil.

Ils restèrent absorbés pendant un temps assez long, suivant chacun leurs pensées, puis ils se levèrent.

— Je n'ai pas annoncé mon départ, dit le baron, et cependant je partirai demain, moi, et pour ne plus revenir. Disons-nous adieu. Je ne vous souhaite rien : vous avez tout. Mais vous, souhaitez-moi d'oublier.

Pascal ne répondit pas. Il ouvrit ses bras. Croix-Mesnil s'y jeta. Et ces deux rivaux s'étreignirent comme deux frères.

Derrière la persienne, Antoinette se tenait debout, immobile. Les jeunes gens s'étaient éloignés qu'elle restait encore là, comme si le son de leurs paroles vibrait encore à son oreille. Elle se retourna, vit la chambre qui s'étendait obscure devant elle, et, avec un tressaillement, se rappela ce jour si triste où elle s'était enfermée là pour lire la première lettre de la tante Isabelle. Elle retrouva toutes ses impressions, toutes ses craintes, toutes ses espérances. A cette table, elle s'était accoudée, dans un complet anéantissement moral et physique. Le papier de ce buvard gardait la trace de ses larmes. L'horizon était bien noir alors, et maintenant il était bleu et riant ! En quelques semaines, par la toute-puissante volonté d'un homme amoureux, tout avait été sauvé. Comme un écho des soupirs passés, un vague murmure se fit entendre dans l'ombre, et, avec une ardente reconnaissance, Mademoiselle de Clairefont, joignant les mains, s'écria d'une voix étouffée :

— Mon Dieu ! combien je vous remercie !...

Elle passa son mouchoir sur son visage, et sortit. Quand elle revint dans le salon, la tante Isabelle, qui avait le regard perçant, remarqua que la jeune fille avait les yeux rouges comme si elle venait de pleurer. Elle en fut presque heureuse. L'impassibilité de sa nièce la confondait.

Le dîner se traîna morne, malgré les tentatives de Robert pour animer la conversation. Chacun des convives était absorbé par de graves préoccupations, et ne prêtait aux propos échangés qu'une oreille distraite. Pendant la soirée, Antoinette se mit au piano, et, pour la pre-

EDMÉE ASSISTAIT SANS Y RIEN COMPRENDRE AUX CRISES DE SA MÈRE
(PAGE 1388)

mière fois, chanta devant Pascal. Elle avait une voix de mezzo-soprano, aux notes puissantes et pures. Elle choisit, comme au hasard, l'admirable air de la *Reine de Saba*, et fit frissonner le jeune homme par l'expression triomphante et passionnée qu'elle mit dans la reprise :

> Plus grand dans son obscurité
> Qu'un roi paré du diadème,
> Il semblait porter en lui-même
> Sa noblesse et sa majesté !

Elle lui adressa visiblement ces paroles. Elle l'en enveloppa comme d'un manteau de pourpre, et l'en orna comme d'une couronne. Pendant une minute, leurs deux âmes furent en contact, et il parut que quelque chose d'elle allait vers lui. Un nuage passa sur les yeux de Pascal. Quand il put regarder et voir, la jeune fille avait attaqué, avec un brio plein d'indifférence, l'air célèbre du *Barbier*: « Una voce poco fa... » et elle vocalisait avec une sûreté qui démentait toute émotion.

Pascal eut un accès de désespoir. Il se dit : « Je suis lâche de rester là à me faire déchirer le cœur, comme à plaisir. M. de Croix-Mesnil se trompe, et moi-même je perds la raison. Allons ! une minute de résolution. Partons, et que ce soit à jamais fini ! » Il se leva vivement, et, allant à la tante de Saint-Maurice :

— Je vous prie de m'excuser, Mademoiselle : j'ai encore beaucoup de préparatifs à faire... Il faut que je me retire...

— Comment ! déjà ? demanda la vieille fille. Mais, au moins, nous vous verrons encore demain ?

— Je ne crois pas, répondit-il d'une voix tremblante... A mon grand regret...

— A quelle heure partez-vous ?

— A deux heures.

— J'irai donc vous dire adieu, demain matin, s'écria Robert. Je déjeunerai avec vous, chez notre cher ami M. Malézeau...

— Adieu, Monsieur le marquis, adieu, Mademoiselle, balbutia Pascal.

— Souvenez-vous, dit le marquis, qu'à Clairefont, vous serez toujours chez vous.

Le jeune homme s'inclina sans répondre ; un flot amer lui montait du cœur aux lèvres.

— Adieu, répéta-t-il.

La main d'Antoinette se tendit. Il la serra, et la trouva tiède et douce quand la sienne était glacée. Il jeta à celle qu'il adorait un regard désolé ; il lui découvrit dans les yeux un rayon de tendresse et de pitié. Elle semblait lui dire :

— Mais ose donc, pauvre sot, tombe à mes pieds, crie, pleure, mais agis ! Ne sais-tu donc rien deviner ?

Pascal serra les poings avec colère : « Si elle ne fait pas les premiers pas, c'est qu'elle a plus de fierté que de tendresse, et alors je dois la fuir. »

Un adieu, qui ressemblait à un sanglot, tomba de nouveau de ses lèvres. Il saisit le bras de Malézeau, et l'entraîna. Il ne reprit possession de lui-même qu'au milieu de la côte de Clairefont, bercé par le mouvement du cabriolet du notaire. Il aperçut les lumières du château qui se perdaient dans les arbres, et, avec un horrible déchirement, il comprit que tout était fini.

Arrivé chez Malézeau, il serra silencieusement la main de son ami, et monta s'enfermer dans sa chambre. Là, il eut un accès d'horrible désespoir. Il ne voyait plus s'ouvrir devant lui qu'une existence inutile et vide. Pour qui ferait-il des efforts désormais, pour qui rêverait-il la fortune et la renommée ? Un amour immense et désespéré avait tout envahi, âme et corps, en lui Antoinette devait être sa pensée unique et dévorante. Il poussa des cris de rage, et se répandit en blasphèmes. Il maudit le jour où il était revenu dans ce pays où le malheur l'attendait. Il appela, avec un accent déchirant, la jeune fille. Il lui adressa les reproches les plus cruels. Elle l'avait ensorcelé pour le mieux perdre. Et, maintenant qu'il ne pouvait plus la servir, elle le rejetait avec dédain. Puis il fit un retour sur lui-même, et eut honte de ses violences. Il demanda pardon à celle qu'il adorait. Il s'accusa de l'avoir mal jugée. Elle ne lui avait jamais fait aucune promesse. Ses espérances, ses illusions, elle ne les avait pas encouragées. N'était-il pas encore trop heureux d'avoir pu se dévouer pour elle ? Croix-Mesnil était jaloux même de ce bonheur ! Il s'écria dans le silence : « Non ! tu ne me devais rien, j'étais ton serviteur, ta créature. Tout de moi t'appartenait... Tu as disposé de ton bien !... Et la joie que j'ai eue à te le donner a été ma récompense... Je t'aime et je te bénis, jusque dans les souffrances que tu me causes ! »

La nuit s'écoula pour Pascal dans ce désordre et dans ces angoisses. A l'aube il retrouva un peu de calme. Le jour renouvela ses tortures. Il n'avait plus que quelques heures à respirer le même air qu'Antoinette. Le cœur serré, il descendit dans le cabinet de Malézeau. Le notaire était absent. Pascal écrivit quelques lettres, et, vers dix heures, se disposa à aller rue du Marché, faire, ainsi qu'il l'avait promis, ses adieux à son père. En marchant, il passa devant une glace. L'image qu'il y vit lui fit pitié. Il adressa un sourire d'encouragement à ce malheureux qui le fixait de ses yeux creusés par la douleur. En proie à une torpeur qu'il ne pouvait vaincre, il s'arrêta, devant la fenêtre qui donnait sur le jardin, à regarder, par-dessus les toits des maisons voisines, la colline de Clairefont qui s'étageait, blanche, couronnée de noires futaies. Dans ce domaine, Antoinette était maintenant en sûreté. Il avait brisé les haines, annihilé les convoitises. Elle serait heureuse et libre. Et c'était à lui qu'elle le devrait. Une sensation d'une douceur exquise rafraîchit son cœur.

— Qui sait ? se dit-il, peut-être arriverai-je à transformer mon amour en de la simple amitié, et je la reverrai alors sans danger. Oh ! la revoir !... La revoir ! Lâche que je suis, c'est mon seul rêve, et je tente vainement de me tromper moi-même !...

Il prit sa tête dans ses mains, et essaya d'éloigner ces pensées qui le torturaient. Il resta quelques minutes ainsi, prêtant l'oreille aux bruits extérieurs, et s'efforçant de ne plus voir ce fantôme charmant qui hantait perpétuellement son souvenir. Il lui sembla que la porte de la maison venait de s'ouvrir, il distingua des pas, et, dans le vestibule, la voix de Malézeau dit : « Il est dans mon cabinet. »

Pascal ressentit une violente commotion, son cœur battit avec force. Qui donc venait pour lui ?

La porte s'ouvrit, le notaire parut, et, ainsi que le jour mêmorable où il était entré dans le cabinet de Carvajan, il dit :

— J'ai là une dame qui désirerait vous parler !

Pascal poussa un cri et s'élança. Antoinette était devant lui, vêtue de la même robe, coiffée du même chapeau qu'elle portait lorsqu'elle s'était présentée pour intercéder en faveur de son frère. Elle était aussi pâle, mais ce n'était pas de douleur et de crainte. Ils restèrent un instant à se regarder, elle souriante, lui tremblant. Enfin elle dit avec une grâce adorable :

— Une fois encore, il faut que je vienne à vous. Seulement, aujourd'hui, ce n'est pour mon frère seul que je veux vous parler... C'est pour tous les miens. Vous avez entrepris d'assurer notre bonheur. Eh bien, il faut que vous le sachiez, votre œuvre est incomplète. Robert est triste, ma tante se désespère, en pensant qu'ils ne vous verront plus...

Elle fit un geste de charmante coquetterie.

— Que faudrait-il donc pour vous décider à rester ?... Si vous n'êtes pas trop exigeant, peut-être pourrons-nous vous satisfaire...

Comme il restait éperdu, n'osant pas comprendre, ayant peur de parler, mademoiselle de Clairefont fit un pas vers lui, et, avec une tendresse profonde :

— Vous avez un jour, pour moi, sacrifié votre présent, votre avenir, donné votre vie tout entière. Voulez-vous, en échange, accepter la mienne ?...

Pascal poussa un cri, ses yeux s'obscurcirent, il tendit vaguement les bras, il sentit sur ses lèvres les cheveux doux et parfumés d'Antoinette, une ivresse triomphante le saisit, et il lui sembla qu'il était emporté en plein ciel.

. . . .

. . . .

. . . .

Pascal et sa femme se sont installés à Paris : ils passent tous les ans l'été à Clairefont. Le jeune avocat a remporté de brillants succès, et, cédant aux sollicitations de ses amis, il s'est présenté à la députation. Sourdement appuyé par son père, il a été nommé avec une écrasante majorité. Robert, tout à fait rangé, travaille sérieusement, et il est question pour lui d'un mariage avec mademoiselle de Saint-André l'aînée. La Grande Marnière, habilement dirigée, est devenue une mine d'or. Le brûleur du marquis y a été installé et donne d'excellents résultats. Antoinette, heureuse, a eu la générosité d'oublier le mal que son beau-père a fait tous les siens. Mais elle ne le voit pas et ne parle jamais de lui. Le jour où le tyran mourra, avec sa succession une belle maison de retraite pour les vieillards sera construite à La Neuville. En attendant, le bonhomme se porte très bien et continue les affaires. Lorsqu'on lui parle de la prospérité prodigieuse de l'exploitation conduite par Pascal, le banquier hoche la tête et dit :

— Oui, c'est très beau, mais, pour remettre tout sur pied, il fallait un Carvajan.

LES BATAILLES DE LA VIE

LES
DAMES DE CROIX-MORT

I

A trois kilomètres de Clairefont, à la lisière de la forêt de La Vieuville, sur un coteau, s'élève le château de Croix-Mort, entouré d'un parc de cinquante hectares, que traverse la Divonnette. C'est une belle construction de style Louis XIII surmontée d'un beffroi, dont la cloche sonne mélancoliquement les heures. Un perron à double révolution conduit au vestibule meublé de banquettes et de bahuts en bois sculpté, et orné de têtes de cerfs et de sangliers, souvenirs cynégétiques, que le comte de Croix-Mort se plaisait à conserver. Au plafond, dans des caissons de pierre, sont peintes les armes parlantes de la famille : une tête de mort sur champ d'argent, avec cette devise: « Pour la croix. »

Dans cette vaste demeure, la comtesse Régine, au lendemain de la mort de son mari, était venue s'installer avec sa fille Edmée, afin de rétablir sa fortune gravement compromise par les folies du défunt. Le comte, homme très séduisant, beau danseur, élégant cavalier, avait rendu sa femme assez malheureuse. Viveur incorrigible, il était de ces maris qui, ternes dans leur intérieur, sont étincelants dans le monde. Tous les trésors de son esprit, il les réservait pour les étrangers, et n'avait eu vraiment le cœur tendre que pour les femmes des autres.

Régine, élevée par une tante pieuse dans la rigueur d'une vie claustrale, avait accepté l'offre d'épouser M. de Croix-Mort, comme un prisonnier adopte un plan d'évasion. Pour elle, le mariage fut la liberté. Sa jeune imagination rêva tout un avenir de fêtes en compagnie de ce charmant homme dont la grâce souriante et la gaieté fière eurent pour elle, naïve et ignorante, des séductions souveraines. La vie lui sembla s'annoncer comme un délicieux mélange de devoirs faciles et de plaisirs exquis. Bientôt elle dut se convaincre que son mari avait fait, de son autorité privée, un partage dans lequel il lui avait laissé, à elle, tous les devoirs, et s'était réservé, à lui, tous les plaisirs. Au bout de quelques mois, la comtesse devint grosse et se confina dans la retraite. Le comte, le cœur léger, ayant satisfait aux exigences conjugales, se considéra comme quitte envers sa femme, et se remit à papillonner. Cette existence de mari garçon lui parut très douce. Il s'habitua à laisser la comtesse à la maison. « C'est un esprit grave, pensa-t-il, et les frivolités du monde ne sauraient trouver grâce à ses yeux. Il vaut mieux qu'elle reste dans la dignité austère de la retraite qui lui plaît. »

S'étant donné de si bonnes raisons, le comte ne crut pas utile d'en donner à sa femme. Le respect qu'il avait pour elle augmenta. Mais ses escapades ne diminuèrent pas. Il eut des aventures retentissantes, sauta la nuit par des fenêtres, se battit en duel pour une

MADAME DE CROIX-MORT REGARDA FERNAND AVEC HAUTEUR
(PAGE 1391)

écuyère de cirque, perdit deux cent mille francs au bésigue chinois
en une soirée, enfin donna l'exemple de la haute vie jusqu'au jour
où, dans un steeple-chase à la Marche, un désaccord s'étant produit
entre lui et son cheval, devant le petit mur de la piste, il fut rapporté
sur une civière, la colonne vertébrale cassée, et sa pauvre cervelle
de fou hors de la tête. Sa veuve le pleura amèrement, et, l'ayant si
peu connu, le regretta fort. Ses obsèques furent magnifiques. Et,
pour la première fois, il coûta utilement de l'argent à sa famille.

Madame de Croix-Mort, enfermée dans le château patrimonial,
ne s'y ennuya pas plus qu'en son hôtel du faubourg Saint-Germain.
Elle s'était faite à la solitude. Sa mélancolie habituelle devint plus
douce et perdit cette pointe d'aigreur jalouse que l'animation des
autres femmes lui donnait. Elle fut pénétrée par la tranquillité
engourdissante de la nature, et les rancunes de son âme s'apaisèrent.
Elle se consacra à l'éducation de sa fille, et se proposa d'en faire
une femme à l'esprit sérieux, au cœur simple. Mais Edmée n'avait
pas que le sang calme de sa mère dans les veines : elle avait aussi,
et dominant, le sang impétueux de son père. Dès le début, la
comtesse comprit qu'elle se trouvait en face d'une vraie Croix-
Mort, et que les difficultés de sa vie conjugale allaient se continuer
dans sa vie maternelle.

C'était un diable en jupons que cette Edmée, « un garçon
manqué », disait l'abbé Levasseur, le vieux curé de Clairefont, qui
avait promptement pris ses habitudes au château, et retrouvé, par
une intuition, en quelque sorte sacerdotale, le fauteuil même où
son devancier avait, le dimanche, pendant tant d'années, digéré, au
coin de la cheminée du petit salon, les excellents dîners de la précédente comtesse. Un saint homme que ce prêtre en cheveux blancs,
qui courait les routes de campagne du matin au soir, après sa messe,
pour encourager les malheureux et secourir les pauvres. Il vivait
dans sa modeste cure avec son père, ancien peintre sur verre,
trop artiste pour avoir su faire fortune et qui, de ses doigts tremblants de nonagénaire, réparait les vitraux de l'église très ancienne,
cassés par le vent d'hiver, vieux pansant les blessures d'une vieille.

Le curé, qui ne pouvait venir à bout de la petite fille quand il lui donnait sa leçon au château, avait exigé qu'on la lui amenât à Clairefont. Et, dans la salle basse du presbytère, il s'évertuait à faire entrer quelques règles de syntaxe dans la tête de l'enfant, qui, distraite, regardait, par la fenêtre encadrée du feuillage des espaliers, dans un coin de ciel bleu, le vol capricieux et strident des hirondelles.

— Allons, Edmée, vous ne m'écoutez pas... bougonnait le professeur.

— Mais si, Monsieur le curé... Vous avez dit : « Le participe passé prend toujours l'accord quand il est précédé du verbe être.

Et l'abbé Levasseur, avec un regard attendri :

— Quel dommage que vous ne puissiez pas concentrer un peu plus votre attention !... Vous êtes si bien organisée... Voyons un peu maintenant nos verbes irréguliers...

Mais, dans la pièce voisine, grinçait le diamant du nonagénaire taillant des carrés de verre, et l'imagination de l'enfant s'égarait dans les paradis éclatants peuplés de saints et de vierges nimbés d'or, peints sur les vitraux du vieil artiste. Alors le curé, en soupirant, fermait son livre, renonçait à ses analyses grammaticales, et rendait la liberté à son élève qui s'élançait dans l'atelier où, sur un établi, le verrier assemblait les losanges d'une rosace, soudant les lamelles de plomb, et clignant de l'œil pour juger de l'effet d'une figure. Edmée, immobile, retenant son souffle, le regardait travailler, et le vieux, flatté, prenait un pinceau, des couleurs, et apprenait à la petite fille à copier des arabesques. Elle restait là des heures, silencieuse, se tachant horriblement les mains, mais passionnée, heureuse, et faisant d'étonnants progrès. Il y avait dans l'atelier, accroché au mur blanc, un petit vitrail de la renaissance italienne représentant une tête de saint Michel aux yeux bleus, aux longs cheveux blonds déroulés sous une toque de velours grenat, le collier d'or sur un pourpoint de drap d'argent. Devant cette charmante figure, Edmée tombait en extase. Le vieux verrier, un jour, dit gaiement au curé que l'enfant en était amoureuse. A quoi le prêtre répondit en rougissant :

— père, ne dites pas, même en riant, de pareilles choses.

— Ce saint Michel est assez beau pour frapper l'esprit, l'abbé ; c'est un des rares morceaux qu'ait peints sur verre Annibal Carrache... Il a été enlevé au palais Doria par notre oncle, pendant le siège de Gênes, sous Masséna... C'est grand comme les deux mains, et ça vaut gros d'argent !

— Eh bien ! de crainte qu'il ne se casse, enfermez-le dans une armoire... Ainsi mademoiselle de Croix-Mort ne le verra plus...

Le lendemain, Edmée, en arrivant, ne trouva plus le saint Michel. Elle interrogea du regard le curé et son père, et, les voyant silencieux, elle pinça les lèvres et se tut. Mais elle fit du bel Italien une très exacte copie, de mémoire.

En tout, son naturel ardent et passionné se manifestait. Elle aimait à voir galoper les poulains dans les herbages du domaine, et, pour activer leur course, elle criait à tue-tête : « Ho ! ho ! » en claquant des mains, comme ont coutume de faire les maquignons à la foire. Un jour on la surprit, sa robe troussée comme un pantalon turc, cavalcadant sur une jument, sans selle, sans bride, ayant pour tout soutien la crinière. En apprenant ce bel exploit, la comtesse resta toute pâle, joignit les mains et murmura à voix basse : « Comme son père... »

— Notre chère enfant n'est pas de son siècle, Madame la comtesse, dit l'abbé Levasseur ; elle eût fait une superbe guerrière avec Clorinde, ou une admirable frondeuse avec madame de Longueville. Mais aujourd'hui, pour les femmes, il n'y a plus de lances à rompre, ni d'intrigues politiques à emmêler... L'aiguille à tapisserie... et *Télémaque*, voilà ce qui convient aux jeunes filles...

Ce qui convient n'est malheureusement pas toujours ce qui plaît. Et quand elle n'était pas occupée à peindre des archanges, Edmée gagnait le large et s'en allait courir les bois et les plaines avec le garde Jean Billet, homme de confiance qui avait fait la guerre avec le comte, et réunissait en sa personne massive et rougeaude tous les défauts et toutes les qualités de la race picarde. Il était défiant, rageur, honnête et dévoué. Les Billet servaient les Croix-Mort depuis

trois générations, et, peu à peu, le domaine était devenu leur propriété. Ils l'avaient prescrit par le dévoûment. Ils disaient : nos bois,
nos champs, nos foins. Chasseurs enragés, de père en fils, ils terro-
risaient les braconniers. Billet, le grand-père, gaillard d'une force
herculéenne, avait inventé, pour dégoûter les gars du canton de
venir lui prendre ses lièvres au collet, un procédé plus simple et
plus expéditif que le procès-verbal. Il posait son fusil le long d'un
fossé, tombait à bras raccourcis sur le délinquant, et le « quittait »
à moitié assommé. Ces traditions de justice sommaire s'étaient
perpétuées dans la famille, et, autour de Croix-Mort, quand un
homme portait quelque trace de horion sur la figure, on disait en
manière de plaisanterie :

— Il a rencontré Billet !...

Le dernier de cette race autoritaire ne s'était pas marié. Il se
montrait d'humeur plus brusque encore que ses ascendants, et
vivait solitaire dans une petite maison blanche couverte en tuiles
rouges, au bord du taillis, n'ayant pour compagnie que ses deux
griffons et son chien d'arrêt. Depuis le matin jusqu'au soir, il parcourait la propriété. toujours sous bois, pour n'être pas vu et mieux
voir, choisissant la pièce à tuer, et n'étant jamais obligé, tant il
tirait juste, de la redoubler d'un second coup de sa « pétoire ». Il
appelait ainsi amicalement son fusil.

Ce sauvage ne s'était laissé apprivoiser que par la petite Edmée.
A l'enfant il avait voué un culte. Elle avait une façon de lui dire :
« Mon vieux Billet » qui lui retournait le cœur. L'ayant entendue se
plaindre d'avoir froid par un rude temps de neige, il avait passé
vingt nuits à l'affût, au bord d'un trou fait dans la glace de l'étang,
pour lui tuer des loutres. Et il était venu triomphant, un matin,
apporter une précieuse garniture de manteau.

Lorsque Edmée s'échappait par la petite porte du parc, elle jetait,
en arrivant aux bois, trois appels stridents avec le sifflet d'argent
qui servait autrefois à son père, et s'asseyait au pied d'un arbre. Au
bout de quelque temps, elle entendait craquer une branche morte
dans le gaulis, comme sous le pas furtif d'un chevreuil, et, se glis-

sant à travers les cépées, apparaissait Jean Billet empressé à venir
au-devant de l'enfant. Alors ils s'en allaient de compagnie, non plus
sournoisement, comme il en avait l'habitude, à l'abri des futaies, ou
derrière le rideau verdoyant des branches, mais sous le ciel clair,
dans la gaieté épanouie des champs. Ils visitaient les pièges tendus
pour les putois et les fouines, guettaient la sortie des lapins, les
courses folles des lièvres au bouquinage, ou comptaient les œufs dans
les nids de perdrix. Et le soir, à l'heure du dîner, Edmée rentrait,
brisée d'une bonne fatigue, rapportant l'odeur du thym foulé à la
semelle de ses bottines, escortée par la farouche Billet qui courbait
le dos humblement sous les reproches de la comtesse, irritée de voir
cette grande fille de quatorze ans polissonner à travers les broussailles, au lieu de garder, au salon, un maintien convenable et
réservé.

La comtesse avait vu Edmée grandir, sans éprouver cette joie
profonde des mères qui, dans l'enfant mûrie peu à peu et formée,
découvrent une charmante compagne. Entre elle et sa fille il ne
devait jamais exister d'intimité. Trop de dissemblance dans les
sentiments et dans les goûts les séparait. Madame de Croix-Mort,
esprit sentimental et rêveur, ne pouvait trouver aucun point de
contact avec Edmée, esprit positif et précis. La mère, alanguie et
nerveuse, passait son temps étendue sur une chaise longue, à lire
des romans, ou à faire le compte des déceptions que, jusqu'ici, la
vie lui avait offertes. La fille, active et de sang riche, trouvait la
lecture une occupation assommante, avait l'horreur de toute poésie
factice, mais l'adoration de la simple nature.

A l'enfant un père manquait. Un père qui l'eût emmenée avec lui
à la ville, dans sa voiture, qui l'eût accompagnée à cheval, qui se fût
montré enfin tendre pour se faire aimer, et autoritaire pour se faire
craindre.

Edmée, dans ce désert de Croix-Mort, entre sa mère, froide et
langoureuse, le bon curé, un peu borné et toujours digérant, et Jean
Billet, espèce de loup domestiqué, mais rude et grossier, n'avait pas
trouvé l'emploi de ses facultés aimantes. Elle s'était repliée sur elle-

même, avait vécu matériellement, plutôt que moralement, et mérité l'épithète de petite sauvage que la comtesse lui appliquait dédaigneusement quand elle la voyait revenir les cheveux en désordre et la robe déchirée. Cependant, Edmée avait de soudaines explosions de tendresse qui la faisaient se jeter sur sa mère avec des baisers violents et des caresses brutales qui choquaient madame de Croix-Mort plus que l'indifférence habituelle de l'enfant.

— Quelles détestables manières ! s'écriait-elle avec dédain, en rajustant sa robe fripée par l'impétueuse effusion de sa fille. On voit bien que vous vivez dans les bois, avec les bêtes !

Edmée restait confuse, les joues rouges et les yeux pleins de larmes, sentant au dedans d'elle son petit cœur qui se gonflait de tristesse.

A quatorze ans elle fit sa première communion, et toute une révolution s'opéra dans son esprit. La foi s'empara d'elle, et elle se livra à la dévotion avec l'ardeur qu'elle portait en tout. Elle eut une véritable crise de mysticisme, ne pensant plus qu'à Dieu, à la Vierge et à Jésus. Elle demanda, comme une grâce, qu'on remît en état l'oratoire du château, et, pendant des heures entières, elle resta à genoux, en adoration devant une statue de plâtre colorié, représentant la Sainte Mère portant l'enfant divin dans ses bras. Elle dévora les Évangiles, apprit son catéchisme, se montra aussi appliquée qu'elle avait été dissipée, et stupéfia tout son entourage par la persistance de son zèle. La rebelle, « le garçon manqué », devint un modèle de sagesse et de soumission. La comtesse n'en revenait pas, et le curé disait, en levant les yeux au ciel :

— Positivement, elle a la grâce. Dieu a fait pour nous un miracle.

Billet, qui n'était rien moins que pratiquant, prétendant qu'un bon garde ne doit pas plus aller à l'église qu'au cabaret, parce que, pendant ce temps-là, les mauvais gars ont le temps de poser des collets, grognait de ne plus voir sa jeune maîtresse :

— Ils l'étiolent à lui faire tenir toute la journée des livres entre les doigts, et il serait meilleur pour sa santé de battre les bruyères avec moi, que de chanter des cantiques avec le « petit noir ».

C'était ainsi, fort irrévérencieusement, à cause de sa soutane, que Billet désignait le curé.

Mais il était tout à fait abandonné, et son humeur en était devenue plus féroce. Il n'avait plus la moindre tolérance pour les gens du pays ; et un homme de La Vieuville ayant été surpris par lui, plumant les bouleaux pour confectionner des balais, il l'avait attaché à un arbre pendant huit heures, en lui faisant croire qu'il le laisserait là mourir de faim.

Le jour de la première communion, pourtant, Billet céda à la tentation d'aller à Clairefont voir la jeune demoiselle dans sa robe de mousseline, avec son voile blanc sur la tête. Il mit une blouse neuve, quitta ses grandes guêtres de cuir, accrocha sa pétoire au râtelier, pour la première fois, depuis qu'il était garde, et, au grand étonnement de la population, traversa le bourg et entra dans l'église. Il se tint, pendant toute la première partie de la cérémonie, droit et raide auprès d'un pilier. Mais quand il entendit, dans le grand silence recueilli, la voix d'Edmée prononçant les vœux du baptême, il fut pris d'un tremblement, sa forte poitrine se souleva, et, avec un mugissement de taureau, il se laissa tomber à genoux sur la dalle, sa barbe rude inondée de larmes. Il resta ainsi jusqu'à la fin de l'office, n'osant regarder personne, comme honteux de lui-même. Quand tout le monde se fut éloigné, et qu'il vit l'église silencieuse et vide, il en fit le tour, examina avec une curiosité de Huron les objets du culte, les tableaux saints, puis il sortit, la tête basse, et reprit le chemin des bois.

A compter de ce jour, Edmée ne grimpa plus dans les arbres pour cueillir des fruits verts. On ne la vit plus courir à perdre haleine dans les allées du parc, comme poursuivant une proie imaginaire. Elle se coiffa, sinon avec coquetterie, du moins avec régularité, soigna ses mains qui étaient un tant soit peu calleuses, tailla ses ongles qui ressemblaient à des griffes de chat sauvage, assouplit sa démarche garçonnière, et eut définitivement assez bien l'air d'une demoiselle.

Madame de Croix-Mort contempla avec stupéfaction le papillon qui sortait de cette laide chrysalide. Elle dut s'avouer même que la

FERNAND LISAIT LES PROMESSES DE MARIAGE (PAGE 1400)

petite bête n'était point sans agrément, et que, gauche encore, elle
promettait d'avoir de la grâce.

Elle en conçut un secret dépit. Elle s'était habituée à être la seule
femme du château. Et, quoiqu'elle n'eût que son bon curé pour lui
faire la cour, cependant elle tenait à sa souveraineté. La triomphante
métamorphose d'Edmée bouleversait tout. Et la mère et la fille
allaient élever pouvoir contre pouvoir. Le « petit noir », comme
disait Billet, image du peuple, tiraillé entre ces deux partis, devait
ressentir et supporter tous les contre-coups de la lutte.

II

À trente-sept ans, la comtesse Régine était encore charmante. Sa beauté blonde s'était conservée, un peu affadie et décolorée dans la solitude, comme une fleur entre les pages d'un livre. Ses stations prolongées sur sa chaise longue lui avaient valu un peu plus d'embonpoint qu'il n'eût été désirable. Mais sa taille était restée fine, et ses épaules étaient d'une ampleur superbe. C'était un admirable fruit mûr, que cette veuve qui n'avait été mariée que juste le temps de devenir mère.

Pendant les longues soirées en tête à tête avec le curé, remplies par d'interminables monologues que le prêtre ne coupait que d'un respectueux : « oui, Madame la comtesse », comme s'il disait « amen » en servant la messe, madame de Croix-Mort philosophait à perte de vue sur la condition de la femme dans la société, sur le mariage et sur l'amour. Le bon curé baissait quelquefois le nez avec une rougeur pudique lorsque la comtesse se laissait aller à des considérations sentimentales un peu vives. Il faisait entendre une petite toux discrète, en manière de rappel à l'ordre. A ce signal d'alarme, la belle Régine revenait à des doctrines purement idéalistes, et, sur ce terrain neutre, le prêtre rassuré se retrouvait en communauté d'opinions avec la châtelaine.

Un esprit plus pénétrant que celui du brave homme eût vite discerné tout ce que contenaient d'amertumes secrètes et de violents regrets les amplifications philosophiques de la comtesse. Nier la passion, n'était-ce pas avouer qu'on ne l'avait jamais connue, et qu'on en était désespérée? Arrivée à la maturité, sentant la jeunesse la fuir, madame de Croix-Mort faisait de nécessité vertu. Immobile, elle proscrivait le mouvement. Mais de vagues aspirations la troublaient. et elle connaissait des heures fiévreuses où toutes les tendresses inassouvies qui étaient en elle se révoltaient, et la laissaient, après de violentes agitations, comme morte, dans un accablement moral et physique très douloureux. Ses nerfs étaient tendus à se briser, et, toute en sueur, elle étouffait, avec la sensation d'une boule qui lui montait dans la gorge. Elle restait alors un ou deux jours sans descendre de sa chambre. Puis elle reparaissait, les yeux battus, le teint pâle, la démarche languissante, et s'excusait en disant qu'elle avait eu la migraine.

Edmée assistait, sans y rien comprendre, aux crises de sa mère. Robuste et sanguine, elle s'étonnait qu'on pût tant souffrir des nerfs, et se tordre en soupirant, pendant des heures, sur un canapé. Elle passait, silencieuse et grave, dans la chambre de la comtesse, s'informait de sa santé, recueillait un « laisse-moi » gémissant, et, devinant qu'elle était plutôt importune qu'agréable, elle se retirait dans un petit coin du rez-de-chaussée, où elle avait installé un atelier de peinture.

Souvent, sous la fenêtre, un pas lourd faisait crier le gravier. C'était Jean Billet qui, sous prétexte d'apporter du gibier au château, venait quêter un regard de sa jeune maîtresse. Il s'arrêtait en plein soleil, et, tortillant entre ses gros doigts sa cape de drap bleu:

— Est-ce que vous ne faites pas un petit tour aujourd'hui, mamzelle Edmée? Y a au bois des faisandeaux qui sortent d'éclore: c'est gentil tout plein à voir... Le terrain est sec... Le temps est doux... Est-ce que ça ne vous invite pas?

— Une autre fois, mon vieux Billet... Vois-tu, je suis très occupée aujourd'hui...

Et elle lui adressait un bon sourire, pour le consoler.

— Vous dites toujours ça, maintenant ! Ah ! je ne sais pas ce qu'ils vous ont donné à votre première communion... Mais, depuis ce jour-là, vous n'êtes plus la même. Vous n'aimez plus ni les champs ni les bois, et vous restez assise toute la journée sur une chaise... Aussi, faut voir quelles couleurs vous avez sur les joues ! Vous finirez par tomber malade...

— Non, je me porte bien. Tiens, si tu veux me plaire, tue-moi donc des geais ; je veux, avec les plumes bleues qu'ils ont aux ailes, garnir un écran pour le petit salon...

— Vous en aurez demain, mamzelle Edmée.

Alors le garde, un peu rasséréné en se voyant rattaché, par les liens intimes de l'obéissance, à celle qu'il adorait, s'éloignait à grands pas. Et, de loin, Edmée l'entendait qui fusillait les oiseaux criards dans les hêtres.

Il y avait quatre ans que mademoiselle de Croix-Mort était ainsi devenue une personne posée, et que sa mère, avec ses vapeurs, était devenue une personne fantasque. Le temps avait passé sur les habitants du château sans modifier leur état physique et moral. Seul le bon curé avait changé. Il s'assoupissait maintenant dans la journée, sans préjudice de ses petites somnolences d'après dîner.

La comtesse venait d'entrer dans sa trente-huitième année, et elle, autrefois la simplicité même, elle avait été prise d'une rage soudaine de coquetterie qui se traduisait par des robes ouvertes, des manches de tulle laissant voir les bras ronds et potelés, des petits souliers découvrant un pied chaussé de bas à jour. Et tout cela pour qui, en vérité ? Pour un saint homme qui y était insensible ; pour Edmée qui ne pouvait s'en émouvoir ? A moins que ce ne fût pour les oiseaux du ciel, ou pour l'être idéal qui se glissait, mystérieux, dans les rêves de la belle Régine.

On ne voyait, à Croix-Mort, personne, d'un bout de l'année à l'autre. La comtesse, dans les premiers temps de son veuvage, n'avait voulu faire aucune visite à ses voisins. C'étaient, d'ailleurs, de vieilles gens fort cérémonieux et très assommants, dont la fréquentation eût été une corvée. Pour les bourgeois de La Vieuville ou de Clairefont, madame de Croix-Mort en avait fait fi. Elles étaient donc là, comme deux Belles au Bois-Dormant, la mère et la fille, n'ayant pour Prince Charmant que le curé, qui ne les réveillait guère, quand, un après-midi, une voiture fit son apparition dans la grande allée de tilleuls qui conduit à la grille. En un instant tout le monde fut aux fenêtres, avec l'empressement curieux de sauvages voyant un navire inattendu venir du large.

La voiture était un très élégant phaéton attelé d'un bel alezan, qu'un jeune homme conduisait. Il lui fit décrire une courbe irréprochable sur le sable de la cour, jeta les guides à son domestique qui s'était précipité à bas du siège de derrière pour prendre la tête du cheval, et, s'avançant lentement, l'air irrésolu, comme s'il avait plus envie de s'en aller que d'entrer, il gravit les marches du perron, et pénétra dans le vestibule monumental. Un valet de chambre venant au-devant de lui, il prit une carte dans un portefeuille en maroquin, et, d'une voix bien timbrée, il dit :

— Demandez à madame la comtesse si elle veut me faire l'honneur de me recevoir.

Il fut introduit dans un petit parloir qui avait fort bon air, avec ses murs tendus de cuir de Cordoue et ses meubles en poirier sculpté. Dans un cadre noir le portrait d'un homme encore jeune, élégant et coquet, souriait vaguement, peint par Jalabert. Au haut de la toile l'écusson des Croix-Mort était frappé. Le visiteur l'examina distraitement et, se dandinant avec impatience :

— J'aime à croire, murmura-t-il, que cette bonne dame va m'expédier rapidement...

Il soupira comme quelqu'un qui s'ennuie beaucoup, et, allant à la fenêtre, il jeta sur la terrasse un regard indifférent. Ainsi en pleine lumière, c'était un très joli garçon blond, aux yeux bleus, à la barbe en éventail, vêtu avec beaucoup de recherche, chaussé et ganté comme un Parisien. Au premier abord, il paraissait avoir une trentaine d'années, mais, à y bien regarder, les petites rides des tempes, les brisures du tour de la bouche accusaient neuf ou dix ans de plus, dissimulés par des artifices de toilette.

La porte, en s'ouvrant, l'arracha à sa contemplation. Il se retourna et, se trouvant en face de madame de Croix-Mort, il s'inclina avec un sourire de satisfaction étonnée en découvrant que la « bonne dame », ainsi qu'il l'appelait, n'avait rien d'une douairière.

— Monsieur Fernand d'Ayères ? interrogea Régine en regardant la carte qu'elle tenait à la main.

— Oui, Madame la comtesse, votre voisin. J'habite, à quatre kilomètres d'ici, le château de La Vignerie. Vous sortez peu : moi, de mon côté, j'habite Paris les trois quarts de l'année. Aussi n'ai-je pas eu la bonne fortune de pouvoir me faire présenter à vous...

Madame de Croix-Mort regarda le beau Fernand avec hauteur. Ce « bonne fortune » lui avait mal sonné à l'oreille. Elle se retrouva, en un instant, armée en guerre par son éducation aristocratique, telle qu'elle était dix ans plus tôt, avant sa retraite dans ce château de province. Et, avec toute la morgue d'une grande dame qu'on dérange :

— Voudriez-vous bien, Monsieur, m'expliquer ce qui me vaut l'avantage de vous voir ?...

M. d'Ayères ne se décontenança pas, et, passant la main sur sa jolie barbe blonde qui brilla comme de l'or :

— Mon Dieu, Madame, cet avantage est bien mince, et soyez sûre que c'est contraint et forcé que je me permets de vous importuner... Voici le fait : je suis grand chasseur... et mes terres bordent les vôtres. Or, ce matin, il m'est arrivé de franchir très involontairement les limites, de battre un taillis où je n'avais pas droit de mettre le pied... J'ai tiré un faisan... Comme je le ramassais, votre garde, embusqué derrière un buisson, s'est élancé sur moi, m'a arraché des mains mon gibier et m'a déclaré procès-verbal... Ce garçon, qui est bien l'être le plus grossier que j'aie rencontré de ma vie, n'a voulu entendre à rien, et m'a ordonné de lui tourner les talons, en m'assurant que, s'il me rattrapait jamais, cette fois-là je verrais de quoi il retournerait... Je n'ai pas insisté, comme bien vous pensez... Mais, supposant que les ordres que vous donnez à cet homme ne sont pas aussi rigoureux que ses façons d'agir permettraient de le croire, j'ai pris le parti de vous apporter ma tête moi-même, et de vous prier de ne pas me faire exécuter, pour cette fois, en place publique.

Il riait, en parlant ainsi, avec des dents fort blanches. Un léger parfum, se dégageant de ses habits, venait jusqu'à Régine, et l'enveloppait d'une atmosphère troublante. Elle avait de la difficulté à respirer, comme si cette odeur subtile et douce l'eût suffoquée. Elle se remit.

— Je sais que Billet est un garde intraitable, dit-elle, et qu'il vaut mieux ne pas entrer en lutte avec lui. Mais croyez bien, Monsieur, que je suis loin de l'approuver quand il est brutal et insolent... N'ayez point souci de la petite affaire de ce matin : elle n'aura aucune suite. Veuillez excuser le manque de forme d'un serviteur qui ne pèche que par un excès de dévoûment.

Le beau Fernand s'inclina avec une gracieuse déférence :

— Je vous remercie, Madame, de me traiter avec tant de bienveillance. Il n'en reste pas moins acquis que je me suis, ce matin, rendu coupable d'un délit... Permettez-moi de me frapper moi-même d'une légère amende au profit de vos pauvres.

Il prit dans son portefeuille un billet de cinq cents francs, et le plaça sur la cheminée avec un geste insouciant, puis, saluant Régine :

— Je suis tenté de remercier le hasard qui m'a fait commettre la faute, puisqu'elle a eu pour conséquence de m'amener devant vous...

Cette fois la comtesse ne protesta pas. Il lui lança un vif regard, et fit un pas vers la sortie. Mais, au même moment, la porte s'ouvrit, et Edmée entra vivement en disant :

— Ma mère, Billet est là qui demande à vous parler...

A la vue de l'étranger, elle resta un moment saisie, et, rougissant, fit un geste d'excuse.

— Mademoiselle de Croix-Mort, ma fille, dit la comtesse cérémonieusement... Puis, changeant de ton :

— C'est le garde qui vient, sans doute, me demander de vous poursuivre...

LA COMTESSE SE PROMENAIT EN BARQUE AVEC SA FILLE (PAGE 1410)

— Je n'avais pas trop d'avance ! Qui sait s'il ne vous aurait pas prévenue contre moi ?

Ils sortirent tous trois, et, dans le vestibule, ils trouvèrent Jean qui attendait, le fusil suspendu à l'épaule, son chien couché devant la porte. Il resta bouche béante et les yeux écarquillés, en voyant son délinquant en compagnie de « ses dames » et se donnant des airs avantageux. Il grogna dans sa barbe rousse, et arrondit le dos comme un sanglier au ferme.

— Madame la comtesse, je vois que vous savez de quoi il retourne, dit-il d'un ton bourru... J'avais pris monsieur, ce matin, dans les Bois-Brûlés...

— Il paraît même que vous avez été fort malhonnête, interrompit madame de Croix-Mort... Vous abusez singulièrement des droits que je vous laisse... J'entends qu'à l'avenir vous changiez de manières... Quant à monsieur, il chassera quand et où il lui plaira, sur le domaine. Vous veillerez à ce que rien ne lui fasse obstacle...

— Madame la comtesse, je suis vraiment confus, dit le beau Fernand...

— Ce n'est pas une grande faveur que je vous fais, Monsieur, ici nous ne sommes que des femmes. Notre chasse est, dit-on, assez bonne, et personne n'en jouit... Vous nous enverrez du gibier, voilà tout...

Le jeune homme se confondit en nouveaux remercîments, puis, ayant pris congé, il remonta dans son phaéton et partit au grand trot.

Jean Billet, immobile à la même place, le suivait des yeux. Il fallut qu'Edmée lui parlât pour qu'il parût se souvenir du lieu où il était. Il jeta à la comtesse un regard de reproche, remonta, d'un brusque mouvement d'épaule, la bretelle de son lourd carnier, siffla son chien, et, sans une parole, il s'éloigna par les futaies du parc.

— Ma mère, je crois que vous avez vivement contrarié Billet, dit mademoiselle de Croix-Mort.

— Le beau malheur ! répondit la comtesse avec humeur. C'est un abominable rustre ! Il avait besoin d'une leçon. Je ne suis pas fâchée de la lui avoir donnée...

Quittant sa fille, Régine alla s'enfermer dans sa chambre d'où elle ne descendit que pour le dîner.

Pourquoi Billet, dont jamais elle n'avait discuté les actes, avait-il besoin d'une leçon? Pourquoi n'était-elle pas fâchée de la lui avoir donnée, quand, le matin même, elle n'avait pas le moindre grief contre lui? Pourquoi, après avoir accueilli le beau d'Ayères avec un ton agressif, l'avait-elle congédié avec des paroles amicales? Pourquoi, s'ennuyant si furieusement la veille, était-elle en ce moment si délicieusement occupée à rêver? Autant de problèmes dont le caprice et la fantaisie avaient posé les termes, et qui ne pouvaient être résolus que par l'esprit frivole et compliqué d'une femme.

Edmée, cependant, courant après son vieux Billet, l'avait rattrapé dans le parc au pont de la Divonnette. Elle le força à s'arrêter et, excusant sa mère, elle tâcha de calmer le rude serviteur. Mais alors il éclata. Il n'était plus le maître sur son terrain... C'était fini! Un autre pourrait lui tuer son gibier, qu'il gardait avec tant de soin contre les colleteurs et les bêtes « fausses... » Oh! ce particulier de malheur!

Il demeura, silencieux et sombre, appuyé au parapet du petit pont, puis, avec un geste violent:

— Allez, il n'y a rien à attendre de bon d'un tel homme!... C'est de ces godelureaux qui jasent, avec de caressantes manières, et qui tournent la tête aux femmes...

Edmée regarda son ami sévèrement.

— Tu oublies qu'en fait de femmes, il n'y a au château que ma mère et moi... Et moi, ajouta-t-elle, sans pouvoir se défendre d'un sourire, moi encore si peu!...

Debout dans sa robe claire, se détachant sur le fond obscur des taillis, éclairée par un rayon de soleil qui faisait éclater la blancheur de son front sous ses cheveux noirs, les lèvres fraîches, et les yeux d'un bleu candide, elle avait le charme exquis de la jeunesse en fleur.

Le sauvage Jean la contempla avec une pieuse adoration. Il la vit comme la divinité de ces champs, de ces bois, dont il aimait le silence et la profondeur. Hors d'eux et sans elle, il comprit qu'il n'y avait plus rien au monde pour lui. Et, baissant la tête, il resta muet, avec l'inquiétude sourde que cet étranger, qui paraissait brusquement et prenait, en une seule journée, tant d'importance, ne devînt à la fois le maître de la jeune fille et du domaine.

— Allons, console-toi, reprit Edmée. tu n'auras pas tant d'ennuis que tu parais le craindre. Notre voisin chassera plus sur ses terres que sur les nôtres !

— Il fera bien ! répondit laconiquement le garde. Et, d'un geste décidé, jetant sa pétoire sous son bras, il traversa la rivière et se perdit dans le taillis.

III

Le dimanche suivant, à la messe, au moment de l'offertoire, dans le silence recueilli de l'église, un pas léger, sec, aristocratique, sonnant sur les dalles, frappa l'oreille de madame de Croix-Mort. Instinctivement son cœur battit plus fort; ses oreilles bourdonnèrent, les lettres de son paroissien dansèrent devant ses yeux. Elle se dit : « C'est lui ! » Elle n'osa pas regarder. Baissant la tête, elle essaya de s'absorber dans une prière plus fervente. Mais, au lieu des saintes oraisons, c'étaient des pensées profanes qui venaient à son esprit. Et, tout étourdie, les yeux incertains, elle voulait ne voir que l'abbé Levasseur qui, revêtu de sa chasuble en moire lilas brodée d'argent, son gros cou rouge débordant au-dessus du collet plissé de son surplis, allait de droite à gauche, feuilletant son missel aux signets multicolores. Mais, involontairement, devant ses yeux apparaissait le beau Fernand, avec sa jolie tournure et sa barbe d'un blond doré. Elle se demandait : « Comment se fait-il qu'il soit à l'église? C'est la première fois qu'il y vient ! » Et une voix secrète murmurait en elle : « Il y est attiré par toi. Il a voulu te revoir. »

Edmée, en se relevant après la bénédiction, ayant jeté un regard autour d'elle, aperçut auprès de la chaire leur voisin, debout, les

bras croisés, et paraissant prêter une profonde attention à la
cérémonie.

Autour de lui les chantres vociféraient leur plain-chant, le serpent
jetait ses notes mugissantes. Il semblait ne pas les entendre. Sa
physionomie exprimait un grave recueillement. Edmée poussa légèrement sa mère du coude et, presque sans remuer les lèvres, dit :

— Maman, voici M. d'Ayères...

La comtesse prit un air sérieux et ne répondit pas, comme scan-
dalisée par la légèreté distraite de sa fille.

Le curé prononça, les mains tendues : « *Ite, missa est...* Et
l'assistance, avec un joyeux soulagement, se hâta vers la sortie, au
milieu d'un bruit aigu de chaises remuées sur la pierre.

Madame de Croix-Mort fit un signe à sa fille et, au lieu de gagner
la porte, elle se dirigea du côté de la sacristie. Elle voulait éviter le
beau Fernand. Il y avait dans son esprit une crainte vague. Elle se
sentait mécontente ; ce jeune homme l'occupait trop. La porte rembourrée s'ouvrit, et les deux femmes se trouvèrent dans la petite
pièce lambrissée de noyer où le prêtre, aidé de son sacristain, retirait
ses vêtements sacerdotaux. Une odeur d'encens et de cierges éteints
flottait dans l'air, et, à côté de l'étole, un large mouchoir à carreaux
traînait sur une table.

— Ah ! mes chères dames ! Comment ! Vous voilà !... s'écria le
vieillard, achevant à la hâte de boutonner sa soutane... Vous avez
été retenues par le mauvais temps ?...

Et du geste il montrait la haute et large fenêtre de la sacristie, que
la pluie fouettait avec violence, lavant la poussière et coulant en
ruisseaux grisâtres.

— Mais asseyez-vous donc, Madame la comtesse, et vous, ma
chère Edmée...

Il offrait des chaises de paille à ses paroissiennes.

— Monsieur le curé, je suis venue vous rappeler que nous comp-
tons bien sur vous ce soir...

— Mais, ma chère dame, comme tous les dimanches...

Madame de Croix-Mort rougit de la maladresse de son prétexte.

Le curé ouvrit des yeux étonnés. Il y eut un silence. L'eau rebondissait sur les carreaux, chassée par le vent, et s'écrasait en poussières fines. Et son roulement continu causait aux deux femmes et au prêtre une sorte de lassitude engourdie.

Edmée se leva, tournant autour de la sacristie :

— Comment va votre père, Monsieur le curé ? Il y a longtemps que je ne l'ai vu...

— Ah ! ma bonne petite ! il ne se lève guère, le pauvre homme !... Il n'a plus du tout de jambes... Pensez donc ! quatre-vingt-douze ans !... Mais la tête est encore bonne... Il parle bien souvent de vous... Et il peint toujours... Ah ! dame, c'est un peu tremblé, et les couleurs se mêlent quelquefois... N'importe ! ça l'occupe ! Et il est content... Il me dit : « Tu vois, je me rends utile ! »

— Il faudra que je vienne le voir, et que je lui apporte mes petits travaux...

— Vous lui ferez un grand plaisir...

La porte, en s'ouvrant, coupa la parole au prêtre, et, au grand émoi de madame de Croix-Mort, le baron d'Ayères entra. Il salua, ayant son même sourire aimable sur les lèvres, et, serrant les mains du vieillard avec une affectueuse familiarité :

— Pardonnez-moi, Monsieur le curé, si j'envahis votre retraite... Mais je suis depuis quelques minutes à la recherche de ces dames... Il est impossible qu'elles songent à rentrer à pied sous une averse pareille... Et je désirais mettre ma voiture à leur disposition.

L'abbé Levasseur ne laissa pas à la comtesse le temps de répondre... Il regardait le visiteur avec une joyeuse émotion :

— Je suis heureux de vous voir, mon cher enfant... Vous ne me gâtez pas, depuis quelque temps...

— Vous savez que je suis presque toujours à Paris... Mais je vais rester avec vous, si vous le permettez, pendant que ces dames retourneront au château... La voiture reviendra me prendre...

Et comme la comtesse ébauchait un geste de protestation confuse :

— Oh ! Madame, je vous en prie. M'ayant comblé de vos gracieusetés hier, il ne serait pas juste de me refuser aujourd'hui une si faible revanche...

Madame de Croix-Mort ne résista plus. Elle murmura quelques paroles de remercîment, inclina la tête froidement en signe d'adieu, et, suivie de sa fille et du curé, elle entra dans l'église dont elle traversa lentement le bas-côté... Arrivée près de la porte, elle s'arrêta un instant et, sans regarder son vieil ami :

— Vous connaissez beaucoup M. d'Ayères ?

— Depuis qu'il existe... C'est sa grand'mère, madame de Fréteval, qui m'a fait venir ici... C'est un charmant homme, qui a eu le malheur de perdre ses parents de bonne heure... Il s'est trouvé à vingt-cinq ans maître d'une belle fortune... et alors... vous comprenez... il a été un peu vite...

— Quel âge a-t-il donc ?

— Mais... attendez... il ne doit pas être loin de quarante ans.

— Ah ! vraiment? Je n'aurais pas cru... Il paraît très jeune...

— Vous savez, les blonds, ma chère dame... sont généralement de bonne conserve. Mais s'il n'a pas quarante ans, il en a bien trente-neuf... Au reste, on peut le savoir au juste en consultant le registre des baptêmes... car il a été baptisé ici...

— Oh ! c'est inutile, dit vivement la comtesse...

Devant le porche, le coupé stationnait. Le cocher, immobile dans sa raideur correcte, ne tourna pas la tête. Les deux femmes montèrent. La portière claqua, refermée par le curé, qui, sans s'attarder à voir filer la voiture sous l'ondée, au trot rapide du cheval, courut retrouver le beau Fernand. Il attendait paisiblement, lisant sur un tableau grillagé, attaché au mur, les promesses de mariage.

— Eh bien ! mon cher enfant, quand vous verrons-nous inscrit là à votre tour? demanda gaiement le vieillard...

— Mais, Monsieur le curé, on ne se marie pas tout seul... Il faut d'abord trouver une femme... En connaissez-vous une ? De votre main je la prends les yeux fermés...

L'abbé Levasseur hocha gravement la tête, et, regardant M. d'Ayères au fond des yeux :

M. D'AYÈRES DONNA LA MAIN A MADAME DE CROIX-MORT (PAGE 1412)

— Ce serait accepter une grave responsabilité, n'est-il pas vrai, que de chercher à vous marier? Vous avez été un fier mauvais sujet, et je ne jurerais pas que vous vous soyez amendé.

Le baron se mit à rire :

— Cette louable conversion était peut-être réservée à votre zèle.

— Bah ! ce serait prêcher dans le désert...

— Essayez ! le Seigneur n'a-t-il pas dit : « Il y aura plus de joie au ciel pour un pécheur repentant que pour cent justes...? »

— Voyons, confessez-vous un peu d'abord. Qu'êtes-vous venu faire dans ce pays?

— Des économies.

— Vous avez l'intention de rester à La Vignerie?

— Tout l'hiver...

— Et à quoi emploierez-vous votre temps, bon Dieu?

— A chasser, à fumer et, si vous le voulez, à méditer avec vous sur la vie éternelle. Vous voyez que je suis en bonne voie. Peut-être voisinerai-je un peu avec les dames de Croix-Mort, si elles s'y prêtent. Mais ce n'est pas bien sûr, car elles me paraissent d'une sauvagerie excessive.

— Elles sont surtout beaucoup trop jeunes pour vous recevoir sans que leur réputation en souffre.

— Dans ce pays de loups? Qui serait là pour en juger? D'ailleurs quel âge a donc la comtesse?

— Mais trente-huit ans, ou un peu moins..

Si simple que fût le prêtre, la coïncidence des questions de madame de Croix-Mort et de M. d'Ayères le frappa. « Ils veulent savoir l'âge l'un de l'autre, se dit-il; voilà qui est singulier. » S'il eût pu lire complètement dans leur esprit, il eût été bien plus étonné. Dans sa pensée à lui, un projet commençait déjà à se former, imprévu, bizarre, certes, réalisable cependant, à ce qu'il lui semblait : celui d'un mariage entre Fernand d'Ayères et Edmée de Croix-Mort. Il rêvassait : « La jeune fille a seize ans ; mais élevée au grand air et dans la vie active des champs, elle est forte comme si elle en avait vingt. Le jeune homme, il est un peu mûr, peut-être, le jeune homme :

quarante ans. Après tout, en a-t-il quarante ? Mettons trente-huit, ce qui est bien différent. Ce chiffre quatre sonne mal dans l'âge d'un fiancé... Mais il est d'allure si juvénile, de caractère si gai, qu'en vérité on ne lui donnerait que la trentaine. Beau nom, belles relations. Dans les environs, il n'y a rien de mieux à offrir... Et la comtesse ne paraît pas disposée à retourner à Paris... Alors?... »

Le bonhomme en était là quand il fut tiré de sa réflexion par la voix de celui dont il disposait avec tant de facilité.

— Monsieur le curé, ma voiture doit être revenue : je vais prendre congé de vous... Il est midi et demi : vous êtes à jeun, et je crains de vous avoir mis en retard pour votre déjeuner...

— Si mon ordinaire ne vous faisait pas peur, je commanderais bien volontiers qu'on mît votre couvert? dit le vieillard.

— Merci, de tout mon cœur... C'est vous, je l'espère, qui, prochainement, serez mon convive... Je vous en prie, restez... Je ne veux pas que vous traversiez encore une fois l'église pour me reconduire... A bientôt...

Il serra affectueusement les mains de l'excellent homme, et, d'un pas rapide, pour le détourner de le suivre, il s'éloigna.

Du diable si Fernand d'Ayères pensait au mariage ! Edmée, avec ses longs bras sa taille maigre, et son visage mal dégrossi de fille en pleine formation, lui avait paru médiocrement agréable. La comtesse lui avait plu davantage. Réduit par des folies de tous les genres à une situation très précaire, ayant perdu avec les chevaux ce que les femmes lui avaient laissé, il s'était décidé, sur les sages conseils de son homme d'affaires, à vivre un an ou deux à la campagne, afin de laisser l'eau revenir au moulin. Il était aussi compromis à Paris que peut l'être un homme qui, pendant quinze ans, a couru les avant-scènes des théâtres en compagnie de toutes les filles en vue, et usé les tables de cercle à jouer au quinze ou au baccara. Pour en arriver à se « brûler » ainsi, il avait mangé quatre-vingt mille francs de rentes. Et il était bien plus fatigué que s'il avait travaillé bravement pour les gagner. Avec les débris de sa fortune, un habile homme, qui, rareté providentielle, se trouvait être un honnête homme, avait

pris l'engagement de lui reconstituer un capital très présentable, mais
à la condition expresse qu'il ferait le plongeon et que ses créanciers
perdraient l'espoir de le voir accourir, les lendemains de culotte,
avec un de ces besoins immédiats d'argent qui donnent aux billets
de cent francs une valeur de vingt-cinq louis.

Il s'était donc résolu à disparaître, mais ce n'avait pas été de gaieté
de cœur. Il ne se sentait aucun goût pour la retraite, et la solitude
lui faisait horreur. Le château que sa grand'mère, madame de
Fréteval, avait habité jusqu'à sa mort, était heureusement dans un
assez bon état de conservation. Le mobilier n'avait pas trop souffert
de l'humidité, et, une fois les tapis posés, les portières accrochées,
le gîte ne s'était pas montré trop inconfortable. Il vivait là, depuis
six semaines, entre ses domestiques, ses chiens et ses chevaux, se
plaisant encore moins avec les uns qu'avec les autres, et méditant,
non point, comme il l'avait dit au curé, sur la vie éternelle, mais sur
la vie humaine et ses nombreuses vicissitudes.

L'apparition de madame de Croix-Mort dans ce désert lui sembla
donc charmante. Une figure vivante, une figure féminine, devant les
yeux de ce déshérité réduit à l'abandon, au silence, c'était une revanche donnée par le destin contraire.

Ce naufragé de la fortune, qui se morfondait, exaspéré sur son îlot,
n'attendant aucun secours ni du ciel ni des hommes, poussa un cri
de joie farouche en découvrant cette femme. Une veuve de trente-
huit ans, élégante, jolie, bien conservée, légèrement maniérée,
c'était, dans ce trou de province, une ressource inespérée. Quelle
diversion pour ce blasé, qui dormait sur les romans nouveaux et
bâillait dès neuf heures du soir, lui, habitué à passer toutes ses nuits
au cercle !

Avec une fatuité exquise, il ne pensa pas une minute qu'elle pût
lui résister. Il n'avait pas de concurrent. La place forte qu'il allait
attaquer ne devait pas être secourue. Suivant la théorie des sièges,
elle était donc prise d'avance. C'était une question de temps. Et ce
temps serait délicieusement employé à faire cette petite guerre de
l'amour, pleine de pièges, d'embuscades et de surprises. Il passerait

ainsi son année de réclusion, et la fin de l'amour arriverait comme la
fin de l'exil. Il dirait adieu à sa provinciale, et s'en retournerait à
Paris pour conclure quelque beau mariage qui le remettrait à flot.
Tel était le programme que, dans son esprit, M. d'Ayères avait
élaboré. S'il ne brillait pas par une modestie absolue, il dénotait chez
son auteur une aimable ingéniosité. On en voyait de pareils si communément réalisés, qu'il n'y avait peut-être pas une présomption
excessive à le vouloir délibérément appliquer.

Cependant la tête de la comtesse travaillait, de son côté, aussi
activement que celle du baron, mais dans un sens tout à fait opposé.
Il ne s'agissait ni de mariage ni de galanterie. Madame de Croix-
Mort avait été, dès le premier choc, mise en alarme par la tournure
de séducteur du beau Fernand. Cette femme sentimentale, nerveuse,
romanesque, était une très honnête femme. Un bon brave grison de
gentilhomme voisin ne l'aurait pas effrayée, et, très volontiers, elle
lui aurait fait accueil. Ce joli garçon au cou très rouge, aux yeux
bleus et à la barbe d'or, avec son parler caressant, ne lui sembla pas
être un hôte qu'on pût raisonnablement installer au coin de son feu.
Madame de Croix-Mort, qui faisait de la toilette pour les arbres de
son parc et pour les glaces de son salon, se montra décidée à tenir
cet admirateur, tout préparé, à distance. Elle se découvrit du mérite
à se conduire avec cette sagesse. Mais elle avait un fonds solide de
vertu qui ne la laissait pas libre d'agir autrement.

Si le beau Fernand avait été un homme bouillant et pressé, il aurait
pu, dès le premier pas, compromettre gravement le succès de son
entreprise. Il se serait heurté à des travaux de défense imprévus.
Mais c'était tout le contraire d'un impétueux. D'ailleurs il avait un an
devant lui, au moins, pour parcourir la carte du Tendre, et il ne voulait point du tout brûler les étapes. Il ne se sentait pas assez sûr de
s'arrêter longtemps et avec plaisir au but. Il fallait donner de la durée
au voyage.

Il se garda donc de se présenter à Croix-Mort. Il eut le talent, en ne
venant pas, de faire passer la comtesse par les quatre phases successives de l'étonnement, du regret, du dépit et du désir. En même

temps il lui rendit de la confiance. Ce n'était vraiment pas la peine de se barricader si soigneusement contre un ennemi qui ne songeait même pas à l'attaque. A quoi bon les portes et les fenêtres closes ? Il n'y avait pas d'effraction à redouter. On pouvait laisser tout ouvert.

Au bout de quatre jours, Régine commença à se dire que M. d'Ayères n'était peut-être pas le modèle accompli de la politesse. On lui avait fait une faveur. Il y avait répondu par un bon procédé. Et il s'en tenait là, jugeant sans doute qu'il y avait égalité. Comme si, envers une femme, un homme ne devait pas toujours être en reste !

L'humeur de la comtesse se ressentit de ces agitations. Et sa fille, la première, eut à en souffrir. Edmée, s'étant présentée au salon avec de la couleur sur ses manchettes, fut tancée comme si elle avait commis un crime. Elle était dans l'ardeur du travail, mettant la dernière main à deux études qu'elle comptait montrer triomphalement au vieux verrier, son professeur.

— Si encore ce que vous faites avait le sens commun, dit la comtesse avec aigreur. Mais vous salissez les toiles autant que vos vêtements, et sans plus d'utilité.

— Voulez-vous voir ce que je fais ? demanda malicieusement la jeune fille...

Elle courut tout d'un trait jusqu'à son laboratoire et rapporta à sa mère un petit panneau représentant un coin de lande fleurie de bruyères et semée de bouleaux. Deux personnages, assez adroitement posés, animaient le paysage. Ils semblaient se disputer. L'un, avec sa blouse bleue, ses grandes guêtres et sa cape ronde, ne pouvait être que Jean Billet. L'autre, élégamment vêtu à l'anglaise, et décoré d'une superbe barbe blonde, ressemblait singulièrement au baron qui, depuis une semaine, occupait beaucoup la comtesse. Un oiseau gisant entre eux semblait être la cause de leur violent colloque.

Madame de Croix-Mort jeta un coup d'œil sur le tableau et rougit. Ses sourcils se rapprochèrent, elle dévisagea sa fille, redoutant une allusion.

— Que signifie ce barbouillage ? demanda-t-elle d'une voix tremblante.

Edmée regarda sa mère gaiement, et, avec la hardiesse d'une personne qui n'y entend pas malice :

— C'est Billet déclarant procès-verbal à M. d'Ayères !...

— Faites-moi grâce de vos sottes allégories et de vos grotesques enluminures, s'écria la comtesse, et, surtout, ne vous permettez pas de montrer ceci à qui que ce soit...

L'enfant battit en retraite, toute décontenancée par cette violente sortie. Elle n'avait pas cru commettre un si grave méfait. Il en resta dans son esprit de la prévention contre le beau Fernand.

D'ailleurs, à première vue, il lui avait déplu. Pourquoi ? elle n'en savait rien. C'était instinctif. Billet, le rude et dévoué serviteur, avait, lui aussi, comme un chien de garde qui flaire un malintentionné, montré les dents et grogné. Les grâces du bellâtre avaient, sur cette simple enfant de la nature, exercé une action absolument inverse de celle qu'elles produisaient à l'ordinaire sur des filles plus policées. Edmée le trouva affecté et quelque peu ridicule, lui qui passait pour irrésistible. Sa voix vibrante lui parut criarde. Ses cheveux si bien peignés, sa barbe admirablement soignée, tout cela lui sembla trop cultivé, trop ratissé, trop « jardin anglais ». Elle aimait mieux la broussaille de Billet, avec son large sourire épanoui au milieu, quand il voyait sa chère demoiselle.

Elle alla au presbytère dans l'après-midi et raconta au curé la scène du matin. Il en rit, et demanda si le baron était allé à Croix-Mort faire visite à la comtesse. Il fut très surpris de la réponse négative d'Edmée. Il dit :

— Tiens ! c'est très extraordinaire !... Il m'avait pourtant annoncé sa venue.

Flairant quelque incident, et curieux, au fond, comme une vieille fille, il se rendit de son pied léger, le soir, au château, après dîner. Il trouva la comtesse, les nerfs tendus, le verbe haut. Elle lui fit d'abord gracieuse réception, comme une personne qui s'ennuie et qu'on arrache à elle-même, et ensuite le querella pour des vétilles. La conversation languit, en somme, tant qu'il ne fut question que de la pluie et du beau temps, mais prit une allure excessivement animée aussitôt que le bon curé eut prononcé le nom de M. d'Ayères.

— Il m'a l'autre jour fort embarrassée, dit Régine, en me proposant sa voiture avec cette insistance... Je n'aurais pas voulu accepter, trouvant l'offre un peu bien familière ; je ne pouvais refuser, sans paraître cérémonieuse à l'excès... Je ne suppose pas que votre ami ait cru me rendre là un de ces services qui permettent de se poser en ange sauveur.

— Il a eu le désir de vous empêcher de vous mouiller les pieds, et voilà tout. Lorsque vous avez été parties, mademoiselle Edmée et vous, il a causé avec moi de toute autre chose. Il m'a étonné, je l'avoue, par sa gravité... Je l'avais connu autrefois un peu fou, un peu dissipé...

— Tranchons le mot : très viveur...

— Je ne voudrais pas médire du prochain... Il avait, à la vérité, plus d'idées frivoles dans la tête que d'idées sérieuses... Maintenant il est tout à fait rangé... et ne me paraît pas éloigné de songer à se marier...

— Et c'est pour donner suite à un si beau projet qu'il vient dans ce pays ?... Mais avec qui se marier ici ? Avec quelque rustaude des environs ?

— Madame la comtesse, dit le curé avec un air de componction béate, il me semble qu'il y a, sans aller bien loin...

Madame de Croix-Mort ne laissa pas le bonhomme achever : elle se leva vivement et, avec un regard sévère :

— Pas un mot de plus, mon cher curé, vous me désobligeriez... Ne revenons jamais sur ce sujet...

Edmée entrait au même moment. L'abbé Levasseur pensa que madame de Croix-Mort ne voulait pas éveiller l'esprit de cette grande enfant en parlant mariage devant elle, et que, la trouvant trop jeune, elle entendait ne pas se laisser faire de propositions inutiles. Il ne soupçonna pas un instant que Régine, l'imagination remplie de rêves passionnés, avait pris pour elle-même ce qui s'adressait à sa fille.

Il y eut là une équivoque qui devait entraîner de fatales consé-

ILS COMMENÇÈRENT A PARCOURIR LES BOIS ENSEMBLE (PAGE 1420)

quences. Si le vénérable prêtre avait pu ajouter trois paroles, la comtesse traitait tout de suite M. d'Ayères, sinon avec aversion, au moins avec indifférence. Elle prenait le parti de le tenir résolument à distance, et évitait ainsi des catastrophes. La destinée de ces trois êtres fut en suspens, pendant un quart de seconde, et se décida à la faveur d'une minauderie de coquette.

Madame de Croix-Mort se trouva tout à fait rassurée à la suite de cet entretien. Elle ne se figura plus le beau Fernand comme un loup affamé cherchant une proie à dévorer... Elle le jugea plus débonnaire. Il y perdit un grain de poésie, mais il y gagna de devenir possible à fréquenter. Un galant hardi, à visées conquérantes, pouvait, à la rigueur, être difficile à mater. Un soupirant placide, à projets réguliers, devait être aisé à contenir.

Régine entrevit une délicieuse perspective de flirtage modéré, au gré de son caprice, une petite guerre qu'elle saurait conduire à sa guise. Les rêveries dans lesquelles elle s'était complue, pendant douze années, allaient enfin prendre corps. Isolée dans son veuvage, elle avait refait en imagination toute sa vie. Comme un général prisonnier qui emploie ses loisirs à combiner des plans de campagne, elle avait étudié ce qu'il faudrait tenter dans tel ou tel cas. Elle s'était préparé des théories sur chaque situation, et, bien souvent, elle avait, dans son passé, relevé de graves fautes de tactique. Que de fois, pensant avec amertume aux chagrins dont M. de Croix-Mort l'avait abreuvée, elle s'était dit : « Ah! si c'était à recommencer, comme j'agirais autrement ! En lui tenant tête, en me montrant moins résignée et plus énergique, moins triste et plus coquette, je l'aurais ramené à moi, et mon existence eût changé de face. » Elle avait ainsi, dans le secret d'elle-même, pris des revanches rétrospectives, remporté des victoires sur le défunt. Et, mûrie par ce qu'elle appelait son expérience, elle ne craignait pas la bataille. Peut-être même la souhaitait-elle.

Le lendemain de la visite du curé, par une admirable journée d'automne, la comtesse se promenait en barque, avec sa fille, sur la rivière. Edmée, habituée depuis son enfance au maniement des rames, manœuvrait habilement l'embarcation. Régine, assise à l'arrière, pénétrée par la fraîcheur parfumée des branches qui se courbaient en voûte sur le courant rapide, les yeux lassés par le miroitement de l'eau, bercée par le mouvement doux du bateau, se laissait aller à une torpeur délicieuse.

Le pont, qui enjambait d'une rive à l'autre, projetant l'ombre de son arceau de pierre sur la Divonnette, faisait paraître plus brillant sous le soleil le ruban d'argent de la rivière fuyant entre ses rives vertes. Edmée, en se rapprochant du pont, s'était retournée, et, les mains en porte-voix autour de la bouche, elle poussait des cris aussitôt renvoyés par l'écho d'un petit vallon rocheux qui s'élargissait sur la droite, comme un cirque, couronné de noirs sapins. La rivière suivait la plaine en cet endroit formant la clôture du parc. Et, au bord des labours d'un brun violacé, le long des joncs marins où le gloussement rauque des faisans se faisait entendre, au fil de l'eau, la barque descendait.

Edmée, poussant un dernier éclat de voix, se rassit dans le bateau et reprit ses rames. Au même moment son cri, de loin, fut répété, non plus par la bouche mystérieuse de l'écho, mais par des lèvres humaines. La comtesse leva la tête, et, débouchant du taillis, elle aperçut le beau Fernand. En reconnaissant madame de Croix-Mort, le baron fit un geste de surprise : il s'avança d'un pas plus rapide, et, descendant à travers les joncs et les iris jusqu'au bord de la Divonnette :

— Excusez-moi, Madame, dit-il, le chapeau à la main, si j'ai commis l'inconvenance de répondre aux appels que j'entendais... J'ai cru que c'était quelque petit berger qui criait pour se distraire... Je me rendais à Croix-Mort en me promenant... par la traverse...

— C'est ma fille qui a cette belle voix de garçon, dit en riant la comtesse. Mais puisque vous veniez nous voir, nous n'allons pas vous laisser inutilement faire le tour du parc... Edmée, donne un coup de rame pour aborder... Vous nous avez prêté votre voiture dimanche : nous allons vous offrir notre bateau aujourd'hui.

— Il fait un temps infiniment plus agréable, répondit M. d'Ayères en montrant le ciel tout bleu...

D'un bond il s'élança dans la barque qui, poussée par Edmée, froissait de son avant les roseaux de la rive, et, s'asseyant sur un des bancs :

— Voulez-vous me permettre de me rendre utile et de vous suppléer à la manœuvre ?...

— Savez-vous ramer, seulement ? dit la comtesse... N'allez pas risquer de nous faire chavirer...

— Oh ! dit Edmée avec ironie, on le voudrait qu'on ne le pourrait pas... Le canot est à fond plat... Seulement il est lourd et tire sur les bras...

— J'espère cependant, Mademoiselle, avoir la force de vous conduire.

Et, prenant les avirons, il s'en servit avec une vigueur et une précision qui révélaient des études spéciales et prolongées faites autrefois à Croissy ou à l'île de Beauté. Le bateau filait rapide, et la comtesse, demeurée au gouvernail, regardait complaisamment ce rameur à la barbe d'or qui l'emmenait, d'une vive allure, elle ne savait où. Il lui semblait que son existence, autrefois sombre et maussade, était, en un instant, devenue gaie et riante. Un ravissement inconnu lui gonflait le cœur. Des chansons, vaguement, lui montaient aux lèvres. Et, dans la tiédeur de l'air pur, bercée par ce mouvement moelleux, elle eût voulu ne jamais s'arrêter.

Cependant la rivière, se détournant, traversait la pièce d'eau qui s'étendait au bout d'une pelouse devant le château. Les cygnes venaient à la rencontre de la barque, tendant leur long col blanc, et ouvrant leur bec jaune, comme pour demander le petit morceau de pain accoutumé. Un embarcadère s'offrait pour la descente. M. d'Ayères aborda sans secousse, et, sautant à terre, donna la main à madame de Croix-Mort et à sa fille. C'était la première fois que la main de Régine se trouvait dans celle de Fernand. Le jeune homme la pressa légèrement et la garda une seconde de plus qu'il n'eût fallu. La comtesse se dégagea avec une froideur hautaine, ne soupçonnant pas que cette faible étreinte était le scellement d'une chaîne qui devait la meurtrir. Ils traversèrent en silence les parterres, et, arrivés devant le perron :

— Désirez-vous que nous entrions? dit madame de Croix-Mort... Nous serions très bien ici en plein air...

— D'autant mieux qu'après ma course dans la plaine, cet exercice m'a donné chaud, dit M. d'Ayères avec simplicité, et qu'il doit faire très frais dans l'intérieur du château...

— J'y pense : vous avez soif... Edmée, veille donc à ce qu'on apporte des rafraîchissements...

Ils s'assirent sur des fauteuils de jardin en osier, et, gênés tous deux, ils se mirent à parler de choses banales. Il était, lui, très embarrassé, ayant des coupes de bois à faire, et n'entendant absolument rien à l'exploitation forestière. Depuis vingt ans on n'avait pas abattu un seul pied d'arbre sur La Vignerie, et il devenait nécessaire, dans l'intérêt même du domaine, de jeter bas une trentaine d'hectares de futaie qui commençait à s'user. La comtesse était fort ignorante elle-même, quoiqu'elle entendît souvent parler de taillis, de balivages, de modernes et d'anciens.

— Si vous voulez, je demanderai comment il faut procéder à Billet...

— Mon ennemi personnel? interrompit gaiement M. d'Ayères...

La comtesse prit un air sérieux :

— J'espère que vous ne le croyez pas?... Tous mes gens sont fort respectueux de nos amis...

— S'il suffit de vous être attaché, Madame, dit le baron avec une grâce caressante, pour être bien vu par ce loup-garou, alors maître Billet m'adorera...

La comtesse ne répliqua pas. Edmée revenait avec un domestique chargé d'un plateau. Fernand eut la satisfaction de voir Régine lui préparer de ses belles mains un verre de sirop de cerise mélangé d'eau glacée. Il le but avec recueillement, comme un philtre versé par une adorable magicienne, causa encore pendant un quart d'heure, et, prétextant un rendez-vous donné chez lui. il partit, ayant eu le talent de faire juger sa visite un peu courte.

La réserve pleine d'habileté avec laquelle M. d'Ayères s'était conduit dans cette rencontre lui valut de passer, aux yeux de madame de Croix-Mort, pour un homme infiniment plus sérieux qu'elle n'avait pensé. Le gaillard s'était si bien enfariné qu'il avait pu montrer patte blanche. Il fut classé dans la catégorie des gens aimables dont on peut entretenir le zèle au moyen de menues faveurs sans conséquences, et qui meublent très agréablement un salon.

La comtesse n'avait jamais eu beaucoup l'occasion de voir des séducteurs de profession. Elle avait, du vivant de son mari, vécu dans une retraite qui s'était continuée pendant son veuvage. Elle n'était donc pas en mesure d'apprécier la différence qui existait entre un bon gros pigeon roucoulant et pacifique, tel qu'elle se figurait Fernand, et l'épervier menaçant et dangereux qu'il était en réalité. Eût-elle eu plus d'expérience et de coup d'œil, le fourbe s'était si bien déguisé qu'elle n'eût pas vu ses serres. En bonne conscience, il lui eût suffi d'être prudente et de fermer sa porte, pour être à l'abri de tout péril. Mais elle n'en avait au fond nulle envie, et, avec un besoin de passer par de l'imprévu, une rage de secouer l'apathie désolante de sa vie, elle allait d'elle-même au-devant du danger.

M. d'Ayères revint au bout de quelques jours, et se montra si simple, si bon enfant, si gai, qu'on l'engagea à dîner pour le dimanche suivant avec le curé. La comtesse avait beaucoup délibéré avant de se décider à faire cette invitation. La présence du bon prêtre lui parut sauver les convenances. Et puis elle se dit à elle-même qu'elle était vieille, et, qu' « à son âge », une femme pouvait se donner quelque liberté.

Elle goûta alors cette exquise jouissance de voir un homme exclusivement occupé d'elle, à l'affût de ses petites manies pour les satisfaire, au guet de ses désirs pour les devancer. Elle ne se sentit pas gênée, ainsi qu'elle l'était devant M. de Croix-Mort, dont la politesse, correcte et froide, la tenait toujours à distance. Entre le gentilhomme railleur et hautain qui la traitait comme une étrangère, et le doux et affable Fernand qui lui donnait l'illusion de la plus sincère amitié, il y avait un abîme. Et c'était dans cet abîme même, dissimulé sous les verdures et les fleurs, que Régine allait tomber.

IV

Devenu le familier de la maison, au bout d'un mois, le baron s'attacha à en conquérir les habitants. Il aimait ses aises et il voulait que, depuis la maîtresse jusqu'au dernier serviteur, chacun s'employât à les lui procurer. Point de visages renfrognés, point d'actes hostiles : voilà quel était son rêve. Il ne le réalisa pas complètement. Il trouva de la résistance du côté d'Edmée, et ne put faire revenir Billet de ses préventions.

Mademoiselle de Croix-Mort, qui avait accueilli par des moqueries l'apparition de M. d'Ayères dans l'existence commune, tourna subitement à la mélancolie. Elle n'avait jamais été très expansive : elle fut taciturne. Lorsque le baron arrivait au château, une tristesse grave s'emparait de l'enfant, et ses yeux noirs, enfoncés sous ses sourcils, étaient comme voilés d'une ombre. Quand sa mère l'empêchait de se sauver du salon, elle restait assise dans un coin, travaillant silencieusement près d'une fenêtre, écoutant d'une oreille distraite le murmure de la conversation engagée entre Fernand et la comtesse. Si sa mère lui adressait la parole, elle répondait par oui ou par non, et retombait dans son mutisme.

Depuis quelques jours elle s'était installée dans le petit parloir, aux

ELLE SE CACHA LE VISAGE ENTRE LES MAINS (PAGE 1420)

heures où la comtesse, habituellement, s'enfermait chez elle, et s'était mise à peindre. Madame de Croix-Mort l'avait surprise en entrant à l'improviste. Calme, l'enfant s'était levée, rangeant ses affaires, et couvrant avec soin l'ouvrage commencé. Régine fut intriguée par ce mystère et se décida à demander à sa fille :

— Qu'est-ce que tu fais donc là ?

— C'est une miniature pour un médaillon, répondit-elle évasivement.

— Un médaillon ? Pour qui ?

— Pour moi.

— Qu'en veux-tu faire ?

— Le porter.

— Ah ! montre-moi donc ce chef-d'œuvre !...

Edmée jeta à sa mère un regard sombre, et demeura immobile un instant, comme hésitante, puis, prenant son parti brusquement, elle découvrit la petite feuille d'ivoire... La comtesse se pencha et, reconnaissant les traits du comte de Croix-Mort, elle devint très pâle. Elle examina sa fille avec attention. Le visage de l'enfant était impénétrable. Elle hocha la tête, murmura : « C'est bien ! » et s'éloigna, profondément agitée.

Que signifiait chez la jeune fille cette subite recrudescence d'affection pour le père disparu ? Était-ce un blâme qu'elle portait contre sa mère ? Les assiduités de M. d'Ayères l'avaient-elles choquée ? Tout, pourtant, était bien innocent ! Jamais manège de coquette n'avait eu une allure moins inquiétante. Ce Fernand était un véritable mouton sorti des bergeries de madame Deshoulières, frisé, enrubanné, et docile à conduire, même sans houlette dorée, avec un simple éventail. Régine resta cependant troublée par cette significative protestation, et en garda de l'amertume.

Au fond d'elle-même, elle conçut des doutes sur la rectitude de sa conduite. Son esprit, faussé par le sentimentalisme, eut des scrupules. Mais un mouvement d'aigreur l'entraîna à blâmer l'immixtion de sa fille dans ses petites affaires de cœur. De quoi se mêlait-elle, après tout ? Une gamine de quinze ans qui se permettait d'ouvrir les yeux et de voir même ce qui n'était pas ! De ce que sa mère était restée enfermée pendant douze années à la campagne, au fond d'un château sépulcral, pour reconstituer leur fortune entamée par cet adorable père, dont elle faisait si pieusement le portrait, n'allait-elle pas conclure à une claustration éternelle ? Et s'il plaisait à la comtesse de se remarier, comme il dépendait d'elle de le faire ? Que dirait donc alors l'enfant sauvage et égoïste ?

Madame de Croix-Mort, dans la solitude, se montait ainsi la tête; mais, en réalité, elle n'affrontait pas, sans une singulière gêne, le regard clair et fixe de ces deux grands yeux qui semblaient lire jusqu'au fond de sa conscience. Elle préférait laisser Edmée s'éloigner. Et comme celle-ci ne demandait qu'à disparaître aussitôt que M. d'Ayères entrait, le dernier gardien qui aurait pu empêcher Régine de succomber à la tentation, l'enfant, se trouvait écarté. Fernand s'installait auprès de madame de Croix-Mort, et une causerie s'engageait, qui durait des heures, et que ni l'un ni l'autre ne trouvait jamais longue. La comtesse restait à demi étendue sur sa chaise longue, ayant à sa portée un guéridon chargé d'un vase, dans lequel s'épanouissaient des roses, d'un livre et d'une bonbonnière. Le baron s'asseyait sur un petit siège renversé, très bas, qui le mettait presque aux pieds de Régine. Et, dans l'intimité du salon, au milieu des meubles et des objets familiers, ils passaient des journées délicieuses, parlant du passé et du présent, mais, par un accord tacite, aucunement de l'avenir, qui semblait réservé, muré, comme s'il ne devait pas arriver.

Jamais madame de Croix-Mort n'avait été aussi heureuse. De même que dans ses rêves d'autrefois, où elle causait avec un adorateur mystérieux, Fernand et elle en venaient, par une pente irrésistible, à disserter sur l'amour. Par les fenêtres ouvertes le soleil pénétrait à flots; des parterres, de suaves senteurs montaient, et, avec ravissement, Régine se livrait à la douceur de cette enivrante causerie où, charmant subterfuge, toutes les tendresses exprimées s'adressaient à un être imaginaire, mais pouvaient se rapporter à elle.

Fernand excellait dans ce jeu sentimental, au milieu duquel il s'emparait du bout des doigts de Régine qu'il effleurait à peine, les tournant comme distraitement entre les siens. Puis c'était la main elle-même, qu'il pressait, tout en parlant à voix basse d'amours idéales pour calmer les soupçons et engourdir les résistances. Peu à peu sa bouche se collait à la paume et, dans le vague exquis de sa rêverie, Régine paraissait ne pas s'apercevoir de la réalité troublante de ces caresses. Cependant une chaleur ardente montait à sa gorge, elle était prise d'un léger étouffement. Il lui semblait qu'elle dormait au milieu des flammes, et, tirée brusquement de sa torpeur morale par une sensation physique intense, elle se relevait à demi, apercevait Fernand à genoux devant elle, lui jetait un regard de reproche, le forçait à reprendre sa place, et, le voyant obéissant et soumis, retrouvait la confiance et croyait à la sécurité.

Cependant, ces conversations prolongées, en tête à tête, dans le salon, lui parurent, à la réflexion, offrir des inconvénients sérieux. Elle les remplaça par des promenades sur la terrasse. Mais ces entrevues en plein air, sous le regard de tout le monde, ne plaisaient que médiocrement à Fernand. Il eut l'idée d'engager la comtesse à monter à cheval dans le parc. Il sut lui persuader que l'exercice aurait une salutaire influence. Elle se prêta de bonne grâce à son désir. Et comme il n'y avait pas de chevaux de selle à Croix-Mort, il en fit venir un de La Vignerie.

Ils commencèrent alors à parcourir les bois ensemble, suivant les routes, au gazon fin comme du velours, sur lesquelles le galop des montures roulait sourd et amorti. La fin d'octobre arrivait, et les taillis prenaient des teintes dorées, d'une puissante harmonie. Les feuilles, séchées par les premières gelées blanches, se détachaient des branches et tombaient à travers les buissons avec un bruit métallique. Des brises âpres s'élevaient, qui passaient dans les arbres comme de grands frissons, avant-coureurs de l'hiver. Saisie par ces premiers froids, Régine, les joues rosées, l'haleine faisant de la buée, disait : « Courons. » Et, rendant la main à leurs chevaux, ils prenaient un trot cadencé qui les menait au hasard des chemins, toujours tout droit, à trois ou quatre lieues quelquefois de Croix-Mort,

dans les profondeurs pittoresques de la forêt de La Vieuville.
Ils ne rencontraient jamais personne. Quelquefois, au bout d'une
route, la silhouette d'un garde de l'État se détachait sur le ton gris
du ciel, ou bien, dans une coupe nouvelle, une hutte de charbonniers
au milieu d'un grand cercle noir de fumerons mal ramassés, laissait
filtrer par son toit écrasé une mince fumée bleue, qui, seule, révélait
la présence d'êtres vivants. Mais le mystère de leurs excursions
n'était jamais troublé ; ils allaient, au gré de leur fantaisie, libres
dans ces vastes étendues boisées, pouvant se livrer à tous les caprices
de leur imagination, et, s'ils voulaient, se croire seuls au monde.

Un jour, vers trois heures, le temps, qui menaçait depuis le matin,
tourna à la pluie. Des gouttes froides et lourdes se mirent à tomber
soudainement avec une grande violence. La forêt fut, en un instant,
entourée d'un voile grisâtre d'une obscurité impénétrable. Pendant
quelque temps, à l'abri sous la voûte d'une sapinière, ils regardèrent
silencieusement se déchaîner autour d'eux la rafale. Mais les épais
panaches des sapins chargés d'eau laissèrent bientôt couler des
cascades, et il fallut quitter le refuge devenu intenable.

Ils se mirent en marche sous la pluie qui tombait continue, dense,
pénétrante, cherchant à regagner Croix-Mort par des chemins de
traverse, et ne voyant devant eux que l'opaque et triste nuée qui les
enveloppait de ses averses cinglantes comme des coups de fouet. Le
ciel, pris de tous les côtés, offrait des teintes jaunes, crayeuses et
blafardes. Sur l'herbe mouillée les chevaux glissaient, et, faisant
effort pour se retenir, fumaient sous les torrents qui les inondaient.

Régine et Fernand, les dents serrées, baissant le front, avançaient,
n'interrogeant même plus l'horizon embrumé qui restait fermé devant
eux. Ils ne reconnaissaient plus les routes familières. L'aspect de la
forêt avait changé. Elle, si charmante, si hospitalière, elle était
devenue sombre et revêche, et semblait s'allonger à perte de vue
pour prolonger l'épreuve des deux cavaliers égarés dans la tourmente. La comtesse, vêtue d'un manteau que lui avait prêté.
Fernand, était cependant glacée jusqu'aux os ; la pluie, de son
chapeau, coulait froide sur ses mains, qui avaient peine à tenir la

bride. Mais elle suivait avec vaillance et sans coquetterie les pas de son ami, ne faisant entendre ni une plainte ni un reproche. Celui-ci, soudain, jeta un cri de joie. A un carrefour, il venait de se reconnaître. Un poteau indicateur était en bordure du chemin. Il se dressa sur ses étriers, et lut :

— Croix-Mort, cinq kilomètres. La Vignerie... Nous sommes à deux pas de ma maison, s'écria M. d'Ayères. Un temps de trot, et c'est un abri, du feu, les moyens de retourner chez vous, sans risquer votre santé...

Comme Régine hésitait, prise d'une crainte sourde à ces mots : « ma maison », et entrevoyant vaguement un piège...

— Je vous en prie, Madame, ne refusez pas. Vous ne pouvez faire encore une heure de route dans de pareilles conditions et, pour gagner Croix-Mort, nous mettrons ce temps-là. Il y va de la vie pour vous.

Il était suppliant et paraissait sincère. Régine, sans répondre, donna un coup de cravache à son cheval et le suivit là où il voulait la mener. Cinq minutes plus tard ils s'arrêtaient devant une grille de fer, le baron agitait avec violence une cloche, et, au bout d'un instant, un palefrenier venait ouvrir en courant. Ils entrèrent au galop dans la cour. Devant le perron, Fernand se jeta à bas de sa monture, prit madame de Croix-Mort dans ses bras, l'enleva de sa selle et, sans lui permettre de poser le pied par terre, l'emporta à travers deux ou trois salons jusqu'à une vaste pièce qui lui servait de cabinet de travail.

Là, Régine éprouva une impression délicieuse en se trouvant dans une atmosphère chaude, auprès d'une haute cheminée dans laquelle brûlaient doucement de grosses souches de pommiers. D'un coup de talon impatient M. d'Ayères bouscula les tisons et activa la flamme, puis, se tournant vers sa compagne qui, debout, regardait pétiller les étincelles du foyer, un peu étourdie et toute grelottante dans son amazone trempée :

— Vous ne pouvez rester ainsi... Il faut ôter votre corsage... et votre jupe... Oh ! ne protestez pas... Nous sommes à la guerre... il

il faut tirer parti de la situation en brave... Je n'ai pas d'habit de
femme à mettre à votre service... Mais je vous offre une grande robe
de chambre qui vous viendra jusqu'aux pieds...

Il était entré dans une pièce voisine, sans écouter les doléances et
les protestations de la comtesse. Et celle-ci l'entendit qui ouvrait
bruyamment des armoires. Il revint portant un paquet de vêtements,
et, riant, mais avec un tendre respect qui plut beaucoup à Régine :

— Vous êtes chez vous, Madame, à partir de ce moment, et je ne
suis, moi, que le premier de vos serviteurs... Je vous prie de disposer
de tout ce qui est ici, à votre fantaisie... Vous voudrez bien m'excuser
si l'hospitalité n'est pas meilleure. Mais ma maison ne s'attendait pas
à l'honneur que vous lui faites... Je vous laisse... Agissez à votre
guise et en toute liberté.

Il s'inclina et sortit. Un instant Régine resta irrésolue, stupéfaite
de l'étrangeté de la situation dans laquelle, brusquement, elle se
trouvait placée. Elle se rendait compte que le hasard, en cette circonstance, était seul coupable. Elle ne pouvait en vouloir à Fernand
qui s'efforçait de son mieux d'atténuer les ennuis et les dangers de
l'aventure. Mais, quoi qu'il en fût, elle se trouvait chez un garçon,
dans son appartement, exposée à se dévêtir, sans savoir même
quand et comment elle se rhabillerait.

L'humidité de son corsage, qui collait à son dos, lui causant une
horrible sensation de malaise, la décida. Elle alla rapidement aux
portes, sous les portières, chercha les verrous, et les poussa. Puis, à
peu près sûre de n'être pas surprise, devant le feu qui, maintenant,
flambait rouge, elle enleva son amazone, qui était à tordre, et, cherchant parmi les vêtements de Fernand, elle revêtit une longue robe
en velours havane dont la cordelière de soie dessina gracieusement
sa taille et fit valoir la rondeur de son buste.

Régine alors ne put tenir en place : une réaction très vive se produisait en elle, et il lui semblait que son sang bouillait dans ses
veines. La flamme du foyer lui brûlait le visage : elle s'éloigna de la
cheminée et, curieusement, tourna autour de la pièce qui lui parut
très élégamment meublée avec ses divans bas, couverts en étoffes

d'Orient, ses fauteuils profonds aux dossiers renversés, et sa grosse
lanterne turque ornée de croissants de cuivre qui pendait du plafond.
Deux grands coffres en sandal incrusté de nacre et d'ivoire, montés
sur des pieds à jour, occupaient les entre-deux des fenêtres, et une
bibliothèque en bois noir, pleine de livres joliment reliés, tenait tout
un large panneau. Au milieu, une table portant des liasses de papiers,
et un élégant buvard en cuir de Russie, timbré aux initiales du
maître de la maison. Dans un coin de la cheminée un fusil de chasse
laissé là en attendant la sortie prochaine, et, dans une coupe de
bronze, les cartouches négligemment déposées. Dans l'autre coupe,
un trousseau de clefs, un petit canif, et des cigares.

Toute la vie intime de Fernand était là, offerte à l'examen de
Régine, sans préparation, dans son désordre familier. Un parfum
d'élégante recherche se dégageait de ce milieu à la fois simple et
luxueux. Le Parisien exilé à la campagne, mais conservant des
habitudes raffinées même dans sa vie solitaire, se révélait dans le
moelleux des tapis, l'épaisseur des tentures assourdissant les bruits
extérieurs, dans une sorte de charme subtil et pénétrant qui était
comme son atmosphère personnelle. On le sentait jeune, beau,
distingué, et des séductions inexprimables, mais très puissantes,
émanaient de lui, troublant profondément celle qui le découvrait
ainsi, invisible et pourtant révélé, comme un Dieu qui va paraître.

Un petit coup heurté discrètement à la porte la fit tressaillir. Elle
alla ouvrir, et, rougissante, confuse à la pensée de se montrer ainsi
vêtue, elle se jeta au fond d'un fauteuil, près de la cheminée. Il avait,
lui aussi, changé d'habits et revenait tiré à quatre épingles. Il
s'avança, très simple et très naturel, comme si rien d'extraordinaire
ne se passait entre eux. Il lui demanda comment elle se trouvait,
n'ayant pas l'air de remarquer l'étrangeté de son costume.

— Il n'est que cinq heures, dit-il, le jour tombe : dans trois quarts
d'heure on ne verra plus clair, et personne ne pourra vous reconnaître
sur la route. J'ai donné ordre qu'on attelle le dog-cart. Vous ren-
trerez ainsi chez vous le mieux du monde et votre escapade restera
ignorée... Cela vous convient-il ainsi ?

FERNAND, DEVANT LE FEU, SE CHAUFFAIT LES PIEDS (PAGE 1436)

— Très bien. Je vous suis reconnaissante du soin avec lequel vous avez arrangé mon sauvetage... Vraiment je ne sais ce qui se passe en moi... Je suis tout engourdie.

Elle renversait la tête en arrière, gonflant son cou, qui apparaissait frais et rond. Ses yeux étaient demi-clos, et elle semblait près de céder au sommeil.

— C'est la fatigue de cette retraite sous les torrents d'eau qui tombaient, et par ce vent glacé. Vous avez été un peu battue de l'oiseau... Vous devriez boire un doigt de malaga ou d'alicante... Non. Je vais vous faire du vin chaud... C'est ce qui me plaît le mieux quand j'ai été trempé à la chasse.

Elle n'eut pas même la pensée de répondre : Non. Il venait d'ouvrir une armoire et d'y prendre une écuelle d'argent, un sucrier, et une carafe en verre de Bohême. Il se mit à genoux sur le tapis, devant le feu qui lui rougissait la figure, et, avec adresse, il commença sa petite cuisine. Elle le regardait, immobile, dans un état de bien-être délicieux, étendant ses membres lourds, et écoutant le susurrement de la sève qui moussait au bout des bûches enflammées. Quand il vit que le vin commençait à bouillonner, il l'éloigna du foyer, coupa un citron en tranches minces avec un petit poignard qui lui servait de coupe-papier, puis, remplissant un gobelet de vermeil, il le tendit à Régine, qui le suivait des yeux en souriant.

— Il faut que ce soit pris très chaud, dit-il avec gravité.

Elle trempa ses lèvres dans le vin aromatisé, toussa légèrement, et s'écria :

— Dieu ! comme c'est fort !

Au bout d'un instant, elle y revint et finit par tout boire.

Lui, triomphant et ravi, s'était assis sur un tabouret auprès d'elle et la dévorait du regard.

— Vous voyez, dit-il gaiement, je ne suis pas trop maladroit, et je peux, au besoin, me passer de mes domestiques. Et puis il m'est doux de vous servir, et de réserver pour moi seul la joie de votre court passage dans cette maison. Elle en gardera à mes yeux un charme secret et précieux. Je me rappellerai que c'est à cette place que vous

vous êtes assise, et que vous avez appuyé vos cheveux sur la soie de ce coussin. J'aurai là autant de souvenirs charmants, que je conserverai tendrement, quand vous m'aurez emporté tout mon bonheur en vous éloignant...

— Vous ne serez pas bien à plaindre, murmura Régine, puisque vous pourrez me revoir demain...

— Ce ne sera plus la même chose... Vous ne serez plus demain comme vous êtes en ce moment : à moi, chez moi, dans moi...

Les regards de madame de Croix-Mort s'abaissèrent : elle se vit dans le vêtement même de Fernand, dans lui, comme il venait de le dire. Il lui sembla qu'une chaleur plus vive l'enveloppait et que c'étaient les désirs du jeune homme qui se dégageaient, magnétiques, de cet habit porté par lui chaque jour. Il y eut une espèce de possession matérielle, dans cette communauté d'enveloppe qui mettait presque leurs deux chairs en contact.

Elle subit une impression tellement vive que ses nerfs se tendirent, et qu'elle eut comme un spasme. Ce vêtement la brûlait : elle pensa qu'elle ne se retrouverait elle-même que quand elle l'aurait arraché. Oubliant la présence de Fernand, elle voulut desserrer la robe, elle fit un brusque mouvement, les larges manches s'ouvrirent jusqu'aux épaules et ses bras blancs apparurent. Il jeta sur eux un regard gourmand, et, à genoux, les saisissant dans ses mains, il y attacha ses lèvres.

Elle tenta de les lui retirer. Mais il les tenait serrés et, relevant l'étoffe, il gagnait le coude avec ses baisers. Habituée à leur badinage quotidien, elle crut qu'il suffirait d'un regard, d'un mot de reproche, pour contraindre Fernand à se montrer respectueux et soumis.

— Voyons, soyez raisonnable! dit-elle, en faisant un plus impérieux effort.

Il releva la tête, et l'expression de sa physionomie était si changée, son regard avait un si singulier éclat, qu'elle eut peur. En un instant la notion du danger qu'elle courait lui revint. La prudence, négligée depuis trop longtemps, l'éclaira d'une lueur soudaine. Elle se vit chez un homme qui l'aimait, qui le lui avait dit, et qu'elle n'avait pas découragé. Elle sentit qu'elle roulait sur la pente d'un abîme. Elle voulut s'arrêter, et, réunissant toute sa vigueur, elle se dressa, dégagée, libre, maîtresse d'elle-même, en face de celui qu'elle redoutait. Il fut debout en même temps qu'elle, et, le visage enflammé, les mains tendues, il marcha en s'écriant :

— Régine !

— Ne m'approchez pas ! cria-t-elle.

Se détournant, elle tâcha d'ouvrir la porte. Elle n'en eut pas le temps. Elle se sentit serrée dans ses bras. Il la tenait contre sa poitrine, et, la voix tremblante, il balbutiait des mots passionnés. Ce n'était plus le sentimental et mièvre galant qui madrigalisait si pacifiquement pendant des heures, se contentant pour sa peine de mettre un baiser sur des ongles roses. C'était un homme en proie à toute la violence d'un désir aiguisé par une longue attente, le cerveau bouleversé, la chair révoltée, exigeant, avide, presque brutal. Elle en eut horreur ; elle poussa un cri, cambra ses reins avec désespoir pour lui échapper, meurtrissant sa gorge à ses épaules. Mais il se mit à rire d'un air égaré, et, l'enlevant de terre, il s'efforça d'étouffer ses cris par des baisers. Régine, à bout de résistance, murmura d'une voix mourante :

— Je vous en supplie, Fernand... ayez pitié de moi...

Il la couvrit de caresses folles. Elle se sentit défaillir, elle crut voir les murs tourner autour d'elle, et, avec un profond soupir, elle perdit connaissance.

Quand elle reprit possession d'elle-même, elle était étendue, la tête appuyée sur l'épaule de M. d'Ayères, qui lui faisait respirer un parfum violent. Elle regarda autour d'elle avec surprise. Elle ne se reconnaissait pas ; ni l'appartement, ni les meubles ne lui étaient familiers. La caressante attitude du jeune homme ne la troubla pas. Depuis longtemps elle avait l'habitude de se laisser imprudemment aller avec lui à un tendre abandon. Mais, se penchant à son oreille, il murmura tout bas :

— Je t'aime...

Ce tutoiement fut lumineux, comme un éclair, dans l'obscurité de son cerveau troublé. Elle se rappela tout, et, se dressant avec effarement :

— Laissez-moi, cria-t-elle avec rage, laissez-moi !... Vous êtes un misérable !...

Comme il se relevait et venait à elle, le regard suppliant, le sourire contraint, elle se cacha le visage entre ses mains, et fondit en larmes. Il fut bouleversé, quelque habitude qu'il eût de voir pleurer les femmes. Il sentait cette douleur sincère, navrée, éperdue. Il resta immobile, se demandant ce qu'il pouvait faire. Il ne trouva que des mots d'amour banal à balbutier. Il était devenu froid comme le marbre. La possession l'avait complètement calmé. Son unique désir, maintenant, était de se conduire en homme bien élevé et de terminer correctement cette galante aventure.

Il se disait, en regardant pleurer la comtesse : « Pourquoi tant de désespoir ? Ne devions-nous pas forcément en arriver là ? » Il ne songea pas un seul instant que la coquette avait pu espérer s'en tirer éternellement avec des coquetteries, et n'avait pas prévu qu'à une heure donnée, par une juste revanche, Célimène pourrait être la victime d'Alceste. Lui qui avait toujours vu ses conquêtes ne se préoccuper que de tomber avec grâce, il était étonné de cette détresse farouche et de ces pleurs qui ne se fondaient pas dans un sourire. Jusque-là on l'avait toujours appelé monstre, mais jamais misérable. En face d'une situation nouvelle, il chercha des idées nouvelles. Pour ce cas inattendu, il manquait d'expérience. Mais il était de force à inventer. Il se fit aussi attendri qu'il était indifférent, et, le visage attristé, la voix émue :

— Je vous en prie, calmez-vous... Si vous saviez comme votre chagrin me fait mal !...

Elle agita la tête, sans se découvrir le visage, semblant dire : « Toutes vos paroles ne changeront pas ce qui est et ne répareront pas l'irréparable. » Mais la tristesse d'accent de Fernand lui avait été au cœur, et elle redoubla de sanglots.

— Que voulez-vous que je fasse ? reprit-il. Je suis à vos ordres, et vous n'avez qu'à commander. J'ai cédé à la violence de mon amour pour vous, et je vous ai cruellement offensée... J'en suis bien puni par le déchirement que j'éprouve en vous voyant pleurer... Régine, je vous en conjure, dites-moi un mot, faites un signe qui me permette de croire que vous me pardonnez !...

Elle resta muette et immobile, comme si elle ne l'eût pas entendu. Très décontenancé, il marcha au hasard, s'arrêta devant la fenêtre : la pluie continuait à tomber, grise, droite, barrant l'horizon comme une muraille, et se confondant avec la nuit qui commençait à descendre. Dans la cour la voiture qu'il avait ordonné de préparer attendait. Il revint à madame de Croix-Mort, et, s'agenouillant sur le tapis auprès d'elle :

— Par grâce, n'ayez pas des regards si désespérés ! Vous me brisez le cœur ! Que croyez-vous donc avoir à redouter de moi ? Mon respect égale mon amour... Je les mets l'un et l'autre à vos pieds... A force de soin et de tendresse je vous ferai oublier...

Il lui débitait maintenant tous les lieux communs qui servent habituellement de calmants à ces sortes de fièvres. Il avait rattrapé le fil conducteur qui le dirigeait, à l'ordinaire, jusqu'à l'issue de ces scènes. Son objectif était d'obtenir que Régine rentrât chez elle, afin de sauver les apparences. Il sut lui dire qu'elle s'oubliait et que lui, plus soucieux de son honneur qu'elle-même, il devait l'avertir que le temps passait, et qu'il fallait retourner au château.

Elle se leva sans mot dire. Il la vit pâle et les yeux gonflés. Elle eut un mouvement de rage orgueilleuse, et, redressant le front, elle lui lança un regard où éclatait tout son ressentiment. D'un geste elle lui commanda de sortir. Et, quand elle fut seule, arrachant la robe fatale qui l'avait enveloppée d'effluves perfides et corrupteurs, elle la piétina comme elle eût voulu piétiner celui qui la lui avait fait endosser. Elle remit son amazone, mal séchée. Et, ouvrant la porte, elle traversa les pièces qui la séparaient du vestibule.

M. d'Ayères l'attendait, le chapeau à la main : il la fit monter en voiture, s'installa vivement à côté d'elle, et, prenant les rênes, mit son cheval au grand trot. Elle n'avait aperçu, pendant son court et terrible séjour à La Vignerie, que le palefrenier qui était venu ouvrir

la grille. Fernand avait su écarter ses gens. Elle n'avait eu à braver
aucun regard indiscret. Le trajet sur une route déserte se fit en trois
quarts d'heure. Arrivée à la petite porte du parc, apercevant déjà le
château, Régine toucha le bras de Fernand pour qu'il arrêtât. Elle ne
voulut pas qu'on la vît revenir en voiture avec lui. Elle sauta vivement
à terre, et, sans une parole, sans un regard, le quittant comme un
mortel ennemi, elle s'éloigna.

V

Cette attitude eut d'abord le privilège de mettre Fernand fort en colère. Il haussa les épaules, et se fit à lui-même des plaisanteries faciles sur l'étonnante rancune de Régine qui, jouant avec le feu depuis plus de six semaines, entrait en fureur parce qu'elle s'était brûlée. Puis il réfléchit, et la manière d'être de madame de Croix-Mort, lui inspira une estime toute particulière.

En somme c'était quelque chose d'inattendu et de point banal que cette révolte d'une femme contre l'homme qui l'avait possédée. C'était le moment où elle était à lui qu'elle choisissait pour lui tenir rigueur, semblant vouloir le punir de l'audace avec laquelle il s'était emparé d'elle contre son gré. Incontestablement elle montrait une fierté qui prouvait la pureté de sa race. Elle était, des pieds à la tête, grande dame. Et il n'était pas sans quelque douceur pour le baron de se dire qu'il était l'amant de cette hautaine et d'autant plus séduisante créature.

Il passa toute la soirée au fond d'un fauteuil, à fumer et à se remémorer la scène. Il en rêva la nuit et se réveilla, le lendemain matin, beaucoup plus épris qu'il ne l'était quand il avait tout osé.

Vers deux heures il ne put résister au désir d'aller à Croix-Mort. Il

IL PRIT LA MAIN DE RÉGINE (PAGE 1439)

partit à pied par la traverse, il revit avec un sourire le carrefour où, égarés dans un bois dont il connaissait si bien tous les détours, il en avait été réduit à consulter le poteau indicateur dont il pouvait à peine lire les inscriptions, tant la pluie lui fouettait le visage. Il passa la Divonnette, et, suivant l'allée de ceinture du parc, il arriva au château.

Tout y était inerte et silencieux. La porte du salon, par laquelle la comtesse, en reconnaissant son pas, venait si souvent à sa rencontre, demeura fermée. Il dut sonner pour attirer un domestique, qui, en parlant bas, avec un air de componction, lui annonça que Madame ne recevait pas. Elle était dans son lit et souffrait d'une très violente névralgie. Fernand donna sa carte et se retira.

Il était fort décontenancé en regagnant La Vignerie. Il ne s'attendait pas à trouver la porte close. Il se croyait le maître de la situation, et voilà que, par un retour de volonté, madame de Croix-Mort prenait barre sur lui. Il devint très maussade, et essaya de se monter la tête contre la comtesse, déclarant que c'était une mijaurée, et, qu'après tout, elle aurait beau se maniérer, il ne l'en avait pas moins eue. Il se réconfortait avec cette affirmation rageuse. Et il revoyait devant lui Régine affolée, le buste renversé, la gorge saillante, les yeux mourants, criant grâce, et finissant par tomber pâmée dans ses bras. Et, malgré toutes ses fanfaronnades, il rêvait de la posséder encore.

Il retourna à Croix-Mort le lendemain, le surlendemain, pendant quatre jours, sans avoir meilleure fortune. La comtesse paraissait décidée à ne plus le voir. Il se buta alors, et prit son parti de la rupture. Comme il s'ennuyait fort, il résolut de reprendre le travail d'administration de son domaine, et, ayant déroulé un plan cadastral de La Vignerie, il étudia les fameuses coupes de bois qu'il était nécessaire de pratiquer dans les futaies. Mais il ne put sortir du lotissement des bois, et, de guerre lasse, il pensa à s'adresser à Mᵉ Serviquet, son notaire.

Celui-ci vint déjeuner avec le baron. C'était un tout jeune homme qui, ayant récemment acheté l'étude de son patron, montrait une très grande ardeur aux affaires. Il écouta les explications de

M. d'Ayères, lui affirma que ses bois se vendraient fort bien, les chemins de fer qui se construisaient dans la contrée ayant besoin de madriers pour leurs traverses et de poteaux pour leur télégraphe, et promit d'envoyer un arpenteur qui préparerait le mieux du monde le travail. Puis, échauffés par un bon repas, ayant quelques verres de vin capiteux dans la tête, les deux hommes devinrent expansifs, et passèrent à un ordre d'idées plus intimes.

Me Serviquet raconta qu'il rêvait d'épouser la fille d'un gros fabricant de briques de La Houssaye. Fernand se laissa aller à parler de ses rapports de bon voisinage avec les dames de Croix-Mort. Le notaire, qui semblait connaître sur le bout du doigt toutes les fortunes de la province, fit un inventaire détaillé des biens de la comtesse, et apprit à son hôte qu'en douze ans, par un système économique sévèrement appliqué, Régine avait réparé les fautes de son mari, payé les dettes, purgé les hypothèques, et se trouvait actuellement, elle, personnellement, à la tête de soixante bonnes mille livres de rentes « en terres. » A cet énoncé Fernand demeura rêveur. Me Serviquet, voyant la conversation tomber, se rappela qu'il avait une visite à faire dans une ferme voisine, pour des rentrées en retard, demanda son cabriolet, et partit rondement au trot de son cheval bourré d'avoine

Les soixante mille livres de rente de madame de Croix-Mort étaient tombées dans l'esprit du baron comme une pierre dans une eau calme. elles y avaient produit une brusque agitation. Ses idées s'élargissaient, comme de grands cercles avec des remous et des brisures, ayant toutes pour cause déterminante le choc de ce lingot d'or. La plus nette était la certitude de ne point trouver facilement à Paris une femme aussi riche à épouser.

Régine, belle, coquette et à portée, avait été rangée par Fernand dans la catégorie des femmes dont on fait sa maîtresse. Régine, bien apparentée, et possédant une très belle fortune. passait, en un instant, dans la catégorie des maîtresses dont on fait sa femme.

Cependant un point obscur subsistait dans cette situation qui se posait si nettement : l'âge de la comtesse. Pour une liaison destinée à occuper une saison, quelques années de plus ou de moins importaient peu. Mais, pour une union qui durerait la vie, c'était tout différent. Il y avait cette grande fille d'Edmée qui poussait terriblement sa mère vers le moment fatal où il faut qu'une femme tourne à l'aïeule. Quand il y a des petits-enfants dans une maison, le mari de la grand'mère, si jeune qu'il soit, n'en est pas moins une sorte de grand-père. Et, à vue de pays, cet accident pouvait fort bien se produire dans trois ou quatre ans.

Il y avait là de quoi faire la grimace, et Fernand, debout devant le feu, se chauffant les pieds en poussant rêveusement la fumée de son cigare, se regardait dans la glace, et ne se trouvait réellement point encore assez marqué pour cesser de jouer les jeunes premiers, et se résigner à l'emploi des pères nobles. D'autre part, il lui resterait, la liquidation entamée par son homme d'affaires menée à bien, une vingtaine de mille francs de rente pour tenir son rang dans le monde. C'était, en somme, fort beau, après tant de désordres et de folies ; mais ce n'était guère, pour un homme habitué à dépenser sans compter. Et, dans une ombre douce et mystérieuse, la figure souriante de Régine rayonnait, avec sa belle carnation, ses cheveux blonds, son front pur et sans rides. Était-ce le visage d'une vieille femme, et avait-on, à tout prendre, un autre âge que celui que l'on paraissait ? Or, Régine riche se montrait dans un cadre doré qui lui donnait un charme irrésistible.

Fernand passa toute la journée à discuter avec lui-même. Il se promena mélancoliquement dans son jardin, s'y ennuya, et arriva à cette conclusion qu'il n'était point né pour la vie solitaire. La nuit, il eut des songes bizarres, dans lesquels il voyait Edmée diaphane, éthérée, vêtue de blanc, et entrant en religion pour laisser à sa mère le droit de rester toujours jeune. Le matin, il prit la résolution de demander sa main à madame de Croix-Mort, et il délibéra sur les moyens à employer pour forcer les défenses qu'elle avait élevées contre lui.

Elle avait défendu sa porte : il était donc tout indiqué qu'il fallait n'y pas aller heurter une fois de plus. Connaissant les abords de la place, il n'avait qu'à se poster en surveillance et à saisir l'occasion, qui ne pouvait manquer de se présenter, de paraître devant Régine, à l'improviste, vibrant d'une ardeur irrésistible. Au lieu de se diriger vers les entrées habituelles, il sauta un fossé, pénétra dans le parc, et, comme un sylvain qui guette une nymphe, il attendit.

Il se trompait en croyant que la comtesse, comme il disait dans son argot du boulevard « faisait des manières. » Elle était sérieusement malade, et ce n'était pas par orgueil et par colère seulement qu'elle tenait Fernand à distance. Elle souffrait physiquement de violentes névralgies causées par les averses glacées qu'elle avait supportées, et, pendant deux jours, n'avait pas quitté son lit.

Là, elle avait pu à loisir réfléchir à sa situation, et penser avec horreur à l'outrage subi. Ce n'était pas une voluptueuse. Et aucun ébranlement des sens ne lui en était resté. Elle ne se souvenait de Fernand qu'avec dégoût. Elle l'avait vu dans une sorte d'ébriété, les yeux égarés, les lèvres tremblantes : vraie brute amoureuse, n'ayant plus rien de l'homme élégant, raffiné et charmant qui dévidait à ses pieds, depuis six semaines, les pelotons de soie du sentiment. Elle se serait admirablement contentée de ce doux commerce. Les mots lui suffisaient, et il n'était pas besoin d'en venir aux actes qui lui paraissaient inutiles et répugnants.

Elle regrettait amèrement ses délicieux après-midi et ses douces soirées de tête-à-tête, alors que Fernand, préparant ses batteries, songeait, tout en patelinant, au jour prochain de l'assaut. Ah ! combien elle l'aimait mieux ainsi ! Et, pour si peu, il avait tout gâté, tout perdu. Car elle se jurait bien sincèrement de ne plus le revoir. Un amant ! Elle, avoir un amant ! Elle en frémissait d'indignation. Puisque avec les hommes tout rapport affectueux devait forcément aboutir à cette atrocité, il valait mieux se cloîtrer, et n'en plus jamais accueillir un seul, à commencer par M. d'Ayères.

Edmée, sachant la comtesse souffrante, était venue sur la pointe du pied dans sa chambre, et avait, avec une sorte d'instinct, tourné autour d'elle, humant l'air, comme un chien qui évente le loup au

bord du bois. Elle semblait, dans l'atmosphère, percevoir quelque
arome troublant, révélateur du mal accompli.

Elle soigna sa mère, la plaignit, et la gêna beaucoup avec le regard
noir de ses yeux en quête du secret. Madame de Croix-Mort craignit
de l'étonner en restant plus de deux jours dans son lit, et se leva.
Elle descendit au salon, et s'y installa au coin du feu, à travailler.

Ce ne fut pas sans angoisse qu'elle entendit dans le vestibule
résonner la voix de Fernand, demandant de ses nouvelles avec insistance. Mais elle tint bon. Cependant elle ne put se défendre de rougir
et de baisser le front devant la muette interrogation que lui adressa
Edmée, étonnée de voir le grand favori consigné à la porte.

Quelle explication donner d'un fait si singulier ? Inventer une
histoire que cette enfant accepterait en apparence, tout en redoublant
à l'intérieur ses actives recherches ? Elle n'était pas facile à duper.
Il suffisait, pour s'en assurer, de voir la malice pincée de son sourire,
et l'abaissement de ses paupières sur ses yeux, comme si elle tirait
un voile devant sa pensée. En réalité, la comtesse commençait à
redouter cette fille de quinze ans, dont l'intelligence, extraordinairement développée par la solitude réfléchie, se permettait peut-être
de la juger. Elle n'avait pas posé une question, pas prononcé une fois
le nom de M. d'Ayères, ce qui indiquait bien, qu'au fond d'elle-
même, il se faisait un grave travail de réflexion.

Madame de Croix-Mort voulut donc reprendre aussi vite que
possible sa vie habituelle, et, lorsque Fernand eut prouvé, en ne
venant plus, qu'il avait compris l'inutilité de ses démarches, elle se
décida à dire un soir pendant le dîner :

— Nous serons quelque temps sans voir M. d'Ayères : il est à
Paris...

Edmée répondit un « Ah ! » qui craqua comme la batterie d'un
pistolet qu'on arme. Si sa mère avait continué à parler, peut-être
l'enfant eût-elle lâché le coup. Mais la comtesse n'osa pas, et le dîner
s'acheva dans un silence pesant. Le lendemain Régine fit sa première sortie sur la terrasse, et, enfin, elle se hasarda à se promener
dans le parc.

L'air vif lui fit du bien. Elle revit avec mélancolie les allées qu'elle
avait parcourues au bras de celui qui, alors, lui plaisait tant. Elle
s'arrêta à un petit rond-point, sous une élégante cabane de chaume,
garnie de bancs et de chaises rustiques, et regarda couler la Divonnette, déjà grossie par les pluies d'automne. Le souvenir lui revenait de
ce beau jour de la promenade en barque, où, criant de loin, gai et
insouciant, il était arrivé en bas du pont qu'elle voyait là, arrondissant son dos de pierre sur le courant rapide. Avec quelle souplesse
légère il avait sauté dans le bateau !... Puis il avait ramé, assis en
face d'elle, et de lui se dégageait ce parfum délicat qu'il portait dans
ses vêtements. Elle tressaillit. Cette senteur, il lui sembla qu'elle
venait de la respirer réellement. Elle se leva vivement, en proie à une
crainte vague, et, se retournant, elle aperçut Fernand, debout, qui
la regardait en souriant. Elle poussa une sourde exclamation, et fit
un mouvement pour s'éloigner. Il s'avança vers elle, les mains tendues, et, avec une suppliante humilité :

— Oh ! restez !... Un seul instant !... Depuis huit jours vous me
tenez éloigné de vous... Et je suis trop malheureux...

Comme elle secouait tristement la tête :

— Je le mérite, je le sais, reprit-il avec ardeur, et je ne vous apporte
ici que des regrets et des prières... Mais il faut que vous sachiez
combien je maudis la folie qui m'a entraîné... Je suis seul à m'accuser,
et peut-être n'étais-je pas seul coupable... Inconsciemment, et
dans toute la pureté de votre âme, vous avez été ma complice...

Il se glissa près d'elle, et, lui parlant presque à l'oreille, avec une
passion qui la fit frissonner :

— Vous étiez si belle !...

Ile se sentit reprise, prête à retomber sous le charme. Son cœur
se gonfla, et des larmes lui vinrent aux yeux. Elle voulut partir ;
mais il lui prit les mains, et la retenant avec une douce violence :

— Non ! non ! Si vous vous retirez maintenant, je sens que je ne
vous reverrai plus ; il m'a fallu vous surprendre pour obtenir ce court
moment pendant lequel je puis vous prier. Non ! je ne veux pas vivre
ainsi, je souffre trop, il faut que vous me pardonniez... Si vous saviez

ce qu'est la solitude pour moi, après le temps heureux passé auprès de vous !... Jamais je n'ai mieux compris toute la douceur de cette existence à deux, si pleine de délicates et pures jouissances, que depuis que vous l'avez fait cesser...

Régine poussa un soupir. Il l'entendit et devina que ses regrets étaient partagés. Il devint plus pressant, reprit les thèmes d'amour autrefois développés par lui avec tant d'éclat et de succès, et sut les broder de variations nouvelles. Cette musique, qui plaisait tant à la comtesse, ce concerto sentimental, il l'exécuta en artiste consommé. Et, vraiment, il se prit lui-même à son jeu, il pensa ce qu'il disait.

Pâlie par le chagrin, ses beaux yeux humides de larmes, les lèvres agitées, comme si elle retenait difficilement des paroles qu'elle trouvait dangereuses à prononcer, Régine lui parut ravissante, et il la désira passionnément. Il oublia la fortune : il ne vit plus que la femme. Étant sincère, il fut éloquent, et les tristesses de son exil loin du paradis amoureux, il les peignit avec tant de charme que la comtesse s'avoua à elle-même que, sans ce démon qui l'avait perdue, il n'y avait plus du tout de paradis.

Mais après l'en avoir banni, comment le lui rouvrir ? Et quelle foi avoir dans les promesses qu'il ne manquerait pas de faire ? Comment penser même qu'il pourrait les tenir ?

— Vous avez détruit en moi la confiance, dit-elle avec tristesse. Vous recevoir de nouveau serait une imprudence que je ne dois pas commettre. Et, d'ailleurs, quel plaisir pourrions-nous éprouver à nous retrouver l'un près de l'autre ? Il serait empoisonné par le souvenir des torts que vous avez eus envers moi. Croyez-vous que j'oublierai jamais ? Le lien qui existait entre nous a été rompu brutalement par vous, et il est impossible à renouer...

Il fit un geste de protestation.

— Pour quel homme me prenez vous ? dit-il... Supposez-vous que je vous aie fait l'injure de croire un seul instant que vous accepteriez de me voir rentrer dans votre maison, sans la certitude que je tenterai tout pour vous obtenir ?... Car puis-je maintenant avoir un autre rêve ?... Je vous aime profondément, et c'est vous tout entière que je

— J'AI DU CHAGRIN, MON VIEUX BILLET ! (PAGE 1450)

veux. Je n'ai point de réticence, vous le voyez, je vous montre le fond de ma pensée. La vie sans vous me paraît inacceptable, et c'est ma vie que je vous offre de partager... Je n'ai jamais songé à rattacher les liens anciens, j'ai rêvé d'en nouer un nouveau, absolu, qui vous unirait à moi pour toujours...

Et comme Régine demeurait interdite, ne s'attendant pas à une semblable proposition, il reprit avec vivacité :

— Consentez à accepter mon nom, à devenir ma femme ; faites de moi le plus heureux des hommes, donnez-moi le droit de vous aimer, sans trouble pour vous et sans remords pour moi. Cette intimité qui nous était si douce, rendez-la définitive, et faites-la inattaquable. C'était une folie d'espérer que, même innocente, elle pourrait échapper à la malveillance. Je sais que je vous demande beaucoup en implorant l'abandon de votre liberté, la transformation complète de votre existence ; mais je m'efforcerai de vous adoucir le sacrifice par ma tendresse. Soyez bonne : répondez-moi. Il n'est pas besoin de réfléchir, pour accorder le bonheur.

Il eut un moment de vive émotion, gagné par la sensibilité attendrissante de ses paroles. La voix s'étrangla dans sa gorge, il fut forcé de s'interrompre. Il se laissa tomber sur un banc, prit la main de Régine, et acheva ce qu'il avait à dire par des baisers. Elle, souriante et pénétrée, s'assit à ses côtés, le calmant et se sentant de nouveau un grand pouvoir sur lui.

— Vous n'êtes pas raisonnable, mon pauvre ami, dit-elle affectueusement. Moi ! devenir votre femme ? Mais vous ne m'avez donc pas regardée ? je suis vieille. Dans quatre ans j'aurai la quarantaine ; et vous, vous serez encore très jeune. Si j'étais assez folle pour accepter votre proposition, vous m'en voudriez cruellement, et nous serions malheureux tous les deux. Et puis, je ne m'appartiens pas, j'ai des devoirs à remplir, j'ai une fille à laquelle il faut que je me consacre... Enfin, tout ce que vous avez rêvé est séduisant, mais irréalisable, et il n'y faut plus penser...

Il ne se tint pas pour battu et entreprit de réfuter tous ses arguments : il avait cinq ans de plus qu'elle, et leur âge concordait parfaitement : elle était jeune de visage et charmante, et il l'adorait. Le seul chagrin qu'il pût avoir ne lui viendrait que d'un refus d'elle. Sa fille serait, dans un an ou deux, bonne à marier, et la laisserait seule, impitoyablement, et, alors, quelle existence elle mènerait dans ce désert ! Lui, il saurait lui faire une vie si bonne, si douce, si brillante ! Et il esquissait des plans : ils passeraient l'hiver à Paris jusqu'au mois de juin, puis l'été à Croix-Mort ou à La Vignerie. Et le monde qu'elle avait quitté et qui s'ouvrirait de nouveau pour elle ! Il faisait étalage de ses relations, il nommait ses parents, il montrait, dans un mirage éclatant, l'avenir plein de joies, de fêtes et de plaisirs. Et déjà Régine pensive ne disait plus non. Elle restait à l'écouter dans la petite cabane de chaume, au bruit câlin de la Divonnette coulant sous l'arche sonore. La notion du temps lui échappait : la nuit commençait déjà à tomber, et elle croyait n'être auprès de Fernand que depuis une heure à peine. Elle se leva pour partir. Il la prit dans ses bras sans qu'elle se défendît trop fort, et, avec une ardeur passionnée, comme pour la rattacher plus étroitement à lui, il la serra et lui prit un long baiser. Elle recula pâlissante, mais sans colère. Alors, sûr d'elle, maintenant, et ne croyant plus nécessaire de paraître douter, il lui dit :

— Quand vous reverrai-je ?

— Il faut, quoi que vous en disiez, que je réfléchisse, répondit-elle. C'est une bien grande détermination. Je n'ai auprès de moi personne qui soit en mesure de me conseiller. Je vous demande donc un peu de temps... Aussi peu que possible, ajouta-t-elle, en voyant le visage de Fernand se rembrunir. Mais ne venez pas avant que je vous écrive. Et, surtout, ne doutez pas de mon affection pour vous.

A ces mots pleins de promesses, il voulut se rapprocher d'elle, la saisir encore. Elle lui fit de la main un signe d'adieu, qui ressemblait étonnamment à un baiser, et, légère, elle s'élança dans l'allée qui conduisait au château.

Il resta un moment pensif, puis, tirant un cigare de sa poche, l'alluma, et, poussant sa fumée vers le ciel avec une satisfaction orgueilleuse, il s'éloigna.

VI

La question se posait pour Régine d'une façon tout a fait imprévue et singulièrement troublante. Elle aimait M. d'Ayères, elle ne pouvait plus le nier. Mais elle tenait beaucoup à sa tranquillité. Comme il l'avait très bien deviné, elle avait pris, pendant ces douze années de vie retirée et solitaire, des habitudes qu'il lui serait sans doute difficile de modifier. Elle était indépendante : allait-elle se donner un maître? La vie molle et oisive qu'elle aimait, s'exposerait-elle à la voir bouleversée par un homme actif et bruyant? Elle avait, au prix d'une sage administration, reconstitué sa fortune et celle de sa fille : risquerait-elle de voir un viveur la ruiner de nouveau?

Fernand s'était montré plein de franchise avec elle, en lui disant qu'elle aurait un sacrifice à accomplir. Mais comme il connaissait bien les femmes en général, et Régine en particulier, lorsqu'il ne craignait pas de faire appel à son abnégation !

C'était peut-être la crainte de paraître égoïste qui entraînait le plus madame de Croix-Mort à ne pas repousser sa demande. Et puis, il y avait dans ce mot : mariage, un charme auquel elle ne pouvait se soustraire. Elle avait été si peu mariée la première fois, et M. de Croix-Mort, sceptique, sec et froid, était si peu l'homme qu'elle avait

rêvé! Toutes ses effusions, il les avait comprimées ; toutes ses tendresses, il les avait dédaignées. Il lui avait donné son nom et un
enfant : et c'était tout. Après ses relevailles, elle ne l'avait revu qu'à
la salle à manger ou au salon. Et elle n'entendait parler de lui que
pour apprendre qu'il était l'amant de la belle madame X..., ou qu'il
avait perdu cent mille francs au baccara.

Quelle différence avec Fernand, si plein de prévenances, et si violemment épris ! M. de Croix-Mort était brun, comme sa fille.
M. d'Ayères était blond. Ce passé noir rendait si tentant cet avenir
doré! D'ailleurs Fernand n'avait-il pas des droits, maintenant? Et
n'était-elle pas bien imprudente en refusant la réparation que loyalement, il venait lui offrir.

Elle roula pendant quarante-huit heures ces pensées dans sa tête,
et tous les arguments qu'elle put trouver contre ce mariage ne firent
qu'augmenter son envie de le conclure. Elle se décida à en parler à
l'abbé Levasseur, qui dînait au château. Elle était curieuse de voir
quelle impression cette nouvelle lui produirait.

Quand elle l'eut installé dans son fauteuil, au coin de la cheminée
du petit salon, un verre de chartreuse à portée de la main, elle
entama la confidence. Elle commença par un éloge des qualités de
M. d'Ayères, puis elle rappela au bon prêtre ce qu'il avait dit, deux
mois auparavant, au sujet d'une union possible, et, le voyant sourire
d'un air malin, elle termina en annonçant que l'accord était à la
veille de se conclure.

— Eh bien ! ma chère dame, dit le curé, pensant qu'il s'agissait
d'Edmée, c'est parfait... Et je suis heureux d'avoir contribué à vous
ouvrir des vues sur une alliance qui va resserrer plus étroitement les
rapports entre les deux familles les plus importantes de la contrée...
Les futurs conjoints, à ce qu'il me semble, sont faits l'un pour
l'autre...

— Il y a bien une légère disproportion d'âge, insinua Régine, et je
vous avoue que c'est pour moi un sujet d'inquiétude...

— Laissez ! dit le curé, suivant toujours son idée, laissez ! Un peu
de maturité donne une plus grande autorité, et c'est une bonne chose

dans un ménage... Il faut connaître la vie pour se défendre contre ses dangers... Et le futur époux...

— Oh ! je sais qu'il n'a pas été, jusqu'ici, aussi sage qu'il aurait pu l'être ; mais on prétend que c'est une garantie de tranquillité, et qu'il faut qu'un mari ait eu des aventures avant, pour n'en pas avoir après Vous me direz que M. de Croix-Mort, qui, certes, avait eu une jeunesse pleine d'orages, a continué par une existence pleine de tempêtes... Mais je ne crois pas qu'avec M. d'Ayères j'aie à craindre un sort pareil.

L'abbé Levasseur, qui, depuis un instant, trouvait le langage de madame de Croix-Mort plein d'ambiguïté, ouvrit des yeux énormes, et se demanda s'il rêvait. La comtesse semblait maintenant parler d'elle-même. Il lui parut nécessaire d'éclaircir la situation, et, devenant prudent, il laissa tomber cette phrase à double sens :

— Et mademoiselle Edmée envisage-t-elle ce mariage avec une entière satisfaction ?

— Je ne lui en ai pas encore parlé, répondit la comtesse. Vous compren   combien ce sujet est, pour moi, délicat à aborder... Le caractère de cette enfant est très ombrageux et je crains qu'elle n'accepte pas facilement une modification si complète de notre existence... Aussi ai-je compté sur vous, notre ami, pour la préparer à cet événement.

Désormais, il n'y avait plus de doute. Le curé balbutia :

— Comment donc, ma chère dame, tout à votre service !

Quelque décidé que fût le prêtre à respecter les volontés de sa paroissienne, il ne put se défendre de la raisonner un peu. C'était un louable effort que faisait le vieillard. Il se dit : « Je risque de me fermer les portes de cette maison si hospitalière, et adieu mes chères habitudes !... Advienne que pourra !... Le devoir avant tout. » Et il appuya bravement sur les inconvénients et les dangers que la comtesse avait elle-même signalés. Il la trouva très résolue. Fait bizarre : elle semblait encouragée par l'opposition. Livrée à elle-même, elle avait quelques hésitations, elle craignait, elle soupçonnait. Contredite, elle était décidée, et répondait de tout avec une superbe confiance.

Le curé n'insista pas. Il en avait dit assez pour satisfaire sa conscience et mettre sa responsabilité de directeur spirituel à couvert. Il n'avait, en somme, à reprocher à M. d'Ayères rien qui ne fût à la connaissance de la comtesse. Le baron avait mangé le plus clair de son bien, et n'était pas très pratiquant. Mais qui pouvait savoir ? Sa femme lui apprendrait, sans doute, l'économie, et lui donnerait, peut-être, des idées religieuses. Au fond, le brave homme, après en avoir délibéré avec lui-même, aima mieux voir ce viveur épouser une femme expérimentée, capable de se défendre, que la petite Edmée, tendre et innocente. A cette fleur des bois une culture bien douce, dans une atmosphère très saine, était nécessaire. Et ce Parisien n'était point le jardinier qu'il fallait pour elle. L'abbé Levasseur accepta la mission que la comtesse lui donnait d'avertir la jeune fille, et il demanda qu'on la lui envoyât le lendemain au presbytère. Puis, ayant souhaité le bonsoir à madame de Croix-Mort, il prit, précédé d'un domestique portant une lanterne, le chemin du village.

Le lendemain, Régine était dans le petit salon, étendue sur sa chaise longue, quand sa fille rentra. Elle entendit sonner son pas net et décidé dans le vestibule, et pensa qu'elle allait l'éviter, comme à l'ordinaire, et monter dans sa chambre. Mais la porte s'ouvrit et Edmée parut. A sa vue, la comtesse se dressa vivement, et, pendant un instant, les deux femmes se regardèrent. Une flamme passa sur le visage pâle de l'enfant. Elle baissa son front sérieux et attendit, comme si elle eût été un juge à qui sa mère dût fournir des explications. Le silence qui régna alors parut si pénible à madame de Croix-Mort, qu'elle ne put le supporter, et, allant droit au but :

— Tu as vu M. le curé ? Il t'a parlé ? demanda-t-elle d'une voix brève, ne voulant pas avoir l'air de capituler devant cette petite dont elle connaissait la fierté indépendante et sauvage.

— Oui, répondit Edmée, dans les yeux de laquelle de grosses larmes roulèrent.

La mère les vit, et, soudain bouleversée, elle vint à sa fille, la saisit, la serra contre elle en criant, prise d'attendrissement :

— Ma mignonne, ma chérie... Dis-moi que je ne te fais pas trop de peine?... Oh! tu pleures!... Va! je t'aimerai tout autant, plus même... Car je te serai reconnaissante... Nous serons deux à t'aimer... Il est si bon!... Et tu l'aimeras aussi!

L'enfant, à ces mots, fit un brusque mouvement qui rompit l'étreinte caressante de sa mère, et, montrant un visage étincelant de colère :

— Lui? jamais!

— Edmée!

— Non! répéta-t-elle avec rage... Jamais cet étranger, qui va tout bouleverser dans la maison de mon père, et tout changer... jusqu'au nom que tu portes!

La comtesse, saisie, regarda sa fille, qui, blême, les yeux noirs de haine, la bouche convulsive, tremblait de tous ses membres. Enfin, elle reprit possession de son calme, et, d'un ton sévère :

— J'attendais de toi d'autres sentiments. Je ne croyais pas te trouver si violemment hostile à un projet dont la réalisation doit amener le bonheur des dernières années de ma vie... Peut-être aurais-je pu accorder beaucoup à tes prières et à ton chagrin ; à ta colère, à tes violences, rien !

Mademoiselle de Croix-Mort, debout à la même place, avait écouté sa mère. Un sourire amer passa sur ses lèvres quand la comtesse parla de ses espérances de bonheur ; quand elle l'entendit confirmer la résolution prise, son visage devint de marbre. Elle fit un signe de tête, comme pour dire : « C'est bien, » et, sans un mot, elle sortit. Arrivée sur la terrasse, elle prit sa course, gagna le parc, descendit jusqu'à la Divonnette, et là, s'asseyant sur le gazon, elle éclata en douloureux sanglots.

Il y avait longtemps qu'elle pleurait ainsi, lorsque une branche, craquant derrière elle, la fit se retourner. Grave, Jean Billet, la regardait. Elle lui adressa, à travers ses larmes, un amical et triste sourire.

— Eh bien! dit le garde, qu'est-ce qu'il y a donc? Voilà que vous pleurez à c't'heure? Qu'est-ce qu'on vous a encore fait?...

Elle s'essuya les yeux avec le revers de sa main :

ELLE PRONONÇA LE « OUI » SOLENNEL (PAGE 1458)

— J'ai du chagrin, mon vieux Billet!

Il posa sa pétoire contre un tronc d'arbre, se laissa glisser sur le talus à ses côtés, et, fixant sur elle ses petits yeux gris qui brillaient, astucieux, sous ses sourcils en broussailles :

— Contez-moi ça.

— Oh! ça ne sera pas long. Tu sais que maman ne s'est jamais beaucoup occupée de moi?

Le garde hocha la tête :

— Elle ne vous aime pas...

— Ce n'est pas là ce que je dis, interrompit vivement Edmée. Mais elle a ses idées... Et je crains bien de n'avoir jamais assez d'esprit pour les comprendre... Elle connaît un grand nombre de choses que j'ignore... et elle ne trouve point de plaisir à causer avec moi. Elle, quand elle était petite, à Paris, on l'a mise dans un couvent où elle a eu beaucoup de maîtres... Moi, je n'ai travaillé qu'avec monsieur le curé, et, je crois, l'excellent homme, quoiqu'il se soit donné bien du mal, qu'il ne m'a pas appris tout ce qu'il aurait fallu... Maman a toujours dit que j'étais une ignorante et une sauvage...

— Il n'y a pas de mal!

— Elle a dû rougir un peu de moi... me dédaigner... continua-t-elle avec des larmes. Oh! Billet, cependant, comme je l'aurais adorée, si elle avait voulu?... J'y étais toute prête... Une tendre parole, de temps en temps, aurait suffi... Moi, qui en étais réduite à aimer le beau portrait de mon pauvre papa, qui ne me parlait pas non plus, lui, pourtant... mais qui, dans son cadre noir, me souriait si doucement!

— Un fameux homme, votre père!... Et un chasseur!...

— Eh bien! c'est fini!... Maman l'a tout à fait oublié, et elle va en épouser un autre.

Edmée fut prise d'une suffocation, et, sans pouvoir ajouter un mot, elle cacha sa tête dans ses mains. Billet était devenu pâle :

— Ah! c'est décidé? fit-il... Je l'avais bien deviné, le premier jour, qu'il nous causerait du désagrément, ce joli cœur-là! J'avais cependant craint qu'il ne s'adressât à une autre qu'à Madame... Cela vaut mieux ainsi... Ah ! c'est décidé ? Du reste, il y a assez longtemps qu'ils caracolent ensemble dans les bois.

Une rougeur ardente passa sur le front de l'enfant, et, arrêtant Billet d'un geste, elle dit :

— Tais-toi ! c'est ma mère !

Il baissa le nez, arrondit le dos en marmottant, entre ses dents, des paroles indistinctes, puis, se tournant vers Edmée :

— Et vous ? qu'est-ce que vous allez faire ?

— Rien ! mais je suis bien malheureuse !

Et elle recommença à pleurer. Alors il la raisonna doucement et, avec des paroles tendres, entreprit de la consoler. Elle savait bien qu'il était là, lui, le vieux dévoué, qui l'avait vue naître et avait été le guide de ses premières promenades émancipées. Il ne l'abandonnerait jamais, elle n'aurait qu'à venir le trouver, et ils se remettraient à courir tous les deux, dans le grand silence calme, où on oublie ses soucis et ses peines. Si on s'avisait de la tourmenter, elle pouvait compter sur lui... et on verrait !

Elle répondit tristement :

— Non, Billet, n'essaie pas de lutter, supporte tout, comme moi. Il sera le maître, vois-tu !... Il te chasserait... Et alors, je resterais toute seule.

Le vieux garde hocha la tête d'un air songeur :

— Il ne pourrait toujours pas me forcer à quitter le pays. Et, pour sûr, je ne m'en irais pas, voyez-vous... J'aime cette terre-là... Je suis né dessus... J'ai usé bien des paires de souliers à la parcourir... On m'enterrera dedans.

Ils restèrent silencieux, perdus dans leurs réflexions, et la nuit tombait autour d'eux, le soleil, embrasant l'horizon, jetait au travers des taillis, déjà dépouillés de leurs feuilles, des lueurs d'incendie. Billet leva lentement le front, contempla le ciel, puis, d'une voix grave :

— Regardez comme le couchant est rouge !... On dirait qu'il coule du sang sur la forêt.

A ces mots, Edmée frémit. Son esprit fut frappé comme par une sinistre prophétie. Elle reporta vers le sol ses yeux aveuglés par les derniers rayons du soleil, et, avec terreur, elle crut le voir parsemé taches sanglantes. Elle se leva vivement. Il lui semblait qu'elle allait emporter avec elle quelque horrible marque. Subitement, le globe empourpré descendit derrière la ligne des arbres, peu à peu le ciel se décolora, puis tout devint sombre, comme l'avenir.

— Bonsoir, Billet, dit la jeune fille. Je me suis oubliée, il faut que je m'en aille. Ne songe plus à tout ce que je t'ai dit : ce sont des sottises !

— Voire.

— J'ai manqué de force de caractère : cela ne m'arrivera plus... Et toi surtout sois prudent et convenable...

— Peut-être.

— Adieu.

Elle traversa le parc, arriva devant le château, vit les fenêtres du salon éclairées, et, sur les rideaux, une silhouette d'homme qui faisait ombre. Elle poussa un soupir, mais, résolument, elle gravit le perron et entra. C'était bien M. d'Ayères qui était là. Il s'avança très gracieusement à la rencontre de la jeune fille, et lui tendit la main. Elle affecta de ne pas remarquer son mouvement et le salua avec froideur, puis, se tournant vers sa mère, qui la regardait, pleine d'angoisse.

— Je vous demande pardon, maman : je me suis attardée dans le parc... J'avais mal à la tête : l'air m'a fait du bien... Du reste, la cloche du dîner n'a pas encore sonné...

— On a pris le temps d'ajouter un couvert, dit la comtesse... M. d'Ayères nous fait le plaisir de rester avec nous ce soir.

Edmée n'eut pas un geste d'acquiescement, ne dit pas un mot d'approbation ; elle s'assit, prit son ouvrage, et parut ne point s'apercevoir de la présence de celui qu'elle haïssait. En passant dans la salle à manger, la comtesse, qui était au bras de Fernand, se pencha vers lui et, avec l'accent de la supplication :

— Je vous en prie, soyez indulgent pour cette enfant...

— Je trouve qu'elle est fort raisonnable, dît-il. Il ne faut pas tout exiger en un jour. Elle ne m'a pas trop fait la grimace. C'est à moi de me faire bien venir d'elle... Je m'y attacherai, soyez-en sûre.

Régine lui adressa un regard de tendre reconnaissance, et lui désigna une place auprès d'elle. Le dîner s'acheva sans difficultés. Le baron parla beaucoup, avec une aisance affable. Edmée ne fit pas entendre le son de sa voix. Au dessert, elle se leva, salua sa mère et M. d'Ayères, et sortit.

Cette attitude ne laissa pas que de troubler un peu le beau Fernand. En s'en allant, le cigare aux dents, bercé par le mouvement souple de la voiture, il se remémorait la physionomie de l'enfant et convenait que cette petite « noiraude » n'avait pas l'air bon. Mais bah! si elle faisait la récalcitrante, on la mettrait en pension, et tout serait dit. Il se chargerait bien, lui, d'amener la comtesse à la trouver gênante, et à s'en débarrasser.

Le lendemain, il revint, faisant sa cour régulièrement. Il examina la petite noiraude, comme il disait, et constata avec ennui qu'elle était aussi grande que sa mère. Bien près de seize ans, à coup sûr, et forte, comme toutes les filles élevées à la campagne, avec des épaules larges, une taille maigre et un peu plate, des gros poignets, des mains hâlées, mais, sous un front bombé et volontaire surmonté d'une chevelure sombre et rebelle, une paire d'yeux profonds frangés de cils recourbés, comme il n'en avait vu de sa vie. Du reste, toujours le même air haineux, le même mutisme, rompu seulement par les exigences de la politesse, et la même envie de se sauver dès qu'il apparaissait

— Au moins, elle ne cache pas son jeu, se disait-il gaiement, et, avec elle, on sait à quoi s'en tenir.

Cependant, il y avait dans cette ténacité froide et réfléchie une énergie qui était si peu d'une enfant qu'il en éprouvait une vague inquiétude. Il sentait continuellement les yeux d'Edmée attachés sur lui avec une fixité sournoise. Il la regardait vivement; elle se détournait, et, après un instant, elle recommençait à l'épier.

Il voulut, comme il l'avait promis, essayer de rentrer en grâce et de se faire bien venir d'elle. Il fut attentionné, aimable : il lui apporta même de Paris, quand il y alla pour chercher des papiers de famille indispensables, une très jolie boîte à ouvrage garnie d'ustensiles d'or. Elle le remercia, posa la boîte sur une table, et, le lendemain, il s'aperçut qu'elle ne l'avait même pas ouverte.

Il ne pouvait se plaindre d'elle. Rien de violent, aucune résistance en face, une correction d'allures parfaite, la froideur d'un marbre. Il se découragea, et ne s'occupa plus de lui plaire. La comtesse, de son côté, travaillait à plier ce caractère terrible. Elle avait usé de tous les moyens. La tendresse avait fait pleurer Edmée, mais ne lui avait pas arraché une concession. Elle répondait avec une logique implacable :

— Plus vous vous montrez affectueuse pour moi, plus il m'est pénible de vous voir donner une part de cette affection, la plus grande, certainement, à un étranger.

Madame de Croix-Mort, s'étant laissé entraîner, un jour, à discuter cette question de l'affection exclusive que sa fille semblait vouloir lui imposer, s'écria, irritée :

— Enfin, dans la vie d'une femme, il n'y a pas que l'amour maternel : il y a l'amour conjugal !

Edmée regarda froidement sa mère et répliqua :

— Oui, une seule fois !

La comtesse pâlit, et n'osa pas insister. Ainsi, c'était le successeur, donné à son père mort, que l'enfant repoussait. C'était l'abandon fait, par sa mère, de la fidélité à l'époux disparu, qu'elle réprouvait. Et elle le déclarait nettement. La lutte prenait, de la sorte, un caractère tellement aigu que madame de Croix-Mort tomba dans des colères qui n'eurent pour résultat que de mettre Edmée hors d'elle, de lui faire oublier le respect, et d'amener de sa part des ripostes impossibles à oublier.

— En somme, pourquoi te sacrifierais-je ma liberté, s'écria un soir la comtesse, quand tu ne veux pas me sacrifier tes préventions ? Est-ce donc moi qui suis tenue d'être la plus généreuse.

— Peut-être devriez-vous être la plus raisonnable !

— Que veux-tu dire ?

Edmée resta un moment indécise, ses pommettes se marquèrent

de rouge, ses yeux s'enfoncèrent plus sombres sous ses sourcils ; au travers de sa robe on eût pu voir battre son cœur à coups précipités. Puis, avec une audace qu'elle n'avait encore jamais eue :

— Je veux dire qu'il faut que vous soyez aveugle pour ne pas vous apercevoir que celui à qui vous subordonnez tout, est un hypocrite et un menteur. Quand il vous parle, vous ne faites attention qu'au sens de ses paroles : vous n'écoutez pas si elles sonnent vrai ou faux. Il vous parle tendrement : cela vous suffit... Moi, qui l'écoute autrement que pour l'applaudir, j'entends bien qu'il ment ; moi, qui l'observe autrement que pour l'admirer, je discerne bien qu'il joue un rôle... Il vous trompe.

— Dans quel intérêt ?

— Évidemment dans le sien !

Et elle ajouta, avec un accent d'ironie, qui cingla sa mère comme un coup de fouet :

— Ça, c'est une conversation qu'il faut réserver pour votre notaire.

— Je sais ce que j'ai à faire, répliqua la comtesse, tremblante d'émotion. Quant à toi, je renonce à essayer de te ramener à des sentiments meilleurs. Ta manière d'être va rendre toute communauté d'existence impossible. Il faudra donc que nous nous séparions...

Madame de Croix-Mort avait gardé ce dernier argument pour la fin. Elle espérait, sous le coup de cette menace, faire plier Edmée et lui imposer plus de réserve et de douceur. La jeune fille ne sourcilla pas, ses lèvres tremblèrent imperceptiblement, et elle baissa les yeux :

— Je l'avais prévu, répondit-elle avec fermeté. Si j'ai bien compris ce qui a été dit, devant moi, vous avez l'intention d'aller vous fixer à Paris pour y passer l'hiver. Moi, je désire rester à Croix-Mort. Rosalie et son mari me serviront, et je vivrai aussi tranquille que je puis l'être, en gardant votre maison. Notre bon curé me fera société, et, d'ailleurs, je ne m'ennuie jamais seule.

—Soit, dit madame de Croix-Mort. Je ne te punirai pas par la privation de la liberté, en te mettant dans un pensionnat de Paris, comme je le pourrais, et le devrais peut-être. Tu as une raideur de caractère qui exigerait le contact des étrangers pour s'assouplir...

Mais je prétends faire la part du chagrin que tu sembles éprouver, et mettre sur le compte de l'irritation de ton esprit les méchancetés que tu me dis. Reste donc ici, puisque tu le veux : j'espère que la réflexion te sera profitable. En tous cas, et je parle pour M. d'Ayères aussi bien que pour moi, tu peux être sûre que tu n'auras qu'un mot à prononcer pour que nous t'accueillions, comme si rien ne s'était passé entre nous.

Edmée baissa la tête en signe de remerciement, et, sans une parole de plus, elle se retira.

A partir de ce soir-là, il n'y eut plus de discussions ni de luttes. La matière était épuisée. Madame de Croix-Mort, ayant réglé la situation de sa fille, moralement et matériellement, se considéra comme quitte envers elle.

Le jour du mariage approchait. Il devait avoir lieu dans la petite église de Clairefont, en présence seulement des témoins. Le soir même on partait pour Paris. Régine l'avait voulu ainsi, et Fernand s'était prêté de très bonne grâce à son désir. La veille, la comtesse, qui redoutait quelque suprême incartade, entra dans la chambre de sa fille, afin de la préparer.

— Demain, c'est à peine si nous pourrons nous parler... et j'ai tenu à causer encore une fois, avec toi, de cœur à cœur... Tu m'as fait beaucoup de peine, mon enfant ; je ne mets pas, comme toi, mon orgueil à ne pas pleurer et je t'assure que tu m'as coûté beaucoup de larmes... Au moins, que nos dissensions restent secrètes... Ne prêtons pas aux commérages... Demain, nous serons en public... et j'espère que tu éviteras de me donner de nouveaux sujets d'affliction.

— Soyez sans crainte, maintenant, ma mère, répondit Edmée. J'ai fait tout ce qui dépendait de moi pour vous détourner de votre projet... Si vous en avez souffert, je vous prie de me le pardonner... Je n'ai point agi avec méchanceté... Je souhaite de tout mon cœur que vous n'ayez jamais de regrets... Et personne ne priera Dieu aussi sincèrement que moi, pour que le malheur s'écarte de vous.

Elle embrassa sa mère, la reconduisit jusqu'à la porte, avec le plus grand sang-froid, mais, quand elle fut seule, elle s'abattit sur son lit

ET ELLE S'HABITUA A ALLER TOUTE SEULE (PAGE 1462)

avec un cri de désespoir, et resta là, longtemps, à gémir et à pleurer.
Madame de Croix-Mort, très impressionnée par le langage de sa
fille, passa la nuit en proie à des agitations affreuses. Elle eut des
rêves terrifiants dans lesquels elle se voyait torturée par le beau
Fernand, et n'ayant plus de refuge qu'auprès d'Edmée.

Elle se réveilla brisée, et pour la première fois, ne trouva pas, au
fond de son cœur, la même imperturbable confiance.

Elle n'eut pas le loisir de céder à cette pénible impression. La
matinée s'écoula avec la rapidité d'un songe. Elle prononça le « oui »
solennel, devant le maire de Clairefont, qui était son fermier, le père
Courtois, elle signa le registre, se laissa embrasser, avec une gracieuse familiarité, par le vieillard, traversa un groupe de cinquante
ou soixante personnes qui stationnaient à la porte de la mairie, et
entra à l'église, au carillon déchaîné de toutes les cloches, dont une,
donnée par son premier mari, l'avait eue, elle, pour marraine.

Le parvis était sombre, et, tout au bout, l'autel illuminé resplendissait, décoré de verdure et de fleurs. Un tapis couvrait les dalles,
sur lesquelles elle avait entendu, quatre mois plus tôt, résonner, net
et décidé, le pas aristocratique du beau Fernand. Ce jour-là sa fille
était à ses côtés, et elle avait dû la rappeler au recueillement parce
qu'elle regardait curieusement leur voisin au lieu de suivre la messe.
Que de chemin parcouru depuis lors! C'était maintenant M. d'Ayères
qui était auprès d'elle, élégant et fier, devant son prie-Dieu de
velours, et Edmée était à l'écart, priant, comme elle l'avait promis,
pour le bonheur de sa mère, devenue une étrangère. Régine éprouva
une vive angoisse, son cœur se serra. La cloche de l'enfant de chœur
sonnait pour l'Élévation; elle se courba machinalement et, au même
moment, elle entendit un sanglot. Elle leva les yeux, et, à trois pas
d'elle, dans le banc seigneurial que, depuis deux cents ans, la
maison de Croix-Mort occupait à l'église, elle vit Edmée à genoux.
Sa tête était appuyée sur le bois et le banc semblait vide. Aucun
des serviteurs n'avait osé y prendre place à ses côtés. Jean Billet,
debout, vêtu d'une blouse neuve, sa plaque de garde brillant sur sa
poitrine comme un miroir, ramassé dans sa massive taille d'athlète,

paraissait la protéger. Et, seule, l'enfant restait au banc de famille.

En cet instant, Régine se demanda si elle avait bien fait tout ce qu'elle eût dû faire, si elle avait assez aimé sa fille, dont le seul tort avait été de trop ressembler à son père, si elle avait assuré sa tranquillité et préparé son bonheur. Elle sentit un trouble violent au plus profond d'elle-même, et l'amertume d'un regret lui gonfla le cœur. Une lassitude soudaine la prit, et lui rappela qu'elle n'était plus jeune. L'illusion qui lui avait fait rêver des joies inconnues, au bras d'un nouvel époux, s'effaça ainsi qu'un brouillard léger, et, comme dans un songe, elle vit distinctement le grand salon de Croix-Mort.

Elle y était étendue, plus âgée encore, avec des cheveux gris ; elle tricotait, en souriant, de petits ouvrages, pendant que deux enfants, dont elle était la grand'mère, se roulaient sur le tapis. Elle apercevait, par la porte-fenêtre, un couple amoureux qui passait, marchant sur la terrasse. C'était Edmée et le mari qu'elle épouserait, paisibles, jouissant de l'existence sans secousse, et ayant assuré par leur bonheur la douce sérénité de sa vieillesse. Ce tableau était si charmant, si frais, si reposé, il résumait si complètement les pures félicités de la vie, qu'elle n'en pouvait détacher ses yeux. Une voix, en même temps, murmurait en elle : « Voilà le vrai et sûr bonheur. Celui-là, il dépendait de toi de l'avoir. Tu n'avais, pour te l'assurer, qu'à ne pas t'égarer à la poursuite de chimères, à ne pas t'envoler dans le vide de l'azur, et à rester tranquillement sur la terre. Tu avais une fille, qui se serait chargée de te le donner. Elle t'aurait mis ses enfants sur les genoux, comme des fleurs vivantes, et ton cœur, assoiffé d'idéal, se serait fondu dans d'exquises tendresses. Mais tu a voulu un autre amour. Va donc, maintenant, dans la route que tu as choisie, et ne te plains pas si tu la trouves souvent rude et escarpée. »

Une fumée d'encens monta dans l'air, les dernières paroles du prêtre frappèrent l'oreille de Régine. La vision délicieuse disparut, et, devant ses yeux, elle ne trouva plus que le beau Fernand, qui lui souriait, en caressant sa barbe d'or.

Ce qui suivit : visite à la sacristie pour remercier le curé, salut aux paysans qui l'attendaient sur la place avec des bouquets, lunch servi sur la terrasse du château pour les tenanciers du domaine, derniers préparatifs faits à la hâte, tout se perdit dans la fébrile agitation du départ. Il ne resta de net, dans l'esprit de Régine, que l'adieu grave et le regard triste de sa fille, la serrant dans ses bras, sur le marche-pied de la voiture, et l'exclamation bourrue de M. d'Ayères qui, manquant à sa galanterie habituelle s'écriait :

— Finissez-en donc ! Vous allez nous faire manquer le train :

La portière claqua, les chevaux partirent, Edmée disparut. Le château s'effaça, les arbres de l'avenue défilèrent, comme autant de rapides fantômes, et la route poudreuse apparut, cette route du rêve, qui tournait le dos à la sagesse et conduisait à la fantaisie.

VII

Les premiers temps de sa vie abandonnée parurent très pénibles à Edmée. Elle erra dans les vastes pièces du château désert, comme une âme en peine. Les angoisses des dernières semaines qu'elle venait de traverser, si cuisantes et si dures, elle se prit à les regretter. C'était encore l'animation de la vie. Mais ce silence, c'était la tombe. Elle s'enferma pendant quelques jours dans sa chambre, et vécut au milieu de ses objets familiers, se faisant monter à déjeuner et à dîner, se figurant, par un effort d'imagination, qu'il y avait du monde autour d'elle, et qu'il lui suffirait de descendre pour trouver sa mère au salon, lisant, comme d'habitude, un roman, étendue sur sa chaise longue.

— Mademoiselle, lui disait la vieille Rosalie, vous avez tort de ne pas sortir : vous vous donnerez les pâles couleurs. Il fait dehors un joli froid sec. Si vous alliez seulement jusqu'à la pièce d'eau porter à manger aux cygnes ? Ils sont comme vous, ces pauvres animaux : le temps leur dure de ne voir personne.

Billet venait, chaque jour, sous sa fenêtre, n'osant pas monter, avec ses souliers crottés, dans les escaliers du château, et, le nez en l'air, il semblait lui donner la sérénade. Enfin elle rougit de sa faiblesse et reprit son train d'existence accoutumée. Elle se cantonna dans une aile du château, et fit fermer toutes les autres pièces. Elle se mit à travailler avec ardeur, dessinant et peignant jusqu'au déjeuner. L'après-midi elle sortait, soit à pied, soit en voiture. Sous la remise, elle avait découvert une petite charrette basse, en bois verni, qui pouvait circuler dans tous les chemins, les roues ayant « la voie, » comme disent les forestiers. Billet lui attela un poney un peu vieux, mais très sage. Et elle s'habitua à aller, toute seule, faire des tournées dans le pays, entrant chez les malheureux, distribuant des secours, habillant les petits enfants, suivie d'un concert de bénédictions.

Sa mère lui écrivit, d'abord toutes les semaines, des lettres triomphantes, pleines de l'éclat des fêtes, de la sonorité des orchestres, et qui faisaient passer devant les yeux de l'abandonnée, comme dans une vision, les bals, l'Opéra, le Bois, toute une vie luxueuse effrénée, dévorante, qui laissait à Edmée une impression de tristesse profonde. Cette femme, lancée à plein corps dans ce tourbillon qu'elle se plaisait à décrire, était-ce sa mère, ou une jeune mondaine faisant ses premiers pas, aspirant la vie avec ivresse, et avide de toutes ses joies vraies ou fausses, vulgaires ou raffinées ? Ignorante de ce qu'à Paris on nomme le monde, n'ayant aucune idée de la manière formidable dont ceux qui le composent arrivent à se dépenser, Edmée avait de prodigieux étonnements. Il lui semblait que tous ces gens-là étaient en proie à une crise de folie. Cette succession furieuse de plaisirs pris sans arrêt, sans réflexion, presque sans sommeil, cette course enragée à la poursuite de ce qui peut distraire, faite par des êtres vivant sur leurs nerfs, dans une sorte de somnambulisme frénétique, la stupéfiaient.

Les lettres de sa mère la fatiguaient ; elle se sentait les jambes et les bras cassés, après avoir lu le récit des bals, comme si elle avait, elle aussi, employé à danser toutes les nuits de la semaine. Elle voyait tournoyer les robes bleues, roses et blanches, et elle entendait les sons sautillants de la musique, arrivant jusqu'à elle par vagues bouffées. Cette fièvre mauvaise la troublait de loin. Qu'était-ce donc de près ?

Elle conçut pour cette existence parisienne une grande aversion. Elle la voyait vaine, légère, pailletée comme les toilettes de ses danseuses, toute en illusion, parure brillante le soir, misérables loques le lendemain. Qu'en restait-il, de cette vie ? De la fatigue, comme il restait de la robe des chiffons.

Madame d'Ayères se plaisait à faire l'éloge de son mari, elle était fière de ses succès, elle le comparait avec orgueil aux hommes qui l'entouraient, et ce beau garçon à la taille fine et aux épaules larges triomphait facilement de tous ses rivaux. Il y avait même une pointe de jalousie secrète dans la manière dont elle constatait que Fernand était très recherché pour son entrain et sa bonne grâce. Il semblait qu'elle craignît qu'il le fût trop, surtout par les femmes. En attendant, on ne pouvait donner une bonne fête sans lui. Et il était conducteur de cotillon, comme devant, ayant osé se montrer de ces rares maris qui dansent. Ils habitaient un charmant appartement boulevard Malesherbes, et recevaient à dîner une fois par semaine. On projetait de jouer la comédie, et on complotait un bal costumé pour le carnaval :

« Viens, ma chère petite, écrivait madame d'Ayères : tu ne peux douter du plaisir que tu nous feras en arrivant. La triste solitude de Croix-Mort ne vaut rien pour une fille de ton âge ; autant tout de suite entrer en religion. Tu dois voir le monde et apprendre à le connaître. Il paraîtra peut-être effrayant d'abord à une sauvage telle que toi. Mais il a des charmes si vifs et si variés que tu l'aimeras promptement, et que tu ne pourras plus te passer de lui. Il faut penser au jour où tu te marieras. Tu n'épouseras probablement pas un loup de notre province, et il convient de te préparer à ne pas vivre toujours dans un désert avec des rustres. Commence tout de suite ton éducation, jette-toi résolument dans la grande fournaise. Ne crois pas que ce soit un enfer, et qu'on y brûle. A la vérité, si on y a très chaud, c'est à force de s'amuser. »

Après avoir lu ces lettres où la soudaine frivolité de sa mère éclatait foudroyante, Edmée restait profondément affligée. Une amertume était en elle à la pensée que cette pauvre femme, affolée de plaisir, songeait à lui faire partager sa misérable existence. Et elle prenait un

goût plus vif pour sa « triste solitude » de Croix-Mort, et pour les
« rustres » qui y faisaient son ordinaire compagnie. Elle ne pouvait
se défendre de trouver sa mère ridicule avec ses airs évaporés de
petite fille. Ces façons de fanfinette, à près de quarante ans, lui remettaient involontairement en mémoire une illustration d'un livre qu'elle
avait eu, quand elle était toute petite, et qui représentait une vieille
Anglaise, coiffée d'une énorme couronne de fleurs, chaussée de souliers à cothurnes, tenant la queue de sa robe de bal dans sa main
gauche, et, du bras droit, prenant sur l'épaule de son danseur des
poses abandonnées. Elle voyait sa mère sous les traits de la grotesque
Anglaise, et, devant ses yeux, passait, faisant des grâces, la carica-
ture ayant le visage de madame d'Ayères. Quant au beau Fernand,
elle ne le jugeait pas ridicule : elle le soupçonnait dangereux. Un
instinct secret l'avertissait qu'un péril pouvait venir de cet homme.
Lequel ? Elle n'en savait rien, mais elle se tenait en défiance. Les
notes caressantes de sa voix, qui avaient tant contribué à séduire la
sentimentale Régine, avaient, dès le premier jour, sonné aigres à
l'oreille d'Edmée. Et sa belle barbe d'or, elle la voyait rousse, comme
celle de Judas.

Aller à Paris, vivre dans ce monde bruyant, agité, factice, que lui
dépeignait sa mère, épouser un bellâtre taillé sur le modèle de
M. d'Ayères, dont l'unique occupation serait de s'habiller, de se faire
les mains blanches, et de dire des riens tout le long de la journé, en
attendant de conduire le cotillon le soir ? Elle aimait mieux la neige
chargeant les arbres du parc, le silence mystérieux des plaines, la vie
calme et laborieuse qu'elle avait su s'arranger, et la conversation
avec son vieux Billet.

Elle répondait laconiquement aux lettres de sa mère, affectant de
traiter exclusivement de choses pratiques, donnant des détails sur
l'état du domaine et ripostant labours, hersage, semailles, quand on
lui parlait toilette, musique et danse. Libre de ses actes, depuis
qu'elle était seule à Croix-Mort, elle allait dehors, à toute heure, sans
craindre une réprimande. Les champs avaient achevé de la conquérir.
Elle leur trouva des charmes qu'elle n'avait pas soupçonnés.

ILS CAUSAIENT AINSI, TOUS DEUX, LE SOIR (PAGE 1469)

Le soir, quand le soleil tombait à l'horizon et que la nuit venait presque instantanée, elle restait quelquefois immobile, regardant au loin les nuages qui passaient, avec une étonnante rapidité, du rouge vif au rose pâle. Des bandes jaunes s'étalaient à côté de bandes vertes, et le bleu du ciel se dégradait en des teintes violettes, comme si la chaleur de l'astre avait fondu l'air glacé. Une ombre vague descendait sur la terre, estompant les contours, et, sur le fond encore clair du ciel assombri, les bois se détachaient noirs, ainsi qu'une large muraille barrant l'étendue. Les maisons éparses allumaient leurs feux, et, sur la route, le roulement d'un chariot, retournant à la ferme, se faisait entendre, accompagné par les sonnailles des chevaux. Une paix profonde se dégageait des choses et, pendant que les étoiles commençaient à scintiller au-dessus de sa tête. Edmée pensait avec mélancolie que sa mère, à cette même heure, s'habillait pour une de ces fêtes qui dévoraient ses nuits sans repos.

Lentement, elle marchait le long du chemin, saluée d'un amical bonjour par des voix qui sortaient de l'obscurité, rentrait au château, dînait, et lasse d'une bonne fatigue, elle s'endormait d'un sommeil sans rêve.

L'abbé Levasseur, qui avait gardé ses habitudes, venait dîner tous les dimanches avec elle. Il ne la traitait plus comme une enfant. La femme s'était montrée et avait fait apprécier sa ferme raison. D'un commun accord le prêtre et la jeune fille ne parlaient jamais que très sommairement de madame d'Ayères. Aucune allusion au mariage. C'était un sujet brûlant qui demeurait réservé : on l'avait mis à l'index. Le curé disait en arrivant, après avoir fait ses salutations :

— Et madame votre chère mère est toujours en bonne santé ?

Edmée répondait invariablement :

— Ma mère va bien, monsieur le curé, je vous remercie.

La politesse était faite, et le bonhomme pouvait jouir en paix des innocentes douceurs de sa soirée. Au moment du départ, avant d'aller dans le vestibule rejoindre le valet qui l'escortait comme d'habitude, la lanterne à la main, il disait, avec une demi-révérence d'autel :

— Ne m'oubliez pas, je vous prie, auprès de madame votre chère mère, quand vous lui écrirez...

Edmée souriait, lui tendait son large chapeau de feutre noir et répliquait :

— Je n'y manquerai pas, monsieur le curé. Couvrez-vous bien : le froid doit être très piquant ce soir.

Et l'excellent prêtre s'en allait tranquille.

Cependant ils eurent l'un et l'autre un grand chagrin. Le vieux verrier mourut. Il avait quatre-vingt-sept ans : il s'éteignit un jour sans souffrance. L'abbé Levasseur eut une douleur de mère qui perd son nourrisson, en voyant inanimé ce pauvre malade, qu'il dorlotait comme un véritable enfant. Les tendres soins dont il l'avait entouré le lui avaient rendu encore plus cher. Il s'était attaché à lui en raison directe des exigences qu'il avait manifestées.

Cette mort, si retardée, était, en somme, un véritable soulagement. Le curé en fut inconsolable. Il trouva dans le cœur d'Edmée des regrets aussi sincères que les siens, et ils pleurèrent ensemble le vieil artiste. Mademoiselle de Croix-Mort fit couper dans les serres les plus belles fleurs, et en emplit la chambre mortuaire. Elle suivit la première le cercueil, porté par quatre des membres du conseil de fabrique, et assista jusqu'au bout le pauvre abbé obligé de rendre les derniers devoirs à son père, et comme fils et comme prêtre. Puis, après la navrante cérémonie, elle le suivit dans la sacristie, lui prodigua les encouragements les plus délicats, et l'emmena au château pendant que ses gens à elle remettaient tout en ordre au presbytère.

Les jours suivants, le voyant désœuvré, cherchant l'emploi de son temps et ne le trouvant plus, elle l'excita à sortir dans les environs avec elle. Elle le remit peu à peu dans le train de la vie, et exerça une influence très grande sur le bon prêtre, qui, en différentes circonstances, dit :

— Mademoiselle de Croix-Mort est une personne tout à fait supérieure.

Et c'était vrai. Il avait suffi, pour donner à cette enfant toute sa valeur, de la livrer à elle-même. Maintenant, c'était un esprit clair, pénétrant, décidé, un peu trop réfléchi peut-être, et pas assez abandonné aux fantaisies de la jeunesse. Son caractère véritable, dégagé des naïvetés de l'enfance, apparaissait complètement formé. Elle tenait à la fois de sa mère et de son père : de l'une par les idées d'ordre et un certain penchant à la rêverie. de l'autre par l'ardeur et la violence des sentiments. Elle était à la fois fougueuse et froide. Capable de haïr avec une grande force, et de diriger sa haine avec un calme terrible.

Pour le moment, elle ne haïssait personne. Un grand apaisement s'était fait en elle. L'irritation, que l'entrée du beau Fernand dans l'existence de sa mère et dans la sienne lui avait causée, s'était adoucie. L'éloignement avait été favorable à l'intrus. Il avait gagné à s'effacer dans la demi-teinte du souvenir. Edmée pensait à lui seulement avec ennui, en se disant : « Il reparaîtra un de ces jours. » Mais elle ne voulait pas se préoccuper à l'avance, et elle s'efforçait d'oublier aussi longtemps que possible. Quant à sa mère, elle la plaignait sincèrement. Elle s'attendait à la voir malheureuse, et elle était décidée à lui donner alors la preuve de sa véritable affection.

Fait assez particulier, à mesure qu'elle avançait en âge et qu'elle raisonnait, la piété exaltée, qui l'avait possédée au moment de sa première communion, s'était refroidie. Elle pratiquait, plutôt par principe que par entraînement. Elle avait confié à l'abbé Levasseur cet état de son âme, et de grandes controverses s'étaient engagées entre elle et lui. Tout le côté mystérieux et miraculeux de la religion lui échappait : elle ne pouvait plus l'admettre. Il y avait entre les faits matériels, sur lesquels repose la doctrine chrétienne, et les conséquences morales, que l'enseignement religieux prétend en tirer, une absence de proportions qui la choquait. Le bon prêtre lui disait doucement :

— Mon enfant, ne discutez pas, croyez.

A cela elle répondait :

— Mais c'est que je ne puis croire ce que je ne comprends pas. Et le moyen de comprendre sans discuter ?

Le vieillard alors lui tapait doucement sur la joue avec deux doigts et, d'un ton d'affectueuse gronderie :

— Vous êtes au fond une petite hérétique... Quand on pense que c'est moi qui vous ai instruite !... C'est vraiment désolant !... Vous avez l'esprit de rébellion et d'orgueil en vous... Tâchez de le dominer... Soyez humble !... Ne levez pas les yeux plus haut que le ciel. Ne cherchez à connaître que ce que le Maître a voulu vous montrer. Nous sommes si petits et si misérables, comparés à l'infini, pourquoi prétendrions-nous en pénétrer les secrets? Nous ignorons presque tout des choses de notre monde périssable, et nous voudrions que la grande force éternelle nous fût révélée. Avec nos yeux, nous distinguons dans les airs à peine quelques astres, et il y en a des millions qui nous échappent... Nous ne nions pas leur existence, cependant. Pourquoi alors douter de ce que notre intelligence bornée ne nous permet pas de comprendre?

Ils causaient ainsi, souvent, tous deux, le soir, en se promenant à pas tranquilles, au bord des routes, ou dans les allées du parc. Sur leur tête, le ciel, comme pour confirmer les paroles de croyance du prêtre, était rempli d'étoiles. L'ordre admirable de l'univers se manifestait dans sa majestueuse sérénité. Et Edmée se taisait, pour ne pas affliger son vieil ami, ne voulant pas lui dire que c'étaient les pratiques humaines, si mesquines dans leur prétention solennelle, les raisonnements humains, si faibles, comparés à la grandeur des choses, qui la détournaient de la religion enseignée et la poussaient à une sorte de religion naturelle, en révolte contre les puérilités du culte, mais toute pleine d'admiration pour la Création et d'adoration pour le Créateur.

Le curé lui prêtait des ouvrages qui, disait-il, devaient la convaincre. Elle les lisait consciencieusement, et elle était choquée par la minutie de l'argumentation, l'étroitesse des tendances, par les partis pris de rapetisser le débat en ramenant toute la religion à des observances de règles, à des acceptations de rites, au lieu de l'élargir, de la grandir, et de la montrer profonde comme l'infini, et large comme l'éternité. C'était une religion faite à la taille des hommes, et non à celle de Dieu, une religion qu'on pouvait endosser comme une chasuble, pour s'en servir, que l'on portait enfin, et qui n'écrasait pas.

— Savez-vous bien, disait quelquefois le curé, qu'avec vos idées, vous vous rapprochez étrangement des protestants ?...

— Je ne les aime pourtant pas, répondait Edmée. Leur formalisme sec et leur pédantisme austère me sont tout à fait antipathiques.

Elle se mettait à rire, et ajoutait :

— N'essayez pas de me classer, mon bon père, je n'en vaux pas la peine. Je ne suis, en somme, qu'une petite fille mal élevée et qui ne sait pas ce qu'elle veut.

Au fond d'elle-même il y avait de l'inquiétude et du trouble. Elle avait été trop tôt conduite à raisonner sur des sujets graves. Il lui avait manqué la douce et insouciante sécurité des enfants heureux qui ne sont pas obligés de se consulter, de se concentrer, et de garder en eux des chagrins trop pesants pour leur faiblesse. Tout un travail intime s'était fait dans son cerveau, qui l'avait, sinon faussé, au moins fatigué. Et il n'avait plus cette fraîcheur de la jeunesse exempte de soucis et de peines.

Cependant les lettres que sa mère lui écrivait se faisaient déjà plus rares, comme s'il y avait eu une lassitude. Elles étaient aussi moins enthousiastes. On y sentait l'effort d'une femme qui n'est pas complètement heureuse, et veut se faire illusion sur son état. L'enivrement des premiers temps semblait s'être dissipé : ce beau jour n'avait pas eu de lendemain. C'étaient toujours les mêmes dithyrambes sur les charmes de la vie joyeuse. Mais la vibration sincère n'y était plus. Et le développement cherché, voulu, factice, se devinait. Par exemple, il n'était plus que rarement question de M. d'Ayères, dont les triomphes demeuraient maintenant secrets, comme s'ils avaient cessé de plaire. La fatigue se trahissait partout dans ces lettres qui contenaient parfois des élans éplorés vers le paisible Croix-Mort « qui doit être joli dans ce renouveau du printemps », et qui n'était plus du tout ce triste désert où on vivait entouré de rustres.

Le printemps, en effet, était revenu, ramenant les doux soleils et les suaves parfums. Les aubépines fleurissaient les haies, et le chèvrefeuille embaumait les taillis. Devant la fenêtre d'Edmée s'arrondissait une énorme épine rose qui, toute en boutons, semblait un bouquet de fiançailles apporté sur la pelouse par un géant amoureux. La nature secouait sa torpeur engourdie et frémissait, activant les germes et faisant monter la sève. Le vent caressait, les pluies tombaient tièdes, et la terre échauffée, vibrante, répandant une odeur forte, était, comme disent les paysans, en amour.

Dans sa petite voiture traînée par le vieux poney, mademoiselle de Croix-Mort, prise d'une espèce d'enivrement délicieux, commençait à courir les bois. Et lorsqu'elle suivait, ses roues enfoncées dans les profondes ornières, une route effondrée par les lourdes charettes des marchands de bois, elle voyait Jean Billet, sa pétoire en bandoulière, surgir de derrière une cépée, comme un des génies familiers de la forêt. Il approchait, la figure radieuse, à la pensée de posséder pour quelques heures sa chère demoiselle. D'une main vigoureuse, il poussait la voiture, en excitant le petit cheval d'un clappement de langue aigu qui lui rendait de l'énergie. Alors, il n'y avait pas à dire, il fallait qu'Edmée mît pied à terre, et vînt dans la taille de réserve regarder les poules faisanes qui couvaient. Ils s'avançaient tous deux, silencieusement, puis Billet disait d'une voix étouffée :

— Tenez, en voilà une... là, voyez-vous, Mademoiselle, la grosse mâtine, dans la touffe d'herbes sures ? Son œil noir remue. Ça l'embête que nous soyons là... Vous pouvez approcher ; elle ne bougera pas... Elles me connaissent toutes... Je laisse mon chien à la maison pour qu'il ne les effarouche pas, parce que cet animal, n'est-ce pas ? il n'a pas autant de raison que les gens, et il dérangerait le gibier...

Le garde se baissait vers la poule, dont le plumage se hérissait d'horreur, sifflait doucement pour la calmer, la tenait immobile par une sorte d'action magnétique, et causant avec elle :

— Reste là, ma bonne bête... et fais bien ta petite affaire... Personne ne viendra te tourmenter !...

Ensuite ils s'en allaient, baignés par le bon soleil qui engourdit et rend les jambes et les bras lourds, Billet, au passage, cueillait des fleurs sauvages au parfum discret et délicat, et, sans craindre les épines pour ses rudes mains, il composait un charmant bouquet. La terre de bruyère assourdissait le roulement des roues : ils avançaient ainsi à la muette, et, au détour d'une allée, dans la perspective verte, Billet, étendant silencieusement le bras, montrait à Edmée un chevreuil arrêté sur ses pattes fines, regardant, étonné et inquiet, le museau noir au vent, et les oreilles agitées, ces passants qui envahissaient son domaine. L'animal bondissait, rentrait dans le gaulis, et s'éloignait en bramant avec force, presque avec colère. Pendant ces promenades, escortée par ce brave homme, qui lui tenait compagnie, sans qu'elle eût à faire effort pour causer, mademoiselle de Croix-Mort retrouvait la libre insouciance de ses premières années, elle oubliait ses préoccupations, ses soucis, et rentrait tout imprégnée du calme et de la fraîcheur des bois.

Le printemps avait été remplacé par l'été, et la fin de juillet approchait. Madame d'Ayères, dont les lettres devenaient toujours plus rares et toujours plus laconiques, était à Trouville, avec toute sa coterie mondaine, changeant de toilette quatre fois par jour, allant au Casino, faisant des parties à cheval, en yacht, en mail-coach, et traînant, dans le sable du bord de la mer, comme elle l'avait traîné dans la poussière de Paris, le boulet de la vie élégante.

Au commencement d'août, Régine s'informa de l'état de la chasse, et donna à sa fille des instructions pour le garde.

Edmée éprouva un léger frémissement. N'était-ce pas là le symptôme d'une arrivée prochaine? Dans quelques semaines, l'ouverture aurait lieu, et M. d'Ayères était chasseur. Il y avait, tant à Croix-Mort qu'à La Vignerie, de sept à huit cents hectares d'un seul tenant, composant un territoire merveilleusement pourvu de gibier, grâce à la surveillance farouche de Billet. Sa mère allait sans doute revenir.

La semaine suivante il n'y eut plus de doute. La baronne écrivait :
« Fais ouvrir partout dans le château, vois si toutes les chambres sont en bon ordre, et, s'il manque du mobilier pour les garnir très confortablement, envoie prendre à La Vignerie, qui ne sera pas

ELLE S'ÉLANÇA ET LA SAISIT AU VOL (PAGE 1477)

habitée, ce qui paraîtra nécessaire. Nous aurons prochainement du monde à Croix-Mort. »

Du monde ! Le grand mot était prononcé. Edmée fut profondément troublée. Ce monde qu'elle haïssait, qui lui avait volé sa mère, venait maintenant la chercher elle-même jusque dans sa retraite. Elle avait refusé d'aller à lui : il accourait avec tous ses fredons, ses rubans, ses grelots, pimpant, frisé conquérant, et s'installait en maître, ayant le beau Fernand comme chef de file. Elle eut peur d'abord. A cette contagion du plaisir, qui s'était si promptement et si complètement emparée de sa mère, saurait-elle résister ? Cette gangrène élégante qui se gagnait si vite, comment s'en préserver ? Il lui faudrait vivre dans l'atmosphère énervant qu'allaient créer autour d'elle tous ces mondains? Elle n'eut pas l'orgueil de croire que sa raison la mettrait à l'abri et qu'elle ne courrait aucun danger. Elle ne se jugea pas si forte. D'ailleurs, une palpitation singulière soulevait son cœur, à l'idée de ce mouvement joyeux, coquet, fringant, qui, bientôt, emplirait les vastes couloirs de la demeure silencieuse, comme si le sang de viveur de son père se fût agité en elle.

Elle donna les ordres que sa mère réclamait d'elle, et surveilla la toilette du château. Elle voulut qu'en arrivant la vue fût agréablement frappée. Les corbeilles des parterres s'emplirent de fleurs artistement groupées. Le sable de la terrasse fut renouvelé, et toutes les herbes qui poussaient à l'ombre des balustrades de pierre disparurent. Les meubles anciens du salon furent débarrassées de leurs housses, et les glaces de Venise réfléchirent de nouveau l'éclat des belles eaux de l'étang. Avant même que les Parisiens fussent débarqués, le château prenait un air de fête. Un charme imprévu rayonnait sur tout, et le prestige des visiteurs attendus s'exerçait déjà.

Le trouble qui était en elle et contre lequel elle tentait vainement de réagir préoccupait beaucoup Edmée. Elle se demandait si maintenant elle allait rester dans cet état d'énervement, sur ce continuel qui-vive. Il fallait que cette agitation fût bien violente, car elle ne pouvait parvenir à la cacher. Le curé, qui n'avait pourtant pas, le brave homme, le coup d'œil bien perçant, lui dit très naïvement :

— Je ne vous trouve pas votre air de tous les jours. Vous avez dans la physionomie, je ne sais quoi d'inquiet que je ne vous ai encore jamais vu...

— Un peu de fatigue peut-être, répondit-elle évasivement : c'est une grosse affaire, quand on n'en a pas l'habitude, de mettre une maison sur pied.

— Oh ! quel changement nous allons avoir ici, ma chère enfant ! soupira le bonhomme. Adieu nos bonnes causeries du dimanche, après le dîner !... Au travers de toutes les distractions qui se préparent pour vous, vous ne penserez guère à votre vieil ami... Bah ! Amusez-vous ! C'est de votre âge.

Edmée ne répondait pas, n'osant confier ses appréhensions, et comprenant bien qu'elle ne pouvait demander de conseils à ce cœur simple. Billet, averti par son flair de sauvage, avait pénétré plus avant dans la pensée de la jeune fille. Depuis le jour où il avait su par elle que M. d'Ayères revenait, il ne parlait pas, mais ses yeux en disaient long. Sa chasse, dont il était si jaloux, ne le préoccupait même plus. Il ne songeait pas que son gibier, qu'il aimait comme un avare aime son or, allait tomber en larges hécatombes sous le plomb des Parisiens, ainsi qu'il disait avec mépris. Il ne pensait qu'à Edmée, il se présentait deux et trois fois par jour au château, sous des prétextes nuls, et restait les bras ballants, à attendre un mot ou un regard. C'était la servilité caressante du chien couché aux pieds de son maître.

Il n'eut qu'un seul mouvement de révolte : ce fut quand mademoiselle de Croix-Mort lui remit un uniforme de drap vert à passepoils rouges, qui arrivait de Paris pour lui, et que M. d'Ayères entendait qu'il portât désormais à l'ordinaire. Il retourna pendant un instant le vêtement entre ses mains, puis, le jetant sur une banquette ;

— Il veut que je porte une livrée, comme un valet, avec *son* chiffre sur les boutons?... Ah ! ah!.. C'est ça qui donnerait bel air à Jean Billet! Eh bien ! *son* bel habit, je ne le mettrai pas, non, non ! Je n'ai pas envie de promener le carnaval sur mon dos dans les bois, pour que mes « élèves » ne me reconnaissent plus, et se sauvent en me voyant avancer !

— Il le faut, Billet, puisqu'on te le commande, dit Edmée avec douceur.

— Eh! est-ce que je pourrais seulement vivre, serré dans cette gaine!

— Si cet habit te serre, je te l'élargirai, moi-même, aux entournures.

Elle agita sa tête pensive et poursuivit :

— Il y a bien des choses qui gênent, vois-tu, et qu'on doit cependant supporter.

A ces mots, des yeux jaunes de Billet un rayon de lumière jaillit, comme si son âme eût passé dans son regard. Il s'approcha, prêt à se mettre à genoux, et, d'une voix très basse :

— Je vous demande pardon, mademoiselle Edmée, d'ajouter à vos ennuis... Vous avez raison : il y a des choses qui gênent et qu'on doit supporter.

Et prenant, sans plus résister, la livrée sous son bras, il s'éloigna.

VIII

Le surlendemain, M. et madame d'Ayères, qu'on avait envoyé chercher au chemin de fer, arrivèrent pour dîner. Les yeux voilés, le cœur palpitant, Edmée, postée sur le perron, regardait dans la large avenue de tilleuls rouler le break qui s'avançait au grand trot. Pendant qu'il tournait, la jeune fille au travers de l'obscurité qui commençait à tomber, cherchait à reconnaître sa mère, mais elle n'apercevait que de noires silhouettes immobiles. La voiture s'arrêta au bas des marches de pierre, et, encapuchonnée de dentelle, couverte d'un vaste manteau de voyage, la première, descendit une femme dont le visage pâli, les traits creusés, causèrent à Edmée une impression de stupeur. Elle s'élança, la saisit au vol sur le marchepied, et l'enlevant presque comme un enfant, tant elle était légère, elle la déposa à l'abri de la marquise, puis, prise d'un attendrissement soudain, elle la serra dans ses bras, répétant d'une voix tremblante :

— Maman... maman!...

Madame d'Ayères rendit à sa fille ses caresses avec effusion, puis, l'attirant à elle :

— Viens ma mignonne : tu empêches M. d'Ayères de descendre.

Ces quelques mots dissipèrent l'espèce d'enivrement qui s'était

emparé d'Edmée. Elle s'avança avec précipitation, laissant la place
libre. Et le beau Fernand, vêtu correctement d'un complet à petits
carreaux blancs et noirs, s'élança alors de la voiture. Il prit de menus
paquets épars sur les banquettes ; la portière refermée claqua, et les
maîtres de Croix-Mort entrèrent, pendant que les domestiques déchar-
geaient leurs bagages.

Dans le haut vestibule, à la voûte de pierre ornée des écussons de
la famille, Régine s'arrêta un instant. Elle regarda autour d'elle avec
émotion, comme pour donner un coup d'œil de bienvenue à cette
vieille demeure où elle avait vécu si paisible. Tout était de même que
le jour de son départ : les grands bahuts de poirier bombaient le long
de la muraille leurs ventres sculptés, les trophées de chasse rappelaient toujours les prouesses de M. de Croix-Mort, et le large escalier
s'ouvrait devant les arrivants, ainsi que pour les accueillir.

Edmée, auprès de sa mère, sentant M. d'Ayères derrière elle, n'osait
point se retourner. Elle s'était, depuis quelques jours, posé vingt fois
ce problème : « Quelle attitude prendrai-je vis-à-vis de lui ? » Elle
avait réglé tout un cérémonial de dignité froide et de politesse
sévère. Mais voilà que toutes ses combinaisons étaient déjouées par
l'imprévu de l'arrivée. Elle ne se trouvait plus dans la position qu'elle
avait rêvée, assise au salon, et n'ayant qu'à se lever pour un demi-
salut. Et puis, toute sa présence d'esprit lui manquait au moment
décisif. Elle était étouffée et aveuglée par l'émotion. C'est à peine si
elle vit l'ennemi faire une marche oblique afin de l'aborder, puisqu'elle
s'obstinait à lui tourner le dos, et se courber devant elle. Mais elle
entendit sa voix, son horrible voix doucereuse et fausse, lui dire :

— Si je ne vous avais pas vue ici, dans votre maison, je ne sais si
je vous aurais reconnue. Nous avions, votre mère et moi, laissé une
enfant, et nous retrouvons une jeune fille...

Il leva les yeux, la regarda, avec un sourire qui lui déplut extrêmement, et appuya :

— Une charmante jeune fille :

Elle s'inclina en silence, et madame d'Ayères, avec un organe grêle
et changé, qui avait comme un son d'épinette ancienne :

— On ne dînera pas avant une heure : montons dans nos appartements.

Et par le grand escalier, se tenant à la rampe de fer, à pas lents et
essoufflée, Régine gagna le premier étage, suivie de son mari qui,
vigoureux et alerte, gravissait les marches deux par deux, en fredonnant un air d'opérette. Edmée ouvrit la porte à la baronne qui, en
entrant, prise de la joie de revoir les objets familiers, s'écria :

— Ah ! voilà ma chambre !..

Et elle se mit à tourner, donnant des petits coups sur les meubles,
comme si elle les caressait, après une si longue absence.

Mademoiselle de Croix-Mort, plongée dans une douloureuse
stupeur, regardait sa mère. Etait-ce la même femme qui, il y avait
moins d'un an, fraîche, alerte, brillante de santé, s'était éloignée
pour vivre d'une nouvelle existence ? Un quart de siècle semblait
avoir passé sur sa tête, éteignant ses yeux, flétrissant ses tempes,
pâlissant ses lèvres, et blanchissant, sans doute, ses cheveux, qu'elle
teignait, et qui étaient d'une couleur terne. Sa superbe taille s'était
voûtée, et elle paraissait moins grande. C'était l'ombre de la Régine
d'autrefois. Cette femme qui, dans les douceurs reposées de ses
douze années de veuvage, s'était conservée fraîche, ronde et appé-
tissante comme un beau fruit, avait, en un instant, perdu toutes les
apparences de jeunesse qui prêtaient à sa maturité un si grand
charme. On lui aurait donné, maintenant, beaucoup plus que
son âge.

Silencieuse, debout devant la cheminée de la chambre, pendant
que la baronne ôtait ses gants, son chapeau et son manteau, Edmée
pensait, et une pitié navrée s'emparait d'elle. Voilà donc ce que la
vie de plaisir et de fête faisait de celles qui se livraient passionnément
à elle ! De pauvres créatures flétries, ravagées, ayant payé de leur
santé et de leur beauté les fatigues incessantes de cette existence,
plus dure qu'un métier, tous ces oisifs faisant, pour se tuer, plus
d'efforts que les laborieux pour vivre.

Madame d'Ayères, étonnée du mutisme de sa fille, se retourna, et
voyant son regard obstinément fixé sur elle :

— Tu me trouves un peu changée, n'est-ce pas? dit-elle avec un sourire contraint. J'ai été souffrante tous ces temps derniers. L'air de la mer m'a fait du mal. La tranquillité de la campagne va me remettre... Mais toi, viens un peu près de moi... Comme te voilà grande et forte!... M. d'Ayères a raison : tu n'es plus une petite fille, tu es une demoiselle... Es-tu contente de me voir? Embrasse-moi, alors?...

A ces paroles tendres, le cœur d'Edmée, gonflé de larmes, lui monta aux lèvres, ses nerfs contractés douloureusement se détendirent, avec une sourde exclamation elle se jeta dans les bras de sa mère, et, appuyant sa tête, elle se mit à pleurer.

— Allons, es-tu enfant! dit la baronne, impressionnée par cette émotion. Singulière petite, qui pleures quand je pars, et aussi quand je reviens!...

Edmée secoua la tête, et, à travers ses larmes, regardant sa mère :

— Ce n'est pas la même chose aujourd'hui.

La baronne lissa doucement de ses doigts amaigris les bandeaux noirs de sa fille, elle lui essuya les yeux avec son mouchoir de dentelle, et la tenant toujours enlacée :

— Alors, tu vas être raisonnable maintenant? Tu ne vas plus me faire de peine? Tu sais ce que je veux te dire, n'est-ce pas ?

Comme la jeune fille, pour répondre, ouvrait la bouche, elle la lui ferma avec sa main, et, lui adressant un coup d'œil suppliant :

— Oh! pas d'explications, pas de retours en arrière... Je t'en supplie!... Je ne suis pas très forte... Ménage-moi... Et fais ce que je désire, sans m'imposer le chagrin d'avoir à te le demander... Je t'en serai très reconnaissante, et je t'aimerai tant!... C'est le seul souci que j'aie eu en venant ici, ma chérie. J'étais impatiente de me retrouver à Croix-Mort, de te revoir, mais je craignais... Eh bien! dis-moi que j'ai eu tort de craindre, et que celui, qui est arrivé ici, aujourd'hui, avec moi, sera pour toi le bienvenu, et que tu lui montreras bon visage... Je ne t'en demande pas plus... La simple neutralité... Tu as beaucoup de caractère ; impose-toi ce devoir... Et tu

M. D'AYÈRES AVAIT ALLUMÉ UN CIGARE (PAGE 1485)

auras fait, pour ma santé, pour ma tranquillité, tout ce que je pouvais attendre d'une chère enfant telle que toi.

En parlant ainsi, Madame d'Ayères s'était animée. Une faible rougeur montait à ses joues, ses yeux brillaient, elle serrait nerveusement les mains de sa fille, elle la suppliait des yeux, des lèvres : elle était moralement à genoux. Edmée sentit palpiter la pauvre femme, elle lut ses angoisses sur son visage, elle soupçonna dans ce cœur tremblant des abîmes de douleurs inavouées. En ce moment ses rancunes s'apaisèrent, et, au fond d'elle-même, elle ne trouva plus qu'une immense commisération pour cette mère qu'elle devinait malheureuse. Son esprit viril prit la résolution de la consoler, de la défendre. Et, très grave :

— Ne craignez rien : je suis prête à tout ce que vous désirez. Si vous avez des chagrins, à l'avenir, ils ne viendront pas de moi, et vous pouvez être sûre de me trouver toujours une enfant respectueuse et soumise.

— Oh ! ma chérie, s'écria Madame d'Ayères, que je te remercie ! De quel poids tu soulages mon cœur !... Dis aussi que tu m'aimeras : j'en ai bien besoin...

Edmée lui lança un regard qui pénétra jusqu'à l'âme, et la voyant, inquiète, détourner les yeux, comme pour dérober un secret :

— Oui, ma mère, je vous aimerai.

Mais déjà la baronne, peut-être entraînée par la frivolité de son esprit, peut-être désireuse de donner le change à sa fille, s'était mise à babiller :

— Nous attendons les invités demain, comme je te l'avais annoncé dans ma lettre. Des gens délicieux, qui nous resteront plusieurs jours... Il faut un peu d'animation à la campagne... Voici l'époque des chasses, et tout Paris est dans les châteaux... On ne rentre plus avant le mois de janvier... Nous aurons le temps de nous reposer... Je suis sûre que nos amis te plairont... Oh ! ils n'engendrent pas la mélancolie, tu verras. Avec eux, les chevaux sont toujours dehors, les pianos ne chôment guère, et les tables ne sont jamais vides... Courir, manger, danser, et avec une verve, un brio, un entrain!... Ce sera charmant!...

Elle s'assit, essoufflée comme si elle avait pris tous les plaisirs qu'elle venait d'énumérer : elle répéta :

— Charmant... charmant!

Et Edmée ne trouva pas un mot à dire, déconcertée par cette incohérence dans les idées, qui faisait passer sa mère de la tristesse à la gaieté, en une seconde, sans transition, ses pensées se brouillant dans sa tête, comme les verres multicolores d'un kaléidoscope. Elle se demanda si la pauvre femme était devenue folle, ou si, momentanément énervée par les émotions qu'elle avait éprouvées en rentrant dans cette maison, elle essayait de s'étourdir.

— Il me semble que tu es bien pauvrement vêtue, reprit Madame d'Ayères avec volubilité. Est-ce que tu n'as rien de plus joli à mettre? J'aurais dû prévoir ton dénûment, ma mignonne, et te commander quelques toilettes avant de quitter Paris... Je n'y ai pas du tout songé... Heureusement nous sommes de la même taille... Tu chercheras dans mes caisses... J'ai des costumes qui ne m'ont jamais servi, et qui t'iront, j'en suis sûre... Je veux que tu sois très à ton avantage.

Tout en parlant, madame d'Ayères s'était habillée. Elle avait mis une robe noire très riche. Son corsage était ouvert, sur la poitrine, et orné d'un gros bouquet de fleurs naturelles, que la femme de chambre venait de monter tout frais cueilli. Elle en retira une rose, et s'approchant de sa fille, elle voulut la lui planter dans les cheveux.

Edmée s'y refusa :

— Non, je vous en prie... Laissez-moi telle que je suis. Je paraîtrais endimanchée, et je ne pourrais qu'y perdre.

La cloche du dîner sonnait : elle prit affectueusement le bras de sa mère, et toutes deux descendirent au salon. M. d'Ayères y était déjà, vêtu comme pour aller en soirée : habit noir, petits souliers. Seulement, pour marquer la nuance intime, il avait la cravate noire. La porte de la salle à manger s'ouvrit et un maître d'hôtel, arrivé de

Paris avec les bagages, superbe et solennel, annonça, plein de gravité :

— Madame la baronne est servie.

Le baron offrit cérémonieusement le bras à Régine pour la conduire, Edmée suivit seule, étourdie par la profusion des lumières, par le miroitement de l'argenterie, par l'éclat des fleurs, et se demandant si elle ne rêvait pas. Cette salle était-elle bien celle où, depuis près d'une année, matin et soir, elle se retrouvait servie par une vieille bonne. Tout ce brillant décor n'allait-il pas disparaître, la laissant calme, rendue à sa chère solitude de la veille ? Rien ne bougea. Le prodige était une bonne réalité; et, ainsi, désormais, elle devait s'accoutumer à vivre.

Sa mère et le beau Fernand étaient en face d'elle, causant avec une affectation de gaîté, comme s'ils avaient tenu à prouver une grande liberté d'esprit. Mais l'effort se sentait. Edmée se dit : « Quand ils sont ensemble, ils ne doivent pas échanger une parole. Toute cette animation veut me prouver qu'une tendre intimité existe entre eux. Pauvres comédiens qui jouent leur rôle jusqu'ici, à la table de famille, pour une enfant ! »

Le dîner se traîna lent, comme s'il y avait vingt convives, mademoiselle de Croix-Mort remarqua que M. d'Ayères mangeait et buvait énormément. Chez ce grand et vigoureux garçon tous les appétits étaient violents, et la matière dominait, impérieuse. Il refusa de prendre du café, disant en riant que, puisqu'on était à la campagne, il fallait se coucher de bonne heure et dormir. Il était seul maintenant à parler. Madame d'Ayères se trouvait lasse, ses nerfs ne la soutenaient plus, et sa verve factice tombait vite, comme la mousse du vin de Champagne.

Ce fut avec un soulagement véritable qu'on se leva. Les portes-fenêtres du salon étaient ouvertes. Il faisait doux, et la nuit étincelait d'étoiles, Edmée les regarda avec tristesse. Tout était changé dans sa vie, mais rien n'avait été bouleversé dans le ciel, et ces astres étaient les mêmes qui, pendant ses amicales et paisibles causeries avec le curé, laissaient tomber sur son front leurs tranquilles clartés.

M. d'Ayères avait allumé un cigare et arpentait la terrasse à pas réguliers. Régine tournait dans le salon, arrangeant, à son idée, les menus objets qui garnissaient les étagères et les vases pleins de fleurs qui ornaient les consoles. Au bout d'un instant, elle s'avança sur le perron, et, du geste, appela son mari. Celui-ci vint, sans empressement, au bas des marches, écouta, ce qu'elle lui disait, avec une mine assez maussade, finit par faire un signe d'acquiescement, et jeter son cigare. M. d'Ayères passa dans la pièce voisine où elle se remit à tourner, continuant sa revue. Le beau Fernand alla s'asseoir près d'une table, prit un album, et en feuilleta les pages distraitement. Edmée travaillait à un ouvrage de crochet; les yeux baissés, mais suivait néanmoins très bien le manège du baron, grâce à cette faculté précieuse qu'ont les femmes de ne jamais mieux voir que quand elles semblent ne pas regarder.

Celui-ci, de loin, examinait la jeune fille, comme un capitaine qui reconnaît les abords d'une position, avant de l'attaquer. Elle lui parut, en quelques mois, avoir beaucoup changé, et à son avantage. Sa taille maigre s'était arrondie, et ses épaules tombaient dans un joli mouvement, donnant une longueur aristocratique à son cou, sur lequel se dressait sa tête petite et fière, éclairée par des yeux de velours. Elle avait, sous ses cheveux noirs, des oreilles exquises, roses, bien ourlées, de purs bijoux que ne déformait aucune boucle d'or. Ses mains, un peu hâlées par le soleil, étaient maintenant déliées et fines. Et, au bas de sa robe se montraient deux pieds bien cambrés. Avec un grain de coquetterie, elle eût pu devenir une ravissante jeune fille; dans sa simplicité, elle était adorable.

Cependant elle avait toujours le même air résolu et un peu menaçant qu'il lui avait connu au moment du mariage. Il sentait en elle une hostilité sourde, mais décidée, qui serait difficile à vaincre. Il ne s'effraya pas pour si peu. Il n'était point aisé à intimider.

Il se leva, comme prenant son parti, et, glissant sur le parquet, il se dirigea vers la jeune fille. Elle le vit traverser le salon et venir. Une vive émotion s'empara d'elle. Il fixait ses yeux sur les siens et souriait. Elle fit un brusque mouvement pour se lever et le fuir. Mais il était déjà tout près, et s'inclinait avec déférence. Elle demeura assise, toute pâle, et la respiration gênée.

— Voulez-vous m'accorder quelques instant, dit-il, et causer, avec moi, en toute confiance ?

Il prit place sur un canapé, à côté d'elle :

— Nous voici revenus, votre mère et moi, auprès de vous, dans cette maison, dont vous portez le nom... Je serais heureux si vous vouliez bien m'y traiter en ami. J'ai beaucoup à me faire pardonner. Je sais que j'ai dû, au fond d'un tendre petit cœur comme le vôtre, jeter bien involontairement, du trouble. Il me serait doux de réparer ces torts et de vous faire oublier, par beaucoup d'affection, que mon entrée, dans votre famille, vous a causé du chagrin.

Il avait l'œil à demi baissé, comme s'il craignait d'effrayer Edmée en la regardant bien en face. Ce fut elle qui le dévisagea bravement :

— C'est ma mère qui vous a engagé à venir me parler ainsi, n'est-ce pas? dit-elle avec netteté.

Il fut surpris de la brusquerie de cette attaque. Pourtant il ne se déconcerta pas :

— C'est votre mère, en effet, qui désire, autant que moi, voir la bonne harmonie régner entre nous.

— Elle m'a adressé la même demande, reprit Edmée, et je me suis engagée à faire tout pour lui complaire. Ne vous l'a-t-elle pas dit ?

— Elle m'a dit que vous aviez été bonne et charmante avec elle : aussi ai-je tenu à vous en remercier.

— Eh bien ! c'est fait !

Ces mots lui arrivèrent si coupants qu'il rougit un peu :

— Ne voulez-vous pas, ajouta-t-il, en signe de bon accord, mettre votre main dans la mienne.

Mademoiselle de Croix-Mort hésita un instant : toute son antipathie pour Fernand lui monta à la bouche comme un flot amer. Elle fut sur le point de lui lancer au visage un : Non! aussi insultant qu'un soufflet, mais elle vit sa mère qui la regardait, anxieuse et pâle. Elle ne voulut pas manquer à l'engagement qu'elle avait pris de ne faire aucune peine à la pauvre femme et, détournant son front assombri.

elle se laissa serrer le bout des doigts. Il murmura : « merci », et souriit de loin à Régine, comme pour lui dire : « Vous voyez que je me suis prêté à votre fantaisie. » Il alluma un nouveau cigare et repartit sur la terrasse.

Madame d'Ayères prit sa fille par le bras, la pressa tendrement, sans atténuer, par une seule parole, la force de ce remerciement et, s'appuyant sur elle, monta à sa chambre.

Edmée s'étant arrêtée sur le seuil :

— Oh! tu peux entrer, fit la baronne : tu ne me déranges pas... M. d'Ayères loge dans la tourelle.

C'était un appartement situé à l'autre extrémité du château. Ainsi Edmée ne s'était pas trompée en devinant la désunion. Ils étaient séparés. Elle en éprouvait un soulagement. Elle se révoltait à la pensée que, dans cette demeure, une ostensible communauté d'existence s'établirait entre eux. Elle se sentit plus libre d'aimer sa mère. Elle causa, pendant quelques instants, donna des indications sur l'état de la propriété, puis, prétextant la fatigue, elle se retira.

Rentrée chez elle, Mademoiselle de Croix-Mort, au lieu de se mettre au lit, ouvrit sa fenêtre, et, resta à rêver. Le vent s'était élevé, et soufflait avec force dans les taillis du parc. Au-dessous d'elle, sur la terrasse, elle n'entendait plus la marche régulière de Fernand qui continuait à se promener, sa nature sanguine ayant besoin d'exercice. Mais elle distinguait le bout embrasé de son cigare, comme un point rouge. Et peu à peu, se dégageant complètement de tout ce qui l'entourait, son imagination l'emporta hors du château, loin du domaine.

Dans une effrayante hallucination, elle se vit sur une barque, et le point rouge lui parut être un fanal. Elle se demandait avec inquiétude ce que signifiait ce feu. Fallait-il y reconnaître un avertissement contre le danger de récifs cachés, sur lesquels elle était en passe de se perdre? Ou bien cette lueur mouvante était-elle, au contraire, destinée à la tromper, et à l'attirer vers les rochers menaçants? Il lui semblait, dans le frissonnement des branches courbées par la bourrasque, entendre le grincement des agrès. L'illusion devenait complète, et au milieu de cette ombre nocturne, moins profonde que les ténèbres qui emplissaient son esprit, elle se sentait ballotée, ainsi que sur une mer profonde et noire, sans gouvernail et sans pilote. Où allait-elle? Vers quoi se diriger? Sur qui compter pour la défendre? Serait-ce cette malheureuse femme, sa mère, si affaiblie, si chancelante, qui lui prêterait secours? Elle voyait le visage de Fernand qui ricanait, éclairé par son fanal rouge, qu'il balançait, de droite, de gauche, comme ces feux que les bandits des grèves bretonnes attachaient au front des bœufs, promenés lentement au haut des falaises, pour égarer les navires et les conduire sur les brisants.

Elle soupçonnait que cet homme exercerait une influence funeste sur elle. Épouvantée, elle s'efforçait de comprendre, de donner une forme précise au danger qui la menaçait. Des ténèbres, qu'elle ne pouvait dissiper, entouraient sa pensée : tout demeurait vague. Et, les oreilles pleines des bourdonnements du vent, elle restait là éveillée, et pourtant en proie à un horrible rêve. Elle fit un effort, passa sa main sur son front, et se contraignit à fixer des yeux un point déterminé, pour se soustraire à son douloureux cauchemar. Et la balustrade de pierre de la terrasse lui apparut immobile et blanche.

Elle murmura : « Je suis vraiment folle. C'est cet air qui m'a étourdie. » Elle ferma sa fenêtre, rentra dans sa chambre et se coucha. Mais elle ne put dormir, obsédée par des idées pénibles. Toujours Fernand, avec son visage hypocritement souriant, la hantait. Il la regardait en dessous, comme il avait fait dans la soirée. Et ce regard l'irritait, elle y découvrait une nuance d'admiration qui lui semblait odieuse. Il avait l'air de dire : « Après tout, je suis libre : il n'y a plus aucun lien entre votre mère et moi... » Et elle cherchait comment ils avaient pu, si promptement, s'éloigner l'un de l'autre. Que s'était-il passé entre ces deux êtres, pendant leur absence! Sa mère portait dans toute sa personne minée et allanguie la trace d'un cruel chagrin. Et lui se montrait insouciant, florissant et joyeux. Il était donc coupable et sans remords?

Edmée, brûlée par une fièvre qu'elle ne connaissait pas, se retourna sur son oreiller jusqu'au matin, et ce fut seulement lorsque déjà le jour blanchissait ses fenêtres, qu'elle trouva le repos.

VOULEZ-VOUS METTRE VOTRE MAIN DANS LA MIENNE ?
(PAGE 1486)

IX

Ce qui s'était passé entre madame d'Ayères et son mari, un esprit moins candide que celui d'Edmée l'eût compris aisément. Sans se montrer grand sorcier, on eût pu, au moment du mariage, tirer aux deux époux leur horoscope.

Partant pour Paris, Régine allait au-devant du malheur. Elle mettait, d'elle-même, Fernand aux prises avec les tentations dangereuses, elle le replongeait dans le courant de la vie mauvaise qu'il avait menée. Comment ne se serait-il pas laissé entraîner ? A Croix-Mort, dans la solitude inactive de la vie des champs, aimer Régine aurait pu lui paraître une occupation charmante. A Paris, où les comparaisons entre les femmes jeunes et élégantes et la provinciale de trente-huit ans étaient terribles, il ne songea pas un seul instant à rester fidèle.

La baronne, cependant, aidée par sa finesse de race, s'était dès le premier jour, remise au diapason. Elle fit peau neuve avec une étonnante rapidité. Toilette, coiffure, langage, allure, elle corrigea tout en une semaine, et put se montrer sans avoir à craindre la critique. Il y a des provinciaux de Paris, mais il y a aussi des Parisiens de province. Régine se retrouva Parisienne de pied en cap, et fit bonne figure

Son mari l'avait lancée dans ce monde, moitié aristocratique, moitié financier, qui est la terre promise du plaisir. Nulle part on ne s'amuse autant que dans ce coin d'élection, où l'élégance est une royauté, la richesse une force, et l'audace le moyen d'arriver à tout. Là, l'apparence l'emporte sur la réalité. On ne va point au fond des choses. Respectez le qu'en dira-t-on, et faite ce que bon vous semblera, à l'abri d'un voile discret : nul n'y trouvera à redire. On ne supporte rien de ce qui est avéré ; on tolère tout ce qui est douteux. Ce n'est ni l'aristocratie ni la bourgeoisie : c'est un composé de l'une et de l'autre, agrémenté d'artistes, d'hommes politiques, d'étangers aimables et millionnaires. C'est l'amalgame social de tous les gens de plaisir, à quelque catégorie mondaine qu'ils appartiennent. Le mot d'ordre y est : s'amuser. Il y a chaque jour, à Paris, un lieu de réunion : exposition, vente, concert, promenade, course, spectacle, bal, où tout ce monde se retrouve, se salue se sourit, s'aime, se complimente ou se déchire, dans une intimité cimentée par l'habitude. Toujours les mêmes figures, toujours les mêmes divertissements : une existence qui se déroule, brillante et pailletée, comme ces gazes tournant, sur la scène des théâtres, pour imiter l'eau des cascades.

M. et madame d'Ayères, riches, bien apparentés, de bon ton, y furent accueillis à bras ouverts. Fernand y avait eu de retentissants succès, avant sa métamorphose. Il y rentra triomphalement avec l'auréole d'un beau mariage fait en province, et dont l'éloignement grandissait la splendeur. Dès les premiers jours, il se lança au plus épais, et Régine à sa suite.

La vie, alors, avait été telle que les lettres reçues par Edmée la dépeignaient : agitée, bruyante, toute de mouvement : un voyage fiévreux à travers le pays des fêtes, et dont les principales stations avaient été Paris, Nice, Trouville, et le point d'arrivée semblable au point de départ : Croix-Mort. Quelle lassitude, et que d'efforts ! Régine s'y était usée, Fernand y avait repris des forces. Au bout de quelques mois, la baronne avait dû renoncer à marcher du même pas que son compagnon de route. Il avait, lui, une vigueur qui semblait se retremper dans la fatigue. Elle lui donna la liberté d'aller tout seul, pour avoir, elle, le droit de se reposer.

Le beau Fernand s'accommoda merveilleusement de sa situation de mari-garçon. A la vérité, il n'en avait jamais connu une meilleure : à la fois les bénéfices du mariage, et toutes les douceurs de la liberté. C'était bien là le rêve qu'il avait fait, pendant les huit jours maussades passés à réfléchir dans le petit salon de La Vignerie. Quelle jeune fille lui aurait apporté tant d'avantages en dot ?

Il avait, au début, conservé vis-à-vis de sa femme quelques ménagements. Il faisait le mystère autour de ses conquêtes. Il affectait de traiter Régine comme une mère inquiète, à qui il faut cacher les fredaines de son fils. Peu à peu, il se relâcha de ces précautions gênantes, et étala hardiment son bonheur. Il y eut alors quelques cahots qui dérangèrent la marche de son char de triomphe.

L'amour et l'orgueil se révoltèrent à la fois dans le cœur de madame d'Ayères. Elle s'était reposée : elle n'aspirait plus au calme à tout prix. Elle voulut combattre ses rivales, et rentrer en possession de son mari. Mais l'expropriation avait été définitive. Il fallut qu'elle s'en rendît compte. Elle essaya de résister, de récriminer, de s'emporter. Cette tactique eut de fâcheux résultats. Elle apprit à connaître alors un Fernand amer et violent, dont elle n'avait pas le plus léger soupçon. Elle l'entendit lui dire de ces paroles, qui font saigner cruellement le cœur, et qui y laissent des traces ineffaçables. Elle eut un accès de désespoir, songea à se sauver à Croix-Mort. Un reste de sagesse la retint.

Elle mesura nettement l'étendue de la folie qu'elle avait commise. Et, raisonnant avec froideur, sans se laisser entraîner à ces considérations sentimentales qui lui étaient chères, elle comprit qu'ayant fait une sottise en épousant M. d'Ayères, elle en ferait une plus grave encore en se séparant de lui. Il n'y avait, pour elle, de salut que dans l'acceptation intelligente de son malheur. Ne pas paraître se douter qu'elle était trompée, accueillir ses rivales, leur faire bon visage, telle fut sa règle de conduite. Si elle pleura dans le silence ses nuits solitaires, ce fut un secret que trahit seul le dépérissement de son pauvre être souffrant. Elle continua à vivre comme par le passé. Au lieu de le faire par goût, elle le fit par raison.

Cependant le beau Fernand, ayant beaucoup vécu, ayant beaucoup aimé, avait trouvé la lassitude. Il constata avec chagrin qu'il n'éprouvait plus la moindre émotion quand il entamait une intrigue nouvelle. Autrefois, il était excité par l'attrait de l'imprévu, par l'espoir d'une sensation non éprouvée. Maintenant, désabusé, il savait ne pouvoir rien attendre d'inconnu. La femme changeait, la cérémonie restait la même. Il n'y avait d'autre que le nom, la couleur des cheveux et des yeux, la grandeur ou la petitesse de la taille, le son de la voix, la nuance de la robe. Toutes, elle se donnaient, après les mêmes hésitations coquettes et raffinées, et succombaient, avec les mêmes fausses pudeurs. Il ne bénéficiait même pas, comme avec Régine, du piquant d'un costume fantaisiste, du cadre d'une tempête déchaînant ses tourbillons de pluie : tout était simple, banal, déjà vu, déjà ressenti : l'adultère dans sa froide correction.

Il se fouetta le sang pour s'échauffer lui-même : il ne réussit pas à se monter la tête. Il demeura de glace, sans entraînement, délibérant sur tout ce qu'il devait faire, et ne retrouvant plus ces belles violences de passion, ces ardeurs de chair qui lui rendaient l'amour si doux. Élevé dans ce milieu brillant et gangrené, y vivant depuis vingt ans, s'étant deux fois ruiné, c'est-à-dire ayant eu deux occasions de mesurer l'étendue de l'égoïsme, et de sonder la profondeur de l'ingratitude, blasé jusqu'aux moelles, sentant en lui des forces surabondantes, mais manquant d'appétits pour en user, Fernand touchait au point exact où l'homme, pris du spleen, quand il ne se brûle pas la cervelle, en vient aux monstruosité du vice.

L'immortel Gœthe montre Faust désabusé de tout, ayant pâli sur les livres pour arriver à la négation de la science, sans espérance et sans illusion, vendant son âme à Satan pour une suprême émotion, pour une dernière jouissance d'amour, Fernand, vieux sous ses cheveux dorés, le cœur inerte et mort dans son corps sain et vigoureux, était une sorte de Faust, minuscule et modernisé, prêt au pacte infernal, prêt à tout, pour une péripétie inattendue dans son existence, pour un désir qui le troublât, pour une passion qui le fît vivre. Marguerite, s'il la rencontrait fraîche, chaste, pure, ne devait pas être sacrée pour lui. Il oserait impudemment lui offrir la main, lui parler à l'oreille, et s'efforcer de la séduire, fût-ce sur les marches de l'église, fût-ce dans la chambre pleine du souvenir de sa mère et de sa petite sœur.

Il était arrivé au scepticisme absolu. Il ne croyait à rien qu'à son plaisir. Il se mettait audacieusement au-dessus des êtres et des choses. L'humanité lui semblait créée pour sa seule satisfaction. Son caprice était un dieu auquel il immolait tout. Il avait un code spécial dont la prescription unique était de ne rien faire contre l'honneur. Mais l'honneur n'est pas l'honnêteté. Et il s'arrogeait le droit de commettre de très coupables actions, en les traitant gaiement d'aimables peccadilles.

Dans la fièvre de son existence mondaine, il avait assez bien réussi, jusqu'à ce jour, à s'étourdir, par une succession d'agitations qui ne lui laissaient pas le temps de se reconnaître. A Croix-Mort la solitude commençait déjà au bout de quelques heures à agir. Il se trouvait là en face de lui-même. Aucun tournoiement de jupes parfumées ne distrayait ses yeux, aucun bourdonnement de piquante conversation n'occupait son esprit. Il n'avait pour horizon que le ciel immobile, la ligne noir des grands arbres du parc. Et, autour de lui, un silence profond, enveloppant, grave, qui poussait à la méditation.

Il pensait à ces choses, en se promenant le long de la terrasse, et en soufflant la fumée de son cigare. Une sombre mélancolie s'emparait de lui, à la vue de ce château, au fond duquel il allait vivre pendant quelques mois. Et, seule, l'image d'Edmée, involontairement évoquée, mettait une note claire dans toute cette triste obscurité.

Elle le haïssait pourtant, il le comprenait, et elle n'en faisait pas mystère. Et, marchant à pas régulier sur le sable, qui criait sous ses pieds, il se plaisait à remonter dans le passé et à modifier sa vie. Pourquoi la beauté et le charme de cette enfant ne l'avaient-ils pas frappé, quand il était venu pour la première fois à Croix-Mort? Comment n'avait-il remarqué que Régine? Quelle différence, s'il s'était épris d'Edmée et s'il l'avait épousée! Au lieu de cette femme, tombée subitement dans la vieillesse, ainsi qu'une muraille lézardée qui s'écroule, il aurait une jeune compagne, qui irait du même pas que lui, et ne le laisserait pas seul, las, écœuré. Il aurait eu des enfants. Des enfants! De petits êtres frais et roses, gazouillant comme des oiseaux, et caressant avec leurs petites mains potelées et douces! Qui sait si la paternité n'aurait pas fait refleurir son cœur flétri?

Mais c'était fini! Entraîné par ses habitudes de passion mauvaise, il avait toujours passé à côté du bonheur calme et régulier. Il n'avait jamais demandé à l'amour que la volupté. Et, avec une amertume profonde, il s'apercevait que ces jouissances mêmes lui semblaient empoisonnées, maintenant, et qu'il n'y trouvait plus que le dégoût.

Il resta jusqu'à minuit à se promener, dans l'ombre, au bord de l'eau immobile, ulcéré, essayant d'endormir la douleur exaspérée qui était en lui, cherchant à se raisonner et, au lieu d'arguments, ne trouvant que des blasphèmes.

Edmée, après la nuit agitée qu'elle avait passée, se réveilla entendant, sous sa fenêtre, le râteau du jardinier qui grinçait sur le sable de la terrasse. Le soleil entrait à flots dans sa chambre : elle regarda sa pendule avec inquiétude. Il était huit heures. Pour réparer les fatigues de sa veille, elle avait dormi plus que d'habitude. Elle s'habilla à la hâte, et descendit s'assurer que le service se faisait régulièrement. Le château était plongé dans un lourd silence. Seules, les fenêtres de M. d'Ayères étaient ouvertes. Edmée le vit bientôt paraître. Il vint à elle, et, lui parlant avec une aimable familiarité :

— Je m'aperçois que nous sommes, vous et moi, les seuls qui aimions l'air du matin. Votre mère était un peu lasse du voyage, et c'est à peine s'il fait jour chez elle... J'ai fait dire, hier, au garde, de venir, me parler, avant le déjeuner : j'ai à régler, avec lui, l'ordre et la marche de la journée de demain... Chassez-vous, Edmée?

Pour la première fois, il l'appelait par son petit nom. Cette licence qu'il prenait déplut à la jeune fille. Elle fronça le sourcil, et répondit sèchement :

— Non.

Quelques-unes des dames que nous attendons ce soir n'ont pas

peur d'un coup de fusil... Je croyais que vous aimiez la chasse...
Votre mère m'avait dit que vous étiez toujours à courir les bois, avec
cet ours qui se nomme Billet...

Mademoiselle de Croix-Mort, à ces mots, regarda fixement
M. d'Ayères.

— Il est vrai que, quand j'étais petite, Billet a été très bon pour
moi, et que je ne le quittais guère. C'est un très fidèle serviteur de la
famille. Son père est mort à notre service, et je vous serais obligée,
si vous le traitez favorablement... Quand vous l'aurez vu à l'œuvre,
vous l'apprécierez, j'en suis sûre.

— Il me suffit que vous le désiriez, pour que cela soit, répondit avec
rondeur M. d'Ayères... C'est votre favori. A ce titre il me sera sacré.

Il fit quelques pas :

— Je vais seulement jusqu'au bout de la pièce d'eau. M'accom-
pagnez-vous ?

— Excusez-moi. Je monte chez ma mère, pour voir si elle n'a
besoin de rien...

— Parfait !

Il lui adressa un geste amical, et s'éloigna.

Elle le suivit un instant des yeux. Il marchait souple et léger ; la
large carrure de ses épaules se détachait puissante sur la verdure des
massifs. Il avait vraiment les apparences de la grande jeunesse. Quel
contraste entre la pauvre Régine, si pâle, si faible, et ce vigoureux
gaillard, qui respirait la santé ! Edmée poussa un soupir, en pensant à
l'avenir de tristesses et d'amertumes qui se préparait pour sa mère,
et, soucieuse, elle rentra dans le château.

Elle trouva madame d'Ayères remise par un bon sommeil, très
gaie, et voyant tout en beau. Elle ne tarissait pas sur le calme admirable de Croix-Mort. Aucun bruit sous les fenêtres, pas de batailles
dans la nuit, point de roulements de voitures. Ce silence si profond
l'avait même d'abord gênée, puis elle en avait joui délicieusement.
Déjà, dans ses bijoux, elle avait fait un choix et elle étalait devant sa
fille de charmantes parures. Elle voulait aussi la faire chiffonner dans
ses armoires. Edmée s'y refusa. Elle entendait rester telle qu'on

ELLE LE SUIVIT UN INSTANT DES YEUX (PAGE 1496)

l'avait vue le premier soir. Pour ne point contrarier sa mère, elle
prit un petit bracelet d'or orné de rubis et de saphirs qui avait été
donné autrefois à Régine par M. de Croix-Mort. Ce bracelet était un
souvenir d'enfance pour la jeune fille : elle l'avait cent fois passé à
son bras, en jouant à la dame devant l'armoire à glace. Elle l'attacha,
avec une pieuse émotion, et remercia, plus que s'il s'agissait d'un
trésor. Quant aux toilettes, elle n'en accepta aucune, les trouvant
trop ornées pour elle.

— J'ai une robe de mousseline blanche qui ne va pas trop mal,
dit-elle : je la mettrai ; ce sera très suffisant.

— C'est que je désire que tu te montres à ton avantage, fit madame
d'Ayères avec insistance.

Ces paroles frappèrent Edmée. Elle regarda sa mère. Alors celle-
ci, avec des circonlocutions nombreuses, avoua que, peut-être, il y
aurait une occasion pour sa fille de s'établir d'une façon très satisfaisante. Elle ne voulait pas la troubler, elle ne lui disait pas qu'il y
eût rien d'arrêté ; cependant, dans le nombre des jeunes gens qui
devaient venir à Croix-Mort, il pourrait s'en trouver un qui fût un
parti convenable, et alors il ne fallait pas le décourager par une simplicité trop exempte de grâce.

Cette confidence, faite sans préparation, jeta mademoiselle de
Croix-Mort dans un abîme de craintes. Elle éprouva un affreux saisissement. Elle jugea sa sécurité gravement menacée. Sa mère remarqua
le changement qui s'opérait dans sa physionomie, et lui demanda,
en riant, si la perspective de se marier lui paraissait si inquiétante.
Edmée hocha la tête, comme pour secouer les sombres pensées qui
alourdissaient son front, et, d'une voix lente, sans songer à la portée
cruelle de ce qu'elle disait :

— Comment n'en serais-je pas effrayée ? Ne sais-je pas comme on
peut se tromper, et combien on peut en souffrir ?

En un instant madame d'Ayères fit un retour sur elle-même, sa vie
bouleversée et misérable s'étala tout entière à sa vue, elle comprit
que les regards pénétrants de sa fille avaient été jusqu'au fond de
son cœur, et, les yeux mouillés, les lèvres tremblantes :

— Edmée! s'écria-t-elle.

Avec cette vivacité passionnée, qui était un des charmes de sa nature, mademoiselle de Croix-Mort courut à sa mère, et, entre deux baisers, lui demanda pardon. La pauvre et fière Régine, après s'être laissé surprendre par la réponse de sa fille, voulut essayer de lui donner le change. Elle affirma qu'elle était heureuse et qu'elle ne regrettait rien. M. d'Ayères était excellent, plein de délicates attentions et de galants procédés. Edmée parut accepter pour vraies ces déclarations, et s'éloigna, pressée de n'avoir plus à feindre, désireuse de se mettre en face d'elle-même.

Elle se réfugia dans son atelier, et là, seule, elle s'efforça de classer ses idées. Ainsi sa mère voulait la marier, et lui choisir un mari, certainement parmi les hommes de son monde, c'est-à-dire taillé sur le modèle de M. d'Ayères, qui était, pour elle, le résumé de toutes les perfections physiques, puisqu'elle avait commis cette folie de l'épouser, et de toutes les sublimités morales, puisqu'elle venait de faire si chaleureusement son éloge. Edmée frémit de colère. Elle avait été émue de pitié pour cette pauvre femme, elle lui avait témoigné plus d'affection qu'elle n'en éprouvait. Mais elle se sentit capable de toutes les résistances, si on essayait d'entreprendre sur sa volonté. Un second Fernand dans la famille, c'eût été vraiment trop, et elle ne pouvait pas supporter la pensée de se voir liée à la destinée d'un être vide, inutile et vain, tel que ce bel homme.

D'ailleurs, pourquoi la marier? N'était-elle pas tranquille, libre et heureuse? Éprouvait-elle le besoin de se jeter, à son tour, dans cette fournaise parisienne, qui desséchait les cerveaux et les cœurs? L'existence de ces mondains, les amis nouveaux de sa mère, était-elle enviable? Et fallait-il, pour la mener, accepter ce joug stupide et pesant de la mode, devenue la loi suprême?

Debout, près de la fenêtre, elle voyait s'étendre devant elle les profondeurs du parc verdoyant, silencieux et paisible. Le ciel mirait dans la pièce d'eau son azur pommelé de légers nuages. Et, sauvages, blancs et fiers, les cygnes glissaient sur les eaux fraîches et limpides. N'était-elle pas comme eux? N'avait-elle pas leur sauvagerie, leur blancheur et leur fierté ? Ne lui fallait-il pas la pureté et la fraîcheur, pour qu'elle pût vivre ?

Ce tableau, placé sous ses yeux à cette heure de trouble, lui sembla un avertissement céleste. Non, elle, l'enfant des bois et des plaines, elle ne se laisserait pas dépayser et, plante d'air libre, elle ne se résignerait pas à la serre étouffante, où elle ne pourrait que s'étioler et languir.

Décidée, elle se sentit plus tranquille. Elle passa la journée à se promener dans le parc, au bord de la Divonnette, avec la baronne, lui faisant reprendre possession du domaine, la baignant d'air et de lumière, pour lui donner la force de résister aux agitations, dont l'arrivée des hôtes attendus allait être le signal. Pendant ces quelques heures, sa mère fut à elle, plus qu'elle ne l'avait jamais été, et Edmée en éprouva une grande joie. Mais, vers cinq heures, la fièvre de Paris commença à s'emparer de Régine, se traduisant par une impatience du retour de la voiture, qui était, depuis longtemps, partie au chemin de fer, par des stationnements sur le perron, les yeux fixés vers l'avenue.

Enfin, à six heures, un roulement se fit entendre, les grelots des postiers tintèrent gaiement, comme annonçant la fête; le beau Fernand, qui ne s'était pas montré depuis le déjeuner, accourut rayonnant, et, dans un flot de poussière, le break s'arrêta, pendant que des figures animées apparaissaient, et que des bonjours tumultueux éclataient de toutes parts.

Des femmes, en élégants costumes de voyage, descendirent lestement, montrant leurs bas de soie, dans une envolée de jupons blancs. Les hommes, la fleur à la boutonnière, suivirent. On s'embrassa, les shakehands s'échangèrent, faisant sonner les bracelets. Et mademoiselle de Croix-Mort, seule, reléguée à l'écart, vit le château s'emplir et ces envahisseurs joyeux se répandre dans les escaliers, dans les chambres, dans les salons, avec un bruit de pas alertes, un fredonnement de refrains, un bourdonnement de rires que les échos de la vieille demeure renvoyaient, étonnés.

Edmée, à partir de de moment, comprit bien que, dans sa propre maison, c'était elle maintenant qui devenait une étrangère.

X

Les deux mois qui s'écoulèrent, après cette première arrivée, suivie de beaucoup d'autres, car les invités se succédaient par séries, firent toujours à Edmée l'effet d'un rêve. Elle put se figurer qu'elle avait dormi, et que, pendant son sommeil, tout ce défilé de figures nouvelle s'était déroulé dans un décor dressé pour la circonstance, car elle ne reconnaissait plus le château où elle avait été élevée, tant son aspect était changé.

Pendant soixante jours ç'avait été un mouvement, un bruit, une fièvre, qui n'avaient plus cessé, et qui gagnaient les choses elles-mêmes. Car, comme par enchantement, d'un jour à l'autre, les meubles se déplaçaient, selon la fantaisie des habitants momentanés de Croix-Mort. Et le piano fut successivement traîné dans les quatre coins du grand salon.

Du matin au soir, on remuait, on parlait, on chantait, on courait, on galopait, chassant, se promenant, dansant, jusqu'à deux heures du matin quelquefois, après avoir battu la plaine et les bois, faisant tout, excepté se reposer. Il fallait que ces gens-là fussent de fer, pour supporter une pareille existence, et Edmée comprenait que sa mère, en un an, y eût perdu sa beauté, sa fraîcheur et sa santé, et parût devoir en être fatiguée jusqu'à la fin de sa vie.

Du reste, Régine ne se mêlait plus, activement, aux ébats de la bande joyeuse. Elle suivait de loin, regardant les autres ; en voiture, quand ils étaient à cheval ; assise, quand ils dansaient ; écoutant, quand ils chantaient ou causaient. Car ce n'étaient pas tous de brillants et inutiles fantoches.

Mademoiselle de Croix-Mort, au travers du brouillard de ses souvenirs, un peu confus et emmêlés, se rappelait, debout, devant le piano, une charmante femme, tres brune, avec des yeux comme des diamants noirs, artiste consommée, chantant, accompagnée par le grand compositeur Roudaire, l'auteur des *Bohémiens*. Elle les entendait tous deux, emportés par l'inspiration, illuminés par une flamme sacrée, disant l'admirable duo :

> Enfants de Bohême, a travers l'espace
> Notre caprice nous conduit.
> Nous suivons l'amour qui sourit et passe,
> L'oiseau qui chante et qui s'enfuit

Et, à son oreille, la voix chaude et passionnée de Roudaire, conduite avec un art prodigieux, résonnait, pendant que les vocalises de la chanteuse tombaient égrenées, comme des perles sonores au fond d'un vase de cristal. Elle voyait le large front, la barbe grisonnante du musicien, et ses yeux fixes, levés vers le plafond, en extase devant une vision.

Elle avait alors des instants de doute. Ravie par cette musique sublime, elle se demandait si ces hommes et ces femmes, qui se dépensaient dans une existence de plaisirs incessants, n'étaient pas les vrais sages, se procurant des jouissances délicieuses, par leur intimité avec les artistes fameux. Mais il lui suffisait de raisonner, un moment, pour comprendre que les charmeurs qu'elle entendait n'étaient que des oiseaux de passage, qui se posaient, pour quelques heures. devant cette brillante compagnie, mais retournaient ensuite au calme de leur travail. C'était pour eux une débauche, tandis que, pour ceux qui les entouraient, c'était l'ordinaire de la vie.

Ces hôtes d'un jour s'éloignaient, et le prestige, qui avait retenu et arrêté tous ces viveurs dans une immobilité admirative, cessant d'agir, les cavalcades recommençaient à animer les grandes allées de la forêt, mêlant aux verdures sombres des taillis le rouge des habits et le bleu des amazones. Le cor retentissait pour le rallye-paper, et des lunchs se dressaient, sur les pelouses des carrefours arrosées de vin de Champagne. Et la gaîté montait, jetant ses éclats de rire, qui troublaient la paix des ramiers dans les branches.

D'autres fois, c'étaient des battues, dont les coups de feu roulaient, comme si on eût fait les grandes manœuvres. Et Billet, sanglé dans son uniforme vert à passepoils, coiffé de sa cape de cérémonie, rouge, hargneux, passait, criant après ses traqueurs qui marchaient mal, « vrai troupeau de fichues bêtes », laissant le gibier forcer, au lieu de le pousser au bout des fusils des invités de « monsieur le baron ».

Le soir, vingt personnes à dîner, les hommes en cravate blanche, les femmes décolletées ; la grande salle à manger flamboyante de lumières, étincelante d'argenterie, et les domestiques graves faisant leur service, silencieux, dans l'odeur des mets exquis et des vins de choix. Et après, pour clore la journée exténuante, la valse, qui mettait ces danseuses belles, parées, joyeuses, aux bras de ces cavaliers, tournant avec des jarrets infatigables, et souriant avec des regards caressants. Les maris, dans le petit salon, jouaient au poker, ou au bezigue chinois, se relançant ou se rubiconnant avec placidité, pendant que les jeunes gens disaient des douceurs à leurs femmes.

Au travers de ce tumulte, de cette furie, Edmée se glissait, calme, aidant sa mère, se tenant sur la réserve, ne dansant pas, traitée poliment, mais avec indifférence, comme une personne de peu d'intérêt tâchant de résister à l'étourdissement de ce va-et-vient, de ce brouhaha, et laissant passer ce flot turbulent, sans se livrer à lui.

Le château semblait être devenu une auberge élégante et mondaine. Tous les trois ou quatre jours les figures changeaient, et on y entendait successivement parler avec tous les accents. Puis, un beau matin de novembre, la source sembla tarie, les arrivants se firent plus rares, toutes les amitiés, toutes les connaissances, toutes les relations, avaient épuisé leurs contingents d'invités possibles, et Croix-Mort se montra vide, silencieux, sans le papillotement, l'étincellement, le pétillement de la veille, comme, au lendemain d'une fête, une carcasse de feu d'artifice tiré.

Le froid, cette année-là, avait été très précoce. Les gelées avaient fait tomber toutes les feuilles, et les taillis se dressaient noirs, balayés par l'âpre brise qui secouait les branches mortes avec un bruit lugubre. Les pelouses jaunissaient, et les massifs se dépouillaient de leurs fleurs. La pluie tombait souvent, glacée et piquante. Et les cheminées du château flambaient, garnies de grosses souches de pommiers, réservées pour le feu des maîtres.

Après cette animation excessive, le silence morne du château, la gravité sombre de la nature devaient paraître plus saisissants. Une sorte d'oppression pesa sur M. et madame d'Ayères, et même sur Edmée. Les yeux et les oreilles, à la longue, s'accoutument au mouvement et au bruit, et le brusque changement cause de la stupeur. Une sensation de vide se produit. On cherche autour de soi, avec inquiétude. Il manque quelque chose. L'habitude, sans qu'on s'en doutât, s'était imposée, et ce qui, au début, paraissait insupportable, trouble, à la fin, par son absence. Dans cette vaste demeure, les trois habitants étaient perdus. Ils se cherchaient, ainsi qu'après un naufrage, des survivants dispersés sur un îlot désert.

Madame d'Ayères et Edmée reprirent promptement leur équilibre. Elles organisèrent leur existence, et trouvèrent dans ce calme absolu des satisfactions très vives. Mais Fernand, pendant quelques jours, fut comme un corps sans âme. On eût dit un chien égaré, qui met le nez au vent pour tâcher de retrouver la trace de son maître. C'était le plaisir, ce maître, qui, pour longtemps, s'était éloigné.

Cependant il parut prendre aussi son parti de la solitude. Il chercha à distribuer sa vie de façon à en remplir tous les instants. Il exprima le désir de voir sa femme et mademoiselle de Croix-Mort s'associer à ses passe-temps, et il le demanda de façon si gracieuse qu'il eût été difficile de lui répondre par un refus.

Sa manière d'être, vis-à-vis d'Edmée en particulier, se modifia sensiblement. Il lui témoigna de grands égards, il eut des petits soins

DEBOUT, DEVANT LE PIANO, UNE CHARMANTE FEMME TRÈS-BRUNE... (PAGE 1502)

délicats, des attentions câlines, comme s'il avait à cœur de se faire
bien venir d'elle. Il s'approchait de la jeune fille, quand elle se trouvait
au salon, s'installait auprès de sa chaise, et faisait des frais de
conversation. Il ne perdait jamais une occasion de lui adresser un
compliment. Tout ce qu'elle faisait ou disait lui semblait bien. Il
avait, avec elle, une familiarité caressante, qui tenait à la fois du
frère et de l'amoureux.

Madame d'Ayères trouvait cette intimité charmante, elle était ravie
de ce qu'elle appelait l'amabilité de son mari et grondait Edmée
qui accueillait ces hommages avec une froideur confinant à l'hostilité.

— Ma chère, tu n'es pas raisonnable, disait Régine ; tu ne tiens
pas compte à Fernand des efforts qu'il fait pour obtenir que tu le
traites avec bienveillance. Tes attitudes maussades sont fort dépla-
cées. Tu es en âge de comprendre qu'il faut oublier le passé, et te défaire de tes préventions. Quels griefs as-tu contre M. d'Ayères ? Que
lui reproches-tu maintenant ? N'est-il pas aimable ?

Edmée, poussée dans ses derniers retranchements, fronçait son
noir sourcil et, l'air dur, répondait :

— Il l'est trop : cela me déplaît !

— Tu ne peux changer son caractère, et faire qu'un homme, dont
la galanterie a occupé toute la vie, cesse subitement d'être galant et
devienne compassé et froid. Il pourrait parfaitement ne tenir aucun
compte d'une petite fille telle que toi, et, quand il se donne la peine
de tenter ta conquête, tu t'ingénies à le rebuter.

Mademoiselle de Croix-Mort baissait le nez sur son ouvrage et ne
disait plus rien. Elle pensait, au fond d'elle-même, que le beau Fernand s'occupait beaucoup trop d'essayer de lui plaire. Il y avait dans
ses allures une pointe de hardiesse qui l'inquiétait. Cependant, pour
donner satisfaction à sa mère, elle s'efforçait de se montrer moins
sauvage. Elle ne se retirait plus, le soir, de bonne heure, ainsi qu'elle
en avait pris l'habitude. Elle restait au salon, et dessinait sur son
album, suivant le caprice de son imagination, avec une facilité
extraordinaire.

— Vous avez vraiment des dispositions très heureuses, lui dit un soir M. d'Ayères, et il faudra que vous preniez des leçons d'un bon maître, cet hiver, à Paris.

Edmée rougit un peu, et, sans lever la tête :

— Il n'y a qu'une difficulté à cela, dit-elle, c'est que je compte rester à Croix-Mort, comme j'ai fait l'année dernière.

Ce fut un concert d'exclamations et de protestations. « Comment ! disait Fernand, elle songeait encore à se séparer des siens, et à se cloîtrer dans cette thébaïde? Mais c'était impossible. Il fallait songer à l'avenir, et ne pas végéter dans ce coin de province. Elle réfléchirait, et reviendrait sur sa détermination. Sa place était auprès de sa mère. Il se ferait, quant à lui, un plaisir de la mener dans le monde, où, charmante comme elle l'était, elle aurait beaucoup de succès. N'était-il pas son cavalier naturel? »

Et rien qu'à la pensée de cette intimité dont il parlait, Edmée se sentait prise d'une insurmontable répugnance. A ses côtés, dans un appartement de Paris, quand elle ne se trouvait pas assez séparée de lui dans les vastes espaces de Croix-Mort, était-ce possible?

Il s'était approché d'elle, sous prétexte de la raisonner, il lui avait pris la main. Elle avait voulu la lui retirer, mais il la tenait serrée dans la sienne. Il parlait à demi-voix, et son souffle lui caressait l'oreille. Elle ressentit un soudain malaise. Il y avait, dans l'attitude de M. d'Ayères vis-à-vis d'elle, quelque chose de louche, qui la froissait. Elle ne se rendait pas un compte exact de ses sensations, mais elle éprouvait une appréhension vague. Elle se leva brusquement, pour se dégager, et, ayant dit bonsoir à sa mère, elle se retira.

Cependant, afin de se donner un peu de liberté, mademoiselle de Croix-Mort avait recommencé ses promenades, et une de ses premières sorties avait été pour son cher curé. Elle était allée au presbytère, et le brave homme avait fait un accueil enthousiaste à celle qu'il appelait la fille du bon Dieu.

Auprès du sage et doux vieillard, Edmée respirait à l'aise, elle vivait sans arrière-pensée, et chassait de son esprit les inquiétudes qui la troublaient trop souvent. Elle arrivait après le déjeuner, trouvait son ami en train de lire son bréviaire et l'arrachait à sa pieuse occupation. Il relevait un peu plus haut sa soutane sur le côté, pour ne pas se crotter dans les chemins détrempés, se coiffait de son large chapeau, et partait avec la jeune fille, sur les routes, causant comme autrefois, visitant les pauvres, et retrouvant sa joie, qui avait été si lamentablement troublée par les réceptions d'automne. Comment, en effet, attirer ce simple et digne prêtre au milieu de cette fête continuelle? Comment mêler le sacré au profane? Le bonhomme, qui ne dédaignait pas les menus recherchés, en avait pâti; mais il avait prié pour le salut de tous ces fous, et leur avait pardonné le tort qu'ils lui faisaient. Il plaisantait, maintenant, Edmée sur sa participation au « sabbat. » C'était sa petite vengeance.

— Avez-vous compromis gravement votre salut, ma fille? lui demandait-il.

— Mais non, monsieur le curé, répondait mademoiselle de Croix-Mort, avec tranquillité. Tout ce qui s'est passé au château était frivole, mais nullement coupable.

— Cependant, les gens du pays disent qu'aux chasses, il y avait des dames qui s'habillaient en hommes... Est-ce possible?

— Avec des jupes, monsieur le curé, avec des jupes un peu courtes, pour être plus à l'aise, mais tout cela très convenable, je vous assure...

— Il n'en est pas moins certain, ma chère demoiselle, qu'il y avait là une absence de retenue, et un manque de modestie très choquants... Les femmes ne doivent pas faire besogne d'hommes.

Edmée, alors, souriait malicieusement, et, pour embarrasser son vieil ami :

— Et Jeanne d'Arc? monsieur le curé?

— Oh! Jeanne d'Arc! s'écriait l'abbé Levasseur, Jeanne d'Arc, c'était pour le salut de la France!... Et guerroyer contre l'ennemi national, par ordre des saints du paradis, est-ce la même chose, je vous le demande, que de massacrer d'innocentes bêtes?...

— Très bonnes à manger !

— Très bonnes à manger, je le confesse, avouait gaiement le curé... Ah! mon enfant, vous raillez les faiblesses de ma misérable nature !...

.a gourmandise est un grand péché!... Un péché capital, que trop de gens commettent, et dont le bon Dieu, il faut l'espérer, aura l'indulgence de les absoudre.

Et, causant, disputant, riant, le vieillard et la jeune fille passaient leur après-midi, allant de maison en maison, pour encourager les souffrants et secourir les malheureux.

Souvent, en rentrant, Edmée rencontrait Billet qui, avec son nez de limier, avait eu vent de sa sortie, et la guettait sur la bordure des bois. Il s'approchait, comme par hasard, et, quand elle lui disait qu'elle revenait d'une promenade avec le curé, il arrondissait le dos et grognait comme un sanglier. Un jour, il lui fit une véritable scène de jalousie :

— Vous n'auriez pas tant seulement l'idée de faire un tour avec moi. Toutes vos amitiés sont pour ce « petit noir » qui ne vous a pas soignée, mignotée plus que moi, quand vous étiez petite... Mais c'est la religion qui fait ça... Ces prêtres donnent aux chrétiens un philtre pour se les attacher !...

— Que tu es bête, Billet ! dit Edmée, en frappant amicalement sur la joue hâlée du garde. Tu sais bien que je vais voir les pauvres avec l'abbé, et que le lien qui nous attache l'un à l'autre, c'est celui de nos petites charités communes. Je l'aime, c'est vrai, car c'est lui qui m'a instruite, et il a été très bon pour moi, quand j'étais enfant; mais je ne l'aime pas plus que toi, vieux loup-garou.

— Alors, ça va bien! répondit le sauvage, les paupières mouillées. Ah! c'est que, voyez-vous, votre Jean Billet se ferait casser les os pour vous, avec plaisir... Et si jamais quelqu'un s'avisait de vous contrarier, faudrait me le dire !

Une soudaine suffocation serra le cœur d'Edmée. Elle fixa sur le garde ses yeux inquiets, se demandant s'il avait lu dans sa pensée, pour répondre, ainsi, directement à ses intimes préoccupations.

— Que veux-tu dire par là? fit-elle. Est-ce que quelqu'un, à ta connaissance, songe à me tourmenter?

— C'est bon, marchez! Je suis là, et je n'ai pas besoin de lunettes, répondit Billet, sans vouloir s'expliquer.

Il lui lança un regard tendre de chien dévoué, et, jetant sa pétoire sur son épaule, il reprit le chemin de sa maison.

Cependant, les sorties de mademoiselle de Croix-Mort eurent le don de contrarier singulièrement M. d'Ayères. Il en parla à Régine, qui reprocha doucement à sa fille de se séparer d'eux, et d'avoir l'air de s'échapper pour courir la campagne toute seule.

— Je vais rendre visite à mon vieil ami au presbytère. Est-ce donc mal.

— Certes non ; si tu veux le voir, nous l'inviterons à dîner le dimanche : je crois qu'il sera sensible à cette attention.

— Moi, j'en suis sûre, dit Edmée, heureuse à l'idée des satisfactions innocentes que la table du château allait causer au brave homme. Mais les promenades que je fais avec lui sont bonnes pour moi. Je suis peu sortie, depuis longtemps, et la marche m'est agréable.

Alors Fernand tourna la difficulté en proposant l'équitation. Il lui était revenu que la jeune fille, autrefois, montait bravement à cru les poulains de la ferme. Il déclara qu'il aurait grand plaisir à escorter ces dames, car Régine voudrait certainement être de la partie. Il ne s'agissait plus de chevauchées furieuses, semblables à celles qui foulaient, quelques semaines auparavant, les routes de la forêt, mais d'un exercice sage et modéré.

Madame d'Ayères n'osa pas refuser et, qui sait ? peut-être fut-elle satisfaite de revoir, avec son mari, ces bois qu'ils avaient parcourus si tendrement ensemble. Elle n'avait rien découvert d'inquiétant dans ce subit engouement de Fernand pour Edmée. Elle ne se rendit pas compte qu'il recommençait, avec la fille, le même jeu qu'avec la mère. Son esprit resta fermé aux soupçons : elle n'eut aucune clairvoyance. Elle songeait si peu au mal, qu'en signalant à son attention les étranges manœuvres de M. d'Ayères, on l'eût indignée, mais non édifiée.

Quant à lui, il n'avait pas des vues très nettes sur la route où il s'était engagé. L'attraction qu'il subissait était instinctive et irraisonnée. Emporté par cette habitude, en lui invétérée, de s'occuper de la femme aussitôt qu'il s'en trouvait une à sa portée, il courtisait Edmée, sans arrière-pensée, parce qu'elle était jeune, charmante, mais principalement parce qu'elle faisait tout pour le rebuter. Il n'y avait pas l'apparence d'un calcul, et c'était son excuse, dans les coquetteries auxquelles il se livrait. Il suivait la pente de sa nature, et si on lui avait dit brusquement : « Mais allez-vous donc essayer de troubler le cœur de cette enfant ? » il eût protesté avec horreur.

Il y a vraiment comme un voile sacré qui enveloppe la jeune fille et la défend contre le cynisme des pensées et la hardiesse des actes. Fernand avait décidé froidement la conquête de Régine ; il en avait fait un divertissement de roué inoccupé, et une spéculation de viveur ruiné. Vis-à-vis d'Edmée, il était pur de toute préméditation.

Il se laissait entraîner par un sentiment tendre qu'il ne songeait pas à analyser, prenant pour de l'amitié ce qui était déjà de l'amour. Ce lovelace de profession agissait, en cette circonstance, avec naïveté. Il se brûlait lui-même peu à peu, sans s'en apercevoir, à la flamme qu'il avait coutume d'allumer si habilement. Le feu était en lui et devait y couver sourdement, jusqu'au jour où une circonstance imprévue le ferait éclater, dévorant et terrible.

XI

La première sortie à cheval eut lieu sans incident, madame d'Ayères et Edmée firent, avec entrain, le tour du parc, sous la conduite de Fernand, et rentrèrent au bout de deux heures. Le mouvement et le grand air avaient donné des couleurs à Régine. Son mari lui adressa ses compliments, et elle fut ravie. Mais, le lendemain, elle se sentit très mal à l'aise et dut comprendre que ces fatigues n'étaient plus de son âge. Elle engagea, avec un peu de tristesse, sa fille à monter seule, lui promettant de la suivre en voiture, ce qui reviendrait au même et serait beaucoup plus confortable. Mais il arriva que la voiture ne put passer par les plus jolis chemins, et que la promenade se trouva dérangée.

— Je vois bien que je suis une gêne pour vous, dit madame d'Ayères. C'est un grand malheur de ne pas rester toujours jeune... Mais que veux-tu, ma chère enfant, nous n'allons plus du même pied... Sortez tous les deux, et laissez-moi dans mon fauteuil, puisque me voilà presque impotente !

Mais mademoiselle de Croix-Mort déclara, d'un ton si ferme, qu'elle tiendrait compagnie à sa mère, qu'il n'y avait pas lieu d'insister, et l'exercice du cheval cessa brusquement. Fernand, qui souhaitait le plus

Elle était allée au presbytère (page 1507)

de cette interruption, ne manifesta pourtant aucun dépit. Il accepta tranquillement la privation, et resta à la maison, ne paraissant pas s'ennuyer, et causant avec une liberté d'esprit complète.

Même, il s'occupait moins d'Edmée, comme si son empressement n'avait été qu'un caprice passager. La jeune fille en éprouva de l'allégement, et ne put se retenir de lui en savoir gré. Elle reprit un peu de confiance et se dit que, peut-être, ses défiances étaient mal fondées. Elle se laisa aller à parler avec un peu plus d'abandon, et ne montra plus à M. d'Ayères cette figure glacée et revêche qu'elle se composait, jusque-là, à son intention.

Pour couper la longueur des soirées, il s'était mis en tête d'apprendre à mademoiselle de Croix-Mort à jouer au billard. Elle avait toujours refusé, mais enfin elle s'y prêta d'assez bonne grâce. Régine s'installait sur un divan, au-dessous du tableau, et, armée d'une petite badine, marquait les point. Progressivement l'intimité de la vie de famille s'établissait entre eux. Les inquiétudes d'Edmée s'endormaient, et Fernand se conduisait en camarade avec elle. Ni plus ni moins. L'œil le plus vigilant n'aurait rien trouvé à critiquer dans ses paroles ou dans ses allures. Il était bon enfant, enjoué, gracieux. Mais était-ce criminel à lui de se montrer charmant ?

Le temps, comme s'il eût voulu se mettre à l'unisson, était devenu plus clément. Un tardif été de la Saint-Martin rasséréait le ciel. L'air âpre et sec s'adoucissait, et les oiseaux, trompés par cette tiédeur, chantaient dans les massifs. Un après-midi Régine, voyant son mari inoccupé et rêveur, dit à Edmée :

— Il fait très beau aujourd'hui : vous devriez monter autour de la terrasse ; cela dégourdirait vos chevaux qui s'ennuient à l'écurie.

Si Fernand avait saisi la balle au bond, et manifesté le désir de donner suite à cette proposition, mademoiselle de Croix-Mort eût probablement réfléchi, et certainement refusé. Mais il parut si étonné, si indécis, il mit si peu d'empressement à accepter, que la prudence de la jeune fille ne fut pas alarmée. Poussée par sa mère, elle se laissa entraîner, et consentit à faire un tout petit tour, le long de la pièce d'eau, sous les fenêtres du salon. Un quart d'heure après, ils longeaient, au pas, la berge de la rivière, elle devant, lui en serre-file, taciturne et comme endormi.

Elle le regarda plusieurs fois, par-dessus son épaule, étonnée de le voir si absorbé, lui que le cheval rendait toujours gai. Elle donna un léger coup de houssine à sa jument qui prit le trot, et elle gagna un peu d'avance.

Il ne la suivit pas, gardant son allure lente, comme s'il oubliait qu'il avait pour mission d'escorter la jeune fille. Elle, se sentant libre, et ne craignant plus de s'abandonner à sa fougue, courait vivement. sans se préoccuper de son compagnon, se réjouissant même de le perdre. Elle passa ainsi le pont de la Divonnette et s'engagea dans le parc. Une allée montante, bordée de hauts et noirs sapins, s'offrait à elle. Piquant sa monture, elle s'y lança au galop. Arrivée sur le plateau, elle s'arrêta, pendant que sa jument broutait, d'une bouche gour-mande, les herbes du carrefour.

Bien souvent elle était venue là s'asseoir, en attendant Billet, laissant errer ses yeux sur l'immensité des plaines, semées de bouquets de bois, et coupées de ruisseaux dont le courant, frappé par le soleil, brillait entre les bordures de joncs. Jamais le paysage qui s'étendait à ses pieds ne l'avait si profondément charmée. Un laboureur, suivant à pas lents le sillon brun, se courbait sur sa charrue, traînée par quatre vigoureux chevaux, dont la sueur fumait dans l'air. On l'entendait les exciter d'un cri bref, pendant qu'ils tendaient leurs jarrets, tirant à plein collier. Au bord d'un monticule de marne, tout blanc, des puisatiers descendaient une banne au moyen d'un tourniquet de bois, et, dans le fond du vallon, à la lisière des bois, les moutons, gardés par un petit berger qui faisait claquer son fouet pour se distraire, s'éparpillaient dans l'herbe jaune et rare. Plus loin, le village de Clairefont dressait le clocher de son église, au milieu de la verdure des jardins égayée par les toits rouges des maisons. Et, le long d'un grand mur gris, un vigneron passait la revue des échalas de sa vigne. C'était un admirable tableau, baigné d'une lumière dorée. Une paix profonde s'en dégageait, faite de la tranquillité vigoureuse de la terre, et de la sécurité vaillante de ceux qui la travaillaient.

Edmée, enfermée depuis quelques jours, s'imprégna délicieusement des beautés de ce paysage frais et reposé. Elle resta longtemps immobile, caressée par le vent qui venait de la vallée. Un bruit soudain l'arracha à sa contemplation. Elle se détourna avec ennui, et vit M. d'Ayères montant au grand trot l'allée qu'elle avait suivie pour gagner le plateau. Elle fut contrariée de ne pouvoir échapper plus longtemps à sa surveillance importune. Et, moitié désir d'être seule, moitié envie de jouer un tour à son compagnon, elle rassembla les rênes et poussa sa jument dans la ligne circulaire qui rejoignait le pont de la Divonnette.

Son voile détaché flottant derrière elle, mademoiselle de Croix-Mort allait, sur un sol élastique et doux fait de terre de bruyère couverte de mousse. Elle ne pensait déjà plus à Fernand, quand elle l'aperçut, sur sa gauche dans une allée transversale, tout près de la rejoindre, ayant pris le raccourci. Elle ne voulut pas se laisser rattraper et continua, sans ralentir son allure. Il lui fit signe d'arrêter et lui cria :

— Vous êtes déraisonnable ; votre jument va vous emballer...

Elle courait toujours, ne cravachant pas sa monture, mais l'excitant sournoisement de la voix, enfiévrée par la rapidité de son train qu'elle tâchait d'augmenter encore. Fernand, la voyant passer ainsi, ardente à le fuir et à le braver, céda à un mouvement de vanité, et voulut la gagner de vitesse, la devancer et l'arrêter. Le cheval qu'il avait, ce jour-là, était une bête de sang, très vigoureuse. Debout sur ses étriers, le corps en avant, avec l'aplomb d'un homme qui a beaucoup monté en steeple-chase, il l'embarqua au galop de course. La distance ne tarda pas à diminuer entre eux.

Alors, en l'entendant approcher, en le découvrant lancé sur ses traces, Edmée sentit en elle une peur soudaine, comme si la poursuite qu'elle subissait eût été sérieuse et menaçante. Dans sa tête, échauffée par le mouvement, des idées bizarres surgirent. Elle s'imagina qu'elle était fugitive, traquée par des ennemis implacables, et que sa liberté dépendait de la rapidité de sa fuite. Qu'elle arrivât au pont la première, elle était sauvée : là elle trouverait protection et asile. Mais, qu'elle se laissât atteindre, elle était perdue. L'impression nerveuse qu'elle ressentait semblait s'être communiquée à sa monture, qui, les naseaux fumants, l'œil saillant et effaré, la tête basse et la bouche écumante, commençait à ne plus obéir à la bride.

M. d'Ayères, plus calme, s'effrayait de la violence de cette course, et, jugeant la jument d'Edmée emportée, n'osait pas crier, de peur de l'exciter davantage. Ils allaient si vite qu'il voyait, au bout de la route, approcher, comme s'il était venu à eux, le pont étroit et glissant de la Divonnette. Il se dit : « Elle ne pourra pas s'arrêter, et si, par malheur, sur les planches, sa tête bronche, elle va se briser devant moi. Il faut à tout prix que je la coupe avant la rivière. »

Il était maintenant derrière elle, la tête de son cheval à la croupe de la jument. Il donna de l'éperon, serra les genoux, dans un effort qui lui fit gagner quelques mètres, et, de la main droite, saisit la bride d'Edmée.

Elle pâlit de colère et de crainte, et lui cria :

— Laissez-moi !

Lui, rouge, la respiration haletante, répondit :

— Vous ne savez plus ce que vous faites !

— Je le sais très bien, répliqua-t-elle exaspérée... Je vous défends de m'arrêter !...

Ils étaient l'un près de l'autre, courant encore, mais à une allure moins vive : elle, le défiant du regard, et le menaçant de la voix ; lui, tenant toujours la bride et se refusant à la lâcher. En un instant, devant cette tenacité, Mademoiselle de Croix-Mort sentit sa terreur se doubler de toute sa haine ; elle se vit au pouvoir de celui qu'elle redoutait et exécrait. Elle voulut se dégager, et, levant sa cravache, elle en fouetta avec rage la main qui l'empêchait de fuir.

— Edmée ! cria-t-il, et, d'une brusque saccade, coupant la bouche de la jument, il l'arrêta sur place. La jeune fille, déplacée par la secousse, quitta sa selle et faillit tomber, mais d'un bras vigoureux, il la retint. Étourdie, les yeux obscurcis, près de s'évanouir, elle demeura une seconde sans force et sans pensée, appuyée à l'épaule de Fernand, se cramponnant instinctivement à lui. Sa chevelure noire s'était détachée, et se répandait autour d'elle, l'enveloppant d'un parfum pénétrant et doux. Lui la regardait, s'enivrant de sa beauté, de sa jeunesse, oubliant où il était, ce qu'elle était, et ne comprenant plus rien, si ce n'est que le corps charmant, qui palpitait contre sa poitrine, était celui d'une femme adorable, et obscurément adorée. Il perdit la tête, ses lèvres plongèrent dans les masses sombres de ces cheveux embaumés, et, murmurant de vagues paroles, il serra Edmée sur son cœur.

Elle ouvrit les yeux, se vit dans les bras de Fernand, le repoussa avec violence et, sautant à terre, se mit à courir de toutes ses forces vers la Divonnette, affolée, trébuchant dans la traîne de son amazone, et jetant des plaintes inarticulées. Arrivée au parapet, elle dut s'arrêter : elle étouffait. Elle s'appuya, comprimant d'une main son cœur bondissant d'épouvante et de dégoût. Il la suivit lentement, comme accablé. Elle lui cria d'une voix entrecoupée :

— Ne m'approchez pas !

— Edmée, dit-il marchant toujours, je vous en supplie...

— Si vous faites un pas de plus, je me précipite !

Penchée en dehors du pont, elle allait exécuter sa menace. Il s'arrêta. Ils restèrent en présence, terrifiés tous deux, lui de ce qu'il avait osé, elle de ce qu'elle avait subi. Un pas rapide, dans le taillis, les tira de leur stupeur. La jeune fille eut une exclamation de joie, en reconnaissant Billet, qui s'avançait à travers bois, selon sa coutume. En apercevant mademoiselle de Croix-Mort et M. d'Ayères, la figure du sauvage se rembrunit, et il fit des enjambées doubles.

— Oh ! oh ! serait-ce vous, mademoiselle Edmée, qui avez appelé, il n'y a qu'un instant ? demanda-t-il en examinant le désordre dans lequel sa chère maîtresse se présentait.

Et comme Edmée, craignant de parler, tant elle avait honte de ce qui s'était passé, ne répondait pas, il poursuivit :

— Qu'a-t-il donc pu vous arriver à cheval, avec M. le baron, qui est si bon cavalier ?

Fernand reprit le premier son sang-froid, et, voulant couper court aux questions du garde :

— La jument de mademoiselle de Croix-Mort s'est emportée, dit-il, et a failli la jeter dans la Divonnette.

— La voilà bien tranquille à c'te heure, fit le sauvage, en montrant d'un regard la bête couverte de sueur, qui tirait les feuilles des branches au bord du chemin. Pas moins qu'elle est tout en écume... C'est-il en l'arrêtant que vous vous êtes fait cette belle égratignure ? dit-il à Fernand, dont la main était zébrée d'une balafre, rouge et profonde comme un coup de sabre.

— Oui, c'est en l'arrêtant, répondit Edmée avec effort.

— Eh bien ! vous n'y alliez pas de main morte ! fit Billet avec un accent tellement ironique que M. d'Ayères tressaillit. Mais voilà votre cheval qui passe au droit du pont... Vous pourrez remonter dessus, peut-être, sans vous commander, monsieur le baron, pour aller avertir au château... Car madame n'aurait qu'à prendre peur en voyant mademoiselle si pâle... Je la ramènerai en tenant la bête par la bride Et ne craignez point. Avec moi il ne lui arrivera rien.

Fernand fit un signe de tête, sans parler ; il traversa la rivière, reprit son cheval, et partit au petit trot.

En le voyant s'éloigner, mademoiselle de Croix-Mort poussa un soupir, et, blême, se laissa tomber sur une des grosses bornes qui flanquent, de chaque côté, l'entrée du pont. Billet prit le mouchoir de la jeune fille, descendit le tremper dans le courant, et revint lui mouiller les tempes. Il parlait doucement, lui tapotant les mains et lui donnant l'assurance que « ça ne serait rien pour cette fois ».

— Seulement, ajouta-t-il avec un accent profond, quand il la vit ranimée, ne sortez plus jamais seule avec cet homme-là car il arriverait malheur, à vous peut-être, à lui sûrement.

— Mais Billet, que crois-tu donc? s'écria Edmée, bouleversée à l'idée que le garde avait assisté à la scène.

— Je ne crois que ce que vous m'avez dit, déclara-t-il. Mais je vous avais aperçue quand vous êtes sortie, et je tournais dans la coupe pour vous souhaiter le bonjour au passage... J'ai entendu votre voix quand vous avez crié. Elle était si effrayante que j'ai pensé qu'on vous égorgeait... Alors j'ai allongé mes jambes... et voilà ! C'est heureux que je vous aie trouvée bien vive, encore qu'un brin effarouchée !...

Il fit le gros dos, et remonta d'un mouvement brusque la bretelle de sa pétoire. Puis, prenant mademoiselle de Croix-Mort par la taille, il la plaça sur sa selle, et, tirant la jument derrière lui, il se dirigea vers le château. Sur le perron madame d'Ayères, seule, attendait, pleine d'inquiétude. En voyant sa fille, elle courut à elle. Mais Edmée, pour éviter un nouvel interrogatoire, prit un air riant et, aidée par Billet, sauta vivement à terre.

— Tranquillisez-vous, ma mère, dit-elle ; j'ai eu plus de peur que de mal.

— Grâce à Fernand !

— Oui, ma mère grâce à lui.

— Tu es un peu imprudente, ma chérie, et ces chevaux sont si stupide !... Décidément il ne faudra plus recommencer... Je ne vivrais pas, tout le temps que tu serais dehors.

Edmée monta dans sa chambre et s'y enferma. Là, elle put pleurer à son aise et soulager son cœur ulcéré. Toute la force de caractère qu'elle avait eue, pour dissimuler devant Billet et devant sa mère, était tombée, et elle se sentait faible comme un enfant. L'épouvante la prenait à la pensée qu'il allait falloir affronter la vue de cet homme, dont le souvenir la faisait trembler. Se retrouver en sa présence, supporter son regard, non pas pendant quelques instants, non pas une seule fois, pour en être après délivrée à jamais ; non, mais s'asseoir tous les jours, avec lui, à la même table, dans le même salon, le rencontrer dans les escaliers, les couloirs, seule à seule, et être exposée, peut-être, de nouveau à ses audaces. Voilà ce qui attendait la jeune fille. Elle se tordit les mains, désespérée.

Était-ce possible qu'un tel supplice lui fût réservé ! Elle chercha ardemment le moyen de s'y soustraire, et ne sut pas le découvrir. N'étaient-ils pas rivés à la même chaîne indestructible : celle de la famille? Sa mère était là, qui les rapprochait implacablement. Il était l'époux, et elle était la fille. L'éloignement de l'un ou de l'autre, telle était la seule solution : une rupture nette et irréparable des liens qui les attachaient.

ARRIVÉE AU PARAPET, ELLE DUT S'ARRÊTER (PAGE 1518)

Mais comment amener cette rupture sans briser le cœur de sa mère ? Quel coup à lui porter que la dénonciation de celui par qui elle avait déjà tant souffert ! Oh ! tout, plutôt que d'apprendre une telle infamie à la pauvre femme ! D'ailleurs, comment la lui apprendre, de quels termes user pour expliquer cette monstruosité, dont la pensée seule lui soulevait le cœur ?

Et, reprise de colère, Edmée rêvait des vengeances atroces pour punir le misérable. La bouche crispée par un sourire de haine, les yeux méchants sous ses sourcils noirs, elle regrettait de n'avoir pas eu à sa portée une arme pour châtier l'infamie, sur place, en foudroyant l'infâme. Mais il vivait ! Et, pour se défendre contre lui, elle se heurtait à mille difficultés. La seule ressource qui lui restât était de quitter la maison, pour se réfugier dans un couvent, ou d'amener sa mère à repartir pour Paris.

Le couvent ? sous quel prétexte ? On la savait peu pratiquante. Inventer subitement une vocation religieuse ? C'était bien invraisemblable. Et à quels commentaires, à quelles suppositions, à quels commérages n'allait-elle pas donner prise ? Une fille de son âge, renonçant brusquement au monde, ne serait-ce pas, pour le moins, la preuve qu'elle souffrait d'un amour contrarié, ou qu'elle était malheureuse chez sa mère ?

C'était sa vie livrée à la curiosité publique. Déjà, elle entendait les propos de tous ces oisifs qui, pendant l'automne, avaient défilé à Croix-Mort. Quel aliment pour leurs caquetages ! Et, du reste, au couvent, elle y serait morte. La vie claustrale, les cellules nues et froides, les adorations prolongées dans les chapelles, le bercement des orgues, les cantiques béatement chantés, toute cette pompe solennelle et vide du culte la glaçait d'avance. Elle ne pourrait pas s'y plier, et, dans la pieuse maison, elle entrerait avec une âme révoltée.

Alors, quoi ? Obtenir de Fernand qu'il rentrât sur-le-champ à Paris lui demander ce départ comme une grâce ? Se faire suppliante, quand elle aurait dû se montrer implacable ? Quelle amertume et quelle honte !

La cloche du dîner, retentissant à ses oreilles comme un glas sinistre, la troubla dans ses orageuses méditations. L'instant était arrivé de se composer un visage de marbre, pour supporter les regards de l'être abhorré. Elle raffermit son cœur tremblant, et, irrésolue quand à l'avenir, mais décidé quand au présent, elle descendit.

Sa mère lui demanda affectueusement si elle était remise de ses émotions. Lui ne dit pas un mot, et ne leva point les yeux sur elle. Il demeura sombre et absorbé pendant tout le repas. Madame d'Ayères, sans se douter des précipices qu'elle côtoyait, le plaisanta, en riant, sur son mutisme, disant qu'il était dans ses lunes. Il répondit évasivement, sembla faire effort pour vaincre sa torpeur, mais ne put y parvenir. Aussitôt sorti de table, il disparut sur la terrasse, et se mit à fumer, en marchant à grands pas, suivant son habitude.

Edmée le voyait, la tête basse, passer et repasser devant la fenêtre. A quoi pouvait-il penser? A quelles monstrueuses espérances se livrait-il? Il paraissait courbé comme sous un poids trop lourd : celui de son infamie.

Il l'était, en effet. Cette surprise, plus rapide que la foudre, qui avait mis, pendant un instant, mademoiselle de Croix-Mort dans ses bras, avait déchiré le voile qui, depuis un mois, enveloppait son esprit. Il avait été illuminé par l'éclair. Il avait compris le sentiment qui l'entraînait vers la jeune fille, et cette révélation formidable l'avait bouleversé.

Des sentiments divers se heurtèrent en lui. Il éprouva de la pitié, de la honte, de la colère, mêlées à une sorte de volupté atroce. Il se dit qu'il était dénaturé, et, en même temps, il pensa qu'Edmée était adorable. Il se condamna et s'excusa à la fois. Un conflit terrible se produisit entre ses remords et ses désirs. Tout ce qui restait de pur et de généreux en lui se révoltait, et tout ce que la vie mauvaise qu'il avait menée y avait développé de malsain et de pervers, cédait à une épouvantable ivresse. Le bon et le mauvais ange se disputaient encore cette âme troublée, et combattaient à armes égales. Une parole émue prononcée par Edmée, une larme chaste coulée de ses yeux, pouvaient, à cette heure décisive, faire tomber à genoux, repentant et terrassé, ce malheureux flottant sans volonté entre ses vertus natives et ses vices acquis.

Il rentra au bout de vingt minutes, grelottant de fièvre plutôt que de froid, et vint se placer près de la cheminée, les yeux baissés, avec l'attitude d'un condamné qui attend l'exécution de son arrêt.

Mademoiselle de Croix-Mort était assise près de sa mère, devant la table, travaillant, et son aiguille tremblait dans ses doigts, pendant que son cœur battait à gros coups dans sa poitrine. Madame d'Ayères, depuis quelque temps, avait la manie de ne pouvoir rester plus d'une heure sans bouger, prétendant que l'immobilité prolongée lui donnait des fourmis dans les jambes. Fernand connaissait cette particularité, et il guettait le moment où Régine, pour se dégourdir, ferait un petit tour dans la galerie voisine.

Edmée frémit en voyant sa mère se lever. Elle comprit qu'elle allait rester seule, et fut sur le point de sortir à sa suite. Fernand fit un mouvement rapide pour l'en empêcher. et comme elle allait crier, terrifiée :

— Je vous en supplie, Edmée, dit-il sur le ton de la prière, ne vous éloignez pas !... Il faut que je vous parle, et si je n'y parviens pas ce soir, je sens que c'est fini à jamais...

— Que voulez-vous donc ? demanda-t-elle, en retrouvant un peu de fermeté.

— Rien que votre pitié.

Elle le foudroya du regard.

— Méritez-vous autre chose que du mépris ?

— Vous me haïssiez déjà, dit-il douloureusement, ce sera donc à peu près la même chose.

— Quels sentiments autres pouvais-je avoir, reprit-elle avec emportement, pour vous qui avez apporté ici le trouble et la crainte ? Avant de vous connaître, ma mère était bien portante, paisible, heureuse. Elle est maintenant malade, soucieuse et désolée. Moi, je n'avais ni chagrins ni inquiétudes : vous m'avez fait connaître les tristesses et les amertumes. Et ce n'était pas assez : vous avez su vous rendre à ce point odieux, que je ne vais point oser vivre dans cette maison, qui porte mon nom, si vous ne la quittez pour n'y plus revenir.

Le sang monta au visage de Fernand, et sa pâleur se marbra de taches rouges :

— N'ai-je donc rien à attendre de vous que la violence et la colère ? fit-il. Je suis horriblement malheureux !... Je souffre plus qu'il ne m'est possible de le dire... Si vous saviez ce que j'éprouve pour vous !... C'est plus que de l'attachement : c'est une adoration surhumaine !... Dites-moi une parole moins dure ?... Laissez-moi espérer que vous me pardonnerez ?...

La figure d'Edmée prit une expression de haine implacable, et, les dents serrées, et les yeux étincelants, elle cria :

— Jamais !

— Vous avez tort, murmura Fernand d'une voix sourde, avec un peu de bonté vous feriez de moi ce que vous voudriez !...

— Je ne veux rien faire de vous, reprit mademoiselle de Croix-Mort avec fureur, je veux ne plus vous voir, ne plus vous entendre !... Je donnerais ma vie, de bon cœur, pour pouvoir, d'un mot, vous anéantir... Si vous n'êtes pas le dernier des misérables et des lâches, partez demain, emmenez ma mère, et ne reparaissez jamais devant moi !... Y consentez-vous ?

Il agita la tête, en riant d'un rire sinistre, comme s'il devenait fou, et répéta lugubrement :

— Vous avez tort !

— C'est bien ! dit Edmée, puisque je n'ai pu réveiller en vous un dernier reste d'honneur, je n'ai plus qu'à faire appel à votre prudence... Je vous préviens donc que je me défendrai contre vous, comme si j'avais affaire à un bandit, et je vous déclare qu'à partir de cet instant, si vous osez seulement m'adresser la parole, je vous soufflette devant ma mère !...

Le pas de madame d'Ayères, qui revenait, se fit entendre. Elle fredonnait avec abandon, sans soupçon de l'horrible scène qui avait lieu à quelques pas d'elle, de l'autre côté de la porte. Edmée n'honora même pas Fernand d'un suprême regard de menace, et embrassant sa mère, elle se retira dans son appartement.

XII

A partir de ce jour elle se tint sur ses gardes. C'était la guerre, et elle était décidée à la soutenir avec toute la violence qui était en elle. Moins emportée, plus adroite, elle eût pu, comme Fernand le lui avait dit, obtenir beaucoup de lui. Elle serait arrivée à le dominer et à le dompter. Mais elle avait agi dans le sens où la poussait sa nature. Elle subissait ainsi les conséquences fatales de son caractère indépendant, fier et ombrageux. Lorsqu'elle était enfant, déjà, elle n'avait pas su captiver sa mère par des douceurs et des tendresses. Elle s'était montrée sauvage, froide et réservée, et avait détourné d'elle la frivole et sentimentale Régine. Au moment du mariage elle s'était révoltée et avait lutté avec une hardiesse inattendue. Maintenant, par son implacable rigueur, elle achevait de pousser dans la mauvaise voie un insensé qu'un élan de chaude et miséricordieuse générosité pouvait ramener au bien.

Elle eut cependant des accès de désespoir affreux. Enfermée toute la journée dans son « laboratoire », elle n'avait plus le goût du travail et ne touchait point à ses pinceaux. Étendue sur un divan, les yeux fixes, elle tournait et retournait, sous toutes ses faces, son horrible situation, sans arriver à une solution favorable. Toujours, devant elle, comme un insurmontable obstacle, se trouvait sa mère à qui elle voulait, tant que ce serait possible, éviter l'écrasante révélation de leur malheur commun. Elle n'avait découvert que ce moyen de défense : la claustration.

Elle descendait pour déjeuner, pour dîner, et, après chaque repas, remontait s'enfermer. A l'abri derrière son verrou, elle respirait. Mais ce parti pris d'isolement devait fatalement étonner et inquiéter Régine. Brusquement, la jeune fille cessait de paraître au salon, n'adressait plus la parole à M. d'Ayères, après s'être laissée aller avec lui à une intimité amicale. Il y avait là matière à réflexions, et Edmée, pleine d'angoisse, prévoyait que sa mère les ferait.

Très heureusement, ce fut à Fernand que Régine demanda d'abord des éclaircissements. En proie à une irritation qu'il avait été obligé de dissimuler, celui-ci ne sut pas garder son sang-froid : il se répandit en plaintes amères sur l'existence misérable qu'il menait entre une femme vaine et évaporée et une fille revêche et muette. Il maudit le temps qui était sombre, le château qui était lugubre, et se montra si accablé que Régine, désolée, lui proposa de retourner, dès le lendemain, à Paris. Elle croyait lui complaire. Mais il refusa aigrement. Alors elle ne sut que pleurer, et redoubla par ses larmes l'exaspération dont il lui cachait les véritables causes. Il fut brutal, lui parla durement, et, la voyant s'éterniser dans ses excuses et ses lamentations, il la quitta, blême de colère, pour ne pas céder à l'envie folle de lui faire du mal.

Alors la baronne s'adressa à Edmée, et la questionna sur les motifs de sa soudaine sauvagerie. La jeune fille joua l'étonnement : elle prétendit ne pas comprendre les observations de sa mère. Elle était comme à l'ordinaire. Peut-être, ayant en train un travail qui l'intéressait beaucoup, se mêlait-elle un peu moins que par le passé, à la vie commune. Mais si chacun, dans le château, savait s'occuper comme elle, il n'y aurait point de désœuvrement, partant, point d'ennui. Sa ressource à elle était la peinture. M. d'Ayères avait la chasse et la promenade. De quoi se plaignait-il ?

Elle s'exprima avec une modération et un tact extrêmes, faisant effort pour se maîtriser et ne pas laisser échapper les brûlantes paroles qui lui montaient aux lèvres. Elle parvint à tromper les inquiétudes de sa mère, et à lui donner la conviction que les ferments de discorde ne venaient point d'elle.

Alors Régine n'hésita plus, et, cessant toute dissimulation, elle ouvrit son cœur à sa fille. Elle lui confia le tourment que lui causait la farouche tristesse de Fernand. Elle lui laissa entrevoir un coin du mystérieux abîme de douleurs où son cœur était plongé, elle supplia Edmée de l'aider à s'assurer, non pas le bonheur, mais un peu de tranquillité. C'était sa jeune figure qui était le charme du foyer. Depuis qu'elle s'en éloignait, tout devenait maussade et désolé. Elle lui demanda, comme une preuve de sa tendresse, de vivre un peu moins à l'écart, disant que tout irait mieux, à l'instant même.

Mademoiselle de Croix-Mort, sans sourciller, s'entendit adresser cette formidable requête. Ainsi, il fallait qu'elle s'offrît en appât à celui qu'elle fuyait de toutes les forces de sa chasteté offensée. Et cela par amour filial. Le cœur soulevé de dégoût, mais le front calme, elle consentit. Elle reçut avec une âpre joie les caresses de sa mère, pénétrée de reconnaissance, et, pour ménager la sécurité de la pauvre femme, elle risqua de compromettre la sienne.

Sa réapparition au salon détendit les nerfs crispés de Fernand. Un fugitif rayon de joie éclaira son front. Il ne pouvait rien espérer, mais il était heureux de revoir, même froide et menaçante, celle à qui il pensait sans cesse. Il s'asseyait loin d'elle, prenait un livre dont il tournait lentement les feuillets, puis il renversait la tête peu à peu sur le dossier de son siège, et feignait de s'endormir. Mais il était bien éveillé, et Edmée sentait ses yeux qui pesaient sur elle, fixes et persistants, comme l'idée qui l'obsédait. Plusieurs fois, dans la glace de sa table à ouvrage, sans qu'il pût s'en douter, elle l'avait furtivement observé, et l'expression de son visage l'avait effrayée. Il ne la perdait pas de vue un instant, son regard la suivait, l'enveloppait et, par moments, semblait la caresser.

L'existence de mademoiselle de Croix-Mort devint réellement intolérable. Elle ne cessait de craindre, sans savoir exactement quoi.

ET TIRANT LA JUMENT DERRIÈRE LUI (PAGE 1520)

Transes continuelles et vagues, que tout faisait naître et alimentait.
Quand, par hasard, en descendant l'escalier, elle entendait derrière
elle un pas, elle s'élançait, sautant les marches pour être plus tôt
arrivée, au risque de se rompre les jambes.

Il y avait, dans le couloir du premier étage, entre sa chambre et
le palier, un recoin sombre, devant lequel elle ne passait jamais sans
qu'une insurmontable peur lui fît perler la sueur au front. Un homme
aurait pu facilement s'y cacher, et elle redoutait toujours d'en voir
sortir Fernand, comme une apparition terrible. La nuit, pendant ses
longues insomnies, soupçonneuse au moindre craquement des
boiseries, l'oreille tendue, elle percevait des bruits furtifs, des frô-
lements suspects dans la galerie qui longeait son appartement. Elle
retenait sa respiration, pour mieux écouter, et, derrière sa porte,
elle croyait distinguer un murmure de soupirs étouffés. Avant de se
coucher, elle prenait la précaution de regarder si le verrou ou la
serrure de sa porte n'avaient pas été dévissés Elle appréhendait
tout et prenait ses précautions, prête à se défendre, s'il le fallait,
jusqu'à la mort.

Cependant, malgré tout son courage, elle ne vivait plus et commençait à maigrir et à changer. Cette continuelle tension d'esprit
était la plus douloureuse des tortures. Dissimuler, mentir et se défier,
elle, la loyauté, la franchise et la confiance mêmes ? Ne valait-il pas
mieux un éclat, qui mît fin à cette lutte sourde et basse ? Mais quand
cette terminaison, allégeante et effroyable à la fois, se produirait-
elle ? Le mois de décembre commençait, et il n'était pas question
de départ. Faudrait-il passer tout l'hiver à supporter ce blocus
hideux ?

Les seuls instants de répit que connût Edmée, le bon curé les lui
procurait en venant dîner le dimanche. En sa présence, elle se
ranimait, le sourire reparaissait sur ses lèvres pâlies, et ses yeux
reprenaient leur expression calme et candide. Plusieurs fois déjà, elle
s'était sentie entraînée à tout lui confier. C'eût été un soulagement
pour elle de s'épancher dans le cœur de ce vieillard qui l'aimait si
tendrement.

Alors elle l'emmenait sur la terrasse, la voix tremblante, la démarche fébrile, et, à mesure que l'instant de parler approchait, son pas se ralentissait, sa parole devenait traînante. Elle avait honte, comme si, de cette passion dont elle était l'objet, quelque chose d'infamant eût rejailli sur elle. Le brave homme lui disait :

— Qu'avez-vous, ma chère demoiselle ? Vous êtes agitée. Est-ce que tout ne va pas à votre gré ? Il y a quelque temps que vous ne m'avez fait la faveur de venir me prendre, pour courir les chemins...

Elle répondait évasivement, pensant à autre chose qu'elle ne pouvait pas encore se décider à dire, et retenant les mots de cet horrible aveu qui devaient lui brûler les lèvres au passage.

Enfin, un jour, son cœur trop plein éclata en sanglots convulsifs, qui causèrent au vieillard une stupéfaction énorme. Devant cette enfant, qui avait pris son bras pour ne point tomber, et qui suffoquait, secouée par une crise nerveuse, il resta effaré, les yeux ronds, balbutiant :

— Ma fille, ma chère petite !... Voyons, Edmée !... Qu'y a-t-il ?... Dois-je appeler madame votre mère ?...

Mademoiselle de Croix-Mort retrouva son énergie pour lancer un « non » tellement net, que le curé pressentit quelque mystérieuse et terrible aventure. Le prêtre, instantanément, reparut tout entier, ferme et grave, avec des paroles encourageantes et miséricordieuses à la bouche, prêt, au nom du divin Maître, à consoler ou à absoudre.

Ils descendirent lentement jusqu'au bord de la pièce d'eau, et s'arrêtèrent sur le banc de l'embarcadère. Les bateaux, au bout de leur chaîne, se balançaient, pleins de feuilles tombées des saules de la rive. Les cygnes nageaient, sauvages et fiers, à la surface des eaux. Edmée se rappela avec tristesse le jour où elle les avait regardés, prenant la résolution de rester, comme eux, isolée et sévère, dans sa mélancolique pureté. N'était-elle pas en quelque sorte atteinte, cette pureté, par les désirs dégradants qu'elle sentait s'agiter autour d'elle ? Des larmes coulèrent de nouveau sur ses joues, et le bon curé se demanda, avec épouvante, si une telle douleur pouvait être contenue dans un cœur innocent.

— Dites-moi tout, mon enfant, fit-il, en étouffant un soupir... Ici, comme au confessionnal, vous pouvez être sûre du secret.

Edmée devina le soupçon qui se glissait dans l'esprit de son ami ; elle rougit, leva sur lui des yeux pleins de candeur, et reprenant un peu de courage :

— C'est un conseil que j'ai à vous demander, mon père, dit-elle, et non une confession que j'ai à vous faire... Je ne me reproche rien... Et si vous me voyez si troublée, c'est qu'à bout de résolution, je ne sais à quoi me retenir et vers qui me tourner.

Et tout d'un trait, sans hésiter, sans faiblir, avec une clarté terrible, elle révéla au vieillard l'effroyable vérité. Il l'écouta dans un silence accablé. Lui, le confident de toutes les pensées mauvaises et de toutes les actions coupables, il n'avait point osé pressentir un si désespérant et si redoutable mystère. Que dire à cette enfant, doublement frappée, puisqu'à sa propre injure s'ajoutait celle de sa mère? Que risquer pour la défendre et la préserver? Il resta en proie à une torpeur pleine d'angoisses, pendant laquelle il crut entendre des rires de démons narguant le ciel, et triomphant déjà de l'œuvre infâme commencée.

— Notre misérable humanité a la faute pour point de départ, et le crime souille son origine, dit-il enfin, d'une voix triste. Le mal est en nous, et nous n'y succombons que trop aisément. Mais il y a des degrés dans l'impureté, et je ne pensais pas qu'un homme pût descendre si bas... Pauvre enfant! Combien je vous plains pour un tel malheur, et combien je vous admire pour tant de courage!... Vous êtes vraiment une sainte, et l'iniquité se trouvera désarmée devant vous.

Il fut pris d'attendrissement, et, serrant le bras de la jeune fille avec force :

— Il est impossible que le ciel vous abandonne!... Il y a, soyez-en sûre, des obstacles suprêmes que Dieu sait susciter à propos. Nous l'implorerons de tout notre cœur, et il vous défendra, ma chère et douce enfant... Mais il ne faut pas compter exclusivement sur la Providence... Je serais un fou, si je ne vous engageais à prendre des mesures de sûreté !... Vous savez combien je vous aime. Je crois pouvoir vous servir autrement qu'en priant pour vous... N'êtes-vous pas d'avis qu'il faudrait ouvrir les yeux à madame d'Ayères ?... Voulez-vous que je lui parle ?...

Mais Edmée, qui prenait tant de précautions, depuis si longtemps, pour tout cacher à la baronne, supplia le curé de n'en rien faire.

— Ne pensez-vous pas, cependant, qu'elle puisse vous prêter un secours efficace ?

— Non, je n'ai aucun secours à attendre d'elle. Je la connais si faible, et si facile à démoraliser !... Par ce malheureux, elle a déjà bien souffert, sans se révolter... Je ne puis pas vous dire tout ce que j'ai surpris ou deviné, pendant les deux mois d'agitations et de fêtes qui ont précédé ces tristes semaines... On ne se défiait pas de moi... On parlait et on agissait, sans se gêner... Si vous saviez que d'humiliations et d'outrages a subis ma pauvre mère !... Parmi ces femmes, qui vivaient sous son toit, s'asseyaient à sa table, la cajolaient, l'embrassaient, il s'en trouvait qui avaient été ou étaient ses rivales. J'ai honte d'avoir à répéter de telles choses !... Mais on en plaisantait ouvertement. Et elle, monsieur l'abbé, elle ne l'ignorait pas, j'en suis sûre, car il y avait des jours où elle dévorait la dentelle de son mouchoir, en affectant de sourire... Et elle endurait tout ! Que voulez-vous qu'elle fasse pour moi, n'ayant rien su faire pour elle ? Non ! non ! Je lui épargnerai cette torture... Je respecterai sa dernière illusion... Et je ne lui apprendrai ce qui se passe que le jour où, pour moi, il n'y aura plus de refuge que dans ses bras !

Ils se turent l'un et l'autre, réfléchissant laborieusement. Le prêtre admirait le courage de cette enfant et, les yeux troubles, cherchait autour de son beau front le nimbe d'or qu'on voit aux vierges martyres.

— Et à lui, voulez-vous que je lui parle ? reprit-il. Qui sait si, à la pensée que je connais son détestable dessein, il ne rougira pas de lui-même ?... Les yeux d'un honnête homme sont un bien puissant miroir... Dans les miens, il se verra pervers et haïssable, et peut-être s'amendera-t-il.

Edmée hocha la tête d'un air de doute :

— Essayez, mon père, dit-elle, quoique je n'espère pas que vous réussissiez. Si je me suis confiée à vous aujourd'hui, c'est que je me sentais à bout de forces. Vous m'avez toujours témoigné de l'affection, et vous m'avez connue si petite, si tranquille, et si heureuse, que j'ai pensé que vous me pendriez en pitié...

— Ah! chère enfant du bon Dieu! s'écria le vieillard en pleurant, que ne puis-je détourner sur moi toute votre peine, et vous rendre la paix et l'espérance! J'offrirais avec joie ce sacrifice à mon Maître!... Je lui demanderai de m'inspirer des paroles convaincantes... Demain matin, quand vous me verrez arriver, partez, allez m'attendre à la cure... Dès que l'entretien aura pris fin... je viendrai vous y retrouver... Jusque-là ayez confiance.

Et lentement, sans parler davantage, ils se levèrent et regagnèrent le château, s'efforçant d'imposer à leur visage soucieux un masque d'indifférence.

Dans le jardin du presbytère, Edmée, le lendemain, se promenait tristement. Elle suivait les plates-bandes, veuves de leurs fleurs, que le bedeau, en même temps fossoyeur, cultivait avec la même bêche qui lui servait à creuser les tombes. Au fond, adossée au mur du cimetière, s'arrondissait une tonnelle à laquelle, en été, une vigne vierge grimpait étalant ses feuilles pourprées. Bien souvent la jeune fille s'était assise là avec le vieux verrier, son maître, qui reposait maintenant sous le gazon vert, à côté de l'église qu'il avait restaurée et embellie. Pendant qu'ils causaient, le vieillard racontant à l'enfant quelque histoire naïve, le curé marchait à l'ombre du mur, lisant son bréviaire. Que d'heures paisibles s'étaient écoulées ainsi, bien lointaines déjà! Heureux souvenirs, chers à se rappeler, remplacés maintenant par d'autres affreux, et qui lui serraient le cœur.

Elle s'arrêta sous le berceau dépouillé de sa verdure, au bois gris duquel pendaient encore des pampres séchés par le vent d'hiver, et se laissa aller à l'illusion de ce passé reparu. Elle se voyait encore toute petite; sa bonne, Rosalie, venait de l'amener pour prendre sa leçon et, en attendant que l'abbé Levasseur se montrât sur le seuil de la sacristie, son livre à la main, elle écoutait dans l'atelier le vieux père qui, avec un diamant, coupait des losanges de verre. Une joie douce était en elle. Tout lui paraissait beau et bon. Elle se sentait entourée d'affection. En rentrant n'allait-elle pas, à Croix-Mort, retrouver sa mère étendue sur un canapé, inactive et souriante, qui l'embrasserait? Elles dîneraient toutes les deux, dans le tête-à-tête habituel, et, le soir, les yeux lourds de sommeil, elle irait dormir tranquille dans sa chambre, sous la blancheur des rideaux, sans préoccupation autre que celle de ne pas oublier sa prière. Tout ce qui faisait ombre dans son esprit n'existait pas : les craintes, fantômes, les menaces, chimères. Elle pouvait respirer librement, tout lui faisait fête, les êtres et les choses ; et, devant ses regards, il n'y avait que du bleu.

La porte du jardinet, en s'ouvrant, la tira de son rêve; elle vit, sombre comme sa destinée, le prêtre s'avancer vers elle, et ses illusions d'un instant, ainsi qu'une troupe d'oiseaux effarouchés, s'envolèrent pour ne plus revenir. Le bon curé prit la main d'Edmée, et la serra silencieusement. Côte à côte ils marchèrent, lui, ne se hâtant pas de donner des nouvelles qu'il jugeait désolantes, elle, trouvant inutile d'interroger, étant sans espérance.

Enfin le vieillard poussa un soupir, qui ne soulagea pas son cœur oppressé, et, se tournant vers mademoiselle de Croix-Mort:

—J'ai vu ce malheureux, dit-il, et je suis encore épouvanté de ce qu'il m'a fait entendre... Pendant une heure je l'ai retenu près de moi, essayant de le raisonner, de l'adoucir, de l'apitoyer. En proie à une sorte de délire, il n'a pas paru me comprendre. Si je ne le connaissais pas sobre... je l'aurais cru ivre, tant sa figure décomposée était effrayante... Il a répondu à mes paroles de douceur par des violences sans nom, maudissant le ciel et la terre, accusant le sort et se répandant en blasphèmes... Cet homme, mon enfant, a l'enfer dans le cœur... Il se plaint de souffrir horriblement, et je crois qu'il ne ment pas... Il a eu des accents de douleur déchirants, il a versé des larmes, que le feu de son visage a instantanément séchées. Les démons doivent être ainsi. Il m'a fait peur !...

— Et de quoi se plaint-il ? demanda Edmée d'une voix calme. Peut-il chercher la cause de sa souffrance ailleurs qu'en lui-même ?

Quel sang vicié a-t-il dans les veines? Quel cerveau travaillé par la démence porte-t-il dans sa tête? Quelle dépravation raffinée est la sienne? Peut-on découvrir en lui rien qui soit encore humain? C'est une bête féroce, écumante et rugissante, que vous venez de me décrire, et non un homme. A la lutte engagée entre lui et moi voyez-vous une fin qui ne soit pas tragique? Faudra-t-il que je me tue pour lui échapper?

— Ne parlez point ainsi, ma chère fille, dit le prêtre. Se donner la mort est un crime, et vous n'en viendrez jamais là!... M'étant assuré que, par la douceur, je n'obtiendrais rien de cet insensé, j'ai usé de rigueur... Je l'ai menacé... Je lui ai fait entendre que, s'il vous poussait à bout, vous prendriez, pour vous mettre à l'abri, tous les moyens dont on peut disposer... J'ai été jusqu'à prononcer le mot de justice... Était-il hors d'état de raisonner... ou bien n'a-t-il pas ajouté foi à mes paroles?... Il s'est emporté en nouvelles invectives, et ne m'a pas ménagé moi-même... Je l'ai pourtant aimé, quand il était enfant... comme vous... Mais il a tout oublié... Il n'a paru reprendre un peu de lucidité que quand je lui ai tracé le tableau de vos angoisses et de votre désespoir... Sa colère a cessé, et il est resté un instant abattu... puis il m'a dit: « Faites-lui savoir que je désire lui parler, la voir sans témoin... Il faut que je m'explique avec elle... Sur moi son pouvoir est sans bornes... Elle ne l'ignore pas!... Le tout est qu'il lui plaise d'en user... Demandez-lui si elle y consent... En cinq minutes on arrange bien des choses!... » Je lui ai répondu que je ne pensais pas que vous y consentiriez, que c'était à lui qu'il appartenait de vous donner des gages de bon vouloir, et que le premier et le plus précieux consisterait dans son départ... Alors il a ricané: « Elle veut que je parte, avec la pensée qu'elle me méprise et me hait?... Elle sait bien que je ne pourrais pas vivre ainsi, et qu'elle serait promptement débarrassée de moi... Voilà ce qu'elle rêve! » — « Peut-elle rêver autre chose? » ai-je dit. Il m'a regardé fixement: « Soit! mais je ne serai pas sa dupe. » Il m'a fait un signe de tête, a répété: « Pas sa dupe... Non!... non! » et s'est retiré. Que prétend-il? Que signifie son langage obscur? Se repent-il de ce qu'il

ÉTENDUE SUR LE DIVAN, LES YEUX FIXES (PAGE 1524)

a fait? Veut-il s'en excuser? Serait-il habile à vous d'affronter un entretien avec lui? Serait-ce périlleux? Je n'ose vous donner un conseil... Je suis un pauvre homme, dont la vie s'est écoulée sans secousses et sans péripéties... Je n'ai aucune expérience des subtilités du vice... Tout ce que je sais et vois, depuis vingt-quatre heures, me bouleverse et m'épouvante... Je crois aujourd'hui avoir eu affaire à un fou, plutôt qu'à un être jouissant de son bon sens... Je redoute pour vous les plus grands dangers, et je ne sais comment vous défendre.

Edmée sourit avec résignation :

— Je prendrai le parti de ne plus mettre le pied dehors, de ne plus m'éloigner de ma mère, et, enfin, à toute extrémité, je ferai appel à sa protection... Mais quant à céder quoi que ce soit aux exigences que vous venez de me faire connaître, comme vous l'avez fort sensément dit, je m'y refuse. Si je commençais ainsi, Dieu sait jusqu'où il me faudrait aller !

La jeune fille sortit du jardin sous la conduite du curé, qui l'accompagna jusqu'à la grille du château, et ne se sépara d'elle qu'après s'être assuré qu'elle n'avait rien à craindre.

Cependant, la baronne, si peu défiante qu'elle fût, commençait à éprouver plus que de l'étonnement, en voyant l'attitude que Fernand et Edmée conservaient obstinément en présence l'un de l'autre. Si sa fille ne s'était jamais départie de l'hostilité qu'elle avait manifestée dans les premiers temps à M. d'Ayères, sa froideur, son silence, n'auraient pas eu besoin d'explication. Mais, pendant quelques semaines, des rapports, sinon agréables, au moins supportables, s'étaient établis entre eux. Une certaine familiarité donnait l'illusion de la camaraderie, entre cette grande fille et ce jeune mari. Et, au moment où Régine se réjouissait déjà de voir régner la bonne harmonie, subitement la discorde avait reparu. Non seulement on ne pouvait pas espérer qu'elle cessât, mais encore on devait craindre qu'elle s'accentuât de jour en jour. Pourquoi? Que s'était-il passé? Elle s'interrogeait sans trouver une réponse suffisante. Tout restait obscur, mystérieux, inexplicable.

Elle se promit de les observer, mais elle ne put les rencontrer ensemble. Ils se fuyaient, ou, plutôt, elle le remarqua, Edmée fuyait Fernand. Déjà, quelques jours auparavant, elle avait fait une tentative pour les rapprocher. Pendant quelque temps, mademoiselle de Croix-Mort, triomphant de sa répugnance visible, avait paru au salon; mais elle restait des heures entières sans desserrer les dents, et ne montrait un peu d'abandon que quand Fernand s'éloignait.

Régine connaissait la fermeté du caractère de sa fille, elle la savait fidèle aux engagements pris. Pour qu'elle ne tînt pas la promesse qu'elle lui avait faite de mieux accueillir M. d'Ayères, il fallait qu'elle eût un motif sérieux et récent. Cette antipathie si profonde s'était manifestée à la suite de cette dernière sortie à cheval. Mais ils ne voulaient pas en convenir, niant l'un et l'autre qu'il y eût quelque chose entre eux, essayant de donner le change sur leurs véritables sentiments, et ne pouvant y parvenir.

Une grande tristesse s'empara de la baronne. Vieillie presque instantanément, après être restée si longtemps charmante, elle voyait clair dans ses actes et se reprochait amèrement d'avoir sacrifié sa fille à son mari. Elle eût voulu les grouper tous les deux autour d'elle, et réparer son injustice par des bontés constantes. Elle avait rêvé de se faire adorer par Edmée et d'attacher à la jeune fille Fernand comme un frère aîné. Toujours sentimentale, elle échafaudait un roman, et suivait le cours séduisant de son heureuse fiction, pendant que la destinée travaillait à lui préparer une terrible réalité.

XIII

En rentrant du presbytère, mademoiselle de Croix-Mort trouva sa mère au salon, à demi couchée près du feu. Elle l'embrassa, l'enveloppant de la fraîcheur saine qu'elle rapportait du dehors. Madame d'Ayères attira sa fille par la taille, la contraignit à s'asseoir sur le bord du canapé, et, la tenant de près, sûre qu'elle ne pourrait pas lui échapper, comme elle faisait quand une question un peu trop précise l'embarrassait, elle la regarda silencieusement, l'interrogeant du regard.

Edmée avait beaucoup pâli, l'ovale de son visage s'allongeait, accentuant la fermeté de son menton volontaire. Les veilles avaient tracé un cercle noir autour de ses yeux, mais leur expression candide n'avait pas changé.

Madame d'Ayères lui prit la main et, la gardant dans la sienne :

— Eh bien, mon enfant, dit-elle avec tristesse, tu ne veux donc rien me dire ? Tu n'as donc pas confiance en moi ? Tu sens, pourtant, que je t'aime, et que je souffre de te voir tourmentée et malheureuse. Voyons, ma chère petite, ouvre ton cœur. Qu'y a-t-il ?

Mademoiselle de Croix-Mort devint livide, des larmes brillèrent dans ses yeux, son cœur lui fit mal, comme si on le lui tordait dans la poitrine ; mais elle répondit avec fermeté :

— Il n'y a rien, ma mère. Ne vous troublez pas... S'il y avait quelque chose, je vous le dirais.

— Mais tu ne comprends donc pas que tu m'agites encore plus en essayant de me calmer?... Tes paroles sont pleines de sous-entendus... Voyons, parle-moi franchement... je te le demande... Je te l'ordonne! Vas-tu me désobéir?

Edmée embrassa la pauvre femme, lui prodigua les plus tendres assurances, mais resta muette. Elle voulait se taire jusqu'à ce qu'il lui fût impossible de garder le silence, et, soutenue par une force d'âme extraordinaire, elle exécutait ce qu'elle avait résolu.

Le dîner se passa comme d'habitude. Fernand causa avec une animation factice qui était très pénible. Après le repas, il disparut pour aller fumer, et madame d'Ayères et Edmée montèrent dans leurs appartements.

Il était neuf heures. Le ciel, qui avait menacé pendant toute la journée, chargé de nuages gris, bas et lourds, se fondait en neige. Un silence étouffant s'étendait dans la nuit, et les flocons blancs, que pas un souffle d'air ne faisait voltiger, tombaient droits, pressés, lugubres, comme s'ils avaient hâte de couvrir la terre de leur épais linceul.

Après avoir fait, suivant son habitude, quelques tours dans sa chambre, allant de la cheminée à la fenêtre, et de la fenêtre à la table, madame d'Ayères s'assit, prit un roman commencé, et essaya de lire. Elle se couchait très tard, ayant un mauvais sommeil. Au bout de quelques pages, son livre s'abaissa sur ses genoux, et, les yeux fixés sur le feu qui brûlait, rouge, elle s'absorba dans une sérieuse méditation.

Le tic tac de la pendule la berçait de son bruit monotone, pendant que, sur les taillis du parc, la neige tombait sans répit, lente et active, douce et écrasante. Elle se rappelait qu'autrefois Edmée toute petite aimait à courir sur ce tapis immaculé, disant que la neige était une amie. Et, dans ses joies fougueuses, l'enfant se roulait, au plus épais, ainsi qu'un jeune loup. Billet lui avait fabriqué un traîneau garni de peaux de renards, et, durant des heures, le sauvage, fumant de sueur, tirait l'équipage pour amuser sa chère demoiselle. Souvent, dans une ornière, le traîneau versait, et alors les éclats de rire d'Edmée partaient comme des fusées. Régine les entendait distinctement, et un soupir gonflait son cœur.

Puis la neige disparaissait et le parc se montrait verdoyant. Mademoiselle de Croix-Mort était grande. Elle passait, sérieuse, avec des accès soudains de folâtre gaieté. Sa mère pensait qu'il faudrait un jour la marier. Et justement un jeune homme élégant se présentait, souriant dans sa barbe d'or. C'était Fernand, ce bel inconnu. Régine n'allait-elle pas songer aussitôt à sa fille ? Ce charmant voisin n'était-il pas amené par la Providence ? Aussi, en mère avisée, préparait-elle de longues mains l'accord désiré. Elle rapprochait peu à peu les deux jeunes gens, elle invitait M. d'Ayères de loin en loin, et, d'un regard attendri, elle le suivait, marchant avec Edmée sur la terrasse. Quel avenir exquis cette union lui préparait ! Des petits-enfants qui courraient autour d'elle, joues roses et cheveux blonds, babillant et riant. Grand'mère encore charmante, avec quel orgueil elle les promènerait, fière que l'on pût les prendre pour ses enfants, à elle, et orgueilleuse de dire : « Non, non, ils sont à ma fille. Je suis, moi, leur aïeule !... »

Soudain le décor changeait encore une fois, et le salon de Croix-Mort apparaissait. Les mêmes personnages s'y trouvaient réunis, elle, Edmée et Fernand, mais contraints, glacés, hostiles, évitant de se regarder, ne se parlant jamais. Plus d'intimité, plus de tendresse, point de petits anges, charme et douceur du foyer. La réalité sans voile, vue dans toute son horreur : un mari las du mariage et secouant violemment sa chaîne, une femme secrètement martyrisée et souffrant sans se plaindre, une enfant farouche, dévorée d'une haine inexplicable. Voilà ce qui était, ce qu'elle avait fait, elle, Régine, par sa folie, ce qu'elle regrettait amèrement, et ne pourrait jamais réparer.

Elle pleura, dans la solitude de sa chambre, puis, peu à peu, un apaisement se fit en elle, et elle s'assoupit.

Il était minuit quand elle se réveilla en sursaut, avec une violente impression de terreur. Sa lampe avait baissé, le feu s'éteignait dans la cheminée. Elle écouta anxieusement et entendit une plainte, un long soupir, une sorte de piétinement dans la galerie qui conduisait à la chambre de sa fille. Elle prêta l'oreille, et ne distingua plus rien.

Des idées, qui ne lui étaient jamais venues, s'imposèrent à son esprit et le troublèrent. Elle conçut de subits soupçons, elle eut des doutes, qu'elle voulut éclaircir sur-le-champ. Et, sans lumière, étouffant le bruit de ses pas, elle ouvrit sa porte et sortit.

Une obscurité complète régnait. Elle marcha à tâtons, silencieuse et attentive. Elle avait parcouru plus de la moitié de la galerie, lorsqu'à son approche, devant la chambre d'Edmée, une ombre, qui semblait agenouillée, se leva et disparut. Madame d'Aèyres s'arrêta tremblante. Qu'est-ce que cela signifiait? Elle voulait continuer sa marche, mais craignait de donner l'éveil en parlant, en appelant. Il fallait pourtant qu'elle entrât chez sa fille. Là était le mystère : elle le devinait, elle en avait maintenant la certitude.

Brusquement elle retourna en arrière. Un moyen existait pour elle d'arriver auprès d'Edmée, sans jeter l'alarme dans le château. Un balcon régnait d'un bout à l'autre de la façade du premier étage. Madame d'Ayères revint dans sa chambre, s'enveloppa d'un manteau, ouvrit sa croisée, et, marchant dans la neige déjà épaisse, gagna la fenêtre de la jeune fille. Elle vit la chambre faiblement éclairée, et aperçut une forme confuse debout auprès de la cheminée. Elle frappa du doigt contre le carreau, sans obtenir de réponse. Elle redoubla, heurtant du poing, cette fois. La forme se mit à courir, comme en proie à une terreur folle.

Alors une rage de terminer cette aventure s'empara de Régine : elle ébranla la fenêtre, disant :

— Edmée... c'est moi... ouvre !...

Dans les efforts qu'elle faisait, une vitre se brisa, tombant sans bruit sur le tapis. Elle passa sa main, au risque de se blesser, ouvrit, et entra vivement. Un cri d'appel déchirant retentit dans la chambre :

— Au secours, à moi, maman, à moi !

Et mademoiselle de Croix-Mort, les yeux hagards, apparut à Régine.

Les deux femmes restèrent en présence, bouleversées l'une et l'autre. Enfin Edmée retrouva un peu de sang-froid ; elle porta sa main à son front, pour essuyer une sueur glacée, et, balbtiant :

— Ah ! c'était vous, ma mère ? dit-elle.

— Oui, c'était moi... Mais tu m'appelais ? Et tu as été épouvantée à ma vue !...

— Je ne m'attendais pas à vous voir arriver par là... J'ai eu peur... N'est-ce pas naturel ?

— Non, car tu criais : « Au secours !... » Contre qui donc ?

Le visage de mademoiselle de Croix-Mort se contracta, elle baissa la tête, et s'assit sans répondre.

— Toujours ce mutisme ! reprit madame d'Ayères avec colère... Tu te caches de moi ?... Tu dissimules ?... C'est donc que tu fais le mal !

La jeune fille, à ces mots, se dressa, une flamme passa dans ses yeux, et, saisissant sa mère par le bras avec force :

— Vous me soupçonnez !... Moi !... Moi ! Eh bien, puisque vous voulez savoir... ne parlez pas, attendez, et vous verrez !

Elles se tinrent debout, silencieuses, évitant de se regarder, comme si elles craignaient de lire leurs impressions sur leur visage. Un assez long temps s'écoula, puis, dans la galerie, un bruit de pas légers glissa, s'arrêta derrière la porte, et des soupirs entrecoupés d'appel : « Edmée ! Edmée ! arrivèrent à leurs oreilles.

Elles écoutaient, l'une avec une horrible tristesse, maintenant qu'elle ne craignait plus rien, l'autre avec une stupeur indicible. La mère eut un geste d'interrogation. La fille, sans parler, ouvrit la porte de son cabinet de toilette, montra un fauteuil placé au-dessus d'un œil-de-bœuf, très étroit et assez élevé, qui prenait jour sur la galerie. Madame d'Ayères monta vivement, se pencha vers l'ouverture, avec une affreuse curiosité, et aussitôt étouffa un cri. Dans celui qui, à la porte de cette chambre virginale, appelait en gémissant, elle avait reconnu son mari.

Ce fut lumineux et rapide comme un éclair. Le souvenir de tous les incidents douloureux qui avaient marqué ces dernières semaines lui revint. Elle comprit ce qui lui paraissait inexplicable, elle se rendit compte

ELLE S'ARRÊTA SOUS LE BERCEAU DÉPOUILLÉ DE SA VERDURE
(PAGE 1534)

supplice qu'Edmée endurait héroïquement, sans une plainte, sans un soupir, et, accablée par tant de générosité, elle se courba comme si elle allait s'agenouiller, criant avec désespoir :

— Pardon, mon enfant, oh ! pardon !... Pardon !

Mademoiselle de Croix-Mort releva sa mère, la serra contre sa poitrine. Et toutes deux restèrent pétrifiées, ne pleurant pas, ne bougeant pas, pleines d'horreur.

C'était un tableau fantastique que celui de cette chambre à peine éclairée, dont la fenêtre mal close laissait entrer la neige glaciale, et au milieu de laquelle ces deux femmes se tenaient enlacées, comme pour se défendre mutuellement contre le malheur. La mère retrouva la première le sentiment de la réalité ; elle se dégagea des bras de sa fille, et, à voix basse :

— Tu n'as que trop souffert jusqu'ici, ma pauvre enfant. C'est mon tour maintenant... Laisse-moi faire, et ne crains plus rien ! Prends le chemin par lequel je suis venue... Enferme-toi dans ma chambre, et n'ouvre qu'à moi.

Elle la poussa sur le balcon, et marcha d'un pas ferme vers la porte d'entrée. Elle tira les verrous, tourna la clef, et sortit dans la galerie. Une sourde exclamation retentit, suivie aussitôt d'un bruit de voix irritées et violentes qui s'éloignaient. Puis le silence se fit.

Edmée, rompue comme si elle avait supporté une lutte terrible, les tempes battantes, le cœur sur les lèvres, se dirigea vers la chambre de sa mère, y pénétra par la fenêtre entre-bâillée, et, anéantie, se laissa tomber sur le canapé, sans force et sans pensée.

Combien de temps resta-t-elle ainsi, dans un engourdissement qui lui parut bienfaisant ? Elle n'aurait pu le dire. La voix de sa mère l'appelant la tira de sa prostration. Elle se leva, chancelante, alla ouvrir la porte, et revint s'asseoir, sans une question.

Madame d'Ayères, très pâle, mais résolue, s'approcha d'elle, et, frissonnante encore de la scène dont elle rapportait l'angoisse sur son visage, elle dit sourdement :

— Il partira demain. Tu ne le reverras pas !

Puis, en proie à une émotion qu'elle ne put vaincre, criant et pleurant à la fois :

— Oh! créature stupide et funeste, mauvaise mère que j'ai été !
Tout ce que tu endures de mal, c'est moi qui en suis cause. Comment
pourrai-je jamais obtenir que tu me pardonnes? Que faire pour
racheter mes fautes? J'ai brisé ton cœur, empoisonné ton esprit, sali
ta pensée ! Car c'est moi, moi, moi seule, qui me juge responsable
des épreuves qu'il t'a fallu subir ! Ce misérable, qui a apporté l'infamie
dans notre maison, c'est moi qui l'ai accueilli... Et je t'ai sacrifiée à
lui, j'ai commis cette folie de croire que j'avais le droit de recommencer à vivre, quand tout mon avenir, le seul honnête, pur et bon,
eût dû être en toi. C'est Dieu qui m'a frappée. Oh ! bien cruellement,
mais avec justice ! Et maintenant, que vais-je devenir, accablée sous
le fardeau d'un tel remords, le cœur dévoré par la crainte que tu
n'oublies jamais ?

Elle étouffait, prise d'une crise de nerfs qui lui tordait tous les
membres. Edmée dut la soigner, la calmer, la plaindre, elle, la
victime. Elle mesura toute la faiblesse de cette pauvre âme. Elle lui
sut gré de l'énergie qu'elle avait montrée, se retrouvant mère, à cette
heure suprême, et réunissant toutes ses forces pour défendre son
enfant. Elle lui pardonna ses tortures passées, rien que pour cet
instant de courage. Elle se promit de consacrer sa vie à la consoler
et à lui rendre la paix de l'esprit. Écoutant ses soupirs, la berçant
dans ses bras, elle arriva à l'endormir, et tomba elle-même la tête
sur l'oreiller trempé de larmes, brisée par la fatigue et l'émotion.

Elles se réveillèrent toutes deux en entendant un cheval piaffer
dans la cour. Elles coururent à la fenêtre, et, dans le demi-jour terne
et jaune d'une matinée d'hiver, elles virent M. d'Ayères descendre les
marches du perron. Il jeta un regard sur la façade du château, mit
une valise, qu'il portait à la main, dans la voiture, et monta. Un coup
de vent souleva un nuage de neige, et, quand l'horizon se fut éclairci,
au tournant du chemin, celui qui leur avait fait tant de mal avait
disparu.

Les premiers jours qui suivirent ce départ semblèrent délicieux à

Edmée. Elle retrouva le calme et la sécurité. Ses exigences envers la destinée n'étaient pas grandes : elle demandait seulement le droit de vivre tranquille. Elle ne souhaitait même pas d'être heureuse. Elle ne croyait pas que ce fût possible. Avec mélancolie, elle se disait qu'il y à des êtres qui naissent voués à la souffrance, comme d'autres à la joie, et son ambition se bornait à obtenir le seul repos.

Sa mère qui, soutenue par ses nerfs, s'était d'abord montrée ferme et vaillante, n'avait pas tardé à tomber dans l'abattement. Elle s'était affaissée, moralement et physiquement. Elle ne descendait plus de sa chambre, et restait des heures étendue, les yeux fixes, à ressasser ses chagrins. Elle n'osait rien dire, mais sa fille lisait au fond de ses yeux l'amer regret de la vie passée. Dans un demi-sommeil, favorable à la rêverie, elle évoquait les souvenirs de fête, et les ritournelles des danses chantaient à son oreille. Qui sait? Peut-être regrettait-elle l'homme fatal, le beau Fernand à la barbe d'or, qu'elle avait chéri, même infidèle, comme si elle éprouvait une secrète satisfaction d'orgueil à le voir triompher en amour.

Un après-midi, au retour d'une promenade, Edmée, en entrant chez sa mère, lui vit les yeux rouges. Elle s'informa doucement, mais n'obtint que des réponses vagues. Elle insista. Alors avec des larmes, la pauvre femme avoua qu'elle avait reçu une lettre de son mari. Il était désolé, souffrant, il suppliait. La vie lui paraissait impossible... Il ne savait que devenir... Tout ce qu'il avait méconnu et outragé lui faisait défaut cruellement... Et de pleurer de plus belle, fort attendrie par les lamentations de l'exilé. Mademoiselle de Croix-Mort, très sombre, fit quelques pas sans parler, puis, s'arrêtant devant madame d'Ayères, la lèvre ironique, et la voix âpre :

— Eh bien, dit-elle, allez le retrouver, s'il vous manque!...

Elle se repentit aussitôt de sa vivacité. Sa mère s'indigna, protesta. Sa place désormais devait être auprès d'Edmée. Il n'y avait plus rien de commun entre elle et ce malheureux. Pourtant, tout en le condamnant, elle ne pouvait se défendre de le plaindre. Et sa rigueur n'excluait pas la pitié.

A la suite de cet incident, la jeune fille éprouva de secrètes inquiétudes. Elle redouta de voir un jour sa mère faiblir : peut-être le temps achèverait-il l'œuvre de pardon déjà commencée? Mais, quoi qu'il advint, pour elle, aucune transaction ne serait jamais acceptable, et elle prit la résolution, le jour où Fernand reparaîtrait, de s'éloigner pour toujours.

XIV

Après la scène violente qui avait précédé et déterminé son départ, Fernand s'était trouvé en proie à un désordre d'esprit inexprimable. Les nerfs surexcités, le cerveau exalté, il passa le reste de la nuit à se promener, essayant de réfléchir, et ne parvenant pas à fixer sa pensée, qui tourbillonnait dans sa tête, comme une feuille emportée par le vent d'orage.

Il était partagé entre la honte d'avoir été découvert, et la rage de se sentir dominé. Il avait baissé la tête sous les sanglants reproches que lui adressait cette femme qu'il considérait comme si faible et si vaine. Lui, le maître qui osait tout, le tyran qui ne connaissait d'autre loi que son caprice, il était resté sans force, sans résistance, devant un pauvre être dédaigné, subitement fortifié par le sentiment du devoir. La vertu, la morale, des mots qui le faisaient rire, l'avaient arrêté, lui, le cynique. Comment cela avait-il pu se faire?

Et, comme le serpent écrasé sous le talon de la femme, il se révoltait, furieux de son impuissance. Tout s'écroulait autour de lui. La famille où, après les désordres de sa jeunesse, il avait trouvé le refuge, le port de salut, brusquement le rejetait. Et il se voyait lancé de nouveau à travers les tourmentes de la vie. Un dégoût plus profond s'empara de lui, une lassitude plus complète l'accabla. Il se sentit vide, fourbu, fini. Il se jugea inutile à lui-même, nuisible aux autres, et se demanda s'il ne valait pas mieux en arriver tout de suite au dénoûment forcé de l'intrigue humaine.

Il s'arrêta devant sa glace, sourit amèrement à ce désespéré qui le regardait avec des yeux caves, et, avisant une place entre ses deux sourcils, au milieu de son front, il se dit qu'elle semblait faite pour y loger une balle. N'était-ce pas le plus simple, le plus rapide, le plus digne moyen de sortir de tous ses embarras?

Chacun y trouverait son compte : lui, qui serait dans l'immobilité éternelle, ces pauvres femmes, qui respireraient enfin, délivrées de la crainte qu'il leur inspirait.

Il prit un revolver dans le tiroir de sa table, le tourna machinalement entre ses doigts, l'approcha de son visage. Un pas, qui ébranla le plancher au-dessus de sa tête, l'arrêta dans l'exécution de son dessein. Les domestiques du château se levaient. Il jeta un coup d'œil sur la pendule : elle marquait six heures. La nuit s'était écoulée dans ces agitations ; le jour allait venir. Il se figura en un instant, au bruit du coup de feu, tout le monde accourant effaré, le tumulte, les cris, sa femme et Edmée éclaboussées de son sang, et le scandale ajoutant une horreur de plus à celle de cette fin tragique.

Il reprit possession de lui-même, et résolut de leur épargner cette dernière épreuve. Il avait promis de s'éloigner : il fallait d'abord tenir sa promesse. Il s'en irait assez loin pour que son identité ne pût pas être établie, et, ayant rendu la liberté à ses deux victimes, il aurait acquitté envers elles son effroyable dette. Il se sentit un peu soulagé par cette résolution généreuse. Il sonna pour ordonner qu'on attelât, fit faire une valise, et partit pour Paris.

Paris a une atmosphère spéciale, qui n'est probablement pas composée d'une proportion d'oxygène et d'azote semblable à celle de l'air ordinaire, car la vie y est plus ardente, plus entraînante que partout ailleurs. Cet air grise et surexcite fortement ceux qui ne sont pas habitués à le respirer. Il est l'élément essentiel de l'activité de ceux dont les poumons sont accoutumés à sa combustion dévorante. Le

Parisien, éloigné pour un temps de Paris, languit et s'affaiblit. Aussitôt qu'il rentre dans la zone où l'action de cet air particulier se fait sentir, sa vivacité reparaît, ses idées se modifient, il redevient lui-même.

Fernand, à son insu, subit cette loi. Quand il aperçut à l'horizon la masse grise hérissée de toits inégaux, surmontée de cheminées énormes, enveloppée d'un brouillard de fumée, qui annonce Paris, quand il traversa les chantiers du chemin de fer, sillonnés de locomotives sifflant et traînant les wagons pleins des approvisionnements nécessaires à deux millions d'êtres vivants, une agitation fébrile s'empara de lui; il se sentit impatient d'arriver. Lui qui, en partant, se disait : « Je fais la première étape du voyage dont on ne revient pas », il salua Paris avec la joie d'un touriste en déplacement de plaisir.

Quand il foula du pied le trottoir, il eut un moment de ravissement. Il alla devant lui, le nez au vent, portant sa valise à la main, sans songer à prendre une voiture. Il fut grisé complètement par le mouvement et le tumulte, et se surprit, au bout d'un instant, arrêté au coin d'une rue, à regarder des femmes monter en omnibus.

Il pensa : « Je perds la tête », et, hélant un fiacre, il se fit conduire au cercle. Il ne pouvait descendre chez lui : l'appartement n'était pas en état, et ses domestiques étaient restés à Croix-Mort. Au troisième étage du cercle, des chambres sont mises à la disposition des membres qui habitent la campagne. Là, au moins, il était sûr de trouver un service bien fait, et tout le confort qu'il aurait vainement cherché à l'hôtel.

Il déjeuna, s'habilla, passa chez son homme d'affaires, fit un tour aux Champs-Élysées, distribua quelques coups de chapeau, et, à cinq heures, il rentra. Il fut accueilli chaleureusement par ses camarades, annonça qu'il traversait seulement Paris, puis, tout en causant, s'anima, se reprit à ce train d'existence qu'il avait si longtemps mené, dîna gaiement, et, à neuf heures, se retrouva dans un fauteuil, à une première représentation des Variétés.

Il n'y avait pas beaucoup plus de douze heures qu'il s'était promis

MADAME D'AYERES ATTIRA SA FILLE PAR LA TAILLE (PAGE 1540)

à lui-même de ne pas survivre au naufrage de sa vie conjugale, et il était dans la chaleur d'une salle de spectacle, sous la clarté resplendissante du lustre, écoutant les flonflons de l'orchestre, et applaudissant les chansons de la diva à la mode.

En sortant du théâtre, il retourna au cercle à pied. Il faisait un un froid sec. Pas de neige comme à Croix-Mort. Il suivit les boulevards en fumant son cigare, rencontra quelques amis, se laissa entraîner par eux, soupa, joua, gagna beaucoup, et, à quatre heures du matin, se coucha, brisé de fatigue, mais radicalement guéri de son envie de mourir.

En se réveillant à dix heures, dans cette chambre du cercle, il eut un instant de surprise. Il ne se reconnaissait pas. La mémoire lui revint. Il éprouva une sourde douleur en se rappelant la scène tragique de la nuit précédente, puis il constata, avec un mauvais orgueil, qu'il avait eu la force de secouer son accablement et de résister aux conseils découragés du désespoir. Il se dit : « J'avais trop tôt douté de moi : la petite bête n'est pas encore morte. La vie me réserve encore des sensations ; je n'ai pas tout épuisé, je ne suis pas aussi usé que je le croyais. Puisqu' « elles » m'ont chassé, je les oublierai. »

Il fit tout ce qui dépendait de lui pour obtenir ce résultat d'étouffer sa pensée, et se livra aux excès de son existence d'autrefois. Il voulait s'étourdir, et y réussit par intervalles. Mais il eut des retours de raison terribles. L'attrait que cette rentrée dans le monde du plaisir lui avait offert disparut promptement, et il se traîna, sombre, las, exaspéré, se répandant en railleries violentes contre les autres et contre lui-même, commettant des excentricités qui, au milieu du désordre même des nuits de fête, jetaient ses amis dans la stupeur. Il avait des gaietés frénétiques, criant, cassant tout, puis s'abandonnait à des tristesses dont rien ne pouvait le distraire. Il faisait la cour aux jolies filles, les comblait de présents, et les renvoyait brusquement avec des invectives. On eût dit un damné s'agitant dans ses fers brûlants, sans pouvoir arriver à les rompre.

Pendant ses orgies, quand il avait bu avec fureur, et qu'il croyait son esprit anéanti par l'ivresse, il voyait apparaître soudain l'image d'Edmée, pure, douce et mélancolique. Il se levait alors, sans dire un mot, et suivait le fantôme dans la solitude, dans le silence, maudissant son misérable sort, mais trouvant une volupté douloureuse à ne penser qu'à celle qui le haïssait.

Il eut beau employer son temps de façon à n'avoir pas une minute inoccupée, il ne put secouer le joug de cette obsession. Éloigné de Croix-Mort, il y était présent par la pensée. Il accompagnait Edmée dans les allées du parc, il la voyait à cheval, svelte et gracieuse, galopant devant lui, et son cœur battait à se briser. Puis c'était le salon, et les deux femmes assises près de la table, travaillant, éclairées par la lampe. L'illusion était si complète, qu'il croyait entendre leur voix.

Il tomba dans une mélancolie désespérée, ne sortant plus, et restant des journées entières immobile, à contempler l'apparition qu'il se plaisait à évoquer. Ce fut alors qu'il écrivit à Régine les lettres navrées qui la troublèrent si profondément.

Après quinze jours de vie furieuse, employée à se duper lui-même, il avait compris que, désormais, loin de Croix-Mort, il ne pouvait plus vivre. Il mit son imagination à la torture pour trouver une issue possible à cette situation, au bout de laquelle il se heurtait sans cesse à l'aversion invincible d'Edmée. L'héroïsme le plus éclatant, le dévoûment le plus sublime, rendraient-ils son amour moins ignominieux, et feraient-ils possible l'impossible ? Il connaissait trop bien la jeune fille pour espérer qu'elle deviendrait infâme. Et, d'ailleurs, si elle l'était devenue, eût-il continué à l'aimer ? N'était-ce pas sa fierté farouche qui l'affolait ? Blasé, corrompu, vicié, il avait soif de cette fraîche, suave et inattaquable virginité. Cette neige inaccessible le tentait : il eût voulu y vautrer sa boue.

Il avait atteint l'extrême limite de l'irritation cérébrale. Un effort de plus, et le peu de lucidité qui lui restait serait étouffé par la démence furieuse. Il allait, inconscient de ses actes, se laissant entraîner au hasard des rencontres et suivant ses amis dans leurs parties, comme un corps sans âme. La bizarrerie récente de son caractère avait été remarquée. Les changements brusques que son humeur subissait : une gaieté bruyante succédant à une morne tristesse, un abattement soudain remplacé par une verve fantasque, n'étaient pas faits pour étonner des gens qui faisaient de la déraison la loi de leur existence. Cependant la dernière boutade de Fernand fut assez forte pour laisser une trace dans leur esprit plus tard, on s'en souvint, et elle servit à expliquer bien des choses.

Ce fut le soir de la Noël, à un réveillon, que se produisit l'incident. Repris d'une rage de s'amuser, comme aux premiers temps de son arrivée à Paris, Fernand passa la nuit au bal de l'Opéra, qui, à cette époque, était encore très brillant et très suivi. Là, dans les loges ou dans les couloirs, il montra un entrain qu'on ne lui connaissait plus, plaisanta, intrigua et, vers trois heures du matin, s'en alla en joyeuse compagnie souper à la Maison d'Or. Quelques-unes des plus jolies filles et des plus avenantes actrices de Paris se trouvaient là. Il s'assit entre Fanny Mangin et Cécile Letourneur, et, pendant toute la première partie du souper, coqueta avec elles de la façon la plus gaie et la plus libre. Puis la fête s'anima, le champagne versé à flots tourna les têtes, et on commença à divaguer follement.

La conversation tomba sur les femmes, et un écrivain d'une grande valeur, en veine de paradoxe, entreprit de démontrer qu'il n'y avait, en amour, d'enviable que le plaisir. Il développa sa thèse avec une abondance d'arguments qui pétillaient, étincelants comme les fusées d'un feu d'artifice. Lancé à fond de train, il proclama la supériorité de l'amour libre, et, au milieu des applaudissements frénétiques, il divinisa la courtisane.

Il la montra trônant, redoutée et adorée, sur les ruines de la société et de la famille, étendant son influence sur tout, hommes et choses, enchaînant à ses pieds les souverains, sur lesquels elle régnait par les sens, corrompant, dans l'intérêt de son influence, les hommes d'État réputés austères, trafiquant des monarchies et des républiques, vendant les secrets, achetant les consciences, ayant, enfin, sous son oreiller impur, le sceptre du monde.

Il y eut alors des hourras et des trépignements, des appels, des exclamations, au milieu desquels Fernand, très calme en apparence, se leva. On crut qu'il allait renchérir et broder, sur ce thème échevelé, des variations plus diaboliques encore, mais, d'une voix vibrante, il s'écria :

— Vous êtes tous idiots ou insensés d'applaudir ! Il n'y a de puissant que la vertu et de triomphant que la chasteté ! Regardez les créatures qui sont autour de vous, et que vous payez pour vos plaisirs ! Elles sont les esclaves de votre fantaisie. Une poignée de louis, et vous leur ferez lécher la boue sur le parquet ! Étranges souveraines qui sont aux gages de Monsieur Tout le Monde ! Elles ont la puissance du mal, soit ! mais qu'est-ce que cela prouve ? Faire le mal ? Rien n'est plus facile ! Mais faire le bien, voilà la difficulté !

Il éclata d'un rire lugubre.

— Dis donc, tu sais, cria Fanny Mangin, tu étais plus drôle tout à l'heure. A cette heure-ci la morale est couchée. Il ne faut pas la réveiller !

— Laissez donc, fit un convive, d'Ayères est tout chose depuis quelques jours ; il doit s'être toqué d'une ingénue.

— Une ingénue ? dit Cécile Letourneur, il n'y en a plus ! J'ai été la dernière. Et j'ai valu cent mille francs, qu'a fort bien encaissés ma respectable mère.

— C'est vrai que tu es amoureux, mon gros ? reprit Fanny. Est-elle gentille, ta petite ? Comment s'appelle-t-elle ? Tu nous la montreras ?

A ces mots, Fernand devint pâle comme un mort. Il lui sembla qu'une main sacrilège venait, en la touchant, de profaner son idole. Il prit son verre, le lança à la volée sur la table, où il se brisa, et, du regard et de la voix, jetant l'insulte à ces viveurs qui l'entouraient, amusés par sa colère :

— Ramassis de brutes et de drôlesses ! cria-t-il, vous me soulevez le cœur de dégoût ! Je ne subirai pas l'abjection de rester une seconde de plus au milieu de vous !

Un concert de voix irritées ou moqueuses s'éleva autour de Fernand qui, froidement, se dirigeait vers la porte. Avant qu'il eût gagné le couloir, il entendit Fanny Mangin s'écrier :

— En voilà encore un mal poli !

Et Cécile Letourneur qui ajoutait :

— Eh bien ! vrai, il est fêlé, ce coco-là ! A sa santé, mes enfants! Il en a besoin !

Quoique tous ceux qui venaient d'assister à cette scène eussent pu attester qu'il avait agi en état de folie ou d'ivresse, M. d'Ayères était parfaitement de sang-froid. Il s'en allait écœuré, ainsi qu'il l'avait dit. Au plus beau moment de la fête, à l'heure où, dans les têtes, toutes les cervelles sautaient, comme les bouchons du vin de Champagne, il avait vu l'image d'Edmée, pâle et triste, se dresser pareille à un blanc fantôme, et, en un instant, il avait regardé avec d'autres yeux ce qui se passait autour de lui. Les visages surexcités des hommes, les épaules nues des femmes, les bras s'égarant autour des tailles, et les lèvres cherchant la chair, tout ce spectacle de la débauche galante, qui s'était tant de fois offert à sa vue, l'avait révolté. Il avait senti des injures monter à sa bouche, et, avec une âpre satisfaction, il les avait laissées déborder.

Maintenant c'était bien fini : il n'y avait plus pour lui de diversion possible. Il se sentait incapable de rester un jour de plus à Paris. A la vie abrutissante qu'il menait il préférait les tortures de l'isolement. Il aimait mieux se concentrer dans sa monstrueuse tendresse, dût-il y trouver la démence ou la mort. Il voulait revoir le pays où Edmée vivait, respirer le même air qu'elle, se cacher, épier, et peut-être arriver à la voir de loin, sans qu'elle s'en doutât. Car il ne voulait ni l'effrayer ni la tourmenter.

Il partit le jour même. Avec une grande prudence, il prit un billet pour une station plus éloignée, de six lieues, que celle où on s'arrêtait habituellement pour aller à Croix-Mort. Là il était absolument inconnu. Il descendit à l'auberge, dîna, et, dans un mauvais cabriolet à peine suspendu, par une nuit très noire, il se fit conduire à deux kilomètres de La Vignerie. A pied, il gagna sa maison, réveilla son vieux jardinier, lui ordonna de ne pas souffler mot de son arrivée, et, tranquille comme il ne l'avait pas été depuis longtemps, il attendit le jour.

XV

Les semaines qui venaient de s'écouler devaient compter pour Edmée, parmi les plus heureuses. Ce bonheur était bien relatif. Mais, après des agitations aussi violentes que celles par lesquelles, en si peu de temps, il lui avait fallu passer, le calme et la sécurité lui procurèrent un repos moral précieux. Elle reprit sa vie pure et douce. Elle chassa de son esprit les pensées avilissantes et odieuses qui l'avaient hantée, elle eut le droit de ne plus prévoir l'infamie, elle perdit l'expérience du mal, elle sentit, avec délices, s'épanouir, de nouveau, son innocence.

Le seul point noir qu'elle découvrît dans son ciel, était la tristesse lassée de sa mère. Madame d'Ayères mangeait, dormait, marchait, parlait, et, cependant, on ne pouvait assurer qu'elle vécût. Elle accomplissait automatiquement tous les actes de l'existence, mais la volonté était absente. Elle se laissait faire comme un véritable enfant, ne disait jamais : non, mais ne disait non plus jamais : oui.

Une indifférence complète était en elle pour tout ce qui l'entourait présentement : êtres et choses. Une seule petite case restait ouverte dans son cerveau : celle du souvenir. Sans cesse elle se remémorait cette année dévorante et exquise, passée à Paris en plein tourbillon des plaisirs, aux côtés de ce beau garçon qui, lui, était reparti vers le pays des fêtes.

Dans le grand salon de Croix-Mort, à demi couchée, selon son habitude, pendant que sa fille travaillait auprès d'elle, Régine voyait, comme dans un mirage, l'allée des Champs-Élysées, bordée de chaque côté par les marronniers aux branches frissonnantes sous le vent d'hiver, suivie par les promeneurs allant d'un pas rapide et sonore sur l'asphalte du trottoir, et encombrée d'équipages montant en files serrées vers le Bois. Elle était, elle, dans son coupé, chaudement enveloppée de fourrure ; elle se laissait bercer par le mouvement onduleux et par le roulement doux de la voiture. Elle reconnaissait au passage des figures de connaissance, et elle saluait en souriant. Sa seule préoccupation était la recherche de ce qui pourrait lui plaire. Le soir elle dînait en grande cérémonie, et, après, elle allait au bal. Et elle entendait le discret cliquetis du service, le murmure étouffé des conversations dans la salle à manger sombre, concentrant toutes ses lumières sur la table éclatante de cristaux, d'argenterie et de fleurs. Les robes décolletées, entremêlées d'habits noirs, opposaient leurs couleurs, les éventails palpitaient sur les poitrines comme des ailes d'oiseaux énamourés, et les têtes s'agitaient, nobles et gracieuses, dans un scintillement de diamants. Puis, c'était l'entrée dans les salons encombrés d'invités, graves, parlant avec des airs de mystère, dans les embrasures de portes, pendant que les sonorités de l'orchestre arrivaient par bouffées chantantes, refrains de l'opérette en vogue, salués au passage. Et, au bras d'un valseur, elle s'élançait, les yeux vagues, la respiration coupée, tournant avec passion, pour mettre le comble à cet étourdissement qui était sa vie.

Tout à coup Edmée se levait et faisait grincer une chaise sur le parquet, Régine ouvrait les yeux, et toute la vision charmante s'évanouissait. Comme si on baissait le rideau d'un théâtre, le décor, les personnages, tout disparaissait. Et elle se retrouvait dans le salon froid et triste du vieux château, seule avec sa fille. Alors sa tête tombait sur sa poitrine, ses regards s'éteignaient, et elle avait la sensation épouvantée de l'ensevelissement sans espoir dans ce lugubre tombeau

IL PRIT UN RELVOLVER DANS LE TIROIR DE SA TABLE (PAGE 551)

Edmée avait d'abord tenté de relever le moral de sa mère. Elle s'était ingéniée à la distraire, lui faisant la conversation, la promenant, s'efforçant de la reprendre. Mais madame d'Ayères répondait à peine, se laissait conduire d'un pas indifférent, et n'essayait même pas de cacher l'ennui morne qui la rongeait.

Elle n'avait qu'un instant de bon dans la journée, celui où elle lisait le journal qui lui parlait de Paris, lui racontait les cancans du monde, les bruits de coulisses, lui décrivait les bals et les représentations. Elle éprouvait là des satisfactions de prisonnier à qui on parle de la liberté.

Et, toujours, dans ses yeux qui cherchaient à voir au delà de l'horizon, Edmée découvrait le regret de l'affreuse existence qui avait fait de cette femme, saine et intelligente, une pauvre créature brisée et atrophiée.

Il avait fallu qu'elle en prît son parti, et elle s'était résignée à vivre sans penser à l'avenir, ne cherchant pas à savoir ce qui arriverait le lendemain, jouissant du calme présent.

Elle avait repris le chemin des bois qui offraient un cadre sévère et sombre à sa mélancolie. Elle attelait, ainsi que par le passé, sa petite voiture, et, traînée par le vieux poney, elle s'en allait avec le curé visiter les villages des environs, suivie d'un concert de bénédictions, et songeant tristement, lorsqu'on lui souhaitait un bonheur égal à sa bonté.

Quand, en compagnie du vieux prêtre, elle passait par une route difficile, dans les ornières de laquelle le petit cheval tirait en soufflant, aussitôt Billet apparaissait, comme s'il fût sorti d'un mystérieux affût, et, d'un bras auquel rien ne résistait, l'hercule poussait voiture et cheval hors du mauvais pas.

On eût dit que le sauvage redoublait de surveillance autour de mademoiselle de Croix-Mort. Il ne se montrait pas toujours, mais il rôdait incessamment, dans un rayon de cinq cents pas, lorsque sa chère maîtresse était en campagne. Souvent, en entendant les taillis craquer, le curé se troublait, et jetait à sa compagne un coup d'œil alarmé. Mais Edmée souriait :

— C'est Jean, monsieur le curé, qui fait sa ronde. Voulez-vous que je le siffle?... Vous allez voir...

Elle arrondissait les lèvres, et lançait, en vraie fille des bois qu'elle était, un strident coup de sifflet. Au bout d'un instant, le garde se montrait à la lisière, sa cape de drap à la main, joyeux d'être appelé, et s'attachant aux promeneurs, ainsi qu'un chien qui s'est échappé et qui craint d'être renvoyé à la niche.

Cependant le curé n'était pas sans inquiétudes. Il redoutait de voir apparaître tout à coup le mauvais homme. Il n'osait pas faire part de ses appréhensions à la jeune fille. Il la voyait impassible, et espérait qu'elle avait oublié. Mais quelquefois, dans son regard rencontré, il découvrait une lueur subite, semblable à celle d'un phare éclairant la nuit, et qui trahissait l'éveil de la pensée. Il comprenait alors qu'Edmée ne voulait pas parler de celui qu'elle haïssait si profondément, mais que le feu de ses rancunes couvait, toujours ardent.

D'autres indices auraient pu assurer la conviction du vieillard. Jamais mademoiselle de Croix-Mort n'allait du côté de La Vignerie. Quand elle approchait des bois qui entouraient cette maison maudite, une ombre s'étendait sur son visage, elle devenait silencieuse et grave comme si elle passait le long d'un cimetière. En effet, n'était-ce pas là qu'étaient ensevelies toutes ses illusions et toutes ses espérances?

Jamais elle ne prononçait le nom d'Ayères, même pour désigner sa mère, en parlant à des étrangers. Elle disait « madame » tout court. Enfin elle ne se présentait plus à confesse, craignant sans doute, non pas d'avouer les sentiments violents qui s'agitaient en elle, mais de remuer, par l'aveu, toutes ses colères.

Le curé, deux fois par semaine, maintenant, dînait au château. Mais il ne parvenait pas non plus à tirer la baronne de son atonie. Elle le recevait avec une indifférence nonchalante. Elle écoutait la conversation sans y prendre part, et ne s'animait que quand l'abbé Levasseur, cédant au désir de mademoiselle de Croix-Mort, consentait à faire une partie de cartes. On jouait alors à l'écarté, et très cher. Le vieux prêtre disait à Edmée :

— Mon enfant, vous me faites commettre de gros péchés. Je m'anime, je désire le gain...

— Bah! c'est pour vos pauvres, monsieur le curé : le but sauve l'acte... Laissez-vous aller!...

Et quand elle avait, avec beaucoup de bonheur, ramassé les enjeux de tout le monde, elle mettait l'argent dans la main de son ami, au moment du départ :

— Tenez, monsieur le curé, et demain matin, pendant que vous y serez, faites pénitence pour moi.

Le vieillard serrait le bras de la jeune fille, et la regardait avec des yeux pleins d'affectueuse admiration, en se demandant ce que pouvait bien avoir à se reprocher cet ange égaré sur la terre.

Le surlendemain de la Noël, après un dîner excellent, le brave homme était installé devant la table de jeu, et faisait la partie de la baronne. Il était adossé à la cheminée et avait, en face de lui, une fenêtre donnant sur la terrasse. Edmée, assise près de sa mère, travaillait en attendant le moment de remplacer le perdant. Pendant que Madame d'Ayères battait les cartes, le curé regardait machinalement du côté de cette fenêtre dont les rideaux, par hasard, étaient relevés.

Tout à coup il pâlit, ses mains se mirent à trembler si fort que les cartes froissées firent entre ses doigts un bruit sec, et ses yeux restèrent fixes. Appuyée contre la vitre, il avait cru voir, diabolique et menaçante, la tête de Fernand. Son regard et celui de l'apparition s'étaient croisés, et tout avait disparu.

Le curé, troublé, commença à jouer tellement mal, écartant à contre sens, et faisant école sur école, que mademoiselle de Croix-Mort lui dit :

— Mon bon abbé, ce soir, vous n'êtes pas au jeu; je crois que nous ferions mieux d'arrêter la partie.

M. Levasseur ne répondit pas. Il surveillait la croisée, cherchant vainement, sur son fond noir, la figure terrible. Il se disait : « Serait-il de retour? Est-il venu rôder autour du château? Quels projets cette surveillance mystérieuse annonce-t-elle? Comment m'assurer de ce que je redoute? »

Il prétexta une grande fatigue, et, à dix heures, chaudement enveloppé dans son manteau, il prit le chemin du presbytère, sous la conduite du jardinier, qui l'accompagnait toujours jusqu'à la place de l'église, avec une lanterne. Il faisait, ce soir-là, un clair de lune superbe, et il était tombé de la neige. On y voyait comme en plein jour. Le prêtre, arrivé à la grille, dit à son compagnon :

— J'ai oublié quelque chose dans le vestibule : il faut que je retourne.

— Si monsieur le curé veut, j'irai?...

— Non, vous ne sauriez pas trouver... Attendez-moi une minute seulement.

Il se dirigea seul vers le château, marchant avec précipitation. Il voulait avoir la preuve qu'il n'avait pas rêvé en croyant reconnaître le visage de M. d'Ayères derrière le carreau. S'il était venu, ses pas devaient être marqués dans la neige sur la terrasse.

Le cœur battant, plein d'anxiété, le vieillard s'avançait avec précaution pour n'être pas aperçu, craignant les questions. Il tourna heureusement le château, suivit les plates-bandes, et, avec saisissement, sur le tapis blanc et glacé, découvrit les traces d'un pied fin, soigneusement chaussé. Elles venaient des profondeurs du parc, s'arrêtaient au bas de la fenêtre, où la neige piétinée révélait une station prolongée, et s'éloignaient dans la direction du pont de la Divonnette.

Le curé resta immobile, se demandant ce qu'il devait faire. Son premier mouvement fut d'entrer au château et de prévenir mademoiselle de Croix-Mort. Mais toutes les lumières étaient déjà éteintes au rez-de-chaussée. Ces dames, montées dans leurs chambres, s'étonneraient, interrogeraient. Il faudrait tout dire à la baronne en même temps qu'à Edmée. La précaution n'était-elle pas pire que le danger ?

L'abbé Levasseur se dirigea de nouveau vers la grille, lentement, réfléchissant, et prit la résolution de se présenter avant le déjeuner, le lendemain, pour avertir la jeune fille de rester chez elle. Jamais Edmée ne sortait dans la matinée. Il rentra au presbytère très agité, passa une nuit affreuse, se leva au petit jour, dépêcha sa messe, et, comme neuf heures sonnaient, il arriva au château.

Ce fut son compagnon de la veille, le jardinier, qui le reçut. Il s'arrêta de balayer la neige, qui rendait glissantes les marches du perron, et, saluant le curé :

— Si c'est Mademoiselle que vous cherchez, monsieur le doyen, la v'là qui s'en va par le parc...

De curé pâlit, ses oreilles bourdonnèrent : il eut un fatal pressentiment. En une seconde, il vit la terrible figure collée à la vitre, ses yeux pleins de passion menaçante, les empreintes de pieds marquées dans la neige, et, sur cette même route suivie par le mauvais homme, la trace des pas légers de la fille du bon Dieu.

Il dit :

— Y a-t-il longtemps qu'elle est partie ?

— Pas seulement cinq minutes. Mais elle marchait bien. Car elle est pressée !

— Où va-t-elle donc ?

— A l'orée du bois, chez la Thibaude qui s'est laissée accoucher cette nuit avant terme... Elle est malade, da ! Et on est venu dès le matin quérir Mademoiselle...

Le curé n'écoutait déjà plus. Il avait retroussé sa soutane dans sa ceinture, et, allongeant le pas, il courait, plutôt qu'il ne marchait, à la suite de la jeune fille, s'arrêtant aux carrefours du bois et appelant : « Edmée ! », sans obtenir de réponse. Il était sorti du parc, et, maintenant, il suivait une route de forêt, sur la neige boueuse et foulée de laquelle il ne reconnaissait plus la trace de mademoiselle de Croix-Mort. Avait-elle passé par le grand chemin, ou s'était-elle jetée dans une traverse ? Le vieillard regardait de tous ses yeux, et, sur les sentiers frayés par les bûcherons et les ramasseurs de bois mort, il ne découvrait aucun indice qui pût le guider. Il poussait des cris. Le silence lourd et étouffé des étendues cotonnées de neige absorbait ses appels, et rien ne répondait.

Mademoiselle de Croix-Mort, comme le jardinier l'avait dit au curé, s'était éloignée d'un bon pas. Elle se rendait chez la pauvre femme,

qui faisait des journées au château, et dont le mari était un des réta-
meurs ambulants qui courent les campagnes, en tirant à bras une
une petite voiture.

Portant sous son manteau sa boîte de pharmacie, elle se hâtait. Le
parc s'étendait tout blanc devant elle. Elle passa la Divonnette, qui
n'était pas encore gelée, et des roseaux de laquelle, avec un cri aigu,
s'envolèrent des canards sauvages, et s'engagea dans la forêt. Elle
marchait depuis une demi-heure environ, quand il lui sembla entendre
craquer les branches dans le taillis. Elle s'arrêta une seconde, et dit
à voix haute :

— Est-ce toi, mon vieux Billet ?

Le bruit cessa, et la figure épanouie du garde ne se montra pas à
la bordure du gaulis. « C'est quelque chevreuil qui broute l'écorce
des bouleaux », pensa Edmée, et elle repartit vivement pour regagner
le temps bien court qu'elle venait de perdre.

Elle allait sur la neige épaise, silencieusement, comme sur un tapis,
prêtant l'oreille avec une préoccupation vague. Un nouveau craquement de branche brisée se fit entendre dans la même direction.
Edmée une seconde fois s'arrêta et cria :

— Billet !

Sa voix se perdit dans la profondeur du fourré muet. Alors elle
fut prise de terreur. Qui donc la suivait ainsi sous bois ? Qui donc se
cachait, sans répondre à son appel ? Elle était connue de tous les
ouvriers de la forêt. Était-ce quelque rôdeur, quelque braconnier ?
Mais, sur la garderie de Billet, personne n'eût osé mettre le pied.

Elle accéléra sa marche, qui prit une allure de fuite. Tout était
morne, sourd et désert, et, le long du chemin, elle distinguait le
froissement des branches produit par la poursuite de celui qui s'attachait silencieusement à elle. Un flot de sang lui monta au visage et
sa respiration devint haletante. Elle avait peur. Mais, résolue et vigoureuse, elle lança un regard autour d'elle, pour se rendre compte de
l'endroit où elle se trouvait.

Elle s'était engagée dans le chemin qui mène à La Vieuville. Sur la
gauche s'étendait la plaine, où elle serait en vue, ayant l'espace

autour d'elle. Un sentier y aboutissait. Elle s'y jeta et, pour gagner la lisière, elle se prépara à courir. Elle avait sauté le petit fossé du chemin, quand une ombre noire, sortant du taillis, se dressa soudainement.

Les pieds de mademoiselle de Croix-Mort restèrent cloués au sol, elle poussa une exclamation, fit un geste d'horreur : elle venait de reconnaître Fernand.

Ils étaient à peine éloignés de dix pas l'un de l'autre. Ils se regardèrent, elle tremblante, effarée devant ce spectre ; lui sombre et blême, comme épouvanté de ce qu'il tentait. Ses mains se levèrent suppliantes et, s'inclinant, il se laissa tomber à genoux dans la neige du sentier, murmurant avec un sanglot :

— Edmée ! oh ! Edmée !...

La jeune fille poussa un cri de terreur, et, se retournant, elle s'élança au hasard, se sauvant de toutes ses forces, ne criant pas, réservant son souffle pour prolonger sa fuite. Il la suivit, implorant toujours, balbutiant des paroles qui ne parvenaient pas jusqu'à elle. Et s'animant par la poursuite même, il s'efforçait de la rejoindre. Mais la peur donnait des ailes à la jeune fille, et la distance s'agrandissait entre elle et son effroyable chasseur. Elle revenait sur ses pas, entendant le monstre, qui courait, répéter d'une voix étranglée et rauque :

— Edmée... par pitié ! Edmée !...

Son cerveau s'embrasait, sa poitrine lui paraissait près d'éclater. Mais une force surhumaine l'emportait. Elle avait encore gagné du terrain, lorsqu'en traversant une clairière, elle glissa sur la mousse gelée et tomba rudement sur le sol. Elle se sentit perdue, et, pensant au seul être dont elle pût attendre un secours, elle cria avec un accent désespéré :

— Billet ! Billet !

Fernand répondit à cet appel déchirant par un ricanement de fou, et franchit l'espace qui le séparait de la jeune fille.

Il n'eut pas le temps d'approcher. Bondissant du fourré sur la route, Billet venait de paraître. D'une main il prit Fernand par

— RAMASSIS DE BRUTES ET DE DRÔLESSES ! CRIA-T-IL (PAGE 1557).

l'épaule et le fit reculer; de l'autre il saisit Edmée et la releva. Alors, en se voyant découvert, le misérable perdit tout à fait la tête. Son visage se décomposa, ses dents grincèrent, et, avec une horrible imprécation, il se rua sur le garde.

Billet soutint le choc, et, jetant loin de lui sa pétoire qui l'embarrassait, il ceintura son adversaire, criant :

— Mam'zelle Edmée, n'ayez pas peur, je le tiens bien!... Gagnez au large!...

Mais mademoiselle de Croix-Mort, épuisée, demeura immobile, ne pouvant plus faire un pas, et regardant, terrifiée, les deux hommes qui luttaient en poussant des grognements d'ours aux prises.

Billet était d'une vigueur athlétique, mais la rage décuplait les forces de Fernand. Il réussit à déplanter le sauvage, le souleva, et, enlacés, ils roulèrent tous deux dans la neige.

Le hasard de la chute avait favorisé Fernand : il était maintenant sur Billet, et, avec une joie féroce, le tenant par le cou, il tâchait de l'étrangler. Le garde fit un effort pour se relever, il donna un violent coup de reins, mais ne réussit point à se dégager. Sa gorge ne laissait plus passer qu'un râle sourd. Il lança à la jeune fille un regard plein d'angoisse et de désespoir. Edmée, affolée, chercha une arme, une pierre, un bâton, autour d'elle, aperçut la pétoire, tombée au bord du fossé, la saisit avec un cri de triomphe, et, braquant le canon sur Fernand :

— Lâchez-le, cria-t-elle, ou je vous tue !

Il ne répondit pas, et resserra l'étreinte sous laquelle agonisait le garde. Un nuage de flamme passa devant les yeux de la jeune fille, un coup de feu éclata, et celui qu'elle haïssait, foudroyé, roula sur la neige ensanglantée.

XVI

Lorsque, après six semaines de maladie, mademoiselle de Croix-Mort reprit connaissance, elle vit auprès de son lit sa mère en grand deuil, et sa bonne Rosalie habillée de noir. On lui apprit qu'elle avait eu une fièvre cérébrale. Elle voulut questionner, mais on lui imposa silence. Il fallait qu'elle se reposât, qu'elle ne pensât à rien, qu'elle vécût d'une vie animale, sous peine de rechute.

Elle resta pendant quelques jours, plongée dans une sorte de somnolence, s'efforçant de vaincre la torpeur qui l'accablait et n'y réussissant pas, ayant de la difficulté à soulever ses bras amaigris, et cherchant ses idées dans sa tête vide comme au fond d'un puits immense. Une préoccupation continuelle l'agitait : celle de savoir ce que Billet était devenu.

Chaque fois qu'elle prononçait son nom, sa mère se mettait à pleurer et à gémir. Et Rosalie, prenant un air sévère, disait :

— Mademoiselle, vous faites de la peine à votre chère maman.

Alors Edmée se taisait, songeant : « Pourquoi ne veulent-ils pas me répondre ? Que me cache-t-on ? »

Un tableau unique était devant ses yeux. Celui de Billet luttant dans la neige avec Fernand, et violet, étranglé, près de mourir, quand la détonation d'une arme à feu retentissait... Elle entendait le coup, voyait la flamme, et c'était tout... Après, elle cherchait... Rien ! Elle se débattait dans une obscurité impénétrable. Le mauvais homme devait être mort, puisque, autour d'elle, on portait le deuil. Mais qu'advenait-il de Billet ?

Vers le commencement de mars, le soleil reparut, l'air devint plus doux, et le médecin permit qu'on levât la malade. Elle fut portée devant la fenêtre et revit avec joie la terrasse, l'étang, sur lequel nageaient les beaux cygnes, et les masses sombres des arbres du parc. Sa mère était assise auprès d'elle et parcourait un journal. Soudain elle laissa échapper une lamentation étouffée, pâlit, et, rejetant avec horreur la feuille imprimée, sortit en se cachant la figure dans son mouchoir.

Edmée, étonnée, regarda ce journal tombé à quelques pas d'elle. Elle soupçonna qu'il devait contenir le mot de l'énigme qu'elle cherchait. Elle se souleva avec effort, fit quelques pas en chancelant, ramassa la feuille, regagna sa chaise longue et se mit à lire.

Soudain ses yeux furent attirés invinciblement par ce nom : Billet... Et, en tête de l'article *Tribunaux*, elle lut les lignes suivantes :

« La semaine prochaine viendra devant la cour d'assises l'affaire du « garde Jean Billet, accusé d'avoir assassiné son maître, M. le « baron d'Ayères.

Edmée se dressa sur ses pieds en poussant un cri qui attira la baronne et Rosalie. Alors, les yeux étincelants, montrant le journal :

— Vous avez lu ce qui est annoncé là ? dit-elle en s'adressant à sa mère.

Et comme celle-ci reculait, gémissante et éplorée :

— Qu'on aille me chercher un magistrat, reprit mademoiselle de Croix-Mort. Je ne laisserai pas condamner un innocent... Non ! non ! ce n'est pas Jean Billet qui est coupable de ce meurtre... Voilà la main qui a frappé !

Et, tragique, elle secoua sa main, comme si elle l'eût vue, avec effroi, toute dégouttante de sang.

Madame d'Ayères poussa un cri de détresse et s'enfuit. Rosalie voulut calmer mademoiselle de Croix-Mort, mais ne put y parvenir. A défaut d'un magistrat, Edmée voulait qu'on lui amenât l'abbé Levasseur. Elle le réclamait avec une telle violence, qu'il fallut céder et aller le lui chercher.

Le vieillard vint vers le soir, et trouva la jeune fille dans une horrible agitation. Il dut lui raconter tout ce qui s'était passé : la rencontre qu'il avait faite de Billet la portant évanouie dans ses bras, l'aveu spontané du sauvage déclarant qu'il venait de tuer M. d'Ayères, l'arrestation, et la persistance avec laquelle il s'était chargé lui-même pendant l'instruction.

Le crime n'avait eu aucun témoin, la présence de mademoiselle de Croix-Mort ayant été dissimulée par le garde. Des bûcherons dépo-saient avoir trouvé le cadavre de M. d'Ayères, en travers du chemin de Clairefont et, tout près, le fusil de Billet dont un coup seulement était déchargé.

Le curé avait imité la discrétion terrible du prétendu meurtrier. Il avait compris que le dévoué serviteur voulait, au prix même de sa vie, écarter de mademoiselle de Croix-Mort tout soupçon infamant. Et, bourrelé de remords, vingt fois sur le point de parler, il avait cependant gardé le silence.

Edmée avait écouté le curé sans prononcer un seul mot. Quand il eut fini, elle secoua la tête, des larmes coulèrent sur ses joues :

— Et vous avez permis une telle injustice ? dit-elle douloureu-sement. Vous avez cru que je consentirais à accepter un pareil sacri-fice ? Pauvre Billet ! si bon, si fidèle ! Allons ! C'est à moi de réparer le mal qu'il s'est fait volontairement. Appelez ma mère... Qu'on prépare une voiture... Vous me conduirez vous-même, mon cher curé, chez le procureur général...

— Mais, mon enfant, dans l'état de faiblesse où vous êtes, c'est risquer votre santé...

— Billet risquait bien sa tête...

— Vous n'aurez jamais la force de faire une si longue route...

— Dieu me la donnera.

Et, devant sa mère immobile et muette d'horreur, Edmée partit avec le prêtre.

La semaine suivante, en cour d'assises. Billet était acquitté.

L'affaire, en ce qui concernait Edmée, fut, sur l'avis du garde des sceaux, heureusement étouffée. Les circonstances dans lesquelles le baron d'Ayères avait trouvé la mort furent connues dans le monde judiciaire, mais l'énergie et la sincérité que mademoiselle de Croix-Mort avait montrées lui concilièrent toutes les sympathies.

La jeune fille, si gravement atteinte, moralement et physiquement, se rétablit avec peine. Elle languit longtemps, faible et pâle. Il semblait que la source de ses forces fût épuisée.

Quand on la revit dans le pays, ses cheveux étaient devenus tout blancs. Entre elle et sa mère, au premier abord, il n'y avait guère de différence.

Les deux femmes continuèrent à vivre à Croix-Mort, ne sortant jamais que le dimanche, pour aller à l'église, tristes, froides, silencieuses, et séparées toujours par l'ombre inquiétante du beau garçon à la barbe d'or.

LES BATAILLES DE LA VIE

LISE FLEURON

I

Entre l'Ambigu et la Porte-Saint-Martin, ayant son entrée principale sur le boulevard et son entrée particulière sur la rue de Bondy,
s'élève le théâtre qui porta à sa naissance le nom de Fantaisies-Dramatiques. Il a été construit sur l'emplacement du restaurant Balagny,
brûlé pendant les derniers jours de la Commune, en même temps que
la Porte-Saint-Martin, par les bandes insurgées. Battant en retraite
sur le Château-d'Eau, rudement talonnés par les troupes de Versailles,
les fédérés, pour arrêter la poursuite et pour gagner le temps de souf-

fler un peu, barrèrent le boulevard d'un immense incendie. Trois maisons furent dévorées par les flammes. Un théâtre disparut, le plus populaire, le plus en faveur auprès du public qui aime à voir vers minuit punir le crime et triompher l'innocence. Une demi-douzaine de bourgeois furent rôtis au milieu des décombres ; la terminaison du duel, engagé entre l'ordre et le désordre, ne se trouva pas retardée d'une heure. Au lieu de trois maisons et un théâtre, un an après, trois théâtres et une maison étalaient sur le boulevard leurs façades fraîchement décorées. Il y a des esprits bizarres qui noteront ce fait, et en concluront que la Commune eut une influence décisive sur le développement de l'art dramatique en France.

L'entrée principale ne sert que le soir, de sept heures à minuit, lorsque l'obscurité devient profonde et que les flammes des rampes, sur lesquelles le nom de la pièce en vogue est écrit en lettres incandescentes, soufflées par le vent, ondulent comme une mer de feu. Elle est alors encombrée par les barrières de bois, entre lesquelles la foule, qui fait la queue, se laisse docilement parquer. Devant elle se livre l'assaut des spectateurs ayant leurs places retenues, luttant contre les offres des marchands de billets qui leur proposent un « bon stalle, moins cher qu'au bureau », et contre les obsessions des vendeurs de programmes, qui leur mettent de force leur journal dans la main. Passant entre les jambes des agents, le marchand de coco, sa sonnette d'argent agrafée à l'épaule, vient hardiment jusque sous la marquise crier : « A la fraîche, qui veut boire ? », pendant qu'au bord du trottoir, installées à leurs étroits éventaires, les marchandes d'oranges, figures tannées, coiffées de marmottes en indienne, débitent « la belle Valence » aux gamins du quartier, à la lueur d'une bougie plantée dans une lanterne en papier rouge.

C'est une poussée de passants, regardant, le nez en l'air, et tâtant leurs poches avant de se décider à aborder le guichet, une mêlée de fiacres, aux portières desquels les ramasseurs de bout de cigares sautent, au travers des cris, des disputes et des jurements. Ce brouhaha, ce tumulte, cette bataille, durent une demi-heure, puis, en un clin d'œil, la place devient nette ; les agents se promènent, les mains

ELLE ALLAIT, PRÊTANT L'OREILLE AVEC UNE PRÉOCCUPATION GRAVE
(PAGE 1567)

dans leurs poches; le vestibule est vide autour du contrôle où siègent trois messieurs graves, soigneusement cravatés de blanc; les marchands de programmes s'élancent vers le comptoir du marchand de vin; les lourds omnibus à trois chevaux de la ligne Madeleine-Bastille peuvent circuler à l'aise, sur la chaussée, devenue presque déserte; le calme succède à l'agitation. Une petite sonnette a opéré ce changement à vue. Elle a annoncé en tintant qu'on est prêt à lever le rideau et que le spectacle va commencer.

L'autre entrée ne connaît pas ces triomphantes bousculades : elle n'a point la largeur majestueuse de cette porte de luxe, elle ne livre point passage, les soirs de première, aux redoutables critiques, aux auteurs célèbres, aux banquiers influents, aux élégants des cercles, aux hommes politiques qui peuvent beaucoup pour la boutonnière des directeurs, et, enfin, aux femmes gracieuses et charmantes, qui seront l'ornement de la salle, et desquelles un écrivain spirituel a dit : « Il n'y en a jamais trop ! Pendant qu'on les regarde, on ne dénigre pas la pièce. »

Cette entrée, communément appelée entrée des artistes, est étroite, basse, rarement balayée, et donne sur un couloir obscur, aux murs salpêtrés et gras, qui longe la loge du concierge, sous l'œil vigilant duquel il faut passer pour pouvoir pénétrer dans l'intérieur du théâtre. Une odeur de cuisine, graillonnée sur la fonte du poêle, mélangée aux asphyxiantes émanations du gaz, prend à la gorge dès qu'on entre. L'affiche du jour est collée sur la muraille qui, par places, garde des échantillons, rouges, verts ou jaunes, de la couleur variée du papier. Au-dessous du chambranle cette simple inscription en lettres noires : *Administration.*

Ces deux entrées, si pleines de contraste, résument admirablement le théâtre : d'un côté, brillant, à la clarté éblouissante de la rampe, avec ses décors luxueux, ses meubles dorés, ses costumes chatoyants, et ses acteurs jeunes, grâce à leur perruque, beaux, grâce à leur maquillage; de l'autre côté, sombre, avec les vieilles affiches qui ont servi à maroufler les décors, les machinistes en blouse qui préparent les changements, le régisseur morose qui arpente les coulisses avec des airs de ruminant, l'artiste, la figure détendue et lassée, qui attend, près d'un portant, le moment de faire son entrée, en mâchonnant sa réplique. Continuelle opposition, trompe-l'œil sans cesse renouvelé, dont les initiés seuls peuvent se rendre un compte exact, et dont le public, souverain maître pour le plaisir duquel tout est mis en œuvre, doit ne pas se douter.

L'entrée du boulevard est toute grande ouverte à la foule : l'entrée de la rue de Bondy lui est soigneusement fermée. C'est devant cette petite porte que viennent attendre les jeunes auteurs et les naïfs amoureux, les pieds dans le ruisseau noir et puant de la rue commerçante, jetant des regards furtifs pour tâcher, par hasard, d'entrevoir l'intérieur de ce paradis tant de fois et si passionnément rêvé.

Ce paradis a été pendant longtemps un enfer. De même que, dans les contes de fées, tous les génies, excepté un seul, semblaient avoir assisté cérémonieusement à la naissance du théâtre. Tous lui avaient donné une qualité précieuse qui devait assurer sa fortune. Mais le mauvais génie oublié avait jeté un sort fatal dans le berceau du nouveau-né, et toutes les faveurs merveilleuses, dont il avait été comblé, étaient restées inutiles. Tous les genres y avaient été essayés : aucun n'y avait réussi. Les pièces étaient souvent bonnes, pourtant, et habilement montées. Drames, féeries, comédies, opérettes, tout échouait. Une sorte de malaise s'emparait des spectateurs, aussitôt qu'ils étaient assis à leur place. Et vainement les auteurs répandaient l'esprit à flots, les acteurs brûlaient les planches avec une verve endiablée, les splendeurs de la mise en scène éblouissaient les yeux: rien ne pouvait contrebalancer l'influence funeste. Les directions s'écroulaient, les unes après les autres, au vent du malheur, comme des châteaux de cartes au souffle d'un enfant. Et le théâtre semblait voué à une malechance définitive et invincible.

Cette conviction pénétra, peu à peu, dans les esprits et y jeta une superstitieuse terreur. Il s'établit des légendes. Il y a des mauvais plaisants qui ne respectent rien. On raconta que le théâtre était hanté, et que l'âme d'un syndic y revenait la nuit, spectre terrible, portant des papiers timbrés sous son suaire, et poussant dans les corridors de longs gémissements. Les journaux s'emparèrent de ces plaisanteries, et les Fantaisies-Dramatiques devinrent pour les chroniqueurs, lorsque l'actualité faisait défaut, un sujet toujours prêt et malheureusement toujours inépuisé.

Cette belle scène connut les horreurs de l'exploitation mercantile d'un ancien marchand de bois qui, pour relever le théâtre, essaya du régime économique. On put trouver, à la devanture de tous les marchands de tabac et chez tous les coiffeurs du quartier, des billets à demi-droit, qui amenèrent un public épouvantable. Des femmes en bonnet se montrèrent aux fauteuils de balcon. La troupe, recrutée dans la banlieue, dut jouer des pièces d'auteurs de province, qui payaient pour faire représenter leurs productions. Il y eut une succession de drames et de comédies, perpétrés par des notaires retirés des affaires et des négociants en mal de littérature, qui déshonora cette scène. Le bas prix des places ne parvint pourtant pas à attirer les spectateurs. Et le théâtre encrassé ,noirci, déclassé ,joua des pièces à dormir. debout, devant les banquettes vides.

C'était bien la fin, cette fois. On n'eut plus le courage de plaisanter. Chacun se détourna de cette maison, sur le fronton de laquelle la Guigne avait arboré son drapeau noir. On n'osa plus y entrer, comme si le mal qui y régnait était contagieux. Ce fut l'abandon complet, l'agonie, dans les ténèbres et le silence de la tombe.

On se demandait si la destination de cet immeuble, marqué d'un signe réprobateur, comme un lazaret de pestiférés, n'allait pas être changée. Déjà le bruit de la vente du théâtre à une société financière, qui devait y installer un panorama, avait couru, lorsqu'un matin éclata, comme un coup de foudre, sur Paris, une nouvelle qui mit le monde dramatique en rumeur. Le Figaro publiait dans ses Bruits de coulisses les lignes suivantes : « M. François Rombaud prend la direction des Fantaisies-Dramatiques. Espérant conjurer le sort, il débaptise le théâtre, qui s'appellera désormais Théâtre-Moderne. Les signatures ont été échangées hier soir. Encore un audacieux qui plonge dans le gouffre. Honneur au courage malheureux ! »

Celui qui venait d'être l'objet de cette annonce, ironiquement émue,

était un petit homme bien connu de tous les habitués de la Bourse,
où il faisait, depuis deux ans, des affaires avec beaucoup d'adresse
et de bonheur. La grosse maison de banque Nuño et Graméda lui
donnait ses ordres. Il risquait quelques opérations, et arrivait à mener
une existence assez large. Très maigre, le visage grêlé et imberbe,
éclairé par deux yeux noirs perçants, les cheveux blonds coupés en
brosse, il avait la mine futée d'un furet. Il parlait d'abondance, avec
un accent méridional très prononcé, et en gesticulant. Extrêmement
fin, il avait une ténacité rare, et s'acharnait, quand il avait confiance,
dans une affaire, jusqu'à ce qu'il l'eût fait réussir. Il lâchait pied
promptement, quand il lui était démontré qu'il avait entrepris une
mauvaise spéculation. Ceux qui l'approchaient avaient été amenés,
par sa façon d'être, à lui porter de l'intérêt. Sélim Nuño, le grand
financier portugais, dont les larges épaules, les cheveux blancs et le
teint basané sont connus de tout Paris, disait volontiers : « Ce petit
Rombaud, s'il trouve une bonne occasion, est un gaillard qui peut
aller très loin. » Aussi, grand fut l'étonnement quand on sut, à la
Bourse, que celui dont Nuño faisait tant de cas venait de s'embarquer dans cette galère théâtrale.

Rien ne paraissait le destiner aux fonctions directoriales. Il allait,
il est vrai, à toutes les premières, et paraissait prendre un plaisir
extrême à applaudir les comédiens de talent. Mais, de là à monter des
pièces, et à faire jouer des acteurs, pour son compte, il y avait un
monde. Ceux qui raisonnaient ainsi, avec quelque apparence de raison,
ignoraient, il est vrai, l'origine du nouveau directeur du Théâtre
Moderne, et ne pouvaient connaître certains dessous de son existence,
qui rendaient très compréhensible la détermination de François
Rombaud.

Il vint au monde à Bordeaux, dans une cave de l'entrepôt des vins :
sa mère était la fille du gardien chef. Devenue grosse, les uns disaient
des œuvres d'un marinier de la Gironde, les autres de celles d'un riche
négociant en eaux-de-vie, cette belle créature eut le courage de vivre
sous terre, dans un chais, pendant les quatre mois qui précédèrent sa
délivrance. Il lui fallait éviter la colère de son père, vieux chevronné

de Crimée et d'Italie, qui, peu disposé à badiner avec la question d'honneur, et ne sachant à qui s'en prendre de la séduction, voulait absolument tuer celle qui s'était laissé séduire.

Le négociant en eaux-de-vie avait bien dû tremper un peu dans le crime, car il paya les mois de nourrice de l'enfant et mit le petit François, né de fille Rombaud et de père inconnu, dans une pension, quand il eut ses huit ans révolus. Le gamin était intelligent, mais il n'était pas laborieux. Son éducation fut une longue suite de pensums et de consignes, auxquels il s'habitua, comme le cheval s'habitue au brancard. Il devint un des cancres les plus réussis que le régime universitaire eût jamais produits. Quand il s'agit de passer son baccalauréat, malgré son extraordinaire aplomb, il resta devant les examinateurs bouche béante, et sortit de la salle d'examen criblé de boules noires.

Son protecteur l'abandonna tout net. François avait eu, à son égard, un tort unique, mais immense : celui de ne pas flatter son amour-propre. Vainement il alla jouer, chez lui, une scène d'attendrissement. Il trouva le vieux rentier de glace pour un rejeton que ses insuccès lui faisaient considérer définitivement comme fort douteux, et qui, de plus, paraissait en voie de mal tourner. François se jeta à ses pieds, la parole entrecoupée par des sanglots, et acheva de l'exaspérer en l'appelant mélodramatiquement : mon père. Le négociant, qui s'était retiré dans les douceurs d'une grasse vie bourgeoise, entrevit un avenir de scènes pénibles dans l'attachement opiniâtre de ce jeune drôle. Il lui déclara qu'il ne s'était intéressé à lui que par bonté d'âme, qu'au demeurant il n'était pour rien dans son existence, et qu'il l'engageait à se tenir à l'écart, sous peine d'avoir maille à partir avec le commissaire. Cela dit, il le confia au zèle d'un domestique mâle, appartenant à cette forte race comtoise qui alimente la cavalerie française d'hommes de six pieds, et le fit jeter à la porte.

Déçu dans les espérances qu'il avait fondées sur le monsieur très riche, qu'il se plaisait à considérer comme son père, Rombaud se retourna du côté de sa mère. La fille du gardien chef de l'entrepôt, après une existence accidentée, entremêlée de fêtes joyeuses, de ventes de reconnaissances du mont-de-piété, d'appartements élégamment meublés, et de grabats dans les hôtels borgnes, avait épousé, sur le tournant de la trentaine, un traiteur des Chartrons, à l'enseigne des Barreaux-Verts, et était devenue dame d'un joli bouchon, à la porte duquel, le lundi, les écailles d'huîtres gisaient par monceaux. Courbée sous la domination absolue de son mari, la pauvre femme était dans les transes chaque fois que son fils apparaissait. Elle prodigua les sages conseils au jeune homme, fit une saignée de trois cents francs au tiroir-caisse du comptoir, et ne retrouva sa sécurité que quand elle eut vu Rombaud reprendre, d'un pas attristé, le chemin par lequel il était venu.

Livré à lui-même, Rombaud se demanda, pour la première fois depuis sa naissance, comment il allait vivre. Il n'eut pas une seconde de défaillance. Une rage froide s'empara de lui. Il voulut se tirer d'affaire à tout prix, et réussir. Peut-être, dans les douceurs de la vie assurée, fût-il devenu un fort mauvais sujet. Les difficultés avec lesquelles il se trouva aux prises le fortifièrent. Il n'avait pas d'aptitudes spéciales. Ses études, fort incomplètes d'ailleurs, ne le rendaient bon à rien. Il commença par essayer des métiers les plus divers. Successivement peintre sur porcelaine, courtier d'assurances, placier en vins, secrétaire-gérant d'un Casino, rédacteur d'un petit journal illustré, directeur des Folies-Bordelaises, café-concert où des filles très jolies chantaient des chansonnettes au milieu de la fumée des cigares, il sut sortir, à son avantage, des situations les plus difficiles. Il avait défrayé les journaux de ses aventures galantes, car ce petit homme à figure chafouine eut d'incroyables bonnes fortunes ; il s'était battu en duel, et crânement, en plusieurs occasions ; il avait à peu près tout fait, excepté faillite. C'était, sans doute, de naissance, et le sang du négociant en eaux-de-vie se montrait là, mais l'idée de faire de mauvaises affaires bouleversait cet audacieux. Il en fut toujours préservé par un flair étonnant, qui lui faisait sentir de loin le péril, et lui permettait de l'éviter. Très connu déjà sur la place de Bordeaux, et parmi la jeunesse de la ville aux plaisirs de laquelle il avait contribué, on disait de lui, avec cet accent gascon qui donne aux mots une saveur d'ail : « Té ! il a le nez creux, ce Rombaud ! »

Son nez le dirigea, un beau jour, vers Paris. Il avait alors trente ans et n'était guère plus avancé que le jour où il avait quitté sa mère, sur le quai des Chartrons. Il avait vécu, et c'était tout. D'économies il n'en avait pu faire. Il comptait à Paris trouver des chances de fortune plus nombreuses qu'à Bordeaux. Il trouva surtout plus de concurrence, et, partant, plus de difficultés. Il avait, jusque-là, eu des hauts et des bas. Il connut le fond du fond des abîmes. Il en fut réduit à jouer la comédie à Batignolles, avec quatre-vingts francs d'appointements par mois. Il ne mangeait pas tous les jours, et pourtant ce fut là un des meilleurs temps de sa vie. Il tenait l'emploi des comiques, sous le nom de Francisque, et, dans une reprise de *la Cocarde tricolore*, il joua, avec un succès colossal, le rôle du camarade de Dumanet, le légendaire Chauvin, « qui a mangé du chameau ».

Cependant le hasard qui était le dieu auquel Rombaud adressait toutes ses prières, allait fournir au jeune homme l'occasion tant attendue. Une représentation de *la Dame de Monsoreau* avait été annoncée solennellement au théâtre des Batignolles, avec le concours de mademoiselle Clémence Villa de la Porte-Saint-Martin, dans le rôle de Diane de Méridor. C'était Danjoy, un bellâtre à la voix ravagée par l'absinthe, à la figure blême, d'un ton de cuivre vert, aux yeux noirs, et à la chevelure crépue, l'idole des filles du quartier, qui devait jouer Bussy. Chicot avait été distribué à Francisque. Vainement le comédien avait fait observer que le rôle de Chicot exigeait un grand gaillard, maigre, et tout en en jambes. Le régisseur lui avait dit d'un air goguenard :

— Tu seras un petit Chicot, voilà tout! Et, avec ton accent, tu le joueras au naturel!

Il le joua. Quand il parut aux répétitions, — c'était en hiver, — dans sa gâteuse, couleur moutarde, qui traînait sur ses talons, et qu'il commença à ânonner son rôle, l'étoile, mademoiselle Clémence Villa, de la Porte-Saint-Martin, pinça les lèvres et prit un air glacé.

— Si la pièce est montée comme ça, dit-elle, nous allons remporter une fameuse veste! Il est grotesque, ce petit bonhomme, avec son paletot à sous-pieds, et sa figure trouée comme une écumoire!

— LACHEZ-LE, CRIA-T-ELLE OU JE VOUS TUE (PAGE 1570)

L'actrice se mit à marcher rageusement dans les coulisses. C'était une très jolie femme, brune, aux yeux gris ardoise, grande et bien faite, avec des mains longues et blanches, et de tout petits pieds. Richement entretenue, elle avait été prise, sur le tard, de la passion du théâtre, et, sans études, mais dirigée par une vive intelligence, elle était arrivée à se faire engager à la Porte-Saint-Martin, où elle jouait les fées, dans les féeries, et les pages, dans les pièces à maillots. Enragée par le désir d'aborder les grands rôles, elle s'était décidée à monter jusqu'à Batignolles, pour jouer enfin une jeune première. Elle attendait de grands résultats de cette représentation. Le directeur du Vaudeville, harcelé par un clubman, qui s'intéressait, comme tant d'autres, à la belle fille, avait promis de venir. Il y avait peut-être un engagement sérieux à espérer, si l'effet produit par la comédienne était satisfaisant.

La pièce marcha comme sur des roulettes. Le directeur vint, mais ne fit pas l'engagement désiré. Francisque brûla les planches, et donna dans l'œil de Clémence, qui se consola de la froideur du directeur en emmenant avec elle le comique, après le baisser du rideau. Cette bonne fortune dura six semaines, puis Clémence Villa partit aux bains de mer, et Francisque n'entendit plus parler d'elle.

Au bout de quelques mois, arrivé à la fin de son engagement, et voyant qu'il se donnait du mal en pure perte, le comédien dit adieu à la banlieue, redevint Rombaud comme devant, et alla à la Bourse. Il faisait quelques petites affaires à terme, et vivotait tant bien que mal, lorsqu'un jour, sur la Place, il se trouva nez à nez avec Clémence qui sortait de chez le confiseur. Les deux camarades fraternisèrent, en plein trottoir, et se racontèrent ce qu'ils étaient devenus depuis leur séparation. Clémence avait mis la main sur le gros Sélim Nuño, et s'était fait donner par lui des rentes et un hôtel. Elle comptait maintenant parmi les femmes les plus lancées de Paris.

— Mais, si tu es à la Bourse, dit-elle à Rombaud, je peux te faire pousser par Nuño. Mon ami François, ta fortune est faite !... Imagine-toi que ce gros Portugais, qui est riche comme une mine d'or, ne peut pas se passer de moi... Il arrive tous les jours, à cinq heures, et me

raconte ses affaires, qu'il cache soigneusement à sa femme et à ses
enfants. Il dit : « Si je parlais de ce que je gagne, chez moi, on me
carotterait... Tandis qu'avec Clémence je suis tranquille ! » Il me
consulte. Il prétend que j'ai le sens des affaires.

— Tu en as bien d'autres, de sens, interrompit Rombaud, avec un
air scélérat.

— Ah ! tâche d'être sérieux, n'est-ce pas? dit Clémence en riant...
Nous ne sommes plus à Batignolles !... Viens-t'en dîner demain avec
moi, et arrive vers six heures : je te présenterai à Sélim, comme un
ancien camarade. Mais, tu sais, pas de blagues, ou je te laisse
en plan...

Rombaud vint chez Clémence, qu'il trouva installée avenue Hoche,
dans un somptueux hôtel, entre cour et jardin. Il monta un escalier de
marbre, aux murs couverts de panneaux en tapisserie des Gobelins. Il
fut annoncé par un valet de pied, vêtu d'une livrée noire, qui sentait
son faubourg Saint-Germain, et trouva le banquier, en tête-à-tête
avec Clémence, dans un petit salon tendu de peluche héliotrope et
meublé de bois dorés Louis XV. Un admirable tapis indien étouffait
le bruit des pas, et, au plafond, était suspendu un lustre en cristal de
roche d'une valeur inestimable. Sur un canapé, le maître se carrait,
tranquille et majestueux. Il parla à Rombaud d'une voix gutturale,
habituée à rouler les consonnes rocailleuses de la langue portugaise.
L'ex-Francisque fut sérieux, comme un âne qu'on étrille, et plut beaucoup à Nuño, qui n'était pas exempt de soupçons sur les motifs qui
avaient entraîné Clémence à lui recommander le jeune homme.

Rombaud dès lors cessa de tripoter sur le Turc et sur l'Égyptien.
Il eut un vrai carnet d'ordres, et encaissa, chaque mois, à la liquidation, de très jolis courtages. Il s'offrit un petit coupé en location, et se
montra aux courses. Il fit société avec quelques jeunes boursiers de
bonne famille, qui mangeaient leurs gains et même davantage, avec
des petites femmes pas bégueules. Il se tint très gravement, dans ce
milieu folichon, lui, l'ancien comique de Batignolles, et assista d'un
œil bienveillant, mais sans jamais s'y mêler, aux excentricités qui
formaient l'habituel passe-temps de ses amis.

A dire vrai, dans le monde de la finance, il s'assommait. Il regrettait les aventures d'autrefois. Assis sur le rivage, il avait la nostalgie des flots mouvants. Il eût voulu se sentir encore en pleine tempête. Mais il aspirait à commander le navire. L'ambition lui était venue. Et, sourdement, il formait un projet. Il se fit recevoir du cercle des Arts Réunis. Là, peintres, musiciens, journalistes, gens du monde, étaient confondus dans une très agréable intimité. Quelques gros pontes soutenaient une partie, la plus importante de Paris, et enrichissaient le cercle.

Rombaud ne toucha pas une carte, mais il causa beaucoup, et, de préférence, avec les hommes de lettres. On lui trouva beaucoup d'esprit et, s'il lui avait plu d'entrer dans un journal, rien ne lui aurait été plus facile. Il ne le voulut pas. Il rêvait de se servir de la presse, mais non de la servir. Clémence fut sa première confidente. Il lui devait bien cette preuve d'intérêt. Et puis il avait besoin d'elle.

Il alla, un matin, la trouver à l'heure de son lever, et fut introduit dans le cabinet de toilette où la belle fille, vêtue d'un déshabillé de soie rose à entre-deux de Malines, se faisait démêler les cheveux, qu'elle avait très longs, par sa femme de chambre. Ses pieds nus jouaient avec de fines pantoufles turques brodées d'argent. Et, sur ses genoux, elle tenait un petit griffon anglais, dont elle tirait distraitement les oreilles soyeuses. D'un geste, Clémence renvoya sa femme de chambre, et, se tournant avec curiosité vers Rombaud, qui ne l'avait pas habituée à des visites si matinales :

— Qu'est-ce qu'il y a donc ? demanda-t-elle. Est-ce que tu as des ennuis ? Est-ce que tu t'es fait lessiver ?

— Non, ma chère, dit Rombaud, qui ne put s'empêcher de sourire. Je ne spécule pas pour mon compte, depuis que les autres spéculent par mon entremise. Je viens, tout simplement, te parler d'une affaire, et comme je tenais à te trouver seule, je suis venu le matin...

Clémence, très intéressée, ne remarqua pas la superlative insolence de l'explication.

— A quoi puis-je t'être bonne ? Est-ce que tu es comme Nuño, est-ce que tu crois à ma compétence ?

— En l'espèce, oui. Je veux prendre un théâtre.

— Toi ?

Clémence regarda attentivement Rombaud, et, le voyant grave et résolu :

— C'est sérieux ?

— Tout à fait sérieux.

— Alors tu es fou !

Mais lui, sans se démonter, commença, avec une fougue méridionale, et dans un style de boniment, à expliquer ses projets. Il voyait le théâtre se débattre dans une crise mortelle, entre l'art ancien et l'art moderne. La littérature avait fait, depuis dix ans, une évolution : elle était entrée résolument dans le domaine du réalisme. Le drame historique se mourait, et les auteurs se trouvaient à bout d'imagination. Les vieux moules étaient usés, et il fallait les renouveler. Le drame, avec ses larmes et son rire, était la forme théâtrale qui convenait le mieux à l'esprit français. C'était le genre préféré par le public parisien. Il l'avait délaissé, mais que fallait-il pour l'y ramener? Lui donner du nouveau : jeter les passions, les vices, les ridicules de la société actuelle sur la scène. Faire aujourd'hui ce que Dumas avait fait quand il avait écrit *Antony*. Pourquoi n'avait-on pas lancé le drame dans la voie moderne ouverte par la comédie ! Est-ce qu'on faisait maintenant des comédies avec des costumes Renaissance ou Louis XV ? Pourquoi le drame se traînait-il dans les ornières de l'histoire? Le temps présent n'était-il pas fécond en sujets? Tous les jours les tribunaux retentissaient de débats, si scandaleux et si effroyables, qu'il eût été impossible de transporter ces aventures judiciaires sur la scène sans révolter la pudeur du public. L'adultère, le viol, le chantage, les cataclysmes financiers qui devenaient des désastres nationaux, tout était tragique! Et quelle richesse de costumes, pour les femmes, la mode n'offrait-elle pas? Quels admirables décors le luxe n'avait-il pas eu soin de préparer! Et que de détails charmants la vie parisienne ne se lasserait pas de fournir! Tout concourait à assurer le succès de l'idée. La vie à outrance, telle qu'on la menait, était un drame continuel, plein d'ivresses et de douleurs, où le sang se mêlait aux larmes. Il n'y avait qu'à montrer du doigt le but aux écrivains découragés par le mauvais vouloir des directeurs. Et toute une riche pépinière de talents grandirait, assurant à la fois la gloire et la prospérité de l'initiateur !

Et Rombaud ne tarissait pas, entraîné par la fièvre de l'inspiration. Il composait les pièces, il jouait les rôles. Il mimait les désespérances des délaissés, les extases des amoureux, il menaçait comme les jaloux, et, les yeux flamboyants, le bras levé, il s'apprêtait à frapper l'épouse coupable. Tout le drame était en lui et débordait, avec une passion, une chaleur, un lyrisme, qui troublaient Clémence. Les narines palpitantes, la respiration coupée par l'émotion, la comédienne, comme un cheval de guerre qui entend sonner les clairons, avait, en un instant, été empoignée par tout cet exposé de splendeurs dramatiques. Elle brûlait, elle était reprise de sa passion mal assouvie pour le théâtre, et, emportée, elle jetait, au travers du discours, de chaudes réflexions qui excitaient Rombaud comme des coups de fouet.

— Et quels rôles mon bonhomme! Des femmes de notre temps, bien vraies, bien senties, tout à fait vues, enfin modernes. Ce sont celles-là que je jouerais crânement, moi!

Elle se tut. Une idée, tombant dans sa tête, comme une goutte d'eau froide dans un vase en ébullition, venait de calmer subitement sa fièvre.

— Sommes-nous bêtes! dit-elle. Nous nous échauffons là... Et un théâtre?

Rombaud s'assit et, redevenant tout à fait calme, prêt à porter le coup décisif :

— J'en ai un! répondit-il, avec une vibration triomphale dans la voix comme s'il eût annoncé la découverte du plus riche placer de l'Amérique.

— Lequel?

— Les Fantaisies-Dramatiques.

Le visage de Clémence exprima la stupeur; elle laissa tomber ses bras avec découragement.

— Cette boîte à fours! s'écria-t-elle. Mais, mon pauvre garçon, tu n'y penses pas ! Il n'y a rien à faire là-dedans. Toute combinaison est avortée d'avance. Les murs suintent l'ennui ; le public ne veut plus y entrer. C'est comme une maison dont tous les locataires seraient morts, les uns après les autres, du choléra. Qui est-ce qui voudrait y habiter ?

— Moi ! Je n'ai pas peur. La déveine n'est pas contagieuse : elle est personnelle ; on a ça sous la peau.

— Mais les plus malins, parmi les hommes de théâtre de Paris, s'y sont brûlés ! Tu n'as pas la prétention de faire mieux qu'eux ?

— Pourquoi donc pas ? Il n'y a pas de mauvais théâtre, entends-tu ! reprit Rombaud, avec une chaleur de conviction qui jeta de nouveau le trouble dans l'esprit de Clémence. Il n'y a que de mauvais directeurs, de mauvaises pièces, et surtout de mauvaises troupes.

Il s'était levé et arpentait le cabinet de toilette à pas inégaux, tenant à la main un coupe-papier en or, à manche de jade, qu'il avait pris sur la cheminée, et, traçant avec la lame brillante des signes bizarres dans l'espace, comme s'il eût voulu conjurer le sort :

— Vois-tu : j'ai des idées particulières sur l'exploitation théâtrale. Je veux faire autre chose que ce qu'on a fait jusqu'ici. Une tactique nouvelle doit assurer des victoires imprévues. C'est ainsi que Bonaparte a conquis l'Europe. Je commence d'abord par changer le nom du théâtre. Je gratte Fantaisies-Dramatiques, qui est vieux jeu, et j'écris en lettres d'or : Théâtre Moderne, qui est neuf, pimpant, plein de promesses, et qui résume merveilleusement mon programme. Je donne un coup de balai dans la maison, je nettoie la salle qui est dégoûtante, je la repeins, je la tapisse à neuf, je la décore, je la rends confortable, élégante, comme un salon. Je veux que mes spectateurs se trouvent dans un milieu agréable, qui les dispose à s'amuser. Il faut que, depuis le vestibule orné de glaces et fleuri de jardinières, jusqu'aux balcons et aux loges luxueusement installés, la sensation plaisante s'accentue, par le ton riant des peintures, la mollesse discrète des tapis, l'éclat doux et caressant de l'éclairage. Partout où les yeux se porteront, il faut que la vue soit reposée et satisfaite. Premier point très important, vois-tu, qui consiste à préparer, par de bonnes impressions matérielles, les impressions intellectuelles que le spectateur doit ressentir. Jamais un spectateur bien assis dans une salle gaie ne s'ennuiera en écoutant une pièce, même médiocre. Il prendra son mal en patience, et ce qui lui restera de plus net dans le souvenir, le lendemain, ce sera l'éclat du lustre. Dans un théâtre sombre et incommode il faut un chef-d'œuvre pour plaire au public. Mais j'aurai des ouvrages excellents, et ma bonbonnière sera le rendez-vous du monde élégant. Je n'ignore pas que j'aurai de la peine à ramener la foule, qui s'était détournée de ce théâtre. Mais je compte sur ma troupe pour obtenir ce résultat. Je vais rassembler les meilleurs comédiens de Paris. Tu verras quel assemblage ! Oh ! j'y mettrai le prix, Je me propose de jeter l'argent par les fenêtres. Et je suis très certain qu'il rentrera par la porte.

Il aurait pu parler encore, détailler ses plans, et dénombrer ses réformes. Clémence ne l'entendait plus. Devant ses yeux venait de paraître une salle resplendissante de lumières, pleine jusqu'au cintre d'une foule choisie. Sur la scène, au milieu d'un silence recueilli, une femme jouait un rôle pathétique, et des larmes coulaient de tous les yeux. Puis soudain, un tonnerre d'applaudissements éclatait, et, des avant-scènes, tombait une pluie de fleurs. Le cœur palpitant, Clémence entendait le public trépigner, l'ivresse du triomphe lui montait à la tête, car c'était elle, la comédienne qui déchaînait l'enthousiasme, et que les spectateurs en habits noirs et cravatés de blanc rappelaient à grands cris. Elle voyait distinctement les mains frapper l'une contre l'autre, elle entendait nettement répéter : Villa ! Villa ! Emportée par l'illusion, elle se leva, un sourire sur les lèvres. Une seconde de plus, elle saluait.

Elle se vit en présence de Rombaud et reconnut que son bonheur n'était encore qu'un rêve. Un des derniers mots prononcés par son ancien camarade lui était resté dans l'oreille : l'argent! N'était-ce pas là, en effet, la base de la combinaison ? Pourquoi Rombaud venait-il lui raconter toute cette affaire, sinon pour l'intéresser à l'entreprise, et l'entraîner à y participer de ses deniers?

Elle le regarda avec des yeux défiants.

DES BILLETS A DEMI-DROIT AMENÈRENT UN PUBLIC ÉPOUVANTABLE
(PAGE 1580)

— Mais de l'argent, demanda-t-elle, où en trouveras-tu?

— J'en ai, dit superbement Rombaud, de l'air d'un homme qui a trouvé une clef de communication avec les caves de la Banque de France. D'abord cent cinquante mille francs que je possède personnellement, et que je mets dans l'affaire, ce qui te prouve la confiance qu'elle m'inspire... Pour le reste, j'ai des bailleurs de fonds...

Si l'ex-Francisque avait eu le malheur d'hésiter, de biaiser, et de dire : Nous verrons, je chercherai, Clémence se serait repliée sur elle-même, et fermée, comme une belle de nuit. Mais Rombaud faisait sonner dans sa poche son argent et celui de ses associés. Il n'en fallait pas plus pour délier les cordons de toutes les bourses.

— Tu sais que je suis toute à ta disposition, dit Clémence, et j'espère que, de ton côté tu as pensé à moi?

— Pour un engagement, oui, dit Rombaud.

— Et pour des capitaux?

Le front du jeune homme se rembrunit. Il prit une pose mélancolique.

— Non, Clémence, dit-il, non ! Rien de toi, que toi-même: Ton talent, que j'ai pu apprécier dans mes jours de misère, contribuera à assurer mes jours de fortune. Je ne veux pas qu'un lien d'intérêt s'ajoute à nos liens d'affection... Et puis, vois-tu, les femmes ne sont pas toujours discrètes... Tu pourrais, dans un moment d'expansion, dire que tu as des fonds dans mon affaire... Le monde est méchant : il recueillerait cette déclaration et, de là à me faire une réputation fâcheuse, il n'y aurait qu'un pas... Or, mon honneur sera l'honneur même de mon théâtre ; il faut donc qu'il soit à l'abri de toute intrigue. Enfin, te l'avouerai-je, je veux être maître absolu, et ne dépendre d'aucun de mes pensionnaires... La réussite de mon entreprise est à ce prix, et je veux réussir !...

Il prit un temps, comme un comédien de la bonne école, et, regardant avec sérénité Clémence stupéfaite :

— Et surtout ne parle pas de la combinaison à Nuño. Il est très fort : il en devinerait tout de suite la portée ; il voudrait en être et, comme je suis son obligé, je ne pourrais pas refuser...

La belle fille se mit à rire. Elle avait cette fois retrouvé son Rombaud. C'est à la suite de cette conversation que fut signé le bail, qui mettait la plus mauvaise affaire théâtrale de Paris dans les mains du plus audacieux des directeurs.

En apprenant cette nouvelle, les amis et les camarades de Rombaud levèrent les bras au ciel. Tout le long du boulevard, ce fut une explosion : Il est fou! Fou à lier! Le fait est que les apparences étaient contre lui, et qu'il avait l'air d'un insensé. Sans instruction, sans compétence, fort seulement de quelques années de cabotinage ignoré, car il s'était dissimulé sous le faux nez de Francisque, Rombaud s'installait dans le fauteuil directorial, et prétendait relever un théâtre qui avait écrasé de son poids les plus hardis et les plus habiles. Il l'appelait : Théâtre Moderne. Prétendait-il, en changeant l'enseigne, changer la maison? Il pouvait baptiser sa monnaie de billon : louis d'or; il n'en serait pas plus riche. Il allait, au moins modifier le genre. Mais ce malheureux théâtre n'avait pas de genre : on les y avait tous exploités avec un égal insuccès.

Quand on apprit que Rombaud prétendait jouer le drame et, de plus, le drame moderne, les exclamations recommencèrent et le refrain : Il est fou! il est fou! fut repris en chœur.

Il n'était pas fou. Il avait même de l'intelligence à en revendre. Et puis, comme tous les grands hommes, il avait son étoile. Il levait vers elle, pendant les nuits claires, son nez de furet à l'affût, et lui adressait de secrètes prières. Ce diable de garçon, sceptique comme un vieux juge, avait une foi superstitieuse dans sa chance, symbolisée par cette petite lueur, scintillant dans le ciel obscur, et qui lui faisait l'effet d'un œil ami, qui, d'en haut, le regardait.

Les commencements furent très durs. Mais Rombaud exécuta de point en point son programme. Il bouleversa de fond en comble le théâtre; il le para, comme une mère pare sa fille qu'elle veut marier. Il dépensa beaucoup d'argent; il en perdit davantage, sans sourciller. Il faisait des engagements et, peu à peu, réunissait au Théâtre Moderne une troupe hors ligne. Rien ne l'arrêtait. Et, pendant ce temps-là, avec deux mille cinq cents francs de frais quotidiens, il faisait trois cents francs de recette. Clémence Villa jouait les grands rôles qu'elle avait rêvés, mais elle n'attirait pas le public. Et Rombaud, froid comme un joueur qui attend le retour d'une série au baccara, continuait à chercher la chance. C'étaient, dans le monde des arts, des commérages à perdre haleine. Quelques-uns de ses commanditaires s'inquiétèrent. Il leur offrit de leur rendre leur argent. Et, les ayant calmés par cette proposition, il daigna leur résumer sa manière de faire.

— Avez-vous quelquefois pêché à la ligne? Oui. Avez-vous quelquefois pris du poisson sans amorcer? Non. Eh bien ! j'amorce.

Il s'en tint là, et se renferma désormais dans un silence profond et majestueux. Jamais, et c'est à son honneur, on ne vit pareille discipline dans un théâtre ne faisant pas ses frais. Ses employés le respectaient comme un souverain. Ils avaient confiance. Son imperturbable sérénité les fortifiait. Ils se disaient : Il prépare un coup : un de ces matins vous verrez éclater la bombe.

La bombe éclata, en effet, sans que Rombaud y mît beaucoup de malice. Deux circonstances heureuses se combinèrent pour produire ce résultat. A force de monter des pièces, il finit par en jouer une qui était bonne. Sur une scène habituée au succès, la pièce eût peut-être passé inaperçue. Au Théâtre Moderne elle fit un effet énorme. Mais cette heureuse chance pouvait être fugitive. Pour la fixer, il aurait fallu une de ces artistes qui deviennent l'idole du public et l'attirent irrésistiblement : Rombaud la trouva.

Un soir du mois de juillet, il arriva au théâtre tout guilleret; il prit à part Massol, son régisseur général, vieux comédien blanchi sous le harnais, possédant à fond l'art de la mise en scène.

— Je crois, lui dit-il, que j'ai fait aujourd'hui une bonne recrue. Tantôt, à l'issue du concours du Conservatoire, j'ai engagé une petite fille qui a bien du talent. Le jury, très malheureusement pour elle, et très heureusement pour moi, lui a fait tort d'un premier prix qu'elle méritait. Elle était vêtue de mousseline et avait l'air modeste : évidemment ça ne valait qu'un premier accessit. Elle a joué une scène de *Mademoiselle de Belle-Isle* comme un ange. Elle s'appelle Lise

Fleuron... Je lui ai offert trois cents francs par mois, qu'elle a acceptés avec reconnaissance... Nous l'essaierons dans la prochaine reprise. En attendant, faites-lui apprendre le rôle de mademoiselle Villa.

L'occasion de faire jouer la débutante se présenta plus tôt que Rombaud ne pensait. Le Théâtre, tenant un succès, n'avait pas fermé ses portes. Clémence, par une chaude soirée d'été, ayant une partie montée avec des amis pour aller dîner à la Cascade, abusa de sa souveraineté indiscutée pour se faire remplacer dans la pièce en cours de représentation. Ce fut Lise qui dut jouer, au pied levé, un rôle de trois actes. Prévenue à quatre heures, elle eut à peine le temps de relire le rôle, et à sept heures elle était au théâtre. Pour son début, la pauvre enfant eut à subir un des plus cruels affronts qui puissent être infligés à une artiste. Une annonce ayant été faite par le régisseur pour prévenir le public que, mademoiselle Clémence Villa étant gravement indisposée, mademoiselle Lise Fleuron jouerait le rôle de la Baronne, beaucoup de spectateurs, surtout ceux qui étaient entrés avec des billets de faveur, se levèrent et allèrent au contrôle redemander leur argent. On rendit plus que la recette. Les bons petits camarades de la débutante lui firent boire, jusqu'à la dernière goutte, le breuvage amer de sa première désillusion. Ils lui expliquèrent pourquoi la salle était vide, et en l'honneur de qui on jouait devant les banquettes. Pâle, des larmes plein les yeux, Lise fit bravement son devoir; elle arracha des applaudissements aux quelques bons bourgeois qui étaient restés, ne voulant pas s'être dérangés pour rien, et mérita l'approbation flatteuse de Massol, qui ne prodiguait pas les compliments.

Le lendemain, en arrivant dans sa loge, Clémence apprit la mésaventure de sa remplaçante. Elle manifesta un vif regret d'avoir fait du tort au théâtre en ne jouant pas, blâma la sottise du public, et montra autant de modestie en apparence qu'elle avait d'orgueil en réalité. Elle adressa quelques mots de consolation à Lise, avec la bonne grâce hautaine d'une princesse qui condescend jusqu'à s'intéresser à une de ses vassales. Elle jugea cette petite insignifiante. Cependant un secret instinct la mit en défiance.

Il y avait entre les deux femmes un contraste complet. C'était le blanc et le noir. L'une était aussi rangée, aussi honnête, aussi pure, que l'autre était irrégulière, corrompue et dévergondée. La première incarnait en elle l'école et toutes ses traditions : elle sortait du Conservatoire ; la seconde représentait la fantaisie, et toutes ses libertés : elle sortait de la galanterie. Au physique, elles étaient aussi dissemblables. Lise, blonde, frêle, au fin visage de camée alangui par un sourire mélancolique, avait une grâce candide et rêveuse. Cette nature douce recélait pourtant un tempérament ardent. Et quand, échauffée par la situation dramatique, elle se laissait aller à la passion, un charme pénétrant émanait d'elle. Sa voix bien timbrée avait des intonations délicieuses qui allaient au cœur. Clémence, brune, nerveuse, le visage un peu empâté, le teint olivâtre, la bouche mauvaise et les yeux noirs, avait une façon de dire ironique dont l'âpreté cinglait et surexcitait le public. Sa voix, un peu sourde, exprimait la colère avec une perfection rare, à ce point que Rombaud disait : Clémence joue la méchanceté au naturel.

Les deux femmes vécurent côte à côte pendant quelques mois, sans prévoir l'antagonisme qui devait bientôt les séparer. Au mois de septembre, Rombaud, après son grand succès du printemps, prolongé pendant tout l'été, monta une pièce nouvelle, et y fit débuter Lise. La partie était sérieuse. Le directeur s'en rendait compte. Le drame échouant, le Théâtre Moderne pouvait reperdre tout le prestige si difficilement reconquis. Mais la fortune était pour Rombaud, et, à l'heure périlleuse où la pièce nouvelle oscillait, comme une balance indécise, le doigt blanc et léger d'une femme la fixa du côté du succès. Une scène suffit à Lise Fleuron, jouée avec une passion et une sensibilité irrésistibles, pour s'emparer du public. Cette petite fille, inconnue la veille, se révéla grande artiste. Elle bouleversa la salle entière, souleva les spectateurs de leurs fauteuils, leur fit monter des flammes au cerveau et les tint, pendant dix minutes, criant, frappant, hors d'eux-mêmes, devant un rideau qui ne se relevait pas, n'ayant pas encore l'habitude des rappels.

A partir de cette fin d'acte, la pièce alla aux nues, le succès se changea en triomphe. Un courant électrique s'était établi entre la salle et la scène. Les spectateurs étaient comme des possédés. Et, souriante, sûre d'elle-même, la magicienne, qui avait fait ce miracle, continuait ses enchantements, rivant à jamais la chaîne qui attachait à elle ce peuple d'esclaves. Après le dernier acte, et le nom de l'auteur proclamé, ce fut sur la scène une procession inusitée de visiteurs faisant la bouche en cœur, et arrondissant les bras. Rombaud reçut tous les compliments, avec le sourire de l'homme qui savait bien que son heure viendrait. Lise écouta les louanges, avec une joie naïve et chaste qui compléta l'impression exquise qu'elle avait produite. A ces Parisiens blasés elle donna une sensation de fraîcheur embaumée. Elle fut adorable et adorée. Il y eut des hommes qui, à partir de cette soirée, devinrent éperdument amoureux d'elle.

Clémence, qui se consolait de ne pas faire d'argent en constatant que ses camarades n'en faisaient pas davantage, prit d'abord au tragique le grand succès de Lise Fleuron. Puis elle retrouva la paix du cœur en pensant que ce succès serait éphémère. Rayonnante à la première, Lise allait, peut-être, aux représentations suivantes, retomber dans son obscurité. Il fallut bientôt renoncer à cette espérance. Tout prouva à Clémence que le triomphe de celle qui devenait sa rivale était réel, complet, et serait durable. Des signes certains lui annoncèrent que son règne venait de finir. En un instant, toutes les adulations dont elle était l'objet dans le théâtre s'adressèrent à Lise. Tout le monde se tourna du côté du soleil levant.

Rombaud, le premier, avait donné le signal de la prosternation. Il semblait pris d'une folie soudaine, et, avec une agitation fébrile, lui, l'homme sérieux, qui ne s'emballait que quand il le voulait bien, il parlait du succès de sa pièce nouvelle en en attribuant tout l'honneur à Lise Fleuron. Dans le vestibule, adossé au contrôle, regardant, avec des yeux attendris, la queue qui s'allongeait sur le boulevard, et les équipages de maîtres qui prenaient la file, il s'oublia jusqu'à dire dans un groupe de journaliste : La pièce est bonne, sans doute, mais l'actrice, Messieurs, l'actrice !

— Ce sera une Desclée, dit un des assistants.

— Non, riposta, avec force, Rombaud, ce sera une **Fleuron** !

Cette déclaration enthousiaste était en opposition flagrante avec ses principes d'administration. On l'avait toujours entendu exalter la pièce, et rabaisser les acteurs, afin de ne pas monter la tête à ses pensionnaires, et de mieux les tenir en main.

Les feuilletons arrivèrent, fleuris pour Lise comme des bouquets. Dans les Cercles, on ne parlait que de cette révélation foudroyante d'une comédienne exquise, qui était en même temps une femme adorable. Les photographes sollicitèrent tous l'honneur de populariser les traits de mademoiselle Fleuron. Les magasins de nouveautés, dans leurs prospectus d'été, baptisèrent aussitôt une confection nouvelle : la Lise Fleuron. Des propositions déshonnêtes nombreuses furent faites à la jeune comédienne, par lettres et de vive voix. De hideuses femmes se glissèrent jusqu'à son modeste appartement. En une semaine Lise connut les enivrements et les dégoûts de la célébrité.

Et Clémence subit toutes les angoisses de la déchéance, et toutes les tortures de la jalousie. Tous la trahissaient tous ! Jusqu'à cet odieux débauché de Sélim, qui avait tourné son gros ventre et sa figure basanée de Portugais « né quand le pain d'épice était en fleur », comme elle disait, « du côté de cette bringue savonneuse et incolore ». Mais il le lui paierait, le vieux drôle, et il saurait ce que cette lubie lui coûterait ! Quand à Rombaud, à partir de ce soir-là, il ne se mit plus à la fenêtre pour jeter des coups d'œil tendres à l'étoile, qui lui souriait à des milliers de lieues de distance. Il en avait une, infiniment plus près, blonde, avec des yeux bleus, qui en elle incarnait sa chance, et à qui il allait désormais vouer un culte.

Mais comme il était, avant tout, un homme d'affaires des plus sérieux, il se hâta de battre le fer pendant qu'il était chaud. Il profita de tous ses avantages, mit en lumière la valeur de ses artistes, fit passer dans les journaux des réclames ingénieuses, fournit des mots spirituels à l'auteur de la pièce, et joua de la grosse caisse devant son théâtre, avec un entrain remarquable. Cela fait, et ayant pourvu au plus pressé, il s'inquiéta de l'avenir, déchira l'engagement qui liait mademoiselle Lise Fleuron, pour un an seulement et à des appointe-

MADEMOISELLE CLÉMENCE VILLA, PINÇA LES LÈVRES ET PRIT
UN AIR GLACÉ (PAGE 1584)

ments modestes, au Théâtre Moderne, et fit à sa grande comédienne un pont d'or.

Pendant qu'elle signait, il la regardait, et elle lui parut si charmante, si fraîche, si pure, que lui, qui n'avait, de sa vie, songé au mariage, il se dit : Celui qui serait assez adroit pour se faire aimer de cette adorable fille ne ferait pas une mauvaise affaire. Et il aurait, s'il avait un théâtre, une bien étonnante jeune première, pour rien!

II

Le jeudi 25 mai 1882, un jeune homme, qui venait de tourner l'angle du faubourg Saint-Martin, entra dans la rue de Bondy, suivit le trottoir pendant quelques pas, jeta, sans s'arrêter, un coup d'œil sur l'affiche de la Renaissance, et, après une seconde d'examen, enfila résolument le corridor qui mène à l'administration du Théâtre Moderne. Une voix irritée, sortant des profondeurs de la loge du concierge, l'arrêta brusquement :

— Où allez-vous?

En même temps un petit vieux, très blême, vêtu d'un tricot de laine grisâtre, une de ses bretelles tombant sur la hanche, un tablier de cuir sur le ventre, un bonnet de peau de lapin sur la tête, s'élança, comme un furieux, tenant d'une main une alène, et de l'autre une botte, à laquelle il était consciencieusement occupé à remettre une semelle.

— Où allez-vous? répéta-t-il soupçonneux, comme s'il eût été le gardien des diamants de la couronne.

— A l'administration, répondit le jeune homme.

— Pourquoi faire?

— Pour parler à M. Rombaud.

— Est-ce pour une demande de places? Il faut laisser votre lettre ici : vous viendrez chercher la réponse à cinq heures, dit-il tout d'un trait.

— Ce n'est pas pour une demande de places. M. Bombaud m'attend...

— Ils disent tous cela! grommela le concierge, en retournant s'asseoir sur une chaise basse. Il jeta un regard mauvais à l'obstiné visiteur, et lui dit d'un ton rogue :

— L'escalier en face, au second, le couloir à gauche.

Et prenant un marteau, il se mit à battre son cuir, à grands coups, comme s'il eût tapé sur l'audacieux qui venait de lui résister.

Le jeune homme s'enfonça dans l'obscurité du passage, buta du pied contre la première marche de l'escalier, saisit la rampe de fer et, tâtonnant pour ne pas se casser le cou, il arriva au second étage. Une fenêtre aux carreaux poudreux, donnant sur une petite cour, éclairait faiblement le palier. Dans le couloir, sur une banquette, deux personnes étaient assises : un vieillard tenant, entre ses jambes, une boîte à violon, une femme aux traits fatigués, aux cheveux rares sur les tempes, et dont le waterproof élimé annonçait une noire misère. Un garçon de bureau en redingote, décoré de la médaille militaire, assis à une petite table, lisait, avec tranquillité, un vieux volume relié du *Journal pour tous*. En entendant monter le jeune homme, il leva les yeux, et, sans se déranger, tournant seulement un peu la tête, son doigt marquant la ligne à suivre, il attendit.

— M. Rombaud est-il visible? demanda le nouveau venu, parlant bas comme dans un temple.

Le garçon de bureau regarda attentivement le visiteur. Il remarqua, d'un seul coup d'œil, la maigreur de sa personne, la forme démodée de son chapeau mal brossé, la longueur extravagante de sa redingote, ses gants d'enterrement, et ses souliers cirés, aux semelles épaisses. Il sourit, se leva, et tendant la main.

— Si monsieur veut me donner sa carte...

L'inconnu fit un mouvement pour fouiller dans sa poche, s'arrêta, rougit un peu, puis, d'une voix douce, en baissant les yeux :

— Je n'ai pas de carte, dit-il. Annoncez M. Claude La Barre...

Une porte entre-bâillée, sur laquelle était écrit le mot *Secrétariat*, s'ouvrit au même moment, et un jeune homme blond, les cheveux taillés en brosse, les moustaches longues, parut, reconduisant une femme, très jolie et très élégante, qui tenait dans sa main finement gantée un billet de faveur.

— Allons, au revoir, mon petit chat, dit-il; tu sais que je suis tout à ton service.

Et revenant vivement :

— Jacquin, vous savez bien que M. Rombaud a demandé qu'on ne le dérangeât pas... Il est avec le costumier... Si monsieur veut bien me dire ce qui l'amène?...

Et, du geste, il invitait Claude La Barre à entrer dans son cabinet, pièce très gaie, donnant sur le boulevard, meublée d'un bureau en acajou, d'un canapé, et de quatre chaises couverts en reps marron.

La Barre s'inclina :

— Je vous remercie, Monsieur, mais c'est à M. Rombaud personnellement que j'ai affaire... Il m'a donné rendez-vous..

— En ce cas, c'est différent... Ayez la complaisance de bien vouloir attendre, dit le secrétaire, d'un air pincé. Et vous, Monsieur?...

Il s'adressait au vieux violoniste qui restait immobile, comme endormi sur sa banquette, fait sans doute aux longues stations dans les antichambres. Le vieux se dressa lourdement...

— Monsieur, c'est pour une audition : on a demandé un premier violon...

— Vous vous nommez?

— Verbroüst...

— Verbroüst, dit ironiquement le secrétaire, le compositeur?

— Oui, Monsieur, le compositeur, dit avec insouciance le vieillard...

Le secrétaire regarda celui qui venait de revendiquer, comme sien, le nom d'un homme, qui avait eu une notoriété très grande, trente ans auparavant, et dont les méthodes de chant, vendues aux éditeurs pour un morceau de pain, se voyaient encore dans les vitrines marchands de musique.

— Eh bien ! Monsieur, dit-il presque gracieusement, il faudra que vous ayez la bonté de revenir, à sept heures, ce soir ou demain, avant la représentation. Vous trouverez Campoint, notre chef d'orchestre, au foyer des musiciens, et vous pourrez, je crois, facilement vous entendre avec lui...

Le vieillard se leva, salua sans parler, et, serrant sa boîte à violon sous son bras, il descendit l'escalier d'un pas pesant.

— Et vous, Madame ? continua le secrétaire, en se tournant vers la femme, qui s'était levée, et tendait, dans un sourire, les nombreuses rides de son visage.

— Monsieur, je cherche un emploi... J'arrive de province... où j'ai joué les jeunes mères...

— Oh ! Madame, ceci ne me regarde pas. D'ailleurs notre troupe est complète...

— Si cependant je pouvais me faire entendre...

— Pas par moi, Madame. Voyez le régisseur de la scène...

— Mais... M. Rombaud...

Le secrétaire leva les bras au ciel, avec un air accablé :

— Impossible, Madame. M. Rombaud n'a pas une minute à lui... Il est sur les dents !... Voilà Monsieur, à qui il a donné rendez-vous... et qu'il ne pourra peut-être pas recevoir ! Madame, j'ai l'honneur de vous saluer... Jacquin !...

Et, rentrant dans son cabinet, suivi du garçon de bureau, le secrétaire laissa la jeune mère de province au milieu du couloir, la figure renversée, les jambes molles, marmottant des lamentations, et ne pouvant pas se décider à s'en aller.

Dans le cabinet, dont la porte était restée entr'ouverte, La Barre entendait le secrétaire remuer des papiers, en causant avec son subordonné...

— Tenez, voilà le service pour ce soir... Vous ferez numéroter les billets marqués d'une croix... Les jeunes mères, avec une binette pareille ! Et pas une robe à se mettre sur le dos !... Merci, nous en trouvons au tas, des femmes, et mieux tournées que ça ! Avez-vous regardé le vieux, qui était là, il n'y a qu'une minute, avec son violon ?

Eh bien ! cet homme-là a eu son quart d'heure de célébrité... On lui a joué un ballet à l'Opéra : *La Libellule*, du temps de Léon Pillet... Il avait du talent... La jeune école le posait en rival d'Auber. Mais il cherchait ses inspirations dans le cognac... Et aujourd'hui il en est à désirer une place de premier violon dans un petit orchestre... Oh ! Campoint va le prendre avec enthousiasme. Paresseux comme il l'est, il fera écrire toute sa musique de scène au bonhomme, entre deux absinthes.

Le tintement d'une sonnette électrique l'interrompit...

— C'est M. Rombaud... dit le garçon de bureau, et, sortant vivement, il ouvrit, au fond du couloir, une porte matelassée et disparut. La Barre, resté debout, comme s'il eût craint, en s'asseyant, d'éterniser son attente, sentit son cœur se serrer. Une lassitude soudaine le prit. Une fois de plus, il connut les angoisses affreuses du doute. Il se dit : Je ne serai pas reçu. Cet homme, si affairé, ne trouvera pas cinq minutes pour me parler librement. Et cependant c'est bien lui qui m'a écrit de venir.

Dans la poche de côté de sa longue redingote, il froissa la lettre de Rombaud. Il ne put résister au désir de la relire, une fois de plus, pour bien s'assurer qu'il n'avait pas fait erreur. Il la savait pourtant par cœur, cette lettre, qui lui avait causé une si violente joie, quand il l'avait reçue : « Monsieur, j'ai lu votre pièce. Elle contient de très grandes qualités. Mais il faut que je cause avec vous. Venez me voir, un de ces jours, vers trois heures, au théâtre... »

Claude La Barre s'était approché de la fenêtre et le jour douteux éclairait son visage maigre au profil de médaille. Sur le front bombé se relevaient les cheveux châtains, longs et plats. Les yeux noirs étaient surmontés de sourcils impérieux. La bouche fine, aux lèvres sinueuses, semblait faite pour la raillerie. Le menton carré, proéminent, annonçait l'opiniâtreté. Calme, ce masque avait une admirable expression de gravité méditative : le regard rêveur semblait creuser un difficile problème. Animé, il s'éclairait d'une vive flamme d'intelligence : le regard pétillait d'esprit, la bouche s'arquait nerveuse, comme pour lancer le trait. Il était impossible qu'une telle physionomie passât inaperçue. Elle attirait victorieusement l'attention. Et, tout mal vêtu qu'il fût, avec son apparence souffreteuse et sa mine inquiète, Claude La Barre avait en lui ce rayonnement qui révèle l'être supérieur.

Il replia sa lettre, la mit dans sa poche, fit deux ou trois pas dans le vestibule en pliant le dos, comme un homme habitué à subir les rebuffades. Il regarda mélancoliquement son parapluie, dont la soie percée laissait apercevoir les baleines, et se rapprocha instinctivement de la porte, pour avoir moins de chemin à faire sous les regards insolemment polis du garçon de bureau, qui allait, sans doute, le congédier. Jacquin reparut. La Barre ébauchait déjà un geste d'acquiescement, afin d'éviter au moins la moitié de l'humiliante confidence, mais le garçon de bureau, clignant de l'œil, la figure largement épanouie :

— M. Rombaud prie Monsieur de bien vouloir entrer dans son cabinet. Il monte au magasin de décors : il est à Monsieur dans un instant...

Et, ouvrant le lourd battant rembourré, tout grand, comme une porte de citadelle qui capitule, il introduisit l'écrivain dans une pièce tendue de velours frappé olive, meublée de bois noir, aux fenêtres garnies de vitraux anciens, au travers desquels la lumière du jour passait, prenant une douceur grave et mystique. Sur le large bureau, des liasses de papiers entassés, un merveilleux encrier en argent ciselé, et, par tas, les manuscrits de pièces, aux couvertures de couleurs variées, le gris, le bleu, le rouge, le saumon, coquettement arrangés avec des titres affriolants, pour tenter la main dédaigneuse des directeurs. Et tous dormaient là, rancissant peu à peu, jaunissant comme des fleurs fanées.

La Barre eut la tentation d'aller à cette fosse commune littéraire, d'y fouiller, pour voir si son mort s'y trouvait. Il n'osa pas. La crainte d'être surpris l'arrêta. Il resta debout, au milieu du cabinet, regardant autour de lui.

Sur la cheminée, dans des cadres de peluche, s'étalaient les portraits des étoiles de la troupe de Rombaud : Clémence Villa, en robe décolletée, montrant ses adorables épaules, souriant doucement, et

LISE AVAIT UNE GRACE CANDIDE ET RÊVEUSE (PAGE 1598)

fixant dans le vague ses yeux aux regards étranges ; madame Bréval, avec ses bandeaux noirs, sa longue taille osseuse, ses épaules maigres, et ses yeux noirs, aux sourcils charbonnés, qui lui donnaient l'air mauvais ; et, délicieuse dans un charmant costume de cheval, Lise Fleuron, tenant en main, d'un air coquet, sa cravache, et laissant voir, au bas de sa robe un peu relevée, son petit pied chaussé d'une botte plissée à la cheville. Elles étaient là, rayonnantes toutes les trois, comme des reines, ces favorites du public, qui, prêtant à une pièce l'appui de leur talent, devaient en assurer le succès. Clémence Villa, par sa verve fringante et hardie, Bréval, par la vigueur puissante de son jeu à la fois tragique et comique, Lise Fleuron, par la grâce tendre et rêveuse de son tempérament d'amoureuse.

Et, dans sa mémoire, La Barre repassait les scènes de son œuvre où le talent de ces femmes serait en pleine lumière. Il voyait Bréval et Clémence Villa jouant la terrible scène de l'aveu, au troisième acte, et la grande artiste foudroyant sa jeune camarade de ses imprécations maternelles. Qu'elles seraient belles, et quelle puissance ne donne-raient-elles pas à sa pensée ! Puis, c'était Lise Fleuron dans la scène d'amour... Avec de telles interprètes c'était le triomphe certain.

Mais les obtiendrait-il ? Sa pièce serait-elle seulement reçue ? Et, reçue, ne la ferait-on pas jouer par des doublures ? Le premier ouvrage d'un jeune homme, n'était-ce point fait pour être représenté pendant la canicule ? Et, à cette époque-là, la tête de troupe était en congé, aux bains de mer, aux eaux, à la campagne. Il y avait cependant de belles choses dans cette pièce. Et penser qu'il dépendait du caprice d'un homme qu'elle vît enfin le jour de la rampe, et se déroulât, pim-pante et dramatique, sous les yeux d'un public enfiévré, ou bien qu'elle allât, dans l'obscurité du tiroir, rejoindre ses aînées, rebutées et vouées à l'oubli ! La Barre étouffa un soupir, et le souvenir des années écoulées lui revint, triste et sombre, à l'esprit.

Elle n'avait point été heureuse ni facile jusqu'ici, la vie de l'écrivain. Fils d'un chirurgien-major de régiment, son enfance s'était passée dans les changements de garnison. Il avait successivement parcouru presque toute la France et l'Algérie. Jamais il n'était resté plus de

deux hivers sous le même climat, tantôt dans les âpres et fraîches
montagnes de l'Isère, tantôt dans les chaudes Pyrénées, tantôt sous le
ciel pluvieux de la Bretagne, tantôt dans la grasse et fertile Touraine.
Il avait vu la neige jusqu'à la fin de février dans le Nord, et, à la
même date, les orangers en fleurs dans le Midi. Dans le lointain de
ses souvenirs, il y avait un ciel éternellement bleu et un pays brûlant,
aux maisons blanches, sous des grands arbres échevelés, qui devait
être Oran. Là, un jour, il était âgé de trois ans, on l'avait mis tout en
noir : il avait vu son père pleurer, et la douce et tendre femme, qui
l'endormait sur ses genoux en lui murmurant des chansons, avait
disparu. Il en avait gardé au cœur un grand vide et une profonde
tristesse. Plus tard, quand il demandait où elle était à la bonne, qui
l'avait remplacée auprès de lui, celle-ci lui disait laconiquement : Elle
est au ciel. Et, dans son imagination d'enfant, il se la figurait avec
de grandes ailes blanches, comme les anges peints sur les images du
livre de messe qu'on lui prêtait pour le faire rester tranquille.

L'été suivant, il avait fallu encore plier bagages. La veille du départ,
son père l'avait pris par la main, et ils étaient allés tous deux, sur une
colline couverte de myrtes et de grenadiers, dans un cimetière riant
d'où l'on voyait la mer. Là, le major l'avait fait agenouiller devant une
pierre toute neuve, et lui avait dit de réciter sa prière. Et il se rappelait
que, pendant que, à haute voix, il prononçait les saintes paroles, de
grosses larmes coulaient sur la joue de son père, et traçaient un sillon
brillant de ses yeux à ses moustaches. Puis ils s'étaient relevés, et le
major était resté immobile, longtemps, à la même place, comme s'il
ne pouvait s'en détacher. Et lui, inconscient, trouvant l'attente longue, il s'était mis à jouer avec les fleurs qui poussaient autour des
tombes, jusqu'à ce que son père, l'appelant, lui eût dit : Nous allons
partir Claude ; dis : adieu. Et là, dans le silence de ce lieu funèbre, de
sa voix d'innocent, il avait répété : « Adieu! »

Lentement, ils étaient redescendus, tous les deux, sans parler. Le
lendemain, ils avaient pris le bateau et traversé la mer pour aller à
Marseille, et, de là, s'étaient rendus à Lyon. L'humeur du médecin-
major avait, à partir de cette époque. complètement changé. Cet

homme, qui avait gardé si longtemps l'apparence de la jeunesse, vieillit en quelques mois et parut soudainement son âge. Resté seul avec un enfant, enfermé dans la monotonie d'une existence médiocre, il devint taciturne. Il passait des soirées entières sans prononcer une parole, lisant, assis au fond d'un grand fauteuil en tapisserie, qui avait fait à sa suite des milliers de kilomètres, et qu'il appelait le Voltaire du tour de France.

Lorsque Claude eut huit ans, le major obtint pour lui une bourse au lycée de Versailles, et lui-même étant en garnison à Montpellier, le père et le fils commencèrent à vivre loin l'un de l'autre. Pendant sept ans, Claude resta enfermé entre les quatre murs du lycée. Son père trouvait d'excellentes raisons pour ne pas le faire sortir aux vacances. Il n'était pas installé de façon à loger son fils. Ou bien les grandes manœuvres le retenaient loin de chez lui, ou bien il changeait encore de garnison, et était dans ses préparatifs de départ. L'enfant subit cette captivité sans se plaindre. Il travailla courageusement, devint un élève remarquable, et se fit aimer de ses maîtres. Il s'habitua à considérer le lycée comme sa véritable maison, et ceux qui l'entouraient comme sa seule famille.

Cependant il venait d'avoir quinze ans, lorsque, le major ayant été envoyé en garnison à Évreux, Claude apprit avec bonheur qu'il allait enfin revoir son père. Il dut passer le congé de Pâques auprès de lui. L'imagination très vive de l'enfant s'était tracé tout un tableau de cette première réunion, après une si longue séparation. Claude croyait retrouver son père tel qu'il l'avait vu le jour où celui-ci l'avait conduit à Versailles. Des années écoulées il ne tenait aucun compte. Il ne songeait pas qu'elles avaient dû peser lourdement sur la tête du major. Il n'avait pas remarqué les changements successifs qui s'étaient accomplis dans sa propre personne.

Une heure avant d'arriver à Évreux, dans le compartiment de seconde qui l'emportait, il s'excitait à la tendresse, il se rappelait ses plus doux souvenirs d'enfance, et oubliait ses sept années de réclusion universitaire. Toutes ses tristesses s'étaient envolées, et il ne trouvait plus, au fond de lui, que de la joie. Quand la locomotive siffla, pour annoncer l'arrivée en gare, un tremblement d'émotion le saisit, et, la tête à la portière, il jeta un regard avide sur le quai de débarquement. Dans la foule des voyageurs, qui s'empressaient pour monter, il chercha vainement le visage que sa mémoire lui mettait devant les yeux. Il n'en aperçut aucun qui lui ressemblât. Il s'élança hors de son compartiment en se disant : Il doit m'attendre à la sortie. Il courut le long du quai avec agitation. Il allait donner son billet et sortir, lorsqu'une main se posa sur son épaule. Il se retourna vivement, et vit devant lui un grand vieillard à la barbe blanche, qu'il regarda avec trouble, ayant peur qu'il ne fût chargé de lui apprendre quelque mauvaise nouvelle.

— N'êtes-vous pas Claude La Barre? demanda le vieillard, d'une voix qui éveilla dans le cœur de l'enfant un écho endormi.

— Oui, Monsieur, dit-il, anxieux, craignant de se tromper, et avide de savoir.

Le vieillard tendit les bras en disant : Je suis ton père. Et Claude, plein de stupeur, tombant du haut de ses rêves et de ses espérances, se laissa embrasser par ce père, qu'il n'avait pas reconnu, et par lequel il était abordé comme un étranger.

Si le major était changé au physique, il l'était aussi au moral. Son caractère sombre était devenu atrabilaire. Sa tristesse avait tourné à l'aigreur. Mécontent des autres et de lui-même, il ne cessait de se plaindre et de déblatérer. Tous ses camarades lui avaient passé sur le dos et avaient eu de l'avancement. Il restait fixé au même grade et s'en prenait de cette injustice à ses chefs, à la politique, à Dieu et au diable. Cependant il y avait, pour expliquer l'arrêt qu'il subissait dans sa carrière, une raison qu'il ne s'avouait pas à lui-même, et que Claude découvrit avec horreur.

Un soir que son père l'avait envoyé au petit théâtre de la ville, où une troupe de passage jouait *la Belle Hélène*, la représentation s'étant terminée de bonne heure, Claude, en rentrant, vit de la lumière dans la chambre du major. Il voulut lui dire bonsoir. Il frappa, et n'obtint pas de réponse. Inquiet, il ouvrit et trouva son père, au fond du vieux Voltaire du tour de France, sans voix et sans

regard, plongé dans un engourdissement de brute, une bouteille de
rhum vide auprès de lui. Terrifié, l'enfant sortit et n'osa jamais faire
la moindre allusion à sa navrante découverte. Mais il comprit certains
propos qui étaient venus jusqu'à ses oreilles quand il passait avec son
père auprès des officiers du régiment. Il remarqua le tremblement de
ses mains, qui rendait ses ordonnances si illisibles qu'on les rapportait souvent pour les lui faire expliquer, les pharmaciens du régiment
ayant déjà été exposés à administrer des grammes, pour des grains,
à de pauvres troupiers qui avaient failli en mourir. S'il n'était pas
arrivé au major d'être appelé la nuit pour des cas urgents, nul ne
se serait aperçu de son vice, car il s'y livrait solitairement, et jamais
on ne le voyait au café. Dans la tristesse de son intérieur vide, livré à
lui-même, sans femme, n'aimant pas le jeu, fuyant la société de ses
camarades, il avait roulé, sans pouvoir se retenir, sur la pente fatale.

L'enfant, consterné, ne jugea pas son père : il le plaignit. Avec une
intelligence précoce des choses de la vie, il comprit les navrantes
douleurs qui avaient conduit ce désespéré à se fuir lui-même dans
l'ivresse. Seulement l'affection qu'il éprouvait pour son père se mélan-
gea d'une sorte de terreur. Claude craignit de retrouver, de nouveau,
le major inerte et la face congestionnée, au coin de sa cheminée. Et,
autant qu'il lui fut possible, il se tint à l'écart.

L'appartement de son père donnait de plain-pied sur un jardinet
traversé par quatre petites allées bordées de buis. Deux des quatre
carrés formés par ces allées, ceux du fond, étaient consacrés à la culture des légumes, et les deux autres, ceux qui s'étendaient devant les
fenêtres, à la culture des fleurs. Autour du puits, à haute margelle surmontée d'un arceau de fer, auquel était fixée la poulie qui servait
à descendre et à remonter les seaux, poussaient, droits sur leurs
tiges minces, des soleils jaunes, élargissant leurs pétales éclatants en
forme d'auréole. Une plate-bande de violettes, courant tout le long
de la façade, échauffée par la température très élevée qui régnait
dans ce coin, clos de tous côtés par les murs des maisons, répandait
des senteurs délicieuses.

Claude aimait à s'asseoir sur l'appui de la fenêtre de la salle à manger, et restait des heures, engourdi par la tiédeur de l'air, à lire et à rêver. C'étaient ses moments heureux. La fille de la voisine, une enfant de sept ou huit ans, aux cheveux blonds, aux yeux bleus et au teint rosé, jouait, chaque après-midi, dans le sable du jardin. Et Claude la suivait des yeux, écoutant son gentil bavardage, n'osant pas lui parler, et pris cependant d'une tendresse instinctive pour cette petite, qui était la gaieté de ce coin silencieux. Une convention tacite avait séparé le jardinet en deux zones : l'une réservée au major, et l'autre à la voisine. Quelquefois l'enfant, entraînée par le jeu, et chantant de sa voix claire, dépassait la limite. Alors sa mère, une femme au visage triste, qui cousait sans trêve près de la fenêtre, criait : Lise où vas-tu ? Et la petite repassait vivement la frontière, en jetant sur Claude un regard effrayé, comme si elle s'attendait à de graves reproches.

Lui, n'osait rien dire, même pas une parole obligeante, et, pour ne point gêner les ébats de l'enfant, il se retirait dans l'intérieur sombre de l'appartement. Un jour, cependant, il se hasarda à répondre à la voisine : Laissez-là, Madame, ça ne fait rien! Et, pour appuyer ses paroles d'une démonstration, il enjamba la fenêtre et descendit dans le jardin. Lise, arrêtée dans sa course le regardait faire avec surprise. Sa mère inclina poliment la tête, dit : Merci, Monsieur, et continua son travail.

L'enfant, derrière Claude, qui se promenait dans les allées, suivit à petits pas, de loin. Et, voyant le jeune garçon lui sourire, s'enhardit à marcher auprès de lui. Elle était charmante, avec sa robe de laine grise, ses cheveux blonds nattés sur le dos en une seule tresse, et son teint d'une blancheur transparente. Elle fit à Claude les honneurs de son domaine, et, à la fin de la journée, ils étaient bons amis. Le lendemain, la partie recommença. Claude seul, livré à lui-même, se mit à la portée de sa naïve compagne. Il y avait, adossée au mur du fond, une étroite cabane, dont la porte était toujours mystérieusement fermée. Jamais Lise n'avait osé en pousser le loquet. Il lui semblait que derrière cette porte, de terribles choses devaient être cachées. Elle fit part à Claude de ses vagues terreurs Lui ,moins prompt à s'émouvoir alla résolument à la cabane et, malgré les supplications de Lise, il ouvrit la porte. Les terribles choses étaient de vieilles chaises, des pots de fleurs cassés, une bêche, un râteau, et un arrosoir, dans lequel trempaient des brins d'osier pour lier les salades. Les enfants se mirent à jardiner.

Le temps des vacances se passa ainsi, et, un soir, Claude, avec un serrement de cœur, dut annoncer à sa petite camarade qu'il partait le lendemain pour Versailles, et lui faire ses adieux. Le soleil se couchait, jetant sur les toits de la ville ses rayons enflammés, une fraîcheur exquise tombait avec le soir, et l'ombre envahissait déjà le jardin. Les deux enfants se regardaient sans parler. Lise, entre ses doigts, tournait une tige de buis qu'elle avait ramassée. La lueur rouge du ciel embrasé éclairait ses cheveux blonds et faisait étinceler ses yeux.

— Est-ce que vous reviendrez? dit-elle enfin.

— Je l'espère, répondit Claude, dont la voix devint tremblante. Si mon père reste à Évreux...

— Et s'il n'y reste pas?

Il se tut. La petite lui prit la main :

— Alors nous ne vous reverrions plus?

Il secoua la tête, très ému, et sentant en lui un grand déchirement. Car il savait bien que le major ne restait jamais longtemps dans la même garnison, et tout lui disait qu'il voyait Lise pour la dernière fois. Puis, saisi d'un désespoir dont il ne put contenir l'explosion :

— Adieu, Lise, cria-t-il, le visage inondé de larmes, quoi qu'il arrive, je ne t'oublierai jamais.

Et, sautant par l'appui de la fenêtre, il courut s'enfermer dans sa chambre, se coucha sur son lit, et, la tête enfoncée dans son oreiller, pleura amèrement. Séparé de cette enfant, il lui sembla qu'il allait être seul sur la terre. Il avait vu en elle, gracieuse et jolie, une petite femme. Et lui, déjà grand garçon, presque un homme, il avait, dans son cœur troublé, senti naître un naïf et chaste amour. Il partit, emportant d'Évreux un souvenir à la fois amer et doux. Jamais l'image de l'enfant, qui avait fait sur lui cette impression première si profonde, ne devait s'effacer de sa mémoire. Et pourtant il avait eu raison

LE GARÇON DE BUREAU TOURNA UN PEU LA TÊTE (PAGE 1604)

en pressentant qu'il ne reviendrait pas à Évreux. L'année suivante, le major fut envoyé à Lille, et Claude continua ses études, loin de ce père dont il tremblait maintenant de se rapprocher.

Plusieurs années se passèrent, et Claude arriva brillamment à la fin de ses études. Tant que la bourse qu'on lui accordait avait assuré son existence matérielle, tout avait bien été. Mais lorsque, ayant obtenu ses deux diplômes de bachelier, il lui fallut avoir recours à son père et lui demander son avis sur la carrière à suivre, les difficultés commencèrent. Le major ne concevait pas une profession plus brillante que celle de médecin. Fruit sec, ayant dû se rabattre sur la médecine militaire, il rêvait pour Claude tous les succès qu'il n'avait pu obtenir pour lui-même. Il le voyait agrégé et médecin des hôpitaux, conquérant à la fois la richesse et la célébrité. Il s'en ouvrit à son fils, et lui montra tous les avantages de la carrière. Malheureusement Claude en connaissait trop bien tous les inconvénients. Il mesura son avenir sur celui de son père, il se rappela le roulement continuel de sa vie d'enfant de garnison en garnison, et tous les accents provinciaux se battant, confondus dans sa mémoire, le parler lent des provinces du Nord, le parler rude des montagnes de l'Est, et le parler chantant des plaines du Midi. Il revit Oran, la colline verte, et son cimetière silencieux regardant la mer, et la pierre blanche qui était si loin de lui. Il ne voulut pas être exposé à semer ses souvenirs joyeux ou tristes aux quatre coins du pays. Et, très respectueusement, il fit part à son père de sa résolution. Il se heurta à une volonté fermement arrêtée. Il essaya de discuter, et déchaîna sur lui des colères terribles. Avec un entêtement monomane, le major ne voulut entendre à rien. Dans son cerveau, ravagé par l'alcool, l'idée de faire de Claude un médecin s'était logée immuable. Il était prêt à faire, sur sa maigre solde, des sacrifices pour son fils, s'il obtenait de lui une obéissance absolue. Il était décidé à l'abandonner à lui-même, s'il le trouvait rebelle. Claude obéit. Il songeait à se présenter à l'École normale : il renonça au concours, et entra à l'École de médecine.

Cependant une irrésistible vocation l'entraînait vers les lettres. Vivant misérablement dans une petite chambre, au cinquième étage,

rue des Quatre-Vents, il économisait sur son chauffage et sur sa nour-
riture pour aller au théâtre et pour acheter des livres. La serviette de
cuir sous le bras, revenant du cours, il passait par les galeries de
l'Odéon, et restait, des heures, à lire le roman nouveau, dont le
commis complaisant lui faisait tourner les pages à la devanture de la
boutique. En hiver, l'onglée lui rougissait le bout des doigts, et il
piétinait sur place pour se réchauffer les pieds, sans pouvoir s'arracher à son plaisir. Et quand la nuit tombait et qu'il ne pouvait plus
lire, il rentrait chez lui, la cervelle hantée par les galants héros et les
tendres héroïnes. Il lui venait à l'esprit des scènes de drames et des
péripéties de romans. Il les rêvait longuement, ne s'apercevant pas de
la fuite des heures. Mais il n'écrivait point. Il avait promis à son père
de faire ses études de médecine. Il les faisait, et rien d'autre. Il eût
agi malhonnêtement si, acceptant les sacrifices du major, il avait
visé un but différent de celui qui lui avait été fixé.

Quand il eut vingt ans, au mois d'avril 1870, il tira au sort, et, par
grande chance, prit un bon numéro. Cependant un bouleversement se
préparait, qui allait changer complètement sa vie. La guerre éclata
comme un coup de foudre. Claude vit Paris se lever tout entier dans
un élan d'enthousiasme patriotique. Il apprit en même le départ du
major pour Metz. Le mouvement des troupes fut si soudain que le
jeune homme ne put aller dire adieu à son père. Il reçut de lui
une lettre laconique, accompagnée d'un peu d'argent. Et, incorporé
dans la mobile, il fut envoyé lui-même au camp de Châlons. A partir
de cet instant il ne reçut plus de nouvelles du major.

Pendant les cinq mois de siège, il souffrit beaucoup, physiquement
et moralement. Il se sentait complètement seul. Une voix secrète lui
disait qu'il ne reverrait plus son père. Et, pendant les nuits de tranchée, ayant devant lui la plaine, blanche de givre sous la clarté froide
de la lune, il pensait à l'existence si triste qu'avait menée ce pauvre
homme, et le plaignait profondément. La fin du siège vint. Paris rouvrit ses portes, et les lettres arrivèrent pour tout le monde, excepté
pour Claude. Le jeune homme s'informa au ministère. Tout y était
dans un désordre affreux, et on ne put lui donner aucun renseigne-

ment. Il s'adressa au régiment. Sur les contrôles, le major avait été
porté disparu. Depuis la rentrée de l'armée dans Metz, à la suite de
la bataille de Saint-Privat, on ne l'avait pas revu. Sans doute, victime
du devoir, il avait été tué derrière quelque haie, en secourant les
blessés sous le feu.

Claude reçut cette communication avec une douleur morne. Il s'attendait à un malheur. Mais la certitude qu'il était accompli l'écrasa.
Il s'enferma pour pleurer et pour réfléchir. Il entendit son père lui
parler, avec ardeur, de la gloire et de la fortune. Hélas! ce pauvre
homme avait été, lui, voué à l'obscurité jusque dans la mort. On ne
savait même pas où il avait été frappé. Un coin de terre banal lui servait de tombe. Puis, subitement, par un retour de sa vive imagination, Claude revit la chambre d'Évreux et le vieux Voltaire en tapisserie dans lequel le major, la face congestionnée, les yeux éteints,
cuvait son ivresse solitaire. Et, avec un grand frissonnement, il pensa
qu'il valait mieux pour lui dormir sous la terre ensanglantée, tombé
utilement et glorieusement en soldat. Cette impression consolante
effaça l'autre si pénible, et il ne garda de son père qu'un souvenir
apaisé et rasséréné.

Resté libre et maître de ses actions, Claude se demanda s'il allait
continuer ses études. Il se sentit définitivement une répulsion si
absolue pour la médecine que, sans savoir comment il se tirerait
d'affaire la plume à la main, il résolut de faire de la littérature. Il avait
alors vingt-deux ans, et peu d'argent. La liquidation de la succession
de son père avait produit quelques centaines de francs dont il vit rapidement la fin, et alors il se trouva aux prises avec le besoin. Il avait
repris sa petite chambre de la rue des Quatre-Vents, et passant ses
journées dans les bibliothèques, à lire et à prendre des notes. Il
dépouilla ainsi, pour son instruction, toutes les richesses philosophiques du dix-septième et du dix-huitième siècle. Il s'assimila les
mémoires historiques, il étudia le théâtre depuis sa naissance, avec
les grands maîtres classiques, jusqu'à son épanouissement, avec les
grands écrivains contemporains. Il lut tous les romanciers, et fit de
l'œuvre de Balzac son bréviaire.

Pour vivre, il écrivait des notices destinées aux encyclopédies. Il parvenait à faire passer, de temps en temps, des articles dans les journaux. Souvent il n'était pas payé. De plus, il avait une passion : il collectionnait des gravures. Dans ses longues courses à travers Paris, il se plaisait à fouiller les cartonniers, à la porte des bouquinistes et des marchands de bric-à-brac. Il était arrivé ainsi à posséder quelques pièces d'une véritable valeur. Il les regardait, les tournait, les flairait, se grisait de l'odeur du vieux papier, et se délectait de la vue d'une jolie scène de Moreau ou de Debucourt.

Par malheur, il fit une chute dans la rue, un jour de verglas, et se blessa à la jambe. Soigné par un ancien camarade de l'École de médecine, il resta un mois étendu, sans pouvoir bouger. Pour la première fois de sa vie, il s'endetta. Et, dès lors, pris d'une rage de rembourser, il s'imposa les plus dures privations. Il donna des répétitions et fit, la nuit, des catalogues pour les libraires. Il avait des échéances mensuelles, et, plutôt que d'y manquer, il serait mort de faim devant le tiroir qui contenait son argent. Un jour de détresse suprême, errant dans le jardin du Luxembourg, l'estomac exaspéré, il vit un vieillard qui jetait du pain aux oiseaux. Les miettes tombaient abondantes, au pied de la balustrade de fer qui entoure les parterres. A l'affût, comme un loup affamé, Claude attendit que cet homme fût parti, et alors, effarouchant les oiseaux, il mangea le pain qui leur était destiné. Puis, pris de honte, il se sauva comme un voleur.

Il commençait cependant à se faire une réputation au quartier latin. Entraîné quelquefois au café Médicis, il s'était laissé aller, dans le salon du fond, à réciter des vers de lui avec une chaleur de diction, une expression passionnée, qui avaient saisi ses auditeurs. Dans ces moments-là son front rayonnait, ses yeux semblaient fixer un être invisible, et sa voix chaude avait des vibrations qui allaient au cœur. Un jour, un romancier déjà célèbre, et qui avait des retours vers la bohême native, eut l'occasion d'entendre Claude lire une de ses pièces. Il resta muet, comme sous le coup de l'émotion éprouvée, puis, ne pouvant cacher son impression :

— Comme c'est arrangé, s'écria-t-il, et comme c'est dit! Ce gaillard-là a le génie du théâtre ! Il faut que nous fassions quelque chose ensemble !

Et il prit rendez-vous avec Claude. Le romancier devait tirer, d'un de ses ouvrages, un drame pour l'Ambigu, en collaboration avec ce qu'en langage de théâtre on appelle un « charpentier ». Mais ni lui ni le charpentier ne pouvaient venir à bout d'établir la carcasse de la pièce, et ils étaient près tous deux d'y renoncer. La Barre, mis en possession de tous les matériaux, en un mois, avec l'admirable ardeur de la première fièvre dramatique, écrivit les cinq actes, et les porta au romancier. Celui-ci poussa des cris d'enthousiasme, déclara que le drame était un chef-d'œuvre, et fit au jeune homme les plus admirables promesses. L'hiver suivant, la pièce fut jouée avec un immense succès, sans qu'il fût le moins du monde question de la collaboration de La Barre. Claude, indigné, alla se plaindre à l'homme célèbre : celui-ci rendit responsable de cette éviction son collaborateur. D'ailleurs il était mauvais de mettre trois noms sur l'affiche. Et c'était au plus jeune à se sacrifier. Quant aux droits, on verrait à en faire un partage équitable. La Barre, berné, ne voulut pas se révéler au public par un débat, dans lequel, le romancier le lui avait fait entendre, la presse ne prendrait pas le parti d'un inconnu. Il se résigna, et, encouragé par le succès de cette pièce dont le retentissement avait été considérable, il se remit au travail.

Mais les théâtres, il en fit la dure expérience, restent opiniâtrément fermés aux débutants. Il connut les longues attentes dans les antichambres, les réceptions debout dans le cabinet des secrétaires, et les réponses invariables : La pièce ne convient pas au cadre de notre scène. Le dialogue est trop comique, dans les théâtres de drame, et trop dramatique dans les théâtres de comédie. Il subit tous les effets de l'aversion profonde que ressentent les directeurs pour les auteurs nouveaux. Il acquit la conviction que le rêve de ces entrepreneurs de plaisir serait de jouer toujours la même pièce, signée du même nom, et sous des titres différents.

Rien ne le rebuta, cependant. Et il continua intrépidement à produire, ayant au fond de lui-même la certitude qu'il finirait par mettre

le pied à l'étrier. Il se crut un jour tiré d'affaire. Le théâtre Cluny
reçut une pièce de lui et la monta. C'était une comédie moderne en
trois actes, pastiche adroit, dans [lequel rien de personnel n'attirait
l'attention. L'ouvrage, répété à la diable par une troupe d'acteurs
recrutés au hasard, mal vêtus, misérables, si maigres, qu'il se demanda
plusieurs fois, pendant les répétitions, s'il ne ferait pas bien d'arriver
au théâtre, avec un pain de quatre livres sous chaque bras, réussit le
premier soir, valut à Claude des comptes rendus élogieux, mais ne fit
pas un sou. Le directeur éphémère, qui avait monté la pièce, disparut
avec elle. Le silence se fit sur cette tentative stérile, et La Barre
retomba au fond de son obscurité.

Seul, sans parents, sans amis, il eut des moments d'affreux découragement. Il sentit le fardeau, qu'il persistait à porter, trop lourd pour
ses épaules, Il se dit avec amertume qu'il n'était et ne serait jamais
qu'un raté. Il en vint à penser que, peut-être, il avait eu tort de ne pas
obéir à son père et que l'avortement de sa carrière était la vengeance
posthume du major. S'il avait suivi ses ordres, il serait médecin depuis
cinq ans, et, si l'existence à Paris lui avait paru trop difficile, il serait
allé en province. Là, dans un bourg tranquille, il aurait trouvé quelque
maisonnette blanche, au toit de tuiles, avec un petit jardin verdoyant,
où il aurait pu vivre dans la douceur de l'avenir assuré. Il aurait parcouru en cabriolet, au trot d'un cheval paisible, les chemins creux
ombragés de haies vertes, conduisant aux fermes, où on l'aurait
accueilli avec un bonjour amical. C'était là peut-être le bonheur. Au
lieu de cela, il avait à se débattre contre les difficultés sans cesse
renaissantes de sa situation, il était en butte aux rebuffades, et, dans
l'humiliation toujours croissante de sa vie, il avait pris l'habitude de
courber la tête, comme sous quelque camouflet attendu. Et, pris de
colère, il maudissait son art et s'écriait dans le silence de sa chambre :
« La littérature est le dernier des métiers ! »

Il s'emporta contre la société entière, qui est idiote et lâche, acceptant les réputations usurpées, les médiocrités triomphantes, les gloires
faites à force de réclames et à coups de tam-tam, et se jurait, s'il parvenait jamais à sortir de l'ornière où il croupissait, de prendre de furieuses

revanches et de mettre le pied sur la tête de ceux qui l'avaient torturé.

Décidé à un dernier effort, Claude se replia sur lui-même, et se mit à écrire seul un drame dont il avait l'idée en tête depuis longtemps, *les Viveurs*, une sanglante satire dans laquelle il pouvait à son aise épancher ses rancunes. Rombaud venait de prendre la direction du Théâtre Moderne, et les journaux étaient remplis des projets formés par le jeune directeur. Il prétendait régénérer l'art dramatique, devenu, disait-il, le plus triste des commerces. Il voulait créer des auteurs nouveaux, et assurer des successeurs aux maîtres de la scène contemporaine.

Claude fonda toutes ses espérances d'avenir sur cet audacieux qui arborait fièrement le drapeau de la jeunesse. Il suivit avec intérêt, dans les courriers de théâtre, les engagements qu'il faisait. Chaque pièce nouvelle reçue, et dont il lisait le titre dans le journal, lui causait, un serrement de cœur. Il se disait : S'il en reçoit tant, comment lui ferai-je accepter la mienne? Il ignorait encore, le naïf Claude, que les trois quarts des pièces ainsi reçues, dont on donne pompeusement les titres dans les articles de Coulisses, ne sont pas même commencées, et ne seront peut-être jamais finies. L'annonce, dans ces cas-là, est une sorte d'avance que l'auteur se fait faire sur le succès éventuel de son œuvre. Il y a même des auteurs, dont les pièces, annoncées avec fracas, n'ont jamais été et ne seront jamais jouées, qui jouissent d'une grande notoriété. Si on les jouait, ils seraient perdus de réputation.

Claude, *les Viveurs* terminés, se hâta de porter la pièce à Rombaud. Pendant les huit jours qui suivirent le départ de son manuscrit, l'écrivain ne vécut pas. Il fut dévoré par une fièvre intense. Il passa par les alternatives de la plus vive espérance et du plus violent désespoir. Il agita toutes les hypothèses. Rombaud demanderait des changements. Il exigerait une réduction sur le chiffre des droits d'auteur. Il imporait un collaborateur. Dans le désordre d'esprit où il était, Claude se sentit prêt à tout. Il voulait être joué. Il ferait ce qu'on exigerait : mais que la pièce fût reçue d'abord.

La lettre de Rombaud lui donna un éblouissement. Le vague des termes lui parut décisif : c'était un homme qui ne voulait pas s'en-

EFFAROUCHANT LES OISEAUX IL MANGEAIT LE PAIN QUI LEUR ÉTAIT DESTINÉ
(PAGE 1621)

gager, avant d'avoir fait ses conventions, mais qui était décidé à prendre la pièce. Il y trouvait des qualités, mais il voulait causer. Eh bien! on causerait.

On allait causer. Et dans ce luxueux cabinet, aux murs couverts de tableaux de prix, aux tentures lourdes élégamment drapées, Claude, repris de ses angoisses, et ayant perdu toute énergie, attendait en pâlissant l'arrivée de l'arbitre de sa destinée, et se demandait : Que va-t-il me dire?

Alors, en lui-même, il repassa les situations maîtresses de son œuvre, et chercha par quel côté elle avait pu plaire à Rombaud. Et, brusquement, tous les défauts de la pièce lui sautèrent aux yeux, et il n'en vit plus les qualités. Pris d'une terreur affreuse, il eut la certitude que son sujet était faible et que le parti qu'il en avait tiré était médiocre. Une sueur froide perla à son front. Il se sentit impuissant, et condamné à l'obscurité. Tous les rêves éclatants faits dans les heures de fièvre s'envolèrent comme une troupe d'oiseaux effarouchés. Et, le cœur serré, les lèvres sèches, les mains tremblantes, le malheureux se jugea irrémédiablement perdu.

III

Une porte sous tenture, en s'ouvrant, le rappela à lui-même. Et un petit homme sec, à la figure chafouine, éclairée par deux yeux gris très perçants, vêtu avec élégance, entra, le chapeau sur la tête, l'air soucieux, un trousseau de clefs à la main.

— Je vous prie de m'excuser, Monsieur, dit-il avec un fort accent méridional, c'est bien malgré moi que je vous ai fait attendre...

La Barre hocha la tête avec mélancolie, ses lèvres se plissèrent, et, d'une voix un peu basse, dans laquelle son émotion mettait un tremblement :

— J'y suis depuis longtemps habitué, Monsieur, mais c'est à moi à vous exprimer des regrets : je suis venu, je le crains, de façon un peu inopportune. La hâte, avec laquelle je me suis présenté, a pour cause la bienveillance dont était empreinte votre lettre. J'ai espéré, à tort, peut-être, un heureux résultat, et j'ai été pressé de connaître mon sort.

Il souriait, s'efforçant d'atténuer la timidité suppliante de ses paroles. Il était entraîné à se mettre aux pieds de cet homme, et cependant il désirait ne pas paraître s'humilier trop devant lui. Il lui jeta un regard fait pour attendrir les pierres, et attendit, plein d'anxiété, le terrible verdict.

Rombaud, assis dans son fauteuil, le menton dans sa main, avait écouté et regardé attentivement le jeune écrivain. Son large front, ses yeux pensifs, sa bouche ironique, le frappèrent. Il ressentit une commotion intérieure ; il eut le pressentiment que celui qui se tenait là, debout devant lui, aurait un jour le public à ses pieds. Superstitieux comme un joueur, il résolut de se l'attacher, dès le premier jour, par les liens de la reconnaissance. Il avait, depuis longtemps, appris à deviner les angoisses du solliciteur torturé par la crainte. Il vit les tempes de La Barre humides, ses mains énervées qui ne pouvaient rester en repos. Il voulut que le premier mot, qu'il allait prononcer, restât inoubliable pour l'écrivain, quel que fût plus tard l'éclat de sa fortune.

— Vous avez eu grandement raison de venir, dit-il, et si vous aviez tardé, c'est moi qui serais allé vous chercher. Nous avons à nous mettre d'accord sur la distribution de votre pièce, car je compte la jouer prochainement.

Et, comme La Barre restait muet de saisissement, sans forces contre ce bonheur tant souhaité qui lui arrivait si brusquement :

— Je jouerai la pièce de Cambry jusqu'à la fermeture, car nous fermons cette année... Le lendemain de la réouverture nous lirons *les Viveurs.* Vous voyez que je compte sur votre drame. C'est sur lui que j'échafaude ma saison d'hiver...

Il aurait pu parler longtemps ainsi : La Barre ne l'entendait plus. Les paroles de Rombaud arrivaient à ses oreilles comme un bourdonnement confus. Cette phrase unique tournait, obstinée et triomphante, dans sa tête : joué prochainement. Et devant ses yeux éblouis, comme dans un mirage, il voyait, souriants ou terribles, les personnages de sa pièce. Ils avaient maintenant le visage et la taille de leurs interprètes, et, subitement devenus vivants, ils passaient, le saluant d'un amical sourire. Une main, en se posant sur son épaule, l'arracha à son rêve. Il vit Rombaud debout devant lui.

— Je vous demande pardon, Monsieur. répondit La Barre naïvement, mais je viens d'éprouver une si grande joie que, vous le voyez, j'en ai été un peu étourdi. Je ne m'attendais pas à un résultat aussi prompt, sachant combien vous avez de pièces dans le théâtre.

Rombaud se mit à rire.

— On a toujours beaucoup de pièces dans un théâtre... Le tout est d'en avoir une bonne. J'en ai, de tous les genres, des pièces, continua-t-il, en désignant du geste les manuscrits empilés sur son bureau, signées de noms connus...

Et sur ce mot : connus, sa voix s'enfla, pleine d'importance.

— De bonnes pièces, parbleu, faites selon la formule. Mais rien d'original, rien de nouveau, rien qui soit de nature à exciter la curiosité du public. Il est terriblement blasé, le public ! Il connaît tout, et il faut, pour lui plaire, lui servir des primeurs. Or, votre pièce, avec ses violences de situations, ses âpretés de style, avec ses qualités et ses défauts enfin, a un montant qui va l'émoustiller. Une pièce très raide, d'un auteur inattendu, car vous n'avez jamais été joué, n'est-ce pas ? Quelquefois, dans les petits théâtres ; enfin c'est tout un ! Vous êtes l'homme qu'il me fallait. Du talent avec cela, ce qui ne gâte pas le tempérament, au contraire... Si vous réussissez cette fois-ci, et que vous ayez seulement cinq bonnes idées de pièces dans le ventre, je veux faire de vous le premier auteur dramatique de l'époque.

Et, comme La Barre faisait un geste de doute un peu craintif, à cet exposé soudain de l'avenir qui pouvait lui être réservé :

— Les vieux s'en vont, reprit Rombaud, et mes concurrents, les directeurs de Paris, n'ont rien fait depuis dix ans pour leur préparer des successeurs. Ils ont étouffé toute la nouvelle génération littéraire qui ne demandait qu'à produire. Tout ce qui aurait pu faire des pièces fait, à l'heure qu'il est, du journalisme ou des livres. Les théâtres étant l'apanage exclusif de sept ou huit auteurs cotés et classés, tous les autres écrivains se sont efforcés de se créer des débouchés nouveaux. Il faut bien vivre ! Et aujourd'hui il n'y a pas de milieu : le théâtre ne nourrit pas son homme ou le fait millionnaire. Aussi, voyez comme la librairie augmente, et comme les journaux regorgent de rédacteurs ! Et tous, romanciers et journalistes, ont un talent. Quelques-uns sont remarquables !... Comment diable, vous, avez-vous échappé à l'épidémie, et vous êtes-vous entêté à ne faire que du théâtre ? Vous devez avoir des goûts d'anachorète, et déjeuner avec un œuf sur le plat et deux sous de fromage de Brie ?... Oui ?... Mais, voilà, tout le monde n'a pas un estomac conformé de cette façon-là. On veut jouir, dans le temps où nous vivons. Et vos jeunes confrères se sont jetés dans les routes de traverse. Vous savez ce que c'est que le théâtre, n'est-ce pas ? Vous avez passé par ces boutiques-là ? Les directeurs ne reçoivent pas d'autres pièces que celles qui ont pour auteur le célèbre Machin, ou l'illustre Chose. Et ces grands maîtres ont fait leur temps... Or, il n'y a personne pour leur succéder... Mes confrères aiment mieux remonter des vieilleries, qui ne doivent pas faire le sou, que de jouer des pièces nouvelles... Par ce procédé, ils ne font pas leurs frais, mais ils ne risquent pas le four. Et le four est leur cauchemar... Tout plutôt que de s'y exposer !... Pas de succès, soit, mais, au moins, pas de fours ! Ils vous diront, si vous les interrogez, qu'ils n'ont pas de pièces : c'est un mensonge. Ils en ont. Ils ne veulent pas les jouer : voilà tout. Et pourquoi ? Parce qu'ils sont absolument ignorants et incapables de se rendre compte de la valeur d'un ouvrage. Alors ils préfèrent s'abstenir. Et le théâtre se stérilise, peu à peu, comme un terrain qui a cessé d'être cultivé. Moi, je ne suis pas plus malin qu'eux, mais je ne crains pas de risquer le paquet. Je suis un va-de-l'avant. Je joue hardiment une pièce quand, d'instinct, je la sens bonne. Je ne m'occupe pas de savoir de qui elle est : je cherche ce qu'il y a dedans. Et j'accueille, de préférence, les jeunes : j'aurai pendant plus de temps l'occasion de faire des affaires avec eux. Je jouerai, voyez-vous, des auteurs nouveaux, sans me laisser rebuter, jusqu'à ce que j'en aie rencontré un, qui soit un homme de premier ordre. Et celui-là m'indemnisera largement de ce que j'aurai dépensé avec les autres !

Rombaud s'arrêta, et, regardant profondément La Barre, il sembla étudier, une fois de plus, les lignes harmonieuses de son front pensif, la carrure puissante de son menton volontaire, et la courbe fine de ses lèvres ironiques. Puis, faisant trêve à sa faconde méridionale :

— Mon cher, dit-il gravement, tâchez d'être cet homme-là, hein?
Et faites ma fortune, en même temps que la vôtre !

Il ouvrit la porte matelassée qui donnait sur le corridor, et, faisant
sonner ses clefs dans sa main, il passa, causant familièrement avec
son nouvel auteur, devant le garçon de bureau qui s'était levé précipitamment, laissant la lecture palpitante de son journal à images.

— Ah! dit Rombaud, nous donnons ce soir une petite fête, en
l'honneur de la centième de la pièce de Cambry. Voulez-vous me faire
le plaisir d'être des nôtres?,.. Vous ferez ainsi connaissance avec vos
futurs interprètes...

La porte du cabinet du secrétaire était entr'ouverte. Il la poussa, et,
faisant passer La Barre devant lui :

— Delessard, reste-t-il des cartes d'invitation pour ce soir? dit
Rombaud, en s'asseyant sur le petit canapé qui rendit un soupir
métallique...

Le secrétaire fouilla dans son tiroir et en tira une carte, autour de
laquelle un peintre en renom avait, d'un crayon alerte, fait courir une
farandole de personnages, représentant les artistes de la pièce et, au
milieu, dans un double médaillon, Rombaud avec sa figure rosée et
gouailleuse, Cambry avec son visage grave et inspiré.

— Pour qui? demanda Delessard.

— Pour Monsieur, dit Rombaud, en désignant La Barre...

Puis, comme réparant une négligence...

— Mais, d'abord, que je vous présente l'un à l'autre !... M. Julien
Delessard, mon secrétaire, une des plumes les plus brillantes de la
presse théâtrale... M. Claude La Barre, l'auteur des *Viveurs*, le drame
que nous allons monter...

Delessard se souleva sur son fauteuil, les deux jeunes gens se
saluèrent. Le secrétaire, sans dire un mot, se mit à écrire le nom de
l'auteur. Un sourire contraint crispait sa lèvre, et sa plume grinça,
comme jalouse, sur le bristol, en traçant les lettres de ce nom inconnu :
La Barre — qui pouvait être célèbre demain.

— Voilà, dit Delessard en poudrant son écriture... Et il tendit à Claude
le petit carton, qui était comme le certificat de sa nouvelle puissance.

Rombaud, oonduisant toujours La Barre, traversa le couloir, descendit un petit escalier, poussa une porte en fer, et, brusquement,
les profondeurs obscures de la scène s'ouvrirent devant eux. Ls décor
du premier acte était planté. Un silence profond régnait dans cette
vaste nef et, tout en haut, au travers du gril de bois, la clarté blanche
du jour, tombant du cintre, eclairait les herses et les passerelles. La
Barre frappa fortement du pied ce plancher qui désormais allait être
son demaine. Il en prit possession. Et, jetant un regard sur la salle qui
s'étendait à ses pieds toute noire, il sembla vouloir lui dérober le secret
de son avenir. Mais le gouffre demeura obscur. La Barre en lui-même
se dit : Je ferai pénétrer ma pensée jusqu'au fond de cette salle, je
l'échaufferai, je l'entraînerai, et je lui arracherai ses applaudissements.
Je la verrai aussi rayonnante qu'elle est sombre en ce moment, aussi
tumultueuse qu'elle est immobile, aussi enthousiaste qu'elle est morne.
Et, levant la main, il lui adressa un geste de défi.

Rombaud poussa une autre porte de fer située auprès de la logette
du gazier, et ils se trouvèrent dans le couloir des fauteuils d'orchestre.
Comme dans un souterrain, une lueur éloignée les guidait. Ils arrivèrent à une des deux portes d'entrée en velours rouge qui s'ouvrent
de chaque côté du contrôle, et, Rombaud l'ayant tirée, ils sortirent
dans le vestibule. Au fond de sa guérite, derrière le grillage d'un guichet, auprès duquel un sergent de ville, silencieux et inactif, était
assis sur un tabouret, la buraliste mettait en ordre sa feuille de location. Le directeur s'approcha, et, s'accoudant à la tablette :

— Avez-vous de l'argent ce soir, madame Seigneur? dit-il avec
déférence.

— Jusqu'à trois heures ça a été faible, fit, avec une moue, la bura-
raliste, petite femme maigre aux yeux intelligents... Mais, après la
Bourse, ça a marché très bien... Les loges et les fauteuils ont donné...
Nous avons à cette heure-ci deux mille deux...

Du bout de sa plume, elle parcourut rapidement la feuille.

— Il nous reste six loges... Nous les ferons... Quatre baignoires...
C'est moins sûr... Avec les petites places, on dépassera les trois
mille...

LISE FLEURON

IL ATTENDIT, PLEIN D'ANXIÉTÉ, LE TERRIBLE VERDICT (PAGE 1628)

— Parfait ! Je voudrais les faire encore pendant trente représentations...

— Vous n'y comptez pas ? dit madame Seigneur. Ce soir, c'est une centième. Il y a des gens que ça attire : ils croient qu'on va leur servir autre chose que la veille... Mais demain nous ferons deux mille cinq, et dans huit jours quinze cents...

Rombaud fit à la buraliste un signe de tête approbateur et, prenant le bras de La Barre :

— Vous voyez bien cette petite femme-là, dit-il en désignant madame Seigneur : eh bien, c'est, avec mon contrôleur, un des employés les plus utiles du théâtre... Elle excelle à faire louer... Là, où une buraliste ordinaire ferait douze cents francs... elle arrive, elle, à en faire dix-huit... Pourquoi ? Je n'en sais rien !... C'est une question de couleur de cheveux, de forme de nez, de son de voix. Elle plaît !... On vient pour prendre deux fauteuils de balcon : elle place une première loge... Oh ! Elle entend joliment ce métier-là !... Et intelligente des choses du théâtre !... Après une répétition générale, elle vous dit : Telle scène produira de l'effet... Il y aura à tel endroit un attrapage... C'est un four ou c'est un succès... Et jamais elle ne se trompe ! Elle est précieuse, allez !... Mettez-vous bien avec elle !

Il était cinq heures, et la circulation augmentait sur le boulevard. Les terrasses des cafés s'emplissaient de consommateurs et, devant le péristyle, les familiers du théâtre, artistes, auteurs, journalistes, commençaient à s'arrêter, flânant et racontant les histoires du jour. Là, quotidiennement, de cinq à six, le monde, les arts, la politique, étaient passés au crible, et chacun apportait son contingent de nouvelles. Rien de ce qui s'était passé dans la ville n'était ignoré. Les rédacteurs des Échos de théâtre entraient un instant, pour prendre l'air de la maison et recueillir l'anecdote piquante ou le raconter à sensation. Rombaud allait, de l'un à l'autre, lançant un mot, faisant une confidence, mais ne négligeant jamais la réclame qui pouvait profiter au Théâtre Moderne.

Il avait présenté La Barre, et ne tarissait pas sur le mérite de sa pièce. Avec sa verve méridionale, il escomptait d'avance les résultats de l'affaire, et, gesticulant, il paraissait remuer à poignées l'or qui allait s'entasser dans sa caisse.

La Barre, transporté dans les sphères célestes. avait complètement perdu le sentiment de son être. Il lui semblait qu'un temps énorme s'était écoulé depuis son arrivée. Il avait traversé, d'un seul élan, tout ce théâtre dans lequel il était maître, et qui n'avait plus ni barrières, ni défenses, ni secrets pour lui. Le directeur, être mystérieusement redouté, qu'il tremblait d'aborder, était maintenant son ami, son camarade, le prenant à partie, et disant avec un sourire bienveillant : N'est-ce pas, La Barre? Et lui, se laissant aller à l'entraînement, tranchait carrément, donnant son opinion, en homme sûr de son mérite, et qui se sent appelé à tenir son rang dans ce monde des arts, où, en une soirée, d'inconnu et de dédaigné, on devient admiré et illustre. Un bonheur complet, absolu, ravissait le jeune homme : il jouissait de sa situation, il jugeait peu payées, au prix de dix ans de travail et de lutte, les joies secrètes qu'il goûtait.

En longeant le boulevard, les passants, attirés par ce groupe d'hommes, qui occupait le haut des marches de l'entrée, regardaient attentivement, reconnaissant quelques-uns de ceux qui le composaient. Et La Barre était heureux sous ces regards. Ses forces étaient décuplées: il se sentait capable d'efforts gigantesques, pour rester toujours en vue ainsi, et attirer plus complètement encore la curiosité de la foule. Il eût voulu entendre les bouches murmurer son nom, et voir les passants s'arrêter dans leur course en disant : Celui-là, c'est l'auteur des *Viveurs*.

Puis, subitement, il se souvint que, dans ce milieu, il n'était encore qu'un intrus. On lui faisait bonne mine, mais ce n'était qu'une avance sur l'avenir. Il lui restait à prouver qu'il était digne d'être compté au nombre de ceux qu'on regarde. Et le souvenir de sa chute au Théâtre Cluny lui revint. En un instant, il lui sembla que le jour devenait sombre et que le soleil se cachait. Il frémit. Était-il venu jusque-là pour retomber et disparaître? Une voix secrète lui dit que non. Il eut le pressentiment que, cette fois, la destinée avait fini de lui tenir rigueur, et qu'il touchait au but rêvé. Il regarda froidement autour de lui, et se jura de ne pas céder à l'enivrement, de diriger sa barque d'une main ferme et avec des yeux lucides. Car, sous les flots caressants qui, à cette heure, le berçaient voluptueusement, il devinait des récifs cachés, mortellement périlleux. Il se dégrisa peu à peu, et commença à prêter, à tout à ce qui l'entourait, une attention extrême, décidé à profiter de tout, dans l'intérêt de la seule chose qui lui parût importante désormais : son avenir.

Il fut, tout d'abord, frappé de l'étrange volupté avec laquelle tous ceux qui l'entouraient disaient du mal de toute chose. En quelques instants, la pièce nouvelle jouée la veille, son auteur et ses interprètes, furent passés au fil de la langue, avec une cruauté sans pareille. Ni grâce ni pitié! L'intrigue était vieille comme les rues, et le dialogue plat comme les pieds du directeur. L'ingénue venait d'accoucher clandestinement d'un enfant, qu'elle faisait passer pour son petit frère, et le jeune premier était en train d'épouser une très vieille femme, retirée, après fortune faite dans la galanterie. Quant à l'auteur, il n'avait pas écrit une seule ligne de la pièce, et c'était sa seule excuse.

— Il fait faire ça dans les prisons, râla le grand Pavilly, le comique, qui venait d'arriver, en montrant son visage bleu, mal rasé, éclairé par deux petits yeux pétillants d'intelligence...

— Eh bien! Pavilly, ça ne va donc pas, la laryngite?

L'acteur prit un air dolent et, agitant la tête en regardant Rombaud :

— Très fatigué! On me met en toute sauce... Je joue dans toutes les pièces... Et on ne me donne jamais que des pannes! Avec ça, j'ai mes leçons... Très fatigué!

— Et puis, tu parles... tu parles...

— Il joue à la scène des rôles de cent cinquante lignes, dit Rombaud, et à la ville des rôles de dix mille!

— Vois-tu, il faut que tu te décides à entrer à la Comédie-Française. Là tu te reposeras!

L'œil de Pavilly lança un éclair :

— Oui, je pourrais m'y reposer, car *ils* mourraient à la peine, plutôt que de me laisser jouer... *Ils* savent bien que je les mangerais tous ! Mais *ils* ne m'y laisseront pas entrer !

— Je l'espère bien ! s'écria Rombaud ! D'abord je vous tiens encore pour trois ans, et vous avez cinquante mille francs de dédit, vous savez, Pavilly ?... Soyez sûr que je vous les ferais payer, à vous ! Ah ! mais !...

— Dites donc, mes enfants, connaissez-vous le dernier mot de Bernier ? Notre délicieux jeune premier déménage... Son appartement ne lui paraissait plus suffisant... Il a dit : Je viens de louer « une petite hôtel... » Il faut que je sois confortablement installé... Je vis beaucoup chez moi, je suis très « casernier !... »

— Cher ange ! Et penser qu'il trouve ça, tout seul, sans efforts !

— Je m'attache à sa personne : je vais l'exploiter ! Ce garçon est une mine de coq-à-l'âne...

— Oh ! En lui, va, il y a plus d'âne que de coq !

Au milieu de ce feu coisé, La Barre, étourdi, pensa que nulle œuvre, nulle personnalité, ne devait échapper à ces railleurs féroces. Ce serait donc son tour demain ? Déjà Cretel, journaliste redouté, avait cerné dans un coin Delessard, qui venait de descendre de son cabinet et l'interrogeait avec curiosité. Il semblait à Claude que les regards du chroniqueur pesaient sur lui. Et, pris d'un soudain malaise, en le voyant sourire dans sa barbe brune, il tendait l'oreille pour tâcher de surprendre quelques bribes de la conversation.

— Bon titre, du reste, dit Cretel... Moi, ça m'ennuie, parce que ma grande machine va se trouver retardée.

La Barre frémit. Il se souvint que le journaliste avait une pièce reçue au Théâtre Moderne. *Les Viveurs*, par cela même qu'ils obtenaient un tour de faveur, n'allaient-ils pas avoir en lui un adversaire dangereux ? Il baissa les yeux et n'osa plus le regarder.

— Tu lui parleras pour la petite, dit encore Cretel à Delessard... Et, s'il est bon enfant, nous pourrons nous arranger...

— Quelle petite ? se demanda La Barre, qui ignorait la passion du journaliste pour Rose Lointier, une des pensionnaires de Rombaud, aussi mauvaise comédienne qu'elle était jolie femme.

— Dites donc, Rombaud, ils vont bien, vos artistes ! dit le docteur Panseron, médecin du théâtre, grand vieillard à figure fine, vêtu avec une élégante recherche. Je viens de rencontrer Trincard dans un coupé de maître... Il a failli m'écraser, ce gaillard-là !

— Eh ! docteur, c'est la Bourse qui nous vaut ça. Les gens de théâtre se sont mis à tripoter, suivant l'exemple des gens du monde... Et maintenant on n'entend plus parler que de reports et de primes dont dix... Ils gagnent de l'argent, c'est vrai, mais ça peut ne pas durer... Et alors les petits agioteurs sauteront...

— Ne m'a-t-on pas dit que de Brives était très engagé en ce moment ? demanda mystérieusement le docteur à Rombaud.

— Soyez tranquille, dit le directeur, de Brives est un malin et quand il sentira le terrain devenir mauvais, il se retirera... Du reste, je le vois tous les jours, et vous savez que Nuño me tient au courant... Il est un de mes commanditaires...

Un coupé, attelé de deux magnifiques chevaux noirs, en s'arrêtant devant le théâtre, attira l'attention des causeurs. Un valet de pied sauta à bas du siège et ouvrit la portière. Une femme descendit.

— Tiens ! voilà Clémence Villa, dit Cretet. Quel chic, mes enfants ! Nuño commandite bien Rombaud, mais il commandite encore un peu mieux Clémence.

Derrière l'actrice, une femme, portant plusieurs cartons, descendait du coupé.

— Faites le tour, lui cria Clémence, en s'arrêtant. Passez par la rue de Bondy. Vous vous casseriez le cou dans les corridors. Prenez la voiture... Vous allez tout bousculer au milieu des passants...

Puis, d'un pied leste, elle traversa le trottoir et gravit les marches. Coiffée d'un large chapeau de feutre à plumes cavalièrement retroussé, vêtue d'une longue pelisse de drap loutre passementée de soie et doublée de peluche feu, le teint animé, les yeux brillants sous les frisons noirs de ses cheveux, elle était adorablement jolie. Elle jeta sur La Barre, qu'elle ne connaissait pas, et qui s'effaçait, troublé et rougissant, un coup d'œil qui parcourut le jeune homme de la tête aux pieds, comme si elle eût voulu l'évaluer. Puis, se tournant du côté de Rombaud, qui lui tendait la main :

— Je viens de chez ma couturière, et j'apporte une robe neuve pour l'acte du bal... Voilà comme je suis ! J'espère bien que tu vas jouer la pièce encore cinquante fois... pour que je rattrape ça avec mes feux !

Puis, tout au courriériste, auquel elle tendit sa joue avec un sourire qui fit étinceler ses dents, comme des perles :

— Bonjour, mon petit Cretet... Vous allez bien?... Mon Dieu ! que vous avez raconté une histoire drôle dans votre courrier de ce matin ! C'était joliment troussé...

Et, l'entraînant à trois pas, gesticulant et la bouche contre l'oreille :

— Dites donc, soignez-moi la description de ma robe ! Ça fera plaisir à Félix. Vous savez comme il est gentil?.. Et un chef-d'œuvre, mon cher, vous verrez !

— Oui, mon bichon, soyez tranquille ! dit Cretet... Ah çà, êtes-vous de la pièce nouvelle?

— Quelle pièce nouvelle? demanda Clémence, dont, subitement, le visage devint dur et mauvais et la voix âpre et coupante.

— Eh bien? Mais la pièce qui va succéder à *la Duchesse*, le drame que Rombaud vient de recevoir : *les Viveurs*. Très remarquable, à ce qu'il paraît ! Comment ! vous ne savez pas ça ?

Clémence n'écoutait plus le journaliste : elle venait de fondre sur Rombaud, et, le prenant par le bras, elle l'avait conduit dans un angle du contrôle, et là, le tenant comme dans un confessionnal :

— Eh bien ! Qu'est-ce que c'est que cette histoire-là ? Tu montes une pièce nouvelle?

Rombaud fit un haut-le-corps, et, l'air très contrarié :

— Qui est-ce qui t'a dit ça?

— Cretet, à l'instant.

— Satané bavard !

— Pourquoi ne me l'as-tu pas dit toi-même?

— C'est fait d'aujourd'hui seulement !

La jeune femme secoua la tête et, regardant fixement Rombaud :

— Oh! tu sais, pas de finasseries vec moi : je te connais depuis longtemps... Tout ça cache quelque traîtrise... Est-ce que je joue dans ,a pièce?

— Parbleu! dit Rombaud, d'un air aimable. Est-ce qu'on peut monter ici une pièce sans toi?

— Oui, mais tout dépend du rôle qu'on me donne... J'en ai assez, de faire les repoussoirs de mademoiselle Fleuron! Elle personnifie tout le temps les anges, et moi les monstres... Ça m'ennuie, à la fin! Je suis aussi sympathique qu'elle, aussi jolie qu'elle, aussi jeune qu'elle...

— Hum! hum! fit Rombaud, qui ne put dissimuler un sourire.

— Imbécile! A deux ou trois ans près! Est-ce que ça compte, à la scène? J'ai autant de talent qu'elle!

— Une autre nature de talent! interrompit Rombaud. Tout aussi charmant, tout aussi utile, mais différent... Et c'est fort heureux. Qu'est-ce que je deviendrais, si tous mes artistes avaient la même nature?

— Oui, je la connais, celle-là! s'écria l'actrice... Tu me flattes : tu vas encore vouloir me faire jouer un troisième rôle !

— Il est superbe !

— Rombaud! dit Clémence, qui devint pâle, et dont les paroles sifflèrent entre ses dents serrées. Prends garde! Je la hais, ta Fleuron!... Je sais bien pourquoi tu la pousses, à mon détriment. Tu espères qu'elle te rendra ça en gentillesses... Eh bien! tu le mets le doigt dans l'œil, mon garçon... Elle est avec de Brives, la chaste Lise !

— C'est faux ! dit vivement Rombaud.

— Si ce n'est pas encore fait, c'est bien près de se faire... Oh! mais elle me le paiera! Mes rôles et mes amants? C'est un peu trop! Je ne sais pas ce que je lui ferai, à cette drogue-là!

Ces paroles furent prononcées avec une telle rage que Rombaud resta tout saisi. Il savait combien Clémence jalousait Lise. Mais il entendit résonner une menace de meurtre dans l'accent furieux de la comédienne, dont les lèvres blêmirent et tremblèrent. Il la devina capable de tout. Il se fit très doux et très paternel :

ROMBAUD CONDUISIT LA BARRE (PAGE 1632)

— Tu n'es pas raisonnable. Tu sais que la distribution est à la volonté de l'auteur... Rien n'est arrêté... Tu le verras, tu lui parleras..

— Quand ça?

— Tout de suite, si tu veux. Il est là.

Clémence recula d'un pas, laissa tomber ses bras avec stupeur et regarda Rombaud, comme pour voir s'il était bien dans son bon sens.

— Et tu ne me présentes pas, dit-elle, depuis un quart d'heure que je suis arrivée! Écoute, Rombaud, tu sais que je suis une amie dévouée... Sois convaincu que je serais une ennemie acharnée. Je t'ai amené Sélim, que je pouvais garder pour moi seule, et à qui tu coûtes plus de trois cent mille francs, à l'heure qu'il est. Il me serait tout aussi facile de te l'enlever. Je t'ai mis ton affaire à flot : il dépend de moi de te couler. Et si tu ne me sers pas, comme je suis en droit de l'espérer... tu sais le monument qui est en face du Palais de Justice... au coin du quai... le Tribunal de Commerce?... Eh bien! tu peux aller y choisir un syndic!

Rombaud devint très rouge, les veines de son front se gonflèrent, et toutes les marques de petite vérole, qui trouaient son visage, firent sur sa peau autant de taches blanches.

— Écoute à ton tour, Clémence, répliqua-t-il avec fermeté, tu sais que, sans moi, jamais tu ne serais montée sur une scène sérieuse, et que tu jouerais encore les « grues » aux Variétés ou au Palais-Royal! Ce n'est pas pour moi que tu as fait mettre à Nuño des fonds dans mon théâtre : c'est pour toi. Tu es très intelligente, tu t'es révélée comédienne. Mais à qui le dois-tu? A moi, qui ai osé te donner des rôles. Maintenant, n'essaie pas de te poser en souveraine maîtresse dans ma maison : c'est moi seul qui y commande. Et tu obéiras, comme tous tes camarades, ou tu diras pourquoi!

Ils restèrent en face l'un de l'autre, menaçants, les yeux dans les yeux, pendant un instant. Rombaud le premier, avec sa verve gasconne, détendit la situation.

— Allons! ne fais pas la bête! dit-il avec rondeur, en tapotant

l'épaule de sa pensionnaire. Il y a du succès pour tout le monde ici.
Et la pièce est superbe : tu verras. Tu ne joueras pas, si tu ne veux
pas. Tu vois que je suis gentil. Mais tu t'en mordras les pouces : c'est
moi qui te le dis. J'ai été pincé, moi, par les situations, là, mais à
fond!... Et il n'y a pas de milieu : ou ce sera un four à tout casser, ou
un succès de deux cents représentations.

— Nous verrons, dit Clémence, qui resta froide et rogue. Si mon
rôle ne me va pas, je n'en serai que plus assommée de le jouer deux
cents fois de suite.

Sans répondre, Rombaud revint, avec elle, vers le groupe et, là,
faisant signe à La Barre :

— Mon cher auteur, dit-il gaiement, je vous présente mademoiselle
Clémence Villa, une de mes meilleures comédiennes, très exigeante
comme toutes les jolies femmes, et qui va essayer de vous entortiller.
Accordez-lui tout ce qu'elle vous demandera, si c'est votre intérêt de
le lui accorder. Et soyez sûr d'avance que, quoi que vous fassiez pour
elle, elle ne vous en saura aucun gré...

Clémence, qui s'était, en abordant l'auteur, composé un visage
gracieux, comme si elle entrait en scène, adressa à Claude son plus
charmant sourire :

— Quand vous me connaîtrez, Monsieur, vous saurez ce qu'il faut
croire. Mais, ce dont je vous prie de ne pas douter, c'est du dévoûment absolu que je mettrai à faire triompher votre pièce, si toutefois
vous m'y réservez un rôle...

— Regarde donc Clémence qui y va du grand jeu ! souffla Pavilly
à Delessard, en le poussant du coude. Ont-elles le diable au corps,
ces femmes!... Tout çà pour jouer dans la pièce de ce petit jeune
homme, qui n'a pas l'air fort... Sapristi!... si je pouvais, moi, ne pas
en être !

Madame Seigneur, dans son étroite guérite, rangeait ses feuilles et
fermait ses tiroirs. Il était six heures, et le gaz commençait à s'allumer
sur le boulevard. Lentement les causeurs descendirent. Rombaud,
seul avec Cretet, restait en arrière, surveillant Clémence qui ne lâchait
pas La Barre, et qui, pour lui plaire, avait recours à toutes les rou-

ries de son répertoire. On l'entendait rire, d'une façon caressante, quand l'écrivain parlait. Elle semblait applaudir aux choses très spirituelles qu'il avait dites. Elle s'approchait beaucoup, mettant son joli visage très près de celui de Claude, l'effleurant de son buste, et lui faisant respirer le parfum qui émanait d'elle. Lui, très calme, appuyé à la barrière de bois qui sépare le vestibule du passage, s'observait beaucoup et écoutait curieusement la comédienne qui, à propos de rien, lui racontait son enfance.

Elle était, disait-elle, d'une excellente famille italienne établie depuis longtemps à Marseille. Elle avait été élevée dans le meilleur pensionnat de la ville. Une vocation irrésistible, qui avait désolé son vieux père, employé important de la préfecture des Bouches-du-Rhône, lui avait fait tout quitter pour le théâtre. Et maintenant, malgré les déboires d'une carrière très pénible, en dépit des dégoûts que lui inspirait le contact des gens affreux avec lesquels elle vivait tous les jours, elle poursuivait courageusement, n'ayant qu'une passion : l'art, qu'un but : le succès!

Et elle jouait de la paupière en débitant sa tirade, elle faisait des mines pudiques en parlant de sa famille, elle prenait des airs navrés en jugeant les cabotins ses camarades, elle avait une physionomie extasiée de jeune martyre, prête à mourir pour sa foi, quand elle disait, avec une vibration savante, ce mot, qu'elle semblait trouver sublime : l'art!

Trop adroite pour souffler mot de ce qui l'intéressait, elle avait mis la conversation sur le théâtre en général. Et, sans hésiter, battant en brèche toutes les réputations acquises, diminuant les écrivains les plus indiscutés, elle avait égorgé toute la littérature contemporaine aux pieds de l'auteur nouveau.

Lui demander le principal rôle de sa pièce? Ce n'était pas à elle que cette démarche était réservée. Une voix, plus puissante que la sienne, devait se faire entendre, à cette occasion. Sélim Nuño était là, lui, l'ami, le protecteur, pour faire triompher les caprices de la comédienne. Elle ne devait, elle, avoir qu'une seule pensée : plaire. Et elle s'y employait de toutes ses forces, avec toute son adresse.

La nuit venait, dans le vestibule, et le boulevard était tout à fait obscur. Au bord du trottoir, les lanternes du coupé étincelaient.

— Il faut pourtant que je m'en aille, murmura Clémence, comme si elle avait déjà de la peine à quitter le jeune homme... Je joue : il ne faut pas l'oublier. Mais on vous verra ce soir? Oui. Venez dans ma loge me dire comment vous m'aurez trouvée. Je jouerai pour vous.

La Barre sentit qu'elle lui prenait la main. Il la laissa faire, indifférent. Il était bien loin d'elle. Il pensait à cette adorable Lise Fleuron, qui l'avait si vivement ému chaque fois qu'il l'avait vue en scène. Il entendait sa douce voix, il apercevait ses cheveux blonds et ses yeux bleus. Et, dans le fond de son souvenir, comme un gracieux fantôme entrevu dans ses rêves d'enfant, une figure souriante et naïve apparaissait, celle d'une petite fille, qui courait dans un jardin et qui répondait aussi au nom de Lise.

Clémence Villa passa comme un sylphe devant lui. Vaguement il suivit, à travers la foule noire, la silhouette élégante de l'actrice. Il la vit monter en voiture, aidée par le valet de pied. La portière claqua, et le coupé partit au trot relevé de ses deux chevaux.

— Allons, il est temps de s'en aller dîner! dit Rombaud.

Ils rejoignirent les causeurs, qui descendaient les marches de pierre du péristyle, et La Barre qui s'était glissé plein d'appréhension, que ques heures auparavant, par la porte de service, sortit, le cœur gonflé d'espérance, par la porte d'honneur.

IV

La haine que Clémence Villa avait vouée à Lise Fleuron, pour n'être pas très ancienne, avait cependant de solides racines. Et c'était une haine qui devait paraître bien dangereuse à qui connaissait les antécédents de la dame. La comédienne était bien de Marseille, comme elle l'avait dit à La Barre, mais elle n'était pas fille d'un bon bureaucrate de l'Hôtel de ville. Elle n'avait pas vu le jour dans un honnête intérieur bourgeois, mais dans une mansarde des faubourgs, où son père, un de ces ouvriers piémontais, toujours le couteau à la main, après boire, lui avait donné plus de coups de pieds dans les os des jambes que de leçons de morale.

Dépravée jusqu'aux moelles, à quatorze ans, la petite fille allait, le soir, au coin des promenades, offrir des bouquets aux vieux messieurs bien mis. Deux ans plus tard, elle fut ramassée par la police, après une batterie d'hommes dans laquelle elle avait vigoureusement fait diversion en sautant aux yeux de l'adversaire de son amant. Violente à froid, rancunière avec réflexion, pateline et hypocrite quand elle n'était pas la plus forte, elle avait tous les défauts de la race italienne. Elle aurait très bien, à l'occasion, joué du couteau, comme faisait son père, le soi-disant bureaucrate, à qui l'État avait fini par accorder sa retraite dans une maison centrale.

Arrivée à Paris dans un état de misère effroyable, cette ravissante fille, qui avait eu la fâcheuse idée de se faire teindre les cheveux en rouge-carotte, vécut, pendant quelques mois, dans un garni de la rue de Laval, livrée à la la débauche la plus basse. Un coiffeur, qui la vit, la jugea trop belle pour faire le métier qui la nourrissait, et, saisi de pitié, parla d'elle à une femme. très lancée dans le monde galant. Celle-ci s'intéressa à la malheureuse et la prit auprès d'elle, comme fille de chambre. Mieux nourrie, convenablement vêtue, Clémence parut, ce qu'elle était en réalité, jolie comme les amours. Elle avait alors vingt ans. Elle monta rapidement en grade et devint confidente, on peut même dire amie de sa maîtresse. Car cette célèbre impure fut d'une excessive bonté pour la fille qu'elle avait ramassée dans la boue.

Clémence l'en récompensa, à Bade, en lui volant son sac à bijoux, dans lequel elle avait vingt mille francs en rouleaux d'or. Les fameux diamants de la dame étaient heureusement, ce soir-là, sur sa tête, à son cou et à ses oreilles sans quoi ils eussent été emportés par Clémence, qui se sauva avec un garçon de l'hôtel, et courut d'une seule traite jusqu'à Hombourg, où elle perdit tout à la roulette. Sa protectrice ne la poursuivit pas. Elle regretta moins l'argent, qu'elle gagnait facilement, que cette jolie fille dont la présence lui était agréable.

A la suite de cette aventure, Clémence fit le plongeon. Elle connut peut-être des misères plus atroces encore que celle de ses débuts, peut-être tâta-t-elle de la prison. Elle avait, en amour, une prédilection pour les aventuriers, qui pouvait la conduire à mal. On la retrouve à Versailles pendant la guerre, où elle fit les délices de l'État-major allemand. La Commune n'eut rien à voir avec elle. Les gens qui brûlaient les immeubles particuliers n'étaient point son fait.

En 1872, elle fit une première apparition sur la scène des Variétés, où elle joua le rôle de la princesse dans une reprise des *Brigands*. A partir de cette époque, elle se montra sur différents théâtres, allant du Palais-Royal à la Porte-Saint-Martin, et de la Porte-Saint-Martin à Batignolles, où l'ex-Francisque l'avait rencontrée. Mais, qu'elle jouât les grues dans les opérettes, ou les amoureuses dans le drame, c'était pour elle fini de la misère. Elle avait su se faire donner des rentes par Sélim Nuño. Et si, comme on le disait, l'affection du vieux Portugais pour Clémence était très refroidie, celle-ci pouvait désormais se passer de son protecteur. Elle avait une belle fortune.

Ce qui dévorait maintenant Clémence, c'était le désir du succès. Elle voulait, à tout prix et n'importe comment, arriver. Elle avait travaillé avec les meilleurs professeurs de déclamation de Paris ; elle n'avait pu acquérir ce qui lui manquait : l'instruction première. On sentait qu'elle manquait de gammes. Elle rachetait ses défaillances par du tempérament, par de la vivacité. Mais ce que l'étude prolongée, commencée de bonne heure, peut seule produire : l'unité, la gradation, l'ampleur dans la diction, elle ne l'avait pas et ne l'aurait jamais. Elle ne pouvait pas dire les vers, ce dont elle enrageait. Le style moderne, rapide, haché, martelé, lui convenait à merveille. Elle joua le second acte du *Supplice d'une femme*, dans une représentation à bénéfice, d'une façon étonnante. Si elle eût joué les trois actes, il est probable qu'elle ne se fût pas soutenue. Mais, souvent ainsi, dans une scène, elle était remarquable.

Ce n'était pas à se faire applaudir dans un fragment de pièce qu'elle visait. Son ambition était plus haute. Elle rêvait de créer deux ou trois rôles difficiles, d'une façon assez brillante pour qu'on l'engageât à la Comédie-Française. Elle disait volontiers :

— Il n'y a, à Paris, que deux jeunes premières : Bartet et moi ! Moi, dans la violence, elle, dans la grâce.

Ce à quoi Pavilly, qu'on trouvait toujours là quand il y avait quelque trait piquant à lancer, répondait de sa voix asthmatique :

— Oui, tu as raison Bartet ; c'est, à la fois, la chasteté, la douceur et la passion... C'est la jeune première !...

Il s'arrêtait un instant, passait sa langue sur ses lèvres, clignait ses petits yeux, grimaçait un sourire, et ajoutait avec conviction :

CLÉMENCE QUI NE LACHAIT PAS LA BARRE (PAGE 1643)

— Mais toi, ma chère, tu es un troisième rôle !

Ce Pavilly, laid et méchant comme le diable, était la bête noire de Clémence. Mais il n'y avait rien à faire contre lui ; on le ménageait : il avait du talent. Troisième rôle? C'était tout ce qu'on pouvait dire de plus désagréable à la comédienne. Jouer les mauvaises femmes, les traîtres femelles, quand son bonheur était de personnifier les innocentes et les persécutées ! Ce jugement porté sur elle : troisième rôle, avait le don de l'exaspérer. Elle ne pardonnait pas à un critique qui ne la classait pas jeune première. Elle essaya de faire casser aux gages un rédacteur de Soirée théâtrale qui avait écrit, dans la pureté de son âme, que, « mademoiselle Villa avait admirablement composé son rôle à la manière noire ». Il ne pouvait rien y avoir en elle de noir, excepté peut-être sa conscience. Tout le reste était rose comme les fleurs, argenté comme la source pure, azuré comme le ciel clair.

Le jour où il fallut que Clémence comprît qu'une véritable étoile s'était levée dans le ciel en toile peinte du Théâtre Moderne, une tempête terrible gronda dans son cœur. Elle voua à celle qui ruinait, à la fois, son présent et son avenir, une haine farouche qu'elle sut dissimuler, dans l'intérêt de son orgueil. Elle étudia la bonhomie, comme un rôle, devant sa glace. Elle, paraître atteinte par le succès de cette petite Lise ! Mais pourquoi donc? Est-ce qu'il n'y avait pas assez de place sous le soleil pour tout le monde? Une seule artiste de valeur, dans un théâtre, c'était trop peu. On l'avait bien vu, le soir où mademoiselle Fleuron avait été obligée de la doubler, elle, Clémence Villa, dans le rôle de la Baronne. C'était sa consolation de rappeler ce début désastreux qui avait inauguré la carrière de Lise. Et puis, en disant que la jeune fille l'avait doublée, elle établissait nettement sa supériorité de chef d'emploi.

Elle jouait, chaque soir, avec Lise. Dans le couloir du premier étage, au-dessus du foyer des artistes, leurs loges étaient séparées par celle de Fanny Mangin. Pour aller chez Lise, il fallait passer devant la porte de Clémence, que celle-ci laissait toujours ouverte, à cause de la chaleur du gaz. La belle fille se souciait peu qu'on la surprît s'habillant : elle avait l'habitude de la nudité. Assise devant sa toilette, vêtue seulement d'un jupon brodé, sous lequel on apercevait ses jambes, emprisonnées dans des bas de soie assortis à la couleur de sa robe, et d'une chemise de batiste garnie de dentelles, qui laissait voir sa gorge ronde et son dos nacré presque jusqu'à la taille, elle faisait sa figure, frottant légèrement la patte de lièvre sur ses pommettes, pour étendre également le vermillon de son maquillage. Et, tout en gourmandant son habilleuse d'une voix aigre, elle guettait les allants et les venants qui suivaient ce couloir étroit, sombre et étouffant, dans lequel l'entre-bâillement des portes de loges jetait, par instants, une lueur éclatante, en même temps qu'un parfum de femme s'élevait, subtil et pénétrant, dans l'atmosphère surchauffée.

Pendant les entr'actes, Rombaud avait pris l'habitude de faire un tour dans les loges. Il montait, remuant dans sa poche son trousseau de clefs, par un mouvement machinal, en poussant un « hum ! » sonore qui annonçait sa venue. Il s'arrêtait à la porte de Clémence, et, entrant comme chez lui, s'asseyait sur le petit canapé qui occupait à lui seul plus de la moitié de la loge. Le chapeau en arrière, il causait, faisant sa cour, et assistant à la toilette de la comédienne. Aussitôt que Rombaud était entré, la porte se fermait. C'était pendant ces quarts d'heure-là que Clémence racontait à son directeur tous les cancans de coulisses, toutes les histoires de la maison. Elle était vraiment souveraine, possédant le maître à elle seule. Ces visites étaient la consécration de son pouvoir. Elle en avait fait une redevance que Rombaud lui payait sans marchander. C'était comme un tribut, en souvenir des faveurs reçues autrefois.

Elle eut le crève-cœur de le voir passer devant sa loge, lui adresser un bonjour amical, du bout des doigts et du bout des lèvres, et se diriger vers la loge de Lise Fleuron. Elle l'entendait frapper à la porte, et demander d'une voix presque timide : Peut-on entrer? Et des vagues de sang lui montaient aux tempes. Elle voyait, dans cette discrétion respectueuse, un affront pour elle. Il entrait tout droit, sans frapper, quand il venait chez Clémence. Pourquoi donc faisait-il tant de manières avec cette Lise? Fallait-il respecter son innocence et sa sagesse? Était-elle sage, d'abord? On n'en savait rien. Ces mijaurées qui font tant les prudes, en apparence, sont souvent, en réalité, des gaillardes qui font les cent coups! Elle en connaissait, et, pas plus loin qu'au bout du couloir : Cécile Chrétien, que sa mère avait la prétention de poser comme une vierge, avait eu tous les amis de Rombaud, les uns après les autres.

Elle chercha à se faire conter des histoires sur Lise. On disait qu'elle vivait dans un appartement au quatrième, rue de Lancry, avec sa mère. Mais, la mère, on ne la voyait jamais. Peut-être y avait-il là un ménage caché, quelque liaison avec un employé, un petit commerçant. Lise avait bien la tête d'une femme qui donne dans les courtauds de boutique, et qui, avec une robe de toile de quinze francs et un chapeau de paille à rubans, va faire son dimanche, dans l'île Saint-Ouen, au milieu des balançoires, des tirs aux macarons et des chevaux de bois.

Oh! si on pouvait lui découvrir un amant vulgaire, comme son prestige tomberait, comme elle redeviendrait, en un instant, la petite fille insignifiante qu'elle avait été à ses débuts ! L'auréole de fière candeur, qui l'embellissait et prêtait à son talent un charme si vif, pour tous ces blasés, comme elle serait vite arrachée de son front !

Avec une prudence dans laquelle sa finesse italienne la guida utilement, Clémence fit son enquête et ne trouva rien de ce qu'elle espérait. Lise Fleuron était sage. Elle habitait avec sa mère, pauvre femme vieillie avant l'âge, et dont les yeux étaient presque complètement perdus. Il ne venait jamais d'homme chez elle. Sa vie était la plus régulière qu'il fût possible de rêver. Elle sortait à midi, pour aller au théâtre répéter, revenait chez elle à cinq heures, dînait, repartait à sept heures pour jouer, et rentrait à minuit et demi en voiture, ramenée par un cocher de fiacre qui la prenait avant de retourner à son dépôt, rue Bellefond.

Battue dans cette première expédition, Clémence se retourna. Elle se dit : Sa sagesse lui fera plus de tort qu'une belle et bonne inconduite. Une fille qui veut rester honnête, au théâtre, se met tout le monde à dos. Elle repoussera les avances qui lui seront faites ; on ne lui pardonnera pas sa pruderie. Elle se fera autant d'ennemis qu'elle évincera d'amoureux. Cette pensée consola Clémence, et lui donna la force de rester maîtresse d'elle-même. Elle montra à tous un front calme, quand elle était dévorée par la colère et la jalousie.

Dans le monde rien n'est plus fréquent que les haines de femmes. Rivalité de fortune, d'élégance, d'esprit et d'amour, sont autant de motifs d'animosité, habilement voilée par des louanges, soigneusement dissimulée par des caresses. Souvent, quand on voit deux femmes se complimenter, se sourire, on dirait deux amies tendres et dévouées. Et cependant elles se haïssent. Leur façon d'être offre les apparences de la cordialité. Mais, au fond du cœur, elles ont la rage et toutes ses violences, les rêves de vengeance féroces, les souhaits de malheur, les secrètes espérances de mort. Tout ce qui tourne à l'avantage de leur ennemie est, pour elles, une cause d'amère souffrance. Elles font tout pour l'écraser de leur succès, pour l'éblouir de leur éclat. Elles recrutent des partisans, se ménagent des alliés, et ne reculent devant aucune promesse, devant aucun sacrifice, pour assurer le triomphe de leur cabale. C'est une guerre sourde, mais acharnée, qui a pour champ de bataille les salons.

Cependant ces haines de femmes du monde ne sont rien, comparées à celles des femmes de théâtre. Dans le monde, les adversaires se trouvent forcément séparées. Il y a des répits, des diversions. Le face à face n'est pas continuel. Au théâtre, la vie est commune. On s'est quitté la veille, à minuit, après le spectacle ; on se retrouve à midi, après quelques heures de sommeil, pour la répétition. Comme les forçats d'un même bagne, on est rivé à la chaîne. L'être détesté est, sans cesse, présent à la vue, comme son souvenir à la pensée. C'est une obsession morale, une persécution physique, un cauchemar vivant. La haine est attisée par de nouveaux griefs, réels ou imaginaires. Ce n'est pas seulement, comme entre mondaines, une question de préséance qui est en jeu, ce n'est pas pour un passager triomphe d'un soir que la lutte s'engage, ce n'est pas pour sauvegarder une futile vanité. Le but est plus haut, les motifs plus sérieux. Les appétits, en même temps que les ambitions, combattent. Il s'agit de s'enrichir autant que de s'illustrer. Toute question d'amour-propre est doublée d'une question d'intérêt. C'est, à la fois, la bataille pour l'existence et pour la gloire qui est livrée là, furieusement et sans merci.

La vie que Lise Fleuron et Clémence Villa commençaient côte à côte devait donc être terrible. Elle l'était déjà pour Clémence. Elle ne l'était pas encore pour Lise, qui, dans l'innocence de son âme, ne se doutait pas des tempêtes qu'elle avait soulevées. Elle se montrait affectueuse pour celle qui rêvait de la perdre, et suivait son chemin tout droit, heureuse de le trouver facile et riant.

Cependant, aux griefs que Clémence avait contre Lise, allait bientôt s'en ajouter un, plus grave que tous les autres.

Les coulisses du Théâtre Moderne avaient toujours été fréquentées. Rombaud, de son passage dans le monde des cercles, conservait des relations agréables. Ses amis prirent l'habitude, après dîner, avant d'aller en soirée, de venir perdre une heure au théâtre. Ils s'installaient, pendant la représentation, dans un coin de la vaste scène, auprès d'un portant, et là, dans le silence profond du public attentif, au bourdonnement du dialogue assourdi par les décors, ils bavardaient à voix basse avec les actrices. Et c'était un tableau très pittoresque.

Assise sur un pliant, un petit châle de laine sur les épaules, à cause des courants d'air qui venaient par la coupée servant au passage des décors, madame Bréval, avec ses grandes manières de marquise, trônait, au milieu d'un groupe, en attendant son entrée. Rose Lointier, décolletée, la gorge piquée d'une mouche faite au crayon noir, riait, en montrant ses dents de jeune chien enchâssées dans des gencives rosées, et appuyait très haut son pied sur les montants de l'échelle du gazier, pour faire voir sa jambe qui était charmante.

Fanny Mangin, très richement entretenue par le marquis Bévignano, propriétaire d'une importante écurie de course, et adorée par Mortagne, le beau jeune premier, racontait des bêtises à Raynaud, gros homme à favoris grisonnants, ancien agréé près le tribunal de commerce, très répandu dans le monde des théâtres, administrateur d'un grand nombre de sociétés, très habile, très sérieux, mais ne pouvant se passer de ce froufrou des jupes remuées autour de lui, et de ce jargon pimenté des coulisses. La belle fille rousse avait un faible pour Raynaud. Elle lui demandait des conseils, lui confiait ses espérances et lui donnait des « tuyaux », dont il ne profitait pas, sur les chevaux qui devaient gagner aux courses le dimanche suivant.

Accompagnant sa fille et ne la quittant pas plus que son ombre, madame Chrétien, avec une majesté de reine, s'approchait de Massol pour lui demander le chiffre de la recette. Puis elle revenait à l'enfant, jetant des regards de défi à madame Bréval, qu'elle détestait profondément. Cécile Chrétien, grande fille blonde, assez jolie, mais marchant mal et ayant l'air bête, restait immobile, souriant dans le vide, les yeux fixes, semblant rêver, et, en réalité, ne pensant à rien.

Gamard, un petit brun, fils d'un riche entrepreneur de pavage, spirituel, mais horriblement mal élevé, très connu pour les excentricités auxquelles il se livrait en public, venait pour Albertine Rameau, un gamin femelle qui jouait les cāmeristes avec une effronterie d'un naturel exquis. Il était le favori des machinistes, par lesquels il se laissait bénévolement mettre à l'amende, en prononçant le mot : corde. Il ne faut pas plus parler de corde dans un théâtre que dans la maison d'un pendu. Corde se dit : fil. L'étourdi qui se trompe est exposé à se voir offrir un petit bout de chanvre tressé, dont le coût est de cinq à vingt francs, suivant l'opulence du destinataire. Gamard disait : corde, pour avoir le plaisir de régaler les machinistes. Le jeune gommeux avait pour spécialité de raconter à Cécile Chrétien des bourdes grosses comme des maisons, de la stupéfier par la précision des détails, de les lui faire croire, et de raconter la chose à tout le monde, en s'écriant avec sa voix canaille de faubourien millionnaire :

— Ah ! mes enfants, ce que je viens de la faire aller en bateau ! C'est rien de le dire !

Ce à quoi Desmazures, comédien homme du monde, très correct, très gourmé, très galant, répliquait, en se détournant avec dignité :

— Mon Dieu ! que ce M. Gamard a donc mauvais ton !

Campoint, le chef d'orchestre, qui avait failli avoir le prix de Rome,

passait d'un air indolent et dédaigneux, évitant de parler aux femmes
à cause de madame Bréval, avec laquelle il vivait maritalement. Cette
· grande artiste, arrivée à cinquante ans, ne pouvait se résoudre à
accepter la solitude froide et grave de la vieillesse. Et elle était
heureuse de jouer le rôle de la Providence, auprès de ce jeune et
vigoureux gaillard aux sourcils drus et au menton bleu, qui se laissait
voluptueusement protéger. Campoint causait volontiers avec Trincard
qui, absorbé par ses combinaisons financières, le laissait parler sans
l'interrompre. Mais quand le chef d'orchestre croyait l'attention du
comédien bien excitée par le récit des procédés infâmes du directeur de l'Opéra, qui refusait de lui commander un ballet, à lui
Campoint, auteur de *Téléphone-valse*, Trincard, sortant d'un rêve,
laissait échapper ces mots :

— Et quinze cents de primes dont deux sous... Je vais à cinq
mille !...

Alors Campoint, silencieux et irrité, s'éloignait, et allait noyer ses
désillusions dans un bock au Café du Théâtre.

Enfin Clémence Villa arrivait, la queue de sa robe portée par son
habilleuse, quelques secondes seulement avant d'entrer en scène.
Elle considérait comme au-dessous de sa dignité de flâner dans les
coulisses. Quand le moment de paraître était venu pour elle, on entendait, derrière la porte de fer, la voix de l'avertisseur qui criait
dans l'escalier : Mademoiselle Villa, c'est à vous ! Et, dans le nuage
blanc de ses jupons parfumés, coiffée de fleurs, étincelante de
diamants, elle s'avançait, donnant une poignée de main, accordant
un sourire, et, de l'œil, cherchant Jean de Brives, le seul homme qui
l'intéressât parmi les habitués du théâtre. Si elle l'apercevait, alors,
d'un mouvement sec, elle tirait sa robe des mains de l'habilleuse,
disant : C'est bien, Julienne, vous pouvez remonter, et, le regard
animé, le geste caressant, la voix douce, elle s'emparait du jeune
homme, l'entraînant à l'écart, lui parlant à voix basse, pour lui faire
les questions les plus futiles, et lui mettant sous la moustache ses
blanches épaules.

Lui, souriant, très gracieux, mais d'une réserve parfaite, écoutait

LISE FLEURON

ASSISE DEVANT SA TOILETTE, CLÉMENCE S'APPRÊTAIT (PAGE 1651)

la comédienne, lui répondait, se prêtait à son manège, et se laissait afficher par elle, sans que rien dans sa tenue permît de croire qu'elle en eût le droit. Puis, tout à coup, sur un signe du régisseur, Clémence, faisant un pas en arrière, passait un rapide examen de sa toilette, arrondissait les bras, ouvrait les yeux bien grands, fixait sur ses traits une expression de commande, et, poussant une porte du décor, elle entrait en scène, en parlant d'une voix changée.

L'acte finissait, les applaudissements de la claque tombaient de la quatrième galerie, avec le bruit d'un sac de noix fortement secoué, le rideau baissait, et, en un instant, le théâtre, devenu obscur, était vide. Dans l'escalier, à la file, chacun regagnait sa loge. On entendait les hauts talons des petits souliers des femmes gênées par leurs robes retroussées, claquer sur les marches. Et, comme des écoliers affranchis de la contrainte de la classe, tous se mettaient à parler et à rire bruyamment. C'était un bourdonnement où les voix légères se mêlaient aux voix graves, dans un ensemble joyeux. Puis tout ce flot se répandait dans les loges et, subitement, le silence se faisait de nouveau, pendant que les machinistes transportaient les décors, procédant à la nouvelle plantation, et que les musiciens de l'orchestre descendaient dans la rue de Bondy fumer une cigarette devant la loge du concierge.

Alors, sur la scène vide, sortant de sa boîte, paraissait Gaillardin, le souffleur, petit vieillard à la figure rouge, aux cheveux blancs hérissés, qui, sa femme étant autrefois partie avec un de ses amis, en avait gardé l'esprit un peu dérangé.

— Ça s'est porté à la tête ! disait Pavilly.

Il marchait dans les coins obscurs, gesticulant, comme s'il poursuivait un ennemi invisible et répétant : Badoureau, tu m'as trompé ! Badoureau, misérable ! Je te tuerai !

Badourean était l'ami qui avait troublé la sécurité conjugale du souffleur.

— Que voulez-vous ? disait encore Pavilly. Un souffleur ! ça devait lui arriver... Souffler n'est pas jouer !

Et toujours, même pendant la représentation, en soufflant entre

deux répliques, le pauvre vieux grondait, l'œil en feu, la voix tremblante : Badoureau, misérable ! Badoureau, je te tuerai !

Les artistes avaient fini par s'y habituer, et, dans le théâtre, tout le
monde respectait sa manie délirante. Il errait, pendant les entr'actes,
au travers des décors remués, des herses allumées, des tapis descendant du cintre, indifférent à ce tohu-bohu, que les habitués fuyaient
en se réfugiant dans les loges des artistes, et, toujours obsédé par son
cauchemar, s'adressait d'une voix entrecoupée à celui qui avait bouleversé son existence.

Jean de Brives ne montait jamais dans les loges. Il allait, avec
Rombaud, dans son cabinet, et, assis, pendant que le directeur ouvrait
son courrier du soir, il restait à réfléchir, laissant errer ses yeux sur
les tableaux qui couvraient les murs.

C'était un grand garçon, d'une trentaine d'années, très élégant et
d'une figure charmante. Ses cheveux châtains, coupés courts, frisaient
naturellement, sa barbe d'un blond doré était taillée en pointe, ses
moustaches très légères laissaient voir une jolie bouche, et, sous des
sourcils épais et foncés, il avait les yeux bleus. L'expression habituelle
de son visage était grave et hautaine. Vêtu de velours et de satin, il
eût admirablement représenté ces galants raffinés de la cour de
Henri III, toujours prêts pour l'amour et pour la bataille.

D'une très bonne famille de Normandie, il était resté orphelin de
bonne heure. Amené à Paris par un de ses oncles, vieux garçon, très
lancé dans la haute vie, il avait été, à l'âge où les jeunes gens ont
besoin de direction et de conseils, complètement livré à lui-même.
Esprit positif, tempérament froid, il ne se laissa pas entraîner au
courant de l'existence facile, au milieu duquel il avait été jeté,
comme on jette en pleine eau un enfant à qui on veut apprendre,
d'un seul coup, à nager. Il se replia sur lui-même, observa, et,
avec une clairvoyance supérieure, jugea la médiocrité de ses contemporains.

Il vit, autour de lui, tant d'esprits débiles, tant de caractères faibles
tant de cœurs hésitants, qu'il en arriva à cette conclusion, qu'un
homme solidement trempé, résolu à ne pas céder à la mollesse géné-

rale, et à marcher fermement, sans se détourner, vers le but fixé, devait, sans aucun doute, violer la fortune et parvenir à tout.

Il avait pour seul patrimoine une somme de trois cents mille francs liquides. Il calcula que son argent bien placé à cinq pour cent, lui rapporterait quinze mille francs de rente. C'était, dans le monde où il voulait vivre, une décente misère. Il résolut de faire travailler, d'une ertaine façon, son capital. Au lieu de le placer dans les fonds publics, il l'enferma dans un tiroir, et se mit à jouer. Comme ces hardis marins, qui employaient toute leur légitime à équiper un corsaire, et, toutes voiles dehors, se lançaient sur l'Océan à la recherche des galions chargés d'or, il mit tout ce qu'il possédait, comme enjeu, dans la partie qu'il engageait et, audacieusement, il commença à batailler pour la vie.

Il était gentil garçon, aimable convive, et très aimé au Cercle. Beau joueur, perdant sans sourciller cinq cents louis sur une carte, et gagnant vingt ou trente mille francs, sans que son visage trahît une émotion, jamais il n'accusait son gain ou sa perte. On ne l'entendait pas se réjouir ou se lamenter. Il n'avait pas de ces grosses gaietés de banquier en veine, ni de ces humeurs sombres et massacrantes de ponte qui s'enfile. Il était impassible, froid, ne disant pas un mot plus haut que l'autre, se levant, quand il avait perdu, avec le même mouvement souple et silencieux que quand il avait gagné.

Il menait un train très convenable, mais sans luxe. Toujours disposé à faire une fête et n'hésitant jamais à prêter cinquante louis à un camarade. Il habitait un petit entresol de quatre pièces, rue Taitbout. Il n'avait pas de voiture et se servait des remises du Cercle. On le voyait partout: aux premières, aux samedis du Cirque, et aux mardis de la Comédie-Française, dans le monde, où il dansait avec une ardeur infatigable, et dans le demi-monde, où il ne s'attardait jamais. On ne lui connaissait pas de maîtresse. Très discret, s'il saluait d'un signe de la main ou d'un sourire quelque jolie impure, passant au Bois, la tête encadrée dans la glace de son petit coupé, et qu'on lui poussât le coude, avec un air interrogateur, il faisait aussitôt une mine sérieuse et disait :

— Oh! pas du tout! C'est tout simplement une petite camarade à moi.

Il formulait quelquefois des déclarations dans ce genre ; « Les femmes, ça ne sert à rien, et ça gêne pour tout ! » Ou bien : « Il n'y a de gens vraiment forts que ceux **qui** ne se laissent pas aller aux femmes. »

Il paraissait mettre ses théories en pratique. Et bien des gens auraient juré que, dans son existence, l'amour avait jusqu'ici compté pour bien peu. Il eut, un soir, une discussion à la table de baccara avec un gentilhomme espagnol, très connu à Paris pour son immense fortune. Insulté, Jean de Brives se battit, blessa dangereusement son adversaire. L'étranger faillit mourir, le poumon ayant été traversé. Jean alla pendant trois semaines chercher lui-même de ses nouvelles et manifesta un sincère chagrin de l'avoir mis en si mauvais état. Sa bonne renommée en fut augmentée. Et à tous ceux qui le connaissaient on pouvait demander: Qu'est-ce que M. Jean de Brives? Tous auraient répondu avec conviction : Ah ! Charmant garçon.

A Paris, où on ne va jamais au fond des choses, où l'apparence est, pour les quatre cinquièmes, dans l'opinion qu'on se fait des gens, où la courtoisie, dans les relations banales, vaut un brevet de bonne éducation, et la probité courante une réputation de scrupuleuse honorabilité, Jean de Brives devait, en effet, passer pour un gentleman accompli. Un observateur attentif, un de ces curieux qui restent, pendant des heures, debout derrière les joueurs, dans la salle d'un Cercle, à voir tailler le baccara, aurait pu seul établir si le bilan de Jean se soldait par du gain ou de la perte. Pour la majorité des gens, au milieu desquels il vivait, le jeune homme était un aimable désœuvré, qui jouait gros jeu et payait, avec une exactitude ponctuelle, ses différences.

Cependant, en quelques années, le tiroir, dans lequel Jean avait serré son pécule, s'était alourdi de sommes très importantes. Les trois cent mille francs s'étaient doublés, et Jean avait vécu comme ceux de ses amis qui avaient cinquante mille livres de rente. L'ambitieux, qui était entré en lutte avec la société, et qui, l'ayant vaincue, avait levé sur elle de larges contributions, jugea le moment venu de changer de terrain. Il ne voulut pas lasser la fortune en lui demandant si peu, et, cessant de jouer au Cercle, il commença à jouer à la Bourse.

Cette fois, ce n'étaient plus les escarmouches d'un soir, les combats avec de petits bataillons. C'était la grande guerre avec des masses puissantes, engagées, non pas suivant l'inspiration du moment, mais d'après un plan de campagne mûrement préparé, et suivi avec cette hardiesse et cette énergie qui avaient assuré les précédentes victoires. Dans le fond de sa pensée, Jean avait déjà conçu des projets dont l'audace aurait bien étonné ceux qui disaient de lui avec une bienveillance superficielle : de Brives ? Charmant garçon !

Ce charmant garçon, au front pur, au doux sourire, à l'œil candide, avait l'âme de bronze de ces aventuriers qui conquirent des mondes : Pizarre ou Cortez. Si rien ne l'entravait dans sa marche ascendante, il devait prendre rang parmi les plus entreprenants agioteurs de ce temps, qui a vu tant de fortunes rapidement élevées et aussi rapidement écroulées. Il était homme à jongler avec les millions, et à engager, dans une spéculation, la vie de tout un peuple, sans sourciller.

Sa chance était indéniable, et Rombaud, qui savait voir, avait prié de Brives, au moment où il prit le Théâtre Moderne, de souscrire pour une seule action de cinq cents francs.

— Je veux vous avoir avec moi, avait dit le futur directeur, je suis sûr que vous influencerez la veine.

De Brives, qui avait toujours à la disposition d'un indifférent un billet de mille francs, donna cent louis à Rombaud, qui lui plaisait, et reçut, en échange, quatre feuilles de papier très joliment illustrées, qui devaient avoir une influence décisive sur son avenir.

Le Théâtre Moderne l'amusa et il y vint. Cet envers de la scène, ces coulisses sales et infectées par l'odeur du gaz, eurent pour lui un irrésistible attrait. Il éprouvait un vif plaisir à causer avec les comédiennes, à les voir de près, avec leur visage fardé qui leur donnait l'air de poupées brutalement enluminées, et avec leurs épaules mates recouvertes d'un blanc liquide. Quelquefois une petite main se posait sur le revers de son habit, et y laissait une trace crayeuse très difficile à enlever. Et il restait au coin d'un portant, regardant curieusement les perruques si charmantes de loin, si grossières de près, les yeux violemment charbonnés et allongés dans les coins, les lèvres rougies de cosmétique à la fraise, entre lesquelles les dents étincelaient.

Et rien ne l'amusait comme de voir, au milieu d'une conversation très gaie, un acteur crisper et durcir les traits de son visage, puis s'élancer en scène, en s'écriant d'une voix vibrante :

— Vous en avez menti, Monsieur le comte, et je vous châtierai !

Ce contraste, entre le naturel de la vie ordinaire et l'exagération de la scène, lui plaisait. Ses nerfs se tendaient, malgré lui, sa vie devenait plus intense, la fièvre du théâtre le gagnait, et, dans ce milieu où le son vibrait éclatant, où la lumière papillotait à outrance, les heures lui paraissaient plus courtes. Le cabotinage ambiant le pénétrait.

Présenté par Rombaud à Clémence, il fut aimable avec elle, mais se tint sur la réserve. S'il avait été empressé, il est probable que la comédienne ne se fût pas plus souciée de lui que de tous ceux qui lui faisaient la cour. La froideur de Jean la piqua. Pourquoi restait-il à l'écart, pourquoi ne paraissait-il pas rechercher ses bonnes grâces? Est-ce qu'elle ne valait pas la peine qu'on la désirât? Jean lui fit l'effet d'un garçon très poseur et fort impertinent. Et elle se promit de lui faire sentir son pouvoir.

Mais Jean paraissait beaucoup plus désireux de se mettre bien avec Nuño que de plaire à Clémence. Quand le Portugais était là, il s'emparait de lui et causait avec animation. Alors, dépitée, la jeune femme faisait un signe impérieux à Sélim et le contraignait à venir auprès d'elle. Mais de Brives pivotait sur ses talons et, sans affectation, allait retrouver Rombaud ou écouter les vieilles anecdotes, toujours les mêmes, que le docteur Panseron aimait à conter sur la grande époque romantique.

— De quoi parliez-vous à M. de Brives? dit un soir Clémence, avec humeur, à Nuño.

— D'une très importante affaire de mines.. Il est très intelligent, ce garçon...

— En tous cas, il n'est guère poli ! Il affecte de ne pas m'approcher... Est-ce parce qu'il vous croit jaloux ? Sa discrétion alors accuserait une bien grande fatuité. Croit-il que je vais me jeter à sa tête ?

— Je vais vous le chercher, ma chère, vous lui direz son fait...

Jean, conduit devant Clémence, comme un coupable au pied de la reine, se montra charmant et sut racheter ses torts. Clémence, désamée, dut s'avouer à elle-même qu'il lui plaisait follement. Elle rentra chez elle, après le théâtre, en proie à un de ces désirs âpres qui jettent, en cinq minutes, ces femmes de plaisir dans les bras d'un homme qu'elles ne connaissaient pas la veille.

Un soir d'hiver, la neige tombait à gros flocons et couvrait la ville d'une nappe blanche. Aucun des habitués n'était venu au théâtre. Rombaud s'était enfermé dans son cabinet, pour examiner des maquettes de décors. Un ennui lourd pesait sur le théâtre morne. Les acteurs jouaient mollement, devant une salle à moitié vide. Madame Bréval avait une migraine folle, et Desmazures seul, guilleret, l'œil allumé, arpentait la scène d'un pas allègre, en disant que cet hiver lui rappelait Saint-Pétersbourg, le beau temps de sa carrière dramatique.

Clémence, abandonnée à elle-même, était d'une humeur atroce et avait tancé l'infortunée Julienne, son habilleuse, qui ne lui avait pas recousu un volant de sa robe, avec une crudité de langage qui sentait Saint-Lazare. Subitement son visage s'éclaira, le sourire s'épanouit sur ses lèvres : de Brives venait de paraître. Il traversa la scène et se dirigea vers elle. De loin elle admirait sa démarche élégante, sa taille bien prise, que faisait valoir un gilet de soie noire à petites fleurs brochées, et son habit à revers étroits. Elle lui tendit la main avec un mol abandon, et l'attira doucement à elle. Il ne résista pas et se laissa tomber sur un escabeau, presque aux pieds de la comédienne restée debout.

— Il fait ce soir un froid horrible, dit-il, et je vous plains de jouer. les épaules nues. Je n'ai fait que traverser le théâtre et je suis gelé

C'ÉTAIT UN GRAND GARÇON D'UNE TRENTAINE D'ANNÉES (PAGE 1659)

Clémence, d'un mouvement rapide, fit glisser la mante doublée de renard bleu qui l'enveloppait et, souriante, elle en couvrit Jean, qui, en un instant, se trouva dans la fourrure tiède et parfumée. La sensation qu'il éprouva fut si violente qu'il pâlit. Il lui sembla qu'il était serré dans les bras de Clémence, et que la chaleur qui le pénétrait était celle du corps même de la jeune femme. Ils restèrent un moment l'un devant l'autre, silencieux et très émus. Elle, le regardant avec son sourire troublé, lui, gagné par l'ardeur voluptueuse de la comédienne, et inquiet de ne plus se sentir maître de lui.

Ils étaient derrière un portant, et dans une demi-obscurité. Clémence jeta autour d'elle un coup d'œil, vit qu'ils étaient seuls ; alors, se penchant, elle prit la tête de Jean entre ses mains, et lui mit sur les lèvres un rapide baiser. Il poussa une exclamation sourde, se leva vivement, et, d'un geste, rejetant la pelisse, comme si la fourrure soyeuse eût contenu un poison dangereux, il montra à la jeune femme une figure changée. Il n'eut pas le temps de lui rien dire ; elle passa devant lui, légère et gracieuse, et s'élança en scène.

Jean, tout étourdi, se dirigea vers le cabinet de Rombaud, lui dit bonsoir laconiquement, s'allongea dans un fauteuil, et, allumant une cigarette, se mit à pousser sa fumée vers le plafond en bouffées pressées, réfléchissant profondément.

Il était mécontent de lui-même. Il s'accusait de ce qui venait d'arriver. Il avait manqué de fermeté et offert à Clémence, par sa familiarité inusitée, une occasion qu'elle cherchait depuis quelque temps, il s'en était bien aperçu. Lui, qui excellait à couper les gens qui tentaient de l'accaparer et de le circonvenir, il s'était laissé faire là comme un collégien. Et maintenant il était dans la position la plus gênante. Il avait formé le projet d'entrer en relations d'affaires avec Nuño. Il conduisait sa négociation avec une prudence et une finesse rares. Il était à la veille de se faire proposer, par le banquier lui-même, ce qu'il désirait obtenir de lui. Et Clémence venait, avec ses sottes fantaisies, se jeter à la traverse.

Une liaison passagère avec la belle fille eût été pour lui, en temps ordinaire, l'aventure la plus simple du monde. Elle valait bien la peine qu'on répondît à ses avances. Mais, dans la situation où il se trouvait, c'était tout à fait impossible. Si habilement qu'il se cachât, il serait découvert, au bout de huit jours, sortant, un matin ou un soir, de chez elle. Il suffirait, à quelqu'un de ces furets du théâtre, toujours l'œil ou l'oreille au guet, d'un regard surpris ou d'une parole entendue, pour connaître leur secret. On se ferait une joie d'aller tout raconter à Sélim. Certes, le Portugais n'avait pas d'illusions très grandes sur la fidélité de Clémence, mais il ne ferait pas volontiers son favori d'un homme qui lui aurait témoigné si peu d'égards. Jean était un cerveau froid. Entre le plaisir et les affaires il n'hésita pas. Et, si difficile que cela pût être, il résolut de faire autant de pas en arrière que Clémence en avait fait en avant. Décidé à trancher dans le vif, il sortit du cabinet de Rombaud.

La pièce venait de finir. Il n'était pas plus de onze heures et demie. Pressés de rentrer chacun chez eux, les artistes avaient vivement déblayé le dialogue. Sur la scène, Clémence, dans sa robe très simple du dernier acte, restait hésitante, cherchant vaguement de Brives. En le voyant, elle parut prendre une détermination.

— Je ne me déshabille pas, dit-elle ; Julienne, descendez-moi mon chapeau, et rangez tout dans la loge...

Et, se tournant vers Jean, pendant que son habilleuse montait :

— Voulez-vous m'accompagner jusqu'à ma voiture ?

Il s'inclina en signe d'acquiescement. Ils ne purent se parler librement. Ils étaient entourés de monde. Le régisseur donnait des ordres pour le tableau des répétitions, et les machinistes plantaient, pour le lendemain, le décor du premier acte. Ils partirent sans se donner le bras, côte à côte, descendant l'étroit escalier qui conduit à l'entrée des artistes. Arrivés sur le trottoir, Clémence chercha des yeux sa voiture dans la rue, blanche de neige. Elle ne vit que son valet de pied qui s'avançait, le chapeau à la main.

— Les chevaux n'ont pu approcher, Madame, dit-il ; il y a un verglas effrayant dans la rue de Bondy... Le coupé est au coin de la Porte-Saint-Martin. Sur le boulevard on peut marcher...

Clémence prit le bras de Jean et, se serrant contre lui :.

— Je crains que vous n'ayez de la peine à rentrer chez vous, par ce mauvais temps. Voulez-vous que je vous reconduise?

Il hésita un instant, comme s'il cherchait quelle forme acceptable donner à son refus. Puis, en souriant, comme s'il plaisantait :

— Vous êtes trop compromettante, dit-il. Que dirait-on, si on me voyait descendre de votre voiture?

Elle le regarda au fond des yeux, et, avec assurance :

— On dira ce qu'on voudra...

— Il pourrait vous en coûter cher !

— Qu'importe, si c'est mon plaisir?

Il dégagea son bras qu'elle pressait fortement contre sa poitrine.

— Je ne veux pas vous laisser faire de folies, ma chère Clémence, dit-il avec fermeté. Je ne suis pas assez riche pour pouvoir les réparer... Restons bons amis, cela vaudra mieux...

Clémence pâlit. Ses yeux noirs lancèrent deux éclairs et, haletante, comme si elle venait de faire une longue course :

— Jean, dit-elle, je veux que vous veniez avec moi !..

Il fit deux pas, ouvrit la portière du coupé, fit monter la jeune femme, et, la saluant, il dit très doucement ce seul mot :

— Non.

Elle poussa un cri, voulut descendre, mais déjà il s'éloignait. Le valet de pied ferma la portière, le cocher toucha les chevaux, et la voiture emporta Clémence, pleurant des larmes d'impuissance et de rage.

Clémence avait eu souvent l'occasion de répondre non. Mais on ne le lui avait jamais répondu à elle-même. Le caprice qu'elle avait pour Jean, étant contrarié, tourna à la passion violente. Elle se jura qu'elle triompherait de lui. Elle chercha les motifs qui avaient pu l'éloigner d'elle. Comme ils étaient d'une nature très spéciale, elle ne les trouva pas. Elle pensa que Jean aimait une femme à laquelle il voulait rester fidèle. Mais l'événement lui prouva, à bref délai, qu'elle s'était trompée, et que le cœur du jeune homme était libre.

Ce cœur il le donna tout entier à Lise Fleuron. Il fut de ceux que le coup de foudre du succès de la jeune comédienne étourdit le plus. Sa froideur correcte disparut, fondue comme de la glace au soleil. Il montra une animation étrange. Pendant quelques jours il ne fut pas reconnaissable. Puis il reprit son empire sur lui-même et disparut complètement.

Il avait fait son examen de conscience, et avait été effrayé du désordre qui régnait déjà dans son esprit. Il ne pensait plus qu'à Lise. Le souci de ses affaires, qui jusque-là avait tout dominé dans sa vie, passait maintenant après le souci de son amour. Il eut peur et voulut essayer de lutter. Il se contraignit à ne plus venir au théâtre. Mais la vie lui parut monotone. Il se traînait au Cercle, tuant le temps, pendant des soirées interminables. Il avait des tentations furieuses de sauter dans une voiture, et de se faire conduire rue de Bondy.

En somme, quel mal y aurait-il à cela? Était-il un enfant pour craindre d'affronter cette charmante femme? Et il la voyait, sur la scène, entourée d'un cercle d'admirateurs. Son sourire lui faisait battre le cœur. Pris d'une rage soudaine, il se disait : Elle aimera quelqu'un d'entre eux, et moi, comme un idiot, j'aurai perdu toutes mes chances. Alors une voix s'élevait en lui qui lui disait : Tant mieux ! Cette femme serait ta perte !

Vainement il cherchait comment Lise, si douce, si pure, pourrait avoir une influence mauvaise sur sa vie. La voix impérieuse parlait, lui causant une sorte de crainte superstitieuse. Il était à la fois attiré et repoussé par cette menace de danger. Il fut vraiment malheureux, au bout de quelques jours. Il ne prenait plus de plaisir à rien. Et la spéculation était sans charme pour lui. Enfin, se sentant faiblir, il transigea avec sa conscience : il n'alla pas sur la scène, mais il alla dans la salle.

Dès le premier soir, Clémence, de son œil perçant, le découvrit, au fond de l'orchestre, dans l'ombre projetée par le balcon, et lui adressa un sourire railleur qu'il affecta de ne pas voir. Il restait là, palpitant avec tout le public, et subissant passionnément le charme de Lise. Il écoutait avec délices les réflexions louangeuses des spectateurs. Il mesurait l'immense chemin parcouru par la jeune fille en si peu de temps. Il voyait son prestige s'établir, de jour en jour plus solide. Il entendit souvent des jeunes gens exprimer librement leurs désirs et envier celui qui était aimé de cette ravissante fille. Jean sou-riait. Il savait qu'elle n'aimait personne, et il avait la conviction que nul ne pourrait la lui disputer, s'il se laissait entraîner à la vouloir.

Lise, cependant, ne se doutait de rien. Naïve, elle n'avait pas vu le trouble qu'elle avait jeté dans le cœur de Jean. Elle n'avait pas, pour être clairvoyante, les mêmes raisons que Clémence. La jalousie ne dirigeait pas son regard. Elle continuait à jouer, sans arrière-pensée, heureuse de son succès, joyeuse des éloges qu'on lui adressait, satis-faite de se voir entourée d'admirateurs, mais reportant tout à son art et n'ayant que lui devant les yeux.

Un soir, dans sa loge, voisine de celle de Fanny Langin, elle chan-geait de toilette. Fanny, qui n'était pas du troisième acte, faisait avec madame Chrétien, joueuse comme les cartes, une partie de bezigue chinois, et, très actionnée, elle n'avait pas entendu monter Lise.

— Comment se fait-il, dit madame Chrétien, que depuis quelque temps on ne voie pas M. de Brives?

— Ne dites pas qu'on ne le voit pas, répondit la belle rousse, dites que vous ne le voyez pas. Il est tous les soirs dans la salle.

— Tiens! Pourquoi donc ça?

— Cette malice! Parce qu'il est amoureux fou de Lise.

— Eh bien! Mais il me semble que ce ne serait pas le moment de ne plus venir sur la scène...

— Vous croyez ça, vous?... Cinq cents... Ah! c'est de la chance! Je croyais toutes les dames de pique passées!

La marque claqua sous les doigts de Fanny, qui ajouta :

— Voyez-vous, de Brives est un drôle de corps : il a des idées par-ticulières sur les femmes...

Entraînée par le jeu, Fanny avait cessé de parler, poussant de sourdes interjections quand les cartes attendues ne rentraient pas. Et Lise, très troublée, prêtait toujours l'oreille, oubliant de s'habiller et, dans le silence, n'entendait que son cœur qui battait à gros coups dans sa gorge. L'image de Jean soudainement évoquée lui était apparue. Elle revoyait le jeune homme, empressé auprès d'elle, mais avec une sorte de respectueuse timidité. Il ne lui avait pas témoigné son admiration avec cette grossière exagération de Nuño, qui fixait sur elle des regards de bestiale convoitise. Réservé, délicat, il osait à peine l'approcher. Était-ce donc vraiment parce qu'il l'aimait qu'il ne voulait plus venir?

— Pauvre garçon! murmura-t-elle avec un indulgent sourire.

Le son de sa voix la rappela à elle-même. Elle se vit seule dans sa loge, et fut honteuse de s'être laissé entraîner par son imagination. Elle se dit : Je suis folle! Que me fait l'amour de ce jeune homme? Est-ce à cela qu'il faut penser?

La cloche de l'avertisseur sonnait. Elle sortit dans le couloir, passa légèrement devant la porte de Fanny Mangin, pour n'être pas soupçonnée d'avoir entendu la conversation; et entra en scène en se promettant de ne pas essayer de découvrir Jean.

Mais une sorte de puissance magnétique la contraignit à chercher. Elle débitait son rôle machinalement et ses yeux fouillaient la salle. Elle reçut une commotion violente : elle venait d'apercevoir celui par qui elle se savait aimée, immobile, comme en extase. Elle voulut se détourner : elle ne put. Leurs regards se rencontrèrent. Celui de la jeune femme inquiet et fasciné, celui du jeune homme passionné, ardent. Et Lise frissonnante éprouva comme la sensation brûlante d'un baiser. Elle pâlit, adressa une muette supplication à Jean. Comme s'il eût compris, celui-ci baissa la tête, et cessa de la contempler.

Lise, calmée, put continuer à jouer. Elle fut reconnaissante à de Brives de son obéissance. Elle se sentit heureuse d'avoir été comprise par lui. Elle se demanda avec inquiétude quelles pouvaient être les idées qu'il avait, suivant Fanny Mangin, sur les femmes.

Elle eût pu le lui demander à lui-même, car, à l'entr'acte suivant, n'y tenant plus, oubliant toutes ses promesses, Jean monta sur la scène. Elle se borna à répondre timidement à son salut respectueux par un petit signe de tête, et se sauva, bouleversée par l'émotion la plus violente qu'elle eût éprouvée de sa vie.

Jean était resté immobile, la suivant des yeux. Il ne vit pas Clémence, qui venait derrière lui, ayant assisté à cette scène, indifférente pour tout autre, capitale pour elle. Elle avait deviné l'amour dans les regards de Jean ; elle le pressentit dans le trouble de Lise. Elle passa auprès du jeune homme sans qu'il la vît tant il était absorbé. Elle ne voulut pas lui parler, craignant de laisser échapper son secret, de l'insulter, de le frapper. Elle monta rapidement, s'enferma dans sa loge, et, là, elle put se livrer à sa rage. Elle grinça des dents et se mordit les lèvres, quand elle aurait voulu, de ces petites perles féroces, déchirer sa rivale. Elle tordit ses mains, faute de pouvoir tordre autre chose de blanc, de doux, de charmant, qui était le cou de Lise Fleuron. Et, se jetant sur le canapé, la tête enfoncée dans les coussins, de peur d'être entendue, elle blasphéma, proféra des menaces, et, hors d'elle-même, les nerfs brisés, elle finit par pleurer amèrement.

ELLE FINIT PAR PLEURER (PAGE 1672)

V

Sur la scène, dans un décor représentant une vaste salle Louis XIV, le rideau, dissimulé par une toile de fond du même style, éclairés par des lustres, au milieu des fleurs, aux sons de l'orchestre, resté à sa place, dans la salle, et jouant invisible, les artistes du Théâtre Moderne et les invités de Rombaud achevaient de souper. Autour de la table en fer à cheval cinquante personnes étaient assises. Et les maîtres d'hôtel de Brébant passaient affairés, à petits pas rapides, allant de la scène dans les coulisses, où les victuailles et les bouteilles s'entassaient dans de grandes mannes, apportées du dehors par des escouades de marmitons.

Dans un coin, derrière un portant, auprès de la loge du gazier, les machinistes sous la lumière aveuglante des réflecteurs, faisaient honneur aux reliefs du repas. Par moments, malgré la contrainte qu'ils s'imposaient, leur grosse gaieté s'abandonnait accompagnant l'explosion des bouchons du vin de champagne, et de grands éclats de rire, partis de la table principale, faisaient écho à cette rude poussée de joie.

La conversation s'échauffait, le diapason des voix montait, la flamme du gaz, le bouquet des vins, commençaient à former une

atmosphère capiteuse qui troublait les cerveaux. Soudain un profond
silence se fit. Un peu pâle, Daniel Cambry venait de se lever. D'une
voix lente il parlait, offrant ses remerciments à la vaillante troupe
du Théâtre Moderne, qui, par une exécution magistrale avait assuré
le succès de son œuvre. Et, à mesure que les paroles émues tombaient
de ses lèvres, une lueur s'allumait dans les yeux du poète. Sa voix
prenait des sonorités métalliques. Dans l'enivrement de son triomphe,
il semblait sonner la marche victorieuse de la jeunesse montant à la
conquête de la gloire.

La Barre ressentit une violente émotion, une chaleur lui monta à la
poitrine, il envia ardemment cet heureux, qui, du haut d'un grand
succès, pouvait regarder l'avenir avec fierté et s'écrier : Il est à moi!
Il se dit que, lui aussi, il connaîtrait cette satisfaction profonde. C'était
son tour. La lice s'ouvrait large et sans limites. Il n'avait qu'à y entrer,
à lutter et à vaincre.

Mais quels efforts n'allait-il pas avoir à faire! Quels adversaires
il aurait en face de lui ! Tous ces hommes qui l'entouraient, graves ou
souriants, pontifes de l'art au front sévère, critiques exigeants et
rarement satisfaits, chroniqueurs bourdonnants et légers comme des
abeilles, pouvant, ou donner le doux miel de leurs louanges, ou faire
sentir la pointe cruelle de leur aiguillon, acteurs jamais contents
de leur rôle, toujours prêts à décrier la pièce, spectateurs de la
première, représentés par ces jeunes élégants, la fleur des cercles,
qu'il voyait là, si corrects de tenue, frisés au petit fer, le gardenia à
la boutonnière, et coquetant avec leurs voisines, il faudrait leur livrer
bataille sur un terrain couvert d'embûches, semé de chausse-trappes,
et les réduire à sa merci.

Mais aussi, s'il y parvenait, quelle victoire ! En un instant la notoriété conquise, son nom, d'un coup, porté à tous les coins de Paris.
Car le succès, au théâtre, était complet, foudroyant. Devenir le rival, le
compagnon, l'ami de ce jeune homme que tous écoutaient avec attention, et qui, debout, comme un triomphateur salué par la foule, exprimait en phrases vibrantes de passion, son heureuse ivresse. Quel rêve!

Deux battements du pied frappés par le grand Bernard, le chef de claque, qui, emporté par l'habitude, donnait le signal, furent suivis d'une salve d'applaudissements. Cambry se rassit, au milieu des acclamations joyeuses, des souhaits favorables, et des protestations amicales. Les verres se choquaient bruyamment, et madame Bréval, avec un grand geste théâtral, venait de saisir le jeune auteur, et l'embrassait, au milieu des cris d'enthousiasme.

Puis, de nouveau, le silence régna. Rombaud, debout, son verre à la main, parlait à son tour et, en quelques phrases ronflantes, il résumait le programme du Théâtre Moderne : Tout par la jeunesse et pour la jeunesse! C'était sur cette scène que reposait l'avenir dramatique de la France! C'était à l'abri de ses murs, que devait grandir et prospérer la pépinière des auteurs nouveaux. Et, gagné par l'émotion, se prenant lui-même aux attendrissantes promesses de son boniment, Rombaud s'arrêta court, au milieu d'une phrase à effet, dont il avait poli dans la matinée la cadence finale. Il fit un effort pour continuer sa période, la voix s'étrangla dans sa gorge, il roula des yeux égarés, il se frappa fortement la poitrine à deux reprises, sans en rien faire sortir, et, voyant son éloquence tout à fait à la dérive, il leva son verre en criant avec un accent renforcé :

— Té ! A l'avenir du Théâtre Moderne !

Des trépignements accueillirent cette conclusion, qui avait ce double avantage d'être rapide et point gourmée. Le « Té! », parti du cœur oppressé de Rombaud, fut répété avec entrain par ses convives, et Pavilly, de sa voix étouffée, ayant murmuré : Peut-être serait-il temps d'offrir la main aux dames pour aller danser un léger quadrille, tout le monde se leva en tumulte, et on passa dans le foyer du public, converti en salle de bal.

La Barre, timide comme un débutant, sortit un des derniers. Le grand Bernard, devenu très rouge et plein d'une amicale familiarité, s'écria, en mettant la main sur l'épaule de l'écrivain :

— La petite fête a très bien marché... J'ai allumé ça gentiment, hein, au moment des toasts? Ah! Les centièmes, voyez-vous, dans cette maison-ci, il faut maintenant en avoir deux par an! A vous le tour ! Et comptez sur moi !

Le foyer offrait un tableau très curieux. Debout, répartis par groupes, hommes et femmes causaient avec animation. Sans distinction d'opinions, ni d'écoles, réunis sur le terrain de l'art, auteurs, journalistes, romanciers, fusionnaient gaîment, laissant de côté les préventions et les rancunes. Claude put les examiner plus aisément qu'à table. Devant lui, il voyait le Monsieur de l'orchestre, cette puissance redoutable et masquée mystérieusement comme un tribunal vénitien, ayant ses émissaires et ses sbires, à ce point que plus d'un directeur entend, la nuit, quelqu'un marcher dans son mur pour surprendre le secret de son rêve. Ce terrible anonyme était paisiblement incarné dans un jeune homme blond, en train de terminer, avec un accent étranger, mais avec une vivacité très française, une histoire qui paraissait divertir beaucoup ses auditeurs : Maxime Faucheron, vaudevilliste à figure monacale, abritant sous des lunettes ses yeux malins, et Pierre Devanves, grand et beau garçon, à qui deux succès, remportés coup sur coup, dans deux genres très différents, ont fait ouvrir les portes de tous les théâtres. Un peu plus loin, Frédéric Verney, gros homme très myope, d'une franchise implacable, frappant sur ses amis aussi fort que sur ses ennemis, prompt au blâme et à l'éloge, adorant le théâtre, et à cheval sur la scène à faire, causait avec Adolphe Angu, très chauve, le regard fin, la moustache cirée, écrivain plein d'érudition, archéologue distingué, financier remarquable, traitant avec autant de talent une question dramatique qu'une question économique, mine inépuisable d'anecdotes et de souvenirs qu'il conte avec un esprit charmant. Auprès d'eux, Henry Fauquet, chroniqueur politique et critique dramatique à la fois, Athénien de Marseille, très élégant et très disert, donnait des détails sur le voyage qu'il venait de faire en Italie, à La Fourneraye, le fameux conférencier, qui avec ses longs cheveux et ses moustaches pendantes, semble un Vercingétorix en costume moderne. Entouré de jeunes gens, plus jeune lui-même qu'eux tous, Rolff, le maître de la chronique parisienne, développait, de sa voix aiguë, un paradoxe étourdissant auquel il donnait, avec une verve endiablée, les apparences d'une vérité incontestable. Henry de Senne, gentleman de lettres, journaliste étincelant, dominait de sa haute taille le gastronomique Poncelet. Victorien Poll, un des railleurs les plus terribles de ce temps-ci, lâchait la bride à sa fantaisie, pendant que Léon Rigot discutait une question religieuse avec Farcaud, écrivain d'une rare valeur, esprit philosophique, qui, l'œil torve, la chevelure en désordre, prêtait l'oreille, en suivant dans son souvenir une phrase wagnérienne. Adophe Carot, romancier de talent et brillant journaliste, faisait une ardente profession de foi légitimiste à Léon Gendron, républicain de l'école sceptique, chroniqueur d'une grande originalité, ancien avocat ayant jeté la robe aux orties, enragé contre la magistrature, qu'il connaît bien, et traînant le boulet de la critique, en se lamentant sur la longueur des spectacles, la stupidité des pièces et la vieillesse des actrices. Jean Dax, le jeune critique de la Revue, élégant et mondain, qui se contente d'écrire des articles taillés à facettes, jusqu'au jour où il fera un livre ou une pièce qui le placera au premier rang, circulait de groupe en groupe, papillonnant autour des femmes, toujours prêt au mot piquant ou à la phrase galante. Il allait de temps en temps retrouver Daniel Cambry, son ami intime, qui, assis dans un coin, écoutait François Dobbée, le poète au regard doux, au front pensif, fort occupé à narrer l'intrigue de son futur drame. Armand Silvain, beau garçon barbu, à la mine réjouie, improvisait, pour plaire à Albertine Rameau, un sonnet d'un réalisme formidable, et jurait à ce gamin femelle de lui dédier le prochain volume de ses *Contes popelards*, pendant que l'éditeur, qui publie les œuvres de Cambry, demandait à Bienpassant, un des plus brillants romanciers de la jeune école, des détails sur son nouveau livre.

C'était un spectacle animé et saisissant. Chacun de ces hommes qui, séparément, eût mérité l'attention et était habitué à l'attirer, mettant de côté toute prétention, toute pose, se laissait aller au charme de cette réunion, et jouissait, sans contrainte, d'une soirée de trêve pendant laquelle on pouvait se faire bon visage, quitte à se montrer les dents le lendemain.

La conversation prit bientôt un tour extrêmement piquant entre ces femmes, dont le talent est de plaire, et ces hommes, dont la spécialité est d'amuser. La Barre, qui n'était pas en représentation, et ne se croyait pas obligé de soutenir l'honneur de son pavillon, ne fit aucun effort, et, plus solitaire que le provincial dans la foule, il se laissa aller sans arrière-pensée à la satisfaction que lui causait l'heure présente. Ainsi que le philosophe de l'orgie romaine, dans l'admirable tableau de Couture, il put se croiser les bras, observer et suivre les progressions de la gaieté qui, chez les Parisiens, monte très vite, pétillante et légère comme la mousse du vin de Champagne. Il admira la dépense de verve qui se faisait, dans ces moments-là. Un habile homme, qui aurait recueilli tous les traits qui sifflèrent en quelques minutes, dans cette mêlée courtoise, aurait eu une provision d'esprit suffisante pour écrire quatre volumes à succès.

Au milieu de cette réunion bruyante, une seule personne restait calme et paisible. Assise modestement auprès d'une fenêtre, Lise Fleuron écoutait en souriant les gais propos de ses voisins, mais ne se mêlait point à la conversation. Vêtue d'une robe blanche décolletée, coiffée avec des roses, elle offrait l'image de la simplicité et de l'inno-cence. Son beau visage était un peu pâle et, de temps en temps, elle jetait un coup d'œil furtif du côté de Jean de Brives, très engagé dans un entretien sérieux.

Claude put la regarder à loisir. Il admira sa taille élégante et fine, ses jolies épaules, dont la rondeur inachevée attestait la jeunesse, son cou blanc, autour duquel aucun ruban ne s'enroulait pour en voiler la perfection, et qui supportait, avec une grâce exquise, sa petite tête surmontée d'un diadème de cheveux blonds. Peut-être une influence magnétique se dégageait-elle du regard de Claude, car, à deux reprises, les yeux de la comédienne se fixèrent sur ceux du jeune homme, et, chaque fois, il lui sembla voir un amical sourire passer sur les lèvres de Lise. La voix de Rombaud l'arracha à sa contemplation.

— Venez que je vous présente à Cambry, dit le directeur. Vous aurez bien souvent l'occasion de vous retrouver ensemble, maintenant. Il peut vous être très utile. Il faut que vous fassiez tous deux connais-sance aujourd'hui. C'est une date qu'il n'oubliera pas, car elle marque son premier grand succès.

Prenant Claude par le bras, Rombaud traversa le foyer, allant vers le jeune homme qui s'était levé en les voyant venir.

— Je vous souhaite un bonheur égal au mien, dit le jeune et déjà célèbre écrivain, que Claude venait de complimenter sur sa brillante et indiscutable réussite. Et surtout je désire que vous ne l'achetiez pas aussi cher que moi.

Et le tableau de la lutte engagée par Cambry, âpre, énergique, et dans laquelle, terrassé dix fois, il s'était toujours relevé plus ardent et plus vigoureux après chaque échec, se présenta au souvenir de Claude. Certes, celui-là n'avait pas volé sa gloire. Il l'avait conquise fièrement, à force de travail. Et les rides précoces qui sillonnaient son front, la maigreur de son visage aux yeux inquiétants par leur mobilité, les plis railleurs de sa bouche, étaient les traces imprimées par les tristesses, les déceptions et les amertumes.

— J'ai eu beaucoup de difficultés à surmonter, reprit l'écrivain gravement, comme s'il jetait un regard sur son passé... Mais tout est oublié, ajouta-t-il, avec un geste insouciant. Une heure de succès compense dix années de tortures. Je sors de l'enfer et je suis dans le paradis. Tenez, voici un de ses anges.

Et, de la tête, il montrait à Claude, à l'autre bout du foyer, causant avec un prince du feuilleton, l'adorable Lise.

— C'est elle qui a eu la plus grande part dans la réussite de mon drame. Elle en a été le charme, la poésie, le rayon. Tout ce que la grâce et le talent réunis peuvent faire, elle l'a fait, et comme en se jouant. C'est une admirable nature et vous lui devrez certainement beaucoup. Mais ne la connaissez-vous pas ?

— Non, dit Claude.

— Venez alors : je veux moi-même vous conduire à elle. Tenez, regardez-la d'ici avec sa simplicité et sa vivacité de jeune fille ; n'est-elle pas l'incarnation de l'innocence ? Tout en elle concourt à séduire : elle est de celles qui sont nées pour le triomphe. Jusqu'à son nom de Fleuron, qui donne vaguement l'idée d'une couronne. Vous verrez cette enfant-là dans dix ans, à quelle hauteur elle sera placée, si elle vit...

Une ombre passa sur le front de l'écrivain, que Claude regarda avec inquiétude.

ELLE CAUSAIT DEBOUT AVEC GEORGES FROYER (PAGE 1684)

— Je vous demande pardon, reprit Cambry, mais j'ai naturellement l'esprit tourmenté et je suis extrêmement superstitieux... Plusieurs fois il m'a semblé voir cette charmante enfant, la tête parée du voile blanc des martyres... Ne vous semble-t-il pas qu'elle a le visage pâle et doux d'une Ophélie?

Dans une rapide vision, La Barre vit alors Lise étendue sur un lit couvert de fleurs : elle souriait tristement et ses yeux étaient fermés. Une ombre violette s'étendait sur son visage, et, dans l'obscurité sépulcrale de la chambre, des bougies brûlaient avec un éclat funèbre. Il eut une minute d'affreuse émotion, ses oreilles tintèrent, et il crut entendre le glas des cloches sonnant la mort.

— Très heureusement elle se porte à merveille, dit Cambry, et les présages ne signifient pas grand'chose. Si elle est Ophélie, pour le moment, c'est Ophélie aimée, heureuse et en pleine possession de sa raison.

Ils s'avancèrent. Lise se leva pour les accueillir, quittant ceux qui l'entouraient et, de près, sur ses lèvres, Claude retrouva ce sourire qui, de loin, semblant lui être adressé, avait si complètement pris son cœur.

— Ma chère Lise, dit Cambry, je vous amène M. Claude La Barre, avec qui vous allez prochainement combattre et vaincre. Je lui ai dit quelle fidèle alliée il aura en vous, et le voici plein de confiance et d'espoir. Je le laisse en vos mains : soyez-lui bienveillante.

Lise ne répondit rien. Elle regardait attentivement Claude. Elle agita gracieusement sa petite tête de bas en haut et, de sa voix délicieuse :

— Est-ce que vous n'avez pas de mémoire, monsieur Claude, ou bien suis-je si changée que vous ne m'avez pas reconnue?

Et, comme La Barre restait immobile, n'osant pas comprendre encore :

— Est-ce que vous ne vous souvenez pas d'un petit jardin où nous avons cultivé, autrefois, des fleurs ensemble?

A ces mots, le cœur de La Barre se fondit. Il se rappela les jours si tristes de son séjour à Évreux, l'affreuse soirée où il avait vu son père, dans le vieux voltaire du tour de France, et son abattement morne, dissipé par cette apparition d'une petite fille blonde, qui était venue lui tendre la main, et qui l'avait arraché à sa détresse morale. Ainsi, il ne s'était pas trompé quand il croyait découvrir la Lise douce et craintive d'autrefois dans cette autre Lise ravissante et fêtée qui avait tant troublé son imagination! C'était bien la même et dans les yeux de la comédienne, il retrouvait le regard ami de sa compagne d'enfance. Une larme qu'il ne put retenir coula sur sa joue. Lise l'attira à elle et le fit asseoir sur le canapé.

— Eh bien! Qu'y a-t-il? dit-elle. Êtes-vous si affligé de me revoir? Dès le premier instant je vous ai reconnu, moi, ce soir... Claude! Votre nom m'était resté présent à la pensée. J'espérais que vous alliez venir à moi, de vous-même, les mains tendues. Mais vous restiez froid, et vous paraissiez ne pas remarquer les mines engageantes que je vous faisais.

Elle s'arrêta. Il la regardait, comme en extase, il lui semblait qu'ils n'avaient jamais été séparés, qu'ils étaient toujours restés l'un près de l'autre, tant les liens qui l'attachaient à elle étaient puissants. Sa vie, en quelques minutes, changea d'aspect. Il la vit riante, féconde, pleine de favorables promesses. Le regard de deux yeux bleus avait suffi pour faire tout resplendir autour de Claude.

D'un signe, Lise appela de Brives : elle voulut lier les deux jeunes gens par une amitié solide. Les ayant à ses côtés, oubliant la fête, dédaigneuse de ceux qui tournaient autour d'elle, quêtant un mot ou un sourire, elle se replongea avec délices dans son passé, si près d'elle encore, et raconta sa vie à La Barre, la soudaine vocation qui s'était emparée d'elle, la pension que le préfet lui avait fait obtenir, son entrée au Conservatoire, et le malheur de la pauvre mère Fleuron, qui devenait aveugle. Elle parlait, animée, triste ou gaie, dévoilant à son ami les grosses misères et les petits bonheurs de son existence d'autrefois, bien assise maintenant dans la sécurité de son avenir assuré.

Et elle regardait Claude avec satisfaction. Était-ce singulier de se retrouver ainsi, dans ce théâtre qui était leur passion commune! Qui

se serait douté qu'il écrirait des drames dans lesquels elle jouerait ?
Elle allait se dévouer corps et âme à son œuvre ! Ah ! certes, elle
étudiait passionnément ses rôles ! Mais jamais elle n'avait creusé un
personnage comme elle allait le faire pour lui. Il verrait ce dont elle
était capable sur la scène. Et elle lui promettait un triomphe.

Comme il restait pensif, fixant sur elle ses regards profonds, qui
semblaient scruter les cœurs et deviner les pensées sous les fronts,
prise d'un soudain désir de faire parade de son influence sur ces
hommes, devant qui tout le monde s'inclinait, elle se leva et fit
quelques pas dans le foyer. Les groupes s'éparpillèrent et elle fut
entourée en un instant. Par un hasard singulier, au même moment,
Clémence Villa revenait du balcon, suivie d'un cortège. La chaleur
était devenue étouffante, et, par cette belle nuit de juin qui faisait
resplendir dans le ciel d'innombrables étoiles, la comédienne, laissant
fumer ses compagnons, était restée à respirer, appuyée à la balustrade de pierre, ayant à ses pieds le boulevard, encore animé à cette
heure tardive. Elle descendit par la large baie de la fenêtre, rayonnante de beauté dans sa robe rose toute brodée de perles. Et les deux
rivales se trouvèrent en présence.

Elles purent dénombrer leurs partisans et compter leurs forces.
Tout ce que la littérature comptait là de sérieux représentants
entoura de ses hommages et de ses louanges la charmante artiste qui
promettait d'être une des gloires de la scène française. Clémence,
elle, attira les femmes qui, déjà, au fond du cœur, jalousaient Lise,
et supportaient difficilement la supériorité que sa rare modestie leur
rendait pourtant si peu pesante.

Fanny Mangin fit très heureusement diversion par sa beauté.
Superbe dans sa robe de bal du troisième acte de *la Duchesse*, ayant
sorti, comme elle disait, tous les diamants de la couronne, elle
éblouissait par l'éclat de ses pierreries et le rayonnement de ses yeux.
Elle causait debout avec Georges Froyer, un petit brun toujours en
quête d'une nouvelle, toujours à la piste d'une affaire, journaliste de
talent, administrateur actif, sans rival pour organiser une fête et,
entre temps, écrivant des vers pleins d'une grâce émue et rêveuse.

La belle rousse, surveillée de loin par Mortagne qui, campé au coin de la cheminée, affectait un air de sombre préoccupation, finissait de raconter au journaliste une aventure récemment arrivée à une chanteuse très connue, protégée richement par un prince régnant d'Allemagne.

— Oui, mon cher, le grand-duc, séparé de sa bien-aimée par les exigences de son rang, en témoignage d'amour, faisait servir à toute sa maison civile et militaire le menu du dîner mangé la veille par la belle. Or, elle, qui menait à Paris une vie de polichinelle, comme ça l'assommait d'écrire, chaque jour, son menu, en avait fait autographier un, toujours le même, qu'elle envoyait tous les matins à son auguste amant... Vous voyez d'ici la tête des courtisans ? Depuis quinze jours ils mangeaient le même dîner, quand ils se décidèrent à expédier une députation à la dame, pour la supplier de varier son ordinaire...

— Et alors ?

— Ma foi ! c'étaient deux officiers de uhlans magnifiques, blonds comme du tabac turc, et roses comme de la gelée de framboise. Elle leur promit de faire autographier six autres menus, un pour chaque jour de la semaine, puis elle les emmena avec elle à la Maison d'Or, pour les décarêmer. Et la légende prétend qu'ils se sont flanqué une culotte grand-ducale un peu soignée !

— Dites donc, ma chère, ne la racontez à personne : nous en ferons pour demain une bien bonne Soirée théâtrale...

— De quoi ? De l'histoire des deux uhlans ? demanda Raoul Arché, en frappant gaîment sur l'épaule de son camarade. Connue, mon bonhomme ! Fanny l'a déjà racontée à tous les journalistes qui sont ici... Cette fallacieuse personne, ô Georges, abuse de ta crédulité !...

Fanny se mit franchement à rire :

— Plaignez-vous donc, dit-elle, pour une fois qu'on vous rend la monnaie de votre pièce !

Alors, la regardant d'un air comiquement indigné, le jeune vaudevilliste, dont la facilité d'improvisation est bien connue, déclama :

> Fanny Mangin, petit masque,
> Tu nous fais poser, et pourtant
> De ton père le charlatan,
> Ce soir, tu n'as pas mis le casque !

— Comment ! mon père ? s'écria la belle fille, stupéfaite.

— Eh bien oui, répliqua froidement Raoul... Mangin, l'homme au casque, le marchand de crayons... Tu n'es pas sa fille ? En es-tu bien sûre ? C'est curieux. On me l'avait dit !

Et, pivotant sur ses talons, le jeune homme laissa l'actrice rouge de colère, et s'en alla retrouver Edouard Maxime qui, s'étant emparé du piano, exécutait une sonate de Mozart en tapant sur le clavier avec son chapeau.

Les gens sérieux commençaient à partir, et la gaieté devenait plus libre. Dans le foyer, violemment échauffé par les lustres, dont les glaces renvoyaient les lumières, le bourdonnement des voix s'élevait. Dans un instant, quand on serait en petit comité, la fête allait battre son plein. Déjà Campoint, à la tête d'un quatuor, était à son poste, et se préparait à donner le signal des danses. Une voix s'éleva : celle de Gamard, très lancé. Il venait de faire une charge de fumiste à Cécile Chrétien, et il répétait en riant, au milieu d'un cercle de camarades, sa locution favorite : Ce que je l'ai fait aller en bateau ! Mais Cécile l'avait entendu et, très pincée, prenant ses grands airs de fille honnête, elle s'était écriée avec aigreur :

— Monsieur Gamard, c'est un mensonge ! Je n'ai jamais été en bateau avec vous ! Non, jamais ! entendez-vous ? jamais !

Et comme Gamard riait de plus belle, frappant de grands coups de poings sur sa cuisse, la mère Chrétien était venue au secours de sa fille. Parlant du haut de sa tête, avec des roucoulements d'élève de madame Plessy, elle avait voulu remettre le jeune Gamard à sa place. Mais celui-ci ayant répliqué, la dignité d'emprunt de la mère Chrétien avait fait place à sa vulgarité naturelle, Célimène s'était changée en madame Angot. Un « Eh ! va donc, mauvais boudiné ! » plein d'énergie, avait résonné au milieu de la fête, comme une pierre lancée dans les carreaux. Mortagne, avec sa fière élégance de jeune premier,

avait emmené madame Chrétien à part pour lui faire des remontrances, pendant que Desmazures indigné, et le prenant de très haut,
comme s'il jouait encore le rôle du Duc, secouait l'affreux Gamard
en lui déclarant que sa tenue était indigne d'un gentilhomme.

— Un gentilhomme ! Oh ! là ! là ! reprit le gommeux, en dévisageant le comédien... Dans la famille, nous sommes tous nobles comme
les quatre fers d'un chien !... Papa est paveur, et il s'appelle Gamard
tout court ! Tout le monde ne peut pas être de grande famille comme
vous, mon cher Desmazures...

La musique leur coupa la parole. Desmazures se retira, la tête
haute, le jarret tendu comme un professeur de belles manières,
Gamard se mit à valser avec Albertine Rameau, faisant des marches
et des contre-marches, des balancements, des ondulations, et déployant des grâces de danseur de bal public.

Les couples se formaient, et maintenant le foyer était rempli d'une
foule tournoyante. Sélim Nuño, repoussé dans un coin par le tourbillon des robes, qui flottaient élégantes et légères, s'était adossé à
la cheminée, et là, les yeux flambants dans sa figure basanée, frôlé
au passage par les épaules nues que l'habit noir des cavaliers faisait
paraître plus blanches, il restait, les jambes fouettées par les traînes,
humant les émanations troublantes qu'exhalaient ces corps de femmes.

Clémence, quittant le bras de son cavalier, s'était approchée de
Rombaud, et, le prenant à part :

— Tiens ! regarde-les donc ! lui murmura-t-elle à l'oreille. Et d'un
geste, elle montrait Lise et Jean qui valsaient.

Indifférents à ce qui les entourait, tout entiers à la joie d'être l'un à
l'autre, enlacés, les yeux dans les yeux, les lèvres de Jean penchées
sur les cheveux blonds de Lise, comme s'il se défendait avec peine de
plonger sa bouche dans ces boucles fines et soyeuses, ils allaient,
effleurant à peine le parquet de leurs pieds, incarnant en eux divine-
ment la jeunesse et l'amour.

— Mais regarde ! regarde donc ! répéta Clémence.

Rombaud regardait, et, si maître de lui qu'il fût, il avait tressailli.
Lise, abandonnée au bras de Jean, tournait étourdie, presque pâmée.

Sa bouche avait un sourire vague ! ses yeux, aveuglés par les lumières, étaient noyés dans l'extase ; elle ne voyait plus qu'une traînée de flammes, elle n'entendait plus qu'un murmure confus. Et, portée par son danseur, caressée par l'air plus frais, à mesure que la valse devenait plus rapide, elle souhaitait de rester toujours ainsi, serrée contre lui, dans un anéantissement délicieux.

Clémence ne questionnait plus Rombaud, mais elle lui avait pris le bras et, de ses doigts crispés, lui meurtrissait la chair.

— Ne me serre donc pas si fort, tu me fais mal ! dit-il avec humeur, puis reprenant un ton bonhomme : — Eh bien ! Ils s'amusent, ces enfants ! Ils ont bien raison : ils sont là pour ça !

Et, détournant la tête, pour ne pas voir l'éclair menaçant qui brillait dans les yeux de Clémence, il se dirigea vers Claude.

La valse finissait, et les danseurs se séparaient. Lise se laissa tomber sur un canapé, et, sans souffle, sans regard, elle resta anéantie, comme brisée. De Brives, debout devant elle, attendait qu'elle fût remise. Il éprouvait une exquise jouissance de possession morale. Il avait deviné l'amour dans ses regards, sur ses lèvres. Et, tremblant de joie, la sentant si bien à lui, oublieux de tout, il était tenté de la prendre et de l'emporter sur son cœur.

Il fut rappelé au sentiment de la réalité par une lourde main qui reposait sur son épaule, en même temps qu'une voix gutturale sonnait à ses oreilles. C'était Sélim, qui, incapable de résister plus longtemps à son caprice, s'approchait de Lise. Il avait traversé le foyer, de son pas lourd de mastodonte, et venait de s'asseoir, à côté de la jeune fille. L'attaque était si peu déguisée, si brutale, que de Brives en frémit de colère. Le Portugais s'installait auprès de la comédienne et semblait dire :

— Tant que je serai là, moi qui suis le maître dans cette maison de par la toute-puissance de mes écus, j'entends que personne ne se permette de me déranger.

Il dirigea ses petits yeux gris, aux paupières plissées, sur le jeune homme, et, comme s'il eût obéi à un ordre, Jean se détourna silencieusement. Le mouvement qu'il avait fait, pour se mettre entre celle

MAIS REGARDE ! REGARDE DONC ! RÉPÉTA CLÉMENCE (PAGE 1687)

qu'il adorait et le vieux débauché, fut brusquement arrêté. L'omnipotence de l'argent se manifesta grandiose dans la victorieuse intervention du banquier. Ce roi de la Bourse n'eut qu'à se montrer pour que chacun lui cédât la place. Et, incarnation énorme et hideuse du veau d'or, Sélim, vautré sur le canapé, s'offrit aux yeux de Lise revenue de son long étourdissement.

Elle regarda avec surprise Nuño qui lui souriait. Elle avait encore devant les yeux Jean, élégant, jeune et séduisant, et elle apercevait tout à coup Sélim, pesant, vieux et effrayant. Elle fit un mouvement pour se lever. Le banquier posa sa main grasse sur celle de Lise, et la retint auprès de lui :

— Est-ce que je vous fais peur, ma chère enfant ? dit-il, en roulant les cailloux de sa prononciation. Vous apprécieriez alors bien mal le sentiment qui m'attire. C'est la seconde fois seulement, depuis votre grand succès, que j'ai l'occasion de vous approcher... Et je tiens à vous exprimer, non seulement toute l'admiration que j'éprouve pour vous, mais encore tout l'intérêt que je vous porte. Je sais ce que vous êtes... On m'a raconté votre vie...

Lise fut étonnée. Le banquier lui parlait avec un ton paternel, et sa figure respirait la bienveillance. Était-ce donc là ce Sélim dont elle avait entendu dire tant de mal?

— Je ne connais rien de plus méritoire et de plus digne. Vous savez que j'ai quelque influence ici. Puis-je faire quelque chose qui vous plaise? Parlez, je suis tout à votre service.

— Je vous remercie, Monsieur, de votre bonté, dit Lise, de cette voix d'or qui troublait si délicieusement les spectateurs... Mais je ne désire rien... J'ai été traitée par M. Rombaud avec une largesse à laquelle je n'avais encore que bien peu de droits... Mes appointements ont été augmentés, et je suis très heureuse...

Elle dit ces mots : très heureuse, avec un épanouissement du visage, un éclat du regard, une caresse du sourire, qui firent monter au cerveau du Portugais des vagues de sang. Ses yeux pétillèrent comme un incendie, et il désira follement cette jolie fille si fraîche, si douce, si naïve, qui venait de lui procurer une de ces émotions qui, pour lui, étaient sans prix.

— Heureuse, reprit-il, en regardant Lise profondément, avec une douzaine de mille francs par an? Mais, chère petite, c'est la misère. Ce n'est pas cela qui vous convient. Végéter dans une condition si infime, c'est vouloir sacrifier votre avenir. A votre charmante nature il faut, comme à une toile de maître, un cadre splendide. Je vous crois remarquablement intelligente, comprenez-moi bien, et ne soyez pas effrayée par la franchise de mon langage. Vous êtes au début de votre carrière : il dépend de vous de donner à votre admirable talent le secours décisif d'une grande position de fortune. Votre succès a été immense, mais il faut qu'il soit durable. Or, nous vivons dans un temps où tout ce qui ne frappe pas violemment la vue, tout ce qui n'excite pas ardemment la curiosité, tout ce qui n'attire pas cruellement l'envie, est en un instant oublié. C'est le siècle du tapage, du tam-tam, des grands cris, des grandes affaires, des grands triomphes, des grands scandales. On vit à outrance comme des furieux, comme des enragés, comme des insensés. Et le grand mobile de tous ces déchaînements, de toutes ces folies, c'est l'argent. Le riche voit le monde entier à ses pieds. Sa laideur devient de la distinction, sa sottise de la bonté, sa brutalité un aimable enjouement. On flatte ses manies, on devance ses fantaisies, on sert ses vices. Il est riche : il est souverain! J'ai connu, moi qui vous parle, des temps très durs. J'ai été, dans ma jeunesse, contrebandier... Dans mon pays, c'est un métier qui ne déshonore pas, rassurez-vous! J'ai couru les rochers brûlants des montagnes du Portugal, portant sur mon dos des ballots de marchandises, dévoré par la soif, servant de cible aux carabines des douaniers, et j'ai maudit l'existence, et j'ai juré, si je devenais jamais riche, de mettre le pied sur la tête de mes semblables. J'y suis arrivé, mais au prix de combien de peines! Vous, mon bijou, vous avez ce bonheur d'entrer dans la vie par la bonne porte. Dès les premiers pas, tout vous sourit, tout vous favorise. Vous avez du talent, vous êtes jolie, et vous plaisez. La première heure de votre carrière est marquée par le succès. Vous n'avez qu'à ouvrir la main, et la richesse est à vous. Vous pouvez avoir demain un hôtel, des chevaux, des diamants, des toilettes, tous les accessoires indispensables à une femme qui veut régner sur Paris en souveraine. Car, ne vous y trompez pas, le talent sans l'appui de la richesse est bien peu de chose. C'est comme un diamant brut qui brille, sans doute, mais auquel une monture élégante n'a pas donné toute sa valeur. Vous êtes ce diamant qui peut éblouir la foule de son éclat sans rival, et vous recherchez l'obscurité ! Vous bornez votre ambition au pot au feu bourgeois, et à l'appartement au quatrième ! Et vous avez la prétention d'être heureuse ! Mais c'est de la démence, et vous courez au-devant du malheur. Dès demain, — je vais vous le prouver, — vous serez aux abois et écrasée sous le poids de vos dettes, ou bien vous vous serez montrée sur la scène habillée comme une figurante, et le public aura commencé à vous prendre en grippe. Vous venez de faire votre première création sérieuse. Vous avez commandé les cinq robes que votre rôle comportait à une petite couturière, et vous avez encore dépensé trois mille francs. Si vous créez trois rôles dans votre année, et c'est le moins qui puisse vous arriver, voilà donc vos appointements dévorés. Avec quoi vivrez-vous ?

Sélim s'arrêta sur cette phrase, qui résumait si complètement sa pensée, et jeta à la comédienne un regard interrogateur. Lise, renversée en arrière, immobile, restait muette. En un instant, le Portugais venait d'ouvrir devant elle une effrayante perspective. Comme dans un rêve, elle vit un gouffre immense et sombre béant à ses pieds. Il lui sembla qu'elle avait le vertige et que le vide l'attirait. La justesse des calculs du tentateur l'avait frappée, et elle répétait en elle-même machinalement : Avec quoi vivrons-nous ?

Puis, la salle, bondée de spectateurs, apparut brusquement à ses yeux. Elle vit le public enthousiaste applaudissant de toutes ses mains, et faisant pleuvoir les fleurs sur la scène. Et, devant la rampe, une femme élégante et parée, des diamants aux épaules, saluait ce tyran subjugué qui acclamait sa favorite. Elle ne distinguait pas le visage de la victorieuse. Était-ce elle ou une autre ?

Celle qu'elle voyait était embellie par tout ce que le luxe a de plus raffiné. Sa robe seule avait dû coûter une somme égale aux appointements de Lise pendant six mois. Et la jeune fille se dit : Si c'était moi, alors je me serais donc vendue, et la faveur du public serait donc le prix de ma dégradation? La figure basanée du Portugais, avec ses gros yeux aux paupières plissées, sa bouche féroce, et sa chevelure blanche, passa devant ses yeux. Elle eût un frisson de dégoût : une flamme lui monta du cœur au cerveau.

— Je savais depuis longtemps, dit-elle avec fermeté, que le théâtre n'est point une école de morale, et que la vertu ne s'y cultive guère. Aux yeux du monde, une artiste qui n'a qu'un amant est une personne fort rangée, et, si elle l'a choisi riche, elle a donné une remarquable preuve de bon sens. Elle connaîtra ainsi l'amour, et saura, sur la scène, le rendre avec toutes ses émotions. En même temps, elle aura donné à sa carrière une base solide. Si on l'attaque, elle aura quelqu'un pour la défendre. Si elle subit un revers, le théâtre est fécond en périls, elle trouvera dans son luxe une compensation, un secours. Elle pourra se recueillir, reprendre des forces, et repartir de plus belle à la conquête du succès. Elle ne connaîtra pas les difficultés matérielles de l'existence; à ses soucis d'artiste ne se mêleront pas les soucis de la ménagère. Elle sera libre, forte, brillante, et rien ne pourra lui résister. C'est bien là, n'est-ce pas? ce que vous avez voulu me faire comprendre, et votre conclusion a été la nécessité de me vendre?...

Sélim releva vivement la tête. Depuis un instant il pensait : Cette petite est vraiment intelligente, elle est tout à fait dans le mouvement. Moi qui croyais trouver en elle une vertu renforcée, et qui m'acharnais à la battre en brèche avec mes plus gros arguments, je perdais vraiment ma peine. Et dodelinant la tête avec un air satisfait, il attendait le dénoûment prévu. Il se disait, en écoutant Lise : A-t-elle une jolie voix! Et il so laissait aller à la caresse de cette musique exquise.

Les derniers mots furent prononcés par la jeune fille avec une âpreté d'accent qui cingla le millionnaire comme un coup de fouet. Il la vit hautaine et glacée, les bras croisés sur sa blanche poitrine, comme pour défendre son cœur contre toute menace. Il retrouva, en un instant, la Lise adorable et pudique qui avait passionné le public. Ses yeux bleus soutenaient fièrement le regard, son front pur étincelait, et sur ses lèvres passait un sourire mélancolique. Elle offrait ainsi l'image d'un de ces anges rayonnants qui, sur les grands vitraux des cathédrales, apparaissent aux saints en prières, leur apportant avec l'espérance un divin reflet du céleste séjour.

Ébloui, Sélim baissa la tête avec humilité, puis, d'une voix plus basse :

— J'ai voulu seulement vous engager à donner votre cœur avec discernement. Belle comme vous l'êtes, vous serez entourée d'hommages et de séductions. Vous aimerez, mon enfant, et celui qui sera assez heureux pour vous plaire aura sur votre destinée une influence bien grande. Vous êtes à l'heure décisive. Vous pouvez, à votre choix, ou rester chrysalide ou devenir papillon. Pardonnez-moi de vous avoir parlé un peu rudement, peut-être, et sachez que je ne regrette point d'avoir abordé cet entretien, quelque émotion que vous en ayez ressentie. J'ai fait, avec vous, en cinq minutes, très ample connaissance. Et ce que j'ai découvert de votre caractère m'a plu. Vous avez une grande hauteur d'esprit et beaucoup de fermeté d'âme. Vous paraissez résolue à ne point vous laisser aller au courant de la vie, mais à vous diriger énergiquement. Vous traverserez, sans doute, de violents orages, et il n'est pas impossible que vous en sortiez à votre honneur. Je le souhaite bien sincèrement. Mais souvenez-vous que je vous ai dit que je vous portais beaucoup d'intérêt. Et si vous êtes jamais dans une de ces situations périlleuses, où on a besoin d'un ami sûr et dévoué, venez tout droit à moi : vous pouvez être certaine que vous me trouverez tout à votre disposition.

Le cœur de Lise se serra. Elle crut, dans les paroles de Nuño, découvrir un sens menaçant. Elle eut le pressentiment que cet homme disait vrai, et que sa vie tout entière serait un jour à la merci de sa générosité. Elle eut froid dans les os. Sa vue s'obscurcit. Elle pensa à de Brives avec angoisse.

Était-ce donc par lui qu'elle devait connaître le malheur ! Malgré elle, maintenant, elle l'associait à sa destinée, et il lui semblait qu'il devait être mêlé à tout ce qui lui arriverait de triste ou de joyeux. Elle le voyait souriant, comme s'il était sûr d'être aimé d'elle. Il devait être bon et généreux. Pourquoi l'aurait-il fait souffrir ? Et quelle douceur pourrait lui venir en dehors de lui? Aimée, ne serait-elle pas heureuse? Et son bonheur, rayonnant sur son visage, ne serait-il pas, aux yeux du public, son plus grand charme? Elle triompherait, elle en était sûre, pourvu qu'elle fût aimée. Tant que son cœur serait plein d'ivresse, tant que l'amour chanterait sur ses lèvres, elle serait victorieuse et applaudie.

Elle reprit confiance, regarda l'avenir avec tranquillité et, redevenue maîtresse d'elle-même :

— Je vous remercie, dit-elle avec simplicité, des assurances de dévoûment que vous me donnez. Mais je compte avant tout sur moi-même. J'ai fait en effet ce rêve, présomptueux à une époque que vous jugez si corrompue, de tout devoir à mes seuls efforts et d'arriver uniquement par le travail. Vous avez raillé, tout à l'heure, mes tendances bourgeoises et mes goûts simples. Que voulez-vous? c'est la nature qui est coupable : elle m'a faite ainsi. Vous m'avez tracé un tableau engageant des splendeurs que je pourrais obtenir si, suivant l'exemple de tant d'autres, je consentais à devenir une fille, mais, voyez-vous, je n'ai pas la vocation... Quant aux dangers que vous me signalez, je les connais, et ils ne me font pas peur. Si j'ai des difficultés à vaincre, je m'y emploierai vaillamment; si j'ai des attaques à supporter, je tâcherai de ne pas être victime. S'il faut souffrir pour rester honnête et tout entière à mon art, je souffrirai. Ce sera, pour moi, sujet d'étude sur moi-même, et mon talent, puisque vous voulez bien me dire que j'en ai, en profitera. Je crois le public plus juste, plus probe, moins ingrat que vous ne le déclarez. Il est impossible qu'il ne sache pas faire crédit de quelques bijoux et de quelques dentelles à une pauvre fille qui, sur la scène, s'ingéniera à lui plaire. Et puis, enfin, si j'échoue, j'aurai du moins cette consolation d'être restée libre, de n'avoir suivi d'autre impulsion que celle de ma conscience.

Sélim s'était levé : il s'inclina devant Lise, et, avec une sourde ironie dans la voix :

— Mademoiselle, personne ne fait pour votre succès des vœux plus sincères que les miens. Vous avez tout pour réussir et je souhaite de vous voir, avant peu, à la Comédie-Française. Le premier bouquet que vous y recevrez viendra de moi. Mais vous avez un cœur délicat et tendre. Si vous souffrez, vous souffrirez cruellement. Veillez bien sur vous-même, et, surtout, défiez-vous des petits jeunes gens !

En prononçant ces derniers mots il sourit, et son regard aigu sembla aller jusqu'au cœur de la jeune fille pour y lire le nom de Jean. Il secoua la tête et, comme pour graver cet avertissement plus avant dans la mémoire de Lise, il répéta : Défiez-vous des petits jeunes gens ! Puis, lourdement, il s'éloigna, laissant la comédienne plongée dans un trouble inexprimable.

Que prétendait-il avec sa phrase sardonique ? Avait-il donc lu vraiment dans la pensée de Lise, et soupçonnait-il l'amour naissant qui l'entraînait vers de Brives ? Savait-il, sur le compte du jeune homme, des choses qu'il ne consentait pas à dire nettement, et voulait-il la mettre en garde ? Elle se débattit dans des inquiétudes vagues, et se forgea de douloureuses chimères. Il lui sembla qu'un bouleversement s'était accompli dans son esprit. Était-ce bien elle qui venait d'entendre Nuño, le redoutable financier, devant lequel les plus hardis baissaient pavillon, lui faire des offres qui auraient affolé de joie toute autre que Lise Fleuron ? Était-ce bien elle, si timide, si naïve, qui avait résolument tenu tête à ce sphinx, lorsqu'il lui donnait à déchiffrer l'énigme de son avenir !

La petite fille simple et candide s'était donc, en un instant, transformée en une femme résolue et éclairée. Elle avait tout compris, tout saisi, avec une clairvoyance soudainement éveillée. Le tentateur l'avait enlevée sur le sommet de la montagne et, de là, lui avait montré la ville immense, couchée à ses pieds, comme un domaine qui lui était réservé, et le public entier, réduit en servitude, et prêt à l'acclamer. Le but était devant elle, visible, radieux, superbe. Mais, entre ce but et elle, il y avait tout un espace sombre, rempli de fange, dans lequel il lui fallait descendre et mettre ses pieds. Et, prise d'un immense dégoût, elle s'était détournée et avait dit : Non ! Alors, d'un seul élan, il l'avait ramenée sur la terre, et elle était maintenant de nouveau confondue dans la masse, livrée à elle-même, sans secours autre que celui de sa volonté, sans conseils autres que ceux de son cœur.

ÉDOUARD MAXIME VENAIT D'ALLUMER DES FEUX DE BENGALE (PAGE 1699)

Elle regarda autour d'elle. Rien n'était changé. Tout était comme avant, excepté elle-même. Elle avait brusquement perdu toutes ses illusions, toutes ses croyances, effeuillées, comme des fleurs printanières, par la triste expérience d'un vieillard. Maintenant elle découvrait tous les périls de la route, tous les dangers de la carrière. Elle pressentait qu'en ce moment même des intérêts divers se coalisaient contre elle. Elle soupçonnait Nuño d'avoir voulu, par une tentative suprême, la mettre à l'abri de ses ennemis. Il lui avait offert l'occasion de les écraser et de les vaincre. Mais c'en était fait : elle avait dit : non.

Elle se demanda, avec amertume, qui elle pouvait avoir pour ennemis, et pourquoi on essaierait de lui faire du mal. Elle croyait, la pauvre enfant, n'avoir jamais offensé personne, oubliant son succès éclatant, sa beauté exquise, sa vertu inattaquable, qui étaient les plus cruelles des offenses. Elle pensa à Jean, et, avec un sourire, qui eût ravi le jeune homme, s'il en eût compris la signification, elle murmura :

— Ils sont jaloux ! Bah ! On n'est jaloux que des heureux !

De Brives était près d'elle : elle se pencha vers lui et appuya librement son bras sur le sien.

— Que vous a donc dit Nuño ? demanda Jean d'une voix tremblante.

Elle prit un air indifférent :

— Il me parlait de mon avenir ; il a été très bon, très paternel. C'est vraiment un brave homme. Pourquoi dit-on tant de mal de lui ?

Jean resta silencieux. Il pensait : « Sélim bon et paternel ! Elle n'a pas compris ce qu'il lui a dit, ou bien elle veut me donner le change. » Il fut saisi d'une rage jalouse en pensant que là, à l'instant, sous ses yeux, le vieillard avait pu faire à Lise les plus dégradantes propositions. Quel prestige donnait donc à cet homme son immense fortune, pour qu'il fût défendu par elle, contre les importuns, mieux qu'un roi par ses gardes ! Il mesura une fois de plus la puissance formidable de l'argent, et, plein de colère, reconnut la nécessité de la posséder. Il la rêva sans limites, absolue, irrésistible. Il se sentit l'énergie et l'audace nécessaires pour la conquérir. Le vaste champ des affaires était là, à sa portée. Il ferait comme Nuño : il y moissonnerait de larges et riches récoltes. Et alors il ne serait plus obligé de céder la place à personne, piteusement, comme il venait de le faire, et il traiterait d'égal à égal les souverains de la finance, qui étaient les véritables maîtres de la terre.

— A quoi pensez-vous ? lui dit Lise, en le voyant songeur.

Jean tressaillit : il regarda la jeune fille, la vit inquiète, et lui dit, pour la rassurer :

— Je pense à vous.

— Même auprès de moi ?

— Toujours. Vous êtes mon unique et incessante préoccupation.

— Oh ! unique !

Elle leva vers lui ses yeux bleus, et lui sourit avec une délicieuse coquetterie. Elle avait tout oublié, les odieuses paroles entendues, les vives craintes ressenties. Comme un nuage noir, que la brise d'été chasse du ciel, ses sombres impressions avaient été effacées de son esprit par les douces paroles de Jean. Elle ne se souvenait plus de rien, si ce n'est qu'elle avait devant elle, charmant, empressé et tendre, celui par qui elle était adorée. Et, dans son cœur, rempli d'un trouble exquis, une voix s'élevait enivrante qui chantait éperdument la jeunesse et l'amour.

La fête commençait à prendre une allure extravagante. Se trouvant maintenant tout à fait entre eux, les pensionnaires et les amis de Rombaud, soulagés de toute contrainte, se livraient aux joyeuses folies qui terminent invariablement ces soirées. Pavilly achevait un cavalier seul fantastique, et le jeune Gamard, électrisé, se disposait à marcher sur les mains. La poussière, soulevée dans le foyer par les pas les danseurs, montait comme un brouillard d'or autour des lustres, et les musiciens surexcités jouaient en pressant la mesure, avec une verve furieuse qui attaquait les nerfs. Un violent hourra s'éleva. Édouard Maxime, qui s'était mystérieusement dérobé, pendant un instant, sur le balcon, venait d'allumer des feux de bengale et faisait partir des chandelles romaines.

— Deux heures et demie, dit Lise ; il faut que je me sauve...

— Déjà ? Avez-vous peur de perdre votre pantoufle, comme Cendrillon ? demanda Jean.

— Non. Mais je serais grondée, si je restais au jour. Attendez-moi là : je vais prendre mon manteau dans ma loge...

Il sortit dans le couloir à sa suite, traversa la scène, et resta au bas de l'escalier, debout, écoutant le léger bruit de ses pas qui résonnait à l'étage supérieur. Ces mots de Lise : « Attendez-moi », l'avaient rempli de joie. Pour la première fois, elle disposait de Jean, manifestant bien clairement ainsi qu'elle connaissait ses droits sur lui. Elle montrait le lien, encore menu, mais pourtant bien solide, qui les unissait l'un à l'autre. Elle le prenait pour compagnon, et ne craignait pas de partir avec lui, devant tout le monde, au risque de ce qu'on pourrait penser.

De Brives se dit : Elle n'a pas réfléchi à ce qu'elle faisait ; elle n'a pas mesuré les conséquences de sa façon d'agir avec moi. Il serait honnête de résister à l'entraînement, et de ne pas la laisser se compromettre. Du fond de lui-même, une voix railleuse lui répondait : L'aimes-tu ? La désires-tu ? Alors, ne sois donc pas si naïf et ne repousse pas l'occasion, quand elle se présente ! N'attends pas qu'un autre plus hardi ou moins scrupuleux, t'enlève cette fille adorable ! Qui te dit, d'ailleurs, qu'elle ne sache point où elle va et que ce ne soit pas d'un pied ferme qu'elle y aille ? Certes, elle est innocente, et haste, et pure. Mais sa vertu n'en est pas moins une vertu de théâtre, destinée sûrement à succomber quelque jour. Ne refuse donc pas la faveur qu'elle veut te faire. Elle t'a choisi, tu lui plais, prends-la : ce sera une maîtresse charmante.

Ainsi, entraîné par son scepticisme, Jean en était arrivé à la même conclusion que Sélim, poussé par sa luxure : la chute inévitable de Lise.

L'amour sincère et ardent que le jeune homme éprouvait ne fit pas à la comédienne l'aumône d'un peu de respect. Tous ces bons sentiments furent étouffés par cet infâme argument : autant moi qu'un autre. Il n'admit pas que la belle, la douce, la poétique Lise pût rester sage. Toute la corruption du théâtre pesa sur elle : elle fut englobée

dans l'impureté générale, et marqué au front du signe qui la vouait à
la fatalité du vice.

Pendant ce temps-là, Lise, le cœur épanoui, tournait dans sa loge
en fredonnant. Elle avait réfléchi qu'il ne lui fallait qu'un instant
pour changer de robe, et elle enlevait sa toilette de bal, afin de
n'avoir pas à la rapporter le lendemain au théâtre. Dans le faible jour
du gaz à demi levé, elle se hâtait, pour ne pas donner à Jean le temps
de s'impatienter. Elle regrettait de lui avoir dit inconsidérément de
l'attendre. Où avait-elle eu la tête, puisqu'ils ne suivaient pas le
même chemin, lui, allant rue Taitbout, et elle, rue de Lancry? Un
sourire glissa sur ses lèvres. Après tout, pensa-t-elle, il n'est pas
bien malheureux : il aura la satisfaction de me mettre en voiture. Il a
souvent perdu son temps d'une façon moins utile, quand il restait à
jouer toute la nuit au Cercle.

Elle devint sérieuse à cette pensée du jeu. Instinctivement elle
craignait les joueurs. Dans les drames, où elle figurait, le sort qui
leur était réservé était toujours si lamentable ! Ils sacrifiaient tout à
leur horrible passion. Supplications de l'amour trahi, conseils de
l'ambition répudiée, cris de l'honneur méconnu, rien ne pouvait les
arracher à leur coupable affolement, et la punition finale était terrible.
Jean, certes, n'en était pas là. Elle se promit d'user de toute son
influence pour le détourner de ce mauvais penchant. Elle se sentait
une si vive affection pour lui, que rien de ce qui pourrait lui arriver
de fâcheux ou de favorable ne devait la laisser indifférente. Dans sa
pureté, elle ne songea pas un instant à tout ce qu'avait de dangereux
son amitié pour le jeune homme. Elle ne regarda pas plus loin que
l'heure présente. Elle ne chercha pas jusqu'où ce sentiment pouvait
l'entraîner. Elle était heureuse, sans se rendre exactement compte de
la source de son bonheur. Cela lui suffisait. Et si on lui eût offert de
rester toujours ainsi, dans l'ineffable satisfaction de sa vague tendresse, elle eût répondu joyeusement : oui.

Elle redescendit vivement, en criant du haut du palier : Me voici.
Son regard caressa, avec complaisance, le beau visage de Jean, sans
y découvrir la trace des détestables pensées qui avaient agité le jeune

homme pendant son absence. Confiante, elle prit son bras et s'apprêtait à pousser la porte rembourrée, quand Cretet et la petite Lointier,
vêtue d'un waterproof, encapuchonnée d'une mantille de dentelles,
parurent dans le couloir. Clémence les suivait, causant avec La Barre,
et précédant Nuño, qui sortait du cabinet de Rombaud.

Lise s'arrêta, inquiète et troublée. Sans savoir pourquoi, elle se
sentit mécontente et rougit, comme si elle était prise en faute. Elle se
sépara vivement de son cavalier, tendit la main à Claude qui s'empressait, et, laissant descendre Jean, elle demeura en arrière.

Clémence prit le bras de Nuño, puis, avec un sourire méchant, se
tournant vers le journaliste et lui montrant les trois couples, elle dit,
de façon à ce que Lise, restée la dernière, pût l'entendre :

— Chacun s'en va avec sa chacune. C'est très gentil ! Il n'y a que
ce pauvre M. La Barre qui est tout seul. Bah ! un auteur ! il a sa
Muse ! Allons, bonne nuit, mes petits enfants !

Son rire insultant poursuivit Lise à travers l'escalier. Et les paroles
de Sélim revinrent aux oreilles de la jeune fille : Méfiez-vous des
petits jeunes gens !

Pourquoi cependant se serait-elle méfiée ? N'était-ce pas elle qui
avait prié Jean de l'attendre ? Et quel mal faisait-elle en descendant à
son bras ? Clémence, avec les allures libres qui lui étaient habituelles,
avait sans doute voulu plaisanter. Mais la jeune fille n'entendait-elle
pas, au théâtre, tous les jours, voltiger à ses oreilles des mots très
lestes, auxquels elle ne faisait pas attention ? D'où venait donc son
embarras soudain ? Et comment les paroles de sa camarade l'avaient-
elles fait souffrir, comme un outrage secret à sa pudeur ?

Arrivée sur le trottoir de la rue de Bondy, du regard elle chercha,
parmi quelques voitures qui stationnaient, le fiacre qui la ramenait
tous les soirs. Elle ne le vit pas.

— Tiens ! mon vieux cocher m'a abandonnée ! dit-elle. Suis-je
sotte ! J'ai oublié hier de lui dire que je ne sortirais pas à l'heure accoutumée.

— Allons jusqu'au boulèvard, dit Claude.

Ils marchèrent tous les trois, dans la direction de la Porte-Saint-

Martin. Clémence les suivit des yeux, puis, s'adressant à Sélim :

— Vous avez été bien prompt à aller vous enfermer dans le cabinet de Rombaud, après avoir causé avec notre grande artiste, dit-elle aigrement. Qu'est-ce que vous lui avez donc dit, à cette chère petite? Elle paraissait fort agitée. Vous savez que je supporte vos caprices. Cependant n'en abusez pas. Vous êtes un peu sultan : vous ne vous appelez pas Sélim pour rien. Mais n'essayez pas de jeter le mouchoir dans mon théâtre... Ça, par exemple, je ne le souffrirais pas !

Nuño prit un air indifférent, et sortant un cigare d'un admirable étui en argent ciselé :

— Mademoiselle Fleuron est une très honnête fille, dit-il, et vous avez tort de parler d'elle comme vous le faites. Quant à mes caprices, si vous les supportez, je vous ferai observer que je ferme les yeux sur vos fantaisies. Nous trouvons notre compte à cette indulgence mutuelle. Donc, ne nous le reprochons pas. Vous êtes une femme très agréable, quand vous n'êtes pas mal disposée. Allez-vous être de bonne humeur? Oui? Je vous mets à votre porte, avant de rentrer chez moi. Non? Bonsoir.

Clémence se mit à rire : elle cria à son cocher : Suivez ! Et, montrant à Nuño une figure rassénérée :

— Allons, vieux scélérat, donnez-moi une place dans votre coupé.

Il partirent dans la voiture du Portugais, au trot rapide de ses deux chevaux. En tournant l'angle du boulevard, Sélim, montrant à Clémence, par la portière, Lise qui marchait entre Jean et La Barre :

— Vous voyez : elle s'en va sous bonne escorte. A quoi rimaient vos méchancetés de tout à l'heure?

— Qui vous prouve qu'elle va les garder, avec elle, tous les deux ? répliqua la comédienne.

Comme si le hasard se faisait complice de Clémence, le groupe, au bord du trottoir, s'était arrêté. Claude serra la main à Jean et à Lise, et lentement, presque à regret, continua son chemin dans la direction de la Madeleine, pendant que les deux jeunes gens, bras dessus, bras dessous, tournaient et remontaient du côté de la rue de Lancry.

— Eh bien? s'écria Clémence à la fois triomphante et furieuse.

Sélim ne répondit pas. Il observait la violente exaspération de sa compagne. Il se dit : Est-ce jalousie d'artiste seulement? Ou bien ce petit de Brives plaît-il à Clémence, et a-t-elle un double motif de haïr Lise Fleuron? Dans le cœur du Portugais pas une fibre ne tressaillit à la pensée qu'un autre était aimé de la charmante fille qu'il convoitait. Il calcula seulement les chances qu'il pourrait avoir, dans l'avenir, et les trouva nombreuses. Après tout, Lise avait encore un certain goût, puisqu'elle prenait, pour premier amant un homme du monde. Généralement cette faveur était réservée à un cabotin et, la plupart du temps, au bas comique de la troupe. Nuño, vieux rôdeur de coulisses, avait toujours vu ces pitres exercer d'inexplicables séductions. Leur graveleuse gaieté, leur blague canaille, grisaient ces filles, très rapidement, et sans résistance possible, comme le vin frelaté des cabarets borgnes. Une liaison, entre de Brives et Lise, ne parut pas à Sélim devoir être durable. Ce garçon-là n'avait pas assez d'argent pour pouvoir se soutenir longtemps, si modestes que fussent les rêves de la comédienne. Il devait être bientôt à la côte, et alors ce serait aux habiles à opérer le sauvetage de Lise.

— Mon heure viendra, dit en lui-même le Portugais. Le premier amant d'une femme ne compte pas : c'est comme le premier locataire dans une maison neuve. Après lui on ne loue plus qu'à des gens sérieux.

Il se mit à rire, oubliant Clémence qui, enfoncée dans le coin capitonné du coupé, se laissait aller à d'orageuses pensées.

— Qu'est-ce qui vous prend? dit la comédienne.

— J'ai fait une belle opération aujourd'hui, répondit le banquier, trouvant utile de détourner l'attention de Clémence... J'ai roulé le Crédit Universel, dans l'affaire de l'Emprunt Serbe : c'est moi qui ai l'émission... Il y aura, ma petite chatte, de belles primes à réaliser.

— Dites donc, Sélim, si je vendais mes chemins Roumains? dit la jeune femme, les yeux subitement allumés.... Je pourrais prendre beaucoup de Serbes au pair...

— Combien avez-vous de Roumains?

IL LA SENTIT FRÉMIR ET SE RENVERSER (PAGE 1709)

— J'en ai cinq cents... Ils ont monté de cent vingt francs, depuis que vous me les avez fait acheter...

— Trop tôt!... dit Nuño. Ils monteront encore de quatre-vingts francs... avant que nous lâchions le paquet... Laissez passer la liquidation...

Du revers de sa grosse main noire et velue, il effleura la joue de Clémence, et, la regardant avec une subite tendresse :

— C'est gentil, dit-il, de sa voix rocailleuse, une petite femme qui comprend bien les affaires !...

— Dame, je suis votre élève, répliqua la comédienne, avec une reconnaissante humilité. Mais j'avais l'esprit tourné à ça, fit-elle gaiement. C'est positif !

— Quant à cette petite Fleuron, reprit Nuño après un silence, je crains fort que ce ne soit une bête. Et je renonce à m'occuper d'elle.

Un rayon de joie diabolique illumina le visage de Clémence. Elle crut comprendre le sens caché des paroles de Sélim. Elle se dit : Il se désintéresse d'elle, il me l'abandonne. Je la ferai sauter !

Incapable de descendre jusqu'au fond de l'esprit ténébreux du Portugais, elle ne devina pas que celui-ci voulait se servir d'elle pour activer les évènements qui devaient lui livrer Lise. Et souriante, apaisée, heureuse, pour la première fois depuis plusieurs mois, elle revit l'avenir rayonnant.

Pendant que ces redoutables intrigues se nouaient autour d'elle, Lise, appuyée au bras de Jean, remontait le boulevard.

— Il fait si beau, avait dit de Brives, et vous demeurez si près ! A quoi bon prendre une voiture ? Si vous craignez les mauvaises rencontres, je vais vous conduire jusqu'à votre porte.

L'air était doux, le pavé sec : Lise n'avait pas osé refuser. Et, l'un près de l'autre, de ce pas cadencé et onduleux, qui est la marche des amants, ils s'en allaient, sans parler, le cœur en fête. Ils passèrent devant le théâtre. Le premier étage flamboyait et, par les fenêtres ouvertes, la musique de l'orchestre se faisait entendre, jetant au vent de la nuit ses joyeux flons-flons.

— Ils dansent encore là-haut, les enragés ! dit de Brives. Ils vont rester jusqu'au jour.

Lise ne répondit pas. Elle jouissait délicieusement de se sentir au bras de celui qu'elle aimait, et, recueillie, elle semblait craindre de perdre une seule des joies de l'heure présente. Elle regardait Jean à la dérobée, admirant sa gracieuse tournure, saisie de l'envie de prendre entre ses doigts et d'effiler sa longue moustache blonde. Il se tourna vers elle, et leurs regards se rencontrèrent. Ils sourirent, et Jean pressa doucement contre lui le bras de la jeune fille.

— Dans quelques jours le théâtre va fermer, dit-il, et chacun va tirer de son côté... Est-ce que vous aussi vous quitterez Paris ?...

— Pas tout de suite, répondit-elle, mais j'irai certainement passer six semaines, avec ma mère, à Évreux, chez une de mes tantes...

— Et pendant tout ce temps-là, je ne vous verrai pas... Comme ce sera long !

— Vous viendrez à Évreux : c'est une très jolie ville. J'y organiserai une représentation au profit des pauvres... Ce sera pour vous un prétexte tout trouvé.

— Une seule soirée... Qu'est-ce que cela ? Vous ne pensez pas à l'abandon dans lequel je vais me trouver, quand je serai loin de vous... Cela ne vous fera donc rien, d'être séparée de moi ?

— Vous savez bien que si, dit-elle tout bas.

Jean se pencha sur l'épaule de Lise, et lui effleurant l'oreille de ses lèvres, avec une ardeur qui la fit frissonner :

— Je vous aime tant ! murmura-t-il.

— Jean ! dit-elle, en s'efforçant de s'éloigner de lui, comme si le contact de son corps l'eût brûlée. Mais le jeune homme la retint, et, la serrant plus étroitement, de même qu'elle l'avait appelé Jean, il l'appela Lise. Et, ne pouvant se rassasier de cette première jouissance de leur amoureuse intimité, il répéta plusieurs fois ce nom simple et charmant, avec une expression de tendresse qui mit des larmes dans les yeux de la jeune fille. Il l'étreignait palpitante ; chaque battement de son cœur répondait au cœur de celle qu'il adorait. Et Lise ne résistait plus : elle se trouvait bien près de lui. Une chaleur douce et parfumée l'enveloppait. Au lieu d'essayer de fuir, maintenant, elle se peletonnait contre l'épaule de Jean, enivrée, vaincue, possédée.

Le boulevard était désert, et ils marchaient, lentement, sous les arbres de l'îlot qui fait face à la rue de Lancry. La lune s'était dégagée des nuages, et, à travers les larges feuilles des platanes, elle leur versait sur le front sa douce et pure clarté. Ils allaient, légers comme deux oiseaux, dans cette nuit transparente et tiède, insoucieux de l'heure, inconscients du chemin fait et refait vingt fois, tout au plaisir d'être ensemble, et ne songeant pas qu'il leur faudrait se quitter. Ses idées mauvaises, ses calculs égoïstes, Jean avait tout oublié. L'innocence de Lise l'avait pénétré et comme purifié. Il ne pensa pas un instant à essayer de l'entraîner, à tenter d'abuser de son abandon absolu, si confiant et si candide. Il la sentit si bien à lui qu'il n'eût pas l'idée d'avancer l'heure où, d'elle-même, elle devait tomber dans ses bras. Ils parlaient et, comme un flot trop longtemps contenu, les aveux se pressaient sur leurs lèvres. Ils étaient avides de tout connaître d'eux-mêmes.

Ils se racontèrent leur existence, simplement et franchement, ils se dirent depuis combien de temps ils s'aimaient, étonnés de la rapidité foudroyante avec laquelle ils avaient été pris tous deux, voyant en cela l'ordre de la destinée, et se réjouissant de ce qu'ils avaient été si bien d'accord pour lui obéir. Ils s'assirent sur un banc devant l'Ambigu, objet de curiosité pour les rares passants qui s'écartaient en souriant, les voyant si près l'un de l'autre. Ils allèrent jusqu'à la place du Château-d'Eau, et remontèrent par le boulevard Magenta, suivant les rues au hasard, et ils se trouvèrent, sans savoir comment, devant la porte de Lise. Les yeux de la jeune fille furent frappés par l'aspect de la maison : elle se reconnut, s'arrêta brusquement, parut sortir d'un rêve et s'écria :

— Mon Dieu! quelle heure est-il donc?

Jean consulta sa montre. Il était quatre heures du matin. Il y avait une heure et demie qu'il marchaient, sans se douter de la fuite du temps.

— Il faut que je rentre, dit Lise doucement.

Et comme Jean la suppliait du regard :

— Si ma mère se réveillait et qu'elle ne me trouvât pas là, elle serait inquiète.

Cependant, sans qu'il le lui eût demandé, elle remonta jusque devant l'Ambigu, et, très lentement, revint à sa porte. Ils restèrent là encore un instant, arrêtés, se regardant, et ne pouvant s'arracher à leur cher tête à tête...

— Adieu, dit enfin Lise.

Souriante, elle lui tendit son front. Jean se baissa, mais, en respirant le parfum des blonds cheveux de la jeune fille, une ardeur soudaine l'emporta : il saisit Lise dans ses bras, la serra follement sur sa poitrine, et, la voyant toute pâle, les lèvres ouvertes comme pour aspirer la volupté, il lui ferma la bouche avec un baiser. Il la sentit frémir et se renverser; toutes les maisons de la rue tournèrent devant ses yeux, emportées dans un tourbillon vertigineux. Il entendit un cri étouffé. Et quand il reprit possession de lui-même, par la porte entrebâillée, il aperçut Lise qui disparaissait, svelte et gracieuse. Le battant retomba lourdement, et Jean se trouva seul.

VI

Lise dormit d'un calme sommeil. Les souvenirs rapportés par elle ne pouvaient la troubler : ils étaient heureux. Si la figure de Jean passa dans ses rêves, elle la vit souriante et charmée. Le jour était fort avancé, et onze heures sonnaient, quand elle ouvrit les yeux. La lumière entrait à flots par les fenêtres de sa chambre qui donnaient sur de grands jardins pleins d'ombre et de fraîcheur. Le ciel était tout bleu, les oiseaux se poursuivaient en criant dans les branches, et le soleil jouait dans la verdure. Lise se réveilla avec des impressions riantes. Une plénitude de joie était en elle, qui lui faisait trouver tout bon et beau. Elle se mit à chanter, sans savoir pourquoi. Les refrains lui montèrent aux lèvres comme des prières reconnaissantes. Sa gaîté fut une action de grâce. Elle tordit ses beaux cheveux en une seule masse, passa vivement un grand peignoir de batiste rose, et, les pieds nus dans ses petites mules à talons, elle courut à la chambre de sa mère. La bonne, dans la salle à manger, mettait le couvert. Elle salua Lise d'un amical bonjour, et, par la porte entr'ouverte :

— Ah ! bien, madame, voilà mademoiselle debout, et qui a l'air de s'être levée du pied droit, encore !

— Te voilà, ma fille ? dit l'aveugle.

— Oui, maman. As-tu bien dormi?

— Non, ma pauvre petite, je n'ai pas dormi, répondit la mère Fleuron, d'une voix dolente. Ah! quand on est vieille et misérable comme moi, on ne dort plus! A quelle heure es-tu donc rentrée?

— Très tard, maman, dit Lise. ne voulant pas avouer qu'il était quatre heures du matin, et souriant en voyant que sa mère, malgré la privation de sommeil dont elle se plaignait, ne l'avait pas entendue.

— T'es-tu bien amusée?

— Oui, maman.

Lise s'approcha de sa mère, assise dans un grand fauteuil, auprès de la fenêtre ouverte. L'aveugle était une petite femme sèche, au teint jaune et comme tanné, aux cheveux gris collés en bandeaux sur un front bas et ridé. Ses yeux, qu'elle tenait toujours baissés, étaient surmontés d'épais sourcils noirs. Elle était vêtue d'une robe de laine grise, et ses épaules étaient couvertes d'un petit châle de laine noire. Elle tricotait sans relâche, et, quand elle avait fini sa rangée de mailles, d'un mouvement machinal elle plantait sa longue aiguille d'acier dans ses cheveux, au-dessus de l'oreille. Lise s'assit sur le bras du fauteuil et, avec une tendresse câline, se mit à caresser sa mère. Elle avait, pour cette pauvre femme aigrie par son infirmité, des soins touchants, lui lissant les cheveux avec sa main blanche, redressant le petit châle de laine qui s'était dérangé. Elle lui glissa un tabouret sous les pieds, la questionnant doucement, et n'obtenant que des réponses geignantes de femme qui croit se soulager par une plainte continuelle. Puis Lise se mit à passer la revue de la chambre, et elle allait d'un pied leste, fredonnant d'une voix joyeuse, avec quelque chose d'ailé et de coquet, qui faisait penser à un oiseau.

— Qu'est-ce que tu as donc, Lise? demanda la mère Fleuron frappée de l'agitation extraordinaire de sa fille. Elle renversa sa tête en arrière, position qui, disait-elle, son regard passant sous la taie de ses yeux, lui permettait de distinguer encore un peu les formes. Lise, sous le regard trouble de sa mère, rougit. Elle s'assit sur une chaise, et, sans répondre :

— Imagine-toi que j'ai vu, hier au soir, quelqu'un que tu as connu autrefois.

— Où ça?

— A Évreux.

— Ah! du temps où j'avais des yeux, soupira la vieille femme. Et qui donc?

— Le fils du médecin militaire qui habitait auprès de nous, de l'autre côté du jardin, M. La Barre.

— Tiens! Celui qui buvait... Oui, je me rappelle ce petit garçon. Je le voyais quand je cousais à la fenêtre. Il était gentil. Et qu'est-ce qu'il fait maintenant?

— Il écrit des drames. C'est lui qui est l'auteur de la pièce nouvelle que nous allons jouer à la rentrée. J'ai été bien heureuse de le retrouver.

— Ah! il est aussi dans le théâtre! dit, avec amertume, la mère Fleuron, qui n'avait jamais pu pardonner à sa fille la vocation qui l'avait poussée sur les planches. Quoique Lise eût apporté l'abondance dans le ménage, quoiqu'elle eût de grands succès, le préjugé contre les comédiens et ceux qui les fréquentent était resté vivace, et, dans le fond de son cœur, l'ancienne couturière jugeait que sa fille avait mal tourné.

— Et pourquoi ce garçon n'a-t-il pas pris un état? demanda la vieille femme; c'est donc un paresseux ou un bon à rien?

— Mais, maman, c'est un état de faire des drames. Ceux qui y réussissent en tirent, non seulement beaucoup d'honneur, mais encore beaucoup d'argent... Vois M. d'Ennery et M. Sardou... Leurs œuvres sont comme des fermes, qui rapportent, tous les ans, une bonne somme. Il paraît que M. La Barre a du talent, et que sa pièce est très remarquable...

La mère Fleuron hocha la tête d'un air plein de doute.

— Tant mieux, mon enfant : je souhaite qu'il réussisse, pendant que ces choses-là sont encore prises au sérieux... Mais ça n'empêche pas qu'il ne m'entrera jamais dans la tête, que des gens puissent gagner des sommes immenses, en mettant des petites lignes noires

CLÉMENCE VILLA OFFRANT LE THÉ A SON SEIGNEUR ET MAITRE (PAGE 1717)

sur du papier blanc, que des hommes et des femmes, costumés comme des chiens savants, se fassent payer des milles et des cents, pour débiter des phrases en public, et que tout ça soit honnêtement gagné, comme avec un vrai métier, à la sueur de ses bras.

— Maman !

— Enfin, tu sais bien, reprit obstinément la vieille, aux tempes de laquelle montèrent des rougeurs, qu'au temps passé... c'est toi qui m'as lu ça... on laissait mourir les comédiens, sans le secours de la religion, et qu'on ne les enterrait pas dans les cimetières !

— Eh bien! maman, dit Lise gaiement, aujourd'hui on les décore!

— La mère Fleuron joignit ses mains, comme pour faire une prière. Elle renversa sa tête en arrière, essayant de voir sa fille, et, avec un accent de stupeur :

— On les décore!.. De la croix d'honneur? De celle que ton grand-père avait gagnée à la prise d'Alger?

— Oui, maman.

La vieille femme réfléchit un instant, puis, avec conviction :

— Alors ça n'est pas sérieux, dit-elle. C'est pour se moquer d'eux !

Habituellement, Lise laissait dire sa mère, l'accusant bien souvent d'être ingrate, mais supportant avec patience ses amères récriminations. Ce matin-là cependant, elle avait les nerfs tendu; et un besoin de parler, de répandre au dehors le trop plein d'elle-même, la poussait. Elle se laissa entraîner à batailler, fournissant d'abondance les arguments.

La situation était bien changée maintenant, et la carrière dramatique attirait tous les regards, toutes les ambitions et tous les hommages. Les auteurs étaient comme des princes, honorés, admirés, recherchés, et avaient partout le haut du pavé. Quant aux artistes, ceux qui prenaient leur art au sérieux, bien entendu, ils vivaient, au théâtre, acclamés, fêtés, et grassement payés, et, hors de la scène, en bons bourgeois, dans leur ménage, entre leur femme et leurs enfants. Il y en avait qui, à la campagne, étaient maires de leur commune. On ne pouvait pas trouver de gens plus heureux et plus honorables. Les artistes aimaient peut-être un peu trop le bruit, la réclame et la mise en scène. Mais c'était la conséquence toute simple et bien excusable de leur métier, qui les mettait toujours en vue. Et puis la faute en retombait aussi sur le public, qui poussait les acteurs à s'exagérer leur importance, en s'enquérant avec trop de curiosité des gens et des choses du théâtre. C'était un engouement, une passion, une folie. Le théâtre maintenant tenait dans les mœurs une place considérable. On ne s'occupait que de lui, dans les salons dans les journaux, dans les livres et même au tribunal. Chacun s'en mêlait. Et il y avait comme un cabotinage général. Les femmes du plus grand monde, sous prétexte de monter des fêtes de bienfaisance, attiraient les artistes dans l'intimité de leur existence, et transformaient leurs hôtels héréditaires en théâtres, leurs salons aristocratiques en coulisses. C'était, revanche soudaine et complète, la conquête par les artistes de cette société d'où ils avaient été si longtemps exclus, et où ils régnaient désormais en maîtres, ayant fondé leur souveraineté par leur talent, et tenant en main le sceptre de la mode.

Et Lise, emportée par son sujet, parlait avec une éloquence inaccoutumée qui surprenait sa mère, la laissant embarrassée et incapable de répondre. Mais, réduite à l'impuissance et non convaincue, baissant le front, comme une chèvre rétive, la vieille femme ne se rendait pas et répétait avec entêtement :

— Il n'est pas juste qu'on vende des paroles si cher !... Ça n'est pas sérieux ! et ça ne durera pas !

Lise, alors, se mit à rire et, doucement, avec une chaleur de tendresse qui ne pénétra pas ce cœur séché de pauvre femme malade :

— Eh bien ! maman, jouissons-en, comme tu dis, pendant que ça dure. Si tu veux, après le déjeuner, je te mènerai en voiture au bois de Boulogne...

— À quoi bon ? répliqua amèrement la mère Fleuron, puisque je n'y vois pas !

— Tu prendras l'air et tu dormiras mieux. Allons, maman grognon, viens déjeuner.

Et, prenant l'aveugle par la taille, Lise l'aida à se lever, et la conduisit, avec de maternelles attentions, dans la salle à manger.

Le mouvement fit du bien à la jeune fille. Pelotonnée auprès de sa mère dans la voiture, elle put caresser sa secrète pensée, et errer dans son souvenir, comme dans une retraite ornée de fleurs. Les brillants équipages passaient autour d'elle sans éveiller son attention. Elle ne vit ni le ciel, qui était tout bleu, ni le lac, qui étendait sa nappe d'argent entre le fin gazon de ses rives, ni les arbres, dont les branches vertes offraient aux promeneurs un couvert plein d'ombre fraîche. Elle suivait, dans une vision charmante, un beau jeune homme, à la fière tournure, à la bouche tentante et aux longues moustaches blondes, qui lui souriait tendrement. Quand un cavalier passait, attirant ses yeux par les bruyantes caracolades de sa monture, elle le comparait au héros de son rêve et murmurait : Tu ne vaux pas Jean ! Le Jean qui me plaît et que j'aime.

Jean ! Jean toujours ! Dans son cœur et sur ses lèvres il n'y avait plus de place que pour Jean. Elle ne le chercha pas : elle savait qu'il n'allait au Bois que le matin à cheval. En ce moment il était à la Bourse, faisant des affaires et poursuivant la fortune.

Nuño l'avait définitivement admis dans sa confiance. Il lui expliquait ses plans, lui développait ses projets et, s'échauffant peu à peu, il ouvrait à Jean des vues, sur sa tactique financière, qui inspirèrent au jeune homme une respectueuse terreur.

Sélim était en grand ce que de Brives était en petit : un tondeur d'hommes. Seulement il avait depuis longtemps perdu les scrupules que Jean conservait encore. Dans ce jeu des grandes affaires financières, les petits intérêts particuliers disparaissaient, fondus dans d'immenses intérêts généraux. Les États traitaient avec le banquier. Et Nuño prélevait de vastes contributions sur les peuples, avec la même sévérité froide qu'ont les chefs d'armée, quand ils frappent une province d'un impôt de guerre, après une bataille. Les hommes étaient ses tributaires. Il était une sorte de potentat financier, et les nations suaient, d'un bout de l'année à l'autre, dans le travail et dans l'épargne, pour fournir l'argent des gains de ce brasseur de millions.

Et de ces grandes affaires financières, entreprises à l'étranger, et dont les contrats étaient rédigés dans toutes les langues, dans tous les idiomes, européens, africains ou asiatiques, tous les intermédiaires gardaient aux mains un peu de l'or versé par les malheureux et les souffrants, courbés sur la terre exploitée. Cela commençait au souverain, qui avait ordonné la convention, cela suivait par les ministres, qui l'avaient appuyée, par les agents qui l'avaient maquignonnée, pour aboutir à Clémence Villa, qui, en peignoir de dentelles dans son boudoir, en offrant à son seigneur et maître Sélim Nuño le thé de cinq heures, avait écouté d'une oreille complaisante l'exposé brillant de l'opération.

Lorsque le Portugais, avec sa parole brève et son accent rocailleux, expliquait à Jean le mécanisme d'une de ces vastes combinaisons, qui lui affermaient tout un royaume pour plusieurs années, il semblait à Jean entendre crier les vis d'un formidable pressoir où, au lieu de raisin, on pilait des hommes, et d'où, au lieu de vin, il coulait du sang.

Quand il jouait, lui, au Cercle, c'était un combat à armes égales, argent contre argent, sang-froid contre sang-froid. Il était à la merci de ses adversaires et pouvait être victime de la mauvaise chance. Nuño, cuirassé de millions, luttait avec la certitude de triompher. Rien ne pouvait l'emporter contre lu.. Et s'il avait affaire à trop fortes partie, il savait à propos contracter des alliances, former des syndicats, et mettre toute l'artillerie de la haute banque de son côté.

— Jean, influencé par ses idées premières, par ses préjugés d'homme du monde, avait eu de brusques révoltes; il avait jugé sévèrement les procédés de Nuño. Mais, en pénétrant plus avant dans le monde financier, il avait constaté que c'était partout la même manière de faire. Du haut en bas de l'échelle sociale, il avait assisté à l'exploitation du petit par le grand, du faible par le fort.

Et il en était tout doucement arrivé à formuler à son usage des aphorismes rassurants pour sa conscience : Il n'y a en ce monde que des battants et des battus. Ce serait duperie de se laisser battre. Celui qui n'est pas tyran est esclave. En affaires, les personnes disparaissent : il n'y a plus que les faits. Du moment que le fait est légal, quel reproche peut-on encourir? Nous ne connaissons pas les gens dont nous encaissons l'argent. Feraient-ils tant de façons pour encaisser le nôtre?

On se persuade facilement ce que l'on désire. Il en vint à trouver tout simple ce qui l'avait d'abord effarouché. Il vit, autour de lui, les hommes, réputés les plus honorables, moissonner le champ des écus, comme un domaine leur appartenant. Il se lança résolument à leur suite et glana. Il était remarquablement intelligent et amusait Nuño par sa vivacité. Le Portugais l'écoutait avec un vague sourire, ses paupières plissées retombant à demi sur ses yeux, comme des jalousies. Il avait l'air ainsi d'un chat qui guette une souris. Il lui disait souvent :

— Prenez garde d'aller trop vite Défiez-vous de votre entrain. Les bonnes affaires sont celles qu'on laisse mûrir. Vous êtes très bien doué et vous irez loin, si vous ne vous cassez pas les reins en route.

Lorsque, vers dix heures, dans la vaste cour de l'hôtel du Faubourg Saint-Honoré, dont les communs avaient été transformés en bureaux, de Brives passait, au milieu des agents, des hommes d'affaires, qui venaient aux audiences que Sélim donnait, comme un ministre, il était accueilli avec la déférence que l'on marque à un favori. Il entrait, sans attendre, dans le cabinet du secrétaire particulier de Nuño, et là, il prenait l'air de la maison, avant de voir le maître.

Jamais Nuño n'accueillit mieux Jean que le lendemain de cette soirée, où il l'avait vu emmenant à son bras Lise Fleuron. Il sembla vouloir s'attacher de Brives par des liens définitifs. Il s'ouvrit à lui, et lui laissa entrevoir, dans un avenir très prochain, une participation à ses plus importantes affaires. En lui-même, le Portugais savait très bien quel était celui qui pouvait, le mieux et le plus vite, conduire le jeune homme au casse-cou. En passe de faire sa fortune, certain d'être aimé, Jean se laissa aller à une joie sans mélange. Il risqua à la Bourse une grande opération, et vers cinq heures, ses affaires terminées, sa correspondance faite, il se rendit, d'un pied léger, au Cercle, pour y lire les journaux du soir.

Le parcours lui parut agréable. C'était une fin de journée charmante ; le boulevard était noir de voitures et, sur les trottoirs, les femmes en toilettes claires allaient, pimpantes, en taille, balançant gracieusement leur ombrelle. Il s'arrêta un instant sur le refuge qui fait face au grand Opéra, et resta là, grisé par l'air, étourdi par le mouvement, regardant les statues dorées de la coupole, qui étincelaient sous les rayons du soleil à son déclin. C'était un va-et-vient éblouissant, une arrivée incessante d'équipages, comme si la ville eût, ce jour-là, fait un splendide étalage de son luxe et de sa richesse.

Dans une grande voiture à huit banquettes, traînée par quatre chevaux, toute une cargaison d'Anglais, sous la conduite d'un guide de l'agence Cook, revenait d'une excursion, et, au milieu des vieilles dames à taille plate, à chignon indigent, vêtues d'un cache-poussière gris, coiffées d'une cloche en paille brune, et des vieux messieurs à grandes redingotes noires, à feutres de quakers et à souliers à triples semelles, comme des fleurs dans une touffe de chardons s'épanouissaient quelques petites misses, aux joues roses, aux cheveux blonds et aux grands yeux rêveurs amoureusement fixés sur l'indispensable guide Bædeker.

Jean suivit, pendant un instant, la voiture qui descendait la rue de la Paix, au grand trot de ses postiers.

Arrivé place Vendôme, il tourna à gauche et entra au Cercle. Il gravit l'escalier à rampe de fer forgé, passa devant les valets de pied respectueusement inclinés, traversa la salle de billard, et pénétra dans le grand salon, aux boiseries blanches rehaussées de filets d'or, aux dessus de portes noircis par le temps, dont les deux fenêtres donnent sur la place, en face de la colonne.

Sept ou huit habitués, groupés devant la cheminée, causaient avec animation. L'un d'eux tenait un journal et en lisait un paragraphe à ceux qui l'entouraient. Et c'étaient des commentaires, des exclamations et des éclats de rires.

L'apparition de Jean parut glacer la parole sur toutes les lèvres. Ses camarades lui donnèrent silencieusement la main et, après un coup d'œil échangé entre eux, ils se dispersèrent, les uns entrant dans la petite salle de jeu, les autres dans le salon de correspondance. Jean, étonné, ne vit plus en face de lui qu'un gros garçon, nommé

Verneville, qu'il rencontrait tous les jours à la Bourse, et avec lequel il était en relations amicales. Jean s'approcha de lui et, affectant un ton très dégagé :

— Que se passe-t-il donc ? On se sauve quand j'arrive ?

Verneville resta un moment silencieux, puis, prenant son parti :

— Ma foi, mon cher de Brives, vous finiriez toujours par savoir la chose : autant vaut que vous l'appreniez tout de suite. Ces messieurs se sont éloignés par discrétion, pour ne pas vous embarrasser, si, devant eux, vous veniez à lire...

— Quoi donc, enfin ? s'écria Jean, devenu très pâle et soupçonnant quelque infamie.

Le gros garçon prit, sur un fauteuil, le journal qui faisait les frais de la conversation, lorsque Jean était entré, et, le tendant à son camarade :

— Voilà, dit-il.

D'un coup d'œil, Jean parcourut la feuille. C'était d'abord un compte rendu aigre-doux de la soirée de centième, dans lequel le signataire de l'article : B. de Lantenac, s'égayait aux dépens de Rombaud, de ses artistes et de ses invités. Rappelant l'infortune première du Théâtre Moderne, qui n'avait vécu pendant longtemps que des subsides de Nuño, il comparait cette malheureuse scène au radeau de la Méduse, et montrait Sélim, avec son teint basané, jouant le rôle du Nègre dans le fameux tableau de Géricault, regardant, monté sur le bureau de location, si, au loin, le public n'arrivait pas au secours de la troupe menacée de mourir de faim. Il prétendait que chacune des cent représentations de la *Duchesse* n'avait pas couvert les frais, et insinuait que Rombaud, calculateur habile, perdant sur chacune de ces soirées, comptait se rattraper sur la quantité. Et il concluait en disant : Ce succès est un succès à la Pyrrhus. Encore une centième comme celle-ci et tout est perdu.

C'était un tissu de sottises, brodé de plaisanteries boulevardières. Jean lut l'article en haussant les épaules.

— Quelque reporter qu'on aura négligé d'inviter, murmura-t-il.

Mais Verneville lui ayant dit . Voyez plus bas, il passa aux Échos,

ELLE SE RETOURNA ET SE TROUVA EN FACE DE LA BARRE (PAGE 1732)

et. soudainement, le petit entrefilet suivant lui sauta aux yeux, comme du vitriol :

« On parle beaucoup, dans les coulisses des théâtres, du naufrage de la vertu de la charmante mademoiselle Z, la jeune première qui a été cet hiver la grande favorite du public. Cette aimable enfant, que l'on se plaisait à citer comme la dernière survivante des onze mille vierges, a laissé tomber ses regards sur un jeune clubman des plus élégants, très lancé dans le monde de la finance. On prétend que la Bourse n'a pas été étrangère au triomphe de cet heureux mortel. Quoi qu'il en soit, cette conquête sera le plus beau *fleuron* de sa couronne galante. Une des camarades de mademoiselle Z, la spirituelle X, qui cultive avec passion l'à peu près, s'est écriée en apprenant l'accident : — Cette petit Z. est une finaude : elle attendait que les *Brives* lui tombassent toutes rôties dans la bouche. »

Jean lut deux fois ces lignes stupides et méchantes. Une colère terrible s'était allumée en lui. Ses idées tournaient, avec une extrême rapidité, dans son cerveau, et il lui sembla qu'il était entraîné lui-même dans un tourbillon. Ses oreilles s'emplirent d'un bruit confus, et ses mains devinrent moites. Les yeux fixés sur le journal, il le regardait sans le voir, pensant à la pauvre Lise, si lâchement insultée par un misérable qui livrait à la risée d'un public imbécile la chasteté outragée de la faible et douce enfant. Il resta insensible à l'offense personnelle qui lui était faite. Il ne souffrit que pour Lise. Sa probité native se révolta : il s'accusa de ce qui arrivait. Des larmes lui montèrent aux yeux, et il poussa un cri de rage si furieuse que Verneville recula stupéfait.

Ce mouvement rappela Jean à lui-même. Il pétrit le journal dans ses mains, comme il eût voulu pétrir le signataire de l'article, et le lança violemment dans la cheminée. Puis, se tournant vers le boursier qui le regardait, anxieux :

— Je vous remercie, Verneville : vous venez de vous conduire en galant homme et en véritable ami. Maintenant renseignez-moi complètement, si vous le pouvez. Quand ce journal a-t-il été apporté ici ?

— Tout à l'heure, sous bande. Le Cercle est abonné.

— Aucun de ces Messieurs alors n'a contribué à répandre cette calomnie ?

— Grand Dieu ! cher ami, s'écria Verneville, mais il n'y a eu qu'un cri, et tout de blâme ! Vous savez que vous êtes très aimé ici... Parbleu ! on plaisante toujours un peu !... Il y a eu des camarades pour s'écrier : Ah ! ce diable de Brives ! Voyez-vous ce don Juan ! Mais quant à l'article, on l'a trouvé ignoble... Et tout le monde sera avec vous... D'ailleurs, elle est charmante, cette petite Lise... tout à fait charmante !...

Et Verneville, travaillé par la curiosité, se rapprochait ; il allait se laisser entraîner à pousser le coude à Jean en lui disant : Hein ! Après tout, vous n'êtes pas à plaindre. Mais le jeune homme ne lui en laissa pas le temps.

— Ces Échos sont signés : Leporello... Savez-vous qui se cache sous ce pseudonyme ?

— Desfiguières, qui connaît tout le monde, le disait lorsque vous êtes arrivé... C'est le même B. de Lantenac... B signifie Baptiste, Bertrand ou Baron, à votre choix.

— Qu'est-ce que ce Lantenac ?

— Un grand chevelu, barbu, jeune, sans orthographe, mais plein de bagou, très bohème, vivant dans les ateliers ou à la brasserie...

— Ça se bat-il, ça ?

— Pas au commencement du mois, mais à partir du 25, tant qu'on veut...

— Pourquoi ?

— Parce qu'à la fin du mois il n'a plus d'argent, et qu'à la faveur d'un duel, qui fera vendre le journal, il obtient de l'administration une avance...

— Bon ! dit Jean avec une menaçante ironie, s'il ne doit avoir du courage que fin courant, je me charge de lui donner une avance qui le décidera. Savez-vous où sont les bureaux du journal ?

— Inutile d'y aller : on n'y trouve jamais votre homme. Il tient ses assises, le soir, au café des Variétés.

— C'est parfait. J'espère, Verneville, que vous voudrez bien m'as-

sister ? Nous prendrons Michalon, et l'affaire ne traînera pas, je vous
en réponds.

— Tout à vos ordres, cher ami, dit le garçon qui, avec une vive
satisfaction, se vit engagé dans une querelle qui devait défrayer pendant au moins deux jours les conversations de tout Paris.

— Merci, dit Jean, et maintenant plus un mot.

Redevenu complètement maître de lui, il demanda au maître d'hôtel
M. Michalon était au Cercle èt, sur une réponse affirmative, il se
dirigea vers la salle d'armes, où il était certain de trouver son ami.

Lise était rentrée du Bois à quatre heures avec sa mère. Elle avait
aidé l'aveugle à remonter les étages assez raides de l'escalier, avait
trouvé sur la table de l'antichambre un journal sous bande, à l'adresse
de mademoiselle Fleuron, artiste dramatique, l'avait, avec son
ombrelle et ses gants, déposé sur la cheminée de sa chambre. Pendant
une heure, en changeant de robe pour aller au théâtre, en tournant,
affairée, dans la petite pièce tendue d'un papier gai, et dont le mobilier en érable et bambou était d'une simplicité charmante, elle passa
vingt fois à portée de cette feuille qui recélait, dans ses plis, l'article
empoisonné, et n'eut pas l'idée d'y jeter les yeux.

Lise, adorant son art, consacrant à l'étude de ses rôles tout ce
qu'elle possédait de force et d'intelligence, n'avait point la curiosité
de savoir ce qu'on disait d'elle. Elle faisait de son mieux, et, pour le
reste, s'en rapportait au jugement du public, son seul maître. Elle ne
cherchait pas à se procurer les journaux, et, au moment de son grand
succès, Rombaud avait dû lui faire couper par Delessard tous les
extraits des feuilletons qui la couvraient de fleurs, et s'était presque
fâché pour obtenir d'elle qu'elle envoyât un mot de remercîment à
l'état-major de la critique dramatique.

— Vous ne pouvez vous figurer, avait dit le directeur, combien les
journalistes sont sensibles à ces petites attentions. Ils n'en seront ni
plus favorables, ni plus indulgents, si vous n'avez pas le bonheur de
les satisfaire, mais, au moins, en vous éreintant, ils y mettront des
formes. Et, s'ils vous trouvent bien, ils le diront avec plus d'insistance,
en se souvenant que vous avez été gracieuse. Pour les directeurs et pour

les artistes, voyez-vous, l'amabilité est la monnaie qui coûte le moins
et qui rapporte le plus,

Cette indifférence empêcha Lise d'apprendre, chez elle, à deux pas
de sa mère, qui eût entendu ses sanglots si elle n'eût pas vu ses
larmes, l'atroce et venimeuse perfidie dont elle était la victime. Elle
dîna à cinq heures, très gaiement, et partit à sept heures moins le
quart pour le théâtre.

Elle ne flânait jamais dans les couloirs, et montait tout de suite à
sa loge, saluée d'un bonjour amical par les employés de la maison,
dont elle était très aimée, étant toujours pour eux indulgente et polie.
Son habilleuse, Pauline, qui, dans sa jeunesse, avait habillé madame
Dorval, et s'en vantait comme un vieux de la vieille d'avoir été à Aus-
terlitz, la guettait dans le couloir, prenait sa clef, et lui sortait toutes
ses petites affaires. Elle faisait sa figure très rapidement, et, en costume de dessous pour avoir moins chaud, sa robe toute préparée, elle
lisait un livre en attendant la cloche de l'avertisseur. Quand elle entendait crier dans l'escalier : « On va commencer », elle passait sa robe.
Et, au moment juste où Campoint, que madame Bréval contemplait
amoureusement à travers la toile, par un des deux trous cerclés de fer
qui semblent être les yeux de la scène, attaquait l'ouverture, elle
apparaissait sur le théâtre.

Le premier et le second acte s'écoulaient, et les coulisses restaient
à peu près désertes. C'était ordinairement pendant le troisième acte
que Rombaud et les habitués de la maison arrivaient. Jamais Lise
n'allait au foyer des artistes. Jamais elle ne restait à bayarder entre
deux portants avec son directeur. Aussitôt les dernières répliques
données, qu'elle fût ou non de l'acte suivant, elle montait dans sa
loge. Elle ouvrait la fenêtre, fermait les persiennes, et, étendue sur le
canapé, se reposait en attendant que ce fût à elle de jouer.

Ce soir-là, contrairement à ses habitudes, Lise, comme alanguie,
après le premier acte, n'ayant pas à changer de costume, resta sur la
scène. Dans un vaste renfoncement du mur était ménagée une sorte
de loge carrée, garnie d'un tapis, meublé d'un canapé et de six
chaises, et orneé d'une glace devant laquelle, entre deux entrées, les

femmes, remettaient en ordre leur coiffure. Les familiers du théâtre et les artistes appelaient cette loge la Potinière. C'était là que, pendant la représentation, on se réunissait pour raconter, tout bas, les cancans du jour. Et souvent le bourdonnement des caquets grossissait si nourri qu'il menaçait de couvrir la voix des acteurs, et que Roberval, le régisseur, était obligé de crier : Chut! rappelant quelquefois au silence son directeur lui-même.

Lise vint s'y asseoir. Elle y resta seul. Il semblait que chacun s'écartât d'elle. Sur les visages elle découvrait une expression sardonique, qu'elle n'avait jamais vue, et qui lui faisait froid au cœur. Elle eut le pressentiment d'un malheur. Elle se demanda ce qui avait pu changer ainsi tout le monde autour d'elle. Dans le courant du second acte un groupe se forma, auprès de la loge du gazier, devant la porte de communication, au milieu duquel Mortagne ne tarda pas à pérorer. De loin, Lise suivait ses mouvements, avec l'intuition qu'on s'occupait d'elle. Le jeune premier agitait sa tête superbe, et, dans le silence des temps pris par les acteurs, des fragments de phrases, des mots venaient jusqu'à elle : Ne le souffrirais pas... charmante enfant... calomnie... ignoble journalisme... trique sur le dos... Et, avec son grand geste de provocation, qui faisait tant d'effet au quatrième acte de *la Duchesse*, Mortagne s'adressait à des adversaires invisibles. Les hommes surtout paraissaient agités. Desmazures reprenait quand Mortagne avait fini, et le comédien gentleman affectait des airs de dédain écrasant. Quant à Pavilly, il se taisait. Il avait un faible pour Lise, et la matière était trop sérieuse pour qu'une méchante plaisanterie fût possible à lancer. Ses petits yeux en trous de vrille, baissés vers les planches, il sifflotait, en se dandinant, comme quelqu'un qui, par devers lui, a son idée.

Clémence Villa, étant descendue, fit un tour dans les coulisses, et, ayant vu Lise toute seule comme une pestiférée, elle se dirigea vers le groupe. A sa vue, Pavilly se ranima subitement, sa bouche caustique se contracta, et ses narines palpitèrent.

— Vous parlez de l'article sur cette pauvre Lise? dit Clémence, entrant dans la conversation, comme si elle l'eût suivie depuis le commencement. Qu'est-ce que ce Lantenac qui, prétend-on, signe Leporello ?

— Comment ! c'est toi qui fais une question pareille? dit Pavilly. Ange adoré, rappelle tes souvenirs. Lantenac, ma chère, voyons... Lantenac du *Guignol*, de Bordeaux... Tu l'as bien connu, quand tu étais en représentations avec moi au Théâtre-Français.

Clémence pâlit légèrement, ses paupières battirent, et, avec l'accent d'une vive surprise :

— Vraiment ! c'est celui-là? dit-elle.

— Oui. C'est celui-là, répéta Pavilly. Tu l'as pourtant bien aimé, ma toute belle, en compagnie d'une foule d'autres, du reste. Et tu ne t'en souviens plus ! O femme, femme, déclama-t-il en imitant la voix de Taillade, tu n'est que fragilité !

Clémence, furieuse, allait riposter. Mais sans lui laisser le temps de prendre ses airs de reine offensée .

Moi, mes enfants, poursuivit le comique, voulez-vous mon avis? Eh bien, cette canaillerie-là, c'est l'œuvre d'une femme. Jamais ce grand imbécile de Lantenac n'aurait eu une pareille idée, tout seul... Il a dû recevoir son petit Écho tout fait, et comme il est paresseux autant qu'une couleuvre, et que la méchanceté, en somme, en est piquante, il l'a inséré, raide comme balle. Maintenant, on aurait enveloppé cette jolie saleté dans un billet de cent francs, que ça ne m'étonnerait que médiocrement, étant données les mœurs du personnage.

En parlant ainsi, Pavilly faisait peser sur Clémence un regard si singulier qu'elle perdit presque contenance. Elle accepta, sans souffler, les agressives paroles que le comique venait de lui adresser.

— Le mieux que nous ayons à faire, dit madame Bréval, c'est de ne pas abandonner cette petite, au moment où elle est si abominablement attaquée. Elle est seule. Allons auprès d'elle.

— J'allais vous le proposer, dit Clémence. Après tout, si Lise a pris un amant, il me semble que c'était bien son droit, et qu'il n'y a pas là un grand crime !

— Tu m'étonnes ! lui glissa Pavilly à l'oreille, en mettant dans ces trois mots des trésors d'ironie.

En un instant, Lise se trouva entourée, et la Potinière fut pleine. Tremblante, plus troublée par l'arrivée de ses camarades qu'elle ne l'avait été par leur abandon, elle jeta sur eux des regards suppliants. Elle n'osa pas demander de quoi il s'agissait, elle craignit d'entendre prononcer le nom de Jean. Il lui sembla que, si ce nom adoré était, devant elle, accouplé au sien, elle mourrait de honte. On se perdit donc en de vagues protestations. Madame Bréval, avec ses grandes manières du faubourg Saint-Germain, prit Lise dans ses bras et la baisa au front. Quant à Clémence, qui décidément exagérait un peu les manifestations sympathiques, comme si elle eût à cœur de détourner les soupçons possibles, elle déclara à sa camarade qu'elle pouvait compter sur leur appui à tous.

Pavilly, qui suivait cette scène des yeux, se tournant vers Clémence, siffla entre ses dents :

— La tendre Esther, défendue par l'altière Vasthi... c'est touchant !

— Qu'est-ce que tu veux dire, à la fin, avec ton altière Vasthi, s'écria Clémence, que Pavilly, depuis le succès de Lise, affectait de la désigner ainsi,

> — Peut-être on t'a conté la fameuse disgrâce
> De l'altière Vasthi dont j'occupe la place.

déclama-t-il d'une voix flûtée... Tu ne sais donc pas tes classiques ? Et tu rêves la Comédie-Française ! Esther avait enfoncé Vasthi, et s'était emparée du cœur d'Assuérus... Mais restait Aman... Aman, l'impie Aman... race d'Amalécite !... C'est curieux, comme Lantenac me fait l'effet d'avoir la binette d'Aman !

— Tu es stupide, mon bonhomme, dit aigrement Clémence, qui tourna le dos à Pavilly enchanté.

Au même instant, comme on frappait les trois coups, la porte de communication s'ouvrit, et Rombaud parut, suivi de Delessard. Il traversa la scène sans parler à personne, le chapeau sur le nez, tripotant

ASSISE AUPRÈS DE LA PARRE, ELLE RESTAIT SILENCIEUSE (PAGE 1735)

ses clefs dans sa poche, et sortit par la porte du couloir des loges, se dirigeant vers son cabinet.

— Fichtre, dit Roberval, le patron n'a pas l'air de bonne humeur, ce soir. Gare aux amendes !

— C'est l'affaire de Lise qui le met dans cet état-là, dit Delessard au régisseur. Il ne la connaissait pas, en arrivant, tout à l'heure, au contrôle. J'avais le journal dans ma poche, par hasard ; je le lui ai montré... Il est devenu blanc comme sa chemise. Il n'a pas dit un mot, a enfilé le couloir du rez-de-chaussée, et le voilà parti, tout seul, dans son cabinet. Voulez-vous que je vous dise ? Eh bien ! il est toqué de Lise, le patron... comme les autres, comme Nuño, comme de Brives, comme Pavilly, comme Desmazures. Tous après elle ! En somme, qu'est-ce qu'elle a donc de si remarquable, pour qu'on l'aime tant que ça ?

— Vous ne l'avez donc jamais regardée en scène ? dit Roberval... Elle a une animation, une grâce, un charme... Elle fait rudement de l'effet !

— Elle a du talent, sans doute. Mais comme femme, moi, elle ne me dit rien du tout !

Le troisième acte marchait, et les acteurs « déblayaient » ferme, sentant que, derrière le décor, le spectacle devait être plus intéressant que devant la rampe. La grande scène approchait, celle qui avait été le clou à la première. Le public, depuis le commencement de la pièce, se montrait froid pour sa favorite. Il restait sur la réserve. Le courant de sympathie, qui existait entre lui et la comédienne, paraissait avoir été rompu. La calomnie avait fait son chemin. Il y avait comme de la jalousie éprouvée par ces spectateurs, qui auraient voulu que l'artiste aimée fût exclusivement à eux.

Lise, mal accueillie, avait ressenti une pénible impression, sa verve s'était éteinte, et, préoccupée, malheureuse, elle avait joué en dedans. Mais, arrivée à sa grande scène, la comédienne se réveilla. La femme oublia ses tristesses, elle ne pensa plus qu'à son art. L'inspiration l'emporta, elle ne vit plus rien de ce qui n'était pas le théâtre et, en un instant, avec une puissance de talent irrésistible, elle mit le feu à la situation. Elle s'était transfigurée, ses yeux étincelaient, sa voix sonnait, venant des entrailles. Elle parut souffrir vraiment des douleurs, pleurer les larmes, et bondir les colères de son rôle. Elle mit à nu son âme, et fit servir ses angoisses réelles à l'expression de sentiments factices. Elle fut, pendant ces quelques minutes, supérieure à elle-même.

Une acclamation soudaine s'éleva dans la salle, jusque-là froide et morne. Derrière les portants, les camarades de Lise l'écoutaient, empoignés et haletants. Elle, partie, comme une folle, au travers de son rôle, ne faisait attention à rien, ne jouissait pas du triomphe remporté. Elle répandait, avec une âpre joie, son désespoir hors d'elle-même. Elle l'arrachait de son cœur, et exaspérée, le jetait à la face du public, avec des cris sublimes. Elle secoua si rudement Mortagne, dans son mouvement de violence, qu'il en fut stupéfait, et que, s'échauffant à son tour, comme si elle lui eût communiqué sa flamme dévorante, il joua la fin de l'acte à l'unisson de sa camarade, faisant éprouver aux spectateurs une de ces émotions dramatiques qui laissent toute une salle vibrante et bouleversée.

— Qu'est-ce donc? dit Rombaud, passant sur le théâtre et entendant les cris du public qui rappelait les artistes avec frénésie.

— C'est Lise, dit le docteur qui arrivait tout échauffé, par la porte de communication. Sapristi! cette petite vient d'être admirable. Il n'y a pas à Paris une femme qui soit capable de jouer avec ce sentiment et cette vérité!... Quelle merveilleuse artiste !

Lise sortait de scène, tremblante, pâle, épuisée par ses efforts. Elle traversa le théâtre, au milieu de ses camarades silencieux. Et, le front baissé, rendue à son chagrin, elle se dirigeait vers la porte, pour monter à sa loge, lorsque Rombaud l'arrêta, et, le chapeau à la main, ce qu'il ne faisait pour personne sur la scène :

— Je suis fâché de n'avoir pas été là pour vous applaudir, lui dit-il d'une voix émue... Vous êtes fatiguée, mon enfant, allez vous reposer... Roberval, on ne commencera le quatrième acte que quand mademoiselle Fleuron fera dire qu'elle est prête... Je désire causer avec vous, Lise. Ne quittez pas le théâtre sans m'avoir vu.

Et, respectueusement, il l'accompagna jusqu'à la porte de fer, suivi de son état-major administratif, et répétant les paroles du docteur :

— Cette petite est la première comédienne de Paris!

Lise sortit dans le couloir, les oreilles encore bourdonnantes, le cœur serré, et lasse comme si elle venait de faire une longue course. Déjà elle mettait le pied sur la première marche de l'escalier, quand elle s'entendit appeler. Elle se retourna et se trouva en face de la Barre. Elle poussa un cri de joie, et, saisissant le jeune homme par la main, elle l'entraîna avec elle. Enfin, elle avait donc quelqu'un à qui elle pouvait se fier, qui ne la raillerait pas si elle pleurait, et qui trouverait des mots de sincère affection pour la consoler. Elle le conduisit dans sa loge, et, là, le regardant au fond des yeux :

— Vous allez, vous, m'apprendre ce qu'il y a, dit-elle. Il faut que je sache enfin ce dont on m'accuse. Car, je le devine à l'attitude contrainte de ceux qui me défendent ou me plaignent, on fait peser sur moi une accusation... Mais laquelle?

Claude regarda tristement la jeune fille. Était-ce donc à lui qu'était réservé le devoir pénible de lui dire la vérité, et d'étaler sous ses yeux les hontes dont on la salissait? Lise devina l'hésitation de son ami; elle lui serra nerveusement la main.

— Ne me ménagez pas, dit-elle : je veux tout savoir.

Claude ne répondit pas. Il recula devant la nécessité douloureuse d'expliquer à Lise les infâmes allusions dont elle était l'objet; il ne trouva pas de mots pour dire à cette enfant si pure qu'on la citait comme une fille perdue. Et, d'un brusque mouvement, il lui tendit le journal.

Lise le reconnut. C'était bien le même qu'elle avait laissé sur la cheminée de sa chambre. Elle s'étonna du raffinement de méchanceté avec lequel on lui avait envoyé, à elle, l'article outrageant. Elle frémit en pensant qu'il pourrait être lu par un des siens. Trottinant dans l'appartement, alors qu'elle y voyait, sa mère eût certainement parcouru le journal, et quel coup affreux c'eût été pour elle! Lise se félicita, avec une horrible amertume, de ce que la cécité de sa mère l'eût mise à l'abri de l'atroce révélation.

Avec un dégoût violent, elle se décida à ouvrir l'ignoble feuille, et resta très froide en lisant les lignes empoisonnées. Elle s'attendait à pis que cela. Elle chercha dans sa mémoire si elle avait jamais fait une impolitesse quelconque à son insulteur. Elle ne trouva rien. Placée en face de la réalité, elle la jugea moins effrayante que les chimères qu'elle s'était forgées. Elle finit par en rire, son innocence la mettant véritablement au-dessus de l'outrage.

— Mes amis me défendront, dit-elle ; on démentira cette stupide histoire... Et il n'en sera plus question... On oublie vite, à Paris...

Elle avait retrouvé son calme, et songeant à changer de toilette, elle pria La Barre de se mettre dans le petit coin de sa loge, derrière la porte de son armoire. Une fois Claude claquemuré, elle se hâta de ses petits doigts agiles, parlant avec volubilité, tout en nouant les cordons et attachant les agrafes, très nerveuse, et prise d'un besoin de répandre l'agitation qui bouillonnait en elle. La Barre entendait le frou-frou de la traîne remué par Lise, et une atmosphère parfumée l'enveloppait. Il écoutait la jeune fille, répondant laconiquement, se rendant compte qu'elle ne prêtait aucune attention à ce qu'il lui disait. Et c'était toujours Jean qui était sur les lèvres de Lise. Elle l'appelait cérémonieusement M. de Brives, mais Claude devinait qu'en elle-même elle murmurait avec adoration : Jean.

Une sombre tristesse s'empara de Claude. Il envia ce jeune homme, qui avait le bonheur d'être aimé de cette adorable fille. Qu'avait-il fait pour cela ? Rien que paraître, et le cœur de Lise avait été à lui. Sa blonde moustache et ses yeux bleus avaient suffi. Elle lui appartenait. L'écho odieux disait la vérité. Et, si ce n'était pas maintenant, ce serait quand il le voudrait. Il n'aurait qu'à ouvrir les bras pour qu'elle s'y jetât avec passion.

Elle était prête. Ils descendirent. Sur la scène, le nombre des habitués était plus grand que d'habitude. Raynaud venait d'arriver, et Adrien Gamard, au milieu d'un cercle d'auditeurs attentifs, parlait en faisant des gestes violents, Rombaud l'écoutait, assis sur le canapé du quatrième acte, et le récit du gommeux paraissait l'intéresser vivement.

Le premier acte de *Lili* venait de finir : il faisait une chaleur du diable dans la salle des Variétés ; j'étais avec Boulanger, une vieille branche à moi. Je lui dis : Allons prendre un bock. Nous entrons au café, et qui est-ce que j'aperçois ? de Brives, Verneville et Michalon, debout devant une table, sur laquel un grand barbu, paraissant très embêté, se tenait accoudé. De Brives lui parlait et il ne répondait pas. Enfin, il se dressa très pâle et, frappant du pied, il cria : Non ! Au même moment de Brives leva la main, et lui envoya, à travers la figure, un tel « pain » que le bonhomme se répandit sur le plancher... Alors voilà ses camarades qui s'élancent, tous à la fois, et qui veulent tomber sur de Brives. Ah ! mes enfants ! Alors si vous aviez vu Michalon !... Ce que c'était beau !... Il en avait attrapé un de chaque main, et il les cognait, l'un contre l'autre, comme s'il jouait des cymbales, les applatissant à chaque coup... Et il disait d'une voix tranquille : Messieurs, vous avez tort, vous vous mêlez là de ce qui ne vous regarde pas... Laissez mon ami s'expliquer tranquillement avec le vôtre... Et, en parlant, il continuait à les cogner, si bien qu'on les lui a tirés des mains, pâmés comme deux carpes. Pendant ce temps-là, le grand barbu s'était ramassé et il criait à de Brives :

— Vous voulez vous battre ? Eh bien ! Nous nous battrons !

— Voilà ce qu'il fallait dire tout de suite, répliqua de Brives ; vous m'auriez évité des mouvements inutiles.

Et, d'un coup de pouce, il envoya sa carte au nez du monsieur qui, redevenu furieux, voulait se jeter sur lui, et à qui Michalon, avec sa douceur de colosse, disait paternellement :

— Allons, mon cher, tenez-vous tranquille, ne me forcez pas à vous casser les reins. Si vous voulez faire du mal à mon ami, vous le pourrez demain matin !

Alors moi, j'ai filé des Variétés, et je suis venu tout courant vous raconter la chose. Très crâne, de Brives, mes petits bons, et un poignet, je ne vous dis que ça ! Je n'aurais pas voulu recevoir la chiquenaude qu'il a posée sur la joue du grand barbu. Ah ! au fait, vous savez ? c'est Lantenac !

Un cri étouffé se fit entendre. Lise appuyée au décor, décomposée, se soutenait à peine. Elle avait écouté les derniers mots du récit de Gamard, et le nom de de Brives, engagé dans une querelle avec Lantenac, lui était entré comme une pointe acérée dans le cœur. Rombaud courut à elle. D'un geste, elle l'écarta, et, prenant le bras de Claude, elle gagna sans parler, sans se plaindre, le coin le plus obscur des coulisses.

— Lise était là, dit Rombaud. Pauvre fille! la voilà encore toute bouleversée. Madame Bréval, ayez donc la bonté de voir si elle a besoin de quelque chose...

Il remua ses clefs, mâchonna sa moustache, en marchant à petits pas, très ennuyé. Puis, le directeur prenant le dessus :

— Sapristi, nous avons du monde, ce soir... Ce diable d'article nous a amené des spectateurs... Pourvu que Lise puisse finir la pièce!...

Il connaissait mal la jeune fille. Le coup qui venait de l'atteindre ne l'avait pas abattue. Assise, auprès de La Barre, sur un escabeau qui servait au pianiste, quand on jouait des danses dans la coulisse, assombrie, elle restait silencieuse. Elle n'avait pas pensé un instant à la conclusion de cette affaire, dans laquelle Jean était aussi compromis qu'elle. Et, soudain, cette terrible conséquence : le duel, entre l'insulteur et celui qu'elle aimait, venait de lui apparaître.

Elle ne s'étonna pas que Jean se battît; elle se reprocha de n'avoir pas pensé, dès le premier instant, qu'il se battrait. Eût-il été l'homme qui s'était si complètement emparé d'elle, le beau, le fier Jean, s'il n'avait pas ressenti furieusement l'outrage qui lui était fait? Car elle le voulait se battant, autant pour son honneur à elle, que pour son honneur à lui. Elle ne chercha pas comment il serait possible d'empêcher la rencontre. Elle la jugea inévitable. Et si elle éprouva d'affreuses angoisses, à la pensée du danger que Jean allait courir, elle n'admit pas qu'il pût sans honte s'y dérober. Son tempérament de comédienne, plein de l'exagération nécessitée par l'optique de la scène, se manifesta; la réalité disparut à ses yeux. Elle se vit engagée avec Jean dans une sorte de péripétie dramatique. Il devint un Rodrigue, et elle fut prête à lui crier : « Sors vainqueur d'un combat dont Chimène est le prix! » La situation exigeait qu'il allât risquer sa vie : la comédienne, pour rien au monde, n'eût voulu transiger avec cette nécessité théâtrale. Mais la femme était épouvantée, et, du fond de son cœur, une prière ardente s'élevait, demandant au ciel d'épargner son défenseur. Il y avait en Lise deux natures : l'une, de petite bourgeoise, faite pour la tranquille existence, sans tapage et sans difficultés; l'autre, de véritable héroïne, habituée aux phrases redondantes, aux sentiments outrés, au choc des paroles et des épées.

Madame Bréval étant venue demander à Lise comment elle se trouvait, la jeune fille déclara qu'elle était prête à jouer. Et, sans défaillance, soutenue par la fièvre qui la dévorait, elle alla jusqu'au bout de son rôle.

Clémence vit avec stupeur sa rivale déployer tant d'énergie. Elle espérait assister à une déroute : elle dut marquer une victoire de plus à l'actif de Lise. Avec une rage qu'il lui fallut déguiser, elle constata que, pour abattre celle qu'elle haïssait, il faudrait frapper de plus rudes coups. Elle fut d'une bienveillance charmante, elle soutint sa camarade avec affectation, pendant les scènes qu'elles avaient à jouer ensemble, et força tout le monde à remarquer combien elle s'était montrée affectueuse et dévouée dans cette pénible épreuve.

Lise, sans défiance, la remercia. Et il parut évident que Clémence et elle étaient très bonnes amies. En elle-même l'Italienne se disait : « Que Lantenac donne un bon coup d'épée au travers du bras à de Brives, et voilà le galant pour quinze jours dans son lit. Le théâtre ferme à la fin de la semaine : ils seront séparés. Lise a annoncé qu'elle partait en province. Et, d'ailleurs, elle n'oserait pas aller chez lui... Et elle ne le recevrait pas chez sa mère. Leurs affaires ne sont pas assez avancées pour qu'ils cherchent à se voir ailleurs. »

Elle raisonnait en tacticienne de l'amour, à qui aucune des marches et des contre-marches d'une intrigue n'est inconnue. Elle savait, depuis longtemps, pour en avoir usé, de quelle utilité sont les appartements meublés à Paris. Mais, ce que sa rouerie savante ne pouvait deviner, c'était jusqu'où l'innocent amour de Lise pouvait aller en fait de hardiesse. Et, rassurée, elle se félicita de s'être fait, dans le cours

LISE TROUVA LA BONNE QUI L'ATTENDAIT (PAGE 1746)

de sa carrière galante, des amis dévoués, comme Lantenac, jusqu'à l'infamie

La pièce venait de finir.

— Restez : j'ai besoin de vous, dit Lise à Claude, en sortant de scène. Allez m'attendre dans le cabinet de M. Rombaud.

Le théâtre était vide. Campoint, roulant une cigarette, venait de monter dans la loge de madame Bréval. Rombaud et La Barre se promenèrent un instant, regardant enlever les accessoires.

— Vous connaissiez donc Lise ? demanda Rombaud, en s'arrêtant. Vous ne me l'aviez pas dit.

— Notre connaissance, dit Claude, date même de loin.

— Elle paraît avoir beaucoup d'amitié pour vous... C'est bien regrettable, cette histoire !... Vous devriez user de votre influence sur elle, pour lui donner quelques bons conseils... Il faudrait à tout prix essayer de la détacher de cet animal de Jean...

— La détacher ? dit Claude.

— Eh ! elle s'en occupe plus qu'il ne faudrait ! Comment diable a-t-elle pu se toquer de ce garçon-là ?

Ils se regardèrent, soucieux, mordus par la même jalousie. L'écrivain laissa tomber sa belle tête pensive sur sa poitrine. Il connaissait assez de Brives, il avait assez pénétré les petits secrets de sa vie, pour comprendre la curiosité qui s'était d'abord emparée de Lise. Ce viveur élégant, raffiné, courtois, réservé, avait occupé l'esprit de la jeune fille. Elle avait entendu raconter qu'il était un joueur enragé, un homme à perdre ou à gagner des sommes énormes dans une nuit, un gouffre d'argent. Elle s'était plu à se pencher sur ce gouffre ; peu à peu elle avait eu le vertige. Et le redoutable abîme l'avait attirée davantage. Elle s'était penchée encore, et elle en avait regardé attentivement le monstre mystérieux. Elle l'avait trouvé si charmant qu'elle n'avait pas eu peur. Et elle l'avait aimé par le contraste : elle, nature simple et droite, lui, nature compliquée et troublée. Et, comme la blanche et pure Marguerite, elle avait été à ce Faust sceptique et railleur, devenu, par un miracle de l'amour, doux et croyant, sous les **yeux de la femme adorée. Mais que sa passion le reprît, que l'ambi-**

tion fût de nouveau maîtresse de sa pensée, et il allait, entraîné par le démon tentateur, s'élancer vers l'orgie de Walpurgis, et donner son âme en échange des trésors de la terre. Et la pauvre fille, abusée, resterait seule, avec sa douleur.

Il les concevait, ces types d'amants irrésistibles, habiles à bouleverser les cœurs des femmes, lui, Claude, dont l'imagination était hantée par eux, et qui, dans un langage enflammé, les faisait si bien exprimer leurs passions dans ses drames. Allait-il avoir le chagrin de trouver un vivant sujet d'étude dans cette Lise, à laquelle il ne pouvait penser sans que son cœur battît, à qui il ne parlait pas sans un tremblement dans la voix, et qu'il eût voulue heureuse, au prix de son bonheur à lui-même?

Rombaud, en le voyant absorbé dans une profonde méditation, lui mit la main sur l'épaule :

— A quoi pensez-vous ? dit-il.

— Je pense à Lise, répondit-il avec un accent profond, et je la vois si bonne, si honnête, si loyale, que je ne puis me défendre de la considérer comme vouée au malheur. Cette adorable fille, entraînée par ses aspirations, est devenue une grande artiste, et elle était venue au monde dans milieu qui la destinait à être une petite bourgeoise. Elle a une nature de combat, et elle n'est pas cuirassée contre les dangers de la carrière. Elle recevra tous les coups en plein cœur. Le théâtre est un champ de bataille. Pour y triompher, il faut, non seulement un immense talent, mais encore une indomptable énergie. On a à se défendre contre tout le monde, et souvent contre soi-même. Lise est vaincue d'avance. Elle sera victime de sa sincérité, de sa candeur, de sa tendresse. Ce seront ces exquises qualités, qui la font si charmante, qui la rendront vulnérable.

— Ne la défendrons-nous donc pas? dit Rombaud, affectant une gaieté qu'il ne ressentait pas. Vous êtes vraiment un prophète de malheur. Moi, pour ma part, je ne suis pas disposé à laisser maltraiter une enfant qui est l'étoile de ma troupe. Mon intérêt est de la protéger, et je n'y manquerai pas. Mais j'ai une sincère affection pour elle...

Il s'arrêta : il allait peut-être en dire plus qu'il ne voulait.

Au haut de l'escalier, le pas léger de Lise qui descendait se fit entendre. Rombaud ouvrit la porte matelassée de son cabinet, et Claude se trouva, pour la seconde fois, dans cette pièce où il avait passé un des quarts d'heure les plus poignants de sa vie. Lise y entra derrière eux, et s'assit silencieusement sur le canapé. Rombaud vint s'y placer auprès d'elle.

— Ma chère petite, dit-il, en lui prenant la main, je suis très aise que M. La Barre assiste à notre entretien. Il a pour vous une amitié égale à la mienne. Il faut que vous soyez franche, et que vous m'ouvriez votre cœur. Ce que j'ai à vous demander est très délicat, et cependant il est nécessaire que je vous pose cette question. Y a-t-il quoi que ce soit de vrai... dans la note qui a été publiée ?

Rombaud avait prononcé les derniers mots avec hésitation : il s'attendait à voir Lise se révolter et jouer la comédie de la pudeur alarmée, comme il avait vu faire à tant de comédiennes, dont l'émoi était fort peu justifié. Il n'en fut rien. Lise, très nettement, et sans détourner son beau visage, dont les yeux bleus regardaient bien en face, déclara que rien ne pouvait excuser l'attaque, et qu'elle était une simple calomnie. Elle paraissait insensible maintenant à l'injure. Au fond d'elle-même il n'y avait plus qu'une préoccupation : Jean. Rombaud lui avait demandé de rester ; elle avait obéi. Mais elle était impatiente de partir et d'être libre.

— Mon Dieu, si ce fou de de Brives ne s'était pas jeté en avant, et n'avait pas mis les pieds dans le plat, dit Rombaud, rien n'était plus facile que d'obtenir une rétraction, et de faire servir à votre glorification cette basse méchanceté...

— Je n'ai pas besoin de glorification, dit Lise avec fermeté. Quant à M. de Brives, il était personnellement attaqué, et ne pouvait se dispenser d'agir comme il l'a fait... Tout homme d'honneur eût fait comme lui...

— Je vous dis que c'est un fou ! s'écria Rombaud, s'animant subitement. Ma chère Lise, vous êtes trop bienveillante pour ce garçon... Vous avez toléré des assiduités, qui ont été cause de tout ce qui est arrivé... Vous avez, oh ! mon Dieu, bien innocemment, je le sais

donné prise aux mauvais propos... Je vous en prie, il en est temps encore : changez votre manière d'être... De Brives est mon ami ; c'est
un homme charmant, mais si vous saviez comme il est léger, superfi-
ciel ! Il ne doit inspirer aucune confiance à une femme... Vous m'entendez bien, n'est-ce pas, ma chère enfant ? Aucune confiance ! Aucune !

Et, avec sa finesse câline de méridional. Rombaud parlait, enveloppant Lise dans la douceur molle de ses phrases de bénisseur attendri.
Il s'arrêta, interdit, en voyant passer sur les lèvres de la jeune fille un
fugitif sourire. Les paroles de Rombaud avaient éveillé dans l'esprit
de Lise le souvenir de Nuño lui disant : « Méfiez-vous des petits jeunes
gens ! » Ils étaient donc d'accord pour lui dire du mal de la jeunesse !
En réalité ils voulaient la détourner de Jean qui était le seul qu'elle pût
aimer.

Mais le méridional n'était pas homme à lâcher pied si vite. Il avait
repris son argumentation et, tout en questionnant Lise, qui lui répondait à peine, il battait en brèche, avec une sourde rage, celui qu'il
appelait son ami. L'ancien acteur reparaissait en lui : il était entré
dans la peau du personnage et, sous les yeux attentifs de Claude, il
jouait au naturel la scène d'Arnolphe et d'Agnès. Il voulait absolument
apprendre tout ce qui s'était passé entre Jean et Lise. Il avait soif de
détails sur la promenade de la nuit précédente. Et- pris d'une fureur
jalouse, il recommençait à charger de Brives.

Après tout, qui pouvait savoir ? C'était peut-être lui, qui, en bavar-
dant, avait amené toute l'affaire. Il le connaissait indiscret. Il
s'était sans doute vanté... Et il repartait, suppliant Lise d'écarter
d'elle ce diable d'homme si compromettant. Il allait, lui, dès le lendemain, lui interdire l'entrée des coulisses... Et comme Lise se ré-
criait, déclarant qu'elle ne voulait, pour rien au monde, qu'un tel
affront fût fait à de Brives, Rombaud, avec amertume, lui reprocha
de ne pas apprécier ses bonnes intentions. Enfin, perdant toute mesure, il se répandit en violentes paroles contre Jean :

— En somme, était-il autre chose qu'un aventurier ? De quoi avait-
il toujours vécu ? De jeu et de spéculations de Bourse. La chance

l'avait servi, jusqu'à présent ; mais qu'un revers l'atteignît, et il était exposé à tomber, sans pouvoir se relever. C'était ainsi qu'il avait vu tant de viveurs devenir des chevaliers d'industrie.

Il n'eut pas le loisir de poursuivre. Lise s'était levée toute droite, et, les lèvres décolorées, ses yeux bleus devenus noirs sous ses sourcils froncés, avec un accent de superbe révolte :

— Ce que vous dites là, s'écria-t-elle, est aussi odieux que ce qui a été écrit sur mon compte ! Je ne souffrirai pas plus que vous insultiez M. de Brives, qu'il n'a souffert qu'on m'insultât moi-même !

— Lise ! s'écria Rombaud stupéfait.

— Oui, ce que vous faites là est lâche et misérable ! poursuivit-elle Pourquoi me torturez-vous ? Et de quel droit ? Enfin qu'est-ce que vous voulez savoir ! Si je l'aime ?

Elle s'arrêta, étouffée par l'émotion, comprima sa poitrine bondissante avec sa main crispée et, emportée, ne pouvant retenir l'aveu qui lui brûlait les lèvres :

— Eh bien ! Soyez satisfait ! Oui, je l'aime ! Et rien ne pourra m'empêcher de l'aimer !

Une rougeur ardente monta à son front, elle se voila le visage de ses mains, et, retombant sur le canapé, elle éclata en sanglots.

Rombaud échangea un regard avec Claude. C'était fini. Il n'y avait plus rien à espérer. Elle aimait Jean, elle était prête à tout braver pour lui. Et elle proclamerait, s'il le fallait, son amour devant tous comme elle venait de le proclamer devant eux. Le cri de passion exaspérée poussé par Lise, l'avait atteint au cœur. Il ne savait plus que dire et que faire. Il s'approcha de la comédienne, lui prit les mains, l'appela sa bonne petite Lise, et protesta de ses excellentes intentions : il la priait de l'excuser, d'oublier. C'était sa sécurité, à elle, qu'il avait eue en vue. Il s'arrêta : il allait recommencer à attaquer Jean.

Lise s'essuya les yeux, lança à Rombaud un regard plein de tristesse, et, se tournant vers Claude :

— Est-ce que, vous aussi, vous allez m'abandonner ? dit-elle.

— A quoi puis-je vous être bon ? dit La Barre.

Elle vint à lui, câline et charmante, comme un enfant qui veut obtenir une faveur.

— Vous pouvez m'informer de ce qui se passera. Je ne sais pas ce qui a été décidé pour cette rencontre, et je meurs d'inquiétude. Entrez chez M. de Brives, ce soir même. Voyez-le, dites-lui que vous venez de ma part, qu'il ne vous cache rien...

Elle prit le bras de Claude, s'y appuya, pencha sa tête sur l'épaule du jeune homme.

— Je vous en prie, faites cela, et je vous aimerai bien. Que j'aie des nouvelles demain matin, dès la première heure... Je vous en prie!...

De sa plus douce voix elle lui répéta : Je vous en prie. Et Claude, fasciné par l'enchanteresse, ne sut que répondre : oui. Elle l'eût envoyé en enfer qu'il y fût allé. Rombaud, devenu très froid, avait réfléchi. L'homme d'affaires imposa silence à l'amoureux. Si la femme était perdue pour lui, il fallait au moins qu'il conservât la comédienne. Il s'approcha de Lise qui, détournant de lui ses yeux, se préparait à partir :

— Lise, est-ce que vous me quitterez sans m'avoir pardonné? dit-il humblement.

Incapable de rancune, elle lui tendit la main. Puis, avec gravité :

— Vous m'avez fait beaucoup de peine. Et pourquoi?

Rombaud fit un brusque haut-le-corps, et il fut sur le point de lui répondre :

— Eh! N'avez-vous donc pas compris que c'est parce que, moi aussi, je vous aime?

Mais il n'était point homme à se livrer si complètement, sans espoir d'en tirer quelque avantage.

— C'était dans votre intérêt, dit-il. Je souhaite que vous n'ayez jamais à vous en apercevoir.

Elle secoua la tête, avec le sublime aveuglement de la tendresse profonde, absolue :

— Le plus cher intérêt qu'il y ait maintenant, pour moi, dans la vie, dit-elle à voix basse, c'est mon amour.

Elle sourit à Rombaud et sortit avec Claude. Derrière elle, l'ex-Francisque resta songeur. Clémence Villa lui était revenue subitement à la pensée. Il comprenait maintenant la haine vivace qui animait la comédienne, doublement atteinte dans son orgueil et dans sa passion. Il se rendit compte des dangers qu'elle devait faire courir à Lise. Il ne douta pas que ce fût elle qui eût versé quelques gouttes de venin dans l'encrier banal de Lantenac. Il résolut de défendre énergiquement la jeune fille contre les machinations de sa rivale. La franchise avec laquelle Lise s'était confiée à lui l'attacha à sa cause. Et puis, au fond de lui-même, il se laissa vaguement aller aux mêmes espérances que Nuño. L'avenir pouvait lui réserver de douces revanches.

Mais il ne fut pas assez généreux pour pardonner à de Brives. Et il souhaita, pour le lendemain matin, un de ces bons coups fourrés, démonstration frappante de la logique du duel, qui mettent six pouces de fer dans les côtes de chacun des adversaires.

ILS AVAIENT RENCONTRÉ LES GENDARMES (PAGE 1735)

VII

En arrivant rue de Lancry, Lise trouva, comme chaque soir, la bonne qui l'attendait, assise auprès de la table de l'antichambre, travaillant, éclairée par une lampe.

Mademoiselle, le spectacle a fini plus tard que d'habitude aujourd'hui, dit la brave fille... Il est le quart moins d'une heure... Madame vient seulement de s'endormir... Ah! on a apporté ce petit paquet-là pour vous...

Lise, sans répondre, prit un petit paquet très léger, enveloppé dans du papier blanc, et entra, sur la pointe du pied, dans la chambre de sa mère. Étendue dans son lit, très calme, l'aveugle respirait régulièrement. La jeune fille la regarda un instant dormir, à la lueur de la veilleuse que la mère Fleuron continuait à exiger dans sa chambre, quoiqu'elle n'en vît pas la clarté ; elle lui sourit, et glissant comme une ombre sur le parquet, elle passa chez elle. Ayant ôté son manteau et son chapeau, elle s'assit. Elle était brisée. Accoudée au bras du fauteuil, elle resta à rêver profondément.

Les paroles de Rombaud s'étaient très nettement gravées dans sa mémoire. Et sans emportement, sans violence, elle les pesait maintenant, et elles lui paraissaient plus sérieuses et plus sincères que quand

il les lui avait dites, dans son cabinet. Elle se rappela le regard de
Claude, si grave et si triste. Pourquoi n'avait-il rien dit, pourquoi ne
l'avait-il pas conseillée? Elle aurait eu confiance en lui. Blâmait-il
son amour ou l'approuvait-il? Quand il lui avait répondu : A quoi puis-
je vous être bon? il y avait dans son accent une amertume secrète. Elle
fut prise d'inquiétude. C'était sa vie, elle s'en rendait compte, qui
était en jeu. Elle n'admettait pas qu'elle pût ne point se donner
irrévocablement et tout entière. Qu'adviendrait-il d'elle, si ce que
Rombaud disait était vrai, si Jean était léger, et si sa tendresse n'était
qu'un caprice?

C'était à peine si elle le connaissait : elle n'avait pas pu l'étudier.
En un instant, elle s'était trouvée prise. L'entraînement qu'elle avait
subi avait été puissant et irrésistible. Elle n'avait vu de lui que son
beau et fier visage. Elle le savait seulement joueur. Et n'était-ce pas
assez pour la troubler profondément? Là, en face d'elle-même, elle
ne retrouvait plus, dans son cœur, cette superbe confiance, avec
laquelle elle décidait qu'elle corrigerait Jean de sa redoutable passion.
Elle était ébranlée, effrayée, et son esprit surexcité, nourri de souvenirs dramatiques, mêlait, dans l'horrible intrigue de *Trente ans ou la
vie d'un joueur*, de Brives et elle-même. Elle voyait le joueur sous les
traits de Jean. Elle le suivait dans son effroyable décadence morale et
matérielle. Elle entendait braire à ses oreille le tintement de l'or tombant sur le tapis vert. Et elle avait la vision sinistre de celui qu'elle
aimait, roulant dans l'infâmie, dans le crime, et l'y entraînant avec
lui.

Dans la nuit silencieuse, la sueur au front, le cœur battant, elle était,
tout éveillée, en proie à un terrible rêve. Elle voulut s'y soustraire :
elle fit un effort, se leva, passa la main sur son front alourdi, et marcha
dans sa chambre au hasard. Elle s'arrêta devant sa table. Et là, auprès
de son chapeau et de ses gants hâtivement jetés, elle aperçut le petit
paquet, enveloppé de papier blanc, qui lui avait été remis à son arrivée.
Elle l'ouvrit machinalement et demeura immobile, muette et saisie. Il
ne contenait qu'un petit bouquet de ces fleurs bleues qu'on nomme
des « ne m'oubliez pas ».

Lise, du bout de ses doigts blancs, redressa les fleurs froissées, semblant caresser doucement le bouquet. Elle ne chercha pas un nom sur son enveloppe, elle ne se demanda pas qui avait cherché à le lui envoyer. Un seul être au monde avait pu penser à faire appel à son souvenir : c'était celui dont son imagination était pleine, et qui semblait ainsi venir protester contre ses doutes et lui confirmer la sincérité de son amour. Lise porta les modestes fleurs à ses lèvres, puis les attacha à son corsage. Comme si, avec leur faible parfum, les désirs de Jean se fussent exhalés, allant jusqu'au cœur de la jeune fille, son trouble se dissipa, elle retrouva sa ferme croyance, et, cessant d'être inquiète pour elle-même, elle trembla pour celui qu'elle aimait.

Les réalités terribles de l'heure présente la ressaisirent. Elle ne vit plus la situation au travers d'un voile de convention, et le danger, auquel Jean allait être exposé, lui apparut. Ce n'était pas 'un duel de théâtre, réglé d'avance, avec des épées émoussées, qui allait avoir lieu dans quelques heures. C'était un combat véritable, acharné, mortel peut-être, car les affronts avaient été des plus graves qu'on pût infliger. Le sang coulerait, les chairs seraient déchirées par la pointe du fer. Un homme tomberait sur l'herbe verte... Lise ferma les yeux, pour ne plus voir l'affreux spectacle. C'était Jean, pâle, inanimé, qui était étendu devant elle. Mais vainement elle ne regardait plus : le tableau terrifiant la poursuivait, et, malgré l'horreur éprouvée, elle ne pouvait s'en détourner.

Elle eut peur, dans cette chambre qui était séparée de celle de sa mère. Elle ne voulut pas rester ainsi dans le silence. Elle ouvrit la fenêtre, s'appuya à la barre d'appui et regarda dans les jardins. Déserts et silencieux, sous la pâle clarté de la lune, avec leurs grêles massifs, leurs étroites allées, leurs hauts murs blancs, et leurs verdures sombres, ils lui firent l'effet d'un cimetière. Elle fut prise d'une insurmontable terreur et s'enferma dans sa chambre, avec toutes les lumières de sa cheminée allumées.

Elle ne pensa pas à dormir. Elle se mit à marcher, étouffant le bruit de ses pas pour ne pas réveiller sa mère, appelant l'aube avec angoisse, avide de recevoir les nouvelles que Claude lui avait promises, et livrée à toutes les horreurs de la solitude.

Pourquoi Jean lui avait-il envoyé ces fleurs, pourquoi ces « ne m'oubliez pas »? Attachait-il à ce bouquet un sens particulier? Se savait-il dans un grave danger? Son adversaire était-il extraordinairement redoutable? Craignait-il de ne pas la revoir? Était-ce son dernier vœu qu'il lui avait adressé? Elle tomba dans l'exagération de la peur. Son esprit se frappa. Elle eut les pressentiments les plus affreux. Superstitieuse à l'excès, elle se promit, si Jean revenait sain et sauf, de voir dans cette favorable issue une preuve de la protection divine, et de ne plus douter du bonheur à venir. Elle fit intervenir le ciel dans ses affaires de cœur, et lui donna une part de responsabilité dans l'abandon qu'elle fit d'elle-même. Elle pria ardemment pour celui qu'elle aimait, et se sentit plus calme.

Les heures s'étaient écoulées, et déjà une faible clarté blanchissait le ciel. Lise se décida à se mettre au lit, espérant dormir et atteindre ainsi, sans s'en apercevoir, le moment où elle recevrait des nouvelles. Mais le sommeil la fuyait. Pour la première fois, dans sa chambre virginale, elle connut la fièvre de l'insomnie. Enfin, épuisée, elle finit par fermer les yeux. Il était grand jour quand sa bonne entra dans sa chambre et la réveilla en lui criant :

— Mademoiselle, il est dix heures. Est-ce que vous ne vous levez pas, ce matin? Voilà votre déjeuner tout froid... Je l'ai réchauffé trois fois, mais il aurait fini par « attacher »...

Lise, en un instant, retrouva les pensées qui l'agitaient avant son sommeil. Elle se dressa sur son lit :

— N'est-il pas arrivé de lettres pour moi? dit-elle.

— Ma foi, si, Mademoiselle, il y en a une, et même qui sent bien bon. Je l'ai laissée dans la cuisine... Je vais vous la chercher.

Pendant le court instant que cette fille mit à revenir, Lise fut torturée par une émotion inexprimable. Elle montra un visage si bouleversé à sa domestique que celle-ci, stupéfaite, s'écria :

— Oh! mon Dieu! Est-ce donc un malheur que vous craignez?

— Non, dit Lise, qui saisit la lettre vivement et commença à ouvrir l'enveloppe. Je vous remercie ; laissez-moi.

Elle courut à la signature et, avec un tressaillement de joie, elle reconnut le nom de Jean. Il lui écrivait lui-même, la suppliant de se rassurer. Il avait vu La Barre, qui lui avait dépeint le tourment de la jeune fille. La rencontre était pour le matin, à dix heures.

Lise jeta les yeux sur la pendule et reçut un coup au cœur, l'aiguille marquait dix heures cinq minutes. Un tremblement affreux saisit la pauvre enfant. Elle pensa qu'en ce moment même Jean était aux prises avec son adversaire et, sans finir la lettre, elle se laissa aller sur son oreiller, pleurant amèrement. Elle se boucha les oreilles : il lui semblait entendre le cliquetis des épées. Elle demeura ainsi pendant quelques instants, immobile, terrifiée, comme un condamné qui attend l'annonce de son exécution.

La mère Fleuron, inquiète, entra à tâtons dans la chambre. Avec ses mains, elle chercha la tête de sa fille, et Lise, pour que l'aveugle ne touchât pas ses joues humides de larmes, se tourna du côté du mur, faisant semblant de dormir. Tout ce qui l'arrachait à sa préoccupation mortelle lui était odieux, et cette préoccupation était cependant pour elle un supplice. Elle voulut que rien ne la détournât de la pensée de Jean, pendant le temps qu'elle le jugerait exposé aux coups de son adversaire. Et elle resta comme morte, le visage sur la lettre dont le parfum léger lui rappelait celui qu'elle aimait, répétant mentalement cette phrase suppliante, toujours la même : « Mon Dieu, je vous en prie, sauvez-le ! sans pouvoir trouver une autre prière. »

Enfin, vers onze heures, elle sortit de sa torpeur. Elle prit la lettre et la relut. Les phrases tendres qui la terminaient lui arrachèrent un douloureux soupir. Au bas de la feuille, en post-scriptum, Jean avait ajouté ces mots : « La rencontre doit avoir lieu à Saint-Germain. J'ai pris mes mesures pour que vous soyez prévenue du résultat, quel qu'il soit. »

Il n'y avait donc qu'à attendre. Jamais les heures ne parurent si longues à Lise. Il lui fallut dissimuler son tourment, se montrer calme et sourire, quand elle mourait d'inquiétude. Elle dut parler d'un air libre et d'une voix tranquille, pendant le déjeuner, pour que sa mère ne soupçonnât rien. L'aveugle avait acquis une finesse d'ouïe extraordinaire. Ses facultés auditives avaient doublé, depuis qu'elle n'y voyait plus, et elle devinait les impressions de sa fille rien qu'au son de ses paroles. Lise s'étudia à tromper sa mère. Elle redoutait toute la kyrielle de questions qu'il lui faudrait subir de la part de cette pauvre femme désœuvrée et tatillonne, si son accent trahissait la moindre tristesse.

Après le déjeuner, elle se retira dans sa chambre. Il était midi. Elle commença à ressentir une impatience fébrile. Que s'était-il passé ? Comment, depuis deux heures, Jean n'était-il pas revenu ? Pour quelle raison ne la prévenait-on pas ? Elle ne douta plus d'une issue malheureuse. Elle se figura Jean atteint d'une grave blessure. Elle ne pensa pas à la mort. Il lui semblait que si celui qu'elle aimait avait été tué, quelque chose se fût brisé en elle et l'eût avertie. Il était resté à Saint-Germain peut-être, et on ne pouvait le transporter. Dans le désarroi où ses amis devaient être, comment songerait-on à exécuter ses ordres et à la prévenir, elle, restée loin des yeux, et dont on ne soupçonnait pas les tortures ?

Elle pensa à prendre le chemin de fer et à aller le retrouver. Mais où ? Elle risquait de se croiser en route avec lui. A une heure, elle ne put y tenir. Il lui devint impossible de patienter plus longtemps. Les domestiques de Jean lui donneraient une indication, si vague qu'elle fût. Et, enfin, elle ne resterait pas dans cette immobilité, qui était pour elle un martyre. En marchant, elle se ferait illusion. Elle croirait se rapprocher de Jean. Elle mit son chapeau, son manteau, cria à sa mère, par la porte entre-bâillée :

— Maman, je sors...

Et, sans attendre une réponse, elle s'élança dans l'escalier. Un fiacre vide passait devant la porte : elle l'arrêta, jeta l'adresse au cocher, et sauta dans la voiture en disant :

— Bon train, mon ami, s'il vous plaît, je suis très pressée...

Le cocher leva les épaules, comme pour dire : Qu'est-ce que ça peut me faire ? et, fouettant son maigre cheval, partit à une allure cahotée et traînante qui fit bouillonner le sang de Lise. Dix fois elle fut sur le point de descendre, pensant qu'elle arriverait plus vite à pied. Enfin, au bout d'un mortel quart d'heure, la voiture s'arrêta. Elle paya, regarda la maison qu'elle ne connaissait pas, vérifia le numéro et, le cœur serré, la respiration courte, sans oser demander une indication au concierge, elle s'engagea dans un escalier et monta au hasard. Elle savait que Jean habitait à l'entresol. Mais, sur le palier, elle se trouva entre deux portes à choisir. Elle s'arrêta un instant : elle étouffait et, dans la demi-obscurité de l'escalier, elle entendait son cœur battre à gros coups dans sa poitrine.

Une anxiété horrible l'avait ressaisie. Et maintenant elle était tentée de redescendre et de se sauver. Au travers des murs, dans les deux appartements, elle distinguait des bruits confus. Il y avait là des étrangers, à qui il faudrait s'adresser. Qu'allait-on penser d'elle? Et si on la reconnaissait, que dirait-on? Dans la précipitation de son départ, elle n'avait pas songé à prendre une voilette. Et elle allait se présenter, le visage découvert. Elle resta appuyée à la rampe, ne sachant que décider, tremblante, et craignant que quelqu'un, en montant ou en descendant, ne vînt la surprendre. Puis, brusquement, honteuse de sa faiblesse, elle s'approcha de la porte de droite et sonna. Un bruit de pas vint jusqu'à elle; la porte s'ouvrit, et elle se trouva en présence d'un valet de chambre qui, le chapeau sur la tête, s'apprêtait à sortir.

— M. de Brives? demanda Lise avec résolution.

— C'est ici. Mais monsieur ne reçoit pas.

— Pourquoi donc? s'écria la jeune fille, avec une horrible anxiété.

— Parce que monsieur est blessé, répondit à voix basse le valet de chambre.

— Blessé!

Lise devint pâle comme une morte; d'une main elle écarta le domestique, et, passant vivement entre lui et la porte, elle entra dans l'antichambre.

— Qu'est-ce que vous dites donc? Blessé? cria, dans la pièce voisine, une voix sonore. Est-il bête, ce Francis! Il va aller raconter

LISE FLEURON

LE PETIT TRÉSORIER, UN SAC DE BONBONS A LA MAIN (PAGE 1763)

ça à toute la maison... Une égratignure sans importance, qui n'a même pas été constatée... Il n'y a qu'un blessé, mais un vrai, par exemple, c'est Lantenac...

Et le gigantesque Michalon parut, tenant son chapeau à la main, une feuille de papier de l'autre. En voyant Lise, il s'inclina respectueusement :

— Je vous demande pardon, Madame, dit-il. M. de Brives est là... dans sa chambre... Je vais le prévenir...

Il fit entrer Lise dans le salon, et, ouvrant une porte :

— Jean, il y a là quelqu'un qui te demande... Adieu, mon bonhomme, je vais faire signer le procès-verbal à ces messieurs.

Il adressa à la jeune fille un sourire amical, et sortit. Dans l'antichambre, Lise l'entendit qui disait au valet de chambre :

— Votre course rue de Lancry est faite : portez les autres lettres.. Et pas blessé, vous entendez?... Pas blessé du tout !

Lise s'assit; elle ne pouvait plus se soutenir. Une joie immense emplissait son cœur. Jean était revenu, il était sorti vainqueur du combat, il avait puni le calomniateur.

Elle désira passionnément le voir. Après les émotions qu'elle avait ressenties, elle n'eut pas la patience d'attendre plus longtemps : elle se leva, prête à l'appeler, quand la porte s'ouvrit et, dans l'encadrement, vêtu de noir, un peu pâle, mais souriant, Jean apparut. Il reconnut la jeune fille, il poussa un cri, tendit les bras, et Lise, entraînée par une force à laquelle elle ne pouvait plus résister, se laissa aller défaillante, appuyant, sur l'épaule de celui qu'elle aimait, son visage dont elle essayait de cacher la rougeur. Doucement Jean la fit asseoir. Il se mit à ses pieds, sur un tabouret, lui serrant les mains, et la dévorant des yeux.

C'était bien elle, chez lui. Cette joie, qu'il n'avait pas osé espérer, elle la lui apportait d'elle-même. Et, trop émus pour parler, tout au plaisir de se voir l'un près de l'autre, après avoir craint d'être si douloureusement séparés, ils se regardaient, et leur sourire en disait plus que n'eût pu faire leur langage. Une mollesse délicieuse s'était emparée de Lise, dans ce petit salon luxueux, aux meubles bas, renversés, faits pour la rêverie, aux rideaux largement drapés sur des stores de soie rouge. Un jour discret et caressant alanguissait le regard, les tapis épais étouffaient le murmure des voix, et un silence voluptueux engourdissait la pensée.

Lise voulut se soustraire à cette impression. Elle se redressa ; elle s'éloigna un peu de Jean. Elle crut nécessaire de lui expliquer comment, bouleversée par l'inquiétude, elle n'avait pu résister à l'envie d'avoir des nouvelles, et était venue jusque chez lui. Elle ne se refusa pas le plaisir de lui adresser des reproches, et de lui faire payer par une querelle ses heures de tourments.

Jean s'étonnait. Il lui avait cependant, de Saint-Germain, envoyé une dépêche, pour lui annoncer que tout s'était bien terminé. Mais le service était si mal fait, que, deux heures après, elle ne l'avait pas encore reçue. Il se mit alors à lui raconter plaisamment le duel et ses incidents. Comment, ayant pris deux voitures à la gare, son adversaire et lui, avec leurs témoins, s'étaient dirigés vers la forêt. Mais là, ils avaient rencontré les gendarmes, qui faisaient une ronde à cheval, et qui, ayant soupçonné leurs intentions, les avaient suivis à travers les allées, pendant plus d'une heure, rendant toute halte impossible. Et Jean, avec gaieté, lui dépeignait cette course dans les bois, avec le baudrier jaune et le tricorne de Pandore à l'horizon, les signaux échangés d'une voiture à l'autre, et la colère de Michalon qui, avec sa tranquillité d'hercule, proposait de sauter sur les gendarmes en douceur, d'en prendre un sous chaque bras, et d'aller faire un tour jusqu'à ce qu'on eût fini d'en découdre.

Enfin on avait réussi à égarer les représentants de l'autorité, on avait trouvé une place propice, et on avait mis habits bas. Et, là, Lise fut reprise de sa frayeur, en apprenant que le combat avait duré vingt minutes, l'adversaire de Jean étant très vigoureux, très adroit et très résolu. Elle eut l'explication de l'insistance avec laquelle Michalon démentait la blessure, dont le valet de chambre voulait à toute force gratifier son maître, lorsque Jean lui eut montré Lantenac, dans un suprême corps à corps, l'atteignant au flanc d'un coup de pointe, et tombant lui-même, aussitôt, grièvement blessé. Ce n'était qu'en se rhabillant, plus tard, que Jean avait senti la brûlure de sa chair, et il avait fait voir à Michalon une longue déchirure, dont son gilet de soie rouge avait bu le sang. Ils avaient gardé tous les deux le silence, ne voulant pas laisser soupçonner à leurs adversaires que le duel s'était terminé coup pour coup, et leur permettre d'en prendre avantage pour diminuer l'importance de la défaite.

Lise avait écouté ce récit avec une attention passionnée, les yeux brillants, la respiration saccadée, tressaillant, comme si l'action se passait sous ses yeux, serrant la main de Jean pour lui donner du courage. Enfin, quand le journaliste était tombé, elle avait poussé un soupir de soulagement. Et maintenant elle interrogeait Jean pour savoir s'il ne souffrait pas, s'il n'avait pas la fièvre, mêlant à ses questions le récits de ses angoisses à elle, et, dans le trouble de sa joie, trahissant l'amour ardent qui la possédait. Jean, ravi, se plaisait à l'interroger à son tour, désireux de pénétrer jusqu'au fond de ce cœur qui s'ouvrait si naïvement pour lui.

S'il n'était pas revenu vivant, qu'aurait-elle fait ? Et Lise, soudainement assombrie, avait peine à retenir ses larmes. La vie aurait-elle été possible pour elle, torturée par l'horrible regret d'avoir perdu celui qu'elle aimait, et d'avoir été la cause de sa perte ? Car c'était pour elle qu'il s'était battu, bien pour elle ! Pleine de reconnaissante tendresse, elle attachait sur lui des regards triomphants. Il était son défenseur, son héros et son Dieu.

Le timbre de la pendule, dans le silence, sonna trois fois. Lise se leva avec surprise. Il y avait deux heures qu'elle était là, et il lui semblait qu'elle venait seulement d'arriver. Le temps avait passé, avec une incroyable rapidité, pendant cette douce causerie.

— Il faut que je m'en aille, dit Lise, en redressant un peu sa coiffure, devant la glace de la cheminée.

— Pourquoi si vite ? demanda Jean avec tristesse. Êtes-vous donc si avare de la joie que vous pouvez me donner ?

— J'ai eu tort de venir, reprit Lise, devenue soucieuse ; ne me faites pas repentir de mon entraînement...

Jean, à genoux sur un pouf devant elle, lui prit les mains et les effleura légèrement de ses lèvres, à petits baisers discrets, comme s'il eût craint de l'effrayer.

— Reviendrez-vous, au moins, dit-il, maintenant que vous connaissez le chemin ?

Lise agita sa tête blonde, semblant dire : Voyez, comme vous voilà déjà devenu exigeant ! Puis, avec un accent de mélancolie :

— Pour mon repos, je ferais mieux, sans doute, de vous dire adieu, et de ne vous revoir jamais.

Jean, l'attirant à lui par les poignets, très doucement, la contraignit à le regarder, et, de sa voix la plus pénétrante :

— Vous ne m'aimez donc pas ?

Lise resta un instant sans répondre, un peu renversée en arrière, retenue par lui, et les yeux dans ses yeux. Toutes ses craintes s'étaient dissipées, et, dans son cœur, elle ne trouvait plus que de l'amour. Elle se laissa aller au plaisir de voir à ses pieds celui qu'elle adorait. Elle caressa du regard son front blanc, sur lequel ses sourcils châtains traçaient deux lignes fières, sa bouche aux lèvres rouges sous sa longue moustache blonde, et, dans le cou, au bas de l'oreille, une une petite place satinée qui semblait attirer irrésistiblement le baiser. Elle frémit : une chaleur étrange lui monta à la gorge. Elle eut peur, voulut se dégager, mais il la serra plus étroitement. Elle murmura :

— Jean, par grâce, laissez-moi m'en aller...

Il cessa de l'attirer, soumis, obéissant, pour lui prouver le pouvoir qu'elle avait sur lui. Et, la suppliant à son tour :

— Lise, je vous en prie, ne partez pas encore. Je suis si heureux, près de vous, et j'ai tant de choses à vous dire : Je ne vous vois jamais seule, et je suis jaloux de tous ceux qui vous entourent. Je crains qu'ils ne vous volent à moi...

Elle se rapprocha de lui, en le voyant inquiet et malheureux.

— Non, dit-elle, ne craignez rien. Si vous saviez comme tous ceux dont vous me parlez me sont indifférents ! Leurs flatteries me laissent froide et leurs supplications me trouvent dédaigneuse. Comment auraient-ils pu me plaire ? Ils ont fait appel à ma vanité, et jamais à mon affection. Ils m'ont montré un avenir fait pour tenter l'imagination, mais non pour séduire le cœur. Et c'est mon cœur qui est mon maître. Leurs corruptions, à ces hommes, qui croient que tout doit se vendre et peut se payer, l'amour comme la gloire, m'écœurent, et je les repousse avec dégoût. Si j'aime, il faut que ce soit librement ; si je me donne, je veux que ce soit à l'homme de mon choix. Je ne ferai pas un marché, et, si je me suis trompée, il ne me restera pas une fortune dans les mains comme consolation. Peut-être suis-je folle, et ont-ils raison, mais je préfère mon aveuglement à leur clairvoyance. C'est parce que vous étiez discret et timide, Jean, que vous avez attiré mes yeux, et que je me suis occupée de vous.

Elle eut un adorable sourire : elle le regarda coquettement.

— Peut-être étiez-vous seulement plus habile et plus trompeur que les autres, et jouiez-vous un rôle ? Nous étions au théâtre... Qui sait ? Cela se gagne peut-être ?

Il voulut protester, se défendre : elle lui ferma la bouche avec sa main, et, prenant un air de commandement :

— Si vous voulez que je reste, taisez-vous, dit-elle gaîment.

Elle alla avec vivacité à la cheminée, près de laquelle, dans un cadre de peluche, était suspendu un portrait. Un petit écran de moire bleue le défendait contre les regards, et, au bas, était attaché un bouquet, comme un pieux tribut apporté au pied d'un autel. D'un geste rapide elle releva le rideau et rougit de joie en reconnaissant son visage. Ainsi elle était l'idole à laquelle Jean adressait ses vœux. Elle régnait, mystérieuse, sur tout ce qui l'entourait, et sa place était devant ses yeux comme dans son cœur. Elle fut touchée, et ne put se défendre de le laisser voir.

Lui, charmé, la suivait dans sa visite domiciliaire répondant à ses questions, sérieuses ou gaies, admirant sa grâce, et jouissant délicieusement de sa beauté. Elle souleva une portière et aperçut la chambre de Jean, très sévère, tendue de tapisseries anciennes, meublée de bahuts sculptés et de fauteuils à hauts dossiers. Un lit à colonnes, recouvert d'une étoffe brodée, faisait face à une cheminée de bois, surmontée d'une large glace à cadre d'ébène incrusté de cuivre. Une vive curiosité l'entraînait à pénétrer dans cette chambre, où tout devait lui parler des goûts secrets et des préférences intimes de celui qu'elle aimait. Mais elle n'osa pas, et, laissant retomber le rideau, elle revint dans le salon.

Jean avait ouvert un petit meuble, et pris un plateau en verre de Bohême, supportant deux flacons ornés d'armoiries, et une boîte en cristal taillé contenant des gâteaux. Il les posa sur un guéridon et dit en souriant :

— Vous ne me quitterez pas sans avoir rompu le pain avec moi... Si vous refusez, c'est que vous êtes mon ennemie...

Elle lui jeta un angélique regard, et, prenant elle-même un des flacons, elle versa dans deux verres un vin couleur de topaze.

— Pourquoi deux? dit Jean... Avez-vous peur que je connaisse votre pensée?

Elle trempa ses lèvres dans le verre et le lui tendit. Il but jusqu'à la dernière goutte, et, entre ses doigts, brusquement, il le brisa.

— Il ne servira plus à personne, dit-il.

Elle s'était assise, et ne songeait plus à partir, reprise par la torpeur qu'elle avait eu déjà tant de peine à surmonter. Ses yeux se fermaient malgré elle, et il lui semblait que, si elle ne luttait pas, elle allait dormir, délicieusement. Ses nerfs, violemment ébranlés depuis vingt-quatre heures, se détendaient, et la demi-obscurité du salon, la tiède atmosphère qui y régnait, engourdissaient peu à peu sa volonté. Ses pensées flottaient dans un léger brouillard. Elle voyait, à travers ses paupières presque closes, le salon noyé dans le demi-jour des stores. L'harmonie des choses qui l'environnaient lui causait un apaisement profond; et elle était envahie par une béatitude exquise. Elle eût voulu rester toujours là, dans cette immobilité et dans ce silence, loin de la réalité, tout près du rêve. Et elle se trouvait heureuse.

Jean s'approcha d'elle et se mit à genoux. D'une voix légère comme un souffle, et qui la fit frissonner, il lui murmura à l'oreille : « Je l'aime! » Et, dans le cœur de Lise, un écho, soudain éveillé, redit ces mots ardents : « Je l'aime! » Ils étaient d'accord, maintenant, partageant

la même ivresse. Lui, avait passé son bras autour de la taille de la
jeune fille, et, penché vers elle, la fascinant de son regard, il répétait
avec passion : « Je t'aime! »

Lise, brusquement, se souleva. Au fond de son cerveau obscurci, le
sentiment du danger s'était fait jour. Elle frémit en se voyant dans
les bras de celui qu'elle adorait. Elle se tordit, pâlissante, et sa tête
vint effleurer la bouche de Jean. Elle voulut s'arracher à ses caresses,
et, dans l'effort qu'elle fit, son peigne détaché laissa rouler sur ses
épaules les masses parfumées et soyeuses de ses cheveux blonds.
Elle leva les yeux, suppliante, et rencontra près du sien le visage du
jeune homme. Une ardeur inconnue circula dans ses veines. Il lui
sembla qu'une mer de flammes l'enveloppait. Elle voulut crier : un
baiser dévorant lui ferma les lèvres, et, affolée, éperdue, elle sentit
son âme lui échapper.

Quand elle revint à elle, dans le petit salon obscur, Lise eut
d'abord beaucoup de peine à ressaisir ses idées. Une langueur
énervée la maintenait dans une sorte de demi-soleil. Et elle restait
engourdie, écoutant vaguement, dans le silence, les bruits de la rue.
Elle poussa un long soupir, et, faisant un effort, leva sa tête qui lui
parut lourde. Elle vit Jean, à ses pieds, qui la regardait avec adoration. Elle se détourna, honteuse, à la fois, et charmée. Dans son
cœur, la voix de son amour triomphant s'éleva, lui disant : « Il est à
toi! » Mais une autre voix, celle de sa chasteté vaincue, répondit :
« C'est toi qui es à lui. »

Jean, comme s'il devinait le trouble qui venait de s'emparer d'elle,
ardent à l'apaiser, se répandit en tendres paroles. Il était rayonnant
de joie. De son scepticisme glacé il ne restait plus trace. Il se laissait
aller au ravissement de cette tendresse partagée, pleine de douceur.
Il prit Lise dans ses bras, il lui répéta cent fois qu'il l'adorait, et
ramena le sourire sur ses lèvres.

Il lui parla de l'avenir, et tous deux se livrèrent à ce charmant
passe-temps des projets, si faciles à former, si difficiles à réaliser. Il
ne pouvait pas supporter la pensée de ne plus voir Lise. Le théâtre
allait fermer. C'était la saison morte pour les Parisiens. Ils iraient

SA PORTE ÉTAIT OUVERTE, COMME TOUJOURS (PAGE 1775)

la cohue des étrangers, et s'enfermeraient à la campagne, dans une petite maison cachée sous la verdure, au penchant d'un coteau. Lise conduirai' sa mère à Évreux et viendrait retrouver Jean. Ils inventeraient un prétexte, pour qu'elle pût obtenir sa liberté de la jalouse tyrannie de sa mère. Elle serait censée chez une amie. Et tous deux, sans contrainte, sans obstacle, ils passeraient quelques semaines ensemble. Comme deux enfants, ils jouissaient d'avance de ce temps heureux, s'attachant plus étroitement l'un à l'autre par les liens de leurs rêves et de leurs espérances.

Il était près de cinq heures, lorsque Lise se souvint que le présent avait pour elle des devoirs, auxquels il ne lui était pas permis de se soustraire. Elle poussa un cri. Et, cette fois, sans que Jean essayât de s'y opposer, elle se prépara à partir. Il lui fallut rétablir l'ordre de sa chevelure, et elle dut entrer dans le cabinet de toilette, qu'elle vit élégant et recherché comme celui d'une femme. Elle prit plaisir à toucher à tous les ustensiles d'ivoire ou d'acier qui servaient au jeune homme, elle leva le couvercle d'argent des boîtes à poudre et, si elle ne mit pas dans son mouchoir une goutte du parfum favori, c'est qu'elle redouta les questions de sa mère. Elle se servit du peigne d'écaille de Jean : elle le força à se mettre à genoux devant elle, et le coiffa à son gré. Elle ne pouvait plus se décider à partir, et ce fut lui qui, plus soucieux d'elle qu'elle-même lui rappela l'heure qui s'écoulait.

Il fallut s'arracher à ce cher bonheur d'être l'un près de l'autre. Lise remit son chapeau, son manteau, et, reconduite par Jean, elle traversa cette antichambre, où elle avait eu de si terribles émotions, et où il lui sembla entendre encore la voix franche du gigantesque Michalon disant : « Pas blessé! Est-il bête, ce Francis! Pas blessé du tout! » Elle prit Jean par les épaules et l'embrassa follement, elle-même, cette fois, puis, lui ayant dit : « A ce soir, n'est-ce pas? » elle s'élança dans l'escalier, suivie des yeux par son amant, dont elle emportait le cœur avec elle.

VIII

Au théâtre, tout le monde, ce soir-là, se montra exceptionnelle-
ment nerveux. Rombaud était venu de meilleure heure que d'habitude,
et il avait commencé par mettre le concierge à l'amende, parce qu'il
avait rencontré, dans les couloirs du second étage, le petit Trésorier,
fils de l'agent de change, qui, un sac de bonbons à la main, se dirigeait vers la loge de Rose Lointier. Et, furieux, passant ses nerfs sur
le dos du pauvre diable, il criait :

— Vingt francs d'amende, vous entendez, Roberval?... Je ne veux
pas de gommeux dans le théâtre... surtout chez Rose Lointier! Merci
bien! Cretet n'aurait qu'à venir... Il serait content! Et il m'éreinterait
le lendemain!...

Puis, s'excitant lui-même, et liquidant, en une seule fois, tous ses
mécontentements de la semaine :

— Où est Campoint? Est-ce qu'il croit que je le paie pour ne rien
faire? Il est encore au café d'à côté à jouer aux dominos! Ça ne peut
pas continuer comme ça! Flanquez-le-moi à l'amende de vingt francs!
S'il n'est pas content, il s'en ira fonder un Concert populaire!

Il s'arrêta. Madame Bréval venait d'entrer, et le regardait d'un œil sévère. Elle agita la tête, et, avec ses plus grandes manières de marquise, elle passa en disant, la bouche pincée :

— Oh ! que c'est désagréable d'entendre crier ! Et comme c'est de mauvais ton !

Rombaud fit un pas vers son grand premier rôle, pour relever vertement ce qu'elle venait de dire. Elle était encore bien venue à faire la grande dame, elle, qui vivait avec ce raté des concours de Rome, qui n'avait seulement jamais pu faire jouer une opérette à l'Eldorado, et qui prenait des airs de grand homme méconnu. Mais, malgré tout, madame Bréval lui imposait. Et, tapant la porte de fer, qui sonna comme un gong, il se dirigea vers son cabinet. Dans le couloir, au pied de l'escalier, il se trouva nez à nez avec Clémence, qui descendait, sa robe portée par Julienne, et montrant ses jolies jambes emprisonnées dans des bas de soie à jours, et ses pieds finement chaussés de petits souliers. Il arrivait à propos. La comédienne était d'une humeur massacrante, et c'était au souffleur qu'elle en avait. Cet idiot passait son temps, dans son trou, à ruminer ses anciens malheurs domestiques.

— Tu sais, il m'embête à la fin, ce vieux cerf, avec ses divagations. Un de ces soirs, sans le vouloir, je l'écouterai, cela me troublera, et je dirai cocu en scène !... Ça fera un joli effet !...

— On croira que tu joues du Molière... Ce sera très flatteur pour toi ! dit la voix de Pavilly, qui descendait.

— Non, tu sais, sérieusement, Rombaud, mets-le à la porte, reprit la comédienne, sans paraître avoir entendu l'acteur.

— A son âge ? dit Pavilly. Un pauvre bonhomme comme lui, qui est depuis douze ans dans la maison ?

— Eh ! il se débrouillera, s'écria rageusement Clémence. Je m'en moque pas mal !

— Tu en parles à ton aise, toi ! dit Pavilly, dont l'œil pétilla de malicieuse insolence. Il n'a pas, lui, sa beauté comme moyen d'existence !

Clémence regarda, bouche béante, passer Pavilly qui s'éloignait tranquillement ; elle ne trouva pas un mot à lui répondre. Elle devint rouge, puis pâle, et, d'une voix entrecoupée, s'adressant à Rombaud :

— Voilà comme on me traite, maintenant, dans ce théâtre ! On voit bien qu'on m'y compte pour rien ! Du reste, l'exemple part de haut

Elle lança un coup d'œil foudroyant à son directeur, et, arrachant la queue de sa robe des mains de l'habilleuse, désireuse de faire peser sur quelqu'un la responsabilité de l'insolence qu'elle venait de subir :

— Mais laissez donc cette robe !... Vous me tirez en arrière... Vous voulez donc me faire tomber ?

Elle se retroussa elle-même, froissant avec violence les précieuses dentelles de sa garniture, et entra sur la scène en poussant un cri de colère impuissante.

Là, c'étaient des allées et venues, des chuchotements. Chacun avait un air affairé. On se passait de mains en mains un journal du soir où était déjà publié un compte rendu du duel, dans lequel on disait que la blessure de M. B. de Lantenac inspirait de sérieuses inquiétudes. Dans un coin, Roberval, qui avait été prévôt au cinquième dragons, avant de devenir régisseur donnait, d'un air entendu, des explications sur le coup qui avait atteint le journaliste, et répétait :

— Cinq centimètres de profondeur ! Il n'y allait pas de main morte, M. de Brives !... Nous autres, au régiment, ça ne pouvait pas nous arriver, parce que le maître d'armes va sur le terrain, et pare les coups mortels...

— Comment peut-on savoir s'ils sont mortels, puisqu'on les pare ? dit Pavilly d'un ton très sérieux.

Et Roberval, tout à son sujet, et retrouvant l'accent militaire, répondit gravement :

— On le suppose.

Dans la cavalerie on dit : on le présuppose, reprit Pavilly, avec le ton et le geste qui lui valurent autrefois un si grand succès dans Kirchet du *Fils de Famille*.

— Un peu de silence, mes enfants, on joue, dit Roberval, qui se mit à rire.

— Tenez, regardez donc Desmazures qui « mange le portant », dit Mortagne à ses camarades.

Auprès de la porte, qui allait lui servir à faire son entrée, le vieux

comédien s'échauffait, pour se mettre dans le mouvement de la scène
à jouer, et s'adressant au portant du décor, comme s'il parlait à un
être vivant, il débitait à mi-voix cette chaleureuse improvisation :

— Misérable ! Canaille ! Tu as espéré faire tomber dans les filets
ce jeune homme imprévoyant, mais tu as compté sans moi, et me
voilà, entends-tu ? me voilà !

Il fit des yeux terribles, leva un bras menaçant. Puis, tout à coup,
ouvrant la porte de toile peinte, il s'élança, tout bouillant de sa feinte
colère, et lança sa réplique d'une voix vraiment émue...

— Croyez-vous qu'il est bien dans la peau du bonhomme ! dit
Pavilly. Ils deviennent rares, ces artistes consciencieux !...

Il pivota sur un talon. Clémence se dirigeait du côté du régisseur :

— Dites donc, Roberval, avez-vous fait arranger, comme je vous
l'ai déjà demandé, le revolver du quatrième acte ?

— On l'a rapporté, aujourd'hui même, de chez l'armurier. Il a
adouci la détente...

— Tant mieux ! Je m'abîmais les doigts à tirer sur la gâchette, et,
un beau soir, le coup ne serait pas parti... Vous voyez d'ici mademoiselle Fleuron, en plan, sans son coup de pistolet !... Son plus bel
effet était coupé. On aurait dit que je l'avais fait méchamment !...

Elle sourit avec amertume, et traversa la scène, pour aller attendre
sa réplique. Dans le « pantalon », du côté jardin, le vieux Massol,
causant avec Fanny Mangin et madame Bréval, disait :

— Moi, depuis vingt ans, je ne lis plus ce que les journalistes disent
de moi. Devrait-on faire attention à ce qu'ils écrivent ? Il n'en est pas
moins certain que lorsqu'un garnement, comme M. Lantenac, trouve
un brave garçon, comme M. de Brives, pour lui clore le bec d'un coup
d'épée, mes enfants, c'est pain bénit.

Lise passait. Elle rougit et baissa la tête. Depuis qu'elle était arrivée au théâtre, c'était, autour d'elle, un bourdonnement confus au
travers duquel elle ne distinguait que le nom de de Brives. Et, comme
si ce nom lui était lancé ainsi qu'une accusation, elle se détournait,
pleine de trouble. Il lui semblait que tout le monde allait deviner dans
ses yeux qu'elle appartenait à Jean. Il y avait une vague colère parmi

les femmes, au fond toutes jalouses de cette Lise, qui avait rencontré un si vaillant défenseur. Des yeux elles suivaient leur camarade, comme si c'était une personne nouvelle et inconnue. Et, en effet, elles découvraient en elle un charme, une élégance, une beauté qui ne les avaient jamais autant frappées.

Le bonheur avait sans doute transfiguré Lise. Elle avait un éclat, un rayonnement, qui attiraient invinciblement le regard. Et ne devinant pas qu'on l'admirait, mettant cette attention, qui lui semblait pesante, sur le compte de la malveillance, Lise, gênée, courait s'enfermer dans sa loge, où, seule, en face d'elle-même, elle pouvait revivre par la pensée des heures brûlantes, dont le souvenir lui paraissait devoir maintenant remplir toute son existence.

Cependant elle ne put fermer sa porte à celles de ses camarades qui lui avaient toujours témoigné de la sympathie, et qui, l'une après l'autre, vinrent la voir pour lui manifester la satisfaction qu'elles éprouvaient de l'heureuse terminaison de l'affaire. Les unes, comme madame Bréval, parlaient de tout, excepté de Jean, affectant une discrétion de bon goût, les autres, comme Albertine Rameau, mettaient les pieds dans le plat, déclarant que de Brives avait joliment bien fait de se fâcher tout de suite, parce que maintenant c'était fini : personne n'oserait plus rien dire.

Lise, à la torture, fit bonne contenance, et sut répondre à chacune comme il convenait, avec tact et bonne grâce. Fanny Mangin, sa voisine, dévorée par la curiosité, s'était même installée dans la loge de Lise qu'elle avait embaumée, avec une brassée de fleurs que la femme du concierge venait de lui monter. Et là, les yeux allumés, elle questionnait sa camarade, avide d'obtenir des confidences :

— Voyons, maintenant tu peux bien me le dire ? Tu l'aimes, n'est-ce pas ? Un homme qui vient de se battre pour toi... D'abord tu serais bien ingrate. Et puis, il est très gentil. Voyons, dis...

Mais Lise se défendait, avec un horrible embarras, n'osant pas nier, ne voulant pas avouer. Au travers de ce débat, Clémence passa dans dans le couloir, et, contrairement à ses habitudes, elle s'arrêta .

— Dites donc, Clémence, s'écria la belle rousse, est-ce que vous ne seriez pas reconnaissante, si M. de Brives avait fait pour vous ce qu'il a fait pour Lise ?

L'Italienne pâlit un peu. Puis, d'une voix tranquille :

— Qui vous dit que mademoiselle Fleuron ne soit pas reconnaissante ?

Elle regarda Lise avec un aimable sourire, observant le trouble de son regard, la rougeur de ses joues, le tremblement de ses mains.

— D'ailleurs, ajouta-t-elle, ce sont ses petits secrets, et personne n'a rien à y voir.

Il y eut dans l'accent de la comédienne une âpreté qui fit lever les yeux à Lise. Elle fut frappée, et soupçonna la haine. Mais l'attitude si correcte de Clémence, la veille au soir, les paroles bienveillantes qu'elle avait dites à sa camarade : « Vous pouvez compter sur notre appui à tous », le secours qu'elle lui avait prêté en scène, quand elle était paralysée par l'émotion, toutes les habiles manœuvres de sa rivale lui revinrent à l'esprit. Elle s'adressa des reproches, et se demanda avec inquiétude si, gagnée par la contagion, elle allait aussi devenir mauvaise.

Clémence, inquiète du regard de Lise, se dit : A quoi pense-t-elle ? M'a-t-elle devinée ? Elle se fit pateline et gracieuse, pour la mieux tromper.

— Nous avons une excellente salle, ce soir ; le second acte a très bien porté... Je suis sûre que notre scène, tout à l'heure, va faire beaucoup d'effet. Tous nos amis sont là... Et le grand vainqueur lui-même, à ce que m'a dit à l'instant Raynaud, vient d'arriver...

— Ah ! ah ! fit sur deux tons Fanny Mangin, puis, de sa voix de jeune coq, fredonnant gaîment :

> Chantez, enfants des rivages d'Asie !
> Oscar s'avance ! Oscar... Je vais le voir !

— Dis donc, Lise, il est probable qu'il attend quelques remerciements, le seigneur Jean... Je suppose que tu vas l'embrasser pour la peine !... Tu ne réponds pas ? Ma chère enfant, ta froideur non seulement me chagrine, mais encore... m'étonne ! Bigre ! si le marquis me

ELLE POUSSA UN CRI HORRIBLE ET PORTA LES MAINS A SON VISAGE (PAGE 1781)

faisait la galanterie de croiser le fer pour moi... je serais capable de me payer un caprice de vingt-quatre heures pour lui. Et ça le surprendrait bien, le cher homme !

— On va commencer ! cria dans l'escalier la voix de l'avertisseur.

— Eh ! mes enfants ! Je ne suis pas prête ! dit Fanny Mangin.

Et passant, comme un coup de vent, entre Clémence et Lise, elle regagna sa loge. Dans l'escalier les pas des artistes, descendant en scène, se faisaient entendre, et, par bouffées, quand la porte de fer s'ouvrait, les flonflons de l'orchestre jouant le lever du rideau montaient jusqu'aux loges.

Lise resta debout, songeuse. Tout, dans son existence, se trouvait brusquement changé. Elle qui, jusqu'alors, n'avait jamais rien eu à cacher, elle était forcée de dissimuler et de feindre. Elle avait à surveiller ses pensées, ses paroles, et à prendre garde de rien laisser échapper qui pût la trahir. Lorsque Fanny Mangin l'avait questionnée, elle n'avait pas eu l'habileté de mentir, et elle s'était tue. Son silence pouvait être interprété dans un sens défavorable. Et alors ce seraient des racontars à n'en plus finir, dont l'écho l'atteindrait en plein cœur.

Elle se sentit une grande lassitude. Elle se demanda si toute sa vie d'artiste s'écoulerait au milieu de ces odieux tiraillements. Écœurée, elle songea que, livrée au public, elle devait s'attendre à recueillir les avantages, et à subir les inconvénients de la popularité. Sur les planches, elle était soumise au bon plaisir de tous, elle était exposée à toutes les critiques comme à tous les éloges. Elle pouvait entendre des applaudissements ou des huées. Et sa vie privée ne devait pas échapper, plus que sa vie publique, à la curiosité.

Elle fut prise d'une immense envie de se sauver, de rentrer dans l'obscurité de son existence passée, quand elle était près de sa mère, travaillant comme une petite ouvrière. Là, ses jours s'écoulaient uniformes, paisibles. Elle n'espérait pas de grands triomphes, mais elle pouvait compter sur une absolue tranquillité. Elle n'était pas la proie de ce monstre aux mille têtes qui s'appelle le public. Elle n'était pas esclave du désœuvrement de la foule, et vouée à son plaisir. Il ne lui fallait pas rire, quand elle avait envie de pleurer, et pleurer, quand elle aurait voulu rire. Elle était une créature libre, enfin maîtresse d'elle-même, et non un être asservi, une odieuse machine à amuser les oisifs pour leur argent.

Puis le souvenir lui revint des soirées éclatantes, pendant lesquelles toute une salle, éperdue, palpitait à ses pieds, ravie par ses paroles, soulevée par ses gestes, et lui assurant la gloire par des acclamations unanimes. Elle frémit. Qu'était la vie, sans cette ivresse du triomphe? Méritait-elle qu'on la conservât? Oh! se voir l'idole de toute cette grande ville, régner sur elle, être sa favorite, éveiller l'amour, être follement désirée par tous ces spectateurs, et passer, devant eux, souriante et fière, réservant sa tendresse pour celui-là, seul, qui avait su faire battre son cœur! Lui faire litière de toutes ses couronnes, lui offrir toutes ses ovations, élever à son culte un autel mystérieux, et y sacrifier l'adoration universelle! Quel beau rêve! Et comme il valait tous les efforts qu'il faudrait faire pour le réaliser!

Elle releva la tête et sourit avec orgueil. Elle n'avait qu'à étendre la main : le but était à sa portée. Et admirée, enviée, elle était sûre de conserver l'amour de Jean, sans cesse ranimé par le succès. Elle eut honte de ses craintes, elle se moqua d'elle-même. Elle se trouva encore bien petite fille. Mais la fermeté lui viendrait, et, alors, elle ne reculerait plus devant les difficultés, sans cesse renaissantes, de sa carrière. Elle pensa que Jean était dans la salle, et, vibrante de passion, avide de lui plaire, elle descendit sur le théâtre.

Là, elle voulut commencer à combattre, et, au lieu de fuir ses camarades, de chercher l'isolement, comme elle le faisait depuis deux jours, elle aborda les groupes hardiment et le front levé. Elle se donna un air joyeux et une démarche aisée. N'était-ce pas encore de la comédie? Et lui était-il plus difficile de jouer un rôle dans la vie, qu'à la scène? Elle fut coquette et entreprenante. Elle s'attaqua à Rombaud, qui affectait de ne pas la voir, causant avec madame Bréval, et le força à venir auprès d'elle, étonné et charmé à la fois. Elle s'applaudit intérieurement, et se félicita de sa bravoure.

— Vous êtes rayonnante, ce soir, Lise! dit Rombaud à voix basse, en dévorant des yeux sa pensionnaire.

— Je suis toujours ainsi quand la salle est comble, fit-elle d'un air animé...

— Peut-être aussi, reprit-il avec amertume, est-ce parce que quelqu'un est là pour vous voir jouer?

— Peut-être, en effet! répondit-elle, en toisant son directeur.

Il ne soutint pas son regard, et, faisant sonner les clefs qu'il avait dans sa poche :

— J'ai travaillé pour vous, moi, aujourd'hui. Vous verrez les journaux demain.

Elle adoucit l'expression de son visage, et tendant gentiment la main à Rombaud :

— Je vous remercie, dit-elle. Et, avec ce sourire qui la rendait si séduisante : Je sais qu'au fond vous m'aimez bien.

Pour la première fois, Lise regardait Rombaud avec des yeux si caressants, et lui parlait avec une voix si tendre. Il fut remué jusqu'au fond de l'âme. Ce sceptique, qui ne croyait qu'à sa satisfaction personnelle, cet ambitieux, qui était prêt à tout sacrifier à son intérêt, se sentit capable de dévoûment et d'abnégation. Il garda un instant la main de la jeune femme entre les siennes, et, très ému :

— Oh! Lise, si vous aviez su voir, dit-il, si vous aviez su comprendre...

Elle lui donna un petit coup de son éventail sur les doigts.

— Allons, soyez sage, ou bien nous nous fâcherons! Je veux que vous m'aimiez, mais pas plus qu'il ne me plaira!...

Il poussa un profond soupir. Toute sa mauvaise humeur était tombée. Il était maintenant mélancolique, et, l'oreille tendue, il écoutait, de loin, la voix charmante de Lise qui jouait. Et il murmurait :

— Comme c'est dit! Quelle finesse! Quelles nuances! Applaudissez donc!

Un tonnerre de bravos l'interrompit. Il se mit à marcher, au fond du théâtre, derrière le décor, songeant à tout ce qu'une pareille artiste lui promettait de succès. Il l'avait, pour trois ans attachée à son théâtre, par un bon traité. Et, une fois cette période écoulée, coûte que coûte, il la conserverait, dût-il la payer son poids d'or. Il était repris de ses idées superstitieuses, et se disait avec conviction : Avant de l'avoir je perdais tout ce que je voulais. J'aurais joué des chefs-d'œuvre, sans encaisser un sou de recette. Avec elle je peux jouer n'importe quoi ! Elle réciterait la Bible, qu'elle trouverait moyen de faire de l'effet. C'est elle, la fortune de cette maison !

La toile baissait, au milieu des rappels et des trépignements.

— Au rideau ! cria-t-il, lui-même, d'une voix forte. Et il se mit à applaudir, du fond des coulisses, entraîné par l'enthousiasme du public.

En scène, Lise avait cherché des yeux Jean dans la salle. D'abord elle ne le vit pas. Il était dans le renfoncement du passage de l'orchestre, sur un strapontin. Il avait voulu se soustraire à la curiosité de ceux des spectateurs qui pouvaient le connaître. Et, assis au coin de la première baignoire, dans l'ombre, il s'était laissé aller au plaisir de regarder celle qu'il aimait. Il avait devant lui un ménage de bons bourgeois, qui causaient, faisant leurs réflexions à voix haute. Jean s'amusait à les écouter.

— C'est Lise Fleuron, disait la femme, celle pour qui ce jeune homme, tu sais... s'est battu aujourd'hui avec un journaliste... Ton journal racontait ça tout au long, ce soir...

— Elle est bien jolie ! déclara le mari.

— Elle est surtout très distinguée ! Et comme elle joue avec naturel ! Oh ! tiens, elle a dit : « En êtes-vous bien sûr ? » exactement comme Zélie...

Qui était Zélie ? Jamais Jean ne le sut. La situation était devenue palpitante, et les spectateurs se taisaient, pris par la pièce. Il reporta son attention sur Lise, la suivant pas à pas, admirant la grâce de ses mouvements. Il sentait s'échauffer la salle, conquise par la comédienne, et il était entouré comme d'un flot montant de passion enthousiaste. Il se dit, avec une orgueilleuse satisfaction : « Cette femme que l'on applaudit, que l'on fête, et que l'on rêve, elle est à moi, à moi seul. Ces blanches épaules, ses cheveux blonds, nul ne les effleurera que moi de sa bouche. Cette douce voix se fera plus douce encore pour me dire : Je t'aime. » Et, tout à son bonheur, il goûta une de ces jouissances profondes que Lise voulait lui faire éprouver.

: Comme il la contemplait, avec adoration, ses yeux furent frappés d'un trait de flamme. Le regard de la comédienne venait de rencontrer le sien. Son front s'illumina, resplendit de joie et ses lèvres se nouèrent comme pour un baiser. Ce fut une impression soudaine et puissante. Il tressaillit. A travers l'espace il lui sembla que l'âme tout entière de Lise s'était élancée vers lui. Puis elle fut de nouveau toute à son rôle, mais elle avait, dans le débit et dans le geste, une ardeur plus vive. Désireuse de plaire, tendue vers le succès, elle prodiguait les trésors de sa jeunesse, de sa beauté et de son talent, non plus au public, mais à celui qu'elle adorait. Et, subissant l'impression, gagnés par l'ivresse de la comédienne, les spectateurs, emportés, ravis, battaient des mains, sans se douter que les témoignages les plus passionnés de leur admiration n'avaient pas autant de prix, pour Lise, que l'approbation muette de Jean, souriant à l'écart.

Lorsque l'acte fut fini, de Brives laissa passer le flot de gens qui sortaient, puis il se dirigea vers la porte de communication, située auprès de la première avant-scène de rez-de-chaussée. L'ouvreuse le connaissait : elle le fit entrer. Sur la scène, près de la coupée aux décors, Rombaud causait avec l'officier des pompiers de service. Il vit venir Jean, et sa figure se rembrunit. Il lui tendit la main sans parler. Le jeune homme ne tenait pas à engager la conversation. Il dit : Bonjour, salua et s'éloigna. Passant par la porte du fond, il monta vivement au premier étage, et s'engagea dans le couloir des loges. Il allait chez Lise. Mais, désireux de sauvegarder les apparences, il affecta de chercher la loge de madame Bréval. Il la demanda à une habilleuse qui passait, portant un jupon brodé tout raide dans sa blancheur empesée.

— Au fond du corridor, Monsieur, la porte que vous voyez là-bas...

— Merci bien.

La voix de Jean, fit tressaillir à la fois Lise et Clémence. Ni l'une ni l'autre ne bougèrent. Lise, souriante, se disait : Il va d'abord chez madame Bréval : il viendra ensuite chez moi. » L'autre, livide, pensait : « S'il va chez Lise, c'est qu'il est son amant. » Sa porte était ouverte, comme toujours. Elle était assise devant sa toilette, en corset, es épaules nues, se chaussant. D'un léger coup de pouce, elle monta son gaz, et la pleine lumière tombant sur sa peau mate, elle attendit, le cœur battant. Jean arriva à la hauteur de la loge. Il n'affecta pas de ne point regarder, il ne s'arrêta pas, mais il ralentit légèrement sa marche, juste assez pour avoir le temps de saluer, et de dire avec une grâce infinie :

— Bonsoir... ça va bien?... Vous avez joué votre scène dans la perfection... Je vous ai applaudie de toutes mes forces.

D'une voix étranglée, Clémence répondit :

— Merci !

Il était à la porte de madame Bréval :

— Peut-on entrer ?

— Qui est là ?

— Moi, Jean de Brives...

— Ah ! mon Dieu ! attendez un peu...

La porte s'ouvrit, et le grand premier rôle parut, attachant à la hâte sur ses épaules un peignoir. Elle voulait faire entrer Jean, mais lui s'excusait, tenant à parler dans le couloir, afin qu'il fût bien avéré qu'il n'était monté que pour la remercier du charmant petit mot qu'elle lui avait envoyé, en apprenant l'heureuse issue de son affaire. Combien il avait été touché de son affectueux souvenir! Et il publiait très haut, et la gracieuseté de madame Bréval, et sa reconnaissance à lui. Puis il dit quelques mots de la pièce, et annonça qu'il resterait jusqu'à la fin.

Dans sa loge, Clémence, assaillie par de terribles soupçons, écoutait Jean et se disait : « Sa voix sonne faux; il ment : ce n'est pas pour madame Bréval qu'il est monté; c'est pour Lise! »

Elle vit toutes ses combinaisons déjouées, et les deux amants triomphants. Toutes ses perfidies avaient abouti à ce résultat : donner plus sûrement Lise à Jean. Elle souffrit horriblement à cette pensée. Elle se les figura l'un près de l'autre, heureux, et elle grinça des dents. Elle pensa : « L'emportera-t-elle donc toujours sur moi, et ne pourrai-je pas, à mon tour, triompher d'elle?

Elle entendit Jean qui prenait congé de madame Bréval, et, l'oreille tendue, elle écouta. Une porte venait de s'ouvrir et de se refermer, sans qu'une seule parole fût prononcée, et Jean ne revenait pas. Clémence se leva : elle s'avança hors de sa loge et, avec une angoisse affreuse, elle vit le couloir vide. Jean était chez Lise.

Elle resta un instant immobile, les yeux enfoncés dans la tête, se demandant si elle n'allait pas aller ouvrir, elle aussi, cette porte derrière laquelle étaient abrités les deux jeunes gens. Elle les devina dans les bras l'un de l'autre, et elle eut une envie horrible d'appeler, de provoquer un scandale, et de la perdre, cette Lise qui prenait des airs de vierge, et qui avait un amant. Elle s'élança dans le couloir, et, voyant la loge de Fanny Mangin vide, elle s'y enferma, approchant sa tête de la cloison, avide d'entendre, comprimant sa poitrine haletante, et se mordant les lèvres pour ne pas crier.

Un vague murmure parvenait seul à son oreille. Lise ayant sans doute pris la précaution d'ouvrir la fenêtre, Jean et elle pouvaient parler en toute sécurité. Clémence, au risque de se faire surprendre par Fanny, s'assit sur le canapé de la loge et resta les bras morts, les yeux fixes, avec cette unique pensée qui tournait dans sa tête endolorie : il est son amant!

A force de détester Lise, elle en était venue à adorer Jean. Son désir, aiguisé par la résistance, avait grandi jusqu'à l'amour. Elle voulait Jean, et surtout elle voulait l'enlever à Lise. Dans l'imagination dépravée de l'Italienne, cette fantaisie avait pris une intensité maladive. Il y avait de la folie dans l'entraînement qu'elle subissait. Elle était en proie à une sorte de délire. Elle se voyait persécutée par sa rivale, et elle était convaincue que tout ce qui devait maintenant lui arriver de malheureux lui viendrait par Lise.

Et, dans son cerveau mal équilibré, depuis longtemps elle roulait de vagues projets, dont le plus innocent était encore effroyable. Rien de précis comme action, mais l'idée bien nette et bien arrêtée de se défaire de cette fille, dont les yeux bleus avaient peut-être la jettature,

LE POING EN L'AIR, PRÊT A L'ASSOMMER (PAGE 1789)

puisque, depuis son entrée dans le théâtre, rien n'avait réussi à Clémence. Elle n'avait pas pensé une seconde à admettre que Lise pût devoir ses succès d'artiste à son talent, et ses succès de femme à son charme. Il y avait du maléfice dans ce constant bonheur, qui la faisait triompher, et voler à sa rivale, à la fois, l'admiration et l'amour.

La porte venait de se rouvrir. Clémence se dressa sur la pointe des pieds et, s'approchant, elle écouta. Ces trois mots : « A ce soir », murmurés très bas, comme si la bouche qui les prononçait était au bord de l'oreille qui les écoutait, parvinrent jusqu'à elle, puis le bruit furtif et doux d'un baiser. La porte se referma, le pas de Jean glissa sur le carreau, et l'Italienne, désormais sûre de ce qu'elle ne faisait que soupçonner, rentra dans sa loge, le cœur serré et le front lourd.

Jean, radieux, léger comme un oiseau, avait sans encombre regagné la scène, et, là, il s'était mis à causer, recevant, d'un air insouciant, les compliments que chacun lui apportait. L'arrivée de Lise le décida à disparaître. La situation était difficile pour lui. Il n'eût pas voulu se tenir éloigné d'elle, et il lui eût paru malaisé de l'approcher devant tout le monde. Il retourna dans la salle avec Raynaud et le docteur Panscron. Comme ils s'asseyaient, on frappa les trois coups.

Le quatrième acte de *la Duchesse* est fort court. Il est bourré de situations saisissantes et aboutit à la fameuse scène du pistolet, reproduction exacte d'un drame parisien récent, dans lequel une maîtresse dédaignée fit feu sur son heureuse rivale. La scène, très audacieuse, avait été réglée aux répétitions avec un soin extrême. Le coup de feu étant tiré presque à bout portant, il fallait une grande précision de mouvements. Un pas de plus pouvait causer un affreux malheur.

Des expériences avaient été faites, en scène, pour calculer la distance exacte à laquelle les deux comédiennes, Clémence et Lise, devaient se trouver. Il y avait un angle de table qui servait de point de repère à l'une, et un fauteuil qui marquait la place de l'autre. Roberval, chaque soir, posait lui-même les meubles, afin d'être sûr de son affaire. Dans ces conditions, Clémence pouvait hardiment appuyer sur la détente. Les grains de la poudre enflammée ne devaient pas arriver jusqu'à Lise. Pour plus de précaution, l'actrice relevait un peu l'arme, et le coup partait en l'air.

Depuis cent représentations, la scène passait sans accroc. Clémence se plaignait seulement que la détente du revolver fût trop dure et lui abîmât les doigts. Et Roberval s'était enfin, après trois mois de réclamations, décidé à faire donner du liant au ressort de la gâchette. Maintenant, comme le lui avait dit l'armurier, le pistolet partait tout seul.

La salle était excellente, ainsi que Clémence l'avait fait remarquer. Les acteurs, échauffés, avaient joué supérieurement, et tout annonçait un gros effet pour le quatrième acte. Rombaud s'était installé dans un coin de la coulisse, près de la scène et, appuyé au décor, il suivait avec intérêt l'impression que ses comédiens produisaient sur le public.

Pavilly, qui était adoré, venait de faire rire beaucoup dans sa scène avec Mortagne, et madame Bréval, par un effet de contraste, à présent faisait trembler. Elle tenait le rôle de la duchesse douairière, et, avec son visage grave, sa perruque grise, et sa grande tournure, elle incarnait admirablement le type de vieille femme intolérante et hautaine qu'avait rêvé l'auteur.

Puis ce fut le tour de Lise, et le public se laissa de nouveau aller à son extase, pris par le cœur et par les yeux, ensorcelé par la comédienne. Elle disait sa scène d'amour avec Mortagne, et sa voix pure avait des sonorités de cristal. De longs frissonnements passaient dans la salle ; on sentait que les spectateurs se retenaient d'applaudir, craignant de rompre le charme qui les ravissait. Enfin c'étaient Clémence et Massol, dans leur orageuse explication. Le mouvement de la pièce se précipitait, l'action devenait terrible, les artistes, portés par la situation, se prodiguaient, soulevant les applaudissements, et, heureux, fouettés par le succès, repartant au travers du drame comme s'ils étaient vraiment les personnages qu'ils représentaient.

Clémence se livrait, avec une verve qui ne lui était pas habituelle, son défaut étant de lâcher son rôle au bout de trente ou quarante représentations. La fièvre, qui agitait les acteurs et le public, semblait l'avoir gagnée. Et, violente, exaspérée, elle atteignait à une grande puissance dramatique. Rombaud l'écoutait, et les vibrations stridentes de la voix de l'actrice l'impressionnaient. Il pensa :

— Cette Clémence, décidément, joue « méchant ». Mais dans ce rôle de femme vindicative, elle est fièrement bien ! Si ces mâtins-là avaient marché toujours comme ce soir, nous aurions fait plus d'argent depuis la première ! Comme ils vont ! Qu'est-ce qu'ils ont donc ? Bernard n'a plus besoin de claquer : c'est le public qui donne le signal !

Le silence s'était rétabli, profond ; on n'entendait plus un murmure, et les paroles des artistes arrivaient distinctes dans les coulisses. La scène du pistolet commençait. Lise et Clémence étaient face à face, dans une situation poignante, rivales sur les planches comme elles l'étaient dans le monde, et exprimant librement, dans des répliques enflammées, la haine qui les lançait l'une contre l'autre. Fière et hardie, Lise accablait son ennemie de sa dédaigneuse pitié, Clémence, affolée par la jalousie, rugissait de colère, et, par gradations, devait en venir jusqu'à la pensée du meurtre.

Elle se montrait vraiment effrayante, éprouvant réellement tous les sentiments qu'elle avait à rendre. Sa bouche se tordait dans un rire cruel, et, entre ses dents serrées, les mots sifflaient venimeux. Ses traits tirés donnaient à sa physionomie une expression terrible, ses lèvres étaient décolorées, et son visage était devenu couleur de cendre. Les phrases de son rôle lui arrivaient machinalement. Elle ne savait plus ce qu'elle faisait, ni ce qu'elle disait, agissant comme dans un cauchemar, et fixant sur Lise des regards qui auraient voulu pouvoir tuer.

Cette femme qui se dressait devant elle, c'était le personnage qu'elle exécrait dans la pièce, c'était aussi l'être qu'elle abhorrait dans la vie. Et, sa haine réelle s'augmentant de sa haine fictive, elle rêvait doublement de frapper Lise, et pour suivre son rôle et pour obéir à sa haine. Elle s'était repliée sur elle-même, comme un tigre qui guette une proie. Une idée fixe la hantait : celle des yeux de Lise qui devaient lui porter malheur.

Elle les avait là, devant elle, bien ouverts, doux et lumineux, ces yeux qui la faisaient adorer ! Oh ! les lui fermer à jamais, les éteindre,

les détruire ! Anéantir, à la fois, la femme et l'artiste, se débarrasser
de l'une et de l'autre, et la vouer à la plus atroce des fins ; l'ensevelissement, dans l'ombre, et bientôt dans l'oubli, de cette carrière qui
s'annonçait si brillante et si heureuse !

Elle éclata d'un rire funèbre qui fit trembler les spectateurs. La
scène était à son point culminant. Encore une seconde, et Clémence
ferait feu. Elle avait, sous sa main, dans son manteau, la crosse du
revolver. Oh ! s'il avait été chargé, et si elle avait pu mettre sa balle
dans le cœur de Lise ! Mais elle était impuissante, et cette misérable
allait continuer à la persécuter. Les yeux bleus la poursuivaient toujours de leur regard fascinateur. Elle fut prise d'un transport furieux :
elle ne voulut plus les voir et, en elle-même, elle cria : « Tu vas les
fermer ! »

Elle lança sa réplique, puis, à l'instant précis où la situation le
commandait, elle marcha, dépassant la table qui lui servait de limite,
et, étendant son bras dans toute sa longueur, presque à bout portant,
elle visa sa rivale à la tête. Une flamme enveloppa le front de Lise ;
elle poussa un cri horrible, porta les mains à son visage et, faisant deux
pas en arrière, elle tomba raide sur le plancher.

La salle tout entière s'était levée, dans un trouble inexprimable : de
toutes parts, se croisaient les exclamations. Clémence, immobile, appuyée à la table, le regard trouble, restait comme privée de sentiment
devant sa rivale, et offrait l'image de la stupeur. En un clin d'œil,
Desmazures et Mortagne s'étaient élancés et, dans leurs bras, ils em-
portaient Lise évanouie, pendant que Roberval, pour dérober au public
le spectacle du désordre qui se produisait sur la scène, criait d'une
voix retentissante : Au rideau !

Rombaud n'avait rien vu, mais l'accent, avec lequel Clémence avait
joué la dernière partie de l'acte, avait sonné sinistre à son oreille. Il
se dit : Elle vient de tuer Lise. Et, pendant que la jeune femme était
emportée dans sa loge, sans répondre à de Brives qui, pâle comme un
mort, arrivait sur la scène avec le docteur, il saisit Clémence par le
poignet et l'entraîna dans son cabinet. Elle paraissait anéantie et
comme cassée ; il lui jeta un regard significatif, et lui dit :

— Tu vas m'attendre ici. N'essaie pas de sortir : je t'enferme ! Et puis, tu sais, le commissaire de police est à deux pas !

Elle leva le front. Un sourire sardonique crispa sa bouche ; elle haussa les épaules et s'assit sans répondre. Rombaud grimpa l'escalier quatre à quatre, arriva dans le corridor des loges, qui était encombré par tout le personnel du théâtre, et s'annonça par cette apostrophe :

— Faites-moi le plaisir tous de me tourner les talons !

La place se trouva dégagée comme par enchantement, et Rombaud se rencontra face à face avec Jean, qui sortait de la loge de Lise, la figure encore bouleversée, mais la joie dans le regard...

— Eh bien ? dit Rombaud, oubliant sa rancune dans son trouble, et parlant au jeune homme pour la première fois de la soirée

— C'est un véritable miracle, dit Jean. Elle n'a que quelques brûlures au front...

— Mais les yeux ? demanda le directeur.

— Intacts, moins quelques cils.

Rombaud respira, comme si sa poitrine était soulagée d'un poids écrasant et, souriant avec toute son ironie retrouvée, il demanda à de Brives :

— On peut entrer ?

La porte s'ouvrit d'elle-même et, sur le petit canapé, Lise étendue, la tête élevée sur des coussins, le front rouge par places, les boucles blondes de ses cheveux qui lui descendaient frisées et soyeuses au-dessus des sourcils, brûlées et roussies, apparut à Rombaud. Le docteur était auprès d'elle, la regardant avec émotion, et lui tenant la main.

— Nous en serons quittes pour la peur, dit-il. Mais un pouce plus bas, elle avait les deux yeux brûlés par le coup... Elle aura cependant quelques traces bleues sur le front. Il y a des grains de poudre qui ont piqué et qui marqueront... Elle aura l'air d'avoir été à la guerre, ajouta-t-il gaîment. Mais avec quelques petits frisons, quand ses cheveux auront repoussé, elle cachera ses nobles cicatrices !

— C'est la sacrée détente du revolver, dit Roberval dans le corridor. Quelle bête d'idée j'ai eue de la faire adoucir ! Le coup est parti avant que mademoiselle Villa le veuille !...

— C'est probable, dit Rombaud avec sang-froid...

— Eh bien ! Lise, ça va mieux ? demanda le bon Massol, en passant la tête dans l'entre-bâillement de la porte... Dites donc, mon enfant, le public vous rappelle à grands cris, et va casser tout, si on ne lui donne pas de vos nouvelles.

— Je descends, dit Lise, qui fit un effort et se souleva.

— Tout à l'heure, ma chère, dit le docteur. N'abusons pas de nos forces !

— Nous allons faire une annonce, dit Rombaud.

Et, sortant, il emmena tout le monde. Lise et Jean restèrent seuls. Le jeune homme la saisit dans ses bras. Toute l'horrible agitation qu'il avait éprouvée se fondant en une joie profonde, ses nerfs se détendirent et il se mit à pleurer silencieusement. Lise lui prit la tête et l'appuya sur son épaule ; elle lui parla doucement à l'oreille, heureuse de voir ce grand garçon, énergique et résolu, se montrer si faible devant le danger qu'elle avait couru.

— Je n'ai eu qu'une crainte, vois-tu, murmurait-elle, ç'a été de ne plus te voir.

Elle frissonna malgré elle, reprise par l'émotion, et mesurant maintenant le péril :

— Oh ! les yeux ! les yeux ! Ce qu'il y a de plus précieux au monde ! Pense à ce malheur : Être aveugle ! Moi, qui ai déjà ma pauvre mère qui n'y voit pas ! Qu'est-ce que je serais devenue ? Qui se serait chargé de moi ? Il m'aurait fallu quelqu'un pour me conduire. Et toi, tu ne m'aurais plus aimé...

Comme Jean protestait, la serrant sur son cœur :

— Oui, tu es bon, tu aurais eu pitié de moi, tu ne m'aurais pas abandonnée brusquement... Mais tu te serais lassé. Et puis j'aurais été trop malheureuse, va, et je serais morte.

Ils se tinrent étroitement enlacés, comme pour se défendre contre cette affreuse destinée. Lise n'eût pas un mot de reproche pour Clémence. Elle ne voulait voir qu'un hasard malheureux dans l'accident dont elle avait été victime. Et, ayant retrouvé ses forces, elle descendit sur le théâtre.

Jean la laissa aller, et, s'adressant au garçon d'accessoires qui passait, il lui demanda s'il savait ou était M. Rombaud.

— Il vient d'entrer dans son cabinet. Il y est avec mademoiselle Villa.

— Merci, dit Jean.

Poursuivi par le bruit des acclamations du public, devant qui Lise paraissait, il se dirigea vers le cabinet du directeur.

Laissée seule, Clémence resta d'abord immobile, les yeux fermés, comme endormie. Son corps était accablé, mais son esprit était vif et lucide. Elle mesura les conséquences de l'acte qu'elle venait d'accomplir, et se demanda si on pouvait établir sa culpabilité. Comment arriverait-on à penser que c'était volontairement qu'elle avait frappé Lise? Il lui serait toujours facile de nier. Toutes les hypocrites protestations qu'elle avait prodiguées à la jeune fille, depuis deux jours, lui serviraient. Dans le théâtre il y aurait vingt personnes qui voudraient témoigner en sa faveur. Ce cruel accident n'était, et ne devait être imputé qu'à une inexplicable fatalité. Pour tout le monde il y avait eu une mauvaise chance déplorable, mais pas même d'imprudence de la part de Clémence.

Elle revit Lise, le front couvert de flamme, tombant à ses pieds. Elle entendit le cri horrible qu'elle avait poussé. Et une expression de joie anima son visage. Cette fois, sa vengeance était complète. Elle en avait fini avec ces yeux couleur du ciel, qu'elle haïssait tant. Ils étaient sanglants et tuméfiés, privés de leur doux regard, privés de leur charme fascinateur. Qu'était la mort, qu'elle avait souvent rêvée pour Lise, comparée à l'effroyable supplice auquel elle l'avait condamnée. Son art, qu'elle adorait, il allait falloir y renoncer. Son amant, dont elle avait encore sur les lèvres les premiers baisers, la fuirait avec horreur.

Rombaud ne revenait pas. Le temps lui parut long : elle aurait voulu savoir ce qui se passait. Elle prêta l'oreille, et de sourdes rumeurs arrivèrent jusqu'à elle. Au-dessus de sa tête elle entendit marcher avec précipitation. Tout, dans le théâtre, paraissait en mouvement. La situation devait être excessivement grave. Elle frémit.

JEAN AVAIT LOUÉ UNE MAISON EN BRIQUES (PAGE 1804)

Une pensée nouvelle traversa son cerveau. Avait-elle été trop bien servie par le hasard, et avait-elle tué Lise? Une légère sueur mouilla son dos, et sa gorge se serra.

Elle se leva et marcha dans le cabinet. Son accablement avait cessé, et ses nerfs, tendus par l'anxiété, lui donnaient une force nouvelle. L'attente lui parut insupportable. Elle voulut sortir et tourna le bouton de la porte : la serrure résista. Elle se souvint que Rombaud lui avait dit qu'il allait l'enfermer. Elle poussa un cri de rage. Que veut-il donc faire de moi? se demanda-t-elle. Dans son cœur ulcéré, des doutes commencèrent à se manifester. Elle ne se sentit plus aussi sûre de pouvoir établir son innocence. En proie à une irritation violente, elle se mit à tourner dans la pièce qui lui servait de prison, comme une bête en cage. Le temps s'écoulait. Et elle se creusait la tête pour tâcher de deviner ce qui se passait. Le bruit bien connu du trousseau de clefs de Rombaud se fit entendre. Enfin on venait à elle. Elle affermit sa volonté, et se fit un visage impassible.

Rombaud, sans souffler mot, fit quelques pas ; il ôta son chapeau, qu'il posa sur la table, brusquement, et s'arrêta assez loin de Clémence, la regardant. En lui-même il pensait : Il faut que j'aille au fond de cette conscience tortueuse.

Incapable de se maîtriser, Clémence ne sut pas attendre que Rombaud parlât, afin de discerner dans le son de sa voix, dans la forme de sa phrase, ce qu'elle avait à craindre ou à espérer.

— Eh bien! s'écria-t-elle, trahissant son anxiété, pourquoi me regardes-tu ainsi, sans rien dire?

— Je me demandes, répondit Rombaud avec fermeté, ce que je vais faire de toi, car, vraiment, tu es une épouvantable créature!

Clémence n'était pas préparée à une si rude attaque. Elle perdit contenance

— Me soupçonnes-tu donc, s'écria-t-elle d'avoir fait volontairement... ce qui est arrivé?

Elle n'osa pas spécifier l'action, ni prononcer le nom de Lise.

— Parbleu! répliqua Rombaud. Et, comme elle faisait un geste indigné : Oh! ne nie pas! continua-t-il avec force... Je ne t'ai pas vue... Je ne sais pas comment tu as fait, mais je t'écoutais, et tu avais le crime dans la voix... Il me suffit de t'avoir entendue, pour être sûr que tu as voulu te défaire de Lise...

Elle affecta de ne pas prendre au sérieux ce qu'il disait :

— Avec une arme qui n'était pas chargée ? dit-elle en ricanant... A qui espères-tu faire croire une pareille histoire ?

— Oh ! comprenons-nous bien ! reprit-il... Il ne s'agissait pas pour toi de tuer cette pauvre enfant. C'eût été à la fois dangereux et inutile... Tu es trop habile pour ne pas l'avoir compris... Mais tu étais sûre de la défigurer... Voilà ce tu voulais !...

Ces paroles éclairèrent Clémence. Elle pensa : Elle est vivante ; je n'ai fait que l'aveugler.

— Comment m'accuses-tu ? dit-elle, en regardant Rombaud avec audace. De quel droit me prêtes-tu de si mauvaises pensées ? Pourquoi, sans savoir, sans avoir vu, c'est toi-même qui viens de le dire, prends-tu parti contre moi ? Je te croyais mon ami !

— Je ne serais pas ton ami, si je parlais autrement : je serais ton complice. Et ce que tu as fait m'éloigne à jamais de toi... T'avait-elle offensée, cette douce et innocente fille ? Tu lui en voulais parce qu'elle était jeune, parce qu'elle avait du talent, et parce qu'elle était aimée ! C'est de sa supériorité sur toi que tu as voulu la punir. Et de la façon la plus atroce et la plus lâche ! Il aurait mieux valu la frapper avec un couteau... Il y aurait eu, au moins, quelques risques à courir. Elle aurait pu se défendre, appeler à l'aide, mais, là, comme à l'affût, avec cet horrible sang-froid, et avec la conviction que tu n'avais rien à craindre... C'est vraiment monstrueux !

Chacune de ces paroles avait fait à Clémence une blessure. Elle se vit complètement devinée par Rombaud, et elle fut reprise de ses craintes. Elle voulut essayer de mentir encore et payer d'audace :

— Tu es fou ! s'écria-t-elle, d'une voix entrecoupée. Ou bien tu es trop adroit ! Dans quel but essaies-tu de me rendre responsable d'un malheur qui serait arrivé à tout autre ?

Elle lui lança un venimeux regard :

— Espères-tu par hasard m'effrayer et me faire chanter ? Oh ! je t'en crois fort capable !

Rombaud demeura stupéfait. Il n'avait pas prévu tant de noirceur. Profitant de son avantage, Clémence reprit avec force :

— Oh ! je ne souffrirai pas que tu m'offenses aussi gratuitement !... Si tu es si sûr de ce que tu avances, répète-le publiquement. Mais je ne veux pas te laisser le temps de travailler tes employés, et de manœuvrer l'opinion... Allons sur le théâtre, à l'instant, et prenons à témoin tous ceux qui étaient-là. Nous verrons s'il y aura avec toi quelqu'un d'assez insensé, ou d'assez hardi, pour m'accuser !

— Il y aura moi ! dit, derrière elle, une voix ferme.

Elle se retourna, comme si elle avait était été frappée, et recula en voyant devant elle Jean de Brives.

— Vous ? s'écria-t-elle, pleine de saisissement.

— Oui, moi, qui vous ai vue. Et je vous défie d'oser nier en ma présence.

Il la regardait fixement et elle ne put soutenir l'éclat de ses yeux. Elle se sentit acculée, hors d'état de se défendre. Jean ne, pouvait douter, lui, du mobile qui l'avait fait agir. Il savait comment était née l'horrible pensée dans son esprit. Elle se rappela la soirée où elle avait voulu l'emmener dans sa voiture, elle l'entendit lui répondant : Non! Elle eut honte de s'abaisser devant lui. Paraître discuter, sembler demander grâce, quand, dévorée par la rage, elle avait le désir de frapper encore et d'insulter ! L'orgueil féroce de son crime lui gonfla le cœur, et, oubliant toute prudence, les yeux injectés de bile, et les lèvres tremblantes :

— Eh bien ! oui, cria-t-elle, c'est vrai ! J'ai voulu la frapper, et je l'ai frappée ! Et si j'avais pu la tuer, elle serait morte ! Car je la hais de toutes les forces de mon être ! Jamais elle ne souffrira assez, pour tout ce qu'elle m'a fait souffrir !

Cette sauvage explosion de fureur fit trembler les deux hommes. Devant cette femme, hors d'elle-même, le visage décomposé, les yeux flamboyants, ils restèrent sans paroles. Elle, marchant sur eux, les bravant du regard et les menaçant du geste, écumante, au bord de la folie,

— Eh bien ! Qu'attendez-vous ?.... Dénoncez-moi. J'avoue. Je ne crains rien, ni la prison, ni la justice ! Tout ce qu'on me fera endurer me sera doux, si j'ai la pensée que je l'ai fait d'avance payer à l'autre ! Oh ! oh ! oui, je la hais bien, cette favorisée, qui n'a eu qu'à paraître pour réussir et pour plaire, qui a, en un instant, attiré tous les hommages, et obtenu tous les triomphes ! Pas de difficultés pour elle, pas d'efforts, pas de lutte contre les tentations mauvaises, pas de corps à corps avec la misère ! Un chemin semé de fleurs, et aucun pli à ses roses ! Et tout ça, parce qu'elle avait un visage de vierge et une voix caressante... Cherchez-le maintenant, le visage ! Entendez-la gémir, la voix !...

Elle éclata d'un rire lugubre qui s'acheva en un cri d'épouvante. Jean venait de s'élancer sur elle, révolté, pris d'une rage de l'écraser pour la faire taire. Il la renversa si rudement que ses genoux sonnèrent sur le tapis...

— Misérable ! cria-t-il d'une voix étranglée, le poing en l'air, prêt à l'assommer.

Elle n'essaya ni de fuir ni de se défendre. Elle saisit le jeune homme à pleins bras, le serrant contre elle dans une étreinte passionnée. Une rougeur ardente était montée à ses joues, et ses yeux étaient humides :

— Jean ! c'est parce que je t'aimais que j'ai fait tout cela ! cria-t-elle.

— Et moi, c'est parce que vous avez fait tout cela que je vous exècre !

Il la repoussa avec horreur. Elle resta à la même place, courbée devant lui, humblement. Cette blasée de l'amour éprouva une sensation profonde. Elle vit en Jean son véritable maître. Jamais elle ne le désira autant qu'en se sentant dans ses mains, brûlée par le feu de ses yeux, subissant ses violences, brutalisée, comme elle ne l'avait pas été depuis dix ans. Elle fut sur le point de lui crier :

— Frappe-moi donc encore ! Tu me fais plaisir !

Il s'était éloigné, farouche, évitant de la regarder. Rombaud la releva. Il la fit asseoir.

— C'est une femme, dit-il, si atroce qu'elle soit !

— Eh ! emmenez-la ! dit Jean avec un geste de colère. Si elle parle encore, ainsi qu'elle vient de le faire, je ne réponds pas de moi !

— Il faut d'abord, dit gravement Rombaud, qu'elle soit punie comme elle mérite de l'être.

Il alla vers la porte, l'ouvrit, et sortit un instant, Clémence le regarda s'éloigner, se demandant comment il entendait la punir. Peut-être allait-il chercher tous ses camarades. Elle se vit seule avec Jean ; elle eut la pensée de se mettre à ses pieds, de le supplier de ne pas se détourner d'elle comme il le faisait. Elle lui jeta un regard qui mendiait une parole moins insultante. Elle lut le dégoût sur son visage, et, poussant un profond soupir, elle resta silencieuse. Rombaud rentrait. Il marcha un instant, semblant réfléchir, puis, s'adressant à Clémence :

— J'ai pitié de toi, dit-il, et puis, je veux éviter un scandale qui rejaillirait sur des innocents. La fatalité, comme tu l'as dit, sera donc, pour tout le monde, excepté pour nous, la seule coupable... Mais il faut que tu fasses aussi quelque chose pour toi-même... Tâche de feindre un peu de repentir... La pauvre Lise est bien loin de soupçonner que c'est volontairement que tu lui as fait tant de mal... Il ne faut pas que l'esprit de cette enfant puisse être empoisonné par une pareille pensée. Il est donc nécessaire que tu lui exprimes tes regrets, et que tu lui manifestes ton chagrin. Je l'ai fait appeler...

Il échangea avec Jean un rapide coup d'œil.

A l'idée de se trouver en face de Lise, de voir sa victime, Clémence, éperdue, s'était dressée sur ses pieds ; elle chercha une issue pour se sauver, prise d'une subite épouvante.

— Non ! non ! cria-t-elle. Je ne veux pas qu'elle vienne !... Pas devant vous ! Au moins, pas devant lui !...

Elle craignait que Jean ne se laissât aller à quelque affreuse manifestation de désespoir. Et elle se révoltait, elle ne voulait pas de cette confrontation qui allait la mettre à même de juger son œuvre. Elle s'élança vers a porte, espérant avoir le temps de s'éloigner, de gagner sa loge.

La porte s'ouvrit avant qu'elle l'eût touchée, et, avec stupeur, elle aperçut Lise qui s'avançait, la regardant avec douceur de ses beaux yeux bleus grands ouverts. Elle recula, comme à la vue d'un spectre, poussa une exclamation, et se laissa tomber assise, la tête dans ses mains, accablée par la honte d'avoir été jouée, saisie par le regret d'avoir avoué, et dévorée par le désespoir d'être, encore une fois, vaincue par sa rivale.

— Ne pleurez pas, Clémence, dit Lise qui, dans son innocence, crut que son ennemie pleurait, quand elle était toute à la déception de son crime avorté. Allons ! Je vous en prie, calmez votre émotion, et venez m'embrasser !...

Clémence abaissa ses mains et montra un visage de marbre. Elle se leva, et avec un violent serrement de cœur, vit Lise offrir à ses lèvres le front qu'elle avait si cruellement atteint. Elle y mit avec effort un baiser. Et, comme domptée par le regard que Jean faisait peser sur elle, elle articula d'une voix sourde :

— Pardonnez-moi...

— Oh ! de grand cœur. D'autant plus que je crois que la faute est à Roberval, qui a fait trop bien arranger ce maudit revolver... Nous ne monterons plus de pièce à pistolet, n'est-ce pas, monsieur Rombaud ? dit-elle avec enjouement. Et, à son tour, passant ses bras autour du cou de Clémence, elle lui donna les deux baisers les plus purs que cette fille infernale eût reçus depuis qu'elle n'avait plus sa mère.

— Allons ! Adieu ! dit-elle. Nous ne jouerons pas notre cinquième acte, ce soir : il n'y a plus personne dans la salle...

Elle fit un signe à Jean, et sortit avec lui. Clémence ne bougea pas. Elle songeait. Ainsi elle avait été mystifiée. Les menaces de Rombaud étaient feintes. Il avait eu pour but de l'humilier, devant Lise, aux yeux de Jean. Une violente irritation s'empara d'elle à cette pensée. Elle se leva, et, allant à lui :

— Il paraît qu'il ne te suffit pas de faire jouer la comédie aux autres, dit-elle, avec ironie. Tu la joues encore, de temps en temps, toi-même ! Je te fais mon compliment : ton petit coup de théâtre était très bien combiné. Et j'y ai été prise.

— Écoute, Clémence, dit Rombaud très sérieux. J'ai voulu te faire voir nettement les conséquences qu'aurait pu avoir ton épouvantable action... Parce qu'elle n'a pas été aussi grave que tu l'espérais, ne te considère pas comme innocentée à mes yeux. Si jamais l'intention a pu être réputée pour le fait, c'est dans le cas présent... Tu vas me jurer... sur quoi? Qu'est-ce qu'il peut bien y avoir de sacré pour toi?

— Te jurer quoi? dit froidement l'Italienne. De ne plus recommencer?

— Certes!... Ou bien!

— Ne menace pas! s'écria-t-elle... Ce serait inutile sûrement, et dangereux peut-être.

Elle se recueillit avant de poursuivre :

— J'ai commis ce soir une grande imprudence... et je me la reproche amèrement. J'avais dix moyens, meilleurs que celui que j'ai employé, de perdre Lise... Mais, que veux-tu? on ne commande pas toujours à ses nerfs...

— Je ne te trouve pas telle que j'espérais... après une si rude leçon, dit Rombaud... Tu devrais être, sinon repentante, au moins calmée... Il n'en est rien : ta colère persiste. Il faut donc que j'avise. Tu m'as un jour sommé d'avoir à opter entre Lise et toi... Eh bien, si tu dois être une cause perpétuelle de tourment pour cette pauvre fille... J'aime mieux que tu t'en ailles.

— As-tu cent mille francs à me donner pour mon dédit? dit-elle, en s'appuyant des deux mains sur le bureau du directeur. Non! Eh bien, alors, qu'est-ce que tu chantes? Je ne quitterai pas le théâtre... Mais tu peux dormir sur tes deux oreilles... Je ne m'occuperai plus de Lise ni de Jean... Un autre se chargera de la besogne... Et celui-là, on ne lui résiste pas... C'est notre maître à tous!...

— Nuño? hasarda Rombaud.

— Si on te le demande, tu diras que tu n'en sais rien!

Elle était redevenue audacieuse. Elle se campa devant lui et, d'une voix tranchante :

— Ah ça! une fois pour toutes, entre toi et moi, est-ce la paix ou la guerre?

Rombaud eut un léger frémissement. Cette fille au teint pâle, aux

ILS S'ARRÊTAIENT SOUS LES SAULES (PAGE 1812)

yeux sombres, aux lèvres cruelles, l'effraya. Allait-il s'en faire une ennemie acharnée? Il savait de quoi elle était capable. Il n'était pas encore en situation de déchaîner contre lui une haine si dangereuse. Il pensa à son avenir, et résolut de lui sacrifier ses répugnances. Il dérida son front et alanguit son regard.

— Est-ce que nous pouvons être ennemis? dit-il. Nous avons, dans le passé, de trop solides liens qui nous attachent l'un à l'autre. Mais, vraiment, écoute, tu m'as fait beaucoup de peine.

Il s'attendrissait, parlant avec sa douceur méridionale. Elle le regarda curieusement.

— Allons! c'est fini! dit-elle... Nous avons été aussi bête l'un que l'autre, vois-tu, mon vieux Francisque... Nous nous sommes emballés... moi dans la colère, toi dans la sévérité... Oublions tout ça.

Elle se dirigea vers la porte, et causant, comme si rien de tragique ne s'était passé entre eux :

— Je pars à la fin de la semaine pour Trouville... Te verra-t-on? Tu sais qu'il y a toujours une chambre pour toi à la maison...

Il la reconduisit jusqu'à l'escalier. Ils se serrèrent la main. Et elle monta à sa loge d'un pas tranquille, lui, se demandant ce qui pouvait bien se passer en ce moment dans ce cœur dévoré par la rancune, elle, se promettant une terrible revanche de l'humiliation qu'elle venait de subir

IX

Les jours qui suivirent cette dramatique soirée furent pour Lise et Jean les plus beaux de leur vie. Dégagés de toute entrave, libres de tout souci, ils furent complètement l'un à l'autre et goûtèrent des joies délicieuses. Lise revint dans l'appartement de la rue Taitbout, rempli pour elle de souvenirs de tristesse et de bonheur, qui lui paraissaient également précieux, puisqu'aux uns et aux autres Jean se trouvait mêlé. Elle aimait, en montant l'escalier, à se rappeler l'émotion affreuse qui l'avait bouleversée la première fois, quand elle s'était arrêtée sur le palier, et qu'il avait fallu sonner. Elle se plaisait à attendre Jean, toute seule, dans le petit salon aux stores de soie rouge, au travers desquels le jour apaisé arrivait teint de pourpre, donnant à cette pièce, meublée avec une élégante simplicité, un caractère de gravité recueillie et rêveuse.

Elle restait à demi étendue, dans le silence, les yeux attirés par le scintillement de quelque émail ou de quelque cuivre frappé par la lumière, écoutant chanter dans son cœur la voix de celui qu'elle adorait. Ces instants de solitude dans l'appartement de Jean, au milieu de tout ce qui l'entourait chaque jour, étaient si doux à Lise que, pour se les ménager, elle devançait l'heure de leurs rendez-vous. Elle se

préparait à la joie de voir Jean, en venant là, penser à lui. Elle se livrait
à une sorte de retraite d'amour. Et lorsqu'elle entendait le pas du
jeune homme, qu'elle savait reconnaître de loin, montant rapidement
l'escalier, c'était en elle un tressaillement délicieux de tous ses nerfs
tendus et vibrants. Elle le guettait derrière la porte, lui ouvrait avant
qu'il eût pris sa clef, et, dans la demi-obscurité de l'antichambre, lui
sautant au cou, elle l'étouffait de ses baisers.

A cinq heures, tous les jours, Lise quittait Jean pour rentrer chez
elle. Jamais elle n'était en retard. Pour rien au monde elle n'eût voulu
que sa mère pût se douter de quelque chose. Et cependant, malgré
toutes les précautions qu'elle prenait pour tromper l'aveugle, celle-ci
avait des soupçons. Les ténèbres qui l'entouraient avaient pour elle des
clartés spéciales. Elle s'était refait une vue intérieure très pénétrante.
Elle traduisait tous les mouvements de sa fille, et interprétait jusqu'à
son silence.

Chaque soir elle lui prenait la tête entre ses mains et la palpait,
comme si elle eût déchiffré ses pensées dans les traits de son visage.
Lise se prêtait à cette inquisition maternelle. Elle restait inclinée, ses
cheveux blonds répandus sur les genoux de la vieille femme, s'adressant de violents reproches, s'accusant de la négliger et de lui dérober
une part de cette tendresse que son malheur devait lui rendre plus
précieuse. La mère Fleuron, les yeux dans le vide, passant ses doigts
maigres sur le front de celle qu'elle n'était plus seule à caresser, secouait
lentement la tête :

— Je ne sais pas ce que tu as, disait-elle, tu es toute changée...
C'est cette mauvaise existence du théâtre... Tu as coupé tes boucles
sur le front... La mode est donc de se coiffer autrement?

Et Lise frissonnait doucement, au souvenir de l'horrible aventure
qu'elle avait soigneusement cachée à sa mère.

— Toi qui ne bougeais pas de la maison, reprenait l'aveugle, tu es
maintenant dehors toute la journée... Quand tu sors, tu vas en courant,
comme un cheval échappé... Quand tu rentres, tu marches lentement,
presque à regret... Qu'est-ce que cela veut dire?

— Rien, maman... Je prépare la représentation que je dois donner à Évreux... Nous partirons bientôt, tu sais... Le bon air va te faire du bien...

Et elle la dodinait comme un enfant. Mais l'aveugle devenait plus sombre :

— Jusqu'à ta façon d'embrasser qui n'est plus la même qu'autrefois !... Lise, il y a du vice là-dessous !

Et, Lise toute pâle, se relevait, disant :

— Maman, c'est mal ce que tu dis là... Tu es méchante !...

Puis, incapable de lui tenir rigueur, elle revenait, et s'efforçait de détourner ses idées, et de lui rendre la sécurité de l'esprit, la seule qu'elle pût avoir. Cependant, prise du besoin d'ouvrir son cœur, de verser le trop plein du bonheur qu'il contenait, elle se hasarda un jour, à dire à sa mère :

— Et si j'aimais quelqu'un ?

La vieille femme leva sa tête en arrière, essayant de percer la taie qui obscurcissait ses yeux et de voir sa fille :

— Oh ! il y a longtemps que je m'en doute ! s'écria-t-elle en fondant en larmes. Tu peux ne point me le cacher !... On ne change pas, comme tu l'as fait, sans qu'il y ait quelque affreuse raison !... Du reste, quand tu as voulu « prendre » le théâtre, je t'ai jugée perdue... Est-ce que rien d'honnête peut exister au milieu de cette corruption ?... C'est fini pour moi... Et je vois bien que ma vie a trop duré !

Lise, effrayée, essaya de donner le change à sa mère. Elle affecta de plaisanter. Elle joua la comédie de l'indifférence. Elle avait le cœur libre. Certes, ce n'était pas au théâtre qu'elle irait chercher l'homme qu'elle pourrait aimer, et sa mère avait bien raison. Elle avait parlé simplement pour l'éprouver, et elle le regrettait sincèrement, puisqu'elle voyait qu'elle lui avait fait de la peine.

Elle redoubla de soins, de tendresses, mais, malgré tout, l'aveugle resta défiante. Elle avait maintenant une idée fixe, que, dans la chambre noire de son cerveau, elle tournait et retournait sans cesse. Elle était toujours en éveil, espérant surprendre quelque indice qui pût lui permettre d'arriver à la certitude. Elle se montra exigeante ombrageuse, et rendit la vie très dure à sa fille. Celle-ci supporta tout, comme un juste châtiment, sacrifia Jean à sa mère, et ne se départit pas un seul instant de sa douceur d'ange.

Elle partit pour Évreux, seulement à l'époque fixée. Et, chargée de paquets, harcelée de questions, de réclamations, de doléances, par sa mère, pendant toute la durée du trajet, elle arriva enfin chez sa tante, où elle put se soustraire un peu à sa servitude filiale.

Si elle était disposée à accepter tout de la pauvre femme, elle n'était point en veine de patience vis-à-vis des commères de la ville. Elle consentait à être toujours une petite fille pour sa mère. Elle sut fort bien montrer aux indifférents l'artiste à succès, la femme sûre d'elle-même, qui ne se prêtait pas aux familiarités envahissantes de la province. Elle alla s'entendre avec le maire pour la représentation, elle rendit visite au préfet qui avait su lui être utile, et bouleversa ces deux fonctionnaires par sa grâce.

Deux jours après son arrivée, les murs de la ville se couvrirent d'affiches annonçant la grande représentation donnée au bénéfice des pauvres « avec le concours de mademoiselle Lise Fleuron, ex-pensionnaire du département, de MM. Desmazures, Mortagne et Pavilly, de M. et madame Malavieille du Théâtre Moderne ». Le programme était étrange dans sa variété : il comprenait l'*Été de la Saint-Martin*, le 5ᵉ acte de *Ruy Blas*, *la Nuit d'Octobre*, *les Convictions de Papa*, et une demi-douzaine de monologues. Lise devait se montrer dans quatre rôles bien différents, naïve et tendre dans la pièce de Meilhac et Halévy, vigoureuse et saisissante dans le drame de Hugo, alerte et gaie dans la comédie de Gondinet, mélancolique et suave dans la rêverie de Musset. On avait fait bonne mesure aux habitants d'Évreux, et il y en aurait pour tous les goûts.

Les camarades de Lise avaient répondu avec empressement à son appel. Et, à côté des principaux artistes de la troupe de Rombaud, se voyaient en vedette les époux Malavieille, braves gens qui jouaient les utilités au Théâtre Moderne, et couraient la province, pendant les vacances avec une voiture bourrée de costumes, de matériel, leur permettant de tenir à la disposition des amateurs tout ce qu'il fallait pour jouer drames, comédies, pantomimes, vaudevilles, opéras-comiques et même grands opéras. Ils montaient, avec une égale facilité, *la Reine Margot*, drame en cinq actes et dix tableaux, comportant une énorme mise en scène, ou *les Jurons de Cadillac*, comédie à deux personnages, qui se dénoue entre deux paravents.

Ils arrivaient dans une ville avec leur fourgon, et les répétitions commençaient sous la direction de M. Malaveille, élève d'Achille Ricourt, pendant que madame Malavieille, habile à pratiquer les soufflets et et les pinces, ajustait ses costumes tout faits aux formes opulentes ou grêles des amateurs de l'endroit. Ils se chargeaient aussi d'organiser des cavalcades historiques, fournissant pourpoints, cuirasses, casques, cuissards, chapeaux à plumes, lances, arquebuses, épées, jusqu'à des canons, et même des fausses portes de ville en toile peinte. Ils allaient ainsi, de département en département, attendus impatiemment par la jeunesse joyeuse, ayant une clientèle assurée, et passant de la ville marchande, où les fils de la bourgeoisie rêvaient de déclamer *Hernani* en maillot collant, devant leurs mères stupéfaites et leurs cousines enamourées, au château seigneurial, où l'aristocratie de la province s'amusait follement à chanter très faux *la Fille de madame Angot* ou *la Mascotte*.

Ces braves gens roulaient ainsi par les chemins, derniers survivants du Roman Comique, exploitant un des nombreux filons inconnus de l'industrie théâtrale. C'étaient eux qui avaient fourni tous les accessoires et tous les costumes pour le cinquième acte de *Ruy Blas*, et la *la Nuit d'octobre*. Madame Malavieille, bonne à tout, le soir de la représentation, s'était installée au bureau de location, pendant que Malavieille, qui vibrait comme feu Beauvallet, s'était glissé, les brochures à la main, dans le trou du souffleur.

Jean, arrivé dans la journée, s'était installé à l'hôtel du Grand-Cerf. avait dîné comme un homme heureux, sans faire attention à ce qu'on lui servait, et, à sept heures et demie, il avait obtenu pour la somme de quinze francs, sept francs de plus qu'au bureau, un excellent fauteuil de parquet, d'un audacieux industriel qui, à l'instar de Paris, avait dès le matin fait rafle sur les meilleures places.

La salle était déjà comble, et les dames de la ville avaient arboré

leurs chapeaux les plus clairs et leurs gants les plus longs. La gar.
nison avait fourni la fine fleur de ses officiers, et, des châteaux envi.
ronnants, quelques charmantes parisiennes en villégiature étaient
venues orner les loges de leur sobre élégance. La fanfare de la ville,
la Lyre de l'Eure, occupait l'orchestre avec ses cuivres redoutables,
et, dans un coin, auprès de la rampe, sa bannière, dont elle ne se
séparait jamais, dressait sa pente de velours brodé constellée de
médailles.

Jean, perdu dans cette foule, complètement inconnu, s'amusa
comme un collégien en vacances. Il fit un succès à l'ouverture de
Zampa, jouée par la fanfare, avec une énergie qui gonflait les joues
des musiciens comme des ballons rouges ; il applaudit Lise et ses
camarades, des mains, des pieds et de la voix. Il se crut à une de ces
représentations du Théâtre de la Tour d'Auvergne, qui avaient fait la
joie de sa première jeunesse.

Lise, heureuse de le voir là, s'oublia à le regarder tendrement, et fit
devenir cramoisi le gros major du 37° qui se trouvait placé juste
devant Jean, et qui se dit, avec une orgueilleuse émotion.

— Crebleu ! Mais cette petite me reluque !

Elle fut adorable. Et, admirablement secondée par ses camarades,
elle paya en une fois à la ville, qui avait encouragé sa vocation
dramatique, son tribut de reconnaissance. La salle faillit crouler sous
les bravos. La scène faillit s'effondrer sous les fleurs. Et, à une heure
du matin, le public, habitué à se coucher à onze heures, était encore là,
demandant à grands cris des monologues à Pavilly, et des poésies à Lise.

Il y eut cinq mille francs de recette. Les auteurs ayant d'avance
abandonné leurs droits, et la ville ayant fourni gratuitement le gaz et
les pompiers. Grâce à Lise, les petits pauvres furent assurés d'avoir
pendant tout l'hiver de la bonne soupe et des vêtements chauds. Mais
le gros major, qui, ayant essayé de s'introduire dans les coulisses,
s'était heurté à l'inflexible Malavieille, se montra mélancolique au
moins pendant trois semaines, convaincu qu'il avait manqué, par la
par la faute de « ce sacré en tête de cabotin », la plus flatteuse aventure de sa carrière galante.

ILS SE PRIRENT LA MAIN ET ALLÈRENT SUR LA TERRASSE (PAGE 1822)

La mère Fleuron, casée avec sa sœur, madame Capelle « Modes et lingerie », et sa bonne, dans une petite baignoire, éprouva la première satisfaction que sa fille lui eût causée depuis son entrée au théâtre. Elle se sentit doucement caressée par le murmure élogieux qui s'élevait de tous côtés. Elle se demanda avec étonnement si elle ne s'était pas trompée jusque-là sur le compte de Lise, et si la comédienne, dont elle rougissait, n'était pas une personne importante et considérée. Elle fut bouleversée par l'enthousiasme du public. Elle ne comprit pas les sublimes beautés du drame de Hugo, mais saisie par le mouvement des vers, elle fondit en larmes. Elle regretta amèrement de ne pas voir Lise, en entendant sa bonne s'écrier d'une voix haletante.

— Ah ! madame, est-il Dieu possible que ce soit mademoiselle?... Je ne la reconnais pas, tant elle est belle !

Mais la variété de talent déployée par sa fille, pendant cette représentation, la terrifia. Elle ne vit dans son art savant et souple que le triomphe du mensonge. Elle pensa : il n'y a aucune confiance à avoir dans ce qu'elle me dit. Il lui est facile de paraître calme ou agitée, insouciante ou émue. Elle peut me tromper comme elle voudra.

Elle avait l'intuition de ce qui se passait dans le cœur de Lise. Elle sentait que son enfant lui échappait. Son plaisir fut empoisonné par ces réflexions. Elle se montra sombre, réservée, et accueillit Lise avec froideur, quand celle-ci vint, après la représentation, les bras pleins de bouquets et de couronnes, quêter un compliment qui lui eût été plus précieux que toutes les ovations de la foule. L'hostilité sourde de sa mère l'inquiéta, et elle rentra tristement, quand tous ceux qu'elle avait ravis, ce soir-là, la voyaient encore, en pensée, rayonnante et fêtée.

Enfermée dans la petite chambre qu'elle habitait, à l'entresol, dans l'appartement de sa tante, elle se mit à penser à Jean. Un pas rapide et léger, frappant le pavé inégal de la rue, dans le silence profond de la ville endormie, la fit tressaillir. Elle souleva son rideau, et, sous le portail obscur de la maison, elle reconnut celui qu'elle aimait. Elle ouvrit avec précaution sa croisée. Il monta sur la haute borne qui défendait l'entrée contre le choc des roues de voitures : elle s'assit sur le rebord de la fenêtre. Et rapprochés l'un de l'autre, ils purent se prendre la main. A voix basse, ils se mirent à causer. Il leur semblait qu'il y avait un siècle qu'ils ne s'étaient vus. L'air était doux, et la lune se cachait derrière les nuages pour ne pas les trahir. Ils restèrent là longtemps, jouissant délicieusement de ces instants de bonheur dérobé.

L'horloge de la cathédrale sonna trois heures, et toutes les sonneries des monuments de la ville lui firent successivement écho, sans que Lise songeât à éloigner Jean. Les rues étaient désertes : ils ne craignaient point d'être surpris par un passant attardé. Ils n'entendirent pas la porte de la chambre de Lise qui s'ouvrait, et le pas furtif de la mère Fleuron qui glissait sur le carreau. L'aveugle alla à tâtons au lit de sa fille, le trouva vide et froid et poussa une sourde exclamation. Lise se retourna brusquement, vit sa mère, serra la main de Jean avec force, lui jeta un coup d'œil épouvanté, et ferma la fenêtre.

— Tu étais là ? dit la vieille femme en respirant avec soulagement. Elle avait cru d'abord que sa fille était sortie toute seule dans Évreux.

— Oui, maman, répondit Lise. Je prenais l'air. Il fait très chaud ici, et je ne puis dormir.

L'aveugle prit sa fille par les épaules, et lui passa la main sur le front, qu'elle trouva mouillé de sueur.

— Tu as chaud, c'est vrai, dit-elle, mais comment peux-tu savoir si tu ne dormirais pas ? Tu es tout habillée : tu ne t'es pas couchée... Il y a plus d'une heure que tu es là...

Elle la regarda de ses yeux morts et, hochant la tête :

— Lise, tu n'étais pas seule à la fenêtre...

— Maman, cria Lise, avec une affreuse angoisse... Qui peut te faire croire ?

— Tu as beau être experte à exprimer les sentiments des autres, et à dissimuler les tiens, tu ne tromperas pas ta mère... Je n'ai pas besoin de voir clair pour lire dans ton cœur... Tu aimes quelqu'un !... Et cet amour ne doit pas être honnête, puisque tu te cache de moi... C'est quelque misérable de ton théâtre, qui t'aura tourné la cervelle...

Et il était là, sous la fenêtre sans doute, à rôder quand je suis venue, attirée par un pressentiment...

— Non, maman, j'étais seule...

— Ne mens pas! interrompit durement la vieille femme... C'est inutile! Quand je t'ai vue devenir actrice, j'ai jugé que tu sortais du droit chemin... Il n'y a pas d'innocence qui résiste à ce métier-là... Tu ne dis plus un mot qui soit vrai... Tu pars demain, prétends-tu, pour passer quelques jours chez une amie : je sais maintenant ce que cela veut dire... Ah! c'est fini, je n'ai plus de fille!...

Elle se mit à pleurer bruyamment. Lise, altérée, pria sa mère, la consola, l'enlaça de mille arguments caressants, et finit par la ramener dans sa chambre. Elle la fit recoucher, la veilla jusqu'à ce qu'elle fût endormie, et, aux premières lueurs du jour, put enfin trouver elle-même un peu de repos.

Ainsi la prédiction de La Barre commençait à s'accomplir, et Lise, née pour les tranquillités uniformes de la vie bourgeoise, trouvait, dans les agitations passionnées de sa vie d'artiste, un cruel supplice. Franche et droite, elle était prise entre les devoirs de son affection filiale et les entraînements de son amour. Elle se réveilla profondément triste, et dut se montrer gaie pour dissiper les soupçons de sa mère. Elle déclara qu'elle ne partirait pas encore, et, au prix de ce sacrifice, arracha péniblement un sourire à l'aveugle. Elle écrivit à Jean une longue lettre pour s'excuser, et lui annonça son arrivée pour la fin de la semaine.

Sur la colline qui surplombe la route de Rueil à Marly, entre la Malmaison et Bougival, au milieu de la verdure et des fleurs, Jean avait loué une maison en briques à volets bruns, entourée d'un grand jardin, qui est connue dans le pays sous le nom de Villa du Cœur Percé. La maison est flanquée d'une tourelle ronde à toit aigu surmonté d'une girouette, représentant un cœur percé de deux flèches qui, emblème ironique, tourne à tous les vents. De là vient sa désignation. Par abréviation, les fournisseurs des environs, qui apportent quotidiennement les provisions, disent le Cœur Percé.

C'est là que, par un beau soir de juillet, Jean et Lise vinrent s'ins-

taller, bien décidés à cacher leur bonheur, et à vivre, pendant quelques
semaines, exclusivement l'un par l'autre. Le soleil s'abaissait derrière
les coteaux de Saint-Germain, jetant à travers les arbres des lueurs
d'incendie. Les nuages, frappés par ses rayons obliques, étaient tout
roses, et, du côté du couchant, au-dessus du disque enflammé, des
teintes plus claires, allant du jaune cuivre au vert pâle, se fondaient
dans le bleu assombri du ciel. Au bas de la colline, la Seine coulait,
brillante comme une lame d'argent, entre la verdure de ses rives. Des
traînées pourpres, passant entre les grands peupliers qui frissonnaient
sur ses îles, ensanglantaient les eaux, et, des prairies, avec le soir,
des buées s'élevaient dans l'air, bleuâtres et légères, comme des fumées
d'encens. Les toits rouges et les murs blancs du village de Croissy
animaient les tons noirs du feuillage, et les vitres de quelques fenêtres,
frappées par un dernier rayon, étincelaient, comme un œil mystérieux ouvert sur l'horizon. Un silence grave et recueilli descendait
sur les campagnes. La cloche d'une église lointaine tintait pour l'an-
gelus. Et, mélancoliques, les premières étoiles s'allumaient dans l'azur.

Lise et Jean, appuyés au bras l'un de l'autre, restèrent sur la terrasse à contempler ce spectacle. Une fraîcheur délicieuse montait de
la rivière, et, après la chaleur écrasante du jour, les fleurs ranimées
exhalaient des parfums pénétrants. Un engourdissement exquis s'était
emparé des deux jeunes gens, et, silencieux, immobiles, ils se laissèrent aller à la douceur de vivre, d'aimer, et d'être heureux.

Le lendemain, assez tard, Lise fut tirée de son sommeil par les
oiseaux qui chantaient dans les arbres. Elle ouvrit les yeux, chercha
Jean auprès d'elle et ne le trouva pas. Il avait discrètement devancé
son réveil. Elle resta charmée, dans son grand lit de bois laqué blanc
à filets roses, à regarder sa chambre élégante et spacieuse, éclairée par
deux larges fenêtres, tendue d'une cretonne Louis XVI et meublée
avec recherche par un négociant qui venait de réaliser là le rêve de
toute une vie de travail, à l'heure même où de mauvaises affaires
devaient l'empêcher de jouir de sa coûteuse folie. Un tapis de la
Savonnerie, à encadrement vert et à fond blanc, couvrait le plancher;
une charmante garniture Rocaille ornait la cheminée, et les rideaux

de guipure, qui pendaient aux fenêtres, ayant été faits pour le propriétaire, portaient son chiffre dans un médaillon. Le cabinet de
toilette, logé dans la tourelle, était tendu de fines nattes soutenues par
des tiges de nambou, et éblouissait les regards par l'éclat de ses
marbres blancs, de ses glaces biseautées, de ses porcelaines à fleurs,
de ses cristaux à facettes.

Cependant Lise, ayant entendu Jean remuer dans la pièce voisine,
sauta à bas de son lit, se chaussa de petites mules de satin noir, passa
un peignoir brodé, et, ses cheveux blonds massés sur la tête, dans
un gracieux désordre, elle ouvrit sa fenêtre et monta sur le balcon.
Jean y venait de son côté. Ils se retrouvèrent avec ravissement, et,
les mains serrées, l'un près de l'autre, avec la douce certitude de
n'avoir pas à se séparer, ils s'accoudèrent à la balustrade, et, le cœur
plein, l'esprit reposé, ils laissèrent errer leurs regards.

Le tableau avait changé. Le soleil maintenant montait dans le ciel,
et l'air était d'une transparence exquise. Au bas de la côte, la Seine
coulait paisible, portant les larges chalands aux flancs bruns rechampis
de vert, aux immenses gouvernails tenus par un marinier, qui suit le
mouvement de la barre. Les arbres des berges se miraient dans le
courant moiré, plaquant dans l'eau la tache de leurs masses sombres.
Sur la gauche, au-dessus de la Grenouillère, le pont de l'île de Croissy
enjambait le bras mort de la rivière, et, dans l'éloignement, la machine
de Marly profilait sa carcasse inutile rongée par les pluies. En face,
au delà des champs qui offraient leurs diverses cultures, variées de
couleurs, comme une vaste carte d'échantillons, labours aux raies
d'un brun violacé, blés mouvants d'un jaune d'or, avoines d'un ton
vert de gris, et luzernes d'un vert émeraude, les toits de Chatou s'étageaient dans le feuillage. A droite, Nanterre et Rueil, et, tout le long
de la route semée de maisons à toitures rouges et à volets verts, le
tramway à vapeur qui passait en soufflant une fumée blanche. Une
éclatante lumière éclairait cet admirable paysage. Et, devant cette
étendue, les yeux sur l'horizon lointain, Lise et Jean s'oubliaient, perdus dans l'immensité.

Ils finirent par s'arracher à cette extase contemplative. Ils déjeunèrent, servis par Francis et par sa femme, qui était un cordon bleu de premier ordre. Puis ils passèrent minutieusement la revue de leur domaine. Le jardin, très étroit, allait en pente jusqu'à la route. Un terre-plein soigneusement sablé, qui entourait la maison, était orné d'un bassin au milieu duquel s'élevait un rocher, l'ambition de tout commerçant retiré, d'où l'eau d'un réservoir, situé près de la porte d'entrée, s'écoulait en cascade. Une balustrade de pierre courait tout le long de la terrasse, divisée par des parterres gazonnés, garnis de belles fleurs. Aux deux extrémités, une tonnelle couverte de vigne vierge aux feuillages rougissants, et un kiosque, abrité du vent par des paillassons artistement tressés, dallé de grès noir et blanc, et meublé de canapés et de fauteuils en osier. Un pavillon, donnant sur la rue qui passait par le haut de Bougival et conduisait aux bois de Louveciennes, contenait, au rez-de-chaussée, une salle de billard, et, au premier, des chambres de domestiques. Une niche en bois découpé, placée près de la porte d'entrée, était veuve de son chien.

Cette propriété, charmante dans ses étroites proportions, leur plut beaucoup. Elle était fraîche, soignée et coquette; elle encadra merveilleusement leur bonheur. Pendant toute une semaine, ils vécurent là sans avoir la pensée d'ouvrir la porte, pour sortir de ce petit jardin qu'emplissait leur tête-à-tête. Ils oublièrent toute la terre. La maison et la terrasse furent le monde entier pour eux. Ils firent concurrence aux oiseaux par leurs chansons et leurs baisers. Ils s'amusèrent, comme des enfants, à des riens délicieux, auxquels leur amour prêtait un charme imprévu. Ils jouirent de leur chaude jeunesse, et goûtèrent des plaisirs inexprimables.

Le cœur de Jean, comme une plante jusque-là privée d'air et de lumière, et qui fleurit au grand soleil, s'épanouit sous les regards de Lise. Ce calculateur devint imprévoyant, ce sceptique fut naïf. Il cessa de se tenir en garde contre la vie, en la voyant si belle et si souriante. Lise, avec une joie profonde, assista à cette transformation, que Jean lui fit comprendre. Il lui raconta son existence passée, sans détours et sans réticences. Il lui montra l'homme qu'il avait été, et elle put comparer avec l'homme qu'il était.

Cet aventurier de Paris, qui n'avait eu d'autre préoccupation que la conquête de la richesse, desséchant dans les âpres calculs de l'ambition, les fraîches croyances de sa vingtième année, se retrouva, avec transport, jeune de toute sa jeunesse dédaignée. Il en savoura les satisfactions, avec la clairvoyance de la maturité. Il dit gaiement à Lise :

— J'avais économisé les plus beaux jours de ma vie, comme un avare: tu es venue, tu as cassé la tirelire, et nous dévorons mon épargne ensemble.

Et elle riait, avec des dents si blanches, qu'il regrettait de n'avoir pas davantage à offrir à son appétit.

Cependant, Lise avait été reprise de ses craintes, en mesurant la hardiesse aventureuse des désirs de Jean. De nouveau, elle voulut tenter de le détourner du jeu. Elle voyait pour lui trop de périls dans ces téméraires entreprises. Il pouvait réussir pendant longtemps, avoir plusieurs années de chance complète, et puis, soudainement, entamer la série des revers. Le gain avait été lent et pénible, mais la perte serait rapide et étourdissante. Dieu sait comme, sur cette pente glissante, il était difficile de s'arrêter. Ceux-là seuls, qui étaient appuyés sur des capitaux énormes, pouvaient sans crainte affronter les dangers de la spéculation. S'ils étaient mal engagés, ils avaient le loisir d'attendre que la fortune leur redevînt favorable. Mais lui, c'était un seul coup à risquer. Et il était condamné à toujours réussir. Sinon...

Elle lui demanda un jour ce qu'il ferait, si jamais, entraîné dans un désastre, il était dans l'impossibilité de s'acquitter. Il lui répondit avec assurance :

— Cela n'arrivera pas. Je suis trop prudent, et je ne m'aventure qu'à la suite de plus malins que moi.

Et comme elle insistait, disant : Mais les plus habiles et les plus forts se trompent, et si tu étais entraîné, toi aussi? il fronça le sourcil, son œil bleu devint dur et froid comme l'acier, et, d'une voix nette, il laissa tomber ces mots qui bouleversèrent Lise :

— J'imiterais les marins qui ne veulent pas baisser pavillon. Je me ferais sauter.

LE CINQUIÈME ACTE COURONNA LA LECTURE (PAGE 1831)

Cette nuit-là, elle dormit mal. Son sommeil fut troublé par d'affreux rêves. Elle apercevait Jean, pâle et égaré, un pistolet à la main, prêt à se tuer pour éviter les conséquences funestes d'une opération hasardeuse. Elle voulait se jeter sur lui, l'empêcher d'exécuter son horrible dessein. Mais une force invincible l'éloignait, et, avec épouvante, elle le voyait approcher l'arme de son front. Une détonation éclatait, et, dans un nuage de fumée, le corps de Jean s'abattait sur le tapis.

Elle se réveilla, les cheveux trempés de sueur, et, dans le silence, elle écouta, se demandant si elle n'allait pas entendre quelque douloureuse plainte. Elle ouvrit ses yeux troublés et vit Jean qui dormait paisiblement et souriait, lui, à son rêve heureux. Elle fut rassurée, mit un baiser furtif sur son front, et essaya de se rendormir. Elle ne put, et resta en proie à de pénibles préoccupations.

Elle n'osait pas confier à Jean ses inquiétudes : elle avait peur de lui déplaire et de le détourner de tout lui dire. Car, maintenant, il lui développait ses plans et s'animait en lui montrant les résultats qu'il en attendait. Il avait été mis par Nuño dans la confidence d'une colossale spéculation, sur les actions des mines de cuivre de Bénagoa, en Portugal, dans laquelle il y avait des millions à gagner. Les Anglais étaient les concessionnaires, et on sait avec quelle habileté pratique ils exploitent une affaire. Sélim avait accaparé une grande partie des actions, et il attendait, pour les lancer sur le marché, qu'un dividende, qu'on promettait superbe, fût distribué. Il y aurait une hausse énorme, et, en quelques semaines, Jean, qui suivait la combinaison du banquier, devait réaliser un gain considérable.

Il s'exaltait à cette pensée, sa taille semblait grandir, et ses yeux rayonnaient, comme s'ils étaient pleins du reflet de l'or entrevu. Il avait la fièvre de la spéculation, la folie du gain, l'ambition furieuse de s'enrichir rapidement, sans effort soutenu, sans peine longuement prise, d'une façon foudroyante, comme dans une apothéose de féerie. Et Lise tremblante n'osait parler, car la contradiction l'excitait, et, avec une ardeur inquiète, il allait au delà des plus satisfaisantes réalités, cherchant le surprenant, le chimérique, l'impossible.

Plus que jamais elle redoutait Nuño. Elle avait devant les yeux le sourire du Portugais. Elle l'entendait lui dire : « Défiez-vous des petits jeunes gens! » Et elle sentait, au fond d'elle-même, que cet homme qui l'avait désirée, qui lui avait fait des offres si peu déguisées, ne pouvait que haïr Jean. Pour un empire, elle n'eût point donné à celui qu'elle aimait les raisons de sa défiance. Mais elle essayait de le mettre en garde contre le banquier. Alors, lui, souriant, la prenait dans ses bras et lui fermait la bouche avec un baiser. C'était un argument auquel elle ne résistait jamais. Et rassérénée, elle oubliait ses angoisses, ajournant ses conseils au moment où ils pourraient être utiles, et se reprochant d'amener, de gaîté de cœur, des nuages noirs dans leur beau ciel.

Cependant, Jean ne disait pas tout à Lise. Et, si elle était inquiète pour lui, il était également inquiet pour elle. Le souvenir de Clémence lui venait souvent, sombre et menaçant. Il se rappelait l'éclat soudain de la rage de la comédienne, pendant cette soirée terrible, et son aveu de haine. Il rêvait de mettre Lise à l'abri des tentatives de son ennemie, en lui faisant résilier son engagement. Il paierait son dédit et la retirerait du théâtre. Cette aimable fille, élégante ou simple à son gré, se pliant à toutes les situations de la vie, serait la plus charmante compagne. A quoi bon la laisser en butte aux dangers de toutes sortes que le théâtre lui réservait?

Il avait maintenant un sourd mécontentement à la pensée qu'un comédien, jeune et beau, débordant de passion chaleureuse, prendrai chaque soir Lise dans ses bras, en balbutiant, d'une voix enivrée, des mots d'amour. Cette excitation mauvaise de la scène. sans cesse renouvelée, pouvait troubler les plus solides raisons. Et puis, il y avait Nuño, et tous les autres, qu'il connaissait, sans parler de ceux qu'il ne connaissait pas, qui tâcheraient de lui enlever Lise.

Il savait quelle était la marche ordinaire de ces liaisons, qui commencent éperdument dans un serment de fidélité éternelle. Au bout d'un an ou deux, la lassitude arrivait, d'autres désirs naissaient dans le cœur, des ambitions habilement excitées parlaient impérieusement, et un nouvel amant, jeune ou vieux, beau ou riche, prenait la place de celui qu'on devait adorer jusqu'au dernier soupir. Il savait quelles étaient les facilités du monde dramatique. Il en avait usé : pourquoi un autre n'en userait-il pas contre lui? Certes, il avait confiance en Lise, mais, dans cette atmosphère des coulisses, tout se corrompait à la longue, et il aimait mieux ne pas risquer l'aventure.

Ils sortaient maintenant dans la journée, montant par la route du haut, dans les bois qui couronnent le plateau, s'attardant à se promener dans les allées désertes, respirant les odorantes exhalaisons des herbes, et écoutant, au fond des taillis, le chant mélancolique du coucou, l'oiseau mystérieux qu'on n'aperçoit jamais voletant dans les branches. Ou bien, ouvrant la petite porte percée dans le mur du jardin, ils descendaient, par une ruelle rapide, sur la berge, et, détachant le bateau attaché à un pieu goudronné, ils se laissaient aller au fil du courant dans la fraîcheur de la rivière.

Ils s'arrêtaient sous les saules à regarder les gamins qui se baignaient tout nus, comme un peuple de sauvages en miniature, la chair rose éclatant sur le fond vert des prairies, et les cris joyeux montant vers le ciel, dans une poussière d'eau frappée par les mains turbulentes. Ils restaient là, solitaires, observés curieusement, sous leur abri de feuilles tremblantes, par les canotiers en jersey de couleur, qui passaient dans leur skiff d'acajou, et, de leurs rames levées en mesure, après avoir frisé l'eau avec un clapotement harmonieux, laissaient tomber des gouttelettes brillantes comme des diamants.

Un jour, ils furent reconnus. Un bateau à voile descendait, courant une bordée rapide. Le vent faisait claqueter son pavillon, et la toile gonflée empêchait de voir l'équipage. Il vint raser la rive et démasqua. Un cri joyeux partit :

— Oh! Jean!... En voilà une rencontre! Stop! Albertine... Laisse arriver.

La voile s'abattit, et le bateau, manœuvré avec adresse, au lieu de virer, vint se ranger docilement bord à bord avec le canot des amants.

— Oh! mes amis, que je suis donc content de vous voir? s'écria Gamard en se levant. Comment! vous êtes ici! Et sans rien dire! Et

LISE FLEURON 1813

moi qui y passe à chaque instant, comment se fait-il que je ne vous aie pas encore rencontrés !...

Albertine, charmante dans son costume de canotière en surah bleu, faisait fête à Lise. C'était comme un coin de théâtre retrouvé par les comédiennes en vacances.

— Et Michalon qui me parlait encore de vous hier, mon cher Jean ! Il me disait : « Qu'est-ce qu'il devient ? Où est-il niché ? Il ne me donne pas seulement de ses nouvelles. » Ah ça ! mes enfants, vous allez faire un tour avec nous ? Le temps est beau, la brise est bonne... Le cap sur le Pecq, hein ! Nous dînerons ensemble. J'ai une bande de lascars qui m'attend dans un petit bouchon, où on boit du Pomard numéro un. Nous allons faire une fête, je ne vous dis que ça ! Je vous enlève sur la *Niniche !*

Jean se défendit comme un diable d'accepter l'invitation de Gamard, mais il ne put refuser de monter dans son bateau. Ils remorquèrent le canot sur l'autre rive, et la *Niniche*, déployant son aile blanche, les emporta, plus légère qu'une tourterelle.

Ce mince incident amena un changement brusque dans la vie de Lise et de Jean. Leur idylle tourna court. Paris, évoqué par Gamard, les reprit dans son engrenage. Ils voulurent savoir ce qui se passait, et le besoin des journaux se manifesta. Chaque jour Jean envoya Francis au chemin de fer acheter *le Figaro*. Il l'attendait avec impatience, le lisait hâtivement. Lise se surprenait à jeter un coup d'œil sur les Coulisses des Théâtres, pendant qu'il examinait la cote de la Bourse. Ces deux amoureux, retirés à quatre lieues des Champs-Élysés, dans un charmant exil, se rattachaient à ce mouvement parisien, qui était le principe même de leur existence, tendant l'oreille aux bruits qui leur venaient de la grande ville : échos du monde, des arts, de la politique, de la finance et du théâtre. Jean s'en inquiéta d'abord, Il se demanda : Est-ce que nous nous aimons moins ? Mais il se sentit le cœur toujours plein de tendresse, et il dit gaiement à Lise :

— Nous ne sommes décidément pas faits pour la solitude. Nous sommes boulevardiers, l'un et l'autre, et je crois que nous ne nous

aimerons jamais plus complètement qu'à Paris. Nous vois-tu enfermés
dans un village de Bretagne, pendant six mois? Nous finirions par
nous mordre !

Lise se taisait, pensant qu'en Bretagne, il n'y aurait pas la Bourse,
et elle avait peur de voir Jean retourner dans ce grand monument
tumultueux, où les hommes avaient l'air forcenés.

Elle l'observait avec inquiétude, le trouvant changé depuis quelques
jours. Il était devenu agité et nerveux. Il restait souvent silencieux,
les yeux fixés dans le vide, suivant une idée attachante. Elle allait à
lui, alors, passait un bras autour de son cou, et l'embrassait à sa
place d'élection derrière l'oreille. Il souriait, agitant sa tête, comme
pour secouer les pensées qui l'obsédaient, et revenait tout à elle.

Elle avait la certitude qu'il pensait à Paris et qu'il avait la nostalgie
du Boulevard, depuis un grand mois qu'il vivait enfermé au Cœur Percé.
Elle craignit qu'il ne se fatiguât d'elle, et résolut de lui offrir cette distraction, qu'il n'osait peut-être pas lui demander. Il accueillit d'abord
sa proposition avec surprise. Comment avait-elle pu supposer? Mais
non, il ne désirait pas bouger, il n'avait rien à faire à Paris. Elle dut
le prier de faire cet effort, pour lui être agréable. Elle avait besoin de
différentes choses qu'il aurait la gentillesse de lui rapporter. Alors il
se décida et, le lendemain il partit.

Elle alla l'attendre vers six heures, sur la route, et le vit descendre
du tramways avec Michalon. Le géant s'était attaché à lui, et n'avait
pas voulu le laisser retourner seul. Lise l'accueillit avec une bonne
grâce parfaite. Elle savait qu'il était dévoué à Jean. Et ils dînèrent
très gaîment, avec l'admirable panorama sous les yeux. On fit faire
à Michalon, qui s'extasiait, la visite de la maison et du jardin.

— Êtes-vous bien ici ! s'écriait-il. Je ne m'étonne plus que ce gaillard-là soit resté cinq semaines sans donner de ses nouvelles. Il était
dans le paradis.

La soirée fut délicieuse. Lise se mit en frais pour plaire à Michalon, et le brave garçon tomba sous le charme. Il envia Jean d'être
aimé de cette adorable fille. Il se laissa installer au piano, et, pendant
une heure, leur joua du Chopin, qu'il comprenait à merveille. Ce

géant avait un talent d'une finesse exquise, et, de ses mains énormes, lourdes à assommer un bœuf, il effleurait à peine le clavier, obtenant des nuances d'une délicatesse extrême. Par les fenêtres ouvertes, les ritournelles cavalières des valses se répandaient dans la nuit, par bouffées harmonieuses, et, au bas du chemin, des promeneurs s'étaient arrêtés à écouter.

Brusquement Michalon attaqua la marche funèbre, avec son prélude lugubre, suivi de l'andante séraphique qui semble l'envolée d'une âme vers le ciel. Lise fut saisie par la beauté grandiose de cette page. Son esprit rêveur et tendre était particulièrement accessible aux mélancoliques aspirations. Elle fit recommencer le morceau à Michalon. Elle ne se serait jamais lassée de l'entendre. Elle s'approcha du piano, et commença à chanter l'air d'une voix pure. Mais, gagnée par l'émotion, elle se mit à pleurer, comme si, de cette plainte sublime, se fût dégagé pour elle un présage funeste.

Jean courut à elle. Mais, honteuse de sa passagère faiblesse, elle riait déjà. Michalon, pour faire diversion, attaqua une valse, et Lise et Jean dansèrent comme deux fous. Ils se promirent tous les trois de recommencer cette fête.

Jean, régénéré, retrouva toute sa gaieté. Lise le vit aller régulièrement à Paris ; elle ne l'interrogeait pas au retour, quoiqu'elle eût la conviction qu'il était rentré dans le courant des entreprises financières. Il ne lui expliquait plus, comme auparavant, ses combinaisons. Il sentait qu'elle n'avait pas confiance. Cependant, une fois, il lui dit dans la conversation :

— J'ai vu Nuño aujourd'hui... L'affaire marche !

Elle en resta toute triste. Elle avait de sombres pressentiments. Seule, elle passait ses journées à lire et à travailler. Le temps pour elle s'écoulait rapide. Hors de la présence de Jean, elle se reprit à penser à sa mère. Elle en avait régulièrement des nouvelles. Mais elle se reprochait de l'avoir abandonnée depuis plus d'un mois. Elle se promit de la dédommager, à son retour, par sa douceur et sa tendresse. La Barre aussi la préoccupait. Elle aurait voulu savoir ce qu'il devenait. Elle demanda à Jean la permission de l'inviter à passer une journée avec eux. Mais là, elle se heurta à une résistance inattendue. Jean se montra soucieux. Et, comme elle le pressait de s'expliquer, ne devinant pas les motifs de son opposition, il se décida à entamer la question de la résiliation de l'engagement :

— Je n'ai aucune raison, dit-il, pour éloigner La Barre de toi. C'est un brave garçon, qui a été excellent en différentes circonstances, encore que je le soupçonne d'être fort amoureux de ta petite personne.

— Ils le sont tous, dit gaîment Lise.

— Mais il a, à mes yeux, poursuivit Jean, un tort immense : c'est de représenter ce théâtre, qui me fait peur, et auquel je rêve de t'arracher. Tant que tu seras au théâtre, il n'y aura pas de sécurité pour toi, ni de tranquillité pour moi.

Il avait parlé avec chaleur et émotion. Elle fut très étonnée. Elle ne s'attendait pas à une pareille demande. Mais, si, suivant son désir, elle abandonnait sa profession, qu'est-ce qu'elle ferait ?

— Rien, dit-il.

Lise fronça le sourcil. Elle croisa les bras sur sa poitrine, qui se soulevait violemment, et, regardant Jean avec fermeté :

— Et comment vivrai-je alors ? De l'argent que tu me donneras ? Penses-tu bien à ce que tu m'offres ? Je suffis, par mon travail, aux besoins de ma mère et aux miens. Et tu m'engages à rester oisive, et à accepter que tu m'entretiennes ? Je suis artiste, et tu veux faire de moi une fille ? Tu espère que je me dégraderai à ce point, et que je bornerai l'effort de ma vie à être la maîtresse ? Mais quand même je n'aimerais pas mon art, et n'en attendrais pas, dans l'avenir, les éclatants résultats qu'il me promet, je me refuserais à ce que tu me demandes, rien que par fierté ! Je n'ai pas su demeurer sage, c'est vrai, et je me suis donnée. Mais, entre la faiblesse de mon cœur et l'avilissement que tu me conseilles, il y a toute la largeur d'un ruisseau plein de boue. Et je ne veux pas y mettre les pieds ! Il m'est doux de t'aimer, mais à la condition que mon amour sera désintéressé. Quand à toi, tu m'aimes déjà moins, prends-y garde ! puisque tu ne sais plus me respecter !

LISE FLEURON

DANS LES ANTICHAMBRES DU BANQUIER (PAGE 1839)

Jean, rendu à lui-même par cette violente sortie, avait pris Lise
dans ses bras, il l'avait suppliée de lui pardonner. Il était à la fois
inquiet et jaloux. Il voulait seulement la retirer du Théâtre Moderne.
C'était là qu'étaient les dangers pour elle : Clémence et Nuño, sans
compter les autres. Il revint sur le coup de pistolet, qui avait failli
coûter la vue à Lise. Mais elle, prompte à défendre Clémence, déclara
qu'il ne fallait pas attacher plus d'importance à cet accident qu'il n'en
méritait réellement. C'était un hasard, et, dans la rue, on pouvait tous
les jours recevoir une cheminée sur la tête. C'était au Théâtre
Moderne qu'elle avait débuté et commencé sa réputation : il était
nécessaire qu'elle y restât. Si elle en sortait, où irait-elle?

— Mais au Gymnase, ou au Vaudeville, répondit Jean.

N'importe sur quelle scène, enfin, pensait-il, pourvu que la haine
n'y fût pas embusquée à chaque coin de portant.

Alors Lise, s'animant, se mit à parler de ses espérances, des beaux
rôles qu'elle créerait pendant l'hiver, et des succès qu'elle comptait
remporter. Était-ce au moment où la pièce de La Barre allait entrer
en répétitions, qu'elle quitterait le théâtre? Et, partie à plein vol dans
le ciel des rêves, elle entrevoyait la salle remplie de monde, étincelante de lumières, chaude d'émotion, elle entendait le bruit des
applaudissements. C'était elle qu'on acclamait, et La Barre triomphant, en une seule soirée, forçait tous les obstacles, brisait toutes
les résistances, et s'établissait en maître dans le théâtre conquis.

Jean comprit qu'il n'obtiendrait pas le sacrifice qu'il demandait. Il
avait trouvé Lise douce, bonne, accommodante, en toute occasion,
excepté cette fois-là. Il dut s'avouer, qu'entre sa carrière et son
amour, elle pourrait ne pas hésiter. Il n'insista plus, et écrivit à
La Barre.

Le dimanche suivant, celui-ci arriva en même temps que Michalon,
et, avec amertume, Jean assista à la joie de Lise. Elle s'empara de
Claude et ne se lassa pas de le questionner. Elle était avide de connaître
ses projets, elle voulait être renseignée sur ses travaux. Et lui, souriant,
heureux de la revoir, se prêtait à son caprice. Il avait commencé une
grande comédie de mœurs, très dramatique et très mouvementée,

qu'il comptait présenter à la Comédie-Française, si *les Viveurs* avaient du succès. Et Lise avec mélancolie lui dit :

— Cette pièce-là ne sera pas pour moi. Vous êtes déjà infidèle...

— Vous serez peut-être aux Français avant moi, répondit La Barre, en baissant sa belle tête pensive. Mais si nous nous y retrouvons, nous ferons de belles choses ensemble !

— Eh ! comment l'entendez-vous ? s'écria Michalon, en les regardant sévèrement.

Ils se mirent tous à rire. Mais Lise revenait toujours à cette absorbante question du théâtre, et Claude, plein du même enthousiasme qu'elle, se laissait entraîner ; il parlait avec une éloquence enflammée. Lâchant la bride à sa verve, il développait des plans de pièces, il improvisait des scènes, esquissant les types d'un mot piquant, d'un trait caractéristique, intarrissable, lumineux, éblouissant comme un feu d'artifice. Et les deux hommes le regardaient avec intérêt, pris par cette fougue nerveuse, entraînés par cette ardeur débordante, se disant : « Il est impossible que ce garçon-là ne devienne pas quelqu'un. »

Lise voulut absolument que La Barre lui lût *les Viveurs*. Et, après s'être fait un peu prier pour la forme, il s'y décida. Il n'était pas fâché, au fond, d'essayer sa pièce sur un petit auditoire, avant la lecture aux artistes.

La réouverture des théâtres approchait. Encore une quinzaine, et il serait aux prises avec les difficultés. Il ne pouvait y penser sans un frémissement intérieur. Son estomac se contractait, et il avait des picotements au bout des doigts. Michalon disait :

— Ça, mon cher, c'est le trac ! La première fois qu'on va sur le terrain, on éprouve ce malaise. Et puis, on s'aguerrit ! Demandez à Jean !

Le lendemain, Claude arriva avec un gros rouleau sous le bras, et, avant le dîner, dans le salon, devant une table, chargée d'un verre d'eau, pour que l'illusion fût complète, il commença sa lecture. Dès les premières scènes, il s'empara de ses auditeurs par la façon remarquable dont il lisait. Ils étaient là tous les trois, Jean, Michalon et Lise, palpitants et fascinés. Et, fouetté par l'effet qu'il produisait, se livrant complètement, Claude les tint pendant trois heures sous le charme.

Lise était venue s'accouder à la table. Les dents serrées, la respiration courte, elle suivait le mouvement de l'action, comme si elle avait été en scène. Elle voyait vivre, s'agiter, aimer, souffrir, crier, sangloter tous ces personnages, créés par l'imagination de l'auteur. Et elle vibrait avec eux de toutes leurs joies et de toutes leurs douleurs.

Lorsque La Barre, ayant lancé le dernier mot du dénoûment, s'arrêta, et, tout enfiévré, jeta sur ses auditeurs un regard impatient, il les vit silencieux, immobiles, comme anéantis. Il avait fini, et ils écoutaient encore. Lise, la première, revint à elle, et, sautant au cou de l'écrivain, elle l'embrassa avec enthousiasme. Et comme, tout joyeux, il demandait si c'était bien.

— Mais c'est mieux que bien ! C'est admirable ! Ah ! mon ami, quel succès nous allons avoir ! Car vous me donnerez le rôle de la jeune fille, n'est-ce pas ? D'ailleurs, il n'y a que moi qui puisse le jouer ! Et comme je dirai au troisième acte : « Êtes-vous bien fier de m'avoir forcée à vous avouer que je vous aime ? »

Rouge d'émotion, elle s'empara du manuscrit et se mit à jouer la scène avec un charme, une sensibilité, qui leur mit à tous des larmes dans les yeux. Michalon, très empoigné, avait pris un couteau à papier en cuivre, qui était sur la table, et, sans s'en apercevoir, il était, de ses mains puissantes, en train d'en faire un tire-bouchon. Il ne savait que répéter :

— Sapristi ! C'est rudement fort !

— Et de quel train ça marche ! reprenait Lise. Est-ce rapide ! Oh ! Jean, quel effet je ferai, tu verras !

Et elle bondissait de joie, entrevoyant une merveilleuse création destinée à la placer hors de pair.

Pendant toute la semaine, elle n'eut plus que *les Viveurs* en tête. Elle avait conservé dans sa mémoire des tirades entières de la pièce, et elle les déclamait, jouant le rôle de l'amoureux et celui de la jeune première, tour à tour, puis changeait sa voix pour faire le comique. La Barre avait, dans son esprit, singulièrement grandi. Elle devinait en lui, avec un instinct très juste, un des maîtres futurs de la scène. Elle disait à Jean :

— Vois-tu, en fait de grands auteurs, il y en a de deux sortes. Ceux qui, en écrivant, entendent parler leurs personnages, et qui leur mettent alors, dans la bouche, le mot de situation toujours juste. Ils sont admirablement doués, et obtiennent de très grands succès. Mais, au-dessus d'eux, il y a les auteurs qui entendent et qui voient. Tous les mouvements leur apparaissent nettement à mesure que l'intrigue se déroule. Ils savent d'avance que celui-ci sera à telle place, en prononçant telle phrase, et que celui-là s'avancera dans telle attitude, en lançant tel mot. Ils arrivent avec une pièce dont la mise en scène est toute faite. Ceux-là sont les maîtres. Ils ont la seconde vue du génie. Eh bien! La Barre, j'en suis sûre, entend et voit! Dans quelques années, il sera à une hauteur qui étonnera bien des gens.

Les derniers jours qu'ils passèrent au Cœur Percé leur rendirent les douces effusions de leur arrivée. En pensant qu'il allait falloir bientôt se séparer, ils s'attachèrent aux heures fugitives. L'un et l'autre firent trêve, d'un commun accord, à leurs rêves d'ambition. Ils ne songèrent plus qu'à leur amour. Et ils sentirent la solidité des liens qui les unissaient.

Septembre arrivait, et quelques tons roux apparaissaient dans le feuillage des bois. Les marronniers perdaient leurs feuilles, et les matinées étaient plus fraîches. Dans le silence des champs dépouillés de leurs moissons, Lise et Jean se promenaient, et une vague tristesse s'emparait de leur esprit. Il leur semblait que ce bel été, qui leur avait donné tant de jours charmants, ne reviendrait plus pour eux. Ils se serraient l'un contre l'autre, tendrement, comme deux enfants peureux qui voient poindre l'orage à l'horizon.

La dernière semaine passa comme une minute. Les journaux leur arrivaient, maintenant, pleins des alléchantes nouvelles données par les courriéristes sur la prochaine saison dramatique. Le programme du Théâtre Moderne avait été publié, à grand renfort de réclames, dans lesquelles on reconnaissait la main experte de Romband. Lise devait, avant de se réinstaller à Paris, aller à Évreux chercher sa mère. Les deux amoureux firent une dernière visite aux bois qui les avaient vus passer enlacés dans leurs allées obscures, aux prairies où ils s'étaient arrêtés dans de longues stations rêveuses, à la rivière qui les avait mollement portés, quand ils s'abandonnaient, laissant pendre leurs mains dans le courant glacé.

Ils parcoururent la maison, la tonnelle, le kiosque, le jardin. Ils firent marcher la petite cascade, comme pour une fête suprême. Et, avec un trouble profond, un matin, ils virent s'arrêter, à la grille, le landau envoyé de Paris pour les chercher. Ils se prirent par la main, allèrent sur la terrasse, s'accoudèrent, comme le soir de leur arrivée, en face de l'admirable tableau qui les avait tant séduits. Ils se regardèrent. Ils avaient les yeux pleins de larmes. Ils se sourirent, sans pouvoir prononcer une parole, et, lentement, se dirigèrent vers la porte d'entrée. Le timbre qu'elle faisait sonner, en s'ouvrant, leur répondit dans le cœur. Ils se retournèrent une dernière fois, et, comme s'ils s'adressaient à un être vivant, ils dirent à la chère maison : « Adieu ! » La voiture partit et, au tournant de la route, tout disparut.

X

Dans le foyer des artistes du Théâtre Moderne, l'élite de la troupe était réunie. Le bulletin de convocation, reçu la veille, portait cette mention de la main de Roberval : *Lecture de la pièce nouvelle, une heure, pour le quart*. La discrétion du régisseur, qui n'avait pas donné le titre de l'ouvrage, était bien inutile. Les journaux avaient tous, depuis huit jours annoncé la réouverture du théâtre avec la 105ᵉ de *la Duchesse*, et la lecture imminente des *Viveurs*, drame en cinq actes de M. Claude de La Barre.

Suivait une distribution fantaisiste de la pièce, et une note aigre-douce sur l'auteur, dont on rappelait la chute à Cluny, présage joyeusement accepté, par les bons petits confrères, d'un nouvel insuccès. Le courriériste terminait par une phrase, consacrée à l'ardeur généreuse du « jeune et intelligent directeur qui ouvrait si largement les portes du Théâtre Moderne aux nouveaux auteurs », entre les lignes de laquelle il était facile de lire que cet écrivain avait dans son tiroir quelque « grosse machine » destinée, dans sa pensée, à soutenir la fortune de Rombaud.

On attendait encore quelques retardataires. Clémence venait d'entrer, fraîche comme une rose, engraissée, l'œil gai, la démarche pimpante et légère. Elle n'avait eu que des sourires et des paroles gracieuses. Elle s'était jetée dans les bras de Fanny Mangin, qui arrivait de Dieppe et se plaignait d'avoir une migraine affreuse, et, très aimable, complimentait madame Bréval sur le succès de la tournée qu'elle avait faite en Hollande, en Danemark, en Suède et en Norwège.

Les hommes, l'air affaissé, étaient assis sur les canapés, écoutant Pavilly, qui racontait, avec sa verve gouailleuse, les incidents de son voyage sur les côtes de la Manche, de Casino en Casino, avec des monologues plein sa malle. Les succès qu'il avait eus, non, mes enfants, c'était à ne pas le croire ! Surtout avec une petite pièce en vers, que lui avait dédiée Pierre Gros. C'était un rien intitulé : *Le Mérite Agricole* ou *Rêves d'ambition d'un poireau*, mais drôle ! Le fou rire avait commencé à Paramé et, comme une traînée de poudre, avait couru jusqu'à Calais. Et, le nez en l'air, clignotant ses petits yeux, Pavilly ouvrait la bouche pour dire la pièce à ses camarades, mais Trincard, prenant des airs dédaigneux, avait déclaré qu'il ne comprenait pas cette rage qu'avaient les comédiens d'employer leurs vacances à courir, comme des commis voyageurs, de ville en ville, en jouant la comédie, quand le repos était si bon au bord de la mer, ou sous les ombrages. Il arrivait, lui, de Boulogne, où il avait vu de délicieuses petites Anglaises, et là il s'était remis de toutes ses fatigues.

— Tes fatigues ? Quelles fatigues ? dit Pavilly avec humeur... Tu ne joues jamais, toi... Ah ! si, pardon, tu joues à la Bourse ?... Tu n'es pas comédien : tu es coulissier.

Et Trincard riait, en retroussant sa moustache, avec l'air heureux d'un homme qui fait de bonnes affaires :

— Ça, c'est vrai, je suis maintenant bien peu comédien, et j'attends la fin de mon engagement, comme un condamné les derniers jours de sa peine...

Il y eut un mouvement : Lise parut. Larsonnier, grand garçon à figure blême, à bouche en accent circonflexe, meublée de dents blanches, longues comme des touches de piano, qui jouait les bas comiques, crut devoir crier avec emphase :

LISE FLEURON

DANS SA VICTORIA, ADMIRABLEMENT ATTELÉE (PAGE 1853)

— Messieurs, la Reine!

Lise s'arrêta à l'entrée du foyer, un peu troublée. Mais Clémence, avec un vif empressement, s'était avancée et, tendant les deux mains à la jeune femme, elle l'attirait à elle. Lise rougissante, très touchée de cet accueil, ne résista pas et, cordialement, les deux rivales s'embrassèrent. Les petits groupes s'étaient fondus en un seul, les hommes s'étaient dérangés, et maintenant la conversation devenait générale.

La mère Chrétien, très attendrie, jetant un regard caressant à Cécile, qui souriait dans le vide, confiait à Desmazures les espérances que lui faisait concevoir un homme très sérieux, qui s'était épris de sa chère innocente.

Oh! certes, elle avait bien attendu, avant de consentir à accepter, pour l'enfant, les offres séduisantes qu'on lui faisait de tous côtés, mais elle était bien récompensée de sa prudence, car elle avait trouvé la pie au nid.

Et, de l'air respectueux d'un introducteur des ambassadeurs, elle se laissa entraîner à nommer Son Excellence le Prince de San-Dominguez. Il était nouvellement arrivé du Pérou, sa patrie, où il possédait des mines d'argent considérables. Mais Pavilly, qui écoutait, s'était écrié de sa voix railleuse :

— Un prince péruvien?... Allons donc! Au Pérou, il n'existe pas de princes !

— Monsieur Pavilly, avait répliqué la mère Chrétien, faites-moi l'honneur de me croire, quand j'affirme que M. de San-Dominguez est prince...

— Alors c'est un Incas !... Est-il tatoué, s'habille-t-il avec une petite serviette de couleur, et a-t-il des plumes de perroquet sur la tête ?

Mais Cécile, furieuse, intervint :

— Apprenez, monsieur Pavilly, dit-elle, d'un air dédaigneux, que Moralès est un brun superbe, qui s'habille mieux que vous, et qui a d'admirables diamants, en fait de plumes de perroquet !

— Il s'appelle Moralès, il est brun et il a des diamants ! s'écria Pavilly... Avec ça, qu'importe qu'il soit prince ? Ange de candeur, ton amour s'explique ! Seulement, méfie-toi : il doit avoir des jeux de cartes dans ses poches.

Exaspérée, la mère Chrétien mit les poings sur ses hanches et, perdant ses grandes manières, oublieuse de sa récente et illustre alliance, elle allait répliquer en langage des Halles, quand la porte du cabinet de Rombaud s'ouvrit, et le jeune directeur, suivi de La Barre et de Delessard, entra dans le foyer.

Un silence profond s'établit, et tous les yeux se tournèrent vers l'auteur. Il était un peu pâle, et ses mains s'agitaient nerveusement. Il jeta un regard à Lise, qui lui fit, de la tête, un petit signe amical pour l'encourager. Rombaud s'était dirigé du côté des dames et s'informait gracieusement de leur santé. Fanny, d'un ton dolent, se plaignait de ne plus voir clair, tellement elle souffrait de la tête. Roberval versait gravement de l'eau dans le verre, qui reposait sur un plateau, au coin de la table couverte d'un tapis vert.

La Barre, la bouche sèche, les cheveux douloureux, de vagues bourdonnements dans les oreilles, s'assit devant son manuscrit. En lui-même, il se disait : De cette lecture dépend la première impression, bonne ou mauvaise, des artistes. Si je les intéresse à mon action, demain j'en ferai ce que je voudrai. Si je les laisse indifférents, je n'en pourrai rien tirer.

Il ignorait qu'une défiance sourde allait mettre sa glace entre les scènes les plus brûlantes de son œuvre, et ses auditeurs. Au moment où il s'apprêtait à tenter les derniers efforts pour les entraîner à sa suite, ils songeaient, eux, à lui échapper, ennuyés d'avoir à l'écouter, et considérant cette lecture comme une odieuse corvée.

— Ah ! Nous sommes tous présents ? dit Rombaud. Monsieur La Barre, s'il veut bien, peut commencer.

Claude ouvrit son manuscrit et entama l'énumération des personnages, avec la désignation des artistes qui devaient les créer. Il vit toutes les têtes se tourner de son côté, et lut la curiosité sur les visages. Puis, la distribution terminée, l'intérêt cessa. Les artistes se posèrent commodément, et Pavilly même, la tête renversée sur le dossier du canapé, parut se disposer à dormir.

Claude, un peu décontenancé, but une gorgée d'eau et, bravement, il commença. Comme à un cheval de pur sang qui s'échauffe en courant, les forces et l'ardeur lui revinrent, et il se sentit maître de lui. Tout en lisant, il lançait, de temps en temps, un coup d'œil sur son auditoire, immobile et muet. Pas un signe, pas une marque d'approbation. A mesure qu'un personnage entrait en scène, il voyait l'artiste qui devait l'incarner tendre l'oreille, puis, la scène terminée, reprendre son attitude morne. Chacun suivait son rôle, mais semblait parfaitement indifférent à l'ensemble de l'œuvre.

L'acte finit au milieu d'un silence profond. Seul, Rombaud s'écria gaîment.

— Et d'un !

Puis il se tourna vers Massol, et l'interrogea du regard. Le metteur en scène agita la tête, avec froideur, comme pour dire nous verrons cela tout à l'heure, et, poliment, laissa tomber ces mots :

— Très bien !

Glacé, La Barre se tourna du côté de Lise ; il la vit très calme influencée par la présence de ses camarades. Ce n'était plus la même femme qui, au Cœur Percé, se laissait aller avec tant de fougue, saisissant toutes les intentions de l'auteur, et criant d'enthousiasme à tous les coups de théâtre. Elle se leva, vint à lui et, d'une voix tranquille :

— Ça va parfaitement, l'impression est bonne !

Claude ne put s'empêcher de rire. Qu'est-ce été, alors, si l'impression avait été mauvaise ? Un léger bourdonnement de conversation commençait à monter et, avec inquiétude, l'auteur se demandait si ses auditeurs n'étaient pas occupés à dire du mal de sa pièce. Il entendit Pavilly murmurer avec aigreur :

— Les journaux avaient annoncé que je jouais le Duc de la Fresnay... Pourquoi m'a-t-on donné Castorin ? Est-ce que, par hasard, on ne me trouve pas assez distingué pour représenter un duc ?

La Barre se dit :

— Ne les laissons pas causer, ou bien ils vont se monter la tête contre moi.

Il prit son second acte, et continua, très en train, lisant avec un art tellement exquis, que Massol ne put se retenir de souffler à Rombaud :

— Sapristi, comme il lit bien !

Il était le seul, sans doute, à ressentir cette impression, car ses camarades continuaient à demeurer mornes, comme en proie au plus affreux abattement. Fanny Mangin avait pris son éventail, et s'en couvrait les yeux, en guise de garde-vue, poussant de temps en temps de douloureux soupirs. Le souffleur lui-même n'écoutait pas. La Barre, énervé, voyait les lèvres de Gaillardin remuer, et il devinait qu'indifférent à la pièce, le vieux maniaque répétait son éternel : « Badoureau, je te tuerai ! »

Le drame prenait cependant un puissant développement. Les caractères posés, l'action s'engageait, et le second acte finissait par une scène très audacieuse et tout à fait neuve. Madame Bréval, qui jouait la scène avec Lise, daigna approuver du geste ; mais les autres restèrent de marbre.

La Barre, la tête en feu, prit son troisième acte, et, sans respirer, enragé, voulant vaincre la torpeur de ces blasés, les éperonner de sa verve, les fouetter de son inspiration, il repartit. Sa voix, aiguisée par la lecture de ces deux premiers actes, comme un couteau que l'on repasse sur une pierre, sonnait tranchante. Et, identifié avec ses personnages, lancé dans le drame, le jouant presque, en même temps qu'il le parlait, il était tendu dans un superbe effort de volonté. Son front vaste semblait plus haut, et sa bouche expressive se contractait amèrement pour l'ironie, ou souriait doucement pour la tendresse.

Il lisait la scène d'amour, et, plein d'une énergie passionnée, il rendait les supplications de l'amant éperdu. C'était le soir, dans un jardin, au moment où les étoiles s'allument au ciel, où les parfums des plantes montent plus pénétrants dans l'air tiède. Et, avec une poésie ardente, il exprimait l'extase qui s'emparait, peu à peu, de ces deux êtres, jeune, beaux et entraînés par un violent désir. Ses yeux rayonnaient, il agitait sa longue chevelure et, oubliant tout, le lieu où il était, ceux qui l'entouraient, pris par son œuvre, il lisait pour lui-même, avec un emportement sublime.

Un long murmure frappa son oreille. Il leva les yeux, aperçut tous les comédiens soulevés sur leur siège, saisis, vaincus, domptés. Il jeta sur son public un regard profond, et, avec l'ivresse du triomphe, il lança les derniers mots de son acte au milieu des applaudissements. En un instant, il fut entouré. Rombaud, rayonnant, quêtait les éloges, et Massol, perdant son sang-froid de vieil artiste, qui avait joué les drames du grand Dumas au Théâtre Historique, s'écriant :

— Ah ! mes enfants ! Voilà une fin d'acte, par exemple ! Si nous ne faisons pas d'effet avec ça, c'est que nous ne serons que des mazettes !

Claude, fumant comme un cheval de course qui vient de gagner le Grand Prix, restait debout, la tête vide, fatigué par ses efforts, et écoutant les propos qui s'échangeaient. Il avait la consciense que, pour lui, la partie était gagnée. Il les tenait donc enfin à sa discrétion, ces réfractaires qui ne voulaient pas se livrer ! Il les avait pris à la gorge et, maintenant, ils ne lui échapperaient plus.

Il regarda Clémence Villa, dont il redoutait le mécontentement. Il savait quelles étaient les prétentions de la comédienne, il connaissait l'influence qu'elle tirait de la protection de Nuño. Le personnage qu'il lui avait confié était très important, mais c'était un personnage amer et violent, un de ces troisièmes rôles qui avaient le don de l'exaspérer. Il la vit animée et joyeuse, causant avec madame Bréval et Fanny Mangin, qui, rouge, excitée, avait oublié sa migraine et ne se servait plus de son éventail pour cacher ses beaux yeux.

— Allons, La Barre, allons ! dit Rombaud, en frappant sur le manuscrit, ne nous refroidissons pas !

Et Claude repartit encore, sûr maintenant de son auditoire, nuançant ses effets, affinant ses répliques, et ciselant ses mots, chatouillé à chaque instant par les murmures satisfaits de ces grands enfants qui, ayant fini de bouder, passaient d'un extrême à l'autre, et exagéraient leur approbation. Le quatrième acte, court, net, violent, filant comme un boulet de canon, arracha des cris d'enthousiasme, et le cinquième, qui était une simple et émouvante conclusion, couronna la lecture par une ovation unanime.

Il était cinq heures, et le jour commençait à baisser. Dans la vaste salle, tous les artistes debout causaient avec agitation. Roberval avait pris le paquet des rôles et appelait à haute voix :

— Le duc de la Fresnay — Desmazures... Gaston Dusollier — Trincard... Castorin — Pavilly...

Et tous, tenant le petit cahier de papier, le soupesaient, comme s'ils jugeaient de l'importance du rôle par son poids, et, d'un œil inquiet, comptaient le nombre des répliques...

— C'est curieux, dit Mortagne, tous les rôles sont à peu près de même longueur...

— Merci ! s'écria aigrement Pavilly, pas le mien... Il n'y a rien du tout. S'il te tombait sur le pied, il ne te l'écraserait pas ! Puis, à voix basses : Encore une panne !

Desmazures, très homme du monde, avait remis ses gants gris-perle, et, avec des airs pénétrés, il était allé faire à La Barre ses compliments...

— C'était charmant ! Tout à fait charmant...

Il le remerciait d'avoir bien voulu lui confier le rôle du duc. Certes il ferait tous ses efforts pour jouer convenablement...

Et, tirant Claude à part, il lui dit mystérieusement :

— Ce duc, c'est un homme encore jeune, n'est-ce pas ? Le voyez-vous en brun ou en blond ?

Et comme La Barre, à cette question, se montrait très étonné.

— Mon cher auteur, ajouta-t-il, je vous demande ces petits détails, parce qu'à partir d'aujourd'hui je vais vivre mon rôle... Et il faut que je me renseigne complètement, afin de pouvoir le composer brun ou blond, aussi bien au moral qu'au physique... Un brun voyez-vous, n'agit pas comme un blond... Ce sont des natures bien différentes... Aussi, chez moi, j'apprends mes rôles en perruque, pour que mes jeux de physionomie soient bien appropriés au tempérament de mon personnage...

Et Claude, très sérieusement, répondit :

— Le duc de la Fresnay est brun, M. Desmazures, brun, avec les tempes grisonnantes. Du reste, blond ou brun, vous y serez excellent.

Et, saluant le comédien, il remonta.

Pavilly, la figure consternée, s'était approché de Rombaud et, d'un ton dolent :

— Pourquoi m'a-t-on donné Castorin? Ce n'est pas du tout mon affaire ! Je devais d'abord jouer la Fresnay... Quant à Castorin, on peut le couper : il ne tient pas à l'action... Il ne sert à rien ! Si encore il était drôle, mais il ne l'est pas... Et il n'est même pas aimé !

Pavilly voulait être aimé. C'était sa manie. Dans toutes les pièces où les jeunes filles n'étaient pas folles de lui, il ne voyait rien à faire. La Fresnay, au moins, lui, épousait, à la fin. Une veuve, sans doute, mais enfin il épousait ! Et, reprenant sa complainte, le comédien, le dos arrondi, la figure navrée, répétait :

— Oh! non! Pas Castorin!

Rombaud, agacé, avait fini par lui dire :

— Voyons, Pavilly, c'est toujours, avec vous, la même histoire! Le rôle est excellent! Et, s'il était médiocre, ce serait une raison de plus pour vous le donner, puisqu'il aurait besoin d'être joué par un artiste de talent!

Alors Pavilly s'était écrié, avec une triomphante amertume :

— Voilà donc le grand mot lâché! On me donne tous les mauvais rôles, parce que je les sauve ! Oh! mais j'en ai assez de faire le terre-neuve!

La Barre causait avec Lise, et, tout en écoutant la jeune femme, il avait l'oreille au guet, avide de connaître l'impression secrète produite par sa pièce :

— C'est bien ! disait Delessard à voix basse, mais il faut se méfier. Il est rudement malin, ce gaillard-là, allez ! Il escamote les passages faibles, et appuie sur les bonnes scènes... Il nous a truqué sa lecture... On n'y a vu que du feu!... La pièce pourrait bien, à la scène, ne pas du tout se tenir... Il faudra la juger devant la rampe!

Rombaud, débarrassé de Pavilly, avait emmené Clémence dans un coin et là, très aimable, il l'avait interrogée. Était-elle satisfaite de

JEAN ET ELLE RENCONTRÈRENT LE GÉANT (PAGE 1861)

son rôle ? Elle voyait qui l'avait soignée. La Barre, sur son conseil, avait ajouté une scène pour elle. Mais l'actrice avait répondu à son directeur avec un visage froid comme une matinée de décembre. C'était encore un rôle antipathique. Et il savait qu'elle les exécrait... Plus il était important, et moins elle était satisfaite. Elle aurait plus de choses pénibles et ingrates à dire.

Alors Rombaud, très gentiment, lui offrit de ne pas jouer si elle était mécontante. Il donnerait le rôle à la petite Menneval, qu'il venait d'engager. Mais Clémence, d'un ton très pincé, déclara alors qu'elle ne refusait jamais le service. Elle n'avait pas fait d'observations : ce n'était pas dans ses habitudes. Il lui demandait son opinion : elle la lui donnait. Mais elle n'en jouerait pas moins, et de son mieux, en bonne pensionnaire qu'elle était.

De Lise et de son rôle elle ne dit pas un mot. Elle paraissait avoir fait trêve à sa haine. Elle se montrait pleine de prévenance pour sa camarade, et même elle lui avait relevé les cheveux pour voir s'il ne restait pas trace de sa blessure, exprimant de nouveau ses regrets d'avoir blessé cette « chère mignonne. »

— La Barre, passons dans mon cabinet, voulez-vous? dit Rombaud.

Et il partit en faisant signe à Delessard et à Massol de venir le rejoindre.

Là, loin des yeux de ses artistes, il se livra sans réserve à toute sa satisfaction. Il complimenta Claude. Il entrevoyait un grand succès. Une pièce pareille et Lise pour la jouer, on verrait! Puis, comme Delessard et Massol entraient, changeant de ton, il se mit dans une colère épouvantable. Quel était l'animal qui avait publié le premier la note desagréable sur le compte de La Barre, reproduite, avec délices, par tous les autres courriéristes dramatiques? C'était une perfidie infâme! On lui dépréciait son auteur, on influençait fâcheusement le public. Il découvrait là une manœuvre de ses concurrents, ennuyés de le voir réussir. Du reste il allait répondre par un coup de tam-tam.

Il donna ordre à Delessard de lui rédiger une note pour les journaux, et, dans sa fiévreuse agitation, il la lui dictait, ponctuant les phrases de grands coups de poing, frappés sur son bureau :

« Aujourd'hui a eu lieu, au Théâtre Moderne, la lecture des *Viveurs*. Le drame de M. Claude La Barre a été accueilli par les applaudissements enthousiastes des artistes. On compte sur un énorme succès. »

Et comme La Barre, gêné par l'exagération de l'éloge, essayait d'arrêter Rombaud et de faire modifier les termes trop ronflants de la note.

— Laissez-moi donc tranquille ! s'écria le directeur, vous ne savez pas ce qu'il faut au public pour le mettre en goût. Du piment, du poivre rouge, et, au besoin, du vitriol, Voilà ce qui l'émoustille Allez, Delessard, et faites-moi copier ça par la régie... Je veux voir cette réclame dans tous les journaux, demain matin.

Puis, se tournant vers La Barre, avec le geste de commandement majestueux d'un petit Louis XIV :

— On collationne demain, et après-demain on répète ! Vous viendrez, n'est-ce pas ? Battons le fer pendant qu'il est chaud !

Il descendit avec Claude, le tenant par-dessous le bras avec des airs abandonnés, et tous deux allèrent au contrôle. Dans le vestibule désert, le sergent de ville se promenait d'un air maussade et madame Seigneur, dans sa guérite de bois, attendait vainement la location. Elle fit un signe attristé qui dégonfla subitement Rombaud.

Il s'approcha du guichet et écouta les doléances de sa buraliste.

— On ne ferait pas douze cents francs le soir... *La Duchesse* était tout à fait à bout, le remplacement de Lise Fleuron et de Clémence par des doublures avait fait du tort ; il était temps de renouveler l'affiche.

L'intelligente femme s'informa du résultat de la lecture. Et comme Rombaud s'enthousiasmait de nouveau, elle le regarda avec tranquillité, et dit :

— Pavilly est déjà venu ici dire qu'il avait un rôle détestable, et que le premier, le second et tout le commencement du troisième acte étaient assommants !

— Bah ! dit Rombaud gaîment. Vous savez bien que Pavilly se plaint toujours... C'est même de bon augure quand il tombe à bras raccourcis sur une pièce... Nous aurons un triomphe, c'est moi qui vous l'affirme !

Il rejoignit La Barre sous le péristyle, serra la main à son auteur, monta dans un fiacre qui l'attendait devant le théâtre, et dit au cocher : Faubourg Saint-Honoré.

Il allait chez Nuño. Les gracieusetés qu'il avait faites à Clémence n'étaient pas désintéressées, et, pour qu'il lui offrît de ne pas jouer, si son rôle lui déplaisait, il fallait qu'il eût de bonnes raisons. Il en avait, en effet, et c'était son caissier qui les lui avait données le matin même. La situation du Théâtre Moderne n'était pas bien assise. Après un an de succès, on n'avait regagné qu'une partie de ce qu'on avait perdu. Mais le capital entier avait été employé en aménagements, en améliorations et en matériel. Une somme de trois cent mille francs, avancée par Sélim, avait été remboursée : on ne devait donc rien, mais on n'avait pas un sou d'avance, et il fallait vivoter au jour le jour.

Avec les projets qu'il avait en tête, Rombaud ne pouvait pas se résigner à conduire prudemment et économiquement sa barque. Il se sentait le vent en poupe, il voulait se lancer avec audace et se remettre à flot. Encore une nouvelle année heureuse, il serait au-dessus de ses affaires et commencerait à gagner de l'argent. Alors, avec cinq ou six cent mille francs de bénéfices, il paierait des intérêts énormes à ses actionnaires, et son théâtre deviendrait une de ces mines d'or, comme avait été le Palais-Royal, et comme étaient les Variétés et le Vaudeville, qui donnaient presque la valeur du capital en dividendes annuels.

C'était enfin la fortune, accompagnée de toutes les satisfactions d'amour-propre dont Rombaud était avide. Il régnerait fastueusement sur le monde dramatique. Il aurait autour de lui les plus grands écrivains, les artistes les plus fêtés, les femmes les plus charmantes, tous empressés à lui plaire. Et il marcherait dans la vie comme un triomphateur. Avec sa chaleur d'imagination, il formait des projets admirables. Il voulait attacher son nom à la rénovation du drame. Il avait déjà fondé le théâtre : il créerait les auteurs. Il n'avait qu'à faire un signe, et toute une pléiade d'écrivains paraîtrait, rayonnante de génie.

Et, dans son fiacre, suivant la ligne des boulevards, redescend-

des hauteurs de son rêve, il songeait qu'il lui fallait d'abord obtenir de Nuño une avance de fonds. Il savait que Clémence, en sortant du théâtre, avait dû aller voir un instant Sélim. De ce qu'elle lui avait dit dépendrait en grande partie l'accueil que lui ferait le banquier. Clémence avait une considérable influence sur Nuño qui, arrivé à l'âge où les hommes ne demandent plus guère aux femmes que d'éclairer le déclin de leur vie d'un rayon de jeunesse et de beauté, trouvait toujours la comédienne disposée à écouter ses dissertations financières, prête à lui raconter gaîment les scandales du jour, et résolue à fermer les yeux sur ses dernières fredaines.

Lorsque Rombaud l'avait interrogée, Clémence avait paru peu satisfaite de son rôle, mais, en somme, elle tenait à le jouer, et c'était là l'essentiel. Avec son intelligence très vive, elle avait compris la portée considérable de l'ouvrage nouveau. Elle avait suivi, d'acte en acte, la progression de l'intérêt. Elle avait deviné l'attraction que devait exercer sur le public ce drame, dans lequel l'étude des mœurs contemporaines, faite par un esprit satirique puissant, était adroitement mêlée à une action très violente. Le rôle qui lui avait été donné était d'une importance capitale, elle le sentait bien, et jamais elle n'avait eu, depuis qu'elle était au théâtre, une création aussi belle à faire.

Mais la satisfaction qu'elle eût dû éprouver avait été étouffée par l'envie féroce qu'avait déchaînée en elle le développement merveilleux du rôle de Lise. Elle avait pu en mesurer les admirables proportions; il était parallèle au sien. C'était l'idéal du rôle de jeune première. Un rôle, caressé par un auteur amoureux de son héroïne ou de l'actrice qui devait l'incarner, tour à tour joyeux, mélancolique, et passionné. Il allait tout droit, et devait porter son interprète, tant les effets dont il était rempli se succédaient, habilement ménagés. Tenu par une comédienne telle que Lise, il devait produire une impression immense et être le point éclatant de la carrière de celle qui l'aurait créé.

Clémence, pour s'emparer de ce rôle, se sentit prête à tout. Elle eut la conviction que, si elle le jouait, sa réputation serait faite d'un

seul coup, et qu'elle pourrait lever les yeux aussi haut qu'il lui plairait.
Son ambition se trouva d'accord avec sa haine.

Elle voulut être de la pièce, pour avoir le loisir de préparer ses
intrigues, et de tendre ses pièges. Elle serait ainsi au courant de
tous les incidents qui surviendraient, et aurait l'occasion d'en tirer
parti sur-le-champ. Elle renonça à tout moyen violent. Elle compta
un peu sur Nuño, beaucoup sur elle-même, et, pour le reste, s'en
remit au hasard qui, souvent, est d'accord avec les ambitieux.
Comme l'avait deviné Rombaud, elle passa chez Sélim, avant de
rentrer chez elle. Et, au moment où le directeur au Théâtre
Moderne arrivait dans le faubourg Saint-Honoré, le coupé de
Clémence sortait de la cour du banquier au trot de ses deux chevaux,
se dirigeant vers l'avenue Hoche.

Rombaud descendit bourgeoisement à la porte et, tournant à droite
dans la cour, il monta vivement un petit escalier. La moitié des
communs de l'hôtel, anciennement habité par l'ambassadeur d'Espagne, a été convertie par Sélim en bureaux. Cette somptueuse
demeure, construite sous Louis XV par le duc de Caumont-la-Tour,
avait été aménagée pour loger dans ses dépendances une armée de
serviteurs. Quarante chevaux trouvaient place dans les écuries, et
les remises contenaient vingt voitures. L'hôtel, avec son élégant
perron à rampe de fer, occupe le fond de la cour sablée, au milieu
de laquelle un rond-point de gazon, entouré de fleurs, repose les
yeux, fatigué par les tons blancs de la façade de pierre.

Les bureaux de la maison Nuño et Grameda sont aussi considérables que ceux d'un ministère. C'est là que s'élaborent les immenses
opérations financières du Portugais. Au rez-de-chaussée, sont les
salles de réception pour les titres et les coupons, et la caisse; à
l'entresol, les services commerciaux : ordres de départ, pour
l'Angleterre, des vins d'Espagne par millions d'hectolitres ; avis
d'arrivage des navires chargés de lingots d'argent qui viennent de
Bolivie, ou d'arachides qui viennent de Chine. Au premier étage,
est l'administration du contrôle des chemins de fer Roumains, et de
l'entreprise des paquebots Marseille-Odessa, pour le transport des

grains. Deux cents commis, répartis dans trente sections distinctes, préparent, élucident, réglementent les colossales affaires de Nuño. Il a quatre secrétaires pour sa correspondance, anglaise, allemande, russe et espagnole.

De dix heures à six heures, c'est, dans ce bâtiment trop étroit pour contenir cette ruche d'employés affairés, un va et vient continuel de courtier, d'agents, de commerçants et d'industriels, se proposant de parler à Nuño, et n'obtenant qu'à grand'peine la faveur d'être reçus par ses chefs de service. On voit, dans les antichambres du banquier, des costumes de tous les pays, depuis le Turc avec son fez rouge, grave et recueilli, jusqu'au Chinois à la tunique de soie bleue, à la calotte noire et aux longs cheveux tressés, qui porte, à l'européenne, un parapluie sous son bras. Un tapis de linoleum court tout le long des couloirs et étouffe le bruit des pas. Dans le vestibule, à l'entresol, assis à des tables placées le long du mur, quatre garçons de bureau sont à la disposition du public.

Rombaud connaissait les êtres, et ne s'arrêta pas dans cette pièce, premier cercle de cet enfer financier. Il enfila le couloir de droite, poussa trois portes battantes, et arriva dans une antichambre luxueuse, éclairée par le haut, dans laquelle se promenait gravement un huissier, vêtu de noir, portant au cou une chaîne d'argent. Rombaud était bien posé dans la maison, car l'important fonctionnaire en habit à la française daigna sourire, et dit au directeur, avec l'air câlin d'un homme qui ne dédaigne pas de demander des entrées de faveur :

— M. Nuño est avec le consul de Portugal... Ce sera l'affaire d'un instant... Si monsieur veut s'asseoir.

— Merci, Clément, dit familièrement Rombaud, et, d'un pas saccadé, il se promena dans l'antichambre. Il était anxieux Lui qui commandait en maître dans son théâtre, il allait risquer une humble demande d'argent. Il se rappela le jour où, à Bordeaux, il s'était présenté chez son parrain en l'appelant son père, les bras tendus, les yeux humides, et s'était vu froidement livré à la robuste inflexibilité du domestique qui l'avait poussé dans l'escalier. Il eut, lui, qui faisait si cruellement attendre les autres, l'angoisse de l'attente. Enfin un coup de timbre retentit, une porte s'ouvrit, et Rombaud entra.

Dans son cabinet, haute et vaste pièce, tendue de vieux cuirs espagnols gaufrés et dorés, meublée de poirier sculpté, Sélim était seul. Jamais un visiteur n'était exposé à se trouver face à face avec celui qui passait après lui. Une sortie particulière le conduisait dans la cour. Cette précaution trahissait bien des mystères : révélations clandestines, perfidies cachées, dont les auteurs cherchaient l'obscurité et le silence des portes secrètes. Le banquier ne se leva pas. Il adressa à Rombaud un signe amical de la main. Le directeur s'inclina avec un sourire de courtisan, et allant à Nuño :

— Comment vous portez-vous, dit-il, mon cher patron?

Il tira une chaise près du bureau et s'assit. Le Portugais ne répondit pas. Il regardait fixement Rombaud, comme un chat qui tient en arrêt une souris. Il faisait le gros dos dans son fauteuil capitonné, et ses sourcils touffus cachaient presque complètement ses yeux.

— Vous n'avez pas rencontré de Brives en arrivant? dit-il enfin de sa voix gutturale.

— Non, répondit Rombaud. Vous faites toujours des affaires avec lui?

— J'en ai fait, dit Nuño. Il m'intéressait, ce garçon. Je lui trouvais des idées... Mais il est comme tous les jeunes gens : il ne peut pas supporter qu'on le dirige, il n'accepte pas de tutelle... Il prétend suivre ses propres inspirations... Desvignes, l'agent de change, à qui il donne ses ordres, n'a pas voulu s'engager pour lui au delà d'un certain chiffre... Ils ont été rincés dans le krach, les agents; ils se méfient maintenant!... Et de Brives est venu me demander de le couvrir...

— Vous y avez consenti? demanda Rombaud curieusement, car il savait que jamais Nuño ne faisait rien sans motif.

— Oui, dit le Portugais, dont la voix sonna comme un méca-

LISE FLEURON

JEAN REPASSAIT DANS SON ESPRIT, SON RÊVE ENVOLÉ (PAGE 1771)

nisme d'acier, jusqu'à concurrence d'une certaine somme .. S'il suit mes indications, il réussira... Sinon... non !

— Mais, alors, vous risquez de perdre?

— On risque toujours de perdre, dit froidement Sélim. Mais j'ai une garantie.

Les deux hommes se regardèrent. Rombaud frémit. Il se dit :

— Le vieux misérable veut tenir Jean à sa discrétion, et la garantie dont il parle c'est Lise !

Nuño jeta un coup d'œil perçant sur Rombaud, et le vit songeur. Il voulut détourner le cours de ses idées.

— Je viens de faire une acquisition, dit-il. Le comte de Bérange était mal dans ses affaires ; il désirait se défaire de son écurie de courses : je la lui ai achetée en bloc...

— Vous allez faire courir ?

— Pourquoi pas? Puisque je ne puis plus courir moi-même, dit en riant Sélim. J'ai, dans l'Oise, la terre de Villepreneuse, où il est facile d'installer un haras. Je vais me mettre à entraîner : cela me distraira...

— En avez-vous parlé à Clémence?

— Oui. Elle a été enchantée. Il y a longtemps que Fanny Mangin l'agace avec l'écurie du petit marquis Bévignano... Cette chère enfant doit me choisir elle-même les couleurs de ma casaque...

Rombaud se tut. Il préparait sa phrase de début, et regardait Sélim avec inquiétude. Il le trouvait bien loquace, et se disait : Il veut me donner le change. Attention !

Il fit appel à tout son courage et commença à expliquer la situation du Théâtre Moderne. Certes, Nuño ne pouvait douter de l'immense avenir de l'affaire. Les trois cent mille francs qu'il avait avancés, en sus de sa commandite, lui avaient été remboursés, et il savait toutes les espérances que l'on pouvait fonder sur la pièce nouvelle. Il appartenait à son excellent patron, à son cher protecteur, de prêter encore une fois son appui à la vaillante troupe dont Clémence était une des étoiles...

Et, s'abandonnant à sa chaleur méridionale, il comparait Sélim aux illustres princes italiens qui, bienfaiteurs des grands peintres, avaient fait pousser, sur le sol béni de la patrie des arts, une moisson de chefs-d'œuvre.

Il s'arrêta. Nuño, si gai auparavant, se montrait maintenant taciturne. Le menton dans sa main, il examinait Rombaud, et son visage basané était immobile comme du bronze. Le directeur alors se montra plein de laisser-aller : il s'adressait d'abord à Nuño, pour que l'affaire ne sortît pas de la famille. Mais il avait sous la main des prêteurs tout disposés à traiter...

— Tant mieux, dit Sélim de sa voix rocailleuse, car si je me décidais à vous obliger, j'en aurais du désagrément... Clémence n'est pas contente !...

— Pas contente ! s'écria Rombaud.

Et, ne se gênant plus, en se voyant éconduit, il laissa déborder le flot de sa colère.

Clémence était à la fois ingrate et sotte. Comment ! lui, qui avait fait la situation de la comédienne, il était en butte à ses mauvais procédés !... Que serait-elle, sans lui ? Une belle fille, et voilà tout !

Nuño sourit. Il avait sur les lèvres cette réplique :

— Que seriez-vous, sans elle ? Un mauvais comédien de province, un petit tripoteur d'affaires !

Il ne se donna pas le facile plaisir d'écraser Rombaud. Et celui-ci, revenant à la douceur, se fit très humble, très caressant. Il essaya de fléchir Sélim. Mais il aurait plus facilement entamé le roc avec ses ongles. Alors, reprenant sa fierté, il affecta une grande sécurité d'esprit et sortit en déguisant son trouble sous un sourire. Dans le petit escalier, il se livra à une colère de rustre qui le soulagea. Il jura, menaça, et voua à toutes les fatalités ce vieux drôle, qui se payait une écurie de courses, et qui lui refusait l'argent dont il avait besoin pour son théâtre.

Il traversa la cour avec la démarche altière d'un homme qui rend des services et qui n'en reçoit pas. Il n'avait pas pour rien joué la comédie sous le nom de Francisque. Et, de plus, il était gascon. Tout en marchant, il se dit :

— Comment faire? Si je m'adressais à de Brives? Non! Il est lui-même cautionné par Nuño. Cet infernal Portugais, qui, certes, mérite le bagne, a donc la main dans toutes les poches?

Il se mit à rire : il venait de penser à son chef de claque. Il dit presque à haute voix :

— Suis-je bête! J'ai Bernard.

Il remonta en voiture et cria à son cocher :

— Rue Saint-Marc, n° 28.

Henri Bernard, de midi à six heures, tel est le libellé de la carte du chef de claque du Théâtre Moderne et de cinq autres grands théâtres de Paris. Au troisième étage, sur la cour, au-dessous du bureau de copies dramatiques : Veuve Gautier et fils, s'ouvre l'agence de cet entrepreneur de succès, qui est en même temps l'acquéreur des billets d'auteurs de chacun de ses théâtres. Indépendamment des droits qu'il touche sur la recette brute, l'auteur d'une pièce reçoit, de la direction, des billets, pour une certaine somme débattue d'avance et fixée par des traités. Ces billets, dont il ne saurait tirer parti, Bernard les lui prend à moitié prix, et les fait vendre à la porte du théâtre par des hommes à lui, drôles dépenaillés, à voix de rogomme, qui conduisent leur client chez le liquoriste du coin.

Bernard, qui a des comptes importants avec la plupart des grands auteurs, occupe quatre commis, enfermés dans une petite pièce, meublée de vieil acajou recouvert d'une étoffe de crin, et le long des murs de laquelle se dressent d'immenses cartonniers. Lorsqu'un homme de talent est dans l'embarras, Bernard n'hésite pas à lui prêter vingt ou trente mille francs. Il a, chez lui, des lettres éplorées signées des plus grands noms de la littérature contemporaine.

C'est le père Bernard qui a commencé la fortune de l'agence en faisant concurrence à la maison Porcher. Le vieux claqueur, homme de très bon conseil, retors comme un avoué de province, mit ses économies dans une entreprise de théâtre en prenant hypothèque sur le matériel. La direction fit faillite, mais Bernard resta possesseur des décors et des costumes. Il les loua à cinq ou six directions, qui se succédèrent en l'espace de trois ans, touchant chaque soir sur la recette le prix de son loyer. Il doubla ainsi ses fonds, et entra dans la combinaison de la Société Nantaise. Il s'adjugea naturellement la claque de tous les théâtres de la société, et commença à vendre les billets.

C'était un petit vieux, maigre et sec, coiffé d'une perruque, qui semblait sculptée dans le palissandre, et ayant toujours du coton dans les oreilles. Il ne négligeait aucun profit, et savait demander aux auteurs s'ils « faisaient l'abandon ». C'était un petit prélèvement de six francs par soirée sur le prix des billets qu'il avait à payer, et soi-disant destiné à surchauffer le zèle des claqueurs. A lui revient encore la gloire d'avoir remplacé, pour les pièces à succès, par des amateurs, désireux de voir le spectacle gratis, ses claqueurs qu'il aurait été obligé de payer. L'embauchage se faisait chez le marchand de vins, ce salon du peuple, et les places de quatrième galerie, que la direction mettait à la disposition des Romains, étaient occupées par les spectateurs qui, au signal donné par le vieux Bernard, partaient de la main et de la voix.

Grâce à son industrie, le chef de claque laissa à son fils, outre sa clientèle, trois cent mille francs d'argent liquide. Henri, très lancé dans le mouvement de la vie moderne, mais homme d'affaires aussi habile que son père, renonça aux carottes mesquines et aux regrat-tages vulgaires. Il travailla en grand, et avec des façons d'homme du monde.

C'est un charmant et aimable garçon, vivant très largement, habi-tant, sur le même palier que son agence, un joli appartement de quatre pièces, et ayant pour maîtresse Jeanne Letourneur, belle et spirituelle fille, qui chante agréablement l'opérette. Le père Bernard avait l'air cauteleux et minable d'un recors : son fils a l'apparence séduisante et joyeuse d'un viveur. Du reste, aussi fins l'un que l'autre et aussi honnêtes, car c'est une justice à leur rendre, la parole de Bernard père et fils a toujours valu leur signature.

Les seules difficultés qu'ils aient jamais eues ont été amenées par l'achat aux jeunes auteurs, pour le compte des directeurs de certaines scènes de genre, de levers de rideaux en un acte, qui sont joués alors chaque soir, enlevant aux-auteurs de la grande pièce qui attire le public trois pour cent sur la recette brute. Bernard va toucher à la Société des auteurs les droits de ces levers de rideau, et loyalement verse l'argent dans les mains des directeurs, qui encaissent, de la sorte, trois ou quatre mille francs par mois, pour une petite pièce qui leur a généralement coûté cinq cents francs une fois donnés. Les Bernard ont toujours soutenu qu'ils étaient en droit de faire ce genre d'opération. Du reste, ils n'en ont jamais tiré bénéfice. Ils étaient purement et simplement les hommes de paille des directeurs.

Rombaud ne tourna pas le bec de cane de la porte, sur laquelle est attaché une plaque de cuivre avec ces mots gravés : *Agence Bernard*. Il sonna à la porte de l'appartement, et au bout de quelques instants une bonne vint ouvrir.

— Monsieur Bernard est-il chez lui? demanda le directeur, en entrant dans une antichambre élégamment meublée.

Une portière se souleva et Bernard parut, le chapeau à la main.

— Comment! c'est vous, monsieur Rombaud? dit-il... Une minute de plus et vous ne me trouviez pas : j'allais sortir!

Il fit passer le directeur dans son salon, et lui offrant un siège :

— Qu'est-ce qui me vaut le plaisir de votre visite?

Rombaud connaissait son homme : il alla droit au fait :

Bernard, j'ai besoin d'argent. Et comme je ne veux pas qu'on sache que je suis embarrassé, je m'adresse à vous.

Bernard ne sourcilla pas ; il dit seulement :

— Eh bien! Et Nuño?

— Cette imbécile de Clémence est en train de me brouiller avec lui, répondit nettement Rombaud. Je n'ai rien à vous cacher : vous avez des intérêts dans le théâtre et vous êtes aussi désireux que moi de le voir prospérer... Oui, mon cher, Clémence est mécontente du rôle qu'elle a dans la pièce nouvelle... Un rôle magnifique! Et elle a été se plaindre à Sélim... J'ai trouvé le Portugais fermé! Or, vous savez quelle est ma situation. Je suis à la veille d'être au pair... Le drame de La Barre est un succès assuré... Lise sera adorable. Je l'entoure de Pavilly, Mortagne, Desmazures et Trincart... de madame

Bréval, de Fanny, de Cécile, de toutes les petites femmes avec des toilettes à tout casser... Si, avec ça, nous ne faisons pas d'argent, je n'y connais rien!

— Combien vous faut-il?

— Cent mille francs. J'ai à payer mon personnel, et je ne fais plus le sou avec *la Duchesse*.

— Je le sais bien! Pour combien de temps l'argent?

— Pour six mois.

— L'affaire peut s'arranger. Où dînez-vous?

— Avec vous, si vous voulez.

— J'allais vous le proposer. Allons-nous-en : il fait chaud ici, dit le grand garçon; nous causerons en route... Ah! Clémence fait des histoires! Eh bien! mais, pour la radoucir, nous pouvons, à la première occasion, la laisser jouer à froid, et lui faire piquer une tête.

Ils suivirent la rue de Richelieu, pleine de passants affairés, encombrée de voitures et d'omnibus. C'était l'heure où, chacun rentrant chez soi pour dîner, dans les quartiers qui avoisinent les boulevards, la circulation est la plus active. Les cafés regorgeaient de consommateurs, et l'odeur de l'absinthe remuée, de la bière répandue sur le marbre des tables, mélangée à la fumée âcre du cigare, saisissait au passage. Rombaud parlait avec animation, expliquant ses projets, sûr de l'avenir, et joyeux d'avoir trouvé, en dehors de Nuño, l'appui dont il avait besoin. Ils croisèrent de Brives, en voiture, et qui salua de la main.

— Il est toujours avec Lise? dit Bernard.

— Oui, répondit Rombaud, subitement songeur.

— C'est un hardi compagnon, reprit Bernard... Il est dans le Bénagoa jusqu'au cou...

— Est-ce bon? demanda Rombaud, auquel les paroles sournoisement menaçantes de Sélim revinrent.

— On le croit. Mais de quoi est-on sûr, aujourd'hui, en matière financière? L'Union aussi, affirmait-on, était bonne. Et vous savez ce qu'il en est advenu.

En un instant, devant les yeux de Rombaud passèrent les figures de Jean et de Lise affolés, conduits à leur perte par le terrible Sélim. Il eut le pressentiment de toute une affreuse intrigue tramée dans l'ombre. La voie de Bernard l'arracha à sa préoccupation. Il se vit devant le café Riche. Il secoua la tête et, se répondant à lui-même, il dit :

— Qu'y puis-je ?

— Rien du tout, fit Bernard, en regardant finement Rombaud, comme s'il eût lu dans sa pensée. En attendant, allons dîner.

ELLE S'ÉTAIT DRESSÉE DEVANT LISE LES BRAS CROISÉS (PAGE 1880)

XI

Les répétitions des *Viveurs* marchaient grand train. On savait dans le théâtre que les recettes de la pièce en cours de représentation étaient insuffisantes, et on se dépêchait de monter le drame nouveau. La Barre, assis à l'avant-scène éclairée par une servante, haute lampe à gaz, branchée sur la rampe, devant le pupitre du chef d'orchestre, dirigeait le travail avec une sûreté de vues, et une puissance de moyens dramatiques, qui le révélèrent, tout de suite, metteur en scène de premier ordre. Il avait, à sa gauche, Massol, à sa droite, le souffleur muni du manuscrit. Et sur la scène obscure, entre les trois pans d'un vieux décor avec des chaises de paille pour figurer la plantation des meubles, il regardait et écoutait les artistes qui, dans leur costume de ville, le chapeau sur la tête, les mains dans les poches, ânonnaient leur rôle, à voix basse, pour ne point se fatiguer.

De temps en temps, Massol se levait et, déplaçant l'artiste qui répétait, il disait :

— Non, mon petit, je ne ferais pas ce mouvement-là, comme ça... Je me laisserais tomber sur le fauteuil, et, les bras abandonnés, la tête branlante, j'attendrais la réplique... Toi, Desmazures, il faut que tu passes, en disant ta phrase... Alors Mortagne se relève et va vivement à toi... N'est-ce pas, monsieur La Barre ? Allons, essayons ça, comme je viens de l'indiquer... Reprenons du tout...

Il venait se rasseoir. Mortagne et Desmazures reprenaient la scène et suivaient l'indication, mais l'effet n'était pas encore satisfaisant. Alors Claude s'élançait et, enlevant son paletot pour être plus libre de ses mouvements, se mettait à jouer. Il ne se bornait pas à expliquer ce qu'il désirait, il l'exécutait, et avec une perfection extraordinaire. Il avait ce don singulier d'imiter les voix, sans s'y appliquer. Quand il prenait la place de Desmazures, pour jouer la scène avec Mortagne, il parlait comme le comédien, et les artistes, qui étaient dans les coulisses, ne savaient plus si c'était leur camarade ou l'auteur qui tenait le rôle.

Rombaud allait de son cabinet à l'avant-scène, ayant confiance en La Barre depuis qu'il l'avait vu à l'œuvre, s'arrêtant parfois pour causer au fond du théâtre avec Lise ou avec madame Bréval. Il tenait rigueur à Clémence, depuis le tour qu'elle lui avait joué. Il l'avait destituée de son affectueuse familiarité. Il ne la tutoyait plus, et, quand il avait à lui parler, il l'appelait cérémonieusement mademoiselle Villa.

Ils avaient eu une explication le lendemain de la visite faite infructueusement à Nuño. Le directeur avait pendant la collation des rôles, emmené sa pensionnaire dans son cabinet, et, là, il s'était plaint amèrement. Il avait trouvé Clémence impassible. A toutes ses récriminations, elle avait opposé un silence glacial. Cependant, comme il revenait pour la dixième fois sur ce refus inouï de Nuño, qui l'avait contraint à chercher ailleurs les cent mille francs dont il avait besoin, accablant Clémence de reproche et lui disant : Que pouvais-je faire de plus pour toi que ce que j'avais fait ? Qu'est-ce que tu voulais ? un éclair avait jailli des yeux de la comédienne, et, d'une voix tranchante, elle avait répondu :

— Ce que je voulais ? Le rôle de Lise !

Alors, Rombaud, haussant les épaules et regardant Clémence avec une blessante pitié :

— Te donner le rôle de Lise, pour cent mille francs, à toi ? Pas assez cher, ma fille, tu sais ! Les cent mille francs n'auraient pas fait la différence des recettes !

La comédienne s'était élancée hors du cabinet sans dire un mot, mais en jetant à Rombaud un mortel regard. Et depuis ils ne s'étaient plus parlé en dehors du service.

Lise, au bout de quinze jours de répétitions, jouait déjà avec un charme adorable. Elle s'était éprise de son personnage. Et jamais, elle, la pensionnaire modèle, elle n'avait travaillé avec autant d'ardeur. Ce n'étaient plus la correction exquise, l'émotion pénétrante, qui l'avaient fait triompher dans ses derniers rôles, qu'elle cherchait. Elle voulait aller au delà, et faire une création originale. Confiante en elle-même, maintenant, elle ne craignaitplus de se laisser aller à son inspiration. Et, guidée par un instinct merveilleux, servie par une admirable nature, elle faisait des trouvailles qui devaient donner à son jeu une personnalité remarquable.

La Barre, tout nerfs avec les autres interprètes, s'enflammant, se prodiguant, sautant en scène, et intervenant dans le dialogue, était, avec elle, silencieux, recueilli, semblant en extase. Il écoutait ses paroles, il regardait ses mouvements. Alors, inquiète de le voir immobile et comme pétrifié, Lise s'arrêtait, et se tournant vers lui :

— Monsieur la Barre, disait-elle, est-ce là ce que vous voulez ? Reprenez-moi, si vous n'êtes pas satisfait !

Il semblait sortir d'un rêve et répondait :

— C'est parfaitement bien, mademoiselle... Je ne peux pas désirer mieux... Continuez, je vous en prie...

— Allons, mes enfants, enchaînons, disait Massol de la voix monotone d'un homme qui, depuis trente ans, répète la même chose. Et la pièce se poursuivait.

Lorsque Lise était en scène, régulièrement, on voyait au coin d'un portant, ou dans l'entre-bâillement d'une porte, apparaître Clémence. Elle suivait le travail de Lise avec un vif intérêt. Et quand, mécontente, désireuse de mieux faire, la comédienne reprenait un mouvement, ou changeait une intonation, elle l'approuvait de la tête, l'encourageait du regard, et semblait attacher autant d'importance qu'elle-même à la perfection de son jeu. Lise, très touchée de ce qu'elle appelait la bonne camaraderie de Clémence, la consultait, et souvent suivait ses conseils.

Toute trace d'animosité avait disparu dans l'attitude de l'Italienne. Et, si Rombaud n'avait pas été aussi exactement renseigné sur les véritables sentiments de sa pensionnaire, il eût été pris à sa feinte douceur. Sans vouloir ouvrir les yeux à Lise, il essaya de la mettre en garde contre l'hypocrite affabilité de Clémence. Mais il causa une vive surprise à la jeune femme et n'arriva pas à la persuader. Il n'insista pas, en voyant Lise mécontente et déjà prête à l'accuser de méchanceté. Il se promit de veiller. Il passait la revue des trappes avec un soin extrême, croyant Clémence parfaitement capable de payer quelqu'un pour faire tomber sa rivale dans les dessous, comme dans une oubliette. Il se préoccupait des dangers matériels, il songeait à protéger la personne de Lise, et c'était moralement que sa rivale la menaçait, c'était au cœur qu'elle rêva de la frapper.

Tous les jours, à cinq heures, Jean venait attendre Lise à la sortie de la répétition. Il restait dans la voiture du Cercle, qui l'avait amené, et la jeune femme arrivait pimpante, animée, à la pensée de revoir celui qu'elle aimait. Elle montait, et, tous deux serrés l'un contre l'autre, ils allaient faire un tour au Bois. Souvent ils rencontraient Clémence au détour d'une allée, dans sa victoria admirablement attelée. Les deux femmes échangeaient de gracieux sourires. Jean affectait de ne pas voir Clémence, et, quand il ne pouvait pas se dispenser de saluer, il ôtait son chapeau avec une politesse glacée. Lise alors le plaisantait sur sa longue rancune. Et lui, gravement répondait :

— C'est vrai, je ne lui pardonne pas le mal qu'elle t'a fait.

Ils retrouvaient, auprès de la piste du Cercle des patineurs, Michalon, monté sur un cheval noir, gros comme un éléphant. Et le géant alors les escortait, causant gaiement avec eux par la portière de la voiture. A sept heures moins le quart, Jean déposait Lise au coin de la rue de Lancry. Jamais la jeune femme ne manquait de rentrer dîner avec sa mère, malgré les scènes lentesvio que lui faisait l'aveugle, exaspérée de ce qu'elle appelait la scandaleuse conduite de sa fille. Ces repas étaient un supplice que Lise subissait avec une humble résignation. Elle y voyait la juste punition de sa faute. Elle s'accusait alors d'aimer trop, mais elle était sans courage pour résister à un entraînement qui faisait sa joie. Elle avait aussi à supporter les reproches de Jean qui se plaignait que Lise le sacrifiât trop complètement. A lui elle répondait avec douceur :

— C'est ma mère, mon ami, et elle est bien vieille ! Quoi qu'elle fasse et quoi qu'elle dise, je ne dois pas oublier les peines qu'elle a prises quand j'étais petite. La mère, c'est sacré : on doit la mettre au-dessus de tout ! Je comprends que tu te plaignes... Moi, de mon côté, je n'ai pas tous les jours l'existence facile et agréable... Mais c'est ma mère... Et, vois-tu, on n'en a qu'une !

Aussi souvent qu'elle le pouvait, quand l'aveugle était dans sa chambre, qu'elle l'avait couchée, bordée, endormie, elle s'échappait et venait retrouver Jean, rue Taitbout. Elle y restait jusqu'à minuit, jamais plus tard, et inflexiblement rentrait chez elle.

Elle se faisait expliquer minutieusement le mécanisme des affaires de Bourse. Elle avait de la peine à comprendre que le seul mérite d'avoir pressenti la hausse ou la baisse pût faire passer, de la poche de l'un, dans la poche de l'autre, des sommes considérables. Elle trouvait ces opérations profondément immorales. Et toutes les roueries employées pour déterminer le mouvement des valeurs, articles enthousiastes ou pessimistes, fausses nouvelles habilement répandues, bruits alarmants clandestinement propagés, lui paraissaient très criminelles. Ce qui la scandalisait, c'était la spéculation sur des valeurs qu'on ne possédait pas, et ce gonflement fictif des cours qui montaient comme des ballons, jusqu'à ce qu'un coup d'épingle les fît retomber flasques et vides. Tout cet agiotage, tout ce brigandage légalement organisé, et auquel participaient orgueilleusement des hommes qui tenaient le haut du pavé, décorés, honorés, encensés, maires de leurs arrondissements, députés, ministres, et cités parmi les notabilités, à toutes les cérémonies publiques ou privées, et grossissant chaque jour leur fortune, en vertu de ce célèbre adage : « les affaires, c'est l'argent des autres, » tout ce trafic, qui semblait avoir, pour véritable théâtre, la forêt de Bondy, la jetait dans la stupeur.

Avec sa faculté de dramatiser tout, elle apercevait, à travers les nuages d'or du trompe-l'œil financier, les innocents, les sincères et les honnêtes, qui, ayant échangé leur argent contre des titres, voyaient, dans un mouvement vertigineux, leurs valeurs monter d'abord, puis descendre, pour arriver souvent, à ne valoir que le prix du papier. Elle constatait la ruine des petits et des naïfs, au profit de la prospérité des malins et des puissants. Elle entendait les cris de désespoir, de rage et d'agonie des dupés, pendant que la musique d'un chef-d'œuvre berçait, à l'Opéra, le détrousseur, paisible et souriant, dans sa loge de première.

Jean riait et lui reprochait d'être sentimentale et vieux jeu.

— Tu parles comme les raisonneurs dans les anciens drames de Pixérécourt et de Dinaux. Avec un léger trémolo à l'orchestre, la tirade ferait beaucoup d'effet sur les sensibles bourgeois du Marais. Défais-toi donc de ces préjugés, bons pour les esprits étroits ! La finance, vois-tu bien, aujourd'hui, c'est la puissante incontestée. C'est elle qui gouverne le monde, et qui est l'arbitre de la destinée des peuples. Crois-tu que, si son organisation n'était pas aussi merveilleusement perfectionnée qu'elle l'est, un pays pourrait trouver, du jour au lendemain, à emprunter les centaines de millions dont il a besoin? La finance est redoutable, dis-tu, et cela est vrai. Mais tout ce qui est utile peut être nuisible. Et nulle institution ne va sans inconvénients. La locomotive, qui traîne les trente voitures d'un train, et conduit en douze heures d'un bout à l'autre d'un empire des centaines de voyageurs, dont l'activité commerciale est décuplée par cette rapidité de déplacement, ne peut-elle pas écraser le cantonnier imprudent qui s'aventure sur la voie, et même n'est-elle pas exposée à dérailler et à tuer ceux qu'elle devait amener sains et saufs au point d'arrivée? Les chemins de fer en sont-ils moins admirables? Et faut-il, pour quelques accidents, regretter les diligences?

Il la réduisait au silence, mais il ne la persuadait pas. Et instinctivement elle se révoltait contre ce drainage fabuleux de la fortune universelle au profit de quelques-uns. Elle pensait que le train financier, dans lequel il était monté, et qui filait avec une rapidité effrayante, pourrait bien dérailler, comme il disait. Et alors c'était la chute, l'écrasement, la mort. Elle savait que Jean avait engagé toutes ses ressources dans cette affaire du Bénagoa, qui était conduite par Nuño. Et l'ingérance souveraine du grand banquier, qui aurait rassuré les plus timorés sur le succès de la spéculation, l'épouvantait. Sa terreur eût été bien plus grande encore si elle avait su que Sélim, comme pour mieux exciter de Brives à le suivre, lui avait donné des facilités en le cautionnant. Mais elle l'ignorait.

Elle n'osait plus faire part de ses craintes à Jean. Très nerveux, très surexcité, il s'emportait quand elle paraissait manquer de confiance. Il avait entamé une partie si importante qu'il avait besoin de sentir ses espérances partagées. Et la moindre contradiction le mettait hors de lui. Lise se procura des journaux financiers et les lut avec avidité. Elle y trouva des renseignements tellement contradictoires qu'elle ne sut plus que croire.

Les uns affirmaient que toutes les actions des mines de Bénagoa étaient classées dans les portefeuilles les plus sérieux, et prédisaient, pour la fin du mois, une hausse de trois cents francs assurée. Les autres déclaraient que toutes les actions étaient flottantes, et que la hausse était produite par les achats de quelques gros banquiers qui, à un moment donné, réaliseraient leur gain et passeraient le paquet de titres à des gogos qui auraient cru à l'avenir de l'affaire. Enfin un petit pamphlet, rédigé par des boursiers féroces, et imprimé avec du vitriol, déversait des charretées d'injures sur les « misérables qui avaient répandu le bruit qu'il n'y avait pas de cuivre dans les mines de Bénagoa, que, peut-être, même, il n'y avait pas de mines. » Il insinuait que « ces drôles n'ayant pu se faire donner par l'administration des actions à primes, essayaient maintenant d'un hideux chantage pour tâcher d'arracher de force ce qu'ils n'avaient pas obtenu de gré. »

Dans ce chaos, Lise ne parvenait pas à discerner la vérité. Mais

AVEZ-VOUS VU SORTIR MADEMOISELLE FLEURON? DEMANDA CLÉMENCE
(PAGE 1884)

lui semblait qu'elle assistait au chargement effrayant d'une machine infernale, destinée à faire des milliers de victimes.

Cependant, le mouvement annoncé sur la valeur avait commencé à se produire. Le Bénagoa montait. Et quand on passait devant la Bourse, du bureau des omnibus, au bord de la grille, on entendait la rumeur des combattants, et leur cri de guerre : Bénagoa! Bénagoa! qui, de loin, et au travers du tumulte, arrivait défiguré, réduit à ce hurlement de bête sauvage : oua !... oua !

On en achetait, on en vendait, et, de midi à trois heures, poussé en avant, ramené en arrière, faisant des bons prodigieux, le Bénagoa allait de cinq cents à six cents, mais, en fin de compte, toujours en hausse, toujours conduit par une main mystérieuse et puissante, qui lui imprimait un mouvement ascensionnel. Jean, acharné, comme s'il livrait un combat mortel, arrivait à la première heure, quittait au son de cloche, et achetait avec passion, avec furie, se disant : — Décrochons le cours de huit cents francs, et je vends !

A ce prix, il faisait un bénéfice énorme, et pouvait désormais se tenir en repos, s'il avait du goût pour la vie oisive. S'il avait la fantaisie d'entreprendre les grandes affaires, il était en mesure de marcher hardiment, sans avoir à craindre qu'un échec imprévu le jetât à la côte. Il avait des accès de joie frénétique, à la pensée du résultat attendu, qu'il voyait proche et assuré. Il disait à Lise :

— Nous serons riches et nous pourrons alors jouir, sans arrière-pensée, de notre bonheur.

Elle répondait :

— Est-il bien nécessaire que tu aies tant d'argent pour être heureux, et n'es-tu pas bien fou de gaspiller le bonheur présent? Contente-toi de ce que tu as, et n'attends pas à demain.

Il ne l'écoutait pas : il était en proie à une sorte d'affolement. Il avait entrevu les sources du fleuve d'or, et il voulait s'y plonger. Il était comme les alchimistes qui poursuivaient le grand œuvre, et qui, dédaigneux de l'or véritable, le prodiguaient pour arriver à produire l'or faux. L'argent, les billets, n'avaient plus de valeur pour lui. Il les froissait dédaigneusement dans ses mains, et les donnait pour du

Bénagoa. Son ambition était abstraite : il rêvait un chiffre. Il avait la rage de l'atteindre, semblable au touriste qui regarde le sommet d'un pic et qui se dit : N'importe comment, il faut que j'y mette le pied.

Il y avait trois semaines que cette fièvre durait. Une liquidation de quinzaine avait été franchie heureusement, et on était reparti de plus belle jusqu'à la fin du mois. Lise avait supplié Jean de s'arrêter. Elle pressentait un revers. Mais lui s'était mis en colère :

— Que peut-on craindre ? C'est Nuño qui mène le marché, et tous les gros banquiers sont avec lui. Il y a, il est vrai, un syndicat qui vient de se former pour résister au mouvement, mais il sera écrasé. Le cours de huit cents est vu par tout le monde. A la fin de la semaine nous y serons, et alors je réalise ! Ne me parle plus de cet affaire, je t'en prie, tu me troubles, mais tu n'arriveras pas à me faire lâcher prise.

Et craignant de l'avoir fâchée, il la prenait dans ses bras et la plaisantait gaiement, se servant de l'argot des joueurs :

— Mademoiselle Lise Fleuron, lui disait-il, vous êtes une très charmante femme. Mais vous manquez absolument d'estomac !

Les répétitions avançaient, et déjà on commençait à mettre sur pied le quatrième acte. Lise se consolait de ses ennuis en travaillant son rôle. Sur la scène elle oubliait tout, et, s'animant, elle essayait des effets qu'elle avait préparés chez elle, et jouait comme si elle était devant le public. Elle avait l'ardeur des chevaux de pur sang, qui s'échauffent et s'emportent dans les galops d'essai. Ses yeux s'allumaient, sa voix prenait une sonorité éclatante, ses nerfs se tendaient et, toute vibrante, elle était étonnée de la mollesse de ses camarades, pour qui ces études n'étaient pas, comme pour elle, un plaisir. La Barre, radieux, voyait approcher l'époque de la première représentation avec une confiance absolue. L'interprétation était excellente. Et, à l'exception de Pavilly qui répétait en dedans, avec l'air d'un condamné à mort, toute la troupe semblait prête à donner vigoureusement et à fond.

Doux, poli, modeste, Claude avait su se faire aimer des artistes. Entre deux actes, dans les moments de repos, il suivait avec une curiosité très vive, les petites intrigues qui se nouaient et se dénouaient dans les coulisses. Il y avait de la brouille entre Mortagne et Fanny Mangin. La jalousie du jeune premier avait fini par agacer la belle fille. Le comédien ne s'était-il pas mis en tête de faire congédier le marquis Bévignano par Fanny?

La veille au soir il avait eu une querelle terrible. Mortagne, en arrivant en scène pour le troisième acte, avant le lever du rideau, avait aperçu, au fond de la petite loge grillée de la direction, qui se trouve dans les coulisses, le grand seigneur italien. Il était sorti tout pâle, et s'adressant à Rombaud, il s'était écrié :

— Si cet homme reste là, à me regarder sous le nez, je ne pourrai pas jouer! Qu'il s'en aille! Qu'on le fasse partir! Il vient là pour m'insulter. Je ne réponds pas de moi!

Rombaud avait essayé de le calmer, de lui faire comprendre que le marquis, ayant payé sa loge, était chez lui. Mais Mortagne, la figure décomposée par la fureur, perdant son blanc et son rouge qui tombaient par écailles, avait répété .

— Qu'on le fasse partir! Il n'a pas le droit d'être là. Il vient pour m'insulter!

— Mais il ne sait pas le premier mot de vos relations avec Fanny, criait Rombaud. Il est là par curiosité... Il a voulu avoir le coup d'œil de la scène pendant les entr'actes... Il a payé sa loge! M'entendez-vous? il l'a payée!

Alors le comédien, avec une réminiscence de la grande scène de Jean insultant en scène le prince de Galles, avait fait un geste terrible et s'était écrié :

— C'est bien! Alors; tout à l'heure, vous allez voir?

— Ah çà! Mortagne, pas de bêtises, vous savez! Le commissaire de police est tout près d'ici, et moi, pour commencer, si vous faites le moindre scandale, je vous flanque à l'amende de cinq cents francs. Ah! mais!...

Le jeune premier s'était radouci, il avait joué ses trois derniers actes avec des airs de lion blessé, et, après le spectacle, il avait voulu défendre à Fanny de partir avec le marquis. Mais celle-ci, agacée, lui avait tourné le dos en disant :

— As-tu vingt mille francs à me donner par mois? Non? Alors passe par les escaliers de service, et laisse-moi tranquille!

Et, depuis le commencement de la répétition, Fanny affectait de coqueter avec le joli Trincard, et de le consulter pour des placements qu'elle avait à faire. Mortagne, blême, crispé, secouant sa tête superbe, arpentant le fond du théâtre, jetait, au passage, des regards méprisants à la belle rousse. Lise venait de sortir de scène : elle s'assit pour écouter ses camarades, et les paroles de Trincard, causant avec Fanny, arrivèrent à elle. Le comédien faisait un cours de finances...

— Non! Le Suez, c'est usé, il n'y a plus de gros bénéfices à faire sur lui... L'Espagnol est sujet à fluctuations... Le vrai coup, c'est sur Bénagoa...

Lise se leva. Ainsi ce Bénagoa maudit la poursuivait jusque dans le théâtre. Au milieu de son travail elle entendait résonner, à son oreille, ce nom menaçant. Tout le monde était donc engagé dans cette odieuse spéculation? Jusqu'à Trincard qui, avec huit mille francs d'appointements, avait un coupé de fils de famille, et vivait comme un millionnaire. Cependant elle fut un peu rassurée. Puisque l'opinion unanime était favorable à la valeur, il fallait bien qu'en réalité elle fût bonne. Elle se promit d'interroger Michalon. Quoiqu'il ne s'occupât pas d'affaires, il était très lancé dans le monde de la Bourse. Il avait au Cercle une vingtaine au moins de courtiers, remisiers, ou agents, qu'il devait entendre causer, au salon, à la salle d'armes, et par lesquels il pouvait être exactement renseigné.

Le lendemain, pendant la promenade quotidienne au Bois, Jean et elle rencontrèrent le géant, qui essayait un cheval neuf. Lise, sous prétexte de le voir caracoler et volter, demanda à descendre, et marcha dans l'Allée des acacias. Le cheval était difficile et se défendait, Jean donnait des conseils à son ami, Michalon impatienté lui dit :

— Je voudrais bien t'y voir, toi!

— Eh bien! monte, dit en souriant Lise. Descendez, Michalon! Nous allons voir le professeur à l'ouvrage...

Jean prit la cravache de Michalon, sauta en selle, et commença à

faire exécuter au cheval des changements de pieds, avec l'habileté
d'un écuyer consommé. Lise le suivit un instant des yeux, pleine
d'une joyeuse fierté, puis, se tournant vers Michalon :

— Vous devez être au courant des affaires de Jean, dit-elle. Que
pensez-vous de sa situation? Je suis très inquiète... Il me semble que,
depuis quelques semaines, il se lance bien imprudemment...

— Je suis le plus ignorant de la terre, ma chère Lise, en ce qui
touche aux questions financières... Je ne saurais même pas vous dire
ce que c'est qu'un report... Je suis de votre avis : Je crois que Jean
marche un peu vite... Mais que voulez-vous? Il a toujours réussi... Il a
une confiance aveugle dans sa chance... Souvent, autrefois, quand il
jouait, je l'ai supplié d'abandonner une partie, en le voyant enfiler
culotte... Il m'envoyait promener, persistait contre toute sagesse, et,
en somme, il avait raison, car il finissait toujours par regagner ce
qu'il avait perdu et par faire du bénéfice.

Lise leva ses yeux bleus sur son ami, et, avec un adorable sourire :

— Était-il alors aimé comme je l'aime?

— Ah? certes non! s'écria Michalon. Il n'avait point souci des
femmes. Il les trouvait gênantes et absorbantes... Son cœur était
fermé, comme une caisse à combinaisons... Il a fallu qu'il vous vît!...
Et, ma foi, si le proverbe est vrai, je crains bien, qu'étant si heureux
en amour, il soit fort malheureux au jeu.

Lise lui serra le bras avec angoisse :

— Ne parlez pas ainsi... Il ne faut pas même admettre que cela
soit possible!... Le voici qui revient... Faites comme moi, mon bon
Michalon, exhortez-le à la prudence!... Mais pas un mot de ce que
nous venons de dire! S'il savait que je me suis confiée à vous, il m'en
voudrait peut-être...

Le cheval, docile et gracieux, obéissait à la main de Jean, posant
ses pieds en cadence, courbant son cou, agitant sa tête fine. Lise et
Michalon s'approchèrent. Au même moment, une voiture venant du
côté du Pré Catelan passa auprès d'eux, et, dans l'encadrement de la
portière, ils aperçurent le visage bronzé et la chevelure blanche de
Nuño. Il sourit, salua et s'éloigna. Mais, dans ses traits, Lise crut

découvrir une expression de joie sardonique. Il sembla à la jeune femme que le Portugais triomphant en était arrivé à ses fins, et que le vaste piège tendu allait se refermer sur Jean, sur elle, et sur les malheureux qui s'étaient laissés prendre à la trompeuse amorce.

Elle vit Sélim comme une énorme et effrayante araignée, embusquée au milieu de sa toile, et attendant froidement ses victimes. Une pensée affreuse passa dans son esprit. Elle eut le soupçon que c'était à cause d'elle que Nuño menaçait Jean. Il ne haïssait pas de Brives : il haïssait l'homme aimé par Lise. Il voulait le perdre, et, avec lui, tous les innocents qui avaient mis la main dans l'engrenage de la formidable machine à broyer les hommes et les fortunes.

Elle eut le vertige ; elle se jugea responsable de tous les malheurs qu'elle prévoyait. Elle se demanda s'il n'était pas de son devoir de supplier le monstre de s'arrêter, pendant qu'il était encore temps, et de fuir Jean, de sacrifier son bonheur au salut de celui qu'elle adorait.

— Qu'as-tu donc ? lui demanda Jean, en la voyant absorbée.

Elle ne répondit pas. La voiture suivait les boulevards et se dirigeait vers la rue de Lancry. Un embarras se produisit dans la circulation, au coin de la rue Drouot, et Lise, au milieu des groupes de passants, entendit un vendeur de journaux qui criait d'une voix éraillée :

— Demandez le nouveaux Krach ! La dégringolade du Bénagoa ! Demandez l'écrasement de la finance étrangère ! Dix centimes ! Deux sous !

Elle devint toute pâle. Ce cri lui avait répondu au cœur. Elle se tourna vers Jean et lui dit : Entends-tu ?

Il la regarda avec calme et, souriant :

— C'est le *Scandale parisien*, cet ignoble journal bourré de fausses nouvelles... Hier il annonçait la mort de l'impératrice Eugénie... Demain il annoncera l'assassinat de M. de Bismarck par les socialistes allemands... C'est un trafic honteux ! Et je ne comprends pas comment la police le tolère !

Le journal s'enlevait, cependant, et des hommes affairés s'arrêtaient au bord du trottoir pour le lire.

— Prends-le, je t'en prie, dit Lise. Je veux voir ce qu'il y a sur ton affaire... Si c'est faux, tant mieux !... Mais si c'était vrai?...

Peut-être Jean était-il aussi désireux que Lise de parcourir l'immonde feuille, car il n'hésita pas, et, se penchant par la portière :

— Hé ! l'homme... un numéro, s'il vous plaît...

Le voyou détacha de son paquet un numéro, encore humide de la presse, et le tendit à Jean, dont il mit les deux sous dans sa bouche, replaçant son bloc de journaux sous son bras et criant d'une voix étouffée :

— Demandez le nouveau Krach... Demandez les détails... Dix centimes !

D'un coup d'œil, Jean parcourut l'article. Il donnait la nouvelle, transmise par le télégraphe, disait-il, après la Bourse, d'une inondation des mines de Bénagoa par des sources qui avaient jailli subitement sous le pic des mineurs. Les galeries de travail étaient noyées, et l'exploitation devait, pendant un temps indéterminé, devenir impossible. Les pertes matérielles étaient considérables. Très heureusement, on n'avait à déplorer la mort d'aucun ouvrier. L'annonce du cataclysme avait été, à Madrid et à Lisbonne, le signal d'une baisse importante, et il était certain que les places de Londres, de Vienne et de Berlin allaient être fortement ébranlées.

Jean resta grave : il n'avait plus envie de plaisanter. Si la dépêche était sérieuse, les plus redoutables complications étaient à craindre. Si le bruit répandu était faux, la réaction serait énorme, et le Bénagoa ne pouvait manquer de monter avec une nouvelle énergie. Mais que croire? Le journal méritait bien peu de confiance. Cependant la précision des détails était singulière et la modération de la forme était inusitée. Point de déclamations, point d'injures. Le fait seul, dépouillé de tout commentaire. Les grosses insultes, dirigées contre la finance étrangère, étaient dues à l'imagination poissarde des vendeurs, qui savaient ce qu'il faut pour allécher la curiosité parisienne.

Avant de rien entreprendre, il était nécessaire de se renseigner.

— Eh bien? demanda Lise épouvantée par l'immobilité de Jean,

LISE FLEURON

UNE MAIN SE POSANT SUR SON EPAULE (PAGE 1899)

.— Eh bien ! il n'y a rien de très concluant, répondit-il avec froideur. Je vais passer chez Nuño, tout à l'heure, pour savoir à quoi m'en tenir.

Il se tut, et la jeune femme devina l'horrible inquiétude qui le bouleversait, dans l'altération subite de ses traits, dans la crispation de ses mains qui tordaient machinalement le journal. Le cœur gros, Lise descendit de la voiture, et, les yeux suppliants :

— Attends-moi ce soir, dit-elle.

Jamais elle ne lui avait ainsi offert de venir. C'était toujours lui qui l'implorait. Il comprit le tourment de ce cœur tendre, il détendit son visage, il retrouva son sourire, et, lui serrant la main :

— Sois raisonnable. S'il y a un malheur, nous n'y pouvons rien. Il faudra songer seulement à s'en tirer le mieux possible. Adieu.

Elle monta sur le marchepied, lui jeta les bras autour du cou, et, dans le fond de la voiture, l'embrassa comme si elle ne devait pas le revoir. Et, tournant dix fois la tête en chemin, elle s'éloigna.

Jean alla tout droit au Faubourg Saint-Honoré. Il traversa vivement les bureaux, gagna l'antichambre de Sélim, et s'adressa à Clément. L'huissier majestueux, sa chaîne d'argent au cou, lui déclara que le patron venait de rentrer, était en affaires, et avait absolument défendu sa porte.

— Même pour moi ? dit de Brives avec un regard caressant.

— Même pour le bon Dieu, s'il descendait du ciel, répliqua Clément.

Jean pensa à demander à l'huissier s'il avait entendu parler de la catastrophe. Mais il recula devant ces familiarités d'antichambre. Et lentement il regagna sa voiture. Il se fit conduire au Cercle, et, là, il trouva tout le monde en l'air.

La dépêche, publiée par le moniteur des fausses nouvelles, avait été colportée et servait d'aliment à la conversation. C'était un feu croisé d'affirmations et de négations, formulées par des gens aussi peu informés les uns que les autres, parlant pour le plaisir, mais n'apportant aucun fait précis, de nature à élucider la question. Tous répétaient ce qu'ils avaient entendu raconter, se livrant à ce papotage creux et bruyant habituel aux oisifs.

Jean écouta, ne dit rien, et, à huit heures, se dirigea vers les boulevards. A la petite Bourse du soir, l'émotion était profonde. La nouvelle, non encore confirmée, avait déjà produit cent francs de baisse. Le Bénagoa était offert à six cents. Les bruits les plus opposés circulaient dans les groupes. Le syndicat était, disait-on, décidé à écraser la valeur. Nuño était prêt, répondait-on, à soutenir la lutte.

Jean rentra rue Taitbout, très soucieux. Il sentait le sol trembler sous lui. Pour la première fois il perdait sa belle confiance, et admettait la possibilité d'un échec. Il ne croyait pas qu'il pût être complet, irrémédiable. Mais avec son flair parisien, il se rendait compte que l'affaire prenait une mauvaise tournure. Il trouva Lise, déjà arrivée, qui s'élança au-devant de lui, ardente à l'interroger. Mais il n'avait rien à lui apprendre, et elle retomba anéantie, sous le coup de tous ses doutes, accumulés depuis un mois, et près de se changer en une affreuse certitude.

Cependant elle vit Jean si bourrelé d'inquiétudes qu'elle sentit la nécessité de le remonter. Elle se fit câline et charmante, elle calma son irritation, elle chassa les nuages de son front, elle fit épanouir ses lèvres sous les baisers. Et, ayant elle-même le désespoir dans le cœur, elle força Jean à oublier sa tristesse.

Les journaux du matin n'apportèrent aucun renseignement nouveau. Ils publiaient purement et simplement la dépêche reçu la veille, et affirmaient l'exactitude des détails qu'elle contenait. Aucune appréciation, aucun pronostic. Ils se réservaient et attendaient les événements. Lise se rendit au théâtre en pensant qu'elle y verrait Trincard. Par lui, elle saurait peut-être quelque chose. Mais le comédien n'était pas venu à la répétition. Roberval tenait le manuscrit et jouait le rôle. Lise, le cœur serré, allait en scènes parlait, sans savoir au juste ce qu'elle disait. Le corps était sur les planches, mais l'esprit s'envolait bien loin.

Enfin, à quatre heures, Trincard parut, pâle, bouleversé, les cheveux sur le front, les yeux au fond de la tête, les habits en désordre. Il se laissa interpeller par Rombaud avec sévérité sans répondre un mot. Assis sur un tabouret, il semblait accablé. Il secoua la tête douloureusement, rit amèrement, comme s'il trouvait lâche qu'on l'achevât, quand il était déjà si cruellement frappé. Et Massol, perdant patience, lui ayant dit :

— Mais enfin, qu'est-ce que vous avez ?

Il regarda le vieux comédien avec un air navré, et, d'une voix mourante :

— Ce que j'ai ? J'ai du Bénagoa, répondit-il. Beaucoup de Bénagoa !... Et il a baissé de deux cent cinquante francs aujourd'hui...

— Bigre ! fit Massol, qui, de sa vie, n'avait mis le pied à la Bourse, mais qui fut saisi par l'importance du chiffre.

— Et il va baisser ce soir... Et il baissera demain... Moi qui pouvais vendre, hier, avec un si beau bénéfice !...

Et le malheureux garçon se lamentait. Ce n'était plus le triomphant Trincard, qui arrivait au théâtre une rose à la boutonnière, le chapeau sur le coin de l'oreille, faisant siffler son stick et disant à ses camarades : Aujourd'hui j'ai gagné cinq mille !... Juste ce qu'ils gagnaient dans leur année, comme pour leur faire bien comprendre la différence qu'il y avait, entre un joli boursier comme lui, et de tristes comédiens comme eux.

— Eh bien ! coupez-vous un bras, dit Massol, pour sauver le reste du corps.

— Mais vous ne vous doutez donc pas de ce qui se passe ? hurla Trincard... Mais, à l'heure qu'il est, l'effrondement a été tel que personne ne veut plus acheter. On ne trouve plus à se débarrasser de ses titres... On ne les prendrais peut-être pas pour rien !... Car il n'y a que la moitié du capital versé, et les porteurs sont sous le coup d'un appel de fonds de la Société, pour reconstituer le matériel... C'est un désastre inouï... Impossible à évaluer !...

— Oh ! bien, ce sont des dettes de jeu ! dit une voix au fond du théâtre... La loi ne les reconnaît pas...

Mais Trincard s'était levé, retrouvant toute sa vigueur et toute sa fierté...

— Accepter le bénéfice de l'exception de jeu ? Ne pas payer ? s'écria-t-il. C'est bon pour les gens du monde !... Non ! je ferai

honneur à mes affaires... Tout ce que je possède y passera... Un peu
plus, peut-être... Mais je pense que M. Rombaud sera assez bon pour
m'aider... Et si j'ai besoin d'une avance...

— Vous l'aurez, dit Rombaud, avec une vivacité qui arracha aux
assistants un murmure élogieux.

Et Trincard, bouleversé par l'émotion, retomba sur son tabouret
en pleurant à chaudes larmes.

Lise tremblante n'avait pas perdu un seul mot de ce qu'avait dit le
comédien. Elle restait debout, adossée à la cheminée du décor, les
oreilles pleines de tintements, les lèvres décolorées, les yeux vacil-
lants, les bras morts, près de s'évanouir. Clémence la vit, s'approcha
d'elle, et lui prenant la main :

— Qu'y a-t-il donc ? demanda-t-elle. Souffrez-vous ?... Voulez-vous
que je prévienne ?...

— Non !... Rien !... balbutia Lise... Laissez... je vous en prie...

Elle voulut s'éloigner, gagner un coin plein d'ombre pour y cacher
son trouble et sa pâleur. Mais Clémence, devinant un malheur, la
suivit, et, pleine de sollicitude :

— Vous sentez-vous mieux? Vous avez été bouleversée... Vous
avez appris une mauvaise nouvelle?

Lise ne répondit pas. Elle agita doucement la tête. Clémence
pensa : « C'est au moment où Trincard parlait de la baisse qu'elle a
failli se trouver mal. De Brives serait-il pris dans le mouvement? »
Elle frémit de joie. Mal engagé, avec une pareille débâcle, Jean devait
être irrémédiablement compromis. L'angoisse de Lise en était une
preuve certaine. Elle savait à quoi s'en tenir sur la situation du jeune
homme, et elle le voyait menacé. Était-ce enfin l'occasion de
revanche que Clémence attendait? Le sort était-il las de favoriser
ses adversaires? Et allait-elle pouvoir les tenir, lui et elle, à sa
discrétion?

Elle voulut que Lise continuât à la croire bienveillante et dévouée :

— Vous savez, lui dit-elle, que vous pouvez compter sur moi... Si
vous êtes dans l'embarras, n'hésitez pas à venir me trouver...

Elle embrassa tendrement celle qu'elle aurait voulu pouvoir étouffer,

elle lui prodigua les plus affectueuses assurances, avec l'arrière-
pensée de profiter de ses malheurs pour lui porter un coup décisif.
Mais Lise l'avait à peine entendue, elle l'avait remerciée vaguement,
et elle avait été à La Barre. En trois mots elle lui avait dépeint ses
angoisses et l'avait prévenu qu'elle courait chez Jean. La jeune première n'étant plus là, la répétition avait été levée, et, seul sur la
scène, dans une demi-obscurité, Claude se promenait, la tête penchée,
et plein de tristesse.

En un instant il venait, comme avec une seconde vue prophétique,
de découvrir la destinée des deux amants. Il avait vu la ruine et le
déshonneur pour Jean, le désespoir et la souffrance pour Lise. Avec
une amertume profonde, il pressentit que la comédienne, accablée
sous le fardeau trop lourd de ses chagrins, allait lui manquer.

Comment cette perte irréparable arriverait-elle, par quel enchaîne-
ment de circonstances, il ne le cherchait pas. Mais un nuage s'était
formé subitement devant le visage de l'héroïne de son drame, toujours
présente à sa pensée, sous les traits de Lise. Il la voyait voilée maintenant, et cependant elle marchait, elle agissait, elle était vivante.
Claude, superstitieux, songea à ces apparitions, légendaires en
Écosse, et il s'adressa mentalement au personnage mystérieux. Il lui
dit impérieusement : Créature née de mon imagination, fille de ma
pensée, montre-moi ton visage.

Mais la femme inconnue passa sans obéir. Et Claude n'eut que cette
certitude navrante que ce n'était plus Lise, et que la comédienne
rêvée, admirée, et secrètement adorée, était perdue pour son œuvre.

XII

Dans le petit salon obscur, dont les stores de soie tamisaient si doucement le jour, les deux amants étaient l'un près de l'autre. Midi venait de sonner, et Jean ne songeait même plus à aller à la Bourse. La lutte était devenue inutile. Le Bénagoa, écrasé par les vendeurs triomphants, ne se défendait plus depuis la veille. Jean, assis sur le canapé, son bras replié derrière sa tête, le regard vague, repassait avec douleur, dans son esprit, son rêve envolé.

Les pertes qu'il faisait étaient considérables. Tout ce qu'il possédait n'avait pas comblé le gouffre de sa dette. Il restait à découvert pour une somme de huit cent mille francs, dont Desvignes, son agent de change, lui avait envoyé le détail, très clairement calculé. Le bordereau était sur une petite table d'ébène incrustée de nacre, et Lise, avec stupeur, regardait les gros chiffres, qui tenaient à peine la moitié de la petite feuille. Sur cet étroit carré de papier, il y avait une fortune.

Elle n'osait interroger Jean. Il venait de se livrer devant elle à un mouvement de désespoir farouche qui l'avait épouvantée. Et, calmé à grand'peine, il semblait maintenant anéanti. Elle se rapprocha de lui, et prit sa main, qui reposait sur le canapé, abandonnée. Il ne détourna pas la tête. Sa pâleur s'accentua, ses sourcils se froncèrent. Il parut souffrir horriblement. Lise se pencha et, tout bas, la bouche contre l'oreille, elle lui murmura les plus tendres paroles. Il resta silencieux et morne, comme si le ressort de sa volonté était brisé. Elle tenta un nouvel effort pour l'arracher à ce mutisme qui lui faisait peur. Il laissa échapper un soupir, et, la repoussant : — Oh! laisse-moi, je t'en prie... Tu me fais mal, je ne veux rien entendre... Je désire être seul...

Lise le regarda attentivement. Un soupçon lui venait. Seul! Pourquoi? Elle se rappela ce qu'il lui avait répondu, un jour, au Cœur Percé, quand elle lui demandait ce qu'il ferait, s'il était entraîné dans un désastre financier : « Comme un marin qui ne veut pas baisser son pavillon, je me ferais sauter! » Elle l'entendait encore, elle avait devant les yeux son visage résolu, quand il avait parlé ainsi... Et le jour du désastre était arrivé, le malheur était accompli : il fallait baisser son pavillon, et capituler, de la façon la plus humiliante... Ne pas payer! Car il n'avait pas l'argent nécessaire pour faire face à ses engagements.

Certes, il ne gardait rien de ce qu'il avait possédé. Tout l'argent, gagné pendant les nuits de fièvre et les journées d'agitation, était retourné à la source empoisonnée d'où le jeu l'avait fait sortir. Mais bien que les mains fussent vides, l'honneur restait engagé. Et il fallait à prix sortir de cette honteuse situation. Payer n'importe comment, mais payer.

Trincard l'avait dit : « Accepter le bénéfice de l'exception de jeu, c'est bon pour les gens du monde! »... Ce qu'un simple comédien, un de ces hommes que l'on se plaisait à décrier, à railler, à bafouer, à traiter comme des fantoches sans conscience, sans vergogne, ne pouvait se résoudre à faire, Jean ne le ferait pas non plus. Mais comment paierait-il? Quelle solution?

Et toujours, à sa pensée, revenait la déclaration terrible. Elle vit Jean à demi couché sur le canapé, la tête contre le mur, cachant son visage découragé. Il était bien abandonné et se sentait bien perdu. Elle se dit : Il songe à se tuer. Et le rêve affreux de son beau

ET S'ÉLANÇANT VERS JEAN, LES MAINS TENDUES... (PAGE 1007)

temps d'été lui revint également : celui qu'elle aimait, le pistolet à la main, une détonation éclatant dans le silence, et, au milieu de la fumee, l'écroulement d'un corps mutilé.

Elle fit un geste d'horreur, comme pour chasser l'épouvantable vision... Elle se dit : Non! Jamais! Tout, plutôt que de le voir mourir, poussé par le désespoir!... Il faut chercher un moyen de le tirer de l'abîme, et le trouver... Elle prit Jean par les épaules, l'attira à elle, et, lui parlant comme à un enfant :

— Voyons, écoute-moi un peu. Prends sur toi, sois courageux... As-tu bien réfléchi à ta situation? T'es-tu occupé de l'améliorer?

Il agita tristement la tête et, d'une voix brève :

— C'est impossible!

— Rien n'est impossible... Tu as des amis... T'es-tu adressé à eux?...

— Quand on doit de l'argent on n'a plus d'amis!

— C'est mal, ce que tu dis là... As-tu seulement vu Michalon?

Jean leva les épaules :

— Michalon n'est pas en mesure de me tirer d'affaire... Il me donnerait peut-être une centaine de mille francs, en faisant un gros sacrifice... Et après? Je serais bien avancé!... Une goutte d'eau jetée dans un puits!

— Et Gamard? demanda Lise.

— Gamard a un conseil judiciaire, dit Jean avec impatience. Et puis, est-ce qu'il faut compter sur les compagnons de plaisirs? Aussitôt que l'horizon s'assombrit, ils disparaissent... Ils vont là où est l'insouciance, la gaieté et le rire...

Il serra ses poings avec rage :

— Et moi je ne ris plus!

Il y eut un instant de silence. La pendule, qui avait sonné pour eux tant d'heures délicieuses, faisait entendre son tic-tac, sonnant maintenant les heures tristes. Jean l'écouta un instant, les nerfs exaspérés, puis il se leva vivement, et arrêta la marche de cette aiguille qui courait si vite vers le moment où il lui faudrait s'acquitter.

Lse le rappela près d'elle, et, avec un tremblement dans la voix :

— Et celui sur lequel tu comptais tant?... Et Nuño?

A ce nom, le visage de Jean exprima une haine furieuse. Il se dressa, et jetant à Lise un horrible regard :

— Nuño! s'écria-t-il. Ce misérable? Venir à mon aide, quand c'est lui qui m'a perdu? Il me pousserait plus avant encore, s'il pouvait, pour être sûr que je ne parviendrai pas à lui échapper!...

Et devant Lise terrifiée, il se répandit en menaces et en injures, blasphémant avec un affreux acharnement, comme si le torrent d'invectives qui s'échappait de ses lèvres eût été un soulagement pour son cœur rongé par le fiel. Il laissa échapper le secret de la combinaison de Nuño, deviné par lui, la veille, au milieu du tumulte et des imprécations des spéculateurs compromis. Appuyé sur d'importantes contre-parties, Sélim avait, au premier bruit du sinistre, fait volte-face. Et d'acheteur il était devenu vendeur. Ses ordres, transmis par le télégraphe sur les grandes places de d'Europe, avaient fait tomber des masses de titres sur le marché, et les cours écrasés avaient amené ce que, sur les boulevards, on appelait le nouveau krach. Le syndicat hostile était triomphant, et Nuño, pactisant avec les vainqueurs, se partageait les dépouilles de ses alliés de la veille.

Voilà ce qui s'était passé, ce que Jean démêlait. Et il parlait avec animation :

— Sélim lui venir en aide?... Il le haïssait trop ! Il lui suffisait d'un mot, prononcé à temps, pour sauver Jean, mais il se serait plutôt perdu lui-même, si sa perte avait pu assurer celle de celui qu'il exécrait! Et lui, imbécile, qui avait cru à la loyauté et à la bienveillance de cet homme, quand tout devait le mettre en défiance : sa facilité à paraître l'obliger, et surtout son ignoble passion pour Lise!...

A ces mots la comédienne ne put retenir un cri. Ainsi, c'était vrai? C'était à cause d'elle? Le soupçon qu'elle avait eu se changeait en certitude. Nuño n'avait été implacable, pour tous les malheureux qu'il venait de ruiner, que parce que Jean était avec eux. Il avait trouvé l'occasion qu'il cherchait de briser celui qui lui faisait obstacle. Et, avec une effroyable tranquillité, lui avait broyé les inno cents et le coupable, dans les rouages de sa grande machine financière.

— Moi! pour moi! dit-elle avec horreur...

Jean cruellement n'essaya pas de la détromper. Il était pris d'une rage sourde contre celle qu'il aimait tant. Au fond de lui-même, il lui reprochait le désastre. En ce moment, il retrouvait toutes ses idées anciennes sur les femmes. Et, avec un fétichisme de joueur, il pensait que c'était la femme qui, en occupant son esprit, en amollissant sa volonté, autrefois tendue avec une invincible fermeté vers le succès, l'avait conduit à la chute. Il l'adorait, cette Lise, et cependant il lui en voulait. Une colère aveugle, faite de ses atroces déceptions, grondait en lui. Cette voix, qui lui avait fait entendre tant de douces paroles, l'exaspérait, ces yeux, qui reflétaient si passionnément ses amoureuses ivresses, il les accusait. C'était Lise qui était cause de tout! Quand il essayait de résister à l'entraînement de son cœur, autrefois, il l'avait pressentie fatale. Et, dans son injuste emportement, il était tenté de lui crier : C'est toi qui m'as mené où je suis !

Et, horrible sensation, Lise lut toutes ces pensées dans les regards de Jean. Elle y vit la haine. Et elle excusa ce malheureux qui souffrait tant. Son ambition unique, la fortune, à la veille d'être satisfaite, était trompée. L'édifice, difficilement échafaudé par lui, s'écroulait. Non seulement le passé et le présent étaient anéantis, mais encore l'avenir. Elle vint à lui suppliante, et, elle, qui avait eu la prévoyance du danger, elle, l'innocente, elle s'accusa comme une coupable :

— Jean, je t'en prie, ne te détourne pas de moi, s'écria-t-elle, retenant à peine ses larmes... Pardonne-moi... je t'en prie !... N'aie plus ses yeux méchants, qui me font tant de peine !... Est-ce que tu ne m'aimes plus ?

Elle le serra contre elle, éperdue, désespérée. Et lui, attendri par cette humilité adorable, par cette générosité sublime, sentit son cœur se gonfler et toute sa rage se fondit en sanglots. Lise, pâle et triste, le calma, le raisonna, lui versant le baume de ses encouragements et de ses consolations. Elle lui rendit presque confiance. Après tout, il était couvert par la caution de Nuño, rien ne prouvait que le banquier eût de si mauvaises intentions à son égard. S'il usait de rigueur, après l'avoir poussé en avant, et l'avoir pour ainsi dire, associé à son entreprise, l'opinion le jugerait sévèrement. Déjà des protestations indignées s'élevaient de tous côtés contre lui. Il avait dupé des inconnus, c'était mal; mais de Brives, son familier!... C'eût été une action particulièrement odieuse, et ayant les proportions d'un guet-apens... Il ne fallait pas se décourager...

Elle supplia Jean de ne pas prendre de résolution avant de l'avoir revue. Et lui fit donner sa parole de l'attendre le soir. Et, plus tranquille, ayant écarté pour quelques heures la crainte de l'horrible et sanglant dénouement qui hantait son cerveau, elle le quitta. Elle voulait, puisqu'elle avait contribué à perdre Jean, travailler à le sauver. Si Nuño avait le sort du jeune homme dans ses mains, c'était à Nuño qu'il fallait s'adresser.

Le souvenir de ce que Clémence lui avait dit la veille était revenu à Lise : Si vous vous voyez dans l'embarras, n'hésitez pas à venir à moi. Le pouvoir de Clémence sur Nuño n'était-il pas très grand? Lise ne voulait rien demander à Nuño, elle-même. Mais elle prierait Clémence. Elle trouverait moyen de l'intéresser à sa cause.

Et elle se dirigeait d'un pas rapide vers le théâtre, où la répétition devait la mettre en présence de sa camarade. Elle courait naïvement offrir à sa rivale la plus belle revanche qu'elle eût jamais pu souhaiter. Elle entra par le boulevard, traversa le vestibule, suivit le couloir dans l'obscurité, et monta sur la scène, où Rombaud, Massol et La Barre causaient à voix basse devant le trou du souffleur. Elle croisa Roberval et lui demanda d'une voix brève si mademoiselle Villa était arrivée.

— Oui, mademoiselle, dit le régisseur. Elle doit être dans sa loge...

Lise, au pied de l'escalier, eut une horrible palpitation. Un trouble violent s'emparait d'elle à la pensée de confier ses tourments à une étrangère. Ouvrir son cœur, et montrer l'amour profond, absolu, qui l'emplissait, n'était-ce pas une profanation? Il lui semblait maintenant que Clémence n'était pas la femme à laquelle il fallait livrer son secret. Un instinct l'avertissait qu'elle allait au devant d'un danger.

Elle s'arrêta dans le corridor des loges, hésitante, prête à redescendre. Derrière la porte elle entendait Clémence qui marchait. Une sueur mouilla le front de Lise. Elle se sentit faible, inquiète. La pensée de Jean, faible et inquiet aussi, lui rendit du courage. Elle s'accusa d'égoïsme. Combien peu de chose était l'aveu qu'elle avait à faire, comparé à l'avantage qui pouvait en résulter ! Résolue, elle frappa à la porte,

— Entrez, dit la voix de Clémence.

Le visage de l'Italienne, froid et dur dans sa correction, s'anima à la vue de la jeune femme. C'était la première fois que Lise entrait dans la loge de sa camarade. Quelque grave incident avait dû survenir.

— Ah! C'est vous? fit-elle. Est-ce qu'on commence? Venez-vous me chercher?

Lise la regarda bien droit, avec ses yeux clairs, et hardiment :

— Non, nous avons le temps. J'ai à vous parler...

— Ah! Qu'y-a-t-il donc?

— Vous m'avez dit que, si j'avais besoin de vous, vous seriez disposée à me servir... Je viens vous mettre à l'épreuve.

— Faites, ma chère, répliqua Clémence, qui prit un air sérieux.

Et, attirant Lise, elle la fit asseoir près d'elle, sur la chaise longue.

— Je vous ai entendue répéter souvent que M. Nuño ne vous refusait rien de ce que vous lui demandiez.

Clémence baissa la tête. Elle vit Lise attaquer un sujet brûlant. Elle pressentit que, dans un instant, elle tiendrait la jeune femme à sa merci. Elle eut peur de l'effrayer par l'expression triomphante de sa joie. Elle s'efforça d'être calme, d'être patiente. La vengeance qu'elle couvait depuis longtemps était à portée de sa main, peut-être. Il ne fallait pas la laisser échapper. Elle répondit d'une voix très douce et un peu tremblante :

— Il est vrai que Sélim a beaucoup d'affection pour moi, et depuis longtemps... Il est heureux de satisfaire mes fantaisies, mais encore faut-il que ce soit possible...

— Eh bien ! si vous aviez la fantaisie de faire une généreuse action, d'aider un pauvre garçon, qui est irrémédiablement perdu, si vous ne lui prêtez pas un appui, dût-il en coûter à M. Nuño un sacrifice d'argent, momentané, car il ne perdra rien, il peut en être sûr, vous refuserait-il la satisfaction de sauver ce malheureux ?

Clémence releva le front, et, illuminée par une horrible espérance, incapable de se contenir plus longtemps, avide de savoir:

— Qui est-ce? demanda-t-elle, avec une ardeur qui fit croire à Lise qu'elle avait touché ce cœur implacable.

— C'est Jean !...

Elle avait répondu Jean tout court, ce nom résumant pour elle l'univers, et tout commençant et finissant à Jean.

— Jean, répéta Clémence, votre amant?

— Oui, mon amant, répéta Lise avec exaltation.

Et, enflammée du désir de convaincre, elle raconta à Clémence, qui buvait ses paroles, comme un atroce poison, leur temps de bonheur dans la petite maison, sous les arbres, au bord de la rivière, ses inquiétudes, ses efforts pour empêcher Jean de se lancer dans cette spéculation qui, instinctivement, lui faisait peur, puis les agitations de la dernière quinzaine, enfin la catastrophe qui avait éclaté sur eux, comme un coup de tonnerre, mettant tout en ruines dans leur existence, et compromettant l'honneur, menaçant la vie de celui qu'elle adorait. Elle prit les mains de Clémence, froides et inertes, les serra dans les siennes, les brûlant du feu de sa fièvre, elle pria, pleura, disant à sa rivale qu'elle n'espérait plus qu'en elle, et que si, par son influence, Nuño ne consentait pas à épargner Jean, à ne pas le faire « exécuter », tout était fini. Elle montra sa vie étroitement liée à celle de son amant. Elle devait mourir de sa mort, et le coup qui le frapperait l'atteindrait elle-même.

Emportée par sa douleur, elle ne se rendit pas compte des sensations de Clémence. Elle avait trop de larmes dans les yeux pour voir sa joie infernale, lorsqu'elle fit appel à sa pitié. Quand bien même elle l'eût vue, rien ne l'aurait arrêtée. Elle était prête à tout pour sauver Jean. Et plus le sacrifice à faire devait être terrible, plus son ardeur à l'accomplir devait se montrer grande.

Clémence immobile la regardait, jalouse de l'immensité de son amour. Cette créature qu'elle exécrait était heureuse encore : elle aimait ! Que le bonheur, profond, absolu, avait, par avance, payé tant de dévouement ! Mais pour la favorisée, la triomphante, le jour des désastres était enfin venu. Et elle allait pouvoir, en une seule fois, lui faire expier toutes les douleurs éprouvées, toutes les humiliations subies.

— Ainsi, dit-elle, d'une voix lente, vous en êtes arrivés là tous les deux ? Et c'est à moi que vous vous adressez pour vous aider à sortir de ce mauvais pas ?...

Elle éclata d'un rire qui épouvanta Lise.

— Le choix est heureux, et prouve un cœur ingénu, poursuivit-elle. Ainsi ce joli garçon, aimé de cette charmante fille, après avoir perdu à la Bourse ce qu'il avait, et ce qu'il n'avait pas, devra être tiré d'affaires par Clémence Villa... qu'il a dédaignée, quand elle lui faisait la faveur d'avoir un caprice pour lui ! Et Clémence Villa se montrera si généreuse, pour complaire à celle qui est venue, un beau jour, dans ce théâtre, lui prendre ses rôles, son succès, son influence, tout, enfin !...

Elle s'était dressée devant Lise, les bras croisés, lui montrant un visage qu'elle lui avait caché tant qu'il avait fallu la tromper. Son front resplendissait de colère, ses regards étaient dorés par le fiel, et sa bouche se crispait pour l'outrage. Lise resta un instant muette de surprise. Elle ne put que tendre vers son ennemie des mains suppliantes.

— Ah çà ! tu ne savais donc rien ? reprit Clémence. Ou tu me supposais bien stupide ? Mais comment croire que Jean ne se soit pas vanté à toi de m'avoir méprisée ?... C'était si flatteur pour toi et pour lui ! Méprisée, oui, moi !... Moi !...

Au souvenir de l'affront elle sentit bouillonner en elle une rage plus violente :

— Et tu viens me demander de m'intéresser à lui ? Toi ! Comme si ta demande n'était pas une injure de plus ! Ah ! rien que parce que tu l'aimes, je le perdrais, si j'en avais le pouvoir. Mais je n'aurai pas

SANS CRAINTE DES RODEURS QUI TOURNAIENT AUTOUR D'ELLE (PAGE 1914)

besoin de m'en mêler. Sélim s'est chargé de la besogne et, tu peux
être tranquille, elle sera bien faite. Ah ! ton amant a voulu remporter
tous les succès ! Il devait bien se douter pourtant qu'il y aurait des
risques à courir... Au jeu de l'amour, il a eu le dessus, mais, au jeu
de l'argent, il a trouvé son maître. Qu'il se débrouille !...

Lise, tout étourdie, écoutait Clémence sans comprendre bien
exactement ce qu'elle lui disait. Elle alla à sa camarade, la saisit par
le bras, et, la regardant avec des yeux égarés :

— Mais vous ne m'avez donc pas entendue ? dit-elle. Il y va de la
vie. Il ne survivra pas à sa déchéance.

— Et tu mourras, toi aussi ? s'écria Clémence en ricanant... Tu te
répètes, ma fille, tu me l'as déjà dit...

— Il s'agit bien de moi ! Je ne pense qu'à lui ! reprit Lise. Lui
d'abord, lui toujours, lui seul ! Vous dites que vous l'avez aimé :
comment pouvez-vous vous réjouir de ce qui lui arrive de malheureux ?
Votre amour est-il donc devenu de la haine ?

— Oui ! De la haine puisqu'il t'aime, une haine implacable,
puisque tu le défends, une haine mortelle, puisque sauvé il
retournerait à toi, et que vous seriez heureux

Et, chaque fois qu'elle avait répété son effroyable affirmation, elle avait
fait un pas vers Lise. Elles étaient si près l'une de l'autre, que leurs
visages se touchaient et que, face à face, elle semblaient prêtes à
engager une lutte suprême. Lise comprenait maintenant. Ayant perdu
tout espoir, elle eut honte de sa faiblesse. La colère la saisit à son
tour, et, affrontant sa rivale :

— Vous êtes un monstre ! lui cria-t-elle.

— Je sais me venger, voilà tout ! On ne s'attaque pas impunément
à moi !

— Mais avez-vous le droit de vous attaquer impunément aux autres ?
Tout ce que j'ai eu à souffrir de mal, c'est à vous que je le dois. Vous
m'avez fait calomnier ignominieusement par un misérable à vos gages,
vous avez été cause qu'un galant homme a risqué sa vie et que le
sang a coulé. Cependant vous n'avez pas été encore satisfaite, vous
avez voulu me frapper vous-même, espérant sans doute que vous

seriez plus habile. Et c'est par miracle que je suis sortie saine et
sauve de vos mains. Était-ce assez ? Non ! Et vous vous acharnez à
poursuivre votre œuvre. Que vous faut-il, cette fois ? Le déshonneur
et la mort de l'homme que j'aime ? C'est là votre combinaison
dernière, votre suprême atrocité. Et vous vous croyez sûre de réussir ?
Eh bien ! vous vous trompez. Vous vous êtes démasquée trop tôt. Je
sais maintenant ce que je dois redouter de vous, et je vais lutter. Ce
qui faisait votre force jusqu'ici, c'était mon aveuglement. Absurde que
j'étais, je ne pouvais pas vous croire capable d'une si abominable
perversité. On avait essayé de m'ouvrir les yeux ; je ne voulais pas
voir. Et je suis venue faire appel à votre générosité, et vous offrir une
occasion de vous montrer telle que vous êtes, sans sourires hypocrites
et sans regards menteurs ! Eh bien, ce que vous m'avez refusé, je
l'obtiendrai quand même. Vous voulez perdre Jean, moi, je veux le
sauver !

— Esssaie ! dit Clémence.

Lise la regarda résolument, et gagnant la porte :

— C'est ce que je vais faire.

Elle sortit. Clémence, stupéfaite, se trouva seule. Elle fut mordue
par l'envie furieuse de courir après son ennemie, de la saisir et de la
frapper. Lise venait de la braver, de l'insulter, de lui rendre coup
pour coup. Lorsqu'elle la croyait écrasée, elle la voyait se relever
vigoureuse et vaillante, et recommencer le combat. Elle se sentit
impuissante et craignit d'être vaincue. Elle eut un éblouissement.
Elle ouvrit la fenêtre et respira. Elle voulut se calmer, et réfléchir.
Sur sa toilette elle prit une carafe et mouilla son mouchoir qu'elle se
passa sur le front. Elle pensa : Que peut-elle bien tenter ? Où va-t-elle ?
A qui songe-t-elle à s'adresser ? Elle eut l'instinct que c'était à Nuño.
N'était-ce pas le Portugais qui était maître de la situation ? C'était
pour qu'elle l'implorât que Lise était venue là trouver. Mais si Lise le
voyait...

Un cynique sourire passa sur les lèvres de Clémence. Elle savait
que le banquier n'était pas homme à rien donner, sans exiger du
retour. Ne pouvait-elle pas alors, elle, tirer parti de la demande de

Lise et frapper celle-ci au moment où elle se croirait victorieuse ? Ce Jean, auquel la jeune femme était prête à tout sacrifier, lui prouver que celle qu'il aimait le trompait, au moment où il était abattu et écrasé ! Lui donner la preuve de l'abandon, faire servir le dévouement de Lise à sa perte, et prêter à son sacrifice l'apparence d'une trahison ! Mais comment ?

Il fallait avant tout pénétrer les projets de Lise. Clémence descendit sur le théâtre. La répétition marchait boiteuse, Roberval tenait le manuscrit et La Barre, philosophiquement, sachant que les jours se suivent et ne se ressemblent pas, prenait son parti du mauvais travail qu'on faisait, en pensant qu'on se rattraperait le lendemain. Il était triste cependant, n'ayant pas vu Lise. Elle, l'exactitude même, elle avait traversé le théâtre et, depuis, elle n'avait pas reparu. Il luttait contre ses pressentiments, mais la certitude de ne plus revoir la comédienne, sur cette scène toute vibrante encore de ses succès, grandissait au fond de lui-même.

Clémence descendit vivement jusqu'à la loge du concierge et le trouva, fabriquant au moyen de bandes de toile gommée verte, collées autour de tiges de laiton, des plantes artificielles, destinées à figurer dans des vases, sur une terrasse, au troisième acte des *Viveurs*. Un chat rouge ronronnait à côté de lui sur la table à manger, et, dans la pièce du fond, on entendait sa femme battre des habits.

— Avez-vous vu sortir mademoiselle Fleuron ? demanda Clémence.

— A l'instant même... Ma femme a été lui chercher un fiacre. Mais asseyez-vous donc, mademoiselle Villa !... dit le concierge, qui tenait l'artiste en grande estime à cause des profits qu'il faisait avec elle... Élisa, cria-t-il, mademoiselle Villa demande « après » mademoiselle Fleuron...

— Elle vient de partir, répondit la femme, qui entra, sa baguette à la main... Elle était tout à l'envers...

— Je le sais... C'est ce qui m'a inquiétée... Savez-vous où elle est allée ?

— Elle a dit au cocher : Faubourg Saint-Honoré...

C'était un petit fiacre jaune... de l'Urbaine... Il est parti comme un trait... On leur a donné des chevaux neufs... ils marchent joliment !

— Merci, dit Clémence, coupant court aux commérages de la concierge. Je vais tâcher de la rejoindre.

Il n'y avait plus de doute à avoir : Lise se rendait chez Nuño. Pourquoi faire ? Pour demander la grâce de Jean, à un homme par qui elle se savait aimée. Voulait-elle jouer *Marion Delorme* à la ville essayer d'attendrir Laffemas, et payer de sa beauté la rançon de Didier ? Enlever le banquier à Clémence, et sauver son amant, quelle riposte ! Mais Lise était-elle capable de concevoir cette manœuvre habile, qui se présentait tout naturellement à l'esprit de l'Italienne ?

Et ! que m'importe, pensa Clémence, qu'elle prenne Sélim, pourvu que j'en aie la preuve !... Je suis assez riche maintenant pour me passer de lui. Et puis, elle ne saura pas le garder... Une pleurnicheuse ! Elle l'ennuiera au bout de huit jours, et il me reviendra.

Tout en marchant, elle cherchait le moyen de se renseigner sur ce qui se passait chez Nuño. Comme toutes les femmes galantes, nées dans la boue des faubourgs, et qui ont la nostalgie du ruisseau originel, elle s'était prise d'affection pour sa femme de chambre, une Marton de Belleville, jolie fille, grangrenée jusqu'aux moelles. telle enfin qu'avait été Clémence, et servant, jusqu'à ce qu'elle eût amassé une somme suffisante pour pouvoir, avec un matériel confortable, se lancer à son tour dans la galanterie.

En attendant le moment de plumer les maîtres, elle coquetait avec les valets. Elle était en intimité tendre avec le domestique de confiance de Sélim. A l'office on s'était aimé comme au salon, et, au moyen de cette fine drôlesse, qu'elle tenait par l'argent, Clémence savait bien des choses que Sélim croyait secrètes. Il n'y a pas plus de grand financier que de grand homme pour son valet de chambre. Le Frontin de Nuño jugeait sévèrement son maître, disant de lui : « cette vieille canaille », comme la Marton de Clémence disait de sa maîtresse : « cette grue ». Du reste plats et obséquieux, comme il convenait, devant l'un et l'autre, et dévoués moyennant large salaire.

Clémence redevint gaie. Elle se dit, pensant à son affidée en jupons : J'ai mon affaire. Puis, ayant arrêté son plan de bataille, et jugeant que la rapidité d'exécution devait en assurer le succès, elle sauta dans une voiture, et, ne se souciant plus de son théâtre, où Roberval répétait à sa place, que de sa candeur passée, elle se fit conduire avenue Hoche.

Lise allait en effet chez Nuño. Quoi faire? comme se l'était demandé Clémence. La jeune femme n'en savait rien. Elle savait seulement que de Nuño dépendait le sort de Jean, et elle allait à lui. L'accueil que lui avait fait Clémence l'avait poussée à cette tentative. Il vaut mieux s'adresser à Dieu qu'à ses saints. Clémence n'était guère sainte, mais Sélim était une sorte de dieu, terrible comme le Baal de Babylone dont le culte était souillé par des sacrifices humains, une incarnation monstrueuse et redoutable de l'or. C'était vers lui qu'elle courait pour lui demander l'honneur et la vie de son amant.

Il était trois heures quand elle arriva dans la cour. Elle vit sur une plaque de marbre cette indication : Entrée des bureaux. Elle monta au premier, au milieu d'un flots d'allants et venants, silencieux et pressés, et, dans le grand vestibule, trouvant les garçons de bureau assis à leurs tables, elle demanda à parler à M. Nuño. On la regarda avec étonnement. Mais elle était bien jolie sous sa voilette blanche, et ses yeux désarmèrent la goguenarde malveillance des subalternes. Un de ces fonctionnaires en habit vert à boutons dorés daigna se lever et dire à la jeune femme :

— Est-ce pour affaires ?

Et, comme elle répondait : oui.

— En ce cas, madame, ayez la bonté de venir avec moi.

Poussant une porte battante à carreaux dépolis, il fit entrer Lise dans une petite salle lambrissée de chêne clair, dont le mur était percé de guichets grillagés. Au-dessus de chacun d'eux on lisait : Renseignements. Contentieux. Comptes-courants. Coupons. Le garçon frappa au guichet des renseignements, derrière lequel un grognement se fit entendre. Puis la plaque de cuivre, qui le masquait, se leva et une figure maussade apparut :

— Vous désirez, madame?

— Parler à M. Nuño.

— Mais ce n'est pas ici ! Qui est-ce qui vous a amenée chez nous, madame? C'est encore cet idiot de Grégoire !...

Lise jeta à l'employé un regard si doux que celui-ci tira le rideau vert qui doublait son grillage. Il admira la charmante femme et, soudainement devenu complaisant :

— Tenez, madame, sortez dans le couloir, tournez à gauche et allez tout au fond jusqu'à ce que vous... Mais non, vous vous perdrez... Je vais vous conduire.

Il ouvrit sa porte, et comblé de remerciements par Lise, qui se crut sauvée, il la fit passer par un dédale de galeries, puis, lui indiquant de la main un dernier corridor :

Au bout, là-bas, vous trouverez la salle d'attente... Mais je doute que vous soyez reçue..

Il salua et s'éloigna, laissant Lise inquiète, mais résolue à tout pour pénétrer jusqu'à Nuño. Elle mesurait maintenant l'étendue de la puissance de cet homme. Elle était dans son empire, au milieu de ses sujets. Comme un tyran formidable, à l'abris de tous les périls, au fond de sa puissante retraite, il bravait les menaces et les plaintes, il n'entendait même pas les sanglots et les cris.

Elle arriva dans la pièce où se tenait Clément, marchant, solennel, sa chaîne d'argent au cou, au milieu de vingt solliciteurs assis sur les canapés de cuir. Lise, dévisagée par tous ces premiers occupants, se sentit mal à l'aise, elle, habituée à soutenir les regards du public. Cependant elle s'adressa à l'huissier et demanda à voir Nuño. Alors ce fut tout une affaire. Le banquier était occupé : impossible de le déranger... Madame voyait : on l'attendait depuis midi... Et peut-être ne recevrait-il pas avant cinq heures... Si madame voulait s'asseoir, elle passerait à son tour... Alors Lise, d'une voix entrecoupée, essaya de faire comprendre à Clément qu'il s'agissait d'une chose des plus graves, et qui n'admettait pas de retard... Si M. Nuño savait qu'elle était là, il la recevrait immédiatement. Et elle s'efforçait d'agir sur l'huissier, de le séduire par sa grâce toute puissante. Celui-ci, troublé, indécis finit par dire :

— Si madame me donnait sa carte... je me risquerais à la remettre à monsieur...

Mais Lise n'avait pas de carte sur elle. Sur la table elle prit un carré de papier, écrivit son nom : *Lise Fleuron*, et le tendit à Clément. Il lut, du coin de l'œil, et aussitôt son visage devint très gracieux, il sourit et s'inclina légèrement. Le prestige de la comédienne se manifestait. Il ouvrit une porte et disparut, laissant la jeune femme exposée aux coups d'œil furieux de ses compagnons d'attente... Puis il revint, et parlant très bas :

— Si madame veut prendre la peine de me suivre...

Lise le cœur bondissant, s'élança et sortit, poursuivie par des murmures exaspérés.

Dans un petit salon attenant à son cabinet, Sélim était debout, tenant à la main le papier sur lequel était écrit le nom de Lise. Il vint lourdement au-devant d'elle, la fit asseoir, et, son œil endormi s'allumant d'une flamme soudaine :

— Qu'est-ce qui me vaut le plaisir de vous voir? dit-il de sa voix gutturale. Est-ce que vous auriez des affaires d'intérêt?

— Hélas! pas moi, répondit-elle, mais quelqu'un qui m'est plus cher que moi-même.

Le regard de Nuño s'éteignit, sous son épaisse paupière plissée, et son visage prit une dureté de bronze.

— Ah! ah! fit-il. Vous venez me parler de Jean de Brives... Événement très regrettable! Il a été trop vite... il me fait perdre de l'argent... Car c'est moi qui paie!... Desvignes est venu me prévenir... Ce garçon est un fou... Et. les fous, on leur met du plomb dans la tête!

Il se mit à rire méchamment. Lise frémit. Elle tendit les mains.

— Je vous en prie, monsieur, ne le perdez pas!... Si vous saviez comme je vous en serais reconnaissante!

Le regard de Nuño redevint brillant. Le vieillard se pencha vers Lise :

— Pour vous, dit-il, je ferais bien des choses... Car lui, je vous

LISE FLEURON

CLAUDE ÉCOUTAIT CLÉMENCE (PAGE 1927)

avoue qu'il ne m'intéresse pas. Il devait fatalement en arriver là. Je vous avais dit : Défiez-vous des petits jeunes gens !... Vous ne m'avez pas écouté... Les petits jeunes gens font des sottises; et jettent les jolies filles comme vous dans l'embarras et le chagrin.

Il se leva, l'air très préoccupé :

— Mais je cause... je cause, et mon temps ne m'appartient pas. J'ai là un conseil d'administration ; il s'agit des questions les plus importantes... Soyez assez gentille pour revenir demain.

— Demain ! s'écria Lise avec désespoir... Mais demain il sera peut-être trop tard ! Oh ! je vous en prie !... Écoutez-moi !... Laissez-moi vous prouver...

— Quoi ? dit Nuño rudement. Qu'il ne me doit pas huit cent mille francs ?...

Elle retomba comme brisée, et poussa un affreux gémissement. Des larmes lui montèrent aux yeux.

— Comme vous l'aimez ! dit Sélim, plein d'une sombre envie.

— Oui ! laissa échapper Lise avec un accent si sincère et si tendre qu'il fit tressaillir le Portugais.

— Eh bien ! Repassez ce soir, alors... Mais pas avant dix heures !... Si vous saviez quelles affaires j'ai sur les bras en ce moment !... Je prendrai à peine le temps de dîner...

— Ce soir ? Mais c'est impossible, dit Lise désolée... Il m'attendra...

Si je ne viens pas, il est capable...

Elle frissonna. Et, de sa voix la plus caressante :

— Faut-il donc tant de temps pour accorder une grâce.... Prenez une plume et écrivez... là, tenez...

— Eh ! ma chère petite, ce n'est pas si simple que vous croyez... répliqua Nuño, charmé. Et puis, il faut que nous nous expliquions un peu, vous et moi...

Dans le cabinet du banquier, un murmure de voix s'élevait ; la porte s'entr'ouvrit et quelqu'un, qui ne se montra pas, dit : Monsieur Nuño...

— Vous voyez, on m'appelle... A sept heures, serez-vous chez vous ? J'irai, s'il le faut.

— Mais, balbutia Lise, que dirai-je à ma mère? Non! Non! C'est impossible!

— Alors venez dîner avec moi!

Et comme elle demeurait interdite.

— Est-ce que je vous fais peur? Amenez qui vous voudrez, si cela vous rassure... Mais comment parler de ce que vous désirez devant un étranger?... Voyons, ma chère Lise, ayez confiance. Contentez la fantaisie d'un vieillard, qui sera heureux de vous voir seule, près de lui, pendant une heure... Et qui, en revanche, fera beaucoup pour vous...

La jeune femme restait debout, irrésolue. Un douloureux combat se livrait en elle. Oh! je suis lâche, pensa-t-elle, j'hésite... et je peux le sauver!...

— Croyez, mademoiselle, dit Sélim avec gravité, que je sais tout ce que mérite de respect une bonne et généreuse enfant telle que vous. Acceptez sans crainte. Vous serez, auprès de moi, aussi respectée que si vous étiez ma fille.

Deux larmes coulèrent le long des joues de Lise. Elle prit la main de Nuño.

— Merci, je me fie à vous et je viendrai...

— Ne vous préoccupez de rien. Vous trouverez une voiture à votre porte... Adieu... je vous quitte... car chaque instant que je passe avec vous peut me coûter très cher... Et je ferais mieux par économie de dire « amen » tout de suite à ce que vous me demandez... Sortez par ici : vous ne rencontrerez personne.

Il lui ouvrit une porte dérobée. Lise lui adressa un dernier sourire et, légère, elle s'éloigna le cœur plein d'espérance.

Cependant, si Lise mettait tout en œuvre pour arracher Jean à son affreuse situation, celui-ci ne s'abandonnait pas lui-même. Après le départ de la jeune femme, il était allé chez son agent de change pour tâcher d'obtenir de lui des facilités de paiement. Mais il avait trouvé Desvignes complètement affolé. Il était pris de plusieurs côtés, et pour de grosses sommes. Ses associés lui avaient fait une scène horrible, sa position était menacée au parquet. Et, enragé contre ceux qui avaient mis sa prudence en défaut, il était décidé à n'avoir aucun ménagement. Cependant le cas de de Brives était particulier. Nuño avait répondu pour lui, et, à toutes les offres de Jean, il avait répondu :

— Voyez Nuño. C'est lui que cela regarde. Je ferai ce qu'il m'ordonnera. S'il veut vous donner du temps, je vous en donnerai, mais s'il veut pousser les choses à l'extrême...

Jean tourna le dos à Desvignes, et, sans vouloir entendre une parole de plus, il se retira. Il était déjà las d'implorer. Lui, jusque-là traité en favori par la destinée, il n'avait pas l'habitude des génuflexions. Il jeta avec colère un regard sur le chemin parcouru, depuis le jour où, à vingt ans, il avait commencé à se défendre contre la vie. Il avait été longtemps victorieux. Tout avait cédé à sa volonté : les hommes et les choses. Il était arrivé très près de la grande fortune qu'il avait enviée. Au moment de l'atteindre, le pied lui avait manqué, et, maintenant, il était à bas sans espoir de pouvoir jamais remonter. Il avait osé s'attaquer aux plus rudes jouteurs, avait eu le dessus par miracle, renouvelant sans cesse le combat, et finissant par croire qu'il était invulnérable. Puis la défaite était venue complète. irréparable, en un jour, et il gisait abattu, meurtri les reins cassés. Allait-il se traîner misérablement, et donner à ceux qui l'avaient connu heureux, superbe, triomphant, le spectacle de sa décadence ? Il valait mieux disparaître.

Sa vie en un instant, avait changé de face. Il était obligé de renoncer à son luxe élégant et coûteux de désœuvré, Il aurait à trouver une situation qui lui permît d'exister. Et quelque travail qu'il entreprit, il ne parviendrait pas à s'acquitter. Il porterait ce fardeau de la dette déshonorante. Il aurait manqué à ses engagements et devrait partout baisser le front. Il lui faudrait fuir ses anciens compagnons, pour éviter l'affligeante aumône de leur pitié, ou l'outrage de leur dédain. Que valait-il par lui-même ? Rien, Qu'avait-on recherché en lui ? L'homme de plaisir, le beau joueur, le gai convive. C'était donc fini. Il tombait dans la misère qui fait fuir tous les dévouements, qui glace toutes les sympathies. Il valait mieux disparaître !

L'image consolante et sereine de Lise passa devant ses yeux. Elle, il en était sûr, ne l'abandonnerait pas. Mais comment accorderait-il l'existence de la jeune femme avec la sienne ? Quel lien pouvait exister entre Jean, misérable, et délaissé, et Lise, courtisée et brillante ? Il serait obligé de se tenir à l'écart, de ne pas la suivre au théâtre, de ne plus l'accompagner dans les fêtes. Il serait une gêne pour elle. Et, si elle consentait à tout lui sacrifier, elle serait une honte pour lui. Il passerait pour vivre aux crochets de la comédienne. Il valait mieux disparaître !

Il s'y résolut. Il n'avait pas peur de la mort. Qu'était-ce que cette courte angoisse, au moment d'appuyer le doigt sur la détente d'un pistolet, comparée à la longue souffrance que l'avenir promettait au déclassé ? Il ne voulut pas revoir Lise. A quoi bon s'imposer la torture de lui dire adieu. Il lui écrirait un mot. Il lui offrirait, comme un dernier bouquet, tout l'amour en fleurs dont son cœur était plein pour elle. Et il descendrait dans le silence et l'obscurité de la mort, laissant à Lise le souvenir du Jean fier et souriant, le seul qu'elle dût connaître.

Il suivit lentement les boulevards, respirant cet air qui lui paraissait si doux, regardant ce spectacle animé et changeant qui lui semblait si beau, et, comme six heures sonnaient, il rentra chez lui. Il fit un tour dans son appartement et ses yeux furent attirés par une lettre placée sur la table du salon. L'enveloppe ne portait pas de timbre. Il la prit machinalement. L'adresse était une écriture fine et déliée qui trahissait la main d'une femme. Il l'ouvrit, parcourut les premières lignes, pâlit, s'approcha de la fenêtre, et, avec un horrible saisissement, lut jusqu'au bout cette note infâme : « Pendant que vous vous désespérez, celle que vous aimez se console. Elle dîne ce soir avec Sélim Nuño. Si vous voulez avoir la preuve de ce qu'on vous annonce, trouvez-vous à huit heures devant les marches de la Madeleine. » Au bas, point de signature.

Jean passa une main glacé sur son front. Il souffrit horriblement et comprit en un instant qu'il tenait encore à la vie par des liens bien solides. Il poussa un cri de colère, et, froissant la lettre entre ses doigts, il la jeta loin de lui avec violence.

Lise ! Après ce qu'elle lui avait dit le matin, après ses assurances de tendresse, ses protestations de dévouement ! Et avec Nuño ! il pensa : C'est impossible ! C'est une ignoble calomnie ! Et il n'hésita pas à en accuser Clémence. Il découvrit la misérable dans cet acharnement contre un vaincu. Mais elle mentait ! Et Lise était incapable de le trahir bassement, misérablement, à l'heure terrible où son honneur et sa vie étaient en jeu ! Lise ! Non ! non ! C'était faux !

Il marcha avec agitation. Cependant, comment Clémence, venait-elle accuser Nuño ? Pourquoi choisir à Lise cet homme comme complice ? Était-ce raffinement de méchanceté, et pour rendre Lise plus indigne, en la montrant occupée à tromper Jean avec celui qui l'avait ruiné ? Ou bien était-ce colère de femme à qui on prend un amant ! Mais alors, c'eût donc été vrai ?

Jean ne songeait plus à mourir. Il était tout à sa jalousie, car une crainte affreuse commençait à s'emparer de lui. Il en avait tant vu de ces femmes au cœur tendre, à la voix céleste, au front pur, qui allaient un beau jour au vice, plus tentantes encore à cause de leurs airs candides, plus attrayantes, pour les abjects roués comme ce Nuño !

Cependant une voix railleuse s'élevait en lui, celle de son scepticisme, qui disait : En admettant qu'elle te trompe, pourquoi t'en émouvoir ? T'es-tu figuré qu'elle était à toi pour toujours ? Est-il, en ce monde changeant et variable, des amours éternelles ! Tu l'as eue en pleine jeunesse, en pleine beauté, en plein éclat : tiens-toi pour satisfait et vois, dans cette trahison, une aide salutaire pour franchir le pas qui te sépare du sommeil sans rêves. Tu n'emporteras pas de regrets, et tu la sauras, par avance, consolée. Allons, sois ferme ! Regarde froidement les misères humaines. Et ne te laisse pas troubler, au dernier instant, par ce rien léger, fragile et décevant qui s'appelle une femme !

Mais à cette voix une autre répondait éplorée et gémissante, celle de son amour qui se plaignait de la trahison et voulait connaître la vérité, dût-il en résulter un surcroît de douleurs et de tristesses.

Entre elles, il hésitait, combattu, malheureux. Il s'assit à sa table, et commença à écrire un mot plein d'ironiques reproches. Il le déchira sans le terminer. Dans la nuit qui commençait à descendre, il se trouvait seul, glacé et triste, comme dans un tombeau. Il voulut s'arracher à cette impression affreusement pénible. Il se leva, dit tout haut, répondant à sa pensée :

— Oh ! je veux le savoir !

Et prenant son chapeau, il sortit

XIII

Il était huit heures, la nuit achevait de tomber. La journée avait été brûlante, et dans le ciel les nuages couraient, orageux et lourds. Par longues files les voitures, descendant les boulevards dans la buée chaude qui sortait du macadam arrosé, passaient avec un roulement continu et sonore devant la place de la Madeleine. Dans l'obscurité, la flamme des becs de gaz brillait pâle, et les fenêtres de Durand, éclairées violemment, semblaient derrière leurs vitres abriter de colossales bombances. Le bureau des omnibus était assiégé par la foule. Et les grandes voitures, à leur arrivée, était prises d'assaut par des bandes de voyageurs, qui montaient le long de leurs flancs, noirs et silencieux, comme d'énormes fourmis, accompagnés par les coups du timbre du conducteur. Sur les trottoirs, au bord des magasins aux devantures flamboyantes, les promeneurs circulaient, fumant et traînant leur canne, jetant une œillade à quelque jolie fille arrêtée curieusement devant l'étalage d'un bijoutier ou d'une modiste, et dirigeant leur flânerie vers les cafés-concerts des Champs-Élysées, qui faisaient rage de tous leurs cuivres, sous la voûte des grands arbres déjà dépouillés de leurs feuilles.

Par cette soirée étouffante, Jean marchait fiévreusement devant la

LISE FLEURON

ELLE SE REGARDA LONGTEMPS AVEC TRISTESSE (PAGE 1935)

grille de l'église, à l'endroit qui lui avait été indiqué, indifférent au
mouvement qui l'entourait, inattentif au spectacle qu'il avaitsous les
yeux, pensant à l'infâme accusation portée contre Lise, et se demandant s'il était possible qu'elle fût vraie. Le doute s'était emparé de lui.
L'amour de la jeune femme, son désintéressement, ses exhortations,
ses prières, il avait tout oublié. Ayant toujours vu l'abandon être la
conséquence de la ruine, il n'osait plus croire Lise inébranlable dans
sa fidélité.

Il souffrait beaucoup et dans son cerveau il roulait des projets de
vengeance. Il voyait la jeune femme avec Nuño, et une douleur aiguë
lui traversait le cœur. Il s'arrêtait alors, les yeux fixes, regardant
vaguement les voitures qui se suivaient sans arrêt. Il restait immobile,
parlant imaginairement à Lise et lui adressant des reproches. Il
voulait savoir, il avait l'envie furieuse de la surprendre, et, serrant les
poings, il la menaçait en murmurant des paroles violentes. Puis,
soudainement, une tête blonde aux yeux purs, à la bouche souriante,
lui apparaissait, et dans son esprit apaisé une éclaircie délicieuse se
faisait, trop courte, et bientôt assombrie par les raisonnements
amers de son expérience.

Était-elle donc autre que tant de femmes qu'il avait vu passer de
l'amant ruiné et aigri à l'amant riche et joyeux. Elles se donnaient
toutes au vice, même les meilleures : c'était une nécessité de leur
existence, un entraînement fatal résultant de leur condition. Mais il
avait beau s'exciter à la philosophie, s'endurcir contre le chagrin, la
plaie de son amour saignait, et il ne pouvait étouffer ses cris de
désespoir.

Non, Lise n'était pas comme les autres : elle était bonne, dévouée,
sincère, et il n'en souffrait que plus de son abandon, il n'en maudissait que plus sa perfidie. Elle qui, quelques heures auparavant,
l'exhortait à la résignation, au courage, lui faisait jurer de ne pas
prendre de résolution extrême, elle mentait donc ? Sa douceur, sa
tristesse, n'étaient donc qu'une odieuse comédie pour mieux le
tromper ? Ah! il fallait, coûte que coûte, qu'il sût à quoi s'en tenir.
Il attendrait le dénonciateur anonyme, il affronterait la joie atroce de

Clémence, si c'était elle. Il irait partout, il ferait tout, dans sa rage de démasquer cette Lise, qu'il aimait cent fois plus maintenant à la pensée qu'on s'efforçait de la lui enlever.

Huit heures et demie venaient de sonner. Jean avec agitation voyant le temps s'écouler, pensa que peut-être personne ne se présenterait au rendez-vous. Il soupçonna une indigne mystification, une méchanceté abominable. Déjà il se reprenait à croire à l'innocence de Lise. Une main se posant sur son épaule le fit retourner, et, avec une douloureuse émotion, il vit, en face de lui, une femme. Une épaisse mantille de dentelle noire couvrait son visage. Il demeurait hésitant. La femme devina ce qui se passait en lui, et, vivement, elle se démasqua. Jean ne s'était pas trompé : c'était Clémence.

— Je m'étais bien douté que c'était vous qui m'aviez écrit, dit-il avec amertume. Vous vous acharnez sans pitié sur cette malheureuse Lise...

— Eh ! mon petit, vous êtes bon ! Croyez-vous que je vais me laisser souffler Nuño sans résistance ? C'est un des plus gros sacs de Paris ? Elle n'y va pas par quatre chemins, l'enfant, et elle a bon appétit !... Vous savez qu'elle est là ?...

Du geste elle montrait à Jean les fenêtres du restaurant qui flamboyaient dans la nuit :

— C'est le dîner des fiançailles ! ajouta-t-elle avec ironie. Allons-nous, tous les deux, renverser la table ?

Jean ne répondit pas. Chacune des insultantes paroles de Clémence l'avait atteint cruellement. D'instinct il se sentait entraîné à défendre Lise. Et puis il n'avait plus envie de savoir, il redoutait d'apprendre la vérité. Il avait honte.

— Venez vous ? répéta Clémence.

— Non ! dit Jean.

L'Italienne lui saisit le bras, et durement :

— Vous n'êtes pas curieux, mon cher ! Je vous croyais un homme. Mais je vous avais mal jugé... Votre maîtresse est là, avec un autre, vous n'avez qu'un pas à faire, pour la surprendre, et vous hésitez ?..

Jean frémit. Avec un autre ! Et cet autre était Nuño, le misérable a qui il attribuait son désastre. C'était vraiment trop ! Il fut pris d'une rage froide et, marchant vers Clémence, il dit : Allons !

Dans un petit salon du premier étage, aux murs tendus de papier imitant le cuir de Cordoue, aux meubles couverts de velours havane, éclairé par deux candélabres dorés à huit branches, Nuño et Lise dînaient en tête-à-tête. Vêtu de la même robe de laine qu'elle portait dans la journée, n'ayant pas voulu se mettre en frais de toilette, pour bien marquer au vieillard que c'était à un rendez-vous d'affaires qu'elle s'était rendue et non à un rendez-vous d'amour, la jeune femme pensive, laissant passer chaque plat du somptueux menu commandé par Sélim, écoutait tristement le banquier.

Elle avait bien réfléchi avant de se décider à venir. Rentrée chez elle, la fièvre qui l'avait conduite chez Nuño commençant à se calmer, elle avait compris tout ce que l'exécution de la promesse qu'il lui avait arrachée présentait de dangers. Nuño était un de ces hommes avec lesquels une femme ne pouvait se montrer sans se compromettre. Il suffisait qu'on la vît avec lui, ne fût-ce que traversant le boulevard, pour que le lendemain on pût dire : Vous savez ? Lise est la maîtresse de Nuño. Elle ne l'ignorait pas, et cependant la pensée du danger que courait Jean l'entraînait. Entre le mal qui pouvait lui arriver à elle, et celui auquel son amant était exposé, elle n'hésitait pas : elle se sacrifiait.

Cependant, pour sauver Jean, ne risquait-elle pas de lui porter un coup bien cruel ? S'il allait connaître son aventure avec Nuño ? Mais comment la connaîtrait-il ? Il devait rester rue Taibout ce soir-là ; il avait donné à Lise sa parole de l'attendre. Elle ne redoutait rien que de lui. Quel autre eût été capable de la deviner sous le large manteau et sous le voile épais qu'elle allait mettre ?

Et pourtant une crainte vague, indéfinie, mais persistante la troublait. Il lui semblait qu'elle était sous le coup d'un malheur. Un pressentiment parlait haut en elle et la détournait de partir. Mais lui, que deviendrait-il ? La situation était inextricable. Il était au fond d'une impasse, et, pour en sortir, il lui fallait ou du temps ou de l'argent. De l'argent il n'en avait pas, et, du temps, Nuño seul pouvait lui en donner.

Elle se dit : Je suis lâche. De ce vieillard qu'ai-je à craindre ? Il m'a
promis de se montrer respectueux. Et d'ailleurs, dans ce lieu public
où il suffirait de sonner, d'appeler pour amener du monde... Elle se
redressa, pleine d'assurance ; elle se sentait jeune et vigoureuse. Le
gros Sélim, avec ses cheveux blancs, et sa taille lourde et massive,
lui apparut, et elle ne put s'empêcher de sourire. Était-ce lui qui
essaierait de la contraindre ? D'ailleurs, pourquoi lui faisait-elle l'injure
de supposer qu'il en eût la pensée ? Enfin quand il y aurait un danger
à courir ? N'était-ce pas ce qu'il fallait ? Quel mérite aurait-elle si,
pour sauver Jean, elle n'avait rien risqué ?

La voiture de Nuño, en s'arrêtant sous la fenêtre, avec une netteté
qui révélait un cheval de prix conduit par un cocher habile, mit fin
à ses incertitudes. Lise se dit Allons ! La petite tache sombre, qui
subsistait dans son esprit, comme un nuage annonçant la tempête à
l'horizon, s'effaça subitement, et la jeune femme n'eut plus en elle
que le désir affermi et puissant de tout tenter pour la défense de
celui qu'elle aimait. Elle dit adieu à sa mère, qui se laissa embrasser
avec une impassibilité presque haineuse, et, le cœur battant, elle
descendit. Un coupé noir, sans chiffre, attendait à la porte. Lise vit
dans cette précaution prise par Nuño la réalisation des promesses
qu'il lui avait faites, et, avec une confiance attendrie, elle monta.

Nuño impatient, comme un nouveau marié qui va vers sa femme,
le soir de ses noces, était arrivé d'avance. Il avait guetté derrière les
vitres la venue de Lise, agité, bouillant, ayant des frémissements
nerveux, et jouissant d'une de ces émotions de jeune homme qu'il ne
trouvait jamais trop chèrement payées. Quand il vit la voiture
s'arrêter et Lise en descendre, il éprouva une satisfaction profonde.
Mesurant, avec son expérience de vieux blasé, l'intensité des sensations que lui procurait la jeune femme, il se dit : Il n'y a au monde
que cette enfant-là pour moi ! Il faut qu'elle m'appartienne, qu'elle
me laisse vivre dans le rayonnement de son charme et de sa beauté.
Je la veux, n'importe comment, n'importe à quel prix !

Le caprice qu'il avait pour Lise, comme un incendie qui a longtemps couvé, prit en un instant des proportions furieuses. Il désira

Lise avec violence d'un dernier caprice. Il se sentit capable de tout
pour la conquérir : de violence, de soumission, de bonté, de corruption,
de tendresse. Les sentiments les plus opposés se heurtèrent dans
son cœur. Il en fût venu à divorcer, pour l'épouser, s'il l'eût
fallu. Mais, avant tout, il comptait sur l'influence invincible de son
argent.

Assis en face d'elle, la regardant de ses gros yeux aux paupières
flasques, il essayait de l'arracher à sa tristesse, mais ne parvenait pas
à ramener le sourire sur ses lèvres :

— Je ferais tout ce que vous voudrez, dit-il. Vous n'avez qu'à
ordonner. Mais, je vous en prie, quittez cet air malheureux. Une
charmante enfant telle que vous n'est pas faite pour avoir des soucis et
des chagrins, et si vous vous confiez à moi, je vous épargnerai tout ennui
à l'avenir. Ne prenez pas en mauvaise part ce que je vous dis. Vous
savez bien que je vous porte le plus vif intérêt. J'ai essayé de vous le
faire comprendre, il y a quatre mois, à ce souper de centième où
vous étiez si belle et si brillante, mais vous n'avez pas voulu m'écouter.
Vous aviez la tête et le cœur pris pour ce petit de Brives qui ne pouvait
que vous mener à votre perte. Ces jeunes gens, voyez-vous, sont tous
des égoïstes, ils n'aiment pas une femme pour elle, s'efforçant de la
rendre heureuse et de lui donner tout ce qui lui plaît. Ils n'aiment que
pour eux, et il faut se plier à leurs fantaisies, à leur caprices. Ils
excitent de grandes passions : il y a des folles qui se tuent pour leurs
beaux yeux. Et ils en tirent vanité, et cela leur fait une réputation
dans le monde. Il vaut mieux, croyez-moi, jeter les yeux sur quelqu'un de raisonnable qui assure votre bien-être, prépare votre carrière,
et soutienne vos succès. Vous avez donné, vous, mon enfant, dans
les petits jeunes gens, malgré mes avis. Vous voyez où cela vous a
menée... Je vous en prie, soyez sage... Supposons que les quatres
mois qui viennent de s'écouler sont un rêve, pendant lequel vous avez
été très heureuse. Mais le rêve est fini : rentré dans la réalité...

Il s'arrêta en voyant les yeux de Lise pleins de larmes. La douleur
de la jeune femme le bouleversa. Il la supplia de ne pas pleurer. Il était
hors de lui, et se sentait prêt aux plus grands sacrifices pour rendre

au doux visage de Lise sa joyeuse expression. Il redevenait jeune, passionné, confiant, généreux.

— Voyons, Lise, que voulez-vous que je fasse pour ce garçon que vous aimez si follement encore ? Vous désirez que je ne lui réclame pas l'argent qu'il me doit ? J'y consens !

— Oh ! monsieur ! que vous êtes bon ! s'écria Lise, en serrant les mains de Sélim avec reconnaissance.

— Je ne suis pas bon, dit le Portugais de sa voix rocailleuse, mais j'ai une grande affection pour vous... Voilà le compte des dettes réglé pour M. de Brives : il paiera quand il pourra ; ou même il ne paiera pas du tout... Mais ce n'est pas assez : il faut qu'il vive. Il n'a plus rien à lui... Je lui donnerai un poste dans ma maison...

Lise agita la tête et dit doucement :

— C'est impossible !

— Impossible, à Paris, oui, vous avez raison. Mais si je le faisais entrer chez un de mes correspondants, à Londres, par exemple !... Car vous comprenez, ma chère petite, qu'après l'accident qui vient de lui arriver, il faut qu'il s'éloigne pendant quelque temps. Il serait obliger de changer ses habitudes de vie. Il vaut mieux qu'il aille à l'étranger...

— Je ne le verrai donc plus ? murmura Lise avec chagrin.

— Il le faut, répéta Nuño. Je ferai tous les sacrifices possibles, mais il partira. Il vous perdrait, voyez-vous... Ces beaux-fils-là, vous ne pouvez pas vous figurer jusqu'où ils conduisent une femme... Oh ! il doit s'éloigner... La délicatesse le lui commande, et, ce qui est plus sûr, je ne supporterais pas qu'il restât !...

— Mais s'il s'y refuse ? demanda Lise avec un reste d'espoir.

Le visage basané de Sélim devint menaçant :

— J'en fais mon affaire !... Quand à vous, ma chère enfant, laissez-moi vous défendre contre vos ennemis, et vous faire triompher d'eux. Je sais tout ce qu'on a tenté contre vous... Ceux qui essaieront désormais de vous faire du mal auront à compter avec moi... Acceptez-moi comme votre ami, votre conseil, votre second père. Je ne demande que la joie de vous voir, de causer avec vous, et de vous entendre chanter et rire. Je suis un pauvre homme bien vieux : vous serez ma fille...

Lise resta silencieuse, **pensant** avec amertume que déjà Nuño exigeait la récompense de sa générosité. Rien pour rien : c'était la règle. Et encore, il avait fait, à la prière de Lise, ce que bien peu de gens, aussi riche que lui, eussent consenti à faire. Il demandait à la jeune femme ses bonnes grâces en échange... Allait-elle s'en étonner? Il mettait même, dans sa prière, une humilité et une douceur inattendues. Ce n'était pas le créancier, fort de son droit, et qui dit : On me doit, qu'on me paie! C'était un brave homme, timide et suppliant, qui quêtait une faveur toute petite, et tirant à peine à conséquence. Lise s'était-elle imaginée qu'elle obtiendrait des facilités pour Jean, sans qu'il lui en coûtât quelque chose à elle ?

Nuño la voulait à lui, non pas physiquement peut-être, il le laissait entendre, mais moralement. Elle ne se donnerait pas, mais qui pourrait croire qu'elle ne se serait pas donnée ? L'apparence de la faute la perdrait aussi sûrement que la faute elle-même. Elle passerait aux yeux de tous, subissant les bontés, les attentions, les assiduités de Nuño, pour sa maîtresse. Moins de dégoût, mais autant de honte. A cette idée, elle se révolta. Toute sa fière honnêteté lui gonfla le cœur, et, regardant Sélim avec hardiesse :

— Écoutez-moi bien, monsieur Nuño. Vous êtes disposé à traiter favorablement M. de Brives. Cela est certes très bien. Mais, peut-être, n'êtes-vous pas assez exempt de responsabilité, dans le malheur qui lui arrive, pour avoir le droit de vous montrer très rigoureux. Ne me forcez pas à me souvenir que c'est vous qui l'avez engagé dans cette affaire dont vous sortez intact, quand il y reste ruiné. Enfin, ne perdez pas de vue que je ne suis point femme à accepter un marché comme celui que vous me proposez. Si vous voulez mon amitié, commencez par la mériter, sans conditions...

— Oh ! ne me parlez pas sévèrement, s'écria Nuño désolé. Je ferai tout ce que vous voudrez, mais ne m'adressez pas de reproches. Qu'elle influence avez-vous donc sur moi, mon Dieu ? Vous n'avez qu'à parler pour que j'obéisse... Ah ! je devinais bien que vous étiez

ELLE BRULA UN CIERGE POUR CONJURER LE MAUVAIS SORT (PAGE 1940)

la seule femme qu'il y eût au monde ! Et j'aurai tout fait pour vous rapprocher de moi... oui, tout !

Lise avec épouvante, retrouva ses impressions des jours précédents, quand elle se figurait Nuño mettant en mouvement sa machine à broyer l'humanité, et quand elle croyait entendre les cris, les sanglots et les prières. Elle voyait devant elle, calme et souriant, l'auteur de ces atrocités, et il les avouait, il s'en faisait presque un titre d'amour. Elle fut prise d'une violente horreur pour le monstre, elle ne voulut pas rester un instant de plus auprès de lui.

— J'ai votre parole ? dit-elle.

Il lui tendit la main : elle y mit la sienne avec hésitation, et frémit en sentant sur sa chair les lèvres de Sélim.

— C'est signé, dit le Portugais.

Elle se leva et chercha son manteau.

— Comment ! vous partez si tôt ? Mais, il est à peine huit heures et demie.

— Il le faut. Je suis attendue.

— Par lui ?

— Peut-être.

Nuño étouffa un soupir. Si malheureux que fût Jean, il l'enviait encore.

— Quand vous reverrai-je ?

— Quand vous voudrez. Venez au théâtre.

— Mais vous ne jouez pas.

— Je jouerai dans quinze jours.

— Faudra-t-il attendre si longtemps ? Venez à mon bureau, au moins. Apportez-moi vos petites économies... Je vous les centuplerai en peu de temps... Mais que je vous voie...

— Et Clémence ? dit Lise en souriant.

— Oh ! ne me parlez pas d'elle ! s'écria Nuño avec animation... Tout est fini... Si vous saviez ce qu'elle est...

Il allait tout raconter. La porte du salon, en s'ouvrant brusquement, lui coupa la parole, et celle qu'il reniait si complètement parut, suivie de Jean.

— Merci, garçon, dit Clémence avec tranquilité, c'est bien ici ! Et, refermant la porte : Pardon de déranger votre petite partie. Mais monsieur et moi, nous vous trouvons un peu égoïstes ! Vous auriez bien pu nous inviter !

Jean, debout, restait sans paroles, regardant Lise, et se demandant s'il était bien possible que ce fût elle. La jeune femme, les yeux agrandis par la terreur, cherchait vaguement une issue, prête à se précipiter dans le vide, et à se refugier dans la mort, pour échapper à cette affreuse sensation des regards de Jean, fixés avec horreur sur elle.

Nuño, le premier, retrouva son sang-froid, il se leva avec une violence qui ébranla la table :

— Qu'est-ce que vous venez faire ici ? cria-t-il d'une voix rude.

— Voir cette fleur d'innocence et de pureté dînant en tête-à-tête avec vous, riposta Clémence, en montrant railleusement sa rivale, pâle et tremblante, à demi renversée sur le canapé.

Lise se dressa d'un bond, et s'élançant vers Jean, les mains tendues, les yeux pleins de larmes :

— Jean, cria-t-elle, laisse-moi t'expliquer...

Elle ne put continuer. Le sourire de mépris qu'elle vit sur les lèvres de son amant arrêta les paroles dans sa gorge. Et, avec un horrible gémissement, se cachant la tête dans les mains, désespérant de le convaincre, elle se laissa retomber.

— Mon argent ne vous a pas suffi, à ce qu'il paraît, dit alors Jean en se tournant vers Nuño, et, de la voix et du regard, lui lançant l'outrage, vous avez aussi voulu me prendre ma maîtresse... Pour un homme aussi habile que vous, l'une n'était pas plus difficile à détourner que l'autre !...

— Vous osez m'adresser des reproches, s'écria Sélim, quand vous faites, à mon détriment, un pouf de huit cent mille francs ?...

Jean, hors de lui, marcha sur le Portugais.

— Misérable ! dit-il, c'est vous qui m'avez volé ! Et si vous n'étiez pas un vieillard, vous me paieriez cher ce que vous venez de dire !

Sélim agita sa tête, comme pour secouer les injures de Jean, et, froidement :

— Après de telles paroles, je devrais me borner à vous faire mettre dehors... Mais vous accusez injustement et odieusement cette pauvre enfant qui, certes, vaut mieux que nous tous...

— Taisez-vous ! cria Jean avec rage. Ce qui la condamne le plus sûrement, c'est d'être défendue par vous.

— Il faut que vous nous croyiez vraiment bêtes, mon vieux, dit Clémence en riant, pour nous raconter des histoires de cette force-là !

Nuño ne répondit pas. Il montra la porte et dit :

— Sortez !

Et comme Jean ne bougeait pas, les yeux fixés sur Lise qui pleurait, oubliant tout, ensevelie dans son désespoir :

— Me forcerez-vous à appeler ? demanda avec colère le Portugais.

— C'est inutile... répliqua dédaigneusement de Brives. Je sais ce que je voulais savoir, je me retire, et je vous laisse ensemble...

Il se mit à rire, accouplant d'un geste méprisant Nuño et Lise :

— Une fille et un voleur ! Vous êtes dignes l'un de l'autre !

Nuño ne répliqua pas, mais Lise ne put supporter cet excès d'injustice et d'outrage. Elle bondit et, admirable d'énergie, rayonnante d'indignation, protestant de toutes les forces de son être :

— Oh ! malheureux ! s'écria-t-elle, tu m'accuses, moi, qui ne suis ici que pour toi, moi, qui n'ai eu, ce soir, que ton nom à la bouche, moi, qui ai tout supporté dans ton intérêt, et qui étais prête à tout sacrifier, fût-ce mon honneur, fût-ce ma vie, pour que ton honneur et la vie à toi restassent saufs ! Et tu m'accuses ! Et tu viens, amené par cette créature, de complicité avec elle, me menacer, m'insulter, en dépit de mes supplications et de mes larmes ! Tu oublies, en un instant, toutes les certitudes du passé, pour ne voir qu'une apparence défavorable, et y croire ! Tu ne me fais pas, pour toute la tendresse que je t'ai vouée, crédit d'une minute de confiance ! Voilà donc ce que c'est que ton amour ! C'est une si faible épreuve qu'il ne peut résister ! Ah ! je rougis de t'avoir tant adoré, en voyant combien peu tu en étais digne !

Emportée par l'ardeur de sa colère, Lise, les yeux enflammés, les les lèvres tremblantes et les cheveux en désordre, parlait avec une puissance irrésistible. Jean, bouleversé, restait immobile. La voix de Lise était allée jusqu'au plus profond de lui-même et y avait réveillé les souvenirs endormis. Il eut honte, il fit un pas vers la jeune femme. Mais Clémence le surveillait et, le voyant faiblir :

— Bien jouée, la scène, dit-elle avec un rire sardonique, très bien nuancée, la tirade ! Ma parole, au théâtre on y serait pris ! Mais, dites donc, mon vieux Sélim, d'après ce que je crois comprendre, vous êtes encore assez bon enfant ! Vous consentez à vous intéresser, à M. de Brives, et à arranger ses petites affaires, pour faire plaisir à Lise ?... Quand à vous, mon cher Jean, je n'insiste pas sur le rôle qu'on vous donne... Vous connaissez *Monsieur Alphonse*, je suppose ?...

En voyant ses intentions si affreusement travesties, Lise poussa un cri, et fit un mouvement pour se jeter sur Clémence. L'Italienne, éblouie par le regard de sa rivale, eut peur et recula. Entraînée par son élan, Lise prit Jean par les épaules, et les yeux dans les yeux, elle lui cria :

— Est-ce elle, ou moi, que tu crois ? Réponds ! Un mot suffit.

Jean fut tenté de saisir dans ses bras cette femme qu'il adorait en dépit de ses craintes, malgré ses doutes. Il fut sur le point de lui répondre : C'est toi qui dis vrai, je veux le croire, et si je me trompe, je suis encore heureux de mon erreur. Il vit devant lui Clémence qui riait, l'air mauvais, il vit Nuño silencieux et attendant. Il ne voulut pas se montrer si faible, et, le regard sombre, il se détourna.

— Ah ! tiens ! Va-t'en ! Tu es trop lâche ! cria Lise.

Elle le repoussa avec une force convulsive, et, retombant sur le canapé, elle demeura muette sans une larme.

— Adieu, mes petits amours, dit Clémence en dévisageant Nuño avec insolence. Elle s'approcha de lui :

— Je vous avais bien dit de ne pas me faire des traits dans mon théâtre !...

Puis, s'adressant à de Brives :

— Je crois que nous n'avons plus rien à faire ici. Nous gênons! Allons-nous en!

En voyant son amant partir avec sa rivale, Lise sentit quelque chose qui se brisait en elle. Elle s'élança, en criant encore une fois.

— Jean!...

Mais la porte s'était déjà refermée. Et il sembla à la jeune femme que son cœur venait d'être broyé par ce bois insensible qui la séparait de celui qu'elle aimait.

Dans le couloir, Clémence prit le bras de Jean qui marchait auprès d'elle, inconscient, tout à son désespoir et à sa colère. Elle se pencha vers lui, et avec son plus engageant sourire et ses plus doux yeux :

— Mon cher ami, nous sommes aussi malheureux l'un que l'autre. Mais il dépend de nous que les rieurs soient de notre côté... Nous vengeons-nous?

Jean, rendu à lui-même, abandonna le bras que l'Italienne appuyait sur le sien, et, la regardant avec des yeux pleins de mépris!

— Vous m'êtes plus odieuse encore qu'elle! dit-il. Lise peut être indigne... Mais vous?... Oh! vous!...

Il se mit à rire affreusement, et, repoussant du geste Clémence, devenue blême de colère, en voyant ses espérances déçues, il s'éloigna sans tourner la tête.

Dans le salon, Nuño et Lise étaient seuls. Un grave silence régnait, troublé seulement par le pas actif des garçons dans le corridor, et le cliquetis de l'argenterie remuée. Au dehors, les grands omnibus passant sur le boulevard ébranlaient le sol de leur roulement, et faisaient vibrer sur la table le cristal des verres et le bronze des candélabres. Rien n'était changé. Sur la nappe blanche, le couvert, soigneusement dressé, offrait ses splendeurs banales de plaqué et de lourdes porcelaines. Les deux convives étaient en face l'un de l'autre, mais ils ne parlaient plus et suivaient avec trouble leur pensée exaspérée. Lise la tête appuyée sur sa main, les yeux secs, les lèvres crispées, cherchait en elle-même une dernière espérance, une suprême illusion, et n'y trouvait qu'une douleur immense, accablée, sans remède. Son bonheur s'était écroulé, et, au travers des ruines, elle tâchait de découvrir une trace de ses joies passées. Tout avait disparu et était anéanti à jamais.

Nuño, désolé, sentant qu'il devait adresser quelques paroles d'encouragement à Lise, ne savait que dire, et pour la première fois, restait embarrassé. Il pensait : Cette fois entre ce petit de Brives et elle, tout est bien fini, il faut l'espérer, quoique les femmes soient si bizarres qu'elles ne tiennent jamais plus aux hommes que quand ils les ont brutalisées. Mais, fichtre, il m'en a dit à moi pour plus que son argent !... Il faut cependant que je parle à cette pauvre petite.....

— Lise... mon enfant... Allons, calmez-vous... Lise ?... je vous en prie, ne vous rendez pas malade... Lise ?...

Elle releva un peu la tête, parut revenir du lointain d'un rêve, et dirigeant sur Nuño un regard profond :

— Comment a-t-on pu savoir que j'étais ici avec vous ? dit-elle durement. Qui donc m'a trahie ?

Sélim fut stupéfait. Il n'avait pas même pensé à se demander comment Clémence avait été si promptement informée de son rendez-vous.

— Qui avait intérêt à me perdre ? reprit Lise avec violence.

Et comme Nuño roulait ses gros yeux, commençant à comprendre.

— Oui, qui ? Sinon vous ?

— Moi ? cria Sélim, en se dressant avec une étonnante vivacité. Moi ! Ah ! Lise, vous ne pouvez vous douter de la peine que vous me faites. Me soupçonner, quand je voudrais au prix d'une fortune vous avoir évité ce chagrin !... Vous êtes ingrate !... Je vous en supplie, dites-moi que vous me croyez !... Que faut-il pour vous convaincre ? Sur quoi faut-il que je fasse serment ? Sur l'Évangile, sur la Bible, sur le Coran ? Non !... Sur vous, qui m'êtes plus cher que mes enfants !... Mais dites que vous me croyez...

Il était hors de lui. Il poursuivit avec véhémence :

— Oh ! certes, j'ai eu autrefois de coupables projets. Je m'en confesse à vous... J'ai voulu user de ruse et de corruption pour obtenir vos bonnes grâces... Mais vous m'avez changé complètement... J'aurais rougi d'employer de pareils moyens vis-à-vis de vous, si pure si douce, si tendre ! Oh ! je vous respecte autant que je vous aime.

C'est cette infâme Clémence qui vous a fait espionner... Mais je ne la reverrai de ma vie.

Il s'approcha de Lise avec inquiétude. La pâleur de la jeune femme avait augmenté. Un cercle noir entourait ses yeux, et sa bouche se creusait douloureusement.

— Elle a atteint son but, celle qui me hait, dit Lise lentement, comme si elle eût difficilement desserré les dents.

— Vous souffrez, Lise, dit Sélim, il faut partir. Laissez-moi vous reconduire chez vous.

— Non.

— Au moins prenez ma voiture qui est en bas.

— Non.

— Ne puis-je donc rien pour vous? demanda Nuño désespéré.

— Rien.

Elle remettait son chapeau et son manteau, l'air égaré.

— Je ne vous laisserai pas vous en aller ainsi. Vous m'effrayez, vous n'êtes pas bien... Il peut vous arriver malheur...

Elle le regarda avec ses yeux bleus devenus d'une fixité inquiétante :

— Je vous défends de me suivre... Le malheur est fait!.,. adieu !...

Elle sortit, et descendit sur le boulevard. Le temps, qui avait menacé pendant toute la soirée, tournait à l'orage. De grosses gouttes de pluie chaude tombaient espacées. Le vent soufflait et, dans ses tourbillons, roulait avec des flots de poussière les feuilles des platanes et des marronniers. Lise le sentit délicieux passer sur son front brûlant, Et, insoucieuse de la rafale, devant elle, au hasard, elle marcha dans la nuit noire, s'y ensevelissant, comme si elle ne devait plus en sortir jamais pour revenir au jour.

Une pensée dominait dans son cerveau, amère et décourageante, celle de l'inutilité de son sacrifice. Elle avait risqué sa tranquillité et aventuré son bonheur. Tout cela en pure perte. Jean, convaincu qu'elle l'avait trompé, était plus désespéré que jamais. Il n'avait même plus pour le soutenir cette consolation suprême : l'amour dévoué et fidèle d'une femme. Il perdait tout, en un seul jour, et ne devait plus hésiter à mourir.

— ELLE EST MORTE, DIT-IL (PAGE 1947)

Lise poussa un gémissement et des larmes coulèrent sur ses joues, se mêlant à l'eau du ciel. Il pleuvait très fort maintenant, et elle marchait toujours de ce pas rapide, saccadé et incertain qui est l'allure des folles. Ses vêtements étaient trempés et elle ne s'en apercevait pas. Elle avait à la main un petit en-tout-cas et n'avait pas songé à l'ouvrir. Elle se trouva dans les Champs-Élysées complètement déserts, et les traversa sans crainte des rôdeurs qui tournaient autour d'elle, lui jetant au passage des paroles qu'elle n'entendait même pas. Elle gagna les quais et descendit jusqu'au pont de la Concorde.

Elle s'arrêta là un instant, et s'accouda au parapet, regardant les lumières reflétées par l'eau qui coulait sous les arches avec un bruit sourd. Elle se plut à entendre dans l'obscurité murmurer ce flot qui passait. Elle crut distinguer des voix douces et consolantes qui l'appelaient. De l'ombre profonde, qui s'étendait sous le pont, montait une senteur fraîche qui la grisait. Elle était peu à peu envahie par le vertige, et ses yeux ne pouvaient plus se détacher d'une place qui étincelait mouvante. Il lui semblait que peu à peu l'eau de ce tourbillon brillant montait jusqu'à elle. Elle la voyait tentante, fraîche, prête à engloutir la fièvre qui lui brûlait le sang. Plus de douleurs, plus d'inquiétudes. Si Jean mourait, par cette nuit d'orage, elle disparaîtrait avec lui. Et le niveau de la rivière s'élevait lentement ; elle n'avait plus qu'un effort à faire pour s'y plonger. A ses oreilles le bourdonnement charmeur de ses flots bruissait plus captivant ; des cercles argentés l'éblouissaient. Elle se pencha pour voir mieux et pour entendre plus distinctement, tout tourna autour d'elle avec une effrayante rapidité, et elle se sentit prête à s'envoler, comme si elle avait des ailes.

Une brusque secousse l'arracha à sa dangereuse extase. Elle ouvrit les yeux avec trouble, et se trouva dans les bras d'un vieillard et d'une femme, qui l'examinaient attentivement :

— Eh bien ! mon enfant, qu'est-ce que vous avez donc ? dit la femme. Sans mon père, je crois bien que vous tombiez du haut du pont. Êtes-vous souffrante ? Vous êtes trempée. Il faut rentrer chez vous...

— Et surtout il ne faut pas rester auprès de la rivière, dit gravement le vieillard.

Lise se laissa mettre dans un fiacre, donna son adresse, repoussa
la main de la femme qui lui tendait de l'argent, et, retrouvant ses
angoisses avec sa raison, elle consulta l'horloge du kiosque de la
place. Il était près de minuit. Il y avait trois heures qu'elle errait
dans les rues. Pendant ce temps qu'était devenu Jean ? Qu'avait-il
fait ? Était-il possible qu'elle l'eût si complètement oublié ? Elle eut
une horrible palpitation de cœur, et la vision affreuse de l'autre nuit
lui montra de nouveau son amant étendu mort dans le petit appartement si plein de souvenirs heureux. Elle poussa un cri de désespoir,
et se révolta.

— Non ! je ne veux pas !

Mais que faire ? A qui s'adresser ? Michalon était sa suprême
ressource. Elle se pencha par la portière et cria au cocher : Place
Vendôme. Tous les soirs à minuit, Michalon était au Cercle. Elle
reprit confiance. Michalon avait de l'affection pour elle : il la com-
prendrait, l'excuserait, l'aiderait. Elle sauta vivement sur le trottoir,
devant la façade toute brillante de lumières, et pria le concierge de
demander à M. Michalon de descendre lui parler...

Elle remonta dans sa voiture et attendit avec impatience, tremblant
qu'un hasard malheureux eût éloigné son ami. Mais sous la voûte elle
vit la haute taille du géant se dégager de l'ombre. Il venait en habit,
un peu étonné, ne sachant à qui il avait affaire. On lui avait dit :
une dame.

— C'est moi, dit Lise en ouvrant la portière.

— Vous !

Il n'osait l'interroger, devenu subitement très inquiet. Puis avec
effort, et les mots s'étranglant dans sa gorge :

— Est-ce que Jean... ?

Elle l'interrompit et, tout d'une haleine, elle lui raconta ce qui
s'était passé. Elle était redevenue brûlante et ses yeux brillaient de
fièvre. Sa voix si douce était sèche et sifflante, et tout son corps gre-
lottait. Mais elle ne pensait qu'à son amant. Il fallait que Michalon

allât le trouver, qu'il lui expliquât tout, et qu'il le forçât à vivre. Elle, peu importait !

Michalon, très grave, lui dit :

— Allons chez lui.

Il prit place dans la voiture avec Lise, sans paletot, tel qu'il était, et, doucement, en chemin, il gronda la jeune femme, excusant son ami.

— Oui, elle était bonne, aimante et dévouée. Mais quelle imprudence elle avait commise ! Comment ne pas soupçonner ? Quel homme eût pu avoir assez de puissance sur lui-même pour ne pas se laisser aveugler par la jalousie et entraîner par la colère ?

Elle l'écoutait, sans répondre, reprise d'une grande faiblesse, sentant sa pensée flotter dans son cerveau, vague et molle. Elle n'avait plus le courage de lutter, elle s'abandonnait, elle était à bout de forces. Lorsque la voiture s'arrêta, Michalon lui dit :

— Voulez-vous qu'il sache que vous êtes venue avec moi ?

Elle se souleva effrayée, et, se rappelant l'horrible scène, entendant encore les insultes de Jean, elle répondit :

— Non ! Mais s'il est là ouvrez la fenêtre du salon. Je serai rassurée et je m'en irai... Ensuite ne le quittez pas.

— Je vous le promets.

Il entra. Elle resta immobile au fond de la voiture, épuisée par ces derniers efforts, ayant le cœur sur les lèvres et ressentant de violentes douleurs dans le dos, entre les épaules. Elle regardait la maison, se demandant ce qu'elle cachait de terrible derrière ses murailles. Soudain une des fenêtres de l'entresol s'éclaira, puis s'ouvrit, laissant voir Michalon qui se penchait en agitant la main. Lise poussa un soupire de joie, ses yeux se mouillèrent de larmes, elle cria au cocher : « Rue de Lancry », et ne bougea plus, très absorbée, comme endormie. Elle avait une grande difficulté à respirer, et sa tête était chaude comme un brasier. Et, dans le cahotement lent de la voiture, elle avait des hallucinations. Elle se figurait que Clémence courait après elle dans la rue, et elle croyait voir son visage mauvais à travers les vitres de la portière. Elle était très effrayée. Elle pensait : Je souffre tant ! elle n'aura donc pas pitié de moi ? Que veut-elle encore ? Elle m'a pris Jean. Elle aura aussi ma vie. Mais qu'elle me laisse mourir en paix !

La voiture cessa de marcher. Lise descendit, paya, sonna, traversa le passage de la porte cochère, et, se traînant dans l'escalier, s'accrochant à la rampe, elle gravit ses quatre étages. Arrivée sur le palier, elle n'eut pas la force de prendre sa clef dans sa poche, elle sentit que tout tournait autour d'elle, et n'eut que le temps de saisir la sonnette à laquelle elle se retint pour ne pas tomber. La bonne la reçut dans ses bras et se mit à crier :

— Madame ! Oh ! mon Dieu ! madame, voici mademoiselle. Elle est à moitié morte

Une exclamation sourde se fit entendre dans la chambre voisine, et l'aveugle se guidant avec ses mains, parut, le visage sévère. Elle, alla à sa fille, tâta ses vêtements mouillés par la pluie, ses cheveux collés sur son front et son visage ardent :

— Mon Dieu ! d'où vient-elle ainsi ? demanda la mère d'une voix lugubre. Lise ? Que s'est-il passé ?... Elle ne me répond pas. Elle est évanouie. Il faut la coucher., Elle est bien malade ! Oh ! la malheureuse ! Voilà où elle devait en arriver tôt ou tard ! Elle avait beau se cacher, j'avais deviné le vice !

Elle prit sa fille dans ses bras, l'enleva, avec une force qu'on n'aurait pas soupçonnée dans son corps débile, et la porta sur son lit. Lise rouvrit les yeux, reconnut sa mère, et suppliante, redevenue enfant, elle murmura :

— Oh ! maman ! je t'ai fait de la peine ! Pardon, maman, pardon !

Puis elle recommença à grelotter, et perdit connaissance. L'aveugle la déshabilla, la coucha, la couvrit, comme quand elle était toute petite. et s'assit auprès du lit, immobile, écoutant dans le silence la respiration haletante de Lise, et maudissant le théâtre, cet enfer, où elle s'était perdue.

XIV

La Barre semblait avoir lu dans l'avenir quand il avait eu ce triste pressentiment que Lise ne jouerait pas *les Viveurs*. La comédienne n'était pas venue le lendemain à la répétition, et le médecin du théâtre envoyé auprès d'elle avait apporté à Rombaud les plus alarmantes nouvelles.

Depuis la veille, Lise avait le délire. Une pleurésie s'était déclarée, avec des complications très graves au cerveau. Ce fut un coup terrible pour l'auteur et le directeur. A la veille de passer, la pièce se trouvait privée d'une de ses interprètes. Et de laquelle? De celle qui désarmait le public par sa grâce, qui l'entraînait par son talent, et qui forçait le succès. Sans Lise, tout devait paraître obscur sur cette scène dont elle était le rayonnement.

Et Rombaud, ayant cette conviction absolue que la chance était venue au Théâtre-Moderne, apportée par la comédienne dans les plis de son manteau, tombait, à la pensée qu'elle ne serait pas du spectacle nouveau, dans un abattement profond. La Barre désolé, pensant à Lise avant de penser à lui-même, avait beau essayer de remonter Rombaud, de lui rendre la confiance, il ne tirait de lui que des réponses navrées, et acquérait avec amertume la conviction que le

directeur avait toujours compté bien plus sur la valeur de ses artistes
que sur la solidité de la pièce.

Certes, le drame était intéressant et mouvementé; mais quel relief
devait lui donner l'interprétation du principal rôle par Lise! Le quatrième acte joué par elle et par Mortagne, c'était un triomphe assuré.
Mortagne, privé de Lise qui avait le privilége de l'enflammer en scène,
et de le faire partir comme un coup de pistolet, allait être tout déso-
rienté. Habitués l'un à l'autre, ils connaissaient leur façon de conduire
une scène, ils se regardaient dans les yeux et, tout d'un coup, ils mettaient le feu à la situation et, devant le public saisi, la poussaient au
plus haut point d'intensité.

Ah! Lise! Lise! Que devenir sans elle! Rombaud songea très
sérieusement à retarder la pièce. Il fit appeler le docteur Panseron
et lui demanda de lui dire, à deux jours près, l'époque à laquelle la
comédienne serait rétablie. On attendrait jusque-là. Ce serait une
perte pour le théâtre ; la *Duchesse* ne faisant plus les frais, on mangeait mille francs par jour. Mais tout était préférable à la nécessité
de jouer *les Viveurs* sans Lise. Était-ce quinze jours, trois semaines?
Le brave docteur, qui allait matin et soir chez la malade, avait hoché
la tête tristement sans se prononcer. Mais il avait conseillé à Rombaud, à tout hasard, de prendre ses précautions en remplaçant Lise.

Alors Rombaud s'était emporté et, avec un redoublement d'accent
méridional qui lui était habituel dans les moments d'émotion, il avait
demandé au docteur à quoi il pensait en venant lui conter des bourdes pareilles. Est-ce qu'on remplaçait Lise? Est-ce qu'il y avait une
Desclée, dans les théâtres de Paris, que l'on pût avoir à prix d'or? Il
était prêt à l'engager, à payer le dédit, à tout faire. Mais il savait bien
que c'était des paroles en l'air Parler ainsi, autant valait siffler !

Rombaud voulut se renseigner lui-même, et se rendit rue de
Lancry. Les reporters de journaux de théâtre se succédaient dans la
loge du concierge, car on ne laissait monter personne. Deux fois par
jour un valet de pied de chez Nuño prenait des nouvelles. Le Portugais était au désespoir; il avait rompu avec Clémence et déclarait
que, de sa vie, il ne reverrait plus cette méchante femme. La **grave**

maladie de Lise était un de ces événements parisiens qui balancent l'intérêt d'une séance importante à la chambre, et font oublier la mort d'un général renommé ou d'un homme d'État remuant. Rombaud se croisa devant la porte avec Jean, qui tournait autour de la maison comme un chien qui a perdu son maître, et, gagnant l'appartement dont il trouva la sonnette cotonnée, il s'adressa à la fidèle bonne de Lise. La brave fille, à voix basse, et des larmes pleins les yeux, lui dit que « ça n'allait pas du tout ».

— Une fièvre, mon bon et cher monsieur, à brûler la toile de son oreiller !... Et une toux qui vous déchire rien que de l'entendre... Avec ça, pas moyen de l'empêcher de parler... Elle ne comprend pas quand on la prie d'être raisonnable... Une vraie enfant ! Tenez !... la voilà qui récite !... Ah ! mon Dieu ! Seigneur ! Avec quoi pourrait-on la calmer, notre pauvre gentille demoiselle ?

Et au travers de la cloison, Rombaud entendait comme une psalmodie, coupée de temps en temps par les quintes d'une toux lugubre. Il s'éloigna, le cœur serré.

Au théâtre, les répétitions se traînaient lamentablement, malgré les efforts de La Barre et les admonestations de Massol. Les artistes sentaient que la pièce se décrochait et, maussades, écœurés par le mauvais travail, ils ne faisaient plus aucun effort. Clémence, impassible, venait avec exactitude, et ne se mêlait pas aux conversations de ses camarades. Elle attendait, repliée sur elle-même, avec une sorte de retenue grave, sûre du dénouement et ne levant pas un doigt pour le précipiter.

Jamais, pendant ses dix ans de misère, de luttes, de revers et d'humiliations, La Barre n'avait enduré des tortures semblables à celles qu'il lui fallut souffrir pendant ces quelques jours. Il vit tout le personnel du théâtre se détourner de lui. Ceux qui, au début, paraissaient pleins de confiance dans la réussite, prenaient maintenant des airs réservés. Ceux qui avaient été sourdement hostiles ne se gênaient plus, et déblatéraient tout haut. Delessard, dans son cabinet, où chaque après-midi défilaient cinquante personnes appartenant à tous les mondes, levait les épaules par dessus ses oreilles et pérorait avec un profond dédain.

— Il avait bien deviné, tout de suite, lui, que la pièce ne se tiendrait pas debout à la scène, et ne pourrait être sauvée que par une interprétation supérieure. L'interprétation faisait défaut et on commençait à se rendre compte de la faiblesse de l'action... Ce petit La Barre, qui devait manger tout le monde, à ce que prétendait Rombaud, ce génie dramatique miraculeusement découvert, ferait un bon four, et on n'en entendrait plus parler; il rentrerait dans son ombre, avec tous les chefs-d'œuvre qu'il avait en portefeuille!...

Et il riait, avec la satisfaction féroce d'un homme qui n'a à son actif que des tiers dans des levers de rideaux, joués par complaisance et pour obtenir des réclames. Il soufflait à ses camarades de la presse, des notes aigres-douces sur les embarras dans lesquels se débattait la direction du Théâtre-Moderne. Et Rombaud arrivait, le lendemain, exaspéré, le journal à la main, influencé par quatre lignes d'Échos de coulisses auxquelles il attribuait l'importance d'une opinion générale, et se figurant déjà tout Paris mécontent de ce qui se passait dans sa maison, et prêt à n'y plus mettre les pieds.

Pavilly, qui ne pardonnait pas à La Barre de lui avoir donné le rôle de Castorin, courait tous les théâtres, et ne tarissait pas en critiques amères sur la pièce. C'était tout ce qu'on pouvait rêver de plus mauvais; et le troisième acte notamment, dans lequel il ne paraissait pas, ne devait point finir. Il était allé trouver Rombaud, et lui avait carrément conseillé de profiter des difficultés qui survenaient pour renoncer à monter *les Viveurs*.

La Barre, en butte à la mauvaise volonté de tous, ne pouvant pas s'approcher d'un portant sans entendre quelque réflexion désobligeante sur son compte, ne perdait pas courage. Il faisait tête à l'orage, affectait une inébranlable confiance et partageait son temps entre Lise et sa pièce. Il allait religieusement deux fois par jour chercher des nouvelles, et toujours la même affligeante réponse lui était faite : Bien mal. A l'immense déception de l'auteur, privé d'une artiste comme Lise, se joignait le chagrin profond de l'homme qui aimait en secret.

Il restait, dans la petite salle à manger du modeste appartement, à

causer à voix basse avec Michalon, écoutant les plaintes de la jeune
femme et les cris de son délire. Elle semblait avoir oublié Jean. Elle
ne parlait jamais de lui. L'homme auquel elle avait tout donné avait
disparu de sa pensée. C'était son rôle qui l'occupait. Elle le répétait
sans cesse, avec une précision de mémoire et une justesse d'accent
qui mettaient des larmes dans les yeux de Claude. Puis, elle s'inquiétait de lui. Elle l'appelait, et quand il s'approchait, se penchant vers
elle, de ses yeux sans regard elle le fixait et ne le reconnaissait pas.

Alors Claude descendait soucieux, et souvent, dans la rue, à la
porte, il rencontrait Jean qui attendait Michalon, n'osant pas monter,
malheureux, dévoré de regrets, prêt à offrir sa vie pour celle de Lise.
L'auteur se détournait, affectant de ne pas voir de Brives, craignant
de se laisser entraîner par sa haine. Cependant celui-ci, après avoir
hésité pendant deux jours, se décida à l'aborder. Et, devant sa tristesse, Claude ne put lui tenir rigueur. Il l'accabla d'abord de reproches, et finit par le plaindre.

Le cinquième jour, le brave docteur Panseron sortit de la chambre
de Lise, la figure plus sombre encore que la veille. Interrogé, il se tut.
Mais l'aveugle, qui l'avait suivi sans bruit, écoutant le silence, devina
l'angoisse des amis de sa fille et se mit à crier désespérément, sans
qu'une larme coulât de ses yeux, dans un accès de cette douleur
bruyante particulière aux vieillards et aux enfants :

— Ma fille! Ma pauvre fille! Elle est perdue! On me l'a tuée! Oh!
je le savais bien qu'elle mourrait de son mal de théâtre!

Et, faisant écho aux lamentations de la mère, par la porte entre-
bâillée, résonnait la voix de Lise, sinistre, répétant la grande scène
d'amour du quatrième acte, et nuançant avec un art exquis les
phrases les plus passionnées, les appels les plus ardents aux douceurs
de la vie, lorsque déjà la mort était assise près de son lit, dans
l'ombre de ses rideaux.

Ce jour-là, en arrivant à la répétition, La Barre trouva Massol en
scène :

— Avez-vous rencontré M. Rombaud? dit le vieux comédien. Il
vous demandait à l'instant...

Claude se dirigea vers le cabinet qui l'avait vu, tour à tour, timide et rassuré, inquiet et triomphant. Il y trouva le directeur, debout devant la cheminée, le chapeau sur la tête, et remuant ses clefs avec plus d'agitation que de coutume.

— Mon cher, la situation dans laquelle nous sommes ne peut pas s'éterniser, dit Rombaud... Il faut prendre une décision. J'ai beaucoup réfléchi à notre affaire... Vous savez, on se laisse entraîner, on rêve sur les pièces, on les voit à travers l'interprétation... Je crains que nous ne nous soyons trompés... *Les Viveurs* ne sont peut-être pas tout à fait au point... Il faudrait les revoir de près... Pavilly disait, hier, qu'on pourrait peut-être couper le troisième acte... Joué par Lise, il allait... mais, sans Lise, il me semble inutile et même dangereux... Songez à cela... Ce que je vous en dis, c'est dans votre intérêt, vous comprenez bien !

— Parfaitement, dit La Barre, devenu froid comme un marbre... Mais je vous ferai remarquer que le troisième acte est le centre même de la pièce, et que, pour moi, c'est le plus important des cinq. Il est impossible d'y toucher.

— Vous croyez? Tous les auteurs sont les mêmes! Ce qu'on leur demande de couper est toujours ce qu'il y a de meilleur... Enfin, laissons ce petit côté de la question. Que diriez-vous d'un ajournement?... Lise se rétablira, et nous jouerons la pièce au printemps, dans les meilleures conditions...

— Lise ne se rétablira pas, répondit gravement Claude. Hélas ! Nous ne la verrons plus sur la scène... Quant à un ajournement, je n'y consentirai jamais. La pièce est annoncée : elle est aux trois quarts prête... La mettre de côté serait me porter le plus grave préjudice...

— Mais, mon cher, nous expliquerons la chose dans les journaux... C'est un simple retard. La pièce est reçue... Ne craignez rien... Je tiens à la jouer !

Rombaud ne connaissait qu'un La Barre aimable, doux, conciliant. Il se trouva subitement en face d'un La Barre roide, violent, intraitable. Il s'agissait, pour Claude, de son avenir. Il était prêt à tout pour ne pas le laisser compromettre. Il tint tête au directeur, trouva des ripostes à toutes ses attaques, et parvint à dominer cet esprit incertain.

— J'aurais pu, en dix jours, monter une reprise d'*Antony*, soupira Rombaud, et je sauvais la recette... Mais vous ne voulez pas... En tout cas, il faut remplacer Lise... Et, dans le théâtre, il n'y a pour jouer son rôle que Clémence Villa... Et encore, elle n'y sera pas fameuse!

Rombaud avait réservé cette proposition pour la fin. Il comptait sur une révolte de Claude. Mais l'auteur avait pensé, depuis la veille, à cette douloureuse nécessité. Et il avait fait son sacrifice. Dans la passe critique où il était, il voulut au moins sauver son œuvre. Et, sans contestation, il accepta, avec cette rage stoïque d'un marin qui, au milieu de la tempête, jette par-dessus bord une partie de sa cargaison pour relever son navire.

Rombaud fit appeler Clémence. **La** comédienne se présenta, devinant que l'heure si ardemment désirée par elle avait enfin sonné, mais ne perdant rien du calme souriant sous lequel elle déguisait, depuis quelques jours, les émotions les plus violentes.

— Ma chère Clémence, dit le directeur, nous avons pris, M. La Barre et moi, une importante résolution... Lise est décidément dans l'impossibilité de jouer. Tu sais combien son rôle est beau... Nous t'offrons de le créer...

Clémence ne sourcilla pas. Elle n'osait parler, craignant que l'éclat de sa voix ne trahît sa joie furieuse. Enfin, elle triomphait donc! Elle redevenait puissante, on avait besoin d'elle. Et ce rôle, dont elle avait rêvé de s'emparer, même au moyen d'un crime, elle le tenait!

— Tu ne réponds rien? reprit Rombaud étonné... Est-ce que l'offre ne te plaît pas?

— Non, répliqua durement Clémence... Je sais le rôle qu'on m'a distribué : il me convient très bien... Je ne vois pas pourquoi je l'abandonnerais... Tu m'as déclaré, toi-même, que la pièce ne ferait pas le sou si je jouais le rôle de Lise... Je ne veux pas te ruiner!...

— Allons! sois sérieuse... Tu sais très bien que je ne pensais pas ce que je disais...

— Non! non! Mon rôle me plaît, j'y ai découvert des effets très intéressants, je le garde!...

Elle éprouvait une jouissance délicieuse, à se venger des humiliations que Rombaud lui avait fait subir. Elle voulait le voir à ses genoux, lui qui l'avait dédaignée.

— Allons, Clémence, sois bonne fille, dit Rombaud, il s'agit de nous rendre service. C'est une corvée qu'on te demande, soit : accepte-la de bonne grâce.

— J'y consens, finit par dire la comédienne. Mais ce n'est certes pas pour toi, qui t'es conduit d'une façon ignoble à mon égard. C'est pour M. La Barre, dont je ne veux pas laisser compromettre le succès !

Et Claude dut remercier ce monstre qui lui faisait horreur, et trouver des paroles flatteuses, quand les outrages lui montaient aux lèvres.

Rombaud, comme s'il eût voulu passer son mécontentement sur quelqu'un, malmena Roberval qui n'avait pas fait commencer la répétition, et se mit à pester contre ses artistes qui n'étaient même pas en scène. Pavilly arrivait, l'air très étonné.

— On répétait donc? Comment! Encore *les Viveurs*? Il croyait que la pièce était abandonnée. C'en était une scie, cette affaire-là !

Il ne se gênait plus, parlant à deux pas de La Barre. Quand il sut que Clémence allait jouer le rôle de Lise, il éclata.

— Cette fois, c'était le coup de grâce ! Eh bien ! on allait recevoir les petits bancs sur la tête, le soir de la première.

Rombaud, très impressionné, quitta l'avant-scène en disant à La Barre :

— Je vous laisse la direction du travail. Vous avez voulu passer quand même; débrouillez-vous.

Il partit par le couloir de l'orchestre, se rendant au contrôle, suivi de Delessard qui riait, approuvant sournoisement Rombaud de tirer son épingle du jeu. Et, en plein vestibule, le directeur furieux s'écria, devant le sergent de ville et madame Seigneur, qui écoutait, anxieuse, derrière son grillage :

— Ça n'ira pas trente fois! Non! Pas trente fois!

La Barre, abandonné à lui-même, redoubla d'énergie. Il se sentait tout ce théâtre sur les épaules, et ne désespérait pas de le porter sans faiblir. Il fut convenu entre lui et Clémence que la comédienne ne répéterait, pendant les premiers jours, que pour les jeux de scène et pour la mémoire. Seulement La Barre dut venir, tous les matins, la faire travailler chez elle.

Assis dans le petit parloir lambrissé de vieux chêne sculpté, aux larges fenêtres ornées de vitraux gothiques, Claude écoutait Clémence étudier ces scènes qu'il avait entendu dire par Lise si délicieusement. Avec stupeur, il retrouvait dans le jeu de l'Italienne tous les mouvements, tous les effets trouvés par sa rivale. Jusqu'aux inflexions de voix qui étaient semblables. L'attention avec laquelle Clémence avait regardé répéter Lise n'avait pas été stérile. Et, avec une adresse incroyable, elle imitait sa camarade.

C'était un prodigieux pastiche. Et Claude, dans le demi-jour mystique des verrières, arrivait à se figurer que, par un infernal prodige, l'âme de Lise délirante était entrée dans le corps de Clémence, et que le génie de la victime vaincue inspirait la persécutrice victorieuse.

C'était la raison pour laquelle la comédienne avait tenu à ne pas répéter, tout d'abord, à fond devant ses camarades. Elle craignait qu'à la première réplique on ne s'écriât : Oh ! c'est Lise ! Elle désirait habituer les artistes à la voir dans le rôle, puis, un beau jour, elle l'attaquerait hardiment, et alors on dirait ce qu'on voudrait.

Rombaud, découragé, ne quittait plus son cabinet, et, à force de déclarer que la pièce ne marcherait pas, il était arrivé à le croire. Il avait écrit à un auteur en renom, qui lui avait promis un drame, une lettre éplorée, en le pressant de lui livrer son ouvrage, *les Viveurs* ne devant certainement pas être joués plus de vingt fois. Ce n'était plus que vingt maintenant ! Le grand Bernard, très inquiet, entendant criailler dans tous les foyers de théâtre que le drame de La Barre promettait une chute, l'auteur ne voulant écouter personne, et refusant même les conseils de Pavilly, était venu prendre l'air de la maison. Il s'agissait de régler les effets de la claque, et Bernard suivait toujours les trois ou quatre dernières répétitions.

Il trouva Rombaud sombre, lisant fiévreusement des manuscrits, et frappant avec désolation sur les couvertures bleues, roses, jaunes, en criant :

— Rien ! Pas une pièce, pas une idée ! La stérilité la plus complète ! Les vieux s'en vont et les jeune n'apparaissent pas ! Qu'est-ce que le théâtre va devenir? Ah ! quand j'avais Lise, je me moquais bien de la faiblesse des drames. Elle faisait tout passer. Elle était la fortune de la maison. Je marchais en la suivant : c'était l'étoile ! Mais, maintenant, j'ai beau regarder, je ne vois plus la petite lueur brillante qui me guidait. Plus rien que des nuages !

Rombaud s'attendrissait, il devenait lyrique, il avait peur surtout que Bernard ne lui parlât de ses cent mille francs.

— Mais cette pièce nouvelle, voyons ? dit l'entrepreneur de succès. Mauvaise ! Mauvaise ! Sans Lise, mon cher... il n'y a plus rien !

— Je n'admets pas qu'un théâtre tombe faute d'une actrice, cria Bernard. Les artistes se forment, que diable !... Au surplus, je vais dans la salle, je veux voir par mes yeux.

Il traversa le théâtre et descendit à l'orchestre. La salle était obscure. La rampe seule éclairait la scène. Bernard, pour pouvoir se livrer à ses impressions en toute liberté, s'assit sur un strapontin, dans l'ombre du passage.

Pavilly et Clémence était en scène, la comédienne répétait à demi-voix, et le comédien, agacé, se modelait sur sa camarade. Les mains dans les poches, traînant les pieds, arrondissant le dos, l'air grognon, il mâchonnait les répliques entre ses dents. La Barre, au second rang de l'orchestre, enfoncé dans un fauteuil, écoutait sans souffler un mot, sans ébaucher un geste, exaspéré par l'odieux manège de l'acteur. Depuis huit jours, il le suivait ainsi, évitant de lui faire une observation. Et celui-ci, avec un malin plaisir, épiait du coin de l'œil l'auteur énervé, forçant son accent pleurard, et répandant sur son rôle, très gai et tout en reparties, une désolante monotonie. Voyant Claude immobile et impassible, il avait encore baissé le ton, et sa voix, habituellement voilée, n'arrivait plus dans la salle que comme un faible murmure. Cette fois La Barre n'y tint plus et, se redressant :

— Monsieur Pavilly, dit-il avec beaucoup de politesse, voulez-vous avoir l'extrême bonté de parler un peu plus haut?... Je ne vous entends pas...

— Pour ce que vous auriez à entendre, grommela l'acteur, vous n'y perdez guère !...

— Je ne vous comprends pas, dit avec calme La Barre, qui voulait forcer l'acteur à passer les bornes.

La tranquilité affectée avec laquelle Claude venait de répondre trompa Pavilly. Il crut l'auteur abattu et disposé à tout supporter, quand, au contraire, il tremblait d'une colère contenue depuis trop longtemps. Il haussa les épaules, et, affectant de tourner le dos à l'orchestre ;

— Le rôle est détestable, parbleu, c'est assez clair !

La Barre se dressa tout pâle, et, ses longs cheveux rejetés en arrrière, les yeux étincelants, les mains frémissantes :

— Si détestable qu'il soit, monsieur, s'écria-t-il, il est encore cen fois trop bon pour la façon dont vous le jouez !

— Moi ! balbutia Pavilly, en écarquillant ses petits yeux.

— Oui, vous, monsieur, vous, dont la mauvaise volonté est doublement coupable en ce qu'elle fait tort à vos camarades, qui son pleins de conscience, et à moi, qui avais le droit de compter sur votre concours !

— Monsieur !.,.

— Aussi bien, en voilà assez ! dit sèchement La Barre. Le rôle vous ennuie, mais vous m'ennuyez bien davantage. Je vais de ce pas vous faire remplacer..,

— Remplacer ! moi ? Et par qui ? demanda l'artiste avec un ricanement dédaigneux.

— Par le premier venu, à qui il suffira d'avoir le désir de bien faire pour être préférable à vous. Mais nous perdons notre temps !...

Et bondissant en scène, ôtant son paletot et son foulard, Claude saisit le manuscrit, prit la place de Pavilly et, enragé, se mit à répéter avec Clémence. Celle-ci, secouée comme par un courant électrique, oubliant ses résolutions, se laissa entraîner. Et, subite-

ment, la pièce, morne et froide, devint vivante et lumineuse. Ce fut
comme un changement à vue prodigieux : un lever de soleil après
une nuit sombre.

Maintenant, c'était madame Bréval et Mortagne qui jouaient, puis
Desmazures et Massol, et Clémence rentrait pour la fin d'acte avec
Fanny Mangin. Le mouvement s'accentuait, l'action s'engageait,
passionnée et hardie. Surpris eux-mêmes, les artiste se livraient,
poussant leurs effets. Le dialogue, ferme, rapide, se précipitait. Et
Claude, debout contre le manteau d'arlequin, voyait avec une joie
profonde, pour la première fois, son œuvre sortir des ténèbres de
l'enfantement et se développer à ses yeux vivante, superbe, telle qu'il
l'avait rêvée. Enfin le cap dangereux des préparations était franchi. La
pièce qui avait pendant de longs jours, flotté, hésitante, entre la perte
et le salut, sortait de la tourmente, et était en voie d'arriver au port.
Massol s'approcha de Claude, et lui dit :

— Ça va bien aujourd'hui. Je suis content... Mais vous avez joliment fait travailler Clémence ! Elle sera meilleure qu'on ne   pouvait
le prévoir.

Pavilly, lui-même, étonné de l'impulsion donnée par La Barre à la
pièce, revenait à de meilleurs sentiments, et disait très haut:

— Le rôle m'appartient, je l'ai appris... Je le jouerai !... Ce sera
un sacrifice de plus que je ferai... Par exemple, ce sera bien pour le
théâtre !

— Eh ! que ce soit pour le diable, si vous voulez, dit Claude gaîment. Mais jouez-le bien... Vous avez assez de talent pour ça !

Et Pavilly, un peu consolé, se plaignit à l'auteur de sa dureté, faisant le gentil et tâchant de rentrer en grâce.

— Allons ! Le second acte, dit Massol. Ne nous amusons pas!

Le second acte marcha sans un accroc, puis le troisième. C'était
fini : la pièce était partie. Comme un oiseau, elle avait ouvert ses ailes,
et maintenant elle planait dans l'azur, d'un vol puissant. Bernard dans
son coin, ne bougeait pas, écoutant avec attention, admirant l'habile
préparation des situations qui allaient, en s'élargissant, jusqu'à l'explosion des fins d'actes. Il était empoigné, et seul, suant d'émotion,

tout à la pièce, comme un bon bourgeois qui a donné ses cent sous, il se délectait et ne pensait plus à son travail. Le quatrième acte venait de finir. Clémence et Mortagne, haletants, étaient encore en scène, appuyés à la table et se regardant, joyeux. La porte du couloir s'ouvrit et Rombaud se dirigea vers Bernard.

— Eh bien? demanda-t-il, avec un peu d'inquiétude, qu'en dites-vous ?

Le chef de claque se leva, et regardant froidement Rombaud :

— Vous ne croyez pas à la pièce, eh bien, je vous propose une affaire : Cédez-moi les cent premières pour deux cent cinquante mille francs !

— Vous dites ? s'écria le directeur, n'osant pas en croire ses oreilles.

— Je dis que vous êtes un fou ! reprit Bernard avec animation. La pièce est renversante !... Jamais vous n'aurez obtenu un succès pareil !... Vous en avez pour tout votre hiver... Et vous savez que je m'y connais. Si j'ai un bon conseil à vous donner, c'est de faire un traité, tout de suite, avec La Barre, pour un autre drame... Ce garçon là a le génie du théâtre... Il fournira une carrière magnifique !...

Rombaud n'était déjà plus à l'orchestre. Il courait vers la scène. Il venait de retrouver sur les lèvres de Bernard toutes les appréciations qu'il avait portées, lui-même, autrefois sur l'écrivain. Que s'était-il donc passé dans son esprit, depuis quelques semaines ? Quel obscurcissement soudain de ses facultés l'avait rendu si aveugle et si injuste? Oui, la pièce était bonne, il ne s'était pas trompé en la montant! Oui, La Barre avait de l'avenir ! Il en était bien certain! Il avait été affolé par le malheur de Lise, et il avait cédé à un découragement absurde. Avec sa vivacité habituelle, il passait d'une défiance exagérée à une confiance absolue.

Il trouva l'auteur dans les coulisses, réglant une question d'accessoires avec Roberval, et, le tirant à part :

— Dites donc, La Barre, fit-il, Bernard a assisté à la répétition, et il est très content...

— Et ça vous étonne, n'est-ce pas? répliqua Claude avec amertume.

— Allons, reprit Rombaud, soyez plus indulgent pour un homme

qui a été très troublé par les difficultés d'une interprétation nouvelle,
et qui accueille avec ravissement tout ce qui présage un succès dont
il n'a jamais douté...

— Trente représentations ! dit Claude, en le regardant fixemen

— Oubliez toutes ces bêtises-là ! On est nerveux au théâtre... vous
le savez mieux que personne. Il paraît que vous avez rudoyé ce pauvre
Pavilly?... Dites-moi, mon cher, nous allons meubler supérieurement
la pièce, hein? J'ai un joli décor neuf de Rubé, que je réservais : je
vais vous le donner pour le trois... Il y a quelques livrées à commander
pour la scène de lunch... Il faut que ce soit très coquet... Et puis la
pièce est sue, ne traînons pas... Je perds de l'argent : je ne serai pas
fâché d'en gagner... Nous passerons samedi.

Ainsi, en un instant, la situation changeait de face. Un souffle avait
fait pencher la balance du côté du succès, et tous les visages étaient
redevenus souriants. La Barre assista à cette métamorphose, et en
jouit délicieusement. Le pauvre garçon sortait de l'enfer, et entrait
dans le paradis. Il se défendit contre l'excès de sa joie, il se refusa à
l'espérance. Il avait l'expérience des heures mauvaises ; il craignit
encore une déception. Mais, au fond de lui-même, il entendait l'écho
de la chère voix de Lise lui répétant : Vous aurez un triomphe, mon
bon Claude ! Et avec une poignante douleur, il pensait qu'elle n'aurait
pas le bonheur d'y contribuer.

Il quitta le théâtre, et alla rue de Lancry. Là aussi un changement
s'était produit. Le délire de la malade avait cessé depuis le matin et
elle avait repris connaissance. Mais la fièvre, en la quittant, semblait
avoir emporté ses dernières forces. Épuisée, et dans un état de faiblesse
désolant, elle n'était plus soutenue que par ses nerfs. Le docteur Panseron n'avait jamais été aussi inquiet. Il ne savait où trouver la maladie.
La pleurésie était presque guérie, mais Lise, en proie à une sorte de
consomption, s'en allait, comme si on lui eût ouvert les veines et que
tout son sang se fût écoulé. Il avait éloigné tout le monde de la
chambre. Une seule exception avait été faite pour Claude, que Lise
demandait, avec une insistance qui la fatiguait plus que n'eût pu faire
la présence de son ami.

Elle l'acueillit avec un sourire, et, sous ses rideaux, il la vit si pâle et si amaigrie qu'il resta saisi. La chaleur de la fièvre ne gonflait plus les traits rougis de son visage. Elle était blanche et froide, les yeux à demi fermés, comme pour mourir. Elle devina l'impression éprouvée par La Barre, et, d'une voix lente, elle lui dit :

— Ce n'est plus que l'ombre de Lise, n'est-ce pas?

Il essaya de protester. elle roula sa tête sur son oreiller en signe de dénégation :

— N'essayez pas de me tromper, Claude. Aux autres, je laisse dire, mais, de vous à moi, il n'y a pas d'espoir à conserver... On cherche mon mal... On ne le découvrira pas... Il est au cœur... J'ai été atteinte d'un coup qui m'a tuée... Vous-même, vous désespérez de moi, puisque vous avez donné mon rôle à une autre...

Claude pâlit à ces paroles, dites avec une douceur mélancolique qui lui fit passer par tout le corps un frisson glacé. Il voulut nier. Elle fixa sur lui ses yeux bleus qui semblaient regarder au delà de la vie. Il ne put que s'écrier :

— Qui vous a dit... ?

— Personne. J'ai vu distinctement, pendant que j'avais le délire, Clémence jouer mon rôle. Et c'était moi qui le lui faisais travailler, lui en marquant toutes les nuances, pour qu'elle ne compromît pas votre succès...

Et Claude, bouleversé, se rappela la persistance avec laquelle la malade, dans l'égarement de la fièvre, répétait des lambeaux de sa pièce. Il se rappela l'étrange hallucination qui lui avait montré l'esprit de Lise venant animer le corps de Clémence. Et, pliant le genou devant le lit où mourait cette femme qu'il avait adorée, et qui, comme un bon ange, le protégeait encore jusqu'au seuil de la mort, il se mit à pleurer amèrement. Et, dans l'obscurité de l'alcôve, tenant la main de Lise, avec une éloquence passionnée, pour lui faire mesurer l'étendue de sa douleur, chaste, puisqu'il était sans espoir, il lui avoua son amour.

— Je savais que vous m'aimiez, mon cher Claude, murmura-t-elle. Et il est bien regrettable que je n'aie pas pu vous aimer aussi. J'aurais été heureuse. Je vivrais, et quels beaux rôles vous m'auriez faits! Le ciel ne l'a pas voulu... Mon cœur n'était plus à moi quand je vous ai rencontré...

Elle hésita un instant. Une légère rougeur colora son visage, et serrant la main de son ami, comme pour lui demander pardon de ce qu'elle allait lui dire :

— Et Jean? demanda-t-elle.

La Barre devint sombre.

— Il vient tous les jours savoir comment vous allez. Il souffre cruellement. Il n'a pas osé franchir votre porte... Mais si vous voulez le voir, j'irai vous le chercher...

— Merci, dit-elle, vous êtes bon...

Elle lui montra une petite glace suspendue à la muraille, et lui fit signe de la lui donner. Elle se regarda longuement, avec tristesse, et secouant la tête :

— Non! je ne veux pas qu'il me voie ainsi. Je suis méconnaissable!... Il faut qu'il garde le souvenir de la Lise qu'il a connue, vivante et belle, et qu'il a aimée.

Elle laissa retomber la petite glace sur son lit et ne parla plus, semblant dormir. Ainsi la coquetterie survivait encore dans le cœur de la comédienne, et elle voulait mourir dans une sorte de mystère poétique.

Claude sortit sur la pointe du pied, et alla retrouver la mère Fleuron à laquelle on essayait vainement de cacher l'état de sa fille. L'aveugle ne répondait pas, mais de ses yeux sans regards les larmes coulaient sur son visage ridé. A son réveil, Lise demanda Michalon. Elle ne voulait auprès d'elle que lui et Claude. Elle s'informa de la situation de Jean, et, apprit avec joie que la spéculation, qui lui avait coûté si cher, ne serait pas aussi désastreuse qu'on l'avait craint d'abord. Le Bénagoa remontait. Et Jean pourrait s'acquitter. Mais Michalon demanda vainement la permission, pour le malheureux, de voir Lise, ne fût-ce qu'une minute.

— Il n'entrera pas dans la chambre, mais qu'il entende seulement votre voix, qu'il sache que vous lui pardonnez...

Lise fut inflexible. Sa préoccupation constante était la pièce de

La Barre. Elle ne cessait de l'interroger sur ce qui se passait dans le théâtre. Elle ne dissimulait pas ses regrets. Elle pleurait son art. Elle eut d'affreux accès de désespoir pendant lesquels elle se rattachait à l'existence, suppliant le docteur Panseron de la sauver.

— Il est impossible que vous me laissiez mourir ainsi, en pleine jeunesse, en pleine force! J'ai tant de belles choses à accomplir encore au théâtre, et je sens si bien que j'y parviendrais! Oh! avoir fait vivre de sa propre vie des milliers de spectateurs et, brusquement, ne plus être!... Tomber, s'évanouir, disparaître, au milieu du succès, des applaudissements, finir, pour ne plus recommencer jamais! Après avoir singé la mort sur la scène, la voir tout à coup face à face, et réelle et définitive! Quitter tout ce qu'on aime, et entendre autour de soi des sanglots qui ne se renouvelleront pas le lendemain!... Docteur, votre science ne peut être impuissante. Je suis courageuse... Je vous aiderai; je vous en prie, sauvez-moi!

Puis elle se résignait et, brisée par ses agitations, elle restait, immobile, écoutant Claude lui parler de leur enfance, du petit jardin d'Évreux, où ils avaient joué autrefois entre les bordures de buis. Et, peu à peu, devant ses yeux apparaissait une petite rue mal pavée, dans laquelle se trouvait une boutique sur la devanture de laquelle on lisait : *Madame Capelle. Modes et lingerie.* C'était le soir et, sur une haute borne, au pied de la fenêtre, se tenait un grand jeune homme qui lui parlait à voix basse. L'air était doux, le silence profond, et, dans la tranquillité de la ville endormie, l'horloge de la cathédrale sonnait nonchalamment les heures.

Chers et douloureux souvenir du bonheur disparu, comme ils étaient lointains déjà! Un soupir gonflait la poitrine de Lise, et elle demandait à Michalon de lui jouer du piano. Pendant des heures, le géant exécutait, d'une main légère, comme s'il eût mis une sourdine à l'instrument, des valses, des rêveries, déchiffrait des partitions, procurant à Lise la sensation délicieuse d'un concert entendu de loin et berçant sa faiblesse.

Et la malade interrogeait de nouveau Claude sur la marche de ses dernières répétitions, lui donnant des conseils pour Clémence, avec

une sagacité admirable. Elle semblait ne plus vivre que par cette
pièce et pour cette pièce :

— Modifiez la fin du troisième acte, mon bon Claude, disait-elle :
il y a là une scène de sensibilité ; Clémence ne la jouera pas... Accen-
tuez la situation et poussez le rôle à la violence... Elle y sera parfaite!...
Ah! si j'avais pu, moi! Comme j'aurais dit la tirade de l'adieu!...
Hélas! le seul adieu que je dirai, maintenant sera éternel...

Puis, avec un sourire qui faisait reparaître la Lise d'autrefois :

— C'est égal, mon cher Claude, si vous faites un drame avec mon
aventure, changez le dénouement... Au théâtre il faut toujours que le
crime soit puni et l'innocence sauvée... Et vous voyez où elle en est,
l'innocence?... Tandis que le crime triomphe! C'est égal, j'ai peut-
être manqué ma vie... comme me l'a dit M. Nuño... J'ai voulu
réussir seulement par le travail... J'ai suivi le sévère et droit chemin
de l'art... et je ne suis pas arrivée. Clémence a pris la route capricieuse
et brillante de la galanterie, elle a fait sa fortune, elle n'a travaillé
que dans ses moments perdus, et la voilà au but! Décidément, les
comédiennes qui veulent vivre au quatrième étage, s'habiller avec des
robes de laine, aller en fiacre et n'avoir qu'un amant, ne sont pas
faites pour les grands triomphes... L'avenir est aux actrices qui ont
un petit hôtel... L'honnêteté au théâtre est une duperie!... Et cependant, j'aurais à recommencer, que je ferais encore comme j'ai fait!

Claude, malgré les fiévreuses occupations de la dernière heure, ne
manqua pas une fois de venir passer, tous les soirs, de longs instants
avec Lise. Quand elle ne lui parlait pas, il restait silencieux, assis
près du lit, dans le demi-jour de la veilleuse, et il écoutait, le cœur
serré, la respiration courte et haletante de la mourante. Le docteur
Panseron s'étonnait qu'elle vécût encore. La phthisie, qui s'était
déclarée, avait été foudroyante. Lise n'était soutenue que par la
volonté de ne pas mourir. Michalon, qui parlait peu, d'habitude, dit
alors gravement ces mots qui firent frémir Claude et le docteur :

— Elle attend la première de La Barre.

Et c'était certain. Elle voulait, avant de partir, savoir si son ami
aurait le grand succès qu'elle lui avait prédit. Le jour de la répétition

générale, elle exigea que Claude vint chez elle, avant de se rendre au théâtre. Elle le vit tremblant, inquiet, lui serra la main et lui sourit.

— Tout marchera bien, dit-elle. J'en suis sûre. Soyez sans crainte. J'ai vu la pièce cette nuit... Elle est admirable !

Qu'entendait-elle par « j'ai vu » ? Avait-elle, dans sa mémoire, repassé toutes les péripéties du drame, ou bien, grâce à ce don de seconde vue qu'ont les mourants, avait-elle eu le spectacle fantastique de l'œuvre de Claude jouée, pour elle seule, par des êtres surnaturels ? En tout cas elle avait dit vrai. La répétition générale, donnée à huis clos devant les critiques des grands journaux et quelques rares privilégiés, produisit un effet considérable, et le bruit se répandit sur les boulevards et dans les cercles que le Théâtre Moderne était à la veille d'un énorme succès.

A minuit, La Barre se dirigea, à pied, vers sa petite chambre du quartier latin, ayant cependant de quoi prendre une voiture, car il venait de vendre très cher sa pièce pour l'Angleterre et pour l'Allemagne. Il était triste, malgré les compliments qu'il avait reçus.

Arrivé au coin de la Porte-Saint-Martin et de la rue de Bondy, il s'arrêta. C'était là qu'il avait, le soir du souper de centième, quitté Lise et Jean. Ils avaient pris d'un côté, lui de l'autre. Eux étaient allés à la ruine et à la mort, lui avait été au triomphe et à la gloire. Claude jeta un regard en arrière sur le théâtre qui dressait, dans l'obscurité, sa masse noire, piquée de points lumineux, et, lui faisant un geste de menace :

— Toi et tous ceux que tu contiens, qui m'avez coûté tant de déboires, d'humiliations et de chagrins, il va falloir maintenant que vous me dédommagiez de tout ce que vous m'avez fait souffrir !

XV

ᴊᴇ matin de la première des *Viveurs*, Clémence se rendit à Saint Pierre-de-Chaillot, et y brûla un cierge pour conjurer le mauvais sort et obtenir la protection du ciel. Elle avait véritablement très bien joué la veille, et comptait sur un grand succès personnel. Sa route lui apparaissait maintenant déblayée de tous les obstacles, et elle n'avait plus qu'à marcher en avant. Son prestige était reconquis, et dans le théâtre on la traitait, comme autrefois, en souveraine.

Rombaud avait été charmant, et lui avait donné toutes les places dont elle avait besoin pour ses amis. Il avait eu du mérite, car le bureau de location était assiégé, et les fauteuils se vendaient, à la porte, dix louis, dès deux heures. Les agences étaient aux abois, et les lettres arrivaient, du Ministère, de la Préfecture, des grandes banques, des cercles, demandes signées de noms officiels et de noms célèbres, billets parfumés envoyés par de jolies femmes, et qui, s'amoncelant sur le bureau de Delessard, redoublaient la mauvaise humeur du secrétaire. Il se tirait la moustache, arrondissait le dos, sortait dans le couloir, secouait son garçon de bureau, le médaillé militaire Jacquin, et criait :

— Mais nous n'avons plus rien! Nous sommes débordés. C'est un coup de folie! Tout Paris veut voir cette pièce!...

Il y avait déjà de la location pour le lendemain. Rombaud, au contrôle, le chapeau en arrière, répondait à tous les arrivants, faisait jabot, et, d'un air modeste, répétait :

— Sans doute la pièce s'annonce bien! Mais on ne sait au juste si on tient un vrai succès qu'au bout de huit jours! C'est madame Seigneur qui nous renseignera, la semaine prochaine, avec sa feuille!

Tous les habitués étaient là, affairés, bourdonnant. Et dans ce grand mouvement, dans cette fièvre, pas un souvenir pour l'étoile éclipsée, pas un mot de regret pour la pauvre Lise. Elle avait disparu de la surface du monde parisien, le flot avait passé sur elle, et c'était fini, l'oubli s'était fait. Les voitures de maîtres se succédaient, devant le théâtre, nombreuses, les chevaux piaffaient, tenus au mors par les valets de pied. Et, comme des coups de vent, les marchands de billets s'élançaient, offrant leurs derniers fauteuils, ou « un excellent stalle » tout près de l'orchestre.

— Il paraît que Clémence est superbe, disait Raynaud, qui n'avait pas pu venir la veille.

— Étonnante!... Oh! Elle ne restera pas au Théâtre Moderne. La Comédie-Française va la prendre... Comme elle a marché, cette fille-là?... Vous la rappelez-vous, jouant la fée des Fougères au Châtelet?...

— Elle avait de bien jolies jambes!

— Elle les a toujours! A propos, vous savez que Nuño lui a envoyé un bouquet ce matin? Ils vont se raccomoder... C'était certain!

— Dites donc, Rombaud, je n'ai pas reçu mon fauteuil, s'écria Adrien Gamard, qui arrivait tout essouflé... Ah! mais, c'est que si je n'ai pas de place, vous savez, moi, je fais les cent coups! Je me déguise en garçon de café et je viens, avec une corbeille de caramels et de croquets, dans la salle. Et écoutez-moi ce coup de gosier : Orgeat, limonade, bière... demandez... des oranges, des sodas, des glaces!...

Il lança ce cri avec une telle perfection que tous les assistants se mirent à rire...

— Allons Gamard, dit Rombaud contrarié, en voyant le gommeux oubler la gravité solennelle de la situation... vous savez bien que ce ne peut être qu'un oubli...

— A la bonne heure ! A ! mes enfants, vous ne savez pas ce qui est arrivé au prince péruvien de Cécile Chrétien? Le grand seigneur d'outre-mer a été pincé, hier soir, filant la carte, au Club... l'Inca était un philosophe de première classe!.. Cette fois ce n'est plus en bateau que je vais la faire aller, notre pauvre chère innocente, ça va être en galère !

Pavilly, debout sur les marches du péristyle, faisait ses confidences Crctel :

— La pièce s'est améliorée beaucoup à la fin... La Barre a compris qu'il fallait suivre mes conseils... Je lui ai donné la grande situation du deux... Vous verrez... C'est très bien... Et Castorin est devenu un rôle. Il ne sera jamais étonnant, mais enfin c'est quelque chose !.. Ah! il a fallu batailler pour en arriver là!...

— Et La Barre ?... Est-ce qu'il n'est pas au théâtre ? Je voudrais pourtant bien lui demander quelques détails pour ma Soirée.

Rombaud alors s'élança. Il avait les mains pleines de renseignements. Et il ne tarissait pas en anecdotes flatteuses sur le compte de son auteur... Il le grandissait, il le mettait sur un piédestal... Quel talent, et quelle modestie! Et comme il lisait, et comme il jouait! Et puis il était collectionneur, il avait chez lui des merveilles. Les cartons bien modestes, les livres lentement et difficilement amassés, devenaient dans la bouche de Rombaud des trésors artistiques. Et le pauvre major se métamorphosait en un général de brigade, tué héroïquement à Gravelotte. Il fallait du fla-fla, du pompon, du grelot, du tam-tam! L'avenir de La Barre l'exigeait, le lancement de la pièce aussi. Et en avant la musique !

A cinq heures seulement, La Barre fit son apparition. Il arriva, l'air froid, au milieu de cette agitation. Rombaud fondit sur lui, et, l'entraînant à l'écart :

— Mais qu'est-ce que vous faites? A quoi pensez-vous? Comment n'êtes-vous pas venu plus tôt? Mais il faut vous montrer! Vous êtes l'homme du jour!

— La Barre répondit avec calme qu'il venait de chez Lise. Et Rombaud, très ennuyé d'avoir à s'assombrir l'esprit, dans un jour comme celui-là dut demander des nouvelles. Elles étaient très mauvaises. C'était la fin.

— Pauvre fille! Pauvre fille! répéta distraitement le directeur... Ah çà! mon cher, nous dînons ensemble, n'est-ce pas?

— Je vous remercie, dit La Barre, devenu glacial. Ma soirée est prise...

— Comment! votre soirée? s'écria Rombaud... j'espère bien que vous allez venir au théâtre?

— Non! J'irai rue de Lancry...

— Vous n'assisterez pas à cette représentation, qui s'annonce triomphale?

— J'assisterai aux derniers moments d'une femme que je regrette cruellement.

— Mais c'est de la folie! Mais votre place est sur la scène! Mais que dira-t-on? Tout Paris va défiler, ce soir, dans le théâtre, et vous n'y serez pas! Vous vous perdez! Vous feriez, d'un seul coup, connaissance avec tout le monde! Ce serait la notoriété, la camaraderie précieuse de tous les gens connus conquise en un instant! Voyons, réfléchissez! Ne donnez pas suite à ce projet fou! Mais des femmes, il y en a des milliers!.. Des comédiennes, on en trouve tant qu'on veut!.. Voyez plutôt Clémence! Cher ami, faites cela pour moi : venez ici, où l'on va vous applaudir à faire dégringoler le lustre...

— J'irai où l'on souffre.

Rombaud leva les bras au ciel, et les laissa retomber avec découragement.

— Quel obstiné vous êtes!

— Je l'ai prouvé, depuis six semaines, répondit Claude sèchement.

Et tournant le dos à Rombaud, il alla causer avec Massol, lui rappelant divers petits détails de mise en scène, et s'assurant que tout était prêt et réglé. Puis, traversant la foule, qui déjà le regardait avec

une sympathique curiosité, il quitta le théâtre, se privant volontairement d'une des plus grandes joies que dût compter sa vie littéraire.

Devant la maison il rencontra Jean, faisant sa faction quotidienne
sous la fenêtre de Lise. Il attendait ainsi, depuis deux semaines,
qu'elle lui permit de monter, plus passionné dans son repentir qu'il
ne l'avait été dans son amour. Il faisait les cent pas, comme un amant
qui guette sa belle, sans jamais rien voir venir, et ce pied de grue
acharné, pour une mourante, était vraiment sinistre.

Le malheureux aborda Claude, sans lui parler, mais le visage bouleversé par une angoisse éloquente. Celui-ci lui tendit la main, pour
la première fois, et la lui serra avec attendrissement. Il prenait en
pitié, à la fin, cette douleur si persistante et si sincère. Il la sentait
sœur de la sienne.

— Suivez-moi, dit-il.

— Je la verrai donc? s'écria Jean, dont le visage s'illumina d'un
rayon d'espoir.

— Si vous ne la voyez pas, au moins vous serez près d'elle, répondit La Barre.

Jean regarda Claude avec des yeux suppliants :

— Oh! La voir, lui parler, me traîner à ses pieds, lui demander
grâce!... Misérable que je suis! c'est moi qui l'ai tuée!... Elle m'aimait
tant, et je l'ai soupçonnée, outragée!... Mais ne peut-on rien faire
pour la sauver?... Michalon dit qu'on n'a rien tenté... Moi, je l'aurais
disputée à la mort... Et je la lui aurais arrachée!...

— Il n'y avait rien à faire, hélas! Il était dans sa destinée de
mourir... Elle était trop délicate et trop faible pour résister aux luttes
de la vie. Elle devait fatalement succomber... Elle s'en va doucement,
comme un ange qui remonte au ciel...

Ils entrèrent. Dans l'escalier ils se croisèrent avec un prêtre qui
descendait, et Jean jeta à Claude un regard épouvanté. Il devinait,
dans ce visiteur sacré, le suprême Consolateur qui apporte l'absolution
aux mourants. Ils trouvèrent la porte de l'appartement ouverte. Claude
frémit. Il se demanda si Lise était déjà morte. Michalon le rassura.
Après s'être confessé, Lise venait de s'endormir.

Jean resta dans la salle à manger, avec Claude et son ami. Ils étaient seuls. La bonne venait, avec madame Capelle, arrivée dans la matinée, d'emmener la mère Fleuron, dont les cris troublaient cruellement Lise. Par la porte entr'ouverte, Jean apercevait un coin des rideaux du lit de la mourante, et entendait sa respiration sifflante et pénible. Il se rappela la jolie chambre du Cœur Percé, où Lise chantait si gaiement le matin. Sa voix charmante résonnait encore à son oreille. Elle était alors pleine d'espérance, pleine de joie. Elle buvait avec délices l'air et le soleil, descendait dans le jardin, vêtue d'un peignoir brodé, cueillir dans les corbeilles les fleurs humides de rosée. Et elle l'appelait gaîment.

— Jean ! Jean ! Viens donc !

Oh ! le temps heureux, les beaux jours ! Et maintenant elle était là, elle ne voulait pas le voir, et elle allait mourir. Un flot amer lui monta aux lèvres, et dans son coin, il sanglota éperdument.

— Qui donc pleure ? demanda la voix de Lise, lugubre et étouffée...

Michalon et Claude passèrent dans sa chambre.

— Qui donc est là ? répéta-t-elle avec agitation.

— Nous étions seuls, La Barre et moi, dit Michalon, en fermant la porte de la salle à manger.

— Il m'avait semblé reconnaître Jean... Pauvre garçon ! vous le consolerez quand je ne serai plus là... Michalon, promettez-moi que vous ne l'abandonnerez jamais !...

Elle soupira et demeura immobile. La nuit descendait, et les jardins s'emplissaient d'ombre et de silence. Les deux hommes restèrent silencieux.

A huit heures, Lise s'agita et dit :

— Le premier acte commence.

Elle ne pensait qu'à la pièce, et, mentalement, dans son esprit resté lucide, elle en suivait toutes les péripéties. Elle souffrait beaucoup, et de grosses gouttes de sueur coulaient sur son visage. Elle demanda à Michalon de lui jouer l'admirable marche funèbre de Chopin, un de ses plus doux souvenirs. Et tout bas elle murmura :

— Que c'est beau ! C'est l'envolée d'une âme vers l'infini. Je voudrais que cette mélodie accompagnât mon dernier soupir. Vous me la jouerez, n'est-ce pas, Michalon ?...

Elle sourit :

— Vous voyez ! Toujours le théâtre ! Je ne veux pas mourir sans un trémolo à l'orchestre...

Elle se tut, elle suffoquait. Claude lui prit la main et essaya de faire passer en elle un peu de sa vie et de son énergie. A onze heures elle dit encore :

— Le quatrième acte !... Ah ! la belle scène d'amour !...

Puis elle parut rassembler ses dernières forces pour attendre le dénouement... Minuit venait de sonner, et ils restaient sans nouvelles Les yeux de Lise inquiets étaient fixés sur ceux de Claude. A une heure moins un quart, un pas rapide se fit entendre. La porte s'ouvrit et Rombaud rayonnant parut. Il s'arrêta brusquement sur le seuil et, devenu très grave, toute sa joie tombée, il se courba, n'osant plus avancer.

— Et bien ? interrogea la voix de Lise, faible comme un souffle.

— Immense succès ! répondit Rombaud.

Lise tenait la main de La Barre dans la sienne. Elle la serra avec joie et lui adressa un angélique sourire.

— Je l'avais bien dit ! murmura-t-elle. Je suis contente !... Heureuse chance dans l'avenir, mon bon Claude !

Elle poussa un soupir d'allégement, se renversa en arrière, et ses traits rayonnèrent d'une céleste sérénité.

Claude se leva en poussant un cri. Comme l'avait dit Michalon, Lise avait attendu le succès de son ami pour mourir. Le géant, les yeux pleins de larmes, ouvrit la porte de la salle à manger et fit signe à Jean d'entrer.

— Elle me pardonne ? s'écria le malheureux éperdu.

Michalon lui montra le lit sur lequel Lise, le front pâle couronné de ses cheveux d'or, comme une sainte, reposait pour toujours, et, avec un sanglot :

— Elle est morte, dit-il.

Jean se laissa tomber à genoux sur le seuil de la chambre et, le cœur brisé, la tête lourde, se mit à pleurer.

Et dans le silence, la pure mélodie de Chopin jouée par Michalon, fidèle à sa promesse, s'éleva, comme un chant séraphique, berçant de ses harmonies aimées le dernier sommeil de Lise.

ROMANS MODERNES

JOURNAL BI-MENSUEL

DÉPOT LÉGAL
Seine 2
1893

SOMMAIRE :

LES BATAILLES DE LA VIE

PAR

GEORGES OHNET

Prix de l'Abonnement : 80 Centimes

LE NUMÉRO

RÉDACTION & ADMINISTRATION :

184, FAUBOURG POISSONNIÈRE, 184

PARIS

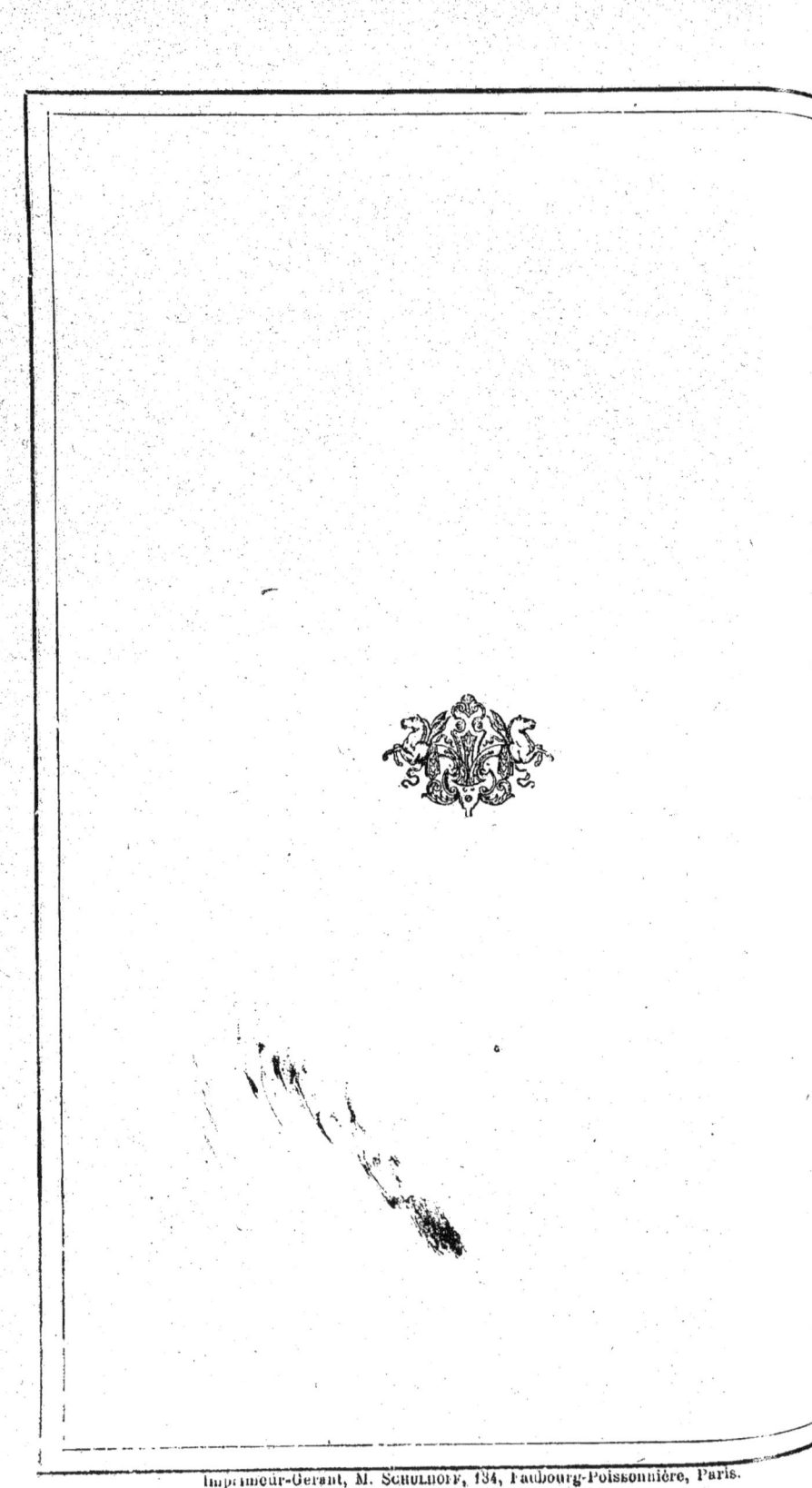

Imprimeur-Gérant, M. SCHULHOFF, 134, Faubourg-Poissonnière, Paris.

ROMANS MODERNES

JOURNAL BI-MENSUEL

SOMMAIRE :

LES BATAILLES DE LA VIE

PAR

GEORGES OHNET

Prix de l'Abonnement : 80 Centimes

LE NUMÉRO

RÉDACTION & ADMINISTRATION :

184, FAUBOURG POISSONNIÈRE 184

PARIS

Imprimeur-Gérant, M. SCHULHOFF, 134, Faubourg-Poissonnière, Paris.

ROMANS MODERNES

JOURNAL BI-MENSUEL

SOMMAIRE :

LES BATAILLES DE LA VIE

PAR

GEORGES OHNET

Prix de l'Abonnement : 80 Centimes

LE NUMÉRO

RÉDACTION & ADMINISTRATION :

134, FAUBOURG POISSONNIÈRE, 134

PARIS

Imprimeur-Gérant, M. SCHULHOFF, 134, Faubourg-Poissonnière, Paris.

ROMANS MODERNES

JOURNAL BI-MENSUEL

SOMMAIRE :

LES BATAILLES DE LA VIE

PAR

GEORGES OHNET

Prix de l'Abonnement : 80 Centimes

LE NUMÉRO

RÉDACTION & ADMINISTRATION :

134, FAUBOURG POISSONNIÈRE, 134

PARIS

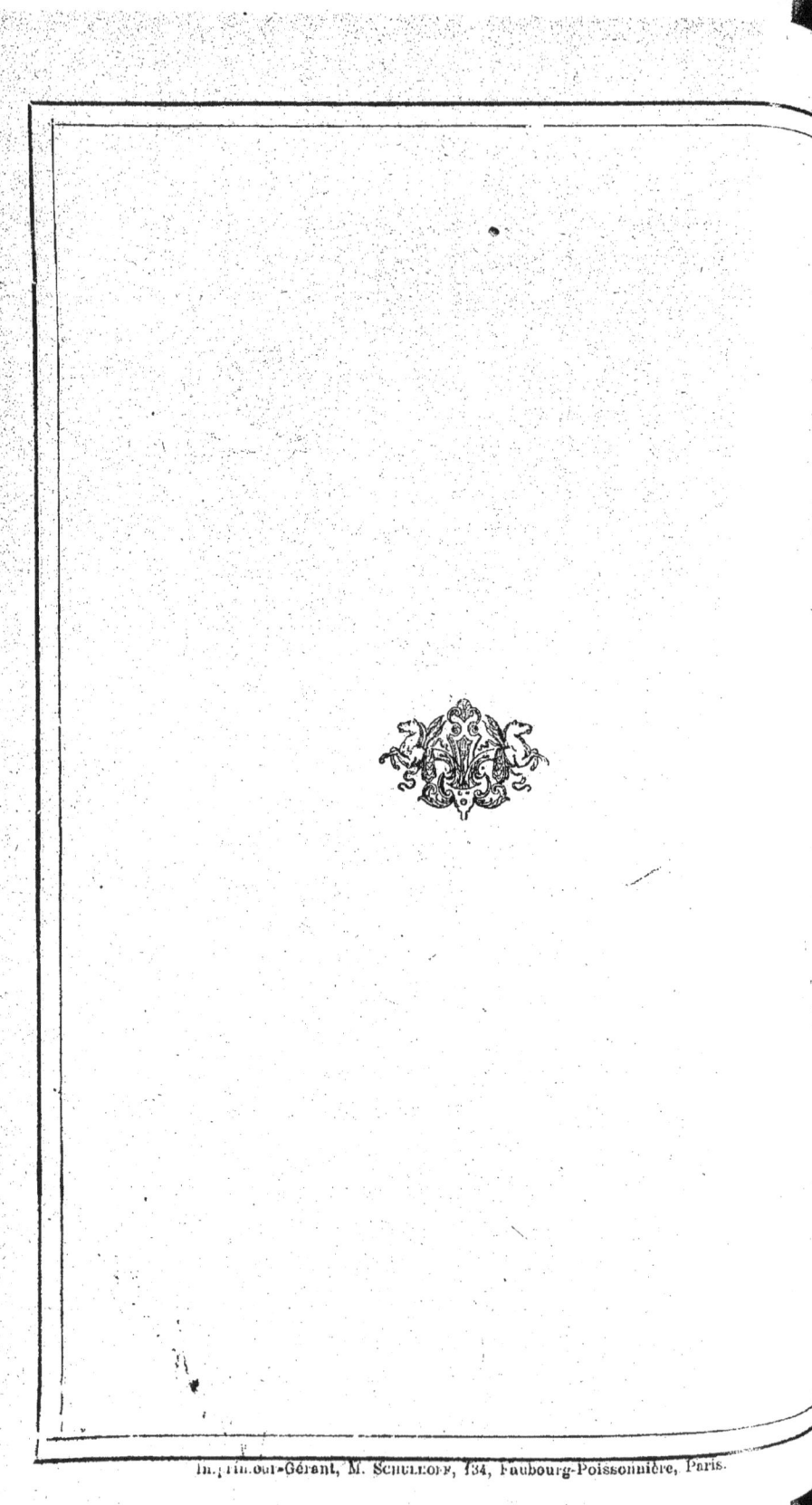

Imprimeur-Gérant, M. Schilleof, 134, Faubourg-Poissonnière, Paris.

ROMANS MODERNES

JOURNAL BI-MENSUEL

DÉPÔT LÉGAL
Seine
1893

SOMMAIRE :

LES BATAILLES DE LA VIE

PAR

GEORGES OHNET

Prix de l'Abonnement : 80 Centimes

LE NUMÉRO

RÉDACTION & ADMINISTRATION :

134, FAUBOURG POISSONNIÈRE, 134

PARIS

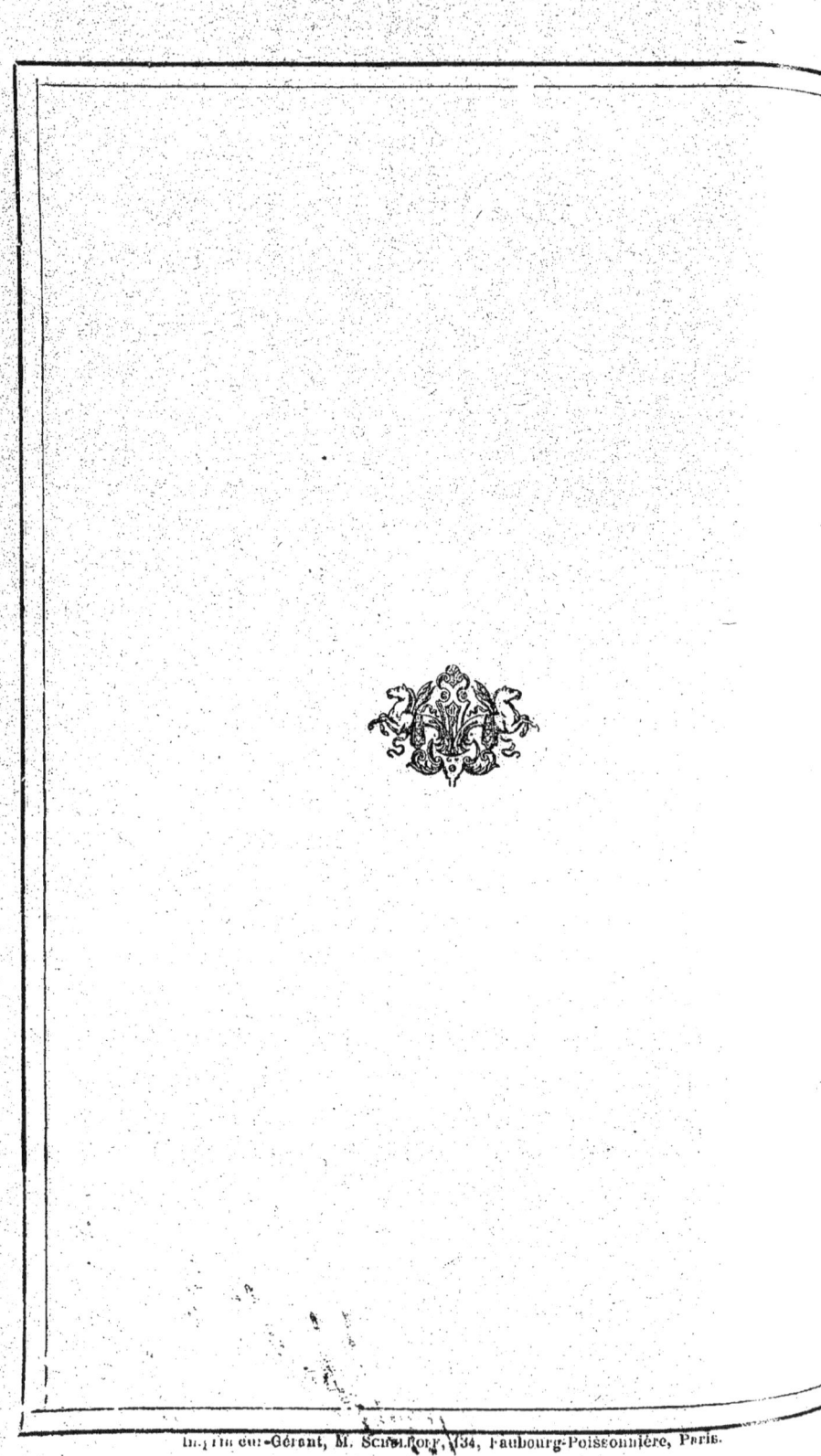

Imprimeur-Gérant, M. Schiller, 34, Faubourg-Poissonnière, Paris.

ROMANS MODERNES

JOURNAL BI-MENSUEL

SOMMAIRE :

LES BATAILLES DE LA VIE

PAR

GEORGES OHNET

Prix de l'Abonnement : 80 Centimes

LE NUMÉRO

RÉDACTION & ADMINISTRATION :

164, FAUBOURG POISSONNIÈRE, 164

PARIS

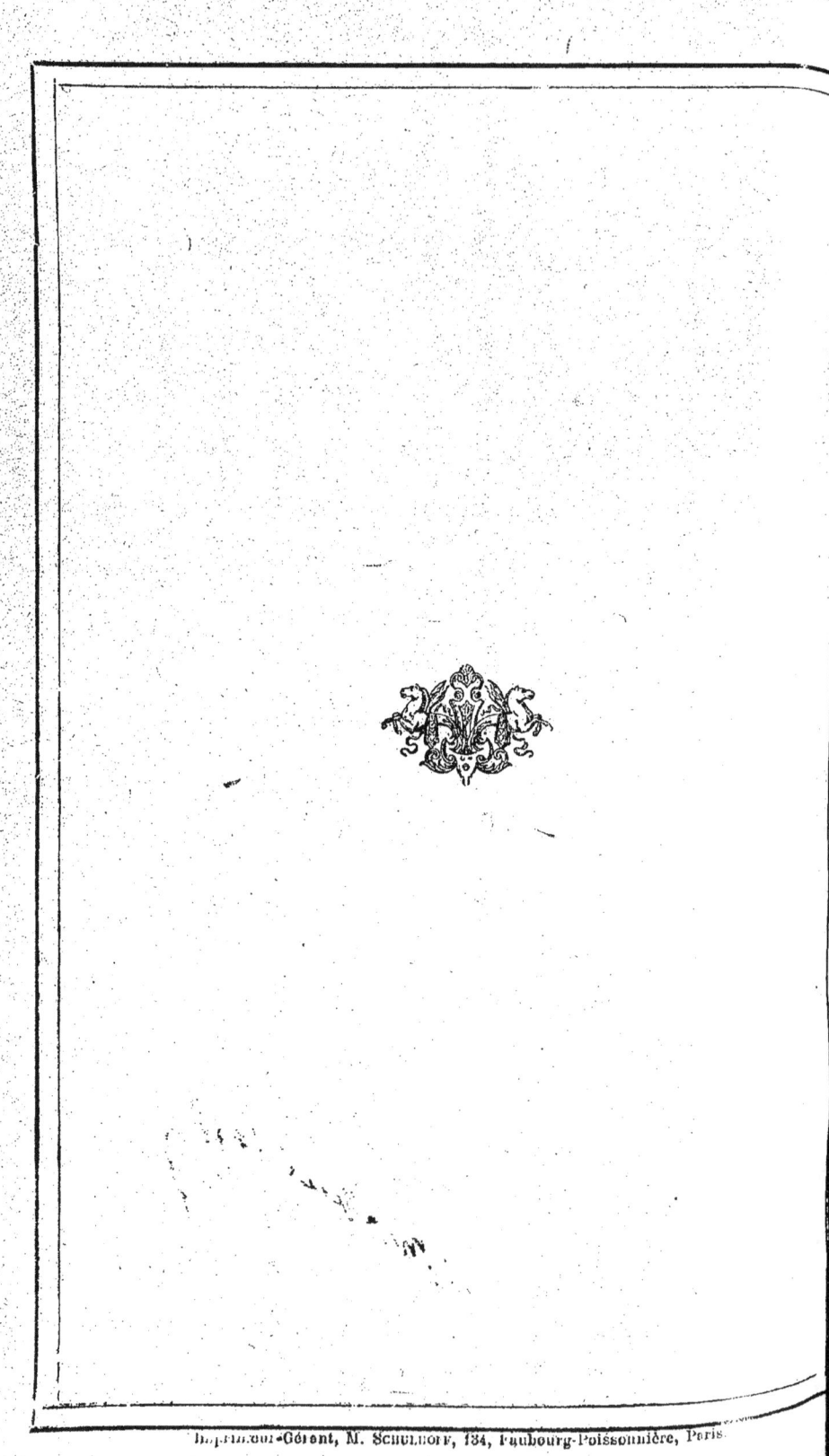

Imprimeur-Gérant, M. Schulhof, 134, Faubourg-Poissonnière, Paris.

ROMANS MODERNES

JOURNAL BI-MENSUEL

SOMMAIRE :

LES BATAILLES DE LA VIE

PAR

GEORGES OHNET

Prix de l'Abonnement : 80 Centimes

LE NUMÉRO

RÉDACTION & ADMINISTRATION :

134, FAUBOURG POISSONNIÈRE, 134

PARIS

Imprimeur-Gérant, M. Schulhoff, 134, Faubourg-Poissonnière, Paris.

ROMANS MODERNES

JOURNAL BI-MENSUEL

SOMMAIRE :

LES BATAILLES DE LA VIE

PAR

GEORGES OHNET

Prix de l'Abonnement : 80 Centimes

LE NUMÉRO

RÉDACTION & ADMINISTRATION :

134, FAUBOURG POISSONNIÈRE, 134

PARIS

Imprimeur-Gérant, M. Schulhoff, 134, Faubourg-Poissonnière, Paris.

ROMANS MODERNES

JOURNAL BI-MENSUEL

DÉPOT LÉGAL
Seine
1893

SOMMAIRE :

LES BATAILLES DE LA VIE

PAR

GEORGES OHNET

Prix de l'Abonnement : 80 Centimes

LE NUMÉRO

RÉDACTION & ADMINISTRATION :

134, FAUBOURG POISSONNIÈRE, 134

PARIS

Paris. — Typ. Gauthier-Villars, 57, faubourg Poissonnière, Paris.

ROMANS MODERNES

JOURNAL BI-MENSUEL

SOMMAIRE :

LES BATAILLES DE LA VIE

PAR

GEORGES OHNET

Prix de l'Abonnement : 80 Centimes

LE NUMÉRO

RÉDACTION & ADMINISTRATION :

134, FAUBOURG POISSONNIÈRE, 134

PARIS

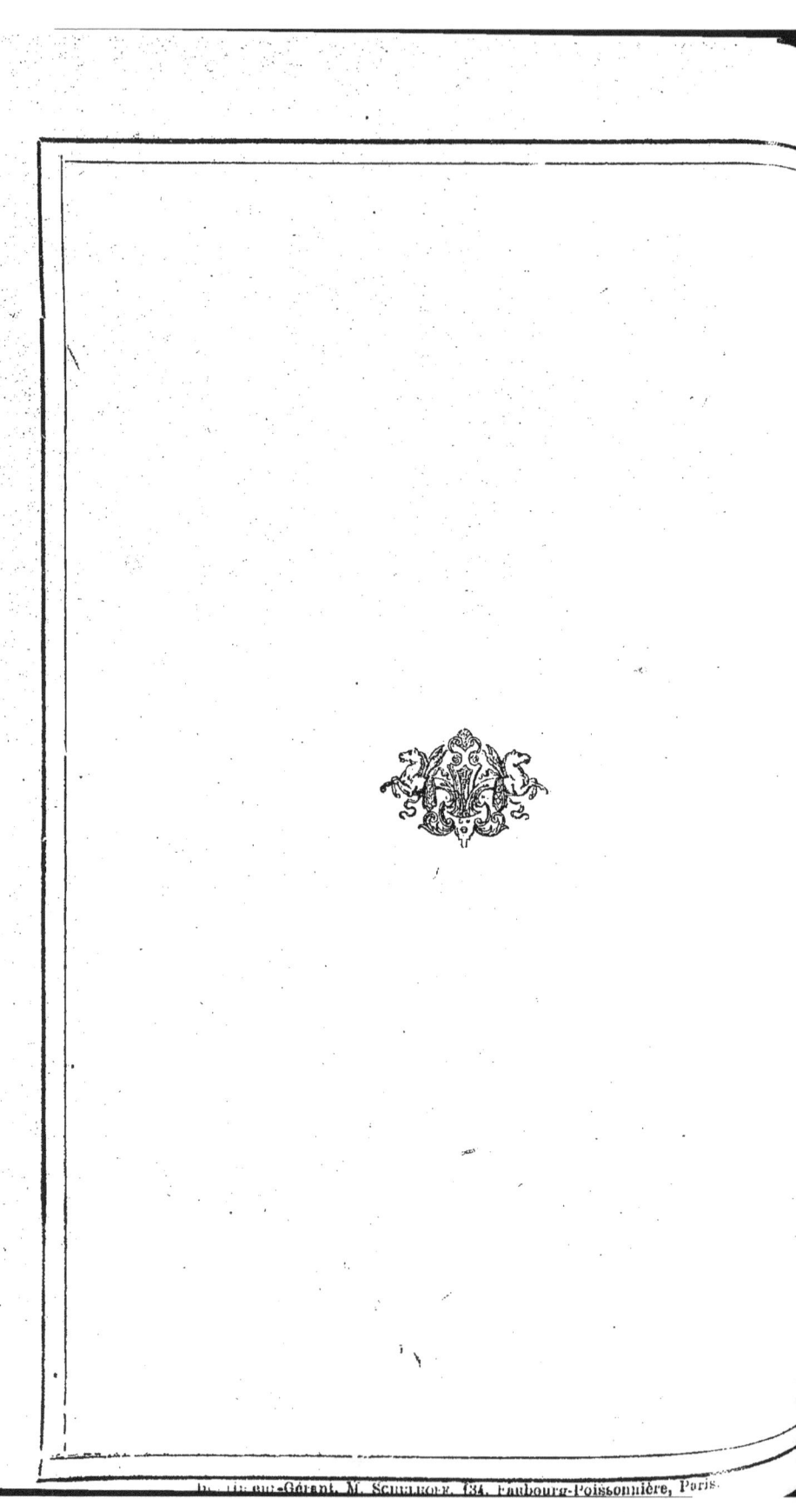

Le Gérant, M. SCHILKOFF, 184, Faubourg-Poissonnière, Paris.

ROMANS MODERNES

JOURNAL BI-MENSUEL

DÉPOT LÉGAL
1893

SOMMAIRE :

LES BATAILLES DE LA VIE

PAR

GEORGES OHNET

Prix de l'Abonnement : 80 Centimes

LE NUMÉRO

RÉDACTION & ADMINISTRATION :

134, FAUBOURG POISSONNIÈRE 134

PARIS

Imprimeur-Gérant, M. SCHULHOFF, 134, Faubourg-Poissonnière, Paris.

ROMANS MODERNES

JOURNAL BI-MENSUEL

Prix de l'Abonnement : 80 Centimes

LE NUMÉRO

RÉDACTION & ADMINISTRATION :

184, FAUBOURG POISSONNIÈRE, 184

PARIS

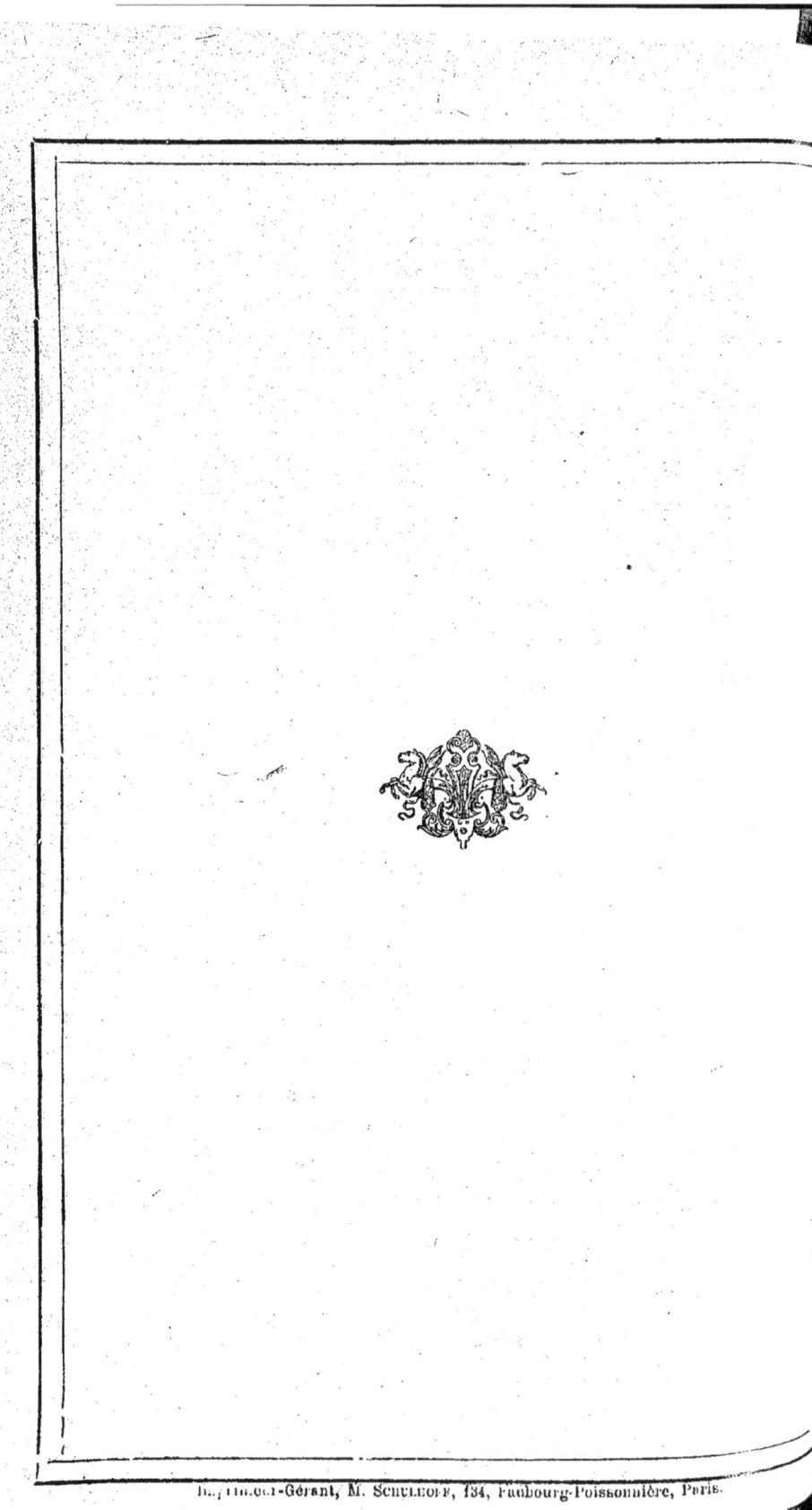

Imprimeur-Gérant, M. Schulhoff, 134, Faubourg-Poissonnière, Paris.

ROMANS MODERNES

JOURNAL BI-MENSUEL

SOMMAIRE :

LES BATAILLES DE LA VIE

PAR

GEORGES OHNET

Prix de l'Abonnement : 80 Centimes

LE NUMÉRO

RÉDACTION & ADMINISTRATION :

134, FAUBOURG POISSONNIÈRE. 134

PARIS

Imprimerie-Gérant, M. Schulhoff, 134, Faubourg-Poissonnière, Paris.

1893

ROMANS MODERNES

JOURNAL BI-MENSUEL

SOMMAIRE :

LES BATAILLES DE LA VIE

PAR

GEORGES OHNET

Prix de l'Abonnement : 80 Centimes

LE NUMÉRO

RÉDACTION & ADMINISTRATION :

134, FAUBOURG POISSONNIÈRE, 134

PARIS

Imprimeur-Gérant, M. SCHILLEOFF, 134, Faubourg-Poissonnière, Paris.

ROMANS MODERNES

JOURNAL BI-MENSUEL

SOMMAIRE :

LES BATAILLES DE LA VIE

PAR

GEORGES OHNET

Prix de l'Abonnement : 80 Centimes

LE NUMÉRO

RÉDACTION & ADMINISTRATION :

184, FAUBOURG POISSONNIÈRE. 184

PARIS

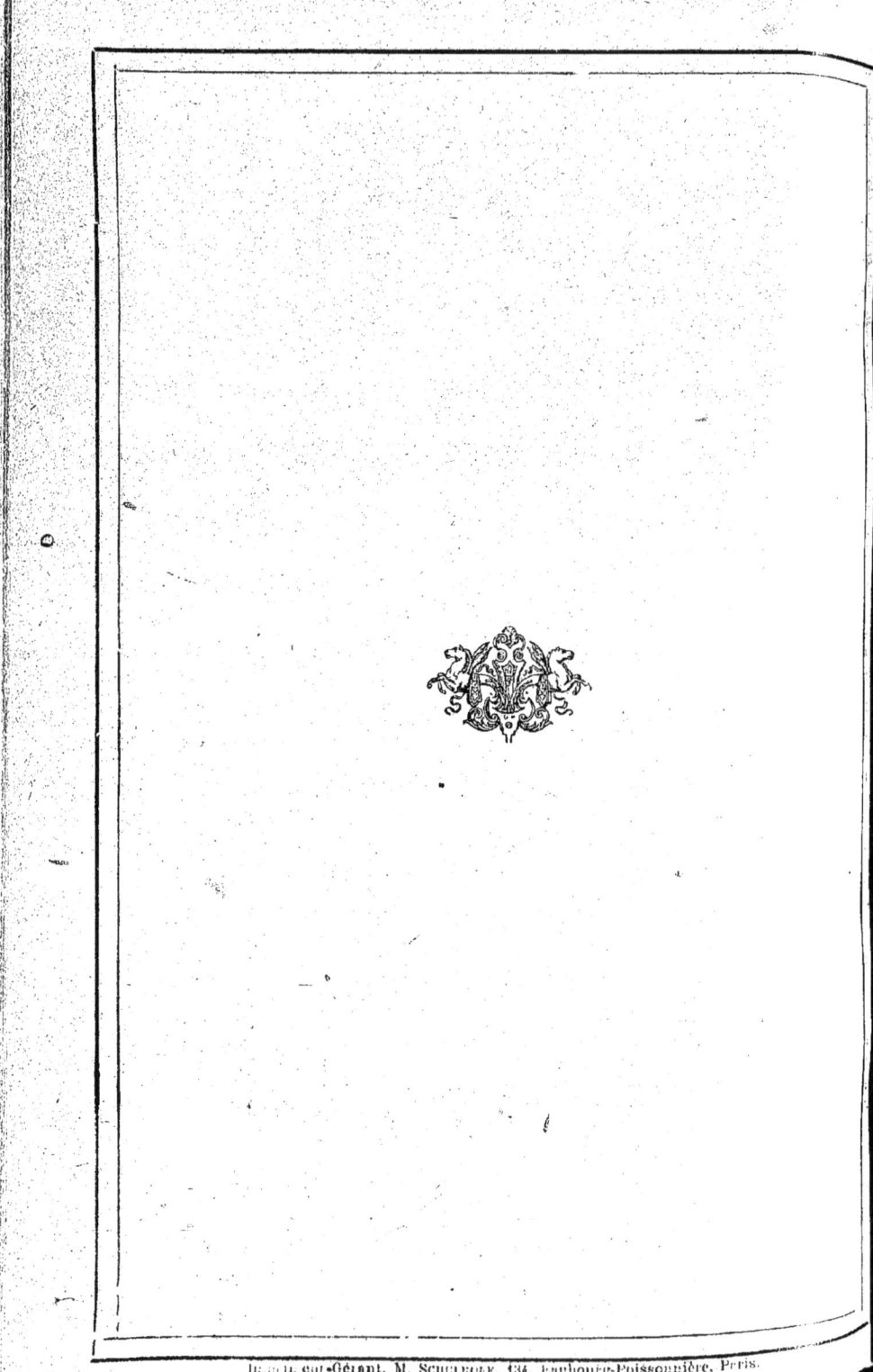

Imp. h. cor-Gérant, M. SCHULROFF, 134, Faubourg-Poissonnière, Paris.

ROMANS MODERNES

JOURNAL BI-MENSUEL

Prix de l'Abonnement : 80 Centimes

LE NUMÉRO

RÉDACTION & ADMINISTRATION :

184, FAUBOURG POISSONNIÈRE 184

PARIS

Imprimeur-Gérant, M. Schulhoff, 134, Faubourg-Poissonnière, Paris.

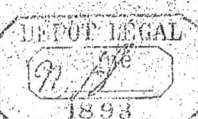

DÉPOT LÉGAL
1893

ROMANS MODERNES

JOURNAL BI-MENSUEL

SOMMAIRE :

LES BATAILLES DE LA VIE

PAR

GEORGES OHNET

Prix de l'Abonnement : 80 Centimes

LE NUMÉRO

RÉDACTION & ADMINISTRATION :

134, FAUBOURG POISSONNIÈRE, 134

PARIS

Imprimeur-Gérant, M. Schulhoff, 134, Faubourg-Poissonnière, Paris.

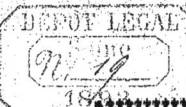

ROMANS MODERNES

JOURNAL BI-MENSUEL

SOMMAIRE :

LES BATAILLES DE LA VIE

PAR

GEORGES OHNET

Prix de l'Abonnement : 80 Centimes

LE NUMÉRO

RÉDACTION & ADMINISTRATION :

184, FAUBOURG POISSONNIÈRE, 184

PARIS

Imprimeur-Gérant, M. SCHULHOFF, 134, Faubourg-Poissonnière, Paris.

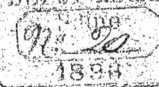

ROMANS MODERNES

JOURNAL BI-MENSUEL

SOMMAIRE :

LES BATAILLES DE LA VIE

PAR

GEORGES OHNET

Prix de l'Abonnement : 80 Centimes

LE NUMÉRO

RÉDACTION & ADMINISTRATION :

184, FAUBOURG POISSONNIÈRE, 184

PARIS

Imp. Lacour-Gérant, M. Schulboff, 134, Faubourg-Poissonnière, Paris.

ROMANS MODERNES

JOURNAL BI-MENSUEL

SOMMAIRE :

LES BATAILLES DE LA VIE

PAR

GEORGES OHNET

Prix de l'Abonnement : 80 Centimes

LE NUMÉRO

RÉDACTION & ADMINISTRATION :

134, FAUBOURG POISSONNIÈRE, 134

PARIS

Imp. in.our-Gérant, M. SCHULHOFF, 134, Faubourg-Poissonnière, Paris.

ROMANS MODERNES

JOURNAL BI-MENSUEL

SOMMAIRE :

LES BATAILLES DE LA VIE

PAR

GEORGES OHNET

Prix de l'Abonnement : 80 Centimes

LE NUMÉRO

RÉDACTION & ADMINISTRATION :

134, FAUBOURG POISSONNIÈRE, 134

PARIS

Imp. Imeur-Gérant, M. Schulhoff, 134, Faubourg-Poissonnière, Paris.

ROMANS MODERNES

JOURNAL BI-MENSUEL

SOMMAIRE :

LES BATAILLES DE LA VIE

PAR

GEORGES OHNET

Prix de l'Abonnement : **90** Centimes

LE NUMÉRO

RÉDACTION ET ADMINISTRATION

41, RUE DENFERT - ROCHEREAU 41

PARIS

LA GRANDE BIBLIOTHÈQUE

ILLUSTRÈE

demande des Représentants sérieux et actifs dans toutes les Villes. Ecrire pour conditions et échantillons à ses bureaux,

41, RUE DENFERT ROCHEREAU

PARIS

Imprimenr-Gérant, M. SCHULHOFF, 41, rue Denfert-Rochereau – Paris

ROMANS MODERNES

JOURNAL BI-MENSUEL

SOMMAIRE :

LES BATAILLES DE LA VIE

PAR

GEORGES OHNET

Prix de l'Abonnement : **90 Centimes**

LE NUMÉRO

RÉDACTION ET ADMINISTRATION :

41, RUE DENFERT - ROCHEREAU, 41

PARIS

LA GRANDE BIBLIOTHÈQUE

ILLUSTRÉE

demande des Représentants sérieux et actifs dans toutes les Villes. Écrire pour conditions et échantillons à ses bureaux,

41, RUE DENFERT ROCHEREAU

PARIS

Imprimeur-Gérant, M. SCHULHOFF, 41, rue Denfert-Rochereau – Paris

1 Décembre 1893 — N 25

ROMANS MODERNES

JOURNAL BI-MENSUEL

SOMMAIRE :

LES BATAILLES DE LA VIE

PAR

GEORGES OHNET

Prix de l'Abonnement : **90** Centimes

LE NUMÉRO

RÉDACTION ET ADMINISTRATION :

41, RUE DENFERT - ROCHEREAU, 41

PARIS

LA GRANDE BIBLIOTHÈQUE

ILLUSTRÉE

demande des Représentants sérieux et actifs dans toutes les Villes.

Écrire pour conditions et échantillons à ses bureaux,

41, RUE DENFERT ROCHEREAU

PARIS

Imprimeur-Gérant, M. SCHULHOFF, 41, rue Denfert-Rochereau – Paris

ROMANS MODERNES

JOURNAL BI-MENSUEL

SOMMAIRE:

LES BATAILLES DE LA VIE

PAR

GEORGES OHNET

Prix de l'Abonnement : **90 Centimes**

LE NUMÉRO

RÉDACTION ET ADMINISTRATION :

41, RUE DENFERT - ROCHEREAU, 41

PARIS

LA GRANDE BIBLIOTHÈQUE

ILLUSTRÉE

demande des Représentants sérieux et actifs dans toutes les Villes.

Écrire pour conditions et échantillons à ses bureaux,

41, RUE DENFERT ROCHEREAU

PARIS

Imprimeur-Gérant, M. SCHULHOFF, 41, rue Denfert-Rochereau - Paris

1 Janvier 1894 — N 27

ROMANS MODERNES

JOURNAL BI-MENSUEL

SOMMAIRE :

LES BATAILLES DE LA VIE

PAR

GEORGES OHNET

Prix de l'Abonnement : **90** Centimes

LE NUMÉRO

RÉDACTION ET ADMINISTRATION :

41, RUE DENFERT - ROCHEREAU, 41

PARIS

DEPOT LEGAL

1894

ROMANS MODERNES

JOURNAL BI-MENSUEL

SOMMAIRE :

LES BATAILLES DE LA VIE

PAR

GEORGES OHNET

Prix de l'Abonnement : **90** Centimes

LE NUMÉRO

RÉDACTION ET ADMINISTRATION :

41, RUE DENFERT - ROCHEREAU, 41

PARIS

Imprimeur-Gérant, M. SCHULHOFF, 41, rue Denfert-Rochereau - Paris

ROMANS MODERNES

JOURNAL BI-MENSUEL

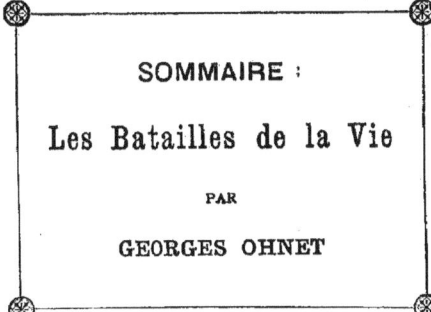

SOMMAIRE :

Les Batailles de la Vie

PAR

GEORGES OHNET

Prix de l'Abonnement : **90** Centimes

LE NUMÉRO

RÉDACTION ET ADMINISTRATION :

41, RUE DENFERT-ROCHEREAU, 41

(Anciennement, 134, Faubourg Poissonnière)

PARIS

ROMANS MODERNES

JOURNAL BI-MENSUEL

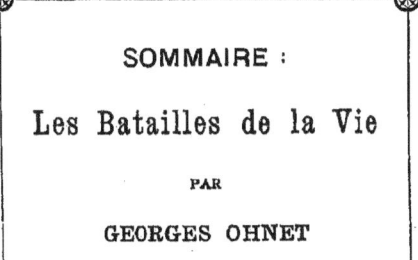

SOMMAIRE :

Les Batailles de la Vie

PAR

GEORGES OHNET

Prix de l'Abonnement : **90** Centimes

LE NUMÉRO

RÉDACTION ET ADMINISTRATION :

41, RUE DENFERT-ROCHEREAU, 41

(Anciennement, 134, Faubourg Poissonnière)

PARIS

1 Mars 1894 — No 31

ROMANS MODERNES

JOURNAL BI-MENSUEL

SOMMAIRE :

Les Batailles de la Vie

PAR

GEORGES OHNET

Prix de l'Abonnement : **90** Centimes

LE NUMÉRO

RÉDACTION ET ADMINISTRATION :

41, RUE DENFERT-ROCHEREAU, 41

(Anciennement, 134, Faubourg Poissonnière)

PARIS

ROMANS MODERNES

JOURNAL BI-MENSUEL

SOMMAIRE :

Les Batailles de la Vie

PAR

GEORGES OHNET

Prix de l'Abonnement : **90** Centimes

LE NUMÉRO

RÉDACTION ET ADMINISTRATION :

41, RUE DENFERT-ROCHEREAU, 41

(Anciennement, 134, Faubourg Poissonnière)

PARIS

ROMANS MODERNES

JOURNAL BI-MENSUEL

SOMMAIRE :

Les Batailles de la Vie

PAR

GEORGES OHNET

Prix de l'Abonnement : **90** Centimes

LE NUMÉRO

RÉDACTION ET ADMINISTRATION :

41, RUE DENFERT-ROCHEREAU, 41

(Anciennement, 134, Faubourg Poissonnière)

PARIS

ROMANS MODERNES

JOURNAL BI-MENSUEL

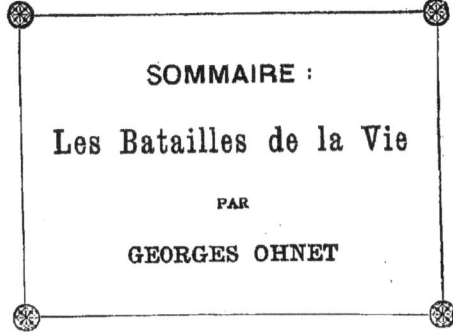

SOMMAIRE :

Les Batailles de la Vie

PAR

GEORGES OHNET

Prix de l'Abonnement : **90** Centimes

LE NUMÉRO

RÉDACTION ET ADMINISTRATION :

41, RUE DENFERT-ROCHEREAU, 41

(Anciennement, 134, Faubourg Poissonnière)

PARIS

ROMANS MODERNES

JOURNAL BI-MENSUEL

SOMMAIRE :

Les Batailles de la Vie

PAR

GEORGES OHNET

Prix de l'Abonnement : **90** Centimes

LE NUMÉRO

RÉDACTION ET ADMINISTRATION :

41, RUE DENFERT-ROCHEREAU, 41

(Anciennement, 134, Faubourg Poissonnière)

PARIS

Reliure serrée